Dino

## BEREITS ERSCHIENEN

WORLD OF WARCRAFT Band 1: Teufelskreis
Keith R. A. DeCandido – ISBN 3-8332-1465-1

WARCRAFT Band 1: Der Tag des Drachen
Richard A. Knaak – ISBN 3-8332-1266-7

WARCRAFT Band 2: Der Lord der Clans
Christie Golden – ISBN 3-8332-1337-X

WARCRAFT Band 3: Der letzte Wächter
Jeff Grubb – ISBN 3-8332-1338-8

WARCRAFT: Krieg der Ahnen, Buch 1 –
Die Quelle der Ewigkeit
Richard A. Knaak – ISBN 3-8332-1092-3

WARCRAFT: Krieg der Ahnen, Buch 2 –
Die Dämonenseele
Richard A. Knaak – ISBN 3-8332-1205-5

WARCRAFT: Krieg der Ahnen, Buch 3 –
Das Erwachen
Richard A. Knaak – ISBN 3-8332-1202-0

DIABLO Band 1: Das Vermächtnis des Blutes
Richard A. Knaak – ISBN 3-8332-1267-5

DIABLO Band 2: Der Dunkle Pfad
Mel Odom – ISBN 3-8332-1268-3

DIABLO Band 3: Das Königreich der Schatten
Richard A. Knaak – ISBN 3-8332-1042-7

DIABLO Band 4: Der Mond der Spinne
Richard A. Knaak – ISBN 3-8332-1091-5

STARCRAFT Band 1: Libertys Kreuzzug
Jeff Grubb – ISBN 3-8332-1043-5

STARCRAFT Band 2: Schatten der Xel'Naga
Gabriel Mesta – ISBN 3-8332-1090-7

STARCRAFT Band 3: Im Sog der Dunkelheit
Tracy Hickman – ISBN 3-8332-1148-2

STARCRAFT Band 4: Die Königin der Klingen
Aaron Rosenberg – ISBN 3-8332-1460-0

# WARCRAFT®

## KRIEG DER AHNEN

TRILOGIE

RICHARD A. KNAAK

Ins Deutsche übertragen von Claudia Kern

Dino

Die Deutsche Bibliothek – CIP-Einheitsaufnahme
Ein Titeldatensatz für diese Publikation ist bei der Deutschen Bibliothek erhältlich.

*Dieses Buch wurde auf chlorfreiem, umweltfreundlich hergestelltem Papier gedruckt.
In neuer Rechtschreibung.*



Übersetzung: Claudia Kern
Lektorat: Manfred Weinland
Redaktion: Mathias Ulinski, Holger Wiest
Chefredaktion: Jo Löffler
Umschlaggestaltung: tab indivisuell, Stuttgart
Satz: Greiner & Reichel, Köln
Druck: GGP Media GmbH, Pößneck
Printed in Germany

1. Auflage, September 2006
ISBN 10: 3-8332-1462-7
ISBN 13: 978-3-8332-1462-2

**www.paninicomics.de/videogame**

BUCH I

# Die Quelle der Ewigkeit

Für Martin Fajkus
und meine Leser auf der ganzen Welt

# Eins

Der hohe, düstere Palast stand am Rand der Klippe und überschaute die gewaltigen, schwarzen Wassermassen, die unter ihm schäumten. Fast schien es, als wolle er sich in die dunklen Tiefen des Sees stürzen. Einst, als man die riesige Burg gebaut und mit Hilfe der Magie Stein und Wald zu *einer* Gestalt verschmolzen hatte, war sie ein Wunder gewesen, das jedes sie betrachtende Auge berührte. Ihre Türme waren Bäume, zwischen denen – zur Verstärkung – rauer Fels wucherte, und ihre stolzen Wipfel ragten weit in den Himmel hinein. Darin prangten große offene Fenster. Die Mauern erhoben sich aus vulkanischem Stein, zusammengehalten von Ranken und gigantischen Wurzeln. Der eigentliche Palast im Zentrum der Feste war vor langer Zeit durch die mystische Verbindung von mehr als hundert riesiger, uralter Bäume geschaffen worden. Man hatte sie gebogen, um das Skelett des runden Zentrums zu schaffen, über das die Steine und Ranken gelegt wurden.

Damals hatte die Burg die Herzen aller mit Staunen und einem Gefühl für Wunder erfüllt, doch jetzt erregte sie in manchen Seelen nur noch Furcht. Eine beunruhigende Aura umgab das Gebäude, und sie wurde durch diese stürmische Nacht noch verstärkt. Die Wenigen, deren Blick heute Abend die uralte Feste streifte, wendeten sich rasch ab.

Doch jene, die stattdessen auf den See unterhalb des Palastes sahen, fanden auch keinen Frieden. Die ebenholzschwarzen Wasser tobten in wildem, unnatürlichem Aufruhr. In der Ferne wuchsen brodelnde Wellen empor, als wollten sie gierig nach der Burg greifen. Sie fielen donnernd in sich zusammen … um sich von neuem zu erheben, wieder und wieder. Blitze zuckten über die weite Fläche, und ihr unheimliches Licht ließ das Wasser in Rot und Gold und dem Grün der Fäulnis glänzen. Donner grollte wie tausend Drachen, und jene, die an den Ufern des Sees lebten, fassten einander angstvoll an den Händen, drängten sich enger zusammen und fragten sich, was für eine Art Sturm hier entfesselt wurde.

Von den Mauern des Palastes starrten die dunklen Schattenrisse der Wächter misstrauisch in die Finsternis. Sie hielten nicht nur jenseits der Zinnen nach Seelen Ausschau, die so töricht sein mochten, sich der Burg zu nähern. Sie schauten auch von Zeit zu Zeit verstohlen hinter sich, und auch zum Hauptturm wanderte ihr Blick. Dort, so fühlten sie, waren unkontrollierbare Kräfte am Werk.

Und in jenem hohen Turm, in einer steinernen Kammer ohne Fenster, beugten sich große, schlanke Gestalten in schillernden, türkisfarbenen Gewändern, mit silbrigen Symbolen bestickt, über ein sechsseitiges Muster, das man auf den Boden geschrieben hatte. Im Zentrum des Musters loderten Zeichen einer uralten Sprache, als besäßen sie ein eigenes Leben.

Glitzernde, silberne Augen ohne Pupillen starrten unter Kapuzen hervor, während die Nachtelfen singend ihre Zaubersprüche woben. Dunkle, violette Haut überzog sich mit Schweiß, als die Magie innerhalb des Musters stärker wurde. Alle sahen müde aus, bereit, sich von der Erschöpfung übermannen zu lassen. Alle waren völlig entkräftet – bis auf einen. Und dieser betrachtete das von ihm initiierte Ritual nicht durch silberne Augen wie der Rest der Versammlung, sondern durch künstliche, schwarze Augäpfel, über die waagerechte, rubinrote Streifen verliefen. Trotz dieser magischen Augen bemerkte er jedes Detail, ihm entging nicht die kleinste Geste der anderen. Auf seinem langen, schmalen Gesicht, das selbst für einen Elf hager wirkte, lag, während er seine Untergebenen antrieb, ein Ausdruck von Erwartung und Gier.

Eine weitere Gestalt beobachtete all dies und sog jedes Wort, jede rituelle Bewegung in sich auf. Die Frau saß auf einem luxuriösen Sessel aus Elfenbein und Leder. Prächtiges, silbernes Haar umrahmte ihre perfekten Züge, während das seidene Kleid – das so golden war wie ihre Augen – ihre bezaubernde Figur betonte. Von Kopf bis Fuß die Vision einer Königin, lehnte sie sich in den Sessel zurück und kostete Wein aus einem goldenen Kelch. Ihre juwelenbesetzten Armreife klimperten, als sich ihre Hände bewegten, und der Rubin ihrer Tiara glitzerte im Licht der zauberischen Kräfte, die die anderen beschworen.

Ab und zu wandte sie leicht den Kopf, um die schwarzäugige Gestalt zu mustern, und über ihr Gesicht huschte ein Ausdruck von Argwohn. Doch als der Meister des Rituals einmal plötzlich zu ihr schaute, als spüre er ihren Blick, verschwand alles Misstrauen aus ihr und wurde durch ein träges Lächeln ersetzt.

Die Gesänge der Zauberer wogten fort.

Der schwarze See brodelte wild.

Es hatte einen Krieg gegeben, und der Krieg war vorüber.

Also, wusste Krasus, war es nur noch eine Frage der Zeit, bis die Geschichtsschreiber die Geschehnisse aufzeichnen würden. Und diese Niederschriften würden wenig zu sagen haben über die zahllosen Leben, die vernichtet oder die einst blühenden Länder, die verwüstet worden waren, auf der gesamten sterblichen Welt, die beinahe ihr Ende gefunden hätte.

*Selbst die Erinnerungen von Drachen sind unter solchen Umständen flüchtig*, gestand die bleiche, in eine graue Robe gekleidete Gestalt sich selbst gegenüber ein. Krasus wusste das sehr gut, denn obwohl er den meisten Augen als ein langer, dünner, fast elfenhafter Mann mit falkenähnlichen Gesichtszügen, silbernem Haar und drei langen Narben, die sich über seine rechte Wange zogen, erschien, war er in Wirklichkeit sehr viel mehr als das. Die Meisten kannten ihn als Zauberer, aber ein paar ausgewählte Geschöpfe nannten ihn *Korialstrasz* – ein Name, den nur ein Drache tragen würde.

Krasus war als Drache geboren worden, als eine majestätische rote Echse, der jüngste Gemahl der großen Alexstrasza. Sie, der Aspekt des Lebens, war seine liebste Gefährtin … doch wieder einmal zog es ihn von ihr fort zu den kurzlebigen Völkern mit ihrer alltäglichen Not und ihrer ungewissen Zukunft.

In seiner versteckten, aus dem Fels gehauenen Wohnstätte, die er sich als neues Allerheiligstes erwählt hatte, blickte Krasus auf die Welt von Azeroth hinab. Der leuchtende, smaragdgrüne Kristall erlaubte ihm, jedes Land, jedes Wesen zu sehen, das er sich wünschte.

Und wohin der Drachenmagier auch blickte, er sah nur Verheerung.

Es schien, als seien nur wenige Jahre vergangen, seit man die grotesken, grünhäutigen Ungetüme namens Orks besiegt hatte, die von einer jenseitigen Welt in das Land eingefallen waren. Nachdem die überlebenden Monster in Lagern zusammengepfercht worden waren, hatte Krasus geglaubt, die Welt sei bereit für den Frieden. Doch dieser Frieden war nur von kurzer Dauer gewesen. Die Allianz – die von den Menschen angeführte Koalition, zugleich die vorderste Linie des Widerstandes – hatte sofort begonnen zu zerbröckeln, und ihre Mitglieder hatten sich um die Herrschaft über ihre alten Bündnispartner gestritten. Teilweise war dies die Schuld von Drachen gewesen – oder besser gesagt, die Schuld des *einen* Drachen Deathwing –, doch vieles war auch einfach auf die Gier von Menschen, Zwergen und Elfen zurückgegangen.

Aber selbst diese Krise hätte man ohne größere Probleme meistern können, wäre nicht die Brennende Legion erschienen …

Heute betrachtete Krasus das ferne Kalimdor, das auf der anderen Seite des Meeres lag. Selbst jetzt noch glichen große Gebiete dort einem Land nach einem schrecklichen Vulkanausbruch. Kein Leben war in diesen Gegenden verblieben, keine Spuren von Zivilisation. Doch es war keine Naturgewalt gewesen, die das Land so verwüstet hatte. Die Brennende Legion hatte ihrem Gefolge nichts als Tod hinterlassen.

Die feurigen Dämonen, von einem Ort jenseits der Realität gekommen, hatten Magie gesucht und hatten Magie *verschlungen*. Zusammen mit ihrer monströsen Dienerschar, der Untoten Geißel, hatten sie die Welt in Trümmer legen wollen. Doch sie hatten nicht mit dem Unwahrscheinlichsten aller Bündnisse gerechnet …

Die Orks, einst selbst Marionetten der Dämonen, hatten sich gegen ihre ehemaligen Herren gewandt und sich den Menschen, Elfen, Zwergen und Drachen angeschlossen, um die dämonischen Krieger und ihre teuflischen Bestien zu dezimieren und die Überlebenden in das höllische Jenseits zurückzudrängen, aus dem sie einst hervorgebrochen waren. Tausende hatten den Tod gefunden, aber die Alternative wäre gewesen …

Der Drachenmagier schnaubte. Es hatte *keine* Alternative gegeben.

Krasus ließ seine langen Finger über die Kugel spielen und beschwor eine Vision der Orks herauf. Das Bild wurde für einen Augenblick verschwommen, dann enthüllte sich ein gebirgiger, felsiger Landstrich, der weiter im Innern Kalimdors lag. Es war ein raues Land, aber noch immer voller Leben, und es hatte die neuen Siedler auf seinem Grund willkommen geheißen.

Mehrere steinerne Gebäude erhoben sich bereits in der Hauptsiedlung, wo der Kriegshäuptling Thrall herrschte, einer der großen Helden des vergangenen Krieges. Das hohe, runde Gebäude, das ihm als Quartier diente, mochte nach den Maßstäben der meisten anderen Völker primitiv sein, doch die Orks hatten eine Neigung zum Einfachen. Extravaganz bedeutete für einen Ork schon, einen ständigen Platz zu haben, an dem er leben konnte. Diese Wesen waren so lange Nomaden und Gefangene gewesen, dass ihnen die Bedeutung von „Heimat" fast verloren gegangen wäre.

Mehrere der bulligen, grünlichen Gestalten bestellten ein Feld. Während er die brutal aussehenden Krieger mit ihren riesigen Stoßzähnen betrachtete, erfüllte die Vorstellung von Ork-Bauern Krasus mit großer Verwunderung. Doch Thrall war ein sehr ungewöhnlicher Ork, und er hatte die Ideen, die seinem Volk Stabilität verleihen konnten, bereitwillig ergriffen.

Stabilität war etwas, das die ganze Welt verzweifelt benötigte. Mit einer kurzen Handbewegung schickte der Drachenmagier Kalimdor fort und beschwor einen Ort, der sehr viel näher lag – die einst stolze Hauptstadt seines geliebten Dalaran. Beherrscht von den Magiern der Kirin Tor, den wichtigsten Vertretern der Zauberkünste, war sie in Lordaeron die vorderste Linie im Kampf der Allianz gegen die Brennende Legion gewesen – und damit eines der ersten Angriffsziele der Dämonen.

Halb Dalaran lag in Schutt und Asche. Von den Meisten der einst stolzen Türme waren nur noch große Trümmerhaufen übrig geblieben. Die großen Bibliotheken waren niedergebrannt, immenses Wissen – über Generationen angehäuft – für immer verloren gegangen … ebenso wie zahllose Leben. Selbst der Rat der Kirin Tor hatte schwer gelitten. Einige der obersten Zauberer, die Krasus als Freunde oder zumindest als geachtete Kollegen betrachtet hatte, hatten den Tod gefunden. Die Führung der Magischen Gilde befand sich in einer Krise, und Krasus wusste, dass es geboten war, ihr zur Seite zu stehen. Dalaran musste mit einer Stimme sprechen, und sei es auch nur, damit das, was von der zerbröckelten Allianz noch existierte, intakt blieb.

Doch trotz all des Elends und der Prüfungen, die noch auf die Welt zukommen mochten, hatte der Drache Hoffnung. Die Probleme konnten bewältigt werden. Man musste sich nicht mehr vor den Orks fürchten, man musste sich nicht mehr vor den Dämonen fürchten. Azeroth würde hart zu kämpfen haben, aber Krasus war überzeugt, dass die Länder dieser Welt am Ende nicht nur überleben, sondern sogar neu erblühen würden.

Der Magier ließ von dem Kristall ab und erhob sich. Die Drachenkönigin, seine geliebte Alexstrasza, würde ihn erwarten. Sie ahnte bereits, dass er in die Welt der Sterblichen zurückkehren wollte, um ihnen beizustehen, und von allen Drachen konnte sie das am Besten verstehen. Er würde sich in sein wahres Ich verwandeln, sich von ihr verabschieden – für kurze Zeit – und dann gehen, bevor Reuegefühle ihn zurückhalten konnten.

Er hatte sein neues Allerheiligstes nicht nur wegen seiner Abgeschiedenheit gewählt, sondern auch wegen seiner Größe. Als er die kleinere Kammer verließ, betrat Krasus eine gewaltige Höhle, deren Höhe es leicht mit den inzwischen verlorenen Türmen des früheren Dalaran hätte aufnehmen können. Eine Armee hätte in dieser Grotte zu lagern vermocht und sie hätte sie nicht einmal gefüllt.

Genau die richtige Größe für einen Drachen.

Krasus streckte seine Arme aus … und seine feingliedrigen Finger wurden länger, entwickelten Krallen. Sein Rücken krümmte sich, und in der Nähe seiner Schultern brachen zu beiden Seiten seiner Wirbelsäule zwei Geschwulste hervor, die sich rasch in kleine Flügel verwandelten. Seine langen Gesichtszüge streckten sich noch mehr und wurden echsenhaft.

Und während all dieser kleinen Verwandlungen dehnte sich Krasus' Leib aus. Er wurde vier, fünf, ja zehn Mal so groß wie ein Mensch und wuchs weiter. Jede Ähnlichkeit mit einem Menschen oder einem Elf schwand schnell dahin.

Der Zauberer Krasus wurde Korialstrasz, der Drache.

Aber plötzlich – inmitten der Metamorphose – erfüllte eine verzweifelte Stimme seinen Kopf.

*Kor … strasz …*

Er stockte und fiel wieder in seine Menschengestalt zurück. Krasus blinzelte. Dann wanderten seine Augen durch den riesigen Raum, als suchten sie hier die Quelle des Schreis.

Nichts. Der Drachenmagier wartete und wartete, aber der Ruf wiederholte sich nicht.

Er zuckte die Schultern und kam zu dem Schluss, dass seine eigenen Ungewissheiten und Sorgen ihm einen Streich gespielt hatte. Er entschloss sich, seine Verwandlung wieder aufzuneh–

Und wieder schrie die verzweifelte Stimme: *Korialstra …*

Dieses Mal … erkannte er sie. Sofort antwortete er auf die gleiche Weise. *Ich höre Euch! Was ist es, das Ihr von mir benötigt?*

Es kam keine Antwort, doch Krasus fühlte, dass die Verzweiflung nicht verschwand. Er konzentrierte sich, versuchte, die Füh-ler seines Geistes auszustrecken und eine Verbindung mit demjenigen herzustellen, der ihn so dringend um Hilfe rief – demjenigen, der von keinem Geschöpf Hilfe hätte benötigen sollen.

*Ich bin hier!,* rief der Drachenmagier. *Fühlt mich! Gebt mir einen Hinweis auf Eure Not!*

Er spürte eine schwache Berührung als Antwort, die das Gefühl einer schweren Krise in sich trug. Krasus konzentrierte jedes Jota seiner Gedanken in die dürftige Verbindung und hoffte … hoffte …

Die übermächtige Präsenz eines Drachens, dessen Magie der seinen tausendfach überlegen war, ließ Krasus torkeln. Ein Eindruck von Jahrhunderten, von gewaltigem Alter, brach über ihn herein. Krasus fühlte sich, als umgebe ihn die Zeit selbst in all ihrer schrecklichen Majestät.

Aber es war nicht die Zeit … nicht ganz … sondern er, der der *Aspekt* der Zeit war.

Der Drache der Zeitalter – Nozdormu!

Es gab nur vier große Drachen, vier Große Aspekte, von denen seine geliebte Alexstrasza das Leben verkörperte. Der wahnsinnige Malygos war die Magie, und die ätherische Ysera beeinflusste die Träume. Gemeinsam mit dem grüblerischen Nozdormu repräsentierten sie die gesamte Schöpfung.

Krasus schnitt bei diesen Gedanken eine Grimasse. Tatsächlich hatte es einmal *fünf* Aspekte gegeben. Den fünften hatte man Neltharion genannt … den Wächter der Erde. Doch in einer Zeit, die so lange zurücklag, dass sich selbst Krasus nur vage an sie erinnern konnte, hatte Neltharion seine Gefährten verraten. Der Erdwächter hatte sich gegen seine Brüder und Schwestern gewandt und sich so einen neuen – ihm angemesseneren – Titel erworben.

Deathwing. Der Zerstörer.

Der Gedanke an Deathwing riss Krasus aus seinem Erstaunen. Geistesabwesend berührte er die drei Narben an seiner Wange. War Deathwing zurückgekehrt, um erneut die Welt heimzusuchen? War dies der Grund für die Not, die aus dem Gedankenruf des großen Nozdormu sprach?

*Ich höre Euch!,* sprach Krasus in seinem Geist, und jetzt fühlte er noch größere Furcht, was der Grund für diesen Ruf sein mochte. *Ich höre Euch! Ist es … ist es der Zerstörer?*

Als Antwort flutete eine weitere übermächtige Welle erstaunlicher Bilder über ihn hinweg. Die Visionen brannten sich in seinen Schädel und machten es Krasus unmöglich, auch nur eine einzige von ihnen zu vergessen.

In keiner seiner Gestalten wäre Krasus, und mochte er auch noch so stark und noch so anpassungsfähig sein, der entfesselten Kraft eines Aspekts gewachsen gewesen. Die Wucht der Geistesmacht des anderen Drachens schleuderte ihn gegen die Höhlenwand, wo der Magier zusammenbrach.

Es dauerte mehrere Minuten, bis Krasus sich wieder vom Boden erheben konnte, und selbst dann drehte sich ihm noch der Kopf. Gedankensplitter, die nicht seine eigenen waren, drangen auf ihn ein. Er musste seine ganze Kraft zusammennehmen, nur um bei Sinnen zu bleiben.

Langsam stabilisierten sich seine Empfindungen jedoch soweit, dass er das ganze Ausmaß dessen erkennen konnte, was gerade geschehen war. Nozdormu, Herr der Zeit, hatte verzweifelt um Hilfe gefleht … um *seine* Hilfe. Er hatte sich aus irgendeinem Grund an den geringeren Drachen gewandt und nicht an einen seiner gleichrangigen Gefährten.

Doch etwas, das selbst einen Aspekt entsetzte, konnte nur eine monumentale Bedrohung für den Rest von Azeroth darstellen. Warum also hatte er einen einzelnen roten Drachen gewählt und nicht Alexstrasza oder Ysera?

Er versuchte wieder, den großen Drachen mit seinen Gedanken zu erreichen, doch alle Bemühungen blieben erfolglos, erhöhten nur noch das Durcheinander in seinem Kopf. Krasus fand mühsam seine Balance zurück und fragte sich, was er tun konnte. Vor allem ein Bild verlangte unablässig seine Aufmerksamkeit, das Bild einer schneebedeckten Berggegend in Kalimdor. Was auch immer Nozdormu ihm hatte erklären wollen, es hing mit dieser trostlosen Region zusammen.

Krasus würde den Hilferuf untersuchen, aber dabei würde er fähige Hilfe benötigen, jemanden, der sich gut auf neue Situationen einstellen konnte. Obwohl Krasus auf seine eigene Anpassungsfähigkeit stolz war, neigte seine Spezies im Allgemeinen dazu, sehr starrsinnig zu sein und hartnäckig an ihren Gewohnheiten festzuhalten. Er brauchte jemanden, der zuhören, aber auch sofort reagieren konnte, wenn die Entwicklung der Ereignisse dies erforderte. Nein, für eine solch unberechenbare Mission eignete sich nur eine Kreatur. Ein Mensch.

Insbesondere ein Mensch namens Rhonin.

Ein Zauberer …

Und in den Steppen Kalimdors hockte ein gebeugter, alter Ork an einem rauchigen Feuer. Die moosgrüne Gestalt murmelte Worte, deren Ursprung auf einer anderen, lange verlorenen Welt lag, und warf ein paar Blätter in die Flammen, wodurch der bereits schwere Qualm noch dichter wurde und seine bescheidene Hütte aus Holz und Erde ausfüllte.

Der kahlköpfige, alte Ork schob sich etwas näher an die Glut und atmete tief ein. Seine müden, braunen Augen waren von Adern durchzogen, und seine Haut hing in schlaffen Falten herab. Seine Zähne waren gelb und gesplittert, einer der Stoßzähne war schon vor vielen Jahren abgebrochen. Er konnte sich kaum ohne fremde Hilfe erheben, und wenn er ging, so tat er dies mit krummem Rücken und sehr, sehr kleinen und vorsichtigen Schritten.

Doch selbst der stolzeste Krieger huldigte ihm, dem Schamanen, mit Respekt.

Ein bisschen Knochenstaub, ein paar Tannar-Beeren … alles Teil einer altbewährten Tradition, die unter den Orks der Gegenwart ihre Wiederbelebung erfahren hatte. Kalthars Vater hatte seinen Sohn sogar während der dunklen Jahre der Horde alles gelehrt, genau wie es Kalthars Großvater zuvor den eigenen Sohn gelehrt hatte.

Und nun, zum ersten Mal in seinem Leben, hoffte der alte Schamane inständig, dass er ein guter Schüler gewesen war.

Stimmen murmelten in seinem Kopf, die Geister jener Welt, die die Orks nun ihre Heimat nannten. Normalerweise flüsterten sie von den kleinen Dingen, den Dingen des Lebens, aber jetzt raunten sie besorgt und warnend … ja, warnend …

Doch wovor warnten sie? Er musste mehr erfahren.

Kalthar griff in den Beutel an seiner Hüfte und zog drei getrocknete, schwarze Blätter hervor. Sie waren fast alles, was noch von einer einzelnen Pflanze übrig war, die er vor langer Zeit aus der alten Ork-Welt mitgebracht hatte. Man hatte Kalthar ermahnt, sie nicht zu benutzen, es sei denn, er hielt es für absolut notwendig. Seine Vater hatte diese Blätter niemals gebraucht, auch sein Großvater nicht.

Der Schamane warf sie in die Flammen.

Sofort verwandelte sich der Rauch in ein dickes, wirbelndes Dunkel. Nicht länger schwarz, sondern blau. Die Brauen des Orks furchten sich angesichts dieses Farbwechsels, dann lehnte er sich wieder weit vor und saugte so viel von den Dämpfen in seine Lungen, wie er nur konnte.

Die Welt verwandelte sich und mit ihr der Ork. Er war ein Vogel geworden, der seine riesigen Schwingen ausbreitete, während er über die Landschaft hinweg glitt. Er flog sorglos über die Berge, und sein Blick erfasste die kleinsten Tiere, die entferntesten Flüsse. Ein Hochgefühl, wie er es seit seiner Jugend nicht mehr verspürt hatte, erfüllte Kalthar, aber er kämpfte gegen diese Freude an. Wenn er ihr nachgab, riskierte er, sein Gespür für sein eigenes Ich zu verlieren. Dann würde er für immer als Vogel weiterfliegen und sich nicht mehr daran erinnern, wer und was er einmal war.

Und während er noch diese Gefahren bedachte, bemerkte Kalthar plötzlich, dass im Wesen der Welt etwas falsch war. Möglicherweise lag hier der Grund für die Angst in den Stimmen. Etwas *war*, das nicht sein *sollte*. Er wandte sich in die Richtung, aus der er es zu spüren glaubte, und wurde immer banger, je näher er *ihm* kam.

Und in der tiefsten Schlucht der Bergkette entdeckte der Schamane die Quelle seiner Furcht.

Sein gelehrter Geist wusste, dass seine Seele in einer Vision einem Konzept gegenüberstand, dass nichts von dem, was er hier erfuhr, wirklich real war, nichts tatsächlich existierte. All dies wusste er. Aber er glaubte es nicht. Alles war so wirklich.

Kalthar erschien *es* als ein Wasserstrudel – doch einer, der die Dinge gleichzeitig verschlang *und* ausspie. Und das, was aus den Tiefen erschien und in ihnen verschwand, waren Tage und Nächte, Monate und Jahre. Der Trichter schien die Zeit selbst hinunterzuschlingen und wieder auszuspeien.

Die Vorstellung entsetzte und verwirrte den Schamanen so sehr, dass er erst, als es schon beinahe zu spät war, bemerkte, dass der Trichter jetzt versuchte, auch ihn einzusaugen.

Sofort strengte Kalthar seine Vogelgestalt an, um sich zu befreien. Er flatterte mit den Flügeln, legte all seine Kraft in die Muskulatur. Sein Geist griff nach dem alten Leib, der am Feuer saß, zerrte hart an dem hauchdünnen Band, das Körper und Seele verband und versuchte, die Trance zu brechen.

Noch immer zog ihn der Trichter auf sich zu.

Verzweifelt rief Kalthar nach den Geistern, die ihn auf seinem schamanischen Weg führten, betete zu ihnen, sie mögen ihm Stärke verleihen. Sie kamen – wie er gewusst hatte, dass sie kommen würden –, doch zuerst schienen sie zu langsam zu arbeiten. Der Trichter des Strudels füllte seine gesamte Sicht aus, schien bereit, ihn zu vertilgen.

Plötzlich wirbelte die Welt um den Schamanen. Der Trichter, die Berge … alles drehte und drehte sich …

… und mit einem Aufkeuchen erwachte Kalthar.

Erschöpfter als er es jemals zuvor gewesen war, konnte er nur knapp verhindern, dass sein Körper mit dem Gesicht voran ins Feuer stürzte. Er fing sich mit beiden Händen auf. Die ständig murmelnden Stimmen waren verschwunden. Der Ork lag auf dem Boden seiner Hütte und versuchte sich zu beteuern, dass er – ja, ganz gewiss! – jetzt wieder ganz in der sterblichen Welt existierte. Die Geister hatten ihn gerettet, wenn auch in allerletzter Sekunde.

Aber mit dieser glücklichen Gewissheit kam die Erinnerung an die Geschehnisse, deren Zeuge er in seiner Vision geworden war … und an das, was sie bedeuteten.

„Ich muss Thrall davon erzählen“, murmelte er und kämpfte sich auf seine müden, alten Beine. „Ich muss es ihm schnell berichten … oder wir verlieren unsere Heimat … unsere Welt … ein weiteres Mal!“

# ZWEI

*Ein beunruhigendes Vorzeichen*, entschied Rhonin, während seine lebhaften, grünen Augen weiter über die Ergebnisse seines Weissagungszaubers wanderten. *Jeder Magier wäre in der Lage, dies zu erkennen.*

„Bist du sicher?", rief Vereesa aus dem anderen Raum. „Hast du deine Ergebnisse überprüft?"

Der rothaarige Magier nickte, dann verzog er das Gesicht zu einer Grimasse, als er sich daran erinnerte, dass die Elfin ihn natürlich nicht sehen konnte. Er würde es ihr von Angesicht zu Angesicht sagen müssen. Sie verdiente es. *Ich bete, dass sie stark genug ist.*

In der Hose und der Jacke, deren dunkelblauer Stoff mit Gold besetzt war, sah Rhonin dieser Tage eher wie ein Politiker aus denn wie ein Zauberer. Aber schließlich hatten die letzten paar Jahre von ihm auch ebenso viel Diplomatie verlangt wie Magie. Die Politik war ihm, der es vorzog, sich kopfüber in eine Situation zu stürzen, niemals leicht gefallen. Seine dichte, rote Haarmähne und der kurze Bart verliehen ihm das charakteristische Erscheinungsbild eines Löwen, das so gut zu seinem schwer bezähmbaren Temperament passte, wenn er gezwungen war, mit verwöhnten und arroganten Botschaftern zu verhandeln. Seine vor langer Zeit gebrochene Nase, die – aufgrund seiner eigenen Entscheidung – niemals anständig gerichtet worden war, wirkte draufgängerisch und unterstrich das hitzköpfige Temperament, das man ihm nachsagte.

„Rhonin … gibt es da etwas, das du mir nicht verraten hast?"

Er konnte sie nicht länger warten lassen. Sie musste die Wahrheit erfahren, wie schrecklich diese auch sein mochte. „Ich komme, Vereesa."

Rhonin packte seine Weissagungsinstrumente ein, nahm einen tiefen, schweren Atemzug und begab sich wieder in das Zimmer der Elfin. Doch noch in der Tür zögerte er. Alles, was Rhonin sehen konnte, war ihr Gesicht – dieses wunderschöne, perfekte Oval, in das ein großer Künstler mandelförmige Augen vom Blau eines klaren Himmels, eine winzige, nach oben gerichtete Nase und einen verlockenden Mund, der ständig halb zu lächeln schien, gesetzt hatte. Eingerahmt wurde dieses Gesicht von einer schweren Kaskade silberweißen Haares. Trotzdem hätte man sie für eine Menschenfrau halten können, hätten aus dem Haar nicht die langen, spitz zulaufenden Ohren heraus geragt, die typisch für ihr Volk waren.

„Und?", fragte sie geduldig.

„Es … es werden Zwillinge."

Ihr Gesicht leuchtete auf, und, wenn dies überhaupt möglich war, so wurde es damit in seinen Augen noch perfekter. „Zwillinge! Wie großartig! Wie wundervoll! Ich war so sicher."

Sie änderte ein wenig ihre Lage auf dem hölzernen Bett. Die schlanke und dennoch mit wohl gewachsenen Rundungen gesegnete elfische Waldläuferin war jetzt seit mehreren Monaten schwanger. Verschwunden waren der Brustpanzer und die Lederrüstung, ohne die man sie früher niemals angetroffen hatte. Jetzt trug sie ein silbriges Gewand, das die kurz bevorstehende Niederkunft in keinster Weise verbarg.

Die Schnelligkeit, mit der die Schwangerschaft sich gezeigt hatte, hätte es ihnen verraten können, doch Rhonin hatte es verleugnen wollen. Sie waren erst seit wenigen Monaten verheiratet gewesen, als seine Frau ihre Umstände erkannt hatte. Beide hatten sich zunächst große Sorgen gemacht, denn nicht nur war ihre Heirat etwas höchst Seltenes, es hatte auch noch niemals jemand eine erfolgreiche menschlich-elfische Geburt für die Nachwelt aufgezeichnet.

Und jetzt erwarteten sie nicht nur ein Kind, sondern zwei!

„Ich glaube, du verstehst nicht, Vereesa. *Zwillinge!* Zwillinge von einem Magier und einer Elfin!"

Aber ihr Gesicht strahlte weiterhin Freude aus. „Elfen gebären nicht oft Kinder, und wir bringen nur sehr, sehr selten Zwillinge zur Welt, mein Geliebter! Sie sind für große Dinge bestimmt!"

Rhonin konnte seinen säuerlichen Gesichtsausdruck nicht verbergen. „Ich weiß. Das ist es ja, was mir Sorgen bereitet …"

Er und Vereesa hatten bereits einiges an „großen Dingen" hinter sich. Während der letzten Tage des Krieges gegen die Horde hatte das Schicksal sie zusammengeführt. Gemeinsam waren sie in die Ork-Festung von Grim Batol eingedrungen, wo sie es nicht nur mit Orks zu tun bekommen hatten, sondern auch mit Drachen, Kobolden, Trollen … und einigem mehr. Danach waren sie von Reich zu Reich gezogen und zu einer Art von Botschaftern geworden, hatten die Allianz ständig daran erinnert, wie wichtig es war, dass ihr Bündnis intakt blieb. Das hatte jedoch nicht bedeutet, dass sie während dieser Zeit nicht ständig ihr Leben riskiert hätten, denn den Frieden, der auf den Krieg gefolgt war, hatte man bestenfalls als unsicher bezeichnen können.

Dann war, ohne Vorwarnung, die Brennende Legion erschienen.

Zu dieser Zeit war das, was als eine Zweckgemeinschaft zweier sich misstrauisch beäugender Agenten begonnen hatte, zu einer Verbindung von zwei zwar ganz und gar andersartigen, aber dennoch seelenverwandten Geschöpfen geworden. Im Krieg gegen die mörderischen Dämonen hatten der Magier und die Waldläuferin ebenso füreinander wie für ihre Länder gekämpft. Mehr als einmal hatten sie den anderen für tot gehalten, und für beide war der Schmerz, den sie dann fühlten, unerträglich gewesen.

Vielleicht war der Schmerz, einander zu verlieren, dadurch noch schlimmer erschienen, dass so viele andere geliebte Wesen bereits den Tod in diesem Krieg gefunden hatten. Dalaran und Quel'Thalas waren von der Untoten Geißel dem Erdboden gleich gemacht, Tausende von den fauligen Abscheulichkeiten hingeschlachtet worden – den Dienern des fürchterlichen Totenkönigs, der die Sache der Legion unterstützt hatte. Ganze Städte hatten ein grauenhaftes Ende gefunden, und die Lage war dadurch, dass viele der Opfer sich bald von den Toten erhoben und ihre nun verdammten sterblichen Hüllen den Rängen der Geißel angeschlossen hatten, nur noch verschlimmert worden.

Die wenigen Menschen, die von Rhonins Familie übrig gewesen waren, hatten in diesem Konflikt schon früh den Tod gefunden. Seine Mutter war bereits lange tot gewesen, sein Vater, sein Bruder und zwei Cousins waren beim Fall der Stadt Andorhal gestorben. Glücklicherweise hatten die verzweifelten Verteidiger, als ihnen alle Hoffnung auf Rettung geschwunden war, ihre eigene Stadt angezündet. Selbst die Geißel hatte aus der verbleibenden Asche keine Krieger mehr rekrutieren können.

Rhonin hatte seit seinem Eintritt in die Welt der Zauberkunst keinen seiner Verwandten mehr gesehen – selbst seinen Vater nicht –, aber er hatte eine Leere in seinem Herzen verspürt, kaum dass ihn die Nachricht von ihrem Tod erreichte. Die Kluft zwischen ihm und seinen Verwandten, die zu einem großen Teil auf den Beruf zurückging, den er sich gewählt hatte, war von einer Sekunde auf die andere verschwunden gewesen. Jetzt hatte nur noch gezählt, dass er der Letzte seiner Familie war … und vollkommen allein.

Vollkommen allein – bis er erkannt hatte, dass die Gefühle, die er für die tapfere Elfen-Waldläuferin an seiner Seite entwickelt hatte, erwidert wurden.

Als der schreckliche Kampf schließlich zu Ende war, hatte es für sie beide nur einen logischen Weg gegeben, den sie nehmen konnten. Trotz der entsetzten Stimmen, die sich sowohl aus Vereesas Volk als auch aus Rhonins magischer Zunft meldeten, hatten beide sich entschieden, sich niemals wieder zu trennen. Sie hatten ein Heiratsversprechen besiegelt und versucht, ein Leben zu beginnen, das so normal war, wie zwei Wesen ihrer so gegensätzlichen Natur es in einer gespaltenen Welt nur irgend führen konnten.

*Natürlich*, dachte der Magier bitter, *sollte es für uns keinen Frieden geben.*

Vereesa erhob sich in ihrem Bett, noch bevor er ihr helfen konnte. Selbst so kurz vor der Geburt, bewegte sich die Elfin flink und sicher. Sie fasste Rhonin an den Schultern und blickte ihm in die Augen.

„Ihr Zauberer! Immer seht ihr nur das Schlimmste! Und ich dachte, meine eigenen Leute wären trübsinnig! Mein Geliebter, dies wird eine glückliche Geburt werden, ein glückliches Paar Kinder! *Wir* werden dafür sorgen, dass es so kommt!“

Er wusste, dass sie Recht hatte. Keiner von ihnen würde irgendetwas tun, das die Kinder in Gefahr brachte. Als sie den Zustand der Elfin erkannt hatten, hatten sie sofort ihre eigenen Bemühungen um den Wiederaufbau der zertrümmerten Allianz eingestellt und sich in einer der friedlichsten Regionen niedergelassen, die es noch gab – nahe dem zerstörten Dalaran. Doch nicht zu nahe. Jetzt lebten sie in einem einfachen, aber nicht vollkommen bescheidenen Haus, und die Leute der in geringer Entfernung gelegenen Stadt achteten sie.

Die Gewissheit und Hoffnung seiner Frau versetzten den Magier noch immer in Staunen, wenn er bedachte, was sie selbst alles verloren hatte. Wenn Rhonin ein Loch in seinem Herzen gefühlt hatte, nachdem ihm eine Familie genommen worden war, die er kaum noch gekannt hatte, so musste es bei Vereesa ein bodenloser Abgrund gewesen sein, der sich in ihrem Herzen auftat. Quel'Thalas, legendärer noch – und gewiss sicherer – als selbst das von Magie regierte Dalaran, war vollkommen vernichtet worden. Elfische Festungen, seit Jahrhunderten von keiner feindlichen Hand berührt, waren in nur wenigen Tagen gefallen, und ihr einst stolzes Volk war so einfach in die Reihen der Geißel gepresst worden, als wären es nur Menschen gewesen. Zu den lebenden Leichen hatten auch mehrere Mitglieder von Vereesas fest zusammenhaltenden Clan gehört … und ein paar aus ihrer eigenen Familie.

Ihr Großvater hatte ihr von seinem verzweifelten Kampf erzählt, wie er versuchte, den grauenhaften Kadaver seines eigenen Sohnes zu vernichten, ihres Onkels. Von dem alten Mann hatte sie auch erfahren, wie ihr jüngerer Bruder von einem hungrigen Mob Untoter unter der Führung ihres eigenen älteren Bruders, den später die überlebenden Verteidiger angezündet und zusammen mit dem Rest der Geißel in den Flammen vernichtet hatten, zerfetzt worden war. Was mit ihren Eltern geschehen war, wusste bisher noch niemand, aber auch von ihnen nahm man an, dass sie nicht mehr am Leben waren.

Und was Rhonin ihr nicht erzählt hatte – und wahrscheinlich auch niemals erzählen würde –, waren die monströsen Gerüchte, die er über Sylvanas, eine der beiden Schwestern Vereesas, gehört hatte.

Vereesas andere Schwester, die große Alleria, war während des Krieges gegen die Brennende Legion zur Heldin aufgestiegen. Aber Sylvanas, sie, der Rhonins Frau stets nachzueifern bemüht gewesen war, hatte die Waldläufer in die Schlacht gegen den Verräter geführt – Arthas, Prinz von Lordaeron. Einst die leuchtende Hoffnung seines Landes, nun der grauenhaften Diener von Legion und Geißel, hatte er sein eigenes Königreich verwüstet und dann die untote Horde gegen die Elfenhauptstadt Silvermoon geführt. Sylvanas hatte seinen Truppen immer wieder den Weg versperrt, und eine Zeit lang hatte es tatsächlich so ausgesehen, als würde sie ihn besiegen. Doch wo schlurfende Leichen, Ungetüme und Abscheulichkeiten versagt hatten, hatte schließlich die finstere Nekromantie des verräterischen Edelmannes den Sieg davon getragen.

Die offizielle Version besagte, Sylvanas sei tapfer im Kampf gefallen, als sie verhinderte, dass Arthas' Lakaien das Volk von Silvermoon abschlachteten. Die Anführer der Elfen – sogar Vereesas Großvater – behaupteten, der Leichnam der Waldläuferin sei in dem gleichen Feuer verbrannt, das die Hälfte der Hauptstadt verwüstete.

Doch während für Vereesa die Geschichte hier endete, hatte Rhonin durch Quellen unter den Kirin Tor und in Quel'Thalas Dinge erfahren, die ihn mit Entsetzen erfüllten. Ein überlebender Waldläufer, von den Schrecken des Krieges seines Verstandes beraubt, hatte etwas davon gebrabbelt, dass seine Anführerin nicht im Kampf gefallen, sondern gefangen genommen worden sei. Man hätte sie schrecklich gefoltert und verstümmelt und dann zuletzt zu Arthas' purem Vergnügen getötet. Schließlich hätte der Prinz ihre Leiche in seinen dunklen Tempel gebracht und dort ihre Seele und ihren toten Leib verdorben und sie von einer heroischen Elfin in eine Botin des Bösen verwandelt … ein trauriges, klagendes Phantom, eine Banshee, die angeblich noch immer die Ruinen von Quel'Thalas durchstreifte.

Rhonin war bisher nicht in der Lage gewesen, diese Gerüchte auf ihren Wahrheitsgehalt hin zu überprüfen, doch er war sich sicher, dass sie mehr als nur ein Körnchen Wahrheit enthielten. Er betete, dass Vereesa diese Version niemals zu Ohren kommen würde.

So viele Tragödien … es war kein Wunder, dass Rhonin seine Sorgen nicht abstreifen konnte, wenn es um seine neue Familie ging.

Er seufzte. „Vielleicht werde ich mich besser fühlen, wenn sie erst einmal geboren sind. Ich bin wahrscheinlich nur nervös."

„Womit du beweist, dass du ein fürsorglicher Vater sein wirst", erwiderte Vereesa von ihrem Bett aus. „Außerdem stehen wir nicht alleine da. Jalia hilft sehr."

Jalia war eine ältere Frau mit einem drallen, runden Bauch. Sie hatte sechs Kinder zur Welt gebracht und bei Dutzenden Geburten als Hebamme Beistand geleistet. Rhonin war sich sicher gewesen, dass eine Menschenfrau einer Elfin nicht helfen wollen würde – noch dazu einer Elfin, die einen Zauberer zum Gemahl hatte –, aber Jalia hatte nur einen Blick auf Vereesa geworfen, und ihre mütterlichen Instinkte waren durchgebrochen. Obwohl Rhonin sie gut für ihre Zeit entlohnte, hatte er den starken Verdacht, dass Jalia sich so oder so als Unterstützung angeboten hätte, so lieb hatte sie seine Frau gewonnen.

„Ich nehme an, du hast Recht", begann er. „Ich habe mir nur …"

Eine Stimme – eine sehr vertraute Stimme – füllte plötzlich seinen Kopf aus. Eine Stimme, die ihm mit Gewissheit keine guten Nachrichten überbrachte.

*Rhonin … ich brauche dich …*

„Krasus?!", stieß der Magier hervor.

Vereesa setzte sich auf, und alle Freude war aus ihrem Gesicht verschwunden. „Krasus? Was ist mit ihm?"

Sie kannten beide den Meisterzauberer, ein Mitglied der Kirin Tor. Krasus war derjenige gewesen, der sie zusammengeführt hatte. Und er war auch derjenige gewesen, der ihnen damals nicht die volle Wahrheit über die Situation gesagt hatte, insbesondere, soweit es ihn selbst betraf. Erst unter dramatischen Umständen hatten sie entdeckt, dass er auch der Drache Korialstrasz war.

„Es … es ist Krasus", war alles, was Rhonin in diesem Augenblick zu erwidern vermochte.

*Rhonin … ich brauche dich …*

*Ich werde dir nicht helfen!,* antwortete der Magier sofort. *Ich habe meinen Teil getan! Du weißt, dass ich sie jetzt nicht allein lassen kann.*

„Was will er?", wollte Vereesa wissen. Wie Rhonin war auch ihr klar, dass Krasus nur dann mit ihnen Kontakt aufnahm, wenn sich irgendwo eine Krise anbahnte.

„Das ist doch gleichgültig. Er wird jedenfalls einen anderen finden müssen."

*Bevor du mich abweist, erlaube mir, es dir zu zeigen,* blieb die Stimme beharrlich. *Erlaube mir, es euch beiden zu zeigen …*

Bevor Rhonin protestieren konnte, durchströmten Bilder seinen Geist. Er erlebte noch einmal Krasus' Erstaunen, als der Herr der Zeit mit ihm Kontakt aufnahm, erkannte den Schrecken des Drachenmagiers, als ihm die Verzweiflung des Aspekts bewusst geworden war. Alles, was Krasus erfahren hatte, wurde nun von dem Zauberer und seiner Frau geteilt.

Zuletzt überwältigte Krasus sie mit einem Bild jenes Ortes, von dem er glaubte, dass er der Ursprung von Nozdormus Not war: eine Region kalter, unwirtlicher, zerklüfteter Berge.

Kalimdor.

Die Vision hatte nur ein Sekunden gedauert, aber als sie vorbei war, ließ sie Rhonin vollkommen erschöpft zurück. Er hörte ein Keuchen vom Bett her. Als er sich umwandte, fand der Magier Vereesa auf das Daunenkissen zurückgesunken.

Er trat sofort eilig auf sie zu, aber sie hob eine Hand und wischte seine Sorgen mit einer lässigen Bewegung fort. „Es geht mir gut! Bin nur … etwas außer Atem. Gib mir einen Augenblick …"

Die Ewigkeit hätte Rhonin für sie gegeben, aber für einen anderen hatte er nicht einmal eine Sekunde übrig. Der Zauberer beschwor das Bild von Krasus in seinem Kopf und antwortete: *Such dir andere für deine Missionen! Diese Tage sind für mich endgültig vorbei! Ich muss mich jetzt um wichtigere Dinge kümmern!*

Krasus entgegnete nichts, und Rhonin fragte sich, ob seine Antwort bereits genügt hatte, seinen einstigen Gönner dazu zu bringen, sich andere Helfer zu suchen. Er respektierte Krasus, mochte ihn sogar, aber jener Rhonin, nach dem der Drachenmagier verlangte, existierte nicht mehr. Nur seine Familie war ihm jetzt noch wichtig.

Doch zu seiner Überraschung begann die Person, von der er erwartet hatte, dass sie am bedingungslosesten zu ihm stehen würde, plötzlich zu murmeln: „Du musst natürlich sofort gehen."

Er starrte Vereesa an. „Ich gehe nirgendwohin!"

Sie richtete sich wieder auf. „Aber du musst! Du hast gesehen, was ich gesehen habe. Er ruft dich nicht zu irgendeinem belanglosen Ausflug! Krasus macht sich große Sorgen ... und *seine* Sorgen machen *mir* große Angst."

„Aber ich kann dich jetzt nicht verlassen!" Rhonin ließ sich neben ihr auf ein Knie niedersinken. „Ich werde dich und unsere Kinder nicht allein lassen!"

Ein Anflug ihrer Vergangenheit als Waldläuferin strich über Vereesas Gesicht. Ihre Augen zogen sich gefährlich schmal zusammen und fixierten die mysteriöse Kraft – was immer es auch sein mochte –, die sie voneinander trennen wollte. „Und das Letzte, was ich mir wünsche, ist, dass du dich in Gefahr begibst. Ich will den Vater meiner Kinder nicht opfern. Aber was wir gesehen haben, kann eine schreckliche Bedrohung für die Welt bedeuten, in die sie hinein geboren werden. Schon allein aus diesem Grund musst du gehen. Wäre ich nicht in diesen Umständen, ich würde mit dir kommen, das weißt du."

„Natürlich weiß ich das."

„Ich sage mir, dass er stark ist – Krasus. Sogar stärker als Korialstrasz! Ich sage mir, dass ich dich nur gehen lasse, weil du und er zusammen sein werden. Du weißt, er würde dich nicht fragen, wenn er dich nicht für fähig hielte."

Das stimmte. Drachen respektierten nur wenige sterbliche Wesen. Dass Krasus also in irgendeiner seiner Gestalten ihn um Hilfe ersuchte, bedeutete sehr viel ... und als Verbündeter des Leviathans würde Rhonin besser geschützt sein als irgendjemand sonst.

Was konnte schon schief gehen?

Rhonin nickte geschlagen. „In Ordnung. Ich gehe. Kommst du hier klar, bis Jalia da ist?"

„Mit meinem Bogen habe ich auf hundert Yards Orks getötet. Ich habe gegen Trolle, Dämonen und mehr gekämpft. Ich habe fast die ganze Länge und Breite von Azeroth bereist ... ja, mein Geliebter, ich glaube, ich komme klar, bis Jalia da ist."

Er küsste sie. „Dann sollte ich Krasus besser wissen lassen, dass ich komme. Für einen Drachen ist er ein ziemlich ungeduldiger Geselle."

„Er hat die Last der Welt auf seine Schultern genommen, Rhonin."

Das machte es dem Zauberer auch nicht leichter. Ein altersloser Drache war sehr viel geeigneter, schreckliche Krisen zu bewältigen, als ein einfacher, sterblicher Magier, der gerade Vater wurde.

Rhonin konzentrierte sich auf ein Bild des Drachenmagiers und tastete mit seinem Geist nach seinem früheren Gönner. *In Ordnung, Krasus. Ich helfe dir. Wo sollen wir uns tref–*

Finsternis umschloss den Zauberer. Aus weiter Ferne hörte er Vereesas Stimme, die seinen Namen rief. Ein Gefühl von Schwindel überkam Rhonin.

Dann klapperten seine Stiefel plötzlich über harten Fels. Jeder Knochen in seinem Leib zitterte von dem Aufprall, und nur mit großer Mühe konnte er verhindern, dass seine Beine nicht unter ihm nachgaben.

Er stand in einer gigantischen Höhle, die offensichtlich von mehr als nur den Launen der Natur geschaffen worden war. Das Dach war ein fast perfektes Oval und die Wände irgendwann geschmolzen und so geglättet worden. Eine dämmrige Beleuchtung, deren Quelle nicht zu erkennen war, ermöglichte es, die einsame, in eine Robe gekleidete Gestalt auszumachen, die im Zentrum des gewaltigen Raumes wartete.

„Gut …“, gelang es Rhonin herauszubringen. „Ich nehme an, wir treffen uns hier.“

Krasus streckte eine seiner langen Hände nach links aus. „Da ist ein Rucksack mit Proviant und Wasser für dich. Nimm ihn und folge mir.“

„Ich hatte kaum Gelegenheit, mich von meiner Frau zu verabschieden …“, knurrte Rhonin, während er den großen, ledernen Rucksack aufnahm und ihn sich über die linke Schulter warf.

„Du hast mein Mitgefühl“, entgegnete der Drachenmagier, der bereits forschen Schrittes voraus schritt. „Ich habe bereits Vorkehrungen getroffen, damit sie nicht ohne Unterstützung ist. Es wird ihr an nichts fehlen, während wir fort sind.“

Krasus auch nur ein paar Sekunden lang zuzuhören, erinnerte Rhonin daran, wie oft der uralte Drachenmagier für ihn gedacht hatte, ohne die eigene Entscheidung des jungen Zauberers abzuwarten.

Der junge Zauberer folgte der großen, schlanken Gestalt zum Eingang der riesigen Höhle. Dass Krasus sein Allerheiligstes seit dem Krieg mit den Orks an einen anderen Ort verlegt hatte, war Rhonin bekannt, nicht aber, wohin er gezogen war. Jetzt sah der Mensch, dass die Höhle eine vertraute Kette von Bergen überblickte, die gar nicht so weit von seinem eigenen Zuhause entfernt lag. Im Unterschied zu ihren düsteren Gegenstücken in Kalimdor, besaßen diese Berge eine majestätische Schönheit und vermittelten nicht das Gefühl von Angst.

„Wir sind ja fast Nachbarn“, merkte der Mensch trocken an.

„Ein Zufall. Aber ein Zufall, der es mir ermöglichte, dich hierher zu bringen. Hätte ich versucht, dich von der Höhle meiner Königin aus zu rufen, wäre die notwendige magische Arbeit sehr viel aufwändiger gewesen, und ich möchte so viel von meiner Kraft erhalten wie nur irgend möglich."

Sein Tonfall nahm Rhonin alle Feindseligkeit. Er hatte noch nie so viel Sorge in Krasus' Stimme gehört. „Du sprachst von Nozdormu, dem Aspekt der Zeit. Ist es dir gelungen, wieder mit ihm in Kontakt zu treten?"

„Nein … und darum müssen wir alle nur erdenklichen Vorsichtsmaßregeln beachten. Um genau zu sein, wir dürfen keine Magie benutzen, um uns an unseren Zielort zu begeben. Wir werden fliegen müssen."

„Aber wenn wir keine Magie benutzen, wie können wir dann …?"

Krasus' ausgestreckte Arme begannen bereits, sich zu verwandeln. Sie entwickelten Schuppen und Krallen, während der Körper des Drachenmagiers schnell in Höhe und Breite wuchs und ledrige Flügel ausbildete. Krasus' schmales Gesicht streckte und verbog sich, wurde reptilisch.

„Natürlich", murmelte Rhonin. „Wie dumm von mir."

Korialstrasz der Drache blickte auf seinen winzigen Gefährten herab.

„Steig auf, Rhonin. Wir müssen uns auf den Weg machen."

Widerwillig gehorchte der Zauberer und erinnerte sich von früherer Gelegenheit her an die beste Art, sich auf dem Rücken eines Drachen niederzulassen. Er ließ seine Füße unter rote Schuppen gleiten, dann hockte er sich geduckt hinter den sehnigen, kraftvollen Hals des Leviathans. Seine Finger krallten sich in weitere Schuppen. Obwohl Rhonin klar war, dass Korialstrasz sein Bestes tun würde, um zu verhindern, dass sein Schützling abrutschte, wollte er kein Risiko eingehen. Niemand konnte voraussagen, was selbst einem Drachen am Himmel widerfahren mochte.

Die großen Hautschwingen flatterten einmal, zweimal, dann erhob sich der Drache mit seinem Reiter plötzlich hoch in den Himmel. Mit jedem Flügelschlag ließ er Meilen hinter sich zurück. Korialstrasz flog mühelos davon, und Rhonin konnte spüren, wie das Blut durch den Körper des Giganten raste. Obwohl er einen großen Teil seiner Zeit in der Maske des Krasus verbrachte, fühlte sich der Drache ganz offensichtlich in den Lüften am wohlsten.

Kalte Luft umpeitschte Rhonins Kopf, und der Zauberer wünschte sich, er hätte wenigstens noch Gelegenheit gehabt, sich umzuziehen. Der Reisemantel wäre ihm jetzt sehr dienlich gewesen. Er griff nach hinten und versuchte, seine Jacke hochzuziehen – nur um zu entdecken, dass das Kleidungsstück plötzlich eine Kapuze hatte.

Als er an sich herab blickte, erkannte Rhonin, dass er tatsächlich den dunkelblauen Reisemantel und anderes, an das er gerade gedacht hatte, über Hemd und Hose trug. Ohne auch nur ein Wort zu verlieren, hatte sein riesenhafter Gefährte seine spärliche Kleidung aufgewertet.

Die Kapuze tief über das Gesicht gezogen, dachte Rhonin über das nach, was vor ihnen lag. Was konnte den Herrn der Zeit so sehr entsetzen? Die Bedrohung klang nach etwas Akutem von katastrophalem Ausmaß … und nach etwas, gegen das ein sterblicher Zauberer kaum etwas würde ausrichten können.

Und doch hatte sich Korialstrasz an ihn gewandt …

Rhonin hoffte, sich als würdig zu erweisen, nicht nur um des Drachens Willen, sondern auch in Hinblick auf seine wachsende Familie.

So unmöglich es auch erschien, irgendwann während des Fluges schlief Rhonin ein. Aber selbst dann stürzte er nicht von seinem Sitz im Nacken der Flugechse in den sicheren Tod. Korialstrasz hatte natürlich, was das anging, irgendetwas damit zu tun, auch wenn der Drache allem Anschein nach völlig unbekümmert dahin flog.

Die Sonne war fast schon untergegangen, als der Zauberer wieder aus seinem Dämmerschlaf erwachte. Rhonin wollte seinen Gefährten gerade fragen, ob er vorhabe, die ganze Nacht durch zu fliegen, als Korialstrasz begann, in den Sinkflug überzugehen. Der Magier sah nur Wasser unter sich, die Große See. Er konnte sich nicht erinnern, je gehört zu haben, dass rote Drachen begeisterte Schwimmer seien. Hatte Korialstrasz ernsthaft vor, wie eine Ente auf dem Wasser zu landen?

Einen Augenblick später wurde seine Frage beantwortet. In der Ferne erschien ein dunkler Felsen. Nein … kein simpler Felsen, eine *Insel*, der es fast völlig an Vegetation fehlte.

Ein Gefühl von Angst beschlich Rhonin, wie er es früher schon einmal verspürt hatte – als er das Meer auf seinem Weg ins Land Khaz Modan überquert hatte. Damals war er mit zwergischen Greifenreitern unterwegs gewesen, und die Insel, die sie überflogen hatten, war Tol Barad gewesen, ein verfluchter Ort, den die Orks schon früh überrannt hatten. Die Bewohner der Insel waren alle ermordet, ihre Heimat verwüstet worden, und die hochsensiblen Sinne des Zauberers hatten gefühlt, wie ihre Seelen nach Rache dürsteten.

Jetzt erfuhr er wieder jenes Gefühl schrecklicher, unhörbarer Wehklagen.

Rhonin schrie den Drachen an, aber entweder riss ihm der Wind die Stimme fort, oder Korialstrasz entschied sich, ihn zu überhören. Langsam gingen sie auf der Insel nieder.

Sie landeten auf einem kleinen Berg, der eine Reihe von im Schatten liegender, zerstörter Gebäude überragte. Zu klein für eine Stadt, fand Rhonin, und er nahm an, dass es früher einmal ein Fort gewesen sein musste oder ein umfriedeter Wohnsitz. Auf jeden Fall boten die Ruinen ein beunruhigendes Bild, das die Sorgen des Zauberers nur noch mehrte.

„Wann werden wir unseren Weg fortsetzen?“, fragte er Korialstrasz und hoffte immer noch, dass der Drache nur vorhatte, für ein paar Minuten Rast einzulegen, ehe sie weiter nach Kalimdor flogen.

„Nicht vor Sonnenaufgang. Um Kalimdor zu erreichen, müssen wir in der

Nähe des Mahlstroms vorbei, und dafür werden wir unseren wachen Geist und frische Kräfte benötigen. Dies ist die einzige Insel, die ich im Umkreis fand."

„Wie heißt sie?"

„Dieses Wissen ist nicht das meine."

Korialstrasz beugte sich tief hinab und erlaubte es Rhonin so, abzusteigen. Der Zauberer entfernte sich gerade weit genug von seinem Gefährten, um einen letzten Blick auf die Ruinen erhaschen zu können, bevor die Finsternis sie verschlang.

„Etwas Tragisches ist hier geschehen", sagte Korialstrasz plötzlich.

„Du spürst es auch?"

„Ja ... doch was es ist, vermag ich nicht zu sagen. Wie auch immer, hier oben sollten wir sicher sein, und ich habe nicht die Absicht, mich zu verwandeln."

Das beruhigte Rhonin ein wenig. Er entschied sich, so nahe wie möglich bei dem Drachen zu bleiben. Trotz seines tollkühnen Rufs war der Zauberer kein Narr. Nichts konnte ihn hinunter in diese Ruinen locken.

Sein gigantischer Kamerad schlief beinahe sofort ein und ließ einen viel zu aufgeregten Rhonin zurück, der in den Nachthimmel starrte. Vereesas Bild erfüllte seine Gedanken. Die Zwillinge würden nicht mehr lange auf sich warten lassen, und er hoffte, ihre Ankunft durch diese Mission nicht zu verpassen. Geburt war eine ganz eigene Form von Magie, eine, die Rhonin niemals hätte meistern können.

Die Gedanken an seine Familie entspannten den Magier ein wenig, und bevor er es bemerkte, war er doch noch in tiefen Schlummer gesunken. Dort leisteten Vereesa und die noch ungeborenen Zwillinge ihm weiterhin liebevolle Gesellschaft, obwohl er seine Sprösslinge niemals klar als männlich oder weiblich einzuordnen vermochte.

Vereesa verschwand in den Hintergrund und ließ Rhonin mit den Zwillingen zurück. Sie riefen nach ihm, flehten ihn an, zu ihnen zu kommen. In seinen Träumen begann er zu laufen, über eine weite Ebene zu rennen. Die Kinder wurden immer fernere Schattenrisse am Horizont. Was als ein Spiel begonnen hatte, wurde zur wilden Jagd. Die zunächst glücklichen Rufe füllten sich mit Angst. Rhonins Kinder brauchten ihn, aber erst musste er sie finden ... und zwar *rasch*.

„Vater! Vater!", klangen die Stimmen.

„Wo seid ihr? Wo seid ihr?" Der Zauberer kämpfte sich durch ein Gewirr von Zweigen, das nur noch dichter zu werden schien, je entschlossener er sich vorankämpfte. Endlich brach er durch und fand sich vor einer hoch aufragenden Burg wieder.

Und von oben riefen wieder die Kinder. Er sah ihre fernen Gestalten, ihre Arme, die sich ihm flehentlich entgegen streckten. Rhonin wob einen Zauber, um sich in die Luft zu erheben, aber als er dies tat, wuchs die Burg und hielt mit seinem Bemühungen Schritt.

Frustriert konzentrierte er sich darauf, schneller aufzusteigen.

„Vater! Vater!“, schrillten die Stimmen, jetzt ein wenig vom Wind verzerrt.

Schließlich erreichte er das Turmfenster, wo die Beiden ihn erwarteten. Mit ihren Armen versuchten sie, die Entfernung zu Rhonin zu überbrücken. Ihre Finger waren nur noch wenige Zoll von den seinen entfernt …

Doch plötzlich polterte eine riesige Gestalt in die Burg und ließ sie in ihren Grundfesten erzittern. Rhonin und seine Kinder taumelten in schnellem Sturz zur Erde hinab. Rhonin versuchte verzweifelt, die Zwillinge zu retten, aber eine monströse, ledrige Hand fing ihn auf und trug ihn davon.

„Wach auf! Wach auf!“

Der Kopf des Zauberers pochte. Alles um ihn herum begann sich zu drehen. Die Hand verlor ihren Halt um ihn, und wieder begann er zu stürzen.

„Rhonin! Wo auch immer du bist! Wach auf!“

Unter ihm eilten zwei schattenhafte Gestalten heran, um ihn aufzufangen … seine Kinder, die nun versuchten, *sein* Leben zu retten. Rhonin lächelte dem Paar zu, und es lächelte zurück.

Lächelte zurück mit rasiermesserscharfen, tückischen Zähnen.

Und gerade noch rechtzeitig *erwachte* Rhonin.

Statt zu fallen, lag er auf dem Rücken. Die Sterne über ihm enthüllten, dass er sich in der dachlose Ruine eines Gebäudes befand. Modrig-feuchter Gestank attackierte seinen Geruchssinn, und ein aggressiver, zischender Laut drang an sein Gehör.

Er hob den Kopf – und starrte in eine Alptraum-Fratze.

Hätte jemand einen menschlichen Totenschädel genommen, ihn in geschmolzenes Wachs getaucht und dieses dann ungehemmt abtropfen lassen, wäre es dem schockierenden Anblick, der Rhonin erwartete, ziemlich nahe gekommen. Und hätte man diesem Gebilde noch lange, spitze Zähne, sowie rote, seelenlose, hungrig stierende Augen hinzugefügt, wäre das Bild höllischen Grauens perfekt gewesen.

Es kam auf viel zu langen Beinen auf ihn zu und holte mit knochigen Armen aus. Diese endeten in drei langen, gebogenen Fingern, welche sich tief in den bereits verwüsteten Stein gruben. Die makabre Gestalt trug die zerfetzten Überreste eines einst königlichen Mantels. Sie war so dünn, dass Rhonin zuerst glaubte, sie besäße überhaupt kein Fleisch, aber dann sah er eine fast durchsichtige Hautschicht, die die Rippen und andere sichtbare Bereiche überzog.

Der Zauberer war auf die Beine gesprungen und stolperte zurück, als die Monstrosität gerade nach seinem Fuß grabschte. Das schleimverkrustete Maul öffnete sich, doch statt eines Fauchens oder Schreis ertönte eine kindliche Stimme.

„Vater!“

Die gleiche Stimme wie in Rhonins Traum.

Er schauderte angesichts eines solchen Lautes aus der Kehle eines Ghuls, aber gleichzeitig weckte der Ruf einen unwiderstehlichen Drang in ihm. Wieder war ihm, als riefen tatsächlich seine eigenen Kinder nach ihm – was absolut unmöglich schien.

Ein Brüllen, das die Erde erzittern ließ, erfüllte plötzlich das zerstörte Gebäude. Rhonin erwachte wie aus einer Trance, zeigte auf das Ungetüm und murmelte ein paar Worte.

Ein Ring aus Feuer flammte um das bleiche Wesen herum auf, das jetzt schrie. Es erhob sich so hoch, wie seine ungelenken Glieder es ihm ermöglichten und versuchte, den Flammen zu entkommen.

„Rhonin!“, rief von draußen Korialstrasz. „Wo bist du?“

„Hier! Hier drin! Ein Haus, das kein Dach mehr hat!“

Noch während der Magier sprach, durchbrach die hagere Gestalt plötzlich das Feuer.

Flammen leckten an einem halben Dutzend Stellen ihres dürren Leibes. Sie öffnete ihr Maul weiter, als es hätte möglich sein dürfen – weit genug jedenfalls, um Rhonins Kopf zu verschlingen.

Bevor der Magier einen weiteren Zauber wirken konnte, verdunkelte ein riesiger Schatten die Sterne, und eine gigantische Pranke traf die teuflische Bestie. Mit einem weiteren Schrei flog der brennende Schrecken durch den Raum und krachte mit solcher Gewalt gegen eine Wand, dass um ihn herum Steine nieder prasselten.

Ein Stoß Drachenfeuer beendete, was Rhonins Zauber begonnen hatte.

Der Gestank überwältigte den Magier beinahe. Er hielt sich einen Ärmel vor Nase und Mund und sah zu, wie Korialstrasz landete.

„Was – was für ein Ding war das?“, keuchte Rhonin irgendwann.

Selbst im Dunkeln konnte er den Ekel des Leviathans erkennen. „Ich glaube … es gehörte einmal zu jenen, die diesen Ort ihr Zuhause nannten.“

Rhonin betrachtet die verkohlte Gestalt. „*Das* war einmal ein Mensch? Wie ist das möglich?“

„Du hast das Grauen gesehen, das die Untote Geißel während des Kampfes gegen die Brennende Legion entfesselte. Damit erübrigt sich jede Frage.“

„Haben *sie* das getan?“

Korialstrasz atmete schwer aus. Offensichtlich war er über diese Begegnung ebenso verstört wie Rhonin selbst. „Nein … dies ist viel älter … und entspringt einem sogar noch unheiligeren Akt, als ihn der Totenkönig jemals zelebrierte.“

„Kras … Korialstrasz! Es ist in meine Träume eingedrungen, hat sie manipuliert!“

„Ja, die anderen haben das Gleiche mit mir versucht …“

„*Andere?*“ Rhonin blickte sich um, während sich auf seinen Lippen bereits ein neuer Zauber formte. Inzwischen war er überzeugt, dass es in den Ruinen von Monstern nur so wimmelte.

„Wir sind sicher … für den Augenblick. Ein paar von ihnen sind jetzt weniger als das, was von deinem Freund hier übrig geblieben ist, und der Rest hat sich in alle Spalten und Winkel der Ruinen verkrochen. Ich glaube, unter der Erde gibt es Katakomben, und dort schlafen sie, wenn sie nicht gerade auf Beutezug sind."

„Hier können wir nicht bleiben."

„Nein", stimmte der Drache zu. „Können wir nicht. Wir müssen weiter nach Kalimdor."

Er beugte seinen Rücken auf den Boden hinab, damit Rhonin aufsteigen konnte. Wenig später schlug er mit den Flügeln, und das ungleiche Paar erhob sich in den nächtlichen Himmel.

„Wenn wir unsere Mission erfüllt haben, werde ich zurückkehren und dem Grauen hier ein Ende setzen", versprach Korialstrasz. In einem weicheren Tonfall fügte er hinzu: „Es gibt schon genug Abscheuliches auf der Welt."

Rhonin antwortete ihm nicht. Stattdessen warf er einen letzten Blick nach unten. Er mochte es sich nur einbilden, aber er glaubte zu sehen, wie weitere Ghule, nun, da der Drache verschwunden war, aus den Ruinen hervor krochen. Tatsächlich schien es ihm, als sammelten sie sich zu Dutzenden und starrten alle hungrig empor … auf den Zauberer.

Er riss seinen Blick von ihnen los und freute sich tatsächlich, auf dem Weg nach Kalimdor zu sein. Ganz gewiss konnte sie das, was sie dort erwartete, nach einer Nacht wie dieser nicht mehr schrecken.

Ganz gewiss nicht …

# DREI

Korialstrasz erreichte die Küste von Kalimdor spät am Tage. Er und Rhonin legten nur eine kurze Rast ein, um etwas zu essen – der Drache nahm seine Kost außer Sichtweite des Zauberers ein –, dann setzten sie den Weg zu der fernen Bergkette fort, die einen großen Teil der westlichen Regionen des Landes bedeckte. Korialstrasz flog mit zunehmender Entschlossenheit, je näher sie ihrem Ziel kamen. Er hatte Rhonin nicht gesagt, dass er immer wieder versucht hatte, mit Nozdormu in Kontakt zu treten … und dass dem kein Erfolg beschieden gewesen war. Bald jedoch würde es darauf nicht mehr ankommen, denn sie würden aus erster Hand erfahren, was den Aspekt der Zeit so entsetzt hatte.

„Der Berg da!", schrie Rhonin. Obwohl er wieder geschlafen hatte, fühlte er sich kaum erfrischt. Dunkle Bilder der bösen Insel hatten seine Träume heimgesucht. „Den Berg erkenne ich wieder!"

Der Drache nickte. Es war die letzte Landmarke vor ihrem Ziel. Auch wenn er die Spitze nicht zur gleichen Zeit wie sein Reiter gesehen hätte, wäre ihm nicht die *Falschheit* im Gewebe der Realität entgangen … und das bedeutete, dass sie tatsächlich etwas Schreckliches erwartete.

Trotz dieser Gewissheit wurde der Leviathan sogar noch schneller. Er hatte keine andere Wahl. Was auch immer vor ihnen lag, die einzigen, die eine Katastrophe verhindern konnten, waren er und die winzige menschliche Gestalt, die er auf seinem Rücken trug.

Doch während die scharfen Augen von Mensch und Drache das Ziel erkannt hatten, bemerkten sie nicht die Augen, die wiederum sie erspähten.

„Ein roter Drache …", grollte der Ork. „Ein roter Drache mit einem Reiter …"

„Gehört er zu uns, Brox?", fragte sein Begleiter. „Noch ein Ork?"

Brox grunzte seinen Gefährten an. Der andere Ork war jung, zu jung, um im Krieg gegen die Legion von großem Nutzen gewesen zu sein, und er konnte sich mit Sicherheit nicht an die Zeit erinnern, als es Orks gewesen waren und nicht Menschen, die solche Bestien geritten hatten. Gaskal kannte nur die Geschichten, die Legenden. „Gaskal, du Narr, wenn ein Drache heutzutage einen Ork tragen würde, dann nur in seinem Bauch!"

Gaskal zuckte nur gleichgültig die Schultern. Jeder Zoll seines Körpers war stolzer Ork-Krieger – groß und muskulös mit einer zähen, grünlichen Haut und zwei riesigen Stoßzähnen, die aus seinem Unterkiefer nach oben ragten. Er hatte die breite Nase und die dichten, buschigen Augenbrauen eines Orks, und seine dunkle Haarmähne hing zwischen den Schultern herab. In einer fleischigen Hand hielt Gaskal eine riesige Streitaxt, während die andere um den Riemen seines Ziegenlederrucksacks geschlossen war. Wie Brox war auch er in einen dicken Fellmantel gekleidet, unter dem er einen Leder-Kilt und Sandalen trug, die mit Stoff umwickelt waren, um die Körperwärme zu bewahren. Die Orks waren ein hartgesottenes Volk, das in jedem Element überleben konnte. Aber in diesen unwirtlichen Bergen hier mussten selbst sie alles tun, um sich zu wappnen.

Auch Brox war ein stolzer Krieger, aber die Zeit hatte ihm Wunden geschlagen, wie kein anderer Feind es vermocht hätte. Er war mehrere Zoll kleiner als Gaskal, was teilweise an seinem vom Alter gebeugten Rücken lag. Die Mähne des Kriegsveteranen war dünn geworden und begann zu ergrauen. Narben und Alterfalten suchten sein breites, bulliges Gesicht heim, und im Unterschied zu seinem jugendlichen Gefährten war der ständige Ausdruck von Eifer auf seinem Gesicht einem nachdenklichen Misstrauen und stets gegenwärtigen Erschöpfung gewichen.

Seine abgenutzte Streitaxt fest umklammert, stapfte Brox durch den tiefen Schnee. „Die sind dorthin unterwegs, wohin wir auch wollen."

„Woher weißt du das?"

„Wo sollten die sonst hin?"

Da er kein Gegenargument fand, hielt Gaskal den Mund und gab Brox die Chance, über den Grund nachzudenken, der sie beide an diesen trostlosen Ort geführt hatte.

Er war nicht dabei gewesen, als der alte Schamane bei Thrall erschien und um eine sofortige Audienz ersuchte. Aber er hatte Details dieser Begegnung erfahren. Natürlich hatte Thrall ihn sofort ausgeschickt, denn er hatte großen Respekt vor den alten Wegen und betrachtete Kalthar als einen weisen Berater. Wenn Kalthar ihn sofort zu sprechen wünschte, musste es dafür einen sehr guten Grund geben.

Oder einen sehr schlechten.

Zwei von Thralls Wachen stützten den gebrechlichen Kalthar, als er eintrat und auf dem Boden vor dem hoch aufragenden Kriegshäuptling Platz nahm. Aus Respekt vor dem alten Schamanen setzte sich Thrall ebenfalls auf den Boden, damit sich ihre Augen auf gleicher Höhe treffen konnten. Über Thralls gekreuzten Beinen lag der riesige Kriegshammer mit dem schweren Kopf – seit Generationen die Geißel aller Feinde der Horde.

Der neue Kriegshäuptling der Orks war breitschultrig, muskulös und für seine Stellung relativ jung. Doch niemand stellte Thralls Fähigkeiten als Anführer in Frage. Er hatte die Orks aus den Lagern, in denen man sie wie Vieh zusammengepfercht hatte, befreit und ihnen ihre Ehre und ihren Stolz zurückgegeben. Er hatte einen Pakt mit den Menschen geschlossen und es der Horde so erst ermöglicht, ein neues Leben zu beginnen. Das Volk sang bereits Lieder über ihn, die man von Generation zu Generation weiterreichen würde.

In seine schwarze, mit Symbolen verzierte Rüstung gekleidet, die er zusammen mit dem riesigen Hammer von seinem Vorgänger, dem legendären Orgrim Doomhammer, geerbt hatte, senkte der Höchste aller Krieger den Kopf und fragte demütig: „Wie kann ich Euch zu Diensten sein, großer Schamane, der Ihr mich mit Eurer Gegenwart ehrt?"

„Indem Ihr nur zuhört", erwiderte Kalthar. „Und indem Ihr *wirklich* zuhört."

Der Kriegshäuptling mit dem ausgeprägten Kinn lehnte sich vor. Seine erstaunlichen und seltenen blauen Augen – die von den Seinen als ein Zeichen des Schicksals betrachtet wurden – verengten sich vor angespannter Erwartung. Auf seinem Weg vom Sklaven und Gladiator zum Herrscher hatte Thrall den Pfad des Schamanen studiert und selbst schamanische Künste gemeistert. Er begriff sofort, dass Kalthar einen triftigen Grund haben musste, so zu sprechen.

Und dann erzählte der Schamane Thrall von der Vision des Strudels, für den die Zeit nur ein Spielzeug zu sein schien. Er erzählte von den Stimmen und ihren Warnungen, erzählte davon, wie sich die Dinge *falsch* angefühlt hatten.

Er schilderte Thrall auch seine Furcht vor dem, was geschehen mochte, wenn es nicht gelang, die Situation unter Kontrolle zu bringen.

Als Kalthar mit seinem Bericht endete, lehnte sich der Kriegshäuptling zurück. Um seinen Hals trug er ein einzelnes Medaillon, auf dem golden eine Axt und ein Hammer eingraviert waren. Seine Augen verrieten die rasche Auffassungsgabe und die Intelligenz, die ihn als einen fähigen Anführer auswiesen. Als er sich bewegte, tat er dies nicht mit tierischer Ork-Kraft, sondern mit einer fließenden Geschmeidigkeit und Haltung, die besser zu einem Menschen oder einem Elf gepasst hätten.

„Das riecht nach Magie", knurrte er. „Nach mächtiger Magie. Etwas für Zauberer … vielleicht."

„Möglicherweise wissen sie schon davon", erwiderte Kalthar. „Aber wir können es uns nicht leisten, auf sie zu warten, großer Kriegshäuptling."

Thrall verstand. „Ihr wollt, dass ich jemanden an den Ort entsende, den Ihr geschaut habt?"

„Das würde mir am klügsten erscheinen. So könnten wir zumindest in Erfahrung bringen, womit wir es genau zu tun haben."

Der Kriegshäuptling rieb sich das Kinn. „Ich glaube, ich weiß, wen ich entsenden werde. Einen guten Krieger.“ Er blickte die Wachen an. „Brox! Bringt sofort Brox zu mir!“

Und so war Brox in seine Mission eingeweiht worden. Thrall hatte großen Respekt vor Brox, denn der ältere Krieger war ein Held des letzten Krieges, der einzige Überlebende einer Schar tapferer Krieger, die einen wichtigen Pass gegen die Dämonen gehalten hatten. Mit seiner Streitaxt hatte Brox die Schädel von mehr als einem Dutzend der feurigen Feinde gespalten. Sein letzter Kamerad starb gerade als lebende Fackel, als endlich Verstärkung eintraf und die Lage rettete. Blutverschmiert und einsam inmitten des Gemetzels stehend, erschien Brox den Ankömmlingen wie eine Vision aus den alten Geschichten ihres Volkes. Sein Name wurde fast ebenso hoch verehrt wie der von Thrall.

Aber es war mehr als der Name des Veteranen, was ihm den Respekt des Kriegshäuptlings eingetragen und Thrall dazu bewegt hatte, sich für ihn zu entscheiden. Thrall wusste, dass Brox, wie er selbst, ein Krieger war, der nicht nur mit seinem Arm, sondern auch mit seinem Verstand focht. Der Ork-Herrscher konnte keine Armee in die Berge entsenden. Er musste die Mission einem oder zwei geschickten Kriegern anvertrauen, die ihm dann ihre Erkenntnisse vermitteln konnten.

Gaskal wurde ausgewählt, um Brox zu begleiten, weil er immer wieder sein Geschick im Kampf und seinen absoluten Gehorsam bewiesen hatte. Der jüngere Ork gehörte zu der neuen Generation, die in relativem Frieden mit den anderen Völkern aufwachsen würde. Brox war froh, diesen fähigen Krieger an seiner Seite zu haben.

Der Schamane hatte den Weg durch die Berge so perfekt beschrieben, dass das Paar seinem Zeitplan weit voraus war. Nach Brox’ Einschätzung musste ihr Ziel direkt hinter dem nächsten Kamm liegen … genau dort, wo Drache und Reiter verschwunden waren.

Brox’ Griff um die Axt schloss sich fester. Die Orks hatten sich zum Frieden bekannt, aber er und Gaskal würden, wenn nötig, kämpfen – selbst, wenn dies ihren sicheren Tod bedeuten mochte.

Der alte Krieger unterdrückte das grimmige Lächeln, das sich ihm beim letzten Gedanken um den Mund hatte legen wollen. Ja, er wäre bereit, bis zum Tod zu kämpfen. Denn Brox litt unter einem schrecklichen Gefühl der Schuld, die seit jenem Tag im Pass an seiner Seele nagte.

Sie waren alle getötet worden, alle außer Brox, und er konnte es nicht verstehen. Er fühlte sich schuldig, weil er noch am Leben – weil er nicht tapfer mit seinen Kameraden gestorben war. Für ihn war der Umstand, dass *er* weiterlebte, ein Quell ewiger Schande. Er hatte nicht, wie die anderen, sein Bestes gegeben. Seit dieser Zeit hatte er gewartet und auf eine Gelegenheit gehofft, seine Schuld einzulösen. Seine Schuld einzulösen … und zu sterben.

Nun hatte das Schicksal ihm vielleicht die ersehnte Chance geliefert.

„Weiter!“, befahl er Gaskal. „Wir können sie erreichen, bevor sie es sich bequem gemacht haben!“ Jetzt erlaubte er sich ein breites Grinsen, das sein Kamerad als typische Ork-Begeisterung auffassen würde. „Und wenn sie uns irgendwelchen Ärger machen, werden sie meinen, es mit der ganzen Horde zu tun bekommen zu haben!“

Während die Insel der vergangenen Nacht wie ein unheilvoller Ort erschienen war, fühlte sich der Bergpass, in den sie nun hineinsanken, einfach *falsch* an. Das war das treffendste Wort, das Rhonin einfiel, um die Gefühle zu beschreiben, die ihn durchströmten. Was auch immer sie suchten … es hätte nicht existieren dürfen. Es war, als habe das Gewebe der Realität selbst einen schrecklichen Fehler begangen …

Dieses Gefühl war ungeheuer intensiv, und der Zauberer, der sich jedem nur vorstellbaren Alptraum gestellt hatte, wollte fortan nur noch eines: dass der Drache sofort umkehrte. Er sagte jedoch nichts und erinnerte sich daran, wie er schon auf der Insel seine Unsicherheit zum Ausdruck gebracht hatte. Vielleicht bereute Korialstrasz ja bereits, dass er ihn mitgenommen hatte.

Das rote Ungetüm bog seine Schwingen, als es auf die Erde niederging. Seine gigantischen Pranken sanken in den Schnee und suchten einen möglichst sicheren Bereich zum Landen.

Rhonin klammerte sich fest am Nacken des Drachen. Er fühlte jede Vibration und hoffte, dass seine Hände ihn nicht im Stich lassen würden. Sein Rucksack schlug gegen seinen Rücken, prügelte auf ihn ein.

Endlich kam Korialstrasz zum Stehen. Das reptilische Gesicht wandte sich dem Zauberer zu. „Geht es dir gut?“

„Den … den Umständen entsprechend!“, keuchte Rhonin. Er war früher schon auf Drachen geflogen, aber noch nie eine so weite Strecke.

Entweder wusste Korialstrasz, dass sein Passagier noch erschöpft war, oder auch der Drache selbst benötigte eine Pause nach dem gewaltigen Flug. „Wir werden ein paar Stunden hier bleiben, unsere Kräfte sammeln. Ich nehme keine Veränderung in den Emanationen des … Phänomens wahr. Wir sollten genug Zeit haben, uns zu erholen. Das ist jetzt wahrscheinlich das Klügste.“

„Was das angeht, werde ich mich nicht mit dir streiten“, antwortete Rhonin und glitt vom Rücken des Giganten.

Der Wind blies schroff durch die Berge, und die hohen Spitzen warfen viel Schatten. Aber mit ein wenig Magie und im Schutze eines Felsüberhangs gelang es dem Zauberer, sich warm genug zu halten. Während er seinen steif gewordenen Körper streckte, schritt Korialstrasz auf den vor ihnen liegenden Pass zu und erkundete das Gelände. Das Ungetüm verschwand in einiger Entfernung, wo der Pfad sich hinter einer Kurve fortsetzte.

Die Kapuze über den Kopf gezogen, döste Rhonin. Dieses Mal waren seine Gedanken von guten Bildern erfüllt … wahren Bildern von Vereesa und der bevorstehenden Geburt. Der Zauberer lächelte und dachte an seine Rückkehr. Bald war er eingeschlafen.

Er erwachte durch sich nähernde Geräusche. Zu Rhonins Überraschung war es nicht der Drache Korialstrasz, der zu ihm zurückkehrte, sondern die in fließende Gewänder gehüllte Gestalt von Krasus.

Als Antwort auf die Frage in den geweiteten Augen des Menschen erklärte der Drachenmagier: „Es gibt mehrere instabile Stellen in der Nähe. In dieser Gestalt besteht weniger Gefahr, sie zum Kollabieren zu bringen. Ich kann mich jederzeit wieder verwandeln, falls dies notwendig werden sollte."

„Hast du irgendetwas gefunden?"

Das nicht perfekt elfische Gesicht runzelte die Stirn. „Ich fühle den Aspekt der Zeit. Er ist hier, und doch ist er es nicht. Es ist verwirrend."

„Sollten wir anfangen …"

Noch bevor Rhonin seinen Satz vollenden konnte, hallte ein schrilles Heulen durch die Bergkette. Der Laut ging dem Zauberer durch Mark und Bein, und selbst Krasus wirkte aufs Höchste beunruhigt.

„Was war denn das?", keuchte Rhonin.

„Ich weiß es nicht." Der Drachemagier richtete sich auf. „Wir sollten weitergehen. Unser Ziel ist nicht mehr fern."

„Fliegen wir nicht?"

„Ich spüre, dass das, wonach wir suchen, in einem schmalen Pass zwischen den nächsten Bergen liegt. Ein Drache würde da nicht hinein passen, zwei schlichte Wandersleute schon."

Krasus übernahm die Führung, und sie brachen in nordöstlicher Richtung auf. Rhonins Gefährte schien die Kälte nicht zu spüren, aber er, der Mensch, musste die Schutzzauber auf seiner Kleidung verstärken. Trotzdem fühlte er die Unwirtlichkeit des Landes auch weiterhin auf seinem Gesicht und an den Händen.

Es dauerte nicht lange, und sie erreichten den Anfang jenes Passes, von dem Krasus gesprochen hatte. Jetzt sah Rhonin, was der andere gemeint hatte. Der Pass war wenig mehr als ein enger Korridor. Ein halbes Dutzend Männer hätten Seite an Seite durch ihn hindurch marschieren können, ohne sich beengt zu fühlen, aber ein Drache hätte kaum seinen Kopf hineinzuquetschen vermocht, ganz zu schweigen von seinem riesigen Leib.

Die hohen Steilwände woben noch dunklere Schatten, und Rhonin fragte sich, ob sie nicht irgendeine Form von Licht benötigten, um diesen Weg sicher zu bewältigen.

Krasus schritt ohne Zögern weiter. Er war sich seines Zieles gewiss und marschierte immer zügiger, als könne er es kaum noch erwarten.

Der Wind heulte durch die Schlucht und wurde lauter und schriller, je weiter sie gingen. Rhonin musste sich anstrengen, um mit seinem früheren Mentor Schritt zu halten.

„Sind wir bald da?“, rief er schließlich.

„Bald. Es liegt nur –“

Krasus schwieg für einen Moment.

„Was ist?“

Der Drachenmagier lauschte konzentriert in sich hinein und runzelte der Stirn. „Es ist nicht … nun, es ist nicht mehr exakt dort, wo es eigentlich sein sollte.“

„Du meinst, es hat sich *bewegt?*“

„Davon gehe ich aus.“

„Ist es normal, dass es sich bewegt?“, fragte der Zauberer mit dem Feuerschopf und lugte den dunklen Pfad hinab, der vor ihnen lag.

„Du unterliegst dem Irrtum, dass ich genau wüsste, was uns erwartet, Rhonin. Ich weiß und verstehe nur wenig mehr als du selbst.“

Das gefiel dem Menschen überhaupt nicht. „Also, was schlägst du vor, sollen wir tun?“

Die Augen des Drachenmagiers glühten in einem inneren Feuer, als er über die Frage nachsann. „Wir gehen weiter. Das ist alles, was wir tun können.“

Aber nach nur kurzer Strecke stießen sie auf eine neue Art von Hindernis, eines, das Krasus aus der Luft nicht hatte erkennen können. Der Pass gabelte sich in zwei Richtungen, und obwohl es möglich war, dass die beiden Schluchten sich irgendwo voraus wieder verbanden, konnte das Paar nicht sicher davon ausgehen.

Krasus betrachtete beide Wege. „Sie verlaufen beide in der Nähe unseres Ziels, aber ich kann nicht spüren, welcher Pfad näher liegt. Wir werden sie beide versuchen müssen.“

„Trennen wir uns?“

„Ich würde es vorziehen, wenn wir dies vermeiden könnten, aber ja, wir müssen uns trennen. Wir werden beide fünfhundert Schritt weit unserem Pfad folgen, dann drehen wir um und treffen uns wieder hier. Hoffentlich haben wir dann herausgefunden, welcher Weg der Erfolgversprechendere ist.“

Rhonin nahm den Korridor zur Linken und folgte Krasus' Anweisungen. Während er die Schritte abzählte, kam er bald zu dem Schluss, dass sein Weg Potenzial hatte. Nicht nur wurde der Pass vor ihm immer breiter, der Zauberer meinte auch, die Störung klarer als jemals zuvor spüren zu können. Obwohl Krasus' magische Sinne schärfer als die seinen waren, hätte selbst ein Novize das *Abnorme* wahrnehmen können, das die vor ihm liegende Region durchdrang.

Trotz seiner Zuversicht kehrte Rhonin noch nicht um. Die Neugierde trieb ihn weiter.

Er hatte jedoch kaum mehr als einen weiteren Schritt getan, als er etwas Neues fühlte, etwas reichlich Verstörendes dazu. Rhonin hielt inne und versuchte zu bestimmen, was sich an der Anomalie plötzlich anders anfühlte.

Sie bewegte sich. Aber das war nicht alles.

Sie bewegte sich *auf ihn zu* … und zwar überaus schnell!

Er fühlte sie, bevor er sie sah. Es war, als würde alle Zeit zusammengepresst, dann gestreckt, dann wieder gequetscht … Rhonin fühlte sich alt, jung – und jeden Augenblick seines Lebens dazwischen. Überwältigt zögerte der Zauberer.

Und die Finsternis vor ihm löste sich in einem Kaleidoskop schillernder Farben auf, von denen er manche noch nie zuvor gesehen hatte. Eine ständige Explosion elementarer Energie erschütterte sowohl die leere Luft, als auch den festen Stein und erhob sich zu phantastischer Höhe. Rhonins begrenzter Geist erschien das Phänomen wie eine hoch aufragende, feurige Blume, die blühte, verwelkte und wieder erblühte … und mit jedem Aufblühen wurde sie größer.

Als sich das Phänomen näherte, kam der Magier schließlich wieder zu Sinnen. Er wirbelte herum und rannte los.

Geräusche dröhnten in seinen Ohren. Stimmen, Musik, Donner, Vögel, Wasser … *alles*.

Trotz seiner Furcht, dass es ihn einholen würde, fiel das rätselhafte Schauspiel hinter ihm zurück. Aber Rhonin hörte nicht auf zu laufen. Er fürchtete, dass es jederzeit vorstürmen und ihn verschlingen könnte.

Krasus hatte die letzte Verschiebung gewiss ebenfalls gespürt. Mit Sicherheit eilte er bereits zu Rhonin. Gemeinsam würden sie einen Wegen finden, um …

Ein schreckliches Heulen hallte durch den Pass.

Eine riesige, achtbeinige Wolfsgestalt stürzte auf Rhonin herab.

Wäre er jemand anderes gewesen, als der Mann, der er war, der Zauberer hätte hier und jetzt den Tod gefunden und wäre die Beute einer wilden, säbelzahnbewehrten Kreatur mit vier flammend grünen Augen geworden, die ihre acht Tatzen in ihn grub. Das monströse Wolfswesen warf ihn zu Boden, doch Rhonin, dessen Kleidung durch Magie vor den Elementen geschützt war, erwies sich als widerstandsfähig. Die Klauen schlugen in einen Mantel, den sie eigentlich sofort hätten zerfetzen müssen …

… nur um eine Kralle einzubüßen, die prompt abbrach.

Graues Fell sträubte sich im Nacken der Bestie. Sie heulte enttäuscht auf. Rhonin ergriff seine Chance beim Schopf und wob einen einfachen, aber effektiven Zauber, der ihm schon in der Vergangenheit gute Dienste geleistet hatte.

Eine Kakophonie von Licht explodierte vor den Smaragdaugen der Kreatur. Das Tier wurde sofort geblendet und zuckte erschreckt zurück, während es erfolglos nach den blitzenden Mustern schlug.

Rhonin kroch außer Reichweite und kam wieder auf die Beine. Er hatte keine Möglichkeit zu fliehen. Damit hätte er der Bestie nur den Rücken zugekehrt, und sein Schutzzauber verlor bereits an Kraft. Noch ein paar weitere Schläge dieser Pranken und die Krallen würden dem Zauberer das Fleisch von den Knochen schälen.

Feuer hatte bei dem Ghul auf der Insel funktioniert, und Rhonin sah keinen Grund, warum ein so altbewährter Zauber ihm nicht auch hier gute Dienste leisten sollte. Er murmelte die Worte …

… die jedoch unerklärlicherweise *rückwärts* aus seinem Mund drangen. Schlimmer noch, Rhonin erkannte zu seinem Entsetzen, dass er sich rückwärts *bewegte* und vor die Klauen der geblendeten Bestie zurückkehrte.

Die Zeit hatte sich um ihre eigene Achse gedreht … aber wie?

Die Antwort materialisierte etwas weiter den Pass hinab. Krasus' Anomalie hatte ihn eingeholt.

Geisterhafte Bilder flatterten an Rhonin vorbei. Ritter, die in die Schlacht ritten. Eine Hochzeit. Ein Sturm auf dem Meer. Orks, die um ein Feuer herum Kriegsgesänge anstimmten. Seltsame Wesen, die im Kampf ineinander verkrallt waren.

Plötzlich konnte er sich wieder vorwärts bewegen. Rhonin schoss aus der Reichweite der Bestie, dann wirbelte er herum, um sich ihr wieder zu stellen. Dieses Mal zögerte er nicht und wob seinen Zauber.

Die Flammen schossen in Gestalt einer mächtigen Pranke vor, aber als sie sich der monströsen Kreatur näherten, verlangsamten sie … hielten an, gefroren in der Zeit.

Fluchend begann Rhonin einen neuen Zauber.

Der achtbeinige Schrecken sprang um das gefrorene Feuer herum und brüllte, als er auf den Menschen zu stürmte.

Rhonin schleuderte den Zauber.

Die Erde unter der Abscheulichkeit explodierte, ein Sturm von Schmutz erhob sich in die Luft und bedeckte die Wolfskreatur. Sie brüllte ein weiteres Mal, und trotz der enormen Kräfte, gegen die sie angehen musste, kämpfte sie sich weiter auf den Magier zu.

Um Beine und Rumpf des Tiers bildete sich eine Kruste. Sein Maul schloss sich fest, als eine Schicht felsenharter Erde es versiegelte. Eines nach dem anderen verschwanden die grünen Augen unter einem Staubmantel.

Nur wenige Fuß vor ihrem Opfer kam die Kreatur zum Stehen. Hätte ein Unbeteiligter sie betrachtet, so hätte er den Eindruck gewinnen können, es mit einer perfekt modellierten Statue zu tun zu haben, nicht mit dem Monster selbst.

In diesem Moment erfüllte Krasus' Stimme Rhonins Schädel.

*Endlich!,* rief der Drachenmagier. *Rhonin … die Störung wächst! Sie hat dich fast erreicht!*

Von der fürchterlichen Bestie abgelenkt, hatte der Zauberer nicht mehr auf die Anomalie geachtet. Als er dies nun tat, weiteten sich seine Augen.

Sie füllte einen Raum aus, der zehn Mal höher und zweifellos auch zehn Mal breiter war als der Pass. Massiver Fels bedeutete ihr nichts. Die Störung strich einfach durch ihn hindurch, als existiere er nicht. Doch in ihrem Gefolge veränderte sich die Landschaft. Einige der Felsen sahen verwitterter aus, während andere Abschnitte wirkten, als seien sie gerade erst nach den titanischen Wehen einer vulkanischen Geburt erkaltet. Die schlimmsten Verwandlungen schienen dort stattzufinden, wo die Ränder der feurigen Blume einander berührten.

Rhonin wollte nicht daran denken, was mit ihm geschehen würde, wenn dieses Ding auch in Kontakt mit ihm geriet.

Er begann wieder zu rennen.

*Die Bewegungen und das Wachstum des Phänomens haben sich plötzlich viel schneller erhöht, aber ich weiß nicht, warum,* sprach Krasus weiter in seinem Kopf. *Ich fürchte, ich werde dich nicht rechtzeitig erreichen. Du musst einen Teleporationszauber weben!*

*Meine Zauber funktionieren nicht immer so, wie sie sollten!,* erwiderte Rhonin. *Die Anomalie bringt sie durcheinander!*

*Wir werden in Verbindung bleiben! Das sollte helfen, deine Magie zu stärken! Ich werde dich zu mir führen, damit wir gemeinsam vorgehen können!*

Rhonin hatte wenig Lust, sich an Orte zu teleportieren, die er noch nie gesehen hatte, und das Risiko einzugehen, in einem Berg eingeschlossen zu enden. Doch wenn Krasus mit ihm verbunden war, würde die Aufgabe erheblich leichter werden.

Er konzentrierte sich auf Krasus und stellte sich das Bild des Drachenmagiers vor. Der Zauber begann sich zu formen. Rhonin fühlte, wie sich die Welt um ihn verschob.

Die feurige Blume wuchs plötzlich auf fast das Doppelte ihrer vorherigen Größe an.

Zu spät erkannte Rhonin, warum. Sie reagierte auf den Einsatz von Magie … seiner Magie! Er wollte den Zauber abbrechen, aber es war bereits zu spät.

*Krasus! Brich die Verbindung ab! Brich sie ab, bevor auch du –*

Die Anomalie verschlang ihn.

*Rhonin?*

Aber Rhonin konnte nicht antworten. Er wirbelte herum und herum, wurde wie ein Blatt im Sturm hin und her geschleudert. Mit jeder Umdrehung flog er schneller. Erneut attackierten ihn Geräusche und Bilder. Er sah die Vergangenheit, die Gegenwart und die Zukunft und erkannte jeden dieser Abschnitte als das, was er war. Er fing einen Blick auf die versteinerte Bestie auf, als sie wild an ihm vorbei segelte und von etwas verschlungen wurde, das man nur als einen Strudel aus Zeit beschreiben konnte.

Andere Dinge flogen an ihm vorüber, willkürliche Objekte und sogar Geschöpfe. Ein ganzes Schiff mit zerfetzten Segeln, dessen Rumpf in der Nähe des Bugs eingedrückt war, schoss dahin und verschwand. Ein Baum, auf dem noch immer ein Schwarm Vögel saß, folgte. In der Ferne streckte ein Krake, der von der Spitze seines Kopfes bis zum Ende seiner Tentakel gut fünfzig Fuß maß, einen seiner Fangarme nach ihm aus, um Rhonin mit sich zu reißen, aber dann verschwand auch er wie alles andere.

Von irgendwoher erklang noch einmal Krasus' schwacher Ruf. *Rhonin* …

Der junge Zauberer seinerseits rief den Namen des Drachenmagiers, erhielt aber keine Antwort.

Der Strudel füllte sein gesamtes Blickfeld aus. Und als er ihn in sich hinein sog, galten Rhonins letzte Gedanken Vereesa und den Kindern, die er niemals kennen lernen würde.

# VIER

Er fühlte das langsame, stete Wachsen der Blätter, Zweige und Wurzeln. Er fühlte die zeitlose Weisheit, die ewigen Gedanken im Innern der Bäume. Jeder Gigant hatte seinen eigenen, einzigartigen Charakter, so ausgeprägt wie bei jedem Individuum.

*Sie sind die Wächter des Waldes*, erklang die Stimme seines Mentors. *Sie sind genauso sehr seine Seele, wie ich es bin. Sie* sind *der Wald.* Eine Pause. *Und jetzt … komm zu uns zurück …*

Der Geist von Malfurion Stormrage zog sich respektvoll aus den riesigen Bäumen zurück, den ältesten des Waldlandes. Während er sie verließ, kehrten die Gefühle seines eigenen Körpers langsam zurück, wenn auch zunächst nur schwach. Er blinzelte zweimal mit seinen silbernen, pupillenlosen Augen, und sein Blick wurde wieder klar. Sein Atem ging rasselnd und keuchend, aber sein Herz schwoll vor Stolz. Noch nie zuvor hatte er so weit ausgeholt!

„Du hast gut gelernt, junger Nachtelf", rumpelte eine Stimme, die wie die eines Bären klang. „Besser als selbst ich es erwartet hatte …"

Schweiß lief Malfurions Gesicht herab. Sein Mentor hatte darauf bestanden, dass er diesen monumentalen Schritt seiner Lehre am helllichten Tage versuchte, dann also, wenn die Kraft seines Volkes am schwächsten war. Wäre es zur Nacht gewesen, dessen war sich Malfurion sicher, wäre er stärker gewesen. Aber wie Cenarius gesagt hatte: Das war nicht Sinn der Sache. Was sein Mentor ihn lehrte, war nicht die Zauberei der Nachtelfen, sondern fast ihr genaues Gegenteil.

Und in so vielerlei Hinsicht war Malfurion bereits das genaue Gegenteil seines Volkes geworden. Trotz der Neigung der Nachtelfen zu extravaganter, prächtiger Garderobe war Malfurions Kleidung überaus zurückhaltend gewählt: ein Stoffhemd, ein einfaches Wams, eine Hose aus Leder, kniehohe Stiefel … Wären seine Eltern nicht schon vor vielen Jahren bei einem Unfall ums Leben gekommen, sie wären in der Zwischenzeit gewiss aus Scham über ihren Sohn gestorben.

Sein schulterlanges, dunkelgrünes Haar umrahmte ein schmales Gesicht, das an einen Wolf erinnerte. Malfurion war zu einer Art Ausgestoßenem unter seinen eigenen Leuten geworden. Er stellte Fragen, erklärte, dass alte Traditionen nicht unbedingt die besten seien, und meinte sogar einmal, dass der von allen geliebten Königin Azshara die Sorgen ihrer Untertanen vielleicht nicht immer vorrangig am Herzen lagen. Seine Äußerungen und sein Verhalten hatten ihm viele verächtliche Blicke, aber nur wenige Freunde eingetragen.

Tatsächlich hätte Malfurion, hätte man ihn danach gefragt, nur drei wirkliche Freunde benennen können. Zunächst einmal wäre da sein eigener Zwillingsbruder gewesen, der ebenso rebellische Illidan. Obwohl Illidan sich den Traditionen und der Zauberei der Nachtelfen nicht in der Weise verweigerte wie Malfurion, neigte auch er dazu, die Autorität der Älteren in Frage zu stellen – was kein wesentlich geringeres Vergehen war.

„Was hast du gesehen?“, fragte Illidan eifrig. Er saß neben Malfurion im Gras und hätte seinem Bruder zum Verwechseln ähnlich gesehen, wären nicht das mitternachtsblaue Haar und die bernsteinfarbenen Augen gewesen. Als Kinder des Mondes hatten fast alle Elfen silberne Augen. Jene wenigen Ausnahmen, die mit Augen wie Bernstein geboren wurden, betrachtete man als zu großen Taten bestimmt.

Doch falls Illidan tatsächlich einmal große Taten vollbringen wollte, musste er zunächst einmal lernen, Temperament und Ungeduld zu zügeln. Er war mit seinem Zwillingsbruder gekommen, um den neuen Weg zu studieren, der die Kräfte der Natur benutzte – ihr Mentor nannte ihn den „Pfad des Druiden“ – und hatte geglaubt, er werde sich als gelehriger Schüler erweisen. Stattdessen verwob er Zauber oft falsch und konzentrierte sich selten genug, um seine Trance ausreichend lange aufrechtzuerhalten. Dass er ziemlich geschickt war, was traditionelle Zauberei betraf, befriedigte Illidan nicht. Er hatte den Pfad des Druiden erlernen wollen, weil solch einzigartige Fähigkeiten ihn in den Augen seines Volkes zu etwas wahrhaft Besonderem gemacht hätten. Vielleicht hätte er sich damit endlich dem Potenzial angenähert, von dem man seit seiner Geburt sprach.

„Ich sah …“, begann Mulfurion und stockte. Wie sollte er es seinem Bruder erklären? Malfurion legte die Stirn kraus. „Ich sah in die Herzen der Bäume, ihre Seelen. Und auch nicht einfach ihre Seelen. Ich sah … Ich glaube, ich sah in die Seele des gesamten Waldes!“

„Wie wundervoll!“, rief eine weibliche Stimme neben ihm.

Malfurion versuchte zu verhindern, dass seine Wangen sich ins Schwarze verdunkelten, der Art wie Nachtelfen erröteten. In letzter Zeit fühlte er sich in Gegenwart seiner anderen Begleitung beständig unbehaglicher … und doch konnte er sich auch nicht vorstellen, zu weit von ihr entfernt zu sein.

Mit den Brüdern war Tyrande Whisperwind gekommen, ihre beste Freundin seit früher Kindheit. Die drei waren zusammen aufgewachsen und unzertrennlich in jeder Hinsicht gewesen, bis Tyrande vergangenes Jahr die Gewänder einer Novizin im Tempel der Mondgöttin Elune angelegt hatte. Dort lernte sie, den Geist der Göttin in sich zu erwecken und die Fähigkeiten zu nutzen, die allen Priesterinnen verliehen wurden, damit sie das Wort ihrer Herrin verbreiten konnten. Sie war es gewesen, die Malfurion zu seiner Entscheidung ermutigt hatte, als er darüber nachdachte, sich von der Zauberei der Nachtelfen ab- und einer anderen, irdischeren Macht zuzuwenden. Tyrande erkannte im Pfad des Druiden eine Lehre, die den Lehren ihrer eigenen Gottheit verwandt war.

Doch aus dem mageren, blassen Mädchen, das die beiden Brüder mehr als einmal beim Rennen und bei der Jagd geschlagen hatte, war, seit Tyrande sich dem Tempel angeschlossen hatte, eine schlanke, doch wohl gerundete Schönheit geworden, deren glatte Haut jetzt in einem weichen, hellen Violett schimmerte, während ihr dunkelblaues Haar von Silber durchzogen war. Das scheue Gesicht war voller, weiblicher und überaus anziehend geworden.

Vielleicht sogar *zu* betörend.

„Hmpf!", kommentierte Illidan, nicht sonderlich beeindruckt. „War das *alles*?"

„Es war ein Anfang – ein akzeptabler Anfang", kam es dunkel aus dem Mund ihres Lehrers. Sein riesiger Schatten fiel über die drei jungen Nachtelfen und brachte sogar Illidans sonst so zügelloses Mundwerk zum Schweigen.

Obwohl sie selbst alle mehr als sieben Fuß groß waren, wirkte das Trio vor Cenarius wie eine Versammlung von Zwergen, denn ihr Lehrer maß weit über zehn Fuß. Sein Oberkörper erinnerte an den eines Nachtelfs, obwohl ein Hauch des smaragdgrünen Waldes seine dunkle Haut färbte und er eine viel breitere und muskulösere Statur aufwies als seine beiden männlichen Schüler. Aber jenseits des Oberkörpers endete jede Ähnlichkeit. Cenarius war kein einfacher Nachtelf. Er war nicht einmal sterblich.

Cenarius war ein Halbgott.

Seine Ursprünge kannte nur er selbst, aber er war ebenso ein Teil des großen Waldes, wie dieser ein Teil von ihm. Als die ersten Nachtelfen aufgetaucht waren, hatte Cenarius bereits lange hier gelebt. Er behauptete, mit ihnen verwandt zu sein, doch hatte er niemals erklärt, in welcher Weise.

Die Wenigen, die zu ihm kamen, um von ihm zu lernen, verließen ihn stets berührt, sogar verändert. Andere verließen ihn überhaupt nicht und wurden so von seinen Lehren verwandelt, dass sie sich entschieden, ihr eigenes Volk zu verlassen und sich stattdessen dem Halbgott zum Schutze seines Reiches anzuschließen. Sie waren nicht länger Elfen, sondern Waldwächter, deren Leiber für immer umgeformt waren.

Eine dicke, moosgrüne Mähne floss von seinem Kopf herab, während Cenarius seine Schüler mit freundlichen Augen aus purem Gold betrachtete. Er klopfte Malfurion sanft mit Händen auf die Schulter, die in Krallen aus knorrigem, altem Holz endeten – Klauen, die in der Lage waren, einen Nachtelf mühelos in Stücke zu reißen. Dann trat Cenarius zurück … auf seinen vier Beinen.

Der Oberkörper des Halbgottes mochte dem eines Nachtelfen gleichen, aber die untere Hälfte war die eines riesigen, prächtigen Hirsches. Cenarius bewegte sich so flink und behände wie jeder der drei anderen. Er hatte die Geschwindigkeit des Windes, die Stärke der Bäume. In ihm spiegelte sich das Leben und die Vitalität des Landes. Er war zugleich sein Kind und sein Vater.

Und wie ein Hirsch trug auch er ein Geweih – riesige, großartige Sprossen, die Schatten auf sein gestrenges, aber auch väterliches Gesicht warfen, das von einem langen, dichten Bart umrahmt wurde. Das Geweih erinnerte daran, dass jede Blutsverwandtschaft zwischen Halbgott und Nachtelf weit, weit in der Vergangenheit liegen musste.

„Ihr habt eure Sache alle gut gemacht", fügte er mit einer Stimme hinzu, die stets wie ferner Donner klang. Blätter und Zweige, die buchstäblich seinem Bart entsprossen, brachten das Haar der Gottheit in Bewegung, wann immer sie sprach. „Geht jetzt. Bewegt euch wieder eine Zeit lang unter eurem eigenen Volk. Es wird euch gut tun."

Alle drei erhoben sich, aber Malfurion zögerte. Er blickte seine Gefährten an und sagte: „Geht ihr voraus. Ich treffe euch am Ende des Pfades. Ich muss mit Cenarius sprechen."

„Wir können warten", meinte Tyrande.

„Das ist nicht nötig. Es wird nicht lange dauern."

„Dann sollten wir ihn in Ruhe lassen", warf Illidan schnell ein und fasste den Arm des Mädchens. „Komm, Tyrande."

Sie warf Malfurion einen letzten, langen Blick zu, aber der Nachtelf drehte sich schnell um. Er wollte seine Gefühle verbergen. Er wartete, bis beide verschwunden waren, dann wandte er sich wieder dem Halbgott zu.

Die sinkende Sonne schuf Schatten im Wald, die zu Cenarius' Unterhaltung zu tanzen schienen. Der Halbgott lächelte ihnen zu, den Bäumen und anderen Pflanzen, die sich im Gleichklang bewegten.

Malfurion sank auf ein Knie und wandte seinen Blick zur Erde. „Mein Shan'do", begann er und sprach Cenarius mit dem Titel an, der in der alten Sprache „Geehrter Lehrer" bedeutete. „Vergebt mir meine Frage …"

„Du solltest dich vor mir nicht so unterwürfig benehmen, junger Elf. Steh auf …"

Der Nachtelf gehorchte zögernd, aber er hielt seinen Blick gesenkt.

Das brachte den Halbgott zum Kichern, ein Laut, der durch das plötzliche lebhafte Zwitschern von Singvögeln verstärkt wurde. Wann immer Cenarius sich regte, regte sich der Wald im Einklang mit ihm.

„Du erweist mir sogar noch mehr Ehre als jene, die behaupten, in meinem Namen zu beten. Dein Bruder verbeugt sich nicht vor mir, und trotz all ihres Respekts vor meiner Macht, unterwirft sich Tyrande Whisperwind nur Elune."

„Ihr habt angeboten, mich zu lehren – uns zu lehren –, was kein Nachtelf jemals erlernt hat …" Er erinnerte sich noch immer an den Tag, als er sich dem heiligen Wald genähert hatte. Dutzende von Legenden berichteten von Cenarius, aber Malfurion hatte die Wahrheit erfahren wollen. Als er jedoch den Namen des Halbgottes rief, hatte er nicht wirklich mit einer Antwort gerechnet.

Er hatte außerdem nicht erwartet, dass Cenarius sich anbieten würde, sein Lehrer zu werden. Warum der Halbgott eine so *banale* Aufgabe annehmen sollte, ging über Malfurions Fassungsvermögen hinaus. Doch hier standen sie einander gegenüber. Sie waren mehr als Gottheit und Nachtelf, mehr als Lehrer und Schüler … sie waren auch Freunde.

„Kein anderer Nachtelf möchte wirklich meine Wege lernen", antwortete Cenarius. „Selbst jene, die den Mantel des Waldes angelegt haben … Keiner von ihnen ist wahrlich dem Pfad gefolgt, den ich dir nun weise. Du bist der Erste mit der möglichen Begabung, dem möglichen Willen, um wahrhaft zu *verstehen*, wie man die Kräfte führt, die aller Natur innewohnen. Niemand hat je zuvor ein solches Potenzial bewiesen, junger Elf."

Dies war es nicht gewesen, worüber Malfurion hatte sprechen wollen, und so trafen ihn die Wort vollkommen unvorbereitet. „Aber … aber Tyrande und Illidan …"

Der Halbgott schüttelte den Kopf. „Von Tyrande haben wir bereits geredet. Sie hat sich Elune versprochen, und ich werde nicht im Reich der Mondgöttin wildern! Was deinen Bruder betrifft, so kann ich nur sagen, dass Illidan ein vielversprechender junger Mann ist … aber ich glaube, seine Bestimmung liegt anderswo."

„Ich … ich weiß nicht, was ich sagen soll …" Und Malfurion wusste es wirklich nicht. So plötzlich zu erfahren, dass Illidan und er nicht demselben Weg folgen würden, dass Illidan seine Anstrengungen hier sogar vergeudete … es war das erste Mal, dass die Zwillinge ihren Erfolg nicht teilen würden. „Nein! Illidan wird lernen! Er ist einfach nur eigensinniger! Er steht unter einem solchen Druck. Seine Augen –"

„Sind ein Zeichen zukünftiger großer Taten für die Welt, die er jedoch nicht vollbringen wird, indem er meinen Lehren folgt." Cenarius schenkte Malfurion ein sanftes Lächeln. „Aber du wirst versuchen, ihn selbst zu lehren, nicht wahr? Vielleicht hast du da Erfolg, wo ich versagt habe."

Die Wangen des Nachtelfs wurden dunkel. Natürlich konnte sein Shan'do seine Gedanken lesen. Ja, Malfurion hatte vor, alles in seiner Macht stehende zu tun, um Illidan voran zu bringen … und er wusste, dass dies eine schwierige Aufgabe werden würde. Von dem Halbgott zu lernen, war eine Sache, von Malfurion zu lernen, würde etwas ganz anderes sein. Es würde darauf hinauslaufen, dass Illidan nicht der Erste war, wohl aber der Zweite werden könnte.

„Aber jetzt zu dir“, fügte der Waldherr leise hinzu, während ein kleiner, roter Vogel auf seinem Geweih landete und sein bleicherer Gefährte sich auf einem Arm niederließ. Solche Dinge geschahen häufig in Cenarius' Gegenwart, aber sie erfüllten den Elf immer wieder mit Erstaunen. „Du bist gekommen, um mich etwas zu fragen …“

„Ja. Großer Cenarius … ich werde von einem Traum geplagt, einem Traum, der immer wiederkehrt.“

Die goldenen Augen wurden schmaler. „Nur ein Traum? Das ist alles, was dir Sorgen macht?“

Malfurion schnitt eine Grimasse. Er hatte sich selbst bereits mehrmals gescholten, weil er auch nur daran gedacht hatte, den Halbgott mit seinem Problem zu belästigen. Wie viel Schaden konnte ein Traum schon anrichten, selbst einer, der sich ständig wiederholte? Jeder träumte. „Ja … er kommt jedes Mal zu mir, sobald ich schlafe, und seit ich bei Euch lerne … ist er stärker geworden, fordernder.“

Er erwartete, dass Cenarius ihn auslachen würde, doch stattdessen musterte der Herr des Waldes ihn genauer. Malfurion spürte, wie die goldenen Augen – die noch faszinierender waren als die seines Bruders – sich tief in ihn bohrten und den Nachtelf von innen und außen *lasen*.

Schließlich lehnte Cenarius sich zurück. Er nickte kurz, wie zu sich selbst, und sagte dann mit ernsterer Stimme: „Ja, ich glaube, du bist bereit.“

„Bereit? Wofür?“

Als Antwort hob Cenarius eine Hand. Der rote Vogel sprang herunter auf die ihm dargebotene Hand, und sein Gefährte schloss sich ihm dort an. Der Halbgott streichelte beiden einmal über den Rücken, flüsterte ihnen etwas zu und ließ das Paar dann davonflattern.

Cenarius blickte zu dem Nachtelf hinab. „Illidan und Tyrande werden informiert werden, dass du eine Zeit lang bei mir bleiben wirst. Man wird ihnen sagen, dass sie ohne dich gehen sollen.“

„Aber warum?“

In den goldenen Augen flackerte ein warmes Feuer auf. „Erzähl mir von deinem Traum.“

Malfurion schöpfte einen tiefen Atemzug und tat, wie ihm geheißen. Der Traum begann immer mit dem Quell der Ewigkeit. Zuerst waren seine Wasser ruhig, aber dann bildete sich in seinem Zentrum rasch ein Strudel … und aus seinen Tiefen brachen Kreaturen hervor, manche von ihnen harmlos, andere bösartig. Viele von ihnen erkannte Malfurion nicht einmal. Sie kamen von anderen Welten, aus anderen Zeiten. Sie breiteten sich nach allen Richtungen aus, enteilten seinem Blickfeld.

Plötzlich verschwand der Strudel, und Malfurion stand inmitten von Kalimdor … doch es war ein Kalimdor bar jeden Lebens. Etwas schrecklich Böses hatte das ganze Land verwüstet und nicht einmal einen einzigen Grashalm, nicht das winzigste Insekt zurückgelassen. Die einst stolzen Städte, die weiten, grünen Wälder … nichts war unversehrt geblieben.

Und was noch schrecklicher war: So weit das Auge reichte, lagen überall die verkohlten, zermalmten Knochen von Nachtelfen verstreut. Ihre Schädel waren eingeschlagen. Der Gestank des Todes lag bleiern in der Luft. Niemand, nicht einmal die Alten und Gebrechlichen, nicht einmal die *Kinder* waren verschont worden.

Dann griff eine Hitze Malfurion an, eine ganz fürchterliche Hitze. Er wandte sich um und erkannte in der Ferne ein gigantisches Feuer, ein Inferno, das sich bis in den Himmel erstreckte. Es verbrannte alles, was es berührte, sogar den Wind selbst. Wohin es sich auch wandte, es blieb nichts – absolut nichts! – zurück. Doch so Furcht erregend diese Szene auch war, es war nicht sie, die den Nachtelf schließlich in kalten Schweiß gebadet erwachen ließ, sondern vielmehr etwas, das er *an* diesem Feuer spürte.

Es *lebte*. Es wusste um das Grauen, das es schuf, wusste darum … und *genoss* es. Genoss es … und gierte nach mehr.

Aller Humor war aus Cenarius' Gesichtszügen verschwunden, als Malfurion seinen Bericht beendet hatte. Sein Blick schweifte seinem geliebten Wald entgegen und den Geschöpfen, die darin wuchsen und gediehen. „Und dieser Alptraum wiederholt sich bei jedem Schlaf?“

„Bei jedem Schlaf. Ohne Ausnahme.“

„Dann fürchte ich, dass es ein Omen ist. Ich fühlte in dir seit unserer ersten Begegnung den Samen einer besonderen Begabung – es war einer der Gründe, warum ich mich dir zu Erkennen gab –, doch sie ist noch viel stärker ausgeprägt, als selbst ich es erwartet hatte.“

„Aber was bedeutet es?“, flehte der junge Nachtelf ihn um eine Antwort an. „Wenn Ihr sagt, dass es ein Omen ist, dann muss ich wissen, was es bedeutet.“

„Und wir werden versuchen, es herauszufinden. Ich sagte ja, dass du bereit bist.“

„Bereit wofür?“

Cenarius kreuzte die Arme vor seiner Brust. Der Ton seiner Stimme wurde schwerer. „Bereit, den *Grünen Traum* zu beschreiten.“

Der Halbgott hatte in seinen Lehren noch nie einen Grünen Traum erwähnt, aber die Art, in der Cenarius davon sprach, ließ Malfurion spüren, wie wichtig dieser nächste Schritt war. „Was ist das?“

„Was ist es nicht? Der Grüne Traum ist die Welt jenseits der wachen Welt. Er ist die Welt des Geistes, die Welt der Schläfer. Er ist die Welt, wie sie hätte sein können, wenn wir intelligenten Wesen nicht gekommen wären, um sie zu verderben. Im Grünen Traum kann jemand, der geübt genug ist, alles sehen, überall hingehen. Dein Körper wird in eine Starre versetzt, und deine Traumgestalt wird aus ihm entweichen, zu jedem Ort fliegen, den du besuchen musst."

„Das klingt ..."

„Gefährlich? Das ist es auch, junger Malfurion. Selbst jene, die gut trainiert sind, selbst die Erfahrenen können sich im Grünen Traum verlieren. Du wirst bemerkt haben, dass ich diese Welt den *Grünen* Traum nenne. Es ist die Farbe seiner Herrin Ysera, des Großen Aspekts. Der Grüne Traum ist das Reich, das ihr und ihrem Drachenschwarm gehört. Meine eigenen Dryaden und Wächter nutzen den Grünen Traum zur Erfüllung ihrer Pflichten – doch nur sehr selten."

„Ich habe nie davon gehört", gab Malfurion kopfschüttelnd zu.

„Wahrscheinlich weil keine Nachtelfen bis auf die, die in meinen Diensten stehen, jemals diese Pfade begangen haben ... und auch jene nur, als sie nicht länger Mitglieder deines Volkes waren. Du würdest der Erste deiner Art sein, der diesen Weg beschreitet ... so du es wünschst."

Malfurion fand die Idee gleichermaßen beunruhigend wie verlockend. Dies würde der nächste Schritt seiner Studien sein und vielleicht eine Möglichkeit, seinem ständigen Alptraum einen Sinn zu entlocken. Doch Cenarius hatte klar gemacht, dass der Grüne Traum auch tödlich enden konnte.

„Was ... könnte passieren? Was könnte schief gehen?"

„Selbst die Erfahrendsten können sich auf dem Rückweg verirren, wenn sie abgelenkt werden", antwortete der Halbgott. „Selbst ich. Du musst die ganze Zeit über deine Konzentration aufrechterhalten. Du musst dein Ziel kennen und darfst es niemals aus den Augen verlieren. Sonst ... sonst könnte es sein, dass dein Leib *auf ewig* schlafen wird."

Es gab noch mehr, spürte der Elf, aber Cenarius wollte aus irgendeinem Grund, dass er es selbst in Erfahrung brachte – falls Malfurion sich entschied, den Grünen Traum zu beschreiten.

Er kam zu dem Schluss, dass er gar keine Wahl hatte. „Wie fange ich es an?"

Cenarius berührte freundlich den Scheitel seines Schülers. „Du bist dir sicher?"

„Völlig."

„Dann setze dich einfach nieder, wie du es bei deinen anderen Lektionen getan hast." Nachdem Malfurion gehorcht hatte, ließ Cenarius seine vierbeinige Gestalt ebenfalls auf die Erde sinken. „Ich werde dich bei diesem ersten Mal führen. Danach musst du selbst den Weg finden. Sieh mir in die Augen, Nachtelf."

Die goldenen Augen des Halbgottes fingen Malfurions Blick ein. Selbst wenn er es gewollt hätte, es hätte ihm eine unermessliche Anstrengung abverlangt, sich wieder davon zu lösen. Er fühlte, wie er in Cenarius' Geist gezogen, wie er in eine Welt geführt wurde, in der alles möglich war.

Ein Gefühl der Leichtigkeit berührte Malfurion.

*Fühlst du den Tanz der Steine, den Tanz des Windes, das Lachen des rauschenden Wassers?*

Zuerst fühlte Malfurion nichts von alledem, aber dann hörte er das langsame, stete Mahlen, mit dem die Erde sich verschob, und er erkannte, dass dies die Weise war, in der die Steine und Felsen sprachen, während sie sich über Äonen hinweg von einem Punkt der Welt zu einem anderen bewegten.

Danach wurden auch die anderen Stimmen deutlicher. Jedes Element der Natur sprach in seinem eigenen, einzigartigen Tonfall. Der Wind wirbelte in fröhlichem Tanz umher, wenn er glücklich war, und begann, brutal zu treten und zu schlagen, sobald seine Stimmung sich verdüsterte. Die Bäume schüttelten ihre Kronen, und das vorstürmende Wasser eines nahe gelegenen Flusses gluckste vor Vergnügen, als die Fische in ihm zu laichen begannen.

Aber im Hintergrund … glaubte Malfurion einen beständigen Missklang zu spüren. Er versuchte, sich darauf zu konzentrieren, aber es gelang ihm nicht.

*Du bist noch nicht im Grünen Traum. Zuerst musst du deine Hülle abstreifen,* instruierte ihn die Stimme in seinem Kopf. *Wenn du den Zustand des Schlafes erreichst, wirst du deinen Körper ablegen wie einen Mantel. Beginne mit deinem Herzen und mit deinem Verstand, denn sie sind die Ketten, die dich am stärksten an die Ebene der Sterblichkeit binden. Siehst du? So macht man es …*

Malfurion berührte sein Herz mit seinen Gedanken, öffnete es wie eine Tür und befreite seinen Geist. Er tat das Gleiche mit seinem Verstand, obwohl die irdische, praktische Seite jeder lebenden Kreatur gegen diese Tat protestierte.

*Überlass dich deinem Unterbewusstsein. Lass dich von ihm leiten. Es kennt das Reich des Träumens und freut sich stets, dorthin zurückkehren zu können.*

Während Malfurion gehorchte, fielen die letzten Barrieren von ihm ab. Er fühlte sich, als habe er sich gehäutet – so wie es eine Schlange tun würde. Ein Hochgefühl erfüllte ihn, und er vergaß beinahe, zu welchem Zweck er all dies tat.

Aber Cenarius hatte ihn gewarnt, stets auf sein Ziel konzentriert zu bleiben, und so rang der Nachtelf die Begeisterung nieder.

*Jetzt … erhebe dich.*

Malfurion stemmte sich empor …

… sein Körper jedoch, dessen Beine noch immer gekreuzt waren, blieb dort zurück, wo er saß. Seine Traumgestalt schwebte ein paar Fuß über dem Boden, frei von allen Fesseln. Malfurion wusste, dass er, wenn er es gewünscht hätte, zu den Sternen selbst hätte aufsteigen können.

Aber der Grüne Traum war anderswo beheimatet. *Wende dich ein weiteres Mal an dein Unterbewusstsein,* trug ihm der Halbgott auf. *Es wird dir den Weg weisen, denn er liegt im Inneren und nicht Draußen.*

Und während er Cenarius' Anweisungen folgte, sah der Nachtelf, wie sich die Welt um ihn herum weiter verwandelte. Ein Dunstschleier umgab alles. Bilder, eine endlose Folge von Bildern, überlappten einander, aber mit etwas Konzentration entdeckte Malfurion, dass er jedes von ihnen einzeln betrachten konnte. Er hörte ein mannigfaltiges Flüstern und erkannte, dass es die inneren Stimmen der Träumer auf der ganzen Welt waren.

*Ab hier musst du den Weg allein beschreiten.*

Er fühlte, wie seine Verbindung zu Cenarius fast verschwand. Um Malfurions Konzentration Willen war der Halbgott gezwungen, sich zurückzuziehen. Doch Cenarius blieb eine Präsenz, die bereit war, ihrem Schüler zu helfen, falls dies notwendig wurde.

Als Malfurion weiter vorwärts schwebte, verwandelte sich seine Welt in ein leuchtendes, kristallenes Grün. Der Dunstschleier wurde dichter, aber die flüsternden Stimmen waren nun besser zu verstehen. Eine Landschaft schien ihn leise zu rufen.

Er war zu einem Teil des Grünen Traums geworden.

Malfurion folgte seinen Instinkten und schwebte der fließenden, sich ständig verändernden Traumlandschaft entgegen, die sich vor ihm öffnete. Wie Cenarius gesagt hatte, war sie so, wie die Welt ausgesehen hätte, wenn die Nachtelfen und die anderen intelligenten Wesen sie niemals betreten hätten. Es lag eine Ruhe im Grünen Traum, die es verlockend erscheinen ließ, für immer hier zu bleiben, aber Malfurion weigerte sich, dieser Versuchung nachzugeben. Er musste die Wahrheit über seine Träume erfahren.

Zunächst hatte er nicht die geringste Ahnung, wohin sein Unterbewusstsein ihn trug. Er hoffte jedoch, es würde ihn zu den Antworten führen, die er suchte. Malfurion flog über das leere Paradies hinweg, und was er sah, erfüllte ihn mit Staunen.

Aber dann, inmitten seiner wundersamen Reise, fühlte er wieder, dass etwas nicht stimmte. Der leichte Missklang, den er zuvor gespürt hatte, wurde stärker. Malfurion versuchte, ihn zu ignorieren, aber er nagte an ihm wie eine hungrige Ratte. Schließlich wandte er ihm seine Geistgestalt zu, und plötzlich lag vor ihm ein riesiger, schwarzer See. Malfurion furchte die Stirn. Er war sich sicher, dass er die unheimlichen Wassermassen irgendwoher kannte. Dunkle Wellen leckten über die Ufer des Gewässers, und eine Aura der Macht strahlte von seinem Zentrum aus.

*Die Quelle der Ewigkeit.*

Doch wenn dies tatsächlich der Quell war, wo war dann die Stadt? Malfurion blickte in der Traumlandschaft dorthin, wo er wusste, dass eigentlich die Hauptstadt hätte liegen müssen, und versuchte, ein Bild von ihr heraufzubeschwören. Er war aus einem bestimmten Grund hierher gekommen, und jetzt glaubte er, dass dieser Grund etwas mit der Stadt zu tun hatte. Schon für sich allein war die Quelle der Ewigkeit etwas Erstaunliches, aber er war nur das Energiezentrum. Der Missklang, den der Nachtelf spürte, ging von einem anderen Ort aus.

Er starrte auf die leere Welt und verlangte, ihre Realität zu sehen.

Und ohne Vorwarnung materialisierte sich Malfurions Traum-Ich über Zin-Azshari, der Hauptstadt der Nachtelfen. In der alten Sprache bedeutete Zin-Azshari „Der Ruhm der Azshara“. Das Volk der Nachtelfen hatten seine Königin, als sie den Thron bestieg, so geliebt, dass es darauf bestanden hatte, ihr zu Ehren die Hauptstadt umzubenennen.

Malfurion dachte an seine Königin, als er plötzlich den Palast selbst erblickte, ein prächtiges Gebäude hinter einer hohen, gut bewachten Mauer. Er runzelte die Stirn, denn er kannte diesen Ort gut, war es doch die Wohnstatt seiner Königin. Obwohl er gelegentlich die Fehler erwähnt hatte, die er an ihr wahrzunehmen meinte, bewunderte Malfurion sie in Wirklichkeit viel mehr, als die Meisten dachten. Im Großen und Ganzen hatte sie viel Gutes für ihr Volk getan, auch wenn er manches Mal das Gefühl hatte, dass Azshara das Gefühl für die wahren Bedürfnisse der Ihren verlor. Wie viele andere Nachtelfen hegte auch er den Verdacht, dass viele Probleme im Land zum größten Teil auf die Hochgeborenen zurückgingen, die das Reich in Azsharas Namen verwalteten.

Das Gefühl der *Falschheit* wurde stärker, je näher er an den Palast heran schwebte. Malfurions Augen weiteten sich, als er den Grund erkannte. Mit der Beschwörung der Vision Zin-Azsharis hatte er auch ein unmittelbareres Bild des Quells hervor geholt. Der schwarze See brodelte nun wild, und etwas, das aussah wie monströse Bänder aus vielfarbiger Energie schoss aus seinen Tiefen hervor. Mächtige Magie wurde aus dem Quell gezogen und in den höchsten Turm des Palastes geleitet. Der einzige vorstellbare Zweck eines solchen Unterfangens war das Weben eines Zaubers von ungeheuerlichem Ausmaß.

Die dunklen Wasser jenseits des Palastes bewegten sich mit solcher Gewalt, dass es für Malfurion aussah, als kochten sie. Je dringlicher die Zauberer im Turm die Macht des Quells beschworen, desto schrecklicher entlud sich die Wut der Elemente. Über Malfurion schrie und blitzte der sturmgepeitschte Himmel. Einige der Gebäude am Ufer des Quells drohten, von den riesigen Wellen fortgewaschen zu werden.

*Was tun sie da?,* fragte sich Malfurion, der seine eigene Suche vergessen hatte. *Warum fahren sie selbst in der Schwäche des Tages mit ihrem Werk fort?*

Aber „Tag“ war hier nur noch ein Wort. Verschwunden war die Sonne, die die Fähigkeiten der Nachtelfen dämpfte. Obwohl der Abend noch nicht gekommen war, war es schwarz wie die Nacht über Zin-Azshari … nein, sogar noch schwärzer. Dies war nicht natürlich und auf jeden Fall nicht sicher. Womit spielten die Zauberer im Turm nur herum?

Malfurion trieb über die Mauern hinweg, vorbei an Wachen mit steinernen Gesichtern, die seine Gegenwart ignorierten. Malfurion schwebte auf den Palast selbst zu, aber als er versuchte, in ihn einzudringen – in der festen Überzeugung, dass seine Traumgestalt problemlos durch etwas so Einfaches wie Stein dringen würde –, stieß der Nachtelf auf eine undurchdringliche Barriere.

Jemand hatte den Palast mit Schutzzaubern umschlossen, die so komplex waren, so stark, dass er sie nicht zu durchdringen vermochte. Das machte Malfurion nur noch neugieriger, noch entschlossener. Er schwenkte um das Gebäude herum und flog ein weiteres Mal auf den fraglichen Turm zu. Es musste einfach einen Weg in ihn hinein geben. Malfurion musste sehen, was für ein Wahnsinn darin geschah.

Mit einer Hand tastete er nach der Phalanx der Schutzzauber, suchte den Punkt, der sie alle miteinander verband, den Punkt, an dem sie auch gelöst werden konnten ...

... und ein plötzlicher, unvorstellbarer Schmerz begrub Malfurion unter sich. Seine Traumgestalt litt still, kein Laut hätte auch ihre Agonie ausdrücken können. Das Bild des Palastes, das Bild Zin-Azsharis ... alles verschwand. Malfurion fand sich in einer grünen Leere wieder, gefangen in einem Sturm aus reiner Magie. Die elementaren Kräfte drohten, seine Traumgestalt in tausend Stücke zu reißen und sie in alle Richtungen zu verstreuen.

Aber mitten in dem monströsen Tumult hörte er plötzlich den schwachen Ruf einer vertrauten Stimme.

*Malfurion ... mein Kind ... komm zurück zu mir ... Malfurion ... du musst zurückkehren ...*

Vage erkannte der Nachtelf Cenarius' als den verzweifelten Rufer. Er klammerte sich daran ihn wie ein Ertrinkender inmitten eines sturmgepeitschten Meeres an ein winziges Stück Treibholz. Malfurion fühlte, wie der Geist der Waldgottheit nach ihm tastete, um ihn in die richtige Richtung zu führen.

Der Schmerz ließ nach, doch Malfurion war über alle Maßen erschöpft. Ein Teil von ihm wollte einfach nur noch zwischen den Träumern treiben, seine Seele wollte nie wieder in sein Fleisch zurückkehren. Doch er erkannte, dass dies sein Ende bedeutet hätte, und so kämpfte er gegen den tödlichen Wunsch an.

Und während der Schmerz schwand, während Cenarius' Berührung stärker wurde, fühlte Malfurion wieder seine eigene Verbindung mit seinem sterblichen Leib. Er folgte dem Band eifrig, bewegte sich schneller und schneller durch den Grünen Traum ...

Mit einem Keuchen erwachte der junge Nachtelf. Unfähig sich aufrecht zu halten, fiel er ins Gras. Starke und zugleich sanfte Hände brachten ihn wieder in eine sitzende Position. Wasser tropfte in seinen Mund.

Er öffnete die Augen und blickte in Cenarius' besorgtes Gesicht. Der Waldgott hielt Malfurions Wasserschlauch.

„Du hast getan, was nur Wenigen anderen gelungen wäre", murmelte sein Mentor. „Und indem du es tatest, hättest du dich beinahe selbst für immer verloren. Was ist mit dir geschehen, Malfurion? Du bist sogar aus meinem Blick entschwunden …"

„Ich … ich spürte … etwas Schreckliches …"

„Die Ursache deiner Alpträume?"

Der Nachtelf schüttelte den Kopf. „Nein. Ich weiß nicht … Ich … ich fand mich von Zin-Azshari angezogen …" Er versuchte zu beschreiben, was er gesehen hatte, aber Worte schienen ihm nicht in der Lage zu sein, die Vision zu beschreiben.

Cenarius sah sogar noch verstörter aus als er selbst, was großes Unbehagen in Malfurion weckte. „Dies lässt nichts Gutes ahnen … nein", schüttelte der Waldgott den Kopf. „Du bist dir sicher, das es der Palast war? Dass es Azshara und ihre Hochgeborenen gewesen sein müssen?"

„Ich weiß nicht, ob sie oder ihre Diener – oder sie mit ihren Dienern … aber ich kann mir nicht helfen: Ich habe das Gefühl, dass die Königin daran beteiligt ist. Azshara hat einen zu starken Willen. Sogar Xavius kann sie nicht kontrollieren … glaube ich." Der Berater der Königin war eine rätselhafte Gestalt, der das Volk ebenso sehr misstraute, wie es Azshara liebte.

„Du musst genau über das nachdenken, was du sagst, junger Malfurion. Du deutest an, dass die Herrscherin der Nachtelfen – sie, deren Name jeden Tag in Liedern gepriesen wird – an einem Zauber beteiligt ist, der nicht nur für ihr Volk zu einer Bedrohung werden könnte, sondern für die ganze Welt. Begreifst du, was das bedeutet?"

Das Bild von Zin-Azshari vermischte sich mit der Szene der Verwüstung … und Malfurion fand, dass beide miteinander vereinbar war. Sie mochten nicht direkt verbunden sein, aber sie teilten etwas miteinander.

Doch was dies war, wusste er noch nicht.

„Mir ist nur eines klar", murmelte er und erinnerte sich an das perfekte, wunderschöne Gesicht seiner Königin und an den Applaus, der selbst den Kürzesten ihrer Auftritte begleitete. „Ich muss die Wahrheit herausfinden, wohin auch immer mich diese Wahrheit führen mag … und selbst wenn sie mich am Ende mein Leben kostet."

Die schattenhafte Gestalt berührte mit ihrer Kralle die kleine, goldene Kugel, die sie in ihrer anderen, von Schuppen bedeckten Hand hielt und erweckte sie zum Leben. Im Rund erschien ein zweiter, fast identischer Schatten. Das Licht der Sphäre vermochte die Finsternis, die die Gestalt umgab, nicht aufzulösen und ebenso versagte auch die andere Kugel, die von der zweiten Gestalt benutzt wurde. Die Magie, deren Aufgabe es war, die Identität der Beiden zu verbergen, war uralt und immens stark.

„Der Quell wird noch immer von schrecklichen Qualen heimgesucht", erklärte derjenige, der den Kontakt aufgenommen hatte.

„So geht es schon seit einiger Zeit“, entgegnete der andere, und sein Schwanz zuckte hinter ihm. „Die Nachtelfen spielen mit Mächten, von denen sie keine Ahnung haben.“

„Hat man sich bei Euch bereits eine Meinung gebildet?“

Die verdunkelte Gestalt im Innern der Kugel schüttelte einmal den Kopf. „Nichts von Bedeutung bisher … aber was können sie schon tun, außer vielleicht sich selbst zu vernichten? Es wäre nicht das erste Mal, dass eines der kurzlebigen Völker sich aus eigener Dummheit in sein Verderben stürzt, und es wird gewiss nicht das letzte Mal sein.“

Der Erste nickte. „So scheint für uns … und die anderen.“

„Alle anderen?“, zischte die zweite Gestalt, und zum ersten Mal klang echte Neugierde in ihrer Stimme. „Sogar jene im Schwarm des Erdwächters?“

„Nein … sie behalten ihre Meinung für sich … wie üblich in letzter Zeit. Sie sind wenig mehr als Neltharions Spiegelbilder.“

„Also unwichtig. Wie ihr werden auch wir fortfahren, die Narrheiten der Nachtelfen zu beobachten, aber es ist zweifelhaft, ob sie zu viel mehr führen als der Ausrottung ihrer eigenen Art. Sollte die Angelegenheit sich als dringlicher erweisen, dann werden wir handeln, so uns unser Herr, Malygos, zu handeln befiehlt.“

„Der Pakt bleibt ungebrochen“, erwiderte der Erste. „Auch wir werden nur handeln, wenn wir den Befehl Ihrer Majestät, der glorreichen Alexstrasza, erhalten.“

„Dann ist dieses Gespräch beendet.“ Mit diesen Worten wurde die Sphäre schwarz, die Verbindung war unterbrochen worden.

Die andere Gestalt erhob sich und legte die Kugel zur Seite. Mit einem Zischen schüttelte sie den Kopf über die Unwissenheit der niederen Völker. Sie spielten ständig mit Dingen, von denen sie keine Ahnung hatten, und oft bezahlten sie einen tödlichen Preis für ihren Unverstand. Aber sie hatten ein Recht auf eigene Fehler, und sie durften ruhig unter ihnen leiden, so lange die Welt als Ganzes keinen Schaden nahm. Sobald dies aber geschah, würden die Drachen handeln müssen.

„Dumme, törichte Nachtelfen. Ihr spielt mir eurem Schicksssal …“

Aber an einem Ort zwischen Welten, inmitten des wieder erstandenen Chaos, wandten sich, als das Wirken von Azsharas Hochgeborenen auch hierher drang, feurige Augen in plötzlichem Interesse um. Irgendwo, erkannte der Betrachter, irgendwo hatte irgendjemand die *Macht* angerufen. Irgendwelche Wesen hatten die Magie beschworen und glaubten in ihrer Dummheit, dass sie – und nur sie allein – sie beherrschten, dass nur sie wüssten, wie man sie benutzte …

… aber wo?

Er suchte, hatte die Quelle fast schon entdeckt, da verlor er sie wieder. Doch sie war nahe, sehr nahe.

Er würde warten. Wie die anderen war auch er wieder hungrig geworden. Wenn er noch ein wenig länger ausharrte, würde er sicher erkennen, wo unter den Welten die törichten Zauberer ihren Narrheiten frönten. Er roch ihren Eifer, ihren Ehrgeiz. Sie würden nicht in der Lage sein, damit aufzuhören, die Magie zu beschwören. Bald … bald würde er den Weg zu ihrer kleinen Welt finden …

Und dann würden er und die anderen *fressen*.

# FÜNF

Brox hatte ein schlechtes Gefühl, was ihre Mission anging, ein sehr schlechtes Gefühl.

„Wo sind sie?“, murmelte er. „Wo sind sie?“

*Wie versteckt man einen Drachen?,* fragte sich der Ork. Die Spuren des Riesenreptils waren bis zu einem gewissen Punkt klar zu erkennen, aber dann konnten er und Gaskal nur noch die Fußspuren eines Menschen finden, möglicherweise auch die von zwei Menschen. Da die Orks so nahe waren, dass sie es bemerkt hätten, wenn sich ein Drache in die Luft erhob – und etwas solch Erstaunliches hatten sie nicht bemerkt –, musste sich der Leviathan noch in der unmittelbaren Umgebung befinden.

„Vielleicht ist er hier entlang“, schlug Gaskal vor und legte seine breite Stirn in tiefe Falten. „Durch diesen Pass.“

„Zu eng“, knurrte Brox. Er schnüffelte. Drachengeruch füllte seine Nase. Und ganz schwach, durch die Echsenausdünstungen fast überlagert, der Geruch von Mensch. Ein Drachen und ein Zauberer.

Vertrag hin, Vertrag her, dies war ein guter Tag zum Sterben – was ihre Gegner betraf. Und falls Brox sie stellen konnte.

Als er sich auf die Knie niederließ, um die Fährten besser lesen zu können, musste der Veteran sich eingestehen, dass Gaskals Vorschlag den meisten Sinn machte. Die beiden Spuren führten in den schmalen Pass, wo die des Drachen einfach *aufhörte*. Trotzdem war sich Brox sicher, dass die Bestie, sobald sich die Orks den anderen Eindringlingen widmeten, augenblicklich erscheinen würde.

Ohne seinem Gefährten durch irgendein Zeichen seine wahren Absichten zu erkennen zu geben, erhob sich der ältere Krieger. „Gehn wir.“

Die Waffen kampfbereit umklammert, trotteten sie vorsichtig in den Pass. Brox grunzte, als er den Felskorridor studierte. Eindeutig zu schmal für einen Drachen, selbst für einen, der noch nicht ausgewachsen war. Wo *war* die Kreatur?

Sie hatten erst eine kurze Strecke zurückgelegt, als sie weiter vorne in der Schlucht ein monströses Brüllen hörten. Die beiden Orks blickten einander an, aber sie wurden nicht langsamer. Kein wahrer Krieger floh beim ersten Laut einer Gefahr.

Sie drangen tiefer in die Schlucht vor. Schatten spielten über die Felsen und erweckten den Eindruck, als tanzten groteske Geschöpfe um sie herum. Brox' Atem ging schneller. Er versuchte, mit Gaskal Schritt zu halten. Die Axt wog schwer in seiner Hand.

Ein Schrei – ein menschlicher Schrei – hallte durch den Pass. Er kam von irgendwo voraus.

„Brox …", setzte der jüngere Ork an.

Doch in diesem Moment füllte eine Vision ihr Blickfeld aus, ein feuriges Bild, wie sie es noch nie zuvor gesehen hatten.

Der Schrecken nahm die ganze Breite des Passes ein und schien sogar in den Fels hinein zu fließen. Er erweckte nicht den Eindruck, lebendig zu sein, und doch bewegte er sich, als verfolge er ein Ziel. Geräusche – willkürliche, chaotische Laute – füllten die Ohren der Orks, und als Brox in das Zentrum der Erscheinung blickte, fühlte er sich, als starre er in die Ewigkeit.

Orks waren keine Wesen, die sich schnell ängstigten, aber die schaurige und gewiss magische Vision überwältigte die beiden Krieger. Brox und Gaskal erstarrten vor ihr und ahnten, dass diese Erscheinung gewiss nicht vor ihren Waffen weichen würde.

Brox hatte sich einen heldenhaften Tod gewünscht, nicht *das* hier. Es lag keine Ehre darin, auf solche Art zu sterben. Das Ding sah aus, als könne es ihn mit Haut und Haaren verschlingen. Ohne ihn überhaupt zu bemerken. Wie eine Fliege.

Und so war die Entscheidung für ihn klar. „Gaskal! Beweg dich! Lauf!"

Doch Brox selbst gelang es nicht, seinem eigenen Befehl nachzukommen. Ja, er wirbelte herum, um fortzurennen. Aber er rutschte in dem glatten Schnee aus wie ein tölpelhaftes Kind. Der riesige Ork stürzte zu Boden und stieß sich den Kopf. Er verlor seine Axt, die außerhalb seiner Reichweite niederfiel.

Gaskal, der nicht mitbekommen hatte, was mit seinem Kameraden geschehen war, rannte nicht zurück, sondern warf sich zur Seite und fand in einer Vertiefung der Felswand Zuflucht. Er drückte sich gegen den kalten Stein und war offenbar der Ansicht, hier geschützt zu sein.

Brox erkannte Gaskals Fehleinschätzung. Er erhob sich auf die Knie und schrie: „Nicht da! Weg da!"

Doch die Kakophonie des kreischenden Chaos ertränkte seine Warnung, und die furchterregende Abnormität bewegte sich weiter voran … Brox sah mit Grausen, wie Gaskal von ihrem Rand erfasst wurde.

Tausend Schreie entströmten Gaskals Kehle, während er gleichzeitig älter und jünger wurde. Die Augen des Orks traten hervor, als wollten sie aus seinem Schädel platzen, und sein Körper floss wie Wasser. Er dehnte sich aus, wurde kleiner, dehnte sich wieder aus …

Und mit einem letzten verzweifelten Schrei schrumpfte Gaskal in sich zusammen wie ein Stück Pergament, das von einer riesigen Hand zerknüllt wird. Er wurde kleiner und kleiner, bis er vollkommen verschwunden war.

„Bei der Horde!“, keuchte Brox, wie versteinert im Angesicht des Schreckens. Er starrte auf den Punkt, wo kurz zuvor sein jüngerer Gefährte gestanden hatte, und hoffte irgendwie immer noch, dass dieser wie durch ein Wunder unversehrt erscheinen würde.

Dann erkannte er plötzlich, dass auch er selbst nur wenige Atemzüge davon entfernt war, von der Monstrosität verschlungen zu werden.

Brox wirbelte herum, langte instinktiv nach seiner Axt und rannte. Er fühlte keine Scham ob seiner Flucht. Kein Ork konnte gegen dieses Ding kämpfen. Zu sterben, wie Gaskal gestorben war, wäre eine sinnlose Geste gewesen.

Doch so schnell der Ork auch lief, die flammende Vision war schneller. Während das Kreischen der Geräusche und Stimmen ihn beinahe taub machte, biss Brox die Zähne zusammen. Er wusste, er konnte dem Strudel nicht entkommen. Nicht mehr. Dennoch hastete er weiter …

Ihm gelangen nur noch zwei weitere Schritte, bevor die Monstrosität seinen Leib völlig verschlang.

Jeder Knochen, jeder Muskel, jeder Nerv in Krasus' Körper brüllte, und letztlich gelang es ihm dadurch, sich aus dem schwarzen Abgrund der Bewusstlosigkeit empor zu kämpfen.

Was war geschehen? Der Drachenmagier wusste es noch immer nicht wirklich. Im einen Moment versuchte er, Rhonin zu erreichen, und im nächsten verschlang ihn die Anomalie – obwohl er überhaupt nicht in ihrer Nähe war. Seine mentale Verbindung zu dem Menschen hatte Krasus gemeinsam mit dem jungen Zauberer in das Phänomen hinein gezogen.

Wieder durchblitzten Bilder seinen verwirrten Geist. Landschaften, Kreaturen, Artefakte. Krasus hatte die Zeit in ihrem ultimativen Aspekt erlebt, alle Zeit auf einmal!

*Aspekt?* Dieses Wort beschwor eine andere machtvolle Vision herauf, die er glücklicherweise bis dahin vergessen hatte. Inmitten des wirbelnden Chaos der Zeit hatte Krasus einen Blick auf etwas erhascht, das sein Herz und all seine Hoffnungen zerschmetterte.

Dort, im Zentrum des wütenden Sturms, hatte er Nozdormu gesehen, den großen Aspekt der Zeit … *gefangen wie eine Fliege im Netz der Spinne.*

Nozdormu war in all seiner schrecklichen Glorie dort gewesen, ein gigantischer Drache, nicht aus Fleisch, sondern aus dem goldenen Sand der Ewigkeit gewoben. Seine edelsteingleichen Augen, die in der Farbe der Sonne leuchteten, waren weit offen gewesen, und dennoch hatten sie die unbedeutende Gestalt von Krasus nicht bemerkt. Der große Drache hatte sich in den Qualen von Kampf und Schmerz gewunden. Gefangen hatte er weiterhin darum gerungen, alles zusammenzuhalten – absolut *alles*.

Nozdormu war sowohl Opfer als auch Retter. Treibend im sturmgepeitschten Ozean der gesammelten Zeit, hatte allein er verhindert, dass sie vollkommen aus den Fugen geriet. Wenn nicht der Aspekt gewesen wäre, das Gewebe der Realität wäre längst geborsten. Die Welt, die Krasus kannte, wäre für immer verschwunden. Schlimmer noch, sie würde niemals existiert haben.

Eine neue Welle aus Schmerz suchte Krasus heim. Er schrie in der alten Sprache der Drachen und verlor für einen Augenblick die Kontrolle, an die er so gewöhnt war. Doch mit dem Schmerz kam auch die Erkenntnis, dass er noch lebte. Dieses Wissen brachte ihn dazu, zu kämpfen, sich wieder zu vollem Bewusstsein zu zwingen …

Er öffnete die Augen.

Bäume begrüßten seinen Blick. Hoch aufragende Bäume mit grünen Kronen, die fast den Himmel verbargen. Ein Wald in voller Blüte und Lebendigkeit. Vögel sangen, während irgendwo andere Kreaturen raschelnd durch das Unterholz huschten. Vage nahm Krasus die untergehende Sonne und weiche, treibende Wolken wahr.

Die Landschaft war so friedlich, dass der Drachenmagier sich fast fragte, ob er nicht doch gestorben und ins Jenseits eingegangen war. Dann erweckte ein wenig himmlisches Geräusch seine Aufmerksamkeit, ein gemurmelter Fluch. Krasus blickte nach links.

Rhonin rieb sich den Hinterkopf, während er versuchte, sich ein wenig aufzurichten. Der Mensch mit Haaren wie Feuer war mit dem Gesicht nach unten nur wenige Yards von seinem früheren Mentor entfernt gelandet. Der Zauberer spuckte kleine Gras- und Erdbatzen aus, dann blinzelte er. Aus purem Zufall blickte er zuerst in Krasus' Richtung.

„Was …?“, war alles, was er herausbrachte.

Krasus versuchte zu sprechen, aber aus seiner Kehle drang nur ein kränkliches Krächzen. Er schluckte. Dann versuchte er es noch einmal. „Ich … weiß nicht. Bist du … bist du irgendwie verletzt?“

Rhonin streckte Arme und Beine – und schnitt eine Grimasse. „Tut alles höllisch weh … aber … aber es scheint nichts gebrochen zu sein.“

Nach einer ähnlichen Prüfung gelangte der Drachenmagier für sich selbst zum gleichen Ergebnis. Dass sie so unversehrt angekommen waren, erstaunte ihn, aber er erinnerte sich an die Magie Nozdormus, die in der Anomalie gewirkt hatte. Vielleicht hatte der Aspekt der Zeit sie ja doch bemerkt und alles in seiner Macht Stehende beigetragen, um sie zu retten. Doch wenn dies der Fall war …

Rhonin rollte sich auf den Rücken. „Wo sind wir?“

„Das kann ich nicht sagen. Ich habe das Gefühl, ich sollte diese Gegend kennen, aber …“ Krasus musste innehalten, als er plötzlich von einem Schwindelgefühl übermannt wurde. Er fiel zurück auf den Boden und schloss die Augen, bis es vorbei war.

„Krasus? Was ist passiert?“

„Nichts … nichts Schlimmes … glaube ich. Ich habe mich nur noch nicht ganz von dem erholt, was uns widerfuhr. Meine Schwäche wird bald vorbei sein.“ Doch ihm fiel auf, dass Rhonin bereits sehr viel erholter aussah, sich sogar aufsetzte und versuchte, die Glieder zu strecken. Warum überstand ein zerbrechlicher Mensch das Chaos der Anomalie besser als er?

Mit grimmiger Entschlossenheit setzte sich auch Krasus auf. Das Schwindelgefühl wollte ihn wieder überwältigen, aber der Drachenmagier kämpfte es nieder. Er versuchte, seinen Geist von seinen Sorgen abzulenken, und blickte sich ein weiteres Mal um. Ja, er spürte ganz eindeutig eine gewisse Vertrautheit mit dieser Umgebung. Irgendwann einmal hatte er diese Region besucht, aber wann?

*Wann?*

Die einfache Frage erfüllte ihn mit jähem Entsetzen. *Wann …*

*Nozdormu gefangen in der Ewigkeit … alle Zeit von den Klauen der Anomalie zerfetzt …*

Der dichte Wald und die wachsenden Schatten, die die sinkende Sonne schuf, machten es praktisch unmöglich, genug zu sehen, um die Gegend zu identifizieren. Er würde sich in die Luft erheben müssen. Ein kurzer Flug sollte risikolos sein. Dieses Gebiet erweckte nicht den Anschein, als gäbe es in der Nähe irgendwelche Siedlungen.

„Rhonin, du bleibst hier. Ich werde die Umgebung von oben erkunden. Ich bin bald zurück.“

„Ist das klug?“

„Ich fürchte, es ist absolut notwendig.“ Ohne ein weiteres Wort hob Krasus seine Arme und begann sich zu verwandeln.

Oder besser: Er *versuchte*, sich zu verwandeln. Doch der Drachenmagier brach, von Schmerz und Schwäche überwältigt, zusammen. Sein ganzer Körper fühlte sich an, als sei ihm das Innere nach außen gekehrt worden.

Starke Arme fingen ihn auf, als er fiel. Rhonin führte ihn vorsichtig zu einer weichen Stelle, dann half er seinem Gefährten, sich niederzusetzen.

„Bist du in Ordnung? Du siehst aus, als ob –“

Krasus schnitt ihm das Wort ab. „Rhonin … ich … ich konnte mich nicht verwandeln. Ich konnte mich nicht verwandeln!“

Der junge Zauberer runzelte die Stirn und verstand nicht. „Du bist noch schwach. Die Reise durch dieses Ding –“

„Aber *du* stehst auf deinen Beinen! Ich möchte dich nicht beleidigen, Mensch, aber das, was wir gerade hinter uns haben, hätte dich viel stärker mitnehmen sollen als mich.“

Der andere nickte. Er verstand. „Ich hatte nur angenommen, du hättest dich verausgabt, als du versuchtest, mich in diesem Phänomen am Leben zu erhalten.“

„Ich fürchte, da muss ich dich enttäuschen. Sobald wir in die Anomalie hineingezogen waren, konnte ich nicht mehr für dich tun als für mich selbst. Und ich glaube, wenn Nozdormu nicht gewesen wäre …“

„Nozdormu?“ Rhonins Augen weiteten sich. „Was hat er mit unserem Überleben zu schaffen?“

„Hast du ihn nicht bemerkt?“

„Nein.“

Der Drachenmagier holte tief Luft und beschrieb, was er gesehen hatte. Im Laufe seiner Worte wurde Rhonins Gesichtsausdruck zunehmend grimmiger.

„Unmöglich!“, stieß der Mensch schließlich hervor.

„Schrecklich“, korrigierte ihn Krasus. „Und jetzt muss ich dir noch etwas sagen. Auch wenn Nozdormu uns vor den barbarischen Kräften im Inneren der Anomalie gerettet hat, so fürchte ich, dass er uns nicht dorthin hat zurücksenden können, von wo wir gekommen sind … oder auch nur, von *wann*.“

„Du glaubst … du glaubst, wir befinden uns in einer anderen Zeit?“

„Ja … aber in welcher Ära … kann ich nicht sagen. Und ich habe auch keine Ahnung, wie wir wieder in unsere eigene Zeit zurückgelangen könnten.“

Rhonin ließ sich im Sitzen auf den Boden zurückfallen. Auf dem Rücken liegend, starrte in den leeren Raum vor seinen Augen. „Vereesa …“

„Fass Mut! Ich sagte, ich habe keine Ahnung, wie wir zurückkommen können, aber das heißt nicht, dass wir es nicht versuchen werden! Trotzdem müssen wir uns zunächst darum kümmern, etwas zu essen aufzutreiben … und wir müssen etwas über dieses Land in Erfahrung bringen. Wenn wir wissen, wo wir sind, können wir vielleicht auch herausbekommen, wo wir die Hilfe finden, die wir benötigen. Jetzt hilf mir hoch.“

Mit der Hilfe des Menschen kam Krasus wieder auf die Beine. Nach ein paar zögerlichen Schritten, erklärte er, das Weitergehen bewältigen zu können. Eine kurze Diskussion über die Richtung, die sie einschlagen sollten, endete damit, dass sie sich darauf einigten, sich nach Norden zu wenden, auf eine Reihe ferner Hügelkuppen zu. Dort sollten sie bis zum morgigen Tag in der Lage sein, weit genug über die Bäume zu blicken, um ein Dorf oder eine Stadt auszumachen.

Kaum eine Stunde, nachdem sie ihre Wanderung begonnen hatten, versank die Sonne hinter dem Horizont, aber das Paar zog weiter. Glücklicherweise hatte Rhonin in einer seiner Gürteltaschen noch ein paar kleine Rationen, und ein Busch, an dem sie vorbeikamen, lieferte ihnen eine Handvoll genießbarer, wenn auch saurer Beeren. Die kleinere, fast elfische Gestalt, die Krasus trug, benötigte weit weniger Nahrung als seine wahre Drachengestalt. Trotzdem war ihnen beiden klar, dass sie am nächsten Tag etwas kräftigere Kost finden mussten, wenn sie überleben wollten.

Die dickere Kleidung, die sie für die Berge getragen hatten, erwies sich als perfekt, um sie warm zu halten, sobald es dunkel geworden war. Krasus' überlegenes Sehvermögen ermöglichte ihnen zudem, ziemlich sicher ihren Weg zu finden. Trotzdem kamen sie nur langsam voran, und der Durst begann sie zu plagen.

Schließlich führte sie ein leises, von Westen kommendes Plätschern zu einem kleinen Bach. Rhonin und Krasus knieten sich dankbar am Ufer nieder.

„Dank sei den Fünf", erklärte der Drachenmagier, während sie tranken. Rhonin nickte schweigend und war viel zu sehr damit beschäftigt, den ganzen Bach zu leeren, um eine richtige Antwort zu geben.

Nachdem sie ihre Bäuche gefüllt hatten, lehnten sie sich zurück. Krasus wollte weitergehen, aber es war klar, dass weder er noch der Mensch die nötige Kraft dazu hatten. Sie würden die Nacht über hier rasten müssen und dann im ersten Morgenschimmer aufbrechen.

Als er dies vorschlug, stimmte Rhonin bereitwillig zu. „Ich glaube nicht, dass ich noch einen Schritt weiter gehen kann", sagte der junge Zauberer. „Aber ich kann uns immer noch ein Feuer machen, wenn du möchtest."

Die Idee eines Feuers war verlockend, aber etwas warnte Krasus davor. „Wir werden es in unseren Sachen warm genug haben. Ich würde es vorziehen, wenn wir die nächste Zeit lieber etwas übervorsichtig wären."

„Du hast wahrscheinlich Recht. Nach allem, was wir wissen, könnten wir zu Zeiten der ersten Invasion der Horde angekommen sein."

Das schien Krasus angesichts der Friedlichkeit dieses Waldes unwahrscheinlich, aber die Jahrhunderte hatten andere Gefahren hervorgebracht. Aber ihr gegenwärtiger Standort würde sie vor den meisten Kreaturen verbergen, die in ihrer Nähe vorbeikommen mochten. Ein kleiner Hügel bot sich zudem an, sich hinter ihm zu verstecken.

Ihre Erschöpfung war größer, als sie sich hatten eingestehen wollen, und sie schliefen fast sofort ein. Doch Krasus' Schlaf wurde von unruhigen Träumen heimgesucht, in denen sich die kürzlichen Ereignisse widerspiegelten.

Wieder erschien ihm Nozdormu, der gegen das kämpfte, was sein eigentliches Wesen war. Der Drachenmagier sah alle Zeiten zu einem unlösbaren Knoten miteinander verwoben und mit jedem Augenblick, den die Anomalie weiter existierte, instabiler werdend.

Krasus sah auch etwas anderes, einen schwachen, aber feurigen Blick, fast wie Augen, die hungrig auf alles starrten, was sie ausmachen konnten. Der Drachenmagier wälzte sich in seinem Schlaf, während sein Unterbewusstsein versuchte, sich zu erinnern, warum ihm dieses Bild so schrecklich vertraut erschien …

Doch dann drang das leichte Klirren von Metall gegen Metall in die Bilder und zerstreute seine Träume, riss die Vision in Fetzen, als Krasus gerade kurz davor stand, sich zu entsinnen, wofür die flammenden Augen standen.

Er wollte sich gerade rühren, als Rhonins Hand sich fest über seinem Mund schloss. Früher in seinem langen, langen Leben hätte ein solcher Affront den Drachen dazu gebracht, der sterblichen Kreatur eine schmerzhafte Lektion in Sachen gute Manieren zu erteilen, aber jetzt hatte Krasus nicht nur mehr Geduld als in seiner Jugend, er hatte auch mehr Vertrauen.

Da erklang wieder das Scheppern von Metall. Nur ganz leise, doch für die trainierten Ohren der beiden Zauberer so laut wie Donner.

Rhonin zeigte nach oben. Krasus nickte. Die beiden Männer standen vorsichtig auf und versuchten, über den Rand des Hügels zu spähen. Offensichtlich waren mehrere Stunden vergangen, seit sie eingeschlafen waren. Der Wald lag still, bis auf das Zirpen einiger Insekten. Wenn nicht die unnatürlichen Geräusche gewesen wären, die sie gehört hatten, Krasus hätte geglaubt, alles sei in Ordnung.

Dann materialisierten zwei große, fast monströse Gestalten jenseits des Hügels. Zuerst waren sie nicht klar zu erkennen, aber schließlich konnte Krasus' nicht nur zwei Kreaturen ausmachen, sondern derer gleich *vier*.

Zwei Reiter auf riesigen, muskulösen Panthern.

Die Männer waren groß und, obwohl sehr schlank, doch eindeutig Krieger. Sie trugen Rüstungen von der Farbe der Nacht und hohe Helme mit Nasenschützern. Krasus konnte ihre Gesichter noch nicht erkennen, aber sie bewegten sich mit einer geschmeidigen Eleganz, wie man sie nur selten bei Menschen antraf. Die Soldaten und ihre schlanken, schwarzen Reittiere gaben sich, als würde ihnen die Finsternis wenig ausmachen, was den Drachenmagier dazu bewegte, seinen Gefährten zur Vorsicht zu ermahnen.

„Sie werden dich sehen, bevor du sie klar erkennen kannst“, flüsterte Krasus. „Ich weiß nicht, was sie sind, aber sie sind nicht von deiner Art.“

„Da sind noch mehr!“, gab Rhonin zurück. Trotz seines schlechteren Sehvermögens bei Nacht hatte er in genau die richtige Richtung geblickt, um ein weiteres Reiterpaar auszumachen, das sich ihrem Hügel näherte.

Die vier Soldaten bewegten sich in fast vollkommener Stille. Nur leise Geräusche verrieten die Krieger, die sich auf einer Jagd zu befinden schienen …

Krasus kam zu dem besorgniserregenden Schluss, dass sie Rhonin und ihn suchten.

Einer der vorderen Reiter zog an den Zügeln seines monströsen, mit Säbelzähnen bewehrten Reittiers und brachte es zum Stehen. Dann hob er eine Hand an sein Gesicht. Ein kurzer Blitz blauen Lichts beleuchtete die Gegend um ihn herum. In seiner rechten Hand hielt der Reiter einen kleinen Kristall, den er auf die dunkle Landschaft richtete. Einen Moment später bedeckte er das Artefakt mit der anderen Hand und löschte das Licht.

Der Einsatz des magischen Kristalls bereitete Krasus noch die geringsten Sorgen. Das Wenige, das er von dem mürrischen, brutalen Gesicht des Jägers erkannt hatte, machte ihn weit nervöser.

„*Nachtelfen …*“, flüsterte er.

Der Reiter, der den Kristall benutzt hatte, blickte sofort in Krasus’ Richtung.

„Sie haben uns gesehen!“, flüsterte Rhonin.

Krasus fluchte über seine eigene Dummheit und zog den jungen Zauberer mit sich fort. „In den Wald! Wir müssen uns ins Gebüsch schlagen! Es ist unsere einzige Chance!“

Ein vereinzelter Schrei hallte durch die Nacht … und plötzlich wimmelte der Wald vor Reitern. Die Furcht einflößenden, aber agilen Reittiere sprangen flink vor, und die weichen Sohlen ihrer Pfoten verursachten keinerlei Geräusch auf dem Waldboden. Wie ihre Herren hatten auch sie leuchtende, silberne Augen, die es ihnen trotz der Finsternis ermöglichten, ihre Beute ausfindig zu machen. Die Panther brüllten laut und freuten sich auf ihre Beute.

Rhonin und Krasus schlitterten einen Abhang hinab und in ein Dickicht. Ein Reiter raste an ihnen vorbei, aber ein anderer wirbelte herum und setzte die Verfolgung fort. Hinter ihnen verteilten sich mehr als ein Dutzend weiterer Reiter über das Gebiet, um den beiden Männern den Weg abzuschneiden.

Die Zauberer erreichten den dichter bewachsenen Bereich, aber der vorderste Reiter war fast bei ihnen. Rhonin wirbelte herum und schrie ein einzelnes Wort.

Ein blendend heller Ball reiner Energie traf den Nachtelf mitten in die Brust und schleuderte ihn von seinem Panther. Mit gewaltigem Lärm krachte er in einen Baum.

Rhonins Gegenangriff schien die anderen Nachtelfen nur noch in ihrer Absicht zu bestärken, sie zu fangen. Obwohl sie auf dem waldigen Gelände nur mühsam vorankamen, trieben die Reiter ihre Tiere weiter.

Krasus blickte nach Osten und sah, dass einige der Soldaten bereits vor ihnen angekommen waren und daran gingen, ihnen den Weg abzuschneiden. Instinktiv wob er einen eigenen Zauber. Gesprochen in der Zunge der reinen Magie hätte er eine Flammenwand schaffen sollen, um die Verfolger auf Abstand zu halten. Stattdessen erwachten winzige Feuer wahllos über das Gebiet verteilt zum Leben, von denen nur die wenigsten zur Verteidigung zu gebrauchen waren. Sie lenkten bestenfalls eine Handvoll Reiter für ein paar Sekunden ab. Die meisten der Nachtelfen beachteten sie nicht einmal.

Und was noch schlimmer war: Krasus brach erneut unter Schmerz und Schwäche zusammen.

Auch dieses Mal eilte ihm Rhonin zu Hilfe. Er wiederholte eine schwächere Variante des Zaubers, den der Drachenmagier gerade versucht hatte. Doch wo

Krasus glanzlose Resultate und körperliche Schmerzen für seine Bemühungen geerntet hatte, vollbrachte der menschliche Magier ganz Erstaunliches. Im Wald vor ihren Verfolgern explodierten hungrige, mächtige Flammen, die die Soldaten in vollkommener Verwirrung zurücktrieben.

Rhonin blickte ebenso überrascht auf das Ergebnis seines Zaubers wie die Nachtelfen, aber er erholte sich rascher als sie von seinem Schrecken. Er rannte an Krasus' Seite und half dem schwer angeschlagenen Magier wieder auf die Beine. Gemeinsam zogen sie sich vom Schauplatz des Kampfes zurück.

„Sie werden ..." Krasus rang um Atem. „Sie werden bald einen Weg um das Feuer herum finden! Es scheint, als würden sie diesen Ort sehr gut kennen!"

„Wie hast du sie genannt?"

„Das sind Nachtelfen, Rhonin. Erinnerst du dich an sie?"

Der Drachenmagier und der Mensch hatten den Krieg gegen die Brennende Legion nur aus der Umgebung von Dalaran erlebt, aber auch dort hatten sie Berichte über das Erscheinen der Nachtelfen erreicht, jenes legendären Volkes, von dem Vereesas Leute abstammten. Die Nachtelfen waren erschienen, als es so ausgesehen hatte, als sei die Katastrophe nicht mehr aufzuhalten, und es war nicht untertrieben zu behaupten, dass der Krieg wahrscheinlich einen ganz anderen Ausgang genommen hätte, wenn sie sich nicht den Verteidigern angeschlossen hätten.

„Aber wenn das Nachtelfen sind, sind wir doch Verbündete?"

„Du vergisst, dass wir uns nicht unbedingt im gleichen Zeitalter befinden. Um genau zu sein, bis zu ihrem Wiedererscheinen glaubten selbst die Drachen, dieses Volk sei seit langem ausgestorben, seit dem Ende des ..." Krasus stockte und war sich nicht sicher, ob er die Gedanken, die ihn plötzlich überfielen, bis zu ihrem logischen Schluss weiterverfolgen wollte.

Schreie brachen in ihrer Nähe aus. Drei Reiter preschten mit erhobenen Krummschwertern auf sie zu, und an ihrer Spitze ritt der Mann, der den blauen Kristall benutzt hatte. Rhonins Flammen erhellten sein Gesicht, dessen elfentypische Schönheit unwiederbringlich durch eine große Narbe ruiniert war, die auf der linken Wange vom Auge bis zur Lippe verlief.

Krasus versuchte, einen weiteren Zauber zu weben, aber wieder überkamen ihn nur Schmerz und Schwäche. Rhonin half ihm sanft zu Boden, dann stellte er sich den Angreifern.

„*Rytonus Zerak!*", schrie er.

Das Geäst der Bäume, an denen die Nachtelfen vorbei ritten, flocht sich plötzlich zusammen und bildete eine netzähnliche Barriere. Ein Reiter verfing sich darin und glitt von seiner Raubkatze. Ein zweiter brachte seinen protestierenden Panther hinter dem Gestürzten zum Stehen.

Doch der Anführer schnitt durch die Zweige, als zerteile er Luft, und hinterließ einen roten Blitz in seinem tödlichen Kielwasser.

„Rhonin!“, gelang es Krasus herauszubringen. „Flieh! Verschwinde von hier!“

Sein früherer Schüler hatte ebenso wenig die Absicht, einem solchen Befehl zu gehorchen, wie sie der Drachenmagier an seiner Stelle gehabt hätte. Rhonin griff in seine Gürteltasche und zog etwas daraus hervor, das zunächst wie ein Band aus leuchtendem Quecksilber aussah. Die Substanz verband sich schnell zu einer leuchtenden Klinge, einem Geschenk, das ein Elfenkommandant Rhonin gegen Ende des Krieges gemacht hatte.

Im Licht der magischen Klinge verwandelte sich der hochmütige Ausdruck auf dem Gesicht des Soldaten in Überraschung. Trotzdem stellte er sich Rhonins Schwert mit seinem eigenen.

Rote und silberne Funken sprühten. Rhonins ganzer Leib erzitterte. Der Nachtelf stürzte beinahe aus dem Sattel. Der Panther brüllte, doch wegen seines Reiters konnte er den Feind nicht mit seinen rasiermesserscharfen Krallen erreichen.

Wieder trafen sich die Klingen. Rhonin mochte ein Zauberer sein, doch er hatte im Laufe seines Lebens gelernt, dass es nützlich war, auch das Schwert zu beherrschen. Vereesa hatte ihn so gut trainiert, dass er selbst gegen erfahrene Krieger bestehen konnte … und mit der Elfenklinge hatte er gute Chancen, gegen jeden Gegner den Sieg davonzutragen, der ihm im Zweikampf gegenübertrat.

Aber nicht gegen eine ganze Bande auf einmal. Während er noch den Nachtelf und seine Bestie auf Abstand hielt, trafen drei weitere Reiter ein, von denen zwei ein Netz zwischen sich führten. Krasus hörte ein Geräusch hinter sich und blickte über die Schulter, wo noch drei andere Reiter erschienen, die ebenfalls ein großes Netz schleppten.

Wie sehr er es auch versuchte, er brachte die Worte der Macht nicht über seine Lippen. Er, der Drache, war hilflos.

Rhonin sah das erste Netz und wich zurück. Er hielt sein Schwert bereit, falls die Nachtelfen versuchten sollten, ihn damit einzufangen. Der Anführer trieb sein Reittier vorwärts und zog Rhonins Aufmerksamkeit auf sich.

„Hinter dir!“, rief Krasus, der wieder von Schwäche überwältigt wurde. „Das ist noch ein …“

Ein schwerer Stiefel trat dem geschwächten Magier gegen den Kopf. Krasus behielt das Bewusstsein, aber er konnte sich nun vollends nicht mehr konzentrieren.

Durch verschleierte Augen musste er zusehen, wie sich die dunklen Gestalten der Elfen um seinen Gefährten sammelten. Rhonin wehrte zwei Schwerter ab, trieb eine der Großkatzen zurück … und dann erwischte ihn das Netz von hinten.

Es gelang ihm, einen Teil davon zu zerschneiden, aber dann fiel das zweite

Netz auf ihn, und Rhonin verfing sich vollends in den Maschen. Der junge Magier wollte den Mund zu einem weiteren Zauber öffnen, aber der Anführer der Nachtelfen stürmte vor und rammte ihm die Faust hart gegen den Kiefer.

Der menschliche Zauberer brach zusammen.

Wutentbrannt gelang es Krasus, sich teilweise von seiner Benommenheit zu befreien. Er murmelte ein paar magische Worte und zeigte auf den Anführer.

Dieses Mal funktionierte sein Zauber, aber er ging fehl. Der goldene Blitz traf nicht das Ziel, das der Drachenmagier ins Auge gefasst hatte, sondern nur einen Baum neben einem der anderen Jäger. Drei große Äste brachen weg und stürzten auf den Mann. Sie begruben ihn und seinen Panther unter sich.

Der Anführer der Nachtelfen starrte finster in Krasus' Richtung. Der Drachenmagier versuchte vergeblich, sich zu schützen, als Fäuste und Stiefel auf ihn einprasselten … und er schließlich das Bewusstsein verlor.

Er sah zu, wie seine Untergebenen auf die seltsame Gestalt einprügelten, die einen der ihren mehr durch Zufall als mit Absicht getötet hatte. Auch nachdem ihr Opfer längst bewusstlos geworden war, ließ er seine Krieger weiter ihre Wut an dem bewegungslosen Körper austoben. Die Panther fauchten und knurrten, witterten Blut, und ihre Reiter hatten Mühe, sie davon abzuhalten, sich ebenfalls dem Gewaltausbruch anzuschließen.

Als er zu dem Schluss kam, dass sie die Grenze erreicht hatten, dass jeder weitere Schlag das Leben des Gefangenen gefährden würde, befahl er seinen Männern aufzuhören.

„Lord Xavius will sie lebend", schnappte der narbengesichtige Elf. „Wir wollen ihn doch nicht enttäuschen, oder?"

Die anderen erstarrten, und plötzlich zeichnete sich Furcht auf ihren Gesichtern ab. Eine berechtigte Furcht, dachte er grinsend, denn Lord Xavius neigte dazu, Nachlässigkeit mit dem Tode zu ahnden … mit einem schmerzhaften, langsamen Tod.

Und oft wählte er die bereitwillige Hand von Varo'then, um diesen Tod zu schenken.

„Wir waren vorsichtig, Hauptmann Varo'then", erklärte einer der Soldaten rasch. „Sie werden beide die Reise überleben …"

Der Hauptmann nickte. Es erstaunte ihn noch immer, wie der Berater der Königin überhaupt die Präsenz dieser ungewöhnlichen Fremden entdeckt hatte. Als er den treuen Varo'then zu sich gerufen hatte, hatte Lord Xavius nur erklärt, es habe eine seltsame Manifestation gegeben und er wolle, dass der Hauptmann sie untersuche. Er solle jede ungewöhnliche Person mitbringen, die er in der Umgebung des Phänomens anträfe. Varo'thens stets scharfe Augen hatten das leichte Runzeln auf der Stirn des Beraters der Königin bemerkt, den einzigen Hinweis darauf, dass ihn diese unbekannte „Manifestation“ mehr verstörte, als er es zugeben wollte.

Varo'then betrachtete die Gefangenen, während ihre gefesselten Körper rücksichtslos über einen der Panther geworfen wurden. Was auch immer der Berater erwartet hatte, es war sicher nicht dieses Paar hier gewesen. Der Schwache, dem der letzte Zauber gelungen war, hatte eine vage Ähnlichkeit mit einem Nachtelf, aber seine Haut war bleich, fast weiß. Der andere, offensichtlich ein jüngerer und viel talentierterer Magier ... nun, Varo'then wusste nicht, was er von ihm halten sollte. Auch er hatte eine leichte Ähnlichkeit mit den Nachtelfen, aber er gehörte offensichtlich einem anderen Volk an. Der erfahrene Soldat hatte noch nie eine Kreatur wie diese gesehen.

„Egal. Lord Xavius wird das schon klären“, murmelte Varo'then leise. „Und wenn er ihnen alle Gliedmaßen ausreißen oder sie lebendig häuten muss, um die Wahrheit zu ergründen.“

Und für welche Methode der Berater sich auch entscheiden mochte, der gute, treue Hauptmann Varo'then würde zur Stelle sein, um ihm dabei mit ganzer Erfahrung zur Hand zu gehen.

# SECHS

Es war ein von tiefen Sorgen geplagter Malfurion, der in sein Haus in der Nähe der Tosenden Fälle zurückkehrte, das gleich hinter der großen Nachtelfen-Siedlung Suramar lag. Er hatte diesen Ort wegen der Ruhe und der ungestörten Natur in der Umgebung der Fälle gewählt. Er kannte keinen anderen Ort, der so friedlich war, außer vielleicht Cenarius' versteckten Hain.

Malfurions schlichtes Zuhause, ein niedriges, rundliches Domizil, aus Bäumen und Erde geformt, bot einen starken Kontrast zu den Häusern der meisten Nachtelfen. Dem jungen Mann lag nichts an den grellen Farbphalanxen, die von der Tendenz seines Volkes zeugten, einander ausstechen zu wollen. Die Farben seines Zuhauses waren jene der Erde und des Lebens – das Grün des Waldes, das satte, fruchtbare Braun – und die Farbtöne, die ihnen am nächsten standen. Er versuchte, sich an seine Umgebung anzupassen, und nicht die Natur zu zwingen, sich ihm anzupassen, wie es das Trachten seines Volkes war.

Doch nichts an seinem Haus konnte Malfurion in dieser Nacht auch nur das geringste Gefühl des Trostes vermitteln. Noch immer zeichneten sich die Gedanken und Bilder, die er erfahren hatte, als er den Grünen Traum beschritt, extrem klar in seinem Geist ab. Er hatte Türen in seiner Vorstellungskraft geöffnet, von denen er sich nun verzweifelt wünschte, er könne sie wieder schließen. Doch er wusste, dass dies unmöglich war.

„Die Visionen, die du im Grünen Traum siehst, sie können vieles bedeuten“, hatte Cenarius ihm erklärt. „Selbst das, von dem du glaubst, dass es real ist – wie zum Beispiel dein Bild von Zin-Azshari –, ist es möglicherweise nicht, denn das Traumland spielt seine eigenen Spiele mit unserem begrenzten Geist …“

Malfurion wusste, dass der Halbgott nur versucht hatte, ihn zu beruhigen. Er war überzeugt, dass das, was er gesehen hatte, die Wahrheit gewesen war. Er hatte bemerkt, dass Cenarius sich ebenso viele Sorgen wegen der tollkühnen Zauberei in Azsharas Palast machte wie sein Schüler.

Die Macht, die die Hochgeborenen beschworen hatten … wozu mochte sie dienen? Merkten sie nicht, dass das Gewebe der Welt in der Nähe der Quelle kurz vor dem Zerreißen stand? Es erschien ihm weiterhin unvorstellbar, dass die Königin ein solch leichtfertiges und möglicherweise zerstörerisches Wirken zuließ … und doch konnte sich Malfurion nicht von der Gewissheit befreien, dass sie ebenso sehr ein Teil dieser Vorgänge war wie ihre Untergebenen. Azshara war nicht einfach nur eine symbolische Galionsfigur, sie herrschte tatsächlich, auch über ihre arroganten Hochgeborenen.

Malfurion versuchte, zu seiner normalen Routine zurückzukehren, und hoffte, dass sie ihm helfen würde, seine Sorgen zu vergessen. Es gab nur drei Räume in seinem Haus, ein weiteres Beispiel für die Einfachheit seines Lebens im Vergleich zu jenem seiner Landsleute. In der einen Stube befanden sich sein Bett und die Handvoll Bücher und Schriftrollen über die Natur und seine gegenwärtigen Studien, die er gesammelt hatte. In einem anderen Raum, der nach hinten hinaus lag, standen der Speiseschrank und ein kleiner, einfacher Tisch, auf dem er sein Essen zubereitete.

Malfurion betrachtete diese beiden Räume eigentlich nur als pure Notwendigkeit. Der dritte, der Gemeinschaftsraum, war ihm stets sein liebster Aufenthalt gewesen. Hier, wo das Licht des Mondes nachts hell schien und man die glitzernden Wasser der Fälle erkennen konnte, saß er im Zentrum und meditierte. Hier, bei einem Schluck des Honigweins, den sein Volk so liebte, ging er seine Arbeiten durch und versuchte die Dinge zu verstehen, die Cenarius ihn lehrte. Hier, an dem niedrigen Elfenbeintisch, auf dem ein Mahl ausgebreitet werden konnte, traf er sich auch mit Tyrande und Illidan.

Doch heute Abend waren keine Tyrande und kein Illidan anwesend. Tyrande war in den Tempel der Elune zurückgekehrt, um ihre eigenen Studien fortzusetzen, und Malfurions Zwillingsbruder zog jetzt den wilden Lärm des städtischen Lebens von Suramar der Stille des Waldes vor – ein weiteres Zeichen dafür, dass sie einander immer unähnlicher wurden.

Malfurion lehnte sich zurück, und sein Gesicht leuchtete im Licht des Mondes. Er schloss die Augen, um nachzudenken und hoffte, seine Nerven beruhigen zu können …

Doch kaum waren seine Lider herab gesunken, als etwas Großes durch das Mondlicht rannte und Malfurion für einen kurzen Moment in die totale Finsternis seines Schattens hüllte.

Die Augen des Nachtelfen sprangen gerade noch rechtzeitig auf, um einen Blick auf eine riesige, beunruhigende Gestalt zu erhaschen. Malfurion sprang sofort an die Tür und schwang sie auf.

Doch zu seiner Überraschung traf sein gespannter Blick nur die rauschenden Wasser der nahegelegenen Fälle.

Er trat nach draußen, spähte forschend umher. Sicher konnte sich eine Kreatur, die dermaßen groß war, nicht so schnell bewegen. Die stierartigen Tauren und bärenartigen Furbolgs waren ihm nicht unbekannt, doch während sie es an Größe mit dem seltsamen Schatten hätten aufnehmen können, waren diese beiden Arten nicht für ihre Flinkheit bekannt. Ein paar Zweige raschelten im

Wind, und ein Nachtvogel sang irgendwo in der Ferne, aber Malfurion konnte keine Spur des seltsamen Eindringlings erkennen.

*Es waren wohl nur deine Nerven, die dir einen Streich gespielt haben*, schalt er sich schließlich selbst. *Nur deine eigene Verunsicherung.*

Als er in das Haus zurückkehrte, setzte sich Malfurion wieder nieder, und sein Geist war bereits in den Irrgarten seiner Sorgen zurückgekehrt. Im Unterschied zu dem Phantom seines Eindringlings war er sich sicher, dass er sich nichts von dem eingebildet, dass er nichts missverstanden hatte, was Palast und Quelle betraf. Irgendwie musste Malfurion mehr erfahren, mehr als der Grüne Traum ihm im Augenblick enthüllen konnte.

Und er hatte das Gefühl, dass er dies sehr, sehr bald würde in Angriff nehmen müssen.

Er wäre beinahe geschnappt worden. Wie ein Kind, das kaum laufen kann, wäre er fast in die Arme der Kreatur gestolpert. Kaum eine würdige Demonstration der überlegenen Fähigkeiten, für die die Kriegerveteranen der Orks bekannt waren.

Brox hatte sich keine Sorgen gemacht, sich nicht angemessen verteidigen zu können, wenn die Kreatur ihn angriff, doch jetzt war nicht die Zeit, sich seinen eigenen Wunsch nach einem ruhmreichen Ende zu erfüllen. Außerdem deutete das Wenige, was er von der einsamen Gestalt gesehen hatte, nicht gerade auf einen ebenbürtigen Gegner hin. Groß, aber zu dürr, zu ungeschützt. Menschen waren viel interessantere und würdigere Gegner …

Nicht zum ersten Mal schmerzte sein Schädel. Brox legte eine Hand an die Schläfe und kämpfte gegen das dunkle Pochen an. Tosende Verwirrung herrschte in seinem Geist. Was mit ihm in den letzten Stunden geschehen war, konnte der Ork noch immer nicht mit absoluter Sicherheit sagen. Statt Gaskals Schicksal zu teilen und in Stücke gerissen zu werden, wie er es erwartet hatte, war er in den Wahnsinn geschleudert worden. Dinge, die über das Fassungsvermögen eines einfachen Kriegers hinaus gingen, waren vor seinen Augen erschienen und verschwunden, und Brox erinnerte sich daran, durch einen Wirbel chaotischer Energien gestürzt zu sein, während zahllose Stimmen und Geräusche in seinen Ohren gedröhnt hatten, dass er beinahe taub geworden wäre.

Am Ende war alles zu viel für ihn gewesen. Brox hatte das Bewusstsein verloren. Er war sich sicher gewesen, er würde nie wieder erwachen.

Natürlich war er dann doch wieder zu sich gekommen, aber es hatte ihn nicht wieder in die Berg verschlagen, noch war er weiterhin von Wahnsinn umfangen gewesen. Stattdessen hatte Brox in einer fast friedlichen Landschaft aus hohen Bäumen und sanften Hügeln gelegen, die sich so weit erstreckte, wie das Auge blicken konnte. Die Sonne war dabei gewesen zu sinken, und als einzige Geräusche von Leben waren die musikalischen Rufe von Vögeln zu hören gewesen.

Selbst wenn er in die Mitte einer entsetzlichen Schlacht geschleudert worden wäre statt in diese ruhige Szene, Brox hätte nichts anderes tun können, als dort, wo er war, liegen zu bleiben. Der Ork hatte mehr als eine Stunde gebraucht, um wieder genug Kraft zu sammeln, damit er nur stehen konnte – von gehen gar nicht zu reden. Glücklicherweise hatte Brox während der bangen Wartezeit ein Wunder entdeckt. Seine verloren geglaubte Axt war mit ihm verschlungen worden und nur ein paar Yards von dem Ork entfernt gelandet. Noch nicht in der Lage, seine Beine zu benutzen, war Brox zu der Waffe gekrochen. Er hätte sie nicht schwingen können, aber nur ihren Griff zu halten, hatte ihm bereits Trost gespendet, während er darauf wartete, dass seine Kraft zurückkehrte.

Sobald er wieder laufen konnte, war Brox schnell weitergezogen. Es war nicht gut, an einem Ort zu verweilen, wenn man sich in einem fremden Land befand, egal wie ruhig er erscheinen mochte. Die Lage änderte sich ständig, selbst an den friedlichsten Plätzen, und seiner Erfahrung nach änderte sie sich selten zum Besseren.

Der Ork hatte versucht zu verstehen, was mit ihm geschehen war. Er hatte von Magiern gehört, die mit Hilfe besonderer Zauber von einem Ort zum anderen reisten, aber wenn dies ein solcher Zauber gewesen war, dann hatte der Magier, der ihn gesprochen hatte, mit Sicherheit vollkommen den Verstand verloren. Entweder das oder die Beschwörung war schief gelaufen. Natürlich auch eine Möglichkeit …

Allein und verirrt hatte sich Brox ganz seinen Instinkten überlassen. Egal, was bisher geschehen war, Thrall würde wollen, dass er mehr über die Bewohner dieses Landes und ihre möglichen Absichten herausfand. Wenn sie durch Zufall oder aus Vorsatz mit ihrer Magie nach der neuen Heimat der Orks gegriffen hatten, stellten sie eine mögliche Bedrohung dar. Brox konnte später immer noch sterben. Seine erste Pflicht galt dem Schutze der Seinen.

Zumindest hatte er jetzt eine gewisse Ahnung davon, was für ein Volk hier lebte. Brox hatte vor dem Krieg gegen die Brennende Legion noch nie einen Nachtelf erblickt oder von diesen Leuten gehört, aber er würde ihr einzigartiges Aussehen niemals vergessen. Irgendwie war er in einem Reich gelandet, das von ihnen regiert wurde. Das eröffnete ihm zumindest die Hoffnung, in seine Heimat zurückkehren zu können, sobald er genug Informationen gesammelt hatte. Die Nachtelfen hatten in Kalimdor an der Seite der Orks gekämpft; gewiss bedeutete das, dass Brox nur in einem obskuren Winkel des Kontinents gelandet war. Ein wenig Erkundung würde ausreichen, um herauszufinden, in welcher Richtung die Länder der Orks lagen, und sich dorthin auf den Weg zu machen.

Brox hatte nicht die geringste Absicht, einfach zu einem Nachtelf zu gehen und ihn nach dem Weg zu fragen. Auch wenn dies die gleichen Kreaturen waren, die sich mit den Orks und den Menschen verbündet hatten, so konnte er sich nicht sicher sein, ob die Bürger dieser Nachtelfen-Provinz einem Eindringling freundlich begegnen würden. Bis er mehr wusste, plante der vorsichtige Ork, sich niemandem zu zeigen.

Obwohl Brox zunächst auf keine weiteren Behausungen traf, bemerkte er in der Ferne ein Leuchten, das höchstwahrscheinlich von einer größeren Siedlung stammte. Nachdem er einen Augenblick nachgedacht hatte, packte der Ork seine Waffe fester und machte sich auf den Weg in diese Richtung.

Doch kaum hatte er diese Entscheidung getroffen, als sich plötzlich Schatten aus der entgegengesetzten Richtung näherten. Brox presste sich flach gegen einen dicken Baum und beobachtete, wie sich zwei Reiter näherten. Seine Augen weiteten sich vor Überraschung, als er an Stelle guter Pferde schnelle, riesenhafte Panther erkannte, auf denen die Männer über den Pfad jagten. Der Ork knirschte mit den Zähnen und machte sich zum Kampf bereit für den Fall, dass entweder die Reiter oder ihre Tiere ihn bemerken würden.

Doch die gerüsteten Gestalten eilten an ihm vorbei, als müssten sie irgendeinen Ort sehr schnell erreichen. Sie schienen kein Problem damit zu haben, bei dem geringen Licht unterwegs zu sein, und plötzlich erinnerte sich der Ork daran, dass Nachtelfen in der Finsternis ebenso gut sehen konnten wie er am Tag.

Das ließ nichts Gutes erahnen. Orks konnten auch bei Nacht ganz ordentlich sehen, doch nicht annähernd so gut wie Nachtelfen.

Er hob seine Axt. Vielleicht war er im Nachteil, was die Sicht anging, aber Brox würde gegen jede dieser dürren Klappergestalten seinen Mann stehen. Tag oder Nacht, eine Axt in der Hand eines Ork-Kriegers, der mit ihr umzugehen verstand, hatte stets den gleichen tiefen, tödlichen Biss. Selbst die prächtigen Rüstungen dieser Soldaten würden seiner geliebten Waffe nicht lange standhalten.

Als die Reiter außer Sicht waren, schlich Brox vorsichtig weiter. Er musste mehr über diesen speziellen Stamm der Nachtelfen herausfinden, und die einzige Möglichkeit, dies zu tun, bestand darin, ihre Siedlung auszuspionieren. Dort würde er hoffentlich genug erfahren, um bestimmen zu können, wo seine Heimat lag. Dann konnte er zu Thrall zurückkehren. Thrall würde wissen, was er von all dem hier zu halten hatte. Thrall würde mit diesen Nachtelfen fertig werden, die sich an gefährlicher Magie versuchten.

Es war alles ganz, ganz einfach …

Brox blinzelte. Er war so sehr in seinen Gedanken versunken gewesen, dass er erst jetzt die große, weibliche Gestalt bemerkte, die in silbrigen, vom Mond beschienenen Gewändern vor ihm stand.

Sie sah ebenso erschrocken aus, wie sich auch der Ork fühlte. Dann öffnete die Nachtelfin den Mund und schrie.

Brox streckte eine Hand nach ihr aus – er hatte nur vor, ihren Schrei zu ersticken –, doch bevor er irgendetwas tun konnte, erhoben sich weitere Schreie, und aus allen Richtungen erschienen Nachtelfen.

Ein Teil von Brox' Seele wünschte sich, hier stehen zu bleiben und bis in den Tod zu kämpfen, aber der andere Teil – jener, der Thrall diente – erinnerte ihn daran, dass dies nichts nützen würde. Er hätte bei seiner Mission versagt, hätte das Vertrauen seines Volkes enttäuscht.

Mit einem wütenden Schrei wandte er sich um und floh zurück in die Richtung, aus der er gekommen war.

Aber jetzt schien es, als würden hinter jedem Baumstamm, hinter jedem Erdhaufen neue Nachtelfen erscheinen – und jeder Einzelne von ihnen schrie entsetzt auf, als er den bulligen Ork sah.

Hörner schmetterten. Brox fluchte, denn er ahnte, was dieser Klang ankündigte. Und tatsächlich ertönte nur wenige Sekunden später ein katzenhaftes Fauchen, auf das entschlossenes Gebrüll folgte.

Der Ork blickte über seine Schulter und sah, wie sich die Verfolger näherten. Im Unterschied zu dem Soldaten-Paar, vor dem er sich vor kurzem noch versteckt hatte, waren die meisten der neuen Reiter nur in Gewänder und Brustpanzer gekleidet, aber das bedeutete nicht, dass sie keine Bedrohung darstellten. Und nicht nur waren die Elfen alle bewaffnet, ihre Reittiere stellten eine noch entsetzlichere Gefahr dar. Ein Hieb dieser Pranken würde dem Ork das Fleisch aufschlitzen, ein Biss der säbelzahnbewehrten Kiefer ihm den Kopf abreißen.

Brox wollte seine Axt nehmen und durch ihre Reihen mähen, auf Reiter und Panther gleichzeitig einhacken und eine Spur des Blutes und der zerfetzten Leichen hinter sich herziehen. Doch trotz seines brennenden Wunsches, jene zu vernichten, die ihn bedrohten, hielten Thralls Lehren und Befehle seine Impulse unter Kontrolle. Brox knurrte und stellte sich den ersten Reitern mit der flachen Seite seiner Axt. Er schleuderte einen Nachtelf von seinem Reittier. Dann, nachdem er den Krallen der großen Katze ausgewichen war, wirbelte er herum, um einen weiteren Reiter am Bein zu packen. Der Ork warf den zweiten Nachtelf über den ersten und presste so beiden die Luft aus den Lungen.

Ein Schwert zischte an seinem Kopf vorbei. Brox zerschmetterte die schlanke Klinge mit seiner mächtigen Axt, und sie löste sich in winzige Splitter auf. Der Nachtelf wich klugerweise zurück, während er immer noch fest den Stummel seiner Waffe umklammerte.

Der Ork stürzte sich in die Lücke, die durch den Rückzug entstanden war, und versuchte, an seinen Angreifern vorbei zu schlüpfen. Einige der Nachtelfen machten durchaus nicht den Eindruck, als wären sie begeistert von dem Gedanken, ihn verfolgen zu müssen, und das hob Brox' Laune erheblich. Sein eigenes Ehrgefühl sträubte sich gegen die Flucht, aber Thralls Stolz auf den von ihm ausgewählten Krieger hielt Brox davon ab, umzukehren und sich einem törichten letzten Kampf zu stellen. Er würde seinen Häuptling nicht enttäuschen.

Doch gerade als das Entkommen möglich schien, tauchte ein weiterer Nachtelf vor ihm auf. Der neue Mann war in leuchtende Gewänder aus hellem Grün gekleidet, und goldene und rote Sterne sprenkelten seine Brust. Eine Kapuze verbarg den größten Teil des langen, schmalen Gesichts, aber er schien keine Furcht vor dem riesigen, bulligen Ork zu haben, der auf ihn zustürmte.

Brox schwang seine Axt und schrie. Er versuchte, dem Nachtelf Angst einzujagen und ihn zu vertreiben.

Ruhig hob der Nachtelf eine Hand auf Brusthöhe. Der Zeige- und der Mittelfinger wiesen in den mondhellen Himmel.

Als der Ork erkannte, dass hier ein Zauber gewoben wurde, war es bereits zu spät.

Zu seinem Erstaunen fiel eine kreisförmige Scheibe des Mondes vom Himmel und senkte sich auf Brox wie eine weiche, neblige Decke. Als sie ihn einhüllte, wurden seine Arme schwer, seine Beine schwach. Er musste kämpfen, um seine Augenlider offen zu halten.

Die Axt entglitt seinem schlaffen Griff, und Brox sank auf die Knie. Durch den silbrigen Dunst sah er jetzt andere, ähnlich gekleidete Nachtelfen, die ihn umzingelten. Die ebenfalls unter Kutten und Kapuzen verborgenen Gestalten standen ruhig und sahen zu, wie der Zauber seine Arbeit tat.

Eine Welle der Wut brandete in Brox' Brust auf. Mit einem leisen Knurren gelang es ihm, sich auf die Beine zu kämpfen. Dies war nicht der ruhmreiche Tod, den er sich erhofft hatte! Die Nachtelfen wollten, dass er wie ein hilfloses Kind zu ihren Füßen niedersank! Das würde er nicht tun!

Zitternden Fingern gelang es, wieder die Axt zu packen. Zu seiner Freude bemerkte er, wie ein paar der Kapuzenmänner erschraken. Einen solchen Widerstand hatten sie nicht erwartet.

Aber als er versuchte, seine Waffe zu heben, senkte sich ein weiterer silbriger Schleier über ihn. Alle Kraft, die Brox gerade noch hatte sammeln können, schwand dahin. Als die Axt dieses Mal fiel, wusste er, dass er nicht mehr in der Lage sein würde, sie neuerlich aufzuheben.

Der Ork tat einen letzten wackligen Schritt, dann fiel er nach vorn. Selbst jetzt noch versuchte Brox, auf seine Feinde zuzukriechen. Er war entschlossen, ihnen den Sieg nicht zu leicht zu machen.

Ein dritter Schleier legte sich über ihn … und Brox wurde von Schwärze umfangen.

*Drei Nächte … drei lange Nächte, und noch immer zeitigen unsere Bemühungen kein Ergebnis …*

Xavius war unzufrieden.

Drei der Hochgeborenen traten zurück von ihrem Zauberwerk und wurde sofort durch jene ersetzt, die ihre Kräfte durch ein wenig dringend benötigten Schlaf wieder hatten auffrischen können. Xavius' künstliche schwarze Augen wandten sich den dreien zu, die ihre Schicht gerade beendet hatten. Einer von ihnen bemerkte sein dunkles Starren und zuckte zusammen. Die Hochgeborenen mochten die Höchsten der Diener Azsharas sein, aber Lord Xavius war der Höchste – und Gefährlichste – der Hochgeborenen.

„Morgen Nacht … morgen Nacht erhöhen wir das Energiefeld um das Zehnfache“, erklärte er, und die roten Streifen in seinen Augen loderten auf.

Unfähig, sich seinem Blick zu stellen, brachte einer der anderen Hochgeborenen trotzdem den Mut auf zu sagen: „Mit allem gebührenden Respekt, Lord Xavius, aber damit riskieren wir zu viel! Solch eine zusätzliche Energieerhöhung könnte alles gefährden, was wir bereits erreicht haben.“

„Und was haben wir erreicht, Peroth'arn?“ Xavius hohe Gestalt ragte bedrohlich über den anderen in Roben gekleideten Männern auf, und sein Schatten schien sich in dem wahnwitzigen Licht des Zaubers nach eigenem Willen zu bewegen. „Was *haben* wir erreicht?“

„Nun, wir gebieten über eine größere Macht als Nachtelfen je zuvor in ihren Händen gehalten haben.“

Xavius nickte. Dann runzelte er die Stirn. „Ja, und mit dieser Macht können wir ein Insekt mit einem Hammer zerquetschen, der so groß ist wie ein Berg! Ihr seid ein kurzsichtiger Narr, Peroth'arn! Seid froh, dass ich Eure Fähigkeiten für dieses Projekt benötige.“

Mit krampfhaft fest verschlossenem Mund senkte der andere Nachtelf dankbar den Kopf.

Der Berater der Königin blickte verächtlich auf den Rest der Hochgeborenen. „Für das, was wir vorhaben, benötigen wir die absolute Macht über die Quelle! Wir müssen die Fähigkeit erlangen, das Insekt zu töten, ohne dass es überhaupt seinen Tod bemerkt – bis es längst geschehen ist! Wir benötigen eine solche Präzision, ein solches Feingefühl, dass es keine Frage mehr ist, ob wir unser Endziel auch perfekt ausführen werden! Wir –“

„Predigst du wieder, mein lieber Xavius?“

Die melodische Stimme hätte jeden anderen Hochgeborenen so verzaubert, dass er sich selbst getötet hätte, wäre dies der Wille der Sprecherin gewesen. Nicht so Xavius mit den Onyxaugen. Mit einer achtlosen Geste schickte er die müden Zauberer fort, dann wandte er sich der einen Person im Palast zu, die ihm nicht den ihm gebührenden Respekt zollte.

Sie glitzerte, als sie eintrat, eine Vision der Vollkommenheit, die durch Xavius' magische Augen noch verstärkt wurde. Sie war die Pracht und die Herrlichkeit der Nachtelfen, ihre geliebte Herrin. Wenn sie atmete, machte sie die Menge atemlos. Wenn sie die Wange eines ihrer Lieblingskrieger berührte, dann zog er aus und kämpfte bereitwillig gegen Drachen und mehr, mochte dies auch seinen sicheren Tod bedeuten.

Die Königin der Nachtelfen war groß für eine Frau, größer sogar als viele Männer. Nur Xavius überragte sie noch. Doch trotz ihrer Größe bewegte sie sich wie der Wind. Stille Eleganz wiegte in jedem ihrer Schritte. Keine Katze ging so leise wie Azshara, und keine Katze ging mit solcher Selbstsicherheit.

Ihre tief violette Haut war so glatt wie das hauchfeine Seidengewand, das sie trug. Ihr Haar, lang, dicht, üppig und vom Silber des Mondlichts, floss in Kaskaden um ihre Schultern und ihren wohlgeformten Rücken herab. Im Unterschied zu ihrem letzten Besuch, bei dem sie Gewänder getragen hatte, die zu ihren Augen passten, präsentierte sie nun ein wallendes Gewand von der gleichen wundersamen Farbe wie ihr luxuriöses Haar.

Selbst Xavius begehrte sie heimlich, doch auf seine sehr eigene Art. Sein Ehrgeiz beherrschte ihn weit mehr, als ihre weiblichen Schliche es jemals vermocht hätten. Trotzdem fand er großen Nutzen in ihrer Präsenz, genauso wie er wusste, dass sie großen Nutzen in der seinen fand. Sie teilten einen gemeinsamen Ehrgeiz, doch am Ziel ihrer Wünsche würde unterschiedliche Belohnung auf sie warten.

Wenn das Ziel schließlich erreicht war, würde Xavius Azshara zeigen, wer in Wahrheit regierte.

„Licht des Mondes“, begann er, und ein Ausdruck des Gehorsams lag auf seinem Gesicht. „Ich predige über Eure Reinheit, Eure Makellosigkeit! Ich erinnere diese anderen an ihre Pflichten – nein, an ihre *Liebe* – Euch gegenüber. Daher sollten sie nicht wünschen, Euch zu enttäuschen …“

„Denn sie würden auch dich enttäuschen, mein liebster Berater.“ Hinter der hinreißenden Königin trugen zwei Kammerzofen die Schleppe ihres langen, durchscheinenden Gewandes. Sie hoben die Schleppe auf die Seite, als Azshara sich auf dem besonderen Sessel niederließ, den sie von den Hochgeborenen hatte aufstellen lassen, damit sie ihre Bemühungen bequem verfolgen konnte. „Und ich glaube, sie fürchten dich mehr, als sie mich lieben.“

„Kaum, meine Herrin!“

Die Königin setzte sich so in Position, dass sie die Bemühungen ihrer Zauberer im Auge behalten konnte und ihre perfekte Figur auf vorteilhafte Weise betont wurde.

Xavius blieb durch ihr Manöver unbewegt. Er würde sie besitzen – und alles andere, was er begehrte –, wenn sie erst mit ihrer großen Mission Erfolg hatten.

Ein plötzlicher Blitz blendenden Lichts zog ihrer beider Aufmerksamkeit auf die Arbeit der Zauberer. Im Zentrum des von den Hochgeborenen geschaffenen Kreises bildete sich eine wütende Energiekugel ständig neu. Die Myriaden von Formen und Farben, die über ihre Oberfläche spielten, besaßen eine hypnotische Wirkung, vor allem da sie oft ein Tor in das *Anderswo* zu öffnen schienen. Xavius verbrachte lange Stunden damit, allein in die Schöpfung der Nachtelfen zu blicken und mit seinen magischen Augen zu schauen, was keiner der anderen sehen konnte.

Während er jetzt hinblickte, runzelte der Berater die Stirn. Er kniff die Augen zusammen und studierte die endlosen Tiefen im Innern der Sphäre. Einen winzigen Augenblick lang hätte er schwören können, dass er etwas gesehen hatte, das …

„Ich glaube, du hörst mir nicht zu, mein liebster Xavius! Ist so etwas möglich?"

Es gelang ihm, sich wieder zu fangen. „Ebenso wie es möglich ist, dass man lebt, ohne zu atmen, Tochter des Mondes … Aber ich gestehe, ich war abgelenkt genug, dass ich Euch vielleicht nicht richtig verstanden habe. Ihr spracht noch einmal etwas über …"

Ein kurzes, kehliges Kichern brach aus Königin Azshara heraus, aber sie widersprach ihm nicht. „Was gibt es da zu verstehen? Ich habe einfach nur noch einmal erklärt, dass wir mit absoluter Gewissheit triumphieren werden! Bald besitzen wir die Macht und die Fähigkeit, unser Land von seiner Unvollkommenheit zu reinigen und hier das perfekte Paradies zu schaffen …"

„So wird es sein, meine Königin, so wird es sein. Wir stehen kurz vor der Geburt eines großen goldenen Zeitalters. Das Reich – *Euer* Reich – wird gereinigt werden. Die Welt wird ewige Herrlichkeit erleben!" Xavius erlaubte sich ein leichtes Lächeln. „Und die niedrigen, unreinen Völker, die in der Vergangenheit verhindert haben, dass ein solches perfektes Zeitalter entstehen konnte, werden *nicht mehr existieren*."

Azshara belohnte seine Worte mit einem zufriedenen Lächeln, dann sagte sie: „Es freut mich, dass du so sprichst. Ich hatte heute wieder mehr Bittsteller, mein liebster Berater. Sie kamen in Furcht vor der aufgewühlten Quelle und fragten mich um Rat, was die Ursachen dieses Aufruhrs betrifft, und ob Gefahr bestünde. Natürlich habe ich ihre Anfragen an dich weitergeleitet."

„Da habt Ihr recht getan, Herrin. Ich werde ihre Ängste lange genug besänftigen, um unsere wichtige Aufgabe zur Vollendung führen zu können. Danach wird es Eure Freude sein, verkünden zu dürfen, dass alles zum Wohle Eures Volkes geschah …"

„Und es wird mich noch umso mehr dafür lieben", flüsterte Azshara, und ihre Augen wurden schmaler, als sie sich die dankbare Menge vorstellte.

„Falls es Euch überhaupt noch mehr lieben kann als es dies bereits tut, meine glorreiche Königin."

Azshara belohnte sein Kompliment mit einem kurzen Senken ihrer Mandelaugen, dann erhob sie sich mit der weichen Eleganz, zu der nur sie fähig war, aus dem Sessel. Ihre Kammerzofen ergriffen schnell die Schleppe des Kleides, damit es sie in keiner Weise in ihren Bewegungen behinderte. „Ich werde die wunderbare Erklärung bald abgeben, Lord Xavius", verkündete sie und wandte sich von dem Berater ab. „Sorg dafür, dass alles bereit ist, wenn ich dies tue."

„Ich werde alle Stunden meines Wachseins dieser Mission widmen", antwortete er und verbeugte sich vor ihrer bereits durch die Tür entschwindenden Gestalt. „Und sie wird die Träume meines Schlummers beherrschen."

Doch in dem Augenblick, da sie und ihre Begleiterinnen fort waren, legte sich ein tiefes Stirnrunzeln auf das kalte Gesicht des Beraters. Er winkte einen der steingesichtigen Soldaten, die ständig am Eingang der Kammer Wache standen, zu sich.

„Sollte ich das nächste Mal nicht vorher benachrichtigt werden, wenn sich Ihre Majestät entschließt, uns zu besuchen, verlierst du deinen Kopf. Hast du verstanden?"

„Jawohl, Herr", erwiderte der Wachmann, und sein Gesicht zeigte weiterhin keine Regung.

„Außerdem erwarte ich, dass man mich noch vor Ihrer Majestät über die Rückkehr von Hauptmann Varo'then informiert. Seine Mission ist nichts, womit sie sich ihre Hände schmutzig machen sollte. Sorge dafür, dass der Hauptmann – und was auch immer er mit sich führt – sofort zu mir gebracht wird."

„Jawohl, Herr."

Xavius schickte den Wachmann wieder fort und kehrte zu seiner Aufgabe zurück, den Zauber der Hochgeborenen zu überwachen.

Ein Netz tanzender, magischer Energien umspielte nun die feurige Sphäre, die sich weiterhin immer wieder neu erschuf. Während Xavius sie betrachtete, faltete sich die Kugel nach innen, fast so, als wolle sie sich selbst verschlingen.

„Faszinierend …", flüsterte er. Aus solcher Nähe konnte der Lordberater die starken Emanationen spüren, die kaum zu fesselnden Energien, die aus der Quelle aller magischen Macht der Nachtelfen beschworen worden waren. Es war Xavius gewesen, der als Erster geahnt hatte, dass sein Volk bisher nur die Oberfläche des Potenzials dieser dunklen Wasser berührt hatte. Je mehr er sie studierte, desto mehr wurde die Quelle der Ewigkeit ihrem Namen gerecht, und desto mehr erkannte Xavius, dass ihre Kräfte unendlich waren. Die physischen Dimensionen der Quelle waren nur ein Trick des begrenzten Geistes . . . die wahre Quelle existierte in tausend Dimensionen, an Tausenden von Orten gleichzeitig.

Und aus jedem Aspekt der Quelle, aus jeder ihrer Inkarnationen, würde der Hochgeborene lernen herauszuziehen, was auch immer ihm gefiel.

Das hier geballte Potenzial brachte sogar seinen Geist ins Wanken.

Energien und Farben, die selbst die anderen nicht sehen konnten, tanzten und fochten vor Xavius' magischem Blick. Sie zogen ihn mit ihrer verlockenden, elementaren Macht an. Der Lordberater trank den phantastischen Anblick vor sich wie einen berauschenden Wein …

Doch plötzlich fühlte er, wie aus dem Innern der Sphäre – aus einer Tiefe jenseits der physischen Welt – etwas zurückstarrte.

Dieses Mal wusste der Nachtelf, dass er sich nicht getäuscht hatte. Xavius spürte eine ferne Präsenz. Doch trotz der unglaublichen Entfernung war die Macht, die von ihr ausging, schwindelerregend.

Er versuchte, sich zurückzuziehen, doch es war bereits zu spät. Tief innerhalb der missbrauchten Energien der Quelle, wurde der Geist des Beraters plötzlich über die Grenzen der Realität gezogen, über die Grenzen der Ewigkeit hinaus … bis …

*Ich habe lange nach dir gesucht …,* sprach die Stimme. Sie war Leben, sie war Tod, sie war Schöpfung und Zerstörung … und unbegrenzte Macht.

Selbst wenn er es gewollt hätte, Xavius wäre nicht in der Lage gewesen, seinen Blick von dem Abgrund loszureißen, der sich im Zentrum der Energien auftat. Andere Augen zogen den Lordberater nun in ihren Bann … die Augen seines neuen *Gottes.*

*Und jetzt bist du zu mir gekommen …*

Die Wasser brodelten als würden sie kochen. Gigantische Wellen erhoben sich und stürzten zusammen. Immer und immer wieder. Blitze erhellten den Himmel über dem dunklen Quell.

Dann kamen die Flüsterstimmen.

Die ersten Nachtelfen, die sie hörten, meinten, bei den Geräuschen handele es sich nur um den heulenden Wind. Sie ignorierten sie bald vollkommen und machten sich vor allem Sorgen um die mögliche Zerstörung ihrer noblen Häuser.

Ein paar, deren scharfe Sinne sensibler für die unirdischen Energien der Quelle waren, verstanden sie als das, was sie waren: Stimmen, die aus der Quelle selbst kamen. Doch was die Stimmen sagten, das konnten die Meisten nicht verstehen.

Es waren ein oder zwei Nachtelfen, die die Stimmen klar hören konnten und sich wahrhaft fürchteten … und doch nicht zu den anderen über ihre Furcht sprachen, damit man sie nicht für verrückt erklärte und aus der Gemeinschaft verbannte. So ignorierten sie die einzige Warnung, die sie jemals erhalten würden.

Die Stimmen sprachen von nichts anderem als dem Hunger. Sie hungerten nach allem. Nach Leben, Energie, Seelen … Sie wollten zu dieser Welt durchbrechen, ins unberührte Reich der Nachtelfen.

Und sobald sie dort angekommen waren, würden sie es verschlingen …

# SIEBEN

Die Nachtelfen wurden nervös, und in Rhonins Augen machte sie das zu einer noch größeren Bedrohung.

Es hatte viel mit der Region des Waldes zu tun, in die sie soeben einritten. Rhonin fand, dass sich diese Gegend anders anfühlte als die dunklen Gebiete, die sie bisher durchquert hatten. Hier schienen die Nachtelfen nicht die Herren zu sein, sondern unerwünschte Eindringlinge.

Der Morgen näherte sich rasch. Er und Krasus, der immer noch bewusstlos zu sein schien, lagen gefesselt über dem Rücken eines Panthers, und Rhonin fühlte sich, als würde ihm jeder etwas zu heftige Schritt der großen Katze fast die Rippen brechen. Aber er zwang sich, keinen Laut von sich zu geben, keinen Muskel zu rühren, damit die Nachtelfen nicht merkten, dass er bereits wach war.

Doch welchen Unterschied hätte es gemacht, wenn sie es wüssten? Er hatte bereits mehrmals versucht, einen Zauber zu weben, aber all seine Bemühungen hatten ihm nur schädelspaltende Kopfschmerzen eingetragen. Die Nachtelfen hatten ein kleines, smaragdgrünes Amulett um seinen Hals gelegt, ein vollkommen harmlos aussehendes Ding, das die Quelle seines Frustes war. Wann immer er versuchte, sich auf einen Zauber zu konzentrieren, wurden seine Gedanken vollkommen durcheinander gewirbelt, und seine Schläfen pochten. Er konnte nicht einmal den Talisman von seinem Hals schütteln. Die Nachtelfen hatten ihn gut gesichert. Auch Krasus trug ein solches Amulett, obwohl es nicht den Eindruck machte, als hätten die Nachtelfen irgendetwas von ihm zu befürchten. Rhonin hatte wie sie gesehen, was jedes Mal passiert war, wenn sein früherer Mentor versucht hatte, ihm im Kampf beizustehen. Krasus hatte seine Kräfte sogar noch weniger unter Kontrolle als Rhonin – eine Erkenntnis, die den jungen Zauberer über die Maßen verstörte.

„Dies ist nicht der Pfad, auf dem wir gekommen sind“, knurrte der narbengesichtige Anführer, den seine Untergebenen mit Varo’then ansprachen. „Hier stimmt etwas nicht …“

„Aber wir haben den gleichen Weg genommen wie vorher, mein Hauptmann‘, antwortete einer der anderen Nachtelfen. „Wir sind nirgendwo vom Pfad abgewich …“

„Sieht das am Horizont vielleicht aus wie die Turmspitzen von Zin-Azshari?“, schnappte Varo’then. „Ich sehe nur Bäume, nichts als Bäume und noch mehr Bäume, Koltharius … und außerdem hat dieses Grünzeug etwas an sich, das mir überhaupt nicht gefällt! Obwohl wir einfach nur zurückgeritten sind, bewegen wir uns aus irgendwelchen Gründen ganz woanders hin als zur Hauptstadt!“

„Sollen wir kehrtmachen? Unseren Weg zurückverfolgen?“

Rhonin konnte das Gesicht des Hauptmanns nicht sehen, aber er hatte eine ziemlich genaue Vorstellung von dessen unzufriedenem Ausdruck. „Nein … nein … noch nicht …“

Doch während Varo’then noch nicht bereit war, den Pfad aufzugeben, machte sich Rhonin zunehmend Sorgen um sein eigenes Wohl. Mit jedem Schritt, der sie tiefer in den dichten, sich um sie schließenden Wald führte, fühlte der Zauberer eine immer stärker werdende Präsenz, wie er sie noch nie zuvor gespürt hatte. Auf gewisse Weise erinnerte sie ihn an die Art, wie er Krasus empfand, wenn der Drachenmagier Kontakt mit ihm aufnahm.

Doch dies hier war mehr … viel mehr.

Aber was?

„Die Sonne ist fast aufgegangen“, murmelte einer der Soldaten und klang dabei wenig begeistert.

Nach dem, was Rhonin bisher in Erfahrung gebracht hatte, konnten die Nachtelfen bei Tageslicht aktiv sein, mochten es aber ganz und gar nicht. Auf irgendeine Weise schwächte es sie. Sie waren Geschöpfe der Magie – auch wenn sie als Einzelwesen wenige einsetzen mochten –, aber ihre Magie war offenbar an die Nacht gebunden. Wenn Rhonin sich nur von dem Amulett hätte befreien können, sobald die Sonne aufging, wären, das spürte er, die Chancen sofort anders verteilt.

Er versicherte sich, dass niemand hinsah, und schüttelte verstohlen den Kopf. Das Amulett schwang hin und her, aber es wollte nicht abgleiten. Schließlich versuchte Rhonin, seinen Kopf hoch zu werfen, und hoffte, auf diese Art das verdammte Ding lösen zu können. Es bestand die Gefahr, dass sein Tun von den Nachtelfen bemerkt wurde, aber dieses Risiko musste er eingehen.

Im Dämmerschein, der den Morgen ankündigte, starrte ihn aus dem Buschwerk, an dem sie gerade vorbei ritten, ein Gesicht an.

Nein, korrigierte er sich, das Gesicht war *Teil* des Gebüschs. Blätter und Zweige bildeten die Gesichtszüge und bildeten sogar einen üppigen Bart. Die Augen waren Beeren, und eine Lücke im Grün sah aus wie ein schelmisch grinsender Mund.

Das Antlitz verschwand ebenso schnell wieder, wie es erschienen war, und Rhonin fragte sich, ob er sich das grüne Wesen nur eingebildet hatte. Ein Lichtspiel? Er verneinte dies. Dafür war es zu detailliert gewesen.

Und doch …

Das Kratzen, mit dem ein Schwert aus seiner Scheide gezogen wurde, erregte Rhonins Aufmerksamkeit. Weitere Klingen scharrten. Einer nach dem anderen machten sich die Nachtelfen für einen Kampf bereit, über den sie noch nichts wussten, außer dass er kommen würde. Auch die Großkatzen spürten, dass sich Ärger anbahnte. Sie beschleunigten ihren bereits schnellen Schritt, und ihre Nackenhaare sträubten sich. Sie entblößten ihre tückischen Zähne.

Plötzlich zeigte Varo'then nach rechts. „Da lang! Da lang! Schnell!"

In diesem Moment explodierte der Wald vor Leben.

Riesige, dicht mit Blättern bewachsene Äste schwangen herab und raubten den Reitern die Sicht. Büsche sprangen auf und verwandelten sich in kleine, behände Gestalten mit stumm grinsenden Gesichtern aus Grün. Der Waldboden schien nach den Klauen der Panther zu schnappen, und mehr als ein Reiter stürzte aus dem Sattel. Die Nachtelfen schrien verwirrt und versuchten, sich zu organisieren. Doch damit verstärkten sie nur das Chaos.

Ein leises Stöhnen hallte durch den Wald. Rhonin erhaschte nur einen kurzen Blick, doch er war sich sicher, dass einer der riesigen Bäume sich nieder gebeugt und mit seiner dicht belaubten Krone zwei Nachtelfen und deren Reittiere fortgefegt hatte.

Flüche bellten auf, als Varo'then versuchte, das Kommando über seine Truppe zurückzuerlangen. Jene Elfen, die noch auf ihren Panthern saßen, hieben verzweifelt nach den sie umschwärmenden Buschwesen und bemühten sich, ihre Reittiere unter Kontrolle zu halten. Den riesigen Katzen gefiel das, womit sie es hier zu tun hatten, offenbar überhaupt nicht, und oft wichen sie zurück, während ihre Reiter versuchten, sie vorwärts zu treiben.

Varo'then rief etwas, und plötzlich schossen grelle, violette Energietentakel durch das Holz. Ein Strahl traf einen der Buschgeister und verwandelte die zwergenhafte Kreatur sofort in eine lebende Fackel. Doch das Wesen lief trotz der scheinbar tödlichen Bedrohung unbekümmert weiter und zog eine brennende Spur hinter sich her.

Nur wenige Sekunden später begann der Wind, der vorher fast unhörbar gewesen war, zu heulen und zu brüllen, als habe ihn der Angriff der Nachtelfen in wilde Wut versetzt. Er blies mit solcher Vehemenz, dass Erde, abgebrochene Äste und Zweige sowie lose Blätter durch die Luft zu wirbeln begannen und den Elfen die Sicht nahmen. Die Flammen am Leib des Waldgeistes wurden erstickt, doch das Geschöpf schenkte dieser wundersamen Rettung ebenso wenig Beachtung wie zuvor der Gefahr und huschte weiter um die Beine der panischen Katzen herum. Ein riesiger, herumfliegender Ast schmetterte den Nachtelfen der direkt neben Varo'then ritt, zu Boden.

„Formiert euch neu!", schrie der narbengesichtige Hauptmann. „Formiert euch neu, und zieht euch zurück! Schneller, verdammt!"

Eine blättrige Hand legte sich auf Rhonins Mund, und er blickte wieder in das erstaunliche Pflanzengesicht. Hinter sich spürte er, wie Hände seine Beine packten und ihnen einen heftigen Schubs versetzten, der den Magier nach vorne dem Waldboden entgegen schickte.

Der Panther bemerkte dies und brüllte. Mehr der kleinen Strauchgestalten wimmelten um die Bestie herum und versetzten sie in Angst. Während die Welt um Rhonin herum durcheinanderwirbelte, fiel sein Blick auf Varo'then, der sich auf seinem Reittier umdrehte, um zu schauen, was hinter ihm vor sich ging. Der Elf mit dem brutalen Gesicht fluchte, als er erkannte, dass man versuchte, ihm die Gefangenen zu stehlen. Doch bevor er eine Hand heben konnte, um die Pflanzenkreaturen aufzuhalten, griffen weitere Zweige nach ihm, wickelten sich um Arme und Gesicht des Hauptmanns und machten ihn blind.

Die Buschwesen fingen Rhonin auf, bevor er Gefahr lief, mit dem Kopf voran auf den Boden zu schlagen. Schweigend packten sie ihn wie einen Rammbock und trugen ihn in den dichten Wald. Rhonin hoffte, dass auch Krasus befreit worden war, aber er konnte nichts erkennen außer der blättrigen Gestalt direkt vor ihm. Trotz ihrer geringen Größe waren diese Wesen offenbar sehr stark.

Dann schnitt ihnen zur Bestürzung des Zauberers ein einzelner Nachtelf auf einem fauchenden Panther den Weg ab. Der Zauberer erkannte den Soldaten, den man Koltharius nannte. Der Elf trug einen verzweifelten Ausdruck auf seinem Gesicht, als wäre Rhonins Entkommen das Schlimmste, was ihm passieren könnte. Und nach dem Wenigen, was der Magier von dem brutalen Hauptmann mitbekommen hatte, zweifelte er auch nicht daran, dass dies tatsächlich der Fall war.

Ohne ein einziges Wort zu verschwenden, drängte der Nachtelf sein Tier vorwärts. Die Elfen, die Rhonin kannte – vor allem seine eigene geliebte Vereesa –, waren Wesen, die der Natur den allergrößten Respekt entgegenbrachten. Aber Koltharius' Volk schien sich kein bisschen um die Bewohner des Waldes zu scheren. Die Klinge des Nachtelfen hieb mit ungezügelter Wut auf die Äste und Sträucher ein, die ihm den Weg versperrten. Nichts würde ihn von seiner Beute abhalten.

So zumindest glaubte er wohl. Riesige, schwarze Vögel ließen sich plötzlich aus den Baumkronen auf ihn herab fallen, umflatterten den Nachtelf und hackten unbarmherzig nach seinen silbernen Augen. Koltharius schlug wütend um sich, aber er trennte nicht eine einzige Schwanzfeder von einem seiner geflügelten Angreifer.

Dermaßen abgelenkt war der Soldat von diesem letzten Angriff, dass er nicht bemerkte, wie sich eine weitere Gefahr aus der Erde erhob. Die Bäume, durch die er hindurch musste, erhoben sich um mehr als zwei Fuß, als würden sie ihre Wurzeln strecken.

Koltharius' von den Vögeln fast in den Wahnsinn getriebenes Reittier achtete nicht auf den Weg.

Zuerst kam die flinke Katze leicht aus dem Gleichgewicht, dann stolperte sie, als ihre Krallen sich mehr und mehr in den Wurzeln verstrickten. Ein schmerzhaftes Jaulen entrang sich ihrer Kehle, als sie zur Seite stürzte. Ihr Reiter versuchte, sich festzuhalten, doch damit verschlimmerte er nur seine Lage.

Der riesige Panther wand sich, und Koltharius geriet zwischen die Katze und zwei riesige Baumstämme, die den Nachtelf erbarmungslos zerquetschten. Seine Rüstung zerknüllte wie Papier unter der gewaltigen Kraft. Dem Panther erging es unter dem Angriff der Wurzeln, die sich um seinen Hals schlangen, wenig besser, und mit einem trockenen Knacklaut brach sein Genick.

Rhonins Retter liefen weiter, als sei nichts geschehen. Noch ein paar weitere Minuten lang hörte der Zauberer den Kampf der Nachtelfen, aber dann verschwanden die Geräusche zuletzt in der Ferne, als habe Varo'then seiner geschlagenen Truppe schließlich den Rückzug befohlen.

Weiter und weiter trugen ihn die kleinen Kreaturen. Er bemerkte eine Bewegung zu seiner Rechten und erkannte etwas, das die bewegungslose Gestalt des Drachenmagiers zu sein schien. Offenbar wurde er in der gleichen Weise getragen wie Rhonin.

Was mochten ihre Retter mit ihnen vorhaben? Hatte man sie den Händen der Nachtelfen entrissen, um sie einem vielleicht noch schrecklicheren Schicksal zuzuführen?

Die Waldgeister wurden langsamer und kamen schließlich am Rande einer Lichtung zum Halt. Obwohl dies aufgrund des niedrigen Sonnenstandes eigentlich hätte unmöglich sein sollen, erhellten die zarten Ausläufer des Tageslichts bereits den Bereich. Unsichtbare Singvögel zwitscherten fröhlich. Myriaden von Blumen in hundert Farben blühten in üppiger Fülle, und hohes Gras wiegte sanft im Wind, als wolle es den Neuankömmlingen lockend zuwinken.

Wieder rückte ein Gesicht aus Blättern in sein Blickfeld. Die Lücke des Mundes weitete sich zu einem breiten Lachen, und zu seiner Überraschung erkannte Rhonin eine kleine, vollkommen weiße Blume, die darin blühte.

Eine Pollenwolke schoss vor und legte sich auf Nase und Mund des Menschen.

Rhonin hustete. Sein Blick verschwamm. Er fühlte, wie die Geschöpfe sich wieder bewegten und ihn ins Sonnenlicht trugen. Doch bevor ein einziger Strahl sein Gesicht berühren konnte, verlor der Zauberer das Bewusstsein.

Rhonin hatte es nicht bemerkt, aber Krasus war während der meisten Zeit nicht bewusstlos gewesen. Schwach, ja, fast bereit, sich der Finsternis zu überlassen, durchaus – aber der Drachenmagier hatte gegen die körperliche und mentale

Schwäche angekämpft, und mochte er auch nicht gesiegt haben, so hatte er doch auch keine Niederlage erlitten.

Krasus hatte die buschähnlichen Beobachter ebenfalls bemerkt und sofort als Diener des Waldes erkannt. Mit Sinnen, die noch immer sensibler waren als die seines menschlichen Gefährten, hatte Krasus begriffen, dass die Nachtelfen mit Absicht an diesen Ort *gelenkt* worden waren. Irgendeine Macht wollte etwas von den Soldaten, und es bedurfte keiner allzu großen logischen Anstrengung, um anzunehmen, dass es sich dabei um ihn und Rhonin handelte.

Und so hatte sich der Drachenmagier während des gesamten Kampfes vollkommen still verhalten. Er hatte sich gezwungen, nichts zu tun, als der Trupp angegriffen wurde und die Kreaturen des Waldes ihn und Rhonin unter den Augen der Elfen mit sich nahmen. Krasus spürte keine Bosheit in ihren Befreiern, aber das bedeutete nicht, dass dem Paar kein späterer Schaden erwachsen konnte. Während der gesamten Reise durch den Wald war der Drachenmagier im Geheimen wachsam geblieben und hatte sich der Hoffnung hingegeben, dieses Mal eine größere Hilfe sein zu können als bei der letzten Auseinandersetzung.

Aber als sie die sonnenbeschienene Lichtung erreicht hatten, zeigte sich, dass er sich verkalkuliert hatte. Das Buschgesicht war zu schnell erschienen, hatte ihn zu unerwartet angehaucht. Wie Rhonin verlor auch Krasus das Bewusstsein.

Aber anders als Rhonin schlief er nur wenige Minuten.

Als er erwachte, fand er zu seiner allergrößten Verblüffung einen kleinen, roten Vogel, der auf seinem Knie hockte. Dieser freundliche Anblick überraschte den Drachenmagier so sehr, dass er aufkeuchte. Der winzige Vogel flog erschreckt auf und verschwand in den Zweigen über dem Magier.

Mit großer Vorsicht studierte Krasus seine Umgebung. Allem Anschein nach lagen er und Rhonin in der Mitte einer mystischen Lichtung, einem Bereich starker Magie, der mindestens so alt war wie die Drachen. Dass die Sonne so hell schien, dass die Blumen, das Gras und die Vögel einen solchen Frieden ausstrahlten, war kein Zufall. Dies war das persönliche Allerheiligste eines Wesens, das Krasus eigentlich hätte kennen müssen – und doch wollte ihm nicht einfallen, wer es sein mochte.

Und das war ein Problem, über das er seinem Kameraden nicht alles gesagt hatte. In Krasus' Erinnerung klafften gigantische Lücken. Er hatte die Nachtelfen als das erkannt, was sie waren, doch andere Dinge, viele von ihnen vollkommen banal, waren verschwunden. Wenn er versuchte, sich auf sie zu konzentrieren, fand der Drachenmagier nichts als Leere. Er war so schwach im Geiste geworden wie er es auch in seinem Körper war.

Aber warum? Warum hatten seine Fähigkeiten so viel stärker gelitten als die von Rhonin? Mochte der Mensch auch ein Magier von beeindruckenden Fähigkeiten sein, so war er doch immer noch ein leicht verwundbarer Sterblicher. Wenn irgendjemand von ihrem wilden Flug durch Zeit und Raum schwer hätte geschwächt sein sollen, so hätte es eigentlich der Geringere der beiden Reisenden sein müssen.

In dem Augenblick, als er dies dachte, übermannte Krasus ein Gefühl der Schuld. Was auch immer der Grund dafür sein mochte, dass Rhonin das Chaos besser überstanden hatte, brachte es nur erbärmliche Schande über Krasus, wenn er sich wünschte, ihr Schicksal wäre vertauscht. Rhonin hatte sich bereits mehrmals beinahe für seinen früheren Mentor geopfert.

Trotz seiner großen Schwäche und des anhaltenden Schmerzes kam Krasus auf die Beine. Von den Geschöpfen, die sie hierher gebracht hatten, war nichts zu sehen. Wahrscheinlich waren sie wieder Teil des Waldes geworden und widmeten sich den Bedürfnissen ihrer grünen Welt, bis ihr Herr ihnen das nächste Mal eine besondere Aufgabe erteilte. Dass sie nur die Einfachsten der Waldwächter gewesen waren, darüber war sich Krasus vollkommen im Klaren. Die Nachtelfen stellten eine relativ armselige Bedrohung für den Wald dar.

Aber was wollte die Macht, die hier herrschte, von zwei verirrten Wanderern?

Rhonin schlief noch immer tief und fest, und wenn er an seine eigene Reaktion auf die Pollen dachte, dann rechnete Krasus nicht damit, dass er so bald wieder erwachen würde. Da keine offensichtliche Bedrohung in Sicht war, ließ er den Menschen schlafen und entschied sich, die Grenzen ihrer Freiheit auszuloten.

Das dichte Blumenfeld umgab das weiche, offene Gras wie einen Zaun, und es schien, als neige sich die gleiche Anzahl an Pflanzen nach innen wie nach außen. Krasus näherte sich den Blumen und beobachtete sie misstrauisch.

Als er bis auf einen Schritt an sie herangetreten war, wandten sie ihm die Köpfe zu und öffneten ihre Blätter ganz.

Sofort trat der Drachenmagier zurück … und die Blumen nahmen wieder ihr normale Erscheinung an. Eine Wand aus effektiven Wächtern. Er und Rhonin waren vor jeder Gefahr, die von außen kommen mochte, geschützt, während man sie gleichzeitig davon abhielt, dem Wald irgendwelchen Schaden zuzufügen.

In seiner gegenwärtigen Verfassung dachte Krasus nicht einmal darüber nach, über die Blumen hinweg zu springen. Zudem hatte er ohnehin den Verdacht, dass er, täte er dies, nur einen weiteren, versteckten Wächter wecken würde – und wahrscheinlich einen, der weniger zurückhaltend war.

Er sah nur eine Möglichkeit. Um seine Kräfte zu schonen, setzte er sich und kreuzte die Beine. Dann atmete Krasus tief ein, studierte die Lichtung ein letztes Mal … und sagte in die Luft hinein:

„Ich möchte mit Euch sprechen."

Der Wind nahm seine Worte auf und trug sie in den Wald, wo sie mehrmals widerhallten. Die Vögel wurden still. Das Gras hörte auf, sich zu wiegen.

Dann kam der Wind zurück … und mit ihm eine Antwort.

„Und also werden wir sprechen."

Krasus wartete. In der Ferne hörte er das leise Klappern von Hufen, als sei in diesem wichtigen Augenblick zufälligerweise ein Tier vorbei gekommen. Er runzelte die Stirn, als das Klappern lauter wurde, näher kam. Dann bemerkte er eine schattenhafte Gestalt, die aus dem Wald trat. Ein Reiter mit einem gehörnten Helm auf einem monströsen Pferd?

Doch dann, als die Erscheinung sich den Blumenwächtern näherte und das Licht der Sonne sie ganz erfasste, konnte der Drache in sterblicher Gestalt nur mit offenem Mund starren – wie ein staunendes Menschenkind. Es war ein imposanter Anblick.

„Ich kenne Euch …", begann Krasus. „Ich kenne Euch …"

Doch der Name, wie so viele andere Erinnerungen, wollte sich ihm nicht offenbaren. Er konnte nicht einmal mit Gewissheit sagen, ob er diesem mythischen Wesen schon einmal begegnet war, und das sagte viel über das Ausmaß der Lücken in seinem Geist aus.

„Ich kenne Euch nicht", sprach die hoch aufragende Gestalt, deren Rumpf einem Nachtelfen glich, während die untere Hälfte die eines Hirsches war. „Aber ich muss sagen, Ihr habt meine Neugier geweckt …"

Auf vier starken Beinen schritt das majestätische Geschöpf durch die Mauer der Blumen, die ihm den Weg frei machten, wie treue Hunde es für ihren Herrn getan hätten. Einige der Blüten und Gräser streichelten sogar sanft und liebevoll seine Beine.

„Ich bin Cenarius …", stellte er sich der um einiges schmächtigeren Gestalt vor, die vor ihm saß. „Dies ist mein Reich."

Cenarius … Cenarius … Fetzen von Erinnerungen flatterten wie Lumpen im Wind durch Krasus' angegriffenen Geist. Ein paar schlugen Wurzeln, doch die meisten lösten sich einfach in Nichts auf. Cenarius. Von dem die Elfen und anderen Waldbewohner erzählten. Kein Gott, aber … fast. Also ein Halbgott. Auf seine eigene Art so stark wie die Großen Aspekte.

Allein, da war mehr, noch so viel mehr. Doch, so sehr er sich auch anstrengte, der Drachenmagier bekam nichts davon zu fassen.

Seine Bemühungen mussten sich auf seinem Gesicht abzeichnen, denn Cenarius' strenge Züge wurden etwas freundlicher. „Es geht Euch nicht gut, Reisender. Vielleicht solltet Ihr noch ein wenig länger ausruhen."

„Nein." Krasus zwang sich auf die Beine und stand hoch und aufrecht vor dem Halbgott. „Nein … ich möchte jetzt sprechen."

„Wie Ihr wünscht." Die Gottheit mit dem riesigen Geweih legte ihren bärtigen Kopf auf die Seite und studierte den Gast. „Ihr seid mehr als Ihr zu sein scheint, Reisender. Ich erkenne Spuren von Nachtelf in Euch, doch da ist noch mehr, viel mehr. Ihr erinnert mich fast an … aber nein, das ist nicht sehr wahrscheinlich.“ Die riesige Gestalt zeigte auf Rhonin. „Und er dort ist anders als jedes Geschöpf, das man innerhalb und außerhalb meines Reiches antrifft.“

„Wir kommen von weit her und haben uns, um ehrlich zu sein, verirrt, großer Cenarius. Wir wissen nicht, wo wir sind.“

Zur Überraschung des Magiers rief dieser Satz ein tiefes, donnerndes Lachen in der gewaltigen Brust des Halbgottes hervor. Cenarius' Heiterkeit brachte noch mehr Blumen zum Erblühen, rief Singvögel in die Zweige der Bäume, die die Lichtung umstanden, und beschwor eine weiche Frühlingsbrise, die Krasus' Wange streichelte wie eine Geliebte.

„Dann habt Ihr Euch *tatsächlich* mächtig verlaufen! Wo *könntet* Ihr wohl sein, mein Freund? Wo sonst könntet Ihr sein als in *Kalimdor?*“

Kalimdor. Das zumindest machte Sinn. Wo sonst würde man Nachtelfen in solcher Anzahl antreffen? Aber die Erklärung des Waldherren beantwortete nur ein paar wenige von Krasus' vielen Fragen. „So nahm ich es auch an, hoher Herr, doch –“

„Ich spürte eine beunruhigende Veränderung in der Welt“, unterbrach ihn Cenarius. „Ein Ungleichgewicht, eine Verschiebung, eine … *Falschheit*. Ich suchte ihren Ursprung auf … und obwohl ich keine Antworten auf meine Fragen fand … so fand ich dort eine Spur, die mich zu Euch und Eurem Begleiter führte.“ Er trat ein weiteres Mal an Krasus vorbei, um den schlafenden Rhonin zu mustern. „Zwei Wanderer von Nirgendwo. Zwei verlorene Seelen aus dem Nichts. Zwei Rätsel, von denen mir lieber wäre, es hätte sie niemals gegeben.“

„Und doch habt Ihr uns aus der Gefangenschaft befreit …“

Der Waldherr gab ein Schnauben von sich, das des stärksten Hirsches würdig gewesen wäre. „Die Nachtelfen werden immer arroganter. Sie nehmen sich, was ihnen nicht gehört. Sie gehen dort hin, wo man sie nicht haben will. Sie glauben, dass alles unter ihre Herrschaft fällt. Obwohl sie nicht wirklich in mein Reich eingedrungen waren, entschied ich mich, sie hierher zu locken, um ihnen eine Lektion in Sachen Demut und Manieren zu erteilen.“ Er lächelte grimmig „Und sie machten es mir einfacher, indem sie das, was ich wünschte, direkt hierher brachten.“

Krasus fühlte, wie seine Beine unter ihm nachgeben wollten. Die Anstrengung des Stehens erwies sich als enorm. Doch er war entschlossen, seiner Schwäche nicht nachzugeben. „Auch sie schienen unsere plötzliche Ankunft bemerkt zu haben.“

„Zin-Azshari mangelt es nicht an eigener Magie. Schließlich liegt die Stadt direkt am Quell.“

Der Drachenmagier schwankte, doch dieses Mal nicht vor Schwäche. Cenarius hatte zwei Worte ausgesprochen, die abgründige Furcht in Krasus' Herz weckten.

„Zin … Zin-Azshari?"

„Ja, Sterblicher! Die Hauptstadt der Nachtelfen, die an den Ufern des Quells der Ewigkeit liegt! Wisst Ihr nicht einmal das?"

Krasus ließ sich zu Boden sinken, und es kümmerte ihn nicht, dass er dem Halbgott damit seinen Zustand verriet. Er hockte im Gras und versuchte, die schwindelerregende Wahrheit zu begreifen.

*Zin-Azshari.*

*Die Quelle der Ewigkeit.*

Er kannte diese Namen, so lückenhaft seine Erinnerung auch geworden sein mochte. Manche Legenden waren von solch epischer Größe, dass man Krasus' Geist vollkommen hätte auslöschen müssen, damit er sie hätte vergessen können.

Zin-Azshari und die Quelle der Ewigkeit.

Der erste Name: das Zentrum eines Imperiums der Zauberei, eines Reiches, das von den Nachtelfen regiert wurde. Wie dumm war er gewesen, dass er dies nicht schon während ihrer Gefangennahme erkannt hatte. Zin-Azshari war über viele Jahrhunderte hinweg das Zentrum der Welt gewesen.

Der zweite Name: die Quelle der Ewigkeit. Ein Ort der puren Magie, das unendlich tiefe Reservoir der Macht, von dem die Magier und Zauberer zu allen Zeiten nur in ehrfürchtigem Flüsterton sprachen. Der Quell war das Zentrum der magischen Kräfte der Nachtelfen gewesen und hatte ihnen erlaubt, Zauber zu weben, die selbst den Drachen Respekt einflößten.

Doch beide lagen in der Vergangenheit … *weit* in der Vergangenheit. Weder Zin-Azshari, noch der wundersame und mächtige Quell existierten in der Gegenwart. Sie waren vor langer, langer Zeit in einer Katastrophe untergegangen, die … die …

Und hier versagte Krasus' Gedächtnis wieder. Etwas Schreckliches war geschehen, das beide vernichtet, das die ganze Welt in Stücke gerissen hatte … doch so sehr er sich auch bemühte, er konnte sich nicht erinnern, *was* es gewesen war.

„Ihr habt Euch noch nicht ganz erholt", sagte Cenarius, und Sorge klang in seiner Stimme. „Ihr solltet Euch weiter ausruhen."

Noch immer um seine Erinnerung kämpfend, antwortete der Magier: „Es geht … mir bestimmt wieder besser, wenn mein Freund erwacht. Wir … wir werden sobald wie möglich weiterziehen und Euch nicht länger zur Last fallen."

Die Gottheit runzelte die Stirn. „Kleiner Mann, Ihr missversteht. Ihr seid mir sowohl ein Rätsel als auch ein Gast … und so lange Ihr das Erstere seid, werdet Ihr auch das Letztere bleiben." Cenarius wandte sich um und schritt auf die wachsamen Blumen zu. „Ich glaube, Ihr benötigt Speise. Ihr werdet sie bald erhalten. Bis dahin ruht Euch aus.“

Cenarius wartete nicht ab, dass Krasus protestierte, aber der Drachenmagier hatte dies auch gar nicht vor. Wenn ein Wesen wie der Waldgott darauf bestand, dass sie blieben, wusste Krasus, dass es *unmöglich* war, ihn umzustimmen. Er und Rhonin waren Gäste, solange Cenarius dies wünschte … und bei einem Halbgott konnte das bedeuten, für den Rest ihres Lebens.

Doch das bereitete Krasus weniger Sorgen als der Gedanke, dass dieses Leben möglicherweise sehr kurz währen würde.

Zin-Azshari und der Quell waren durch eine monströse Katastrophe zerstört worden … und je mehr der Drachenmagier darüber nachdachte, desto mehr gelangte er zu der Überzeugung, dass sich diese Katastrophe mit raschen Schritten und unaufhaltsam näherte.

„Ich warne dich, ich liebe Überraschungen, aber von dieser hier erwarte ich, dass sie mich *verzückt*.“

Xavius lächelte nur, als er die Königin an der Hand in die Kammer führte, in der die Hochgeborenen arbeiteten. Er war mit aller Liebenswürdigkeit, die er aufbringen konnte, zu ihr gekommen und hatte sie höflich gebeten, sich ihm anzuschließen, um zu sehen, was seine Zauberer erreicht hatten. Der Berater wusste, dass Azshara als Wiedergutmachung für diese Störung eine ganz erstaunliche Überraschung verlangte, und sie würde nicht enttäuscht werden … selbst wenn es etwas *anderes* sein würde, als die Herrscherin der Nachtelfen erwartete.

Die Wachleute knieten nieder, als sie eintraten. Obwohl sie die gleichen steinernen Gesichtszüge wie sonst darboten, waren auch sie – wie Xavius – *berührt* worden. Jeder in der Kammer verstand, worum es ging, nur Azshara nicht.

Doch auch sie würde gleich ihre Offenbarung erleben.

Die Königin betrachtete den wirbelnden Mahlstrom innerhalb des Musters, und ihre Stimme troff vor Enttäuschung. „Es sieht genauso aus wie immer.“

„Ihr müsst es genauer betrachten, Licht der tausend Monde. Dann werdet Ihr verstehen, was wir erreicht haben …“

Azshara furchte die Stirn. Sie hatte auf seine Bitte hin ihre Begleiterinnen zurückgelassen, und vielleicht bereute sie dies nun. Trotzdem war Azshara die Königin, und es geziemte sich für sie zu zeigen, dass sie – auch wenn sie allein war – jede Situation durch ihre bloße Gegenwart beherrschte.

Mit eleganten Schritten trat Azshara bis fast an den Rand des Musters heran. Sie begutachtete zuerst die Arbeit des Hochgeborenen, der gerade an dem Zauber wob, dann ließ sie sich dazu herab, einen Blick in das Inferno selbst zu werfen.

„Es scheint mir immer noch unverändert, liebster Xavius. Ich hatte mehr von dir erwart …“

Ein Keuchen entrang sich Azsharas Kehle, und obwohl ihr Gesicht von Xavius abgewandt war, wusste er, das sich jähes Begreifen auf ihren Zügen abzeichnete.

Und die Stimme, die zuerst zu ihm gesprochen hatte, die Stimme seines Gottes, erklärte so, dass alle es hören konnten:

*Ich komme …*

# ACHT

Das Ritual des Hohen Mondes war beendet. Nun hatte Tyrande Sinn und Muße für sich selbst. Elune erwartete Hingabe von ihren Priesterinnen, doch sie verlangte nicht, dass sie ihr all ihre Zeit opferten. Mutter Mond war eine freundliche, liebevolle Herrin, und das war es gewesen, was die junge Nachtelfin in den Tempel geführt hatte. Der Eintritt in die Schwesternschaft hatte Tyrande einen gewissen Frieden in ihren Sorgen, in ihren inneren Konflikten geschenkt.

Doch ein Konflikt wollte ihr Herz nicht verlassen. Die Zeit hatte das Verhältnis zwischen ihr, Malfurion und Illidan verändert. Sie waren nicht länger jugendliche Freunde. Die Einfachheit der Kindheit war der Komplexität erwachsener Beziehungen gewichen.

Ihre eigenen Gefühle für die beiden jungen Männer hatten sich geändert, und sie wusste, dass auch die Brüder inzwischen ihr gegenüber anders empfanden. Der Wettstreit zwischen den Zwillingen war stets freundlich und verspielt gewesen, aber in letzter Zeit hatte er sich auf eine Weise gesteigert, die Tyrande missfiel. Nun schien es, als kämpften sie gegeneinander, als wetteiferten sie um einen Preis.

Tyrande begriff – selbst wenn die Brüder dies nicht taten –, dass dieser Preis *sie* war.

Obwohl die Novizin sich geschmeichelt fühlte, wollte sie keinen von beiden verletzen. Und doch würde Tyrande diejenige sein, die zumindest einen der Brüder schwer enttäuschte, denn sie wusste in ihrem Herzen, wenn die Zeit kam, sich ihren Gefährten fürs Leben zu wählen, würde es entweder Illidan oder Malfurion sein.

In das silberne Kapuzengewand der Novizin gekleidet, schritt Tyrande schweigend durch die hohen Marmorhallen des Tempels. Über ihr stellte ein magisches Fresko den Himmel dar. Ein flüchtiger Betrachter mochte sogar meinen, dieser Saal besäße tatsächlich kein Dach, so perfekt war die Illusion. Doch nur die Große Kammer, in der die Rituale stattfanden, stand dem Himmel wirklich offen. Dort besuchte Elune ihre Getreuen in der Gestalt der Mondstrahlen und berührte sie sanft wie eine Mutter ihre geliebten Kinder.

Vorbei an den hoch aufragenden Statuen, die die irdischen Inkarnationen der Göttin zeigten – die Hohepriesterinnen der Vergangenheit –, bewegte sich Tyrande schließlich über den weiten Marmorboden der Vorhalle. Hier erzählte ein verschlungenes Mosaik von der Schöpfung der Welt durch Elune und die anderen Götter, wobei Mutter Mond in den Bildern natürlich eine dominierende Rolle einnahm. Bis auf wenige Ausnahmen waren die Götter vage Gestalten mit schattenhaften Gesichtern, keine bloßen Geschöpfe des Fleisches, die man in ihren wahren Erscheinungsformen darstellen konnte. Nur die Halbgötter, ihre Kinder und Helfer hatten erkennbare Gesichter. Einer von ihnen war Cenarius, von dem viele glaubten, er sei das Kind von Mond und Sonne. Cenarius bestätigte dies natürlich nicht, noch leugnete er es, und Tyrande hatte für sich beschlossen, dass die Geschichte stimmte.

Draußen beruhigte die kühle Nachtluft ein wenig Tyrandes Sorge um sich selbst und um die beiden Brüder. Sie stieg die weißen Alabaster-Stufen des Tempels hinab und tauchte in die Menge der Nachtelfen auf den Straßen ein. Viele neigten ihr Haupt ehrerbietig vor der Novizin, während andere ihr höflich den Weg frei machten. Es brachte gewisse Vorteile mit sich, eine Dienerin der Elune zu sein, doch im Augenblick wünschte sich die junge Frau, die Welt hätte sie einfach nur als sie selbst betrachtet.

Suramar war nicht so glanzvoll wie Zin-Azshari, doch die Stadt hatte ihre ganz eigene Atmosphäre. Helle Farben herrschten vor, als sie den Marktplatz betrat, wo Kaufleute der Bevölkerung ihre Waren feil boten. Würdenträger in prächtigen, diamantbesetzten Gewändern, die in sonnigem Rot und feurigem Orange strahlten, gingen mit erhobener Nase, die Augen nur auf den Weg vor sich gerichtet, neben Elfen der niedrigeren Kasten, die einfachere Kleidung in Grün, Gelb, Blau oder einer Mischung dieser Farben trugen. Die Leute kamen auf den Markt, um sich der Welt von ihrer besten Seite zu präsentieren.

Selbst die Gebäude beteiligten sich am Imponiergehabe ihrer Bewohner und leuchteten vor Tyrandes Augen in allen Farben des Regenbogens. Die Fassaden mancher Geschäfte waren in nicht weniger als sieben Farben bemalt und zeigten dramatische Szenen, die sich über sämtliche Mauern zogen. Fackellicht beleuchtete die meisten Hausmauern, denn man betrachtete die tanzenden Flammen als einen lebhaften Akzent.

Die wenigen Nicht-Nachtelfen, die die Novizin in ihrem kurzen Leben getroffen hatte, schienen ihr Volk geschmacklos zu finden. Manche gingen sogar soweit zu behaupten, Tyrandes Leute müssten farbenblind sein. Obwohl ihr eigener Geschmack dazu neigte, etwas konservativer zu sein – jedoch nicht so konservativ wie der von Malfurion –, fand Tyrande, dass die Nachtelfen einfach eine größere Liebe für die Vielfalt der Muster und Formen hatten, die in der Welt existierten.

Sie bemerkte eine Traube von Elfen, die sich in der Mitte des Marktplatzes gebildet hatte. Die Meisten gestikulierten lebhaft und schienen auf etwas zu zeigen, und ein paar ließen Kommentare vernehmen, die entweder von Ekel oder von Spott durchsetzt waren. Neugierig trat Tyrande näher, um zu sehen, was das allgemeine Interesse erweckt hatte.

Zuerst bemerkten die Schaulustigen die Novizin nicht, ein eindeutiges Zeichen dafür, dass das Objekt ihrer Neugierde tatsächlich einen seltenen Anblick bieten musste. Sie berührte höflich einen Nachtelf an der Schulter, der sofort zur Seite trat, als er sie erkannte. Auf diese Weise arbeitete sie sich ins Zentrum der Ansammlung vor.

Bald konnte sie ausmachen, dass die Leute sich um einen Käfig scharten. Er bestand aus starkem Eisen und beherbergte offensichtlich eine Bestie von großer Stärke, denn er klirrte gelegentlich dumpf, als werfe sich etwas wild gegen seine Gitterstäbe, und dann und wann war ein tierisches Knurren zu hören, das bei den Schaulustigen interessiertes Gemurmel hervorrief.

Die Elfen, die direkt vor Tyrande standen, wollten sich nicht fort bewegen, nicht einmal, als sie bemerkten, wer sie da auf die Schulter tippte. Die schlanke Novizin suchte sich unermüdlich eine bessere Position, spähte schließlich zwischen zwei Rücken hindurch.

Was sie erblickte, ließ sie aufkeuchen.

„Was ist denn *das*?“, entfuhr es ihr.

„Das weiß niemand, Schwester“, antwortete eine Stimme. Sie wandte den Kopf und blickte auf einen Soldaten, der hier mit seinen Kameraden Wache stand. Er trug den Brustpanzer und die Gewänder eines Mitglieds der Wache von Suramar. „Die Mondgarde musste mindestens drei Zauber wirken, bis sie die Bestie endlich überwältigt hatte.“

Tyrande blickte sich instinktiv nach einem der Magier in den grünen Kapuzengewändern um, doch sie konnte keinen von ihnen erkennen. Höchstwahrscheinlich hatten sie den Käfig mit einem Zauber belegt und dann die gefangene Kreatur den fähigen Händen der Soldaten überlassen, während sie jetzt untereinander diskutierten, wie sie weiter mit dem Wesen verfahren sollten.

Aber *was* hatten sie zurückgelassen?

Es war kein Zwerg, obwohl seine Gestalt sie in vieler Hinsicht an dieses Volk erinnerte. Hätte das Wesen aufrecht gestanden, es wäre etwa einen Fuß kleiner gewesen als ein Nachtelf, doch mindestens doppelt so breit. Offensichtlich war die Kreatur eine Bestie von brutaler Kraft, denn noch nie zuvor hatte Tyrande solche Muskeln gesehen. Obwohl der Käfig offensichtlich verzaubert war, erstaunte es die Novizin, dass der Gefangene nicht einfach die Gitter zur Seite bog und entkam.

Ein Schaulustiger, der einer der höheren Kasten angehörte, stupste die gebeugt sitzende Kreatur plötzlich mit seinem goldenen Stock an … was erneute Wut in dem Käfig auslöste. Es gelang dem Nachtelfen nur knapp, seinen Stock aus der Reichweite der dicken, fleischigen Pranken zu ziehen. Das breite, animalische Gesicht des Monsters verzerrte sich, als es knurrend seinen Zorn kund tat. Wahrscheinlich wäre es ihm gelungen, den Stock an sich zu reißen, wenn es nicht durch dicke Ketten um Hand- und Fußgelenke sowie den Hals gebunden gewesen wäre. Die schweren Fesseln waren nicht nur der Grund dafür, dass es gezwungen war, in seiner gebückten Haltung zu verharren, sondern sie machten es ihm auch unmöglich, sich jemals den Gitterstäben zu widmen, selbst wenn man davon ausging, dass es dazu die nötige Kraft und Entschlossenheit besessen hätte.

Tyrandes Gefühle verschoben sich von Entsetzen und Ekel zu Mitleid. Der Tempel und Cenarius hatten sie gelehrt, alles Leben zu achten, selbst jenes, das auf der ersten Blick nur monströs erschien. Das grünhäutige Ungetüm trug primitive Kleidung, und das bedeutete, dass es – oder *er*, was am wahrscheinlichsten schien – ein gewisses Maß an Intelligenz besaß. Es war also nicht Recht, dass man das Geschöpf wie ein seltsames Tier zur Schau stellte.

Zwei leere, braune Schüsseln ließen vermuten, dass der Gefangene zumindest etwas zu essen bekommen hatte, doch angesichts seiner massigen Gestalt nahm die Novizin an, dass es nicht annähernd genug gewesen war. Sie wandte sich an den Wächter. „Er braucht mehr zu essen und zu trinken."

„Ich habe keine dahingehenden Befehle erhalten, Schwester", antwortete der Wachposten respektvoll, während er weiter die Menge im Auge behielt.

„Für so etwas sind keine Befehle nötig."

Tyrande wurde mit einem leichten Achselzucken belohnt. „Die Ältesten haben noch nicht entschieden, was mit dem Ding geschehen soll. Vielleicht wird die Kreatur nichts mehr zu essen und zu trinken benötigen, Schwester."

Seine Andeutung widerte sie an. Die Justiz der Nachtelfen konnte sehr drakonisch sein. „Wenn ich ihm etwas zu essen bringe, werdet Ihr dann versuchen, mich aufzuhalten?"

Jetzt wirkte der Soldat, als werde ihm auf einmal sehr unbehaglich. „Das solltet Ihr wirklich nicht tun, Schwester. Was, wenn die Bestie Euch den Arm ausreißt und ihn frisst statt der Speise, die Ihr ihr geben wollt? Ihr wäret gut beraten, das Ding in Ruhe zu lassen."

„Ich werde das Risiko eingehen."

„Schwester –"

Doch bevor der Soldat weiter versuchen konnte, ihr ihr Vorhaben auszureden, wandte sich Tyrande bereits um. Sie lief direkt zum nächsten Händler und holte einen Krug Wasser und eine Schüssel Suppe. Die Kreatur im Käfig sah aus wie ein Fleischfresser, also entschied sie sich für ein Stück frisches Fleisch. Der Händler weigerte sich, von ihr Geld anzunehmen, ein Vorteil ihres Amtes, also gab sie ihm den Segen, von dem sie wusste, dass er ihn erhoffte, dann bedankte sie sich und kehrte zum Käfig zurück.

Ein Teil der Menge, die sich offenbar zu langweilen begann, hatte sich, als Tyrande das Zentrum erreichte, aufgelöst. So war es einfacher für sie, zu dem

Gefangenen zu gelangen. Er blickte auf, als die Novizin sich ihm näherte, und hielt sie zunächst offensichtlich für einen weiteren Gaffer. Erst als er sah, was Tyrande in den Händen hielt, zeigte er mehr Interesse.

Er setzte sich so gut auf, wie es ihm angesichts seiner Ketten möglich war, und die tief liegenden Augen unter den dichten, buschigen Brauen musterten Tyrande misstrauisch. Die Novizin hatte das Gefühl, dass er sich in der zweiten Hälfte seines Lebens befand, denn sein Haar war grau, und sein brutales Gesicht trug die vielen Spuren, auch Narben, einer rauen Existenz.

Kurz bevor sie die Reichweite seiner Arme erreichte, zögerte die junge Nachtelfin. Aus dem Augenwinkel bemerkte Tyrande den Wächter, der vorsichtiges Interesse an dem zeigte, was sie tat. Ihr war klar, dass er dem Gefangenen seinen Speer in die Eingeweide rammen würde, falls dieser irgendeinen Versuch unternahm, sie zu verletzen. Tyrande hoffte, dass es dazu nicht kommen würde. Es wäre die Schrecklichste aller vorstellbaren Ironien, wenn ihr Versuch, einer leidenden Kreatur zu helfen, zu deren Tod geführt hätte.

Vorsichtig kniete sie sich vor den Gitterstäben nieder. „Verstehst du mich?"

Er grunzte und nickte dann.

„Ich habe dir etwas gebracht." Sie hielt ihm zuerst die Schüssel mit der Suppe hin.

Die misstrauischen Augen, die so anders waren die ihren, richteten sich auf die Schüssel, und der Gefangene schien nachzudenken, was er tun sollte. Einmal flackerte sein Blick für einen kurzen Moment in Richtung des nächsten Wachpostens. Seine rechte Hand schloss sich. Dann öffnete sie sich wieder.

Langsam, ganz langsam, streckte er sie aus. Als sie Tyrandes Hand erreichte, sah die Novizin wie riesig und dick sie tatsächlich war, groß genug, um ihre eigenen Hände mühelos zu umschließen. Sie stellte sich die Stärke dieser Pranken vor und hätte ihre Gabe fast zurückgezogen.

Dann nahm der Gefangene mit einer Behutsamkeit, die sie überraschte, die Schüssel aus ihren Händen, stellte sie sicher vor sich ab und sah die Nachtelfin erwartungsvoll an.

Die Tatsache, dass er ihre Gabe angenommen hatte, brachte sie zum Lächeln, doch er antwortete nicht in der gleichen Weise, und sein Gesicht blieb weiter verschlossen. Etwas entspannter reichte ihm Tyrande als Nächstes das Fleisch, zuletzt den Krug mit Wasser.

Nachdem er alles sicher vor sich abgesetzt hatte, begann der grünhäutige Gefangene zu essen. Er schlang den Inhalt der Schüssel mit einem gewaltigen Schluck in sich hinein, und etwas von der bräunlichen Flüssigkeit spritzte über sein Kinn. Das Fleischstück folgte, und mächtige, gezackte, gelbe Zähne rissen ohne zu zögern an dem rohen, blutigen Fleisch. Tyrande musste schlucken, doch sie zeigte ihr Unbehagen angesichts der monströsen Manieren des Gefangenen in keiner anderen Weise. Unter den gleichen Bedingungen hätte sie selbst sich vielleicht kaum besser verhalten als er.

Ein paar Gaffer betrachteten diese Aktivität als wäre sie ein belustigendes Schauspiel, doch Tyrande ignorierte sie. Sie wartete geduldig, während der Gefangene fortfuhr, sein Essen zu verschlingen. Er nagte selbst den letzten Fetzen Fleisch von dem Knochen und zerbrach diesen dann knackend in zwei Stücke, denen er mit solchem Genuss das Mark aussaugte, dass die letzten Schaulustigen – deren elfisches Feingefühl durch solch einen tierischen Anblick empfindlich verstört wurde – endlich verschwanden.

Als die Letzten gegangen waren, ließ der Gefangene schließlich die Knochen-Bruchstücke fallen und griff mit einem grollenden Kichern nach dem Krug. Nicht einmal hatte er seine Augen für mehr als eine Sekunde von der Novizin abgewandt.

Als das Wasser verschwunden war, wischte er sich den breiten Mund mit dem Arm ab und grunzte: „Gut."

Ein echtes Wort von seinen Lippen zu hören, überraschte Tyrande, obwohl sie bereits früher angenommen hatte, dass er, wenn er sie verstehen konnte, auch sprechen konnte. Sie musste wieder Lächeln und lehnte sich so nahe an die Gitterstäbe, dass sie die Besorgnis der Wächter weckte.

„Schwester!", rief einer der Soldaten. „Ihr solltet nicht so nah herangehen! Er wird Euch –"

„Er wird nichts tun", versicherte sie ihnen schnell. Mit einem lächelnden Blick auf den Gefangenen fügte sie hinzu: „Oder doch?"

Er schüttelte den Kopf und zog seine Hände zur Bestätigung nah an seine Brust. Die Soldaten traten ein wenig zurück, blieben aber wachsam.

Tyrande ignorierte sie ein weiteres Mal und fragte: „Willst du noch etwas? Mehr Essen?"

„Nein."

Sie hielt einen Augenblick inne, dann sagte sie: „Mein Name ist Tyrande. Ich bin eine Priesterin der Elune."

Die Gestalt im Käfig schien nicht daran interessiert, das Gespräch fortzusetzen. Aber als der Gefangene erkannte, dass sie entschlossen war, auf seine Erwiderung zu warten, antwortete er schließlich: „Brox … Broxigar. Treuer Diener von Kriegshäuptling Thrall, dem Herrscher der Orks."

Tyrande versuchte zu verstehen, was er gerade gesagt hatte. Dass er ein Krieger war, überraschte sie angesichts seines Aussehens wenig. Er diente einem Anführer, diesem Thrall, dessen Name in vielerlei Hinsicht seltsamer war als sein eigener, denn er bedeutete „Sklave".

Von welcher Art mochte ein Herrscher sein, der einen solchen Titel trug?

Und dieser Thrall war Herr der Orks, und ein Ork musste das sein, was Brox war. Der Tempel hatte Tyrande gut und gründlich unterrichtet, doch niemals hatte sie dort oder irgendwo sonst von einem Volk gehört, das man Orks nannte. Und wenn sie alle so aussahen wie Brox, hätten sich die Nachtelfen sicher gut an sie erinnert.

Sie entschied sich, weiter nachzuforschen. „Wo kommst du her, Brox? Wie bist du hierher gekommen?“

Sofort erkannte Tyrande, dass sie einen Fehler begangen hatte. Der Augen des Orks verengten sich, und er klappte seinen Mund fest zu. Wie dumm von ihr, nicht daran gedacht zu haben, dass die Mondgarde ihn bereits verhört haben musste … und gewiss ohne die Freundlichkeit, die sie ihm erwiesen hatte. Jetzt musste er glauben, dass man sie gesandt hatte, um ihm auf liebenswürdige Weise das zu entlocken, was die Zauberer ihm mit Gewalt und Magie nicht hatten entreißen können.

Brox, der offensichtlich ein Ende dieser Begegnung wünschte, nahm die Schüssel auf und hielt sie Tyrande hin. Sein Gesichtsausdruck war finster und misstrauisch.

Ohne Warnung fuhr über den Rücken der Novizin hinweg ein Energieblitz in den Käfig und traf die Hand des Orks.

Mit einem wilden Knurren ergriff Brox seine verbrannten Finger und hielt sie schmerzerfüllt fest. Er bedachte Tyrande mit einem solch mörderischen Blick, dass sie entsetzt zurückfuhr und aufstand. Die Wachen sammelten sich sofort um den Käfig und trieben Brox mit ihren Speeren gegen die hinteren Gitterstäbe.

Starke Hände ergriffen die Novizin an den Schultern, und eine vertraute Stimme fragte besorgt: „Geht es dir gut, Tyrande? Diese scheußliche Biest hat dich nicht verletzt, oder?“

„Er hatte nicht vor, mir irgendetwas anzutun!“, stieß sie hervor und wandte ihr Gesicht dem Mann zu, der den Energieblitz geschleudert hatte. „Illidan! Wie konntest du?“

Der gut aussehende Nachtelf runzelte die Stirn, und seine faszinierenden, goldenen Augen verloren etwas von ihrem Glanz. „Ich hatte nur Angst um dich! Diese Bestie ist fähig, dich zu –“

Tyrande schnitt ihm das Wort ab. „In dem Käfig ist er zu wenig fähig … Und er ist keine Bestie!“

„Ach nein?“ Illidan beugte sich vor, um Brox zu inspizieren. Der Ork fletschte die Zähne. Malfurions Bruder schnaubte verächtlich. „Das Ding sieht mir nicht gerade nach einem zivilisierten Wesen aus …“

„Er wollte nur die Schüssel zurückgeben. Und wenn es irgendwelchen Ärger gegeben hätte, hätten die Soldaten eingegriffen.“

Illidan runzelte erneut die Stirn. „Es tut mir Leid, Tyrande. Vielleicht habe ich überreagiert. Aber du musst zugeben, dass nur wenige andere, selbst unter den Priesterinnen, das schreckliche Risiko eingegangen wären, so einem Tier zu helfen. Du weißt es vielleicht nicht, aber es heißt, das Ding hätte beinahe ein Mitglied der Mondgarde erwürgt, als es wieder zu sich kam."

Die Novizin blickte in das steinerne Gesicht des Wächters, und dieser nickte zögerlich. Er hatte vergessen, ihr von diesem Zwischenfall zu berichten. Aber Tyrande bezweifelte, dass es einen Unterschied gemacht hätte. Brox war misshandelt worden, und sie hatte gespürt, dass sie ihm zu Hilfe kommen musste.

„Ich weiß deine Sorge zu schätzen, Illidan, aber ich sage es noch einmal: Ich befand mich nicht in Gefahr!" Ihre Augen verengten sich, als ihr Blick auf die Verletzung des Orks fiel. Seine Finger waren leicht geschwärzt, und der Schmerz in Brox' Augen war offensichtlich. Trotzdem schrie der Ork nicht und bat auch nicht darum, behandelt zu werden.

Tyrande ließ Illidan stehen und kniete noch einmal bei dem Käfig nieder. Ohne zu zögern, griff sie durch die Gitterstäbe.

Illidan rief entsetzt: „Tyrande!"

„Bleib zurück! Bleibt alle zurück!" Ihre Augen trafen den misstrauischen Blick des Orks, und sie flüsterte: „Ich weiß, dass du mich nicht verletzen wolltest. Ich kann das hier für dich heilen. Bitte. Lass mich."

Brox knurrte, doch es klang nicht, als sei er wütend, sondern als würde er einfach seine Möglichkeiten abwägen. Illidan stand weiterhin neben Tyrande, und ihr wurde klar, dass er den Ork ein weiteres Mal mit einem Blitz angreifen würde, wenn er auch nur das geringste Gefühl hatte, dass etwas nicht stimmte.

„Illidan … Ich muss dich bitten, dich für einen Augenblick abzuwenden."

„Was? Tyrande –"

„Tu es für mich, Illidan."

Sie spürte seine unterdrückte Wut. Trotzdem gehorchte er ihrer Bitte, drehte sich um und wandte sein Gesicht einem der Gebäude zu, die den Marktplatz säumten.

Tyrande betrachtete Brox. Sein Blick hatte sich Illidan zugewandt, und für einen kurzen Moment glaubte sie, in seinen Augen Genugtuung zu lesen. Dann kehrte sich der Ork wieder ihr zu und streckte ihr vorsichtig seine verstümmelte Hand entgegen.

Sie nahm sie in ihre eigene Hand und starrte schockiert auf die Wunde. An zwei Fingern war das Fleisch teilweise weg gebrannt, und ein dritter war rot und brandig.

„Was hast du ihm angetan?", fragte sie Illidan entsetzt.

„Etwas, das ich vor kurzem gelernt habe", war alles, was sie zur Antwort bekam.

Es war offensichtlich kein Zauber, den er in Cenarius' Wald gelernt hatte. Dies war ein Beispiel hoher Nachtelfen-Magie, ein Zauber, den er bestimmt mit nur wenig Konzentration gewirkt hatte. Tyrande erkannte, wie geschickt Malfurions Bruder sein konnte, wenn ihn das Thema interessierte. Scheinbar gefiel ihm das schnelle Zaubern besser als der langsame Pfad des Druiden.

Tyrande war sich nicht sicher, ob ihr seine Wahl gefiel.

„Mutter Mond, erhöre meine inständige Bitte …“ Sie ignorierte die bestürzten Gesichter der Soldaten und nahm die Finger des Orks. Sie küsste jeden von ihnen sanft. Dann sprach die Novizin mit flüsternder Stimme zu Elune und bat die Göttin um die Gabe, Brox' Not lindern zu können, die Wunden zu heilen, die ihm Illidan zugefügt hatte.

„Streck deine Hand so weit aus, wie du kannst“, wies sie den Gefangenen an.

Die Wachleute im Auge behaltend, beugte sich Brox vorsichtig nach vorne und bemühte sich, seine groben Hände durch die Gitterstäbe zu strecken. Tyrande erwartete eine Art magischen Widerstand, doch nichts geschah. Sie nahm an, dass der Zauber des Käfigs nicht reagierte, weil der Ork keinen Fluchtversuch unternommen hatte.

Die Novizin blickte zum Himmel auf, wo der Mond genau über ihnen schwebte. „Mutter Mond … erfülle mich mit deiner Reinheit, deiner Gnade, deiner Liebe … Schenke mir die Kraft, diese Wunde zu heilen …“

Als Tyrande ihre Bitte wiederholte, hörte sie, wie einer der Soldaten aufkeuchte. Illidan begann, sich umzudrehen, doch dann entschied er offensichtlich, dass es besser war, Tyrande nicht weiter zu verärgern.

Ein Strom von silbernem Licht … Elunes Licht … wusch über die junge Priesterin. Tyrande strahlte so hell, als sei sie der Mond selbst. Sie fühlte, wie die Herrlichkeit der Göttin ein Teil von ihr wurde.

Brox wäre beinahe erschrocken vor dem wundersamen Anblick zurückgewichen. Doch er vertraute der Nachtelfin und ließ es zu, dass sie seine Hand so gut sie es vermochte in das Leuchten hinein zog.

Und als das Mondlicht seine Finger berührte, heilte das verbrannte Fleisch, die Lücken, aus denen die Knochen hervor schimmerten, schlossen sich wieder, und die schreckliche Verletzung, die Illidan verursacht hatte, *verschwand*.

Tyrande brauchte nur ein paar Sekunden, um den Gefangenen zu heilen. Der Ork hielt still, seine Augen weit wie die eines Kindes.

„Ich danke Euch, Mutter Mond“, flüsterte Tyrande und ließ Brox' Hand los.

Jeder der Soldaten ließ sich auf ein Knie nieder und neigte den Kopf vor der Akolythin. Der Ork zog seine Hand an sich heran, starrte auf seine Finger und bewegte sie erstaunt. Er berührte die Haut, zuerst vorsichtig, dann mit großer Zufriedenheit, als kein Schmerz durch seine Nerven fuhr. Ein freudiges Grunzen entwich seinen wulstigen Lippen.

Plötzlich begann Brox, seinen Körper in dem kleinen Käfig zu verrenken. Zuerst fürchtete Tyrande, er habe eine weitere Verletzung erlitten, die sich erst jetzt enthüllte, aber dann hörte der Ork auf, sich zu bewegen.

„Ich ehre Euch, Schamanin", sprach er und verneigte sich vor ihr, so gut es ihm seine Fesseln erlaubten. „Ich stehe in Eurer Schuld."

So tief war Brox' Dankbarkeit, dass Tyrande spürte, wie sich ihre Wangen vor Verlegenheit verdunkelten. Sie erhob sich und trat einen Schritt zurück.

Illidan wandte sich sofort um und nahm ihren Arm, als wolle er sie stützen. „Bist du in Ordnung?"

„Es geht … mir gut …" Wie sollte sie erklären, wie sie sich gefühlt hatte, als Elune sie berührte? „Es ist getan", sagte sie schließlich nur, unfähig, eine richtige Antwort zu geben.

Schließlich erhoben sich die Soldaten, deren Respekt vor ihr noch gestiegen war. Der Vorderste der Männer trat ehrfürchtig an sie heran. „Schwester, darf ich um Euren Segen bitten?"

„Natürlich!" Der Segen der Elune wurde frei gegeben, denn die Lehren von Mutter Mond erklärten, je mehr man von ihr berührt werde, desto mehr verstünde man die Liebe und die Eintracht, die sie repräsentierte, und könne so das Verstehen an andere weitergeben.

Mit ihrer offenen Hand berührte Tyrande jeden der Wächter am Herzen, dann an der Stirn, womit die symbolische Einheit von Gedanke und Seele zum Ausdruck gebracht wurde. Jeder der Männer dankte ihr überschwänglich.

Illidan nahm wieder ihren Arm. „Du musst dich ein wenig ausruhen, Tyrande. Komm! Ich kenne einen Ort …"

Aus dem Käfig erklang Brox' raue Stimme: „Schamanin, darf auch dieser Niedrige um Euren Segen bitten?"

Die Wachen erschraken, doch sie sagten nichts. Wenn selbst eine Bestie so höflich um den Segen einer Erwählten der Elune bat, wie hätten da sie einschreiten können?

Sie konnten es nicht, aber Illidan wohl. „Du hast genug für diese Kreatur getan. Du zitterst ja praktisch vor Erschöpfung! Komm …"

Doch sie würde sich dem Ork nicht verweigern. Tyrande befreite sich aus Illidans Griff und kniete wieder vor Brox nieder. Sie langte ohne zu zögern in den Käfig hinein, berührte die raue, haarige Haut und den harten Kopf mit den riesigen Brauen.

„Möge Elune über dich und die Deinen wachen …", flüsterte die Novizin.

„Möge Euer Axt-Arm stets stark sein", erwiderte er.

Diese seltsame Antwort ließ sie für einen Moment die Stirn runzeln, doch dann erinnerte sie sich daran, welche Art von Leben Brox geführt haben musste. Er wünschte ihr auf seine eigene merkwürdige Art Leben und Gesundheit.

„Ich danke dir", antwortete sie lächelnd.

Als Tyrande sich erhob, erklang sofort wieder Illidans Stimme. „Können wir jetzt …?"

Plötzlich fühlte sie sich sehr müde. Doch es war eine wohltuende Müdigkeit.

Als habe Tyrande lange und schwer für ihre Herrin gearbeitet und viel in ihrem Namen erreicht. Sie erinnerte sich auf einmal, wie lange es her war, dass sie zuletzt geschlafen hatte. Mehr als einen Tag. Gewiss hätte ihr die Weisheit von Mutter Mond geraten, in den Tempel zurückzukehren und sich in ihr Bett zu begeben.

„Bitte vergib mir, Illidan", murmelte Tyrande. „Ich bin auf einmal sehr müde. Ich würde gerne zu meinen Schwestern zurückkehren. Du verstehst das doch, nicht wahr?"

Seine Augen wurden für einem Moment schmal, doch dann beruhigte er sich. „Ja, das ist wahrscheinlich das Beste. Soll ich dich zurück begleiten?"

„Das ist nicht nötig. Ich möchte lieber alleine gehen."

Illidan sagte nichts, sondern gab nur durch eine Verbeugung zu erkennen, dass er ihre Entscheidung respektierte.

Sie schenkte Brox ein letztes Lächeln. Der Ork nickte. Tyrande verließ den Marktplatz und fühlte sich in ihrem Geist trotz körperlicher Erschöpfung seltsam erfrischt. Wenn es möglich war, würde sie mit der Hohepriesterin über Brox sprechen. Gewiss konnte der Tempel etwas für den Ausgestoßenen tun.

Das Mondlicht schien auf die Novizin herab, während sie durch die Straßen ging. Mehr und mehr hatte Tyrande das Gefühl, dass sie heute Nacht eine Erfahrung gemacht hatte, die sie für immer verwandeln würde. Sicher war ihre Begegnung mit dem Ork von Elune vorherbestimmt gewesen.

Sie konnte es kaum erwarten, mit der Hohepriesterin zu sprechen …

Illidan sah Tyrande nach, als sie ging, ohne ihm auch nur einen weiteren Blick zu schenken. Er kannte sie gut genug, um zu wissen, dass sie sich noch immer ganz im Nachhall ihres Dienstes für die Göttin befand. Das erstickte jeden anderen Einfluss, auch den seinen.

„Tyrande …" Er hatte gehofft, mit ihr über seine Gefühle sprechen zu können, doch diese Chance war ruiniert. Stundenlang hatte Illidan gewartet, den Tempel heimlich beobachtet, ob sie endlich erschiene. Er hatte gewusst, dass es nicht vorteilhaft für ihn ausgesehen hätte, hätte er sich ihr in dem Augenblick angeschlossen, als sie aus dem Tempel trat. Und so hatte er im Hintergrund gewartet, hatte so tun wollen, als träfe er sie nur ganz zufällig.

Dann hatte sie die Kreatur entdeckt, die von der Mondgarde gefangen worden war, und all seine wohl überlegten Pläne waren zunichte gemacht worden. Nun hatte er nicht nur seine Gelegenheit verpasst, er hatte sich auch vor ihr zum Narren gemacht und sah jetzt aus wie der Schurke in ihrer Geschichte … und alles nur wegen eines solchen *Dings!*

Bevor er sich zurückhalten konnte, strömten fast lautlos Worte aus seinem Mund, und er ballte die rechte Hand zur Faust.

Ein scharfer Schrei erklang aus der Richtung des Käfigs. Schnell blickte er dorthin.

Die Gitterstäbe loderten hell auf, doch es war nicht das silberne Licht des Mondes, sondern eine wütende, rote Aura, die den Käfig umhüllte, als wollte sie ihn verschlingen … ihn und seinen Insassen.

Die widerwärtige Kreatur im Innern des Zwingers brüllte vor rasendem Schmerz, und die Soldaten rannten verwirrt wie aufgescheuchte Hühner um den Käfig herum.

Schnell murmelte Illidan den Gegenzauber.

Die Aura verschwand. Der Gefangene stellte sein Geschrei ein.

Niemand bemerkte den jungen Nachtelf, als er sich schnell vom Schauplatz entfernte. Er hatte sich von seiner Wut überwältigen lassen und nach dem offensichtlichsten Ziel geschlagen. Illidan war froh, dass die Wachen nicht die Wahrheit erkannt hatten und dass Tyrande bereits fort und nicht Zeugin seines Wutausbruchs geworden war.

Er war auch froh, dass die Männer der Mondgarde ihre magischen Barrieren um den Käfig errichtet hatten … denn wären die Schutzzauber nicht gewesen, hätte er die Kreatur im Käfig *umgebracht*.

# NEUN

Sie starben überall.

Wohin Brox auch blickte, sah er seine Kameraden sterben. Garno, mit dem er aufgewachsen war, der praktisch sein Bruder gewesen war, fiel als Nächster. Sein Leib wurde in Stücke gehackt von der kreischenden Klinge eines der feurigen Giganten mit ihren höllischen, gehörnten Fratzen, aus denen spitze Zähne drohten. Der Dämon selbst starb nur wenige Sekunden später durch Brox' Hand. Der Ork sprang auf die Schultern des Teufelsmonsters, und mit einem Schrei, der selbst diese fürchterliche Kreatur zögern ließ, wurde Garnos Mörder trotz seiner lodernden Rüstung in zwei Hälften gespalten.

Doch die Legion griff weiter an und dezimierte die Orks. Nur eine Handvoll Verteidiger war noch übrig, und mit jeder Minute fand ein weiterer Ork den Tod.

Thrall hatte befohlen, den Pass zu halten, damit die Legion hier nicht durchbrach. Hilfe war bereits unterwegs, aber die Horde benötigte Zeit. Sie brauchte Brox und seine Kameraden.

Sie wurden weniger und weniger. Duun war nicht mehr. Sein Schädel sprang bereits seit mehreren Sekunden über den blutgetränkten Boden, als ihm endlich auch der riesige Leib nachfolgte. Fezhar lag tot da, doch die Überreste seines Körpers waren nicht wiederzuerkennen. Er war von einer Woge unnatürlicher, grüner Flammen erfasst worden, die einer der Dämonen gegen ihn gespien hatte, ein Feuer, das den Leib des Orks weniger verbrannt, als *aufgelöst* hatte.

Wieder und wieder hatte Brox' starke Axt seine schrecklichen Feinde gefällt, und dem Anschein nach niemals die gleiche Art von Kreatur zweimal. Doch wann immer er den Schweiß von seiner Stirn wischte und nach vorne blickte, sah er nur noch mehr von ihnen.

Und mehr und mehr …

Jetzt stand nur noch er gegen sie. Stand gegen eine kreischende, hungrige See von Monstern, die alle nichts anderes im Sinn hatten als die absolute Vernichtung jeglichen Lebens.

Und als sie sich auf den einzigen Überlebenden stürzten – *erwachte Brox.*

Der Ork zitterte in seinem Käfig, und das der Kälte wegen. Nach mehr als tausend Alpträumen hätte er gedacht, er wäre immun gegen die Schrecken, die sein Unterbewusstsein immer von Neuem von den Toten erweckte. Doch jedes Mal, wenn die Bilder über ihn herfielen, kamen sie mit neuer Wucht, neuem Schmerz.

Neuer Schuld.

Brox hätte damals sterben sollen. Er hätte mit seinen Kameraden untergehen sollen. Sie hatten das Höchste aller Opfer für die Horde gebracht, doch er hatte überlebt. Es war nicht richtig.

*Ich bin ein Feigling …,* dachte er wieder. *Wenn ich härter gekämpft hätte, wäre ich jetzt bei ihnen.*

Aber als er Thrall dies erzählt hatte, hatte der Kriegshäuptling nur den Kopf geschüttelt und gesagt: „Niemand hat härter gekämpft als du, alter Freund. Deine Narben beweisen es. Die Kundschafter sahen dich kämpfen, als sie sich näherten. Du hast deinen Kameraden, deinem Volk, einen ebenso großen Dienst erwiesen wie jene, die starben …"

Brox hatte Thralls Dankbarkeit akzeptiert, doch niemals das, was der Anführer der Horde gesagt hatte.

Und jetzt war er hier, eingepfercht wie ein Schwein, das darauf wartete, von diesen arroganten Kreaturen geschlachtet zu werden. Sie starrten ihn an, als sei er eine Missgeburt mit zwei Köpfen und staunten über seine Hässlichkeit. Nur die junge Frau, die Schamanin, hatte ihm Respekt und Fürsorge entgegengebracht.

In ihr spürte er die Macht, von der sein eigenes Volk sprach, den alten Weg der schamanischen Magie. Mit einem einfachen Gebet zum Mond hatte sie die feurige Wunde geheilt, die ihr Freund ihm geschlagen hatte. Sie besaß wahrlich eine große Gabe, und Brox fühlte sich geehrt, dass sie ihm ihren Segen gab.

Nicht, dass dies auf lange Sicht einen großen Unterschied gemacht hätte. Der Ork zweifelte nicht daran, dass diese Nachtelfen bald eine Entscheidung darüber treffen würden, auf welche Weise sie ihn hinrichten wollten. Aber was sie von ihm erfahren hatten, würde ihnen nichts nützen. Er hatte sich geweigert, ihnen ganz bestimmte Informationen über sein Volk zu geben. Sie hatten nicht aus ihm herauspressen können, wo es lebte. Gewiss, er wusste ja selbst nicht genau, in welcher Richtung seine Heimat lag, doch es war besser, wenn er davon ausging, dass alles, was er über die Orks sagte, den Nachtelfen helfen konnte, sein Volk anzugreifen. Im Unterschied zu jenen Nachtelfen, die die Verbündeten der Orks gewesen waren, empfanden diese hier nur Verachtung für Außenseiter … und das machte sie zu einer Bedrohung für die Horde.

Brox rollte sich auf den Rücken – so gut es ihm seine Ketten erlaubten. Noch eine Nacht, und er war wahrscheinlich tot, doch nicht auf die Art, die er selbst gewählt hätte. Für ihn würde es keine ruhmreiche Schlacht geben, kein großes Epos, das noch den zukünftigen Generationen von seinem ehrenvollen Tod erzählte …

„Große Geister", murmelte er. „Hört diesen Unwürdigen an. Gewährt mir einen letzten Kampf, eine letzte Sache, für die zu streiten sich lohnt. Lasst mich in Würde sterben …"

Brox starrte in den Himmel und betete schweigend weiter. Doch im Unterschied zu der jungen Priesterin zweifelte er daran, dass die Mächte, die über die Welt wachten, einer niederen Kreatur wie ihm zuhören würden.

Sein Schicksal lag in den Händen der Nachtelfen.

Was Malfurion nach Suramar führte, konnte er selbst nicht genau sagen. Drei Nächte lang hatte er allein in seinem Haus gesessen und über all die Dinge gebrütet, die Cenarius ihm erzählt hatte, über all das, was er selbst im Grünen Traum erfahren hatte. Drei Nächte ohne Antworten auf seine wachsenden Sorgen. Er zweifelte nicht daran, dass das Zauberwerk in Zin-Azshari weiterging und dass die Lage nur immer verzweifelter werden würde, so lange niemand eingriff.

Doch niemand sonst schien überhaupt ein Problem zu *bemerken.*

Vielleicht, entschied Malfurion schließlich, war er einfach nur deshalb nach Suramar gekommen, um irgendeine andere Stimme zu finden, irgendeinen anderen Geist, mit dem er über sein inneres Dilemma sprechen konnte. Aus diesem Grund hatte er sich entschlossen, Tyrande aufzusuchen und nicht seinen Zwillingsbruder. Sie dachte sehr viel sorgfältiger über die Dinge nach, die sie tat, während Illidan dazu neigte, sich in eine Aktion zu stürzen, egal ob er einen Plan hatte oder nicht.

Ja, es würde gut sein, mit Tyrande zu sprechen … und sie einfach nur zu sehen.

Doch als er in die Richtung des Tempels der Elune ging, kam plötzlich ein großes Kontingent Reiter aus der anderen Richtung auf ihn zu. Malfurion trat zur Seite, und mehrere Soldaten in graugrünen Rüstungen ritten auf ihren seidigen, gut gepflegten Panthern an ihm vorbei. Einer der Männer, der sehr weit vorne ritt, hielt ein großes Banner in die Höhe, auf dessen prächtigem rotem Hintergrund der schwarze Schattenriss eines Raben prangte.

Das Banner von Lord Kur'talos Ravencrest.

Der Elfenkommandant ritt vor seiner Truppe her. Sein Reittier war größer, seidiger und offensichtlich das weibliche Alpha-Tier der Meute. Ravencrest selbst war groß und schlank und wirkte sehr königlich. Er ritt, als könne ihn nichts von seiner Pflicht abhalten – was immer diese auch sein mochte. Ein goldener Mantel bauschte sich hinter ihm, und sein hoher Helm mit dem roten Kamm zeigte ebenfalls das Raben-Symbol.

Vogelartig war auch die beste Art, seine Gesichtszüge zu beschreiben: lang, schmal, mit einer schlanken Nase, die an einen nach unten gerichteten Schnabel erinnerte. Der buschige Bart und die strengen Augen verliehen ihm einen Ausdruck von Weisheit und Macht. Abgesehen von den Hochgeborenen gehörte Ravencrest zu jenen Männer, die den größten Einfluss auf die Königin hatten. Sie hatte in der Vergangenheit oft auf seinen Rat gehört.

Malfurion verfluchte sich selbst dafür, dass er nicht eher an Ravencrest gedacht hatte. Doch jetzt war keine gute Gelegenheit, den Edelmann anzusprechen. Ravencrest und seine Elitegarde ritten durch die Straßen, als befänden sie sich auf einer Mission von großer Dringlichkeit, und Malfurion fragte sich sofort, ob seine Zin-Azshari betreffenden Ängste sich bereits materialisiert haben mochten. Aber wenn dies der Fall wäre, wäre sicher die ganze Stadt in Unruhe gewesen. Die Kräfte, die sich in der Nähe der Hauptstadt manifestierten, kündigten eine Katastrophe von monumentalem Ausmaß an, die schnell auch Suramar erreichen würde.

Als die Reiter verschwunden waren, ging auch Malfurion weiter. So viele Leute, die sich auf so engem Raum zusammendrängten, erweckten in dem jungen Nachtelf ein klaustrophobisches Gefühl, nachdem er lange Zeit im Wald verbracht hatte. Aber Malfurion kämpfte diese Empfindungen nieder, denn er wusste, er würde bald Tyrande sehen. So unsicher er sich in letzter Zeit auch fühlte, wenn er in ihrer Nähe war, ihre Gegenwart beruhigte seinen Geist auch mehr als irgendetwas anderes dies vermocht hätte, nicht einmal seine Meditationen.

Er wusste, er würde auch seinen Bruder besuchen müssen, aber die Idee gefiel ihm heute Nacht nicht so wie sonst. Es war Tyrande, die er sehen, mit der er ein wenig Zeit verbringen wollte. Illidan war später immer noch da.

Beiläufig bemerkte Malfurion, dass sich eine Reihe von Leuten um etwas auf dem Marktplatz versammelt hatten, aber sein Wunsch, Tyrande zu sehen, ließ ihn das dortige Geschehen ignorieren. Er hoffte, er würde sie schnell finden und nicht eine Akolythin nach der anderen fragen müssen. Obwohl die Dienerinnen der Elune nichts dagegen hatten, wenn Freunde und Verwandte eine ihrer Schwestern besuchen wollten, war Malfurion heute aus irgendeinem Grund nervöser als sonst. Und diese Nervosität hatte wenig mit seinen Sorgen um Zin-Azshari zu tun, viel mehr mit dem seltsamen Unbehagen, das er nun fühlte, wann immer er sich in der Nähe seiner Freundin aus Kindertagen aufhielt.

Als er den Tempel betrat, beobachteten ihn zwei Wachen. Anstelle von Roben trugen sie Kilts und leuchtende, silberne Brustpanzer, in deren Zentrum ein Halbmond-Muster prangte. Wie alle Diener der Elune waren sie Frauen und gut trainiert in den Künsten der Verteidigung und der Schlacht. Tyrande selbst konnte geschickter mit dem Bogen umgehen als Malfurion oder Illidan. Die friedlichen Lehren von Mutter Mond verboten nicht, dass ihre treuesten Kinder lernten, sich zur Wehr zu setzen.

„Können wir dir helfen, Bruder?“, fragte die rechts stehende Frau höflich. Sie und ihre Kameradin standen in Habachtstellung, und ihre Speere waren bereit, sich sofort auf ihn zu richten, sollten die Wächterinnen dies für notwendig erachten.

„Ich komme, um die Novizin Tyrande zu besuchen. Sie und ich sind gute Freunde. Mein Name ist –“

„Malfurion Stormrage“, fiel die zweite Frau, die in etwa in seinem Alter war, ihm ins Wort. Sie lächelte. „Tyrande teilt ihre Novizenkammer mit mir und zwei anderen Frauen. Ich habe euch beide gelegentlich zusammen gesehen.“

„Ist es möglich, mit ihr zu sprechen?“

„Wenn sie ihre Meditationen beendet hat, sollte sie um diese Stunde Zeit haben. Ich werde jemanden fragen. Du kannst in der Kammer des Mondes warten.“

Die Kammer des Mondes war der offizielle Name für das dachlose Zentrum des Tempels, in dem viele der großen Rituale abgehalten wurden. Wenn der Bezirk nicht von der Hohepriesterin benutzt wurde, ermutigte der Tempel jeden dazu, diesen friedlichen Ort zu genießen.

Malfurion fühlte die Berührung von Mutter Mond, sobald er den rechteckigen Raum betrat. Ein Garten mit nachtblühenden Pflanzen umgrenzte den Bereich, und im Zentrum erhob sich ein kleines Podium, das die Hohepriesterin für ihre Ansprachen benutzte. Auf dem Steinpfad, der zu dem Podest führte, stellte ein Mosaik die jährlichen Zyklen des Mondes dar. Malfurion hatte bei seinen früheren Besuchen an diesem Ort bemerkt, dass es egal war, wo am Himmel der Mond gerade schwebte, stets wurde die Kammer durch sein weiches Licht vollständig erhellt.

Er schritt auf das Zentrum zu und setzte sich auf eine der Steinbänke, die von den Dienerinnen und Gläubigen benutzt wurden. Obwohl ihn die Umgebung sehr beruhigte, musste Malfurion doch schnell erkennen, dass er zunehmend ungeduldig wurde, während er auf Tyrande wartete. Außerdem machte er sich Sorgen, sein unangekündigtes Erscheinen könnte ihr missfallen. Bisher hatten sie sich immer nur getroffen, wenn sie sich vorher verabredet hatten. Dies war das erste Mal, dass er so dreist war, ohne Vorwarnung in ihre Welt einzutreten.

„Malfurion …“

Für einen Moment verschwanden all seine Sorgen, als er aufblickte und Tyrande ins Mondlicht treten sah. Ihr silbernes Gewand nahm ein mystisches Leuchten an, und in Malfurions Augen hätte selbst Mutter Mond nicht herrlicher aussehen können. Tyrandes Haar hing lose herab. Es lag um ihr bezauberndes Gesicht und endete gerade über dem Dekolleté. Das Licht der Nacht betonte ihre Augen, und als die Novizin lächelte, war es, als beleuchte sie selbst die Kammer des Mondes.

Tyrande kam auf ihn zu, und Malfurion erhob sich von der Bank, um ihr entgegen zu gehen. Er war sich sicher, dass seine Wangen sich verdunkelten, doch er konnte nichts tun, außer zu hoffen, dass Tyrande es nicht bemerkte.

„Ist alles in Ordnung mit dir?“, fragte die Novizin in plötzlicher Sorge. „Ist etwas geschehen?“

„Es geht mir gut. Ich hoffe, ich habe dich nicht gestört.“

Ihr Lächeln kehrte zurück, schöner denn je. „Du könntest mich niemals stören, Malfurion. Ich bin sogar sehr froh, dass du gekommen bist. Ich wollte dich auch sehen.“

Wenn sie seine dunkel gewordenen Wangen zuvor noch nicht bemerkt hatte, so tat sie es gewiss jetzt. Dennoch drängte Malfurion weiter: „Tyrande, können wir draußen spazieren gehen?“

„Wenn dir das lieber ist, natürlich.“

Als sie die Kammer verließen, begann er zu sprechen. „Du weißt, dass ich diese immer wiederkehrenden Träume habe …“

„Ich erinnere mich.“

„Ich habe mit Cenarius darüber gesprochen, nachdem du mit Illidan gegangen warst, und wir haben zu ergründen versucht, warum sie sich ständig wiederholen.“

In ihrer Stimme klang Sorge auf. „Und habt ihr etwas herausfinden können?“

Malfurion nickte, doch er hielt seine Zunge im Zaum, während sie an den beiden Wachtposten vorbei gingen und den Tempel verließen. Erst als sie die äußeren Stufen hinabstiegen, fuhr er fort.

„Ich habe Fortschritte gemacht, Tyrande. Größere Fortschritte, als du oder Illidan erkennen konntet. Cenarius hat mir einen Weg in die reine Welt des Geistes gezeigt … den Grünen Traum nannte er sie. Aber es war mehr als das. Durch diese Erfahrung … durch diese Erfahrung war ich in der Lage, die wirkliche Welt auf eine Weise zu sehen, wie ich sie nie zuvor geschaut hatte …“

Tyrandes Blick glitt zu der kleinen Menge, die sich in der Mitte des Marktplatzes versammelt hatte. „Und was hast du gesehen?“

Er fasste Tyrande an den Schultern und wandte ihr Gesicht dem seinen zu. Sie musste genau verstehen, was er entdeckt hatte. „Ich sah Zin-Azshari … und die Quelle.“

Ohne ein einziges Detail auszulassen, beschrieb Malfurion die Szene und die verstörenden Empfindungen, die ihn bewegt hatten. Er erzählte, wie er versucht hatte herauszufinden, was dort vor sich ging – und wie sein Traum-Ich abgewehrt worden war, als es versuchte hatte, den Turm zu betreten.

Tyrande blickte ihn wortlos an und war offensichtlich wie betäubt angesichts dieser beunruhigenden Entdeckungen. Als sie ihre Stimme wiederfand, fragte sie: „Die Königin? Azshara? Bist du dir da ganz sicher?“

„Nicht vollkommen. Ich habe nicht viel von dem wahrnehmen können, was im Innern des Turmes geschah. Aber ich kann mir nicht vorstellen, dass dieser Wahnsinn ohne ihr Wissen geschieht. Es stimmt, Lord Xavius hat großen Einfluss auf sie, aber selbst Azshara würde bei einem solch gewaltigen Zauber nicht tatenlos zusehen, wenn sie ihn nicht unterstützte. Ich muss annehmen, dass sie die Risiken kennt, die die Magier eingehen … Allerdings glaube ich nicht, dass irgendeiner von ihnen sich wirklich bewusst ist, wie groß diese Risiken sind! Die Quelle … wenn du gefühlt hättest, was ich gefühlt habe, als ich den Grünen Traum beschritt, Tyrande, du hättest ebenso starke Besorgnis empfunden wie ich."

Sie legte eine Hand auf seinen Arm und versuchte, ihn zu beruhigen. „Ich zweifle nicht an dir, Malfurion, aber wir müssen mehr erfahren. Wenn du behauptest, Azshara bringe ihre Untertanen in Gefahr … musst du mit größter Vorsicht handeln."

„Ich hatte mir überlegt, Lord Ravencrest in dieser Angelegenheit anzusprechen. Er hat Einfluss bei ihr."

„Das könnte klug sein …" Wieder wanderte ihr Blick zur Mitte des Marktplatzes.

Fast hätte Malfurion etwas gesagt, doch stattdessen folgte er ihren Augen und fragte sich, was ihre Aufmerksamkeit ständig von seinen Enthüllungen ablenken mochte. Die meisten der dort versammelten Nachtelfen waren inzwischen weitergegangen, und endlich sah er das, was er zuvor nicht beachtet hatte.

Ein bewachter Käfig … und darin eine Kreatur, die nicht im Entferntesten aussah wie ein Nachtelf.

„Was ist das?", fragte er mit gerunzelter Stirn.

„Darüber wollte ich mit *dir* sprechen, Malfurion. Sein Name ist Broxigar … und er ist anders als jedes Geschöpf, das ich jemals sah oder von dem ich auch nur hörte. Ich weiß, deine Geschichte ist wichtig, aber ich möchte, dass du ihn jetzt kennen lernst. Tu mir den Gefallen."

Als Tyrande ihn zu dem Wesen führte, bemerkte Malfurion, dass die Soldaten aufmerksam wurden. Sie starrten seine Freundin einen Augenblick lang an, dann beugten alle zu seiner Überraschung die Knie, um ihr zu huldigen.

„Wir heißen Euch wieder willkommen, Schwester", erklärte einer von ihnen. „Ihr ehrt uns mit Eurer Gegenwart."

Tyrande war dieser Respekt offensichtlich peinlich. „Bitte! Bitte erhebt euch!", drängte sie die Männer mit einem nervösen Lächeln. Nachdem die Soldaten gehorcht hatten, fragte sie: „Was für Neuigkeiten habt ihr über ihn?"

„Lord Ravencrest hat sich der Sache angenommen", antwortete ein anderer Wachmann. „Er ist gerade ausgeritten und inspiziert den Ort, an dem die Kreatur gefangen wurde. Er sucht nach weiteren Spuren. Er befürchtet eine Invasion dieser … Dinger. Und wenn er zurückkehrt, so heißt es, will er den Gefangenen persönlich verhören. Also kommt die Kreatur wahrscheinlich bis morgen in die Zellen von Black Rook Hold."

Black Rook Hold war der ummauerte Landsitz von Lord Ravencrest, eine regelrechte Festung.

Dass der Soldat all diese Information so freimütig preisgab, überraschte Malfurion, bis er erkannte, welche Ehrfurcht der Mann Tyrande entgegenbrachte. Sicher, sie war eine Dienerin der Elune, aber irgendetwas musste geschehen sein, dass sie einen solchen Eindruck bei den Wachen hinterließ.

Tyrande wirkte beunruhigt über die neuen Nachrichten. „Dieses Verhör ... was werden sie tun?"

Der Wächter konnte ihr nicht länger in die Augen blicken. „Was immer Lord Ravencrest für nötig hält, Schwester."

Die Priesterin bohrte nicht weiter. Ihre Hand, die leicht auf Malfurions Arm gelegen hatte, drückte diesen einen Moment lang sehr fest.

„Dürfen wir mit ihm sprechen?"

„Nur für einen Augenblick, Schwester. Und ich muss Euch bitten, so zu sprechen, dass wir Euch hören können. Ihr versteht."

„Ich verstehe." Tyrande führte Malfurion zum Käfig, vor dem sie beide niederknieten.

Malfurion unterdrückte ein Aufkeuchen. Aus nächster Nähe versetzte die grobschlächtige Gestalt ihn in noch größeres Erstaunen. Cenarius hatte ihm von vielen seltsamen und ungewöhnlichen Wesen erzählt, doch niemals hatte er ein solches erwähnt.

„Schamanin ...", murmelte es – *er* – mit einer tiefen, rumpelnden und *schmerzerfüllten* Stimme.

Tyrande beugte sich näher zu ihm hin und machte sich offensichtliche Sorgen. „Broxigar ... bist du krank?"

„Nein, Schamanin ... es sind nur ... Erinnerungen." Er gab keine weitere Erklärung ab.

„Broxigar, ich habe einen Freund mitgebracht, den ich dir gerne vorstellen möchte. Sein Name ist Malfurion."

„Wenn er Euer Freund ist, Schamanin, fühle ich mich geehrt."

Malfurion rutschte etwas näher heran und zwang ein Lächeln auf seine Lippen. „Hallo, Broxigar."

„Broxigar ist ein Ork, Malfurion."

Der junge Nachtelf nickte. „Ich habe noch nie zuvor von einem Ork gehört."

Die in Ketten geschlagene Gestalt grunzte. „Aber ich kenne die Nachtelfen. Ihr habt an unserer Seite gegen die Legion gekämpft ... doch wie es scheint, erlöschen die Bündnisse mit dem Krieg."

Seine Worte ergaben keinen Sinn, doch sie erweckten in Malfurion eine neue Furcht. „Wie ... wie bist du hierher gekommen, Broxigar?"

„Die Schamanin darf mich Broxigar nennen. Für dich ... bin ich Brox." Er atmete tief aus, dann blickte er Tyrande in die Augen. „Schamanin ... letztes Mal habt Ihr mir Fragen gestellt, und ich wollte nicht antworten. Doch ich schulde Euch etwas. Nun erzähle ich Euch, was ich denen da ..." Brox blickte verächtlich in Richtung der Soldaten. „... und ihren Herren bereits erzählt habe. Aber auch Ihr werdet mir nicht mehr Glauben schenken, als sie es getan haben …"

Die Geschichte des Orks begann phantastisch, und sie wurde mit jedem Atemzug phantastischer. Offensichtlich achtete er darauf, nichts über sein Volk und dessen Heimat zu verraten. Er sprach nur davon, dass er auf Befehl seines Kriegshäuptlings zusammen mit einem anderen Ork in die Berge aufgebrochen war, um ein beunruhigendes Gerücht zu untersuchen. Dort hatten sie etwas gefunden, das der Ork als ein *Loch in der Welt* beschrieb … ein Loch, das alle Dinge verschlang, während es sich unerbittlich ausweitete.

Es hatte Brox verschlungen – und seinen Gefährten in Stücke gerissen.

Und je länger Malfurion zuhörte, desto stärker wurde sein eigenes Gefühl der Angst. Jede Enthüllung des Orks fütterte diese Angst mit neuer Nahrung, und mehr als einmal musste der Nachtelf an die Quelle der Ewigkeit denken und an die Macht, die ihr von den Hochgeborenen entzogen wurde. Mit Sicherheit konnte die Magie der Quelle einen solch schrecklichen Strudel erschaffen ..

*Aber es kann nicht sein!,* versuchte Malfurion seinen eigenen Geist zu überzeugen. *Das kann doch nichts mit Zin-Azshari zu tun haben. Die Hochgeborenen sind nicht so wahnsinnig.*

Oder etwa *doch?*

Je länger Brox fortfuhr, je mehr er von dem Strudel erzählte und von den Dingen, die er gesehen und gehört hatte, als er durch das Phänomen stürzte, desto schwerer fiel es Malfurion, die Möglichkeit zu leugnen, dass es hier *irgendeine* Verbindung gab. Schlimmer noch, ohne zu wissen, wie sehr er den Nachtelf damit traf, spiegelte der Gesichtsausdruck des Orks genau jene Empfindungen wider, die Malfurion gespürt hatte, als sein astrales Ich über dem Palast und der Quelle geschwebt hatte.

„Eine Falschheit", sagte der Ork. „Ein Ding, das nicht sein sollte", fügte er an einem anderen Punkt hinzu. Diese und andere Beschreibungen trafen Malfurion wie geschliffene Dolche …

Er merkte nicht einmal, als Brox mit seiner Geschichte fertig war, denn sein Geist fühlte sich von der Wahrheit all dieser Dinge mitgerissen. Tyrande musste seinen Arm drücken, um seine Aufmerksamkeit wiederzugewinnen.

„Bist du in Ordnung, Malfurion? Du siehst aus, als würdest du frieren …"

„Ich … ich … ich bin in Ordnung." An Brox gewandt, fragte er: „Du hast diese … diese Geschichte … Lord Ravencrest erzählt?"

Der Ork blickte unsicher, doch eine der Wachen antwortete: „Jawohl, genau das hier hat er erzählt, Wort für Wort!" Der Soldat gab ein rau bellendes Lachen von sich. „Und Lord Ravencrest glaubte ihm genauso wenig wie Ihr jetzt! Aber morgen bringt er das Ding schon dazu, die Wahrheit zu sagen – und wenn es Freunde in der Nähe hat, dann sollten die es sich zweimal überlegen, bevor sie uns angreifen, was?"

Also vermutete Ravencrest lediglich eine Invasion von Orks. Malfurion fühlte sich enttäuscht. Er bezweifelte, dass der Elfenkommandant die mögliche Verbindung zwischen seiner eigenen Vision und Brox' Geschichte erkennen würde. Und je mehr er darüber nachdachte, desto mehr bezweifelte der junge Nachtelf, dass Ravencrest seinen eigenen Worten Glauben schenken würde. Hier war Malfurion, der dem Edelmann erzählen wollte, dass ihre geliebte Königin an tollkühnem Zauberwerk beteiligt war, welches eine große Katastrophe über ihr Volk zu bringen drohte. Malfurion konnte es selbst kaum glauben.

Wenn er nur mehr Beweise besessen hätte.

Der Soldat begann nervös, von einem Fuß auf den anderen zu treten. „Schwester … ich fürchte, ich muss Euch und Euren Gefährten jetzt bitten zu gehen. Unser Hauptmann kommt bald, und ich hätte Euch wirklich nicht …“

„Es ist schon in Ordnung. Ich verstehe.“

Als sie gerade aufstehen wollten, rückte Brox näher an die Vorderseite des Käfigs heran und streckte eine Hand nach Tyrande aus. „Schamanin … ein letzter Segen. Wenn Ihr ihn geben könnt.“

„Natürlich …“

Während sie wieder niederkniete, dachte Malfurion verzweifelt darüber nach, was er tun sollte. Eigentlich hätte er seinen Verdacht Lord Ravencrest mitteilen müssen, aber er wusste, dass das vergeblich sein würde.

Wenn er sich nur mit Cenarius besprechen könnte, doch bis dahin könnte der Ork …

*Cenarius!*

Malfurion blickte auf Tyrande und Brox, und eine schicksalhafte Entscheidung formte sich in seinem Geist.

Tyrande verabschiedete sich von Brox und erhob sich wieder. Malfurion nahm sie am Arm, und die beiden jungen Leute dankten den Soldaten für die Zeit, die sie ihnen gewährt hatten. Auf dem Gesicht der jungen Priesterin stand Besorgnis zu lesen, als sie gingen, aber Malfurion sagte nichts. Seine eigenen Gedanken wirbelten noch in seinem Kopf.

„Es muss doch etwas geben, das man tun kann“, flüsterte sie schließlich.

„Was meinst du damit?“

„Morgen bringen sie ihn nach Black Rook Hold. Und dann werden sie ihn – “ Tyrande stockte. „Ich habe allen Respekt vor Lord Ravencrest, aber …“

Malfurion nickte nur.

„Ich habe mit Mutter Dejahna gesprochen, der Hohepriesterin, aber sie sagt, dass wir nichts tun können, außer für seine Seele zu beten. Sie lobte mich für mein Mitgefühl, doch sie meinte, ich solle den Dingen ihren Lauf lassen.“

„Den Dingen ihren Lauf lassen“, murmelte Malfurion und starrte ins Leere. Er knirschte mit den Zähnen. Er musste jetzt handeln. Es gab kein Zurück mehr, nicht, wenn seine Befürchtungen auch nur ansatzweise zutrafen. „Hier –

rechts“, sagte er plötzlich und zog Tyrande in eine Seitenstraße. „Wir müssen mit Illidan sprechen.“

„Illidan? Aber warum?“

Mafurion atmete tief ein, dachte an den Ork und an die Quelle und sagte: „Weil wir den Dingen ihren Lauf lassen werden … aber unter unserer Regie.“

Xavius stand vor der feurigen Kugel und starrte mit gespannter Aufmerksamkeit in das klaffende Loch. Tief in dessen Inneren starrten die Augen seines Gottes zurück, und seine Stimme sprach zu ihm.

*Ich habe deine Bitten gehört,* sagte er zu dem Berater. *Und ich kenne deine Träume … eine Welt, die von allem Unreinen, von aller Unvollkommenen gereinigt ist. Ich will dir diesen Wunsch erfüllen, dir, Erster meiner Getreuen …*

Ohne seinen Blick von der Sphäre abzuwenden, kniete Xavius nieder. Die anderen Hochgeborenen fuhren mit ihrem Zauberwerk fort und versuchten, das auszubauen, was sie bereits geschaffen hatten.

„So werdet Ihr zu uns kommen?“, fragte der Nachtelf, und in seinen magischen Augen blitzte Erwartung auf. „Ihr werdet in unsere Welt kommen und sie säubern?“

*Noch ist der Weg nicht offen … er muss gestärkt werden … damit er in der Lage ist, mein glanzvolles Erscheinen zu tragen …*

Der Berater nickte. Er verstand. Eine so großartige, so herrliche Kraft wie der Gott war viel zu mächtig für das klägliche Portal der Nachtelfen. Die bloße Präsenz des Gottes würde es zerreißen. Das Tor musste vergrößert werden, gestärkt und befestigt.

Warum die angebliche Gottheit diese Aufgabe nicht selbst bewerkstelligen konnte, war eine Frage, die Xavius nicht stellte. Er war zu sehr versunken in das Wunder seines neuen Herrn.

„Was können wir tun?“, fragte er. So sehr sie sich auch anstrengten, die Zauberer der Hochgeborenen waren offenkundig an den Grenzen ihres Wissens und ihrer Fähigkeiten angelangt – auch Xavius.

*Ich sende euch einen meiner geringeren Diener, um euch anzuleiten … Er kann in eure Welt hinüber gehen … mit Mühe … Doch ihr müsst ihm sein Kommen vorbereiten …*

Der Nachtelfen-Lord sprang sofort auf und befahl seinen Untergebenen: „Keiner darf in seinen Anstrengungen nachlassen! Der Gott segnet uns mit dem Erscheinen eines seiner Auserwählten!“

Die Hochgeborenen verstärkten ihre Bemühungen, und die Kammer knisterte unter den rohen, fürchterlichen Energien, die geradewegs aus der Quelle strömten. Draußen brüllte der Himmel wütend, und jeder, der in diesem Moment auf den großen, schwarzen See, der sich in seinen Schmerzen wälzte, geschaut hätte, hätte seine Augen in Furcht abgewandt.

Die Feuerkugel innerhalb des Musters schwoll an, die Lücke in ihrem Zentrum dehnte sich aus wie ein klaffender, breiter Mund. Etwas, das klang wie Millionen Stimmen, die alle gleichzeitig heulten, erfüllte die Kammer. Musik in Xavius' Ohren.

Aber dann wankte einer der Hochgeborenen unter der Anstrengung und drohte zu stürzen. Xavius fürchtete das Schlimmste und drängte sich in den Kreis, fügte dem magischen Kraftakt seine eigene Stärke hinzu. Er würde seinen Gott nicht enttäuschen! Er würde sich seiner würdig erweisen!

Doch zunächst sah es aus, als müssten er und die anderen doch versagen. Energien tobten in dem Portal, aber es wuchs nicht. Xavius konzentrierte all seine Kraft und alle Entschlossenheit auf das Tor. Schließlich zwang er die Lücke weiter auseinander.

Und dann … wurden die versammelten Hochgeborenen durch ein wundersames, blendendes Licht *zurück* getrieben. Dennoch gelang es ihnen irgendwie, ihr Werk aufrechtzuerhalten.

In der Tiefe der Pforte formte sich eine seltsam anmutende Gestalt. Zunächst schien sie nur wenige Zoll groß zu sein, doch sie kam rasch auf sie zu und wuchs … und wuchs … und *wuchs* …

Der Belastungen forderten von weiteren Zauberern Tribut. Zwei der Männer brachen zusammen. Einer von ihnen atmete kaum noch. Die anderen Magier wankten, doch wieder gelang es ihnen, unter Xavius' manischer Mitwirkung die Macht über das Portal zurückzugewinnen.

Plötzlich erzitterten die Nachtelfen unter dem schaurigen Heulen von Hunden. Und nur der Berater mit seinen magischen Augen sah, was als Erstes aus dem Tor heraustrat.

Die Kreaturen besaßen die Größe von Pferden, und auf ihren Köpfen bogen sich niedrig sitzende Hörner nach unten und nach vorne. Ihre schuppige Haut hatte eine tödlich rote Farbe, die durch Sprenkel von Schwarz betont wurde, und auf dem Rücken schaukelte ein Kamm wildzotteligen, braunen Fells. Es waren hagere, aber muskulöse Raubtiere, und jede ihrer dreizehigen Pranken endete in scharfen Krallen, mehr als einen halben Fuß lang. Die Hinterbeine der Kreaturen waren etwas kürzer als die vorderen Gliedmaßen, aber Xavius zweifelte nicht im Geringsten an der Schnelligkeit und Behändigkeit dieser Bestien. Selbst die Kleinsten ihrer Bewegungen verrieten Jäger, die überaus geschickt darin waren, ihre Beute zu fangen.

Oben auf dem Rücken der Monster ragten zwei lange, peitschenähnliche Tentakel hervor, die in kleinen, gierigen Saug-Mäulern endeten. Die Fangarme wiegten sich vor und zurück, und es war, als gelte ihre ganze Aufmerksamkeit den versammelten Zauberern.

Die Köpfe der Kreaturen erinnerten an eine absonderliche Mischung aus Wolf und Reptil. Aus langen, wilden Schnauzen ragten Dutzende scharfer Zähne hervor. Die Augen waren schmal und vollkommen weiß, doch von einer tückischen Schläue erfüllt, die mehr als reinen Tiergeist vermuten ließ.

Dann trat hinter ihnen die riesige Gestalt ihres Herrn aus dem Portal.

Er trug eine Rüstung aus geschmolzenem Stahl, und in seiner gewaltigen Hand hielt er eine Peitsche, um die herum Blitze aufzuckten, wann immer sie sich bewegte. Seine Brust und die Schultern, die so viel breiter waren als der Rest des Oberkörpers, ließen selbst den mächtigsten Krieger im Vergleich zu ihm winzig erscheinen. Wo immer die Rüstung seine Gestalt nicht verbarg, züngelten Flammen von seiner schuppigen, *unirdischen* Haut auf.

Ein flammendes Antlitz blickte auf die Nachtelfen herab. Es erinnerte am ehesten an einen düsteren Schädel mit gewaltigen, geschwungenen Hörnern. Trotzdem erkannten die Hochgeborenen in ihm den himmlischen Bote, der gesandt worden war, um ihnen bei ihrem Traum von einem perfekten Paradies zur Seite zu stehen.

„Wissset, dasss ich der Diener euresss Gottesss bin …“, zischte er, und die Flammen, die seine Augen waren, loderten heiß auf, während er sprach. „Ich bin gekommen, um euch zzzu helfen, den Weg für ssseine Heerscharen und sssein *glanzzzvollesss* Ssselbssst zzzu öffnen!“

Eine der Bestien heulte auf, aber ein Schnappen der Peitsche ließ helle Blitze über ihren Rücken krachen und brachte sie sofort zum Verstummen.

„Ich bin der Herr der Hunde …“, fuhr die titanische Gestalt fort, deren feuriger Blick nun auf den knienden Xavius gerichtet war. „Ich bin *Hakkar* …“

# ZEHN

Schließlich erwachte Rhonin.

Er tat es nur widerwillig, denn während seines gesamten magischen Schlummers war sein Geist mit Träumen erfüllt gewesen, von den sich die Meisten um Vereesa und die Zwillinge gedreht hatten. Doch im Unterschied zu den Visionen auf der Schreckensinsel waren dies glückliche Bilder eines Lebens gewesen, das er einst für seine Zukunft gehalten hatte.

Sein Erwachen erinnerte ihn schmerzhaft daran, dass er möglicherweise nicht lange genug leben würde, um seine Familie je wiederzusehen.

Rhonin öffnete die Augen und erblickte eine vertraute, wenn auch vielleicht nicht ganz willkommene Gestalt. Krasus beugte sich über ihn, und ein Anflug von Sorge zeichnete sich auf seinem Gesicht ab. Das ärgerte den Menschen nur noch mehr, denn seiner Meinung nach war es die Schuld des Drachenmagiers, dass er jetzt hier war.

Zuerst fragte sich Rhonin, warum sein Sehvermögen etwas eingeschränkt wirkte, aber dann erkannte er, dass er Krasus nicht im Licht der Sonne sah. Ein voller Mond beschien die Lichtung mit einer Intensität, die unmöglich natürlich sein konnte.

Mit wachsender Neugier begann er, sich aufzurichten … und musste erkennen, dass sein Körper dagegen aufbegehrte, völlig steif war.

„Langsam, Rhonin. Du hast mehr als einen Tag geschlafen. Dein Körper braucht ein oder zwei Minuten, um sich deinem Geist beim Erwachen anzuschließen."

„Wo … sind wir?" Der junge Zauberer blickte sich um. „Ich erinnere mich an diese Lichtung … wir wurden hierher getragen …"

„Wir sind Gäste des Herrn dieses Ortes. Wir befinden uns nicht in Gefahr, Rhonin, aber ich muss dir sagen, dass wir diese Lichtung nicht verlassen können."

Rhonin setzte sich auf und begutachtete die Umgebung. Er fühlte eine seltsame Präsenz, doch nichts, was an ein Gefängnis erinnert hätte. Trotzdem hatte er inzwischen gelernt, sich auf Krasus' Einschätzungen einer Lage zu verlassen.

„Und was würde passieren, wenn wir doch versuchten zu gehen?"

Sein Gefährte zeigte auf die Blumen. „Sie würden uns aufhalten."

„Die *Pflanzen*?"

„Vertrau mir, Rhonin. Ich weiß, wovon ich spreche."

Einerseits neugierig, was die Blumen gegen ihn unternehmen wollten, entschied sich der Zauberer am Ende doch, kein unnötiges Risiko einzugehen. Krasus war offenbar der Ansicht, dass keine Gefahr bestand, so lange sie nur blieben, wo sie waren. Doch nun, da sie beide bei Bewusstsein waren, konnten sie vielleicht einen Fluchtplan entwickeln.

Sein knurrender Magen erinnerte Rhonin daran, dass er einen Tag oder noch länger geschlafen hatte, ohne etwas zu sich zu nehmen.

Bevor er noch ein Wort sagen konnte, reichte ihm Krasus eine Schüssel mit Früchten und einen Krug Wasser. Der Mensch verschlang die Früchte schnell und gierig, und obwohl sie seinen Hunger nicht vollkommen stillten, wurde er zumindest nicht länger durch seinen knurrenden Magen gestört.

„Unser Gastgeber hat seit heute Morgen kein neues Essen mehr gebracht. Ich rechne sehr bald mit ihm … vor allem, da er wahrscheinlich weiß, dass du erwacht bist."

„Er weiß es?" So etwas hörte Rhonin gar nicht gern. Der Mann, der sie gefangen hielt, schien mehr Kontrolle auszuüben, als dem Zauberer lieb war. „Wer ist dieser Kerl?"

Krasus' Gesicht sah aus, als sei ihm die Antwort aus irgendeinem Grund peinlich. „Er heißt Cenarius. Sagt dir dieser Name etwas?"

*Cenarius* … Der Name schien vertraut, doch nur sehr vage. Cenarius. Ein Begriff aus seinen Studien, jedoch nicht direkt mit Magie verbunden. Er musste an Geschichten denken, Mythen, an …

… einen *Waldgott?*

Rhonins Augen verengten sich. „Wir sind die Gäste eines Waldgottes?"

„Eines Halbgottes, um genau zu sein … und damit immer noch eine Macht, die selbst mein Volk respektiert."

„Cenarius …"

„Ihr sprecht von mir, und hier bin ich!", kicherte eine Stimme von überall her. „Ich heiße Euch willkommen, Zauberer, den man Rhonin nennt!"

Eine gewaltige, nichtmenschliche Gestalt trat in das Mondlicht. Sie schien halb Elf, halb Hirsch zu sein und überragte sogar den großen, dünnen Krasus Rhonin starrte mit offenem Erstaunen auf das Geweih, das bärtige Gesicht und den seltsamen Körper.

„Ihr habt lange geschlafen, junges Wesen, und so bezweifle ich, dass das Essen, das ich Euch früher brachte, für Euren Hunger gereicht hat." Er machte eine Geste, die hinter die beiden Zauberer gerichtet war. „Hier ist mehr für euch beide."

Rhonin blickte über seine Schulter. Wo die leere Schüssel gestanden hatte, war jetzt eine neue, und sie war bis oben hin mit Früchten gefüllt. Außerdem lag auf einem hölzernen Teller direkt daneben ein dickes Stück Fleisch, das, dem Geruch nach zu urteilen, genauso zubereitet war, wie der Magier es am liebsten mochte. Rhonin zweifelte nicht daran, dass auch der Krug wieder gefüllt war.

„Ich danke Euch", begann der menschliche Zauberer und versuchte, sich durch das neben ihm stehende Essen nicht ablenken zu lassen. „Aber ich wollte Euch eigentlich fragen –"

„Die Zeit für Fragen wird kommen. Für den Augenblick wäre ich nachlässig, würde ich Euch nicht zunächst essen lassen."

Krasus nahm Rhonin am Arm. Mit einem Kopfnicken schloss sich der Magier seinem früheren Mentor an, und beide aßen sich satt. Rhonin zögerte zuerst, als er zu dem Stück Fleisch kam. Nicht, dass er es nicht wollte, aber es überraschte ihn, dass ein Waldbewohner wie Cenarius ein Wesen in seiner Obhut opferte, um zwei Fremde zu speisen.

Der Halbgott bemerkte seine Neugierde. „Jedes Tier, jedes Wesen dient vielen Zwecken. Sie sind alle Teil der Zyklen des Waldes, und dazu gehört die Notwendigkeit zu essen. Ihr seid wie der Bär oder der Wolf, die beide frei in meinem Reich jagen. Nichts wird hier vergeudet. Alles kehrt zurück, um das neue Wachstum zu nähren. Das Reh, von dem Ihr Euch nun nährt, wird wiedergeboren werden und wieder sein Leben leben. Und es wird sein Opfer vergessen haben."

Rhonin runzelte die Stirn. Er konnte Cenarius' Erklärung nicht ganz folgen, doch er hatte das Gefühl, dass es besser war, ihn nicht zu bitten, sie etwas klarer zu formulieren. Der Halbgott betrachtete ihn und Krasus als Raubtiere und fütterte sie dementsprechend. Das war alles.

Als sie zu Ende gegessen hatten, fühlte sich der Zauberer viel besser. Er wollte gerade die Angelegenheit ihrer Gefangenschaft ansprechen, aber Cenarius ergriff zuerst das Wort.

„Ihr solltet nicht hier sein, Meister Rhonin."

Dann blickte der Herr des Waldes den Drachenmagier an.

„Und auch Ihr nicht, Meister Krasus."

Keiner der beiden Männer konnte darauf etwas entgegnen.

Cenarius schritt vor ihnen auf und ab. „Ich habe mit den anderen gesprochen, ausführlich über meine beiden Gäste diskutiert. Wir haben versucht zusammenzutragen, was wir wissen … Wir wissen nichts … Aber wir sind uns alle darin einig, dass diese seltsamen Wesen nicht hier sein dürften. Sie gehören nicht an diesen Ort, sie sind hier falsch, doch auf eine Art, die wir erst noch bestimmen müssen."

„Vielleicht kann ich es erklären", warf Krasus ein. Rhonin fand, dass er immer noch schwach aussah, doch nicht mehr so sehr wie unmittelbar nach ihrer Ankunft in dieser Zeit.

„Vielleicht kannst du das", pflichtete ihm der junge Zauberer bei.

Der Drachenmagier blickte auf seinen Gefährten. Rhonin sah keinen Grund, die Wahrheit zurückzuhalten. Cenarius schien das erste Geschöpf zu sein, auf das sie hier gestoßen waren, das ihnen vielleicht helfen konnte.

Doch die Geschichte, die Krasus ihrem Gastgeber erzählte, war nicht diejenige, die der Mensch erwartet hatte …

„Wir kommen aus einem Land jenseits des Meeres … weit jenseits, doch das ist unwichtig. Von Bedeutung ist allein der Grund, aus dem wir hierher geraten sind …"

In Krasus' überarbeiteter Fassung war es er selbst, nicht Nozdormu, der die Anomalie entdeckt hatte. Der Drachenmagier beschrieb sie auch nicht als ein Loch in der Zeit, aber durchaus als ein Phänomen, welches das Gewebe der Realität störte und möglicherweise eine immer größer werdende Katastrophe erschuf. Er hatte den einzigen anderen Zauberer zu sich gerufen, dem er vertraute – Rhonin –, und zusammen waren sie aufgebrochen.

„Wir reisten zu einer Kette öder Berge im bitteren Norden unseres Landes, wo ich das Phänomen am stärksten spürte. Wir fanden die Anomalie … und die monströsen Dinge, die sie ausspie. Die Unnatürlichkeit dieses Risses in der Wirklichkeit empfanden wir beide sehr stark, doch als wir ihn näher untersuchen wollten … bewegte er sich und verschlang uns. Wir wurden unserer Heimat entrissen …"

„Und in das Land der Nachtelfen geschleudert", vollendete der Halbgott den Satz.

„Ja", nickte Krasus. Rhonin fügte nichts hinzu und hoffte, dass sein Gesichtsausdruck seinen Gefährten nicht verriet. Zusätzlich zu Krasus' Auslassung ihrer wahren Herkunft, hatte sein früherer Mentor auch ein anderes Detail unterschlagen, das Cenarius möglicherweise interessiert hätte.

Er hatte mit keinem Wort erwähnt, dass er ein Drache war.

Die Waldgottheit trat einen Schritt zurück und betrachtete die beiden Gestalten. Rhonin konnte Cenarius' Mimik nicht durchschauen. Glaubte er Krasus' Überarbeitung der Wahrheit, oder hatte er gemerkt, dass sein „Gast" ihm gegenüber nicht ganz ehrlich war?

„Ich muss das sofort mit den anderen diskutieren", meinte Cenarius schließlich, und sein Blick schweifte in den Wald, als sei er auf einen sehr fernen Punkt gerichtet. Schließlich wandte er seine Augen wieder Rhonin und Krasus zu und erklärte: „Ich werde wiederkommen."

Bevor sie irgendetwas darauf erwidern konnten, verschmolz der Herr des Waldes bereits mit dem Mondlicht und ließ sie ein weiteres Mal allein.

„Das war zwecklos", knurrte Rhonin.

„Vielleicht. Aber ich wüsste gern, wer diese anderen sind."

„Noch mehr Halbgötter wie er selbst, nehme ich an. Warum hast du ihm nichts erzählt von deiner …"

Der Drachenmagier bedachte ihn mit einem solch scharfen Blick, dass Rhonins Stimme stockte. Krasus sprach anschließend sehr leise, als er antwortete. „Ich bin ein Drache ohne Kraft, mein junger Freund, und du hast keine Vorstellung, was das für ein Gefühl ist. Egal, wer Cenarius ist, ich will, dass dies ein Geheimnis bleibt, bis ich selbst weiß, warum sich meine Kräfte nicht erholen."

„Und der … der Rest der Geschichte …?"

Krasus löste seinen Blick von ihm. „Rhonin … ich habe dir gegenüber erwähnt, dass wir uns in der Vergangenheit befinden könnten."

„Davon hast du gesprochen."

„Meine Erinnerungen sind … nun, sie sind ebenso angeschlagen wie meine körperlichen Fähigkeiten. Ich weiß nicht, warum. Doch einer Sache habe ich mich entsinnen können. Etwas, das ich während deines Schlafes erfahren habe, hat mich auf die Spur gebracht. Ich weiß jetzt, *wann* wir hier sind."

Ein Lächeln erhellte Rhonins Gesicht, und er sprudelte heraus: „Aber das ist doch gut! Dann haben wir zumindest eine Art von Anker. Jetzt können wir bestimmen, wen wir am Besten …"

„Lass mich bitte ausreden." Krasus' finsteres Gesicht schien Schlimmes zu verheißen. „Es gibt einen sehr guten Grund dafür, warum ich unsere Geschichte so stark abänderte wie nur möglich. Ich hatte das Gefühl, dass Cenarius einen Teil von dem wusste, was vor sich ging, vor allem, soweit es die Anomalie betrifft. Was ich ihm nicht verraten konnte, waren meine Mutmaßungen darüber, was auf die Anomalie *folgen* könnte."

Je leiser und dunkler die Stimme des Magiers wurde, desto stärker und kälter griff die Furcht nach Rhonins Herz. „Was?"

„Ich fürchte, wir befinden uns kurz vor dem ersten Erscheinen der *Brennenden Legion*."

Er hätte Rhonin keine schrecklichere Nachricht eröffnen können. Seit der junge Zauberer gegen die dämonische Horde und ihre Verbündeten gekämpft und dabei mehr als einmal fast den Tod gefunden hatte, litt er noch immer unter furchtbaren Alpträumen. Nur Vereesa kannte das Ausmaß dieser Angstzustände, und sie musste gegen viele eigene Schreckgespenster kämpfen. Nur ihre wachsende Liebe zueinander und die bevorstehende Ankunft ihrer Kinder hatten ihre Herzen und Seelen heilen können, doch dies hatte viele Monate gebraucht.

Und jetzt war Rhonin wieder in seine finstersten Alpträume geschleudert worden.

Er sprang auf und erklärte: „Dann müssen wir es Cenarius sagen! Wir müssen es allen sagen, die wir finden können! Sie werden …"

„Sie dürfen es nicht wissen. Ich fürchte, es ist bereits zu spät, um die Dinge so zu erhalten, wie sie einst waren." Krasus erhob sich ebenfalls und blickte an seiner langen Nase vorbei hinab auf seinen früheren Schüler. „Rhonin … so wie die Dinge sich ursprünglich zugetragen haben, wurde die Legion nach einem schrecklichen, blutigen Krieg besiegt, dem Vorläufer jener Ereignisse, die unsere eigenen Zeit heimsuchen sollten."

„Ja, natürlich, aber …"

Krasus vergaß offensichtlich seine Sorge darüber, dass Cenarius sie belauschen könnte, und packte Rhonin an den Schultern. Trotz der Schwäche des älteren Magiers gruben sich seine langen Finger schmerzhaft ins Fleisch des Menschen. „Verstehst du denn immer noch nicht? Rhonin, dadurch, dass wir hierher gekommen sind, dadurch, dass wir einfach hier sind … haben wir vielleicht die Geschichte verändert! Es könnte sein, dass unser Erscheinen jetzt dafür verantwortlich ist, dass die Brennende Legion dieses Mal den ersten Krieg *gewinnt* … und das würde nicht nur den Tod vieler Unschuldiger in dieser Zeit bedeuten, sondern es würde auch unsere eigene … *auslöschen*."

Es hatte Einiges an Überzeugungskraft bedurft, Illidan für Malfurions plötzlichen und tollkühnen Plan zu gewinnen, und Malfurion zweifelte nicht daran, dass der entscheidende Faktor nicht seine eigenen Argumente gewesen waren, sondern vielmehr Tyrandes leidenschaftliche Bitte. Unter ihrem Blick war selbst Illidan dahingeschmolzen und hatte sich bereit erklärt zu helfen, obwohl er für den Gefangenen nicht das Geringste übrig hatte. Malfurion wusste, dass irgendetwas zwischen seinem Bruder und dem Ork vorgefallen war, das auch mit Tyrande zu tun hatte. Die Novizin hatte diese gemeinsame Erfahrung benutzt, um Illidan auf ihre Seite zu bringen.

Jetzt musste sein Plan nur noch Erfolg haben.

Die vier Soldaten umstanden wachsam den Käfig, jeder der Männer auf eine andere Ecke des Kompass konzentriert. Bald würde die Sonne aufgehen, und der Marktplatz war bis auf die Soldaten und den Ork leer. Die meisten Nachtelfen schliefen jetzt. Es war die perfekte Zeit, um zuzuschlagen.

„Ich übernehme die Soldaten", schlug Illidan vor und hatte seine linke Hand bereits zur Faust geballt.

Malfurion hielt das für keine gute Idee. Er stellte die Fähigkeiten seines Bruders nicht in Zweifel, doch wollte er auch, dass den Wachen, die nur ihre Pflicht taten, kein bleibender Schaden erwuchs. „Nein. Ich sagte, ich würde mich um sie kümmern. Gib mir einen Moment."

Er schloss die Augen und entspannte sich, wie Cenarius es ihm beigebracht hatte. Malfurion zog sich aus der Welt zurück und sah sie gleichzeitig klarer, schärfer. Er wusste genau, was er zu tun hatte.

Als er sie darum bat, erschienen die notwendigen Elemente der Natur, um ihn bei seinem Vorhaben zu unterstützen. Ein kühler, sanfter Wind streichelte das Gesicht jedes Soldaten mit der Zärtlichkeit einer Geliebten. Mit dem Wind kamen die beruhigenden Gerüche der Blumen, aus dem Wald um Suramar, und der schmeichelnde Ruf eines nahen Nachtvogels. Diese verlockende Kombination umfing alle vier Männer und zog sie, ohne dass sie es bemerkten, in eine friedliche, angenehme und sehr tiefe Lethargie, die sie der wachen Welt gegenüber blind machte.

Zufrieden, dass die Wachen unter seinen Bann geraten waren, blinzelte Malfurion. Dann flüsterte er: „Kommt …"

Illidan zögerte und folgte erst, als auch Tyrande hinter seinem Bruder auf den offenen Platz trat. Die drei jungen Nachtelfen gingen langsam auf den Käfig und die Soldaten zu. Trotz der Hoffnung, dass sein Zauber halten würde, war Malfurion auch darauf gefasst, dass die vier Männer in ihre Richtung blicken könnten. Doch selbst als er und seine Gefährten nur noch wenige Yards entfernt waren, schienen die Soldaten nichts von ihrer Anwesenheit zu bemerken.

„Es hat funktioniert …", flüsterte Tyrande staunend.

Illidan hielt vor dem vordersten Mann an und wedelte mit der Hand vor dessen Augen – nichts passierte. „Ein netter Trick, Bruder, aber wie lange wird er halten?"

„Ich weiß es nicht. Deshalb müssen wir uns beeilen."

Tyrande kniete vor dem Käfig und spähte hinein. „Ich glaube, Broxigar steht ebenfalls unter deinem Zauber, Malfurion."

Und tatsächlich lehnte der riesige Ork zusammengesunken gegen den hinteren Teil seines Gefängnisses, und seine stumpfen Augen blickten durch Tyrande hindurch. Er bewegte sich nicht, selbst dann nicht, als sie leise seinen Namen rief.

Nachdem er einen Augenblick nachgedacht hatte, schlug Malfurion vor: „Berühre ihn leicht am Arm und versuche es noch einmal mit seinem Namen. Sorge dafür, dass er dich sofort sieht, und bedeute ihm, dass er sich still verhalten soll."

Illidan furchte die Stirn. „Der schreit bestimmt sofort."

„Der Zauber wird halten, Illidan, aber du musst bereit sein, deinen Teil beizutragen, wenn die Zeit kommt."

„*Ich* bin nicht derjenige, der uns in Gefahr bringt", versetzte Malfurions Bruder naserümpfend.

„Seid still, ihr beiden …" Tyrande griff in den Käfig und berührte den Ork vorsichtig am Oberarm, während sie erneut seinen Namen flüsterte.

Brox fuhr auf. Seine Augen weiteten sich, und sein Mund öffnete sich zu etwas, das mit Sicherheit ein ohrenbetäubender Schrei werden sollte.

Doch ebenso schnell klappte der Mund wieder zu, und das einzige Geräusch, das ihm entfuhr, war ein leichtes Grunzen. Der Ork blinzelte mehrmals, als sei er sich nicht sicher, ob er überhaupt seinen Augen trauen durfte. Dann berührte Tyrande seine Hand, nickte dem Ork zu und blickte wieder in Brox' Augen.

Malfurion sah sich zu seinem Bruder um und flüsterte: „Jetzt! Schnell!"

Illidan griff hinab und murmelte gleichzeitig Worte. Als er die Gitterstäbe ergriff, loderten seine Hände in einem hellen Gelb auf, und der Käfig selbst wurde plötzlich von roter Energie erfasst. Ein leichtes Summen war zu hören.

Malfurion schielte mit angehaltenem Atem nervös zu den Soldaten hinüber, aber selbst dieses wundersame Schauspiel blieb von ihnen unbemerkt. Er atmete erleichtert aus und sah zu, wie Illidans Zauber sein Werk verrichtete.

Die Nachtelfen-Zauberei hatte gewisse Vorteile, und sein Bruder hatte gelernt, sie einzusetzen. Das erstaunliche gelbe Leuchten um seine Hände griff auf den Käfig über und verschlang schnell das rote Glühen. Schweiß tropfte von Illidans Stirn, als er seinen Zauber voran trieb, aber er stockte nicht ein einziges Mal.

Schließlich ließ er los und fiel zurück. Malfurion fing seinen Bruder auf, bevor dieser gegen einen der Wachleute stolpern konnte. Illidans Hände leuchteten noch für ein paar Sekunden nach. „Du kannst den Käfig jetzt öffnen, Tyrande …"

Sie berührte die Tür von Brox' Käfig, die sofort aufschwang.

„Die Ketten", erinnerte Malfurion seinen Zwilling.

„Natürlich, Bruder. Das habe ich nicht vergessen."

Illidan trat in den Käfig und setzte sich vor den Ork. Er griff nach dessen Fesseln, aber Brox reagierte nicht sofort, und seine Augen wurden gefährlich schmal, als er den Nachtelf erblickte. Tyrande musste die Hände des Orks nehmen und sie zu ihrem Gefährten führen.

Mit weiteren gemurmelten Worten berührte Malfurion eine der Ketten am Schloss. Die Handfesseln schnappten auf wie kleine Mäuler, die hungrig darauf warteten, gefüttert zu werden.

„Seht ihr, klappt doch alles hervorragend", meinte Illidan mit einem überaus selbstzufriedenen Lächeln.

Der Ork trat langsam heraus. Sein Körper war durch die Enge des Käfigs steif geworden. Er nickte knapp in Illidans Richtung, um seine Dankbarkeit zu bekunden, doch dann suchte sein Blick auch schon Tyrande.

„Broxigar, hör mir gut zu. Ich will, dass du mit Malfurion gehst. Er wird dich an einen sicheren Ort führen. Dort werde ich dich später treffen."

Dieser Teil des Plans hatte zunächst einen kleinen Streit zwischen Tyrande und Malfurion entfacht, denn die Novizin hatte den Ork persönlich in Sicherheit bringen wollen. Malfurion hatte sie jedoch schließlich – mit Illidans mehr als bereitwilliger Unterstützung – davon überzeugen können, dass es schon genug Ärger geben würde, wenn man Brox' Flucht entdeckte. Und wenn auch noch Tyrande, die sich vor aller Augen um ihn gekümmert hatte, fort wäre … nun, die Mondgarde würde nicht lange brauchen, um zwei und zwei zusammenzuzählen.

„Sie würden den Zusammenhang schnell herstellen“, hatte Malfurion sie eindringlich beschworen. „Du warst die Einzige, die ihm geholfen hat. Darum *musst* du hier bleiben. Sie werden wahrscheinlich nicht so bald an mich denken, und selbst wenn sie es tun, bezweifle ich, dass sie dir die Schuld geben werden. Du bist eine Dienerin der Elune. Dass du mich kennst, ist kein Verbrechen, das sie dir zur Last legen können.“

Obwohl Tyrande nachgegeben hatte, gefiel ihr der Gedanke, dass Malfurion alle Verantwortung auf sich nahm, immer noch nicht. Ja, er war derjenige, der auf diesen tollkühnen Plan gekommen war, doch sie war es gewesen, die das Ganze eingeleitet hatte, indem sie Malfurion den gefangenen Ork vorstellte.

Jetzt bat auch die junge Priesterin den Ork, Vertrauen in jemanden zu haben, den er nicht gut kannte. Brox sah Malfurion an. Dann blickte er wieder auf Illidan. „Kommt der auch?“

Illidan zog die Brauen zusammen. „Ich habe dir gerade die Haut gerettet, Bestie –“

„Genug, Illidan! Er ist dankbar!“ An Brox gewandt, sagte Tyrande: „Nur Malfurion. Er wird dich an einen Ort bringen, wo dich niemand aufspüren kann. Bitte. Du kannst mir vertrauen.“

Die monströse Kreatur nahm Tyrandes Hand in ihre riesigen Pranken und sank vor ihr auf ein Knie. „Ich vertraue Euch, Schamanin.“

In diesem Moment bemerkte Malfurion, dass einer der Soldaten unruhig zu werden begann.

„Der Zauber lässt nach!“, zischte er. „Illidan! Nimm Tyrande und verschwinde! Brox! Komm mit mir!“

Mit erstaunlicher Flinkheit richtete sich der riesige Ork auf und folgte dem Nachtelf. Malfurion blickte nicht hinter sich und betete, dass sein druidischer Zauber noch ein wenig länger Wirkung zeigen würde. Um Tyrande und seinen Bruder machte er sich wenig Sorgen. Ihr Ziel war Illidans Quartier, das nur eine kurze Strecke entfernt lag. Niemand würde die Beiden verdächtigen.

Für Malfurion und Brox war die Lage jedoch schwieriger. Niemand konnte den Ork für etwas anderes halten als das, was er war. Sie mussten so rasch wie möglich aus der Stadt verschwinden.

Doch als sie den Marktplatz hinter sich ließen und in die gewundenen Gassen von Suramar eintauchten, erhob sich das Geräusch, vor dem Malfurion sich am meisten gefürchtet hatte.

Einer der Soldaten war schließlich erwacht. Seine Schreie verbanden sich schnell mit denen seiner Kameraden, und nur wenige Sekunden später erklang das Schmettern eines Horns.

„Schnell! Dort entlang!“, drängte er den Ork. „Ich habe Reittiere, die auf uns warten!“

Eigentlich hätte Malfurion gar nichts sagen müssen, denn der Ork bewegte sich trotz seiner massigen Statur mindestens ebenso schnell wie sein Befreier. Wären sie draußen in der Wildnis gewesen, hätte ihn Brox wahrscheinlich sogar überholt.

Überall erklang Hörnerschall. Stimmen schrien. Suramar war zum Leben erwacht … viel zu früh für Malfurions Geschmack.

Endlich erblickte der Nachtelf die Straßenecke, die ihr Ziel war. „Hier! Sie warten da um die Ecke!"

Doch als er in die Seitenstraße einbog, kam Brox abrupt zum Stehen. Der furchterregende Ork stierte auf die Reittiere, die Malfurion besorgt hatte.

Die großen Panther waren schwarze, kraftvolle Schatten, die knurrten und fauchten, als sie die Ankömmlinge erblickten. Dann, als Malfurion sich ihnen vorsichtig näherte, beruhigten sie sich. Er strich den beiden Katzen sanft über die Flanken.

Brox schüttelte den Kopf. „Wir sollen *darauf* reiten?"

„Natürlich! Und jetzt beeil dich!"

Der Ork zögerte, doch die Schreie kamen immer näher. Also nahm Brox die Zügel, die Malfurion ihm gab, und sah genau zu, als der Nachtelf ihm vormachte, wie man die Tiere bestieg.

Der ehemalige Gefangene brauchte drei Anläufe, um endlich den Rücken der riesigen Katze zu erklimmen, dann eine weitere Minute, um herauszufinden, wie man richtig darauf saß. Malfurion blickte immer wieder die Gasse hinab und fürchtete, dass jeden Moment Soldaten auftauchen könnten – oder schlimmer noch, die Mondgarde! Er hatte nicht bedacht, dass Brox möglicherweise nicht wusste, wie man einen Nachtsäbel ritt. Was für ein anderes Reittier hatte der Ork erwartet?

Brox rückte ein letztes Mal seine Position zurecht und nickte dann zögerlich. Malfurion atmete tief ein und trieb sein Reittier vorwärts. Brox folgte ihm, so gut er dies vermochte.

Innerhalb von wenigen Minuten hatte der Nachtelf seine Zukunft für immer verändert. Dieser tollkühne Akt mochte ihm den Kerker von Black Rook Hold einbringen, aber Malfurion wusste, dass er diese Chance nicht hatte verstreichen lassen dürfen. Irgendwie gab es eine Verbindung zwischen Brox und dem bösen Treiben der Hochgeborenen … und ganz gleich, was auch geschehen mochte, Malfurion musste in Erfahrung bringen, worin diese Verbindung bestand.

Er hatte das entsetzliche Gefühl, dass das Schicksal von ganz Kalimdor davon abhing.

Varo'then hegte nicht den Wunsch, sich Lord Xavius zu stellen, aber diese Entscheidung lag nicht in seiner Hand. Sofort, nachdem seine Truppe im Palast eingetroffen war, hatte er den Befehl erhalten, vor dem Berater zu erscheinen, und Befehle von Lord Xavius mussten mit der gleichen Dringlichkeit befolgt werden, als stammten sie von Königin Azshara selbst … vielleicht sogar mit noch größerer.

Der Bericht des Hauptmanns würde dem Berater nicht gefallen. Wie sollte der Soldat erklären, dass man sie irgendwie in die Irre geführt hatte und dass sie dann von einem *Wald* angegriffen worden waren? Varo'then hoffte, den verstorbenen und wenig betrauerten Koltharius als Sündenbock verwenden zu können, doch er bezweifelte, dass sein Herr eine so jämmerliche Entschuldigung akzeptieren würde. Varo'then hatte den Einsatz geleitet, und sonst würde für Lord Xavius nichts zählen.

Er brauchte nicht zu fragen, wo der Berater zu finden war, denn wo sonst hatte sich der Meister in letzter Zeit aufgehalten als in der Kammer, in der das Zauberwerk stattfand? Ein Mann wie Hauptmann Varo'then zog Schwerter der Magie vor, und die Kammer war durchaus nicht sein Lieblingsort. Zwar stand auch ihm ein wenig Zauberei zur Verfügung, doch was Lord Xavius und die Königin vorhatten, war zu viel für einen einfachen Soldaten wie ihn.

Die Wachen vor der Kammer nahmen Haltung an, als er sich näherte, doch obwohl sie ihm den Respekt bezeigten, der ihm gebührte, war etwas an ihrer Art anders, irgendwie … beunruhigend.

Fast so, als wüssten sie genau, was ihn erwartete, und zwar besser als er selbst.

Die Tür schwang vor ihm auf. Den Kopf ehrerbietig gesenkt, betrat Hauptmann Varo'then das Allerheiligste der Hochgeborenen – und eine alptraumhafte Bestie baute sich vor ihm auf.

„Bei Elune!" Instinktiv zog er seine geschwungene Klinge. Die höllische Kreatur heulte auf, und zwei bedrohliche Tentakel, die aus ihren muskulösen Schultern wuchsen, tasteten eifrig auf ihn zu. Der Hauptmann bezweifelte, dass er irgendeine Chance gegen solch ein Ungetüm hatte, aber er würde bis zum letzten Atemzug kämpfen und –

Eine zischende Stimme, die Varo'then bis ins Mark seiner Knochen schaudern ließ, rief etwas in einer unbekannten Sprache, und eine furchterregende Peitsche fuhr auf den buckligen Rücken der Bestie hinab.

Als die dämonische Kreatur mit einem elenden Winseln kuschte und sich zurückzog, blickte Varo'then mit offen stehendem Mund auf ihren Herrn.

„Sein Name ist Hakkar", erklärte Lord Xavius mit freundlicher, ruhiger Stimme, als er neben den Hauptmann trat. „Die Felbestien befinden sich vollkommen unter seiner Kontrolle. Der Gott hat ihn geschickt, damit er uns hilft, den Weg zu öffnen …"

„Der ‚G-Gott', Mylord?"

Zu Varo'thens Bestürzung legte der Berater einen Arm auf fast väterliche Art um die Schulter seines Hauptmanns und führte ihn zu der feurigen Kugel über dem Muster. Etwas an der Sphäre sah anders aus, als er es in Erinnerung hatte, und erweckte in dem Nachtelf das schreckliche Gefühl, dass sie ihn, wenn er nur nahe genug bei ihr stand, mit Körper und Seele verschlingen würde.

„Alles ist in Ordnung, mein guter Hauptmann. Ihr habt nichts zu befürchten …"

Man wollte ihn für das Fiasko mit den Fremden bestrafen. Und wenn dem schon so war, wollte Varo'then wenigstens vorher eine Erklärung für sein Versagen abgeben, damit er nicht noch mehr an Gesicht verlor. „Mylord Xavius, wir haben die Gefangenen verloren! Der Wald selbst hat sich gegen uns gewandt …"

Aber der Berater lächelte nur. „Ihr werdet bald Gelegenheit erhalten, Euren Fehler wieder gutzumachen, Hauptmann. Doch zunächst müsst Ihr die großartige Wahrheit erkennen …"

„Mylord, ich verstehe nicht –"

Weiter kam er nicht. Seine Augen waren von dem gefangen, was ihn aus der Kugel anblickte.

„Jetzt versteht Ihr", sagte Xavius, und seine magischen Augen verengten sich zu einem Ausdruck der Befriedigung.

Varo'then fühlte den Gott, fühlte, wie die wundersame Präsenz jede Schicht seiner Persönlichkeit abschälte. Der Gott innerhalb der feurigen Sphäre blickte in die tiefsten Tiefen seiner Seele … und freute sich über das, was er dort fand.

*Auch du wirst mir ein guter Diener sein …*

Und Varo'then ließ sich auf ein Knie nieder und ehrte ihn.

„Er wird bald zu uns kommen, Hauptmann", erklärte Lord Xavius, als der Soldat sich erhob. „Doch so großartig ist er, dass erst der Weg gestärkt werden muss, damit er seine überwältigende Präsenz tragen kann! Er hat diesen edlen Wächter gesandt, um den Pfad für andere aus seiner Heerschar zu öffnen, die ebenfalls unsere Bemühungen unterstützen werden, das Portal zu verstärken … und damit die Erfüllung all unserer Träume einzuleiten!"

Varo'then nickte und fühlte sich gleichzeitig erfreut und beschämt. „Mylord, mein Versagen bei der Gefangennahme dieser Fremden, die ich in der Nähe der Störung fand –"

Er wurde von der zischenden Stimme Hakkars unterbrochen. „Dein Misssserfolg kann korrigiert werden. Man wird sssie fangen … Der Grossse Gott issst sssehr interesssiert an dem, wasss Lord Xaviusss über diessse – *Störung* – erzzzählt hat und möchte die mögliche Verbindung der Fremden zzzu ihr ergründen."

„Aber wie wollt ihr sie finden? Dieser Wald ist das Reich des Halbgottes Cenarius! Ich bin mir sicher, dass er es war, der uns angriff!"

„Cenarius ist nur ein Waldgott", erinnerte ihn der Berater. „Hinter uns stehen weit größere Mächte als er."

Hakkar wandte sich von den Nachtelfen ab und schnappte mit seiner Peitsche auf einen offenen Bereich vor sich. Als die sehnige Waffe knallte, traf ein grünlicher Blitz den Steinboden.

Der getroffene Bereich begann hell aufzuleuchten. Das grüne Lodern wurde schnell größer und aus ihm begann etwas zu erwachsen.

Die beiden Felbestien heulten, und ihre fürchterlichen Tentakel zuckten zu dem Leuchten hin, doch Hakkar hielt sie zurück.

Eine vierbeinige Gestalt bildetet sich, wurde größer, wurde breiter. Sie nahm ein Erscheinungsbild an, das Hauptmann Varo'then bereits vertraut war, und gab ein markerschütterndes Heulen von sich.

Der neue Hund schüttelte sich einmal, dann schloss er sich den anderen an. Während die Nachtelfen wie hypnotisiert zusahen, wiederholte Hakkar den Zauber mit seiner Peitsche und rief eine vierte monströse Bestie, die sich zu ihren Artgenossen stellte.

Dann ließ er die Peitsche im Kreis wirbeln und schuf ein rundes Muster, das heller und heller aufloderte, bis ein *Loch* in der Luft vor ihm erschien, ein Loch, so groß wie seine eigene fürchterliche Gestalt – und doppelt so breit.

Hakkar bellte einen Befehl in irgendeiner dunklen Sprache.

Die höllischen Felbestien sprangen eine nach der anderen durch das Loch und verschwanden. Als die Letzte der Kreaturen fort war, löste sich auch das Loch selbst auf.

„Sie wisssen, wasss sssie sssuchen müsssen“, informierte Hakkar seine fassungslosen Gefährten. „Und sssie werden finden, wasss sssie sssuchen …“ Der feurige Gigant rollte seine Peitsche zusammen, und sein dunkler Blick wandte sich dem Zauberwerk der Nachtelfen zu. „Und jetzzzt beginnen wir damit, unsssere eigene Aufgabe zzzu erfüllen …“

# ELF

Krasus hatte einen ganzen Tag gebraucht, bis er bemerkte, dass er und Rhonin beobachtet wurden.

Es hatte noch einen weiteren halben Tag gedauert, um zu dem Schluss zu gelangen, dass der Beobachter nichts mit Cenarius zu tun hatte.

Wer es war, der die Fähigkeit besaß, seine Gegenwart vor dem mächtigen Halbgott zu verbergen, konnte der Drachenmagier nicht sagen.

Einer von Cenarius' Gegenstücken? Nicht sehr wahrscheinlich. Der Herr des Waldes war gewiss zu vertraut mit ihren Schlichen oder den Tricks ihrer Diener.

Die Nachtelfen? Krasus verwarf auch dies sofort, ebenso die Möglichkeit, dass irgendein anderes sterbliches Volk den Lauscher gesandt haben könnte.

So blieb ihm nur noch eine logische Schussfolgerung … dass derjenige, der Cenarius und seine beiden „Gäste" ausspionierte, ein Mitglied von Krasus' eigenem Volk war.

Dort, woher er kam, sandten die Drachen Beobachter aus, um jene im Auge zu behalten, in denen sie das Potenzial spürten, die Welt zu verändern, sei es nun zum Guten oder zum Schlechten. Menschen, Elfen, Zwerge, Orks – unter *jedem* Volk bewegten sich Spione. Die Drachen betrachteten diese Vorgehensweise als ein notwendiges Übel. Wenn man die jüngeren Völker sich selbst überließ, neigten sie zu Katastrophen. Und auch in dieser Periode der Vergangenheit gab es mit Sicherheit irgendeine Art von Spionen. Krasus zweifelte nicht daran, dass einige von ihnen ein misstrauisches Auge auf Zin-Azshari warfen … aber es war typisch für die Seinen, nichts zu unternehmen, bis sie sich absolut sicher waren, dass eine Katastrophe tatsächlich unmittelbar bevorstand.

In diesem Fall würde es dann bereits zu spät zum Einschreiten sein.

Vor Cenarius hatte er seine Geheimnisse wahren können, aber wenn er es mit einem seiner eigenen Brüder zu tun hatte, selbst einem aus dieser Vergangenheit, dann, so entschied Krasus, musste er ihm preisgeben, was er wusste. Wenn irgendjemand die potenzielle Katastrophe verhindern konnte, die seine und Rhonins Anwesenheit in dieser Zeit vielleicht bereits ausgelöst hatte, dann waren es die Drachen … und auch nur dann, wenn sie bereit waren zuzuhören.

Er wartete ab, bis sein menschlicher Gefährte schlief und die Wahrscheinlichkeit, dass Cenarius plötzlich zurückkehrte, gering war. Stille, unsichtbare Waldgeister kümmerten sich um die Bedürfnisse von Krasus und Rhonin. Essen erschien zu bestimmten Zeiten, und die Reste verschwanden, sobald das Paar fertig gespeist hatte. Andere Bedürfnisse menschlicher Natur wurden in ähnlicher Weise behandelt. So konnte Cenarius seine mysteriösen Gespräche mit seinen Gegenstücken weiterführen – die, da es sich um Gottheiten handelte, Tage, Wochen, Monate oder sogar noch länger dauern konnten –, ohne sich sorgen zu müssen, dass seine Gäste in seiner Abwesenheit verhungerten.

Egal in welchem Zyklus sich der Mond gerade befand, auf der Lichtung war es stets so hell wie am Tag. Sobald er sicher war, dass Rhonin fest schlief, erhob sich Krasus leise und schritt auf die Barriere der Blumen zu.

Selbst jetzt, da es Nacht war, richteten sie ihre Blütenköpfe sofort auf ihn. Der Drachenmagier trat so nahe an sie heran, wie er konnte, ohne sie zu aufzuwecken, und spähte in den Wald, der hinter ihnen lag. Eindringlich studierte er die dunklen Bäume. Er kannte die Geheimnisse der Tarnung, die seine Art benutzte, besser als jeder andere, besser noch als ein Halbgott. Was auch immer Cenarius möglicherweise übersehen hatte, Krasus würde es finden.

Zuerst erschienen ihm die Bäume alle gleich. Er musterte jeden von ihnen der Reihe nach, dann ein weiteres Mal, Baum für Baum. Noch immer hatte er nichts entdeckt. Sein Körper bettelte um Schlaf, doch Krasus weigerte sich, seiner natürlichen Schwäche nachzugeben. Wenn er dies einmal tat, so fürchtete er, würde er sich nie wieder davon erholen.

Plötzlich blieb sein Blick an einer hoch aufragenden Eiche mit einem besonders dicken Stamm hängen.

Der müde Zauberer fasste sie scharf ins Auge und legte einen mentalen Schutz um seine Gedanken. Dann konzentrierte er sich auf den Baum.

*Ich kenne dich … Ich weiß, was du bist, Beobachter …*

Nichts geschah. Keine Antwort. Einen kurzen Moment lang fragte sich Krasus, ob er sich geirrt haben könnte, doch Jahrhunderte der Erfahrung widersprachen dem.

Er unternahm einen weiteren Versuch. *Ich kenne dich … Getarnt als Teil des Baumes beobachtest du uns und den Herrn des Waldes. Du fragst dich, wer wir sind, warum wir hier sind.*

Krasus fühlte, wie sich eine Präsenz regte, wenn auch nur sehr verhalten. Dem Beobachter war das plötzliche Eindringen in seine Gedanken unangenehm, und er war noch nicht bereit, sich zu offenbaren.

*Ich könnte dir vieles sagen, das ich vor dem Herrn des Waldes geheim halten musste … doch ich würde es vorziehen, wenn ich nicht mit einem Baumstamm sprechen müsste …*

*Du bringst uns beide in Gefahr*, antwortete schließlich ein etwas arrogant klingender Geist. *Der Halbgott könnte uns seinerseits beobachten.*

Der Drachenmagier verbarg seine Freude über die Antwort hinter einer Maske stoischer Gelassenheit. *Du weißt so gut wie ich, dass er nicht hier ist … und vor den Augen jedes anderen Betrachters kannst du uns tarnen.*

Eine kleine Weile lang geschah nichts. Krasus fragte sich, ob er zu weit gegangen war. Dann riss sich plötzlich ein Teil des Stammes von dem Baum los und nahm eine humanoide Gestalt aus durchfurchter Rinde an. Als das große Wesen näher trat, verschwand die Borke und verwandelte sich in lange, fließende Gewänder und ein schmales Gesicht, das durch einen Zauber in undurchdringliche Schatten gehüllt war. Diese Art von Magie war Krasus wohlbekannt, und auf eine seltsame Weise tat es ihm gut, in dieser fernen Zeit auf etwas so Vertrautes zu treffen.

In Kleidung gehüllt, die die Farbe der Bäume hatte, hielt die praktisch gesichtslose Gestalt an der äußersten Grenze der magischen Lichtung inne. Unsichtbare Augen studierten Krasus von Kopf bis Fuß, und obwohl der gefangene Magier in keinem Mienenspiel lesen konnte, war er sicher, dass der andere frustriert war.

„Wer bist du?", fragte der Beobachter leise.

„Man könnte sagen, ein verwandter Geist."

Darauf reagierte der andere mit einem gewissen Unglauben. „Du hast nicht die geringste Ahnung, wovon du sprichst …"

„Ich weiß genau, wovon ich spreche", erwiderte Krasus mit fester Stimme. „Ebenso weiß ich, dass sie, die man Alexstrasza nennt, die Königin des Lebens ist. Er, der den Namen Nozdormu trägt, ist die Zeit selbst. Ysera ist die von den Träumen, und Malygos die inkarnierte Magie …"

Die Gestalt brauchte einen Augenblick, um die Namen zu verdauen. Dann schien es, als warte sie auf etwas, und als Krasus schwieg, flüsterte sie: „Du hast jemanden vergessen."

Krasus unterdrückte ein Keuchen und nickte. „Und Neltharion ist die Erde und der Fels, der Wächter des Landes."

„Nur wenige außerhalb meines Volkes kennen diese Namen, aber ein *paar* kennen sie. Unter welchem Namen könnte ich dich kennen, wenn ich dich für einen von meiner Art hielte?"

„Man kennt mich als … Korialstrasz."

Der andere lehnte sich zurück. „Dies ist ein Name, den ich kenne, gehört er doch einem Gemahl der Königin des Lebens – doch hier stimmt etwas nicht. Ich habe seit deiner Gefangennahme alles beobachtet, und du verhältst dich nicht wie einer von meiner Art. Cenarius ist mächtig, sehr mächtig, aber er sollte dich nicht so einfach gefangen halten können, nicht den, den man Korialstrasz nennt …"

„Ich wurde schwer verletzt." Krasus unterstrich seine Erklärung mit einer geringschätzigen Handbewegung. „Aber wir haben wenig Zeit! Ich muss

Alexstrasza erreichen und ihr sagen, was ich weiß! Kannst du mich zu ihr bringen?“

„Einfach so? Du besitzt tatsächlich die Arroganz eines Drachens! Warum sollte ich es riskieren, die Wut des Waldgottes auf alle Drachen zu ziehen? Nur weil du mir einreden willst, du seiest selbst ein Drache? Cenarius würde erkennen, dass er beobachtet wird, und dementsprechend handeln.“

„Warum? Nun, weil die mögliche Bedrohung dieser Welt – unserer Welt – wichtiger ist als die beleidigte Würde eines Halbgottes.“ Der Drachenmagier atmete tief ein und fuhr fort: „Und wenn du es mir erlaubst, werde ich dir enthüllen, was ich meine …“

„Ich bin mir nicht sicher, ob ich dir vertrauen soll“, sagte der Beobachter und legte seinen Kopf auf die Seite. „Doch bei deinem Zustand glaube ich nicht, dass ich viel von dir zu befürchten habe. Wenn du kannst … dann zeige mir, was deine Worte so mit Sorge erfüllt.“

Krasus sparte sich einen Kommentar, aber er mochte den anderen Drachen immer weniger. „Wenn du bereit bist …“

„Tu es.“

Ihre Geister berührten einander … und Krasus enthüllte die Wahrheit.

Unter der machtvollen Brandung der Bilder wich der andere Drache zurück. Der Schattenzauber um seinen Kopf löste sich für einen Augenblick auf und ließ eine seltsame Mischung aus reptilischen und elfischen Zügen erkennen, die in einem Ausdruck absoluten Unglaubens gefroren waren.

Doch die Schatten kehrten so schnell zurück, wie sie verschwunden waren, und obwohl ihm das, was er gerade geschaut hatte, offenkundig noch zu schaffen machte, gewann der Beobachter einen Teil seiner Fassung zurück. „Das ist unmöglich …“

„Ich fürchte, es ist eher wahrscheinlich.“

„Das sind Hirngespinste, die du selbst erfunden hast!“

„Ich wünschte, dem wäre so“, erklärte Krasus traurig. „Verstehst du jetzt, warum ich mit der Königin sprechen muss?“

Der andere schüttelte den Kopf. „Was du verlangst, ist –“

Plötzlich erstarrten beide Drachen. Sie spürten gleichzeitig, wie sich eine überwältigende Macht näherte.

Cenarius! Der Halbgott kehrte unerwartet zurück!

Sofort floh der Beobachter von der Lichtung. Krasus, der fürchtete, seine einzige Chance verloren zu haben, rief ihm nach: „Nein! Du musst mir helfen! Ich muss mit Alexstrasza sprechen!“

Er streckte seinen Arm in Richtung des Fliehenden aus und griff dabei über die Blumen hinweg. Die Blüten reagierten, öffneten sich sofort und besprühten ihn mit ihrem magischen Staub.

Krasus’ Welt verschwamm. Er taumelte vorwärts, stürzte in ihre Mitte.

Plötzlich fingen ihn starke Arme auf. Er hörte ein leises, besorgtes Zischen und wusste, dass der andere Drache ihn gepackt hatte.

„Ich bin ein Narr, dasss ich dasss tue!", hörte Krasus ein wütendes Flüstern.

Krasus dankte dem Beobachter still für seine Entscheidung. Doch dann überwältigte jähes Begreifen den zusammenbrechenden Magier. Er versuchte, etwas zu sagen, aber aus seinem Mund kam nur ein unartikuliertes Stöhnen.

Als die Welt um ihn herum schwarz wurde, galten seine letzten Gedanken nicht länger der Dankbarkeit gegenüber dem anderen Drachen, der ihm endlich half ... sondern nur noch der enttäuschten Wut auf sein eigenes Versagen. Weil er nicht dafür hatte sorgen können, dass der andere auch *Rhonin* mitnahm.

Die Panther eilten durch den dichten Wald, und der unglückselige Brox hatte große Schwierigkeiten, nicht den Halt auf seiner Katze zu verlieren. Obwohl er daran gewöhnt war, die riesigen Wölfe zu reiten, die seinem Volk dienten, waren die Bewegungen dieser Geschöpfe auf eine schwer beschreibbare Weise *anders*. Sie brachten den Ork in Not, und er klammerte sich verzweifelt an die Zügel.

Er konnte vor sich gerade noch Malfurions schattenhafte Gestalt ausmachen, der tief über sein eigenes Tier gebeugt ritt und es mal in eine Richtung, mal in eine andere trieb. Brox war froh, dass sein Befreier überhaupt einen Weg kannte, gleichzeitig hoffte er, dass die beschwerliche Reise nicht mehr lange dauern würde.

Bald würde die Sonne aufgehen. Der Ork hatte dies für etwas Schlechtes gehalten, denn dann würde man sie schon aus großer Entfernung erkennen können. Aber Malfurion hatte angedeutet, dass ihnen der Tagesanbruch zum Vorteil sein würde. Falls die Mondgarde sie verfolgte, würden die Fähigkeiten der elfischen Zauberer nachlassen, sobald die Finsternis schwand.

Aber natürlich gab es dann noch immer die Soldaten, die ihnen auf den Fersen waren.

Hinter sich hörte Brox die immer lauter werdenden Geräusche der Verfolger. Hörner, ferne Schreie, das gelegentliche Knurren eines Panthers. Er hatte geglaubt, das Malfurion einen besseren Plan hatte, als einfach nur darauf zu hoffen, die anderen Reiter abhängen zu können. Doch offenbar war dies nicht der Fall. Sein Befreier war kein Krieger, sondern lediglich eine Seele, die versucht hatte, das Richtige zu tun.

Die Schwärze der Nacht begann dem Morgengrauen zu weichen, doch es war ein trübes, dumpfes Grau – Frühnebel. Der Ork hieß den unerwarteten Dunst willkommen, mochte er auch bald wieder verschwunden sein. Aber er hoffte, dass sein Reittier Malfurion darin nicht verlieren würde.

Vage Formen erschienen um ihn herum und verschwanden wieder. Dann und wann glaubte Brox, Bewegung auszumachen. Seine Hand sehnte sich nach seiner treuen, alten Streitaxt, die sich noch immer in der Obhut der Nachtelfen befand. Malfurion hatte ihm keine Waffe ausgehändigt, wohl eine Vorsichtsmaßnahme aus Misstrauen gegenüber dem kriegerischen Fremdling.

Wieder erklangen die Hörner, dieses Mal näher. Der alte Ork knurrte.

Malfurion verschwand im Nebel. Brox richtete sich auf seinem Panther auf und versuchte, seinen Gefährten ausfindig zu machen. Er fürchtete, sein eigenes Tier könnte nun in eine vollkommen andere Richtung davonstürmen.

Untermittelt wich der Panther mit einem abrupten Manöver einem großen Felsen aus, und der überraschte Ork verlor das Gleichgewicht.

Mit einem entsetzten Grunzen stürzte Brox vom Rücken der flinken Katze, krachte kopfüber auf den harten, unebenen Boden und rollte in ein Gebüsch.

Seine geübten Reflexe übernahmen das Kommando, und Brox kam in gebückter Stellung wieder hoch. Er war bereit, erneut auf seinen Panther zu klettern, doch das Tier, das das Missgeschick des Orks offenbar gar nicht bemerkt hatte, rannte einfach weiter und verschwand im Nebel.

Und die Geräusche der Verfolger wurden immer lauter.

Sofort suchte Brox nach etwas – *irgendetwas* –, das er als Waffe benutzen konnte. Er hob einen abgebrochenen Ast auf, der jedoch augenblicklich zwischen seinen Händen zerbröckelte. Die einzigen Felsen hier waren entweder zu klein, um von Nutzen zu sein, oder so groß, dass sie sich kaum bewegen ließen.

Im Gebüsch zu seiner Linken raschelte etwas.

Der Ork bereitete sich auf einen Angriff vor. Falls es ein Soldat war, hatte er eine gute Chance. War es ein Mitglied der Mondgarde, standen Brox' Karten äußerst schlecht, aber auch dann würde er sich nicht kampflos ergeben.

Eine riesige, hechelnde, vierbeinige Gestalt brach aus dem nebelverhangenen Wald.

Der Schreck fuhr Brox bis ins Mark, denn was dort auf ihn zusprang, war kein Panther. Sein Heulen erinnerte an einen Wolf, doch damit erschöpfte sich auch schon die Ähnlichkeit. An den Schultern war es etwa genauso groß wie er selbst, und aus seinem Rücken ragten zwei abscheuliche, ledrige Tentakel hervor. Die Schnauze der Bestie füllten Reihe um Reihe wilde, scharfer Fänge, von denen dicker, grünlicher Speichel herab tropfte.

Schlimme Erinnerungen stürmten auf den Geist des Orks ein. Er hatte solchen Schrecken schon gesehen, auch wenn er noch nie selbst dagegen gekämpft hatte. Sie waren vor den anderen Dämonen her gerannt, riesige Rudel geifernder, bösartiger Monster.

Felbestien … die Vorhut der *Brennenden Legion*!

Doch bevor die Felbestie ihn erreicht hatte, erwachte Brox aus seinen Schreckenserinnerungen. Er warf sich nach vorne, unter den Körper der riesigen Kreatur, die auf ihm entgegensprang. Die Felbestie versuchte, ihn mit ihren Krallen zu erwischen, aber ihr eigener Schwung trug sie über ihn hinweg. Das Monster kam mit einem Straucheln zum Halten und blickte zurück auf die dreiste Beute, die sich offenbar entschieden hatte, ihr Widerstand entgegenzusetzen.

Der Ork hieb dem Tier mit der Faust auf die Nase.

Bei den meisten Geschöpfen hätte ein solcher Schlag wahrscheinlich nur zu wenig mehr als dem Bruch der Handknochen geführt, aber Brox war nicht nur ein Ork, er war auch ein schneller und starker Ork. Er griff an, bevor die Felbestie reagieren konnte, und er tat es mit all der Wut und all der Kraft der stärksten Krieger seines Volkes.

Der Schlag zerschmetterte die Nase des dämonischen Hundes. Die Bestie stolperte markerschütternd heulend zurück, und eine dicke, dunkelgrüne Flüssigkeit troff aus ihrer Wunde.

Brox' Hand pochte vor Schmerz, aber er hielt seinen Blick fest auf die Augen des Gegners gerichtet. Man durfte keinem Tier gegenüber Angst zeigen, vor allem keinem, das so höllisch war wie dieses hier. Nur indem er sich seinem Feind stellte, hatte der Ork eine Chance zu überleben, so klein diese auch sein mochte.

Dann brach plötzlich Brox' Reittier aus dem Nebel hervor, in dem es zuvor verschwunden war. Das Fauchen der Katze brachte die Felbestie dazu, sich umzudrehen. Plötzlich hatte sie jedes Interesse an dem Ork verloren. Die beiden Ungetüme kollidierten in einem Wirbel aus von Krallen und Zähnen.

Brox, der wusste, dass er nichts für den Panther tun konnte, begann zurückzuweichen. Doch ihm waren erst wenige Schritte gelungen, als hinter ihm ein leises Hecheln erklang. Mit langsamen, vorsichtigen Bewegungen spähte der Ork über seine Schulter.

Nur wenige Yards von ihm entfernt machte sich eine zweite Felbestie sprungbereit.

Da er keine andere Möglichkeit sah, entschied sich der frustrierte Krieger schließlich für die Flucht.

Der zweite Dämon nahm heulend die Verfolgung auf. Die beiden ineinander verkrallten Tiere ignorierten ihn, waren sie doch ganz in ihrem eigenen Kampf gefangen. Der Panther hatte bereits zwei tiefe Wunden empfangen und würde nicht mehr lange durchhalten, aber Brox dankte der Kreatur still für diese, wenn auch nur vorübergehende Rettung. Dann wandten sich seine Gedanken wieder seiner eigenen Lage zu. Er musste versuchen, seinen Verfolger in dem nebligen Wald abzuschütteln.

Wo auch immer der Pfad am engsten wurde, versuchte der Ork sich durchzupressen. Die viel breitere Felbestie musste die natürlichen Hindernisse umgehen oder versuchen, sie unter Aufbietung all ihrer Kräfte niederzuwalzen – und das ermöglichte es Brox, knapp außerhalb ihrer Reichweite zu bleiben. Er hasste es, immer weiter rennen zu müssen, doch ohne eine Waffe hatte er keine Chance, das Monster zu besiegen.

In seinem Rücken erklang der traurige Ruf eines sterbenden Tieres, und Brox wusste, dass der Panther seinen Kampf verloren hatte. Bald würden *zwei* Felbestien hinter dem Blut des Orks her sein.

Vom Todesschrei der Katze abgelenkt, achtete Brox nicht genug auf seinen Weg. Plötzlich schien eine Baumwurzel hochzuspringen, als wolle sie nach seinen Fuß schnappen. Es gelang ihm gerade noch, einen Sturz zu verhindern, aber er war aus dem Gleichgewicht geraten und taumelte wild zur Seite. Er suchte an einem schlanken, blattlosen Baum Halt, der nur um einen Kopf höher war als er selbst. Doch der dünne Stamm brach unter seinem Griff ab, und Brox kollidierte mit einem viel größeren, viel härteren Baum.

Der Kopf des Orks schmerzte, und er konnte sich kaum auf das anstürmende Ungeheuer konzentrieren. Den kleinen Baum noch immer in Händen, schwang er ihn herum und stach mit ihm zu, als wäre es eine Lanze.

Der Dämonenhund schlug nach der armseligen Waffe, riss das ganze obere Drittel ab und hinterließ ein Ende voller ausgefranster Splitter. Der Blick des Orks war noch immer verschwommen, als er sich weiter an dem festhielt, was noch von dem Baum übrig war, und damit auf das Monster losstürmte.

Der Schaden, den die Felbestie angerichtet hatte, verlieh der behelfsmäßigen Lanze eine Tödlichkeit, die sie zuvor nicht besessen hatte. Brox stieß sie mit aller Kraft vor und bohrte das scharfe, zersplitterte Ende tief in den aufgesperrten Rachen des Tieres.

Mit einem würgenden Heulen versuchte der Dämon zurückzuweichen, doch Brox ließ nicht von ihm ab und legte alle Kraft seines Körpers in das Bemühen, die Lanze tiefer in das Maul der Bestie zu rammen.

Einer der Tentakel griff nach ihm. Der Ork ließ mit einer Hand die Lanze los, packte den peitschenähnlichen Strang und zog daran so fest er konnte.

Mit einem feuchten Geräusch riss der Fangarm ab.

Ihre eigenen abscheulichen Körpersäfte flossen nun über den Leib der Bestie, und ihre Vorderbeine gaben nach. Auch jetzt ließ Brox den Baum noch nicht los, passte sich lediglich jeder der zunehmend verzweifelter werdenden Bewegungen seines Gegners an.

Die Hinterbeine des Tieres brachen ein. Sein Schwanz zuckte panisch, während die fürchterlichen Pranken nach dem Fremdkörper in seiner Kehle schlugen. Es gelang dem Monster schließlich, Brox' Waffe entzwei zu brechen, aber das Vorderteil blieb fest in seinem Maul stecken.

Der Ork, der wusste, dass die Felbestie sich immer noch erholen mochte, suchte verzweifelt nach etwas, um seine verlorene Lanze zu ersetzen.

Stattdessen sah er sich wieder seinem ersten Feind gegenüber.

Die andere Felbestie hatte tiefe Wunden, die über ihren gesamten Körper verliefen, und zusätzlich zu der zerschmetterten Nase, die Brox ihr beigefügt hatte, war ein großes Stück Fleisch aus ihrer Schulter gerissen worden. Doch trotz ihres verschlechterten Zustands wirkte die Kreatur mehr als gesund genug, um den erschöpften Ork töten zu können.

Brox ergriff einen dicken, abgebrochenen Ast und schwang ihn wie ein Schwert. Aber er wusste, dass er am Ende seiner Glückssträhne angelangt war. Der Ast war nicht annähernd stark genug, um das riesige Monster abzuwehren.

Die Felbestie ging in die Hocke. Die Muskulatur ihrer Hinterbeine spannte sich an …

Doch als sie sprang, erwachte plötzlich der Wald selbst zum Leben, um Brox zu verteidigen. Das wilde Gras und die Blumen unter der dämonischen Kreatur begannen stürmisch zu wachsen und schossen mit solch erstaunlicher Schnelligkeit hoch, dass sie die Felbestie erfassten, unmittelbar nachdem sie gerade den Boden unter sich zurückgelassen hatte.

Mit hoffnungslos verfangenen Gliedmaßen krachte das Monster wieder zu Boden. Es knurrte und schnappte nach dem Gras, und seine beiden Tentakel streckten sich nach unten und versuchten, die Pflanzen anzugreifen, die es von seiner Beute fernhalten wollten.

„Brox!“

Malfurion ritt auf den Ork zu und sah ebenso erschöpft aus, wie auch Brox sich fühlte. Der Nachtelf kam direkt neben ihm zum Stehen und streckte eine Hand nach ihm aus.

„Ich schulde dir wieder etwas“, knarrte die Stimme des alten Kriegers.

„Du schuldest mir nichts.“ Malfurion blickte auf die gefangene Felbestie. „Vor allem, da es scheint, als würden die Pflanzen das Monster nicht mehr lange bändigen können!“

Und tatsächlich, wo immer die abscheulichen Tentakel das Gras und die Blumen berührten, welkten die Pflanzen. Eine Vorderpfote hatte das Tier bereits befreien können, und während die Felbestie noch daran arbeitete, ihre anderen Gliedmaßen zu befreien, versuchte sie bereits, nach Brox und dem Nachtelf zu schlagen.

„Magie …“, murmelte Brox und erinnerte sich an ähnliche Schauspiele. „Es verschlingt die Magie …“

Mit grimmigem Gesicht half Malfurion seinem Gefährten auf den Panther. Die Katze grunzte, aber das war ihr einziger Protest gegen das zusätzliche Gewicht. „Dann sollten wir besser schleunigst verschwinden.“

Ein Horn erschallte, dieses Mal so nah, dass Brox fast damit rechnete, den Trompeter sehen zu können. Die Verfolger aus Suramar hatten sie fast eingeholt.

Plötzlich zögerte Malfurion. „Sie werden genau in diese Bestie hinein reiten! Wenn ein paar von ihnen Mondgardisten sind …“

„Magie kann eine Felbestie trotzdem töten, wenn es genug davon gibt, Nachtelf … Aber wenn du bleiben und zusammen mit ihnen gegen die Bestie kämpfen willst, werde ich dir zur Seite stehen." Dass dies entweder seinen Tod oder seine erneute Gefangennahme bedeutet hätte, erwähnte Brox nicht. Er würde Malfurion, der ihn bereits zweimal gerettet hatte, nicht im Stich lassen.

Der Morgennebel begann sich bereits zu lichten, und in der Ferne waren vage Gestalten auszumachen. Malfurion packte die Zügel fester und drehte den Panther abrupt von der Felbestie und den sich nähernden Reitern weg. Ohne ein Wort trieb er die große Katze zu ihrem Höchsttempo an, und sie ließen beide Bedrohungen hinter sich zurück.

Inzwischen hatte die Felbestie ein weiteres Bein befreit, und ihre Aufmerksamkeit wandte sich bereits den immer lauter werdenden Geräuschen zu, die ihr eine neue Beute ankündigten …

Etwas riss Rhonin aus seinem Schlummer, und er spürte sofort, dass es etwas Beunruhigendes war.

Er bewegte sich nicht sofort. Stattdessen öffneten sich seine Augen gerade weit genug, um einen Teil seiner Umgebung erkennen zu können. Im anbrechenden Tageslicht erkannte der Zauberer die Bäume, die die Lichtung säumten, die mit Vorsicht zu genießende Barriere der Blumenwächter und das Gras, auf dem er lag.

Was Rhonin nicht ausmachen konnte, war Krasus.

Er setzte sich auf. Gewiss war der Drachenmagier irgendwo auf der Lichtung.

Er blickte sich um, aber es war nicht zu leugnen: Krasus war fort.

Misstrauisch erhob sich der Zauberer und trat an den Rand der Lichtung. Die Blumen wandten sich ihm zu, und jede der Blüten öffnete sich weit. Rhonin war versucht auszuprobieren, wie stark sie tatsächlich waren, aber er nahm an, dass der Halbgott sie wohl kaum hier eingesetzt hätte, wären sie nicht in der Lage gewesen, mit einem normalen Sterblichen fertig zu werden.

Rhonin spähte in den Wald und rief leise: „Krasus?"

Nichts.

Der Zauberer starrte auf die Bäume, die direkt an sein Gefängnis grenzten, und runzelte die Stirn. Irgendetwas war anders, aber er konnte nicht genau sagen, was.

Er trat zurück, versuchte nachzudenken … und plötzlich merkte er, dass sich ein Schatten über ihn gelegt hatte.

„Wo ist der andere?", verlangte Cenarius zu wissen, und in seiner Stimme lag nicht die geringste Spur von Freundlichkeit. Der gerade noch klare Himmel begann plötzlich zu grollen, als ziehe in der Ferne ein Gewitter auf. Ein scharfer Wind fegte aus dem Nichts und traf den Menschen wie eine Ohrfeige. „Wo ist Euer Freund?"

Rhonin wandte sich dem hoch aufragenden Waldgott zu und versuchte, keine

Regung zu zeigen. „Ich weiß es nicht. Ich bin gerade erst aufgewacht, und da war er verschwunden."

Die goldenen Augen der geweihgekrönten Gestalt loderten auf, und sein finsterer Blick ließ es kalt über Rhonins Rücken laufen. „In der Welt häufen sich böse Vorzeichen. Ein paar der anderen haben gerade eben Eindringlinge aufgespürt, Kreaturen, die keinen natürlichen Ursprung haben. Sie schnüffeln herum. Sie suchen etwas – oder *jemanden*." Er betrachtete den Zauberer sehr genau. „Und das alles geschieht so kurz, nachdem Ihr und Euer Freund aus dem Nichts gefallen seid …"

Rhonin konnte nur raten, worum es sich bei diesen unbekannten Kreaturen handeln mochte, aber wenn er mit seiner Ahnung Recht behielt, blieb ihm und Krasus sogar noch weniger Zeit, als sie geglaubt hatten.

Nachdem sein „Gast" nichts zu der neuen Entwicklung zu sagen hatte, fügte Cenarius hinzu: „Euer Freund hätte nicht ohne Hilfe entkommen können, aber er lässt Euch zurück. Wie kommt das?"

„Ich …"

„Unter den anderen gab es Stimmen, die der Meinung waren, ich hätte Euch und Euren Gefährten sofort an sie übergeben sollen. Sie wollten gründlichere Methoden einsetzen als die meinen, um herauszufinden, warum ihr hier seid und was es ist, das die Nachtelfen so an euch interessiert. Ich hatte sie bisher von meiner Vorgehensweise überzeugen können …"

Auf einmal spürte Rhonin die Präsenz einer anderen starken Macht, die auf ihre eigene Art jener von Cenarius in nichts nachstand.

„Jetzt sehe ich, dass ich mich der Mehrheit werde beugen müssen", beendete der Herr des Waldes mit trauriger Stimme seine Ausführungen.

„Wir hörten deinen Ruf …", knurrte eine tiefe, schwere Stimme. „Du gibst zu, dass du Unrecht hattest …"

Der Zauberer wollte sich umdrehen, um zu erkennen, wer dort gerade sprach, aber seine Beine verweigerten ihren Dienst. Sein ganzer Körper war wie gelähmt.

Etwas, das noch riesiger als der Halbgott war, näherte sich Rhonin von hinten.

Cenarius schien über die Bemerkungen des anderen überhaupt nicht erfreut zu sein, sagte aber: „Ich gebe nur zu, dass man jetzt andere Schritte unternehmen muss."

„Die Wahrheit wird enthüllt werden …" Eine schwere, *pelzbesetzte* Hand mit dicken Klauen schloss sich um Rhonins Schulter und packte schmerzhaft zu. „… schon sehr *bald* …"

# ZWÖLF

„Du solltest im Tempel bleiben!“, erklärte Illidan. „Malfurion hielt es für das Beste – und ich auch!“

Aber Tyrande ließ sich nicht umstimmen. „Ich muss wissen, was vorgeht! Du hast gesehen, wie viele Männer ihnen nachgeritten sind! Wenn sie sie gefangen haben …“

„Sie werden sie nicht fangen!“ Er blinzelte. Die blendende Sonne war gar nicht nach seinem Geschmack. Er fühlte, wie seine Kräfte nachließen, wie der Rausch der Magie schwand, und Illidan mochte solche Empfindungen nicht. Er genoss die Magie in all ihren Facetten. Das war einer der Gründe dafür gewesen, dass er versucht hatte, dem Pfad des Druiden zu folgen – das und die Tatsache, dass Cenarius' Lehren angeblich nicht von Nacht oder Tag beeinflusst wurden.

Sie standen seiner Meinung nach gefährlich nahe am Marktplatz. Tyrande hatte hierher zurückkehren wollen, sobald sich die Lage ein wenig beruhigt hatte. Die Mondgarde und die Soldaten waren fortgeritten und verfolgten Malfurion. Nur zwei der Zauberer waren zurückgeblieben, um den Käfig zu untersuchen – was sie getan und dabei keinerlei Spur der Täter gefunden hatten. Genau wie Illidan es erwartet hatte. Er war mindestens ebenso fähig wie irgendeiner der ach so ehrwürdigen Magier, wenn nicht sogar noch fähiger.

„Ich sollte ihnen nachreiten!“

Würde sie denn niemals aufgeben? „Wenn du das tust, bringst du uns alle in Gefahr! Willst du, dass sie dein Haustierchen nach Black Rook Hold und zu Lord Ravencrest schaffen? Dann könnten sie genauso gut auch uns dorthin bring…“

Plötzlich schloss Illidan den Mund. Am anderen Ende des Marktplatzes erschienen mehrere Reiter in Rüstungen … angeführt von Lord Kur'talos Ravencrest persönlich.

Es war zu spät, um sich noch zu verstecken. Als der Nachtelfen-Kommandant an ihnen vorbei ritt, fiel sein finsterer Blick erst auf Tyrande, dann auf ihren Begleiter.

Ravencrest brachte seinen Panther abrupt zum Stehen und fixierte Illidan.

„Ich kenne dich, junger Mann … Illidan Stormrage, nicht wahr?“

„Jawohl, Mylord. Ich hatte einmal die Ehre, Euch kennen lernen zu dürfen."

„Und das Mädchen?"

Tyrande verbeugte sich. „Tyrande Whisperwind, Novizin im Tempel der Elune …"

Die Nachtelfen auf ihren Reittieren machten ehrerbietig das Zeichen des Mondes, und auch Ravencrest neigte respektvoll den Kopf. Dann wandte der Edelmann sich wieder Illidan zu. „Ich erinnere mich an unsere Begegnung. Du hast damals die magischen Künste studiert." Er rieb sich das Kinn. „Du bist noch kein Mitglied der Mondgarde, oder?"

Die Art, wie Ravencrest die Frage stellte, machte klar, dass er die Antwort bereits kannte. Offensichtlich hatte er seit ihrem ersten Zusammentreffen ein Auge auf Illidan gehabt, und das machte den jungen Nachtelfen sowohl stolz, als auch besorgt. Er war sich nicht bewusst, irgendetwas getan zu haben, das das Wohlwollen des Kommandanten verdient hätte. „Nein, Mylord."

„Dann bist du auch nicht durch ihre Beschränkungen gebunden, nicht wahr?" Die Beschränkungen, von denen der Kommandant sprach, bezogen sich auf die Eide, die jeder Zauberer ablegen musste, wenn er dem berühmten Orden beitrat. Die Mondgarde war ein vollkommen eigenständiges Gebilde, das niemandem Treue schuldete außer der Königin … Und das bedeutete, dass selbst ein Mann wie Lord Ravencrest nicht über sie verfügen konnte.

„Ich denke nicht."

„Gut. Sehr gut. Prächtig. Dann möchte ich, dass du mit uns reitest."

Jetzt schauten sowohl Tyrande als auch Illidan verwirrt drein. Die junge Priesterin, die sich offenbar um Illidans Sicherheit sorgte, sagte: „Mylord Ravencrest, wir würden uns geehrt fühlen …"

Weiter kam sie nicht. Der Nachtelfen-Lord hob höflich eine Hand, um sie zum Schweigen zu bringen. „Nicht Ihr, Schwester, obwohl der Segen von Mutter Mond stets willkommen ist. Nein, ich will jetzt nur mit dem Jungen sprechen."

Illidan, der versuchte, seine wachsende Nervosität zu verbergen, fragte: „Aber wofür könntet Ihr einen wie mich brauchen, Mylord?"

„Im Augenblick für eine Untersuchung. Die Kreatur, die hier eingesperrt war, ist entkommen, wie auch ihr mit Sicherheit gehört habt. Ich selbst habe erst vor wenigen Minuten von dieser Flucht erfahren. Falls sie noch nicht wieder eingefangen ist, habe ich ein paar Ideen, wie man sie finden könnte. Ich könnte aber gut die Hilfe eines Zauberers gebrauchen, und obwohl die Mondgarde sehr fähig ist, würde ich jemanden vorziehen, der meinen Befehlen folgt."

Einem Nachtelfen von so hohem Rang wie Ravencrest ihn bekleidete eine Bitte zu verweigern, wäre mehr als verdächtig gewesen. Aber wenn Illidan sich ihm anschloss, brachte er Malfurion in Gefahr. Tyrande musterte Illidan verstohlen und versuchte, seine Gedanken zu erraten. Er wiederum wünschte sich, sie könnte ihm sagen, was er Ravencrest zur Antwort geben sollte.

Im Grunde blieb ihm keine Wahl. „Es wäre mir eine große Ehre, mich euch anschließen zu dürfen, Mylord."

„Prächtig! Rol'tharak! Ein Reittier für unseren jungen Zaubererfreund hier!"

Der angesprochene Offizier führte einen in Reserve gehaltenen Nachtsäbel heran. Fast schien es, als hätte Ravencrest erwartet, hier auf Illidan zu treffen. Das Tier kauerte sich nieder, damit der neue Reiter seinen Rücken besteigen konnte.

„Die Sonne geht gleich auf, Mylord", wandte sich Rol'tharak an seinen Herrn, während er Malfurions Bruder die Zügel des Tieres übergab.

„Wir kommen schon klar … und du auch, was, Zauberer?"

Illidan verstand den versteckten Sinn ganz genau. Seine Kräfte würden im Tageslicht schwächer sein, doch der Kommandant war offensichtlich zuversichtlich, dass er sich trotzdem würde nützlich machen können. Das Vertrauen, das Ravencrest ihm damit bewies, ließ Illidans Brust vor Stolz schwellen.

„Ich werde Euch nicht enttäuschen, Mylord."

„Prächtig, Junge!"

Als er sich auf den Panther schwang, warf Illidan Tyrande einen kurzen Blick zu, der ihr sagen sollte, dass sie sich um Malfurion und den Ork keine Sorgen machen musste. Er würde mit Ravencrest reiten und dem Edelmann helfen, so gut er konnte – so lange dadurch die Flucht des Paares nicht gefährdet wurde.

Eine größere Belohnung als Tyrandes kurzes, aber dankbares Lächeln hätte er sich nicht vorstellen können. Illidan war gehörig stolz auf sich und nickte dem Kommandanten zu, dass er nun bereit sei.

Mit einem Winken und einem lauten Ruf führte Lord Ravencrest seine bewaffnete Truppe dem Wald entgegen. Illidan lehnte sich vor, entschlossen, mit dem Edelmann Schritt zu halten. Irgendwie würde es ihm gelingen, Ravencrest zu gefallen und gleichzeitig zu verhindern, dass sein altruistischer Bruder im Kerker von Black Rook Hold endete. Malfurion kannte sich in den Wäldern aus, was bedeutete, dass es ihm wahrscheinlich gelingen würde, Soldaten und Mondgardisten abzuhängen. Aber wenn die Verfolger seinen Zwillingsbruder und Tyrandes Geschöpf doch eingeholt haben sollten, würde Illidan ernsthaft darüber nachdenken müssen, Brox zu opfern, um wenigstens seinen Bruder zu retten. Selbst Tyrande würde das verstehen müssen. Er würde alles in seiner Macht Stehende tun, um diese Situation zu vermeiden, aber das eigene Blut ging ihm über alles andere …

Wie so oft hatte sich ein Morgennebel über die Landschaft gesenkt. Die Luft würde bald aufklaren, aber noch erhöhte der Dunst Malfurions Chancen. Illidan hielt seine Augen auf den Pfad vor sich gerichtet und fragte sich, ob es der gleiche war, den auch sein Bruder benutzt hatte. Vielleicht war die Mondgarde ja in die falsche Richtung geritten, und dann wäre auch Lord Ravencrests Suche zum Scheitern verurteilt gewesen. Der junge Nachtelf nährte diese Hoffnung in sich.

Als sie auf ihren schnellen Nachtsäbeln tiefer und tiefer in das Waldland vordrangen, legte sich der Nebel allmählich. Die Morgensonne nagte bald ebenso eifrig an Illidans Kräften, wie sie den Nebel fraß. Aber er biss die Zähne zusammen und versuchte, nicht zu sehr darüber nachzudenken. Wenn es dazu kam, dass er seine Zauberkräfte unter Beweis stellen musste, wollte er den Edelmann keinesfalls enttäuschen. Die Jagd nach dem Ork war zu Illidans großer Chance geworden, wertvolle neue Beziehungen in der Nachtelfen-Welt zu knüpfen.

Doch gerade als sie die Spitze eines Kamms erreichten, sah Illidan etwas, das ihn die Stirn runzeln ließ. Lord Ravencrest fluchte und zügelte seinen Nachtsäbel. Der Rest der Truppe tat es ihm gleich.

Vor ihnen lagen seltsame Haufen über den Pfad verteilt. Die Nachtelfen ritten vorsichtig zur anderen Seite des Kamms hinab und hielten ihre Waffen bereit. Illidan betete, dass er seine Fähigkeiten bei Tage nicht überschätzt hatte.

„Bei den Augen der Gesegneten Azshara!“, entfuhr es Ravencrest.

Illidan konnte gar nichts sagen. Er hatte nur noch Augen für das unfassbare Gemetzel, das sich ihnen im Näherreiten enthüllte.

Mindestens ein halbes Dutzend Nachtelfen, darunter zwei Mitglieder der Mondgarde, lagen tot vor den Neuankömmlingen, ihre Leichen in Stücke gerissen und im Fall der beiden Zauberer offenbar von irgendeiner vampirischen Kraft *ausgesaugt*. Der Anblick der beiden Magier erinnerte Illidan an vertrocknete Früchte, die zu lange in der Sonne gedörrt hatten. Ihre ausgemergelten Leiber lagen in Haltungen, die extreme Qual ausdrückten, auf dem Waldboden, und offensichtlich hatten sie sich während ihrer gesamten Tortur mit aller Kraft gewehrt.

Fünf Nachtsäbel waren ebenfalls tot, drei mit heraus gerissenen Kehlen, die anderen beiden mit aufgeschlitzten Bäuchen. Von den überlebenden Panthern war nichts zu sehen.

„Ich hatte Recht!“, schnappte Ravencrest. „Diese grünhäutige Bestie war nicht allein! Es müssen zwei Dutzend oder mehr von ihrer Sorte gewesen sein, die das hier angerichtet haben … und die Mondgarde war dabei!“

Illidan achtete nicht auf ihn, sondern machte sich mehr Sorgen um Malfurion. Dies konnte nicht das Werk seines Bruders oder eines einzelnen Orks sein. Hatte Lord Ravencrest vielleicht doch Recht? Hatte Brox Malfurion verraten und ihn zu seinen wilden Kameraden geführt?

*Ich hätte die Bestie töten sollen, als ich die Gelegenheit dazu hatte!* Er ballte die Fäuste und fühlte, wie die Wut seine Kräfte verstärkte. Wenn er jetzt ein Ziel gehabt hätte, einen Gegner, er hätte dem Edelmann seine magischen Fähigkeiten bewiesen.

Da bemerkte einer der Soldaten etwas, das rechts etwas abseits des Gemetzels lag. „Mylord! Schaut Euch das an! So etwas habe ich noch nie gesehen!“

Illidan und Ravencrest wendeten ihre Panther und starrten mit großen Augen auf das Tier, das der andere Nachtelf entdeckt hatte.

Es war eine Kreatur aus einem Alptraum. Die Gestalt erinnerte vage an einen Wolf, doch war sie auf eine monströse Art verzerrt, als habe irgendein wahnsinniger Gott sie in den Tiefen seines kranken Geistes geschaffen. Selbst im Tod hatte sie nichts von ihrer Grauenhaftigkeit verloren.

„Was hältst du davon, Zauberer?“

Für einen Augenblick vergaß Illidan, dass *er* hier der Quell magischer Weisheit war. Er schüttelte den Kopf und antwortete in aller Offenheit: „Ich habe nicht die geringste Ahnung, Lord Ravencrest … nicht die geringste Ahnung.“

So Furcht erregend dieses Monster auch sein mochte, jemand hatte es getötet und einen behelfsmäßigen Speer in seinen Rachen gerammt, woran es wahrscheinlich erstickt war.

Wieder wandten sich Illidans Gedanken seinem Bruder zu, den er zuletzt auf dem Weg in diesen Wald gesehen hatte. War dies Malfurions Werk? Unwahrscheinlich. Lag sein Zwillingsbruder stattdessen irgendwo in der Nähe, in Fetzen gerissen wie die anderen Nachtelfen?

„Sehr seltsam“, murmelte Ravencrest. Dann richtete er sich plötzlich in seinem Sattel auf und blickte sich um. „Wo ist der Rest der ersten Gruppe?“, fragte er, an niemand Bestimmten gewandt. „Wir hätten eigentlich doppelt so viele Männer finden müssen!“

Wie zur Antwort auf seine Frage erklang ein klagender Hornruf von Süden her, wo das Waldgelände abrupt abfiel.

Der Kommandant wies mit seiner Klinge in die Richtung, aus der das Horn erklungen war. „Dort entlang … aber seid vorsichtig. Vielleicht sind hier noch mehr von diesen Monstern unterwegs!“

Die Gruppe arbeitete sich das Gelände hinab, und jeder Nachtelf, auch Illidan, beobachtete den dichter werdenden Wald mit Beklemmung. Das Horn ertönte nicht wieder. Kein gutes Zeichen.

Bald trafen sie auf einen weiteren toten Nachtsäbel, dessen gesamte linke Körperhälfte von furchtbaren Klauen aufgerissen war. Nicht weit davon entfernt lag die ausgemergelte Leiche eines dritten Mitglieds der Mondgarde gegen einen großen Felsen gepresst, und der in grenzenlosem Schrecken erstarrte Gesichtsausdruck ließ selbst die Hartgesottensten unter Lord Ravencrests Männern erschaudern.

„Ruhig …“, befahl der Edelmann mit leiser Stimme. „Ordnung wahren …“

Ein weiteres Mal erklang das Horn, jetzt viel näher und direkt vor ihnen.

Die Neuankömmlinge ritten auf den klagenden Ruf zu, und Illidan hatte das scheußliche Gefühl, dass irgendetwas sie beobachtete – insbesondere ihn! Doch wann immer er sich umblickte, sah er nur Bäume.

„Noch einer, Mylord!", rief der Nachtelf namens Rol'tharak und zeigte auf den Weg voraus.

Und tatsächlich lag dort noch eine weitere der höllischen Bestien. Sie war tot, aber ihr Körper lag in einer seltsamen Haltung ausgebreitet, als habe sie noch im Sterben nach weiteren Opfern gesucht. Zusätzlich zu der zerschmetterten Nase und einer Schulter, aus der große Fleischbatzen gerissen waren, hatte sie seltsame Striemen an den Beinen, als sei sie mit Stricken gefesselt worden. Was sie jedoch getötet hatte, waren eine Reihe gut gezielter Hiebe von Nachtelfenklingen gewesen. Eines der Schwerter steckte noch immer im Rachen der Kreatur.

Sie fanden zwei weitere Soldaten in der Nähe. Die gut ausgebildeten Krieger des Reiches lagen wie weggeworfene Stoffpuppen über den Waldboden verstreut. Illidan runzelte verwirrt die Stirn. Wenn es den Nachtelfen gelungen war, die beiden Monster zu töten, wo waren dann die Überlebenden?

Wenige Sekunden später fanden sie, was noch von der Gruppe übrig war.

Ein Soldat saß gegen einen Baum gelehnt. Sein linker Arm war abgerissen worden, und jemand hatte einen kläglichen Versuch unternommen, die riesige Wunde zu verbinden. Der Mann starrte vor sich hin, ohne die Ankömmlinge wahrzunehmen, das Horn in der einen Hand, die ihm geblieben war. Blut besudelte seinen Oberkörper.

Neben ihm lag der andere Überlebende – wenn man bei einem Mann, dem die rechte Gesichtshälfte abgerissen war und dessen linkes Bein am Knie in einem unmöglichen, Übelkeit erregenden Winkel abstand, noch von Überleben sprechen konnte. Sein Atem ging stoßweise und hob kaum den Brustkorb.

„Du da, Mann!", bellte Ravencrest den Nachtelf, der das Horn hielt, an. „Sieh her zu mir!"

Der Überlebende blinzelte, dann zwang er seine Blick zu dem Edelmann hinauf.

„Ist das alles? Gibt es noch mehr Überlebende?"

Der verstümmelte Soldat öffnete den Mund, aber nur ein Röcheln drang aus seiner Kehle.

„Rol'tharak! Kümmere dich um seine Wunden! Gib ihm Wasser, wenn er es braucht!"

„Jawohl, Mylord!"

„Der Rest von euch sichert das Gelände! Verteilt euch! Sofort!"

Illidan blieb bei Ravencrest und sah skeptisch zu, wie sich die Krieger in weitem Bogen verteilten und so eine Grenze absteckten, von der sie hofften, dass sie sicher war. Dass so viele ihrer Kameraden, darunter drei Zauberer, offenbar problemlos massakriert worden waren, hob ihre Moral in keiner Weise.

„Sprich!“, brüllte Ravencrest. „Ich befehle es dir! Wer ist für dieses Gemetzel verantwortlich? Der entflohene Gefangene?“

Bei diesen Worten brach aus dem blutverschmierten Soldaten wildes Gelächter hervor. Es erschreckte Rol’tharak so sehr, dass er einen Schritt zurückwich.

„D-Den haben wir nie zu Gesicht bekommen, M-Mylord!“, antwortete die verstümmelte Gestalt. „Der ist wohl selbst g-gefressen worden!“

„Also waren es diese Monster? Diese Hunde?“

Der schwer verletzte Nachtelf nickte.

„Was ist mit den Mondgardisten passiert? Warum haben sie die Dinger nicht aufgehalten? Sicher konnten sie selbst bei Tage …“

Und wieder lachte der verwundete Soldat. „Mylord! Die Zauberer waren die leichteste B-Beute …“

Mit einiger Mühe brachte er seine Geschichte schließlich heraus. Die Soldaten und die Mondgarde hatten die entflohene Kreatur und eine weitere, nicht identifizierte Gestalt durch den Wald gejagt. Sie waren ihren Spuren gefolgt, sogar durch den Nebel und die aufgehende Sonne hindurch. Sie hatten das Paar niemals wirklich zu Gesicht bekommen, glaubten aber, dass es nur eine Frage der Zeit sei, bis sie sie eingeholt hätten.

Dann waren sie vollkommen unerwartet auf die erste tote Bestie gestoßen.

Keiner der Männer hatte je zuvor solch eine Kreatur gesehen. Selbst im Tod hatte sie den Nachtelfen noch Angst eingeflößt. Hargo’then, der Anführer der Zauberer, hatte etwas Magisches an ihr wahrgenommen und den anderen Männern befohlen, ein paar Schritte hinter ihm zu warten, während er an den Kadaver heran ritt, um ihn zu untersuchen. Niemand hatte etwas dagegen eingewandt.

„Das ist ein Geschöpf wider die Natur“, hatte Hargo’then erklärt, als er von seinem Nachtsäbel stieg. „Tyr’kyn …“, hatte er sich sodann an ein anderes Mitglied der Mondgarde gewandt, „ich will, dass du …“

In diesem Moment war das zweite Monster über ihn hergefallen.

„Es kam zwischen den Bäumen hervor, M-Mylord … und es stürzte sich direkt auf … auf Hargo’then! T-Tötete seinen Nachtsäbel mit einem einzigen Prankenhieb und dann … d-dann …“

Der Zauberer hatte keine Chance gehabt. Bevor seine entsetzten Kameraden reagieren konnten, hatten sich zwei schreckliche Tentakel wie Blutegel an Hargo’thens Brust und Stirn geheftet. Der Anführer der Mondgarde hatte geschrien, wie noch keiner der Männer je einen anderen Nachtelfen hatte schreien hören, und vor ihren Augen war sein Körper zu einer welken Hülle vertrocknet, deren Schreie rasch erstarben. Die sabbernde, vierbeinige Monstrosität hatte seinen Leichnam fortgeschleudert wie einen abgenagten Knochen.

Schließlich hatten die anderen Nachtelfen sich von ihrem Schreck erholt und waren auf die Bestie eingestürmt, um wenigstens Hargo'thens Tod zu rächen. Zu spät hatten sie erkannt, dass sie von hinten von einer dritten Bestie angegriffen wurden. So waren sie zwischen zwei dämonischen Kreaturen geraten

Das Ergebnis des darauf folgenden Gemetzel hatten die Ankömmlinge bereits gesehen. Die Zauberer der Mondgarde waren zuerst gefallen, ihre geschwächte Magie machte sie zu einer äußerst leichten Beute – und einer offenbar delikaten dazu. Den Soldaten war es wenig besser ergangen, doch zumindest hatten ihre Klingen eine gewisse Wirkung bei den Dämonen gezeigt.

Während sich der Überlebende dem Ende seines Berichts näherte, wurden seine Worte immer unzusammenhängender. Als er schließlich davon erzählte, wie er und drei andere Männer sich an diesem Ort zusammengetan hatten, um gemeinsam gegen die Bestie vorzugehen, konnten Lord Ravencrest und Illidan seine Sätze kaum noch verstehen. Dann brach seine Stimme vollständig ab, und sein Kopf sank ihm auf die Brust.

Rol'tharak untersuchte den Soldaten. „Er ist wieder ohnmächtig geworden, Mylord. Ich fürchte, er wird nicht wieder erwachen."

„Sieh zu, was du tun kannst, um seinen Schmerz zu lindern. Und untersuch auch den anderen da." Der Edelmann furchte die Stirn. „Ich möchte noch mal einen Blick auf diesen ersten Kadaver werfen. Zauberer, begleite mich."

Illidan folgte Ravencrest den Pfad zurück. Zwei Soldaten lösten sich von der Truppe, um sich ihnen anzuschließen. Die anderen Männer fuhren fort, den Ort des Gemetzels zu untersuchen und hielten erfolglos nach weiteren Überlebenden Ausschau.

„Was hältst du von dieser Geschichte?", wandte sich der Kommandant an Illidan. „Hast du jemals von solchen Monstern gehört?"

„Noch nie, Mylord … doch ich gehöre auch nicht der Mondgarde an, und so bin ich nicht in deren gesamtes arkanes Wissen eingeweiht."

„Ein Wissen, dass ihnen wenig genützt hat! Hargo'then war immer zu sehr von sich selbst überzeugt. Wie die meisten Angehörigen der Mondgarde."

Illidan kommentierte dies nicht.

„Hier ist es …"

Das grässliche Geschöpf sah aus, als versuche es noch immer, sich den Keil aus dem Rachen zu reißen. Trotz der offenen Wunden an seinem Körper hatte sich noch keiner der üblichen Aasfresser auf den Kadaver gestürzt, selbst die Fliegen waren ausgeblieben. Es schien, als fühlten sich sogar die Tiere des Waldes von dem toten Eindringling abgestoßen.

Ravencrest wandte sich an die beiden Soldaten und befahl ihnen: „Überprüft den Weg, den wir genommen haben. Seht nach, ob der Pfad noch weiter führt. Ich will immer noch diese Grünhaut … jetzt mehr denn je!"

Während die beiden Männer davonritten, stiegen Illidan und der Edelmann von ihren Panthern. Der Kommandant zog sein Schwert. Den Nachtsäbeln schien es bei der Leiche überhaupt nicht zu gefallen, und so führten ihre Reiter sie zu einem dicken Baum in einiger Entfernung und banden sie fest.

Sobald sie wieder bei der Leiche waren, kniete sich Lord Ravencrest nieder. „Einfach scheußlich! In all meinen Jahren als Soldat bin ich noch nie auf eine Kreatur gestoßen, die so gut für das reine Töten geschaffen ist wie diese …" Er hob einen der ledrigen Tentakel. „Seltsames Ding … Damit hat das andere Monster also Hargo'then ausgesaugt. Was hältst du davon?"

Illidan versuchte, nicht vor dem abscheulichen Fangarm zurückzuweichen, den der Edelmann ihm vor das Gesicht hielt, und es gelang ihm herauszubringen: „Von vampirischer Art, Mylord. Manche Tiere trinken Blut, doch dieses hier nährt sich offenbar von magischer Energie." Er blickte sich um. „Der andere Tentakel wurde abgerissen."

„Ja, so scheint es. Wahrscheinlich von einem Tier …"

Während der Edelmann seine schaurige Untersuchung fortsetzte, dachte Illidan über den Tod der Monstrosität nach. Der Soldat hatte berichtet, dieses erste Tier sei bereits tot gewesen, als sie es fanden, und der scharfe Verstand des jungen Nachtelfen schloss, dass nur Malfurion oder Brox es getötet haben konnten … Und angesichts der heftigen Kampfes, der hier offensichtlich stattgefunden hatte, tippte Illidan eher auf den Ork.

Die an den Baum gebundenen Katzen wurden zunehmend unruhiger und protestierten heftig dagegen, der Kreatur so nahe zu sein. Illidan versuchte, ihr Fauchen zu ignorieren, denn er machte sich immer noch Sorgen um seinen Bruder. Sie hatten keine anderen Leichen gefunden als die der ersten Gruppe und den Kadaver der zweiten der drei Bestien, von denen der Soldat gesprochen hatte, aber …

Plötzlich schnellte Illidans Kopf hoch, als fahre er aus einem tiefen Schlaf auf. „Mylord Ravencrest! Wir haben keine Spuren von der dritten –"

Das Fauchen der Nachtsäbel erreichte einen neuen Höhepunkt.

Illidan spürte etwas hinter sich.

Er warf sich zur Seite und stieß unbeabsichtigt mit dem ahnungslosen Edelmann zusammen. Beide Männer stürzten zu Boden, und der jüngere Nachtelf kam über dem Kommandanten zum Liegen. Durch den Aufprall entglitt Ravencrest sein Schwert, flog wild durch die Luft und landete weit außerhalb seiner Reichweite.

Die riesige, krallenbewehrte Gestalt, die gerade auf Illidan losgesprungen war, flog über die Überreste ihres Artgenossen hinweg.

„Was im Namen der …?", stieß Ravencrest hervor – und brach jäh ab.

Die Nachtsäbel wollten das Ungetüm angreifen, doch ihre um den Baum geschlungenen Zügel hielten und verhinderten, dass die Katzen ihnen zu Hilfe eilen konnten.

Illidan erholte sich als Erster von dem Schreck, und als er aufblickte, sah er, wie sich die höllische Kreatur umwandte, um einen zweiten Angriff zu unternehmen. Die toten Tiere waren schon furchtbar genug gewesen, doch eines dieser Monster *lebend* zu sehen, das sich noch dazu auf ihn stürzen wollte, brachte Illidan beinahe dazu, in blinder Panik zu fliehen.

Anstatt aber ein weiteres Mal zu springen, ließ der entsetzliche Hund seine beiden Tentakel nach Illidan peitschen. Erinnerungen an die vertrockneten Leichen, die einst mächtige Mitglieder der Mondgarde gewesen waren, fielen über den Geist des jungen Nachtelfen her.

Doch als die schleimigen Fangarme seine eigene Magie suchten, seinen Körper aussaugen wollten, übernahm sein Selbsterhaltungstrieb die Regie. Es gelang ihm im letzten Moment, den vorschießenden Tentakeln auszuweichen und sich zur Seite zu werfen.

Während die Bestie ihre Saugarme zurück zog, um für einen weiteren Schlag Schwung zu nehmen, erinnerte sich Illidan daran, dass ein Tentakel der toten Bestie abgerissen gewesen war, und sein wacher Verstand entwickelte blitzschnell einen Plan.

Er versuchte gar nicht erst, das Monster direkt zu treffen, ahnte er doch, wie wenig er damit erreichen würde. Das Tier würde einfach Illidans Zauber verschlingen und ihn vielleicht sogar als „Brücke" missbrauchen, um den jungen Nachtelfen direkt auszusaugen. Stattdessen entschied sich Illidan, seinen Zauber auf Lord Ravencrests verlorene Klinge zu richten, die außerhalb des Blickfelds der höllischen Kreatur lag.

Noch während die Bestie ihre Fangarme bereit machte, erhob sich das Schwert wie von selbst in die Luft und begann, sich zu drehen, schneller und schneller zu wirbeln. Illidan richtete es auf den Rücken der Kreatur und zielte auf die parasitären Tentakel.

Mit höchstmöglicher Genauigkeit schoss die wirbelnde Klinge über die Schultern des Ungetüms hinweg und durchtrennte beide Tentakel so mühelos, als seien es Grashalme.

Ein markerschütterndes Heulen schüttelte das hundeähnliche Monster, während eine dicke, grüne Flüssigkeit über Schultern und Rücken spritzte. Es knurrte, und seine bösartigen Augen konzentrierten sich auf den Mann, der es verletzt hatte.

Ermutigt durch diesen Erfolg und weniger angsterfüllt, nun, da die akute Gefahr für seine Magie beseitigt war, richtete Illidan Ravencrests Schwert erneut auf das Monster. Als das Tier auf ihn zusprang, schenkte der junge Nachtelf ihm ein dunkles Lächeln.

Mit einer Kraft, die durch seinen brennenden Willen verstärkt wurde, grub er die Waffe in den harten Schädel der Kreatur.

Der Sprung des Monsters stockte. Es stolperte unbeholfen. Ein glasiger Blick füllte die schrecklichen Augen. Der riesigen Bestie gelangen noch zwei weitere Schritte auf Illidan zu … dann brach sie zu einem schlaffen Haufen zusammen.

Eine unglaubliche Erschöpfung überkam den jungen Nachtelf, doch sie war gemischt mit extremster Genugtuung und schwindelerregendem Triumph. Ohne große Probleme hatte er gesiegt, wo drei Mitglieder der Mondgarde versagt hatten. Dass er aus ihren Fehlern gelernt hatte, focht Illidan nicht an. Er wusste nur, er hatte sich allein einem Dämonen gestellt – und gewonnen!

„Gut gemacht!" Eine schwere Hand klatschte auf seine Schulter und schickte ihn stolpernd in Richtung seines monströsen Feindes. Während Illidan um sein Gleichgewicht kämpfte, trat Lord Ravencrest an ihm vorbei, um das Werk seines Gefährten zu bewundern. „Ein prächtiger Gegenangriff! Entferne die größte Gefahr, dann führe den Todesstoß, noch bevor der Feind sich erholen kann! Prächtig!"

Der Edelmann platzierte einen Stiefel auf dem Nacken des toten Dämons und bemühte sich, seine Klinge aus dem Schädel des Monsters zu ziehen. Vom Weg her kamen die beiden Soldaten angeritten, und weiter hinten hörte Illidan Rufe, als die restlichen Männer schließlich erkannten, welche Bedrohung sich ihnen genähert hatte.

„Mylord!", rief einer der beiden Soldaten. „Wir haben gehört …"

Rol'tharak eilte herbei. „Lord Ravencrest! Ihr habt eine der Bestien erschlagen!"

Illidan erwartete, dass Ravencrest den Ruhm für sich beanspruchen würde – schließlich steckte immer noch die Waffe des Edelmannes im Schädel der Bestie –, doch stattdessen streckte der Kommandant eine Hand aus und wies auf Malfurions Bruder. „Nein! Dort steht der Mann, der erst sein Leben riskierte, um mich vor der Kreatur zu schützen, und dann mit Todesmut die Gefahr beseitigte! Ich hatte dich von Anfang an richtig eingeschätzt, Illidan Stormrage! Du bist tüchtiger als ein Dutzend Männer der Mondgarde!"

Illidans Wangen verdunkelten sich, als er das Lob des mächtigen Kommandanten vernahm. All die Jahre, in denen die Leute immer davon gesprochen hatten, dass er einmal ein großer Held, ein Champion seines Volkes werden würde, hatten eine schwere Last auf seine Schultern geladen. Doch jetzt fühlte er sich, als habe sich ihm sein Schicksal endlich enthüllt … und zwar durch seine eigene angeborene Magie, die er beinahe zugunsten von Cenarius' subtilerem Pfad des Druiden aufgegeben hätte.

*Ich war ein Narr, mein Erbe abzulehnen*, erkannte Illidan. *Malfurions Weg war niemals für mich bestimmt. Selbst im Licht des Tages gehorcht mir die Magie der Nachtelfen …*

Das ermutigte ihn, denn er hatte sich niemals wohl dabei gefühlt, den Weg seines Bruders zu beschreiten. Welche Legenden erzählten schon von Helden, die anderen Helden folgten? Illidan war stets dazu bestimmt gewesen zu *führen*.

Die Soldaten – Lord Ravencrests kampferprobte, erfahrene Männer – betrachteten ihn mit neuem Respekt.

„Rol'tharak!", rief der Edelmann. „Ich fühle, dass das Glück heute auf meiner Seite ist! Nimm die Hälfte der Männer und führe sie weiter den Pfad hinab! Vielleicht kriegen wir den Gefangenen und den Verräter, der ihn befreit hat, ja doch noch! Los! Geh!"

„Jawohl, Mylord!" Rol'tharak rief mehrere Soldaten zu sich, dann ritten sie in die Richtung davon, die Malfurion und Brox wahrscheinlich eingeschlagen hatten.

Illidan dachte kaum noch an seinen Bruder. Wahrscheinlich hatte die Verzögerung Malfurion all die Zeit gegeben, die er benötigte, um seine Verfolger abzuschütteln. Aber er dachte an Tyrande. Sie würde nicht nur hoch zufrieden sein, weil es aussah, als habe er die Jäger zurückgehalten, sondern auch sehr von dem Lob beeindruckt sein, mit dem Lord Ravencrest ihn überhäuft hatte

Und es schien, als wolle der Kommandant dem Mann, von dem er glaubte, er habe ihm das Leben gerettet, noch mehr schenken. Ravencrest kam auf Illidan zu und legte ihm eine schwere Hand auf die Schulter. Dann erklärte er: „Illidan Stormrage, die Mondgarde mag deine Fähigkeiten nicht kennen, aber ich kenne sie. Ich ernenne dich hiermit zu einem Mann von Black Rock Hold … und zu meinem persönlichen Zauberer! Als solcher wirst du einen Rang außerhalb der Mondgarde haben. Du wirst mit ihren Besten auf einer Stufe stehen, und keiner aus dem Orden kann dir Befehle erteilen! Gehorsam schuldest du nur mir und der Königin, dem Licht der Lichter, Azshara!"

Die anderen Nachtelfen legten sich die linke Hand auf die Brust und senkten huldigend den Kopf, als der Name der Königin fiel.

„Ich bin … geehrt … Mylord …", stammelte Illidan.

„Komm! Wir reiten sofort zurück! Ich will eine größere Truppe sammeln, um diese Kadaver nach Black Rook Hold zu schaffen! Die Angelegenheit muss genau untersucht werden! Wenn uns die Invasion irgendeiner höllischen Horde bevorsteht, müssen wir in Erfahrung bringen, was wir können, und Ihre Majestät alarmieren."

Angesteckt von der Begeisterung des Edelmanns, schenkte Illidan der Erwähnung Azsharas kaum Aufmerksamkeit. Hätte er es getan, so hätte er sich zumindest leichte Sorgen gemacht, denn war es nicht ihretwegen gewesen, dass Malfurion sich dem Zorn von Illidans neuem Gönner gestellt hatte? Sie war es, von der Malfurion behauptete, sie sei an einem Wahnsinn beteiligt, der das ganze Volk der Nachtelfen in eine Katastrophe stürzen könne.

Doch für den Augenblick konnte Illidan nur an eines denken. *Ich habe endlich meine Bestimmung gefunden …*

# DREIZEHN

*Er hat einen starken Geist, eine starke Seele und einen starken Körper*, sagte eine ebenso mächtige wie zornige Stimme in Rhonins Kopf.

*Zu anderen Zeiten … bemerkenswerte Qualitäten*, antwortete eine zweite, ruhigere Stimme, die ansonsten mit der Ersten identisch zu sein schien.

*Die Wahrheit wird sich zu erkennen geben*, beharrte die Erste. *Es ist mir stets gelungen, sie zu finden …*

Rhonin schien außerhalb seines Körpers zu schweben, aber er wusste nicht, wo. Er fühlte sich, als hinge er zwischen Leben und Tod, Schlaf und Erwachen, Dunkelheit und Licht … nichts erschien ihm richtig, nichts erschien ihm völlig falsch.

*Es reicht!*, meldete sich eine dritte Stimme, die ihm bekannt vorkam. *Er hat schon genug durchlitten. Lasst ihn zu mir zurückkehren … für den Augenblick.*

Und plötzlich erwachte Rhonin im Tal des Cenarius.

Die Sonne stand hoch über ihm, aber er konnte nicht sagen, ob es wirklich Mittag war oder ob ihm der magische Ort nur etwas vorgaukelte.

Rhonin versuchte sich zu erheben, aber sein Körper gehorchte ihm noch immer nicht.

Er hörte, wie sich etwas bewegte und sah den gehörnten Waldgott vor sich.

„Ihr seid voller Kraft, Magier Rhonin", donnerte Cenarius' Stimme. „Ihr habt mich überrascht, was selten geschieht … und was noch wichtiger ist, Ihr habt Eure Geheimnisse für Euch behalten, wie dumm das auch sein mag."

„Es … es gibt nichts … das ich Euch verraten könnte." Es verwunderte Rhonin, dass sein Mund ihm gehorchte.

„Das werden wir sehen. Wir werden erfahren, was Eurem Begleiter widerfahren ist und warum Ihr, der Ihr nicht hier sein solltest, doch hier seid." Der Gesichtsausdruck des Halbgottes wurde milder. „Aber jetzt möchte ich, dass Ihr Euch ausruht. Das habt Ihr verdient."

Er strich mit der Hand über Rhonins Gesicht … und der Magier schlief ein.

Krasus selbst hätte liebend gern gewusst, wo er war. Die Höhle, in der er erwacht war, weckte keine Erinnerung in ihm. Er nahm kein anderes Wesen wahr, auch keines seiner eigenen Art, und das beunruhigte ihn. Hatte der Wächter ihn nur hierher gebracht, um ihn loszuwerden? Wollte er, dass Krasus hier starb?

Die Gefahr, dass Letzteres eintreten würde, war groß. Schmerz und Erschöpfung nagten an dem hageren Körper des Drachenmagiers. Krasus fühlte sich, als habe jemand einen Teil aus ihm herausgerissen. Sein Gedächtnis war immer noch voller Lücken, und er befürchtete, dass seine Schwäche weiter zunehmen würde, ihm nur noch wenig Zeit blieb.

*Nein! Ich werde mich nicht der Verzweiflung hingeben! Nicht ich!* Er zwang sich zum Aufstehen und sah sich um. Für einen Menschen oder einen Ork wäre die Höhle absolut dunkel gewesen, aber Krasus vermochte das Innere fast so gut zu erkennen, als läge es im Licht des Tages. Er sah gewaltige, spitz zulaufende Stalaktiten und Stalagmiten, Risse und Vorsprünge in den Wänden und bemerkte sogar die kleinen blinden Echsen, die über den Fels huschten.

Leider entdeckte er keinen Ausgang.

„Ich habe keine Zeit für diese Spiele!“, zischte er in den leeren Raum hinein. Seine Worte hallten von den Wänden wider, schienen ihn mit jedem Echo verhöhnen zu wollen.

Etwas musste ihm entgangen sein. Man hatte ihn gewiss aus einem ganz bestimmten Grund hierher gebracht … aber aus welchem?

Dann erinnerte sich Krasus an die Bräuche seines Volks, Bräuche, die auf Nicht-Drachen äußerst grausam wirken konnten. Ein grimmiges Lächeln umspielte seine Mundwinkel.

Der Magier richtete sich auf und drehte sich langsam im Kreis, ohne auch nur einmal zu blinzeln. Gleichzeitig rezitierte er eine rituelle Begrüßung, geschrieben in einer Sprache, die älter als die Welt war. Er wiederholte die Grußformel dreimal und betonte die Nuancen in einer Weise, die nur jemand kennen konnte, der die Sprache in ihrer Urform erlernt hatte.

Wenn er damit nicht die Aufmerksamkeit seiner Wächter erregte, wusste er auch nicht mehr weiter.

„Es spricht die Sprache derer, die Himmel und Erde an ihren Platz rückten“, donnerte jemand. „Die, die uns erschaffen haben.“

„Es muss zu uns gehören“, sagte ein anderer, „denn es gehört sicherlich nicht zu ihnen.“

„Wir müssen mehr erfahren.“

Und plötzlich erschienen sie wie aus dem Nichts rund um die kleine Gestalt … Vier gewaltige rote Drachen setzten sich neben Krasus. Ihre weltumspannenden Flügel falteten sie würdevoll hinter ihnen zusammen. Sie betrachteten den Magier, als sei er ein kleiner, aber schmackhafter Krümel Nahrung.

Wenn sie glaubten, damit seine scheinbar primitiven Sinne erschrecken zu können, so lagen sie damit erneut falsch.

„Sicherlich einer von uns“, murmelte ein schwerer männlicher Drache, dessen Geschlecht an seinem Schuppenkamm zu erkennen war. Er schnaubte und schickte Rauchwolken in Krasus' Richtung.

„Dasss isst der Grund, ausss dem ich ihn herbrachte“, entgegnete ein kleinerer Leviathan bitter. „Dasss … und ssseine ständigen Klagen …“

Krasus, den der Rauch nicht störte, wandte sich gelassen an ihn. „Wenn du die Vernunft gebraucht hättest, die dir der Schöpfer gegeben hat, dann hättest du mich und die Dringlichkeit meiner Warnung sofort erkannt! Wir hätten uns den chaotischen Rückzug aus dem Reich des Waldgottes sparen können.“

„Ich bin mir immer noch nicht sssicher, dasss es kein Fehler war, dich hierher zu bringen!“

„Wo ist hier?“

Alle vier Drachen legten überrascht den Kopf zurück, und einer der beiden weiblichen antwortete. „Wenn du wirklich zu uns gehörst, kleiner Drache, dann sollte dir dieser Ort so vertraut sein wie dein Nest …“

Krasus verfluchte seine fehlende Erinnerung. Es konnte sich nur um einen Ort handeln. „Dann bin ich in den Heimathöhlen? Im Reich der geliebten Alexstrasza, der Königin des Lebens?“

„Du wolltest hierher kommen“, erinnerte ihn der kleinere Drache.

„Aber …“, unterbrach ihn der zweite weibliche Drache. Sie war jünger und schlanker als die anderen. „Kommt er von hier aus auch noch weiter?“

„Er kommt so weit, wie er wünscht“, mischte sich eine neue Stimme ein. „Wenn er mir eine einfache Frage beantworten kann.“

Die vier Leviathane und Krasus drehten sich um und entdeckten einen fünften und offensichtlich wesentlich älteren Drachen, der plötzlich hinter ihnen saß. Im Gegensatz zu den beiden anderen männlichen Drachen verfügte er über einen prächtigen Schuppenkamm, der vom Kopf bis über die Schultern verlief. Er übertraf das Gewicht der anderen Drachen um mehrere Tonnen, und allein schon seine Klauen waren bereits größer als die kleine Gestalt in der Mitte zwischen den Giganten.

„Wenn du trotz der Verkleidung, die du trägst, wirklich zu uns gehörst“, donnerte der Drachen, „musst du wissen, wer ich bin.“

Der Magier kämpfte mit seiner lückenhaften Erinnerung. Natürlich wusste er, wer das war, aber der Name fiel ihm einfach nicht ein. Sein Körper verkrampfte sich, und sein Blut schien zu kochen, während er gegen den Nebel in seinem Geist ankämpfte. Krasus wusste, dass er den Namen des Riesen nennen musste, sonst würde man ihn verstoßen, und er würde die anderen niemals vor der Gefahr warnen können, die seine Anwesenheit in dieser Zeit möglicherweise darstellte.

Und dann, nach einer gewaltigen Anstrengung, stieß er den Namen, den er so gut wie seinen eigenen hätte kennen sollen, endlich hervor. „Du bist *Tyranastrasz* … Tyran, der Gelehrte, Gefährte von Alexstrasza!“

Der Stolz in seiner Stimme, als er sich an Namen und Titel des dunkelroten Riesen erinnerte, musste deutlich hörbar gewesen sein, denn Tyranastrasz lachte lauthals auf – beinahe wie ein Mensch.

„Du gehörst tatsächlich zu uns, auch wenn ich dich nicht erkenne. Der, der dich herbrachte, hat mir einen Namen genannt, aber er ist offensichtlich falsch, denn bei uns wird ein Name nur ein einziges Mal vergeben."

„Er ist nicht falsch", beharrte der Drachenmagier. „Und ich kann dir auch erklären, warum er es nicht ist."

Alexstraszas Gefährte schüttelte sein mächtiges Haupt. Rauch kräuselte sich aus seinen Nüstern empor. „Die Erklärung, die du genannt hast, wurde uns berichtet, doch sie ist so unglaublich, dass sie nicht wahr sein *kann*. Was du sagst, gehört ins Reich von Nozdormu, dem Zeitlosen. Aber selbst er wäre nicht so unvorsichtig die Dinge zu tun, die du unterstellst."

„Er ist ganz einfach verwirrt", sagte der Beobachter aus dem Wald. „Einer von uns, aber verletzt durch eine Waffe oder einen Unfall."

„Vielleicht …" Tyranastrasz überraschte die anderen Drachen, als er den Kopf neigte, bis er fast auf einer Höhe mit Krasus war. „Aber da du mich erkannt hast, ist meine Frage beantwortet. Du gehörst zum Schwarm und hast daher das Recht, die innersten Bereiche des Nests zu betreten. Komm mit! Ich bringe dich zu der, die diese Sache klären kann, denn sie kennt ihren Schwarm, so wie sie all ihre Kinder kennt. Sie wird dich erkennen und daher auch die Wahrheit …"

„Du wirst mich zu Alexstrasza bringen?"

„Zu wem sonst? Klettere auf meinen Hals, wenn du dazu in der Lage bist."

Trotz seiner körperlichen Schwäche gelang es Krasus problemlos, nach oben zu klettern. Die Hoffnung, endlich Hilfe zu finden, trieb ihn ebenso sehr an wie die Aussicht, seine Geliebte wieder zu sehen, selbst, wenn sie ihn nicht erkennen sollte.

Der riesige Drache trug Krasus durch ein Labyrinth aus Tunneln und Kammern, die er hätte erkennen sollen, die ihm aber fremd erschienen. Ab und zu regte sich eine Erinnerung, aber es war nie genug, um den Magier zufrieden zu stellen. Selbst die anderen Drachen des roten Schwarms, denen sie auf ihrem Flug begegneten, waren ihm nicht mehr vertraut, obwohl er sie einst alle gekannt hatte.

Er wünschte sich, er wäre wach gewesen, als der Beobachter ihn hierher brachte. Vielleicht hätte die Landschaft rund um die Höhle des roten Schwarms seine Erinnerungen geweckt. Außerdem gab es sicher keinen großartigeren Anblick als den der Drachen auf dem Höhepunkt ihrer Macht. Die gewaltigen Berge noch einmal zu sehen und die großen Löcher in den Wänden der Klippen, von denen jedes in Alexstraszas Reich führte. Zahllose Jahrhunderte waren seitdem vergangen, und Krasus hatte das Ende des Zeitalters der Drachen stets bedauert.

*Sollte es mir gelingen, sie zu überzeugen, wird sie mir das Land der Drachen vielleicht ein letztes Mal zeigen … bevor sie entscheidet, was mit mir geschieht.*

Tyranastraszs gewaltiger Körper glitt mühelos durch die hohen glatten Tunnel. Krasus fühlte einen Stich der Eifersucht, denn er war gezwungen, mit seiner Geliebten in diesem schwachen sterblichen Körper zu sprechen. Er mochte die niederen Völker und genoss es, Zeit mit ihnen zu verbringen, aber nun, da vielleicht seine Existenz auf dem Spiel stand, hätte er sein wahres Aussehen bevorzugt.

Ein helles, aber dennoch angenehmes Licht erschien plötzlich vor ihnen. Das rötliche Leuchten wärmte Krasus innerlich und äußerlich, als sie sich ihm näherten. Es erinnerte ihn an seine Kindheit, daran, wie er gelernt hatte, nicht nur auf der Erde, sondern auch am Himmel aufzuwachsen. Flüchtige Erinnerungen an sein Leben tanzten in seinen Gedanken, und zum ersten Mal seit seiner Ankunft in dieser Zeit fühlte sich der Drachenmagier beinahe wie er selbst.

Sie erreichten die Quelle des majestätischen Leuchtens. Es war der Eingang zu einer gewaltigen Höhle. Tyranastrasz kniete nieder, senkte den Kopf und sprach: „Mit deiner Erlaubnis, mein Leben, meine Liebe …“

„Immer“, antwortete eine Stimme, die ebenso fein, wie machtvoll klang. „Für dich bin ich immer da.“

Erneut spürte Krasus einen Stich der Eifersucht, doch er wusste, dass die Sprecherin ihn ebenso sehr geliebt hatte, wie den Leviathan, auf dem er ritt. Die Königin des Lebens schenkte diese Liebe nicht nur ihren Gefährten, sondern dem ganzen Schwarm. In Wahrheit liebte sie sogar alle Wesen dieser Welt, obwohl es sie nicht davon abhielt, die zu zerstören, die den Rest bedrohten.

Und das war etwas, das er gegenüber Rhonin absichtlich nicht erwähnt hatte. Bereits früh hatte Krasus erkannt, dass man weitere Störungen der Zeitlinie vermutlich beheben konnte, indem man die Objekte entfernte, die nicht hinein gehörten.

Um zu verhindern, dass sich die Geschichte noch stärker veränderte, musste Alexstrasza vielleicht ihn und den menschlichen Magier töten.

Als er und Tyranastrasz die Höhle betraten, verschwanden alle Sorgen über sein Schicksal aus Krasus' Gedanken, denn er stand derjenigen gegenüber, die auf ewig über sein Herz und seine Seele herrschen würde.

Das angenehme Leuchten, das jede Ecke und jeden Spalt der großen Höhle erfüllte, ging von dem schimmernden roten Drachen aus. Alexstrasza war die Größte ihrer Art, doppelt so gewaltig wie der Riese, auf dem Krasus ritt. Trotzdem spürte man die angeborene Sanftheit, die ihren mächtigen Körper erfüllte. Noch während Krasus sie betrachtete, zog die Königin des Lebens ein zerbrechliches Ei unter ihrem Körper hervor und legte es in einen rauchenden Spalt, wo sie es sorgfältig sicherte.

Sie war von zahlreichen Eiern umgeben, die aus ihrem letzten Gelege stammten. Jedes war rund einen Fuß hoch – was groß war, wenn man es mit normalen Eiern verglich und winzig, wenn man die betrachtete, die sie gelegt hatte. Krasus zählte drei Dutzend. Nur die Hälfte davon würde schlüpfen und eine weitere Hälfte würde sterben, bevor sie ausgewachsen war. Doch das war der Weg des Drachen – auf einen harten Anfang folgte ein Leben voll von Ruhm und Wundern.

Rund um die Eier wuchsen blühende Pflanzen, die es unterirdisch und bei diesen Bedingungen eigentlich nicht hätte geben dürfen. Krasus sah Efeugewächse an den Wänden und ausgedehnte Teppiche aus purpurnen Blumen. Goldene Dahlien zierten eine Seite des Nests, während Rosen und Orchideen den Bereich umgaben, wo Alexstrasza saß. Jede Pflanze blühte und wurde genährt von der Anwesenheit der Königin des Lebens.

Ein kristallklarer Bach floss durch die Höhle und kam so nah an die Königin heran, dass sie jederzeit, wenn ihr danach war, einen Schluck daraus trinken konnte. Das sanfte Plätschern sorgte für eine ruhige und gelassene Stimmung in dem unterirdischen Reich.

Krasus' Drache senkte den Kopf, damit sein winziger Reiter absteigen konnte. Der Drachenmagier ließ Alexstrasza nicht aus den Augen, als er den Höhlenboden betrat und niederkniete.

„Meine Königin …"

Aber sie sah nicht ihn an, sondern den großen Drachen, der ihn hierher gebracht hatte. „Tyranastrasz … würdest du uns für eine Weile allein lassen?"

Wortlos verließ der Leviathan den Raum. Die Königin des Lebens wandte ihren Blick Krasus zu, schwieg jedoch. Er kniete vor ihr und wartete auf ein Zeichen des Erkennens, erhielt aber keines.

Schließlich ertrug Krasus die Stille nicht mehr und keuchte: „Meine Königin, meine Welt, wie kann es sein, dass gerade du mich nicht erkennst?"

Sie betrachtete ihn durch zusammengekniffene Augen, bevor sie antwortete. „Ich weiß, was ich fühle und ich weiß, was ich spüre. Aus diesen Gründen habe ich über die Geschichte, die du den anderen erzählt hast, ernsthaft nachgedacht. Ich habe bereits beschlossen, was geschehen muss, doch zuerst möchte ich mit einem anderen reden, dessen weise Ansichten mir ebenso lieb wie meine eigenen sind … Ah! Hier kommt er bereits!"

Aus einem anderen Gang trat ein männlicher Drache, der nur etwas kleiner als Tyranastrasz war. Der Neuankömmling bewegte sich behäbig, als wäre jeder Schritt mit großen Anstrengungen verbunden. Sein Körper war lang gezogen und zeigte verblichene rötliche Schuppen. Seine Augen waren trüb und auf den ersten Blick erschien er wesentlich älter als Alexstraszas Gefährte – bis der Magier erkannte, dass es nicht das Alter war, das den Drachen beugte, sondern eine unbekannte Krankheit.

„Du … hast mich gerufen, Alexstrasza?"

Als Krasus den geschwächten Giganten sprechen hörte, drehte sich seine Welt. Er kam auf die Füße und stolperte zurück, konnte sein Entsetzen nicht verbergen.

Die Königin des Lebens bemerkte seine Reaktion, obwohl ihr Blick sich weiter auf den Neuankömmling richtete. „Ich habe um deine Anwesenheit gebeten. Vergib mir, wenn dich der Weg zu sehr angestrengt hat."

„Es gibt … nichts, das ich nicht für dich tun würde, mein Leben, meine Welt."

Sie zeigte auf den Magier, der da stand, als habe ihn der Blitz getroffen. „Dies ist – wie nennst du dich?"

„Kor … Krasus, meine Königin, Krasus …"

„Krasus? Also wollen wir dich so nennen …" Ihr Tonfall klang belustigt, so als amüsiere sie sich über seine spontane Namenswahl. Sie wandte sich wieder an den erkrankten Leviathan. „Und das, Krasus, ist einer meiner geliebtesten Untertanen, mein neuester Gefährte und einer, auf dessen Weisheit ich mich bereits stark stütze. Da du zu uns gehörst, ist dir sein Name vermutlich bekannt. Er heißt *Korialstrasz* …"

Sie ritten entlang des gewundenen Waldpfads. Malfurion glaubte mittlerweile, dass sie alle möglichen Verfolger abgeschüttelt hatten. Er hatte einen Weg gewählt, der sie über Felsen und andere Gebiete führte, in denen die Tatzen der Katzen kaum Spuren hinterlassen würden. Er hoffte, mögliche Verfolger damit in die Irre geführt zu haben. Das bedeutete zwar, dass sie mehr Zeit benötigen würden, um zu dem Ort zu gelangen, an dem er sich immer mit Cenarius traf, aber Malfurion hatte beschlossen, dieses Risiko einzugehen. Er wusste immer noch nicht, was der Waldgott denken würde, wenn er von den Taten seines Schülers erfuhr.

Als sie sich dem Treffpunkt näherten, zügelte Malfurion seine Katze. Brox folgte seinem Beispiel etwas ungeschickter.

„Wir halten?", grunzte der Ork. Er sah sich um, entdeckte jedoch nur Bäume. „Hier?"

„Fast. Nur noch ein paar Minuten. Die Eiche wird bald in Sicht kommen."

Obwohl er seinem Ziel so nah war, spannte sich der Elf noch stärker an. Einmal glaubte er, Blicke zu spüren, die sie beobachteten, aber als er hinsah, war da nichts außer Wald. Die Erkenntnis, dass sich sein Leben für immer verändert hatte, erschütterte ihn noch immer. Wenn die Mondgarde ihn identifizierte, riskierte er den Bann, die schlimmste Strafe, die man einem Nachtelf außer dem Tod zufügen konnte. Sein Volk würde sich von ihm abwenden und ihn wie einen Toten behandeln, obwohl er noch lebte. Niemand würde sich mit ihm beschäftigen oder auch nur seinen Blick erwidern.

Noch nicht einmal Tyrande oder Illidan.

Er hatte seine Vergehen verschlimmert, als er es den Verfolgern überließ, sich den dämonischen Kreaturen zu stellen, die Brox „Felbestien“ nannte. Sollte eine Felbestie einen Verfolger getötet oder verwundet haben, würde es Malfurion unmöglich sein, seine Taten wieder gutzumachen … und, was noch schlimmer war, er würde die Verantwortung für den Tod Unschuldiger tragen. Aber was hätte er sonst tun können? Seine einzige andere Möglichkeit wäre Brox' Auslieferung an die Mondgarde gewesen … und damit auch an Black Rock Hold.

Die Eiche, die er suchte, tauchte vor ihnen auf und hinderte Malfurion, länger über seine wachsenden Schwierigkeiten nachzudenken. Jeder andere hätte in dieser Eiche einfach nur einen Baum gesehen, aber für Malfurion war es ein uralter Wächter, einer, der Cenarius länger als die meisten gedient hatte. Dieser hohe Baum mit seinem breiten Stamm und der furchenreichen Rinde hatte gesehen, wie der Wald um ihn herum wuchs. Er hatte unzählige anderer seiner Art überlebt und Tausende Generationen kurzlebiger Tiere beobachtet.

Die Eiche erkannte Malfurion, als er sich näherte, und trotz des fehlenden Winds bewegten sich die Blätter ihrer mächtigen Krone. Das war die uralte Sprache aller Bäume, und der Nachtelf fühlte sich geehrt, dass Cenarius ihm schon früh beigebracht hatte, zumindest ein wenig davon zu verstehen.

„Brox … ich muss dich um einen Gefallen bitten.“

„Ich schulde dir viel. Sprich.“

Malfurion zeigte auf die Eiche. „Steig ab und geh zu diesem Baum. Lege deine Handfläche auf den knorrigen Bereich des Stammes.“

Der Ork hatte sichtlich keine Ahnung, weshalb das von ihm verlangt wurde, aber da es Malfurion war, der ihn bat, gehorchte er sofort. Er reichte dem Nachtelf seine Zügel und trottete zu dem Wächter. Der mächtige Krieger musterte den Stamm sorgfältig, dann legte er seine Hand auf das Stück, das Malfurion hervorgehoben hatte.

Dann drehte er den Kopf und sah seinen Begleiter an. „Und was soll ich j…“

Er keuchte überrascht, als seine Hand in die Rinde einsank, als habe sich diese in Schlamm verwandelt. Brox wollte sie herausziehen, aber Malfurion befahl ihm geistesgegenwärtig, sich nicht zu bewegen.

„Unternimm nichts! Bleib einfach nur stehen. Der Baum lernt von dir. Deine Hand kribbelt nur ein wenig, sonst geschieht dir nichts.“

Er erklärte Brox nicht, was das Kribbeln bedeutete. Winzige Äste des Wächters bohrten sich in das Fleisch des Orks. Indem sich die Eiche für einen kurzen Moment mit Brox verband, las sie in ihm. Pflanze und Tier verschmolzen miteinander. Die Eiche würde sich für immer an Brox erinnern, egal, wie viele Jahrhunderte vergingen.

Die Halsschlagader des Orks pochte heftig und verriet seine wachsende Angst. Trotzdem blieb Brox so regungslos wie die Eiche stehen und starrte auf die Stelle, wo seine Hand verschwunden war.

Sie wurde so plötzlich frei gelassen, dass er einen überraschten Schritt zurück machte. Brox bewegte seine Finger, schien sie sogar sicherheitshalber zu zählen.

„Der Weg ist jetzt frei für uns“, verkündete Malfurion.

Brox stieg wieder auf, und der Nachtelf ritt an der Eiche vorbei. Als er auf einer Höhe mit dem Wächter war, bemerkte Malfurion eine leichte Veränderung der Luft. Ohne Erlaubnis wären er und Brox eine Ewigkeit lang geritten, ohne die Lichtung zu finden. Nur diejenigen, die Cenarius zu sprechen wünschte, konnten dem Weg hinter den Wächtern folgen.

Die Veränderungen in der Landschaft wurden deutlicher, als die beiden weiter ritten. Eine kühle Brise erfrischte sie. Vögel hüpften umher und sangen in dem umgebenden Geäst. Die Bäume selbst schüttelten sich fröhlich und begrüßten vor allem den Nachtelf – der sie verstehen konnte. Beide begannen sich so wohl zu fühlen, dass Malfurion sogar ein Lächeln im Gesicht des Orks zu erkennen glaubte.

Eine Barriere aus dichtem Wald verstellte ihnen plötzlich den Weg. Brox sah Malfurion an, der ihm bedeutete abzusteigen. Nachdem beide ihre Tiere verlassen hatten, führte Malfurion den Ork zu einem schmalen Trampelpfad, den man auf den ersten Blick zwischen den Bäumen nicht hatte erkennen können. Mehrere Minuten lang folgten sie dem Weg, bis sie eine helle, offene Lichtung fanden, die mit hohem weichen Gras und bunten Blumen bewachsen war.

Die Lichtung des Waldgottes.

Doch die Gestalt, die inmitten eines Blumenkreises stand, hätte man nie mit Cenarius verwechseln können. Sie hatte gesessen, sprang jedoch auf, als sie die beiden Neuankömmlinge bemerkte. Die merkwürdigen Augen des Mannes musterten vor allem Brox, so als wisse er genau, was ein Ork war.

„Du …“, murmelte der Fremde an den grünhäutigen Krieger gewandt. „Du solltest hier nicht sein …“

Brox missverstand die Bemerkung. „Ich gehöre zu ihm, Magier … und brauche deine Erlaubnis nicht.“

Doch der Feuerschopf – zu welchem Volk er gehörte, war Malfurion noch unklar – schüttelte den Kopf, machte einen Schritt auf den Ork zu und zögerte dann doch am Rand des Rings. Mit einem merkwürdigen Blick auf die Blumen – die ihn ebenfalls zu mustern schienen – stieß der Fremde hervor: „Dies ist nicht deine Zeit! Dich sollte es hier überhaupt nicht geben.“

Er bewegte die Hand auf den Nachtelf zu, dem die Geste bedrohlich erschien. Malfurion erinnerte sich an das Wort „Magier“ und bereitete schnell einen eigenen Zauber vor. Er hoffte, dass Cenarius' Druidenzauber an diesem heiligen Ort mächtiger sein würden als die Magie des Fremden.

Plötzlich donnerte es im Himmel, und aus der leichten Brise wurde ein stürmischer Wind. Brox und Malfurion wurden einige Schritte zurückgestoßen, und der Magier wurde beinahe in die Luft gerissen, so heftig stieß man ihn vom Rand des Ringes weg.

„In meinem Reich wird es so etwas nicht geben!“, verkündete Cenarius’ Stimme.

In der Nähe des Blumenbeets wirbelte der starke Wind Blätter, Staub und andere Dinge des Waldes auf, schleuderte sie umher und erschuf einen Wirbelsturm. Die kleine Windhose wurde größer und größer, bis die Blätter und Äste zu einer gewaltigen Gestalt verschmolzen.

Die Luft beruhigte sich, als Cenarius vortrat und Malfurion und die anderen betrachtete.

„Von dir hätte ich Besseres erwartet“, bemerkte er ruhig und mit einem Blick auf den Nachtelf. „Aber dies sind seltsame Zeiten.“ Er sah Brox an. „Und wie es scheint, werden sie mit jeder vergehenden Stunde seltsamer.“

Der Ork knurrte Cenarius an. Malfurion brachte ihn rasch zum Schweigen. „Dies ist der Herr des Waldes, der Halbgott Cenarius … der, zu dem ich dich bringen wollte, Brox.“

Brox entspannte sich ein wenig und zeigte dann auf den Magier in seinem Umhang. „Und der? Ist das auch ein Halbgott?“

„Er ist Teil des Rätsels“, antwortete Cenarius. „Und du scheinst zum gleichen Rätsel zu gehören.“ An das Wesen im Ring gewandt, fügte er hinzu: „Du hast den Neuankömmling erkannt, mein Freund Rhonin.“

Der Magier schwieg.

Der Halbgott schüttelte sichtlich enttäuscht den Kopf. „Ich will dir nichts tun, Rhonin, aber es ist zu viel geschehen, das mich und die anderen verstört und nicht hierher zu gehören scheint. Du und dein verschwundener Begleiter und jetzt dieser …“

„Sein Name ist Brox“, half Malfurion aus.

„Dieser Brox“, fügte Cenarius hinzu. „Ein weiteres Wesen, das selbst ich noch nie gesehen habe. Und wie ist Brox hierher gelangt, mein Schüler? Ich nehme an, es gibt eine verstörende Geschichte über ihn zu erzählen.“

Der Nachtelf nickte und begann sofort von seiner Ork-Rettungsaktion zu berichten. Dabei nahm er jede Schuld auf sich. Tyrande und Illidan erwähnte er kaum.

Doch Cenarius, der viel weiser und älter als sein Schüler war, erkannte einen Großteil der Wahrheit. „Ich sagte bereits, dass das Schicksal dir und deinem Bruder unterschiedliche Wege auferlegt hat. Ich glaube, dass ihr diese Kreuzung nun erreicht habt, auch wenn ihr es nicht wisst.“

„Ich verstehe nicht, was –“

„Darüber reden wir ein anderes Mal.“ Der Halbgott ging plötzlich an Malfurion und Brox vorbei und blickte in den Wald. Rund um die Lichtung begannen die Baumkronen voller Wut zu erzittern. „Wir haben keine Zeit mehr. Ihr solltet euch besser bereit halten … auch du, Freund Rhonin.“

„Ich?“, fragte der Zauberer.

„Was ist los, Shan'do?“ Malfurion spürte die Wut der Bäume.

Der sonnendurchflutete Himmel donnerte, und der Wind wurde erneut stärker. Ein Schatten fiel über Cenarius' majestätisches Antlitz, ein dunkler Schatten, der selbst Malfurion vor seinem Lehrer zurückweichen ließ.

Der Herr des Waldes streckte seine Arme aus, als wolle er jemanden umarmen, den niemand außer ihm sehen konnte. „Wir werden gleich angegriffen … und ich befürchte, dass ich euch nicht alle beschützen kann.“

Die einsame Felbestie folgte der Spur, wie es kein Tier und kein Reiter vermocht hätte. Sie witterte nicht den Geruch ihrer Beute, sondern die Magie, die in ihr wohnte. Die Energie, die man Magie nannte, war Nahrung, ebenso wie Fleisch und Blut … und wie alle anderen ihrer Art war die Felbestie stets hungrig.

Sterbliche Wesen hätten die Magie des Wächters nicht bemerkt, aber dem Dämon fiel sie sofort auf. Er stürzte sich voller Gier auf sein unbewegliches Ziel. Die furchtbaren Tentakel schlugen wie Peitschen aus und trafen den dicken Stamm.

Die Eiche tat ihr Bestes, um gegen den unbekannten Feind zu bestehen. Wurzeln griffen nach den Pfoten, aber die Felbestie wich ihnen aus. Lose Äste stürzten von hoch oben herab und prallten von der dicken Haut des Monsters ab.

Als die Eiche bemerkte, dass das, was sie versuchte, keine Wirkung zeigte, stieß sie einen seltsam klagenden Schrei aus, der immer heller wurde. Schon bald hatte er eine Höhe erreicht, die für die meisten Wesen unhörbar war.

Doch für die Felbestie war dies ein furchtbarer Laut. Der Dämon jaulte und versuchte, seinen Kopf in die Erde zu stecken. Gleichzeitig jedoch weigerte er sich, den Wächter loszulassen. Die beiden Wesen kämpften …

Am Ende erwies sich die Felbestie als stärker. Der Eiche wurde die Magie immer weiter entzogen, und sie fiel mehr und mehr in sich zusammen. Schließlich starb sie – so wie es mit der Mondgarde geschehen war –, nachdem sie Tausende von Jahren den Pfad erfolgreich bewacht hatte.

Die Felbestie schüttelte ihren Kopf und zog die Luft durch die Nüstern. Die Tentakel zuckten gierig vor, aber der Dämon verließ seine Position nicht. Er war durch die Magie der Eiche gewachsen und jetzt doppelt so groß wie zuvor.

Dann kam es zur Verwandlung. Eine tiefschwarze Aura umgab die Felbestie und hüllte sie vollständig ein. Darin gefangen wand sich der Dämon, als versuchte er, vor sich selbst zu fliehen.

Und je stärker er dies versuchte, desto mehr veränderte er sich. Ein Kopf erschien, dann zwei, drei, vier … schließlich fünf. Jedes Haupt zog heftiger und stärker am Körper, bis breite Hälse, kräftige Schultern und muskulöse Oberkörper und Beine zum Vorschein kamen.

Durch die reiche Magie des uralten Wächters wurde aus der einzelnen Felbestie ein Rudel. Die Anstrengung schwächte die Dämonen vorübergehend, doch sie erholten sich innerhalb weniger Augenblicke. Das Wissen, dass vor ihnen noch mehr Nahrung und noch mehr Macht lag, spornte sie an.

Das Rudel der Felbestien stürmte der Lichtung entgegen.

# VIERZEHN

*Du bist ein wahrer Diener*, sagte der Erhabene zu Lord Xavius. *Deine Belohnung wird unendlich sein … Alles, was du dir erträumst, sollst du haben … alles … und jeden.*

Die magischen Augen des Nachtelfen blinzelten nicht, als er auf einem Knie vor dem feurigen Portal hockte und die Versprechen des Gottes in sich aufsog. Er war der bevorzugte Diener des Erhabenen. Er würde unvorstellbare Macht erlangen, sobald der Weg bereitet war.

Und je länger die Hochgeborenen daran scheiterten, Letzteres zu erreichen, desto mehr verzögerte sich die Ankunft des Gottes. Das frustrierte den Berater zusehends.

Dieses Gefühl teilte er mit zwei weiteren Personen. Die eine war Königin Azshara, die sich ebenso sehr nach dem Tag sehnte, an dem all die Unreinen von der Welt getilgt würden und nur die Nachtelfen übrig blieben – und auch von ihnen nur die Besten –, um über das neue Paradies zu herrschen. Sie wusste natürlich nicht, dass der Erhabene in seiner Weisheit beschlossen hatte, sie zu Xavius' Gefährtin zu machen. Aber der Berater nahm an, dass ihre Proteste nur von kurzer Dauer sein würden, wenn ihr wundervoller Gott sie davon in Kenntnis setzte.

Auch der riesige Hakkar war von dem Mangel an Erfolg frustriert. Der Herr der Hunde wurde stets von zwei Felwachen begleitet, wenn er die hochgeborenen Magier aufsuchte, sie auf Fehler in ihren Zaubern hinwies oder seine eigene Macht zu ihrer Unterstützung einsetzte.

Doch selbst mit seinem uralten Wissen war es ihnen gerade erst gelungen, einen kleinen Triumph zu erzielen. Jetzt hielten sich Hakkar und seine Haustiere nicht mehr allein unter den Nachtelfen auf. Zu ihnen hatten sich drei weitere gehörnte Riesen mit roten Gesichtern gesellt, die manch einer entsetzlich fand. Lord Xavius aber bewunderte sie. Sie waren mehr als neun Fuß groß und überragten die Hochgeborenen, die selbst bereits sieben Fuß maßen.

Dies waren die Abgesandten des Gottes, Himmelskrieger, deren einzige Pflicht darin bestand, jeden seiner Befehle auszuführen, egal, was es sie kostete. Jeder von ihnen war rund neun Fuß hoch, und obwohl sie seltsam dürr wirkten, hatte keine der in Flammenrüstungen gehüllten Gestalten Probleme damit, ihre massiven Schilde zu halten und den brennenden Streitkolben zu schwingen. Sie gehorchten jedem Befehl aufs Wort und behandelten den Berater mit dem gleichen Respekt, den sie Hakkar erwiesen.

Und schon bald würden weitere eintreffen. Als Xavius zurücktrat, sah er, wie das Portal aufleuchtete. Es dehnte sich aus, wurde größer und größer, bis …

… eine weiterer Felbestie – so nannte Hakkar die mächtigen Kämpfer – durch das Tor kam. Der Neuankömmling betrat die sterbliche Welt und neigte sein furchterregendes Haupt zuerst in Hakkars Richtung, dann in Xavius'.

Hakkar befahl ihm mit einer Geste, sich neben die anderen zu begeben. Dann wandte sich der Herr der Hunde an Xavius und zeigte auf die vier Krieger. „Der Erhabene hat sssein erssstes Versprechen erfüllt, Lord Nachtelf. Befiehl ihnen! Sssie werden allesss tun, wasss du von ihnen verlangssst."

Xavius wusste genau, was sie für ihn tun sollten. „Da sie ein Geschenk für mich waren, möchte ich sie der Königin vermachen. Sie werden Azshara als würdige Leibwache dienen."

Der Herr der Hunde nickte anerkennend. Sie beide wussten, wie wichtig es war, die Königin der Nachtelfen bei Laune zu halten, ebenso wie beide das geheime Verlangen des Beraters kannten. „Esss wird am bessten sssein, wenn Ihr ssselbssst der Königin diesssesss Geschenk überbringt, Lord Nachtelf. Wir werden die Arbeit während Eurer Abwesssenheit fortsssetzen, darauf werde ich achten."

Der Vorschlag gefiel Xavius über die Maßen. Er verbeugte sich vor Hakkar und befahl den riesigen Kriegern mit einem Fingerschnippen, ihm zu folgen und das Turmzimmer zu verlassen. Er wusste genau, wo er Azshara um diese Zeit finden würde.

Als er sich abwandte, schaute der Herr der Hunde ihm mit glühenden Steinaugen nach.

Während ihr Berater nur wenig schlief – in der letzten Zeit so gut wie gar nicht – nahm sich Azshara als Königin das Recht heraus, zu ruhen, wann immer ihr danach war. Schließlich musste sie in jeder Hinsicht perfekt sein und auch auf ihre Schönheit achten. Daher schlief die Herrscherin der Nachtelfen meistens den ganzen Tag lang, um dem harten, brennenden Sonnenlicht zu entgehen.

Dementsprechend reagierte Azshara im ersten Moment nicht gerade freundlich, als eine verschüchterte Dienerin eintrat. Die junge Frau fiel rasch vor dem raumfüllenden runden Bett auf die Knie und verschwand beinahe hinter dem Vorhang, der es umgab.

Mit einer lässigen Handbewegung erlaubte das Licht der Lichter der Dienerin zu sprechen.

„Herrin, vergebt meiner Wenigkeit, aber der Lordberater bittet um eine Audienz. Er sagt, er habe etwas, das euch interessieren würde."

Azshara konnte sich im Moment nichts vorstellen, das sie dazu bringen könnte, ihr Bett zu verlassen, auch nicht für ihren Berater. Sie spitzte die Lippen, während silbernes Haar über ihre Kissen floss, und überlegte, ob sie Xavius fortschicken sollte.

„Lass ihn fünf Minuten warten", schnurrte sie schließlich und begann sich kunstvoll in Pose zu legen. Sie kannte Xavius' Geschmack und wusste diesen Vorteil zu nutzen. Der Berater glaubte vielleicht, seiner Monarchin überlegen zu sein, doch als Frau war sie jedem Mann überlegen. „Dann erlaube ihm, einzutreten."

Die Dienerin hinterfragte die Entscheidung ihrer Herrin nicht. Azshara beobachtete aus halb geschlossenen Augen, wie sie den Raum verließ. Dann streckte sie sich elegant und bereitete sich auf das Treffen mit ihrem wichtigsten Berater vor.

Die junge Dienerin kehrte nervös zurück. Xavius wartete bereits seit mehreren Minuten. Sie hielt den Kopf gesenkt, was den Ausdruck auf ihrem Gesicht verbarg, und führte den Berater durch dicke, kunstvoll bearbeitete Eichentüren in die Privatgemächer der Königin.

Nur wenige Male hatte er es gewagt, sie in diesem intimen Bereich aufzusuchen. Xavius ahnte, was ihn erwartete. Azshara würde makellos und verführerisch wirken und dabei so tun, als bemerke sie selbst nichts davon. Sie spielte dieses Spiel gern und gut, aber er war darauf vorbereitet. Er war ihr in seinem Denken stets voraus.

Tatsächlich lag die Königin der Nachtelfen ausgestreckt auf ihrem Bett, einen Arm hinter dem Kissen. Zwei in Seide gehüllte Dienerinnen knieten in ihrer Nähe. Ein silbernes Tablett mit einer smaragdgrünen Karaffe voller Wein stand in Reichweite und ein halb gefüllter Kelch verriet, dass sie ihn bereits gekostet hatte.

„Mein über alles geschätzter Lordberater", hauchte sie. „Ihr müsst eine furchtbar wichtige Mitteilung für mich haben, wenn Ihr zu solcher Stunde um eine Audienz ersucht." Das dünne, glänzende Tuch der Zudecke betonte ihren makellosen Körper.

Er legte die Faust auf sein Herz und stützte ein Knie auf den Boden. Lord Xavius blickte auf den weißen Marmorboden und antwortete: „Licht der Lichter, geliebtes Herz des Volkes, ich danke Euch für die Zeit, die Ihr mir gewährt. Es tut mir Leid, Euch jetzt zu stören, aber ich habe ein hochinteressantes Geschenk mitgebracht, ein Geschenk, das der Königin der Nachtelfen, der Königin der Welt würdig ist. Wenn ich es hereinbringen dürfte?"

Er sah auf und bemerkte, dass er ihre volle Aufmerksamkeit hatte. Ihre verschleierten Augen konnten ihre wachsende Neugier und Erwartung nicht verbergen. Azshara richtete sich halb in ihrem Bett auf. Das Tuch bedeckte ihren Oberkörper gerade eben.

„Das interessiert mich, mein lieber Xavius. Ich gewähre dir die Ehre, mir dein Geschenk zu präsentieren.“

Der große Berater erhob sich, drehte sich zur Tür und schnippte mit den Fingern.

Man hörte überraschte Rufe außerhalb des Zimmers, dann stürmten zwei aufgelöst wirkende Dienerinnern ins Innere, wo sie wohl den Schutz und die Geborgenheit ihrer Herrin suchten. Stirnrunzelnd beugte sich Azshara vor, allerdings nicht so weit, dass die Bettdecke herab fiel.

Die vier furchterregenden Krieger marschierten in einer Zweierreihe in die Privatgemächer der Königin. Sie waren so groß, dass sie sich im Türrahmen ducken mussten, um nicht mit ihren Hörnern über das Holz zu schrammen. Sie verteilten sich, nachdem sie eingetreten waren und hoben salutierend ihre Flammenschilde und brennenden Streitkolben.

Azshara betrachtete sie fasziniert. „Was sind das für Gestalten?“

„Euer, meine Königin, sie gehören fortan Euch! Der Schutz Eures Lebens ist ihre einzige Pflicht, der einzige Grund ihrer Existenz. Vor Euch steht Eure neue Leibwache, Majestät.“

Er sah, wie sehr ihr das gefiel. Es würden noch viele Himmelskrieger durch das Portal kommen, aber diese waren die ersten und er hatte sie ihr zum Geschenk gemacht. Damit waren sie etwas Besonderes.

„Wie wundervoll“, murmelte sie und streckte einen Arm nach einer Dienerin aus. Die junge Frau griff sofort nach Azsharas Robe. Die anderen Zofen bildeten mit ihren Körpern eine Wand, bis nur noch der Kopf der Königin für Xavius und die Felbestien sichtbar war. „Wie überaus passend. Euer Geschenk ist mehr als akzeptabel.“

„Es freut mich, dass es Euch gefällt.“

Die Dienerinnen traten zurück. Königin Azshara war in eine halb durchsichtige, frostfarbene Robe gekleidet, als sie sich vom Bett erhob. Mit gemessenen Schritten ging sie zu den riesenhaften Gestalten und betrachtete sie eingehend. Der Saum ihres Kleids glitt über den Marmorboden. Die Felbestien standen so regungslos, als wären sie aus Stein.

„Gibt es mehr von ihnen?“

„Es werden weitere eintreffen.“

Sie runzelte die Stirn. „Wie soll der Erhabene selbst das Portal durchschreiten, wenn wir immer nur ein paar seiner Krieger zu uns holen können?“

„Wir schöpfen so gut es geht aus der Quelle, o glorreiche Königin. Aber es gibt widerspenstige Strömungen, Reaktionen von außen, die Einflüsse anderer Zauberer …“

Wie ein Kind, das ein neues Spielzeug bewundert, streckte die Königin die Hand aus und berührte ganz leicht die brennende Rüstung eines Kriegers. Es zischte leicht. Die Königin zog ihre Finger zurück. Auf ihrem perfekten Gesicht lag ein merkwürdig zufriedener Ausdruck. „Warum habt Ihr die Quelle dann nicht von diesen äußeren Störungen getrennt? Das würde Eure Arbeit wesentlich vereinfachen.“

Lord Xavius öffnete den Mund, um ihr zu erklären, weshalb der Charakter der Zauber, die die Hochgeborenen wirkten, dies nicht zuließ, begriff dann jedoch, dass er kein wirklich gutes Gegenargument zu ihrem Einfall hatte. Theoretisch hatte Azsharas Vorschlag ungemeine Vorteile.

„Ihr seid wahrhaftig eine Königin“, sagte er schließlich.

Ihre goldenen Augen musterten ihn. „Natürlich bin ich das, mein lieber Berater. Es hat stets nur eine gegeben und es wird auch immer nur *eine* Azshara geben.“

Er nickte stumm.

Sie ging zurück zum Bett und setzte sich graziös auf die Kante. „Wenn das dann alles ist …“

„Für den Moment ist es das, meine Königin.“

„Dann habt Ihr jetzt doch sicher noch einiges zu erledigen.“

Lord Xavius akzeptierte den Rauswurf mit einer tiefen Verbeugung und verließ das Gemach der Königin. Ihre Haltung und königliche Überheblichkeit verdrossen ihn nicht und dass sie ihn gängelte, störte ihn nur ein bisschen.

*Die Quelle von den Störungen trennen …*

Es war machbar. Selbst wenn es die Hochgeborenen allein nicht vermochten, unter Hakkars Führung musste es möglich sein. Er war überzeugt, dass der Herr der Hunde wusste, wie man am besten vorging. Wenn nur noch der Palast die Quelle nutzten konnte, würde sich ihre Kraft leichter von den Hochgeborenen manipulieren und transformieren lassen.

Wen interessierte es da schon, dass beim übrigen Volk das nackte Chaos ausbrechen würde, sobald man es von dem magischen Born isolierte.

„Er ist ganz gewiss einer von uns … aus irgendeinem Grund erkenne ich das so sicher, wie mich selbst …“

Das waren vielleicht die ironischsten Worte, die jemals gesprochen wurden, zumindest erschien es Krasus in diesem Moment so. Schließlich hatte der Drache Korialstrasz, der Neueste von Alexstraszas Gefährten, sie ausgesprochen.

Gleichzeitig war er Krasus’ jüngeres Ich.

Korialstrasz erkannte sich selbst nicht, zumindest nicht bewusst. Dass Alexstrasza ihn auch nicht über die Zusammenhänge aufgeklärt hatte, warf einige Fragen auf.

Eine davon, die möglicherweise mit den anderen zusammenhing, betraf den Zustand des Drachen. Obwohl Krasus’ Erinnerung voller Lücken war, bezweifelte er, dass er eine solche Krankheit, wie sie seine frühere Inkarnation in diesem Moment durchlitt, vergessen hatte. Korialstrasz wirkte zu alt und zu schwach für sein Lebensalter. Er wirkte sogar verbrauchter als Tyran, der einige Jahrhunderte mehr als Korialstrasz gesehen hatte.

„Was kannst du sonst noch über ihn sagen?“, fragte Alexstrasza ihren Gefährten.

Der andere Drache sah Krasus durch zusammengekniffene Augen an. „Er ist alt, sehr alt.“ Korialstrasz legte den Kopf schief. „Etwas in seinen Augen … seinen Augen …“

„Was ist mit ihnen?“

Der gewaltige Drache wich zurück. „Vergib mir! Mein Geist ist verwirrt. Ich bin im Moment deiner Gegenwart nicht würdig. Ich sollte mich zurückziehen …“

Doch sie ließ ihn nicht gehen. „Sieh ihn an, mein Gefährte. Ich bitte dich nur noch um eine Antwort: Trotz der geringen Kenntnis, die du über ihn hast, würdest du seinem Wort vertrauen?“

„Ich … ja, meine Alexstrasza … das würde ich.“

Plötzlich geschah etwas Seltsames mit Krasus. Während die Drachen sich über ihn unterhielten, begann er sich stärker zu fühlen, kräftiger als er sich seit seiner Ankunft in der Vergangenheit gefühlt hatte. Nicht so stark, wie er hätte sein sollen, aber wesentlich vitaler als zuvor.

Und das schien nicht nur ihm so zu ergehen. Ihm fiel auf, dass sein jüngeres Ich trotz gegenteiliger Aussage, besser aussah. Ein wenig Farbe war in seine Schuppen zurückgekehrt und Korialstrasz bewegte sich weniger schwerfällig. Seine Worte kamen auch nicht mehr stoßweise.

Alexstrasza nickte auf die Antwort ihres Gefährten hin. Dann sagte sie: „Das wollte ich hören. Es bedeutet einiges, dass du so denkst.“

„Wünschst du sonst noch etwas von mir? Meine Stärke kehrt zurück. In deiner Gegenwart zu weilen und dich zu unterstützen, scheint mir wohl zu tun.“

Ein Lächeln, das Krasus nur zu gut kannte, strich über das Gesicht der Drachenkönigin. „Stets ein Poet, mein geliebter Korialstrasz. Ja, ich wünsche viel mehr von dir. Ich weiß, es wird dir schwer fallen, aber ich muss dich um deine Begleitung bitten, wenn ich diesen hier zu den anderen Aspekten bringe.“

Es gelang ihr, beide Versionen von Krasus zu überrumpeln. Die junge Inkarnation sprach zuerst. In ihren Worten spiegelte sich die Überraschung der älteren. „Du willst zu einem Treffen der Fünf aufrufen? Wegen ihm? Warum?“

„Weil er eine Geschichte erzählt hat, die sie hören müssen, eine Geschichte, die ich dir jetzt erzähle … danach darfst du ein weiteres Mal entscheiden, ob du ihm vertraust oder nicht.“

Also würde der andere doch noch die Wahrheit erfahren. Krasus bereitete sich auf seinen Schock vor.

Doch so wie er Rhonin überrascht hatte, als er eine Geschichte erzählte, die nicht nur einen Teil der Wahrheit, sondern seine eigene Identität ausließ, so überraschte die Drachenkönigin jetzt ihn. Sie sprach über die Störungen und all die anderen Dinge, die Krasus dem Wächter berichtet hatte, ließ jedoch die wahre Identität des Magiers aus. Für ihren Gefährten war Krasus nur ein Angehöriger des roten Schwarms, einer, dessen Geist beim Angriff übermächtiger Kräfte zerrüttet worden war.

Krasus selbst versuchte nicht, sich zu erkennen zu geben. Sie war Alexstrasza, seine Liebe, sein Leben. Er war vielleicht ihr Berater, aber sie verfügte über die Weisheit eines Aspekts. Wenn sie der Meinung war, sein jüngeres Ich solle unwissend bleiben, hatte er dem nicht zu widersprechen.

„Eine bemerkenswerte Geschichte", murmelte Korialstrasz. „Käme sie aus einem anderen Mund als dem deinen, meine Königin, würde ich sie nicht glauben."

„Dann vertraust du ihm nicht mehr?"

Die Blicke des Jüngeren trafen die des Älteren. Auch wenn Korialstrasz sich selbst nicht erkannte, so spürte er doch die Seelenverwandtschaft. „Nein, ich vertraue ihm immer noch. Wenn du glaubst, es wäre richtig, ihn zu den anderen zu bringen, dann stimme ich dir zu."

„Wirst du mit mir fliegen?"

„Aber ich bin keiner der Fünf … ich bin nur ich."

Die Königin des Lebens lachte hell auf, ein melodisches Geräusch aus der Tiefe des Drachenkörpers. „Und daher bist du so viel wert wie ein jeder von uns."

Korialstrasz fühlte sich sichtlich geschmeichelt. „Wenn ich so stark sein sollte wie heute, dann werde ich gerne an deiner Seite fliegen und mich vor die anderen Aspekte stellen."

„Danke … das ist alles, worum ich bitte." Sie lehnte sich vor und berührte seinen Kopf mit ihrem.

Krasus spürte eine seltsame Eifersucht. Da stand er und beobachtete die Zärtlichkeit zwischen sich selbst und seiner Gefährtin, ohne wirklich er selbst zu sein. Er wünschte sich, er könne für einen Moment den Platz mit Korialstrasz tauschen und für diesen einen wundervollen Moment wieder sein wahres Ich annehmen.

Mit einem letzten sehnsüchtigen Blick wandte sich der Drache ab und verließ die Kammer. Als Korialstrasz' Schwanzspitze im Gang verschwand, wurde dem Magier plötzlich schwindelig. Die Schwäche kehrte mit einem Ruck zurück und ließ ihn taumeln.

Er wäre gefallen, hätte sich nicht etwas Schuppiges sanft um ihn geschlungen – Alexstraszas eigener Schwanz hatte ihn vor einem Sturz bewahrt.

„Die beiden Teile wurden zusammengefügt … zumindest für eine Weile."

„Ich weiß nicht …" Seine Gedanken verschwammen.

„Du hast dich in seiner Gegenwart viel besser gefühlt, nicht wahr?"

„J-Ja."

„Ich wünschte, ich wäre jetzt Nozdormu. Er würde mehr begreifen als ich. Ich denke … dass in der irdischen Welt kein Wesen neben sich selbst existieren kann. Ich glaube, dass du und er, die ja eins sind, auf die gleiche Lebenskraft zugreifen. Wenn ihr weit voneinander entfernt seid, werdet ihr halbiert, aber wenn ihr einander nah seid, so wie eben, ist der Effekt nicht so stark. Ihr helft einander."

In ihrer sicheren Umarmung erholte sich Krasus soweit, dass er über ihre Worte nachsinnen konnte. „Deshalb hast du ihn gebeten mitzukommen."

„Deine Geschichte muss erzählt werden und sie wird besser erzählt, wenn er nahe ist. Was deine unausgesprochene Frage angeht – weshalb ich ihm die Wahrheit verschwiegen habe –, nun, das liegt an dem, was vielleicht getan werden muss, um die Angelegenheit zu bereinigen."

Ihr Tonfall wurde in diesem letzten Satz grimmiger, was Krasus' eigenen Verdacht bestätigte. „Du glaubst, dass es zu einer Situation kommen könnte, in der einer von uns aus dieser Zeitperiode entfernt werden muss … auch wenn es den Tod bedeutet."

Der Leviathan nickte zögernd. „Das befürchte ich, mein Geliebter."

„Ich akzeptiere die Entscheidung. Das war mir von Anfang an klar."

„Dann gibt es nur noch eines, worüber wir sprechen müssen, bevor ich die anderen kontaktiere … Was soll mit dem anderen geschehen, der dich begleitete?"

Innerlich bat Krasus Rhonin, ihm zu vergeben, aber laut sagte er ohne Zögern: „Er wird mein Schicksal teilen, wenn es denn sein muss. Auch er sorgt sich um andere. Er würde sein Leben für sie geben."

Die Königin des Lebens nickte. „Ich vertraute deinem Rat, als es um dich ging, und nun vertraue ich ihm erneut. Sollte der andere zustimmen, wird auch er entfernt werden." Der Gesichtsausdruck des Drachen wurde sanft. „Bitte glaube mir, dass ich auf ewig darüber trauern werde."

„Dich trifft keine Schuld, meine Königin, mein Herz."

„Ich muss mit den anderen sprechen. Am besten wartest du hier. An diesem Ort wirst du nicht ganz so schwach sein."

„Du ehrst mich, meine Königin."

„Ehren? Du bist mein *Gefährte*. Dir steht nicht weniger zu."

Mit ihrem Schwanz führte sie ihn zu einem Teil des Raumes, der direkt an den Bach grenzte. Krasus setzte sich in eine natürliche Mulde, die ihm als riesiger Stuhl diente.

Die Drachenkönigin zögerte, bevor sie den Gang betrat. „Ich hoffe, du wirst dich inmitten der Eier wohl fühlen."

„Ich werde darauf achten, sie nicht zu berühren." Krasus verstand den Wert, den sie darstellten.

„Ich bin mir sicher, dass du das wirst, mein Geliebter … vor allem, weil es deine sind."

Sie ließ ihn wortlos zurück. Als sie verschwunden war, betrachtete Krasus jedes einzelne Ei. Als Gefährte hatte er sich natürlich mit der Königin fortgepflanzt. Viele seiner Kinder waren erwachsen geworden und hatten dem Schwarm Ruhm gebracht.

Er schlug mit der Faust gegen den Stein und ignorierte den Schmerz, der nach dieser dummen Tat durch seine Hand schoss. Obwohl er seiner geliebten Alexstrasza manches berichtet hatte, kannte sie doch einige wichtige Fakten noch nicht, allen voran war die bevorstehende Ankunft der Brennenden Legion. Krasus fürchtete, dass seine Königin trotz ihrer Weisheit in Versuchung geraten würde, mit der Geschichte zu spielen … und daraus konnte eine noch schrecklichere Katastrophe erwachsen.

Schlimmer war jedoch, dass Krasus ihr nichts über die Zukunft ihrer eigenen Art hatte sagen können, in der nur wenige Drachen überleben würden … eine Zukunft, in der die Nachkommen dieser und zahlreicher anderer Eier sterben würden, noch bevor sie ganz ausgewachsen waren.

Eine Zukunft, in der die Königin des Lebens zu einer Sklavin werden würde – und ihre Kinder zu den Kriegshunden eines eroberungssüchtigen Volkes.

# FÜNFZEHN

Die Felbestien preschten durch den verzauberten Wald. Ihre Nüstern blähten sich, als der Geruch von Magie stärker wurde.

Doch als eine von ihnen über einen vermodernden Baumstamm hinwegsetzen wollte, griffen die Äste eines anderen Baumes nach ihren Beinen und hielten sie fest. Die Tatzen einer weiteren Felbestie versanken im plötzlich schlammig gewordenen Boden. Eine Dritte kollidierte mit einem vorschnellenden Busch, dessen rasiermesserscharfe Dornen sogar ins von dicker Haut umgebene Fleisch des Dämons drangen, es aufrissen und ihm immense Schmerzen zufügten.

Der Wald erwachte zum Leben, um sich und seinen Herrn zu verteidigen. Der Angriff der fünf Felbestien geriet ins Stocken … war jedoch noch nicht gescheitert. Gewaltige Klauen rissen die Äste aus ihren Stämmen. Eine andere Kreatur zog den im Sumpf gefangenen Dämon heraus, bevor sie selbst ihren Weg fortsetzte. Hunger und Wut verliehen dem Dämon, der im Buschwerk zappelte, solche Kräfte, dass er durch die Dornen brach, ohne sich länger um die blutenden Wunden zu kümmern.

Die Jäger, daran gab es kaum noch einen Zweifel, würden ihre Beute nicht davonkommen lassen …

„Shan'do? Was ist passiert?"

Der Halbgott sah seinen Schüler an. In seinem Blick lag kein Vorwurf. „Die Hunde, von denen du gesprochen hast … sie sind dir hierher gefolgt."

„Gefolgt? Das kann nicht sein. Es war nur einer übrig und er …"

Brox unterbrach ihn. Seine rumpelnde Stimme hatte nichts annähernd Beruhigendes. „Die Felbestien … sie sind dunkle Magie. Wo es eine gab … können weitere entstehen, falls sie etwas zu fressen bekommen … Das habe ich gesehen …"

„Ein enger Freund und treuer Wächter ist einer von ihnen zum Opfer gefallen", antwortete Cenarius, bevor er seine Aufmerksamkeit wieder dem dichten Wald zuwandte. „In ihm wohnte uralte, mächtige Magie. Das Böse fühlte sich davon angezogen."

Der Ork nickte. „Also sind aus einer viele geworden." Brox griff instinktiv hinter sich, aber seine geliebte Streitaxt hing nicht über seinem Rücken. „Ich habe nichts, womit ich kämpfen könnte."

„Du wirst bewaffnet werden. Suche rasch nach einem Ast, der die Länge deiner Lieblingswaffe hat. Malfurion – hilf mir."

Brox folgte der Aufforderung. Er zeigte dem Halbgott und dem Nachtelf einen dicken Ast, den er auf Cenarius' Bitte vor Malfurion ablegte.

„Knie davor nieder, mein Schüler. Du ebenfalls, Krieger. Malfurion, lege deine Hände auf den Ast, Krieger, lege deine auf die seinen." Der Waldgott wartete, bis sie ihm gehorcht hatten, dann befahl er: „Krieger, denke jetzt nur noch an die Waffe, an nichts anderes. Nur noch daran! Wir müssen schnell handeln. Malfurion, du musst deinen Geist öffnen und seine Gedanken in deine fließen lassen. Ich werde dir weiterhelfen, wenn das geschehen ist."

Der Nachtelf befolgte den Befehl. Er reinige seine Gedanken, wie sein Shan'do es ihn gelehrt hatte, und tastete nach einer Verbindung mit dem Ork.

Fast augenblicklich spürte er eine urweltliche Kraft, die in seinen Geist stieß. Malfurion hätte sie beinahe zurückgeworfen, beruhigte sich dann jedoch. Er akzeptierte Brox' Gedanken und wartete ab, wie das Bild, an das der Krieger dachte, Gestalt annahm.

*Siehst du die Waffe, mein Schüler?*, sagte Cenarius' Stimme. *Fühlst du sie und die Muster ihrer Entstehung?*

Das tat Malfurion. Er fühlte auch die enge Verbindung zwischen dem Ork und seiner Waffe. Sie war mehr als nur ein Werkzeug, sie war Teil des Kriegers.

*Führe deine Hand über das Holz und behalte das Bild in deinem Kopf. Folge den natürlichen Mustern und verwandele sie in die gewünschte Form ...*

Brox' Hände lagen immer noch auf den seinen, als der Nachtelf begann, seine Finger über das Holz zu führen. Er spürte, wie es unter seiner Berührung weich wurde und sein Aussehen veränderte.

Nach und nach entstand eine Axt mit breiter Klinge, die komplett aus Eichenholz bestand. Malfurion sah zu, wie sie Gestalt annahm und spürte Zufriedenheit darüber, dass er eine gute, starke Waffe erschuf, genau wie jene, die er bei seiner Gefangennahme durch die Nachtelfen verloren hatte ...

Er spannte sich an. Das waren die Gefühle des Ork, nicht seine eigenen. Malfurion drängte sie rasch zurück und konzentrierte sich auf die letzten Schritte seiner Arbeit – die Krümmung des Stiels, die Schärfe der Klinge.

*Die Aufgabe ist vollbracht*, sagte Cenarius. *Kehre zu mir zurück ...*

Der Nachtelf und der Ork unterbrachen ihre Verbindung. Einen Augenblick lang starrten sie einander an. Malfurion fragte sich, ob Brox auch seine Gedanken wahrgenommen hatte, aber das grünhäutige Wesen gab nicht zu erkennen, ob dies geschehen war.

Zwischen ihnen lag eine blank polierte Waffe, so wie Brox sie sich gewünscht hatte. Der Nachtelf bezweifelte jedoch, dass sie mehr als zwei Hiebe überstehen würde.

Der Waldgott hob die Hände, als habe er diesen Gedanken gelesen – und die Axt lag plötzlich auf seinen Handflächen. Cenarius betrachtete sie mit seinen goldenen Augen.

„Sie soll stets ihr Ziel finden und ihren Herrn immer schützen. Sie soll im Namen von Leben und Gerechtigkeit geschwungen werden. Sie soll ihrem Herrn Kraft schenken, so wie er ihr Kraft gibt."

Während er diese Worte sprach, entstand eine blaue Aura rund um die Axt. Das Licht wurde von der Axt aufgesogen. Sie begann bläulich zu schimmern.

Der Halbgott reichte dem Ork die Axt. „Sie gehört dir. Sie wird dir gute Dienste erweisen."

Der Ork nahm die Axt mit geweiteten Augen entgegen und schwang sie probeweise. „Die Balance … perfekt! Das Gefühl … wie ein Teil meines Arms. Aber sie wird zerbrechen …"

„Nein", antwortete der Waldgott. „Außer Malfurions Können hat sie jetzt auch meinen Segen erhalten. Du wirst feststellen, dass sie stärker als jede von Menschen geschmiedete Axt ist. Das garantiere ich dir."

Der Nachtelf griff nach keiner Waffe und wünschte sich auch keine, wie Brox sie trug. Obwohl er wusste, dass die dämonischen Kreaturen sich von Magie und Zauberei ernährten, setzte er immer noch auf seine Zauber, nicht auf Waffen, die er nur mittelmäßig zu führen verstand. Er hatte bereits einen Plan, wie er seine Talente einsetzen konnte, ohne dass es ihm zum Nachteil gereichte.

Und so stellte das Trio sich dem Feind.

Die Alpträume aus Rhonins Vergangenheit kehrten zurück, um ihn zu quälen, ihn zu jagen, und dieses Mal wurden sie Realität. Felbestien, die Boten der Brennenden Legion, hatten die Dimension der Sterblichen erreicht. Die endlosen Reihen der gehörnten Feuerdämonen konnten folglich nicht mehr weit sein.

Krasus hatte dem rothaarigen Magier drastisch vor Augen geführt, was geschehen würde, wenn er weiter in die Vergangenheit eingriff. Was wie ein Sieg aussah, konnte sehr wohl das Ende der bisherigen Zukunft bedeuten. Wenn Rhonin wirklich die Leben derjenigen, die er liebte, schützen wollte, so unternahm er am besten gar nichts mehr.

Doch als die erste Felbestie auf die Lichtung sprang, vergaß er sämtliche hehren Vorsätze.

Donner krachte rund um den Halbgott, als er den Felbestien entgegen trat. Seine Hufe erschütterten den Boden und rissen ihn an manchen Stellen sogar auf. Wenn er die Hände zusammenschlug, schossen Blitze daraus hervor.

Doch nicht nur das, denn plötzlich stieg eine Miniatursonne aus seinen Händen empor und schoss auf den vordersten Dämon zu. Vielleicht testete der Halbgott seinen Gegner nur oder er unterschätzte dessen Widerstandskraft, denn die Felbestie ließ ihre Tentakel vorschnellen … und absorbierte Cenarius' Zauber mühelos.

Die Felbestie zögerte, leuchtete auf … und plötzlich standen dort, wo gerade noch eine gewesen war, *zwei*.

Sie griffen den Hirschgott an, schlugen nach ihm und versuchten seine starke Magie aus ihm herauszuziehen. Mit einer Hand hielt Cenarius den ersten auf. Der Dämon wand sich und schnappte nach dem Arm, der ihn in der Luft festhielt. Der zweite stürzte sich jedoch auf seine Schulter; die Tentakel tasteten nach dem Fleisch des Halbgottes. Die drei Kämpfer stürzten in einem Gerangel aus Gliedern nach hinten.

*Das haben sie noch nie getan!* Rhonin hatte noch nie einer Felbestie gegenüber gestanden, aber er hatte ihre Kadaver untersucht und alle Informationen gesammelt, die er über sie bekommen konnte. Selten war er auf Geschichten gestoßen, in denen sich die Felbestien vermehrten, aber wenn, dann hatte es geheißen, sie müssten sich große Mengen Magie einverleiben, um dies zu bewerkstelligen. Auch sollte es ein langsamer und schwieriger Prozess sein. *Das muss an der uralten Magie liegen, die der Halbgott und der Wald benutzen … sie ist so reich und mächtig, dass die Bestien durch sie noch furchtbarer werden.*

Ihn schauderte, als er daran dachte, dass Magie stets sein bester Helfer gewesen war. Zwar konnte er auch mit der Hand kämpfen, aber er verfügte über keine Waffe und bezweifelte, dass Cenarius ihm eine geben würde. Gegen diese Ungeheuer wäre er jedoch selbst mit einem Schwert chancenlos geblieben. Er *brauchte* seine Magie.

Als Cenarius ihn und Krasus zu dem Ring gebracht hatte, war es ihm nicht gelungen, einen Zauber zu wirken. Der Waldgott hatte einen Bann um seinen Geist gelegt, um die Macht seiner beiden „Gäste" unter Kontrolle zu halten. Allerdings hatte Rhonin gespürt, wie der Bann wich, als Cenarius die Gefahr erkannte, in der sie alle schwebten. Der Halbgott wollte dem Zauberer nicht wirklich schaden. Er hatte nur aus Sorge um seinen Wald und seine Welt gehandelt.

Doch selbst wenn er Krasus Warnungen in den Wind schlug, war nicht klar, was er mit seinen Kräften überhaupt ausrichten konnte. Die Dämonen würden sicherlich nach seiner Magie lechzen, so wie sie nach der Magie aller Magier gegiert hatten, die sie im künftigen Krieg gegen die Legion ausgesaugt hatten.

Die Felbestien bedrängten ihre Gegner und näherten sich Rhonin mehr und mehr. Seine Hände ballten sich zu Fäusten, und die Worte der Macht lagen ihm auf der Zunge.

Und dennoch hielt er sich weiter zurück …

Während Cenarius und die Zwillings-Felbestien zu Boden gingen, sprangen zwei weitere auf Brox zu. Der kräftige Krieger stellte sich ihnen mit einem solch urgewaltigen Kriegsschrei entgegen, dass eine der Bestien kurz zögerte. Der Ork nutzte dies zu seinem Vorteil und schlug hart nach seinem Gegner.

Die verzauberte Axt grub sich tief in die Vordertatze der Felbestie und trennte drei Klauen mit solcher Leichtigkeit ab, als habe er nur die Luft geteilt. Die faulig grüne Flüssigkeit, die bei vielen Dämonen das Blut ersetzte, spritzte über den Boden und verbrannte die Grashalme wie Säure.

Die verletzte Felbestie stieß ein Jaulen aus und taumelte zur Seite, aber ihr Kampfgenosse preschte weiter und warf sich auf den Ork. Brox, der noch versuchte, nach seinem Schlag das Gleichgewicht zurück zu gewinnen, konnte sich gerade noch retten, indem er den Schaft der Axt in die Brust des vorspringenden Angreifers rammte.

Die Felbestie stieß ein monströses Stöhnen aus, wurde aber nicht langsamer. Sie prallte gegen Brox und begrub ihn beinahe unter ihrem riesigen Körper.

Der Nachtelf sah sich währenddessen einem Monster gegenüber, das gierig mit seinen vampirischen Tentakeln nach ihm griff. Malfurion konzentrierte sich und versuchte, wie Cenarius zu denken. Von ihm hatte er gelernt, die Natur als Waffe und Freund zu betrachten.

In Anlehnung an die Begegnung mit dem Halbgott erschuf Malfurion aus dem Wind einen brüllenden Wirbelsturm, der die Felbestie sofort einhüllte. Die Tentakel schwangen wild hin und her und suchten nach Magie. Doch Malfurions Zauber hatte lediglich die natürliche Kraft des Windes verstärkt, daher fand der Dämon nur wenig Nahrung.

Mit einer Geste seiner rechten Hand bat er die umstehenden Bäume, ihm all die Blätter zu schenken, die sie entbehren konnten. Er benötigte nur die Stärksten, diese aber in großer Zahl – und rasch.

Aus den Kronen der übergroßen Wächter fielen Hunderte von Blättern, alle, die sie ihm schenken konnten. Malfurion benutzte eine weitere Brise, um die Blätter auf den Wirbelsturm zuzutreiben.

Darin kämpfte sich die Felbestie vor, näherte sich unaufhaltsam ihrer Beute. Der Wirbelsturm glich sich jedem ihrer Schritte an und behielt den Dämon in seiner Mitte.

Die Blätter wurden in den Wirbelsturm gesogen. Ihre Zahl wurde rasch größer, und sie bewegten sich immer schneller. Die Felbestie beachtete sie zuerst nicht, denn für den mächtigen Dämon waren sie kaum mehr als ein wenig Dreck im Wind. Dann aber schnitt das erste Blatt in seine Schnauze und hinterließ eine klaffende Wunde.

Die wütende Bestie schlug danach, doch im gleichen Moment schnitten weitere Blätter in seine Tatze, seine Beine und den übrigen Körper. Der hundertfach verstärkte Wind verlieh jedem Blatt die Wirkung einer Klinge. Sie schnitten in das Fleisch der Kreatur, wo immer sie es berührten. Grüne Flüssigkeit tropfte über den Leib des Dämons, lief über seine Beine und raubte ihm die Sicht.

Cenarius und seine Angreifer hatten sich im Kampf weit von den anderen entfernt. Das Kreischen der Dämonen fand seine Antwort im majestätischen Gebrüll des Waldgottes. Er ergriff den Vorderlauf der Felbestie, die an ihm hing und brach ihr mit einem einzigen Ruck den Knochen. Der Dämon heulte auf. Seine Tentakel lösten sich und peitschten hin und her als Reaktion auf die Schmerzen.

Cenarius hatte ein Problem zumindest vorübergehend gelöst und konzentrierte sich auf das zweite. Sein Gesicht verdunkelte sich, und sein stechender Blick war voller Zorn. Plötzlich schoss ein Lichtstrahl aus seinen Augen und hüllte den Dämon ein. Die Tentakel der Bestie tasteten gierig nach dem Licht, sogen es auf und warteten auf mehr.

Doch dies war kein Zauberer oder Magier, dessen Energie man einfach stehlen konnte. Cenarius, der jetzt von einer mächtigen blauen Aura umgeben war, führte seinen Angriff ungerührt weiter, fütterte seinen Feind und gab ihm, was er wollte … aber viel zu schnell und in so großen Mengen, dass selbst der Dämon nicht alles in sich aufzunehmen vermochte.

Die Felbestie begann anzuschwellen und blähte sich auf, als fülle man einen Sack mit Wasser. Für einen Moment schien sie sich teilen zu wollen … doch die Kräfte, die sie in sich aufgenommen hatte, erwiesen sich zu gewaltig.

Der monströse Hund *explodierte*, und übel riechende Fleischstücke regneten auf die Lichtung nieder.

Bislang war das Glück Rhonin hold gewesen. Keine Felbestie hatte ihn als Opfer auserkoren. Er stand weiterhin im Zentrum des Rings und hoffte, dass dessen Macht ihm die Entscheidung über den Einsatz seiner Magie abnehmen würde.

Rhonin beobachtete, wie Brox eine Kreatur vernichtete, die ihn beinahe zerquetscht hätte. Der erfahrene Krieger schien die Situation trotz zweier Angreifer unter Kontrolle zu haben. Doch noch während der menschliche Magier Brox zusah, war ihm ein schrecklicher Gedanke gekommen. Rhonin hatte begriffen, dass man ihn und Krasus möglicherweise töten musste, wenn es nicht gelang, sie in ihre angestammte Zeit zurückzuverpflanzen. Damit sollten weitere Veränderungen der Zeitlinie verhindert werden.

Nur hatte niemand bedacht, dass auch ein einzelner Ork-Krieger in diese Zeitperiode geschleudert worden war …

Rhonin begann über eine andere Art Zauber nachzudenken, während er auf den Rücken des Orks starrte. Da der Kampf tobte, würde der Zauber, mit dem er womöglich eine weitere Gefahr für die Zeitlinie erschuf, vielleicht niemandem auffallen. Krasus hätte ihn sicher darin bestärkt, dass er die richtige Entscheidung getroffen hatte – dass in diesem Moment Brox eine weitaus größere Gefahr für die gesamte Welt darstellte als die Dämonen …

Aber seine Hand zitterte, und Rhonin schob den Zauber, den er bereits halb gesponnen hatte, in die tiefsten Abgründe seines Geistes zurück. Er schämte sich. Brox' Volk war zu einem wertvollen Verbündeten geworden, und dieser Ork kämpfte nicht nur, um sich selbst zu retten, sondern auch für andere, *inklusive* dem Zauberer.

Krasus' Worte drängten Rhonin dazu, sich Brox' rasch zu entledigen und sich später Gedanken über die Konsequenzen zu machen. Doch je länger Rhonin zusah, wie der Ork neben dem Nachtelf – einem weiteren verbündeten Volk der Zukunft – kämpfte, desto mehr bedauerte Rhonin seinen Moment geistiger Umnachtung. Seine Gedanken erschienen ihm so furchtbar wie die Gräueltaten, die die Brennende Legion in seiner Zeit begangen hatte.

Doch Rhonin konnte nicht mehr länger zusehen, ohne selbst zu handeln …

„Es tut mir Leid, Krasus", murmelte er und begann einen neuen Zauber zu weben. „Wirklich Leid."

Unter seiner Kapuze nahm der Magier einen tiefen Atemzug und starrte eine der Felbestien an, die gegen den Ork kämpfte. Er dachte an die Beschwörungen, die ihm gegen die unmenschlichen Diener der Legion geholfen hatten. Er musste so schnell handeln, dass den Felbestien keine Gelegenheit blieb, die Macht aus seinem Zauber zu ziehen.

Weit zu seiner Rechten war es Cenarius mittlerweile gelungen, seinen zweiten Gegner abzuschütteln. Mit seiner gebrochenen Vorderpfote konnte der Dämon sich nicht länger festhalten. Die Muskeln des Halbgottes spannten sich, als er sich zurücklehnte und die Bestie über seinen Kopf hob. Mit einem Triumphschrei warf er sie hoch über die Baumwipfel hinweg tief in den wartenden Wald hinein.

Rhonin wob seinen Zauber.

Er hatte gehofft, die Felbestie, auf die er sich konzentrierte, durch einen magischen Schlag zu verletzen und Brox den Rest überlassen zu können. Doch was Rhonin stattdessen auslöste, übertraf seine kühnsten Erwartungen.

Eine unsichtbare donnernde Wand, die die Luft selbst zum Erzittern brachte, entstand vor ihm und raste wie der Wind auf sein Ziel zu. Sie wurde größer, während sie sich bewegte und hüllte bereits einen Lidschlag später die gesamte Lichtung ein.

Brox und der Nachtelf bemerkten nichts davon, doch die drei Dämonen, die ihr im Weg standen, wurden von der Gewalt, die Rhonin entfesselt hatte, völlig überrascht. Die Felbestien konnten nicht mehr reagieren, hatten nicht genügend Zeit, um ihre Tentakel einzusetzen. Sie waren wie Zweige in einem brüllenden Feuer.

Die Wand überrannte sie, und die Dämonen verbrannten. Der Zauber löste sie komplett auf, bis nichts übrig blieb außer Aschewolken. Einem Dämon gelang es noch, ein wildes Heulen auszustoßen, doch danach hörte man nur mehr das Rauschen des Windes, der die Überreste der Monster durch die Luft wirbelte.

Stille senkte sich über die Lichtung.

Brox ließ seine Axt fallen. Augen und Mund waren in ungläubigem Staunen aufgerissen. Malfurion starrte auf seine Hände, als seien sie in irgendeiner Weise dafür verantwortlich. Dann sah er zu Cenarius, als erwarte er dort eine Antwort zu finden.

Rhonin blinzelte einige Male. Er konnte kaum glauben, dass *er* für diesen Zauber gesorgt hatte. Erst jetzt fiel dem Magier der kurze Kampf gegen die bewaffneten Nachtelfen ein, bei dem Krasus so verstörend schwach gewesen war und Rhonin Zauber vollbrachte, die er niemals für möglich gehalten hätte.

Doch jede Freude über den unerwarteten Sieg verging, als er plötzlich entsetzliche Schmerzen in seinem Rücken spürte. Es fühlte sich an, als würde sein Innerstes herausgerissen, als würde ihm die Seele heraus gesogen.

*Gesogen?* Trotz der Schmerzen begriff Rhonin plötzlich, was geschah. Eine weitere Felbestie musste unbemerkt hinter ihm aufgetaucht sein und ihn angreifen.

Rhonin wusste, was mit den Zauberern geschehen war, denen die Felbestien die Magie gestohlen hatten. Er erinnerte sich an die ausgetrockneten, leeren Hüllen, die man zur Untersuchung nach Dalaran gebracht hatte.

Auch er würde bald so aussehen …

Doch obwohl er bereits in die Knie gegangen war, leistete Rhonin Widerstand. Mit aller Macht, die ihm zur Verfügung stand, musste ihm doch die Flucht vor dieser Bestie gelingen!

Flucht … das war der einzige Gedanke in seinem von Schmerzen gepeinigten Geist. Rhonin wollte nur noch dem Schmerz entfliehen, irgendwohin, wo er in Sicherheit war.

Wie durch einen Nebel hörte er die Stimmen des Orks und des Nachtelfs. Die Angst, die er empfand, schloss jetzt auch die anderen ein. Mit all der Magie, die der Dämon aufsog, würden auch sie keine Chance mehr gegen ihn haben.

Flucht … nur danach trachtete Rhonin. *Irgendwohin* …

Dann verschwand der Schmerz, wurde abgelöst von einer schweren, aber angenehmen Taubheit, die seinen Körper warm und wohlig ausfüllte. Rhonin akzeptierte die unerwartete Veränderung dankbar, ließ zu, dass die Vorboten des Todes ihn einhüllten …

… und verschlangen.

Nicht zum ersten Mal schlich Tyrande durch die stillen Gänge des großen Tempels, vorbei an den zahllosen Kammern der schlafenden Altardiener, den Meditationsräumen und den Orten der öffentlichen Anbetung. Sie ging auf ein Fenster in der Nähe des Haupteingangs zu. Das helle Sonnenlicht blendete sie beinahe, aber sie zwang sich, den leeren Platz, der dahinter lag, mit ihren Blicken abzusuchen.

Sie drehte gerade den Kopf, als ein metallisches Geräusch sie vor einer herannahenden Wächterin warnte. Das ernste Gesicht der Nachtelfin wurde sanfter, als sie Tyrande erkannte.

„Du wieder! Schwester Tyrande … du solltest wirklich in deinem Quartier bleiben und etwas ruhen. Du hast seit Tagen kaum geschlafen, und jetzt bringst du dich auch noch in Gefahr. Deinem Freund wird nichts geschehen. Da bin ich ganz sicher."

Die Wächterin meinte Illidan, um den sich Tyrande auch sorgte. Wirklich Angst hatte sie jedoch, dass Illidan mit seinem Bruder und dem glücklosen Ork zurückkehren würde. Die Novizin glaubte nicht, dass Malfurions Zwilling ihn je verraten würde, aber wenn Lord Ravencrest die beiden fasste, würde auch er nichts unternehmen können.

„Ich kann nichts dafür, Schwester, ich bin einfach ruhelos. Bitte vergib mir."

Die Wächterin lächelte verständnisvoll. „Ich hoffe, er begreift, wie viel er dir bedeutet. Die Zeit für deine Wahl ist bald gekommen, richtig?"

Diese Worte bereiteten Tyrande größere Sorgen, als sie sich eingestehen wollte. Ihre Gedanken und Reaktionen, seit die drei Broxigar befreit hatten, waren mehr als nur ein vager Hinweis darauf, wen sie bevorzugte. Aber sie traute dem noch nicht ganz. Ihre Sorge galt sicherlich nur dem Freund, den sie seit frühester Kindheit kannte.

So musste es sein …

Sie hörte, wie Metall gegen Metall schlug und Nachtsäbel fauchten. Tyrande drängte sich an der irritierten Wächterin vorbei und trat auf die Außentreppe von Elunes Tempel.

Staub bedeckt ritten Lord Ravencrests Männer auf den Platz. Der Adlige, der einen Umhang trug, wirkte entspannt, sogar erfreut über etwas, aber die Gesichter der meisten Soldaten waren ernst, und sie sahen sich immer wieder an, als teilten sie ein furchtbares Geheimnis.

Von Malfurion oder Broxigar war nichts zu sehen.

An Lord Ravencrests Seite tauchte Illidan auf. Er ritt hoch aufgerichtet und stolz, wirkte höchst zufrieden, und wenn seine Zufriedenheit darauf beruhte, dass es ihm gelungen war, seinen Zwillingsbruder vor der Gefangennahme zu retten, konnte Tyrande ihm das nicht übel nehmen.

Die junge Priesterin lief, ohne recht zu wissen, was sie tat, die Stufen hinab. Lord Ravencrest entdeckte sie, und er machte Illidan auf sie aufmerksam. Der bärtige Kommandant flüsterte Malfurions Bruder etwas zu und hob seine Hand.

Die Soldaten hielten an. Illidan und Ravencrest lenkten ihre Tiere auf Tyrande zu.

„Nun, wenn das nicht die Schönste von Mutter Monds eifrigen Dienerinnen ist!“, rief der Kommandant aus. „Wie interessant, dass Ihr unsere Rückkehr trotz der späten Stunde abgewartet habt.“ Er musterte Illidan, dessen Gesichtsausdruck verschämt wirkte. „Sehr interessant, denkst du nicht auch?“

„Ja, Mylord.“

„Wir müssen uns nach Black Rook Hold aufmachen, Schwester, aber ich denke, ich kann euch beiden ein paar Augenblicke Zeit geben, wie?“

Tyrande spürte, wie sich ihre Wangen verdunkelten, als Ravencrest seinen Panther zu den anderen zurücklenkte. Illidan stieg rasch ab, kam zu ihr und nahm ihre Hände in die seinen.

„Sie sind in Sicherheit, Tyrande … und Lord Ravencrest hat sich meiner angenommen! Wir haben eine furchtbare Bestie bekämpft, und ich habe verhindert, dass sie ihn verletzt. Mit meiner Macht habe ich sie vernichtet!“

„Malfurion ist entkommen? Da bist du dir sicher?“

„Natürlich, natürlich“, entgegnete er aufgeregt und wehrte weitere Fragen über seinen Bruder ab. „Verstehst du nicht, dass ich endlich meine Bestimmung gefunden habe? Die Mondgarde hat mich fast ignoriert, aber ich habe ein Monster getötet, das drei von ihnen niederstreckte, unter anderem einen ihrer höchsten Zauberer!“

Sie wollte wissen, was er über Malfurion und den Ork erfahren hatte, aber es war deutlich zu erkennen, dass Illidan nur über sein eigenes Glück grübelte. Tyrande konnte es verstehen, denn sie hatte beobachtet, wie er hart, aber erfolglos für die ruhmreiche Zukunft gerackert hatte, die ihm prophezeit worden war.

„Ich freue mich so für dich. Ich hatte befürchtet, die langsamen Fortschritte von Cenarius' Lehren würden dich frustrieren, aber wenn es dir gelungen ist, Lord Ravencrest zu beschützen, als es seinen eigenen Soldaten nicht gelang, dann …“

„Du missverstehst mich! Ich habe nicht diese langsamen, schwerfälligen Zauber benutzt, die uns Malfurions verehrter Shan'do immer wieder beizubringen versuchte. Ich habe gute, traditionelle Nachtelfen-Magie eingesetzt … und das sogar bei Tageslicht! Es war unglaublich!“

Dass er so schnell vom druidischen Weg abgewichen war, überraschte Tyrande nicht sehr. Auf der einen Seite war sie froh, dass er in einem so gefährlichen Moment zu sich gefunden hatte, auf der anderen Seite war das nur ein weiteres Zeichen für die zunehmenden Unterschiede zwischen den Zwillingen.

Auch darüber musste ihr ohnehin schon überforderter Geist nachdenken.

Hinter Illidan räusperte sich Lord Ravencrest höflich.

Malfurions Bruder setzte sich in Bewegung. „Ich muss gehen, Tyrande! Man wird mir mein Quartier in der Festung zeigen, und dann soll ich dabei helfen, einen größeren Trupp zusammenzustellen, der die toten Bestien und die ganzen Leichen zurückbringt.“

„Leichen?“ Sie hatte es zunächst so verstanden, dass einige Mondgardisten ihr Leben gegen ein Ungeheuer verloren hatten, und erst jetzt dämmerte ihr, dass *nur* Ravencrests Trupp zurückkehren würde. Der Trupp, der davor Malfurion verfolgt hatte, war offenbar vollständig aufgerieben worden.

Der Gedanke daran ließ Tyrande erschaudern … erst recht, da Malfurion ebenfalls dort draußen gewesen war.

„Die anderen Bestien haben die Verfolger beinahe komplett niedergemetzelt. Tyrande, hast du das nicht begriffen?“ Illidans Stimme klang beinahe hämisch. Das wachsende Entsetzen in ihrem Gesicht ignorierte er völlig. „Die Zauberer sind sofort gestorben, haben niemandem geholfen. Nur zwei Kämpfer überlebten den Kampf gegen die anderen Ungeheuer, aber *ich* konnte eine Kreatur mit zwei simplen Zaubern zur Strecke bringen!“ Er schien vor Stolz regelrecht aufzublühen. „Dabei konnten diese Monster Magie aussaugen!“

Der Adlige räusperte sich erneut. Illidan führte rasch ihre Hände an seine Lippen und küsste sie leicht. Dann ließ er Tyrande los und stieg auf seinen Nachtsäbel.

„Ich wollte mich deiner würdig erweisen“, murmelte Illidan plötzlich. „Schon sehr bald.“

Er wendete den Panther und ritt zu dem wartenden Kommandanten. Ravencrest versetzte Illidan einen freundschaftlichen Klaps auf den Rücken. Er blickte er über seine Schulter zu Tyrande. Dann nickte der Adlige Malfurions Zwilling zu und zwinkerte.

Tyrande versuchte immer noch das Gehörte zu verarbeiten, als der bewaffnete Trupp bereits in Richtung Black Rook Hold aufgebrochen war. Illidan sah ein letztes Mal zurück, bevor er der Sicht entschwand. Seine Blicke aus goldenen Augen waren intensiv. Es fiel Tyrande nicht schwer, die Begierde darin zu entdecken.

Sie zog ihren Umhang enger um sich und eilte in den Tempel zurück. Die Wächterin, mit der sie auch vorhin schon gesprochen hatte, erwartete sie im Inneren.

„Verzeih mir, Schwester. Ich habe einiges von dem gehört, was draußen gesagt wurde. Ich trauere um die Leben, die bei der erfolglosen Jagd verloren gingen, aber ich möchte auch deinen Freund zu der strahlenden Zukunft beglückwünschen, die vor ihm liegt. Lord Ravencrest muss großen Respekt vor ihm haben, wenn er ihn zu sich holt. Man kann wohl kaum eine bessere Partie machen, oder?“

„Nein … nein, ich denke nicht.“ Als Tyrande auffiel, wie sie klang, fügte sie rasch hinzu: „Vergib mir, Schwester, meine Erschöpfung fordert wohl doch ihren Tribut. Ich sollte zu Bett gehen.“

„Das ist nur allzu verständlich, Schwester. Zumindest weißt du, dass angenehme Träume auf dich warten.“

Doch als Tyrande zu ihrem Zimmer eilte, vermutete sie, dass ihre Träume alles andere als angenehm sein würden. Sie war natürlich froh über die Nachricht, dass Malfurion und Broxigar die Flucht gelungen war und dass offenbar niemand Malfurion mit der Angelegenheit in Verbindung brachte. Auch freute es sie, dass Illidan sich selbst gefunden hatte, etwas, das sie fast nicht mehr erhofft hatte.

Sie machte sich jedoch Sorgen, weil sie den Eindruck hatte, dass Illidan bereits eine Entscheidung bezüglich einer gemeinsamen Zukunft getroffen hatte, während Tyrande noch längst nicht soweit war. Schließlich gab es da auch noch Malfurion und ihre unklaren Gefühle ihm gegenüber.

All dies hing jedoch letztlich von der Frage ab, ob es Malfurion gelingen würde, dem wachsamen Auge der Mondgarde und dem von Lord Ravencrest zu entgehen. Wenn sie die Wahrheit erfuhren, bedeutete dies für Malfurion wahrscheinlich Black Rook Hold.

Und noch nicht einmal Illidan würde es schaffen, seinen Bruder von dort zurückzuholen.

Weder die Bäume, noch das Unterholz hatten den Sturz der Felbestie verhindern können. Der dämonische Hund war vom Halbgott in die Lüfte geschleudert worden und außerstande, sich aus eigener Kraft zu retten.

Doch dem stets so unberechenbaren Zufall gelang, was niemand sonst vermocht hätte. Cenarius hatte seinen bösartigen Gegner so weit wie möglich fortgeschleudert und war davon ausgegangen, dass dessen Aufprall den Rest besorgen würde. Wäre die Felbestie auf einem Felsen oder dem Boden gelandet, oder wäre sie gegen den Stamm einer mächtigen Eiche geprallt, hätte sie augenblicklich ihr Leben eingebüßt.

Wie sich jedoch herausstellte, hatte der Waldgott sie in eine Richtung geworfen, in der ein so tiefer See lag, dass selbst die Geschwindigkeit der Felbestie nicht ausreichte, um sie den Grund erreichen zu lassen.

Der Aufstieg zur Oberfläche vollbrachte beinahe, was dem Fall nicht gelungen war. Dem Dämon gelang es nur knapp, ans Ufer zu kriechen. Ein Vorderlauf hing nutzlos herab, als die Felbestie zu einer schattigen Mulde hinkte und sich dort mehrere Minuten lang ausruhte.

Als der Dämon sich, so gut dies bei seinen Wunden möglich war, erholt hatte, hob er seine Nase und suchte nach einer bestimmten Witterung. Als er fand, wonach er gesucht hatte, richtete er sich auf. Langsam, aber stetig hinkte er dem Ursprung des Geruchs entgegen. Selbst aus dieser Entfernung konnte die Felbestie die Kraft spüren, die von der Quelle der Ewigkeit ausging. Dort würde sie die Magie finden, die sie zur Heilung benötigte. Sogar ihren verletzten Lauf würde sie dort retten können.

Die Felbestien waren nicht wirklich die schlichten Ungeheuer, für die Brox und Rhonin, die sie immerhin noch aus ihrem eigenen Krieg kannten, sie hielten. Kein Wesen, das dem Herrn der Brennenden Legion diente, war ganz ohne Verstand, sah man einmal von den Infernalen, diesen zerstörerischen Riesen ab. Die Dämonenhunde waren ein Teil ihres Herrn, und was sie wussten, wusste auch Hakkar.

Und von diesem einsamen Überlebenden erfuhr der Herr der Hunde nun viel über die, die dem Eintreffen der Legion im Wege standen.

# SECHZEHN

„Es ist soweit.“

Alexstraszas Rückkehr überraschte Krasus ebenso wie ihre Ankündigung. Der Drachenmagier war so tief in seinen Gedanken versunken, dass die verstreichenden Minuten und Stunden für ihn jede Bedeutung verloren hatten. Er wusste noch nicht einmal, ob er lange auf ihre Rückkehr gewartet hatte.

„Ich bin bereit.“

Sie beugte sich vor und ließ ihn in ihren Nacken steigen. Alexstrasza bewegte sich graziös durch die uralten Gänge, die von Generationen des roten Drachenschwarms in den Fels gegraben worden waren. Schon bald erreichten sie und Krasus eine Öffnung, durch die der Wind pfiff und von der aus man über ein weites, wolkenverhangenes Land blickte. Dies war das Reich der roten Drachen, ein atemberaubendes Land voller mächtiger Berge mit schneebedeckten Gipfeln, die in ewigen Nebel gehüllt waren.

Krasus konnte sich vorstellen, wie hoch der Berg seines Clans sein musste, wenn die meisten Wolken darunter hingen. In seinem lückenhaften Gedächtnis fand er Erinnerungsfetzen eines majestätischen Landes, dessen lang gezogene Täler durch Eis und Zeit entstanden waren und in dem jeder Gipfel ein eigenes zerfurchtes Gesicht hatte.

Er schwankte plötzlich. Die dünne Luft reichte seinem verletzten Körper nicht. Nur Alexstrasza und ihre Flügel bewahrten ihn vor einem Sturz.

„Vielleicht ist dies nicht der beste Ort für dich“, sagte sie in besorgtem Tonfall.

Doch so abrupt Krasus’ Zusammenbruch gekommen war, so schnell spürte er jetzt eine neue Stärke seinen Körper durchströmen.

„Ich hoffe … ich habe mich nicht verspätet.“

Korialstrasz ging müde auf seine Gefährtin zu und sah dabei aus, wie Krasus sich noch kurz zuvor gefühlt hatte. Doch auch dem Drachen schien es mit einem Mal besser zu gehen. Die Erschöpfung wich aus seinem Gesicht, als er sich näherte.

„Das hast du nicht. Fühlst du dich stark genug für die Reise?“

„Bis gerade eben dachte ich, ich könne nicht mitkommen … doch es scheint mir wieder besser zu gehen.“ Sein Blick glitt von Alexstrasza zu Krasus und wieder zurück zu ihr. Er schien den Grund für die überraschende Besserung seiner Befindlichkeit zu ahnen, wollte ihn aber wohl nicht akzeptieren.

Die Drachenkönigin reichte Krasus an ihren Gefährten weiter. Als Krasus sein jüngeres Ich berührte, fühlte er, wie sein Körper sich noch schneller erholte. Der direkte Kontakt mit Korialstrasz machte ihn beinahe glauben, er wäre wieder ganz er selbst.

Beinahe.

„Bist du bereit?“, fragte ihn der Drache.

„Das bin ich.“

Alexstrasza trat vor, breitete ihre Schwingen aus und ließ sich aus der Öffnung fallen. Sie stürzte nach unten und verschwand in den Wolken. Korialstrasz trat an den Rand des Abgrunds, was seinem winzigen Passagier eine noch atemberaubendere Aussicht gewährte. Dann schwang auch er sich in die Lüfte.

Zunächst fielen sie in die Wolken hinein, dann aber stieg Korialstrasz in einer Windböe nach oben. Durch den Nebel sah Krasus, dass Alexstrasza weit voraus flog. Allerdings war sie so langsam, dass ihr Gefährte rasch aufholte.

„Ist alles in Ordnung?“, rief sie, eine Frage, die sich an beide Gefährten richtete.

Krasus nickte und auch Korialstrasz bejahte. Die Drachenkönigin konzentrierte sich wieder auf ihren Flug und schwieg.

Das Gefühl zu fliegen, und sei es auch nur auf dem Rücken eines anderen, begeisterte den Magier. Er war dafür geboren, dies zu tun. Das machte es ihm noch schwerer, die momentane Situation zu ertragen. Schließlich war er ein *Drache!* Ein Herr der Lüfte! Er sollte nicht zu einer solch armseligen Existenz verdammt sein.

Sie ließen einen Berg nach dem anderen hinter sich, flogen durch dichte Wolken und zerfurchte Gipfel. Krasus' menschlicher Körper zitterte in der Kälte, aber er bemerkte es kaum, so sehr faszinierte ihn die Aussicht.

Elegant umrundeten die beiden Drachen einen schroffen Gipfel und tauchten ab in ein breites Tal inmitten der Bergkette. Krasus sah sich sorgfältig um. Er konnte nichts außer der Landschaft erkennen, ahnte aber, dass sie ihrem Ziel nahe gekommen waren.

„Halt dich gut fest!“, rief Korialstrasz.

Krasus wollte nach dem Grund fragen, doch da spürte er bereits die Erschütterungen. Die Luft selbst bäumte sich auf und rollte nach außen – wie Wellen auf einem See, nachdem man einen Stein hineingeworfen hat. Im ersten Moment fürchtete Krasus, die Anomalie, die ihn in diese Zeit geschleudert hatte, könnte zurückgekehrt sein. Doch dann bemerkte er, mit welchem Eifer sein Drache auf das verstörende Phänomen zuhielt.

Vor ihnen tauchte Alexstrasza in die gewaltige Erschütterung der Luft – und verschwand.

Uralte Bilder stiegen widerstrebend aus dem dunklen Abgrund in Krasus' Geist auf. Es waren Erinnerungen an eine andere Zeit, in der er sich als Drache willentlich in genau das gleiche Phänomen gestürzt hatte. Krasus spannte sich an, um auf das vorbereitet zu sein, was auf ihn einstürmen würde, sobald Korialstrasz seiner Königin folgte.

Sie flogen hinein.

Elektrizität schien jeden Zentimeter des Körpers des Magiers zu durchfließen. Seine Nerven summten. Krasus fühlte sich, als sei er zu einem Bestandteil des Himmels geworden, zu einem Kind von Licht und Donner. Der Drang, selbst zu fliegen, übermannte ihn beinahe. Er musste seine ganze Disziplin aufbieten, um seinen Drachen nicht loszulassen und sich Wolken und Wind anzuschließen.

Das Gefühl verging so plötzlich wieder, dass Krasus sich noch stärker an Korialstrasz festhalten musste, um nicht das Gleichgewicht zu verlieren. Er blinzelte, fühlte sich sehr erdverbunden und sehr sterblich. Dieser Perspektivenwechsel überwältigte ihn dermaßen, dass Krasus im ersten Moment nicht bemerkte, dass sich seine Umgebung völlig verändert hatte.

Sie schwebten in einer riesigen Höhle, so gewaltig, dass selbst Alexstrasza nicht größer als ein Insekt darin wirkte. Ganze Königreiche hätten hineingepasst, Königreiche mit Wäldern, Feldern und Farmen. Und selbst dann hätte es noch Platz für weit mehr gegeben.

Aber dies war nicht nur eine Höhle von unglaublicher Größe, es gab noch andere Dinge, die diesen Ort von allen anderen unterschieden. Die Wände waren glatt, aber dennoch gebogen, ihre Glätte so perfekt, dass man die Hand darüber gleiten lassen konnte, ohne den geringsten Widerstand zu spüren. Bis hinab zum Boden war das so, wo die Wand auf einen gewaltigen flachen Kreis traf, der sich, hätte ihn jemand vermessen, als geometrisch perfekt erwiesen hätte.

Der Boden war völlig flach und eben. Die Wände krümmten sich auf ihrem Weg zur Decke immer weiter nach innen und schufen so eine Kuppel, dessen Aussehen durch die fehlenden Mineralien einen eigenartigen Reiz erlangte. Keine Stalaktiten hingen drohend von der Decke herab, keine Stalagmiten bohrten sich vom Boden in die Höhe. Es gab keine Risse und keine sonstigen Makel in der Höhle, die Krasus schließlich als die *Kammer der Aspekte* erkannte.

Diese Kammer war uralt. Man sagte, die Schöpfer hätten die Welt an diesem heiligen Ort erschaffen und wachsen lassen, bevor sie sie in den Kosmos entließen. Selbst die größten Drachen konnten diese Behauptung nicht entkräften, denn es gab nur diesen einen magischen Eingang, den sie durch Zufall vor Jahrhunderten entdeckt hatten. Sie wussten noch nicht einmal, ob dieser Ort in die Dimension der Sterblichen eingebettet war. Alle Versuche, die Wände zu durchbohren, waren gescheitert, und die Aspekte hatten ihre diesbezüglichen Bemühungen schon vor langer Zeit wieder aufgegeben.

Ein weiteres Mysterium dieser unglaublichen Höhle war das helle, goldene Licht, das die Kammer der Aspekte erfüllte und keinen erkennbaren Ursprung besaß. Krasus erinnerte sich, dass niemand wusste, ob das Leuchten verschwand, sobald die Kammer verlassen wurde – oder ob es *immer* dort war. Alle, die eintraten, fühlten sich jedenfalls von ihm willkommen geheißen, wie von einem treuen Wächter.

Als Korialstrasz zur Landung ansetzte, erkannte Krasus, dass er sich trotz seines lückenhaften Gedächtnisses sehr gut an diesen heiligen Ort erinnern konnte. Das sagte einiges über die Kammer der Aspekte aus – denn hier wurzelten Erinnerungen, die er niemals vergessen konnte und die niemals vergehen würden.

Die beiden Drachen landeten auf dem Felsboden und sahen sich um. Trotz der gewaltigen Ausmaße wussten sie, dass die anderen noch nicht eingetroffen waren.

„Hast du mit allen gesprochen?“, fragte Korialstrasz.

Die Königin des Lebens schüttelte ihr majestätisches Haupt. „Nur mit Ysera. Sie sagte, sie würde die anderen benachrichtigen.“

„Und ich tat, was ich konnte“, antwortete eine verträumt klingende weibliche Stimme.

In einiger Entfernung erschien eine verschwommene smaragdgrüne Gestalt in der Luft. Sie wurde nicht ganz stofflich, aber Krasus erkannte einen schmalen, grazilen Drachen, fast so groß wie Alexstrasza. Ein ständiger Nebel umgab die halb durchsichtige Gestalt, dennoch war zu erkennen, dass sie ihre Augen geschlossen hielt, selbst während sie redete.

Die anderen Drachen senkten ihre Köpfe in ehrerbietiger Begrüßung. Alexstrasza sagte: „Es freut mich, dass du so schnell gekommen bist, meine gute Ysera.“

Die Träumerin, wie sie auch genannt wurde, erwiderte den Gruß. Ihr Gesicht wandte sich den beiden zu, die mit ihr gekommen waren, und obwohl ihre Augen geschlossen blieben, spürte Krasus ihren durchdringenden Blick. „Ich bin hier, weil du meine Schwester bist. Ich bin hier, weil du nur um eine Zusammenkunft bitten würdest, wenn es wichtig ist.“

„Und die anderen?“

„Nozdormu ist der Einzige, den ich nicht direkt erreichen konnte. Du kennst ihn ja. Ich musste mit jemandem sprechen, der ihm dient, und dieser sagte, er würde tun, was in seiner Macht stehe, um seinem Herrn die Nachricht zu überbringen … mehr konnte ich dort nicht erreichen.“

Alexstrasza nickte dankbar, konnte ihre Enttäuschung aber nicht verbergen. „Selbst wenn die anderen hierher kommen, können wir keine endgültige Entscheidung treffen.“

„Der Zeitlose kommt vielleicht noch.“

Krasus, der nach wie vor auf seinem jüngeren Ich saß, hielt die gescheiterte Kontaktaufnahme mit Nozdormu für ein schlechtes Omen. Er wusste, wie schwierig der Zeitlose war, denn Nozdormu verkörperte Vergangenheit, Gegenwart und Zukunft … und damit alles, was jemals geschehen war oder noch geschehen würde. Krasus hatte gehofft, gerade ihn hier zu treffen, denn in ihm sah er eine Chance, mit seinem Begleiter zurück in seine eigene Zeit zu gelangen und die ganze Geschichte doch noch friedlich zu beenden.

Ohne diese Hoffnung musste sich Krasus mit dem Gedanken vertraut machen, dass die Aspekte zum Schutz der Zeitlinie vielleicht ihn und Rhonin würden auslöschen müssen.

Plötzlich tauchten über ihm rote Lichtblitze auf und erschufen einen Sturm, der sich wirbelnd dem Boden näherte. Als er ihn erreichte, platzte er in leuchtenden Farben auseinander, dehnte sich aus und bildete eine Gestalt.

Die Lichter verloschen flackernd, und in ihrem Zentrum stand ein großer, glitzernder Drache, der zu einem Teil aus Kristall, zu einem anderen aus Eis zu bestehen schien. Sein Gesichtsausdruck war für einen Leviathan ungewöhnlich fröhlich, als habe er das von ihm verursachte Spektakel noch mehr genossen als seine Zuschauer.

„Willkommen, Malygos“, sagte Alexstrasza höflich.

„Es ist mir eine Freude, dich zu sehen, Königin des Lebens!“ Der glitzernde Riese lachte aus voller Brust. „Und dich ebenfalls, meine hübsche Träumerin.“

Ysera nickte. Ihr Gesichtsausdruck wirkte leicht amüsiert.

„Wie geht es deinem Reich?“, fragte die rote Königin.

„So wundervoll, wie ich es mir nur wünschen kann! Es ist voller Licht, voller Farben und voller Jugend.“

„Vielleicht hätten die Schöpfer dich eher zum Vater des Lebens als zum Wächter der Magie machen sollen, Malygos.“

„Ein interessanter Gedanke. Vielleicht sollten wir bei einer anderen Gelegenheit darüber sprechen.“ Er lachte erneut.

„Ist alles in Ordnung?“, wandte sich Korialstrasz an Krasus, der bei der Ankunft des neuen Drachen vor Entsetzen ganz starr geworden war.

„Alles in Ordnung. Ich musste nur meine Sitzhaltung ein wenig verändern.“ Die winzige Gestalt war dankbar, dass Korialstrasz sein Gesicht nicht sehen konnte. Je länger Krasus Malygis beobachtete und ihm zuhörte, desto mehr bedauerte er, dass er den Aspekten nicht die Wahrheit über die Zukunft sagen durfte.

*Was würdest du tun, Wächter der Magie, wenn du wüsstest, welches Schicksal dich erwartet? Verrat, Wahnsinn, ein gefrorenes Reich, in dem niemand außer dir selbst mehr existiert …*

Krasus konnte sich nicht an alle Details von Malygos’ Zukunft erinnern, aber in seinen Gedanken befanden sich so viele Fragmente, dass er die Tragödie verstehen und bedauern konnte. Trotzdem brachte er es nicht über sich, den funkelnden Drachen zu warnen.

„Und diesem hier verdanken wir also unser Treffen?", fragte Malygos mit einem Blick auf Krasus.

„Das ist richtig", antwortete Alexstrasza.

Der Wächter der Magie blähte die Nüstern. „Er trägt unseren Geruch, doch das könnte an seiner Nähe zu deinem Gefährten liegen. Da bin ich mir nicht sicher. Ich spüre auch, dass ihn alte Magie umgibt. Steht er unter einem Zauber?"

„Er soll uns seine Geschichte selbst erzählen", antwortete Alexstrasza und ersparte Krasus damit ein Verhör. „Sobald die anderen eingetroffen sind."

„Einer kommt gerade", verkündete Ysera.

Die Decke warf Falten und begann zu leuchten. Eine riesige geflügelte Gestalt erschien und glitt in weit ausholenden Kreisen dem Boden entgegen. Die anderen Aspekte schwiegen respektvoll und sahen zu, wie sich der gewaltige Drache näherte.

Er war größer als die anderen Drachen, ein geflügelter Leviathan so schwarz wie die Nacht und mit mehr Würde, als selbst die kühnsten Darstellungen eines Drachen zeigen konnten. Schmale Streifen aus echtem Silber und Gold durchzogen seinen Körper bis zum Schwanz und betonten den Rücken und die Flanken. Glitzernde Blitze zwischen den Schuppen ließen die Diamanten erahnen, die sich dahinter verbargen. Von dem Ankömmling ging eine Aura uralter Macht aus, ähnlich der Kräfte, aus denen die Welt an ihrem Anfang beschaffen gewesen sein mochte.

Er landete hinter den anderen und faltete seine großen Flügel majestätisch zusammen. Mit tiefer, volltönender Stimme sagte der schwarze Drache: „Du hast gerufen, und ich bin gekommen. Ich freue mich immer, meine Freundin Alexstrasza zu sehen …"

„Und ich heiße dich willkommen, mein lieber Neltharion."

Krasus hatte eben schon große Schwierigkeiten gehabt, Malygos zu ignorieren. Nun aber kämpfte er darum, nicht zu erzittern und mit keinem Wimpernschlag anzudeuten, wie sehr ihn Neltharions Gegenwart berührte. Als er Malygos sah, hatte er an das schreckliche Schicksal denken müssen, das dem Wächter der Magie bevorstand, doch jetzt machte sich Krasus Sorgen um das Schicksal aller Drachen … und das der Welt, sollte sie die Brennende Legion weiter bestehen.

Vor ihm stand Neltharion.

Neltharion, der Wächter der Erde. Er war der Aspekt, den man am stärksten respektierte und außerdem eng mit Krasus' geliebter Königin befreundet. Wäre Neltharion Teil ihres eigenen Schwarms gewesen, hätte sie ihn sicherlich schon längst als einen ihrer Gefährten erwählt. Abgesehen von ihnen war auch der Wächter der Erde der, den Alexstrasza aufsuchte, wenn sie Rat brauchte, denn der ernste schwarze Drache hatte einen scharfen Verstand. Naltharion handelte nur, wenn er alle Konsequenzen bedacht hatte, und als junger Drache hatte Krasus oft versucht, ihm nachzueifern.

Doch in der Zukunft, in die der Magier gehörte, hätte jeder Gedanke an ein Nacheifern Neltharions puren Wahnsinn bedeutet. Naltharion hatte den Schutz, den die Aspekte den Sterblichen boten, abgelehnt. Stattdessen hatte er sich auf den Standpunkt zurückgezogen, die niederen Völker trügen die Schuld an allem Bösen, das in der Welt war. Er hatte beschlossen, sie zu entfernen … und all jene, die ihnen Beistand leisteten.

In dieser Zukunft träumte Neltharion von einer Welt, in der die Drachen – vor allem sein eigener Schwarm – über alles herrschten. Diese wachsende Besessenheit trieb ihn zu zahllosen dunklen Taten, Taten, die so grässlich waren, dass Neltharion schließlich zu einer ebenso großen Gefahr für die Welt wurde, wie die Brennende Legion. Die anderen Aspekte hatten sich schließlich gegen ihn zusammengeschlossen, doch zu diesem Zeitpunkt hatte er bereits furchtbare Verwüstungen angerichtet.

Als er alles, was er einmal war, ablehnte, verleugnete Neltharion auch seinen Namen. Seine ehemaligen Freunde gaben ihm einen neuen, unter dem er allen Wesen bekannt wurde und der schließlich zum Synonym für das Böse werden sollte.

*Deathwing …*

Dort vor Krasus stand also Deathwing, der Zerstörer. Doch der Drachenmagier konnte die anderen nicht warnen. Tatsächlich war es so, dass Krasus zwar wusste, zu welcher Gefahr Neltharion erwachsen würde, aber er konnte sich nicht erinnern, wo und wann die Tragödie ihren Anfang genommen hatte. Wenn er jetzt, an diesem kritischen Punkt, Misstrauen unter den Aspekten säte, beschwor er eine Katastrophe, die vielleicht noch größer war als die, die der Erdwächter in der Zukunft verkörperte.

Und doch …

„Ich war überrascht, dass Ysera mich benachrichtigte und nicht du“, sagte der Schwarze. „Geht es dir gut, Alexstrasza?“

„Ja, Neltharion.“

Er betrachtete ihre Begleiter. „Und dir, junger Korialstrasz? Dir scheint es nicht gut zu gehen.“

„Eine vorübergehende Krankheit“, antwortete der rote Drache respektvoll. „Es ist mir eine Ehre, Euch wiederzusehen, Wächter der Erde.“

Sie unterhielten sich wie Bekannte und doch erinnerte sich Krasus, dass Neltharion ihn als Deathwing kaum erkannt hatte. Zur Zeit der Ork-Kriege war der schwarze Riese dem Wahnsinn bereits so lange verfallen gewesen, dass er vergangene Freundschaften längst vergessen hatte. Nichts außer seinem dunklen Ziel hatte für ihn gezählt.

Aber hier war Neltharion immer noch sein Verbündeter. Er blickte über Korialstrasz' Kopf hinweg auf die kleine, angespannte Gestalt. „Du bist also derjenige. Hast du einen Namen?"

„Krasus!", schnappte der Magier. „Krasus!"

„Ein mutiger kleiner Mann", sagte Neltharion amüsiert. „Ich glaube, dass er tatsächlich ein Drache ist, so wie Ysera es angedeutet hat."

„Ein Drache, der eine Geschichte zu erzählen hat", fügte Alexstrasza hinzu. Sie blickte empor zur Decke, zu der Stelle, wo sie und die anderen in die Höhle gelangt waren. „Aber ich würde es vorziehen, Nozdormu noch etwas Zeit zu lassen, bevor wir beginnen."

„Du willst dem Zeitlosen mehr Zeit geben?" Malygos lachte. „Wie nett! Ich werde den schlechtgelaunten Nozdormu erst gehen lassen, wenn er sich dazu geäußert hat."

„Und du wirst ihn bestimmt *zeitig* daran erinnern, nicht wahr?", gab Neltharion zurück. Er grinste breit.

Malygos lachte noch lauter. Er und Neltharion traten beiseite und begannen sich zu unterhalten.

„Sie mögen vielleicht nicht vom gleichen Geblüt sein", sagte Ysera und folgte ihnen mit Blicken aus ihren geschlossenen Augen. „Aber sie sind Brüder im Geiste."

Alexstrasza stimmte zu. „Es ist gut, dass Neltharion sich mit Malygos beschäftigt. Mir gegenüber hat er sich in der letzten Zeit sehr schweigsam verhalten."

„Ich spüre seine Distanz ebenfalls. Die Taten der Nachtelfen erfüllen ihn nicht eben mit Freude. Er sagte einmal, sie hätten den größenwahnsinnigen Wunsch, wie die Schöpfer zu werden, ohne deren Wissen und Weitsicht zu besitzen."

„Damit hat er vielleicht Recht", antwortete die Königin des Lebens. Ihre Blicke glitten zu Krasus.

Der Magier fühlte sich unwohl unter ihrem Blick. Alexstrasza war es, die seine Warnung am dringlichsten benötigte. Durch Deathwings Taten war sie zu einer Sklavin der Orks geworden, und ihre Kinder waren skrupellos dem Kampf geopfert worden. Deathwing hatte die letzten Tage des Ork-Kriegs genutzt, um nach dem zu suchen, wonach ihn wirklich gelüstete … nach den Eiern der Königin des Lebens. Seinen eigenen Schwarm hatte er durch seine wahnsinnigen Pläne beinahe ausgelöscht.

*Welche Grenze ziehe ich?*, fragte Krasus sich selbst. *Wann werde ich sie endgültig überschreiten? Ich kann nichts über die Orks preisgeben, nichts über den Verrat des Erdwächters, nichts über die Brennende Legion … ich kann ihnen nur so viel sagen, dass es wahrscheinlich genügen wird, mich und Rhonin hinzurichten!*

Frustriert starrte er einen der Gründe für sein Problem an. Neltharion unterhielt sich freundlich mit Malygos, der den anderen wartenden Drachen den Rücken zuwandte. Der große Schwarze streckte seine Flügel aus und nickte zu einer Bemerkung seines glitzernden Gesprächspartners. Wären sie Menschen, Zwerge oder Angehörige eines anderen sterblichen Volks gewesen, hätte man sich die beiden auch biertrinkend in einer Taverne vorstellen können. Die niederen Völker betrachteten die Drachen entweder als monströse Bestien oder als würdevolle Weise – doch in Wirklichkeit waren ihre Persönlichkeiten in mancher Weise so erdverbunden wie die der Wichte, über die sie wachten.

Neltharions Blicke lösten sich kurz von Malygos und wechselten zu Krasus.

Und in diesem kurzen Augenblick begriff Krasus, dass er und die anderen bisher nur die Fassade des Schwarzen gesehen hatten. Die Dunkelheit hatte bereits Besitz vom Wächter der Erde ergriffen.

*Das ist unmöglich!*, beharrte Krasus und versuchte verzweifelt, nichts von seinen Befürchtungen nach außen dringen zu lassen. *Nicht jetzt schon!* Zu einem so frühen und brisanten Zeitpunkt konnte Neltharions Verwandlung in Deathwing noch nicht beginnen. Die Aspekte mussten vereint und einig bleiben – nicht nur wegen der bevorstehenden Invasion, sondern auch wegen der Störung der Zeitlinie, die Krasus und sein ehemaliger Schüler ausgelöst hatten. Er musste sich in dem schwarzen Leviathan geirrt haben. Naltharion gehörte gewiss noch zu den sagenumwobenen Beschützern der Dimension der Sterblichen …

Krasus verfluchte seine fehlende Erinnerung. Wann *hatte* Naltharion mit seinem Verrat begonnen? Wann war er zum Schrecken allen Lebens geworden? Sollte es wirklich hier und jetzt beginnen – oder hatte Neltharion noch an der Seite der anderen gekämpft, obwohl die Dunkelheit ihn bereits umschlungen hielt?

Der Magier starrte den Wächter der Erde an. Trotz seines Versprechens fragte sich Krasus, ob er die Regeln nicht doch würde brechen müssen. Konnte es denn tatsächlich falsch sein, die Aspekte vor dem Schurken in ihrer Mitte zu warnen?

Neltharion blickte erneut zu ihm herüber … und dieses Mal blieben seine Augen auf Krasus ruhen.

Erst jetzt begriff Krasus, dass Neltharion den Funken des Wiedererkennens bei ihm bemerkt hatte. Der schwarze Drache schien zu wissen, dass hier jemand war, der sein furchtbares Geheimnis enthüllen konnte.

Krasus wollte wegsehen, aber seine Pupillen bewegten sich nicht. Zu spät erkannte er den Grund: Der Wächter der Erde hatte bemerkt, dass man sein wahres Ich durchschaut hatte – und schnell und entschlossen gehandelt. Er hielt Krasus mit der gleichen Leichtigkeit in seinem Bann, mit der er atmete.

*Ich werde ihm nicht unterliegen!* Er war entschlossen, eine Flucht zu versuchen, aber sein Wille erwies sich als nicht stark genug. Mit ein wenig Vorbereitung hätte Krasus den Kampf gegen Neltharions Geist vielleicht aufnehmen können, aber seine furchtbare Entdeckung hatte ihm die Konzentration geraubt … eine Gelegenheit, die der schwarze Drache sich nicht hatte entgehen lassen.

*Du kennst mich … aber ich kenne dich nicht.*

Die eiskalte Stimme erfüllte seinen Geist. Krasus betete, dass jemand bemerkte, was zwischen ihnen vorging, aber für die anderen musste es aussehen, als sei weiterhin alles in Ordnung. Es überraschte ihn, dass selbst seine geliebte Alexstrasza nicht die Wahrheit erkannte.

*Du willst dich gegen mich wenden … willst, dass die anderen mich so sehen wie du … Du willst, dass sie ihrem alten Freund misstrauen … ihrem Bruder …*

Die Worte des Wächters der Erde verrieten, wie tief der Wahnsinn bereits in ihm nistete. Krasus spürte den rasenden Verfolgungswahn in Neltharion und die brennende Überzeugung, dass niemand außer dem schwarzen Drachen wusste, was die Welt nötig hatte. Jeder, der auch nur die geringste Bedrohung für Neltharion darstellte, verkörperte in seinen Augen das Böse.

*Ich werde dir nicht erlauben, deine boshaften Lügen zu verbreiten …*

Krasus erwartete, auf der Stelle niedergestreckt zu werden, aber zu seiner Überraschung wandte sich Neltharion ab und setzte seine Unterhaltung mit Malygos fort.

*Was spielt er für ein Spiel?*, fragte sich der Drachenmagier. *Zuerst droht er mir, dann ignoriert er meine Anwesenheit.*

Er beobachtete den schwarzen Drachen misstrauisch, aber Neltharion schien ihn nicht einmal mehr zu bemerken.

„Er kommt nicht", sagte Ysera schließlich.

„Vielleicht doch noch", antwortete Alexstrasza. Krasus sah sie an und begriff, dass sie sich über Nozdormu unterhielten.

„Nein, ich habe mit dem gesprochen, der seinen Herrn suchen wollte. Er kann ihn nicht finden. Der Zeitlose hält sich jenseits der Welt der Sterblichen auf."

Yseras Neuigkeiten waren ein schlechtes Omen. Krasus wusste einiges über Nozdormu und nahm an, dass die Diener des Zeitlosen ihn aufgrund der Anomalie nicht hatten kontaktieren können. Wenn allein Nozdormu, wie Krasus glaubte, die Zeit zusammenhielt, benötigte er jetzt jede Faser seiner Existenz. Viele Nozdormus würden gegen die Zeit kämpfen … da blieb niemand für diese Zusammenkunft übrig.

Krasus' Hoffnung schwand weiter. Nozdormu war verschwunden und Neltharion wahnsinnig …

„Dann stimme ich dir zu", antwortete Alexstrasza auf Yseras Worte. „Wir werden trotz des fehlenden Mitglieds beginnen. Es gibt keine Regel, die es uns verbietet, über die Angelegenheit zu sprechen, nachdem wir den Bericht gehört haben. Wir können nur keine Entscheidung über unser weiteres Vorgehen fällen."

Korialstrasz senkte sein Haupt und ließ seinen Reiter absteigen. Mit ausdruckslosem Gesicht trat Krasus vor die versammelten Riesen und versuchte dabei, den Wächter der Erde nicht anzusehen. Alexstraszas Blicke ermutigten ihn, sodass der Drachenmagier wusste, was er zu tun hatte.

„Ich bin einer der Euren", verkündete er mit einer Stimme, so laut wie die der ihn umgebenden Leviathane. „Die Königin des Lebens kennt meinen Namen, aber für den Augenblick bin ich einfach nur Krasus!"

„Er brüllt gut, der Kleine", scherzte Malygos.

Krasus sah ihn an. „Das ist nicht die Zeit für Scherze, vor allem nicht, was Euch angeht, Wächter der Magie. Die Dinge sind aus dem Lot geraten. Ein furchtbarer Fehler, eine Störung der Realität bedroht alles … absolut alles!"

„Wie dramatisch", kommentierte Neltharion beinahe gelangweilt.

Krasus musste sich zusammenreißen, um nicht die Wahrheit über den Schwarzen Drachen zu enthüllen. Zumindest noch nicht …

„Hört meine Geschichte", beharrte Krasus. „Hört und versteht sie … denn am Horizont lauert eine weit größere Gefahr, eine, die *uns* betrifft. Hört zu …"

Doch als er die ersten Worte seiner Geschichte aussprechen wollte, musste Krasus erkennen, dass ihm seine Zunge nicht mehr gehorchte. Anstelle klarer Sätze stieß er nur unvollständige Silben hervor.

Die meisten versammelten Drachen zeigten sich verwirrt von seinem seltsamen Benehmen. Krasus blickte rasch zu Alexstrasza, suchte ihre Hilfe, aber sie wirkte ebenso irritiert wie die anderen.

Im Kopf des Magiers begann sich alles zu drehen. Schwindel übermannte ihn und ließ ihn taumeln. Schwachsinnige Worte kamen über seine Lippen, aber Krasus wusste ohnehin längst nicht mehr, was er hatte verkünden wollen.

Als seine Beine unter ihm nachgaben und der Schwindel ihn vollends übermannte, erklang unerwartet die tödlich sanfte Stimme von Neltharion in seinem Geist.

*Ich hatte dich gewarnt …*

# SIEBZEHN

Die Dunkelheit kam, und die Welt der Nachtelfen erwachte. Händler öffneten ihre Geschäfte, während die Gläubigen zum Gebet strömten. Die Nachtelfen lebten ihr Leben und fühlten sich wie an jedem anderen Abend. Sie konnten mit der Welt anstellen, was ihnen beliebte, ganz gleich, was die niederen Völker darüber denken mochten.

Aber einige stießen auf unerwartete Hemmnisse in ihrem täglichen Leben, Kleinigkeiten, die ihre tägliche Routine unterbrachen.

Ein hoher Magier der Mondgarde, der sein langes weißes Haar zum Zopf zusammengebunden trug, richtete geistesabwesend einen Finger auf eine Weinkaraffe auf der anderen Seite des Zimmers. Gleichzeitig studierte er eine Sternenkarte als Vorbereitung auf einen wichtigen Zauber, den sein Orden geplant hatte. Auch wenn er zu den ältesten Zauberern zählte, hatten seine Fähigkeiten nicht nachgelassen, deshalb behielt er auch weiterhin seine hohe Position. Zu zaubern war ebenso Teil seiner Existenz wie zu atmen. Man tat es einfach und ganz normal, ohne darüber nachdenken zu müssen.

Der Knall, der ihn zusammenzucken und die Karte beinahe in der Mitte entzwei reißen ließ, stammte vom plötzlichen Aufprall der Karaffe auf dem Boden. Wein und Glas verteilten sich über den grün-roten Teppich, den der Zauberer erst kürzlich erworben hatte.

Wütend schnippte er mit den Fingern in Richtung des verschütteten Weins. Glasscherben begannen zu schweben, während der Wein zusammenfloss und die Form der Karaffe annahm, in der er sich befunden hatte. Das Glas begann, sich um den Wein zu formen …

Aber nur eine Sekunde später verteilte sich wieder alles auf dem Teppich und verursachte noch mehr Scherereien als zuvor.

Der alte Zauberer starrte darauf. Grimmig das Gesicht verzogen schnippte er erneut mit seinen Fingern.

Dieses Mal hielten sich Glas und Wein an den Befehl, den er ihnen gegeben hatte, bis nicht einmal mehr die Ahnung eines Flecks zurückblieb. Allerdings bewegten sie sich zögernd und benötigten wesentlich mehr Zeit, als der Zauberer der Mondgarde erwartet hätte.

Der alte Nachtelf kehrte zu seiner Karte zurück und versuchte sich auf das bevorstehende Ereignis zu konzentrieren. Aber sein Blick schweifte immer wieder zur Karaffe. Irgendwann richtete er den Finger darauf … senkte ihn jedoch unverrichteter Dinge wieder und drehte seinen Sessel anschließend so, dass er die Ursache seiner schlechten Laune nicht mehr ständig betrachten konnte.

Am Rande aller größeren Siedlungen patrouillierten bewaffnete Wachen und beschützten die Nachtelfen vor möglichen Feinden. Lord Ravencrest und andere Männer wie er beobachten das Land jenseits der Reichsgrenzen, fürchteten sie doch, dass die Zwerge und andere Völker unablässig Ränke schmiedeten, um sich den Wohlstand der Nachtelfen einzuverleiben. Sie blickten nicht nach innen – denn wer aus ihrem eigenen Volk hätte sie schon bedroht? –, sondern gestatteten jeder Siedlung, sich selbst um ihre Sicherheit zu kümmern und für das Wohlergehen ihrer Bürger zu sorgen.

In Galhara, einer großen Stadt, die in einiger Entfernung von Zin-Azshari auf der anderen Seite der Quelle lag, begannen die Zauberer mit dem nächtlichen Ritual der Neuausrichtung ihrer Smaragdkristalle, die die Stadtgrenze markierten. Wenn die Kristalle richtig aufeinander eingestimmt waren, wehrten sie auch magische Angriffe ab. Niemand konnte sich daran erinnern, dass man sie jemals eingesetzt hatte, aber ihre bloße Existenz beruhigte das Volk.

Obwohl es Hunderte Kristalle gab, war es nicht schwer, sie auszurichten. Sie alle zogen ihre Kraft direkt aus der Quelle der Ewigkeit, und die Zauberer brauchten nur den Stand der Sterne zu berechnen, um die Kraftlinien, die von einem Kristall zum anderen liefen, zu justieren. Dazu musste man den Kristall, der auf einer hohen Obsidianstange ruhte, einfach nur kurz drehen. Die Zauberer konnten mehrere von ihnen in nur wenigen Minuten einstellen.

Doch als ein wenig mehr als die Hälfte ausgerichtet war, begannen die Kristalle matter zu leuchten und verdunkelten sich am Ende sogar. Die Zauberer von Galhara besaßen zwar nicht die Erfahrung der Mondgarde, aber sie verstanden ihr Handwerk immerhin gut genug, um zu wissen, dass Derartiges nicht hätte passieren dürfen. Sofort überprüften sie die Ausrichtung, fanden jedoch keinen Fehler.

„Sie ziehen keine Kraft mehr aus der Quelle“, behauptete ein junger Magier schließlich. „Etwas versucht, sie von ihrer Macht abzuschirmen.“

Er hatte diese Worte kaum ausgesprochen, als die Kristalle ihre normale Aktivität jedoch auch schon wieder aufnahmen. Seine älteren Kollegen sahen den Jüngeren amüsiert an und versuchten sich daran zu erinnern, ob sie in ihrer Jugend auch solch absurde Thesen aufgestellt hatten.

Und das Leben der Nachtelfen ging weiter, als hätte es keine warnenden Signale gegeben …

„Esss issst *fehlgeschlagen!*“, schrie Hakkar. Er hätte den Hochgeborenen, der neben ihm stand, beinahe ausgepeitscht, zog sein Werkzeug jedoch im letzten Moment zurück. Aus tödlich dunklen Augen starrte er Lord Xavius an. „*Wir* haben versagt …“

Die Felbestien an der Seite des Herrn der Hunde kommentierten seine Worte mit einem bösartigen Knurren.

Xavius war ebenso wütend. Er betrachtete das von den Hochgeborenen und Hakkar gemeinsam vollendete Werk und sah darin nur vertane Zeit … obwohl er und der Herr der Hunde ursprünglich geglaubt hatten, der Plan der Königin könne funktionieren.

Offenbar besaßen sie aber nicht das nötige Wissen und die Macht, um ihn umzusetzen.

Dass die Mühen der Hochgeborenen zumindest dafür gesorgt hatten, eine Anzahl von Felwachen durch das Portal zu leiten, hob seine Laune nicht im Geringsten. Das war nur ein schwacher Abglanz des Erhofften, ein Rinnsal im Vergleich zu dem mächtigen Strom, den sie benötigten, um den *Erhabenen* zu sich zu holen.

„Was sollen wir tun?“, fragte der Nachtelf.

Zum ersten Mal las er Unsicherheit im grässlichen Antlitz des Herrn der Hunde. Der riesige Krieger blickte sehnsüchtig zum Portal, wo die Hochgeborenen weiterhin versuchten, es zu stärken und zu weiten. „Wir müssssen ihn fragen.“

Der Berater schluckte, aber bevor sein monströses Gegenüber seine Absicht in die Tat umsetzen konnte, drängte sich Lord Xavius an ihm vorbei und beugte sein Knie selbst vor dem Portal nieder. Er würde vor seinem Gott für alle Fehler gerade stehen.

Sein Knie hatte den Boden noch nicht berührt, als er bereits die Stimme in seinem Kopf hörte.

*Ist das Portal gefestigt?*

„Nein, Erhabener … die Arbeit schreitet nicht so rasch voran, wie wir erhofft hatten.“

Für einen kurzen Moment glaubte der Nachtelf von irrsinniger Wut übermannt zu werden, dann verging das Gefühl. Xavius war überzeugt, dass er sich die Anwandlung nur eingebildet hatte und lauschte den nächsten Worten des Gottes.

*Du suchst nach etwas … so rede.*

Lord Xavius erläuterte den Plan, der darauf zielte, alle außerhalb des Palasts von der Macht der Quelle abzuschotten – und gestand den Fehlschlag ein, den sie bei der Umsetzung erlitten hatten. Er hielt den Kopf gesenkt, demonstrierte Demut vor einer Macht, gegen die selbst die geballte Kraft aller Nachtelfen nicht wirkungsvoller als die eines Insekts war.

*Ich habe bereits darüber nachgedacht,* antwortete der Gott schließlich. *Der, den ich zuerst entsandte, hat seine Pflicht nicht erfüllt …*

Hinter Xavius stieß der Herr der Hunde einen kurzen, verzweifelt klingenden Laut aus.

*Ein anderer wird dir gesandt werden. Du musst sicherstellen, dass das Portal bereit für ihn ist.*

„Ein anderer, Herr?"

*Ich werde dir jetzt einen meiner … einen der Kommandanten meiner Armee schicken. Er wird dafür sorgen, dass geschieht, was geschehen muss … und zwar rasch.*

Die Stimme verschwand aus Xavius' Kopf. Er taumelte einen Moment, denn der Rückzug des Gottes erfolgte so plötzlich und unerwartet, dass er sich fühlte, als habe man ihm einen Arm abgeschlagen. Ein Hochgeborener half ihm auf die Beine.

Xavius blickte zu Hakkar, der mehr als unglücklich wirkte, während der Berater selbst die Nachrichten für wundervoll hielt. „Er schickt uns einen seiner *Kommandanten!* Weißt du, welchen?"

Der Herr der Hunde rollte besorgt seine Peitsche auf. Neben ihm duckten sich die beiden Felbestien. „Ja, ich weiß, welchen, Lord Nachtelf."

„Wir müssen alles vorbereiten. Er wird bald eintreffen!"

Hakkar wirkte niedergeschlagen, trat jedoch mit Xavius zu den Hochgeborenen und begann den neuen Zauber zu weben. Die beiden stellten den anderen ihr Wissen und ihre Fähigkeiten zur Verfügung und stärkten auf diese Weise so gut sie es vermochten die Kräfte, die das Portal öffneten.

Das brennende Tor gewann an Breite. Bunte Funken sprühten plötzlich daraus hervor. Sie pulsierten, schienen zu atmen. Das Portal dehnte sich aus. Ein brüllendes Geräusch, wie Donner, begleitete die Veränderung.

Schweiß lief über Xavius' Gesicht und über seinen Körper, aber das kümmerte ihn nicht. Der Ruhm, nach dem er strebte, verlieh ihm Stärke. Mehr noch als der Herr der Hunde setzte er sich ein, um den Zauber nicht nur zu halten, sondern zu vergrößern.

Das Portal wuchs, bis es die Decke berührte. Dann spie es eine große, dunkle Gestalt aus, deren Anblick so furchtbar und gleichzeitig so wundervoll war, dass Xavius beinahe seinem Gott entgegen geschrien hätte, wie dankbar er ihm dafür war. Vor ihm stand einer der Himmelskommandanten, eine Gestalt, neben der Hakkar so unwürdig wirkte, wie Xavius selbst sich im Schatten des Herrn der Hunde fühlte.

„Elune, steh uns bei!", keuchte einer der Zauberer. Er löste sich aus dem Verbund und hätte das Portal beinahe vernichtet. Xavius gelang es gerade noch, es aufrecht zu halten, bis die anderen sich wieder gefangen hatten.

Eine riesige vierfingrige Hand, groß genug, um den Kopf des Beraters zu umschließen, wurde ausgestreckt und zeigte mit einem der klauenartigen Finger auf den Zauberer, der alles gefährdet hatte. Eine Stimme, die wie eine Mischung aus einer tosenden Welle und dem Unheil verheißenden Rumoren eines ausbrechenden Vulkans klang, murmelte ein einziges, unverständliches Wort.

Der Nachtelf, der den Kreis unterbrochen hatte und zurück gestolpert war, begann zu schreien, als sein Körper wie ein Tuch zerquetscht wurde, aus dem man das Wasser herauswrang. Krachende Laute überlagerten seine schwächer werdenden Schreie. Die meisten Hochgeborenen sahen weg, und selbst Hakkars Felbestien winselten.

Schwarze Flammen stiegen auf und hüllten die Überreste des unglücklichen Zauberers ein. Die Flammen fraßen an ihm wie ein Rudel hungriger Wölfe. Sie verschlangen ihr Opfer, bis von ihm nichts außer einem Häufchen Asche am Boden zurückblieb.

„Es wird kein weiteres Versagen geben", donnerte die Stimme.

Der Herr der Hunde und die Felwache hatten Lord Xavius bereits beeindruckt, aber nach diesem Neuankömmling glaubte er, dass nichts außer dem Gott selbst ihn mehr ähnlich erschüttern könne. Die furchteinflößende Gestalt bewegte sich auf vier muskulösen Beinen, die an die eines Drachen erinnerten, jedoch in breiten Füßen mit jeweils drei Klauen besetzten Zehen endeten. Ein langer, schuppiger Schwanz zuckte über den Boden und verriet vermutlich die Ungeduld des Himmelsdieners. Von seinem Kopf bis zur Schwanzspitze trug er eine Mähne aus grün lohendem Feuer. Gewaltige lederne Schwingen ragten aus seinem Rücken, aber trotz der enormen Spannweite fragte sich Xavius, ob sie einen so gigantischen und schweren Körper überhaupt tragen konnten.

Die Haut, die unter seiner schwarzen Rüstung zu erkennen war, zeigte ein dunkles Graugrün. Er war doppelt so breit wie Hakkar und mindestens sechzehn Fuß hoch, wenn der Berater richtig schätzte. Die massiven Stoßzähne, die aus seinem Kiefer ragten, kratzten beinahe über die Decke und seine anderen, dolchartigen Zähne waren so lang wie die Hand des Nachtelfs.

Die glühenden Augen lagen unter wulstigen Augenbrauen, die sie beinahe verbargen. Der Auserwählte des Erhabenen starrte den Lordberater an – vor allem jedoch den Herrn der Hunde.

„Du hast ihn enttäuscht." Mehr sagte der geflügelte Kommandant nicht.

„Ich …" Hakkar brach seinen Widerspruch ab und senkte das Haupt. „Ich habe keine Entschuldigung dafür, Mannoroth."

Mannoroth legte den Kopf schief und betrachtete den Herrn der Hunde, als wäre er etwas Unappetitliches, das er auf seinem Teller gefunden hatte. „Nein, die hast du nicht."

Die Felbestie an Hakkars rechter Seite jaulte plötzlich auf. Schwarze Flammen, ähnlich denen, die den Zauberer getötet hatten, umgaben das verängstigte Tier. Es rollte sich verzweifelt über den Boden und versuchte, Flammen zu löschen, die sich nicht löschen ließen. Das Feuer breitete sich aus und verschlang ihn.

Als nur noch eine Rauchwolke an die Felbestie erinnerte, wandte sich Mannoroth erneut an den Herrn der Hunde. „Es wird keinen weiteren Fehlschlag geben."

Xavius spürte Furcht, aber es war eine wunderbare, glorreiche Furcht. Dieses Wesen, so etwas wie die rechte Hand des Erhabenen, verfügte über die größte Macht, die er je erlebt hatte. Es würde wissen, wie man die Niederlage in einen Erfolg umwandeln konnte.

Sein dunkler Blick fiel auf ihn. Mannoroth blähte die Nüstern seiner breiten Nase … und nickte. „Dem Erhabenen gefallen Eure Bemühungen, Lord Nachtelf."

Er war gesegnet worden! Xavius senkte seinen Kopf noch tiefer. „Ich danke ihm."

„Wir werden den Plan ausführen und den Quell der Macht vom Rest des Reiches trennen. Dann kann das Eintreffen der Armee endlich voranschreiten."

„Und der Erhabene? Wird er kommen?"

Mannoroth lächelte so breit, dass er den Berater hätte verschlingen können. „O ja, Lord Nachtelf. *Sargeras* wird dabei sein wollen, wenn diese Welt gereinigt wird. Nichts wünscht er sich mehr …"

Gras steckte in Rhonins Mund und in seiner Nase.

Zumindest nahm er an, dass es Gras war. Es schmeckte danach. Der Geruch erinnerte ihn an wilde Felder und friedlichere Zeiten … Zeiten mit Vereesa.

Mühsam setzte er sich auf. Es war Nacht, und obwohl der Mond recht hell leuchtete, ließ sich in seinem Lichte nur erkennen, dass Rhonin sich in einem bewaldeten Gebiet befand. Er lauschte, hörte jedoch kein Geräusch, das auf Zivilisation hindeutete.

Die plötzliche Furcht, erneut in eine andere Zeit katapultiert worden zu sein, übermannte ihn kurz, doch dann erinnerte er sich daran, was geschehen war. Sein eigener Zauber hatte ihn hierher gebracht. Er hatte ihn gewirkt, um den Dämon aufzuhalten, der ihm Kraft und Leben stehlen wollte.

Aber selbst wenn er sich in der gleichen Zeit aufhielt, *wo* hatte ihn der Zauber abgesetzt? Seine Umgebung gab ihm keinen Hinweis. Vielleicht war er nur ein paar Meilen entfernt, vielleicht aber auch am Ende der Welt.

Wenn Letzteres zutraf … würde er dann jemals nach Kalindor zurückkehren können? Er hoffte, dass Krasus noch irgendwo am Leben war. Der Zauberer wusste, dass er, wenn überhaupt, nur mit der Hilfe seines ehemaligen Mentors nach Hause zurückzugelangen vermochte.

Rhonin kam wankend auf die Füße und fragte sich, in welche Richtung er sich wenden sollte. Er musste wenigstens herausfinden, wo er war.

Ein Geräusch zwischen den Bäumen ließ den Magier herumfahren. Er hob die Hand, um einen Zauber zu wirken.

Eine gedrungene Gestalt trat vor.

„Kein Streit, Zauberer! Ich bin's nur, Brox …"

Rhonin ließ die Hand langsam sinken. Der große Ork trat vor. Er hielt die Axt, die Malfurion und der Halbgott für ihn gefertigt hatten, immer noch in der Hand.

Beim Gedanken an den Nachtelf sah sich Rhonin um. „Bist du allein?"

„War ich, bis ich dich sah. Du machst viel Lärm, Mensch, benimmst dich wie ein betrunkenes Kind."

Der Zauberer ignorierte die Beleidigung und sah an dem Ork vorbei. „Ich meinte Malfurion. Er stand neben mir, als ich den Zauber wob. Er könnte ebenso wie du in ihn hineingeraten sein …"

„Geräusche." Brox schüttelte seinen hässlichen Kopf. „Habe keinen Nachtelf gesehen. Und auch keine Felbestie."

Der Mensch erschauderte. Er hoffte inständig, dass er den Dämon nicht ebenfalls mitgerissen hatte. „Irgendeine Idee, wo wir sein könnten?"

„Bäume … Wald."

Rhonin hätte beinahe wütend auf diese nutzlose Antwort reagiert, doch dann machte er sich klar, dass auch er keine bessere hätte geben können. „Ich wollte da lang gehen", sagte er und wies in eine Richtung, die er für Osten hielt. „Hast du einen besseren Vorschlag?"

„Wir könnten bis Sonnenaufgang warten. Man kann dann besser sehen, und die Nachtelfen mögen Helligkeit nicht sonderlich."

Obwohl das Sinn machte, fühlte sich Rhonin nicht wohl bei dem Gedanken, auf den Tagesanbruch zu warten. Er sagte es seinem Begleiter. Brox überraschte ihn, indem er sich einverstanden erklärte, gleich aufzubrechen.

„Dann lass uns die Gegend erkunden, Zauberer." Er hob die Schultern. „Deine Richtung ist so gut wie jede andere."

Als sie losmarschierten, kam Rhonin ein Gedanke, den er unbedingt zur Sprache bringen musste. „Brox … wie bist du hierher gekommen? Nicht genau an diesen Ort – die Antwort kenne ich natürlich –, aber wie bist du *in dieses Reich* gelangt?"

Zuerst schwieg der Ork, doch dann erzählte er dem Zauberer bereitwillig, was geschehen war. Rhonin lauschte der Geschichte. Der erfahrene Krieger und sein glückloser Partner waren unmittelbar hinter ihm und Krasus gewesen und dabei ebenfalls in die Anomalie geraten.

„Weißt du, *was* uns verschlungen hat?"

Brox hob die Schultern. „Spruch eines Zauberers. Schlechter Spruch. Hat uns weit von Zuhaus weg verschlagen."

„Weiter als du ahnst." Rhonin entschied, dass Brox ein Recht auf die Wahrheit hatte, auch wenn Krasus das vermutlich anders sah. Also erzählte er dem Ork, was geschehen war.

Zu seiner Überraschung akzeptierte Brox das Gehörte offenbar, ohne Zweifel zu äußern. Erst als Rhonin sich die Geschichte des Ork-Volkes in Erinnerung rief, verstand er den Grund dafür. Die Orks waren einst schon einmal durch Zeit und Raum in eine andere Welt gereist. Ein Zauber, der jemanden in die Vergangenheit warf, unterschied sich wahrscheinlich nicht sonderlich davon.

„Können wir zurückkehren, Mensch?"

„Ich weiß es nicht."

„Du hast es gesehen. Die Dämonen sind hier. Die Legion ist hier."

„Das ist ihr erster Versuch, unsere Welt zu erobern. Jenseits von Dalaran kennt man diese Überlieferung nicht mehr."

Brox verstärkte den Griff um seine Axt. „Dann werden wir kämpfen …"

„Nein … das geht nicht." Rhonin weihte Brox in Krasus' Meinung ein.

Alles andere hatte der Ork widerspruchslos akzeptiert, doch warum er sich nicht in die Vergangenheit einmischen sollte, schien er nicht zu begreifen. Für ihn war die Angelegenheit klar: Hier gab es einen gefährlichen, hinterhältigen Feind, der alle, die ihm im Weg standen, abschlachtete. Nur Feiglinge und Narren würden so etwas zulassen, und das sagte Brox auch mehr als einmal.

„Wir könnten den Lauf der Geschichte verändern, wenn wir eingriffen", beharrte der Zauberer, auch wenn sein Herz dem Ork beipflichtete.

Brox schnaufte. „Du hast gekämpft."

Seine einfache Aussage warf Rhonins komplette Argumentation über den Haufen. Er hatte bereits gekämpft, ja, und damit seine Wahl getroffen.

Aber war es die Richtige? Die Vergangenheit war bereits verändert worden, nur – wie stark?

Sie gingen schweigend weiter. Rhonin kämpfte mit seinen persönlichen Dämonen, während Brox vorsichtig nach realen Ausschau hielt. Sie fanden keinen Hinweis auf den Ort, an dem sie gestrandet waren. Nach einer Weile zog Rhonin in Erwägung, sich auf die Lichtung zu konzentrieren und sie beide dorthin zurückzubefördern. Dann erinnerte er sich jedoch an die Felbestie und das, was sie ihm beinahe angetan hätte.

Die Bäume standen jetzt dichter und bildeten einen richtigen Wald. Rhonin fluchte lautlos, denn die von ihm gewählte Richtung schien sich als Fehlschlag zu entpuppen. Brox äußerte seine diesbezügliche Meinung nicht, sondern schlug nur geübt mit seiner verzauberten Axt auf das Geäst und Gestrüpp ein, wenn der Pfad zu schmal wurde. Auch Knochen hätten der Klinge wenig Widerstand geleistet.

Der Mond verschwand hinter den Baumkronen. Der Weg wurde unpassierbar. Nachdem sie sich einige Minuten durch das Gehölz gekämpft hatten, entschieden sie gemeinsam, dass jeder weitere Vorstoß wohl sinnlos war. Aber selbst jetzt sparte sich der Ork jede Bemerkung über Rhonins vorausgegangene Wegwahl.

Aber als sie sich umdrehten, mussten sie erkennen, dass der Pfad hinter ihnen verschwunden war.

Riesige Bäume standen dort, wo eben noch ein Weg verlaufen war, umgeben von fast lückenlosem Dickicht. Der Ork und der Mensch starrten die Bäume misstrauisch an.

„Wir sind von dort gekommen. Da bin ich mir sicher."

„Richtig." Brox hob seine Axt und ging auf die mysteriös aufgetauchten Bäume zu. „Und wir gehen auch den selben Weg wieder zurück."

Doch als er ausholte, griffen große Asthände nach der Klinge und zerrten daran.

Brox ließ nicht los, sondern hielt krampfhaft den Stiel fest. Seine Beine strampelten, als er versuchte, die Axt unter Einsatz aller Kraft und seines Gewichts von dem fremden Zugriff zu befreien.

Rhonin lief zu ihm, um zu helfen, vermochte aber mit roher Gewalt wenig auszurichten. Schließlich starrte er auf die langen, unmenschlichen Finger und begann einen Spruch zu formen.

Doch etwas schlug in seinen Rücken. Der Zauberer stolperte und wäre gegen den nächsten Baum geprallt, wenn dieser nicht im letzten Moment ausgewichen wäre.

Der eigene Schwung ließ Rhonin zu Boden gehen. Allerdings fiel er auf etwas unerwartet Weiches.

Einen Körper.

Rhonin keuchte, weil er glaubte, ein früheres Opfer der tückischen Bäume gefunden zu haben. Aber als er sich aufrichtete, fiel ein einzelner Mondstrahl, der sich an den Baumkronen vorbeistahl, auf ein Gesicht.

*Malfurion!*

Der Nachtelf stöhnte. Seine Augen öffneten sich und entdeckten den Zauberer.

„Du …?"

Weiter hinten schrie Brox etwas. Mensch und Nachtelf fuhren herum. Rhonin hob die Hand zum Angriff, aber Malfurion überraschte ihn, indem er seinen Arm festhielt.

„Nein!" Der Nachtelf setzte sich auf und betrachtete die Bäume. Dann nickte er und rief: „Brox! Kämpfe nicht gegen sie. Sie wollen dir nichts tun."

„Nichts tun?", grollte der Ork. „Sie wollen meine *Axt*!"

„Tu, was ich sage! Es sind Wächter."

Der Krieger grunzte zögernd. Rhonin sah Malfurion an und erwartete eine Erklärung, erhielt aber keine. Stattdessen ließ der Nachtelf den Arm des Zauberers los und stand auf. Rhonin folgte ihm zu der Stelle, wo Brox kämpfte.

Sie fanden den Ork umgeben von seltsam aussehenden Bäumen. Äste hingen über ihm, und darin steckte Brox' Axt. Der Ork atmete schwer, sein Körper war immer noch angespannt. Er sah von seinen Begleitern zu seiner Axt und wieder zurück, schien zu überlegen, ob er am Stamm emporklettern sollte.

„Hab deine Stimme erkannt", schnarrte er. „Hoffe, du hast Recht."

„Habe ich."

Der Zauberer und der Krieger sahen zu, wie Malfurion neben dem größten Baum stehen blieb und sagte: „Ich bedanke mich bei den Brüdern des Waldes, den Bewahrern der Natur. Ich weiß, dass ihr mich beschützt habt, bis meine Freunde mich finden konnten. Sie wollen euch nicht verletzen – es war ein Missverständnis."

Die Blätter der Bäume raschelten, obwohl Rhonin keinen Wind spürte.

Der Nachtelf nickte und fuhr fort: „Wir werden euch nicht länger belästigen."

Ein weiteres Rascheln, dann teilten die Äste sich und ließen Brox' Axt fallen.

Bevor sie den Boden berühren konnte, trat der Ork blitzschnell vor. Seine Hand fing die Axt am Griff auf. Anstelle die Waffe erneut gegen die Bäume zu schwingen, kniete er mit nach unten gerichteter Klinge nieder.

„Ich bitte um Vergebung."

Erneut schüttelten sich die Kronen der großen Bäume. Malfurion legte eine Hand auf die breite Schulter des Orks. „Sie verzeihen."

„Kannst du wirklich mit ihnen reden?", fragte Rhonin schließlich.

„Bis zu einem gewissen Grad."

„Dann frage sie, wo wir sind."

„Das habe ich bereits. Wir sind nicht sehr weit weg, aber weit genug. Um genau zu sein, haben wir ebenso viel Glück wie Pech."

„Wie ist das zu verstehen?"

Der Nachtelf lächelte bedauernd. „Wir sind in der Nähe meines Dorfes."

Das klang nach einer guten Nachricht für Rhonin, aber der Nachtelf schien das nicht so zu sehen. Das Gleiche traf auf Brox zu, der einen Fluch in seiner Sprache ausstieß.

„Was ist los? Was wisst ihr beiden?"

„Ich bin nahe diesem Dorf gefangen worden", grollte der Krieger. „Sehr nahe …"

Rhonin dachte an seine eigene Gefangennahme und verstand die Reaktion des Orks nun besser. „Dann bringe ich uns von hier weg. Dieses Mal weiß ich, worauf ich zu achten habe …"

Malfurion widersprach mit einer Geste. „Wir hatten einmal Glück, aber hier riskierst du die Aufmerksamkeit der Mondgarde. Sie haben die Möglichkeit deinen Zauber zu verändern … vermutlich haben sie auch schon den ersten bemerkt."

„Was schlägst du also vor?"

„Da wir in der Nähe meines Zuhauses sind, sollten wir das nutzen. Es gibt Leute, die uns helfen können. Mein Bruder und Tyrande."

Brox stimmte sofort zu. „Die Schamanin … sie wird helfen." Sein Tonfall wurde zurückhaltender. „Dein Zwilling auch …"

Rhonin sorgte sich immer noch um Krasus, aber da er nicht wusste, wo er seinen ehemaligen Mentor finden sollte, schien der Vorschlag des Nachtelfen sinnvoll. Mit Malfurion an der Spitze zog das Trio los. Der Weg durch den Wald erwies sich als überraschend einfach, vor allem, wenn man ihn mit dem Weg verglich, den sich der Ork und der Mensch zuvor hatten bahnen müssen. Die Landschaft schien sich zu bemühen, Malfurions Reise so angenehm wie möglich zu gestalten. Rhonin wusste ein wenig über Druiden und erkannte, dass Malfurion einer sein musste.

„Der Halbgott – Cenarius … hat er dich die Sprache der Bäume und das Wirken von Zaubern gelehrt?"

„Ja, ich scheine der Erste zu sein, der seine Art von Magie wirklich versteht. Selbst mein Bruder zieht die Macht der Quelle dem Weg des Waldes vor."

Die Erwähnung der Quelle löste in Rhonin ein Gefühl von Erwartung und … Begierde aus. Er unterdrückte diese Anwandlungen. Bei der Quelle, von der sein Begleiter sprach, musste es sich um die Quelle der Ewigkeit handeln, die legendäre Quelle der Macht. Waren sie ihr nahe? Waren seine Zauber deshalb so stark geworden?

Solche Kräfte zu erhalten … und so leicht …

„Es ist nicht mehr weit", sagte Malfurion kurze Zeit später. „Ich erkenne den knorrigen Alten."

Der „Alte", von dem er sprach, war ein knorriger mächtiger Baum, von dem Rhonin nur einen dunklen Umriss erkannte. Etwas anderes erregte jedoch die Aufmerksamkeit des Zauberers.

„Höre ich Wasser fließen?"

Der Nachtelf klang fröhlicher. „Es läuft in der Nähe meines Zuhauses vorbei. Nur noch ein paar Minuten, dann –"

Bevor er seinen Satz zu Ende sprechen konnte, füllte sich der Wald mit Gestalten in Rüstungen. Brox grunzte und zog seine Axt. Rhonin bereite einen Zauber vor und war überzeugt, dass es sich um die gleichen hinterhältigen Angreifer handelte, die ihn und Krasus gefasst hatten.

Malfurion wirkte vollkommen überrascht über das Auftauchen der Krieger. Er wollte ihnen seine Hand entgegen strecken, zögerte dann jedoch.

Malfurions Zögern ließ auch Rhonin innehalten. Das erwies sich als Fehler, denn im nächsten Moment fiel ein flirrendes rotes Netz über jeden in der kleinen Gruppe. Rhonin spürte, wie seine Muskeln steif wurden und alle Kraft daraus verschwand. Er konnte sich nicht länger bewegen, nicht länger handeln, nur mehr zusehen.

„Hervorragende Arbeit, Junge“, dröhnte eine befehlsgewohnte Stimme. „Das ist der Tiermensch, den wir gesucht haben – zusammen mit denen, die ihm bei seiner Flucht geholfen haben.“

Jemand antwortete so leise, dass Rhonin die Worte nicht verstand. Mehrere Reiter, von denen zwei leuchtende Smaragdstöcke trugen, lösten sich aus der Gruppe der Soldaten. An ihrer Spitze ritt ein bärtiger Nachtelf, der das Kommando zu führen schien. Neben ihm …

Rhonins Augen weiteten sich. Eine andere Reaktion ließ sein momentaner Zustand nicht zu. Seiner Überraschung über den Mann, der neben dem Kommandanten ritt, war das jedoch kaum angemessen.

Er trug andere Kleidung und hatte die Haare zu einem Zopf zusammengebunden, dennoch gab es nicht den geringsten Zweifel, dass sein ernstes Gesicht das von Malfurion war.

# ACHTZEHN

Mannoroth war zufrieden, und das stimmte auch Lord Xavius optimistisch.

„Es ist also gut?“, fragte der Nachtelf den Himmelskommandanten. So viel hing davon ab, dass ihre Pläne aufgingen.

Mannoroth nickte mit seinem schweren, Stoßzahn bewehrten Schädel. Seine Flügel streckten sich zum Zeichen der Zustimmung. „Ja, sehr gut sogar … Sargeras wird Gefallen daran finden.“

*Sargeras.* Erneut hatte der Himmelskommandant den wahren Namen des Erhabenen genannt. Xavius' magische Augen leuchteten auf, als er ihn stumm wiederholte. *Sargeras.*

„Wir werden das Portal öffnen, sobald der Zauber steht. Zuerst wird die Armee erscheinen, dann, wenn alles vorbereitet ist, mein Herr selbst …“

Hakkar kam herbei. Der gestrafte Herr der Hunde fiel vor Mannorath auf die Knie. „Verzeiht die Störung, aber einer meiner Jäger issst zurückgekehrt.“

„Nur *einer*?“

„Ssso scheint esss.“

„Und was hast du von ihm erfahren?“ Unter Mannoroths dunklem Blick schien der Herr der Hunde zu schrumpfen.

„Ssssie haben zwei mit dem fremden Geruch gefunden, von dem Lord Nachtelf sprach, und einen von ssseiner Art, der bei ihnen issst. Doch bei der Jagd trafen sssie auch ein Wesssen mit großer Macht … sssehr großer Macht.“

Zum ersten Mal verriet Mannoroths Mimik ein wenig von seiner Unsicherheit. Xavius bemerkte es und fragte sich, was ein so wundersames Wesen verstören konnte. „Könnte *sie* …?“

Hakkar schüttelte den Kopf. „Das glaube ich nicht. Vielleicht ein Hauch von ihrer Kraft, ein Wächter, der zurückgeblieben issst.“

Die beiden sprachen von etwas Bedeutungsvollem, aber der Berater wusste nicht, von was. Er wagte es, sie zu unterbrechen. „Gibt es eine Beschreibung dieses Wesens, von dem ihr sprecht?“

„Ja.“ Hakkar drehte seine Hand, bis die Innenfläche nach oben zeigte. Über ihr erstand ein kleines Bild. Es zuckte hin und her und verschwamm immer wieder, aber nach einer Weile ließ sich die Gestalt darin klar erkennen.

„Gesssehen durch die Augen einer Felbessstie. Ein Wesssen mit Hörnen, ssso grosss wie eine Felbessstie."

Lord Xavius runzelte die Stirn. „Dann stimmt die Legende … es gibt den Herrn des Waldes tatsächlich."

„Du kennst diese Kreatur?", fragte Mannoroth.

„In uralten Mythen taucht der Herr des Waldes auf, der Halbgott Cenarius. Er soll ein Kind von Mutter Mond und …"

„Das reicht." Das Maul mit den Hauern verzog sich ungehalten. „Wir werden uns mit ihm befassen." An Hakkar gewandt, sagte er: „Zeig uns die anderen."

Der Herr der Hunde gehorchte und ließ vor ihnen die Bilder eines grünhäutigen, primitiven Kriegers, einen jungen Nachtelfs und einer seltsamen Gestalt mit feuerrotem Schopf, in eine Robe gekleidet, entstehen.

„Ein merkwürdiges Trio", bemerkte Xavius.

Mannoroth nickte. „Der Krieger sieht vielversprechend aus … ich möchte mehr über sein Volk erfahren und das Potenzial, das es in sich birgt …"

„Eine solche Bestie? Ist das Euer Ernst? Sie wirkt ja grotesker als ein Zwerg."

Die geflügelte Gestalt widersprach nicht, sondern betrachtete den Dritten aus der Gruppe. „Eine dürre Kreatur, aber mit wachem Blick. Ein Wesen der Magie, glaube ich. Fast wie ein Nachtelf." Er ging über Xavius' Protest hinweg. „Aber nicht ganz." Das gewaltige Reptilienwesen wandte sich von Hakkar ab und begann in der Kammer auf und ab zu gehen. Mannoroth dachte über die Dinge nach, die er gerade erfahren hatte.

„Wir könnten weitere Felbessstien ausssenden, um ssssie zu finden", schlug der Herr der Hunde vor.

„Aber nur zusammen mit Felwachen. Dieses Mal ist das Ziel eine Gefangennahme."

„Gefangennahme?", wiederholten der Berater und der Herr der Hunde gleichzeitig.

Die tief liegenden Augen verengten sich. „Sie müssen erforscht werden, wir müssen ihre Stärken und Schwächen erkunden, für den Fall, dass es noch mehr von ihnen gibt …"

„Können wir die Felwache entbehren?"

„Es werden bald sehr viele Wächter kommen. Lord Nachtelf, sind Eure Hochgeborenen bereit?"

Xavius warf einen Blick auf die Zauberer und nickte. „Sie sind bereit, alles zu tun, was getan werden muss, um unseren ruhmreichen Traum in Erfüllung gehen zu lassen, die Welt zu säubern von allen, die …"

„Die Welt wird gesäubert werden, Lord Nachtelf, dessen könnt Ihr sicher sein." Mannoroth sah Hakkar an. „Ich überlasse dir die Jagd, Hundeherr. Versage nicht noch einmal."

Mit gesenktem Haupt entfernte sich Hakkar.

„Und nun, Lord Nachtelf…“, fuhr das gewaltige Wesen fort, „… lasst uns die Zukunft Eures Volkes angehen!“ Mannoroth streckte seine Flügel, wie er es immer zu tun schien, wenn er wohliges Behagen verspürte. „Eine Zukunft, wie Ihr sie Euch nicht in Euren kühnsten Träumen vorstellen könnt …“

Deathwing kreiste über der Landschaft und spie Feuer. Krasus hörte Schreie aus allen Richtungen, konnte aber keinen derer, die um Hilfe riefen, entdecken. Eingeschlossen in seinem winzigen sterblichen Körper stolperte er wie eine Ratte über die verbrannte Erde, versuchte dem Feuer zu entgehen und gleichzeitig den Sterbenden zu helfen.

Plötzlich fiel ein dunkler Schatten über das Feld, über das er rannte, und eine donnernde Stimme begann ihn zu verhöhnen. „Was haben wir denn hier? Was ist denn das für ein kleiner Krümel?“

Gewaltige Klauen, zweimal größer als der Drachenmagier, griffen nach ihm und hoben ihn ohne jede Anstrengung in die Luft, bis er in Deathwings bösartiges Gesicht blickte.

„Das ist ja nur ein Stück altes Drachenfleisch! Korialstrasz, du hast dich zu lange unter den niederen Völkern aufgehalten. Ihre Schwäche hat sich auf dich übertragen!

Krasus versuchte einen Zauber zu weben, aber aus seinem Mund drangen keine Worte, sondern winzige Fledermäuse. Deathwing atmete ein und zog die Fledermäuse gnadenlos in seinen heißen tiefen Schlund.

Der schwarze Riese schluckte alles hinunter. „Nicht gerade wohlschmeckend. Ich bezweifle, dass du besser mundest, aber da du ohnehin vergehen wirst, kann ich dir auch ein Ende machen.“ Er hob die zappelnde Gestalt über sein Maul. „Außerdem nützt du ohnehin niemandem mehr etwas.“

Die Klauen ließen Krasus los, aber als er Deathwings Maul entgegen fiel, änderte sich alles. Deathwing und die brennende Landschaft verschwanden. Krasus schwebte plötzlich im Zentrum eines furchtbaren Sandsturms und wurde von immer stärker werdenden Kräften umher geschleudert.

Der Kopf eines Drachen entstand im Sturm. Im ersten Moment fürchtete Krasus, der schwarze Riese sei ihm gefolgt, weil er seinen Imbiss nicht entkommen lassen wollte. Doch dann tauchte ein zweiter Schädel neben dem ersten auf, gefolgt von weiteren, bis eine endlose Horde Krasus’ Blickfeld ausfüllte.

„Korialstraaaaasz …“, stöhnten sie immer wieder. „Korialstraaaasz …“

Krasus erkannte, dass die Köpfe nicht die gleiche Form wie Deathwings Schädel hatte, und dass sie aus dem Sandsturm geformt waren.

*Nozdormu?*

„Wir … ziehen unsss durch allesss“, stieß der Zeitlose hervor. „Wir sssehen … allesss …“

Krasus wartete darauf, dass Nozdormu die Kraft fand fortzufahren.

„Alle Enden führen insss Nichtsss! Alle Enden …“

*Ins Nichts?* Was bedeutete das? Wollte er damit sagen, dass sich die Befürchtungen des Magiers erfüllt hatten und die Zukunft ausgelöscht worden war?

„… bis auf einesss …“

Eines! Krasus griff nach dem Strohhalm. „Sag mir, was ich tun muss! Zeig mir den Weg!“

Die Köpfe der Drachen veränderten sich. Die Schnauzen wichen zurück, die Köpfe wurden länger, menschlicher – nein! Nicht menschlicher, elfischer …

*Ein Nachtelf?*

War dies jemand, den er fürchten oder suchen sollte? Er versuchte Nozdormu danach zu fragen, aber der Sturm wurde immer wahnsinniger, er riss die Gesichter auseinander und wirbelte den Sand auf. Krasus versuchte seinen Körper zu schützen, als der Sand seine Haut aufschürfte und sogar die Kleidung durchdrang.

Er schrie …

… und setzte sich im nächsten Moment auf. Sein Mund war immer noch zum stummen Schrei geöffnet.

„Meine Königin, er ist wieder bei uns.“

Langsam kehrte Krasus' Geist in die Wirklichkeit zurück. Der Alptraum mit Deathwing und seine Vision von Nozdormu nagten noch an seinen Gedanken. Aber er konnte sich zumindest soweit konzentrieren, dass er seine Umgebung erkannte. Er lag in der Eikammer, wo er und Alexstrasza ihr erstes Gespräch geführt hatten. Die Königin des Lebens sah ihn besorgt an, ebenso wie sein jüngeres Ich, das rechts neben ihr saß.

„Ist der Zauber verweht?“, fragte Alexstrasza ruhig.

Dieses Mal wollte er ihr alles erzählen, ganz gleich, was auch die Konsequenzen sein würden. Nozdormus angsteinflößende Worte hatten darauf hingewiesen, dass es nur noch einen Weg in die Zukunft gab. Konnte er da wirklich noch mehr Probleme hervorrufen, wenn er ihr von Neltharions Wahnsinn berichtete und von dem Schrecken, den der schwarze Drache verbreiten würde?

Doch erneut überwältigte Krasus ein Schwindelgefühl, als er über Deathwing sprechen wollte. Nur mühsam blieb er bei Bewusstsein.

„Zu früh“, warnte Alexstrasza. „Du musst dich länger erholen.“

Er brauchte mehr als nur Ruhe. Er brauchte ein Gegenmittel für den hinterhältigen und dunklen Zauber, den der Wächter der Erde über ihn ausgesprochen hatte. Keiner der Aspekte schien zu bemerken, dass sein Zustand durch Magie hervorgerufen wurde. In all seinen Inkarnationen hatte sich Deathwing als der Gerissenste aller Bösen herausgestellt.

Da Krasus nichts gegen den schwarzen Drachen unternehmen konnte, dachte er an den Nachtelf, dessen Gesicht Nozdormu ihm gezeigt hatte. Er erinnerte sich an die Angreifer, die ihn und Rhonin gefangen genommen hatten. Aber keiner von ihnen hatte ihm ähnlich gesehen.

„Wie weit ist es von hier ins Land der Nachtelfen?“, fragte Krasus – und berührte überrascht seinen Mund, als er begriff, dass er die Worte ohne Schwierigkeiten aussprechen konnte. Anscheinend beschränkte sich Neltharions Zauber nur auf ihn selbst, nicht auf andere wichtige Dinge.

„Wir können dich bald dorthin bringen“, sagte seine Gefährtin. „Aber was ist mit der Angelegenheit, die du erwähnt hast?“

„Dies … dies betrifft noch immer die Angelegenheit, aber mein Plan hat sich geändert. Ich glaube … nun, ich glaube, ich habe gerade mit dem Zeitlosen gesprochen, der mir etwas mitzuteilen versuchte.“

Sein jüngeres Ich mochte das nicht glauben. „Du hattest Alpträume, Wahnvorstellungen! Du hast mehrmals gestöhnt. Ich bezweifle, dass der Aspekt der Zeit Verbindung zu dir aufnehmen würde. Mit Alexstrasza vielleicht, aber nicht mit dir.“

„Nein“, widersprach die rote Königin. „Ich glaube, dass er die Wahrheit spricht, Korialstrasz. Wenn er glaubt, dass Nozdormu ihn berührt hat, stimmt das sicherlich auch.“

„Ich beuge mich deiner Weisheit, Geliebte.“

„Ich muss zu den Nachtelfen“, beharrte Krasus. Jetzt, wo er sich in Korialstrasz’ Nähe aufhielt und nicht versuchte, Neltharions Verrat aufzudecken, verbesserte sich sein Zustand merklich. „Ich suche nach einem von ihnen und hoffe, dass ich nicht bereits zu spät komme.“

Der weibliche Leviathan legte den Kopf schief und sah Krasus eindringlich an. „Ist das, wovon du mir vorhin berichtet hast, immer noch wahr?“

„Das ist es, aber da gibt es noch viel mehr zu sagen. Die Drachen – *alle* Drachen – werden für diesen Kampf benötigt.“

„Aber in Nozdormus Abwesenheit können wir keinen Konsens erzielen. Die anderen werden dem nicht zustimmen.“

„Du musst sie überzeugen, dass sie gegen die Tradition handeln!“ Er zwang sich hoch. „Wahrscheinlich haben sie es in der Hand, ob die Welt weiter besteht oder vernichtet wird.“

Und mit diesen Worten begann er, ihnen all seine Erinnerungen an die Gräuel der Brennenden Legion zu schildern.

Sie lauschten seinem Bericht über Blut, Vernichtung und das seelenlose Böse. Selbst die beiden Drachen waren angesichts des dargelegten Grauens erschüttert. Als Krasus endete, verstanden sie seine Angst.

Doch selbst jetzt sagte Alexstrasza: „Sie werden vielleicht trotzdem keine Entscheidung treffen. Wir haben über die Welt gewacht, aber wir überlassen den jüngeren Völkern ihren Fortschritt. Selbst Neltharion, der über die Erde selbst wacht, zieht es vor, so zu handeln."

Er wünschte sich, er hätte ihr alles über Neltharion erzählen können, aber der Gedanke allein brachte bereits den Schwindel zurück. Mit einem zögerlichen Nicken antwortete Krasus: „Ich weiß, dass du tun wirst, was du tun musst."

„Und du musst das tun, was du möchtest. Geh zu den Nachtelfen und suche deine Antwort, wenn du glaubst, dass es die Lage verbessern wird." Sie sah ihren Gefährten an. „Ich möchte, dass du mit ihm gehst, Korialstrasz. Würdest du das tun?"

Der Drache neigte respektvoll den Kopf. „Wenn du mich darum bittest, erfüllt es mich mit Freude, deinem Wunsch zu folgen."

„Ich bitte dich auch, seinem Befehl zu folgen, mein Gefährte. Vertraue ihm, denn er verfügt über eine Weisheit, die wichtig für dich sein wird."

Seinem reptilischen Gesicht war nicht anzusehen, ob er dieser Behauptung Glauben schenkte, aber er nickte erneut.

„Es ist Nacht", sagte Alexstrasza zu Krasus. „Wirst du bis zum Morgen warten?"

Der Drachenmagier schüttelte den Kopf. „Ich habe bereits zu lange gewartet."

Der Erste, der den Clannamen Ravencrest trug, hatte auf die gewaltige Granitformation auf dem Gipfel des hohen, schwer zu erklimmenden Berges geblickt. Er hatte seinem Begleiter erklärt, wie sehr die Felsformation ihn an den schwarzen Turm eines Schachspiels erinnerte und dass die dunklen Vögel, die die Felsen umkreisten und sogar auf ihnen nisteten, darauf schließen ließen, dass es sich um einen speziellen Ort handelte, um einen Ort der Macht.

Eine Generation lang – und die Generationen der Nachtelfen dauerten länger als die der meisten Völker – hatten die Diener des Ravencrest-Clans eine Festung aus dem Granit gemeißelt, die ihresgleichen suchte. Black Rook Hold, wie dieser dunkle, widrige Ort schon bald genannt wurde, dehnte seinen Einfluss rasch über das Reich der Nachtelfen aus und wurde nur noch vom Palast übertroffen. Als es zum Konflikt zwischen Nachtelfen und Zwergen kam, entschied Black Rook Hold über Sieg oder Niederlage. Die Angehörigen des Ravencrest-Clans wurden vom Thron geehrt, und beide Blutlinien vermischten sich. Wenn die Hochgeborenen, die Azshara dienten, Neid gegenüber Angehörigen ihres eigenen Volkes empfanden, dann gegenüber den Bewohnern der Ebenholzfestung.

Man hatte Fenster in die obersten Etagen des grandiosen Baus gemeißelt, aber der einzige Eingang bestand aus einem doppelten Eisentor, das sich nicht etwa an der Unterseite der Burg, sondern am Fuß des Berges befand. Die massiven Tore waren verschlossen und wurden schwer bewacht. Nur Narren glaubten, sie könnten dort unerlaubt Einlass erlangen.

Doch für den gegenwärtigen Lord Ravencrest öffneten sich die Tore sofort. Sie öffneten sich ebenso bereitwillig für seine drei Gefangenen, von denen einer die Geschichten über Black Rook Hold kannte und sich Sorgen machte.

Malfurion hätte niemals geglaubt, dass er die dunkle Festung einmal unter solch düsteren Umständen betreten würde. Schlimmer noch, er hätte niemals gedacht, dass sein Zwilling verantwortlich für diese Tatsache sein würde. Im Verlaufe seiner Reise hatte er erfahren, dass Illidan, der auf einmal in Lord Ravencrests Diensten stand, Rhonins Zauber entdeckt hatte. Mit der Hilfe von Malfurions Bruder war der Kommandant der Nachtelfen mit seinen Soldaten losgeritten. Dieses Mal wollte er die Eindringlinge nicht davonkommen lassen.

Er war angenehm überrascht gewesen, Brox zu sehen … und mehr als erstaunt, Illidans Zwilling bei ihm zu entdecken.

Lord Ravencrest inspizierte seine Beute in einer fünfeckigen Kammer, die von glitzernden Smaragdkristallen erhellt wurde. Der Kommandant saß auf einem Stuhl, aus dem gleichen Stein gefertigt, wie seine Festung. Der Stuhl stand auf einem ebenfalls steinernen Sockel, sodass Ravencrest von seiner erhöhten Position aus selbst sitzend auf seine Gefangenen herabblicken konnte.

Bewaffnete Soldaten standen an den Wänden der Kammer verteilt, weitere umringten Malfurion und seine Begleiter. Neben Ravencrest standen seine höchsten Offiziere. Sie hatten ihre Helme in die Armbeugen geklemmt. Zur Rechten des Adligen wartete Illidan.

Ebenfalls anwesend waren zwei hochrangige Mitglieder der Mondgarde. Sie waren spät eingetroffen, zur gleichen Zeit etwa, als der Kommandant seine Gefangenen durch das Tor geführt hatte. Die Mondgarde hatte Rhonins Zauber ebenfalls bemerkt, aber ihre Spione hatten sie über Ravencrests Trupp informiert, bevor sie die Gelegenheit hatten, eigene Soldaten zu entsenden. Die Zauberer waren nicht eben erfreut über die Taten des Adligen und die Anwesenheit von Illidan, der in ihren Augen Magie ohne Berechtigung anwandte.

„Noch einmal muss ich Euch bitten, Lord Ravencrest …“, begann der Dünnere und Ältere der beiden Mondgardisten, ein aufgeblasener Zauberer namens Latosius, „… uns diese Fremden zum Verhör zu übergeben.“

„Ihr hattet den Tiermann bereits und habt ihn wieder entkommen lassen. Er sollte ohnehin zu mir gebracht werden. Auf diese Weise kürzen wir den ganzen Vorgang also lediglich ab.“ Der Adlige betrachtete das Trio. „Hier geht es um größere Dinge, als es auf den ersten Blick den Anschein haben mag. Illidan, du weißt bestimmt mehr.“

Malfurions Bruder wirkte nervös, antwortete aber ohne zu zögern. „Ja, Mylord. Er ist mein Bruder.“

„Das ist so offensichtlich wie Tag und Nacht.“ Er sah den gefangenen Zwilling an. „Ich weiß etwas über dich, so wie ich auch etwas über deinen Bruder weiß. Dein Name ist Malfurion, richtig?“

„Ja, Mylord."

„Du hast diese Kreatur gerettet?"

„Das habe ich."

Der Kommandant beugte sich vor. „Und du hast einen guten Grund dafür? Einen, der diese verräterische Tat gar entschuldigen würde?"

„Ich bezweifle, dass Ihr mir glauben würdet, Mylord."

„Oh, ich bin bereit einiges glauben, mein Junge", antwortete Lord Ravencrest ruhig und strich über seinen Bart. „So lange jemand die Wahrheit erzählt. Wirst du das tun?"

„Ich …" Malfurion wusste, dass er keine andere Chance hatte. Früher oder später würde man eine Methode finden, um ihm die Wahrheit zu entreißen. „Ich versuche es."

Und so berichtete er von seinen Studien bei Cenarius, was ihm etliche zweifelnd hochgezogene Augenbrauen einbrachte. Er sprach über seinen wiederkehrenden Traum und darüber, dass der Halbgott ihn gelehrt hatte, die Welt der Träume zu durchwandern. Vor allem erzählte er jedoch von den gefährlichen Mächten, die ihn nach Zin-Azshari zogen, zum Palast der von allen Nachtelfen verehrten Königin.

Sie hörten interessiert zu, als er von der Quelle sprach und von den Turbulenzen, die die Zauberer im Palast erzeugten. Für Ravencrest und die Mondgarde ließ er ein Bild des Turms und der Dinge entstehen, die er im Inneren spürte.

Nur eines erwähnte er nicht, da es in seinem Bericht auch so schon offensichtlich wurde, nämlich seine Furcht, dass Königin Azshara all das billigen könnte.

Ravencrest kommentierte seine Darstellung nicht. Stattdessen blickte er zur Mondgarde. „Sind Eurem Orden solche Probleme aufgefallen?"

Der ältere Zauberer antwortete: „Die Quelle ist aufgewühlter als sonst, was tatsächlich von einem Missbrauch rühren könnte. Wir haben Zin-Azshari nicht auf die beschriebenen Aktivitäten hin untersucht, aber eine so unglaubliche Geschichte –"

„Ja, sie ist unglaublich." Der bärtige Kommandant wandte sich an Illidan. „Was sagst du zu deinem Bruder und seinen Behauptungen?"

„Er hat noch nie unter Halluzinationen gelitten, Mylord." Illidan sah Malfurion nicht an. „Aber ob er die Wahrheit spricht …"

„Genau. Allerdings würde ich es Lord Xavius und den Hochgeborenen zutrauen, dass sie sich ohne das Wissen der Königin auf irgendeine Teufelei eingelassen haben. Sie taten schon immer, als sei die Quelle ein Schatz, den sie mit niemandem zu teilen bereit sind."

Sogar die Mondgarde stimmte diesen Worten nickend zu. Die Arroganz des Lordberaters und der Personen rund um Azshara war allseits bekannt.

„Wenn ich auch etwas sagen dürfte …", ergriff Latosius das Wort. „Sobald wir die Angelegenheit hier beendet haben, werde ich die Führer unseres Ordens informieren. Sie werden die Hochgeborenen und ihre Aktivitäten einer unverzüglichen Überprüfung unterziehen."

„An dem Ergebnis wäre ich sehr interessiert. Junger Malfurion, deine Geschichte – von der wir annehmen, dass sie größtenteils der Wahrheit entspricht – erklärt einige deiner Taten, aber nicht, weshalb du einen Gefangenen deines Volkes befreit und damit ein schweres Verbrechen begangen hast …"

„Darauf kann ich vielleicht besser antworten", sagte für alle unerwartet Rhonin.

Malfurion war sich nicht sicher, ob es eine gute Idee von dem Fremden war, für sich selbst zu sprechen. Nachtelfen waren anderen Völkern gegenüber wenig tolerant. Es würde ihm auch nicht helfen, dass er seinem Volk ein wenig ähnelte – zumindest mehr als ein Troll.

Ravencrest schien ihm jedoch zuhören zu wollen, denn er winkte dem Zauberer wohlwollend zu.

„In meinem Land … einem Land, das nicht weit entfernt von seinem ist", erklärte Rhonin und nickte Brox zu, „hat sich eine magische Anomalie geöffnet. Mein Volk sandte mich dorthin, und Brox' Volk entsandte ihn. Wir entdeckten die Anomalie getrennt voneinander … und wurden gegen unseren Willen hineingezogen. Er kam an einem Ort an, ich an einem anderen."

„Und wie hängt das mit dem jungen Malfurion zusammen?"

„Er glaubt – ebenso wie ich –, dass diese Anomalie durch die zauberische Aktivität entstand, die er bereits erwähnte."

„Das wäre ein Grund zur Sorge", bemerkte der ältere Mondgardist zögernd. „Aber die grünhäutige Kreatur wirkt nicht wie jemand, den man zur Inspektion eines magischen Vorgangs ausschicken würde."

„Mein Kriegsherr hat befohlen, also bin ich gegangen", versetzte Brox knurrend.

„Ich kann nicht für die Orks sprechen", antwortete Rhonin, „aber ich habe Erfahrung in diesen Dingen." Seine Augen, die sich so krass von denen der Nachtelfen unterschieden, musterten den Zauberer provozierend.

Nach einer kurzen Pause nickten beide Mondgardisten zustimmend. Malfurion begriff, dass sie zwar nicht genau wussten, was Rhonin war, wohl aber erkannten, dass er die magischen Künste beherrschte. Vermutlich war dies auch der Grund, warum man dem Zauberer erlaubt hatte zu sprechen.

„Vielleicht werde ich alt, aber ich muss gestehen, dass ich einen Großteil dieser Geschichte glaube." Dieses Geständnis Lord Ravencrests handelte ihm einige erstaunte Blicke seitens seiner Offiziere ein und löste eine Welle der Erleichterung in Malfurion aus. Wenn der Kommandant seine Geschichte ernst nahm …

„Wir sind noch unentschlossen", erklärte Latosius. „Diese Behauptungen können wir nicht einfach so hinnehmen. Es muss ein intensives Verhör stattfinden."

Der Adlige hob die Augenbrauen. „Habe ich etwas anderes gesagt?"

Er schnippte mit den Fingern, und die Wachen ergriffen Malfurion an den Armen und zogen ihn auf den Sockel zu.

„Jetzt möchte ich das Vertrauen testen, das ich meinem neuen Zauberer schenke. Illidan, wir müssen die ganze Wahrheit erfahren, wie unangenehm dir das auch erscheinen mag. Ich vertraue darauf, dass du beweisen wirst, dass alles, was dein Bruder sagt, der Wahrheit entspricht."

Der Nachtelf mit dem Zopf schluckte hart und blickte auf einen Punkt hinter Malfurion. „Ich vertraue den Worten meines Bruders, aber für die Person in der Robe kann ich nicht die Hände ins Feuer legen, Mylord."

Illidan wollte verhindern, dass sein Bruder Schaden durch seine Kräfte nahm, deshalb konzentrierte er sich auf einen der Fremden. Malfurion war froh über diese Besorgnis, aber es gefiel ihm nicht, Rhonin oder Brox an seiner Stelle leiden zu sehen.

„Lord Kommandant, das ist absurd!" Der ältere Zauberer marschierte zum Sockel und sah Illidan ablehnend an. „Dieser ungenehmigte Magier ist der Bruder eines Gefangenen. Seinem Verhör ist nicht zu trauen!" Er wandte sich Malfurion zu. Seine silbernen Augen starrten den jungen Nachtelf drohend an. „Die Gesetze, die zu Beginn unserer Zivilisation niedergeschrieben wurden, sehen vor, dass alle magischen Angelegenheiten unter die Verantwortung der Mondgarde fallen und dass sie das Recht hat, sämtliche Verhöre zu führen."

Er ging bis auf Armeslänge auf den Gefangenen zu. Malfurion versuchte, seine Angst nicht zu zeigen. Die körperlichen Misshandlungen, die ihn in Black Rook Hold erwarteten, hoffte er durch seine Druidenausbildung zu überstehen, aber ein Zauberer, der in seinen Geist eindrang, stellte eine wesentlich größere Bedrohung dar. Eine solche Befragung würde nicht seinen Körper verletzen, aber dafür vielleicht sein Gehirn dermaßen in Mitleidenschaft ziehen, dass er sich nie wieder erholte.

Illidan sprang von der Erhöhung. „Mylord, *ich* werde meinen Bruder verhören!"

Malfurion wusste nicht, was sein Zwilling vorhatte, nahm jedoch an, dass Illidan weitaus vorsichtiger zu Werke gehen würde als die Mondgarde, der es nur um schnelle Antworten ging. Malfurion blickte zu Lord Ravencrest und hoffte, dass der Adlige Illidans Angebot akzeptieren würde.

Doch der Herr von Black Rook Hold lehnte sich nur in seinem Stuhl zurück. „Dem Gesetz soll Genüge getan werden. Er gehört Euch, Mondgarde … aber nur, wenn Ihr die Befragung hier und jetzt durchführt."

„Wir erklären uns einverstanden."

„Bedenkt bei Eurem Vorgehen, dass er vielleicht die Wahrheit sagt."

Malfurion nahm an, dass Lord Ravencrest nicht noch mehr unternehmen würde, um Illidans Zwillingsbruder zu schützen. Schließlich musste der bärtige Kommandant in erster Linie für den Schutz des Reiches sorgen. Und wenn das einen Nachtelf das Leben oder den Verstand kostete, musste dieses Opfer eben erbracht werden.

„Wir werden die Wahrheit finden." Mehr sagte der Zauberer nicht. Den Soldaten befahl er: „Haltet seinen Kopf fest."

Eine der Rüstung tragenden Gestalten brachte Malfurion für die Mondgarde in Position. Der Zauberer in seiner Robe streckte die Arme aus und berührte die Schläfen des sich windenden Gefangenen mit den Zeigefingern.

Ein Schock durchfuhr Malfurion, und er war sicher, dass er schrie. Seine Gedanken wirbelten durcheinander, alte Erinnerungen stiegen ungebeten an die Oberfläche. Jede Einzelne wurde zurückgeworfen, während sich eine scharfe Klaue immer tiefer in seinen Geist grub.

*Wehre dich nicht!*, befahl eine kalte Stimme, die Latosius gehören musste. *Gib mir deine Geheimnisse preis, und alles wird leicht.*

Malfurion wollte gehorchen, aber er wusste nicht wie. Er dachte an die Geschichte, die er der Versammlung bereits erzählt hatte und versuchte sie anzubieten. Azsharas mögliche Beteiligung wollte er noch verschweigen. Man hätte ihm nur noch weniger geglaubt, hätte er diesen Verdacht ausgesprochen.

Dann, so plötzlich, wie die Klaue in sein Gehirn gegriffen hatte, verschwand sie auch wieder. Sie zog sich nicht zurück, weder langsam noch schnell. Sie verschwand einfach.

Malfurions Beine gaben unter ihm nach. Er wäre zusammengebrochen, hätten die Wachen ihn nicht gestützt.

Nach und nach hörte er die Rufe, manche wutentbrannt, andere ungläubig. Eine der herausragendsten Stimmen gehörte dem älteren Mondgardisten. „Das ist unglaublich!", rief ein anderer. „Doch nicht die Königin!"

„Niemals!"

Also hatte er doch seine tiefste Befürchtung preisgegeben. Malfurion verfluchte seinen schwachen Geist. Das Verhör hatte kaum begonnen, und schon hatte er vor sich selbst und als Cenarius' Schüler versagt …

„Es sind die Hochgeborenen! *Sie* müssen dahinterstecken. Das ist Xavius' Schuld!", behauptete eine andere Stimme.

„Er hat seinem eigenen Volk Schande angetan!", stimmte die nächste zu.

Worüber sprachen sie? Obwohl Malfurions Geist noch nicht wieder ganz klar war, spürte er, dass etwas mit dieser gebrüllten Unterhaltung nicht stimmte. Die Sprecher waren zu laut, reagierten zu aufgebracht auf seine bloße Annahme. Er war doch nur ein Nachtelf ohne hohen Rang. Wieso sorgte sein unbewiesener Verdacht bereits für einen solchen Ausbruch von Hysterie?

„Lasst mich zu ihm", sagte eine Stimme. Malfurion spürte, wie die Wachen ihn an jemanden übergaben, der ihn vorsichtig auf den Boden sinken ließ. Hände umfassten sein Gesicht und hoben es an. Malfurions verschwommener Blick erkannte seinen Bruder.

„Warum hast du nicht sofort nachgegeben?“, seufzte Illidan. „Zwei Stunden. Ist dir dein Verstand geblieben?“

„Zwei – Stunden?“

Illidan atmete erleichtert auf, als er die Antwort hörte. „Gepriesen sei Elune. Nachdem du den Blödsinn über die Königin erzählt hast, wollte der alte Narr alles noch Vorhandene aus deinem Kopf herausreißen. Wenn sein Zauber nicht plötzlich fehlgeschlagen wäre, hätte er vielleicht nichts von deinem Verstand übrig gelassen. Sie haben den Verlust ihrer Brüder nicht vergessen. Sie geben dir die Schuld dafür.“

„S-Sein Zauber ist fehlgeschlagen?“ Das ergab keinen Sinn. Malfurions Inquisitor war einer der höchsten und fähigsten Magier.

„Alle ihre Zauber sind fehlgeschlagen“, behauptete Illidan. „Als er die Kontrolle über den ersten verlor, versuchte er einen zweiten … und als der nicht gelang, versuchte sein Begleiter einen dritten … alles ohne Erfolg.“

Malfurion verstand immer noch nicht. Die Worte seines Zwillingsbruders klangen, als hätten beide Zauberer der Mondgarde jegliche Macht verloren. „Sie konnten nicht zaubern?“

„Nein … und meine eigenen Kräfte sind auch geschwächt.“ Er beugte sich zu Malfurions Ohr hinab. „Ich glaube, ich habe noch ein wenig Macht – aber wirklich nur ein wenig. Wir scheinen von der Quelle getrennt worden zu sein.“

Die Unterhaltung wurde immer hektischer. Er hörte, wie Lord Ravencrest fragte, ob die Mondgarde noch Kontakt zu ihrem Orden halte, worauf einer der Zauberer zugab, dass die sonst ständige Verbindung unterbrochen sei. Der Adlige fragte dann seine eigenen Anhänger, ob wenigstens sie einen Teil ihrer Fähigkeiten behalten hatten.

Niemand konnte dies bejahen.

„Es hat begonnen …“, flüsterte Malfurion, ohne zu überlegen.

„Was?“ Sein Zwillingsbruder hob die Brauen. „Was meinst du? Was hat begonnen?“

Er sah an Illidan vorbei und dachte an die gewaltigen Kräfte, die von jenen im Turm gedankenlos beschworen wurden. Und er ahnte erneut die Konsequenzen, die dies für alle außerhalb des Palastes haben würde.

„Ich weiß es nicht“, sagte Malfurion schließlich. „Ich wünschte bei Mutter Mond, ich wüsste es … aber das ist nicht der Fall …“ Hinter Illidan sah Malfurion die besorgten Gesichter von Rhonin und Brox. Vielleicht verstanden sie nicht in voller Tragweite, was geschah, aber sie erweckten den Eindruck, als teilten sie seine Befürchtungen. „Ich weiß nur, dass es begonnen hat … was auch immer es sein mag.“

Allenthalben im Reich der Nachtelfen, überall auf dem Kontinent Kalimdor, spürten Tausende den Verlust. Die Quelle war von ihnen getrennt worden. Die Macht, die sie so sorglos benutzt hatten … war fast zur Gänze verschwunden. Angst breitete sich aus. Es war, als habe jemand in den Himmel gegriffen und den Mond gestohlen.

Diejenigen, die in der Nähe des Palastes lebten, wandten sich natürlich an ihre Königin und baten Azshara um Hilfe. Sie warteten vor den verschlossenen Toren und versammelten sich zu einer großen Menge. Von oben beobachteten die Wachen sie mit leeren Gesichtern. Sie öffneten weder die Zugänge, noch versuchten sie, die Menge mit Worten zu beruhigen.

Erst als die Hälfte der Nacht vergangen war und sich fast die gesamte Stadt vor dem Palast eingefunden hatte, öffneten sich die Tore schließlich. Die Bewohner machten sich erleichtert auf den Weg ins Innere. Sie waren überzeugt, dass Azshara ihre Rufe endlich erhört hatte.

Doch nicht die Königin kam zwischen den Palastwällen hervor, sondern etwas, das sich niemand in der Elfenwelt je auch nur hätte erträumen können.

Und so fand die Brennende Legion ihre ersten Opfer.

# NEUNZEHN

Schwindel schwappte wie eine Welle über Krasus hinweg. Der Angriff erfolgte so unvermittelt, dass er ihn beinahe das Leben gekostet hätte. Nur Momente zuvor hatte er sich wegen seiner großen Nähe zu Korialstrasz wieder wie er selbst gefühlt, und der Drache trug ihn gerade mit hoher Geschwindigkeit in die ungefähre Richtung, in der Cenarius' Lichtung lag. Aber sie waren ihr noch nicht so nahe, dass der Halbgott sie hätte bemerken können. Die Entschlossenheit, den Nachtelf zu finden, den Nozdormu ihm gezeigt hatte, verlieh Krasus zusätzliche Kraft. Deshalb traf ihn das plötzliche Schwindelgefühl so unvorbereitet, dass er beinahe von Korialstrasz' Nacken gestürzt wäre.

Der Drache verlagerte sein Gewicht im letzten Moment, doch Krasus' jüngeres Ich wirkte ebenfalls verstört.

„Fühlst du dich immer noch nicht besser?", rief der Drache.

„Ich … erhole mich." Krasus blickte in den Nachthimmel und versuchte zu verstehen, was gerade passiert war. Er durchsuchte seine lückenhafte Erinnerungen und fand schließlich eine mögliche Antwort. „Mein Freund, kennst du die Hauptstadt der Nachtelfen?"

„Zin-Azshari? Ich kenne sie ein wenig."

„Flieg dorthin."

„Aber deine Suche …"

Krasus ließ sich nicht von seinem Entschluss abbringen. „Wir müssen sofort dorthin! Es ist von allergrößter Wichtigkeit."

Sein jüngeres Ich murmelte etwas, das verärgert klang, wandte sich aber in die Richtung von Zin-Azshari. Krasus lehnte sich vor und erwartete die ersten Hinweise auf die legendäre Stadt. Wenn seine Erinnerung ihn nicht trog – und das war keineswegs sicher – symbolisierte Zin-Azshari den schöpferischen und kulturellen Höhepunkt der Nachtelfen-Zivilisation, eine riesige, pulsierende Metropole, wie es sie in dieser Form wohl kein zweites Mal gab.

Die Opulenz der uralten Stadt interessierte ihn jedoch nicht. Krasus dachte nur daran, dass Zin-Azshari nahe der legendären Quelle der Ewigkeit gelegen hatte.

Und es war diese Quelle, die ihn anzog. Obwohl Krasus sich nicht mehr daran erinnerte, wo die Brennende Legion zuerst in die Welt gestürmt war, hatte sein Verstand nicht gelitten, und es gab einige deutliche Hinweise auf jenen Ort.

In jener Zeit ging die Macht von der Quelle aus, und die Dämonen brauchten sie, um in die Reiche zu gelangen, die sie zu zerstören trachteten.

Deshalb war es sehr wahrscheinlich, dass sich das Portal, das die Brennende Legion zur Passage benutzte, in unmittelbarer Nähe der größten jemals gefundenen Quelle reiner Magie befand.

Sie schossen durch den Nachthimmel. Korialstrasz legte rasch Meile um Meile zurück. Dennoch vergingen Stunden, wertvolle Stunden, die sich die Welt vielleicht nicht leisten konnte.

Schließlich rief der Drache: „Wir werden Zin-Azshari bald erreichen. Was erhoffst du dir dort zu sehen?"

Die Frage war eigentlich, was er hoffte, dort *nicht* zu sehen, doch das konnte Krasus seinem Begleiter nicht verständlich machen. „Ich weiß es nicht."

Vor ihnen tauchten zahllose Lichter auf. Er stutzte. Bestimmt beleuchteten die Nachtelfen einen Teil ihrer Stadt, aber die Lichter wirkten übertrieben für ein Volk aus nachtaktiven Geschöpfen. Selbst eine Stadt wie Zin-Azshari hätte nicht so hell sein sollen.

Als die beiden sich näherten, bemerkten sie, dass die Helligkeit nicht von Fackeln oder Kristallen rührte, sondern von riesigen Bränden, die überall in der Hauptstadt der Nachtelfen tobten.

„Die Stadt steht in Flammen!", rief Korialstrasz. „Was könnte ein solches Inferno ausgelöst haben?"

„Wir müssen tiefer gehen", war Krasus' einzige Antwort.

Der rote Drachen neigte sich vor und fiel um einige hundert Fuß, bis Einzelheiten sichtbar wurden. Farbenfrohe, helle Gebäude brannten lichterloh, einige zerfielen bereits. Gärten voller Skulpturen und große Baumhäuser wurden zu Scheiterhaufen.

Und überall in den Straßen lagen Tote.

Man hatte sie brutal abgeschlachtet, ohne Mitgefühl für die Alten, die Kranken oder die Jungen. Viele waren in Gruppen gestorben, während andere offensichtlich einzeln gejagt worden waren. Außer der Bevölkerung von Zin-Azshari waren auch die Kadaver von Tieren zu sehen, vor allem die großer Nachtsäbel. Auch sie waren hingemetzelt worden.

„Hier fand ein Krieg statt!", stieß der Leviathan hervor. „Nein, kein Krieg. Ein Massaker!"

„Das ist das Werk der Brennenden Legion", flüsterte Krasus.

Korialstrasz hielt auf das Stadtzentrum zu. Seltsamerweise nahmen die Schäden ab, je mehr sie sich einem Gebäude näherten, das wie ein Palast aussah. Einige von Mauern umgebene Teile des Zentrums wirkten sogar völlig unberührt.

„Weißt du etwas über diese Bereiche der Stadt?", fragte Krasus seinen Begleiter.

„Ein wenig. Ich glaube, die Anwesen, die durch Mauern mit dem Palast der Königin verbunden sind, gehören denen, die man ‚Hochgeborene' nennt. Sie gelten als die Höchsten der Nachtelfen und stehen alle irgendwie im Dienst ihrer Majestät Azshara."

„Dreh eine Runde darüber."

Korialstrasz folgte seiner Bitte. Krasus betrachtete die Gegend und fand seinen Verdacht erhärtet. Die Anwesen, in denen die königlichen Hochgeborenen lebten, waren von der monströsen Katastrophe vollständig verschont geblieben.

„Im Nordwesten bewegt sich etwas, Krasus."

„Flieg dorthin. Schnell!"

Er musste seinen Begleiter nicht ermuntern, denn Korialstrasz suchte ebenso sehr nach Antworten wie er. Das war auch nicht verwunderlich, wenn man bedachte, dass sie ein und dieselbe Person waren.

Nun sah auch Krasus, was der Drache mit seiner überlegenen Sehkraft vor ihm bemerkt hatte. Wimmelnde Bewegung ergoss sich wie ein Heer von Heuschrecken über die Stadt. Korialstrasz ging noch tiefer, um einzelne Gestalten unterscheiden zu können.

Für Krasus war es die Rückkehr des Bösen.

Die Brennende Legion marschierte durch Zin-Azshari und hinterließ ein Bild des Grauens. Gebäude fielen bei ihrem Angriff. Da gab es die großen, brutalen Felwachen mit ihren Streitkolben und Schilden. Infernale ohne Verstand brachen durch Steinmauern und sonstige Hindernisse. In ihrer Nähe schwebten große, geflügelte Wesen mit brennenden grünen Schwertern, Rüstungen aus Lava und tönernen Füßen … die Wächter der Verdammnis.

An der Spitze der Horde sah Krasus die hundeartigen Felbestien, die der Legion stets vorauseilten. Sie wirkten besonders aktiv. Ihre Nasen reckten sich nicht nur schnuppernd in die Höhe, auch ihre gefährlichen Tentakel peitschten unablässig.

Und dann sah der Magier, was die Legion jagte.

Flüchtlinge liefen durch das Zentrum der Stadt. Familien und einzelne Nachtelfen kämpften sich verzweifelt durch die engen Gassen. Hinter ihnen befand sich ein kleiner Trupp bewaffneter Soldaten und in Roben gehüllter Gestalten – die Krasus für die legendäre Mondgarde hielt –, die gemeinsam versuchten, die Dämonen aufzuhalten.

Während sie sich näherten, versuchte ein Angehöriger der Mondgarde, einen Zauber zu weben. Doch als er sich ohne Deckung vor die Angreifer stellte, fiel auch er ihnen zum Opfer. Eine Felbestie sprang vor und landete unmittelbar vor ihm. Ihre Tentakel schossen mit ungeheurer Geschwindigkeit vor. Sie hefteten sich an die Brust des Zauberers und hoben ihn in die Luft.

Bevor ihm jemand zu Hilfe eilen konnte, wurde dem sich windenden Mondgardisten seine magische Kraft entrissen. Zurück blieb nur eine tote, verdorrte Hülle.

Der rote Drache brüllte. Selbst wenn Krasus es gewollt hätte, hätte er sein jüngeres Ich nicht von einem Angriff abhalten können. Außerdem ließen seine Erinnerungen an ähnliche Massaker den Magier schweigen. Zu viele waren bereits durch die Brennende Legion gestorben. Zwar war Korialstrasz nur wegen Krasus' Einmischung an diesen Ort gelangt, aber das interessierte den Magier nicht mehr. Er hatte versucht, weitere Störungen der Zeitlinie zu verhindern, doch nun war es genug.

Die Zeit des Widerstands war gekommen.

Als Korialstrasz an den vorderen Rängen der dämonischen Armee vorbei flog, stieß er eine große Stichflamme hervor. Die Feuerlanze verschlang nicht nur die Felbestie, die den Zauberer getötet hatte, sondern viele Angehörige des Rudels, das ihr folgte. Winselnd zogen sich die wenigen Überlebenden mit versengtem Fell zurück.

Viele vergingen sofort. Einige der stärkeren Felwachen kämpften sich durch die Flammen, brachen jedoch schwer verwundet zusammen. Ein brennender Infernaler versuchte, das Drachenfeuer zu ersticken und rannte, als das nicht gelang, kopfüber in ein Gebäude. Nur Sekunden später brach auch er zusammen.

Selbst die Brennende Legion hatte der reinen Macht eines Drachen nichts entgegen zu setzen, doch das machte sie keineswegs wehrlos. Aus ihren Rängen stiegen plötzlich mehrere Wächter der Verdammnis auf. Krasus bemerkte sie als Erster, erkannte die Gefahr und sprach einen Zauber.

Starke Winde brandeten gegen die vorderen Dämonen und schleuderten sie gegen andere. Die Wächter kollidierten miteinander und gerieten ins Straucheln.

Korialstrasz atmete ein zweites Mal aus.

Fünf der geflügelten Dämonen stürzten als brennende Geschosse zu Boden und richteten weiteren Schaden unter der Legion an.

Die anderen Wächter sammelten sich. Weitere stiegen auf und verdoppelten ihre Zahl.

Korialstrasz wollte sich ihnen stellen, aber Krasus spürte erste Zeichen der Schwäche. Alexstrasza hatte erklärt, dass sie zusammen beinahe komplett seien – aber eben doch nicht ganz. Der ständige Einsatz brauchte ihre Stärke schneller auf als sie gedacht hatten. Der Drache flog bereits langsamer, obwohl es ihm selbst nicht auffiel.

„Wir müssen weg!", sagte Krasus.

„Und den Kampf aufgeben? Niemals!"

„Die Flüchtlinge sind dank unserer Hilfe entkommen!" Die Verzögerung hatte ausgereicht, um den Nachtelfen die Flucht ins Umland zu ermöglichen.

Krasus war sich sicher, dass die Legion sie nicht mehr erreichen würde. „Wir müssen die Neuigkeiten denen überbringen, die mehr ausrichten können. Wir müssen unseren eigentlichen Weg fortsetzen!"

Krasus bedauerte, dass er so handeln musste, denn in seinem Herzen wollte er all diese Dämonen zu Asche verbrennen. Doch noch während er dies dachte, stiegen bereits weitere in den Himmel auf, um gegen den Drachen zu kämpfen.

Mit einem Aufschrei spie Korialstrasz eine weitere Feuerlanze aus. Sie vernichtete drei Wächter der Verdammnis und ließ die anderen ausweichen. Anschließend drehte sich der rote Drache um und flog davon. Trotz seiner Erschöpfung ließ er die Legion weit hinter sich zurück.

Als sie wieder am Palast vorbei flogen, bemerkte Krasus zu seinem Entsetzen, dass weitere Dämonen aus den Toren stürmten. Verstörender aber war noch der Anblick der Nachtelfen-Wachen, die auf den Türmen standen und sich nicht um die Not der Bürger zu kümmern schienen.

Krasus hatte eine solche Gleichgültigkeit im Angesicht von so viel Entsetzen schon einmal gesehen. Während des zweiten Krieges hatte es Nachtelfen gegeben, die ebenso gleichgültig gewirkt hatten. *Sie erstarren unter dem wachsenden Einfluss der Dämonen! Die Lords der Legion müssen nahe sein – wenn nicht sogar schon hier.*

Falls dem tatsächlich so war, fürchtete er um die Zukunft der Welt … und um ihre Vergangenheit.

Furchtbare Geräusche störten ihre Ruhe. Azshara hatte befohlen, man solle Musik aufspielen, um diese unangenehmen Klänge zu übertönen, aber das war den Harfen und Flöten nicht gelungen. Schließlich erhob sie sich und machte sich, begleitet von ihrer neuen Leibwache, auf den Weg durch den Palast.

Sie begegnete nicht etwa Lord Xavius zuerst, sondern Hauptmann Varo'then. Der Hauptmann fiel auf ein Knie und legte seine Faust auf sein Herz.

„Wundervollste Majestät …"

„Mein lieber Hauptmann, was ist die Ursache dieses ungebührlichen Lärms?"

Der narbenübersäte Nachtelf sah sie mit einem undeutbaren Gesichtsausdruck an. „Vielleicht sollte ich Euch das besser zeigen."

„Nun gut."

Er führte sie auf einen Balkon, von dem aus das Zentrum der Stadt zu überblicken war. Azshara benutzte ihn sonst nur für öffentliche Reden. Sie bevorzugte die Aussicht auf ihre extravaganten Gärten oder die Quelle der Ewigkeit.

Doch der Anblick, der sich der Königin nun bot, war nicht der gewohnte. Azsharas goldene Augen nahmen das Bild der Stadt auf, sahen die zerstörten Häuser, die endlosen Feuer und die Leichen auf den Straßen. Sie blickte zu ihrer Rechten, wo die von Mauern umschlossenen Anwesen der Hochgeborenen unbeschadet standen.

„Erklärt mir das, Hauptmann Varo'then."

„Der Berater hat mir gesagt, dass sie sich als unwürdig erwiesen hätten. Um eine vollkommene Welt zu errichten, muss alles Unvollkommene hinweggespült werden."

„Und die dort unten waren in Lord Xavius' Augen nicht … vollkommen?"

„So sah es der enge Vertraute des Erhabenen, der Himmelskommandant Mannoroth."

Azshara hatte den beeindruckenden Mannoroth nur kurz gesprochen und war wie ihr Berater von dem hohen Diener des Erhabenen überwältigt gewesen.

Die Königin nickte: „Wenn Mannoroth sagt, es müsse geschehen, dann muss es geschehen. Für ein ruhmreiches Ziel müssen Opfer gebracht werden. Das habe ich stets gesagt."

Varo'then neigte den Kopf. „Eure Weisheit ist grenzenlos."

Die Königin nahm dieses Kompliment mit der gleichen königlichen Gelassenheit entgegen, mit der sie die vielen anderen Komplimente, die sie täglich erhielt, hinnahm. Mit einem Blick auf das Massaker unter ihr, fragte Azshara: „Wird es noch lange dauern? Wird auch der Erhabene bald eintreffen?"

„Das wird er, meine Königin … und man sagt, dass Mannoroth ihn *Sargeras* nennt."

„Sargeras …" Königin Azshara spürte den Namen auf ihrer Zunge und auf ihren Lippen. „Sargeras … ein trefflicher Name für einen Gott." Sie legte eine Hand auf ihre Brust. „Ich hoffe, man wird mir früh genug Bescheid geben, wenn er zu uns kommt. Ich wäre sehr enttäuscht, wenn ich ihn nicht selbst begrüßen könnte."

„Ich werde persönlich darauf achten, dass man Euch so früh wie möglich informiert", versicherte Varo'then und verbeugte sich. „Vergebt mir, meine Königin, aber die Pflicht ruft mich."

Sie entließ ihn mit einer lässigen Handbewegung, war immer noch fasziniert vom Anblick der Stadt und dem wahren Namen des Gottes. Der Hauptmann ließ sie mit ihrer Leibwache allein.

In ihrer Phantasie stellte sich Azshara die neue Welt vor, die auf den Grundmauern der alten entstehen würde. Eine noch großartigere Stadt, ein wahres Monument ihres Ruhmes. Sie würde nicht mehr den Namen Zin-Azshari tragen, auch wenn dies eine noble Geste ihres Volks gewesen war. Nein, das nächste Mal würde sie einfach *Azshara* genannt werden. Das war Königin Azsharas Domizil sehr viel angemessener. Sie sprach es zweimal laut aus und genoss den Klang des Wortes. Sie hätte diese Änderung bereits vor langer Zeit durchsetzen sollen, doch das war jetzt nicht mehr wichtig.

Dann kam ihr ein weiterer, interessanterer Gedanke. Natürlich war sie die Vollkommenste ihres Volkes, aber es gab da einen, der noch ruhmreicher, noch gewaltiger war … und schon bald würde er eintreffen.

Sein Name war Sargeras.

„Sargeras“, flüsterte sie. „Sargeras, der Gott …“ Ein beinahe kindliches Lächeln huschte über ihr Gesicht. „… und seine Gemahlin Azshara …“

Im Abstand von nur wenigen Minuten trafen Boten in Black Rook Hold ein. Alle wollten sofort mit dem Herrn der Festung sprechen, denn jeder brachte wichtige Neuigkeiten.

Und mit jeder Nachricht, die Lord Ravencrest erhielt, wurde die Lagebeschreibung düsterer.

Die Zauberei war den Nachtelfen praktisch gestohlen worden. Sogar die Begabtesten vermochten nur noch wenig auszurichten. Hinzu kam, dass Zauber, die darauf beruhten, dass der Quelle ständig Kraft entzogen wurde, plötzlich nicht mehr funktionierten, was mancherorts katastrophale Folgen hatte. Allenthalben brach Panik aus. Man konnte nichts weiter tun, als gegen das Chaos anzukämpfen.

Vom wichtigsten Ort des Landes, der Region rund um Zin-Azshari, hatte man nichts gehört.

Bis zu dieser Stunde.

Der Bote, der von den Wachen eingelassen wurde, konnte kaum noch stehen. Seine Rüstung hatte man ihm teilweise vom Körper gerissen, und blutige Wunden übersäten seinen Körper. Er taumelte vor Lord Ravencrest und kniete nieder.

„Hat er Speise und Trank bekommen?“, fragte der Adlige. Als niemand eine Antwort wusste, erteilte er einem Soldaten, der an der Tür stand, einen entsprechenden Befehl. Nur Sekunden später erhielt der Ankömmling zu essen und zu trinken.

Zu den ungeduldig Wartenden zählten auch Rhonin und seine Gefährten. Sie waren zwar keine Gefangenen mehr, konnten ihren neuen Status jedoch schwer einschätzen. Keine Verbündeten wohl, aber auch keine Außenseiter. Der Zauberer hatte sich zum Schweigen entschlossen und hielt sich im hinteren Teil des Raumes auf. Damit wollte er dafür sorgen, dass er nicht erneut wie ein Gefangenen behandelt wurde.

„Kannst du jetzt sprechen?“, fragte Ravencrest den Boten, nachdem er ein paar Früchte gegessen und fast einen halben Schlauch voll Wasser ausgetrunken hatte.

„Ja … vergebt mir, Herr … dass ich vorher nicht dazu in der Lage war.“

„Wenn ich deinen Zustand betrachte, kann ich kaum glauben, dass du es überhaupt bis hierher geschafft hast …“

Der Nachtelf, der vor ihm kniete, warf einen Blick auf die anderen Versammelten. Rhonin bemerkte den gehetzten Ausdruck in seinen Augen. „Ich kann selbst kaum glauben, dass ich hier bin … Mylord.“ Er hustete. „Mylord – ich komme, um euch von etwas … etwas zu berichten, das ich … für das Ende der Welt halte."

Seine stammelnde Art zu sprechen und sein leiernder Tonfall unterstrichen noch das Grauen seiner Worte. Tödliche Stille erfüllte die Kammer. Rhonin dachte an das, was Malfurion gesagt hatte. *Es hat begonnen.* Selbst Malfurion hatte nicht verstanden, was er damit zum Ausdruck hatte bringen wollen, spürte nur, dass etwas Furchtbares im Anmarsch war.

„Was soll das heißen?", drängte Ravencrest und beugte sich vor. „Bringst du schlechte Nachrichten aus Zin-Azshari? Wer hat dir aufgetragen, uns von dieser Gefahr zu berichten?"

„Mylord, ich *komme* aus Zin-Azshari."

„Unmöglich!", unterbrach Latosius. „Man würde drei bis fünf Nächte brauchen, um hierher zu gelangen, und Zauber stehen nicht zur Verfügung."

„Ich weiß besser, was zur Verfügung steht als du!", raunzte der Soldat, ohne auf den höheren Rang des Mondgardisten zu achten. An Lord Ravencrest gewandt, sagte er: „Ich wurde geschickt, um Hilfe zu erbitten. Alle, die noch dazu in der Lage waren, haben ihre Kräfte zusammengeschlossen, um mich hierher zu bringen. Sie sind vermutlich bereits tot …" Er schluckte. „Ich habe vielleicht als Einziger überlebt …"

„Die Stadt, Junge! Was ist mit der Stadt?"

„Mylord … Zin-Azshari liegt in Schutt und Asche. Die Stadt wurde von blutdürstigen Ungeheuern überrannt, von Kreaturen wie aus einem Alptraum."

Die Schilderung der Geschehnisse sprudelte aus dem Boten heraus, wie Blut aus einer nicht zu verschließenden Wunde. Die Nachtelfen der Hauptstadt waren ebenso wie alle anderen von dem plötzlichen und unerklärlichen Verlust ihrer Kräfte überrascht worden. Viele waren zum Palast gezogen, um eine Erklärung zu verlangen. Hunderte hatten sich schließlich dort versammelt.

Und dann war aus den Toren des Palasts warnungslos eine endlos scheinende Horde monströser Krieger gestürmt, einige mit Hörnern, andere mit Flügeln, die sich begierig auf die wartende Menge stürzte. Innerhalb von Sekunden starben Dutzende. Panik breitete sich aus, und viele wurden von anderen, die zu fliehen versuchten, niedergetrampelt.

„Wir sind gerannt, Mylord, wir alle. Ich kann nur für die sprechen, die in meine Richtung liefen, doch selbst die stärksten Krieger blieben nicht stehen."

Doch die Dämonenhorde folgte ihnen, berichtete der Bote weiter, und meuchelte, wer ihnen unter die Klauen kam. Kleineren Gruppen gelang die Flucht aus der Stadt, doch selbst dort hetzten die Ungeheuer sie weiter.

Niemand unterbrach den Entkräfteten. Niemand behauptete, er leide unter Wahnvorstellungen. Sie alle lasen die Wahrheit in seinen Augen und in seiner Stimme.

Der Bote beschrieb dann, wie er hierher gelangt war. Einige Mondgardisten und Offiziere hatten über eine mögliche Verteidigung oder einen Schlachtplan diskutiert. Man hatte entschieden, dass Black Rook Hold informiert werden musste, und das Los war auf diesen Soldaten gefallen.

„Sie haben mich gewarnt, sagten, der Zauber würde vielleicht nicht wirken wie geplant. Im schlimmsten Fall wäre ich auf dem Grund der Quelle oder wieder in der Stadt heraus gekommen …“ Er hob die Schultern. „Ich sah keine Alternative …“

Unter größten Anstrengungen hatten die Zauberer ihr Werk begonnen. Er hatte in der Mitte gestanden, während sie ihre letzten Kräfte sammelten. Die Welt hatte sich um ihn herum aufgelöst …

… und im Verschwinden sah er noch, wie monströse Hunde die Gruppe ansprangen …

„Ich bin nördlich von hier gelandet, Mylord, verletzt, aber lebend. Einige Zeit verging, bis ich einen Außenposten fand, wo ich einen Nachtsäbel erhielt … und dann bin ich so schnell wie möglich hierher geritten.“

Schockiert ließ sich Ravencrest zurücksinken. „Und der Palast? Liegt der Palast auch in Trümmern? Sind alle dort getötet worden?“

Der Bote zögerte, dann sagte er: „Mylord, es standen Wachen auf den Mauern. Sie beobachteten die Leute, bevor sich die Tore öffneten … und sie beobachteten die Monster, als sie herauskamen und uns abschlachteten.“

„Die Königin würde das niemals erlauben!“, rief ein Offizier. Einige nickten zustimmend, aber die meisten behielten ihre Meinung dazu für sich.

Der Kommandant hatte seine eigenen Ansichten über die Bedeutung der Botschaft. Mit grimmigem Gesichtsausdruck murmelte er: „Es ist also ganz so, wie wir dachten. Dies muss das Werk der Hochgeborenen sein.“

„Sie können doch nicht so wahnsinnig sein!“, widersprach Latosius. „Es stimmt, dass ihre Zauberer glauben, selbst der Mondgarde überlegen zu sein, aber sie sind immer noch Nachtelfen wie wir!“

„Das mag sein, aber ihre Arroganz kennt keine Grenzen!“ Ravencrest schlug mit der Faust auf die Armlehne seines steinernen Sitzes. „Und vergesst nicht, dass die Hochgeborenen auf den Befehl von Lordberater Xavius hören!“

Rhonin hatte den Namen schon früher gehört, aber der Hass, mit dem er jetzt ausgesprochen wurde, überraschte ihn. Er beugte sich zu Malfurion hinab. „Wer ist dieser Xavius?“

Malfurion hatte sich mit der Hilfe seines Zwillingsbruders bereits etwas erholt. Mit Brox' Unterstützung konnte er sich jetzt auf den Beinen halten. „Er flüstert der Königin Dinge ein. Er ist ihr engster Vertrauter und ein Rivale von Lord Ravencrest. Ich selbst zweifle nicht daran, dass Xavius eine zentrale Rolle spielt, aber das könnte er nicht ohne Azsharas Zustimmung. Sogar die Hochgeborenen verehren sie.“

„Das werden sie niemals glauben", bemerkte Illidan. „Vergiss das erst einmal. Lass sie im Glauben, der Berater stecke dahinter. Letztes Endes werden ihre Entscheidungen dieselben sein."

Obwohl Rhonin Illidan nicht traute stimmte er mit dessen Einschätzung überein.

Und es schien, als habe man bereits entschieden, wer der Böse in diesem Spiel war. Ravencrest stand auf und begann Befehle zu brüllen. Seine Offiziere setzten ihre Helme so entschlossen auf, als wollten sie sofort der Hauptstadt entgegen reiten.

„Alle Angehörigen der Mondgarde, alle Zauberer mit ernstzunehmenden Fähigkeiten sollen sich so schnell wie möglich hier versammeln! Garo'thal! Entsende Boten zu jedem militärischen Posten und jedem Kommandanten. Wir müssen die Verteidigung organisieren – und tun, was getan werden muss!"

Latosius antwortete: „Wir müssen die Kontrolle über die Quelle zurück gewinnen. Waffen allein werden gegen diesen Feind nicht ausreichen. Ihr habt den Boten gehört!"

Der bärtige Adlige sah den Mondgardisten durchdringend an. „Ich hoffe, ich werde Zauberkraft erhalten, vor allem von Eurem Orden, aber wenn dem nicht so sein sollte, muss ich wohl mit den Waffen vorlieb nehmen müssen, oder?"

Plötzlich trat Illidan vor. „Mylord, vielleicht kann *ich* Euch helfen. Ich verfüge noch über ein wenig Magie."

„Prächtig! Die brauchen wir. Zin-Azshari muss gerächt und die Königin aus den Händen der Hochgeborenen befreit werden!"

Rhonin konnte nicht länger schweigen. Er hatte gesehen, was die Brennende Legion anzurichten vermochte. Obwohl sich all dies hier in seiner Vergangenheit abspielte, war er nicht in der Lage, den Unbeteiligten zu spielen, wie Krasus es erhofft hatte. Er spürte in sich immer noch das Vermögen, Zauber zu weben.

„Mylord Ravencrest!"

Der Adlige sah ihn an, schien aber nicht zu wissen, was er mit Rhonin anfangen sollte. „Was willst du?"

„Ihr braucht einen Zauberer. Ich biete mich Euch an."

Ravencrest wirkte unschlüssig.

Daraufhin ließ der Zauberer eine blaue Lichtkugel über seiner linken Handfläche entstehen. Es kostete ihn mehr Kraft als sonst, aber nicht so viel, dass es aufgefallen wäre.

Der Zweifel verschwand aus dem Gesicht des Kommandanten. „Gut, du bist uns willkommen." Aus den Augenwinkeln schien er zu bemerken, dass Latosius widersprechen wollte. „Vor allem, da uns sonst nur wenig Vergleichbares angeboten wurde …"

„Wenn der Zauber, der uns von der Quelle trennt, beseitigt würde …"

„Wofür man Magie in beträchtlichem Maße bräuchte, nicht wahr?", fiel Ravencrest Latosius ins Wort. „Und wenn ihr über die verfügtet, Mondgarde, gäbe es das ganze Problem nicht!"

Als Malfurion dem Streit lauschte, sanken seine Hoffnungen. Solche Streitigkeiten halfen ihnen nicht weiter. Sie mussten handeln, aber da sie Lord Ravencrests Truppen kaum mit Magie unterstützen konnten, sah die Zukunft finster aus. Wenn nur …

Seine Augen weiteten sich. Vielleicht konnte er etwas tun.

So wie vor ihm schon Rhonin und sein Bruder, trat nun auch Malfurion nach vorne. Ravencrest musterte ihn ungläubig.

„Und was willst du jetzt? Willst du behaupten, dass du wie dein Bruder noch über Zauberei gebietest? Ich würde dich trotz deiner Verbrechen willkommen heißen …"

„Ich kann Euch keine Zauberei anbieten, wie Ihr sie kennt, Lord Ravencrest, wohl aber Magie anderer Art. Ich biete euch an, was mich mein Shan'do Cenarius lehrte."

Latosius lachte spöttisch auf. „Ist das ein Witz? Die Lehren eines mythischen Halbgottes?"

Doch Ravencrest lehnte Malfurions Angebot nicht sofort ab. „Glaubst du wirklich, dass du uns helfen könntest?"

Der junge Nachtelf zögerte, dann sagte er: „Ja, aber nicht hier. Ich muss mich dafür an einen ruhigeren Ort begeben."

Die Augenbrauen des Adligen zogen sich zusammen. „Ruhiger?"

Malfurion nickte. „Ich muss zum Tempel der Elune."

„Der Tempel von Mutter Mond? An die hatte ich gar nicht gedacht. Wir brauchen natürlich ihre Unterstützung bei dieser Krise. Aber was willst du dort ausrichten?"

Malfurion Stormrage versuchte seine Unsicherheit zu verbergen. „Ich werde den Zauber beseitigen, der unsere Magier von der Quelle der Ewigkeit abschottet."

# ZWANZIG

Die Zukunft sah rosig aus – zumindest für Lord Xavius.

Seine Träume und Ziele waren zum Greifen nah, und der Erhabene zeigte sich zufrieden mit seiner Leistung. Dem Schildzauber, den er und Mannoroth initiiert hatten, war es nicht nur gelungen, alle außer den Hochgeborenen von der Macht der Quelle zu trennen, er hatte es ihnen auch ermöglicht, das Tor auszudehnen und zu stärken. In nur wenigen Stunden hatten es Hunderte Himmelssoldaten durchschritten.

Mannoroth hatte sofort das Kommando übernommen und sie ausgeschickt, um die Unreinen zu vernichten. Früher einmal hätte diese Idee Xavius entsetzt, doch jetzt stand er voll und ganz hinter Sargeras' Methoden und Ansichten. Der Gott wusste schließlich am besten, wie er das perfekte Paradies, nach dem sich Xavius sehnte, erschaffen konnte. Hatte er nicht die Anwesen der Hochgeborenen komplett verschont? Die, die dem Palast dienten, würden ein neues Goldenes Zeitalter des Volkes der Nachtelfen erschaffen, eine Ära, die alles davor in den Schatten stellen würde.

Lord Xavius fühlte sich geehrt, dass er die Arbeit überwachen durfte, die all das ermöglichte. Er achtete sorgfältig auf das Gleichgewicht des Zaubers, der den Schild konstant hielt. Die Anstrengung, die dafür notwendig war, hatte selbst Mannoroth unterschätzt. Wenn der Zauber jetzt fehlschlug, würde ihnen nichts anderes übrig bleiben, als das Portal zu versiegeln und die vereinte Macht der hochgeborenen Zauberer zum Einsatz zu bringen.

Doch Xavius hatte nicht vor, eine solche Katastrophe zuzulassen. Er erwartete auch keine Probleme. Was sollte hier im Herzen des Palasts schon geschehen?

Eine ernste Gestalt betrat die Kammer und sah sich ungeduldig um. „Wo isst Mannoroth?", zischte der Herr der Hunde.

„Er kommandiert natürlich die Armee", antwortete der Nachtelf. „Er reinigt Zin-Azshari von den Unvollkommenen."

Etwas an Hakkars Gesichtsausdruck verstörte Xavius für einen Moment. Es schien fast so, als habe der Berater etwas gesagt, das der Herr der Hunde amüsant fand. Um was es sich dabei handeln sollte, wusste der Nachtelf jedoch nicht.

Im Portal erschienen vier weitere Felwachen. Einer der noch bedrohlicher wirkenden Wächter der Verdammnis stand in ihrer Nähe. Er bellte etwas in einer unbekannten Sprache, und die Neuankömmlinge marschierten sofort aus der Kammer.

Die Himmelsarmee bewegte sich mit erstaunlicher militärischer Disziplin. Sie gehorchten allen Befehlen sofort und waren sich ständig ihrer Pflicht bewusst. Selbst Hauptmann Varo'thens Elitegarde verblasste im Vergleich dazu – zumindest war das Xavius' Eindruck.

„Wie laufen die Vorbereitungen für die Jagd?", wandte sich der Berater an Hakkar.

Das Lächeln verschwand aus dem Gesicht des Herrn der Hunde. „Sssie laufen gut, Lord Nachtelf. Meine Hunde und die Felbestien, die sie begleiten, haben genaue Befehle erhalten. Mannoroth wird die bekommen, deren Gefangennahme er wünscht."

Er drehte sich um und verließ den Raum. Zurück blieb ein merkwürdig zufriedener Lord Xavius. Obwohl er den Rang des Herrn der Hunde respektierte, sah er sich selbst doch eher auf einer Stufe mit dem jüngsten Gesandten des Erhabenen, mit Mannoroth.

Der Berater blickte erneut zu dem Zauber, den er mit geholfen hatte zu erschaffen. Nur wenige Schritte vom Portal entfernt hingen blaue, blinkende Knoten über dem Diagramm, das Mannoroth gezeichnet hatte. Sie waren die einzigen klar erkennbaren Teile des Zaubers. Mit seinen magischen Augen vermochte Xavius jedoch die komplizierten, pulsierenden Muster zu erkennen, die eine bunte und mächtige Verbindung magischer Kräfte darstellten. Darüber hatte er die Macht. Und nicht nur darüber, sondern auch über das Schicksal seines eigenen Volkes … und das der ganzen Welt.

Der Tempel der Elune musste nicht vor der Katastrophe gewarnt werden, die über das Reich der Nachtelfen gekommen war. Persönlich hatte der Verlust der Quelle die Priesterinnen nicht beeinträchtigt, auch wenn sie natürlich die plötzliche Leere spürten. Als Bittsteller zu den verschiedenen Tempeln kamen und um Rat baten, schlossen sich die Priesterinnen im ganzen Reich zusammen und benutzten dabei Methoden, mit denen bereits Mutter Mond das Herz ihrer ersten Anhängerin berührt hatte. So diskutierten sie über ihre Ratschläge und entschlossen sich, die Nachtelfen zu einem Massengebet einzuladen, damit Elune ihnen Geborgenheit schenken konnte. Auch suchten sie mit ihren ureigenen Fähigkeiten nach der Quelle … aber ebenso wie die Mondgarde vermochten sie nicht zu ergründen, was geschehen war.

Obwohl die Priesterinnen noch immer über die Gaben ihrer Göttin verfügten, waren sie nicht sicher vor dem Horror, der bald darauf ausbrach. Als die Brennende Legion die Tempel der Hauptstadt überrannte, spürte man selbst weit entfernt in Suramar das Sterben der Schwestern und ihr grenzenloses Entsetzen, als die Horde sie gnadenlos hinmetzelte.

„Schwester?“, rief eine der anderen Priesterinnen Tyrande zu, als diese gerade Wasser für die Gläubigen bereit stellte. „Jemand möchte dich am Haupteingang sprechen.“

„Danke, Schwester.“ Tyrande ging weiter und eilte zum Eingang. Sie nahm an, dass Illidan zurückgekehrt war, um sie zu sehen. Tyrande fürchtete sich vor einer Unterhaltung mit ihm und wusste nicht, was sie antworten würde, wenn er über eine mögliche Verbindung zwischen ihnen sprechen wollte.

Aber es war nicht Illidan, sondern jemand, denn sie schon lange nicht mehr gesehen hatte.

„Malfurion!“ Tyrande dachte nicht nach, als sie ihre Arme um ihn legte und ihn fest umarmte.

Seine Wangen verdunkelten sich, und er flüsterte: „Es ist schön, dich zu sehen, Tyrande.“

Sie ließ ihn los. „Wieso bist du hier?“ Eine plötzliche Angst stieg in ihr auf. „Broxigar? Was haben sie mit ihm –“

„Er ist bei mir.“ Malfurion zeigte hinter sich, und Tyrande entdeckte den Ork in einer dunklen Nische nahe des Eingangs. Der monströse Krieger wirkte nervös, während er die vielen Nachtelfen im Auge behielt.

Sie sah sich um, entdeckte aber nur die Wachen des Tempels. „Malfurion! Welcher Wahnsinn hat dich hergeführt? Hast du dich nur in die Stadt geschlichen, um mich zu sehen?“

„Nein … wir wurden gefangen.“

„Aber –“

Er legte sanft einen Finger auf ihre Lippen und brachte sie zum Schweigen. „Diese Geschichte muss warten. Hast du von den schrecklichen Ereignissen in Zin-Azshari gehört?“

„Nur wenig … aber schon das war zu viel. Malfurion, du kannst dir die Panik in den Gedanken und den Seelen unserer Schwestern dort nicht vorstellen! Etwas Furchtbares –“

„Hör mir zu! Es dehnt sich bereits über die Hauptstadt aus. Das Schlimmste ist, dass die Mondgarde all dem hilflos gegenüber steht. Ein Zauber trennt sie von der Macht der Quelle.“

Sie nickte. „Das haben wir uns schon gedacht, aber was hat das mit deinem Kommen zu tun?“

„Wird die Kammer des Mondes gerade benutzt?“

Sie dachte nach. „Das geschah schon vor ein paar Stunden, aber so viele kamen, um sich Rat zu holen, dass die Hohepriesterin später stattdessen den großen Gebetsraum für sie geöffnet hat. Die Kammer des Mondes müsste jetzt wieder frei sein.“

„Gut. Wir müssen hinein.“ Er nickte Brox zu, der daraufhin zu ihnen kam. Zu Tyrandes Überraschung trug der Ork sogar eine Axt.

„Ihr wart gefangen …“, wiederholte sie.

„Lord Ravencrest sah keinen Grund, uns weiter festzuhalten, so lange Brox bei mir bleibt.“

„Ich schulde euch viel“, sagte der breitschultrige Krieger. „Ich schulde euch mein Leben.“

„Du schuldest uns nichts“, antwortete Illidans Bruder. Zu Tyrande sagte er: „Bitte bring uns zur Kammer.“

Sie ließen sich von ihr durch den Tempel führen. Obwohl sich Brox so nahe wie möglich bei seinen Begleitern aufhielt, konnte er seine Abstammung vor den Nachtelfen, die sich im Inneren versammelt hatten, nicht verbergen. Viele sahen ihn entsetzt an, einige schrien sogar und zeigten auf den Ork, als trage er die Schuld an der Katastrophe.

Als sie die Kammer des Mondes erreichten, verstellten ihnen die Wachen den Weg. Die befehlshabende Frau war die, mit der Tyrande über Illidan gesprochen hatte.

„Schwester … zwar ist es üblich, allen den Zugang zum Tempel von Mutter Mond zu erlauben, aber diese Kreatur …“

„Sagt Elune, dass er nicht das gleiche Recht hat wie andere Gläubige?“

Die Wächterinnen sahen einander unschlüssig an. „Es gibt keine Niederschriften über die Rechte anderer Völker, aber …“

„Aber sind wir nicht alle Elunes Kinder? Hat er nicht das Recht, sich an uns zu wenden und alle Einrichtungen des Tempels zu nutzen?“

Darauf fand niemand eine Antwort. Schließlich winkte die Frau, die das Sagen hatte, sie einfach durch. „Verbergt ihn nur so gut es geht vor den anderen. Es herrscht schon genügend Aufregung.“

Tyrande nickte dankbar. „Ich verstehe.“

Als sie eintraten, entdeckten sie zwei betende Novizinnen. Tyrande ging zu ihnen und erklärte, weshalb sie den Raum für sich allein benötigten. Dabei zeigte sie auch auf den Ork. Dessen Anblick allein brachte die Schwestern schon dazu, die Kammer rasch zu verlassen.

Tyrande ging zurück zu Malfurion und fragte: „Was willst du hier?“

„Ich werde versuchen den Smaragdtraum zu träumen, Tyrande.“

Die Idee gefiel ihr nicht. „Du willst nach Zin-Azshari reisen?“

„Ja. Ich hoffe dort die Gründe für die Blockade der Quelle zu erfahren.“

Tyrande kannte ihn besser als er ahnte. „Du willst nicht nur die Ursache ergründen, Malfurion. Ich glaube, du willst etwas unternehmen.“

Statt zu antworten betrachtete er die Mitte der Kammer. „Das scheint die harmonischste Stelle zu sein.“

„Malfurion …“

„Ich muss mich sputen, Tyrande. Vergib mir.“

Zusammen mit Brox ging er zu der Stelle, die er ausgesucht hatte und setzte sich auf den Boden. Er schlug die Beine übereinander und blickte in den mondhellen Himmel.

Der Ork setzte sich auf die gegenüberliegende Seite, machte aber Platz, als Tyrande sich neben ihm niederließ. Malfurion sah sie fragend an. „Du musst nicht bleiben."

„Wenn Mutter Mond mir irgendwie helfen kann, dich auf deiner Reise zu beschützen, werde ich das tun."

Malfurion lächelte dankbar, wurde dann aber schnell wieder ernst. „Ich muss jetzt beginnen."

Tyrande ergriff seine Hand, obwohl sie nicht wusste, weshalb sie das tat. Seine Augen blieben geschlossen, aber das Lächeln kehrte für einen Moment zurück.

Und dann spürte Tyrande, wie er sie verließ.

Es war ein hektisch improvisierter, verzweifelter Plan, von dem sich Lord Ravencrest – wenn Malfurion sich nicht irrte – nur wenig erwartete. Da die Mondgarde jedoch praktisch machtlos war, hatte er keinen Grund gesehen, dem vorlauten jungen Nachtelf diesen Versuch zu verbieten.

Malfurion konnte jetzt nur hoffen, dass er den Mund nicht zu voll genommen hatte.

Tyrandes Hand, ihre fühlbare Nähe, half ihm bei seinem Weg in die schlafartige Trance. Sie beruhigte Malfurion und löste die starke Spannung, die seit den Ereignissen der letzten Tage auf ihm lastete.

Ruhig griff er nach der Welt um ihn herum, nach den Bäumen, dem Fluss, den Steinen und anderem – so wie er es von Cenarius gelernt hatte.

Doch dieses Mal begrüßten ihn nicht die harmonischen Elemente der Natur, sondern blanker *Aufruhr.*

Die Welt war aus dem Gleichgewicht geraten. Der Wald wusste es, die Hügel wussten es, selbst der Himmel spürte die Veränderung. Ganz gleich, wohin Malfurion auch blickte, allenthalben spürte er den Misston, die Disharmonie, und zwar mit solcher Macht, dass der Nachtelf fast darin ertrunken wäre.

Dann aber gelang es, sich auf Tyrandes sachte Berührung zu konzentrieren, seine Kraft aus ihrer Stärke zu ziehen. Das Chaos schwand, wenn auch nicht völlig. Aber es konnte ihn nun nicht mehr übermannen.

Erneut tastete Malfurion nach den Geistern der Natur, berührte sie alle und ließ sie seine Ruhe spüren. Er verstand ihren Aufruhr und versprach, dass er in ihrem Sinne handeln würde. Im Gegenzug bat der Nachtelf sie um ihre Hilfe und erinnerte die Geister daran, dass sie und er das gleiche Ziel verfolgten: die Rückgewinnung des Gleichgewichts.

Das Chaos nahm weiter ab. So lange die Hochgeborenen den Quell blockierten, würde es nicht ganz behoben werden können, aber Malfurions Einsatz hatte zumindest einen Ansatz von Ordnung zurück gebracht.

Nachdem er das erledigt hatte, konnte er die Traumsphäre sicher betreten.

Er verhielt außerhalb seiner körperlichen Hülle und blickte auf seine Freunde hinab, vor allem auf Tyrande. Dieses Mal fiel es ihm leichter, die Bilder heranzuholen und die Realität auf die idyllische Landschaft zu projizieren. Brox und Tyrande tauchten unverzüglich auf … ebenso wie sein eigener Körper.

Zu seiner Überraschung entdeckte er eine Träne, die über Tyrandes Wange lief. Instinktiv wollte er sie wegwischen, aber sein Finger glitt durch sie hindurch. Trotzdem schien es, als könne die junge Priesterin seine Nähe spüren, denn sie wischte sich die Träne mit ihrer eigenen Hand nicht einfach weg, sondern berührte ihr Gesicht viele Herzschläge lang sanft, fast zärtlich.

Malfurion zwang sich, seinen Blick von ihr zu lösen und den Himmel zu betrachten. Er konzentrierte sich auf die Richtung, wo Zin-Azshari lag, und brach auf.

Der vertraute grünliche Schleier lag über allem. Malfurion konzentrierte sich erneut und projizierte Elemente der Realität in die Schattenwelt. Halb gehend und halb fliegend glitt er durch die Traumwelt und nahm Myriaden von Eindrücken wahr, die aus der wahren und der unterbewussten Welt stammten.

Während seiner Reise bemerkte er jedoch auch eine unerwartete Präsenz. Im ersten Moment zweifelte er an seinen Sinnen, aber bei genauerem Erspüren der Umgebung erhärtete sich sein Verdacht.

*Shan'do?*, fragte er.

Malfurion fühlte, wie sein Mentor seine Gedanken streifte. Der flüchtige Kontakt verriet ihm, dass Cenarius wohlauf war. Die letzten Felbestien waren tot, aber eine andere dringende Angelegenheit verlangte nach der Aufmerksamkeit des Halbgottes. Malfurion erkannte, dass der Herr des Waldes seinen Schüler im Smaragdtraum aufgespürt hatte und ihm nur vermitteln wollte, dass noch nicht alles verloren war.

Cenarius' stumme Botschaft beruhigte Malfurion, und er zog weiter. Der grüne Schleier wurde dünner, und schon bald sah er die Welt so, als wäre er wahrhaftig ein Vogel, der durch die Lüfte schwebte. Hügel und Flüsse zogen rasch unter ihm vorbei, während er sich stärker auf sein Ziel konzentrierte.

Als er sich der Hauptstadt näherte, sah Malfurion den Schrecken erstmals persönlich.

Die Schilderungen des Boten mochten schon erschreckend gewesen sein, hatten aber den entsetzlichen Anblick, den die berühmte Stadt bot, dennoch nicht wirklichkeitsgetreu vermitteln können. Ein Großteil von Zin-Azshari war dem Erdboden gleich gemacht, als wäre ein gewaltiger Felsen immer und immer wieder darüber hinweg gerollt. Am Stadtrand stand kein einziges Gebäude mehr. Überall brannten Feuer, aber Malfurion sah nicht nur die roten Flammen, die ihm vertraut waren, sondern auch faulig grüne und tiefschwarze, die nicht von dieser Welt stammen konnten. Als Malfurion über sie hinweg flog, vermochte er, obwohl er sich in der Traumwelt aufhielt, ihre bösartige Hitze zu spüren.

Dann sah er zum ersten Mal die Dämonen.

Die Felbestien waren bereits schlimm, aber die Kreaturen, die ihnen folgten, jagten Schauer um Schauer über seinen Rücken, denn sie waren eindeutig *intelligent*. Trotz ihrer riesigen Hörner, ihrer teuflischen Gesichter und ihrer grotesken Körper, bewegten sie sich einheitlich und völlig auf ihr furchtbares Ziel ausgerichtet. Dies war keine geistlose Horde, sondern eine von Verstand geordnete Armee des Bösen.

Als er sich dem Palast näherte, sah er, dass immer neue Dämonen aus den Toren strömten.

Es überraschte ihn nicht, dass das große, erhabene Gebäude unangetastet geblieben war. Wie der Bote es gesagt hatte, standen noch immer Wächter auf den Mauern. Malfurion flog an einigen vorbei und bemerkte ein abnormes Vergnügen auf ihren Gesichtern. Ihre silbernen Augen waren mit roten Adern durchwoben, und einige sahen aus, als hätten sie sich den Dämonen am liebsten angeschlossen.

Angewidert wich Malfurion vor ihnen zurück. Sein Blick rückte etwas von dem Palast ab, und er sah, dass die Besitztümer der Hochgeborenen ebenfalls unversehrt waren. Einige Diener der Königin wechselten sogar zwischen den Gebäuden hin und her, als spiele sich überhaupt nichts Ungewöhnliches um sie herum ab.

Mit wachsendem Ekel flog Malfurion zum Turm. Wie schon zuvor spürte der Nachtelf die ungeheuren Kräfte, die der dunklen Quelle unter größten Anstrengungen entrissen wurden. Die Hochgeborenen mussten ihre Bemühungen mehr als verdoppelt haben. Wilde Stürme tobten über der Quelle, die Ausläufer reichten bis in die umkämpfte Stadt hinein.

Beim letzten Mal hatte er versucht den Turm dort zu betreten, wo der Zauber am Spürbarsten gewesen war. Malfurion ließ sich an der Mauer hinabsinken und fand einen Balkon. Der Nachtelf bewegte sich fast, als habe er einen Körper. Er schwebte dicht über dem Boden des Balkons in den Eingang hinein.

Zu seiner Überraschung hielt ihn nichts und niemand auf. Er hätte beinahe laut aufgelacht. Niemand hatte daran gedacht, die inneren Bereiche vor jemandem wie ihm zu schützen. Diese Arroganz der Hochgeborenen erlaubte es ihm nun, den Palast unbehelligt zu betreten.

Langsam schwebte Malfurion durch die Gänge und suchte nach einem Weg nach oben. Schließlich fand er die Haupttreppe und mit ihr mehr als ein Dutzend der gewaltigen, gehörnten Krieger, die er auch schon draußen gesehen hatte.

Malfurion wollte instinktiv zurückweichen und hoffen, dass sie ihn nicht entdeckten. Allerdings fand er sich nirgends ein geeignetes Versteck. Er bereitete sich auf ihren Angriff vor …

… und verfluchte seine Dummheit, als der erste Krieger achtlos an ihm vorbei marschierte.

Sie konnten seinen Geistkörper doch gar nicht sehen.

Er atmete auf und sah zu, wie die Gruppe hinter einer Biegung verschwand. Als der Letzte den Raum verlassen hatte, schwebte Malfurion langsam die Treppe hinauf.

Er passierte mehrere Kammern auf dem Weg nach oben, sah aber in keine hinein. Das, was Malfurion suchte, lag an der Spitze des hohen Turms und je eher er es erreichte, desto schneller konnte er die nächsten Schritte ersinnen.

Wie er genau vorgehen würde, wusste der Nachtelf noch nicht. Obwohl sich Malfurion der Druidenkunst verschrieben hatte, war er ein fast so guter Magier wie sein Bruder. In seinem augenblicklichen Zustand traute er sich zu, einen Zauber zu weben.

Nach einer Weile fand sich Malfurion plötzlich vor einer Barriere. Eine unsichtbare Kraft blockierte den Weg, vermutlich die gleiche, die ihn bei seinem ersten Versuch aufgehalten hatte. Vielleicht waren die Hochgeborenen doch nicht so nachlässig, wie er zunächst glaubte …

Entschlossen warf sich der Nachtelf mit aller Macht nach vorne. Er spürte, wie er gegen das unsichtbare Hindernis prallte, als wäre er gegen eine reale Wand gelaufen. Doch je mehr er sich dagegen stemmte, desto schwächer wurde der Widerstand, so als wäre die Barriere aus –

Malfurion fiel hindurch.

Der Durchbruch erfolgte so abrupt, dass er völlig davon überrascht wurde. Er drehte sich um und versuchte die Barriere zu berühren, abzutasten, spürte aber nur noch ein sehr schwaches Kraftfeld. Entweder hatte seine Anstrengung das Hindernis beseitigt, oder es war so konstruiert, dass es nur das Eindringen, nicht aber das spätere Verlassen verhinderte.

Ein Stück weiter oben begegnete er zwei Wachen und sah eine schwere Tür, die zu dem Raum führen musste, in dem die Hochgeborenen arbeiteten. Als Malfurion sicher war, dass die Wächter ihn nicht sehen konnten, streckte er probeweise eine Hand nach der Tür aus.

Seine Finger glitten durch das Holz, als wäre sie nicht da. Der junge Nachtelf schluckte und trat ein.

Im ersten Moment fühlte er sich völlig orientierungslos, denn der Raum, in dem die Hochgeborenen ihre ebenso ehrgeizigen wie düsteren Pläne umsetzten, war wesentlich größer, als er gedacht hätte. Malfurions eigenes Zuhause hätte man mehrfach darin unterbringen können.

Und die Hochgeborenen benötigten so viel Raum auch durchaus, denn neben ihnen standen Dutzende der grotesken Krieger. Sie marschierten gerade auf die Tür zu, durch die Malfurion getreten war. Aus nächster Nähe entsetzten ihn ihre monströsen Gesichter noch mehr. Er fand keine Gnade darin, nicht einmal einen Hauch von Mitleid …

Er verdrängte diese Gedanken und schwebte zu den Hochgeborenen, studierte ihre Anstrengungen mit einer Mischung aus Faszination und Ekel. Die Hochgeborenen schufteten wie Wahnsinnige. Alle wirkten ausgehungert. Ihre einst makellosen Gewänder hingen an knochigen Körpern. Einige konnten sich kaum noch auf den Beinen halten, doch sie alle starrten eindringlich und in fiebriger Erwartung auf das Resultat ihrer Mühen, eine pulsierende Wunde in der Wirklichkeit.

Malfurion schaute kurz ins Zentrum des Spalts und sah sofort wieder weg. Der flüchtige Blick hatte gereicht, um die monströse Natur dieses Risses und das darin lauernde absolut Böse zu erkennen. Es verwunderte ihn, dass die Hochgeborenen nicht in der Lage schienen zu begreifen, worauf sie sich hier eingelassen hatten.

Malfurion versuchte die jähe Furcht zu verdrängen. Er drehte sich um – und stand vor jemandem, der nur Lord Xavius, der Berater der Königin, sein konnte.

Malfurion schwebte wenige Zentimeter vor den verstörenden Augen des älteren Nachtelfs. Er hatte von den magischen Augen des Beraters gehört, der seine natürlichen mit voller Absicht gegen künstliche eingetauscht hatte. Rote Schlieren trieben über die schwarzen Pupillen, die beinahe so dunkel waren, wie das Urböse, das Malfurion in dem magischen Riss gespürt hatte.

Die Züge des Beraters waren so grimmig, dass der junge Nachtelf im ersten Moment glaubte, er sei entdeckt worden. Doch dem war nicht so. Nur wenig später trat Xavius vor und ging achtlos durch Malfurion hindurch auf die Hochgeborenen zu.

Malfurion erholte sich allmählich von der unerwarteten Begegnung. Die Mondgarde und Lord Ravencrest sahen vor allem in Lord Xavius den Schuldigen an dem schrecklichen Massaker. Nach einem Blick auf ihn zweifelte auch Malfurion kaum noch daran. Er hielt aber an seiner Meinung fest, dass die Königin genau wusste, was geschehen war und weiterhin geschah. Doch noch Beweisen dafür konnte er auch noch später Ausschau halten.

Entschlossen ging Malfurion auf das Diagramm zu, mittels dessen die Abschirmung aufrechterhalten wurde. Drei hochgeborene Zauberer umstanden es, schienen es aber nur zu überwachen, nicht zu stabilisieren. Er schwebte an ihnen vorbei, um sich mit den Details vertraut zu machen.

Es war ein meisterhaft konstruiertes Diagramm auf einem Niveau, das weit über allem lag, was Malfurion selbst zu schaffen vermochte. Trotzdem brauchte er nicht lange, um zu verstehen, wie er es beeinflussen, ja, sogar zerstören konnte.

Was natürlich voraussetzte, dass Malfurion überhaupt *irgendetwas* in dieser seiner Geistgestalt auszurichten vermochte.

Um seine Möglichkeiten zu testen, flüsterte er der Luft eine einfache Bitte zu. Sie hatte seine Lippen kaum verlassen, als eine schwache Brise die Haare im Nacken eines Zauberers bewegte.

Sein Erfolg begeisterte Malfurion. Wenn er das bewirken konnte, würde er auch etwas schaffen, das den Abschirmungszauber zerstörte. Mehr Vorarbeit benötigte die Mondgarde nicht.

Er starrte auf das Zentrum des magischen Labyrinths und konzentrierte sich auf seine schwächste Stelle–

„Was für ein törichter, törichter Versuch“, sagte eine kalte Stimme.

Malfurion sah über seine Schulter.

Lord Xavius starrte ihn an.

*Ihn an.*

Der Berater hielt einen schmalen weißen Kristall in der Hand. Seine Augen – Augen, die anscheinend auch Geistgestalten zu sehen vermochten – leuchteten auf.

Eine gewaltige Kraft zog Malfurion auf den Kristall zu. Er versuchte, zurückzuweichen, aber alle Versuche schlugen fehl. Bald füllte der Kristall sein gesamtes Blickfeld aus … und wurde zu seiner Welt.

Aus seinem winzigen, unglaublichen Gefängnis heraus betrachtete er wenig später das riesige, lächelnde Gesicht des älteren Nachtelfs.

„Mir ist da gerade ein interessanter Gedanke gekommen“, sagte Lord Xavius kühl bis ins Herz. „Wie lange mag dein Körper wohl ohne deinen Geist, der ihn verlassen hat, bestehen können, ehe er an dem Verlust zugrunde geht?“ Als Malfurion nicht antwortete, hob der Berater die Schultern. „Aber das werden wir bald herausfinden, nicht wahr?“

Mit diesen Worten schob er den Kristall in seine Tasche und stürzte Malfurion in völlige Dunkelheit.

Sie erreichten das Gebiet, in dem Krasus den Elf zu finden hoffte. Er fragte sich nicht, woher er wusste, dass der Gesuchte hier in der Nähe lebte, nahm jedoch an, dass Nozdormu ihm diese Information während der Vision übermittelt hatte. Krasus dankte dem Aspekt dafür, dass er die Schwierigkeit einer solchen Suche erkannt hatte. Das ließ ihn auch hoffen, dass die Katastrophe aufzuhalten war und dass er und Rhonin nach Hause zurückkehren würden.

Vorausgesetzt natürlich, dass er Rhonin überhaupt fand.

Seine Schuldgefühle gegenüber seinem ehemaligen Schüler, den er noch nicht zu finden versucht hatte, wurden nur zum Teil durch die Tatsache aufgehoben, dass der, nach dem er suchte, laut einem der fünf Aspekte, eine wesentliche Rolle in Vergangenheit und Zukunft spielte. Sobald der Drachenmagier den mysteriösen Nachtelf aufgespürt hatte, würde er nach Rhonin suchen. Schließlich schuldete er dem Menschen mehr, als dieser ahnte.

Korialstrasz wurde langsamer und flog auf einige Bäume zu. „Ich kann dich nicht näher heranbringen."

„Ich verstehe." Wenn sie weiterflogen, würden die Bewohner der Nachtelfensiedlung den Leviathan bemerken.

Der rote Drache landete und neigte seinen Kopf, sodass Krasus absteigen konnte. Dann sah sich Korialstrasz in der Umgebung um.

„Es ist nicht mehr weit. Vielleicht eine Stunde oder zwei."

Krasus erwähnte nicht, wie hart diese zwei Stunden ohne die Nähe seines jüngeren Ichs sein würden. „Du hast mehr getan, als ich erwarten durfte."

„Ich werde dich jetzt nicht verlassen", antwortete Korialstrasz und faltete seine Flügel zusammen. „Trotz des Körpers, den du benutzt, hast du vielleicht vergessen, dass unsere Art andere Gestalten anzunehmen vermag. Ich werde mich in etwas verwandeln, das denen, die wir treffen müssen, ähnlicher sieht."

Der gewaltige Körper des Drachen begann zu leuchten. Korialstrasz schrumpfte und nahm ein menschlicheres Aussehen an.

Doch nur eine Sekunde später verwandelte er sich zurück in seine ursprüngliche Form. Seine Augen waren glasig, sein Atem ging stoßweise.

„Was ist?" Korialstrasz sah sein jüngeres Ich hilflos an.

„Ich … ich kann mich nicht verwandeln! Sobald ich es versuche, erleide ich entsetzliche Qual."

Der Magier erinnerte sich an seine eigene Reaktion, als er nach seiner Ankunft vergeblich versucht hatte, in seinen Drachenkörper zurückzukehren. Es überraschte ihn nicht, dass Korialstrasz vor den gleichen Schwierigkeiten stand. „Versuche es nicht noch einmal. Ich gehe allein."

„Bist du sicher? Mir ist aufgefallen, dass wir beide weniger unter unseren Krankheiten leiden, wenn wir zusammen sind …"

Eine Mischung aus Sorge und Stolz überkam Krasus. Seine jüngere Version hatte also die Wahrheit erkannt. Wusste Korialstrasz auch, weshalb es so war?

Falls er es wusste, behielt der Drache es für sich. Stattdessen fügte er nur hinzu: „Nein … Aber ich weiß, dass du gehen musst."

„Wirst du hier bleiben?"

„So lange es geht. Die Nachtelfen scheinen sich hier nicht allzu häufig herumzutreiben, und die hohen Bäume werden mir zusätzlich Schutz vor Entdeckung bieten. Wenn du mich brauchst, werde ich deinem Ruf folgen."

„Das weiß ich", antwortete Krasus.

Der Magier verabschiedete sich von dem Drachen und brach zur Siedlung der Nachtelfen auf. Als er fast schon außer Sicht war, rief Korialstrasz ihm nach: „Glaubst du, dass du den finden wirst, nach dem du suchst?"

„Das kann ich nur hoffen …" Er verzichtete darauf hinzuweisen, dass, falls er versagte, alle darunter zu leiden hätten.

Korialstrasz nickte.

Je näher er der Stadt kam und sich dabei immer weiter von dem Drachen entfernte, desto kranker und matter fühlte sich Krasus. Trotzdem ging er weiter. Irgendwo in der Siedlung hielt sich der gesuchte Nachtelf auf. Krasus wusste noch nicht, was er tun würde, wenn er ihn fand. Er hoffte, dass Nozdormu auch diese Information irgendwo in seinem Unterbewusstsein hinterlegt hatte und dass sie frei gesetzt würde, sobald er sie benötigte.

Wenn nicht, musste sich Krasus ganz auf sein eigenes Vermögen stützen.

Die Reise schien ewig zu dauern, aber schließlich entdeckte er erste Anzeichen von Zivilisation. Die weit entfernten Fackeln markierten vermutlich einen Wall oder das Haupttor der Stadt.

Jetzt kam der schwierigste Teil. In seiner augenblicklichen Gestalt sah er zwar den Nachtelfen nicht unähnlich, diese würden aber dennoch erkennen, dass er keiner der ihren war. Vielleicht, wenn er die Kapuze über seinen Kopf zog und ihn neigte …

Krasus erkannte plötzlich, dass er nicht länger allein im Wald war.

Die Nachtelfen kamen von allen Seiten. Sie trugen ähnliche Rüstungen wie jene, die ihn schon einmal gestellt hatten. Lanzen und Schwerter richteten sich drohend auf den Fremden.

Ein junger, ernst wirkender Offizier stieg von seinem Nachtsäbel und trat auf ihn zu. „Ich bin Hauptmann Jarod Shadowsong. Du bist ein Gefangener der Garde von Suramar! Verhalte dich nur friedlich, dann werden wir dich gut behandeln."

Krasus blieb gar keine andere Wahl, also streckte er seine Hände aus und ließ sich fesseln. Tief im Kern war er jedoch nicht unzufrieden über seine Gefangennahme. Jetzt war er zumindest auf dem Weg in die Stadt.

Und wenn er erst einmal dort war, musste er nur noch fliehen …

# EINUNDZWANZIG

Der Nachtsäbel fauchte, als Rhonin aufzusteigen versuchte. Er hielt die Zügel fest und hoffte, dass das Tier ihn auf seinem Rücken akzeptieren würde.

„Alles in Ordnung?", fragte Illidan.

Malfurions Bruder war zu Rhonins inoffiziellem Aufpasser avanciert, eine Aufgabe, die Illidan nicht zu stören schien. Er beobachtete Rhonin ununterbrochen, als wolle er von jeder seiner Bewegungen lernen. Jedes Mal, wenn der Mensch etwas auch nur entfernt mit Magie Zusammenhängendes tat, schenkte ihm der Nachtelf seine ungeteilte Aufmerksamkeit.

Rhonin hatte schon bald erkannt, warum dem so war. Von allen Anwesenden verkörperte er die wohl mächtigste Quelle an Magie. Ungeachtet ihres arroganten Auftretens verstanden die Nachtelfen offenbar nur wenig von den Kräften, die sie einsetzten. Rhonin fiel es zwar schwerer, seine Zauber zu wirken, aber im Gegensatz zu den meisten anderen war er nicht völlig hilflos. Nur der junge Illidan konnte sich ansatzweise mit Rhonins Fähigkeiten messen.

*Ich kann ihm helfen*, dachte der Zauberer. *Wenn er bereit ist zu lernen, kann ich ihm helfen.* Auch wenn das nichts an seiner Meinung über Malfurions Zwillingsbruder änderte, sah Rhonin in Illidan einiges an Potenzial.

Er hoffte nur, dass ihnen davon etwas zur Verfügung stehen würde, sobald sie der Brennenden Legion begegneten.

Sie ritten aus Suramar heraus und, so schnell die Panther dies vermochten, Zin-Azshari entgegen. Rhonin fühlte sich nicht wohl dabei, da sich dadurch die Distanz zwischen ihm und Krasus vergrößerte. Der Zauberer war immer überzeugter, dass es sein Schicksal sein würde, nie mehr in die eigene Zeit zurückzukehren. Er konnte nur hoffen, dass Vereesa und den Kindern ein Leben vergönnt sein würde, das ihrer würdig war.

Falls sie eine Zukunft hatten.

Lord Ravencrest ließ seinen Trupp die ganze Nacht und den halben Tag hindurch reiten. Erst als die meisten Tiere nicht mehr weiter konnten, erlaubte er zögerlich eine Rast.

Ihr Trupp hatte sich vergrößert. Dank der angekündigten Vorhut waren etliche dazu gestoßen. Sie zählten jetzt mehr als tausend Kämpfer, und ständig kamen weitere hinzu. Lord Ravencrest wollte eine möglichst große Armee um sich scharen, bevor er dem Feind entgegentrat. Rhonin unterstützte diese Absicht, kannte er doch die furchtbare Macht der Dämonen.

Der Zauberer hatte beschlossen zu helfen, also begab er sich schließlich an Lord Ravencrests Seite und bot ihm sämtliches Wissen an, das er über die Brennende Legion besaß. Um seine Kenntnisse zu erklären, behauptete er, die Legion habe einst seine „weit entfernte Heimat" angegriffen und alles zerstört – zumindest Letzteres entsprach dabei völlig der Wahrheit. Rhonin berichtete auch von den Gräueln des schrecklichen Krieges und wie viel Not und Vernichtung es gegeben hatte, bis die Dämonen endlich hatten abgewehrt werden können.

Es blieb unklar, was Lord Ravencrest davon glaubte, aber zumindest nahm er Rhonins Schilderung der Dämonen ernst. Er befahl seinen Soldaten, ihre Taktik zu ändern und den Schwächen anzupassen, die er beim Gegner vermutete. Latosius und die Mondgarde erbleichten bei der Beschreibung der Felbestien, aber Ravencrest versicherte ihnen, dass ein Kontingent seiner besten Soldaten sie stets unterstützen würde. Er machte auch deutlich, dass diese zuerst auf die Tentakeln zielen würden, um die Gefahr für die Zauberer zu verringern.

Der Kommandant der Nachtelfen hegte wohl den Verdacht, dass Rhonin einiges ausgelassen hatte. Aber da er bereits wertvolle Tipps erhalten hatte, hakte er nicht weiter nach. Er nahm auch richtigerweise an, dass Rhonin das eigene Leben hoch genug schätzte, um eine Niederlage unter allen Umständen vermeiden zu wollen.

Obwohl die Armee immer größer wurde, geriet sie in ihrem Vormarsch nicht ins Stocken. Aus einer Nacht wurden zwei, dann drei.

Rhonin wob einen einfachen Zauber, der es ihm erlaubte, bei Dunkelheit klarer zu sehen, und passte sich den nächtlichen Erfordernissen rasch an. Dabei vergaß er jedoch nicht, dass es die Dämonen nicht scherte, ob die Sonne oder der Mond schien und vermittelte dies auch dem Adligen. Die monströsen Krieger der Brennenden Legion würden kämpfen, bis sie umfielen. Die Verteidiger mussten bereit sein, ihnen auch bei Tageslicht entgegen zu treten.

Als sich die Nachtelfen Zin-Azshari näherten, bemerkten sie einen seltsamen grünen Schein, der das Land vor ihnen erhellte. Das Licht schien nicht vom wolkenverhangenen Himmel, sondern von der Stadt selbst auszugehen.

„Elune, steh uns bei!", murmelte ein Soldat.

„Bleibt ruhig", befahl Lord Ravencrest. Er erhob sich im Sattel und blickte nach vorn. „Etwas kommt auf uns zu … sehr schnell."

Rhonin brauchte nicht zu fragen, worum es sich dabei handelte. „Das sind sie. Sie haben gewusst, dass wir kommen und wollen uns so schnell wie möglich angreifen. Sie verschwenden niemals Zeit. Die Legion lebt einzig für den Kampf."

Der Kommandant nickte. „Ich hätte es vorgezogen, zuerst die Umgebung zu erkunden und mir meine eigene Meinung über den Gegner zu bilden. Aber wenn sie keine Zeit verlieren wollen, werden wir sie nicht enttäuschen. Gebt das Signal!"

Hörner wurden geblasen und die Linien der Nachtelfen nahmen Kampfformation ein. Die Armee bestand jetzt aus mehreren tausend gepanzerten Reitern und Infanteristen und bot einen grandiosen Anblick. Rhonin erinnerte sich an die mächtige Armee der Allianz und wie beeindruckt er gewesen war, als er Zeuge wurde, wie sie sich auf den Kampf gegen die Dämonen-Verbündeten vorbereiteten.

Er erinnerte sich auch daran, wie die Formationen zerschlagen wurden, als die Angreifer mit monströser Wut attackierten.

*Das darf … das* wird *nicht noch einmal geschehen!* Er blickte zu Illidan, der jetzt, da der Kampf unmittelbar bevorstand, weit weniger Selbstsicherheit verströmte als zuvor.

„Verlier dich nicht in der Furcht", sagte der Zauberer, der sehr genau wusste, wohin dies führen konnte. „Du hast ein Talent, Illidan. Ich habe dir gezeigt, wie du besser auf die Macht zugreifen kannst. Die Quelle mag unzugänglich geworden sein, aber ihre Essenz findest du überall im Land, im Himmel, in allem. Wenn du weißt, wie man sie sich erschließt, vermagst du alles zu tun, was du auch vor der Abschottung der Quelle zu tun imstande warst."

„Ich folge deiner Weisheit, Shan'do", erklärte der junge Nachtelf ernst.

Rhonin hatte das Wort schon einmal gehört, als Malfurion von seinem Lehrer, dem Halbgott Cenarius, sprach. Er fragte sich, wo der Herr des Waldes in diesem Augenblick war. Ein Elementarwesen wie ihn hätte man in einer Zeit wie dieser gut gebrauchen können.

Dann marschierte ihnen die erste der schrecklichen Gestalten entgegen, und Rhonins Gedanken kreisten nur mehr ums nackte Überleben.

Ums Überleben und um … Vereesa.

Bis hierhin hatte die Brennende Legion alles zerstört und sehnte sich nach noch mehr Zerstörung, noch mehr Gewalt. Die Felbestien heulten, und die Dämonentruppen hinter ihnen brüllten vor freudiger Erwartung auf, als sie die Silhouetten vor sich entdeckten. Es galt, neue Opfer abzuschlachten und neues Blut zu vergießen.

Mit einem schrecklichen Kampfschrei stürmten sie los.

Lord Ravencrest nickte.

„Bogenschützen bereit!", rief ein Offizier.

Mehr als tausend Bögen richteten sich gen Himmel.

Der Adlige hielt seine Hand nach oben und wartete. Die Dämonenhorde rückte näher … und näher …

Ruckartig ließ er die Hand sinken.

Einem Hornissenschwarm gleich stob der Pfeilregen dem Feind entgegen. Obwohl die Brennende Legion wusste, dass sie dem Tod entgegen lief, wurde sie nicht langsamer. Ihre Gier trieb sie an.

Die Pfeile senkten sich.

Es handelte sich zwar um Dämonen, aber um Dämonen, die körperlich waren. Die erste Reihe wurde komplett aufgerieben. In einigen Kriegern steckten so viele Pfeile, dass sie nicht flach am Boden zu liegen vermochten. Überall brachen Felbestien zusammen. Einige Wächter der Verdammnis stürzten vom Himmel.

Doch die Brennende Legion trampelte einfach über ihre Gefallenen hinweg, als existierten sie gar nicht. Felbestien ignorierten ihre toten Artgenossen, heulten und bellten und näherten sich dabei unbeeindruckt weiter den gegnerischen Linien.

„Verdammt!“, fluchte Ravencrest. „Noch eine Salve. Schnell!“

Die Bogenschützen folgten dem Befehl routiniert und mit der ihnen eigenen Präzision. Der bärtige Adlige musste sie kein weiteres Mal zum Schießen auffordern.

Wieder regnete der Tod auf die Horde herab, doch dieses Mal mit weitaus geringerer Wirkung. Die Legion hatte ihre Schilde gehoben und eine effektivere Formation eingenommen.

„Das sind keine simplen Bestien“, murmelte ein Offizier neben Rhonin. „Sie lernen zu schnell.“

Lord Ravencrest ignorierte den Einwurf. „Alle Bogenschützen nach hinten. Nehmt eure Stellungen ein und haltet euch bereit, auf die Innenbereiche zu feuern. Lanzenträger! Bereit zum Angriff!“

„Mylord!“, rief Rhonin. „Mit Eurer Erlaubnis?“

„Du hast meine Erlaubnis, Zauberer, ganz gleich, was du vorhast. Tu es einfach!“

Rhonin starrte auf einen Punkt unmittelbar vor der Angriffsfront der heranstürmenden Dämonen. Er konzentrierte sich, sammelte Kraft. Es war anstrengender als sonst, verhinderte aber nicht den Erfolg.

Seine Augen verengten sich.

Der Boden vor der Brennenden Legion explodierte. Dreck und Steine flogen den monströsen Kriegern wie Geschosse aus schweren Katapulten entgegen. Viele Felbestien wurden in die Luft geschleudert, andere unter tonnenschwerer Erde begraben. Ein Felsen landete auf einer Felbestie und brach ihr das Rückgrat wie einen morschen Zweig. Der Sturm der Legion geriet ins Stocken. Etliche Dämonen rannte sich gegenseitig über den Haufen.

Die Bogenschützen nutzten die Gelegenheit und schickten der eng beisammen stehenden Horde eine weitere Pfeilsalve entgegen. Zahlreiche Krieger fielen. Das Chaos nahm zu.

Während Ravencrests Soldaten jubelten, blickte die Mondgarde eher neidisch zu Rhonin hin. Latosius brüllte seine Zauberer an und trieb sie zu effektiverem Handeln an.

Das Ergebnis des anschließenden Nachtelfen-Zaubers war jedoch weit weniger spektakulärer als der von Rhonin. Die Ringe aus magischer Energie, die sich um die Brennende Legion legten, verpufften meist ohne große Wirkung. Eine Handvoll Dämonen ging zwar zu Boden, erholte sich aber auch rasch wieder.

„Sie sind nutzlos!", schnappte Illidan.

„Sie geben ihr Bestes", widersprach der Zauberer.

Der junge Nachtelf antwortete nicht, sondern zeigte murmelnd auf die Horde.

Tentakel aus schwarzer Energie legten sich um die Kehlen einiger Dutzend Dämonen. Sie ließen Waffen und Schilde fallen, versuchten sich von davon zu befreien – doch noch bevor ihnen das gelingen konnte, brannten sich die Tentakel durch Haut und Fleisch …

… und eliminierten ein jedes von Illidans Zielen.

Rhonin konnte seinen Ekel kaum verbergen. Illidan hatte auf eine Art und Weise angegriffen, die ihm nicht gefiel. Als Illidan ihn fragend ansah, nickte der Zauberer dennoch lobend. Er konnte den einzigen anderen Magier mit nennenswerten Fähigkeiten nicht vor den Kopf stoßen. Wenn sie überlebten, würde Rhonin Illidan humanere Methoden beibringen.

Und wenn sie nicht überlebten …

Die Brennende Legion stürmte erneut vor. Ihre Füße zermalmten die Leichen ihrer Gefallenen. Sie brüllten unablässig, schwenkten Streitkolben und andere furchterregende Waffen.

„Wir müssen zum Nahkampf übergehen", entschied Ravencrest. „Ihr beide haltet euch hinten und tut weiter, was ihr könnt! Ihr seid die durchschlagkräftigste Waffe, die wir haben."

Illidan neigte den Kopf vor dem Adligen. „Ich danke Euch, Mylord."

„Es ist die Wahrheit, mein Junge … nichts als die schreckliche Wahrheit."

Der Kommandant der Nachtelfen wandte sich ab und ritt zu seinen Kriegern. Lord Ravencrest zog seine Waffe und reckte sie hoch über den Kopf.

Die Lanzenträger spannten ihre Körper an. Hinter ihnen machten sich die Fußsoldaten bereit. Und noch weiter hinten legten Bogenschützen ihre Pfeile an.

Ravencrest brachte sein Schwert schwungvoll nach unten.

Hörnerschall erklang. Die Bogenschützen schossen.

Die Nachtelfen-Streitkräfte stürmten dem Feind entgegen. Ihre Nachtsäbel fauchten.

Kurz bevor die Lanzenträger den Gegner erreichten, schlugen die ersten Pfeile ein. Die vorderen Reihen der Dämonen, die sich von dem Angriff der Reiter hatten ablenken lassen, wurden schwer getroffen. Für einen Moment herrschte helles Chaos, genau wie Lord Ravencrest es erhofft hatte.

Aufgrund der Geschwindigkeit der Nachtsäbel wurden die Lanzen tief in den Gegner getrieben. Trotz ihrer Größe hoben die Waffen einige Felbestien in die Luft, durchbohrten nicht nur die Rüstung, sondern auch alles darunter Liegende.

Der entschlossen geführte Angriff stoppte den Vorstoß der Brennenden Legion für kurze Zeit. Nachtsäbel bissen und schlugen nach den Dämonen, die sich um sie herum drängten. Fußsoldaten folgten, füllten die Lücken aus und griffen alles an, was nicht ihr Wappen trug.

Die Lanzen waren jetzt nutzlos, also ließen die Reiter sie fallen und zogen stattdessen ihre Schwerter. Hinter ihnen schossen Bogenschützen Salve um Salve auf die Dämonen ab, die noch nicht ins Kampfgetümmel eingebunden waren.

Eine zweite Reihe Reiter, unter ihnen auch Lord Ravencrest selbst, hielt sich noch zurück. Der Adlige studierte die Schlacht und suchte nach Schwachstellen.

Rhonin und Illidan waren ebenfalls nicht untätig. Der Magier wob einen Zauber, der die Luft über einem Teil der Horde *härtete*, sodass der Himmel wortwörtlich auf sie nieder krachte. Illidan wiederholte seinen Tentakelspruch und erwürgte mehrere Dämonen gleichzeitig.

Die Mondgarde tat, was sie konnte und brachte zumindest ein wenig Unterstützung auf die Beine. Trotz aller Anstrengung konnte sie ihre unterbrochene Verbindung zur Quelle jedoch nicht ausgleichen. Das zeigte sich auch auf ihren frustrierten Gesichtern.

Dann schrie plötzlich einer der Nachtelfen auf und strauchelte. Seine Haut fiel wie Wasser von ihm ab. Als er den Boden berührte, war von ihm nur noch ein Skelett zu sehen, das in der Pfütze seines einstigen Fleisches zum Liegen kam. Die anderen Zauberer sahen den Toten verwirrt an, bis Latosius' sie wieder an ihre Aufgabe erinnerte.

Rhonin suchte die Legion nach dem Ursprung des Zaubers ab. Seine Blicke fanden den Schuldigen schnell, eine düster aussehende Gestalt in den hinteren Reihen. Der Zauberer erinnerte an eine Felbestie, hatte jedoch einen langen Reptilienschwanz. Außerdem trug er eine rotschwarze Robe über seiner Rüstung, und die Augen, mit denen er das Schlachtfeld sondierte, verrieten hohe Intelligenz.

Rhonin war noch nie einem Eredar-Kriegszauberer begegnet, kannte sie aber aus Erzählungen. Sie waren nicht nur die Magier der Brennenden Legion, sondern auch ihre Offiziere und Strategen.

Doch der Kriegszauberer hatte einen Fehler begangen, denn offenbar nahm er an, die Mondgarde sei für die stärksten Zauber verantwortlich. Das verschaffte Rhonin den Vorteil, den er brauchte.

Er wartete ab, bis der Kriegszauberer einen neuen Zauber wob und freisetzte. Blitzschnell nahm er den dunklen Spruch auf und schleuderte ihn gegen seinen Schöpfer.

Dem Dämon quollen die Augen heraus, als seine Haut vom Körper zu tropfen begann. Sein Mund öffnete sich zu einem unmenschlichen Schrei – und sein Blick traf den des Zauberers.

Dann ging alles blitzschnell. Sein Mund öffnete sich immer weiter, weil es nichts mehr gab, das die Kiefer gehalten hätte. Einen kurzen Moment stand die fleischlose Gestalt noch aufrecht, dann brach sie zusammen und verschwand unter den über sie hinwegtrampelnden Felbestien.

Ohne einen Kommandanten brach in diesem Teil der Legion heillose Verwirrung aus. Die Nachtelfen drängten vorwärts. Die Reihen der Dämonen zeigten erste Lücken …

„Wir besiegen sie!“, rief ein junger Offizier neben Ravencrest.

Doch die Dämonenreihen schlossen sich ebenso schnell wieder, wie sie aufgerissen waren. Entschlossen drängten sie vor. Von hinten kamen Wächter der Verdammnis, die sie mit Peitschen antrieben. Felbestien versuchten, die Verteidigungslinien zu durchbrechen und die Zauberer zu erreichen.

Nachtelfen schrien, als zwei Infernale die Reiter angriffen und sie, ebenso wie ihre Tiere, zur Seite warfen. Eine Schneise entstand, in die sich die Dämonen mit Inbrunst warfen.

„Vorwärts!“, rief Ravencrest seinen Leuten zu. „Lasst nicht zu, dass sie unsere Linien durchbrechen!“

Er und die anderen Reiter griffen die monströsen Krieger an. Ravencrest trennte die Tentakel einer Felbestie ab und stieß ihr seine Klinge in den Schädel. Ein Nachtsäbel fiel über einen der Dämonensoldaten her und zerfetzte ihn mit seinen Klauen und Zähnen.

Die Lücke wurde kleiner … und schloss sich. Die Nachtelfen kehrten in die Formation zurück.

Obwohl sie jetzt wieder eine gerade Frontlinie bildeten, wurden die Verteidiger zurück gedrängt. Für jeden der entsetzlichen Krieger, den die Nachtelfen töteten, schienen zwei neue die Reihen der Horde aufzufüllen.

Rhonin fluchte, als er einen weiteren Zauber wirkte und der Brennenden Legion tödliche Blitze entgegenschleuderte. Obwohl seine Macht immer noch groß war, wusste er, dass er mit Unterstützung der Quelle weit mehr hätte ausrichten können. Er und Illidan unterstützten die Nachtelfen zwar mit ihrer Magie, aber sie konnten nicht überall sein. Illidan bemühte sich, so viele Dämonen wie möglich umzubringen, aber er war bereits erschöpft, und Rhonin ging es nur wenig besser.

Unter lautem Geschrei wurden die Nachtelfen zurück gedrängt. Felbestien schlugen Köpfe ein und zertrümmerten Rüstungen. Ihre Höllenhunde rissen

Soldaten auseinander. Wächter der Verdammnis schwangen sich über dem Schlachtfeld in die Lüfte und stießen Waffen schwingend zwischen den Nachtelfen nieder. Infernale tauchten überall auf und regneten auf die Nachtelfen nieder, so wie deren Pfeile es kurz zuvor in ihren Reihen getan hatten.

Ein weiterer Zauberer der Mondgarde brüllte auf, weil eine Felbestie durchgebrochen war. Vier Soldaten gelang es, die Tentakel zu durchtrennen und ihre Klingen in die Brust der Bestie zu stoßen.

Eine weitere Salve verließ die Bögen der Schützen. Die Pfeile machten jedoch plötzlich kehrt und flogen zurück zu ihren Absendern. Viele waren klug genug, wegzulaufen, doch einige blickten den heranrasenden Pfeilen wie erstarrt entgegen. Sie starben, als die eigenen Geschosse ihre Kehlen und Oberkörper durchschlugen.

Rhonin suchte nach dem verantwortlichen Eredar-Kriegszauberer, konnte ihn jedoch nicht entdecken. Er verfluchte erneut, dass er sich nicht an mehreren Orten gleichzeitig aufhalten konnte und dass die Taten, zu denen er fähig war, offenbar nicht ausreichten.

*Wir verlieren!* Trotz aller bewiesenen Entschlossenheit benötigten die Soldaten die Unterstützung der Mondgarde, um den Kampf gegen die Dämonen zu gewinnen. Die Mondgarde ihrerseits brauchte die Verbindung zur Quelle.

In Black Rook Hold hatte Malfurion behauptet, er könne den Abschirmungszauber der Hochgeborenen möglicherweise zerstören. Aber das war bereits Tage her. Rhonin musste davon ausgehen, dass die Bemühungen des jungen Nachtelfs gescheitert waren … dass Malfurion bei dem Versuch vielleicht sogar ums Leben gekommen war.

„Sie brechen durch! Gleich überrennen sie uns!“, rief jemand.

Rhonin dachte nicht mehr an Malfurion. Jetzt gab es nur noch die Schlacht … die Schlacht und Vereesa. In Gedanken verabschiedete er sich zum vielleicht letzten Mal von ihr, dann konzentrierte er sich wieder auf die endlose Flut der Dämonen. Dabei wusste er, dass auch seine besten Zauber keine Wunder wirken konnten.

„Schamanin, gibt es Neuigkeiten?“

Tyrande schüttelte den Kopf. „Nein. Der Körper atmet zwar, aber es ist kein Geist in ihm.“

Der Ork runzelte die Stirn. „Wird er sterben?“

„Ich weiß es nicht.“

Wäre es besser gewesen, sie hätte es gewusst? Sie hatte keine Ahnung. Seit drei Nächten wachte sie über Malfurions Körper, zuerst in der Kammer des Mondes, dann in einem unbewohnten Raum innerhalb des Tempels. Die Hohepriesterinnen gaben sich sehr verständnisvoll, ließen aber wenig Zweifel daran, wie klein die Chance war, noch etwas für ihren Freund bewirken zu können.

„Vielleicht schläft er für immer“, hatte eine gesagt. „Oder der Körper stirbt an Durst und Nahrungsmangel.“

Tyrande hatte versucht Malfurion zu füttern, aber der Körper war wie komplett gelähmt und reagierte nicht. Sie wagte es nicht, Wasser in seine Kehle zu träufeln, aus Sorge, er könne daran ersticken.

Vergangene Nacht hatte Brox vorsichtig den Vorschlag unterbreitet, Malfurions Leiden zu beenden, falls sich herausstellte, dass keine Hoffnung mehr für ihn bestand. Er hatte sogar angeboten, die entsprechenden Schritte selbst zu übernehmen. Für die Novizin klang das schrecklich, aber sie begriff, dass der Ork nur anbot, was er jedem guten Kameraden zu schulden glaubte. Er schätzte Malfurion.

Sie wussten nicht, was mit seinem Geistkörper geschehen war. Es war möglich, dass seine Seele um den Körper herum kreiste, aber keinen Weg mehr hinein fand. Tyrande zweifelte jedoch daran, vermutete eher, dass ihm etwas zugestoßen war, als er versucht hatte, den Abschirmungszauber zu beseitigen. Vielleicht war sein Geist bei dabei ausgelöscht worden.

Der Gedanke, Malfurion für immer zu verlieren, setzte Tyrande mehr zu, als sie jemals erwartet hätte. Selbst Illidans gefahrvolle Mission berührte sie nicht annähernd so stark. Sie machte sich zwar Sorgen um ihn, aber nicht so sehr wie um seinen Bruder, dessen Körper hier vor ihr lag.

Die Priesterin legte eine Hand auf seine Wange und dachte zum wiederholten Mal: *Malfurion, komm endlich zurück zu mir.*

Doch es passierte nichts.

Dicke, grüne Finger berührten sanft ihren Arm. Tyrande blickte in die besorgten Augen des Orks. In diesem Moment wirkte er nicht hässlich auf sie, war nur eine weitere trauernde Gestalt, wie sie selbst.

„Schamanin, du hast nicht geschlafen, du hast den Raum nicht verlassen. Das ist nicht gut. Geh hinaus. Atme die Nachtluft.“

„Ich kann ihn nicht …“

Er ließ ihren Protest nicht zu. „Was willst du, was *kannst* du tun? Nichts. Er liegt hier. Nichts wird ihm geschehen. Er würde wünschen, das du dich erfrischst.“

Die anderen sahen in dem Ork eine barbarische Kreatur, aber Tyrande wurde immer klarer, dass der brutal aussehende Krieger einfach nur ein Wesen war, das in einer *anderen* Kultur aufgewachsen war. Er hatte ein Gefühl für die Bedürfnisse eines Lebewesens und ebenso für die Gefahren, wenn man diese Bedürfnisse unterdrückte oder ignorierte.

Sie konnte Malfurion nicht helfen, wenn sie selbst geschwächt war oder krank wurde. So schwierig zu akzeptieren es für Tyrande auch sein mochte, sie musste sich auch etwas Zeit für sich selbst nehmen.

„Also gut – aber nur ein paar Minuten.“

Brox half ihr beim Aufstehen. Die junge Priesterin bemerkte, dass ihre Beine steif waren und ihren Körper kaum trugen. Ihr Begleiter hatte Recht, sie musste sich dringend erfrischen, wenn sie weiterhin für Malfurion da sein wollte.

Gemeinsam mit dem Ork begab sich Tyrande zum Eingang des Tempels, wo es immer noch von verängstigten und verwirrten Bürgern wimmelte. Sie alle suchten Trost bei den Dienerinnern von Mutter Mond.

Sie fürchtete, sich mühevoll einen Weg durch die Menge bahnen zu müssen, aber die Nachtelfen wichen vor ihnen zurück, um einen Bogen um Brox zu schlagen. Ihre Ablehnung schien ihn selbst kaum zu interessieren, beschämte aber Tyrande. Elune hatte stets Respekt vor *allen* Geschöpfen gepredigt, dennoch tolerierten nur wenige Nachtelfen andere Völker.

Wenig später traten sie Seite an Seite auf den Platz. Eine kühle Brise streichelte Tyrande und erinnerte sie an ihre Kindheit. Sie hatte den Wind immer geliebt. Früher hatte sie sogar die Arme ausgebreitet und versucht, ihn zu umarmen. Doch heute hätte sich das wohl nicht mehr geziemt …

Minutenlang standen Tyrande und Brox einfach nur da. Dann bekam die Priesterin Schuldgefühle, denn die Gedanken an Malfurion wurden wieder alles beherrschend. Schließlich bat sie den Ork, sie zurück ins Tempelinnere zu begleiten. Brox nickte verständnisvoll und folgte ihr.

Sie hatten die Stufen des Tempels noch nicht erreicht, als einer der Suramar-Wächter nach ihr rief. Tyrande zögerte, da sie sich nicht sicher war, ob der Soldat Ärger wegen Brox machen wollte.

Doch der Offizier führte offenbar anderes im Schild. „Vergebt mir, Schwester. Ich bin Hauptmann Jarod Shadowsong."

Sie kannte sein Gesicht, nicht aber seinen Namen. Er war nur wenig älter als sie und für einen Nachtelfen fast schon etwas rundlich. Seine Augenschlitze waren ausgeprägter als allgemein verbreitet, was ihm eine natürliche Strenge verlieh, selbst wenn er, wie in diesem Moment, eigentlich freundlich sein wollte.

„Ihr wünscht etwas von mir, Hauptmann?"

„Ein wenig von Eurer Zeit, wenn ich so dreist sein darf. Ich habe hier einen Gefangenen, der dringend Hilfe benötigt."

Im ersten Moment wollte Tyrande ablehnen, da es sie drängte, zu Malfurion zurückzukehren. Doch dann besann sie sich ihrer Pflichten. Sie konnte sich doch nicht von einem Bedürftigen abwenden, der ihrer Hilfe bedurfte. „Also gut."

Der Ork schloss sich ihnen ebenfalls an, was Hauptmann Shadowsong zur entsetzten Frage veranlasste: „Kommt *das* etwa auch mit?"

„Möchtet Ihr lieber, dass er in diesen unsicheren Zeiten unbeaufsichtigt auf dem Platz zurückbleibt?"

Der Offizier schüttelte zögernd den Kopf, womit die Angelegenheit erledigt war. Er drehte sich um und schritt vor den beiden her.

In Suramar gab es nur eine kleine Einrichtung für Gefangene. Solche, die wichtig waren, landeten ohnehin in Black Rook Hold.

Das Gebäude, zu dem Hauptmann Shadowsong sie führte, hatte man aus dem Stamm eines abgestorbenen Baumes errichtet. Die Wurzeln bildeten das Fundament des Gebäudes. Den Rest hatten die Arbeiter Stein auf Stein hinzugefügt. Außer Lord Ravencrests Festung gab es kein solideres Gebäude, und die Stadtwache von Suramar war darauf sichtlich stolz.

Tyrande betrachtete das farblose Gebäude mit Vorbehalt. Das monotone Äußere ließ darauf schließen, dass sich in seinem Inneren nur die übelsten Schurken aufhielten, und so bereitete sie sich auf das Schlimmste vor, ohne sich etwas von ihren Gedanken anmerken zu lassen, als der Hauptmann sie bat, einzutreten.

In der äußeren Kammer stand nur ein einfacher hölzerner Tisch, an dem vermutlich der diensthabende Offizier arbeitete. Da die meisten Soldaten Suramar verlassen hatten, hielten sich Hauptmann Shadowsongs Kameraden wahrscheinlich gerade draußen auf und versuchten, für Ruhe zu sorgen.

„Wir fanden ihn am gleichen Abend, an dem Lord Ravencrests Armee loszog. Die meisten Entdeckungszauber funktionieren nicht mehr, Schwester, aber manche enthalten eigene Magie. Einer dieser Zauber hat uns zu dem Eindringling geführt. Wegen der jüngsten Ereignisse …“ Hauptmann Shadowsong warf dem Ork einen schnellen Blick zu. Er schien über Brox’ Bescheid zu wissen, sonst hätte er ihn sicher sofort verhaftet. „… wollten wir kein Risiko eingehen und haben sofort nachgesehen.“

„Und was hat das mit mir zu tun?“

„Der Gefangene, den wir entdeckten, war ziemlich erschöpft. Als uns klar wurde, dass er das nicht nur vortäuscht, brachten wir ihn hierher. Es geht ihm immer noch nicht besser. Aufgrund seiner *seltsamen* Erscheinung möchte ich, dass er überlebt, bis … nun, *falls* Lord Ravencrest zurückkehrt. Deshalb habe ich Euch aufgesucht.“

„Dann zeigt mir bitte, wo er ist.“

Es gab nur ein Dutzend Zellen im angrenzenden Raum. Der Offizier erwähnte jedoch, dass es tiefer unten noch eine ganze Anzahl weiterer gäbe. Sie nickte höflich und war ansonsten nur neugierig, was für ein Wesen sie wohl erwartete. Nach Brox hätte sie sich über einen weiteren Ork nicht gewundert, aber dazu passte Hauptmann Shadowsongs Reaktion nicht.

„Hier ist er.“

Die Priesterin hatte einen imposanten Krieger erwartet, aber die Gestalt in der Zelle war nicht größer als ein gewöhnlicher Nachtelf. Und sehr dünn. Unter der Kapuze der einfachen Robe sah sie ein hageres Gesicht, das fast zu einem Angehörigen ihres eigenen Volkes hätte gehören können. Es war allerdings überaus blass, fast schon geisterhaft, mit müden Augen. Die Ohren waren schmaler als bei einem Nachtelf.

„Er sieht beinahe aus wie einer von uns“, bemerkte sie.

„Wohl eher wie der *Geist* eines der Unsrigen“, korrigierte sie der Hauptmann.

Brox trat vor und wirkte beinahe wie hypnotisiert von der fremden Gestalt. „Elf?“

„Vielleicht …“, antwortete der Gefangene mit einer dunklen und befehlsgewohnten Stimme, die nicht zu seinem Aussehen passte. Er zeigte deutliches Interesse an dem Ork. „Und was macht ein Ork hier?“

Er wusste demzufolge, um wen es sich bei ihrem Begleiter handelte. Tyrande fand das mehr als interessant, zumal es in letzter Zeit so viele seltsame Besucher gegeben hatte.

Dann begann der Gefangene zu husten, und sie erinnerte sich an ihre Pflicht. Sie bestand darauf, dass Hauptmann Shadowsong die Tür für sie aufschloss.

Als sie sich der Matte näherte, auf der er lag, blickte die junge Priesterin erneut in sein Gesicht. Sie fand mehr darin, als sie auf den ersten Blick vermutet hätte. Eine Weisheit und Lebenserfahrung, die sie im Innersten aufwühlte. Irgendwie begriff Tyrande, dass sie einem sehr, sehr alten Wesen gegenüber stand, dessen Zustand nichts mit der langen Dauer seines Lebens zu tun hatte.

„Du bist talentiert“, flüsterte er. „Das hatte ich gehofft.“

„Was … fehlt dir?“

Er schenkte ihr ein väterliches Lächeln. „Nichts, was du heilen könntest. Ich habe den Hauptmann überredet, nach dir zu suchen, weil die Zeit knapp wird.“

„Ihr habt mich zu nichts überredet!“, protestierte Jarod Shadowsong. „Es war meine freie Entscheidung.“

„Wenn du das sagst …“ Aber die Augen des Gefangenen verrieten Tyrande, dass er anderer Meinung war. Dann sah er Brox an. „Mit dir hätte ich hier nicht gerechnet, und das bereitet mir Sorge. Du solltest hier nicht sein.“

Der Ork grunzte. „Das hat der andere auch gesagt.“

„Der andere? Welcher andere?“

„Der, dessen Haare aus Feuer sind, der, der sagte …“ Brox unterbrach sich und murmelte nach einem misstrauischen Blick auf den Hauptmann: „Der, der dies hier für die Vergangenheit hielt.“

Zu Tyrandes Überraschung setzte sich der Gefangene auf. Hauptmann Shadowsong machte einen Schritt nach vorn, aber die Priesterin winkte ihn zurück.

„Du hast Rhonin gesehen?“

„Ihr kennst ihn?“, fragte Tyrande.

„Wir sind zusammen hierher gekommen … ich dachte, er säße in der Falle … aber anderswo.“

„Auf der Lichtung des Cenarius“, fügte sie hinzu.

Er lachte. „Dank sei dem Schicksal, dem Zufall oder Nozdormu – wer auch immer die Ereignisse in Fluss gebracht hat. Ja, genau dort … aber woher kennst du ihn?“

„Ich bin dort gewesen … mit meinen Freunden.“

„Warst du das?“ Das hagere Gesicht kam näher. „Mit Freunden?“

Tyrande war nicht sicher, was sie von ihm halten sollte. Er wusste viele Dinge, von denen gewöhnliche Nachtelfen keine Ahnung hatten. Davon war sie überzeugt. „Bevor wir weitermachen, möchte ich deinen Namen wissen.“

„Vergib meine schlechten Manieren! Du kannst mich … Krasus nennen.“

Jetzt reagierte Brox. „Krasus? Rhonin hat von Euch erzählt!“ Der Ork fiel auf ein Knie nieder. „Ältester, ich bin Broxigar … dies ist die Schamanin Tyrande.“

Krasus furchte die Stirn. „Offenbar hat Rhonin etwas viel geplaudert … und sich noch mehr eingemischt.“

Die Novizin stand auf und wandte sich an den Hauptmann. „Ich möchte ihn mit zum Tempel nehmen. Dort kann man sich besser um ihn kümmern.“

„Das geht nicht! Wenn er entkommen sollte –“

„Ich gebe Euch mein Wort, dass das nicht geschehen wird. Außerdem habt Ihr selbst gesagt, wie wichtig seine Unversehrtheit ist. Schließlich müsst Ihr ihn Lord Ravencrest vorführen …“

Der Offizier der Wache zögerte. Tyrande lächelte ihn an.

„Nun gut … aber ich muss Euch dorthin begleiten.“

„Natürlich.“

Sie drehte sich um und half Krasus, sich zu erheben. Brox unterstützte ihn von der anderen Seite. Aus den Augenwinkeln bemerkte Tyrande, dass der Gefangene versuchte, ein zufriedenes Lächeln zu verbergen.

„Freut Euch etwas?“

„Ja, zum ersten Mal seit meiner ungewollten Ankunft. Es gibt tatsächlich noch Hoffnung.“

Er erklärte nicht, was er meinte, und sie hakte nicht nach. Mit ihrer Hilfe verließ er das Hauptquartier der Stadtwache. Tyrande war sicher, dass er zumindest in einer Hinsicht nichts vortäuschte: Er war tatsächlich sehr schwach, auch wenn sie die natürliche Autorität spürte, die er ausstrahlte.

Jarod Shadowsong blieb hinter ihnen, als sie zum Tempel zurückkehrten. Erneut reichte das Auftauchen des Orks aus, um sich den Weg zu bahnen.

Tyrande befürchtete, dass die Wachen und die Hohepriesterinnen Probleme bereiten würden, aber auch sie schienen Krasus' Autorität zu spüren. Die Hohepriesterinnen verneigten sich sogar vor ihm, obwohl sie vielleicht selbst nicht den Grund dafür kannten.

„Elune hat gut gewählt“, bemerkte Krasus, als sie sich dem Wohnbereich näherten. „Das wusste ich sofort, als ich dich sah.“

Ihr Gesicht verdunkelte sich bei seiner Bemerkung, aber nicht, weil sie sich zu Krasus hingezogen fühlte. Tyrande hatte den Eindruck, dass sie ein Kompliment von jemandem erhalten hatte, der mindestens so wichtig wie die Hohepriesterin war.

Sie wollte ihn in einen separaten Raum bringen, betrat jedoch aus Unbedacht den, in dem Malfurion lag. Im letzten Moment wollte Tyrande zurückweichen.

„Gibt es ein Problem?“, fragte Krasus.

„Nein … dieser Raum wird nur für einen kranken Freund benutzt …“

Sie wollte weiter sprechen, aber der Gefangene löste sich aus ihrem Griff und blickte auf Malfurions reglosen Körper.

„Schicksal, Zufall oder Nozdormu, genau so ist es!“, keuchte er. „Was fehlt ihm? Rasch!“

„Ich …“ Wie sollte sie es erklären?

„Er durchwanderte den Smaragdtraum“, antwortete Brox. „Er ist daraus nicht zurückgekehrt, Ältester.“

„Nicht zurückgekehrt … wonach hat er gesucht?“

Der Ork erzählte es ihm. Tyrande hätte nicht geglaubt, dass Krasus’ Gesicht noch blasser werden könne, doch genau das geschah. „Ausgerechnet dieser Ort … aber das ergibt leider Sinn. Wenn ich es nur gewusst hätte, bevor ich von dort aufbrach!“

„Ihr wart in Zin-Azshari?“, stieß Tyrande hervor.

„Ich war in den Ruinen der Stadt, aber ich bin hierher gekommen, um nach deinem Freund zu suchen.“ Er betrachtete den starren Körper. „Doch wenn er hier bereits seit acht Nächten liegt, könnte es bereits zu spät sein … für uns *alle*.“

# ZWEIUNDZWANZIG

Ein Nachtelf schrie. Brustpanzer und Brustkorb wurden von einer Dämonenklinge gespalten. Ein anderer, der neben ihm stand, erhielt nicht einmal mehr Gelegenheit zu einem letzten Schrei, denn der Streitkolben einer Felwache zertrümmerte ihm den Schädel.

Überall starben die Verteidiger, und Rhonin hatte bisher nichts unternehmen können, was an dieser schrecklichen Tatsache etwas geändert hätte. Trotz Lord Ravencrests mutigem Einsatz in den vorderen Reihen wurden die Nachtelfen regelrecht abgeschlachtet. Die Brennende Legion gönnte ihnen keine Verschnaufpause, sondern griff unablässig an.

Obwohl der Zauberer wusste, dass er und die anderen sterben würden, kämpfte er weiter.

Was sollte er sonst auch tun?

Die Nachricht vom Eintreffen der Verteidigungsstreitmacht hatte Lord Xavius nicht gelinde überrascht. Am Ausgang der Schlacht hegte er dennoch nicht den geringsten Zweifel. Er beobachtete, wie ein Himmelskrieger des Erhabenen nach dem anderen aus dem Portal trat und war überzeugt, dass keine Armee ihnen lange Widerstand würde leisten können. Bald schon würden die Unvollkommenen aus der Welt getilgt sein.

Mannoroth führte die Legion gegen die Narren an, während Hakkar auf der Jagd war. Der Rest lag in Lord Xavius' fähigen Händen. Er warf rasch einen Blick in eine Nische in der Nähe des Eingangs. Dort hatte er seine neueste Trophäe abgestellt. Sobald die Verteidiger besiegt waren, würde er sich mit seinem „Gast" beschäftigen. Im Moment allerdings hatte er noch dringlichere Dinge zu erledigen.

Er richtete seine Aufmerksamkeit wieder auf das Portal, wo eine weitere Gruppe von Felbestien auftauchte. Sie erhielt ihre Anweisungen von dem riesigen Wächter der Verdammnis, den Mannoroth zurückgelassen hatte. Dann marschierten die Ankömmlinge ihren blutrünstigen Kameraden entgegen. Immer wieder hatte sich diese Szene in den letzten Minuten wiederholt, und mit jedem Mal wurde die Zahl der Krieger größer. Jetzt füllten sie schon fast den kompletten Raum.

Als der letzte Trupp Felbestien vorbeizog, vernahm Lord Xavius Sargeras' ruhmreiche Stimme in seinem Kopf. *Das Tempo zieht an … ich bin zufrieden.*

Der Nachtelf kniete nieder. „Das ehrt mich."

*Es gibt bereits Widerstand.*

„Das sind nur einige Unvollkommene, die das Unvermeidliche aufschieben wollen."

*Das Portal muss geschützt werden … es muss offen bleiben und noch weiter verstärkt werden. Bald … sehr bald … werde ich hindurch treten …*

Das Herz des Beraters überschlug einen Takt. Der lange erwartete Moment rückte näher!

Er erhob sich und sagte: „Ich werde dafür sorgen, dass Euch der Weg bereitet wird! Das schwöre ich!"

Er spürte eine Welle der Zufriedenheit, dann verließ Sargeras seine Gedanken.

Lord Xavius wandte sich sofort dem Diagramm zu, das den Schildzauber ermöglichte. Er hatte es bereits untersucht, nachdem der Eindringling versucht hatte es zu zerstören, aber man konnte nie gründlich genug sein.

Ja, alles war in bester Ordnung. Xavius dachte an seinen „Gast" und die Dinge, die er tun würde, wenn Sargeras endlich aus dem Portal trat. Die Königin würde sicherlich zugegen sein, außerdem musste eine Ehrengarde organisiert werden. Darum würde sich Hauptmann Varo'then kümmern. Der Berater wollte der Erste sein, der den Himmelsherrscher begrüßte. Als Geschenk, so beschloss Xavius, würde er Sargeras den Kristall mitsamt seinem Inhalt überreichen. Schließlich gehörte er zu den dreien, die Mannoroth für wichtig genug hielt, um den Herrn der Hunde ein zweites Mal auf ihre Spur zu setzen. Wie dumm würde Hakkar aus der Wäsche schauen, wenn er zurückkehrte und feststellen musste, dass der Berater bereits einen von ihnen dingfest gemacht hatte.

Lord Xavius konnte es kaum erwarten, den Gefangenen Sargeras zu präsentieren. Er war neugierig, was genau der Gott mit dem jungen Narren anstellen würde …

Sein Alptraum endete nicht.

Malfurion schwebte in dem Kristall und starrte auf den kleinen Ausschnitt des Raums, den er einsehen konnte. Man hatte ihn auf einem Regal in einer kleinen Nische abgestellt. Dadurch konnte er den Bereich neben der Tür erkennen und den nicht abreißenden Strom von dämonischen Kriegern beobachten, die vorbeizogen und in deren Gesichtern nichts als der Tod geschrieben stand. Das zog ihm das Herz noch enger zusammen, wusste er doch, dass sie jeden Nachtelf erschlagen würden, den sie fanden – und das nur, weil es Malfurion nicht gelungen war, den Schild zu zerstören.

Obwohl seine Umgebung ihm nicht verriet, wie viel Zeit verstrich, glaubte

Malfurion, dass seit seiner Gefangennahme mindestens zwei Nächte vergangen waren. In seinem Geistkörper schlief er nicht, was die Zeit noch länger erscheinen ließ.

Wie töricht er gewesen war! Malfurion kannte die Geschichten über Lord Xavius' Augen, in denen es hieß, sie könnten die Schatten der Schatten erkennen, aber er hatte nie daran geglaubt. Es war ihm nicht in den Sinn gekommen, dass die Augen, die es dem Berater erlaubten, die natürlichen Kräfte der Zauberei zu erkennen, auch dazu benutzt werden könnten, um einen Geist in einem Raum aufzuspüren.

Wie Lord Xavius gelacht hatte!

Malfurion hatte anfangs versucht, seinem Kristallgefängnis zu entkommen, aber es widerstand allen Bemühungen. Er hatte *versagt*. Er hatte sich selbst, seine Freunde, sein Volk … ja, seine *Welt* im Stich gelassen.

Jetzt bot vermutlich nur noch Lord Ravencrests Armee den Dämonen die Stirn.

Er musste etwas unternehmen.

Malfurion wappnete sich und versuchte noch einmal das umzusetzen, was ihm Cenarius beigebracht hatte. Der Kristall war ein Teil der Natur und somit für seine Zauber empfänglich. Er ließ seine Hände über die Kanten gleiten und suchte nach einer Schwachstelle. Dazu benutzte er etwas Ähnliches wie einen Druidenzauber.

Doch er konnte nichts finden.

Malfurion schrie frustriert auf. Tausende würden seines Versagens wegen sterben. Illidan würde sterben. Brox würde sterben. Tyrande –

*Tyrande* würde sterben.

Er sah ihr Gesicht klarer in seinem Geist als jedes andere. Malfurion stellte sich vor, wie groß ihre Sorge um ihn war. Er wusste, dass sie wahrscheinlich neben seinem Körper saß und darum bemüht war, ihn zurückzuholen. Der gefangene Nachtelf konnte beinahe ihre Stimme hören.

*Malfurion …*

Der Nachtelf erzitterte. Offenbar begann er bereits, den Verstand zu verlieren. Es überraschte Malfurion, dass dies bereits so frühzeitig geschah, andererseits war seine Situation mehr als prekär und förderte gewiss das Hinübergleiten in den Wahnsinn …

*Malfurion – kannst du mich hören?*

Erneut glaubte er, Tyrandes Stimme in seinen Gedanken zu hören. Er blickte aus seinem Gefängnis, um herauszufinden, ob Lord Xavius vielleicht versuchte, ihn geistig zu foltern. Aber der Berater war nirgends zu sehen.

Nach langem Zögern erwiderte er in seinen Gedanken schließlich: *Tyrande?*

*Malfurion! Ich hatte die Hoffnung fast aufgegeben …*

Er konnte es kaum glauben. Sie war zwar eine Priesterin der Elune, aber etwas Derartiges hätte auch ihre Fähigkeiten übersteigen müssen. *Tyrande – wie hast du mich gefunden?*

*Mit Hilfe eines anderen … er sagt, er habe nach dir gesucht.*

Die Einzigen, die Malfurion dazu einfielen, waren Rhonin und Brox. Tyrande kannte den Ork jedoch. Und Brox mochte ein tapferer Krieger sein, mit Magie hatte er nichts zu schaffen. Konnte also Rhonin dahinterstecken? Auch das ergab keinen Sinn, war der Zauberer doch angeblich mit Lord Ravencrest fort geritten.

*Wer?*, fragte er schließlich. *Wer?*

*Mein Name ist Krasus.*

Der plötzliche Wechsel verstörte Malfurion. Die Stimme klang wie keine, die er je vernommen hatte. Allerdings erinnerte sie ihn ein wenig an Cenarius. Dieser Krasus war auf keinen Fall ein Nachtelf, sondern viel, sehr viel mehr.

*Spürst du uns noch?*, fragte die neue Stimme.

*Das tue ich … Krasus.*

*Ich habe Tyrande gezeigt, wie sie die Verbindung zwischen euch nutzen kann, um deinen Geistkörper zu erreichen. Das ist nicht einfach, aber wir hoffen, dass wir es lange genug durchhalten, um dich zu befreien.*

*Befreien?* Malfurion warf einen Blick auf sein Gefängnis. Er bezweifelte, dass das möglich war.

*Ja, das ist eine listige Falle,* fuhr Krasus überraschend fort. Anscheinend konnten sie mittels die Verbindung sehen, wo ihn Lord Xavius gefangen hielt. *Aber damit habe ich Erfahrung.*

Malfurion begann, neue Hoffnung zu schöpfen. *Was müssen wir tun?*

*Da wir deinen Körper bewegt haben –*

*Ihr habt was getan?* Sie hatten seinen Körper bewegt? Das Risiko war …

*Mir sind die Risiken bekannt.* Malfurion protestierte nicht weiter, und Krasus fuhr fort: *Wir mussten ihn … näher zu einem aus unserer Gruppe bringen. Jetzt hör mir zu, denn es ist nötig, schnell zu handeln.*

Der Nachtelf wartete angespannt. Er würde alles tun, was sie sagten, wenn es ihn nur befreite.

*Ich muss den Kristall sehen, jeden Aspekt seines Wesens. Du bist ein Druide. Du kannst es mir zeigen.*

Malfurion bestätigte, dass er verstanden hatte und studierte das Innere seiner magischen Zelle. Er nahm jede Ecke, jede Facette in Augenschein und zeigte so die Stärken des Kristalls – und seine möglichen Schwächen – auf. Nichts von dem, was er sah, erschien ihm selbst vielversprechend, aber er hoffte, dass Krasus besser wusste, wonach Ausschau zu halten war.

*Da!* Die körperlose Stimme ließ ihn vor einer Ecke innehalten. Malfurion hatte sie bereits früher genauer untersucht, weil ihm ein winziger Riss aufgefallen war – aber letztlich hatte er nichts damit ausrichten können.

*Dies ist der Schlüssel zu deiner Flucht. Berühre ihn mit deinem Geist. Siehst du, was dieser Riss bedeutet?*

Er gehorchte. Der Riss war nur ganz fein, aber dennoch hervorstechend.

Krasus befahl Malfurion, die Fähigkeiten einzusetzen, in denen ihn der Waldgott unterrichtet hatte. Damit sollte er die Länge und Breite des Risses ertasten, bis er ihn ebenso gut kannte wie sich selbst.

*Jetzt solltest du die Schwachstelle erkennen, den* Schlüssel, *wenn du willst.*

*Nein … Doch! Da … ja!* Er sah es! Malfurion konnte die Stelle spüren. Er drückte in seinem Drang nach Freiheit fest dagegen, doch der Kristall gab nicht nach.

*Du bist stark, aber noch nicht voll ausgebildet. Öffne deine Gedanken. Lass uns hinein, egal, wie viele wir auch sein mögen. Wir werden dich mit unserer Stärke und unserem Wissen unterstützen.*

Malfurion öffnete seinen Geist so gut es ging für Tyrande und den mysteriösen Krasus. Er fühlte sofort den Unterschied zwischen beiden. Tyrandes Gedanken waren besorgt, aber entschlossen, während die von Krasus weise, aber auch frustriert anmuteten. Diese Frustration hatte jedoch offenbar nichts mit Malfurions Lage zu tun.

*Und jetzt versuche es noch einmal.*

Der gefangene Nachtelf stellte sich vor, sein Geistkörper sei real. Er drückte gegen die Schwachstelle, als wäre sie lediglich ein schwaches Hindernis. Wenn er nur kräftig genug drückte …

Plötzlich spürte er, wie ihn die beiden unterstützten. Es war fast so, als stünden sie neben ihm.

Der Riss wurde breiter, länger …

Als der Riss sich erweiterte, entstand eine winzige Lücke.

*Das ist deine Tür!*, drängte Krasus. *Geh hindurch!*

Und Malfurions Geistkörper strömte durch die Öffnung hinaus.

Der Nachtelf wuchs, kaum dass er die Falle des Beraters hinter sich gelassen hatte, wuchs, bis er seine normale Größe erreicht hatte. Die Veränderung bezog sich nur auf seine eigene Perspektive, aber sie gefiel ihm wesentlich besser als die insektenartige Sichtweise, mit der er sich als Gefangener hatte begnügen müssen.

*Nun … bevor sie dich entdecken … kehre zu uns zurück!*

Doch dieses Mal widersprach Malfurion. Er war schon so weit gekommen, um sein Volk zu retten und seine Welt. Der Schildzauber musste gestoppt werden.

*Malfurion!*, rief Tyrande entsetzt. *Nein!*

Er ignorierte beide, glitt um eine Ecke … und hielt jäh inne. Lord Xavius stand auf der anderen Seite des Raumes und blickte auf ein dunkles Portal, durch das ununterbrochen Dämonen kamen. Der Berater schien mit etwas zu sprechen, das sich tief im Inneren befand, und Malfurion erschauderte, als er an das Böse erinnert wurde, das er in diesem Tor gespürt hatte.

Die augenblickliche Lage bot ihm jedoch einen Vorteil. Wenn Xavius nur noch ein paar Sekunden länger in diesen Abgrund schaute, konnte Malfurion sein Werk vollenden und sogar noch verschwinden.

Er schwebte zu dem Diagramm, wusste bereits, wie es zu zerstören war. Ein paar leichte Veränderungen würden ausreichen, um den Zauber zu unterbrechen.

Tyrande und Krasus sprachen nicht mehr zu ihm. Entweder hatten sie entschieden, ihn gewähren zu lassen, oder die Verbindung war unterbrochen. Es machte keinen Unterschied, es gab kein Zurück mehr für ihn.

Nach einem letzten Blick zum Lordberater griff Malfurion mit seinen magischen Kräften in das Diagramm ein. Zuerst manipulierte er einen wichtigen Bestandteil des Zaubers und sorgte so dafür, dass seine Stabilität in jedem Fall verloren ging, ganz gleich, was noch geschehen würde.

Dann beschwor Malfurion die Kraft der Welt, die Macht der Natur. Er benutzte sie, um dem Diagramm eine neue Form aufzuzwingen, eine, die seinem ursprünglichen Zweck widersprach und für seine letztendliche Auflösung sorgen würde.

Der Schutzzauber begann zu flackern …

Lord Xavius spürte sofort, dass etwas nicht stimmte. Etwas Schreckliches geschah mit seinem Schutzzauber.

Im Portal spürte auch Sargeras, dass sich etwas verändert hatte.

*Suche!*, befahl er seinem Werkzeug.

Der Berater fuhr herum. Seine dunklen, magischen Augen starrten auf das kostbare Diagramm – und auf den geisterhaften Eindringling, den er zuvor gefangen hatte.

Der Ungläubige mischte sich in den Zauber ein!

„Haltet ihn auf!“, brüllte Lord Xavius.

Der Schrei riss Malfurion beinahe aus seiner Konzentration. Mühsam gelang es ihm, die Kontrolle zurück zu gewinnen. Dann sah er zu Xavius, der wütend auf ihn zeigte und die Hochgeborenen und Dämonen anbrüllte. Sie wirkten verwirrt, denn sie konnten Malfurions Geistkörper weder sehen, noch berühren.

Lord Xavius jedoch vermochte beides.

Als dem königlichen Berater klar wurde, dass die anderen ihm nicht helfen konnten, warf er sich selbst auf Malfurion. Seine magischen Augen sonderten dunkle Energie ab, und Malfurion spürte den bevorstehenden Angriff. Instinktiv hob er die Hand, bat Wind und Luft um Unterstützung.

Rote Lichtblitze schossen auf den jungen Nachtelf zu. Sie hätten ihn vernichtet, hätten sie ihn getroffen. Doch nur eine Handspanne von ihm entfernt schlugen sie gegen eine unsichtbare Wand und wurden von einem starken Wind umgelenkt.

Mit tödlicher Präzision trafen die Blitze die riesigen Krieger neben dem Portal.

Die Dämonen wurden umher gewirbelt wie Blätter im Sturm. Einige krachten gegen die Wände, während zwei von ihnen mit den Zauberern, die das Portal offen hielten, zusammenstießen. Ihre Konzentration wurde unterbrochen, Chaos entstand. Das Portal ächzte, als könne es atmen, öffnete und schloss sich in wildem Wechsel.

Die hochgeborenen Zauberer kämpften um die Kontrolle des Portals. Einige Dämonen, die hindurch treten wollten, verschwanden wieder in der dahinter liegenden Dunkelheit.

Eine der großen, geflügelten Gestalten, die neben der Öffnung stand, lief auf Malfurion zu. Der gewaltige Dämon konnte den Nachtelf offensichtlich nicht sehen, schwang jedoch seine Waffe in der Hoffnung, einen zufälligen Treffer landen zu können, wild hin und her. Malfurion wich der Waffe so gut es ging aus, unsicher, ob sein Zustand als Geist ihn auch davor schützte.

Lord Xavius hatte sich unter dem umgelenkten Zauber hinweg geduckt, doch nun griff der Berater wieder in den Kampf ein. Aus einer Tasche an seiner Hüfte zog er einen weiteren Kristall.

„Aus dem wirst du nicht entkommen …“

Die magischen Augen glommen auf.

Malfurion bewegte sich schnell und brachte den Dämon zwischen sich und den Berater. Nicht das beabsichtigte Opfer, sondern der überraschte Dämon wurde auf den Kristall zugezogen. Die grässliche Gestalt brüllte vor Zorn und versuchte nach Malfurion zu greifen, wurde aber unaufhaltsam in den Kristall gerissen. Keine Gegenwehr fruchtete.

Xavius fluchte und schleuderte den Kristall von sich. Das Schicksal seines unbeabsichtigten Gefangenen interessierte ihn nicht. Seine Aufmerksamkeit richtete sich allein auf den Geistkörper, den niemand außer ihm zu sehen vermochte.

„Mylord!“, schrie einer der Zauberer. „Sollen wir –“

„Unternehmt nichts! Widmet euch nur eurer Aufgabe. Achtet darauf, dass das Portal geöffnet und der Schildzauber funktionsfähig bleibt. Ich kümmere mich um den unsichtbaren Eindringling!“

Xavius bereitete einen weiteren Zauber vor. Malfurion blieb jedoch nicht untätig. Er drehte sich um und lief aus dem Raum, wurde von den Wachen noch nicht einmal bemerkt, als er durch die geschlossene, äußere Tür brach.

Der wütende Berater folgte ihm. „Öffnet die Tür!“

Die Wachen gehorchten. Xavius eilte aus dem Raum und folgte seinem Gegner die Treppe hinunter.

Malfurion hatte die Treppe allerdings gar nicht benutzt. Er befand sich in der Innenmauer des Turmes. Dort konnte er unbemerkt vom Lordberater abwarten, bis sich der Aufruhr legte.

Sodann kehrte Malfurion in die Kammer zurück und schwebte zum Diagramm. Er musste es schnellstens zerstören, bevor die Hochgeborenen es verstärken konnten.

Aber als er danach griff, spürte er ein vertrautes mulmiges Gefühl. Malfurion erschauderte und blickte fast gegen seinen Willen zum Portal.

*Du wirst den Schild nicht berühren!,* sagte die furchtbare Präsenz inmitten seines Geistes. *Du willst es nicht. Du willst nur mir dienen ... mich anbeten ...!*

Malfurion kämpfte gegen den Zwang an, der Stimme zu gehorchen. Er wusste, was mit einem jeden geschehen würde, wenn der, der zu ihm sprach, erst einmal die Welt betrat. All das Böse, das die Dämonen bisher über die Welt gebracht hatten, war nichts im Vergleich zu ihrem Herrn.

*Ich werde ... werde nicht zu deinem Werkzeug!* Malfurion schrie beinahe, so sehr strengte es ihn an, den Blick von dem Portal abzuwenden.

Er spürte die Wut des anderen, während er um Atem rang. Das Böse konnte ihn nicht direkt angreifen, es vermochte nur mit seinen Gedanken zu spielen. Malfurion musste ihn ignorieren, musste sich stattdessen auf seine Freunde konzentrieren und darauf, was sein Versagen für sie alle zur Folge hätte.

Nur ein paar Augenblicke ...

Sein Geistkörper krümmte sich zusammen, wurde plötzlich von entsetzlichem Schmerz durchdrungen. Er fuhr herum, brach in die Knie.

„Keine weiteren Spiele“, murmelte Lord Xavius, der im Türrahmen stand. Neben ihm suchten mehrere verwirrte Wachen vergeblich nach dem Eindringling, zu dem er sprach. „Keine weiteren Halbkatastrophen! Ich werde deinen Geist zerfetzen, dein Innerstes über die Welt verteilen ... und erst dann werde ich dich dem Erhabenen überreichen, damit er mit dir anstellen kann, was immer ihm beliebt ...“

Mit dieser Drohung zeigte er auf Malfurion.

Die Brennende Legion drängte die Reihen der Nachtelfen immer weiter zurück. Lord Ravencrest führte seine Soldaten so gut er es vermochte, aber sie konnten die Stellung nicht halten.

Ein Rammbock, von Rhonin erschaffen, prallte gegen die Dämonen. Er fegte einige zur Seite und grub sich tief in die Horde. Ihr Angriff geriet an dieser einen Stelle ins Stocken, aber an allen anderen rückte die Legion weiter vor.

Irgendwo schrie Lord Ravencrest Befehle. „Verstärkt die rechte Flanke! Bogenschützen! Kümmert euch zuerst um die geflügelten Wesen! Latosius, wo bleibt deine Mondgarde?“

Es war nicht genau auszumachen, ob der oberste Zauberer die Frage gehört hatte, aber die Mondgarde blieb, wo sie war. Latosius stand vor ihnen und befahl seinen Zauberern, auf die unterschiedlichen Situationen zu reagieren. Rhonin verzog das Gesicht. Der alte Nachtelf verstand nichts von Taktik. Er vergeudete die geringe Kraft seiner Gruppe auf wirkungslose Einzelangriffe, anstatt sie zu einem großen Zauber zusammenzufassen.

Auch Illidan bemerkte dies. „Der verfluchte alte Narr verschwendet ihre Möglichkeiten! Ich könnte sie besser anleiten."

„Vergiss sie und konzentriere dich auf deine eigene Magie."

Der Zauberer hatte den Satz noch nicht beendet, als Latosius plötzlich taumelte und sich an die Kehle griff. Er ging in die Knie. Blut quoll aus seinem Mund. Seine Haut wurde schwarz, als er tot zusammenbrach.

„Nein!" Rhonin blickte suchend nach vorne, entdeckte den Kriegszauberer und zeigte auf ihn. Er benutzte den gleichen Trick, den vielleicht sogar dieser Dämon vorher angewandt hatte und griff mit einem Zauber nach einigen der fliegenden Pfeilen. Sie wurden umgelenkt und schossen dem Kriegszauberer entgegen. Der sah auf, entdeckte sie und begann zu lachen. Mit einer Handbewegung erschuf er etwas, das Rhonin für einen Verteidigungsschild hielt.

Der Eredar stellte sein Gelächter jäh ein, als die Pfeile nicht nur seinen Schild, sondern auch seinen Oberkörper durchschlugen.

„Bist wohl nicht so stark, wie du dachtest", murmelte der Zauberer mit grimmiger Zufriedenheit.

Rhonin drehte sich zu Illidan um, doch dieser stand nicht mehr neben ihm. Er entdeckte den jungen Nachtelf, wie er im wilden Galopp der Mondgarde entgegen ritt. Die Zauberer waren ohne ihren Anführer völlig in Aufruhr.

„Was will er …?" Aber Rhonin hatte keine Zeit, sich um seinen Beinahe-Schüler zu sorgen, denn er war plötzlich von fürchterlicher Hitze umgeben. Es fühlte sich an, als würde seine Haut schmelzen.

Die Eredar-Kriegszauberer hatten also doch gemerkt, dass die größte Gefahr von ihm ausging. Mehr als einer schien ihn anzugreifen. Es gelang ihm, genügend Stärke zu sammeln, um die Hitze ein wenig zu mildern, mehr aber auch nicht. Nach und nach würden sie ihn bei lebendigem Leibe rösten.

Das war es also. Er würde hier sterben, ohne jemals zu erfahren, ob seine Beteiligung an der Schlacht dafür sorgte, dass die Geschichte einigermaßen intakt blieb, oder ob er sie damit erst vollends aus den Fugen geworfen hatte …

Dann nahm der furchtbare Druck, der auf ihm lastete, plötzlich ab. Rhonin reagierte instinktiv und setzte seine Magie ein, um den gegnerischen Zauber komplett zu zerstören. Sein Blick wurde klar, und er fand den Hauptschuldigen.

„Du magst Feuer? Ich bin eher für etwas Kühleres."

Der Zauberer kehrte den Spruch seines Gegners um und sandte ihm eine machtvolle Kältewelle entgegen.

Rhonin spürte, wie der Frost den Kriegszauberer übermannte. Der Eredar erstarrte, seine Haut wurde weiß. Sein Gesichtsausdruck fror ihm schmerzverzerrt ein.

Eine der Felbestien prallte gegen den Kriegszauberer. Die gefrorene Gestalt kippte und zerschellte auf dem Boden. Splitter dämonischen Eises verteilten sich über das Schlachtfeld.

Rhonin rang nach Atem und blickte zur Mondgarde, in die Richtung, aus der Beistand gekommen war. Seine Augen weiteten sich, als er Illidan an ihrer Spitze sah.

Der junge Nachtelf lächelte ihm zu und widmete sich dann wieder dem Kampf. Er dirigierte die altgedienten Zauberer, als sei er dazu geboren. Illidan fasste ihre Stärke zusammen und potenzierte sie noch durch seine eigene. Dann sammelte er alle Macht in sich und fokussierte sie.

Eine Explosion in der Mitte der Brennenden Legion tötete zahlreiche Dämonen. Illidan brüllte triumphierend, dabei entging ihm die Erschöpfung auf den Gesichtern der anderen Zauberer. Er hatte ihre Kräfte perfekt ausgespielt, aber wenn er diesen Vorgang noch einige Male wiederholte, würde die Mondgarde nicht mehr lange bestehen.

Doch es war Rhonin unmöglich, Illidan darauf hinzuweisen. Er war sich noch nicht einmal sicher, ob er das sollte. Falls diese Verteidigungsfront fiel, was blieb ihnen dann noch?

Wenn doch nur Malfurion nicht versagt hätte …

Mannoroth betrachtete das Schlachtfeld voller Zufriedenheit. Seine Armee fegte über das Land hinweg und stieß nur noch an einem Punkt auf Widerstand, dort wo die nutzlosen Bewohner dieser Welt sich zusammengerottet hatten, um der Legion im Kampf entgegenzutreten.

Es gefiel ihm, dass sie die Schlacht schon so früh suchten. Wenn sie besiegt waren, konnte sein Herr Sargeras endlich die Welt betreten. Sargeras würde das, was sie in seinem Namen bewirkt hatten, mit Wohlwollen betrachten. Er würde Mannoroth belohnen, war ihm dieser Sieg doch ganz ohne Archimondes Hilfe gelungen.

Ja, Mannoroth würde reich belohnt werden, würde mehr Macht und größeren Einfluss innerhalb der Legion erhalten.

Auf die Nachtelfen jedoch, die den Dämonen bis jetzt bei der Eroberung der Welt unterstützt hatten, wartete der einzige Lohn, den Sargeras für solche Diener bereit hielt.

Ihre völlige Ausrottung.

# DREIUNDZWANZIG

Malfurion hatte geglaubt, Lord Xavius austricksen zu können – stattdessen aber war der Nachtelf ein weiteres Mal ausgetrickst worden. Wieso hatte er geglaubt, der Berater würde ihn weiter die Treppen hinab jagen, wo es doch offenkundig war, dass Malfurion zurück in den Turm wollte, um seine Mission zu vollenden?

Es würde sein letzter Fehler gewesen sein. Lord Xavius war ein äußerst fähiger Zauberer, der sich die Macht der Quelle zunutze machen konnte. Malfurion hatte einiges von seinem Shan'do gelernt, aber, wie es schien, nicht genug, um gegen einen solch tödlichen Feind bestehen zu können.

Lord Xavius wusste das sehr genau.

Doch plötzlich hörte Malfurion eine Stimme in seinem Kopf – nicht die aus dem Portal, sondern die des mysteriösen Krasus. Malfurion war die ganze Zeit davon ausgegangen, der andere habe ihn längst wieder verlassen.

*Malfurion … unsere Stärke ist deine Stärke … Wie bereits im Kristall musst du dich auf die Liebe und Freundschaft derer besinnen, die dich kennen … und Kraft aus der Entschlossenheit von solchen wie mir ziehen, die gemeinsam mit ihnen für dich streiten.*

Nicht alles, was er hörte, ergab für den Nachtelfen einen Sinn, aber die Grundaussage war klar: Er spürte jetzt nicht nur Tyrande und Krasus, sondern auch Brox. Alle drei öffneten ihren Geist und ihre Seelen für Malfurion, liehen ihm die Stärke, die er so nötig hatte.

*Du bist ein Druide, Malfurion, vielleicht der Erste deiner Art. Du ziehst deine Kraft aus der Welt, der Natur … und sind wir nicht ein Teil von beidem? Zieh also deine Kraft auch aus uns …*

Malfurion gehorchte – und das gerade noch rechtzeitig.

Lord Xavius schleuderte seinen Zauber. Es sollten nur noch ein paar Fetzen von Malfurions Geistkörper übrigbleiben.

Der jüngere Nachtelf hob seine Hand, um den brutalen Angriff abzuwehren, glaubte aber nicht wirklich, dass seine verstärkten Kräfte dafür ausreichten. Der letzte Angriff des Beraters hatte ihn zu sehr geschwächt.

Doch der Zauber erreichte nie sein Ziel. Der Angriff wurde so mühelos abgewehrt, als hätte Malfurion nach einer Fliege geschlagen.

*Erhebe dich!*, drängte Krasus. *Erhebe dich und tue, was getan werden muss!*

Damit meinte er nicht, dass Malfurion sich auf einen Kampf mit dem Berater einlassen sollte. Das wäre nur gefährliche Zeitverschwendung gewesen. Nein, der Nachtelf sollte zu Ende bringen, was er bereits begonnen hatte.

Malfurion griff den Schildzauber an.

Das Diagramm verschob sich. Zwei Hochgeborene eilten herbei, um es wiederherzustellen, doch der Boden unter ihren Füßen verschwand plötzlich. Malfurion hatte die Steine stumm darum gebeten, ihre Stärke und ihren natürlichen Drang, Dinge zusammenzuhalten, für einen Moment zu vergessen. Schreiend fielen die beiden Nachtelfen ins Bodenlose.

Lord Xavius griff Malfurion wütend an, hüllte ihn in einen Nebel, der sich um seinen Geistkörper legte und versuchte, ihn zu zersetzen. Malfurion bemühte sich, dagegen anzukämpfen und zog seine Kraft erneut aus der gebündelten Stärke von Tyrande, Krasus und Brox. Rasch rief er einen Wind herbei, der den Nebel auseinander trieb.

Während sich Malfurion noch mit dem Nebel beschäftigte, nutzte Xavius die Gelegenheit, um ein wenig Ordnung in den Schildzauber zurückzubringen. Dann wandte er sich wieder seinem Gegner zu. Er hatte nur noch ein Ziel im Blick.

Malfurion war enttäuscht. Das konnte nicht ewig so weitergehen. Irgendwann würde er entweder verlieren oder fliehen. Etwas musste sich ändern, und zwar schnell!

Er drehte sich um, aber nicht zum Diagramm oder zu Lord Xavius hin, sondern zum Portal.

Erneut rief er den Wind. Dieses Mal bat er ihn jedoch, seine wahre Stärke zu beweisen und nicht nur einfachen Nebel zu vertreiben. Malfurion warf einen Blick auf die Hochgeborenen und forderte den Wind heraus, seine wahre Macht zu demonstrieren.

Und die Zauberer standen plötzlich in einem Sturm. Drei von ihnen wurden durch den Raum geschleudert und prallten hart gegen die Wand. Noch während sie fielen, taumelte ein anderer zurück und stolperte über einen der reglosen Körper.

Die anderen krümmten sich, versuchten der brutalen Kraft des Winds zu entgehen. Es fiel keiner mehr dem wütenden Sturm zum Opfer, aber die erlittenen Verluste waren ein schwerer Schlag für die Überlebenden. Das Portal begann zu flackern und zu erzittern. Das Gefühl des Bösen, das Malfurion die ganze Zeit über gespürt hatte, schwächte ab.

Brennende Hände griffen plötzlich von hinten nach seinem Hals und begannen ihn zu würgen. Sie brannten sich in Malfurions Geistkörper, als wäre es wahrhaftiges – sein eigenes! – Fleisch. Er stieß einen furchtbaren Schrei aus, den nur der Angreifer hören konnte.

„Die Macht des Erhabenen ist mit mir!“, brüllte der Berater der Königin triumphierend. „Gegen uns beide kannst du nicht bestehen!“

Malfurion spürte, wie neuerlich das Böse aus dem instabilen Portal kroch. Es war zwar noch immer nicht so mächtig wie vorhin, als es versucht hatte, ihn auf die Seite der Hochgeborenen zu ziehen. Aber es unterstützte den ohnedies schon mächtigen Berater. Dagegen kam selbst die Kraft, die Malfurion von den dreien in seinem Geist erhielt, nicht an.

*Tyrande …* Er wollte die Priesterin nicht rufen, fürchtete aber, dass er sie nie wieder sehen, ihr nie wieder nah sein würde.

Wiederum erfüllte Krasus' Stimme seinen Geist. *Sei mutig, Druide … ein anderer hat genau auf diesen Moment gewartet.*

Eine vierte Präsenz tauchte auf und schloss sich sofort mit den anderen zusammen. Malfurion spürte die Schwäche des Neuankömmlings, aber verglichen mit den Kräften seines eigenen Volks war sie vernachlässigbar. Seltsamerweise fühlte sich die neue Präsenz so vertraut an, als sei sie Krasus' Zwilling. Es fiel Malfurion in den ersten Momenten schwer, sie voneinander zu unterscheiden.

Sogar die Stimme in seinem Kopf erinnerte ihn an Krasus. *Ich bin Korialstrasz … und ich gebe gerne, was ich besitze.*

Sie alle gaben das, womit das Leben, die Natur sie ausgestattet hatte. Korialstrasz' Erscheinen verstärkte Malfurions Kraft hundertfach und schenkte ihm eine Hoffnung, wie er sie noch nicht gespürt hatte.

*Du bist ein Druide …* Krasus erinnerte ihn erneut daran. *Die Welt gibt dir Kraft.*

Malfurion fühlte sich euphorisch. Jetzt spürte er nicht nur seine weit entfernten Begleiter, sondern auch die Steine, den Wind, die Wolken, die Bäume … einfach alles. Malfurion wurde beinahe überwältigt vom Zorn, den die Welt nun ausstrahlte. Das Böse, das die Hochgeborenen und die Dämonen gesät hatten, beleidigte die Elemente wie nichts anderes je zuvor.

*Ich habe euch versprochen, ich würde tun, was ich kann,* sagte er zu ihnen. *Wenn ihr mir eure Stärke ebenfalls leiht, wird dies auch geschehen!*

Für Malfurion schien eine Ewigkeit zu vergehen, aber als sein Blick wieder zu Lord Xavius zurückkehrte, erkannte er, dass nur ein Lidschlag vergangen war. Der Berater stand da wie eingefroren. Aber sein Gesichtsausdruck änderte sich langsam, als er sich gemeinsam mit seinem Herrn darauf vorbereitete, seinen Gegner, den Geist, endgültig zu vernichten.

Malfurion lächelte über die Dummheit des anderen Nachtelfen. Er hob seine Hände zum verborgenen Himmel und beschwor seine Macht.

Draußen donnerte es. Die Hochgeborenen rings um Portal und Diagramm wankten erneut, erkannten, dass das, was sich entfaltete, nicht Teil ihres Zaubers war. Sogar Lord Xavius zuckte zusammen.

Dann, plötzlich, erbebte der Palastturm und … wurde *auseinander gerissen.*

Hauptmann Varo'then kniete vor Azshara. Sein Helm klemmte unter seinem Arm. „Ihr habt mich gerufen, meine glorreiche Königin?"

Zwei Dienerinnen kämmten Azsharas seidiges Haar. Sie taten dies mehrmals täglich, damit es weich und vollkommen blieb. Während sie diese Aufgabe verrichteten, genoss Azshara die exotischen Düfte, die Händler ihr kürzlich gebracht hatten.

„Ja, Hauptmann. Ich habe mich gefragt, was das für ein Lärm ist, den man von oben hört. Es klingt, als käme er aus dem Turm. Gibt es Probleme, über die man mich nicht informiert hat?"

Der Nachtelf straffte die Schultern. „Keine, von denen ich wüsste, Licht der tausend Monde. Vielleicht sind es die Vorbereitungen für Sargeras' Ankunft."

„Glaubt Ihr?" Ihre Augen leuchteten. „Wie wundervoll!" Sie scheuchte ihn mit einer Geste davon. „In diesem Fall sollte ich mich vorbereiten! Wir werden sicherlich ein wunderschönes Ereignis erleben."

„Wie Ihr meint, Ruhm unseres Volkes. Wie Ihr meint." Der Hauptmann erhob sich und setzte seinen Helm auf. „Soll ich, um sicher zu gehen, nachsehen?"

„Nein, ich bin sicher, dass Ihr Recht habt. Stört *bloß* Lord Xavius nicht." Azshara roch an einem anderen Gefäß. Es gefiel ihr, wie der daraus entsteigende Duft ihr Blut in Wallung versetzte. Vielleicht würde sie diesen für ihr Zusammentreffen mit dem Gott wählen. „Mein geschätzter Berater hat schon alles im Griff …"

Die obere Hälfte der Turmkammer existierte nicht mehr. Die Blitze, die der Himmel schickte, hatten sie fortgerissen und sie mitsamt des Daches in die dunkle Quelle stürzen lassen.

Einige große Steine waren in den Raum gefallen, hatten zwei Hochgeborene getötet und den Rest auseinander getrieben. Das Schilddiagramm und das Portal standen noch – aber beides war stark geschwächt worden.

Heulende Winde rissen an den Wesen im Innern. Ein Zauberer, der durch die Explosion ans Ende des Raumes geschleudert worden war, versuchte aufzustehen. Der Wind verfing sich in seiner Robe und drückte ihn nach hinten. Kreischend folgte er dem bereits vorausgeeilten Teil des Turmes hinab in die Tiefe.

Starker Regen prasselte auf die Überlebenden. Die Hochgeborenen sanken auf die Knie und versuchten verzweifelt, ihren Zauber aufrecht zu erhalten. Der Sturm war jedoch so stark, dass es ihnen kaum gelang, gegen ihn anzukommen.

Nur zwei Gestalten wurden von den Elementen nicht berührt. Die eine war Malfurion, der in seinem Geistkörper immun gegen Wind und Regen war. Die andere war Lord Xavius, der nicht nur von der Macht, die er aus der Quelle zog, beschützt wurde, sondern auch von dem Bösen aus dem dunklen Portal.

„Beeindruckend!“, rief der Berater. „Letzten Endes jedoch sinnlos, mein junger Freund! Du kannst deine Kraft nur aus dem Quell ziehen … während ich über die Macht eines Gottes gebiete!“

Seine Bemerkungen riefen bei Malfurion Genugtuung hervor. Der Lordberater hatte keine Ahnung, gegen was er gerade kämpfte. Er glaubte, lediglich einem talentierten Zauberer gegenüberzustehen.

„Nein, Mylord“, rief der junge Nachtelf zurück. „Ihr irrt Euch. Für Euch gibt es nur die Macht der Quelle und die angebliche Stärke eines Dämons, der behauptet, ein Gott zu sein! Ich hingegen … nun, die Macht der *Welt* ist mein Verbündeter!“

Xavius musterte ihn herablassend. „Ich habe keine Zeit mehr für dein Gefasel …“

Malfurion spürte, wie er mehr Kraft als jemals zuvor aus der Quelle erhielt. Für einen Moment fürchtete sich der Druide, aber dann beruhigte ihn seine eigene Stärke.

„Ihr müsst aufgehalten werden“, erklärte er dem Berater. „Du und das Ding, dem du dienst, ihr müsst aufgehalten werden!“

Malfurion würde nie erfahren, welchen Zauber Lord Xavius wirken wollte. Der Berater vollendete ihn nicht, denn die Elemente selbst griffen ihn nun an. Blitze bohrten sich immer wieder in Xavius, verbrannten ihn von innen und außen. Seine Haut wurde schwarz und platzte auf. Aber er stand immer noch.

Der Regen wurde zur Sintflut und stürzte auf Malfurions Gegner herab. Xavius' Gestalt begann vor den Augen des jungen Nachtelfen zu zerlaufen. Fleisch und Muskeln rutschten von seinen Knochen – und dennoch versuchte der Berater noch immer, nach ihm zu greifen.

Dann donnerte es so laut, dass der Turm erneut erschüttert wurde und ein weiterer Hochgeborener in die dunklen Wasser der Quelle stürzte.

Malfurion spürte, wie selbst er zu zittern begann.

So laut war der Donner, dass Lord Xavius, Berater der Königin und Höchster aller Hochgeborenen … *zerbarst.*

Er heulte wie eine höllische Felbestie, bevor er explodierte. Das Heulen setzte sich sogar noch fort, als seine Teile sich bereits in der Luft verstreuten. Die Staubwolke, in der sich die Überreste des Beraters befanden, wurde von einem wütenden Wind empor geschleudert.

Jetzt verließen auch die letzten Hochgeborenen ihre Posten. Sie flohen vor dem Zorn des Gegners, der gerade ihren gefürchteten Anführer getötet hatte. Malfurion ließ sie ziehen, denn er wusste, dass er, obwohl über alle Maßen erschöpft, noch eine letzte wichtige Aufgabe erfüllen musste.

Lord Xavius konnte das Schilddiagramm nicht länger schützen, und schon wenig später brach es zusammen. Eine einfache Geste des jungen Druiden entfernte den Zauber des Bösen und erhöhte die Chance auf ein Überleben seines Volkes. Er hoffte nur, dass es noch nicht zu spät war.

Schließlich wandte er seine Aufmerksamkeit dem Portal zu.

Es war nur noch ein Abglanz dessen, was es noch kurz zuvor dargestellt hatte, nur mehr ein kleines Loch in der Wirklichkeit. Malfurion starrte es an. Ihm war klar, dass er die Welt nicht auf ewig vor dem Bösen darin beschützen konnte … aber wenigstens eine Atempause wollte er ihr verschaffen.

*Du zögerst das Unvermeidliche nur hinaus*, hörte er die gefürchtete Stimme. *Ich werde deine Welt verschlingen – wie so viele vor ihr …*

„Wir werden dir sauer aufstoßen", gab Malfurion grimmig zurück.

Ein weiteres Mal entfesselte er die Elemente.

Der Regen beseitigte das Muster, über dem das Tor schwebte. Blitze trafen ins Innere des Loches und zwangen das Böse darin, sich weiter zurückzuziehen. Der Wind umtoste den geschwächten Zauber mit der Intensität eines Wirbelsturms.

Und die Erde … die Erde erbebte und zerstörte das letzte Fundament des hohen Turms.

Da Malfurion keine körperliche Gestalt besaß, hatte er von dem einstürzenden Gebäude nichts zu fürchten. Trotz seiner zunehmenden Erschöpfung beobachtete er den Einsturz genau, achtete darauf, dass nichts, aber auch gar nichts übrig blieb.

Der Boden neigte sich. Werkzeuge der dunklen Magie und Steine des Gemäuers rutschten ans untere Ende. Ein schweres Ächzen begleitete den Untergang.

Der Turm fiel.

Gleichzeitig stürzte auch das Portal in sich zusammen, schrumpfte rasch.

Malfurion wurde überrascht, als er plötzlich darauf zu gezogen wurde. Er spürte, wie sein Geistkörper von einer starken Macht gepackt und in Richtung der schwindenden Öffnung gerissen wurde.

*Du gehörst mir …*, hörte er eine ferne, Hass triefende Stimme.

Der Nachtelf kämpfte, drängte seinen Körper weiter weg von dem Riss. Staub wurde durch ihn hindurch ins Innere des schwindenden Portals gerissen. Trümmer folgten.

Der Kraftaufwand wurde immer unerträglicher. Näher und näher rutschte der Geist des Nachtelfs dem alles verschlingenden Moloch entgegen …

*Malfurion!*, rief Tyrande. *Malfurion!*

Er hielt sich an ihrer Stimme fest, als wäre es ein Seil. Unter ihm fielen die Reste des Turms in den dunklen Abgrund der Quelle der Ewigkeit. Nur Malfurion und das bösartige, kleine Loch blieben zurück.

*Tyrande!*, antwortete er stumm. Er schloss die Augen und versuchte sich ihr Gesicht vorzustellen, zu ihr zu gelangen.

Und eine Stimme, die er nicht zuordnen konnte, sagte: *Ich habe dich!*
Die Welt stand auf dem Kopf.

Mannoroth spürte den Verlust. Mannoroth spürte die Leere, noch bevor es begann.
Der riesige, monströse Kommandant stoppte am hinteren Ende seiner Horde und wandte sein hässliches Gesicht dem Turm zu.
Einem Turm, der nicht mehr existierte.
*„Neeeeeeiiiiiiiiinnnn!"*

Rhonin spürte es. Er spürte den plötzlichen Anstieg der Kräfte, die Euphorie der Macht. Er glaubte, er könnte Welten erbauen, die Sterne vom Himmel holen oder sie nach seinem Wunsch neu im Firmament ordnen. Er war unüberwindbar und allmächtig.
Der Zauber, der die Quelle der Ewigkeit blockiert hatte, existierte nicht mehr.
Sofort blickte er zu Illidan, wollte wissen, ob der junge Nachtelf Vergleichbares spürte. Rhonin hätte sich keine Sorgen zu machen brauchen, denn Illidan erlebte offensichtlich auch einen Kraftschub. Tatsächlich wirkte nicht nur die Mondgarde neu erstarkt, sondern die gesamte Armee.
*Die Quelle und die Nachtelfen sind eins*, erkannte der Magier. Selbst die, die keine Zauber woben, waren irgendwie mit ihm verbunden. Sie hatten nicht begriffen, was sie verloren, als sie von ihm getrennt wurden. Jetzt bemerkte Rhonin bei jedem Einzelnen – angefangen bei Lord Ravencrest bis hin zum niedrigsten Soldaten – neue Zuversicht und Entschlossenheit. Sie glaubten, niemand könne sie schlagen.
Nicht einmal die Brennende Legion.
Krieger stießen in Hörner. Die Nachtelfen brachen in einen gemeinsamen Kampfschrei aus, der dem der Dämonen in nichts nachstand. Die vordersten Reihen der Legion gerieten ins Stocken. Sie waren unsicher, was diese jähe Veränderung zu bedeuten haben mochte.
„Schlagt los!", brüllte Lord Ravencrest.
Die Verteidiger stürmten vor. Die Dämonen gerieten unvermittelt in arge Bedrängnis. Felbestien wurden abgeschlachtet, bevor sie in die Sicherheit der Horde zurückfanden. Stoßzahn bewehrte Krieger sanken zu Boden, als die Klingen der Nachtelfen ihre Ziele fanden. Der Vormarsch der Legion geriet ins Stocken.
Illidan führte die Mondgarde gegen die Angreifer, leitete sie mit seinen Zaubern. Der Boden begann unter den Füßen der Brennenden Legion zu beben, warf Dämonen umher, als seien sie nichts. Einige der geflügelten Wächter der Verdammnis gingen in Flammen auf, als sie sich in die Lüfte schwangen. Sie

wurden zu brennenden Geschossen, die zum Chaos in ihren eigenen Rängen beitrugen.

Rhonin stürzte sich ebenfalls in die Schlacht. Er dachte an all die, die an diesem Tag gestorben waren und all die, die im weiteren Verlauf des Krieges noch sterben würden. Dann griff er die Verantwortlichen an. Ein Eredar-Kriegszauberer, der dumm genug war, sich ihm zu stellen, wurde von seiner eigenen Robe umschlungen und zerquetscht. Dann schoss der Zauberer einige blaue Lichtblitze ab, die systematisch die anderen Kriegszauberer verfolgten und von den ehemaligen Feinden nur Asche übrig ließen.

Zum ersten Mal brach echter Tumult unter den gefürchteten Kriegern aus. Das war nicht die erwartete Schlacht, das erwartete Blutbad. Hier gab es nichts zu gewinnen außer dem eigenen Tod, eine Aussicht, die selbst den Dämonen Angst einflößte.

Ihre Linien lösten sich auf. Die Nachtelfen stießen weiter vor.

„Wir haben sie!“, brüllte Lord Ravencrest. „Lasst sie nicht entkommen!“

Die Verteidiger nahmen seinen Ruf auf. Trotz der gewaltigen Größe der Angreifer, marschierten sie ihnen nun angstfrei entgegen.

Rhonin und Illidan bereiteten den Weg für den Sieg. Der Zauberer sah auf und bemerkte drei Infernale, die sich auf die Verteidiger stürzen wollten. Wie immer rollten sich die Dämonen zu Feuerbällen zusammen, um wie Kanonenkugeln zwischen ihren Gegnern einzuschlagen.

Dieses Mal brachte Rhonin eine von Illidans Taktiken zum Einsatz. Mit der Kraft, die er aus der Quelle zog, baute er eine große goldene Barriere am Himmel auf, der die Infernalen nicht entgehen konnten. Die Barriere war jedoch mehr als nur eine Wand, denn Rhonin beabsichtigte etwas anderes. Er formte sie nach seinen Vorstellungen und ließ die Dämonen von der Barriere zurückprallen und in jene Richtung fliegen, die er sich wünschte.

Zurück zwischen ihre eigenen Krieger.

Selbst die Lichtblitze, die er gerade erschaffen hatte, richteten weit weniger Schaden an als die gezielt zurückgeschleuderten Infernalen. Mehr als zwei Dutzend von ihnen schlugen an unterschiedlichen Punkten der Legion auf und rissen gewaltige rauchende Krater. Die Körper der Feinde flogen überall durch die Luft, krachten in andere hinein und erhöhten so die Verluste auf das Zehnfache.

Irgendwo von der Seite her hörte der Zauberer triumphierendes Lachen. Illidan applaudierte dem Menschen und wies auf den zurückgeworfenen Feind.

An der linken Flanke der Brennenden Legion sackte ein Teil der Armee plötzlich ab. Der Boden unter ihnen war so nachgiebig wie eine Flüssigkeit geworden, und die schweren gepanzerten Soldaten sanken hilflos unter die Oberfläche. Einige kämpften noch ums Überleben, aber schließlich gingen alle unter, die das Pech hatten, in Illidans Zauber zu geraten.

Mit einer Geste härtete der junge Nachtelf den Boden wieder und tilgte jede Spur seiner Feinde. Dann wandte er sich Rhonin zu und verneigte sich theatralisch.

Rhonin blickte ernst zurück und nickte. Man konnte sagen, was man wollte, aber Illidan brachte vollen Einsatz gegen die Dämonen.

Schließlich tat die Brennende Legion das Einzige, was sie unter einem solch brutalen Ansturm noch tun konnte: Sie setzte zum Rückzug an.

Kein Horn wurde geblasen, keine Rufe gellten. Die Dämonen wichen einfach zurück. Sie erhielten zumindest einen Hauch von Ordnung aufrecht, aber mehr konnten ihre Kommandanten nicht mehr erreichen. Trotzdem bewegten sie sich nicht schnell genug für die Verteidiger, die den Schwung ihres Sieges nutzten.

Vor allem die Mondgarde genoss die unerwartete Wendung. Sie konzentrierte sich auf die Felbestien, verwandelte einige in knorrige Bäume und andere in Ratten. Einige gingen einfach in Flammen auf, als sie mit eingezogenen Schwänzen versuchten, die fragwürdige Sicherheit der Legion zu erreichen.

Hier und da bildete sich Widerstand, wurde von den entschlossenen Soldaten jedoch rasch niedergerungen. Überall lagen Felbestien. Rhonin war überzeugt, dass jeder Nachtelf an die zahllosen Toten dachte, die die Brennende Legion hinterlassen hatte. Viele hatten Freunde und Verwandte unter den Opfern von Zin-Azshari zu beklagen.

Allerdings störte es den Zauberer, in wessen Namen die Soldaten immer noch kämpften. Selbst jetzt rief Ravencrest ihren Namen, um die Truppen weiter zu motivieren.

„Für Azshara! Für die Königin! Wir reiten zu ihrer Rettung!"

Rhonin kannte Malfurions Verdacht, die Königin betreffend. Die meisten anderen glaubten, dass nur ihr Berater und die Hochgeborenen Schuld an dem Massaker trugen. Der Zauberer tröstete sich mit dem Gedanken, dass die Wahrheit herauskommen würde, sobald sie den Palast erreichten.

Immer weiter zog sich die Brennende Legion zurück, erreichte bereits die Grenzen der zerstörten Hauptstadt. Ihre Krieger starben durch Klingen, sie starben durch Zauber – ganz gleich, sie starben. Ohne Unterbrechung wogte die Schlacht in der Dunkelheit, bis der Boden unter den Leichen der Gefallenen nicht mehr zu sehen war.

Vielleicht wäre es so weitergegangen, vielleicht hätten sie den Kampf nach Zin-Azshari und bis zum Palast getragen, aber als der Tag die Nacht verdrängte, wurden auch die Verteidiger müde. Sie hatten alles gegeben, was sie zu leisten vermochten, und Lord Ravencrest erkannte, dass er sie nur unter großen Risiken noch länger antreiben konnte. Er zögerte – dann gab er das Signal zur Waffenruhe.

Als Illidan Hörnerschall hörte, reagierte er verärgert. Er wollte die Mondgarde dazu bringen, ihm zu folgen, aber obwohl einige dazu bereit schienen, waren doch alle zu erschöpft.

Rhonin war ebenfalls fast am Ende seiner Kräfte. Er konnte zwar noch immer zerstörerische Zauber wirken, aber sein Körper war schweißgebadet, und in seinem Kopf drehte sich alles, wenn er sich zu schnell bewegte. Es fiel ihm immer schwerer, sich zu konzentrieren.

Abgesehen von Illidan wussten alle Nachtelfen, dass sie im Tageslicht nicht weiterkämpfen konnten. Doch was sie erreicht hatten, vermochte ihnen niemand mehr zu nehmen. Die Bedrohung war zwar noch nicht völlig ausgelöscht, aber sie wussten jetzt, dass die Dämonen Schwächen hatten. Man konnte sie töten. Man konnte sie zurückwerfen.

Der Kommandant suchte nach Freiwilligen, die mit zwei Aufträgen durch das Reich der Nachtelfen reiten sollten. Zum einen sollten sie mit einer größeren Armee zurückkehren, denn die Verteidiger rechneten mit einem erneuten Angriff der Brennenden Legion. Zum anderen sollten sie sich ein Bild der Verwüstungen machen.

Zusätzlich übertrug der Adlige seinem persönlichen Zauberer – Illidan – das Kommando über die Mondgarde. Es gab einige schwache Proteste seitens der älteren Zauberer, aber der junge Nachtelf brachte seine Kritiker zum Schweigen, als er mit einer lässigen Geste einen Feuerball mitten unter den fliehenden Dämonen explodieren ließ.

Illidan war so glücklich über seine Beförderung, dass er sofort Rhonin davon erzählte. Der Zauberer nickte höflich. Auf der einen Seite fragte er sich, ob er in Jugendjahren ebenso enthusiastisch gewesen war, zum anderen machte er sich Sorgen, wie diese Beförderung sich auf Illidans Persönlichkeit auswirken würde. Illidans Potenzial war größer als alles, was er bisher gezeigt hatte, aber seine Selbstüberschätzung konnte zu einer Falle werden, so tödlich wie die Brennende Legion. Rhonin nahm sich vor, auf den Nachtelf aufzupassen.

Als er schließlich allein war, betrachtete der einzige Mensch unter den Nachtelfen die Streitmacht, die man gegen die Dämonen aufgeboten hatte. Im Sonnenlicht glitzerten die Rüstungen der Soldaten und ließ sie beinahe mythisch wirken. Sie sahen aus und benahmen sich, als könnten sie jeden Feind schlagen. Trotzdem wusste Rhonin, dass sie eine weit größere Armee benötigten, um den letzten Kampf zu gewinnen. Die Geschichte sprach von einem Sieg, aber zu viele Faktoren – zu denen auch er gehörte – beeinflussten inzwischen den Ausgang der Schlacht. Schlimmer noch, die Brennende Legion kannte nun die magische Macht, der sie gegenüber stand. Sie würde sich stärker auf den Zauberer und Illidan konzentrieren.

In seiner eigenen Zeit war Rhonin das Ziel von Dämonen und deren Verbündeten gewesen. Er sehnte sich nicht danach, diese Erfahrung hier erneut zu machen.

Und was war mit dem, der die wahre Verantwortung für den Erfolg dieser Nacht trug? Nicht Rhonin. Nicht Illidan. Nicht die Mondgarde oder Lord Ravencrest mit seinen Truppen. Nein, sie alle waren nicht der wahre Garant des Sieges.

*Was ...*, fragte sich der erschöpfte Zauberer, während er auf das in Dunkelheit liegende Zin-Azshari und die demoralisierte Horde blickte. *Was ist bloß mit Malfurion geschehen?*

# VIERUNDZWANZIG

Er lag still wie der Tod. Diese Vorstellung wurde noch dadurch verschlimmert, dass niemand mehr die Verbindung spürte, die mit ihm bestanden hatte. Malfurions Kopf lag in Tyrandes Schoß, während das weiche Gras dem Rest seines Körpers als Lager diente.

„Haben wir ihn verloren?“, fragte Jarod Shadowsong verwirrt. Der Hauptmann hatte die Gruppe an diesen Ort tief im Wald begleitet, um seinen Gefangenen Krasus weiter zu bewachen. Er hatte sich an dem Zauber nicht beteiligt, aber sie als Wächter unterstützt, als die Lage sich verändert hatte. Er hatte sich vom Bewacher zum besorgten Freund gewandelt, auch wenn er nur wenig von dem verstand, was passierte.

„Nein!“, gab Tyrande verärgert zurück. In einem freundlicheren Tonfall fügte sie hinzu: „Das darf nicht sein …“

„Er riecht nicht Tod …“, donnerte Korialstrasz’ Stimme.

Jarod Shadowsong reagierte jedes Mal nervös, wenn Korialstrasz etwas sagte. Er musste sich noch an die Anwesenheit des roten Drachen gewöhnen.

Zu einem anderen Zeitpunkt hätte Tyrande das vielleicht lustig gefunden, doch jetzt beachtete sie es kaum. Sie selbst hatte den Leviathan schnell akzeptiert, vor allem, da sie eine verborgene Verbindung zwischen ihm und Krasus spürte. Sie wirkten fast wie Brüder oder Zwillinge.

Der Gedanke an Zwillinge lenkte ihren Blick zurück zu Malfurion.

Krasus ging auf und ab. Er sah jetzt wesentlich gesünder aus, und die junge Priesterin hatte bemerkt, wie sehr sich sein Zustand besserte, sobald er in Sichtweite des Drachen war. Zugleich schien sich die bleiche Gestalt um Malfurion zu sorgen – und das obwohl Krasus den Nachtelf vor der Begegnung im Tempel noch nie gesehen hatte.

Brox kniete gegenüber von Tyrande und hatte seine Axt neben den erkrankten Freund gelegt. Das Kinn des Orks berührte seine Brust, und sie konnte hören, wie er etwas murmelte, das wie Gebete klang.

„Das Gebiet war mit mächtigen magischen Energien aufgeladen“, sagte Krasus leise, wie zu sich selbst. „Teile seines Traum-Ichs könnten in alle Teile der Welt geschleudert worden sein. Vielleicht findet er sich wieder … aber wie unwahrscheinlich ist das …?“

Hauptmann Shadowsong sah die anderen an. „Vergebt mir diese unangemessene Frage, aber ist ihm wenigstens gelungen, was er sich erhofft hatte?"

Die Gestalt in der Robe sah ihn ernst an. „Das zumindest ist ihm gelungen. Ich hoffe, es hat gereicht."

„Redet nicht so!", empörte sich Tyrande. Sie wischte sich eine Träne aus dem Auge und sah hinauf in den sonnigen Himmel. Trotz der Helligkeit hielt Tyrandes Blick stand. „Elune, Mutter Mond, vergib dieser Dienerin die Störung deiner Ruhe. Ich wage nicht, darum zu bitten, dass er uns zurückgegeben wird ... aber gib uns bitte eine Erklärung für sein Schicksal!"

Doch kein Licht fiel auf Malfurion. Der Mond tauchte nicht urplötzlich auf und sprach zu ihnen.

„Vielleicht sollten wir ihn in den Tempel zurückbringen", schlug der Hauptmann der Wache vor. „Vielleicht kann sie ihn dort besser hören ..."

Tyrande antwortete ihm nicht.

Krasus verhielt im Schritt. Er blickte nach Süden, wo der Wald dichter wurde, kniff die Augen zusammen und spitzte die Lippen. „Ich weiß, dass du da bist."

„Und ich weiß jetzt, was du bist", antwortete ihm eine hallende Stimme.

Einige Bäume verschmolzen miteinander und bildeten eine Gestalt mit dem Körper eines Hirschs und einem Gesicht, das eher zu Tyrande oder Jarod Shadowsong gepasst hätte.

Mit geballten Fäusten ging Cenarius langsam auf die Gruppe zu. Er und Krasus sahen einander an, nickten einander respektvoll zu.

Der Waldgott ging zu Tyrande, die immer noch Malfurion stützte. Brox trat höflich zur Seite, während der Hauptmann der Wache den Halbgott mit offenem Mund anstarrte.

„Tochter meiner lieben Elune, deine Tränen berühren Himmel und Erde."

„Ich weine um ihn, Mylord ... um einen, den auch Ihr mögt."

Cenarius nickte. Seine Vorderläufe knickten ein, und er berührte sanft Malfurions Stirn. „Er ist wie ein Sohn für mich ... und ich bin froh, dass er jemanden wie dich hat – der ihn festhält ..."

„Ich ... wir sind Freunde seit unserer Kindheit."

Der Gott des Waldes lachte, ein Geräusch, das die Vögel zum Singen brachte und eine erfrischende, kühle Brise weckte. „Ja, ich habe dein Flehen an meine liebe Elune gehört, das ausgesprochene und das unausgesprochene."

Tyrande konnte nicht verbergen, wie peinlich ihr das war. „Aber all mein Flehen war umsonst."

Sein Gesichtsausdruck zeigte Verwirrung. „Glaubst du das? Weshalb bin ich denn hier?"

Die anderen erstarrten. Die Novizin schüttelte den Kopf. „Ich verstehe nicht ..."

„Weil du noch jung bist. Warte, bis du mein Alter erreichst ..." Cenarius öffnete seine linke Faust. Ein grünes Licht stieg aus seiner Handfläche empor. Es schwebte, als müsse es sich erst zurechtfinden.

Der Halbgott erhob sich und trat zurück, um seinen Schüler zu betrachten. „Ich ging durch den Smaragdtraum und suchte Antworten auf unsere vielen furchtbaren Fragen. Ich suchte nach etwas, was man gegen die Anhänger des Todes einsetzen könnte …“ Ein schwaches Lächeln erschien auf seinem bärtigen Gesicht. „… und stellt euch meine Überraschung vor, als ich einen Bekannten im Smaragdtraum fand, einen sehr verwirrten und benommenen Bekannten. Der nicht einmal mehr wusste, wer er selbst war, geschweige denn, dass er mich erkannte!“

Als Cenarius seinen Satz beendete, schwebte das Licht zu Malfurion und drang in seinen Kopf.

Der Nachtelf öffnete die Augen.

„Malfurion!“

Tyrandes Stimme war das erste, was Malfurion hörte. Er hielt sich daran fest wie an einem Strick. Mühsam zog er sich aus dem Abgrund der Bewusstlosigkeit auf ein helles, aber angenehmes Licht zu.

Als er seine Augen öffnete, saß Tyrande vor ihm in der Morgensonne. Das Tageslicht störte ihn nicht. Er hatte sogar den Eindruck, dass es ihm Tyrandes Schönheit in einer Weise enthüllte, wie er sie vorher noch nie sah.

Beinahe hätte er ihr das gesagt, aber die Gegenwart der anderen verhinderte, dass er seine Gefühle aussprach. Er berührte nur ihre Hand und nickte den anderen zu.

„Der … der Schild!“ Seine Stimme klang wie die eines Froschs. „Ist er …?“

„Verschwunden, ja“, antwortete eine Gestalt, die beinahe wie ein Nachtelf aussah. Malfurion glaubte, dass das Krasus war. „Für den Augenblick wurde die Brennende Legion zurückgedrängt … zumindest an einer Front.“

Malfurion nickte. Er wusste, dass der Krieg noch nicht vorbei war und sein Volk sich weiter gegen die Vernichtung zur Wehr setzen musste. Doch das lenkte nicht vom Triumph der Nacht ab. Es gab immer noch Hoffnung.

„Wir werden gegen sie kämpfen“, versprach Tyrande. „Wir werden unsere Welt retten.“

„Sie können geschlagen werden“, stimmte Brox zu und hob stolz die Axt, die der junge Druide mit erschaffen hatte. „Das weiß ich.“

Krasus blieb pragmatisch. „Das stimmt … aber wir brauchen weitere Unterstützung. Wir brauchen die Drachen.“

„Du brauchst mehr als nur Drachen!“, donnerte Cenarius. „Und dafür werde ich sorgen.“ Er wandte sich von den anderen ab, lächelte Malfurion jedoch ein letztes Mal zu. „Du hast mich mit Stolz erfüllt, mein *Thero'shan* … mein Ehrenschüler.“

„Danke, Shan'do." Er sah zu, wie der Halbgott wieder mit den Bäumen verschmolz.

„Kehren wir jetzt nach Suramar zurück?", fragte ein Nachtelf in der Uniform der Stadtwache. Malfurion kannte ihn nicht, nahm aber an, dass man ihn aus einem bestimmten Grund mitgebracht hatten.

„Ja", sagte Krasus. „Wir kehren zurück nach Suramar."

Mit Tyrandes Hilfe erhob sich Malfurion. „Aber nur für kurze Zeit. Das Portal, durch das die Dämonen kamen, ist zwar zerstört, aber im Gegensatz zum Schild können die Hochgeborenen es schnell wieder herstellen. Ich befürchte, es werden weitere kommen."

Obwohl jeder das Gegenteil hoffte, widersprach niemand. Malfurion blickte in die Richtung von Zin-Azshari. Etwas furchtbar Böses war in sein Land eingedrungen, und es musste gestoppt werden, bevor es alles auslöschte. Malfurion hatte dabei geholfen, den ersten Angriff der Brennenden Legion niederzuschlagen. Aus Gründen, die er selbst nicht verstand, wusste er, dass die Dämonen bald wieder versuchen würden, sein geliebtes Kalimdor zu vernichten.

Malfurion hoffte nur, dass er dann gewappnet sein würde. Wenn nicht, war vielleicht nicht nur Kalimdor, sondern die ganze Welt dem Untergang geweiht.

BUCH 2

# Die Dämonenseele

Für Thomas „Sonny“ Garrett,
erfolgreicher Autor und Freund.

# EINS

Während er sich durch die große Höhle bewegte, wisperten die Stimmen in seinem Kopf. Anfangs hatten sie nur gelegentlich gesprochen, jetzt schwiegen sie gar nicht mehr. Selbst im Schlaf konnte der gewaltige schwarze Drache ihnen nicht entkommen, und er hatte sie nun schon so lange ertragen, dass sie zu einem Teil seiner Selbst geworden waren, unzertrennlich verbunden mit seinen eigenen wirren Gedanken.

*Die Nachtelfen werden die Welt zerstören …*

*Die Quelle ist außer Kontrolle geraten …*

*Du kannst niemandem trauen … sie wollen deine Geheimnisse, deine Macht …*

*Malygos will an sich reißen, was dir gehört …*

*Alexstrasza will dich beherrschen …*

*Sie sind nicht besser als die Dämonen …*

*Du musst sie bezwingen wie Dämonen …*

Ständig wiederholten die Stimmen ihre düsteren Prophezeiungen, warnten ihn vor Doppelzüngigkeit und Verrat. Er konnte nur noch sich selbst trauen. Die anderen hatten sich von den niederen Völkern beflecken lassen. Sie würden seine Entscheidung als Gefahr betrachten – nicht als das, was sie war: die einzige Hoffnung, die der Welt noch blieb. Der Drache stieß eine Wolke aus giftigem Rauch aus. Schnaufend dachte er an den Verrat derer, die einst seine Kameraden gewesen waren. Zwar verfügte er über die Macht, um alles zu retten, aber er musste vorsichtig sein; wenn sie die Wahrheit zu früh entdeckten, konnte es zur Katastrophe kommen.

*Sie dürfen das Geheimnis erst erfahren, wenn sich nichts mehr daran ändern lässt*, dachte er. *Ich kann es erst offenbaren, wenn der Zauber gewoben ist. Ich werde nicht zulassen, dass sie meine Arbeit vernichten!*

Die gewaltigen Klauen des geschuppten Giganten zerkratzten den Felsboden, als er sein Allerheiligstes betrat. Trotz seiner Größe wirkte der Riese winzig in dem Gewölbe. Durch die Mitte floss ein Lavastrom. Kristallstrukturen säumten die Wände. Große Stalaktiten hingen wie Schwerter des Schreckens von oben herab. Stalagmiten reckten sich aus dem Boden empor. Sie waren scharf und spitz, so als warteten sie nur auf ein Opfer, um es aufzuspießen.

Bei einem war das tatsächlich der Fall.

Mit gebleckten Zähnen blickte der große schwarze Drache auf die winzige Gestalt, die sich zu befreien versuchte, obwohl ein steinerner Speer ihre schwer atmende Brust durchbohrt hatte. Die Überreste eines zerrissenen, schwarzroten Gewandes und die Fragmente einer reich verzierten Goldrüstung hingen an dem seltsam geformten Körper des Unglückseligen. Dünne, ziegenartige Hörner ragten aus seinem Schädel empor. Das dunkelrote Gesicht war lang gezogen, der Mund breit und voller spitzer Zähne. Die Augen waren dunkle Abgründe, die sofort versuchten, den Drachen in ihren Bann zu ziehen, aber sie waren machtlos gegen den Willen ihres Wärters.

Die gehörnte Gestalt war nicht nur aufgespießt worden, man hatte sie zusätzlich mit schweren Eisenketten an den Höhlenboden gekettet. Die Eisen saßen fest. Sie drückten den Dämon gegen den Stalagmit und zogen seine Gliedmaßen nach unten.

Der Mund des Gefangenen bewegte sich unablässig. Er brüllte wütend, aber es war kein Laut zu hören. Trotzdem versuchte er es, als er den schwarzen Leviathan näher kommen sah.

Der Drache betrachtete seinen Gefangen für einen Moment, dann blinzelte er.

Sofort hallte die raue, verschlagen klingende Stimme der Kreatur durch die Höhle. „… ist Sargeras! Dein Blut wird fließen! Er wird deine Haut wie einen Mantel tragen! Dein Fleisch wird er seinen Hunden verfüttern! Deine Seele wird er in einem Glaskolben aufbewahren, damit er sie quälen kann, wann immer es ihm beliebt! Er –"

Der Drache blinzelte erneut und brachte seinen Gefangenen wieder zum Schweigen. Die dämonische Gestalt schrie ihm trotzdem stumme Drohungen und Beleidigungen entgegen, bis der schwarze Leviathan schließlich seine mächtigen Kiefer öffnete und ausatmete. Eine heiße Dampfwolke hüllte den Gefangenen ein. Die Gestalt schüttelte sich voller Schmerzen.

„Du wirst Respekt lernen. Du hältst dich in der Gegenwart des ruhmreichen Neltharion auf", donnerte der Drache. „Ich bin der Erdwächter. Du wirst mir mit der Ehrfurcht begegnen, die mir gebührt."

Der lange Reptilienschwanz des Dämons schlug gegen die Felsen. Er öffnete den Mund und stieß weitere stumme Flüche hervor.

Neltharion schüttelte den Kopf. Er hatte mehr von dem Eredar erwartet. Diese Hexenmeister gehörten angeblich zu den Anführern der Brennenden Legion.

Sie waren Dämonen, die nicht nur Zauber weben konnten, sondern sich auch auf Kriegstaktiken verstanden. Der Drache hatte eine wesentlich intellektuellere Unterhaltung von solch einem Wesen erwartet, aber der Eredar hätte ebenso gut eine aggressive Höllenbestie sein können. Diese brennenden Moloche mit ihren Schädeln wurden als Rammböcke oder Geschosse eingesetzt. Die Höllenbestie, die er vor dem Eredar geprüft hatte, war kaum intelligenter als ein Stein gewesen.

Auf der anderen Seite hatte Neltharion seinen Clan auch nicht auf die Jagd nach Dämonen geschickt, weil er deren Konversationskünste schätzte. Nein, die Gefangenen erfüllten einen anderen Zweck, dienten einem hohen Ziel, das sie leider niemals zu schätzen wissen würden.

Der Eredar hier war gleichzeitig der Letzte und der Wichtigste. Durch seine besonderen magischen Fähigkeiten war er zur Schlüsselfigur im ersten Teil von Neltharions Plan geworden.

*Es ist soweit …*, flüsterten die Stimmen. *Es ist soweit …*

„Ja", antwortete der Erdwächter abwesend. „Es ist Zeit …"

Der Drache streckte seine gewaltige Pranke aus und konzentrierte sich. Eine goldene Aura bildete sich auf seiner Handfläche. Sie leuchtete so hell, dass sogar der gefangene Dämon seine Schreie unterbrach, um das Objekt zu betrachten, das Neltharion erschaffen hatte.

Es war eine winzige Scheibe, die ebenso golden wie die Aura war, die ihr Erscheinen angekündigt hatte. Abgesehen davon wirkte sie sehr schlicht. Sie war so winzig, dass sie selbst die Handfläche eines wesentlich kleineren Wesens – eines Nachtelfen beispielsweise – nicht ausgefüllt hätte.

Die Scheibe sah wie eine große ungeprägte Goldmünze aus, deren Ränder abgerundet und ohne Kratzer waren. Neltharion hatte absichtlich dafür gesorgt, dass sie so unspektakulär wirkte. Der Talisman konnte seine Aufgabe nur erfüllen, wenn er einen harmlosen Eindruck vermittelte.

Er richtete ihn auf den Eredar, damit sein Gefangener sehen konnte, was ihn erwartete. Der Dämon wirkte jedoch unbeeindruckt. Er betrachtete zuerst die Scheibe, dann den Drachen. In seinen Augen funkelte der Spott.

Neltharion bemerkte seine Reaktion. Es gefiel ihm, dass der Eredar die Stärke der Scheibe nicht erkannte. Das bedeutete, dass auch andere die Wahrheit erst begreifen würden, wenn es bereits zu spät war.

Der Erdwächter gab einen stummen Befehl, und die Scheibe schwebte langsam aus seiner Handfläche nach oben. Einen Moment lang verharrte sie dort, dann glitt sie auf den Gefangenen zu.

Auf dem monströsen Gesicht des Hexenmeisters waren zum ersten Mal Zweifel zu lesen. Als sich die Scheibe herabsenkte, begann er an seinen Ketten zu zerren.

Der goldene Talisman berührte die Stirn des Dämons. Ein roter Blitz hüllte dessen Gesicht ein, dann verband sich die Scheibe mit seinem Fleisch.

*Sprich …*, drängten die Stimmen. *Sag die Worte … vollende die Tat …*

Das lippenlose Maul des Drachen stieß Worte in einer Sprache hervor, deren Ursprung jenseits der Welt der Sterblichen lag. In jedem Wort lag etwas so Böses, dass selbst der Dämon erschauderte. Für den Erdwächter klang es jedoch wundervoll, wie eine perfekte, harmonische Melodie … wie die Sprache der Götter.

Während Neltharion redete, begann die Scheibe zu leuchten. Ihr Licht erfüllte die gewaltige Grotte, wurde mit jeder Silbe heller und heller.

Dann blitzte sie plötzlich auf.

Der Eredar-Hexenmeister öffnete seinen Mund in einem stummen Schrei. Sein Gesicht verzerrte sich. Aus seinen Augen liefen blutige Tränen, und sein Schwanz hämmerte wild gegen die Felsen. Er riss mit solcher Kraft an seinen Eisen, dass er das Fleisch an seinen Handgelenken und Knöcheln abschabte. Doch für den Dämon gab es kein Entrinnen.

Die Haut des Eredar begann zu verfaulen. Sie fiel von seinem aufgebäumten, gepeinigten Körper ab. Das Fleisch des Dämons wurde uralt und verwandelte sich in Asche.

Die Augen sanken in ihre Höhlen. Der Schwanz verdorrte. Der Hexenmeister zerfiel, bis nichts mehr übrig blieb außer seinen Knochen und den rasch verfaulenden Eingeweiden. Trotzdem schrie er immer weiter, denn Neltharion und die Scheibe hatten ihm noch nicht die Gnade des Todes gewährt.

Schließlich zerfielen sogar die Knochen. Der Kiefer klappte herab, die Rippen rollten auseinander. Mit grausamer Effizienz brachte die Macht, die von der Scheibe entfesselt worden war, die Überreste des Dämons zum Verschwinden. Von den Füßen aufwärts, über die Beine bis zum Oberkörper zerfiel er zu Staub, bis nur noch der Kopf übrig blieb.

Erst dann schwieg der Eredar.

Das Licht versiegte. Die Ketten, die eben noch den Dämon gehalten hatten, hingen leer am Fels.

Der schwarze Drache beugte sich wie ein stolzer Vater über den Talisman und entfernte ihn sanft mit nur zwei Klauen von dem Schädel, der sich im gleichen Moment in Asche verwandelte. Graues Pulver regnete zu Boden.

Beeindruckt betrachtete Neltharion sein Werk. Selbst er konnte die außergewöhnlichen Kräfte, die sich jetzt in der Scheibe befanden, nicht spüren, aber er wusste, dass sie da waren – und wenn die Zeit gekommen war, würden sie ihm zur Verfügung stehen.

Er hatte den Gedanken kaum beendet, als er eine neue Präsenz in seinem Geist spürte. Die Stimmen schwiegen abrupt, als hätten sie Angst, von dem Eindringling entdeckt zu werden. Der Erdwächter unterdrückte sofort seine geheimen Wünsche.

Neltharion kannte die Präsenz nur zu gut. Einst hatte er sie für eine Freundin gehalten. Heute wusste der dunkle Leviathan, dass er ihr auch nicht mehr vertrauen konnte als allen anderen.

*Neltharion … ich muss mit dir sprechen …*

*Was ist dein Begehr, liebste Alexstrasza?* Der Erdwächter sah sie in Gedanken vor sich, eine schlanke feuerfarbene Drachengestalt, die noch ein wenig imposanter wirkte als er selbst. Er verkörperte den Aspekt der unbelebten Welt, Alexstrasza repräsentierte das Leben, das auf ihr, in ihr und über ihr gedieh.

*Erneut haben sich gefährliche Kräfte um den Palast der Nachtelfen-Königin versammelt … wir müssen bald eine Entscheidung treffen …*

*Hab keine Angst*, antwortete Neltharion beruhigend. *Es wird getan werden, was getan werden muss …*

*Ich hoffe, dass du Recht hast … Wann kannst du deine Reise zur Kammer antreten?*

Der Erdwächter dachte an den von ihr genannten Ort, an die riesige Höhle, gegen die seine eigene eher dem Tunnel eines winzigen Wurms glich. Die niederen Drachen nannten sie respektvoll die Kammer der Aspekte. Sie war rund und vollkommen glatt, so als habe jemand in tiefster Vergangenheit – lange vor der Ankunft der Drachen – eine Kugel in Bewegung gesetzt, die jede Unebenheit und jeden Riss, den man sonst in Höhlen fand, glättete. Nozdormu, den alles Geschichtliche faszinierte, vertrat die Meinung, die Schöpfer der Welt hätten sie erschaffen, aber auch er konnte das nicht beweisen. Die Kammer verbarg sich hinter einem magischen Feld, das sie von der Welt der Sterblichen trennte. Kein Ort war sicherer und geschützter.

Bei diesem Gedanken zischte der schwarze Drache erwartungsvoll. Der Blick seiner roten Augen fiel wieder auf die Scheibe. Vielleicht sollte er jetzt dorthin begeben. Die anderen würden ebenfalls da sein. Es konnte gelingen …

*Nein … noch nicht*, sagten die Stimmen kaum hörbar in seinem Unterbewusstsein. *Der Zeitpunkt muss richtig gewählt sein, sonst werden sie stehlen, was dein ist …*

Das konnte Neltharion nicht zulassen. Zu dicht stand er vor seinem Triumph. *Noch nicht*, sagte er schließlich dem roten Drachen, *aber bald … Ich verspreche, dass es bald soweit ist …*

*Das muss auch so sein*, antwortete Alexstrasza. *Ich fürchte, dass es nicht anders geht.*

Sie verließ seine Gedanken so schnell, wie sie sie betreten hatte. Neltharion zögerte und fragte sich, ob er ihr vielleicht unabsichtlich einen Hinweis auf seine Pläne gegeben hatte. Die Stimmen beruhigten ihn jedoch. Er hatte nichts verraten. Er hatte sich genau richtig verhalten.

Noch einmal betrachtete der schwarze Drache die Scheibe, bevor er sie mit einem zufriedenen Blick aus glühenden Augen zurück an den Ort versetzte, wo er sie vor allen, sogar vor seinem eigenen Clan, verborgen hielt.

„Bald …“, flüsterte er mit einem breiten Grinsen. „Sehr bald. Das habe ich schließlich versprochen.“

Der mächtige Palast stand am Rande einer Bergkette, die sich über einem großen, unruhigen See erhob. Dessen Wasser war so dunkel, dass es vollkommen schwarz aussah. Bäume, die man auf magische Weise aus festen Stein geformt hatte, bildeten hohe, geschwungene Türme. Die gewaltigen Gebäude waren von Mauern aus Vulkangestein umgeben, und zusammengehalten wurden sie von monströsen Lianen und Baumwurzeln. Hundert riesige Bäume hatten die Erbauer miteinander verflochten, um die Balken des Haupthauses zu erschaffen. Anschließend hatten sie das kuppelartige Gebäude mit Steinen und Lianen bedeckt.

Einst hatte jeder den Palast und seine Umgebung für eines der Weltwunder gehalten, doch das hatte sich vor allem in jüngerer Zeit geändert. Jetzt fehlte die obere Hälfte des ersten Turms, und nur die Ruß geschwärzten Steinfragmente und herabhängenden Lianen erzählten von der gewaltigen Explosion, die ihn zerfetzt hatte. Das allein hatte noch nicht gereicht, um den Palast in einen Ort der Alpträume zu verwandeln, doch der Anblick, der ihn an drei von vier Flanken – nur die Seeseite war unberührt geblieben – umgab, hatte dafür gesorgt.

Es war eine wundervolle Stadt gewesen, die Krone der Herrschaft der Nachtelfen. Sie hatte sich über die Landschaft ausgedehnt und war doch ein Teil von ihr geblieben. Die hohen Baumhäuser und großzügigen Anwesen hatten eine atemberaubende Kulisse für den Palast gebildet. Hier hatte man Zin-Azshari – „der Ruhm von Azshara“ – erbaut, die Hauptstadt der Nachtelfen. Hier hatte eine lebendige Metropole gestanden, deren Bewohner sich jeden Abend erhoben, um ihrer geliebten Königin die Ehrerbietung zu erweisen.

Und hier hatte sich, abgesehen von einigen wenigen abgetrennten Bereichen am Rande des Palasts, das größte Massaker Unschuldiger abgespielt, das die Welt je gesehen hatte.

Zin-Azshari lag in Trümmern. Das Blut der Opfer bedeckte immer noch die verbrannten Ruinen ihrer Behausungen. Die hoch aufragenden Baumhäuser waren zu Boden gerissen worden und die Hütten, die man in die Erde gegraben hatte, waren untergepflügt worden. Ein dichter grüner Nebel hing über der Alptraumlandschaft. Der Gestank des Todes lag in der Luft – Hunderte Leichen lagen unberührt und langsam verwesend zwischen den Ruinen. Es gab keine Aasfresser. Weder Krähen noch Ratten, nicht einmal Insekten nährten sich von den Leichen, denn auch sie waren entweder mit den wenigen Überlebenden geflohen oder bei dem Angriff umgekommen, der die Stadt vernichtet hatte.

Die zurückgebliebenen Bewohner von Zin-Azshari schienen das Blutbad nicht zu bemerken. Die großen schlaksigen Nachtelfen, die immer noch in der Stadt lebten, gingen ihren Aufgaben in und um dem Palast nach, als habe sich nichts verändert. Mit ihren extravaganten, vielfarbigen Gewändern und ihrer purpurdunklen Hautfarbe wirkten sie wie Besucher eines großen Fests. Sogar die grimmigen Wachsoldaten, die in ihren waldgrünen Rüstungen auf den

Mauern und Türmen patrouillierten, wirkten deplatziert, denn sie blickten ohne jede Reaktion auf die Verwüstungen. In keinem Gesicht sah man auch nur einen Hauch von Erschütterung.

Niemand wirkte verängstigt oder schockiert, als groteske Riesen durch die Trümmer zu ziehen begannen, um nach Überlebenden und Spionen zu suchen.

Mehrere hundert gepanzerte Dämonenkrieger der Brennenden Legion plünderten Zin-Azshari; Hunderte anderer marschierten aus den Toren des Palasts, um jene zu unterstützen, die sich abseits der Hauptstadt aufhielten. Sie hatten das Reich unterworfen, und sie brannten darauf, auch den Rest der Welt zu erobern und alle zu töten, die sich ihnen in den Weg stellten.

Die meisten waren knapp drei Meter groß, manche sogar noch gewaltiger. Sie überragten die rund zwei Meter großen Nachtelfen. Jeder Krieger war von einem grünen Feuer umgeben, das ihn jedoch nicht verzehrte. Die untere Hälfte ihrer Körper war merkwürdig dünn, die Brust ungewöhnlich breit. Ihre Häupter bestanden aus Schädeln mit mächtigen Reißzähnen, langen Hörnern und blutroten Augen, die hungrig auf die Landschaft blickten. Die meisten trugen schwere und spitze Schilde, glühende Streitkolben oder Schwerter. Diese Teufelswächter bildeten den Hauptanteil der Brennenden Legion.

Über ihnen kreiste die Verdammniswache mit ihren feurigen Schwingen. Sie sahen ihren Kameraden am Boden ähnlich, waren jedoch etwas kleiner und wirkten intelligenter, wenn sie wie gierige Geier über das Land flogen. Ab und zu steuerten sie die Marschrichtung der Teufelswächter, schickten sie an Orte, wo man versteckte Überlebende vermutete.

Es gab noch andere Kreaturen, die gemeinsam mit den Teufelswächtern jagten, darunter riesige, vierbeinige Monstrositäten, die entfernt an Hunde oder Wölfe erinnerten. Der Rücken dieser ansonsten geschuppten Kreaturen war von dichtem hartem Fell bedeckt. Sie schnüffelten nicht nur mit ihren Nasen am Boden, sondern auch mit zwei sehnigen Tentakeln, die in Saugnäpfen endeten. Die Teufelsbestien liefen aufgeregt durch die Verwüstung und stoppten nur gelegentlich, um an einer der zahlreichen Leichen zu schnüffeln.

All dies geschah jenseits der Palastmauern, doch verborgen in seinem Inneren, im südlichsten Turm, spielten sich ähnlich schreckliche Dinge ab. Dort hatte sich eine Gruppe Hochwohlgeborener versammelt. So nannte man die Nachtelfen, die der Königin direkt unterstellt waren. Sie beugten sich über ein sechseckiges Muster, das in den Boden geritzt worden war. Die Kapuzen ihrer eleganten und reich verzierten, grünlichen Kleidung hingen tief in ihre Gesichter und bedeckten beinahe ihre silbernen, pupillenlosen Augen … Augen, die jetzt verstörend rot zu glühen begannen.

Die Nachtelfen beugten sich über das Muster und murmelten die mächtigen Worte ihres Zaubers. Eine wie Fäulnis schimmernde grüne Aura umgab sie und durchdrang ihre Seelen. Ihre Körper waren von der ständigen Anstrengung gezeichnet, aber sie gaben nicht auf. Diejenigen, die eine solche Schwäche gezeigt hatten, waren längst ausgelöscht worden. Jetzt woben nur noch die Hartgesottensten die dunkle Magie, die sie aus dem See herauf riefen.

„Schneller", krächzte eine Alptraumgestalt am Rande des glühenden Kreises. „Dieses Mal muss es gelingen …"

Der gewaltige Dämon mit seinen Klauen und den riesigen, zusammengefalteten Flügeln bewegte sich auf vier kräftigen Beinen. Ein Reptilienschwanz, so dick wie ein Baumstamm, schlug immer wieder ungeduldig auf den Boden und hinterließ breite Risse im Stein. Sein krötenartiger, Stoßzahn bewehrter Kopf berührte fast die Decke, wenn er sich zwischen den wesentlich kleineren Teufelswächtern bewegte. Die gingen ihm vorsichtshalber aus dem Weg. Die lange grüne Mähne, die von seinem Kopf bis zu den Hufen seiner vier Beine reichte, schüttelte sich bei jedem donnernden Schritt.

Unter schweren, haarlosen Brauen saßen Augen, die im gleichen Grün leuchteten und, ohne zu blinzeln, auf die düsteren Ereignisse vor ihnen blickten. Er, der die Nachtelfen bei ihrer Aufgabe anleitete, war daran gewöhnt, Furcht zu erzeugen, nicht etwa zu spüren. Doch in dieser dunklen Nacht empfand der Dämon Mannoroth eben jenes unangenehme Gefühl. Sein Herr hatte ihm einen Befehl erteilt, aber er hatte versagt. Das war noch nie zuvor geschehen. Schließlich war er Mannoroth, einer der vom Großmächtigen selbst erwählten Kommandanten …

„Nun?", knurrte der geflügelte Dämon. „Muss ich noch einen Kopf abreißen, armseliges Gewürm?"

Ein vernarbter Nachtelf, der die waldgrüne Rüstung der Palastwache trug, wagte eine Antwort: „Es würde ihr nicht gefallen, wenn Ihr das noch einmal tätet, Mylord."

Mannoroth drehte sich zu dem vorlauten Nachtelf um. Fauliger Atem strich über das verkniffene Gesicht des behelmten Soldaten. „Würde sie sich ebenso laut beschweren, wenn ich ihr stattdessen deinen Kopf geben würde, Captain Varo'then?"

„Wahrscheinlich", entgegnete der Nachtelf. Sein Gesicht wirkte völlig gefühllos.

Die fleischige Klaue des Dämons schoss vor. Sie war so groß, dass sie Captain Varo'thens Kopf mitsamt Helm hätte zerquetschen können, aber der Dämon zögerte und ließ die Klaue schließlich wieder sinken. Sein Herr hatte ihm von Anfang an gesagt, dass der Königin und denen, die ihr nahe standen, nichts geschehen durfte. Der Herr der Brennenden Legion brauchte sie.

Im Moment zumindest.

Vor allem Varo'then galt als unantastbar, denn seit dem Tod von Lord Xavius, dem Berater der Königin, war er ihr Vertrauter. Jedes Mal, wenn die ruhmreiche Azshara beschloss, die Hochwohlgeborenen in der Kammer nicht mit ihrer Gegenwart zu ergötzen, nahm der Captain der Wache ihren Platz ein. Alles, was Varo'then sah oder hörte, berichtete er der Königin. Mannoroth kannte Azshara zwar erst seit kurzem, aber er hatte längst begriffen, dass sie sich nicht so einfach manipulieren ließ, wie manche es vermutet hatten. In ihrem Blick lag eine Arglist, die sie zu verbergen suchte, was ihr jedoch nicht immer gelang. Der Dämon fragte sich, was sein Herr mit ihr machen würde, wenn er schließlich diese Welt betrat.

*Falls* er sie jemals betrat.

Das Portal zu diesem anderen Ort, zu dem Reich zwischen den Welten und Dimensionen, wo sich die Brennende Legion zwischen ihren Raubzügen aufhielt, war bei einem magischen Angriff zusammengebrochen. Die gleiche Macht hatte auch den Turm gesprengt, in dem die Hochwohlgeborenen und die Dämonen gearbeitet hatten. Mannoroth wusste immer noch nicht, was dort wirklich passiert war, aber die Überlebenden der Katastrophe hatten von einem unsichtbaren Feind gesprochen, der den Berater erschlug. Mannoroth ahnte, wer dieser Unsichtbare war. Er hatte bereits Jäger ausgesandt, die nach ihm fahndeten. Er selbst konzentrierte sich auf den Wiederaufbau des Portals – wenn man es wieder aufbauen konnte.

*Nein*, dachte er. *Es* wird *wieder aufgebaut werden.*

Allerdings hatte die leuchtende Energiekugel, die über dem Muster schwebte, außer diesem Licht noch nichts zustande gebracht. Wenn der Dämon hineinblickte, spürte er weder die Ewigkeit, noch die allmächtige Gegenwart seines Herrn. Mannoroth spürte *nichts*.

Dieses Nichts konnte man als Fehlschlag betrachten, und in der Brennenden Legion ahndete man ein Versagen gemeinhin mit dem Tod.

„Sie werden schwächer", sagte Captain Varo'then offen. „Sie werden wieder die Kontrolle verlieren."

Mannoroth wusste, dass der Soldat die Wahrheit sagte. Der monströse Dämon biss die Zähne zusammen, öffnete seinen Geist und warf ihn in den Zauber. Sein Eindringen erschütterte die Hochwohlgeborenen, brachte alles durcheinander. Aber Mannoroth riss die Kontrolle über die Gruppe an sich und konzentrierte ihre Kräfte auf die bevorstehende Aufgabe.

*Dieses Mal muss es funktionieren … es muss …*

Unter seiner Anleitung schufteten die Zauberer so hart wie noch nie. Mannoroths Entschlossenheit peitschte sie an wie Wahnsinnige. Ihre pupillenlosen Augen weiteten sich, und ihre Körper begannen, sich unter der körperlichen und magischen Belastung in Krämpfen zu winden.

Mannoroth starrte grimmig auf die Energiekugel. Sie sträubte sich gegen eine Veränderung, weigerte sich, einen Zugang zu seinem Herrn zu öffnen. Gelbe Schweißperlen liefen über die Stirn des Dämons. Schaum stand auf seinen froschartigen, breiten Lippen. Obwohl Mannoroth bei einem Fehlschlag jede

Verbindung zu seinem Herrn verlieren würde, war er doch sicher, trotzdem dafür bestraft zu werden.

Niemand entkam dem Zorn von Sargeras.

Der Gedanke spornte ihn noch stärker an. Er entriss den Nachtelfen den letzten Rest ihrer Kraft und hörte, wie sie rundum aufstöhnten.

Und plötzlich entstand ein Punkt völliger Schwärze in der Lichtkugel. Aus ihrem tiefsten Inneren stieg eine Stimme empor und hallte durch Mannoroths Geist. Eine Stimme, die ihm so vertraut wie seine eigene war.

*Mannoroth … bist du es …?*

Aber es war nicht Sargeras.

*Ja*, antwortete er zögernd. *Der Weg ist wieder frei.*

*Wir haben zu lange gewartet.* Die Stimme klang so kalt, dass selbst der gewaltige Dämon sich unter ihr duckte. *Du hast ihn enttäuscht.*

*Ich habe alles getan, was möglich war!*, wollte Mannoroth protestieren, aber eine innere Stimme warnte ihn vor dieser Dummheit.

*Das Portal muss vollständig für ihn geöffnet werden. Ich werde dafür sorgen, dass das endlich geschieht. Bereite dich auf mich vor, Mannoroth, ich komme jetzt zu dir.*

Im gleichen Moment dehnte sich die Schwärze aus und wurde zu einer großen Leere, die über dem Muster schwebte. Das Portal war anders als das, was die Nachtelfen erschaffen hatten, was aber daran lag, dass nun auch der Dämon auf der anderen Seite es mit seinem Geist stärkte. Dieses Mal würde es nicht zusammenbrechen.

„Auf die Knie!“, brüllte Mannoroth. Die Zauberer, die immer noch unter seiner Kontrolle standen, gehorchten unverzüglich. Die Teufelswächter und Nachtelfensoldaten folgten ihnen einen Moment später. Sogar Captain Varo’then kniete sich rasch nieder.

Der Dämon kniete als Letzter, doch mit größtem Respekt. Er fürchtete diesen Dämon fast so sehr wie Sargeras.

*Wir sind bereit*, sagte er zur anderen Seite. Mannoroth richtete seinen Blick auf den Boden. Jedes auch noch so geringe Anzeichen von Widerstand konnte seinen sofortigen Tod bedeuten. *Wir, die Unwürdigen, erwarten Eure Ankunft … Archimonde …*

# ZWEI

Die Welt, die er gekannt hatte, die Welt, die sie alle gekannt hatten, existierte nicht mehr.

Die Mitte des Kontinents von Kalimdor war eine verwüstete Steppe. Die Dämonen hatten die selbstgefällige, dekadente Kultur der Nachtelfen hinweggefegt. Hunderte, vielleicht sogar Tausende waren ermordet worden, und die Brennende Legion marschierte ohne Gnade immer weiter.

*Aber nicht überall sind wir gescheitert*, dachte Malfurion Stormrage. *Hier haben wir sie aufgehalten, sogar zurückgeworfen.*

Der Westen leistete den größten Widerstand gegen die monströse Invasion. Dafür war Malfurion weitgehend verantwortlich. Er hatte dafür gesorgt, dass der Zauber der Hochwohlgeborenen vernichtet wurde und die Macht des Brunnens der Ewigkeit auch wieder allen außerhalb von Königin Azsharas Palast zur Verfügung stand. Er hatte sich Lord Xavius, dem Berater der Königin, gestellt und ihn in einem schweren Kampf getötet.

Lord Kur'talos Ravencrest, der Herrscher der Black-Rook-Festung und Kommandant der Nachtelfen-Streitkräfte hatte seine Taten zwar vor den versammelten Kommandanten hervorgehoben, aber Malfurion fühlte sich nicht wie ein Held. Xavius hatte ihn während ihrer Begegnung mehr als einmal überlistet. Nur dank seiner Begleiter hatte er den Berater und den Dämon, dem dieser diente, überwältigen können.

Mit seinem lose fallenden, dunkelgrünen und schulterlangen Haar fiel Malfurion Stormrage unter den anderen Nachtelfen auf. Nur sein Zwillingsbruder Illidan – der seine schmalen, beinahe wölfisch wirkenden Gesichtszüge teilte – erregte noch mehr Aufsehen. Malfurions Augen waren silbern, eine Farbe, die sehr häufig bei seinem Volk vorkam. Illidans Augen waren hingegen bernsteinfarben. Man sagte, dies sei ein Zeichen für die großen Taten, die er einmal vollbringen würde. Hinzu kam, dass Illidan sich auffällig kleidete, was bei den Nachtelfen gern gesehen wurde, während Malfurion einfache Kleidung bevorzugte – ein Stoffhemd, eine schnörkellose Lederweste und ebensolche Hosen sowie kniehohe Stiefel. Malfurion hatte sich der naturverbundenen Magie des Druidentums verschrieben. Er wäre sich wie ein Clown vorgekommen, wenn er in der Kleidung eines hochwohlgeborenen Festbesuchers versucht hätte, mit den Bäumen, den Tieren und der Erde des Waldes zu sprechen.

Er runzelte die Stirn und versuchte, solche überflüssigen Gedanken aus seinem Kopf zu verbannen. Der junge Nachtelf hatte sich diesen Ort in dem bis jetzt unberührten Wald von Ga'han ausgesucht, um seinen Geist auf die bevorstehenden Tage vorzubereiten. Lord Ravencrests gewaltige Streitmacht würde sich bald in Bewegung setzen – wohin, wusste noch niemand. Die Brennende Legion war an so vielen Orten auf dem Vormarsch, dass es die Armeen des Adligen Jahrzehnte kosten würde, Schlachten gegen sie zu führen und sie aufzuhalten. Dem Sieg würden sie damit nicht näher kommen. Deshalb hatte Ravencrest die besten Strategen zusammengerufen. Sie mussten einen Weg finden, um den entscheidenden Sieg möglichst schnell zu erringen. Jeder Tag des Zögerns kostete Unschuldige das Leben.

Malfurion konzentrierte sich stärker auf seinen Versuch, inneren Frieden zu finden. Langsam entspannte sich sein Geist, bis er das Rascheln der Blätter wahrnahm. Das war die Sprache der Bäume. Mit etwas Anstrengung hätte er mit ihnen reden können, doch es reichte dem Nachtelf, nur dazusitzen und ihrer fast schon musikalisch klingenden Art der Verständigung zu lauschen.

Der Wald hatte ein anderes Zeitgefühl, das fiel besonders bei den Bäumen auf. Sie hatten vom Krieg erfahren, sprachen jedoch nur sehr abstrakt darüber. Sie wussten, dass andere Wälder von den Dämonen zerstört worden waren, aber die Waldgötter, die über sie wachten, hatten ihnen noch keinen Anlass zur Besorgnis gegeben. Sollte die Gefahr näher kommen, würde man ihnen das sicherlich mitteilen.

Ihre Trägheit ärgerte Malfurion. Es war offensichtlich, dass die Brennende Legion *alle* Lebewesen bedrohte, nicht nur die Nachtelfen. Es war ihm klar, weshalb der Wald das noch nicht begriff, aber seine Beschützer sollten es längst verstanden haben.

Doch wo steckten Cenarius und die anderen?

Als Malfurion beschlossen hatte, den Pfad eines Druiden einzuschlagen – was noch niemand aus seinem Volk je versucht hatte –, war er außerhalb der Stadt Suramar tief in den Wald eingedrungen, um einen mystischen Halbgott zu suchen. Er wusste nicht, weshalb er geglaubt hatte, ausgerechnet er könne ein solches Wesen aufspüren, aber es war ihm tatsächlich gelungen. Das allein war eine große Überraschung gewesen, aber als der Herr des Waldes ihm dann auch noch anbot, er könne sein Schüler werden, hatte Malfurion seinen Ohren nicht getraut.

Und so wurde Cenarius für die nächsten Monate zu seinem Shan'do, seinem ehrenwerten Lehrer. Von ihm hatte Malfurion gelernt, wie man den smaragdfarbenen Traum betrat, diese Ebene zwischen der Welt der Sterblichen und dem Schlaf. Er lernte auch, wie man mit den Kräften der Natur Zauber zu werfen vermochte. Diese Lehren hatten nicht nur Malfurion mehrfach das Leben gerettet, sondern auch den anderen Verteidigern.

Aber wieso hatten Cenarius und die anderen Waldgottheiten den verzweifelten Kämpfern nicht mit ihrer eigenen Macht beigestanden?

„Ha! Ich war mir sicher, dass ich dich hier finden würde."

Die Stimme war seiner eigenen so ähnlich, dass Malfurion den Neuankömmling sofort erkannte. Er gab seine Suche nach innerem Frieden auf, erhob sich und begrüßte seinen Bruder ruhig: „Illidan, warum kommst du?"

„Warum sollte ich nicht?" Sein Bruder hatte sein mitternachtsblaues Haar wie immer zu einem Pferdeschwanz zusammengebunden, doch im Gegensatz zu sonst trug er jetzt eine offene schwarze Lederweste, eine schwarze Hose und ebenso schwarze hohe Stiefel. An der Weste steckte, direkt über seinem Herzen, ein Abzeichen, auf dem ein dunkler Vogelkopf inmitten eines roten Rings zu sehen war.

Die Kleidung war neu. Offenbar handelte es sich um eine Art von Uniform. Das Bild auf dem Abzeichen war das Wappen von Kur'talos Ravencrest, Illidans neuem Schutzherrn.

„Bei Sonnenuntergang wird Lord Ravencrest etwas verkünden, Bruder. Ich bin extra früh aufgestanden, damit ich dich finden und rechtzeitig zurückbringen kann."

Wie die meisten Nachtelfen war auch Illidan daran gewöhnt, bei Tag zu schlafen. Malfurion hatte hingegen gelernt, das Gegenteil zu tun. Bei Tag konnte man am besten auf die Kräfte einwirken, die in der Natur vorhanden waren. Natürlich hätte er das Druidentum auch nachts studieren können, aber bei Tageslicht war die Verbindung zwischen den Elfen und dem Brunnen der Ewigkeit am schwächsten. Das senkte das Risiko, bei einem neuen Zauberspruch versehentlich auf diese Energie zurückzugreifen. Besonders in seiner Anfangszeit hatte Malfurion häufig dagegen ankämpfen müssen. Mittlerweile fühlte er sich bei Tag wohler als in der Nacht.

„Ich wollte mich ohnehin gerade auf den Rückweg machen", sagte Malfurion und ging auf seinen Bruder zu.

„Es würde schlecht aussehen, wenn du nicht da wärst. Lord Ravencrest mag keine Verzögerungen oder Unzuverlässigkeit, vor allen Dingen nicht von denen, die einen wichtigen Bestandteil seiner Pläne darstellen. Das weißt du sehr gut, Malfurion."

Die beiden Brüder hatten zwar gegensätzliche magische Richtungen eingeschlagen, beherrschten ihre Künste jedoch in gleichem Maße virtuos. Illidan hatte den Herrn der Black-Rook-Festung vor einem Dämon gerettet und war daraufhin zu dessen persönlichem Zauberer aufgestiegen, eine Position, die normalerweise von einem ranghohen Angehörigen der Mondgarde bekleidet wurde. In der Mondgarde versammelten sich die Meisterzauberer der Nachtelfen.

Illidan hatte ebenfalls eine wichtige Rolle bei dem Sieg über die Dämonen im Westen gespielt. Er hatte nach dem Tod des Anführers der Mondgarde die Führung dieser besonderen Kämpfer übernommen und ihre Magie effektiv gegen die Angreifer eingesetzt.

„Ich musste Suramar verlassen", widersprach Malfurion. „Ich fühlte mich eingeschlossen. Ich konnte den Wald nicht mehr spüren."

„Die halbe Stadt besteht aus Gebäuden, die man aus lebenden Bäumen geschaffen hat. Wo ist der Unterschied?"

Wie sollte er Illidan die Eindrücke erklären, die mit jedem Tag stärker in seinen Geist eindrangen? Je tiefer Malfurion in seine magische Kunst eintauchte, desto deutlicher spürte er jeden Aspekt der wahren Welt. Draußen im Wald spürte er die Gelassenheit der Bäume, die Felsen, die Vögel … alles.

In der Stadt spürte er nur die fast wahnsinnige Aura, die sein Volk verursacht hatte. Die Bäume waren zu Häusern geworden, die Erde hatte man aufgerissen und die Felsen verschoben, um die Landschaft den Wünschen der Nachtelfen anzupassen. Nichts war mehr so, wie die Natur es erschaffen hatte. Die Gedanken der Bäume waren verwirrt und nach innen gekehrt. Sie verstanden sich nicht einmal mehr selbst und untereinander, so sehr hatte man sie verändert. Wenn Malfurion durch die Stadt ging, spürte er ihre Falschheit, auch wenn er wusste, dass sein Volk – ebenso wie die Zwerge und die anderen Arten – das Recht hatte, eine Zivilisation zu gründen. Es war kein Verbrechen, Unterkünfte zu bauen und das Land urbar zu machen. Tiere taten schließlich auf ihre Weise das Gleiche.

Und doch stieg sein Unwohlsein mit jedem Besuch.

„Lass uns zu den Reittieren gehen", sagte Malfurion, ohne auf die Frage seines Bruders einzugehen.

Illidan grinste und nickte dann. Seite an Seite stiegen die Zwillinge den bewaldeten Hügel hinauf. In der letzten Zeit hatten sie sich nur noch wenig zu sagen, wenn sich ihre Gespräche nicht gerade um den Kampf drehten. Einst waren sie unzertrennlich gewesen, inzwischen pflegten sie mehr Umgang mit Fremden als miteinander.

„Der Drache will uns wahrscheinlich bei Sonnenuntergang verlassen", sagte Illidan plötzlich.

Malfurion hatte nichts davon gehört. Er sah seinen Bruder überrascht an. „Wann hat er das gesagt?"

Zu den wenigen Verbündeten der Nachtelfen zählte Korialstrasz, ein gewaltiger roter Drache. Der junge, aber mächtige Leviathan galt als Gefährte der Drachenkönigin Alexstrasza. Er war mit einem von insgesamt zwei mysteriösen Reisenden aufgetaucht, einem silberhaarigen Magier namens Krasus. Korialstrasz und Krasus waren aus irgendeinem Grund eng miteinander verbunden, aber Malfurion hatte noch nicht herausgefunden, aus welchem. Er wusste nur, dass dort, wo der hagere bleiche Magier auftauchte, der Drache nicht weit war. Gemeinsam hatten sie sich als eine unaufhaltsame Streitmacht erwiesen, die Dämonen hinwegfegte und den Weg für die Armeen der Verteidiger ebnete.

Trennte man sie jedoch, schienen beide dem Tode nahe zu sein.

Malfurion hatte beschlossen, sich nicht in ihre Angelegenheiten einzumischen. Zum einen waren sie Verbündete der Nachtelfen, zum anderen respektierte und mochte er beide. Jetzt wollte Korialstrasz die Nachtelfen verlassen. Ein solcher Verlust kam einer Katastrophe gleich.

„Wird Meister Krasus mit ihm gehen?"

„Nein, er bleibt bei Meister Rhonin."

Illidan sprach Rhonins Namen ebenso ehrfürchtig aus wie den von Malfurion Krasus. Der rothaarige Rhonin war gemeinsam mit dem älteren Zauberer aus einem unbekannten Land an diesen Ort gekommen. Manchmal, wenn sie ihre eigenen Erfahrungen im Kampf gegen die Brennende Legion schilderten, sprachen sie kurz über ihre Herkunft. Rhonin kannte sich ebenso wie Krasus gut in den magischen Künsten aus, wirkte jedoch wesentlich jünger. Der bärtige Zauberer trug unauffällige blaue Reisekleidung, die fast so konservativ wie die von Malfurion war, aber das war nicht das Einzige, was ihn von seiner Umgebung unterschied. Krasus hätte als Nachtelf durchgehen können, obwohl er sehr blass und kränklich wirkte, aber der ebenso blasse Rhonin gehörte einem Volk an, das niemand kannte. Er bezeichnete sich selbst als *Mensch*, aber die Mondgarde vertrat die Meinung, es handele sich bei ihm wahrscheinlich um einen ungewöhnlich groß geratenen Zwerg.

Doch das spielte keine Rolle. Wichtig war nur, dass Rhonin zu einem ebenso wichtigen Verbündeten wie Krasus und der Drache geworden war. Er benutzte die Magie des Brunnens mit einer Intensität und Kunstfertigkeit, über die selbst die Mondgarde staunte. Außerdem hatte er sich Illidans angenommen und ihn viel gelehrt. Illidan glaubte, der Fremde habe sein Talent erkannt, aber Malfurion wusste, dass Rhonin vor allem versuchte, den Leichtsinn seines Zwillings in den Griff zu bekommen. Allein gelassen neigte Illidan dazu, nicht nur sein eigenes Leben, sondern auch das seiner Kameraden aufs Spiel zu setzen.

„Das ist nicht gut, Illidan."

„Natürlich nicht", antwortete sein Zwilling, „aber wir müssen damit leben." Er hob seine Hand, die von einer roten Aura umgeben war. „Wir haben schließlich auch unsere Stärken."

Die Aura verschwand. „Auch wenn du noch immer nicht alles einsetzt, was Cenarius dir beigebracht hat."

Mit *alles* meinte er Zaubersprüche, die nicht nur die Feinde trafen, sondern auch die Landschaft, in der sie sich befanden und alle, die den Weg der Magie kreuzten. Illidan verstand immer noch nicht, dass das Druidentum mit der Natur arbeitete, nicht gegen sie.

„Ich tue, was ich kann. Wenn du –“

Malfurion konnte den Satz nicht beenden, denn im gleichen Moment setzte eine alptraumhafte Gestalt vor ihm auf dem Waldboden auf.

Der Teufelswächter öffnete sein Maul und brüllte. Seine brennende Rüstung strahlte keine Wärme ab, sondern eine Kälte, die der Nachtelf bis ins Innerste spürte. Der gehörnte Dämon hob sein Schwert und stürzte sich auf den nächst besten Gegner – auf Illidan.

„Nein!“ Malfurion stieß seinen Bruder zur Seite und bat gleichzeitig Wald und Himmel um ihren Beistand.

Eine plötzliche, heftige Windböe traf den Dämonen und schleuderte ihn wie ein Blatt meterweit zurück. Er krachte gegen einen Baum, riss die Rinde auf und stürzte zu Boden.

Wie die Tentakel einer gigantischen Krake krochen die Wurzeln der nahe stehenden Bäume über den benommenen Angreifer. Der Dämon versuchte, sich zu erheben, aber seine Arme und Beine, sein Oberkörper und sein Kopf wurden zu Boden gedrückt. Er wehrte sich dagegen, was jedoch nur dazu führte, dass er seine Waffe verlor.

Als die Wurzeln ihr Opfer im Griff hatten, wichen sie zurück in den Boden – *durch* den Körper des Dämons.

Der monströse Angreifer zischte noch einmal wütend, dann trennten die Wurzeln seinen Kopf vom Körper. Grüner Schleim floss aus den schrecklichen Wunden. Die Teile des Dämons lagen am Boden wie ein Puzzle, das jemand durcheinander geworfen hatte.

Doch während Malfurion sich noch um den ersten Angreifer kümmerte, ließen sich bereits zwei weitere aus den Bäumen fallen. Illidan fluchte, kam auf die Beine und zeigte auf einen der beiden.

Der Dämon, der sich gerade auf ihn stürzen wollte, drehte sich um und schlug seinem Kameraden mit seiner Keule den Schädel ein.

Malfurion spürte plötzlich, dass etwas nicht stimmte. Die feinen Haare in seinem Nacken richteten sich auf. Er blickte über seine Schulter.

Eine vierbeinige Bestie sprang ihm im gleichen Moment entgegen. Zwei wirbelnde Tentakel mit zahnbewehrten Saugnäpfen bohrten sich in seine Brust. Sein Gesichtsfeld bestand nur noch aus gelben langen Zähnen. Fauliger Verwesungsgestank ließ ihn würgen.

Am Rande seiner Wahrnehmung hörte er, wie Illidans Schrei im hundeartigen Heulen einer Bestie unterging.

Man hatte sie überlistet. Der Frontalangriff war nur eine Finte gewesen, um sie von den Dämonen in ihrem Rücken abzulenken. Die Teufelsbestien hatten nur auf eine günstige Gelegenheit gewartet.

Malfurion schrie, als die Saugnäpfe die Magie aus seinem Körper rissen, so wie ihre Zähne schon bald das Fleisch aus ihm herauszerren würden. Teufelsbestien stellten für Zauberkundige eine besonders große Gefahr dar, denn die Dämonen witterten Magie und saugten sie aus den Körpern heraus, bis nur noch mumifizierte Hüllen übrig blieben. Hinzu kam, dass die Dämonenhunde sich vermehrten, wenn sie genügend Energie zu sich genommen hatten.

Er versuchte, die Tentakel aus seinem Körper zu reißen, aber sie saßen zu fest. Der Nachtelf spürte, wie seine Kräfte schwanden …

… und dann hörte er plötzlich ein Geräusch, das wie Regen klang.

Die Teufelsbestie schüttelte sich. Die Tentakel glitten von seinem Körper ab und peitschten durch die Luft, dann fiel der Dämon zur Seite und begrub beinahe Malfurions Arm unter sich.

Der Nachtelf blinzelte durch seine Tränen hindurch und sah, dass mehr als ein Dutzend scharfer Bolzen im Rücken der Teufelsbestie steckten. Jeder Bolzen hatte eine besonders empfindliche Stelle getroffen. Der Dämon war bereits tot gewesen, bevor er den Boden berührt hatte.

Aus dem Wald tauchten mehr als ein Dutzend Reiter auf, die grau-grüne Rüstungen trugen und auf jenen großen schwarzen Säbelzahnpanthern saßen, die Nachtsäbler genannt wurden. Die gewaltigen Katzen bewegten sich schnell und elegant zwischen den Bäumen hindurch.

„Verteilt euch!“, rief ein junger Offizier, dessen Stimme Malfurion bekannt vorkam. „Sucht die Umgebung nach weiteren Gegnern ab!“

Die Soldaten lenkten ihre Tiere rasch, aber vorsichtig in den Wald hinein. Malfurion verstand ihre Sorgfalt, denn bei Tageslicht waren sie nicht in Bestform. Trotzdem hatten sie erstaunliches Können bewiesen und dem jungen Druiden das Leben gerettet.

Der Offizier brachte seine zischende Katze vor Malfurion zum Stehen. Den Nachtsäblern gefielen die Ritte bei Tageslicht ebenfalls nicht, aber sie gewöhnten sich langsam daran.

„Sieht so mein Schicksal aus?“, fragte der leicht rundliche Nachtelf. Er schien Malfurion förmlich anzustarren, ein Eindruck, der durch die schrägere Augenstellung des Offiziers verstärkt wurde. „Muss ich dich jedes Mal davon abhalten, umgebracht zu werden? Ich sollte seine Hoheit um meinen alten Posten in der Suramar-Wache bitten.“

„Dann wäre das hier vielleicht anders ausgegangen, Captain Shadowsong“, antwortete Malfurion.

Der Soldat stieß frustriert die Luft aus. „Nein, wäre es nicht. Lord Ravencrest würde mir ohnehin nie erlauben, zur Wache zurückzukehren. Er scheint zu glauben, Mutter Mond selbst habe mich dazu berufen, seine besonders wichtigen Diener zu beschützen.“

„Du kamst zusammen mit mir, einer Novizenpriesterin der Elune, einem rätselhaften Zauberer und einem Drachen zurück nach Suramar, Captain. Natürlich ist das Lord Ravencrest und den anderen Kommandanten aufgefallen. Sie werden dich nie wieder für einen einfachen Wachoffizier halten."

Shadowsong verzog das Gesicht. „Ich bin kein Held, Meister Malfurion. Du und die anderen, ihr bringt Dämonen mit einem Blinzeln um. Ich versuche nur, euch zu beschützen, damit ihr das auch weiterhin tun könnt."

Jarod Shadowsong hatte das Pech gehabt, Krasus zu verhaften, als dieser versuchte, nach Suramar zu gelangen. Der Zauberer hatte den Captain um Hilfe gebeten, was schließlich dazu führte, dass er, Malfurion und Korialstrasz aufeinander trafen. Der gute Offizier war leider so pflichtbewusst, dass er seinen Gefangenen durch all diese Ereignisse begleitet hatte. Als Lord Ravencrest darüber nachdachte, wen er mit dem Schutz seiner Zauberer betrauen sollte, hatte diese Tatsache den Ausschlag gegeben. Und so war Jarod Shadowsong zum Kommandanten einer kampfgestählten Truppe aufgestiegen, deren Mitglieder zumeist wesentlich mehr militärische Erfahrung als er selbst gesammelt hatten.

„Dieser Angriff war unnötig", beschwerte sich Illidan, als er neben seinen Bruder trat. „Ich hatte die Situation unter Kontrolle."

„Ich befolge nur meine Befehle, Meister Illidan. Ich habe zufällig gesehen, dass du das Lager entgegen den Anweisungen von Lord Ravencrest allein verlassen hast." Shadowsong sah erneut Malfurion an. „Und als ich dann erfuhr, wie lange *du* bereits vermisst wurdest …"

„Hmpf." Eine andere Antwort gab Illidan nicht. Ausnahmsweise waren sich die Zwillinge einig. Beide hielten nichts davon, dass Lord Ravencrest ihre ständige Bewachung angeordnet hatte. Das verstärkte nur ihre Fluchtbemühungen. Malfurion suchte das Alleinsein, weil es Teil seiner Magie war. Illidan suchte es, weil ihn die endlosen Ratssitzungen langweilten. Illidan interessierte sich nicht für Schlachtpläne. Er wollte losziehen und Dämonen vernichten.

Nur dass dieses Mal die Dämonen beinahe ihn vernichtet hätten. Weder er noch Malfurion hatten ihre Nähe gespürt. Das war eine unerwartete und besorgniserregende Veränderung. Die Brennende Legion hatte gelernt, ihre Mörder zu tarnen. Sogar der Wald hatte das Böse in seiner Umgebung nicht gespürt. Das konnte in zukünftigen Auseinandersetzungen zum Problem werden.

Ein Soldat ritt auf Shadowsong zu und salutierte vor ihm. „Wir haben die Gegend durchkämmt, Captain. Es sind keine weiteren –"

Ein ohrenbetäubender Schrei hallte durch den Wald.

Malfurion und Illidan fuhren herum und liefen auf die Quelle des Schreis zu. Shadowsong öffnete den Mund, um sie zurückzurufen, schloss ihn dann wieder und spornte sein Reittier an.

Sie mussten nicht weit laufen. Etwas tiefer im Wald stoppte die Gruppe und sah sich mit einem grauenhaften Anblick konfrontiert. Einer der Nachtsäbler lag am Boden. Etwas hatte seinen Körper aufgerissen und seine Eingeweide herausgezogen. Die glasigen Augen der großen Katze starrten blicklos in den Himmel. Das Tier war höchstens seit ein oder zwei Minuten tot.

Doch nicht die Katze hatte den markerschütternden Schrei ausgestoßen, sondern ihr Reiter, der auf sein eigenes Schwert gespießt an einer Eiche hing. Auch seine Brust hatte man aufgerissen – trotz der Rüstung. Vor seinen Füßen lagen Innereien. Sein Blick war ebenso leer wie der des Nachtsäblers.

Illidan sah sich aufgeregt um, aber Malfurion legte eine Hand auf seine Schulter und schüttelte den Kopf. „Wir halten uns an die Anweisungen des Captains. Wir gehen zurück. Sofort."

„Holt seine Leiche runter", befahl Shadowsong. Sein Gesicht wirkte blass unter der violetten Haut. Er zeigte auf die Zwillinge. „Bildet eine Mauer um sie!"

Dann beugte er sich zu den beiden hinunter und fügte ungeduldig hinzu: „Natürlich nur, wenn es euch nichts ausmacht."

Malfurion hielt seinen Bruder von einer Antwort ab. Zusammen gingen sie den Hügel hinauf zu ihren Reittieren, während die Soldaten sie unablässig umkreisten – wie ein Wolfsrudel die Beute. Malfurion erkannte die Ironie ihrer Situation. Sein Bruder und er vereinten mehr Macht in sich als alle diese Soldaten zusammen, aber ohne Jarod Shadowsongs Eingreifen wären sie den Dämonen zum Opfer gefallen.

*Wir müssen noch sehr viel lernen*, dachte der junge Druide, während er auf seinen Nachtsäbler zuging. Ich *habe noch viel zu lernen.*

Aber es sah so aus, als würden die Dämonen ihnen die Zeit dafür nicht gewähren.

Krasus hatte länger als alle anderen in seiner Umgebung gelebt. Seine hagere, silberhaarige Gestalt ließ die Weisheit erahnen, die er in dieser Zeit gesammelt hatte, aber nur, wenn man in seine Augen blickte, erkannte man, wie groß das Wissen und die Erfahrung des Zauberers wirklich waren.

Die Nachtelfen hielten ihn für einen der ihren, für einen Albino oder eine Mutation. Er sah ihnen ähnlich, wenn man einmal davon absah, dass seine Augen eher an die eines Zwerges erinnerten, da sie Pupillen besaßen. Seine Gastgeber akzeptierten seine „Missbildungen", hielten sie für ein Zeichen seiner ausgeprägten magischen Künste. Krasus war ein besserer Zauberer als alle Mitglieder der Mondgarde zusammengenommen, und das aus gutem Grund. Er war weder ein Nachtelf noch irgendeine andere Art von Elf … Krasus war ein *Drache*. Und zwar kein einfacher, sondern die ältere Version des Leviathans, mit dem er sehr viel Zeit verbrachte: Korialstrasz.

Der Magier und der rothaarige Zauberer Rhonin stammten nicht aus einem fernen Land, obwohl sie das behauptet hatten. In Wirklichkeit kamen sie aus einer weit entfernten Zukunft, aus der Zeit nach der zweiten Entscheidungsschlacht gegen die Brennende Legion. Allerdings waren sie nicht absichtlich in die Vergangenheit gereist. Sie waren einer seltsamen und besorgniserregenden Anomalie in den Bergen nachgegangen, dann aber von eben dieser verschluckt und durch Raum und Zeit ins uralte Kalimdor geschleudert worden.

Aber sie waren nicht die Einzigen. Ein erfahrener Orkkrieger namens Broxigar war ebenfalls in die Anomalie geraten. Brox' Volk hatte in der zweiten Schlacht gegen die Dämonen gekämpft, und sein Kriegshäuptling hatte ihn und einen anderen Krieger ausgeschickt, um dem verstörenden Alptraum eines Schamanen nachzugehen. Brox' Kamerad hatte am Rand der Anomalie gestanden und war zerrissen worden. Seither musste sich der ältere Ork allein in der Vergangenheit durchschlagen.

Die Umstände hatten den Drachen, den Ork und den Menschen – alles ehemalige Feinde – zusammengeführt. Doch die Umstände hatten ihnen noch keinen Weg zurück in die Zukunft aufgezeigt, und das bereitete Krasus große Sorgen.

„Du grübelst schon wieder", donnerte der Drache.

„Ich mache mir nur Gedanken über deine baldige Abreise", erklärte Krasus seinem jüngeren Ich.

Der rote Drache nickte. Die beiden standen bei den ausgedehnten Verteidigungsanlagen von Black Rook, der beeindruckenden Festung, von der aus Lord Ravencrest seine Armeen befehligte. Im Gegensatz zu den meisten anderen Nachtelfen bevorzugte Ravencrest eine martialische Umgebung. Die Black-Rook-Festung hatte man aus schwerem schwarzen Fels gehauen. Alle Kammern über und unter der Erde waren in den Stein gemeißelt worden. Viele hielten Black Rook für eine uneinnehmbare Festung.

Doch für Krasus, der die monströse Wut der Brennenden Legion kannte, war sie nur ein weiteres vor dem Einsturz stehendes Kartenhaus.

„Ich möchte nicht abreisen", sagte der rote Drache, „aber es herrscht Stille in meinem Volk. Ich spüre nicht einmal mehr meine geliebte Alexstrasza. Gerade du solltest verstehen, dass ich dem nachgehen muss."

Korialstrasz wusste, dass sein Begleiter ebenfalls ein Drache war, aber er hatte die Verbindung zwischen Vergangenheit und Gegenwart noch nicht erkannt. Nur seine Königin und Gefährtin, die Mutter des Lebens, wusste die Wahrheit, hatte sie jedoch niemandem mitgeteilt. Damit hatte sie dem älteren Drachen einen Gefallen erwiesen.

Krasus fühlte die Leere ebenfalls. Er wusste, dass sein jüngeres Ich den Grund dafür herausfinden musste, auch wenn es für sie beide mit Risiken behaftet war. Gemeinsam bildeten sie eine gewaltige Streitmacht, die von Lord Ravencrest über alles geschätzt wurde. Korialstrasz ließ Feuer auf die Dämonen nieder regnen, und Krasus verwandelte diese Flammen in einen Feuersturm, der mit nur einem Atemzug mehrere hundert Dämonen vernichten konnte.

Doch wenn man sie trennte, wurden sie krank und verloren fast ihre gesamte Macht.

Die letzten Sonnenstrahlen verschwanden hinter dem Horizont. Die Gegend rund um die Gebäude war bereits voller geschäftig wirkender Nachtelfen. Niemand wagte es, nachlässig zu sein, weder bei Tag noch bei Nacht. Zu viele waren anfangs wegen dieser Angewohnheit gestorben. Trotzdem hieß man die Dunkelheit immer noch willkommen, denn die Nachtelfen zogen ihre Kraft nicht nur aus dem Brunnen der Ewigkeit, sondern auch aus dem Mond und den Sternen.

„Ich habe nachgedacht", sagte Krasus und spürte den Wind auf seinem schmalen Gesicht. Korialstrasz war so groß, dass er die Festung nicht betreten konnte. Allerdings war Black Rook so stabil gebaut, dass er sich auf das Dach des Hauptgebäudes setzen konnte. Krasus hatte sich entschieden, ebenfalls dort zu übernachten. Er benutzte nur eine dünne Decke, um sich vor dem Wind zu schützen. Er nahm auch seine Mahlzeiten an den Verteidigungsanlagen ein und kletterte nur nach unten, wenn er dort etwas zu erledigen hatte. In allen anderen Fällen wandte er sich an Rhonin, der als einziger Außenstehender die Situation verstand, in der er sich befand.

„Es gibt vielleicht eine Möglichkeit, dass wir unsere Reise gemeinsam fortsetzen können", fuhr er fort. „In gewisser Weise …"

„Berichte mir davon."

„Auf deinem Körper gibt es mindestens eine lockere Schuppe, nicht wahr?"

Der Drache spreizte seine Flügel und schüttelte sich wie ein großer Hund. Seine Schuppen klapperten rhythmisch. Er runzelte die Stirn, während er lauschte, dann drehte er seinen langen Hals. „Hier hinten ist eine, glaube ich."

Drachen verloren im Allgemeinen ihre Schuppen so wie andere Wesen ihr Haar verloren. Die nackten Stellen wurden mit der Zeit härter und bildeten schließlich neue Schuppen. Ein Drache, der mehrere Schuppen an einer Stelle verlor, musste sich in Acht nehmen, denn die weiche Haut darunter war gegen Waffen und Gift nicht gefeit.

„Mit deiner Erlaubnis hätte ich sie gerne."

Jedem anderen hätte Korialstrasz seine Erlaubnis verweigert, aber er vertraute Krasus mittlerweile so sehr wie sich selbst. Irgendwann würde Krasus ihm seine Beweggründe verraten, vorausgesetzt, dass sie lange genug lebten

„Sie gehört dir", erwiderte der rote Drache freundlich. Mit seinem Hinterlauf kratzte er an der Stelle, bis nur Momente später eine lockere Schuppe zu Boden fiel.

Krasus hob sie hoch, betrachtete sie und nickte zufrieden. Er sah zu seinem Begleiter auf. „Und nun muss ich dir etwas geben."

„Das ist nicht nötig."

Aber der Drachenmagier wusste es besser. Es wäre schlimm, wenn seinem jüngeren Ich etwas zustoßen würde, weil Krasus sich in die Vergangenheit eingemischt hatte. „Doch, das ist es."

Er legte die kopfgroße Schuppe zur Seite, blickte auf seine linke Hand und konzentrierte sich.

Die schmalen, eleganten Finger krümmten sich plötzlich und wurden reptilienartig. Schuppen sprangen aus dem Fleisch, bildeten sich zuerst an den Fingerspitzen, liefen dann über die Hand bis zum Unterarm. Scharfe, gebogene Klauen wuchsen aus den Fingern.

Die Verwandlung war äußerst schmerzhaft. Krasus krümmte sich zusammen und taumelte. Instinktiv griff Korialstrasz nach der winzigen Gestalt, aber der Magier winkte ab. „Ich stehe das durch!"

Gekrümmt und nach Atem ringend berührte Krasus seine veränderte Hand und zog an den kleinen Schuppen. Sie widersetzten sich seinen Anstrengungen, bis er schließlich die Zähne zusammenbiss und mit aller Kraft zwei Schuppen herausriss.

Sie lösten sich. Blut lief über seinen monströsen Handrücken. Die hagere Gestalt schluckte und leitete sofort die Rückverwandlung ein. Der Schmerz ließ nach.

Krasus ignorierte die Wunde und betrachtete seine Beute. Mit Augen, schärfer als die eines Nachtelfs, suchte er nach den kleinsten Unreinheiten.

„Du weißt doch, dass die Krankheit, unter der wir beide leiden, es nicht zulässt, dass du dich wieder in deine normale Gestalt verwandelst – oder dass ich eine andere als die eines Drachen annehme", schimpfte Korialstrasz. „Du bringst dich in große Gefahr, wenn du so etwas versuchst."

„Es war notwendig", antwortete Krasus. Er drehte die Schuppen zwischen den Fingern. „In dieser hier ist ein Riss", murmelte er und ließ sie fallen. Der Wind wehte sie davon. „Die andere ist perfekt."

„Was willst du damit?"

„Du musst mir vertrauen."

Der Drache blinzelte. „Das tue ich doch immer."

Der Magier ging zu der Stelle, an der Korialstrasz seine Schuppe abgekratzt hatte. Das Fleisch war gerötet und weich. Der Bereich war so groß, dass ein erfahrener Bogenschütze ihn treffen konnte.

Krasus flüsterte Worte, die älter als Drachen waren, dann legte er seine eigene Schuppe in die Mitte der ungeschützten Stelle.

Die Schuppe leuchtete bei der Berührung gelb auf. Korialstrasz stieß die Luft aus, zeigte aber keine andere Reaktion. Die Augen des Drachen beobachteten genau, was sein Begleiter tat.

Krasus wiederholte die alten Worte immer wieder. Mit jedem Mal wurde er schneller. Die Schuppe begann zu pulsieren, wuchs im Takt der Worte. Innerhalb von Sekunden wurde sie fast so groß wie die Schuppen, die sie umgaben.

„Es wird sich innerhalb weniger Lidschläge mit deinem Fleisch verbinden", erklärte Krasus dem Leviathan. „Du wirst sie nicht verlieren."

Er trat zurück und betrachtete seine Arbeit. Der Drache folgte seinem Blick.

„Sie fühlt sich … normal an", sagte er.

„Ich hoffe, dass sie noch mehr für dich tun kann. Ich trage jetzt einen Teil von dir und du einen Teil von mir. Hoffentlich können wir aus dieser Verschmelzung einige der magische Vorteile ziehen, die wir sonst nur genießen, wenn wir vereint sind."

Korialstrasz breitete die Flügel aus. „Das lässt sich leicht herausfinden."

Krasus nickte. Wenn sie wissen wollten, ob der Zauber funktionierte, mussten sie sich trennen. „Ich wünsche dir viel Glück, mein guter Korialstrasz."

Der gewaltige Drache neigte den Kopf. „Und ich dir."

„Alexstrasza …"

„Ich werde ihr von dir und deinen Wünschen berichten, Krasus." Der Leviathan betrachtete die winzige Gestalt nachdenklich. „Ich habe einen Verdacht über die Verbindung, die zwischen uns existiert, aber ich respektiere deine Geheimnisse. Eines ist mir aber sofort aufgefallen. Du liebst sie genauso sehr wie ich … *genauso*."

Krasus schwieg.

„Ich werde dir von ihr erzählen, sobald es möglich ist." Der Drache ging zum Rand der Verteidigungsanlagen und blickte zum Himmel. „Wir werden uns wiedersehen, mein Blut …"

Mit diesen Worten erhob sich der Leviathan in die Luft.

*Mein Blut* … Krasus war die Wortwahl nicht entgangen. Drachen verbanden ein enges Verhältnis mit diesem Begriff. Er bezeichnete nicht die Kameraderie oder die Clanzugehörigkeit, sondern etwas Engeres, zum Beispiel die Beziehung zwischen zwei Drachen aus dem gleichen Wurf oder zwischen Eltern und Nachkommen …

Oder zwischen dem gleichen Wesen in unterschiedlichen Körpern …

Krasus kannte sich besser als jeder andere. Er wusste, wie intelligent sein jüngeres Ich war. Korialstrasz war kurz davor, das Geheimnis zu lüften, aber der Zauberer vermochte nicht vorherzusagen, wie sich dies auf die Situation auswirken würde.

Er fühlte sich plötzlich schwach. Mit tränenden Augen griff Krasus nach Korialstrasz' Schuppe. Als er sie berührte, verschwand ein Teil der Schwäche und der Schmerzen. Doch die Berührung allein reichte nicht. Die Schuppe musste ihm näher sein, damit ihre Magie wirken konnte.

Der Drachenmagier öffnete sein Hemd und spürte den kalten Wind auf seiner Brust. Er presste die Schuppe gegen sein Fleisch und flüsterte erneut die uralten Worte. Er beschwor Kräfte, die kein Nachtelf hätte verstehen, geschweige denn bändigen können.

Eine goldene Aura bildete sich rund um die Schuppe. Krasus begann zu zittern, kämpfte um sein Gleichgewicht.

Die Aura verschwand so rasch, wie sie erschienen war. Er blickte auf seine Brust, deren Mitte jetzt von der Schuppe seines jüngeren Ichs bedeckt wurde.

Ein Hauch der Schwäche lag immer noch über seinem Körper, aber damit und mit dem leichten Restschmerz vermochte Krasus umzugehen. Endlich konnte er sich unter den anderen bewegen, ohne ihr Mitleid zu spüren. Jetzt konnte er sich mit ihnen den Dämonen entgegenstellen. Der Zauberer fragte sich, warum ihm dieser Plan nicht schon viel eher eingefallen war. Doch dann erinnerte er sich daran, dass er sich erst um eine Lösung bemüht hatte, als Korialstrasz ihm von seiner bevorstehenden Suche nach den anderen Drachen erzählte.

*Es scheint schwer zu sein, sich von sich selbst zu trennen.* Rhonin hätte über diese Erkenntnis gelacht. Sogar Krasus musste lächeln. Alexstrasza hatte schon mehrmals den Verdacht geäußert, dass seine ständigen Einmischungen in die Belange der niederen Völker ein wenig auf Eitelkeit beruhten.

Plötzlicher Schwindel erfasste ihn.

Er entging nur knapp einem Sturz vom Dach. Der Angriff währte nicht lange, aber Krasus musste sich danach mehr als eine Minute lang schwer atmend gegen die Brüstung lehnen.

Als er wieder gerade stehen konnte, blickte er über die Black-Rook-Festung und über Suramar hinweg zum dunklen, weit entfernten Zin-Azshari.

Krasus hatte einige geheime Zauber eingesetzt, um andere Magier bei ihren Plänen zu belauschen. Mehr als jeder andere spürte er die Veränderungen in den magischen Kräften dieser Welt, aber selbst er hatte nicht mit einem solch massiven Wechsel gerechnet.

„Sie haben es getan“, stöhnte er und starrte in Richtung der fernen Stadt. „Das Portal für die Brennende Legion wurde aufgestoßen …!“

# DREI

Der Schmerz seines Todes war unerträglich gewesen. Gleichzeitig hatte man ihn auf ein Dutzend entsetzliche Weisen vernichtet. Die Folter war so schrecklich gewesen, dass er den Tod wie eine sehnsüchtig erwartete Geliebte empfangen hatte.

Doch selbst die Leiden seines Sterbens verblassten verglichen mit dem, was danach kam.

Er hatte keinen Körper mehr, keine Substanz, nichts. Von ihm war weniger geblieben als ein Geist. Seine eigene Existenz war ihm nur bewusst, weil ein anderer ihn leiden ließ. Er hatte diesen anderen enttäuscht, und Enttäuschung war die größtmögliche Sünde.

Sein Gefängnis war ein endloses Nichts. Er hörte nichts, sah nichts, spürte nichts … außer Schmerz. Wie viel Zeit mochte vergangen sein? Tage, Wochen, Monate, Jahre, Jahrhunderte? Oder nur einige wenige entsetzliche Minuten? Wenn Letzteres zutraf, dann war seine Folter wahrhaft monströs.

Sein Schmerz endete unerwartet. Ohne einen Mund konnte er seine Erleichterung, seine Freude nicht hinausschreien. Noch nie war er so dankbar für etwas gewesen.

Doch dann begann er sich zu fragen, ob diese Pause nur die Vorbereitung auf eine neue, noch schlimmere Folter war.

*Ich habe beschlossen, dich zu begnadigen.*

Die Stimme seines Gottes erfüllte ihn gleichermaßen mit Hoffnung und Angst. Er wollte sich verbeugen, auf Knien rutschen, doch ohne Körper war ihm das – oder irgendetwas anderes – nicht möglich.

*Ich habe entschieden, dass es einen Platz für dich gibt. Ich habe die Schwärze in dir erblickt und gefunden, was mich einst erfreute. Das wird der Kern deines neuen Ichs sein. Du wirst ein weit besserer Diener werden als zuvor.*

Er war unendlich dankbar für dieses Geschenk, konnte dies jedoch ebenfalls nicht zeigen.

*Du musst neu geformt werden, aber so, dass andere in dir den Ruhm sehen, den ich gebe und die Strafen, die ich austeile. Ich werde dir etwas zurückgeben, durch das sie dich erkennen werden.*

Ein Energieblitz durchfuhr ihn. Winzige Materieflocken flogen ins Innere des Energiesturms, verbanden sich miteinander und schenkten ihm Substanz. Viele hatten vor seiner Zerstörung zu ihm gehört und waren ihm, wie seine Seele, im Augenblick seines Todes von seinem Gott genommen worden.

Langsam und verschwommen bildete sich ein Körper um ihn. Er konnte sich nicht bewegen, konnte nicht atmen. Dunkelheit umgab ihn, und er erkannte, dass er sein Augenlicht zurückerhalten hatte.

Und dann begann er zum ersten Mal nach seinem Tode wirklich zu *sehen*. Er bemerkte, dass seine Arme und Beine anders waren als zuvor. Die Beine bogen sich an den Knien nach hinten und endeten in Hufen. Alle Gliedmaßen waren von dichtem Fell bedeckt, die Hände endeten in langen Klauen.

Sein Gesicht fühlte sich fremd an. Er spürte, dass gekrümmte Hörner aus seiner Stirn ragten. Nichts erinnerte an seinen letzten Körper, und er fragte sich, wie andere ihn erkennen sollten.

Zögernd hob er die Hand und berührte seine Augen … und plötzlich wusste er, woran man ihn erkennen würde. Er spürte, wie die Kräfte darin mit jeder Sekunde größer wurden. Er erkannte die Stränge magischer Energie, die ihn umgaben, sah, wie die unsichtbare Hand seines Gottes seinen Körper erschuf und ihm mehr Macht verlieh als je zuvor.

Er beobachtete die Arbeit seines Gottes und bewunderte ihre Perfektion. Hier entstand eine neue Art von Diener, einer, den alle anderen Jünger seines Herrn beneiden würden.

All dies sah er durch künstliche Augen aus schwarzem Metall, die von rubinroten Schlieren durchzogen waren.

Diese Augen würden all jene zu deuten wissen, die ihn einmal gekannt hatten – und sie würden lernen, ihn aufs Neue zu fürchten.

Lord Kur'talos Ravencrest stand vor dem hohen steinernen Stuhl, von dem aus er normalerweise seine Audienzen hielt, und betrachtete die vor ihm versammelten Kommandanten. Selbst für einen Nachtelf war er außergewöhnlich groß. Sein Gesicht war lang und schmal. Es erinnerte ein wenig an den schwarzen Vogel, dessen Namen er trug. Sogar seine Nase war gebogen wie ein Schnabel. Sein gestutzter Bart und die streng blickenden Augen verliehen ihm eine Aura der Weisheit und Macht. Er trug die graugrüne Rüstung seiner Soldaten, betonte seinen hohen Status jedoch durch einen goldfarbenen Umhang und einen großen, rot eingefassten Helm, auf dem der stilisierte Kopf eines Raben prangte.

Hinter dem Stuhl hingen die Banner seines Hauses, rechteckige, purpurne Fahnen, die die schwarze Silhouette eines Vogels in ihrer Mitte trugen. Das Banner des Hauses Ravencrest war zum Symbol der Verteidiger geworden, und manche sprachen mit der gleichen Ehrfurcht über den Adligen, mit der sie einst von der Königin gesprochen hatten.

Lord Ravencrest selbst schätzte die Königin immer noch, und als Malfurion ihm zuhörte und begriff, in welche Richtung der Gegenangriff gehen sollte, wuchsen seine Bedenken.

„Es ist klar“, betonte der bärtige Nachtelf, „dass wir uns auf Zin-Azshari konzentrieren müssen. Von dort kommen diese Ungeheuer, dort müssen wir sie angreifen!“

Die versammelten Nachtelfen nickten und murmelten Zustimmung. Der Feind musste von seinem Nachschub abgeschnitten werden. Ohne die Verstärkung aus Zin-Azshari würden die Dämonen, die sich bereits im Land aufhielten, sicher bald vernichtet werden.

Ravencrest beugte sich seinem Publikum entgegen. „Doch wir werden uns nicht nur den Ungeheuern aus einer anderen Welt stellen. In Zin-Azshari lauern die Verräter aus unserem eigenen Volk!“

„Tod den Hochwohlgeborenen!“, schrie ein Nachtelf.

„Ja! Die Hochwohlgeborenen! Sie und ihr Anführer Lord Xavius haben dieses Unglück über uns gebracht. Ihnen müssen wir mit erhobenen Schwertern und Lanzen entgegentreten, um sie für ihre Verbrechen zu bestrafen!“

Der Gesichtsausdruck des Adligen wurde noch grimmiger. „Schließlich halten sie unsere geliebte Azshara gefangen.“

Wütende Rufe antworteten ihm. Einige schrien: „Gelobt sei Azshara, das Licht der Lichter!“

Jemand neben Malfurion murmelte: „Sie sind noch immer verblendet.“

Er drehte den Kopf und entdeckte Rhonin, den rothaarigen Zauberer. Er war einen Kopf kleiner als ein Nachtelf, aber breiter gebaut, sodass er nicht nur wie ein Zauberer, sondern ebenfalls wie ein Krieger wirkte. Rhonin war der einzige Mensch unter ihnen – der einzige Mensch der Welt, soweit Malfurion wusste –, und seine bloße Anwesenheit löste Aufregung aus. Die Nachtelfen neigten zur Arroganz und zu Vorurteilen, wenn es um andere Völker ging. Rhonin behandelten sie mit Respekt, weil er mächtig war, doch nur wenige hätten ihn wohl in ihr Heim eingeladen.

Noch weiter entfernt von einer Einladung war die groteske, tierhafte Gestalt neben ihm, die fast so groß wie Malfurion und beinahe so breit wie ein Bär war. Auf dem Rücken trug der Ork eine gewaltige, doppelt geschliffene Streitaxt, die aus Holz zu sein schien, aber wie Stahl glänzte.

„Wer die Wahrheit in der Schlacht nicht erkennt, stürmt der Niederlage entgegen“, grunzte der grünhäutige Krieger, und die philosophischen Worte passten nicht zu seinem primitiven Aussehen.

Broxigar – oder Brox, wie er sich meist nannte – schüttelte den Kopf über die unverminderte Hingabe der Nachtelfen. Rhonin antwortete dem Ork mit einem zynisch traurigen Lächeln, was Malfurion zu der Frage führte, wie sein Volk in den Augen dieser Fremden wirken musste. Im Gegensatz zu den meisten Nachtelfen hatten sie die Wahrheit längst erkannt: Azshara wusste, was in ihrem Palast vorging.

„Wenn ihr wüsstet, was sie einst für uns darstellte", flüsterte Malfurion, „dann würdet ihr verstehen, weshalb ihr Verrat so schwer zu akzeptieren ist."

„Es ist egal, was sie denken", mischte sich Illidan in die Unterhaltung ein. „Sie werden Zin-Azshari ohnehin angreifen. Das Ergebnis wird das Gleiche sein: Das Ende der Dämonen."

„Und wenn Azshara vor sie tritt und erklärt, sie habe den Hochwohlgeborenen die Kontrolle über die Dämonen abgerungen und alles sei wieder in Ordnung?", fragte Rhonin spitz. „Wenn sie ihren Leuten befiehlt, die Waffen niederzulegen, weil die Schlacht vorüber ist? Und wenn die Brennende Legion Ravencrest und die anderen angreift, während die Königin über deren Dummheit lacht?"

Illidan wusste nichts darauf zu erwidern, Brox hingegen schon. Er legte eine Pranke auf den Griff seines Dolches und murmelte leise: „Wir wissen um ihren Verrat. Wir werden dafür sorgen, dass diese Königin niemanden mehr täuscht ..."

Rhonin neigte unter seiner Kapuze den Kopf zur Seite, als wolle er über diesen Vorschlag nachdenken. Illidan verbarg seine Gefühle hinter einem starren Gesichtsausdruck. Malfurion zog die Augenbrauen zusammen, war hin- und hergerissen zwischen den Überbleibseln seiner eigenen königlichen Verehrung und der Erkenntnis, dass man irgendwann gegen die Königin vorgehen musste. Weil sonst die Welt die Invasion der Monstrositäten nicht überstehen würde.

„Sollte die Zeit kommen, werden wir tun, was getan werden muss", antwortete er schließlich.

„Und diese Zeit wird bald kommen."

Krasus betrat leise den Saal, worauf sie verstummten. Der blasse, rätselhafte Zauberer bewegte sich sicherer, erholter, aber der Drache, vom dem er seine Stärke zu beziehen schien, war natürlich nicht im Saal zu sehen.

Rhonin ging sofort zu ihm. „Krasus, wie ist das möglich?"

„Ich habe getan, was ich getan habe", sagte der Angesprochene und berührte unbewusst die drei kleinen Narben auf seinem Gesicht. „Ich muss euch sagen, dass Korialstrasz uns verlassen hat."

Die Nachricht kam zwar nicht überraschend, schockierte jedoch alle. Ohne den Drachen mussten sich die Nachtelfen noch stärker als zuvor auf ihre kleine Gemeinschaft stützen.

Am anderen Ende des Saals setzte Lord Ravencrest seine Rede fort. „Sobald wir dort sind, wird eine zweite Streitmacht unter Lord Desdel Stareyes Kommando vom Süden her angreifen und sie so von zwei Seiten in die Zange nehmen ..."

Neben dem Thron stand ein sehr hagerer Nachtelf, der die gleiche Rüstung wie Ravencrest angelegt hatte, aber einen Umhang aus miteinander verwobenen grünen, orangefarbenen und purpurnen Linien trug. An der Spitze von Stareyes Helm sah man eine Krone aus Nachtsäblerfell. Der Helm war außerdem mit zahlreichen kleinen Edelsteinsternen verziert. In der Mitte jedes Edelsteins saß ein goldenes Auge. Zweifellos wirkten diese Verzierungen auf Außenstehende kitschig, Stareyes Kameraden gefielen sie jedoch. Der Nachtelf schien auf jeden herabzublicken – auf jeden außer seinem Gastgeber, denn Desdel Stareye wusste, wie wichtig seine Verbindung zum Hause Ravencrest war.

„Wir müssen uns schnell bewegen, natürlich, ja“, fügte Stareye überflüssigerweise hinzu. „Sie im Herzen treffen, ja. Die Dämonen werden sich vor unseren Klingen ducken und um Gnade winseln, doch die werden wir ihnen nicht gewähren.“

Er griff in einen Beutel an seinem Gürtel, nahm ein weißes Pulver heraus und schniefte es.

„Der Himmel möge uns beistehen, wenn dieser Lackaffe eine Armee kommandieren soll“, murmelte Rhonin. „Seine Rüstung glänzt, als wäre sie frisch geschmiedet. Hat er jemals eine Schlacht gesehen?“

Malfurion verzog das Gesicht. „Nur wenige aus unserem Volk haben das. Die meisten überlassen diese *geschmacklose Pflicht* Lord Ravencrest, der Mondgarde oder den örtlichen Streitkräften. Leider entscheidet in schweren Zeiten die Blutlinie darüber, wer den höchsten Rang erhält.“

„Fast wie bei den Menschen“, sagte Krasus, bevor Rhonin antworten konnte.

„Rasch bis ins Herz vorstoßen“, pflichtete Lord Ravencrest bei. „Und das muss uns gelingen, bevor die Hochwohlgeborenen das Portal für weitere Ungeheuer öffnen …“

Malfurion war überrascht, als Krasus vortrat und es wagte, Ravencrest zu unterbrechen. „Ich befürchte, dass es dafür bereits zu spät ist, Mylord.“

Einige Nachtelfen murmelten verärgert über diese Unhöflichkeit eines Fremden. Krasus ignorierte sie und ging auf den Thron zu. Malfurion bemerkte, dass der Magier noch immer leichte Anzeichen des Unwohlseins zeigte. Es schien ihm zwar gelungen zu sein, sich von dem Drachen zu lösen, doch seine geheimnisvolle Krankheit hatte er nicht völlig überwunden.

„Was soll das heißen, Zauberer?“

Krasus blieb vor Ravencrest stehen. „Dass das Portal bereits geöffnet wurde.“

Seine Worte hallten durch den Saal. Einige Nachtelfen wurden blass unter ihrer purpurnen Gesichtsfarbe. Malfurion verstand es gut, denn das waren wirklich schlechte Nachrichten. Er fragte sich, wie sie reagieren würden, wenn sie erfuhren, dass der eizige Drache, der sie unterstützt hatte, nicht mehr bei ihnen war.

Desdel Stareye fragte hochmütig: „Woher weißt du das?“

„Ich habe die magischen Strahlen gespürt“, antwortete Krasus. „Ich weiß, was sie bedeuten. Das Portal wurde geöffnet.“

Der Adlige rümpfte die Nase, als wolle er damit ausdrücken, wie fragwürdig solche Beweise waren. Lord Ravencrest akzeptierte Krasus' Aussage jedoch mit düsterem Nicken. „Wie lange ist das her?"

„Einige Minuten. Ich habe es zweimal überprüft, bevor ich hierher eilte."

Der Herrscher der Black-Rook-Festung lehnte sich zurück. „Das sind schlimme Nachrichten. Doch, wenn erst sowenig Zeit vergangen ist …"

„Es gibt noch Hoffnung", stimmte der Zauberer zu. „Das Portal ist schwach. Sie werden nur wenige gleichzeitig hindurchbringen können. Noch wichtiger ist, dass ihr Herr es noch nicht betreten kann. Sollte er es versuchen, wird er das Portal zerstören …"

„Welche Rolle spielt das? Er kann doch einfach da bleiben, wo er ist und seinen Armeen Befehle erteilen", sagte Stareye und schniefte.

„Die Brennende Legion ist nur ein Schatten seiner furchtbaren Macht. Selbst wenn alle Dämonen, die ihm dienen, das Portal durchschreiten, hätten wir noch Hoffnung. Doch sollten wir alle vernichten, aber ihm den Schritt in unsere Welt ermöglichen, gäbe es diese nicht mehr."

Stille folgte auf seine Worte. Malfurion blickte zu Rhonin und Brox. Ihre Mimik spiegelte Krasus' Warnung wider.

„Das ändert nichts", erklärte Ravencrest abrupt. Er sah sein Publikum entschlossen an. „Zin-Azshari steht jetzt mehr denn je im Zentrum unserer Aufmerksamkeit. Dort erwarten uns das Portal und unsere geliebte Azshara. Deshalb werden wir dorthin marschieren!"

Die Nachtelfen begannen spontan zu jubeln, so sehr vertrauten sie dem älteren Kommandanten in Kriegsdingen. Nur wenige Nachtelfen hatten einen Ruf, der sich mit dem von Lord Ravencrest messen konnte. Er scharte die Krieger mit fast ebenso großem Geschick unter seinem Banner wie die Königin.

„Die Krieger stehen bereit! Sie warten nur noch auf unsere Entscheidung. Nach dieser Versammlung werdet ihr alle zu euren Einheiten zurückkehren und sie vorbereiten. Morgen werden wir am Ende des Tages unseren Marsch auf die Hauptstadt beginnen!" Ravencrest hob seine Faust. „Für Azshara! Für Azshara!"

„Für Azshara!", wiederholten die anderen Nachtelfen, unter anderem auch Illidan. Malfurion wusste jedoch, dass sein Bruder den Ruf nur aufnahm, weil er zum Zauberer von Black Rook geworden war. Auch wenn Illidan vielleicht seine eigene Meinung über Königin Azshara hatte, seine neu gewonnene Position wollte er dafür nicht aufs Spiel setzen.

Die Nachelfen-Offiziere stürmten fast aus dem Raum, konnten es kaum erwarten, zu ihren Soldaten zurückzukehren. Malfurion blickte ihnen nach und dachte daran, wie launisch sein Volk sein konnte. Eben noch hatten sie über die neue Bedrohung durch das Portal geklagt, aber jetzt taten sie so, als hätten sie die schlimmen Neuigkeiten nie erfahren.

Aber selbst wenn sie tatsächlich so vergesslich gewesen wären, Rhonin und Brox dachten noch daran. Sie schüttelten die Köpfe, und der rothaarige Zauberer murmelte: „Das geht nicht gut aus. Dein Volk versteht nicht, worauf es sich einlässt.“

„Haben sie denn eine Wahl?“

„Ihr müsst noch einmal darüber nachdenken, Boten auszusenden, so wie ich es vorgeschlagen habe“, beharrte Krasus plötzlich.

Der Zauberer stand noch immer vor Lord Ravencrest, der von zwei ernst wirkenden Wachen und Desdel Stareye umgeben war. Krasus hatte einen Fuß auf das Podest gesetzt. Malfurion hatte ihn noch nie so erregt erlebt.

„Boten aussenden?“, entgegnete Stareye. „Ihr beliebt zu scherzen.“

„Ich verstehe Eure Sorge“, antwortete ihr Gastgeber, „aber so tief sind wir noch nicht gesunken. Fürchtet Euch nicht, Meister Krasus, wir werden Zin-Azshari einnehmen und den Dämonen den Weg durch das Portal abschneiden. Das verspreche ich Euch.“ Er rückte seinen Helm zurecht. „Nun, ich glaube, wir müssen beide noch einiges vor dem Marsch vorbereiten, oder?“

Der Adlige verließ hoch erhobenen Hauptes den Raum, so als habe er bereits gesiegt. Die Wachen und Stareye folgten ihm. Illidan stieß kurz vor der Tür zu seinem Herrn. Krasus sah ihnen mit missmutigem Gesicht hinterher.

„Von was wolltest du ihn überzeugen?“, fragte Rhonin. „Zu wem sollte er Boten schicken?“

„Ich habe versucht – erfolglos versucht, wie es scheint – ihn davon zu überzeugen, um die Hilfe der Zwerge und der anderen Völker zu bitten …“

„Der anderen Völker?!“, stieß Malfurion hervor. Wenn Krasus ihn von Anfang an gefragt hätte, wie groß seine Erfolgschancen waren, hätte der junge Nachtelf sofort versucht, ihn von diesem Vorschlag abzubringen. Obwohl Kalimdor belagert wurde und Hunderte bereits gestorben waren, hätte sich kein Lord so sehr erniedrigt, Fremde um Hilfe zu bitten. Für die meisten Nachtelfen waren Zwerge und ähnliche Wesen beinahe Ungeziefer.

„Ja … und ich entnehme deiner Mimik, dass es auch sinnlos wäre, ihn später darauf anzusprechen.“

„Weißt du noch, wie schwierig es bei uns war, die Zwerge, Orks, Elfen und Menschen von einer Zusammenarbeit zu überzeugen?“, fragte Rhonin. „Ganz zu schweigen von den Problemen, die es mit den einzelnen Fraktionen und Königreichen innerhalb der Völker gab.“

Krasus nickte müde. „Sogar mein eigenes Volk ist nicht frei von Vorurteilen.“

Noch nie war Malfurion der Frage, wer Krasus eigentlich war, so nahe gewesen, aber er hakte nicht nach. Seine Neugier über die Identität seines Verbündeten war unbedeutend im Angesicht der Katastrophe, der sie entgegensahen.

„Ihr habt ihnen nichts von der Abreise des Drachen erzählt“, sagte er stattdessen zu Krasus.

„Lord Ravencrest weiß Bescheid. Ich habe ihm eine Nachricht geschickt, als Korialstrasz mir seine Entscheidung mitteilte."

Rhonin runzelte die Stirn. „Du hättest Korialstrasz nicht gehen lassen sollen."

„Er teilt meine Sorge über die Drachen. Das solltest du auch." Eine stumme Unterhaltung fand zwischen den beiden Zauberern statt, die Rhonin schließlich mit einem Nicken beendete.

„Was sollen wir machen?", fragte Brox. „Sollen wir mit den Nachtelfen kämpfen?"

„Wir haben keine andere Wahl", antwortete Rhonin vor Krasus. „Wir sind hier gefangen. Die Dinge sind so kompliziert geworden, dass wir eine aktivere Rolle einnehmen müssen." Er blickte dem älteren Magier tief in die Augen. „Wir können nicht einfach zusehen."

„Nein, das können wir nicht. Dazu ist es bereits zu spät. Außerdem habe ich nicht vor, auf meine Attentäter zu warten. Ich werde mich zur Wehr setzen."

Rhonin nickte. „Dann sind wir uns einig."

Malfurion verstand nicht alles, was gesagt wurde, aber er erkannte, dass er das Ende eines langen, schwierigen Disputs beobachtete. Anscheinend war Krasus trotz der Unterstützung, die er den Nachtelfen gewährt hatte, nicht sicher, ob er ihnen wirklich helfen sollte. Das war paradox, fand der Druide, wenn man bedachte, wie leidenschaftlich Krasus darum gebeten hatte, Zwerge und Tauren zu Verbündeten zu machen.

Erst dann fiel ihm auf, dass sie beschlossen hatten, gemeinsam mit den Streitkräften gegen Zin-Azshari zu ziehen. Malfurion wusste, dass er noch mit einer Person sprechen musste, bevor das geschah. Er konnte Suramar erst verlassen, wenn er sie noch einmal gesehen hatte.

„Ich muss gehen", sagte er den anderen. „Es … es gibt etwas, das ich noch erledigen muss."

Seine Wangen mussten sich gerötet haben, denn Krasus nickte freundlich. „Bitte übermittle ihr meine Grüße."

„Ich … natürlich."

Doch als er an dem älteren Magier vorbeigehen wollte, griff dieser nach seinem Arm. „Wehre dich nicht zu sehr gegen deine Gefühle, mein Junge. Sie sind Teil deiner Berufung, deines Schicksals. Du wirst sie in den Tagen, die nun kommen, brauchen, vor allem, da *er* zweifellos hier eingetroffen ist."

„Hier?" Rhonin runzelte die Stirn. „Wer? Was verschweigst du uns?"

„Ich denke nur logisch, Rhonin. Du hast gesehen, dass der Dämon Mannoroth die Legion anführte, als sie die Stadt verließ. Du weißt, dass wir trotz seiner Anwesenheit das Portal destabilisieren und seinen Armeen großen Schaden zufügen konnten."

„Wir haben Mannoroth geschlagen, das weiß ich. Das haben wir in … zu Hause auch geschafft."

Krasus Augen' verschleierten sich. Malfurion spürte, wie seine Sorge zunahm. „Dann solltest du auch noch wissen, was *nach* seiner Niederlage geschah."

Der Nachtelf sah, wie Rhonin erbleichte. Brox war ebenfalls verstört, aber seine Reaktion entsprach der von Malfurion. Er wusste, dass etwas Unangenehmes enthüllt werden würde, er wusste nur nicht, was.

„Archimonde." Der Mensch flüsterte den Namen nur, als habe er Angst, sein Träger könne durch einen lauten Ruf angelockt werden.

„Archimonde", wiederholte Brox verstehend. Er umklammerte den Griff seines Dolches. Seine Blicke irrten durch den Raum.

„Wer ist dieser … dieser Archimonde?", fragte Malfurion. Der Name hinterließ einen schlechten Geschmack in seinem Mund.

Es war Rhonin, der ihm antwortete. Rhonin, dessen Augen leuchteten und dessen Lippen hasserfüllt verzerrt waren. „Er, der zur Rechten des Lords der Brennenden Legion sitzt."

Captain Varo'then überbrachte seiner Königin wie immer die Neuigkeiten. Seit Lord Xavius' Tod war er zu ihrem Liebling aufgestiegen … in mehr als nur einer Hinsicht. Seine neue Uniform – ein glitzerndes Grün mit goldenen Sonnenstrahlen auf der Brust – war das letzte Geschenk, das Azshara ihm überreicht hatte. Sein Rang war zwar immer noch der eines Captains, aber in Wirklichkeit befehligte er nicht nur Generäle, sondern sogar Dämonen.

Varo'then warf seinen glänzenden goldenen Umhang nach hinten, als er das Quartier seiner Königin betrat. Ihre Zofen verneigten sich tief und verließen dann den Raum.

Azshara selbst lag auf einem silberfarbenen Sofa, den Kopf auf ein kleines Kissen gebettet. Ihr Haar, das noch silberner als das Sofa leuchtete, floss über ihren Nacken, ihre Schultern und ihren Rücken. Die Königin hatte mandelförmige Augen aus reinem Gold und ebenmäßige Gesichtszüge. Die Robe, die sie trug, leuchtete blau und brachte ihre perfekten Formen wunderbar zur Geltung.

In einer Hand hielt Azshara einen Blickglobus, ein magisches Kunstwerk, auf dem man Tausende von exotischen Bildern betrachten konnte. Das Bild, das sich gerade auflöste, als der Soldat niederkniete, schien Azshara selbst darzustellen, aber Varo'then war sich nicht sicher.

„Ja, mein lieber Captain?"

Varo'then hoffte, dass seine Wangen nicht vor Leidenschaft erröteten. „Licht des Mondes, Blume des Lebens, ich bringe wichtige Nachrichten. Der Großmächtige, Sargeras –"

Sie setzte sich augenblicklich auf. Ihre Augen weiteten sich. „Er ist hier?", fragte die Königin.

Ein Moment der Eifersucht griff nach dem Captain. „Nein, Licht aller Lichter. Das Portal ist noch nicht groß genug, um den Großmächtigen in all seiner Herrlichkeit aufzunehmen … aber er hat seinen engsten Vertrauten zu uns gesandt, um ihm den Weg zu ebnen."

„Dann muss ich ihn begrüßen!", erklärte Azshara und erhob sich. Zofen liefen aus ihren Verstecken, um die lange Schärpe der Königin zu tragen. Der Rock war so geschnitten, dass er die langen, glatten Beine der Königin beim Gehen freigab. Azshara war die personifizierte Verführung. Varo'then wusste zwar, dass sie nur mit ihm spielte, aber das interessierte ihn nicht.

In dem Moment, in dem sie sich bewegte, traten andere Gestalten aus den Schatten. Trotz ihrer gewaltigen Größe waren die Teufelswächter, die als persönliche Leibwache der Königin dienten, vorher nicht zu sehen gewesen. Zwei traten vor, der Rest blieb hinter ihnen. Die Dämonen warteten geduldig und ausdruckslos auf die nächste Bewegung ihrer Königin.

Varo'then winkelte seinen gepanzerten Arm an, und Azshara legte ihre perfekten Finger darauf. Er führte sie durch die bunt gestrichenen Marmorhallen des Palasts zu dem Turm, wo die überlebenden hochwohlgeborenen Priester ihre Bemühungen wieder aufgenommen hatten. Elfische und dämonische Wächter nahmen Haltung an, wenn sie an ihnen vorbeischritten. Varo'then hatte sich ausgiebig mit der Legion beschäftigt und wusste, dass die Schönheit der Königin zwar weder von Mannoroth, noch von Hakkar wahrgenommen wurde, wohl aber von den niederen Dämonen. Ihre Leibwache hatte sogar begonnen, andere ihrer Art mit Misstrauen und Eifersucht zu betrachten.

Selbst die Dämonenlords taten gut daran, die Herrscherin der Nachtelfen nicht zu unterschätzen.

Zwei Teufelsbestien bewachten die äußere Tür. Die Tentakel der hundeartigen Dämonen zuckten der Leibgarde entgegen.

Sofort bildeten die Teufelswächter eine schützende Wand zwischen Azshara und den Hunden. Teufelsbestien entzogen Lebewesen Magie, so wie Insekten Blut saugten, und Azshara hatte große magische Kräfte, auch wenn sie nicht so aussah. Für die Kreaturen wäre sie ein Festmahl gewesen.

Varo'then zog bereits seine eigene Waffe, als Azshara sanft seine Wange berührte und sagte: „Nein, geliebter Captain."

Sie winkte die Wächter zur Seite und ging auf die Teufelsbestien zu. Sie ignorierte die gefährlichen Tentakel, kniete vor den beiden nieder und lächelte.

Eines der Monster rieb sofort seinen ausgestreckten Kopf an ihrer Hand. Der andere Dämon öffnete sein Maul und zeigte Reihen scharfer Zähne. Seine Zunge hing an der Seite heraus. Beide benahmen sich in Azsharas Gegenwart wie drei Tage alte Nachtsäbler.

Die Königin streichelte die Häupter der beiden Monster und drückte sie dann zur Seite. Die Teufelsbestien gehorchten, setzten sich vor der Wand auf die Hinterpfoten und sahen aus, als erhofften sie sich eine kleine Leckerei.

Der Captain steckte seine Waffe wieder weg. Nein, *niemand* tat gut daran, seine geliebte Königin zu unterschätzen.

Die Tür öffnete sich, als Azshara an den Teufelsbestien vorbei schritt. Varo'then, der unmittelbar hinter ihr ging, sah, wie Mannoroth über seine Schulter blickte, als er die Neuankömmlinge bemerkte. Der Captain glaubte, große Sorge im Mienenspiel des Dämons zu erkennen. Mannoroth schien sich nicht gerade auf die Ankunft des großmächtigen Beraters zu freuen.

Als die Nachtelfen den Raum betraten, erkannten sie, dass Archimonde bereits eingetroffen war.

Zum ersten Mal schien Azshara ein wenig die Fassung zu verlieren. Ihr kurzer, erschrockener Laut überraschte Varo'then fast so sehr wie der Dämon selbst.

Archimonde war groß wie Mannoroth, aber damit endete die Ähnlichkeit auch schon. Er sah wesentlich besser aus, erinnerte fast schon an die Nachtelfen, über die er sich erhob. Seine Haut war blauschwarz, und Varo'then begriff nach einem Moment, dass er mit den Eredar-Hexenmeistern verwandt sein musste. Er war wie sie gebaut und verfügte sogar über einen ähnlichen, wild peitschenden Schwanz. Sein Körper war völlig unbehaart, sein Kopf gewaltig, seine Ohren ragten lang und spitz nach oben. Seine dunkelgrünen Augen lagen im Schatten einer tiefen Stirn. Er trug Plattenpanzer auf seinen Schultern, seinen Schienbeinen, Unterarmen und seiner Hüfte, sonst fast nichts. Die Linien und Kreise, die auf seinen Körper tätowiert waren, erstrahlten in einem magischen Licht.

„Ihr seid Königin Azshara", sagte er mit glatter und angenehm modulierter Stimme. Mannoroth klang weitaus gutturaler, Hakkar zischender. „Sargeras gefällt Eure Loyalität."

Die Nachtelfe errötete leicht.

Sein ruhiger Blick fiel auf Captain Varo'then. „Und der Großmächtige freut sich stets über einen guten Krieger."

Varo'then berührte mit einem Knie den Boden. „Ich fühle mich geehrt."

Archimonde schien sein Interesse an den beiden Nachtelfen bereits zu verlieren, denn er wandte sich wieder den Zauberern zu. Ein schwarzer Riss hing in der Mitte des Musters, das sie erschaffen hatten, ein Riss, durch den sich der riesige Dämon gequetscht hatte.

„Haltet durch. Er wird gleich kommen."

„Wer?", stieß Azshara hervor. „Sargeras?"

Archimonde schüttelte gleichgültig den Kopf. „Nein, ein anderer."

Varo'then warf einen Blick auf Mannoroth, der ebenfalls verwirrt wirkte.

Die Ränder des Risses verschwammen plötzlich. Die Hochwohlgeborenen, die das Portal geöffnet hatten, begannen zu zittern, als der Druck stärker wurde. Einige stöhnten auf, brachen aber zu ihrem eigenen Glück nicht zusammen.

Und dann erschien eine Gestalt in den Tiefen des Portals. Sie war kleiner als die Dämonen, strahlte jedoch große Macht aus. Sie stand auf einer Stufe mit Archimonde und Azshara, das erkannte Varo'then bereits, bevor sie den ersten Fuß in seine Welt setzte.

Besser gesagt, den ersten Huf.

Auf zwei Ziegenbeinen bewegte sich der Fremde auf die Dämonen und Nachtelfen zu. Die untere Hälfte seinen Körpers war die eines Tiers. Der unbekleidete Oberkörper war zwar extrem muskulös und so purpurn, dass er beinahe schwarz erschien, erinnerte jedoch stark an den eines Nachtelfen. Das schmale Gesicht wurde von langem blauschwarzem Haar umrahmt. Große, gewundene Hörner standen in deutlichem Kontrast zu den eleganten spitzen Ohren. Der Fremde trug nur einen Lendenschurz, keine sonstige Kleidung.

Erst jetzt bemerkte der Soldat die Augen. Es war eindeutig, dass es sich bei den schwarzen, von roten Linien durchzogenen Kristallen um künstliche Gebilde handelte. Augen, die Varo'then kannte, denn nur ein Wesen hatte solche je besessen.

Captain Varo'then starrte es an, doch den Namen des Wesens sprach Königin Azshara aus, nachdem sie das schmale Gesicht ungläubig betrachtet hatte.

„*Lord … Xavius?*"

# VIER

Die Nachtelfen-Streitmacht, die Lord Ravencrest zusammengezogen hatte, war von beeindruckender Größe. Doch das tröstete Malfurion nicht, als er darauf wartete, dass der Adlige den Abmarsch befahl. Der junge Nachtelf blickte nach rechts, wo sein Bruder und seine Begleiter ebenfalls auf ihren Reittieren warteten. Rhonin und Krasus waren in ein Gespräch vertieft, während Brox mit der Geduld eines erfahrenen Kriegers zum Horizont spähte. Vielleicht verstand der Ork als Einziger, welcher unmöglichen Aufgabe sie tatsächlich gegenüberstanden. Brox hielt die Axt, die Malfurion und Cenarius ihm gegeben hatten, fest in beiden Händen. Er schien den endlosen Strom der Feinde bereits vor sich zu sehen.

Obwohl der Ork großes Kriegswissen besaß, hatten Ravencrest und seine Generäle sich kein einziges Mal an ihn gewandt, um von seiner Erfahrung zu profitieren. Brox hatte die Dämonen bereits bekämpft, doch niemand fragte ihn nach ihren Schwächen, ihren Stärken oder all den anderen Dingen, die in einer Schlacht entscheidend sein konnten. Krasus und Rhonin hatten zwar einiges erzählt, aber ihre Informationen waren von ihrem magischen Wissen geprägt. Doch wenn es um körperlichen Einsatz ging, war Brox derjenige, mit dem man hätte reden müssen.

*Wir sind so hochmütig, dass es unser Untergang werden könnte …* Malfurion runzelte die Stirn über seinen eigenen Pessimismus, doch das Gefühl verflog, als er eine Person entdeckte, die auf ihn zuritt.

„Malfurion!", rief Tyrande mit besorgter Miene. „Ich hatte schon befürchtet, ich würde dich in all dem Chaos nie finden."

Ihr Gesicht war ihm so vertraut wie sein eigenes, denn er hatte es längst in sein Gedächtnis eingebrannt. Tyrande war eine Kindheitsfreundin, die jetzt zur Sehnsucht geworden war. Ihre Haut war violett und glatt, und ihr blaues Haar glänzte metallisch. Ihr Gesicht war runder als das vieler Nachtelfen, was ihre Schönheit noch unterstrich. Ihre Gesichtszüge wirkten verletzlich, aber auch entschlossen, und ihre Silberaugen schienen Malfurion magisch anzuziehen. Ihre Lippen waren weich und stets bereit zu einem Lächeln.

Die Novizenpriesterin von Elune – Mutter Mond – trug nicht ihr übliches Gewand, sondern Kleidung, die besser zum Lärm eines Schlachtfeldes, als zur

Stille des Tempels passte. Ihr fließendes weißes Gewand war einer Rüstung aus übereinander liegenden Platten gewichen, die ihr große Bewegungsfreiheit ließ. Die Panzerung bedeckte Tyrandes Körper von den Zehen bis zum Hals. Darüber trug sie einen feinen Umhang, der die Farbe des Mondlichts hatte. In ihrer Armbeuge trug die junge Priesterin einen geflügelten Helm, mit dem sie ihr Haupt schützen würde.

Auf Malfurion wirkte sie wie die Priesterin eines Kriegsgottes. Tyrande schien seinen Gesichtsausdruck richtig zu deuten, denn sie sagte rechtfertigend: „Deine neue Berufung füllt dich wohl so sehr aus, dass du die Elemente von Mutter Mond vergessen hast. Weißt du nicht mehr, dass sie auch die Kriegerin der Nacht ist, die die Tapferen vom Schlachtfeld holt und sie zur Belohnung als Sterne durch die Dunkelheit reiten lässt?“

„Ich wollte nicht respektlos erscheinen, Tyrande. Ich habe dich nur noch nie in solcher Kleidung gesehen. Das weckt die Sorge in mir, dass dieser Krieg uns alle für immer verändern wird … so wir ihn überleben.“

Ihr Gesichtsausdruck verlor seine Härte. „Es tut mir Leid. Ich bin wohl so unsicher, dass ich mich hinter Ärger verstecke. Hinzu kommt, dass die Hohepriesterin beschlossen hat, dass ich die Novizen in den Kampf führen soll.“

„Was soll das heißen?“

„Dass wir die Streitmacht nicht nur als Heiler begleiten. Die Hohepriesterin hatte eine Vision, in der die Schwestern neben den Soldaten und der Mondgarde kämpften. Sie sagt, wir alle müssten bereit sein, neue Aufgaben zu übernehmen, sonst würden wir die Dämonen niemals besiegen.“

„Das ist vielleicht leichter gesagt als getan“, erwiderte Malfurion und verzog das Gesicht. „Es fällt unserem Volk nicht leicht, Veränderungen zu akzeptieren. Du hättest hören müssen, was geschah, als Krasus vorschlug, die Zwerge und Tauren um Hilfe anzurufen.“

Ihre Augen weiteten sich. „Es grenzt doch schon an ein Wunder, dass sie ihn und Rhonin mithelfen lassen. Versteht er das nicht?“

„Ja, aber er ist so stur wie ein Nachtelf, vielleicht sogar *noch* starrköpfiger.“

Er brach ab, als sich sein Bruder zu ihnen gesellte. Illidan warf ihm einen kurzen Blick zu, bevor er seine Aufmerksamkeit voll und ganz Tyrande widmete.

„Du siehst wie eine mächtige Kriegerkönigin aus“, sagte er. „Selbst Azshara könnte nicht besser aussehen.“

Tyrande errötete, und Malfurion wünschte sich, er hätte ihr auch ein Kompliment gemacht, an das sich die Priesterin erinnern würde, wenn die Streitmacht aufbrach.

„Du erinnerst mich an die Kriegerin der Nacht“, fuhr Illidan elegant fort. „Ich habe gehört, dass du einige deiner Schwestern anführen sollst.“

„Die Hohepriesterin hat gesagt, meine Fähigkeiten hätten sich in der letzten Zeit stark verbessert. Sie meint, dass sie in all den Jahren ihrer Priesterschaft nur wenige Schülerinnen hatte, die sich so schnell steigern konnten."

„Das überrascht mich nicht."

Malfurion wollte ihr ein ähnliches Kompliment machen, doch im gleichen Moment ertönte ein Horn. Ein zweites folgte, dann ein drittes und viertes. Die einzelnen Regimenter meldeten ihre Bereitschaft.

„Ich muss zu den Schwestern zurückkehren", erklärte Tyrande. An Malfurion gewandt sagte sie: „Ich bin nur gekommen, um dir alles Gute zu wünschen."

Sie sah Illidan an. „Und dir natürlich auch."

„Mit deinem Segen werden wir zum Sieg reiten", antwortete Malfurions Bruder.

Erneut errötete Tyrande. Ein weiteres Horn ertönte. Sie setzte rasch ihren Helm auf, gab ihrem Panther die Sporen und ritt davon.

„Sie sieht kampfbereiter aus als du und ich", sagte Malfurion.

„Ja. Sie wird mal einen Mann sehr glücklich machen, nicht wahr?"

Malfurion drehte sich zu seinem Bruder um, doch der ritt bereits zu Lord Ravencrest. Als Leibzauberer musste Illidan sich in der Nähe des älteren Nachtelfen aufhalten. Malfurion und den anderen war befohlen worden, in Rufweite zu bleiben, sie mussten jedoch nicht mit Ravencrest reiten. Der Herrscher von Black Rook verteilte seine besten Waffen lieber. Die Eredar wussten schließlich, dass sie sich auf den Druiden und die Zauberer konzentrieren mussten, wenn sich ihnen die Gelegenheit dazu bot.

Jarod Shadowsong und drei Soldaten ritten auf ihn zu. „Wir brechen auf. Du musst mit uns kommen."

Malfurion nickte und folgte dem Captain zurück zu den anderen. Rhonin und Krasus wirkten missmutig. Brox hatte seine Haltung nicht verändert, aber seine Lippen bewegten sich, als würde er beten.

„Ein Nachtmarsch", erklärte Krasus, während er die letzten Sonnenstrahlen hinter dem Horizont verschwinden sah. „Wie vorhersehbar. Archimonde wird das nicht entgehen. Dein Volk versucht zwar, sich anzupassen, aber es fällt immer wieder in die alten Verhaltensmuster zurück."

„Wir sind so viele, dass wir die Dämonen zurückwerfen werden", antwortete Captain Shadowsong zuversichtlich. „Lord Ravencrest wird die Monster aus unserem schönen Land werfen."

„Darin liegt unsere Hoffnung."

Das letzte Horn ertönte, dann bewegte sich die Elfenstreitmacht auf Zin-Azshari zu. Trotz seiner Zweifel spürte Malfurion Stolz, als er die endlosen Reihen der Soldaten sah. Die Banner von drei Dutzend großen Clans flatterten über der Streitmacht und zeugten von einer Allianz, die das ganze Reich einschloss. Die Infanterie bewegte sich im Gleichschritt wie Ameisen, die auf dem Weg zu einem Festmahl waren. Nachtsäbler sprangen zu Hunderten in großen Sätzen vorwärts. Ihre behelmten Reiter sahen sich misstrauisch um.

Die meisten Soldaten trugen Schwerter, Lanzen und Bögen. Hinter ihnen rollten Belagerungsmaschinen – Ballisten, Katapulte und ähnliches – durch die Landschaft. Sie wurden von dunklen Panthern gezogen. Es waren hauptsächlich Lord Ravencrests Soldaten, die diese Maschinen bedienten, denn im Allgemeinen mochten Nachtelfen nichts Mechanisches. Nur Ravencrest schien über die nötige Weitsicht zu verfügen, die sein Volk in diesem Krieg benötigte.

Der Druide war besorgt, weil der Adlige die Zwerge und Tauren nicht um Hilfe gebeten hatte, aber letzten Endes würde das keinen Unterschied machen. Ravencrest glaubte zwar immer noch an Azsharas Unschuld, aber er würde auch so dafür sorgen, dass die Brennende Legion unterging.

Schließlich hatten sie keine andere Wahl.

Angetrieben von Ravencrest und ihrer eigenen Siegessicherheit brachten die Nachtelfen an diesem ersten Abend eine große Distanz hinter sich. Ihr Kommandant ließ die Streitmacht schließlich zwei Stunden nach Sonnenaufgang anhalten. Sofort bauten die Soldaten ihr Lager auf. Wachen bezogen an der Vorderseite Posten, um einen möglichen Überraschungsangriff der Dämonen zu verhindern.

Hier war das Land noch unberührt von dem Schrecken der Brennenden Legion. Im Süden erstreckte sich ein Wald, im Norden sah man sanfte grüne Hügel. Der ältere Nachtelf schickte Späher in beide Richtungen, aber sie kehrten ergebnislos zurück.

Malfurion fühlte sich zu dem Wald hingezogen. Als die Gelegenheit günstig war, trennte er sich von seinen Begleitern und lenkte sein Reittier den Bäumen entgegen.

Jarod Shadowsong bemerkte sofort, was er vor hatte. Der Captain ritt hinter ihm her und rief: „Du musst zurückkehren! Du darfst dich nicht von den anderen trennen. Denk daran, was das letzte Mal passiert –“

„Mir wird nichts zustoßen, Jarod“, antwortete Malfurion ruhig. Er spürte, dass dieser kleine Wald sogar von den dämonischen Mördern, die ihn und seine Begleiter zu verfolgen schienen, abgeschirmt war. Er konnte nicht erklären, warum er das wusste, aber er war sich sicher, dass dem so war.

„Du kannst nicht allein –“

„Das bin ich nicht. Allein. Du bist ja bei mir.“

Der Soldat biss die Zähne zusammen und folgte dem Druiden mit resignierendem Kopfschütteln in den Wald. „Bitte … nicht so lang.“

Malfurion versprach nichts, sondern tauchte tiefer in den Wald ein. Das Gefühl der Sicherheit und der Vertrautheit überwältigte ihn beinahe. Die Bäume hießen ihn willkommen, schienen ihn sogar zu erkennen.

Und dann begriff er, weshalb er sich an diesem Ort so zu Hause fühlte.

„Willkommen zu Hause, mein *thero'shan* … mein ehrenwerter Schüler."

Captain Shadowsong sah sich nach der sonoren Stimme um, die nach Wind und Donner klang. Malfurion blieb einfach nur ruhig stehen, denn er wusste, dass sich der Besitzer der Stimme irgendwann zu erkennen geben würde.

Der Wind nahm zu. Der Offizier hielt seinen Helm fest, während der Druide seinen Kopf zurücklegte, um die Brise besser spüren zu können. Die Böen wurden immer stärker und rissen Blätter vom Boden empor. Doch das schien nur den Captain zu stören. Die Nachtsäbler streckten die Nasen in die Luft und atmeten den frischen Wind ein.

Ein kleiner Wirbelsturm bildete sich vor den Reitern. Blätter, kleine Äste, Steine und Erde wirbelten darin umher. Sie zogen sich zusammen, bis sie eine Gestalt bildeten.

„Ich habe auf dich gewartet, Malfurion."

„Bei Mutter Mond!", stieß Jarod hervor.

Der Riese bewegte sich auf vier Beinen vorwärts. Die untere Hälfte seines Körpers war die eines Hirsches. Darüber befand sich der Oberkörper eines äußerst muskulösen Nachtelfen, der aus goldenen Augen auf die beiden Reiter herabblickte. Seine violette Haut leuchtete, und seine Finger endeten in knorrigen Zweigen aus dunklem, alten Holz.

Der Neuankömmling schüttelte seine dichte moosgrüne Mähne. Blätter und Zweige schienen darin und in seinem langen Bart zu wachsen. Ein gewaltiges Hirschgeweih ragte aus seiner Stirn.

Malfurion neigte respektvoll den Kopf. „Mein Shan'do. Mein verehrter Lehrer." Er sah auf. „Ich bin froh, Euch zu sehen, Cenarius."

Obwohl die beiden Nachtelfen rund zwei Meter groß waren, überragte Cenarius sie und ihre Reittiere. Er war fast drei Meter groß, hinzu kam ein Geweih von mehr als einem Meter Höhe. Er wirkte so beeindruckend, dass der Captain, der immerhin einmal mit einem Drachen gesprochen hatte, ihn nur stumm anstarrte.

Cenarius lachte leise, worauf alle Vögel in seiner Umgebung zu singen begannen. Dann sagte er: „Du bist hier willkommen, Jarod Shadowsong. Dein Großvater war ein wahrer Freund des Waldes."

Jarod schloss den Mund, öffnete … und schloss ihn wieder. Dann nickte er. Wie alle Nachtelfen war er mit Geschichten über den Halbgott aufgewachsen, aber wie die meisten hatte auch er geglaubt, es seien nur Legenden.

Der Waldgott betrachtete seinen Schüler. „Deine Gedanken sind voller Sorge. Das spüre ich sogar im smaragdgrünen Traum."

*Der smaragdgrüne Traum*. Malfurion war schon lange nicht mehr in ihm gewandelt. Im smaragdgrünen Traum sah man die Welt, wie sie vielleicht zu Beginn der Schöpfung ausgesehen hatte – es gab keine Tiere, keine Elfen, keine Zivilisationen. Der Traum strahlte eine Ruhe aus, die beinahe gefährlich war.

Man konnte sich darin so verlieren, dass man vergaß, in die sterbliche Welt zurückzukehren. Wer sich im Traum bewegte, konnte eine Ewigkeit dort zubringen, während sein Körper verfiel.

Malfurion hatte von Cenarius gelernt, durch den Traum zu wandeln. Er hatte ihn benutzt, um kurz vor seinem Kampf gegen Lord Xavius in den Palast einzudringen. Seitdem war der junge Nachtelf jedoch aus Angst nicht zurückgekehrt, denn die Erinnerungen an seine Erlebnisse verfolgten ihn immer noch. Ohne seinen Lehrer wäre er bis in alle Ewigkeit im smaragdgrünen Traum gefangen gewesen.

Cenarius bemerkte seine Furcht. „Du musst keine Angst vor dem Traum haben, mein Sohn, auch wenn jetzt nicht die Zeit ist, dort hinzugehen. Allerdings gibt es andere Aspekte deiner Ausbildung, die ich vernachlässigt habe, deshalb möchte ich diese Pause nutzen, um dich aufzusuchen."

„Diese Pause? Was soll das heißen?"

„Die anderen wissen noch nicht, wie sie mit den Dämonen verfahren sollen. Wir werden gegen sie kämpfen, aber da wir Wesen mit unterschiedlichen Machtbereichen sind, fällt es uns schwer, zusammenzuarbeiten. Jeder von uns glaubt, am besten zu wissen, was zu tun ist."

Diese Neuigkeiten milderten Malfurions Sorge nicht. Zuerst hatten die Drachen sich geweigert, gegen die Brennende Legion anzutreten, und nun konnten sich sogar die Halbgötter, die Wächter der natürlichen Welt, nicht auf ein gemeinsames Vorgehen einigen. Jetzt hing alles an den Nachtelfen … vor allem an Malfurion und seinen Begleitern.

„Wir werden nicht viel Zeit zusammen verbringen. Es gibt einige Dinge, die ich dir rasch beibringen muss. Wir werden den ganzen Tag brauchen …"

„Das kommt nicht in Frage!", stieß Captain Shadowsong zu seiner eigenen Überraschung hervor. „Meine Befehle lauten –"

Freundlich lächelnd trottete der Waldgott auf den Soldaten zu. Jarod wurde bleich, als Cenarius' Schatten auf ihn fiel, und verstummte abrupt.

„Er steht unter meinem Schutz, während er bei mir ist, und er wird zurück sein, wenn dein Kommandant ihn braucht. Du wirst deine Pflichten nicht verletzen."

Der Offizier schloss den Mund. Er schien nicht glauben zu können, dass er gewagt hatte, den Waldgott zu unterbrechen.

„Kehre zu deinen anderen Aufgaben zurück. Ich werde dafür sorgen, dass Malfurion gesund zurückkehrt."

Der Druide fühlte sich wie ein Kind, über das die Erwachsenen entscheiden, aber Jarod schien genau auf diese Worte gewartet zu haben. Er nickte Cenarius zu und verbeugte sich. „Wie Ihr wünscht, Mylord."

„Ich bin nicht dein Herrscher, Nachtelf. Ich bin Cenarius. Geh mit meinem Segen."

Nach einem letzten Blick auf Malfurion und seinen Lehrer wendete der Captain seinen Nachtsäbler und ritt zurück zu den Streitkräften.

Canraius wandte sich an seinen Schüler: „Wir sollten beginnen, mein *Thero'shan*." Die Gelassenheit verschwand aus der Miene des Halbgottes. „Ich fürchte, wir werden all unser Wissen benötigen, um unsere Welt vor den Dämonen zu retten …"

Im gleichen Augenblick flog jemand, der ebenfalls glaubte, dass alle verfügbaren Mittel nötig sein würden, um die Brennende Legion zu schlagen, über das Reich der Drachen hinweg. Er suchte nach dem Berggipfel, unter dem sein Volk sein Zuhause errichtet hatte.

Korialstrasz hatte während seines langen Flugs über vieles nachgedacht. Unter anderem über das Schweigen seiner Geschwister. Drachen lebten zwar zurückgezogen, doch eine solche Stille wie hier hatte er noch nie nahe ihres Domizils erlebt. Niemand antwortete auf seine Rufe; sogar seine geliebte Alexstrasza schwieg.

Dieser Gedanke brachte ihn zu den Dämonen. Er glaubte zwar nicht, dass sie die Drachen vernichtet hatten, doch das Schweigen nährte solche Furcht. Er wünschte beinahe, Krasus hätte ihn begleitet. Dann hätte er über diese düsteren Befürchtungen mit einem anderen roten Drachen sprechen können.

Auch mit Krasus beschäftigten sich also seine Gedanken. Korialstrasz hatte bereits die meisten Theorien über diesen rätselhaften Drachen, dessen Worten selbst Alexstrasza Aufmerksamkeit schenkte, verworfen. Sie verhielt sich, als sei Krasus auf der gleichen Stufe wie ihre Gefährten, als sei er selbst einer von ihnen. Doch das konnte nicht sein … außer …

*Nein, das ist unmöglich*, dachte der Drache. *Das wäre zu gewagt!*

Aber es hätte auch sehr vieles erklärt …

Er würde Alexstrasza von diesen Ideen berichten, wenn er sie fand. Korialstrasz hielt Kurs auf den vertrauten, Nebel bedeckten Berg. Er sah keine Wachen auf den Vorsprüngen – ein weiteres schlechtes Zeichen.

Der große rote Drache flog durch den Höhleneingang ins Innere des Bergs. Er drehte seinen massigen Kopf von einer Seite zur anderen, konnte jedoch keine anderen Drachen entdecken. Es war totenstill in den Gängen.

Doch als er die Flügel zusammenfaltete und weitergehen wollte, stieß er gegen ein Hindernis, das er mit keinem seiner anderen Sinne wahrgenommen hatte. Es fühlte sich an, als sei die Luft so schwer wie Honig. Mit großer Entschlossenheit warf sich Korialstrasz dem Widerstand entgegen, als wäre es ein rivalisierender Drache.

Langsam tauchte er darin ein. Er spürte, wie die Luft gegen seinen Körper drückte. Das Atmen fiel ihm schwer, und er sah die Welt wie durch Wasser. Trotzdem gab Korialstrasz nicht auf.

Und plötzlich, ohne jede Vorwarnung, war er hindurch.

Stimmen drangen an sein Ohr. Da das Hemmnis so unerwartet verschwunden war, fiel der Drache nach vorne. Er wäre im Staub gelandet, aber große Tatzen griffen nach ihm und verhinderten es.

„Ich freue mich, dich zu sehen“, knurrte eine tiefe Stimme, „Wir haben uns um dich gesorgt, mein Junge.“

Tyranastrasz stützte ihn. Das Reptiliengesicht von Alexstraszas ältestem Gefährten wirkte besorgt. Hinter ihm gingen andere Drachen durch die Gänge. Korialstrasz war überrascht, als er zwischen ihnen auch Drachen anderer Farben entdeckte. Es herrschte große Geschäftigkeit und Nervosität unter ihnen.

„Alexstrasza, ist sie –“

„Es geht ihr gut, Korialstrasz. Sie möchte so bald wie möglich mit dir sprechen.“ Der größere Drache blickte über die Schulter des Jüngeren, als suche er etwas. „Und sie wollte auch mit Krasus sprechen, aber er ist wohl nicht bei dir.“

„Er wollte bei den anderen bleiben.“

„Aber dein Zustand –“

Korialstrasz streckte seine Flügel aus. „Er hat eine Möglichkeit gefunden, uns beide beinahe vollständig zu machen. Sie ist nicht perfekt, aber wir kommen zurecht.“

„Das ist interessant.“

„Tyran … was ist hier geschehen? Was machen die anderen Clans hier?“

Der Blick des älteren Gefährten wurde düster. „Sie hat befohlen, dass nur sie dir davon erzählen darf, und daran werde ich mich halten.“

„Natürlich.“

Tyranastrasz führte ihn in das Nest des roten Clans. Korialstrasz betrachtete aus den Augenwinkeln die anderen Drachen, an denen sie vorbeigingen. Die Grünen waren nur Schatten, die verschwanden, bevor man sie richtig bemerkte. Das Verstörende an ihnen waren die geschlossenen Augen, die sie wie Schlafwandler wirken ließen. Die Bronzegestalten aus Nozdormus Clan schienen sich überhaupt nicht zu bewegen, wechselten aber mit jedem Blinzeln den Standort. Die Blauen schienen sich hingegen ohne Plan oder Ursache zu bewegen, tauchten mal hier und mal da auf. Korialstrasz beobachtete sie und erkannte, wie sehr er das ruhige Auftreten seines Volkes schätzte, auch wenn sich jeder Clan für den Besten hielt.

*Es gibt so viele verschiedene Drachen, aber wir passen alle in diese Höhlen,* dachte er plötzlich. *Sind wir nur noch so wenige?*

Keines der anderen Völker hätte man vollständig hier unterbringen können, doch den Drachen fiel dies nicht einmal schwer.

Korialstrasz dachte an die endlosen Heerzüge der Brennenden Legion und fragte sich, ob die Drachen ausreichen würden, sie aufzuhalten.

Als er jedoch die nächste Kammer betrat, verflog seine Angst. Sie stand da, als warte sie nur auf ihn. Ihr schlichtes Auftreten erfüllte den Drachen mit Ruhe und Frieden. Wenn sie ihn ansah, fühlte sich Korialstrasz sicher. Alles würde gut werden. Dafür würde die Königin des Lebens schon sorgen.

„Korialstrasz, mein Geliebter.“ Nur ihre Augen verrieten die ganze Bedeutung dieses einfachen Satzes. Die niederen Völker hielten die Drachen vielleicht für wilde Bestien, aber keines von ihnen verstand die intensiven Gefühle, zu denen Korialstrasz' Volk fähig war.

„Meine Königin, mein Leben.“ Er neigte sein Haupt vor ihr.

„Es ist gut, dass du zurück bist. Wir haben uns Sorgen um dich gemacht.“

„Und ich mir um euch. Niemand antwortete auf meine Rufe oder erklärte di plötzliche Stille.“

„Das war notwendig“, erklärte die Königin. Trotz ihrer schlanken Gestalt wog Alexstrasza deutlich mehr als ihre Gefährten. Sie und die anderen großen Aspekte verfügten über Kräfte, die denen ihrer Gefährten weit überlegen waren. „Geheimhaltung ist von größter Wichtigkeit.“

„Geheimhaltung? Weswegen?“

Sie sah ihn an. „Ist Krasus nicht bei dir?“

Er bemerkte ihre Furcht. Sie sorgte sich um Krasus ebenso wie um Korialstrasz. „Er hat beschlossen, zurückzubleiben. Er hat mit einem Trick dafür gesorgt, dass wir uns trennen können, ohne allzu viel zu leiden.“

Ein Lächeln erschien auf ihrem Schuppengesicht. „Natürlich hat er das.“

Korialstrasz wollte das Gespräch über Krasus vertiefen, doch in diesem Moment betrat ein anderer Drache die Kammer. Korialstrasz warf einen Blick auf den Neuankömmling. Seine Augen weiteten sich.

„Es ist wichtig, dass sich alle Drachen an diesem Ritual beteiligen“, sagte der schwarze Gigant mit einer Stimme, die wie ein rumorender Vulkan klang. „Meine haben das bereits getan. Jetzt sind die anderen Clans an der Reihe.“

Neltharion füllte seine Seite der Kammer aus. Er war der Einzige, der sich, was Macht und Größe anging, mit Alexstrasza messen konnte. Der Erdwächter strahlte eine Intensität aus, die Korialstrasz beinahe unangenehm war.

„Mein letzter Gefährte ist eingetroffen“, gab Alexstrasza zurück. „Der Bronzeclan ist gekommen. Nozdormu hat ihn zwar nicht begleitet, aber die Drachen haben einen Teil seiner Essenz mitgebracht, sodass auch er uns unterstützen wird. Damit fehlt nur Krasus. Ist das wirklich so schlimm?“

Der schwarze Drache legte den Kopf schräg. Korialstrasz hatte noch nie so viele Zähne gesehen. „Ein Drache … nein, ich denke nicht.“

„Worum geht es?“, wagte der junge Leviathan zu fragen.

„Die Dämonen haben das Tor in unsere Welt wieder geöffnet“, erklärte Alexstrasza. „Sie fließen hindurch wie Wasser. Mit jedem Tag werden sie stärker.“

Korialstrasz dachte an die gewaltige Armee und ihre Zerstörungen. „Dann müssen wir handeln!“

„Das tun wir. Neltharion hat bereits einen Plan erdacht, von dem wahrscheinlich das Schicksal unserer Welt abhängt."

„Was für ein Plan?"

„Neltharion wird es dir zeigen."

Der schwarze Drache nickte und schloss die Augen. Die Luft vor ihm begann zu flimmern.

Mit seinen magischen Sinnen spürte Korialstrasz die unglaubliche Macht, die von ihm ausging. Er glaubte, die Kammer habe sich mit Tausenden Drachen gefüllt.

Doch stattdessen materialisierte nur eine winzige goldene Scheibe in der Luft. Sie schwebte in Augenhöhe der Drachen. Korialstrasz spürte nichts darin, doch das allein bedeutete, dass diese Scheibe etwas anderes war, als sie zu sein schien.

Der Erdwächter öffnete die Augen. Ein Ausdruck der Euphorie glitt über sein Reptiliengesicht. Auf Korialstrasz wirkte es, als bete er das an, was er erschaffen hatte.

„Seht euch das an, was die Dämonen aus unserer Welt verjagen wird!", donnerte der schwarze Drache. „Seht euch das an, was unser Land von *allem* säubern wird!"

Die kleine Scheibe fing an zu leuchten. Jetzt begann der junge Drache die Macht zu spüren, die darin schlummerte … und er verstand, weshalb auch Alexstrasza auf diesen Plan baute.

„Dies", grollte Neltharion voller Stolz, „ist die *Drachenseele*."

# FÜNF

Captain Varo'then war niemand, der sich vor Schatten oder Geräuschen erschreckte. Er stellte sich diesen Dingen mit der gleichen ruhigen Ernsthaftigkeit, mit der er allen Aspekten seines Lebens begegnete. Der vernarbte Soldat war mit ganzer Seele Krieger und hatte sich trotz seines angeborenen Listenreichtums nie in einer anderen Rolle gesehen. Er führte seine Streitkräfte in Azsharas Namen an, und das reichte ihm. Die politischen Intrigen hatte er stets Lord Xavius überlassen, der sich darin weit besser als er selbst verstand.

Allerdings kreisten seine Gedanken in der letzten Zeit nicht sehr oft um militärische Dinge. Das lag an der Rückkehr von jemandem, den er für tot gehalten hatte … nämlich Xavius. Jetzt führte der königliche Berater, der von Sargeras selbst aus dem Jenseits geholt worden war, die Hochwohlgeborenen erneut an. Das allein hätte Varo'then keine Sorgen bereitet, aber Xavius hatte sich auf eine Weise verändert, die selbst die Königin nicht durchschaute. Der Captain war überzeugt davon, dass der Berater – oder das Ding, das einmal der Berater gewesen war – nicht den Ruhm Azsharas im Sinn hatte, sondern andere Interessen. Doch Varo'then, der auch dem Herrscher der Legion unterstand, war in erster Linie ein Diener seiner Königin.

„Der stets diensteifrige Captain. Ihr wandert sogar durch die Gänge, wenn Ihr frei habt."

Der Offizier zuckte zusammen, ärgerte sich einen Moment später jedoch über diese Reaktion.

Xavius schien aus den Schatten herauszufließen, als er dem Nachtelfen entgegentrat. Seine Hufe klapperten auf dem Marmorboden, und er schnaufte bei jeder Bewegung. Archimonde hatte Xavius als Satyr bezeichnet, als einen von Sargeras' gesegneten Dienern. Die künstlichen Augen, die der Adlige sich selbst eingesetzt hatte, starrten den Captain an und schienen ihn an einen dunklen Ort zerren zu wollen.

„Sargeras sieht sehr viel Potenzial in Euch, Captain Varo'then. Er betrachtet Euch als jemanden, der zu seinen besten Dienern zählen könnte, als jemanden, der den gleichen Rang erlangen könnte wie Mannoroth, nein … wie Archimonde."

Varo'then stellte sich vor, wie er an der Spitze eines gewaltigen dämonischen

Heers mit erhobenem Schwert den Feinden entgegen ritt. Er konnte den Stolz und die Zuneigung Sargeras' beinahe spüren, als er all die vernichtete, die sich dem Großmächtigen widersetzten.

„Ich fühle mich geehrt", murmelte der Soldat.

Xavius lächelte. „Das tun wir alle … und wir würden ihm auf alle möglichen Weisen dienen, wenn unser Traum dadurch schneller wahr würde, nicht wahr?"

„Natürlich."

Der Pferdefüßige kam näher. Sein Gesicht berührte beinahe das des Captains. Die Augen zogen Varo'then weiter in ihren Bann, faszinierten und verstörten ihn in gleichem Maße. „Du könntest ihm auf eine Weise dienen, die dir angemessener ist und die dich schneller der Position nahe bringen würde, auf die du hoffst …"

Der Offizier spürte, wie ihn Erregung durchströmte. Erneut stellte er sich vor, wie es sein würde, wenn er die Armeen der Königin und Sargeras' Dämonen anführte. Von Sieg zu Sieg würde er reiten und das Blut seiner Feinde würde fließen, bis es zu einem reißenden Strom wurde.

Doch als Varo'then sich in dieser Rolle vorstellte, bemerkte er, dass er sich selbst nicht richtig erkennen konnte. Er versuchte, sich als gepanzerten und bewaffneten Krieger zu sehen, so wie es sie in den alten Geschichten gegeben hatte … doch eine andere Gestalt schob sich immer wieder über dieses Bild.

Eine Gestalt, die aussah wie Lord Xavius.

Mit diesem Gedanken befreite er sich aus dem Blick des Beraters. „Vergebt mir, Mylord, aber ich muss meinen Pflichten nachgehen."

Die künstlichen Augen funkelten für einen Moment, dann nickte Xavius höflich und forderte den Soldaten mit einer Handbewegung auf, weiterzugehen. „Aber natürlich, Captain Varo'then, natürlich."

Varo'then stapfte schneller von dannen als er es eigentlich gewollt hatte. Er blickte nicht zurück. Seine Hand schloss sich um den Griff seines Schwertes, als wolle er es ziehen. Der Nachtelf wurde erst langsamer, als er sicher war, dass ihm Lord Xavius nicht weiter folgte.

Doch selbst dann konnte er immer noch die verführerischen Worte des Satyrs hören. Zwar war es ihm gelungen, ihnen zu widerstehen, doch andere würden diese Kraft nur schwerlich besitzen.

Als sich die Nacht über Lord Ravencrests Streitmacht senkte, mischten sich die Schwestern der Elune unter die Soldaten, um sie zu segnen. Obwohl ihre Kleidung sehr martialisch wirkte, brachten die Priesterinnern den Nachtelfen Frieden und Trost. Elune schenkte den Nachtelfen Stärke und Selbstvertrauen, denn sie war stets am Himmel und wachte über ihre Lieblingskinder.

Tyrande Whisperwind verriet niemandem, dass sie nicht den Frieden und die Stärke spürte, die sie anderen vermittelte. Die Hohepriesterin schien zu glauben, sie sei besonders reich von Mutter Mond beschenkt worden, aber Tyrande spürte nichts davon. Wenn Mutter Mond sie wirklich zu etwas Besonderem auserwählt hatte, behielt sie das für sich.

Der letzte Rest des Tageslichts floh hinter den Horizont. Tyrande beeilte sich, denn sie wusste, dass die Hörner, die den Abmarsch nach Zin-Azshari signalisierten, bald ertönen würden. Sie berührte das Herz eines weiteren Soldaten und ging dann zurück zu ihrem wartenden Panther.

Doch bevor sie ihn erreichte, trat ein anderer Nachtelf in ihren Weg. Instinktiv streckte Tyrande ihre Hand nach seiner Brust aus, doch er kam ihr zuvor und ergriff ihren Arm.

Die Priesterin sah auf, und im ersten Moment setzte ihr Herz vor Freude einen Schlag aus. Dann bemerkte sie die dunkle Uniform und den Pferdeschwanz. Vor allem aber bemerkte Tyrande die bernsteinfarbenen Augen.

„Illidan?"

„Deinen Segen nehme ich natürlich gern entgegen", antwortete er grinsend, „aber deine Nähe spendet mir größeren Trost."

Ihre Wangen erröteten, allerdings nicht aus dem Grund, den er vermutete. Malfurions Zwilling hielt ihren Arm auch weiterhin sanft fest, als er sich zu ihr beugte.

„Das muss Schicksal sein, Tyrande. Ich habe nach dir gesucht. Unsichere Zeiten kommen auf uns zu. Da muss man Entscheidungen treffen, ohne zu zögern."

Sie ahnte plötzlich, was er sie fragen, nein, was er ihr *sagen* würde. Instinktiv zog Tyrande ihre Hand zurück.

Illidans Gesicht verhärtete sich. Ihm war ihre Reaktion und die Ursache dafür nicht entgangen.

„Es ist zu früh", sagte sie, um seine Gefühle zu schonen.

„Oder zu spät?" Das Grinsen kehrte auf sein Gesicht zurück, aber es wirkte so falsch wie eine Maske. Nach einem Moment entspannte sich Illidans Miene jedoch. „Ich war zu aufdringlich. Das ist nicht der richtige Zeitpunkt. Du hast dich um zu viele kümmern müssen. Ich werde noch einmal mit dir sprechen, wenn die Gelegenheit günstiger ist."

Ohne ein weiteres Wort drehte er sich um und ging zu der berittenen Wache, die hinter ihm wartete und seinen Nachtsäbler am Zügel hielt. Illidan blickte nicht zurück, als er aufstieg und wegritt.

Die Begegnung hatte Tyrandes Sorge nur noch verstärkt. Sie wollte gerade auf ihren Panther steigen, als eine weitere, allerdings willkommenere Gestalt ihre Gedanken unterbrach.

„Schamanin, vergib mir die Störung."

Lächelnd begrüßte sie den Ork. „Du bist stets willkommen, Broxigar."

Außer ihr durfte ihn niemand mit seinem vollständigen Namen anreden. Alle anderen, sogar Lord Ravencrest, riefen ihn einfach nur Brox. Der breit gebaute

Ork war einen Kopf kleiner als sie, aber dreimal so breit. Fast sein gesamter Körper schien aus Muskeln zu bestehen. Im Kampf warf er sich den Feinden mit der gleichen Wildheit wie die großen Nachtsäbler entgegen, aber in Tyrandes Gegenwart zeigte er mehr Respekt als manch anderer, der um ihren Segen bat.

Sie dachte, der Ork wünsche ihren Segen, also legte sie ihre Hand auf seine Brust. Er sah sie überrascht an, hieß ihre Berührung dann jedoch willkommen.

„Möge Mutter Mond deinen Geist führen, möge sie dir Stärke geben …" Sie fuhr einige Sekunden lang fort und gab dem Ork ihren vollständigen Segen. Die meisten Priesterinnen und auch die gewöhnlichen Nachtelfen fanden ihn abstoßend, aber für Tyrande war er ebenso ein Kind von Mutter Mond wie sie selbst.

Als sie geendet hatte, neigte Brox dankbar seinen Kopf. Dann murmelte er: „Ich bin diesen Segen nicht wert, Schamanin, denn er ist nicht der Grund, aus dem ich gekommen bin."

„Nicht?"

Das breite Gesicht verzog sich zu etwas, das Tyrande als Reue deutete. „Schamanin, es gibt etwas, das mein Herz belastet. Etwas, das ich gestehen muss."

„Sprich weiter."

„Schamanin, ich habe nach dem Tod gesucht."

Sie spitzte die Lippen, während sie versuchte, die Bedeutung seiner Worte zu verstehen. „Willst du mir sagen, dass du dich umbringen wolltest?"

Brox richtete sich zu seiner ganzen Größe auf. Sein Gesicht verdunkelte sich. „Ich bin ein Orkkrieger! Ich habe meinen Dolch nicht gegen die eigene Brust gerichtet!"

Seine Wut verflog so schnell, wie sie gekommen war. Scham trat an ihre Stelle. „Aber ich habe versucht, die Waffen anderer dorthin zu locken."

Damit war der Damm gebrochen, und die Geschichte floss förmlich aus ihm heraus. Brox erzählte ihr von seinem letzten Krieg gegen die Dämonen, wie er und seine Kameraden die Stellung gehalten und auf Verstärkung gewartet hatten. Tyrande erfuhr, dass ein Ork nach dem anderen getötet worden war, bis nur der Veteran übrig blieb. Der Heldenmut von Brox und den anderen hatte dafür gesorgt, dass die Orks die Schlacht gewannen, aber trotzdem fühlte er sich schuldig, weil alle außer ihm gefallen waren.

Der Krieg hatte kurz darauf geendet und Brox damit des einzigen Mittels beraubt, mit dem er das, was er als Verfehlung sah, wieder hätte gutmachen können. Als der Kriegshäuptling Thrall ihn bat, die Anomalie zu untersuchen, hatte Brox es als ein Zeichen der Geister gewertet und auf ein Ende seines Leids gehofft.

Doch der Einzige, der bei dieser Mission ums Leben kam, war sein junger Begleiter, was zusätzlich auf Brox lastete. Dann, als deutlich wurde, dass die

Brennende Legion in Kalimdor einfallen würde, hatte er ein weiteres Mal seine Chance auf ein Ende gesehen. Er hatte sich in den Kampf geworfen und so hart gekämpft wie nie zuvor. Er hatte sich nur an der Front aufgehalten und jeden Feind herausgefordert. Doch leider hatte er zu gut gekämpft, denn während seine Feinde gleich dutzendweise fielen, trug er kaum einen Kratzer davon.

Als die Streitmacht in Suramar aufbrach, war der ältere Ork schließlich auf die Idee gekommen, dass er eine ganz andere Sünde begangen hatte. Er begriff, dass es falsch gewesen war, sich seines Überlebens zu schämen. Jetzt fühlte er neue Scham, denn alle um ihn herum kämpften ums Überleben, während er bereit war, sein Leben wegzuwerfen. Ihre Gründe für den Kampf gegen die Brennende Legion waren nicht die seinen.

„Es stört mich nicht, in der Schlacht zu sterben. Das ist ein ruhmreiches Schicksal für einen Ork, Schamanin. Aber es entehrt mich, dass ich den Tod herbeisehne und damit diejenigen gefährde, die gegen das Böse kämpfen, um zu überleben."

Tyrande sah dem Ork in die Augen. Die anderen hielten ihn für ein Monster, doch er hatte erneut bewiesen, dass seine Gedanken komplex und bedeutungsvoll waren. Sie berührte seine raue Wange und lächelte leicht. Wie arrogant war ihr Volk, dass es sich weigerte, am Aussehen vorbei in die Seele und den Geist zu schauen.

„Du musst mir kein Geständnis machen, Broxigar. Du hast es deinem Herzen und deiner Seele längst gestanden. Das bedeutet, dass Elune und die Geister deine Reue gespürt haben. Sie wissen, dass du die Wahrheit erkannt hast und deine früheren Gedanken bedauerst."

Er grunzte und küsste ihre Handfläche, was sie überraschte. „Ich danke dir trotzdem, Schamanin."

Im gleichen Moment ertönten die Hörner. Tyrande berührte den Ork kurz an der Stirn und murmelte ein leises Gebet. „Mutter Mond wird über deinen Geist wachen, egal, welches Schicksal die Schlacht für dich bereithält."

„Ich danke dir für deine Worte, Schamanin. Ich werde dich nicht länger belästigen."

Brox hob seine Axt zum Zeichen des Respekts, dann trottete er von dannen. Tyrande beobachtete ihn, bis er zwischen den anderen Kämpfern verschwand. Erst als ein lautes Signal der Priesterinnen sie an ihren eigenen Aufbruch erinnerte, wandte sie sich ab. Sie musste ihre Gruppe anführen, wenn sich die Streitmacht in Bewegung setzte. Sie musste sich dem Schicksal stellen, das Elune für sie auserkoren hatte.

Und dazu, das wusste sie, gehörte mehr als die kommende Schlacht.

„Es sind Soldaten aus zwei Siedlungen im Nordwesten zu uns gestoßen", sagte Rhonin, der neben Krasus ritt. „Es sollen fünfhundert sein."

„Die Brennende Legion kann solche Zahlen in nur wenigen Stunden mobilisieren.“

Der rothaarige Zauberer sah seinen ehemaligen Lehrmeister verärgert an. „Wenn das alles egal ist, warum bemühen wir uns dann noch? Wieso setzen wir uns nicht einfach ins Gras und warten, bis uns die Dämonen die Kehle durchtrennen?“

Er verzog das Gesicht in gespielter Verblüffung. „Aber Moment mal, das ist ja gar nicht passiert. Die Nachtelfen haben ja gekämpft – und sie haben gesiegt!“

„Schon gut!“, zischte Krasus und sah Rhonin ebenso verärgert an. „Ich spiele die Verstärkung nicht herunter, ich weise nur auf die Fakten hin. Wir sollten außerdem nicht vergessen, was unsere Anwesenheit hier und die Anomalie, die sich durch alle Zeiten zieht, bedeuten. Was einst geschehen ist, muss sich nicht wiederholen. Es ist sehr, sehr wahrscheinlich, dass die Brennende Legion dieses Mal triumphiert … und alles, was wir kennen, verloren sein wird.“

„Das werde ich nicht zulassen! Das kann ich nicht!“

„Die Ewigkeit interessiert es nicht, welches Schicksal du, deine Gefährtin Vereesa und die ungeborenen Zwillinge erleiden werden, Rhonin … aber ich werde für sie ebenso hart kämpfen wie für die Zukunft meines eigenen Clans, ganz gleich, wie monströs sie sich gestalten wird.“

Rhonin schwieg. Er wusste genau so gut wie der Drachenmagier, welches Schicksal der rote Clan schließlich erleiden würde. Auch wenn die Brennende Legion in dieser Zeitebene geschlagen wurde, würde das Leid der Drachen schrecklich sein. Deathwing, der Zerstörer würde dafür sorgen, dass die Orks die Leviathane unterwarfen und sie als Kriegsbestien einsetzten. Viele Drachen würden sinnlos sterben.

„Dabei schien es wieder Hoffnung für uns zu geben“, sagte Krasus. Sein Blick schweifte in die Ferne. „Und das ist Grund genug, dafür zu sorgen, dass die Geschichte sich nicht verändert.“

„Ich kenne die Geschichte nur aus den Schriften, die die Zauberer von Dalaran aufbewahrt haben, Krasus, aber du warst dabei.“

Die hagere Gestalt zischte erneut. „Die Erinnerungen, die dir aus den Schriften geblieben sind, dürften genauer als die meines eigenen, verwirrten Geistes sein. Ich glaube, das liegt daran, dass Nozdormu in meine Gedanken eingedrungen ist. Das war vielleicht nötig, um die Grundlage unserer Mission zu schaffen, aber ich konnte nicht alles in mich aufnehmen, ohne andere Erinnerungen zu verlieren.“

Nozdormu, der Aspekt der Zeit, hatte sich an Krasus gewandt und ihn vor einer Krise gewarnt. Man konnte den gewaltigen sandfarbenen Drachen auch in dieser Zeitperiode nicht aufsuchen, und Krasus befürchtete, dass er und all seine Inkarnationen in der Anomalie gefangen waren.

„Ich befürchte, dass ich mich nie wieder vollständig an diese Zeitperiode erinnern werde. Mir fehlt so viel, dass ich nicht mehr sicher über den Ausgang der Ereignisse bin."

„Also werden wir kämpfen und das Beste hoffen."

„Wie es jeder in allen Schlachten der Geschichte getan hat."

Der bärtige Mensch nickte grimmig. „Das kommt mir gelegen."

Die Streitmacht der Nachtelfen marschierte ohne Pause und ohne Verzögerungen weiter. Sie legten viele Meilen zurück. Die meisten Soldaten waren guter Dinge, denn es schien, als sei der Feind nicht gerade versessen darauf, die Klingen mit ihnen zu kreuzen. Krasus, dessen Gehör besser war als das der Wesen in seiner Umgebung, hörte, wie die Soldaten sich unterhielten. Die meisten Toten, so sagten sie, habe es unter den Unschuldigen und den Unvorbereiteten gegeben, doch als die Dämonen einer geordneten Streitmacht gegenüber gestanden hätten, wären sie selbst vernichtet worden. Einige behaupteten sogar, der Krieg wäre schon längst gewonnen, wenn man den Dämonen nach der ersten Schlacht bis Zin-Azshari gefolgt wäre, anstatt sich zurückzuziehen und auf Verstärkung zu warten.

Solche Behauptungen bereiteten Krasus Sorge. Es war richtig, zuversichtlich in eine Schlacht zu ziehen, aber es war falsch, den Gegner zu unterschätzen. Die Nachtelfen mussten begreifen, dass die Brennende Legion tödlich war.

Sein Blick fiel auf den einen Nachtelfen, der sich dessen bewusst zu sein schien. Krasus wusste, dass Malfurion eine wichtige Rolle in diesem Kampf spielen würde, aber er erinnerte sich nicht mehr an die genauen Umstände. Dazu gehörte sicherlich, dass er der erste Druide war, aber es gab noch andere Umstände, die dazu führen sollten. Der Drachenmagier hatte längst entschieden, dass er um jeden Preis beschützt werden musste.

Die Nacht war beinahe vorüber, als plötzlich Späher aus dem Südosten auftauchten. Ravencrest hatte zahlreiche Reiter ausgesandt, um stets auf dem neuesten Stand zu sein.

Die drei Nachtelfen wirkten erschöpft. Anscheinend hatten sie ihre schwer atmenden Nachtsäbler mit großer Geschwindigkeit geritten. Ihre Gesichter waren schweißbedeckt, ihre Kleidung voller Staub. Sie tranken etwas Wasser, bevor sie von ihrer Erkundung berichteten.

„Eine Gruppe Dämonen zieht durch die Region Dy-Jaru, Mylord", sagte der ranghöchste Späher. „Wir haben Rauch, Feuer und Flüchtlinge gesehen."

„Kannst du die Zahl der Feinde schätzen?"

„Schwer zu sagen, aber es sind weit weniger als unsere Streitmacht."

Ravencrest strich nachdenklich über seinen Bart. „Wohin ziehen die Flüchtlinge?"

„Wahrscheinlich nach Halumar, Mylord, aber sie werden es nicht schaffen. Die Dämonen sind ihnen auf den Fersen."

„Können wir uns zwischen sie schieben?“

„Ja, wenn wir uns beeilen. Die Lücke ist groß genug.“

Der Adlige streckte einem seiner Adjutanten seine Hand entgegen. „Karte.“

Sofort reichte man ihm die richtige Karte. Er entrollte sie und ließ sich von den Kundschaftern zeigen, wo sich die Dämonen und wo sich die Flüchtlinge befanden. Schließlich nickte er. „Wir müssen unsere Marschgeschwindigkeit steigern und ihnen bei Tageslicht gegenübertreten, aber wir können es schaffen. Es ist kein großer Umweg auf unserem Marsch nach Zin-Azshari. Wir können uns das leisten.“

„Vor allem, weil es vielleicht ein paar Unschuldigen das Leben rettet“, murmelte Rhonin leise an Brox gewandt.

Krasus beugte sich vor. „Um was für Dämonen handelt es sich?“

„Hauptsächlich um Teufelswächter.“

Ein anderer Späher fügte hinzu: „Ich habe ein paar dieser Hunde gesehen und einen der geflügelten Dämonen … eine Verdammniswache.“

Der Drachenmagier runzelte die Stirn. „Eine magere Versammlung.“

„Wahrscheinlich haben sie sich aus lauter Blutgier von den anderen getrennt“, verkündete Lord Ravencrest. „Wir werden ihnen beibringen, wie nützlich Selbstdisziplin sein kann … allerdings werden sie nicht lange genug leben, um diese Lektion zu beherzigen.“ Er wandte sich an seine Offiziere. „Gebt den Marschbefehl! Wir ziehen ihnen entgegen.“

Die Armee wechselte nur einen Moment später die Richtung. Die Nachtelfen bewegten sich schnell, wurden angetrieben von dem Wunsch, Angehörige ihres Volks zu retten und den ersten Sieg auf dem langen Marsch zur Hauptstadt zu feiern.

Illidan und die Mondgarde änderten ihre Position und verteilten sich über die gesamte Streitmacht. Die Schwestern von Elune taten das Gleiche und bereiteten sich darauf vor zu kämpfen und zu heilen. Da sie die einzigen Außenseiter waren, blieben Rhonin, Krasus und Brox zusammen. Die beiden Magier hatten jedoch entschieden, dass Rhonin Illidan beobachten würde, sobald die Schlacht begann. Beide machten sich Sorgen über seinen Leichtsinn.

Malfurion blieb bei ihnen, weil Ravencrest noch nicht wusste, wie man seine ungewöhnlichen Fähigkeiten am effektivsten einsetzen sollte. Captain Shadowsongs Einheit bewachte die Vier, und der Adlige war sicher, dass der Druide so geschützt selbst entscheiden konnte, welche Angriffsstrategien gegen die Dämonen am wirkungsvollsten sein würden.

Malfurion, der den ganzen Tag mit Cenarius gearbeitet und die Nacht über geritten war, begann seine Erschöpfung zu spüren. Der Halbgott hatte ihm beigebracht, seine Stärke aus der Natur zu ziehen, und Malfurion hoffte, dass er vor der Schlacht Gelegenheit dazu erhalten würde.

Die Sonne stieg über den Horizont, verschwand aber fast sofort hinter tief hängenden, dunklen Wolken. Das war sogar von Vorteil für die Streitmacht. Die Zauber, die Krasus und Rhonin über sich selbst und Brox gewoben hatten, ermöglichte es ihren Augen, sich sofort veränderten Lichtverhältnissen anzupassen. Die meisten Soldaten mussten jedoch warten, bis ihre Augen sich ohne magischen Beistand daran gewöhnten. Die dichte Wolkendecke half dem nachtaktiven Volk dabei und stärkte dessen Siegessicherheit.

Die Kundschafter schwärmten weiterhin aus, um Informationen zu sammeln. Die Dämonen hatten die flüchtenden Nachtelfen noch nicht eingeholt, aber sie rückten näher. Ravencrest trieb seine Krieger zu größerer Eile an. Er schickte eine große Gruppe von Nachtsäbler-Reitern aus, um die Brennende Legion von zwei Seiten in die Zange zu nehmen.

Als die Kundschafter meldeten, die Streitkräfte stünden jetzt zwischen den Flüchtenden und der Legion, ließ Ravencrest das Horn ertönen. Die Krieger bereiteten sich auf die Schlacht vor.

Hinter einer Hügelkuppe warfen die Nachtelfen zum ersten Mal einen Blick auf den Feind.

Die Feuerdämonen hatten das Land verbrannt. Hinter ihnen existierte kein Leben mehr. Das tote Land, das Krasus von Korialstrasz' Rücken aus gesehen hatte, erstreckte sich bis zum Horizont und spornte die Soldaten noch mehr an.

„Wie es die Kundschafter beschrieben haben", murmelte der Herrscher von Black Rook und zog sein Schwert. „Umso besser. Jetzt werden wir ihnen zeigen, was mit denen passiert, die unser Land verwüsten."

Krasus betrachtete die Horde. Sie war ein ernstzunehmender Feind, aber auch einer, den die Nachtelfen ohne große Mühen besiegen konnten. „Mylord, Ihr solltet vorsichtig sein." Aber Ravencrest beachtete ihn nicht. Der ältere Nachtelf hob sein Schwert und schwang es zweimal von rechts nach links und wieder zurück. Alle Regimenter der großen Streitmacht stießen in ihre Hörner.

Mit einem gewaltigen Gebrüll stürmten die Nachtelfen den Dämonen entgegen.

Die Brennende Legion verlor im Angesicht der überlegenen Streitmacht nicht die Nerven. Stattdessen begannen die gepanzerten Dämonen kampfeslustig zu brüllen. Die Zerstörung, die sie Kalimdor gebracht hatten, schien ihnen noch nicht zu genügen. Sie vergaßen die Flüchtlinge und wandte sich den Kriegern zu.

Ein Pfeilregen schoss ihnen entgegen. Wie kreischende Banshees kamen die Pfeile über die monströsen Krieger, rissen Kehlen auf, verheerten Gliedmaßen und Köpfe. Tote und verletzte Dämonen brachen zusammen, zwangen andere, über sie hinwegzuklettern.

Ein goldener Blitz schlug mitten zwischen den Dämonen ein. Teufelswächter wurden emporgeschleudert. Fleischstücke und die dunkle Flüssigkeit, die in den dämonischen Adern floss, prasselten auf die Überlebenden herab. Krasus sah nach links, wo Illidan über seinen gelungenen Angriff lachte. Der junge Zauberer befahl der Mondgarde, die gleiche Formation einzunehmen, die sie bei der ersten Schlacht gegen die Legion verwendet hatten. Ilidan wollte die Macht der Magier an sich binden und verstärken.

Der Drachenmagier runzelte die Stirn. Eine solche Taktik neigte dazu, die Zauberer, die ihre Energie lieferten, weit mehr zu schwächen als denjenigen, der sie an sich zog. Illidan musste sehr genau auf den Zustand der Mondgarde achten, sonst riskierte er es, sie in solchem Maße zu schwächen, dass sie sich nicht mehr gegen Angriffe der Eredar verteidigen konnten.

Krasus' Gedanken wanderten von den Risiken, die Malfurions Bruder einging, zum Feind. Zum ersten Mal wob er in Korialstrasz' Abwesenheit einen Zauber. Er wusste nicht, was geschehen würde, doch dann spürte er, wie die Macht in ihm anstieg – und lächelte.

Ein furchtbarer Wind fuhr durch die vorderen Reihen der Dämonen. Er warf die gehörnten Krieger gegeneinander, sorgte sogar dafür, dass sie die Waffen gegeneinander richteten. Chaos brach unter ihnen aus.

Damit erhielten die Nachtelfen ihre große Gelegenheit. Die ersten Soldaten erreichten die Dämonen und erschlugen sie. Die vorderen Reihen der Legion gerieten vollends in Unordnung. Teufelswachen fielen zu Dutzenden, während sie versuchten, sich zu sammeln.

Ein weiterer Pfeilregen dezimierte die hinteren Reihen. Innerhalb weniger Minuten lag ein Viertel der Horde entweder tot oder sterbend am Boden. Krasus hätte Zuversicht spüren sollen, aber er hatte immer noch den Eindruck, dass alles zu einfach war. Die Brennende Legion war noch nie so leicht besiegt worden.

Über seine Unsicherheit konnte er mit niemandem sprechen. Brox war zwischen den Kriegern verschwunden und irgendwie bis in die erste Reihe vorgestoßen. Er saß auf seinem Nachtsäbler und ließ die Axt kreisen. Seine Klinge brachte den Tod. Der grünhäutige Krieger brüllte der Legion seine Herausforderung entgegen, während der abgetrennte Kopf eines Dämons über seine Schulter flog.

Zur gleichen Zeit mobilisierte Rhonin Zauber, deren Stärke Krasus neidisch werden ließ. Der rothaarige Magier berührte die grünen Flammen, von denen die Körper der Dämonen umgeben waren und verwandelte sie in echtes Feuer. Die Monstrositäten verbrannten innerlich. Einer nach dem anderen zerfiel zu Staub und hinterließ nur Reste der Rüstung. Rhonins Gesichtsausdruck war grimmiger als der der meisten Soldaten. Der Drachenmagier ahnte, dass sein ehemaliger Schüler die ganze Zeit über an seine Frau und seine ungeborenen Kinder dachte, deren Schicksal vom Ausgang dieser Schlacht abhing.

Aber wo war Malfurion? Im ersten Moment konnte der hagere Zauberer den Druiden nicht entdecken, doch dann fand er ihn im hinteren Teil der Streitmacht. Malfurion saß ruhig auf seinem Reittier. Sein Gesicht wirkte konzentriert, seine Augen waren geschlossen. Krasus spürte zuerst nichts, doch dann bemerkte er einen Druck in der Erde, der sich rasch auf die Brennende Legion zu bewegte. Mit seinen magischen Sinnen folgte er dem Zauber. Er wollte wissen, was geschehen würde.

In den ersten Reihen der Horde schossen plötzlich Wurzeln aus dem Boden. Baumwurzeln, Graswurzeln … alle möglichen Arten von Geflecht. Krasus bemerkte, dass Malfurion sie nicht nur aus dem Boden wachsen ließ, er ließ sie auch weitaus größer werden, als das normalerweise der Fall gewesen wäre.

Ein gehörnter Krieger stolperte und stürzte in die Klinge eines wartenden Nachtelfs. Eine Teufelsbestie knurrte und schnappte nach den Wurzeln, in denen sich ihre Tatzen verfangen hatten. Keiner der Nachtelfen hatte Probleme mit den Wurzeln. Das knorrige Holz teilte sich sogar, um den Soldaten den Weg zu erleichtern.

Nur noch die Hälfte der Dämonen kämpfte, der Sieg war also nahe. Trotzdem traute Krasus diesem Eindruck nicht. Misstrauisch beobachtete er die Schlacht, fand jedoch nichts, was seine Sorge bestätigt hätte.

Nichts außer einem einsamen geflügelten Dämon, der zwischen den Wolken verschwand. Krasus wob rasch einen Zauber, als er ihn bemerkte.

Nebel legte sich wie ein Umhang um die Verdammniswache, drückte die Flügel gegen den Körper, presste sie zusammen. Der Dämon wehrte sich, ohne etwas ausrichten zu können. Einen Augenblick später stürzte er seinen Mitstreitern als tödliches Geschoss entgegen.

Krasus gratulierte sich nicht zu seiner entschlossenen Tat. Stattdessen ritt er auf Lord Ravencrest zu und versuchte, dessen Aufmerksamkeit zu erregen. Doch der Adlige ritt im gleichen Moment zur Seite, um einigen Soldaten Befehle zu erteilen.

Der Drachenmagier blickte zum Himmel empor. Sie hatten immer noch eine Chance. Wenn die Nachtelfen die Gefahr schnell genug erkannten, ließ sich die Katastrophe noch abwenden.

Sein Körper begann zu kribbeln. Krasus verlor die Kontrolle über seine Gliedmaßen. Er sackte auf seinem Panther zusammen. Nur die Breite des Tiers verhinderte seinen Sturz. Erst jetzt begriff er, dass er in seiner Sorge vergessen hatte, auf Angriffe der Eredar-Hexenmeister zu achten.

Krasus kämpfte gegen die Magie, während er seinen Blick in den Himmel richtete. Die Wolken schienen dunkler und schwerer zu werden, sanken langsam dem Boden entgegen.

Nein, das war nur eine Illusion, so viel war ihm klar. Krasus wehrte sich gleichzeitig gegen den Zauber und gegen das Bild, das die Dämonen in den stürmischen Himmel projiziert hatten. Die angeschwollenen Wolken verschwanden und enthüllten die Wahrheit.

Und aus dem Himmel stürzte die Brennende Legion auf die Streitmacht herab.

# SECHS

Malfurion spürte sofort, als der Zauber seine volle Wirkung entfesselte, dass etwas nicht stimmte. Die Pflanzen unterstützten ihn gerne, denn für sie waren die Dämonen Monstrositäten. Mit seiner Hilfe dehnten sie sich immer weiter aus. Einfache Wurzeln wurden zu wirbelnden Tentakeln, die den Soldaten in ihrem Kampf gegen die Legion beistanden.

Doch an einem anderen Ort, der jenseits des Schlachtfelds lag, erspürten Malfurions geschärfte Sinne die Aura eines Schutzzaubers. Er öffnete die Augen nicht, sondern streckte seine Sinne aus und entdeckte, dass die Quelle des Zaubers nicht etwa vor ihm lag, sondern weit über ihm. In den Wolken.

Der Druide benutzte die Fähigkeiten, zu denen Cenarius ihm verholfen hatte, um in die Wolken emporzusteigen und nach dem zu suchen, was dort verborgen bleiben wollte.

Und im Geiste sah Malfurion Hunderte fliegende Dämonen.

Es waren hauptsächlich Teufelswachen. Malfurion nahm an, dass man sie aus unterschiedlichen Teilen der Horde zusammengezogen hatte. Mit ihren verzerrten Gesichtern und furchtbaren Waffen boten sie einen schrecklichen Anblick. Der Kampf gegen sie würde schwer werden.

Hinzu kamen Dutzende Eredar-Hexenmeister, die sich zwischen ihnen bewegten. Sie hatten keine Flügel, sondern benutzten ihre magischen Kräfte, um zu schweben. Malfurion bemerkte, dass einige die Tarnung aufrecht erhielten, während andere nach Schwachstellen in den Linien der Nachtelfen suchten.

Das alles war schon erschreckend genug, aber als Malfurion sah, was hinter den Teufelswachen und Hexenmeistern auftauchte, setzte sein Herz einen Schlag aus. Brennende Steine rasten mit tödlicher Präzision durch die Wolken, so als habe man sie von einem gewaltigen Katapult abgeschossen. Der Druide konzentrierte sich stärker, während er versuchte, den Sinnen der Hexenmeister zu entgehen. Dann erst sah er, worum es sich bei den Geschossen wirklich handelte.

Höllenkreaturen.

Malfurion riss die Augen auf. „Achtung, der Himmel!“, schrie er so laut er konnte. „Sie greifen aus dem Himmel heraus an!“

Lord Stareye sah ihn kurz an, kräuselte die Nase und wandte sich wieder den dezimierten Dämonentruppen zu. Malfurion trieb sein Reittier vor und fasste eine Schildwache am Arm.

„Du musst die anderen warnen! Die Dämonen greifen aus den Wolken an!“

Doch der Soldat sah ihn nur irritiert und verständnislos an. Die Illusion war immer noch intakt. Jeder, der zum Himmel blickte, musste glauben, der Druide habe den Verstand verloren.

Schließlich fand Malfurion doch jemanden, der ihn verstand. Sein Blick traf auf Krasus, und er sah, dass der blasse, rätselhafte Magier ebenso verzweifelt versuchte, sich mitzuteilen. Er zeigte jedoch nicht etwa auf Ravencrest, sondern auf Illidan. Malfurion nickte. Er verstand sofort, was der Magier wollte. Jemand musste diejenigen warnen, die etwas gegen die Bedrohung unternehmen konnten.

„Illidan!“, schrie Malfurion und richtete sich im Sattel auf. Sein Zwillingsbruder sah ihn nicht, konzentrierte sich zu sehr auf seine Zauber.

Malfurion sammelte seine Kräfte und bat den Wind um Hilfe. Der Wind gewährte sie ihm. Der Druide lenkte ihn mit seinen Fingern und strich sich zweimal über die Wange.

Sein Bruder berührte einen Moment später die eigene Wange, wo ihn der Wind gestreichelt hatte. Illidan blickte über seine Schulter und entdeckte seinen Bruder.

Malfurion deutete zum Himmel und gestikulierte warnend. Illidan hätte sich beinahe abgewandt, doch Malfurion starrte ihn wütend an. Dann endlich blickte sein Bruder zum Himmel.

Im gleichen Augenblick fielen die ersten Dämonen aus der Illusion heraus.

Die Eredar wurden sichtbar und schlugen ohne Zögern zu. Ihre Zauber legten sich über die Nachtelfen. Schwere Tropfen fielen auf die Schultern der Soldaten, die im ersten Moment die Gefahr nicht bemerkten, aber zu schreien begannen, als sich die Säure durch ihre Rüstungen ins Fleisch fraß. Aus den vereinzelten Tropfen wurde dichter Regen. Die Nachtelfen wanden sich schreiend am Boden.

Malfurion sprach erneut mit dem Wind und bat ihn, den Regen von seinem Volk wegzulenken. Gleichzeitig begannen Illidan und die Mondgarde ihre ersten Zauber zu werfen.

Ein Hexenmeister explodierte schreiend, eine Teufelswache folgte ihm. Doch als die Magier der Nachtelfen versuchten, weitere Zauber einzusetzen, stießen sie auf einen unsichtbaren Schild.

Der starke Wind, den der Druide gerufen hatte, wehte den Regen davon, aber der Schaden ließ sich nicht mehr rückgängig machen. Die Linien der Verteidiger waren voller Lücken.

Dann stürzten die Teufelskreaturen aus dem Himmel.

Die erste Welle erreichte nicht den Boden. Zwei der Angreifer explodierten, während andere von komprimierter Luft emporgeschleudert wurden und zwischen den Wolken verschwanden. Blaue Blitze durchbohrten drei Dämonen.

Aber selbst die geballte Macht des Druiden, der Magier und der Zauberer konnte die Höllenkreaturen nicht aufhalten. Eine schlug mitten in die Frontlinie der Nachtelfen ein. Sie richtete mehr Schaden an als ein Dutzend mit Sprengstoff beladene Katapulte. Die Nachtelfen wurden wie Blätter durch die Luft gewirbelt. Die Erde erbebte so stark, dass andere zu Boden gingen und sofort Opfer der Teufelsbestien wurden.

Immer mehr Teufelskreaturen schlugen auf. Die Frontlinie der Verteidiger versank im Chaos. Das Schlimmste war, dass die riesigen Dämonen sich aus ihren rauchenden Kratern wieder erhoben und über die Nachtelfen herfielen.

Die Wurzeln, die Malfurion beschworen hatte, konnten den skelettköpfigen Teufelskreaturen nichts entgegensetzen. Diese zerfetzten das Holz mühelos. Gleichzeitig rissen sie gewaltige Schneisen in die Reihen der Nachtelfen.

Plötzlich erhob sich die Lanze eines gefallenen Soldaten unmittelbar vor einer Teufelskreatur in die Luft. Sie leuchtete bläulich und schoss dem Dämon mit solcher Geschwindigkeit entgegen, dass dieser zu stehen schien. Die Lanze wurde im Flug größer, ihre Spitze schmaler und scharf wie eine Nadel.

Sie durchbohrte den Dämon mit solcher Leichtigkeit und Wucht, dass er gar nicht mehr begriff, wie er starb. Er öffnete das Maul und begann zu zucken. Seine Vorwärtsbewegung endete, als die magisch angetriebene Lanze weiterflog.

Die gewaltige Höllenkreatur wurde zurückgerissen, als habe sie das Gewicht eines Kleinkindes. Die Lanze wurde immer schneller und erwischte ein zweites Opfer, das sich gerade in seinem Einschlagkrater aufrichtete. Das Ungeheuer riss noch die Augen auf, als die Lanze es auch schon durchbohrte.

Einem dritten Dämon wurde von der magischen Waffe der Garaus gemacht. Erst dann wurde sie langsamer und stürzte mitsamt ihrer der Reihe nach aufgespießten Opfer zwischen die Toten am Boden.

Neben Malfurion nickte Rhonin zufrieden. Einen Moment lang sah es so aus, als könnten die Verteidiger ihre Niederlage abwenden, doch dann ertönten von Norden her Hörner.

„Die Legion!“, schrie Krasus. „Sie greift von der anderen Seite an!“

Jetzt endlich offenbarte sich das ganze schreckliche Ausmaß der Schlacht. Eine gewaltige Horde schien aus dem Boden zu wachsen und fiel über die Soldaten her, die im Norden aufmarschiert waren. Wie die Dämonen am Himmel hatte man auch diese Ungeheuer hinter einem Illusionszauber versteckt gehalten, den günstigsten Zeitpunkt abgepasst, sie zu enttarnen. Jetzt schwärmten sie aus wie Ameisen. Die Nachtelfen kämpften tapfer, aber sie konnten den Gegner nicht bezwingen.

Die Dämonen hatten ihre Falle sorgfältig geplant und sich auf die Arroganz der Nachtelfen verlassen. Ravencrest hatte an einen leichten Sieg geglaubt, an ein kurzes Gefecht, mit dem er das Selbstvertrauen seiner Truppen aufbauen wollte. Bekommen hatte er eine blutige, schwer verdauliche Niederlage.

„Wir müssen uns zurückziehen“, sagte Rhonin. „Wir haben keine andere Wahl.“

Im ersten Moment sah es so aus, als sei Ravencrest dazu nicht bereit. Er gab kein Signal zum Rückzug, obwohl die Dämonen weit überlegen waren. Höllenkreaturen stürzten sich weiter auf die Nachtelfen, während die Eredar-Hexenmeister einen Zauber nach dem anderen schleuderten. Malfurion und seine Begleiter konnten nicht länger angreifen, zu sehr mussten sie sich auf die Verteidigung konzentrieren. Sogar die Mondgarde war voll und ganz in den Schutz der Soldaten eingebunden.

Schließlich bliesen die Hörner doch zum Rückzug. Allerdings ließ die Brennende Legion nicht locker. Jeder Schritt zurück musste hart erkämpft werden.

„Der Druck ist zu groß“, zischte Krasus, als er neben dem Druiden auftauchte. „Wir müssen eine Lücke zwischen ihnen und uns schaffen.“

„Aber wie?“, fragte Malfurion.

Die Miene des hageren Zauberers wurde noch düsterer. „Wir dürfen nicht mehr gegen die Eredar kämpfen, sondern nur noch gegen die Hauptstreitmacht der Dämonen.“

„Aber die Hexenmeister werden dann umso härter angreifen. Sie werden zahllose Soldaten töten …“

„Es werden noch mehr sterben, wenn wir uns in diesem Schneckentempo zurückziehen!“

Krasus hatte Recht, auch wenn es dem Druiden nicht gefiel. Die Teufelswächter hieben von allen Seiten auf die Nachtelfen ein, nutzten jede kleine Schwäche für ihre Attacken. Die Eredar benötigten wesentlich mehr Zeit, um ihre Zauber zu weben. Diese wirkten dann zwar höchst zerstörerisch, aber das taten die Klingen der Wächter letztendlich ebenfalls.

„Sag deinem Bruder, dass er sich uns anschließen soll“, befahl der Magier.

„Er wird nicht auf mich hören.“ Es war schon schwierig gewesen, Illidan dazu zu bewegen, einen Blick zum Himmel zu werfen. Es würde zu lange dauern, ihn von Krasus’ Plan zu überzeugen … wenn das überhaupt möglich war.

„Ich rede mit ihm“, bot Rhonin an. „Vielleicht hört er auf mich eher.“

Illidan respektierte den Menschen. Rhonin kannte Zauber, die selbst Malfurions Zwilling noch nicht beherrschte. Für Illidan war er fast schon ein Shan’do.

„Versuche es“, wandte sich Krasus an Rhonin.

Als der rothaarige Zauberer davonritt, fragte Malfurion: „Was machen wir jetzt?“

„Alles, was uns von ihnen trennt.“

Der Druide hatte auf eine klarere Antwort gehofft, verstand jedoch, dass Krasus ihm keine Anweisungen geben wollte. Beide würden die Magie einsetzen, die ihnen lag. Die Vorgehensweise des älteren Magiers musste nicht mit der des Druiden harmonieren.

Krasus wartete nicht auf Malfurions Angriff, sondern gestikulierte in Richtung des Feindes. Zuerst sah der Druide nichts, doch dann bemerkte er, dass die Dämonen in den ersten Reihen zu schrumpfen begannen. Es dauerte eine Weile, bis er erkannte, dass sie plötzlich in einem Sumpf standen, der sie nach unten zog. Die Dämonen, die hinter ihnen waren, wurden aufgehalten und mussten versuchen, durch den Morast zu waten.

Die Nachtelfen nutzten die Gelegenheit, um sich weiter zurückzuziehen. Doch Krasus hatte nur einen Teil ihrer Linien geschützt, an anderen Orten brachen die Dämonen bereits durch. Malfurion bückte sich und begann mit den Pflanzen zu sprechen, bat sie, noch einmal ihre Wurzeln einzusetzen. Ihnen war klar, was nach dem Rückzug der Nachtelfen geschehen würde: dass die Legion sie und alle anderen Lebensformen vernichten würde. Trotzdem halfen sie mit all ihrem Vermögen.

Tränen rollten über Malfurions Gesicht, als er sich für ihr Opfer bedankte und seinen Zauber begann. Die Wurzeln platzten in gewaltigen Knäueln aus dem Boden heraus und erschufen einen dichten Wald. Die Dämonen schlugen auf die kräftigen Tentakel ein. Sogar die Teufelskreaturen wurden langsamer. Der Druide spürte jeden Schnitt, den sie den Wurzeln zufügten, aber sein Zauber zeigte die erhoffte Wirkung. Die Nachtelfen zogen sich immer weiter von ihrem höllischen Feind zurück.

Unerwartete Hilfe näherte sich in Gestalt von Nachtsäbler-Reitern aus dem Süden. Malfurion hatte nicht mehr an die Soldaten gedacht, die Ravencrest ausgesandt hatte. Es waren weniger als zu Anfang, aber sie kämpften immer noch mit großer Wut. Einige Panther waren verwundet, und auch ihre Reiter hatten Blessuren davongetragen. Trotzdem warfen sie sich mutig der Legion entgegen und verschafften damit den Fußsoldaten wertvolle Sekunden.

„Nach Norden!“, schrie Krasus. „Konzentriert euch auf den Norden!“

Weder Malfurion noch der Magier konnten körperlich sehen, was sich dort abspielte, aber sie hatten andere Methoden zu ihrer Verfügung. Der Druide griff mit seinem Geist nach Vögeln oder geflügelten Insekten. Erstere fand er nicht, letztere hingegen schon. Selbst die niedrigsten Tiere hatten erkannt, dass die Dämonen tödlich waren. Trotzdem erklärten sich die bereits fliehenden Käfer dazu bereit, ihm zu helfen.

Durch ihre merkwürdigen Augen betrachtete der Druide das nördliche Schlachtfeld. Der Anblick raubte ihm fast den Atem. Eine gewaltige Streitmacht der Brennenden Legion ergoss sich über die Soldaten. Überall lagen Tote. Gesichter, die ihm vertraut waren, starrten blicklos auf die, die sie getötet hatten. Höllenbestien spielten mit den Toten, während andere Dämonen weiter angriffen.

Malfurion suchte nach Wesen oder Pflanzen, die er um Hilfe bitten konnte, aber er fand nur Käfer. Eine leichte Brise wehte eines der Krabbeltiere umher. Der Druide hatte eine Idee. Er sprach durch den Käfer mit dem Wind, erklärte, wie sehr er seine kraftvollen Brisen bewunderte und brachte ihm dazu, mehr von seiner Kunst zu offenbaren.

Der Wind fühlte sich geschmeichelt und erschuf einen kleinen Wirbel. Malfurion spornte ihn weiter an, bis aus dem Wirbel ein gewaltiger und mächtiger Orkan wurde.

Als der Druide spürte, dass die Zerstörungskraft des Sturms ihren Höhepunkt erreicht hatte, lenkte er ihn gegen die Dämonen in den ersten Reihen.

Die Brennende Legion ignorierte den Wind zuerst, doch dann wurden die ersten Dämonen emporgeschleudert und getötet. Die Umstehenden wichen zurück, doch der Tornado folgte ihnen. Malfurion empfand kein Mitleid für die Dämonen. Er hoffte, dass ihnen noch viele weitere folgen würden.

„Fühle dich nicht zu sicher", warnte Krasus. „Unsere Taktik hat der Armee Zeit verschafft, nicht mehr."

Der Druide wusste das, schwieg jedoch. Die Nachtelfen konnten die Niederlage nicht in einen Sieg verwandeln. Malfurion und die anderen Magier hatten ihnen nur das Leben erkauft.

Malfurion war noch nicht zufrieden mit seiner Leistung. Durch die Augen des Käfers suchte er nach etwas, das sich gegen die Legion einsetzen ließ. Die Insekten kreisten mutig über den Dämonen und verschafften ihm fünf verschiedene Blickwinkel. Es musste doch etwas dort geben, das er tun konnte …

Der Druide schrie auf, als etwas nach dem Käfer griff und das Leben aus ihm herauspresste. Die anderen Insekten wichen zurück, nur zwei drehten sich um, damit der Druide sehen konnte, was den Käfer getötet hatte.

Inmitten der Dämonen stand eine dunkelhäutige Gestalt, die den Rest der Brennenden Legion überragte. Der Dämon bewegte sich wie ein Riese unter Kindern und lenkte die furchtbaren Krieger. Er erinnerte Malfurion ein wenig an die Eredar, war ihnen jedoch weit überlegen. Seine Schultern waren gepanzert, und er betrachtete das Schlachtfeld mit kalter Logik. In seiner rechten Hand hielt der Dämon einige Stücke des Chitinpanzers, der einmal den Käfer umgeben hatte. Dann hob er den Kopf und starrte durch die beiden ausharrenden Käfer direkt in den Geist des Druiden.

*Du bist es also …*

Ein gewaltiger Druck lastete plötzlich auf Malfurions Kopf. Er meinte, sein Gehirn würde sich ausdehnen und gegen seinen Schädelknochen drücken.

Malfurion versuchte, um Hilfe zu rufen, aber sein Mund verweigerte ihm den

Dienst. Verzweifelt suchte er nach etwas, mit dem er den Dämonen ablenken konnte, bevor es zu spät war.

Etwas bewegte sich in den Tiefen der Erde. Die Felsen – die ältesten und härtesten Lebensformen – erwachten aus ihrem ewigen Schlummer. Zuerst berührten sie Malfurion ärgerlich, denn kaum etwas war ihnen wichtiger als der Schlaf. Doch der Druide lenkte ihre Aufmerksamkeit auf die zerstörte Landschaft, die hinter den Dämonen lag.

Nur wenige wussten, dass Felsen lebten und an den Geschehnissen der Welt teilnahmen. Die, die Malfurion geweckt hatte, erfuhren Furchtbares über die Dämonen, denn selbst die Erde war unter ihnen dem Tode geweiht. Die verdorbene Magie, die den Dämonen innewohnte, tötete alles, egal, wie tief es auch vergraben sein mochte.

Dazu gehörten auch die Steine. Die, die in der zerstörten Landschaft lagen, existierten nicht mehr. Ihre Lebenskraft war von den Dämonen vernichtet worden.

Malfurion brach in die Knie, als der Dämon seinen Kopf noch stärker malträtierte. Er konnte nicht mehr denken und verlor langsam das Bewusstsein.

Der Boden erbebte. Malfurion sackte weiter in sich zusammen, aber der Druck auf seinen Kopf ließ nach.

Durch die Augen der Käfer beobachtete er, wie sich rund um den riesigen Dämon die Erde öffnete. Ein kleinerer Dämon stürzte in eine der Spalten, die sich sofort schloss, als habe sie ihn verschlungen. Die anderen Ungeheuer wichen zurück und überließen den Riesen seinem Schicksal.

Der Blick von Malfurions Feind war immer noch voller Gleichgültigkeit, aber er musste um sein Gleichgewicht kämpfen. Zunehmend größere Spalten öffneten sich vor und neben ihm. Der Koloss griff nach einem der beiden Käfer, aber Malfurion ließ sie rechtzeitig fliehen.

Als sie sich zurückzogen, sah der Druide, dass der Dämon begonnen hatte, einen Kreis um sich zu ziehen. Eine große, grün leuchtende Blase entstand und schützte ihn vor den schweren Erdstößen. Sie stieg mit ihm auf, während unter ihr niedere Dämonen in die Felsklüfte stürzten.

Aus tief liegenden Augen starrte der Dämon Malfurion an.

*Ich werde mich an dich erinnern, Insekt …*

Dann zog er sich zurück, und dem Druiden wurde klar, dass auch er den Dämon bei ihrem nächsten Treffen wiedererkennen würde. Doch schon jetzt ahnte Malfurion, welchen Namen er trug. Es konnte nur einer sein, der solche Macht ausstrahlte.

Archimonde.

Etwas griff nach seinen Schultern und unterbrach seine Verbindung zu den Käfern. Malfurion rechnete damit, von Teufelsbestien auseinander gerissen zu werden, aber die Hände waren sanft und die Stimme, die zu ihm sprach, besorgt.

„Ich halte dich“, flüsterte Tyrande ihm ins Ohr.

Er nickte stumm, erkannte benommen, dass er nicht mehr auf seinem Nachtsäbler saß und fragte sich, was mit dem Tier geschehen war. Tyrande zog ihn vorsichtig auf ihr eigenes Reittier. Mit überraschender Stärke richtete sie ihn vor sich auf, dann setzte sie die große Raubkatze in Bewegung.

Malfurions Herz raste, als er vom Rücken des Nachtsäblers auf die Katastrophe blickte, die sich um ihn herum abspielte. Hunderte Soldaten trotteten über das hügelige Land, wurden weit im Hintergrund von Dämonen verfolgt. Immer wieder stiegen Flammen zwischen den Streitmächten auf, und hier und da hörte man eine magische Explosion und laute Schreie. Er wusste nicht, ob sie von Nachtelfen oder Dämonen stammten. Malfurion sah auch Lord Ravencrests persönliches Banner im Wind flattern. Den Adeligen selbst entdeckte er nicht.

Gesichter strichen an ihm vorbei, während der Nachtsäbler ihn und Tyrande in Sicherheit brachte. Die Soldaten blickten nicht mehr siegessicher zum Horizont, sondern geschockt und ernüchtert. Sie hatten erkannt, dass sie ihren Kampf vielleicht verlieren würden.

Er musste bei dem Anblick gestöhnt haben, denn Tyrande beugte sich vor und flüsterte: „Hab keine Angst, Malfurion. Ich werde mich um deine Wunden kümmern, sobald wir Zeit dafür haben.“

Der Druide drehte sich und betrachtete ihr Gesicht, das von ihrem Kriegshelm fast vollständig verdeckt wurde. Der Rest war dreckverschmiert – und blutig. Doch Tyrande bewegte sich mit solcher Entschlossenheit, dass das Blut nicht von ihr stammen konnte. Ihm wurde klar, dass sie vermutlich näher an der Front gewesen war als er. Dabei war sie ihm stets so sanft erschienen, selbst in eine Rüstung gehüllt.

„Tyrande!“, stieß er schließlich hervor. „Die anderen?“

„Ich habe Broxigar, die Magier und deinen Bruder gesehen, ebenso den ernsthaften Captain Shadowsong, der sie wie ein Hirte bewacht.“ Sie lächelte bei dem Gedanken.

„Ravencrest?“

„Er ist immer noch Herr über Black Rook.“

Also hatten die stärksten Teile der Streitmacht trotz sonst herber Verluste überlebt. Allerdings hatten weder Ravencrest, noch die Zauberer die Katastrophe verhindern können.

„Tyrande –“

„Sei still, Malfurion. Es ist bemerkenswert, dass du überhaupt sprechen kannst, nach allem, was dir zugestoßen ist.“

Er wusste, dass Archimonde ihn auf geistiger Ebene schwer getroffen hatte, aber er verstand nicht, wieso sie das wusste.

Die Priesterin schloss ihn in ihre Arme. Er genoss die Berührung, aber nicht die Sorge, die er darin spürte.

„Elune muss dich wahrhaft beschützt haben! So viele in deiner Nähe wurden zerrissen, sogar dein eigenes Reittier wurde bis zur Unkenntlichkeit verstümmelt – aber du hast kaum einen Kratzer davongetragen."

Zerrissen … sein Reittier verstümmelt … was war in seiner Umgebung geschehen? Wieso hatte er das Massaker nicht bemerkt? Wie hatte er den magischen Angriff überlebt? Der Gedanke an das Grauen, das sich unbemerkt von ihm abgespielt hatte, ließ ihn erschaudern.

Malfurion kannte die Antworten auf diese Fragen nicht, aber eines wusste er: Er hatte den Angriff eines Erzdämons überlebt. Auf der einen Seite konnte er für dieses Wunder dankbar sein, auf der anderen hatte Archimonde ihn jetzt zu seinem persönlichen Feind erklärt. Sie würden sich also wiedersehen, so viel stand fest.

Und wenn dies geschah, würde der Dämonenlord wohl dafür sorgen, dass Malfurion nicht noch einmal flüchten konnte.

# SIEBEN

Pero'tharn trat gebückt in sein Privatquartier. Endlich fand er ein wenig Zeit, um sich von seiner Arbeit am Portal zu erholen. Bevor Archimonde das Kommando über die Dämonenarmee übernahm, hatte er einen genauen Plan aufgestellt, nach dem das Portal schrittweise geöffnet werden sollte. Mannoroth hatte die hochwohlgeborenen Zauberer förmlich zur Arbeit geprügelt, aber Archimonde hatte erkannt, dass die Nachtelfen nicht lange genug überleben würden, wenn er ihnen keine Zeit zum Essen und Schlafen ließ. Sie arbeiteten zwar auch jetzt noch sehr hart, aber durch die Pausen zeigten sich Erfolge, die es selbst unter Lord Xavius nicht gegeben hatte.

Als Pero'tharn an seinen ehemaligen Herrn dachte, blickte er instinktiv über die Schulter. Das Zimmer – eine kleine Kammer, in der nur ein Holzbett, ein Tisch und eine Öllampe standen – war voller Schatten, die den Zauberer an das *Ding* erinnerten, das hinter dem ruhmreichen Archimonde aus dem Portal getreten war. Dass diese zweibeinige Bestie einmal Xavius gewesen war, verstörte den Hochwohlgeborenen. Schon früher, als der Berater der Königin noch ein Nachtelf gewesen war, hatten sie alle in ständiger Furcht gelebt, aber jetzt verfolgte sein Anblick Pero'tharn sogar bis in die Träume.

Der Nachtelf schüttelte den Gedanken ab und betrachtete angewidert das Bett. Er war eine weit bessere Schlafstatt gewöhnt. Er sehnte sich nach seiner Villa und seiner Gefährtin, die er seit Tagen nicht gesehen hatte. Mannoroth hatte es niemandem erlaubt, den Palast zu verlassen, und Archimonde hatte diese Anweisung nicht aufgehoben. Deshalb mussten die Zauberer dort schlafen, wo ein Bett frei war – in den meisten Fällen waren das Kammern, die früher von Wachoffizieren benutzt worden waren. Captain Varo'then hatte den Zauberern diese Quartiere zur Verfügung gestellt, aber Pero'tharn hätte schwören können, das er dabei schadenfroh gelächelt hatte. Varo'then und seine Untergebenen waren an spartanische Unterkünfte gewöhnt, und Pero'tharn glaubte, dass es ihnen gefiel, die Hochwohlgeborenen in der gleichen Situation zu sehen.

Doch all die Entbehrungen würden belohnt werden, wenn der Herrscher der Legion eintraf. Die Welt würde von den Unreinen gesäubert werden. Nur die Hochwohlgeborenen, die perfektesten Diener Azsharas würden übrig bleiben.

Pero'tharn und die anderen würden ein frisches, neues Land bewohnen und ein Paradies erschaffen, wie es die Welt noch nicht gesehen hatte.

Natürlich lag bis dahin ein weiter Weg vor ihnen. Die Königin hatte ihnen erklärt, dass die Brennende Legion zuerst alles vernichten musste. Die Welt musste neu erschaffen werden. Es wurde noch einiges von den Hochwohlgeborenen erwartet, aber ihre Belohnung würde all das wett machen.

Mit dem Seufzen eines Märtyrers setzte sich Pero'tharn auf das harte Bett. Wenn sie das Paradies erschaffen hatten, würde er als erstes um eine bessere Schlafgelegenheit bitten.

Er hatte seinen Kopf noch nicht ganz auf das graue, kleine Kissen gelegt, als eine Stimme in sein Ohr flüsterte.

*„So viele Opfer … so viele unverdiente Entbehrungen …“*

Pero'tharn setzte sich erschrocken auf. Er sah sich in der Kammer um, fand aber nichts außer den schrecklich leeren Wänden und den spärlichen Möbeln.

*„Man zwingt dich, wie ein Bauer zu leben … man sollte dich bewundern, Pero'tharn.“*

Ein Schatten löste sich aus der Wand, und der Hochwohlgeborene zog scharf den Atem ein. Künstliche Augen starrten den überraschten Zauberer an.

„Xavius …“

Die Hufe des Satyrs klapperten leise auf dem Steinboden. „Unter diesem Namen habe ich einst gelebt“, murmelte er, nun lauter und zugleich etwas *weltlicher* klingend. „Das hat heute kaum noch Bedeutung für mich.“

„Was macht Ihr hier?“

Xavius kicherte. Es klang, als würde er wiehern. „Ich kenne deinen Ehrgeiz, Pero'tharn. Ich kenne deine Träume und weiß, wie hart du für sie kämpfst.“

Obwohl der Nachtelf dem Pferdefüßigen misstraute, fühlte er sich geschmeichelt. Niemand sonst schien zu verstehen, wie viel er beitrug. Sogar Archimonde und die Königin unterschätzten seine Leistung.

„Ich habe dich hart angetrieben, mein Freund, weil ich Großes von dir erwarte.“

Pero'tharn hatte das nicht gewusst, aber die späte Erkenntnis ließ Stolz in seiner Brust aufwallen. Lord Xavius war stets die Messlatte gewesen, an der die Hochwohlgeborenen ihre Fähigkeiten beurteilten. Er war der unerreichte Meister seiner Kunst gewesen. Wer sonst würde seine eigenen Augen opfern, nur um die Mächte, die er beschwor, besser verstehen zu können. Der Berater hatte von anderen nie ein Opfer erwartet, zu dem er nicht selbst bereit gewesen wäre.

„Ich … ich fühle mich geehrt.“

Der gehörnte Satyr neigte den Kopf und grinste. Aus irgendeinem Grund ängstigte dieses Grinsen Pero'tharn nicht so sehr wie vor diesem Gespräch.

„Nein … *ich* sollte mich geehrt fühlen, mein guter Pero'tharn … und ich bin in der Hoffnung zu dir gekommen, eine noch größere Ehre zu erfahren.“

„Ich verstehe nicht, was Ihr meint.“

„Ein wenig Wein?“ Der Pferdefüßige zauberte eine Flasche aus dem Nichts herbei und bot sie dem Nachtelf an. Pero’tharn öffnete sie und roch vorsichtig daran. Das schwere Bouquet kitzelte seine Sinne. Es war Regenbogenblumenwein, sein Lieblingsgetränk.

Xavius beugte sich vor. „Aus ihrem eigenen Keller …“, sagte er verschwörerisch. „Aber dieses Geheimnis bleibt unter uns, nicht wahr?“

Im ersten Moment war der Magier schockiert, dass jemand es gewagt hatte, Azshara zu bestehlen, dann aber begeisterte ihn diese Dreistigkeit. Xavius hatte seine Königin hintergangen, um ihm, Pero’tharn, einen Gefallen zu erweisen. Azshara hatte Diener schon für geringere Vergehen hinrichten lassen.

„Captain Varo’then wäre entsetzt, wenn er davon wüsste“, sagte Pero’tharn.

„Er gehört nicht zu uns und hat deshalb keine Bedeutung.“

„Das stimmt.“ Die Hochwohlgeborenen betrachteten den Captain und seine Soldaten als notwendiges Übel. Natürlich waren sie Diener der Königin, aber ihnen fehlte das adlige Blut und das extravagante Auftreten der anderen. Für die meisten Hochwohlgeborenen waren sie nicht besser als die Nachtelfen, die einst außerhalb der Palastmauern gelebt hatten. Doch diese Meinung verbargen sie stets, denn Captain Varo’then wusste, wie man Hochwohlgeborene unauffällig verschwinden ließ.

„Trink“, drängte Xavius und hielt die Flasche hoch.

Der Flaschenhals berührte schon fast Pero’tharns Lippen, und er sah keinen Grund, noch länger zu zögern. Er spürte, wie sich die sanfte Flüssigkeit auf seiner Zunge verteilte und in seine Kehle floss. Sein ganzer Körper erschauderte, als er das seltene Getränk herunterschluckte.

„Eine längst fällige Belohnung“, sagte Xavius. „Eine von vielen.“

„Wundervoll.“

Der Pferdefüßige nickte. Je länger sich Pero’tharn mit Xavius unterhielt, desto weniger fürchtete er ihn. Der ehemalige Berater erwies ihm den Respekt, den er schon so lange verdient hatte. Das war eine große Ehre für den Nachtelf, denn Xavius war schließlich ein geschätzter Diener des großen Sargeras. Bedeutete er somit also dem Herrscher der Legion nicht mehr als alle Hochwohlgeborenen zusammen?

„Er beobachtet dich auch“, sagte der Satyr leise und verschwörerisch.

„Er? Meint Ihr etwa –“

„Er beobachtet *alle*, auch aus großer Ferne.“ Ein Zeigefinger richtete sich auf den Magier. „Aber einige beobachtet er intensiver als andere … in der Hoffnung, dass aus ihnen einmal Großes werden kann.“

Pero’tharn war sprachlos. Sergeras erwartete Großes von ihm? Er trank einen Schluck Wein, während seine Gedanken sich jagten. Wie die anderen ihn beneiden würden …

„Sargeras kennt keine Gnade gegenüber seinen Feinden, doch zu seinen besten Dienern ist er großzügig und mild.“ Xavius führte die Flasche wieder an Pero’tharns Lippen heran. „Er hat mich aus dem Jenseits zurückgeholt. Er holte mich zurück und schenkte mir nicht nur ein neues Leben, sondern auch einen ganz besonderen Platz an seiner Seite.“

Der Satyr richtete sich zu voller Größe auf und zeigte Pero’tharn seinen Körper. Der Nachtelf verstand erst jetzt, dass diese Gestalt ein großzügiges Geschenk des Gottes war und betrachtete sie bewundernd. Xavius war wahrhaft in diesem neuen Leben zu etwas Großem aufgestiegen. Sein Körper war breiter und beeindruckender. Xavius wirkte trotz der Hufe stärker und agiler. Auch sein Verständnis der magischen Künste war gewachsen. Pero’tharn spürte die Macht, die von ihm ausging und empfand Eifersucht. Eine solche Macht hatte er auch verdient!

Der Wein hatte Pero’tharn wohl unvorsichtig werden lassen, denn Xavius wich plötzlich zurück, als habe man ihn geschlagen. Der Satyr verschmolz fast mit den Schatten. Pero’tharn umklammerte die Flasche, befürchtete, den gesegneten Diener des Gottes beleidigt zu haben.

Doch Xavius kehrte so schnell wieder zurück, wie er verschwunden war. Der Satyr stand über ihm und starrte Pero’tharn an. Der Magier konnte seinen Blick nicht abwenden.

„Nein …“, flüsterte Xavius halb zu sich selbst. „Es ist noch zu früh … aber er hat gesagt, ich solle diejenigen finden, die würdig sind … vielleicht könnte ich … ja … aber um so viel Verantwortung zu tragen, braucht man Stärke und Entschlossenheit … Wäre es möglich, dass du über diese Entschlossenheit verfügst, Pero’tharn?“

Der Nachtelf sprang von seinem Bett auf und holte tief Luft. „Ich habe genau die Stärke und Entschlossenheit, die Ihr braucht! Ich würde alles tun, um von größerem Nutzen für Sargeras und meine Königin zu sein. Gebt mir die Chance zu beweisen, dass ich würdig bin. Ich flehe Euch an!“

„Du würdest einen gefährlichen Weg einschlagen, mein lieber Pero’tharn … aber du würdest dich über die anderen Hochwohlgeborenen erheben. Du würdest mir direkt unterstellt sein. Alle, die dich sehen, würden erkennen, dass du ein von Sargeras Gesegneter bist. Deine Macht würde um das Zehnfache wachsen. Alle würden dich beneiden, denn du wärst der Erste!“

„Ja!“, schrie der Nachtelf. „Ich würde alles dafür tun, Lord Xavius! Bitte wendet Euch nicht ab. Ich bin dieser Ehre würdig! Macht mir dieses Geschenk!“

Der Gehörnte grinste, ein Anblick, der Pero’tharn keine Angst mehr einflößte, sondern seine Hoffnung beflügelte. „Ja, mein lieber Pero’tharn … ich glaube dir. Ich glaube, dass du genügend Entschlossenheit besitzt, um zu einem seiner Vertrauten zu werden, so wie ich es geworden bin.“

„Das stimmt.“

„Deine Welt wird sich verändern … sie wird besser werden."

Pero'tharn stellte die Flasche auf das Bett und kniete nieder. „Wenn ich hier und jetzt angenommen werden kann, dann bitte ich darum, dass dies geschieht. Bitte sagt mir, dass das möglich ist."

Das Grinsen wurde breiter. „O ja, es kann jetzt geschehen."

„Dann bitte ich Euch, Xavius … mache mich zu Deinesgleichen. Segne mich im Namen des Gottes, damit ich ihm noch besser dienen kann. Ich bin dessen würdig!"

„Wie du wünschst." Xavius trat einen Schritt zurück. Er schien größer zu werden, bis er Pero'tharns Sichtfeld völlig ausfüllte. Die rubinroten Schlieren in den Augen des Satyrs leuchteten auf.

Xavius hob seine Klauenhände.

Als der Zauber ihn traf, begann Pero'tharn zu schreien. Sein Körper schien bis auf die Knochen aufgerissen zu werden. Die Schmerzen waren jenseits seiner Vorstellungskraft. Tränen schossen in seine Augen. Er konnte nicht mehr sprechen, deshalb bettelte er mit Stöhnen um ein Ende der Qual. Das hatte er nicht gewollt.

„Nein", antwortete der Satyr auf sein Flehen. „Wir müssen es beenden."

Die Schreie wurden nach lauter, gellender. Die anderen Hochwohlgeborenen hätten das, was sich dort auf dem Boden krümmte, kaum noch erkannt. Der Körper mutierte ununterbrochen, wurde von Xavius' Magie langsam zu dem umgeformt, was Pero'tharn sich wünschte. Aus Schreien wurde Schluchzen, doch der Satyr ließ sich nicht ablenken.

„Ja …", sagte Xavius. Seine unheiligen Augen leuchteten. „Entfessle den Schmerz. Entfessle die Wut. Niemand wird dich außerhalb dieser Kammer hören. Du kannst so laut schreien, wie du willst … das habe ich auch getan." Sein Grinsen wurde wild und bestialisch. „Und es ist doch nur ein winzig kleines Opfer zum Ruhme Sargeras'."

Die Nachtelfen hatten geglaubt, die Dämonen würden irgendwann rasten. Sie waren davon ausgegangen, dass sie sich in Suramar erst einmal sammeln und den Feind aufhalten würden. Und sie hatten sich auf eine sichere Unterkunft in der Festung Black Rook gefreut.

Alle drei Hoffnungen wurden enttäuscht. Rhonin und Krasus erkannten das lange vor Ravencrest und den anderen Nachtelfen. Sie wussten, dass Archimonde, der furchtbare Riese, für die Taktik der Legion verantwortlich war. Sargeras hatte ihm das Kommando nicht grundlos überlassen.

„Er wird uns keine Ruhe gönnen", sprach der Drachenmagier aus, was beide dachten. Geistesabwesend berührte er die Drachenschuppe auf seiner Brust. Seine Gedanken kreisten um Archimondes gnadenlose Aufholjagd.

„Er wird die Dämonen eher in den Tod treiben, als uns entkommen lassen“, stimmte Rhonin zu. „Aber wir werden lange vor ihnen zusammenbrechen.“

Die Nachtelfen hatten vergeblich versucht, den Feind in Suramar aufzuhalten. Den Verteidigern in der Festung war nicht genügend Zeit geblieben, um sich auf den Einzug des Heers vorzubereiten. Black Rook Hold war gerade groß genug, um die Bevölkerung aus der Gegend aufzunehmen. Ravencrests riesige Streitmacht hätte dort keinen Platz mehr gefunden. Auch die Hoffnung des Adligen, die Festung wenigstens sichern zu können, zerschlug sich. Sie hatten noch nicht einmal genug Zeit, um in die Festung einzuziehen. Die Soldaten hielten den Feind so lange auf, bis alle Zivilisten in die Festung geflohen waren. Mehr erreichten sie nicht. Sie konnten Black Rook nicht sichern, und Ravencrest war ehrenhaft genug, sich dort nicht zu verstecken, während die Brennende Legion alles um ihn her zerstörte.

„Ich hätte nicht gedacht, dass die Festung einmal so nutzlos sein würde“, knurrte er an Illidan gewandt. „Aber trotz aller Verluste ist unsere Streitmacht zu groß. Außerdem würden die Dämonen alles um die Festung herum vernichten und uns dann aushungern.“

„Können wir eine Belagerung nicht aussitzen?“

„Ja, gegen einen anderen Feind, der irgendwann müde wird und sich zurückzieht, aber nicht gegen die Dämonen. Sie würden einfach alles zerstören und auf das Unvermeidliche warten.“

Der bärtige Nachtelf schüttelte den Kopf. „Unser Ende soll nicht so würdelos sein!“

Nach nur einem Tag überließen sie Suramar dem Feind. Sie wussten, dass es bei ihrer Rückkehr dort nichts mehr geben würde – sollte es ihnen doch noch gelingen, die Brennende Legion zu schlagen. Wo die Dämonen auftauchten, hinterließen sie Ruinen. Als die letzten Gebäude der Stadt am Horizont verschwanden, sahen die Verteidiger bereits die ersten Bäume fallen und die Mauern unter dem Ansturm der Dämonen bröckeln.

Für die Vernichtung Suramars musste Archimonde einen erheblichen Teil der Legion abgezogen haben, doch die Streitmacht, von der die Nachtelfen verfolgt wurden, schien nicht kleiner geworden zu sein. Der lange Rückzug hatte Ravencrest bisher nur einen einzigen Vorteil verschafft: Die Luftangriffe hatten abgenommen. Die Eredar warfen zwar noch immer ihre Zauber auf die Nachtelfen, aber die ständigen Angriffe hatten sie ausgezehrt. Die Luftangriffe der Teufelskreaturen waren ebenfalls zurückgegangen. Allerdings liefen sie immer noch vor den anderen Dämonen her und griffen die Verteidiger bei jeder sich bietenden Gelegenheit an.

Aus Tag wurde Nacht und aus Nacht wurde Tag, aber Ravencrests Streitmacht kam nicht zur Ruhe. Einige Nachtsäbler-Reiter lagen bereits schlafend auf ihren Tieren und zogen sich den Neid der Infanteristen zu. Die Stärkeren halfen den Schwachen. Doch schlimmer als die Erschöpfung waren die stündlich länger werdenden Flüchtlingskarawanen, die sich vor der Streitmacht bildeten. Den Zivilisten fehlte die Disziplin und die Kondition der Soldaten. Seit Generationen lebten sie friedlich auf ihrem Land. Auf eine Katastrophe waren sie nicht vorbereitet. Bereits nach kurzer Zeit prallten Soldaten und erschöpfte Zivilisten aufeinander.

„Bewegt euch!“, rief Jarod Shadowsong einigen Bauern zu, die langsam vor ihm hertrotteten. „Ihr könnt hier nicht einfach stehen bleiben. Geht weiter!“

Krasus runzelte die Stirn. „Das wird noch schlimmer werden. Ravencrest wird die Disziplin seiner Soldaten nicht aufrecht erhalten können, wenn sie sich noch weiter unter die Flüchtlinge mischen. Genau das beabsichtigt Archimonde.“

„Aber was können wir dagegen tun?“ Dunkle Ringe hatten sich um Rhonins Augen gebildet. Er und die anderen hatten seit Beginn der Schlacht nicht mehr gerastet. Nur Brox wirkte immer noch erholt. Der Ork war in Kriegszeiten aufgewachsen und daran gewöhnt, tagelang ohne Schlaf auszukommen. Aber auch er sehnte sich nach ein paar Stunden der Ruhe.

Es war dann auch Brox, der Rhonins Frage beantwortete, allerdings nicht mit Worten. Dem Ork war aufgefallen, dass der Teil der Streitmacht, in dem er und seine Begleiter marschierten, von den Flüchtlingen blockiert wurde. Also unternahm er etwas dagegen. Er drängte sich an Jarod und der Leibwache vorbei, schrie die Flüchtlinge an und begann, seine Axt über dem Kopf zu schwingen. Er bot einen so furchteinflößenden Anblick, dass die Nachtelfen ihm sofort Platz machten.

„Nein“, knurrte er, „weiter nach vorne! Nicht zurück. Nur nach vorne. Helft anderen.“

Der Ork begann, die Flüchtlinge vor sich herzutreiben wie Kühe oder Schafe. Die Nachtelfen hatten solche Angst vor ihm, dass sie all seine Anordnungen befolgten.

Jarod folgte seinem Beispiel, verteilte seine Wachen und benutzte sie, um die Zivilisten anzuspornen. Nach kurzer Zeit hatten sie Ordnung hergestellt. Einige andere Offiziere bemerkten, was in diesem Teil der Streitmacht geschah und begannen, ebenfalls Befehle zu erteilen, bis eine lange Reihe entstand. Die Geschwindigkeit der Nachtelfen nahm zu.

Doch die Brennende Legion folgte ihnen immer noch. Krasus betrachtete einen Berg in einiger Entfernung, der ihm bekannt vorkam. Er sah Jarod an und fragte: „Captain Shadowsong, trägt dieser düstere Berg einen Namen?“

„Ja, Meister Krasus. Das ist Mount Hyjal.“

„Mount Hyjal …“ Der Magier spitzte die Lippen. „Hat man uns so weit zurückgetrieben?“

Rhonin bemerkte seinen Gesichtsausdruck. Leise, sodass nur Krasus ihn hören konnte, fragte er: „Erinnerst du dich an diesen Namen?“

„Ja … und was ich damit verbinde, bedeutet nichts Gutes für die Nachtelfen.“

Der Mensch schnaufte abfällig. „Kann es noch schlimmer werden?“

Krasus’ Miene verfinsterte sich. „Dieser Rückzug darf nicht weitergehen. Die Streitmacht muss sich dem Feind stellen. Wenn wir uns hinter Mount Hyjal zurückziehen, ist alles verloren.“

„Erinnerst du dich an etwas?“

„Vielleicht denke ich auch nur logisch. Wie dem auch sei, ich bleibe dabei. Wir dürfen nicht weiter als bis zu diesem Berg ziehen. Wenn wir uns dem Gegner nicht stellen, weiß ich nicht, wie die Nachtelfen einen Sieg erringen sollen – auch wenn die Geschichte behauptet, das sei geschehen.“

„Aber Lord Ravencrest tut bereits, was er kann, und die Soldaten sind am Rand der Erschöpfung.“

„Trotzdem müssen wir mehr tun.“ Der Drachenmagier streckte sich auf seinem Nachtsäbler. „Ich frage mich, wo Malfurion ist. Seine Fähigkeiten könnten wir jetzt gebrauchen.“

„Ich habe ihn zuletzt bei der Priesterin Tyrande gesehen. Für einen Nachtelfen war er sehr blass. Er hat da draußen gegen etwas gekämpft, das ihn beinahe vernichtet hätte.“

„Ja, ich glaube, es war Archimonde.“

„Dann wäre Malfurion jetzt tot.“

Krasus schüttelte den Kopf. „Nein … und deshalb wünschte ich, er wäre hier. Aber mit oder ohne ihn müssen wir den Angriff wagen.“

„Den *was* wagen?!“

Rhonins ehemaliger Lehrer blickte in die Richtung der Dämonen. „Du hast richtig verstanden, wir müssen in die Offensive gehen.“

Die Mächtigsten aller Drachen hatten sich in der Kammer der Aspekte versammelt. Alexstrasza und Neltharion hatten sie dort zusammengerufen. Die vier anwesenden Aspekte leiteten die Versammlung. Außer ihnen hielten sich nur ihre Gefährten und die des abwesenden Nozdormu in der Kammer auf. Alle anderen Drachen hatten bereits etwas von sich gegeben, aber bei so mächtigen Wesen, wie sie sich hier versammelt hatten, benötigte man ein etwas schwierigeres Ritual.

Die drei Gefährtinnen des Erdwächters waren kaum hinter seiner massigen Gestalt zu sehen. Sie waren größer als Korialstrasz, wirkten neben dem schwarzen Drachen jedoch wie Zwerge. Alexstraszas jüngster Gefährte betrachtete sie und bemerkte, dass sie Schatten des Erdwächters zu sein schienen. Ihre Bewegungen hingen von Neltharions Worten und Taten ab. Den roten Drachen verstörte das, aber außer ihm schien niemand darauf zu achten.

Die Smaragddrachen, die Ysera halfen, waren hager und wirkten neben den anderen geflügelten Riesen wie Geister. Noch irritierender war, dass sie sich ebenso wie ihre Herrin nur mit geschlossenen Augen bewegten. Doch unter den Lidern sah man, dass sich ihre Augen ständig bewegten. Die Grünen existierten gleichzeitig auf der weltlichen Ebene und der des smaragdgrünen Traums. Sie waren stumm und reglos, aber Korialstrasz spürte, dass sie die Situation mit ihren magischen Sinnen sehr konzentriert überwachten.

Malygos und seine Gefährten boten einen interessanten Kontrast zu den Grünen. Sie bewegten sich ununterbrochen, stießen einander an und sahen sich überall um. Auf ihren blauweißen Schuppen sah man fröhliche magische Muster und winzige Details, die sie je nach Laune änderten. Korialstrasz fand sie erfrischender als die Schwarzen und Grünen.

Die vier Gefährtinnen von Nozdormu wirkten beinahe so ernsthaft wie Ysera. Sie hatten die gleiche sandbraune Farbe wie der Monarch der Zeit, wirkten aber fester als ihr beinahe flüssiger Herr. Korialstrasz fragte sich, wo sich Nozdormu aufhielt, dass er dieses Ereignis versäumte. Seine Königin hatte angedeutet, dass selbst die Gefährtinnen des Aspekts nicht genau wussten, was geschehen war.

Doch der Zeitlose war in seiner Essenz anwesend, und etwas anderes zählte nicht. Die älteste Gefährtin hielt ein Stundenglas in den Tatzen, das aus goldenem Sonnenlicht zu bestehen schien. Der bronzefarbene Sand darin floss nicht etwa nach unten, sondern nach oben. Wenn sich die obere Hälfte gefüllt hatte, schwebten die Körner nach unten und begannen erneut ihren Weg hinauf.

Der Sand war ein Teil Nozdormus, wurde aber getrennt aufbewahrt, für den Fall, dass sein Clan ihn dringend benötigte. Angeblich hatten alle Aspekte einen Teil ihrer Essenz abgespalten, schließlich waren sie mehr als gewaltige Reptilien. Sie repräsentierten die größten Mächte der Welt, das Fundament allen Lebens. Sie waren erschaffen worden von denen, die einst die Welt geformt hatten. Zwar waren sie an die Gesetze dieser Welt gebunden, aber sie standen so weit über den anderen Drachen, wie die Drachen über den niederen Völkern standen.

Die meisten Clans hatten ihren Beitrag bereits geleistet. Nur noch zwei waren übrig. Korialstrasz war der Letzte.

Aus irgendeinem Grund fühlte er sich nicht sonderlich geehrt.

Vor Korialstrasz musste jedoch die Essenz des Zeitlosen nach vorne gebracht werden. Saridormi, die erste Gefährtin des Aspekts, trug das Stundenglas vorsichtig zur Drachenseele.

Neltharions magische Scheibe schwebte mitten in der Kammer. Ihre einfache Form leuchtete Furcht einflößend und zugleich majestätisch. Die Drachen wurden in den Farben des Regenbogens angestrahlt, und es war wohl kein Zufall, dass der Farbton zu den einzelnen Clans passte.

„Ich trete vor euch für den, der ohne Ende ist, ihn, der Vergangenheit, Gegenwart und Zukunft sieht", verkündete Saridormi. Sie hob das glitzernde Stundenglas über die leuchtende Scheibe. „In seinem Namen gebe ich dieser Waffe seine Stärke, seine Macht, sein Ich, auf dass wir uns den Feinden stellen können, die unser Reich bedrohen."

Mit einem leichten Druck ihrer kräftigen Tatzen zerbrach sie das Stundenglas.

Der Sand, der die Essenz Nozdormus bildete, rieselte nicht zu Boden, wie Korialstrasz vermutet hätte. Stattdessen schwebte er hinaus – wie ein lebendiges Wesen – und begann, sich über der Drachenseele zu drehen. Einzelne Bronzesprenkel fielen der Scheibe entgegen. Jedes Partikel schlug mit einem gleißend hellen Blitz auf, bevor es verschwand.

Als das letzte Sandkorn aufschlug, leuchtete die Kammer so hell auf, dass sich Korialstrasz geblendet abwenden musste. Als das Licht nachließ und er die Augen wieder öffnete, bemerkte der rote Drache, dass sich alle anderen, sogar die Grünen, abgewandt hatten. Einzig Neltharion schien den ganzen Vorgang beobachtet, ja, sogar gierig aufgesogen zu haben.

„Mein Geliebter", flüsterte Alexstrasza.

Korialstrasz wusste nicht, woher das schlechte Gefühl rührte, mit dem er vortrat. Am liebsten hätte er der Drachenseele seine Essenz verweigert, doch seine Königin hatte jeden ihrer Gefährten darum gebeten. Er konnte nicht als Einziger ablehnen. Trotzdem betrachtete er den Talisman misstrauisch, so als trüge er nicht die Rettung der Welt in sich, sondern deren Vernichtung.

*Das ist dumm von mir*, dachte er. *Aus welchem Grund sollte der Erdwächter etwas so Schreckliches planen?*

Die Drachenseele schwebte jetzt direkt vor ihm. Aus dieser Nähe konnte Korialstrasz nichts Bemerkenswertes daran erkennen. Dabei enthielt sie eine Macht, nach der sich viele in der Vergangenheit bereits gesehnt hatten und nach der sich viele in der Zukunft noch sehen würden. In ihr befand sie die Essenz aller Drachen, der mächtigsten Wesen dieser Welt.

„Sie wartet auf dich."

Der rote Drache sah den Schwarzen an. Neltharion blinzelte nicht. Sein Atem kam stoßweise, wurde hektischer. Er schien mit jeder Sekunde, die Korialstrasz zögerte, nervöser zu werden.

*Etwas stimmt hier nicht …*, dachte Alexstraszas Gefährte. Doch dann erinnerte er sich daran, dass sie, Malygos und Ysera freiwillig einen Teil ihrer selbst gegeben hatten. Malygos hatte sogar darauf bestanden, als Erster dieses Opfer zu bringen. Damit hatte er seinen Freund unterstützen wollen. Wenn der Meister der Magie Neltharion traute, hatte Korialstrasz dann überhaupt das Recht zu zweifeln?

Der Gedanke lastete noch über ihm, als sich der Rote der Drachenseele öffnete.

Die Scheibe leuchtete auf und tauchte ihn in helles Licht. Korialstrasz reckte seine Brust vor und zwang sich, all die magischen Schutzwälle aufzulösen, mit denen Drachen sich umgaben. Er spürte, wie die Drachenseele nach ihm griff, so wie sie auch nach den anderen gegriffen hatte. Seine gepanzerte Haut schien nur Illusion zu sein.

Sekunden später kehrte die mächtige Drachenseele aus seiner Brust zurück. Sie zog etwas mit sich, ein sich windendes kleines Ding, das halb aus Licht und halb aus Materie zu bestehen schien. Es war von einer rötlichen Aura umgeben. Als es sich von Korialstrasz trennte, spürte er einen Verlust, der ihn traurig stimmte.

Der Rote sah beunruhigt zu, wie die Drachenseele ihr Opfer an sich heranzog. Langsam kehrte das Licht in die Scheibe zurück.

Als die Substanz, die sie mitgenommen hatte, dem Licht folgte, stieß Korialstrasz die Luft aus. Er wollte die Hand ausstrecken und zurückholen, was ihm gehörte, aber das ging nicht. Er hätte alles zerstört und, schlimmer noch, seine geliebte Alexstrasza entehrt.

Und so sah Korialstrasz hilflos zu, wie die Drachenseele seine Essenz absorbierte und mit den anderen verband. Er sah hilflos zu, als Neltharion die Scheibe beinahe gierig aus der Luft riss und vor den Drachen emporhielt.

„Es ist vollbracht“, verkündete der Erdwächter. „Alle haben gegeben, was zu geben war. Ich werde jetzt die Drachenseele versiegeln, damit ihr Inneres niemals verloren geht.“

Neltharion schloss die Augen. Eine düstere schwarze Aura umgab seinen Körper, löste sich und floss zu dem mächtigen Talisman in seiner Tatze.

Die anderen Drachen sahen überrascht auf. Einen kurzen Moment lang leuchtete die Drachenseele im tiefschwarzem Licht ihres Erschaffers.

„Soll dies so sein?“, fragte Ysera leise.

„Ja, damit sie so ist, wie sie sein soll“, antwortete Neltharion beinahe schnippisch.

„Es ist eine Waffe wie keine andere. Sie muss sein wie keine andere“, fügte der weise Malygos hinzu.

Der Erdwächter stimmte dem blauen Drachen nickend zu. Dann sah sich Neltharion in der Kammer um und wartete auf Fragen. Korialstrasz fielen einige ein, aber da seine Königin mit dem Verlauf der Ereignisse zufrieden zu sein schien, wagte er es nicht, sie zu stellen.

„Der letzte Zauber wird Zeit benötigen“, sagte der schwarze Drache. „Die Scheibe wird an einen Ort der Stille und der Zurückgezogenheit gebracht, wo der schwierige Zauber gewoben werden kann.“

„Wann?“, fragte Alexstrasza. „Es darf nicht zu lange dauern.“

„Sie wird fertig sein, wenn sie fertig sein muss.“ Mit diesen Worten breitete Neltharion seine Flügel aus und stieg in die Lüfte. Seine Gefährtinnen folgten ihm ungefragt, wie Marionetten, die mit dem Erdwächter verbunden waren.

Die anderen Drachen sahen ihm nach, als er durch die scheinbar steinerne Wand der Kammer verschwand, und hoben ebenfalls ab. Alexstrasza blieb zurück, also tat Korialstrasz das Gleiche.

Sein Blick folgte den abfliegenden Drachen, während seine Gedanken um das kreisten, was sie heute vollbracht hatten. Eine furchtbare Macht steckte in der kleinen goldenen Scheibe. Neltharion hatte tatsächlich eine Waffe erschaffen, gegen die selbst endlose Dämonenhorden nicht bestehen konnten.

Oder Drachen …

# ACHT

Malfurion träumte. Er träumte davon, mit Tyrande in einem wunderschönen Baumhaus mitten in Suramar zu leben. Es war die schönste Zeit des Jahres, und alles blühte. Üppige Pflanzen bedeckten die Landschaft wie ein Teppich. Der riesige Baum schützte sie mit seinen ausladenden Ästen vor der Sonne, und Blumen in allen Farben und Formen wuchsen rund um seinen Stamm.

Tyrande, die ein wunderschönes mehrfarbiges Kleid trug, spielte auf einer silbernen Leier, während ihre Kinder, ein Junge und ein Mädchen, lachend und kichernd um den Baum liefen. Malfurion saß in der Nähe des Fensters, atmete die frische Luft tief ein und genoss das Leben, das er sich aufgebaut hatte. Die Welt war friedlich, und seine Familie hatte nie etwas Böses erfahren.

Plötzlich aber erzitterte der Baum. Malfurion hielt sich am Fensterrahmen fest und sah entsetzt, wie die Häuser und Türme Suramars zusammenbrachen. Menschen schrien, überall brachen Feuer aus.

Er suchte nach seinen Kindern, aber sie waren nirgends zu entdecken. Tyrande saß immer noch auf einem der Äste und spielte eine Melodie auf der Leier.

Malfurion lehnte sich weit aus dem Fenster. „Tyrande, komm rein! Beeil dich!"

Aber sie ignorierte ihn, war ganz in ihre Musik vertieft, obwohl um sie herum die Katastrophe tobte.

Das Baumhaus neigte sich plötzlich zur Seite. Malfurion versuchte seine Druidenkräfte einzusetzen, um es wieder aufzurichten, aber nichts geschah. Der Baum – die gesamte Flora – fühlte sich tot an.

Der Fall des Hauses weckte Tyrande endlich auf. Sie ließ die Leier fallen, schrie und griff nach Malfurion, aber die Entfernung war zu groß. Malfurions Gefährtin verlor das Gleichgewicht und rutschte vom Ast …

Doch im gleichen Moment stieg eine schwarz gekleidete Gestalt empor und fing sie auf. Illidan lächelte Tyrande selbstgefällig an und nickte seinem Bruder freundlich zu. Doch er half Malfurion nicht, sondern flog mit seiner Beute davon.

„Illidan!", schrie Malfurion, während er sich verzweifelt festhielt. „Komm zurück!"

Sein Bruder hielt an und schwebte in der Luft. Tyrande hing in seinen Armen. Dann drehte er sich um und begann zu lachen.

Gleichzeitig veränderte sich Illidan, wurde größer, schrecklicher. Seine Kleidung platzte auf, eine Rüstung schimmerte darunter. Seine Haut wurde dunkler, ein neu entstandener Schwanz peitschte hin und her. In einer Klauenhand hielt er die Gefährtin des Druiden hoch über die Stadt und schüttelte sie wie eine Puppe.

Und Malfurion begriff voller Entsetzen, dass Archimonde Tyrande in seine Gewalt gebracht hatte.

*„Nein!!!“*

Er richtete sich so abrupt auf, dass er beinahe von dem Nachtsäbler gefallen wäre, auf dem er saß. Schlanke, dennoch starke Finger hielten ihn fest und drückten ihn an eine gepanzerte Brust. Der Druide dachte an Archimonde und wollte sich losreißen.

„Ruhig, Malfurion. Sei vorsichtig.“

Tyrandes Stimme brachte ihn zurück in die Wirklichkeit. Er blickte auf und sah ihr besorgtes Gesicht. Sie hatte den Helm abgelegt, sodass er sie endlich wieder in ihrer ganzen Schönheit bewundern konnte.

„Ich habe geträumt …“, begann er, brach dann aber ab. Teile des Traumes waren so persönlich, dass er sie nicht mit ihr teilen wollte. „Ich habe geträumt …“, wiederholte er noch einmal entschuldigend.

„Ich weiß. Du hast im Schlaf geredet. Ich habe meinen Namen gehört … und den von Illidan.“

„Ja.“ Er wagte es nicht, mehr zu sagen.

Die Priesterin berührte seine Wange. „Das muss ein schrecklicher Traum gewesen sein. Aber wenigstens hattest du etwas Schlaf.“

Dem Druiden wurde plötzlich klar, wie nahe er ihr war. Er richtete sich auf, sah sich um und bemerkte zum ersten Mal, wie viele Nachtelfen sie umgaben. Die meisten waren verwirrte und immer noch unter Schock stehende Zivilisten. Nur wenige Nachtelfen hatten je so gelitten. Die Flucht hatte sie an den Rand ihrer Belastbarkeit geführt.

„Wo sind wir?“

„In der Nähe von Mount Hyjal.“

Er starrte entsetzt auf die Bergspitze. „So weit? Das ist unmöglich!“

„Leider nicht.“

Malfurion ließ den Kopf hängen. Also war sein Volk trotz aller Bemühungen immer noch dem Untergang geweiht. Wenn die Dämonen die Verteidiger bereits so weit zurückgetrieben hatten, gab es dann überhaupt noch Hoffnung für die Nachtelfen?

„Elune wacht über uns“, flüsterte Tyrande, die den Ausdruck seines Gesichts richtig deutete. „Ich bete um ihren Schutz. Sie wird uns helfen, da bin ich sicher.“

„Ich hoffe es. Wo sind die anderen?“

„Dein Bruder ist weiter hinten bei der Mondgarde.“ Sie zeigte nach Norden. „Krasus und die anderen habe ich nicht gesehen.“

Mit Illidan wollte Malfurion nicht unbedingt sprechen. Nach seinem Zusammenstoß mit Archimonde musste er die beiden Magier unbedingt finden. Sie mussten erfahren, dass der mächtige Dämon die Brennende Legion persönlich anführte. Sofern Krasus und die anderen überhaupt noch lebten. Hatte Archimonde sie vielleicht längst getötet?

„Tyrande, ich muss die Fremden finden. Ich glaube, dass sie der Schlüssel zum Sieg sind.“

„Zu Fuß wirst du das nicht schaffen. Du bist immer noch sehr schwach. Nimm meinen Nachtsäbler.“

Es beschämte ihn, dass sie ihr Reittier für seine vielleicht sinnlose Suche zur Verfügung stellen wollte. „Tyrande, ich …“

Aber sie sah ihn auf eine Weise an, die ihn überraschte. Er las eine Entschlossenheit und Überzeugung in ihrem Blick, die er bislang nur bei den höchsten Priesterinnen der Elune gesehen hatte. „Es ist wichtig, Malfurion. Das weiß ich.“

Sie stieg von der großen Katze und beendete damit die Diskussion. Tyrande nahm ihren Rucksack und ihre Waffen, dann sah sie zu dem Druiden auf. „Geh.“

Malfurion nickte dankbar, dann lenkte er den Nachtsäbler durch die Flüchtlingsströme. Er war entschlossen, Tyrande nicht zu enttäuschen. Wenn die anderen noch lebten, würde er sie finden.

Die Katze bahnte sich ihren Weg durch Zivilisten und Soldaten. Die vielen Fremden waren ihr unangenehm. Sie knurrte und zisch-te, biss jedoch nicht. Der Druide sah erleichtert, dass die Soldaten die Ordnung weitgehend aufrecht erhalten hatten. Die meisten Zivilisten wurden freundlich, aber bestimmt vorangetrieben und bewegten sich mit konstanter Geschwindigkeit. Die Dämonen hatten zweifellos damit gerechnet, dass bei dem Zusammenprall der beiden unterschiedlichen Gruppen Chaos ausbrechen würde. Diese Gefahr war bisher abgewendet worden.

Doch die Streitmacht war durch die Flüchtlinge so groß geworden, dass es fast unmöglich war, zwischen ihnen selbst so einzigartige und unterschiedliche Gestalten wie einen Menschen, Krasus oder einen Ork zu finden. Malfurion ließ seinen Blick mehr als ein Dutzend Mal über die Köpfe der Nachtelfen gleiten, bevor er auf die Idee kam, seine Kräfte einzusetzen.

Er weigerte sich noch immer, den smaragdfarbenen Traum zu betreten, aber es gab auch andere Möglichkeiten, um die Gesuchten aufzuspüren. Er hielt den Nachtsäbler an, schloss die Augen und konzentrierte sich auf seine Umgebung.

Er berührte die Gedanken der Nachtsäbler, die er um sich herum wahrnahm und sprach mit ihnen so, wie er während seiner Lektionen mit den Tieren des Waldes gesprochen hatte. Malfurion berührte sogar den Geist von Tyrandes Reittier, auf dem er saß, um auch wirklich nichts auszulassen. Die Katzen, die ihre Reiter sehr gut kannten, würden den unbekannten Geruch der Fremden sicherlich bemerken.

Doch den ersten Tieren, die er ansprach, war nichts aufgefallen. Malfurion streckte seine Sinne aus, suchte nach Nachtsäblern, die weiter entfernt waren. Manche Flüchtlinge hatten ihre Haustiere mitgenommen; selbst sie fragte er. Je mehr Geschöpfe ihm bei der Suche halfen, desto besser.

Schließlich antwortete einer der dunklen Panther. Die Antwort erfolgte nicht mittels Worten, sondern in Gerüchen und Bildern. Der Druide benötigte einen Moment, bis er sie verstand, aber schließlich begriff er, dass der Panther vor kurzem den Ork gesehen hatte. Brox war der Auffälligste der drei Fremden, deshalb war es kein Wunder, dass der Nachtsäbler ihn bemerkt hatte. Die Katze nahm den Krieger als Mischung aus schweren, herben Düften wahr, die sie an ihre eigene verdrängte Wildheit erinnerten. Der Nachtsäbler spürte eine Seelenverwandtschaft zwischen sich und Brox. In der Vorstellung des Tieres sah der Krieger sogar wie ein aufrecht gehender Nachtsäbler aus. Ein Arm endete in einer gewaltigen Klaue. Das musste Brox' Axt sein.

Zu ermitteln, wann und wo die Katze Brox gesehen hatte, erwies sich als schwierig. Tiere nahmen Zeit und Entfernung anders wahr als Nachtelfen. Doch nach einigen Fehlversuchen fand der Druide schließlich heraus, dass der Panther den Ork ein oder zwei Stunden zuvor in der Mitte der großen Streitmacht bemerkt hatte.

Malfurion lenkte seinen Nachtsäbler in diese Richtung und erkundigte sich weiterhin bei den anderen Katzen nach den Fremden. Nach und nach stieß er auf zahlreiche Sichtungen. Die Katzen hatten Brox, Rhonin und Krasus wahrgenommen. Der ältere Magier war den Tieren besonders aufgefallen. Sie betrachteten ihn mit einem Respekt, den die Raubkatzen nur denen entgegenbrachten, die weit über ihnen standen. Allerdings fürchteten sie Krasus nicht, wie sie ein anderes Raubtier gefürchtet hätten. Sie schienen zu verstehen, dass er weit mehr war. Malfurion fand heraus, dass sie sogar eher bereit gewesen wären, Krasus zu gehorchen, als den Reitern, die sie aufgezogen und ausgebildet hatten.

Malfurion merkte sich dieses weitere Rätsel um den fremden Zauberer und gab seiner Katze die Sporen. Der Weg war nicht einfach, denn sie bewegten sich gegen den Strom, aber dank Malfurions Führung bewältigte ihn der Nachtsäbler, ohne jemanden zu verletzen.

Die Situation wurde unangenehmer, als er sich den Fremden näherte. Aus der Ferne drang Schlachtenlärm zu ihm herüber. Rote und grüne Blitze erhellten den Horizont. Hier wirkten die Soldaten erschöpfter und nervöser. Sie waren bis vor kurzem an der Front gewesen und hatten die Dämonen aufgehalten. Ihre Narben und schrecklichen Wunden zeugten von der Wut, mit der die Brennende Legion über sie hergefallen war.

„Was machst du denn hier?", fragte ein Offizier, dessen Rüstung blutverschmiert war. Seine Augen tränten. „Alle Zivilisten gehören in den vorderen Teil der Linie. Verschwinde!"

Der Druide setzte zu einer Erklärung an, aber jemand hinter ihm rief bereits: „Er gehört hierher, Captain. Ein Blick in sein Gesicht sollte das deutlich machen."

„Illidan?" Malfurion blickte über seine Schulter. Illidan ritt ihm entgegen. Er war unverletzt und grinste. Auf seinem langen Weg durch die Reihen hatte Malfurion niemand sonst grinsen sehen. Es wirkte so deplaziert, dass er fürchtete, sein Bruder habe den Verstand verloren.

„Ich dachte, du seiest tot", sagte der Magier und schlug Malfurion so kräftig auf die Schulter, dass dieser das Gesicht verzog. Dann wandte er sich an den Offizier. „Noch irgendwelche Fragen?"

„Nein, Meister Illidan." Der Soldat salutierte eilig und ging weiter.

„Was ist passiert, Bruder?", fragte der schwarz gekleidete Zauberer. „Jemand sagte, dein Reittier sei zerfetzt worden, du selbst seiest gefallen …"

„Ich wurde gerettet … Tyrande hat mich in Sicherheit gebracht." Noch während Malfurion ihren Namen aussprach, bereute er es bereits.

Sein Bruder grinste weiter, aber die Freundlichkeit verschwand aus seinem Gesicht. „Hat sie das? Ich bin froh, dass sie so nah bei dir war."

„Illidan …"

„Gut, dass du wieder hierher gekommen bist", unterbrach ihn sein Bruder, als käme ihm jede weitere Unterhaltung über die Priesterin ungelegen. „Der alte Zauberer will irgendwas organisieren. Er scheint der Meinung zu sein, dass du wichtig bist."

„Krasus? Wo ist er?"

Das Grinsen des Bruders wirkte jetzt beinahe makaber. „Genau dort, wo du hin willst. An vorderster Front …"

Der Wind heulte. Eine furchtbare Hitze drückte die Nachtelfen nieder, die in der vordersten Verteidigungslinie standen. Ab und zu hörte man einen Schrei aus den Reihen und das triumphierende Heulen eines Dämons.

„Wo ist Illidan?", fragte Krasus, dessen langer Geduldsfaden allmählich zu reißen drohte. „Die Mondgarde kämpft nicht ohne ihn."

„Er sagte, er würde gleich kommen", antwortete Rhonin. „Er wollte zuerst noch mit Ravencrest sprechen."

„Er wird ohnehin gefeiert werden, wenn wir gewinnen, und niemand wird ihm Vorwürfe machen, wenn wir verlieren – denn in diesem Fall werden wir alle tot sein."

Rhonin war der gleichen Meinung wie sein ehemaliger Mentor. Illidan wollte in erster Linie seinem Gönner gefallen. Illidan war das genaue Gegenteil seines Bruders. Er war wild, ehrgeizig und ging leichtsinnig mit dem Leben anderer um.

Die beiden Magier hatten erfahren, dass zwei Mondgardisten, die sie um Hilfe bitten wollten, nicht mehr zur Verfügung standen. Die Dämonen hatten sie nicht getötet. Sie waren einfach zu Tode erschöpft, weil sie Illidan die ganze Zeit über mit ihrer Kraft versorgt hatten.

Aber obwohl er die anderen Nachtelfen leichtfertig ausnutzte, hatten sie sich ihm untergeordnet. Illidan konnte Zauber weben, zu denen sie selbst nicht in der Lage waren. Außerdem wurde er von Lord Ravencrest unterstützt, und die Nachtelfen waren auch im Angesicht des Weltuntergangs sehr standesbewusst.

Rhonin richtete sich plötzlich auf. „Vorsicht!"

Ein Nebel, der wie ein großer Pilz aussah, schwebte über der Linie. Bevor die Zauberer reagieren konnten, berührten seine Ränder die ersten Soldaten.

Die Kämpfer begannen zu schreien, als auf ihren Gesichtern plötzlich Dutzende roter Pusteln entstanden. Die Pusteln platzten nacheinander auf und wuchsen direkt nach, nur um erneut zu zerplatzen. Sie breiteten sich in Sekundenschnelle über alle ungeschützten Körperteile der Betroffenen aus.

*„Jekar iryn!"*, zischte Krasus und zeigte auf die Wolke.

Eine Kugel aus blauem Licht bohrte sich in den Nebel und vernichtete ihn so schnell, dass etliche vor der furchtbaren Seuche gerettet wurden. Doch für die bereits Befallenen kam jede Hilfe zu spät. Sie brachen zusammen. Ihre Gesichter erinnerten an ausbrechende Vulkane.

Rhonin blickte erschüttert auf die Toten. „Schrecklich …"

„Wir können nicht mehr länger warten. Wenn die Mondgarde sich uns nicht anschließen will, müssen wir eben allein zuschlagen und hoffen, dass unsere Kräfte reichen."

Die Magier begannen sich vorzubereiten. Als Rhonin aufsah, bemerkte er jedoch zwei Reiter, die ihnen entgegen ritten. „Das ist Illidan – und Malfurion ist bei ihm!"

„Gepriesen seien die Aspekte." Krasus drehte sich zu ihnen um. Als die beiden anhielten, sah er Illidan an. „Du kommst spät. Sammle die Mondgarde und halte dich bereit. Du musst meine Anweisungen genau befolgen."

Von den meisten anderen hätte sich Illidan einen solch barschen Befehlston nicht gefallen lassen, doch er respektierte die beiden Zauberer, vor allem Rhonin. Er blickte über Krasus' Schulter hinweg in Rhonins ernstes Gesicht und nickte, bevor er sich abwandte, um die Mondgarde zu sammeln.

„Was habt Ihr vor?", fragte Malfurion, während er abstieg.

„Die Dämonen müssen hier gestoppt werden", antwortete Krasus. „Wir müssen unter allen Umständen verhindern, dass sie uns hinter den Mount Hyjal zurückdrängen. Und wir müssen sie angreifen."

Der Druide nickte und sagte dann: „Archimonde ist dort draußen. Ich bin ihm knapp entkommen."

„Ich hatte befürchtet, dass er hier ist." Krasus betrachtete den Nachtelf. „Und dass du die Begegnung mit ihm überlebt hast, beweist mir, dass ich mit meiner Einschätzung über dich richtig lag."

„Aber … was könnte ich denn tun?"

„Natürlich das, wozu du ausgebildet wurdest."

Mit diesen Worten wandte sich Krasus wieder an Rhonin, der sich bereits auf den Angriff gegen die weit entfernten Dämonen vorbereitet hatte. Der ältere Magier und der junge Druide traten neben ihn.

Krasus sah den Menschen an. „Rhonin, wenn es um Magie geht, respektiert Illidan dich mehr als jeden anderen. Deshalb wäre es am besten, wenn du dich mit ihm verbindest."

„Wie du wünschst." Der rothaarige Magier blinzelte. „Erledigt."

Der Zauberer wandte sich dem Druiden zu. „Malfurion, stelle dir den mächtigsten Zauber vor, den du kennst, aber sage mir bloß nicht, an was du denkst! Es ist mir egal, welche Methoden du einsetzt oder welchen Kontakt du mit den Wesen dieser Welt aufnimmst, solange du deinen Zauber erst auf mein Zeichen vollendest. Wir müssen uns gegen unsere Feinde abstimmen."

„Ich … ich verstehe."

„Gut. Dann wollen wir beginnen. Folge meinem Beispiel. Rhonin?"

„Ich bin bereit", antwortete der jüngere Zauberer. „Ich weiß genau, was ich tun werde."

Krasus' Augen weiteten sich. „Ah, noch eine Sache. Malfurion, wechsle deine Ziele in unregelmäßigen Abständen. Greife immer da an, wo du eine Lücke siehst. Verstanden?"

„Ich glaube schon."

„Mögen die Kräfte des Lichts uns behüten."

Kaum hatte Krasus den Satz gesprochen, erstarrte er. Seine Augen blickten über die Kluft hinweg, die Nachtelfen und Dämonen voneinander trennte.

Rhonin trat neben Malfurion. „Nutze alles, was du hast, halte nichts zurück. Es geht um alles oder nichts."

„Sie nähern sich dem Punkt", sagte Krasus zu seinen Begleitern. „Wenn doch Archimonde in den ersten Rängen …" Er brach ab.

Sie alle spürten die Horde. Das Böse durchzog die Luft wie Fäulnis. Sogar Krasus schüttelte sich, allerdings nicht aus Angst, sondern aus Ekel. „Rhonin, Jarod Shadowsong steht bereit. Ist die Mondgarde soweit?"

„Ja."

„Gleich …“ Das blasse Gesicht verzog sich. Krasus’ Augenlider flatterten. „Jetzt.“

Keiner der Magier wusste, was der andere plante, ganz so, wie Krasus es beabsichtigt hatte. Die Zauber sollten so zufällig wie möglich erfolgen, um Archimonde und den anderen Dämonen die Verteidigung zu erschweren. Sein Plan barg Risiken, die ebenso groß – vielleicht sogar noch größer – wie seine Erfolgschancen waren, doch genau darauf verließ sich der Drachenmagier.

Aus den Wolken fielen plötzlich glitzernde Eislanzen und rasten auf die feindliche Horde zu. Im Norden erbebte die Erde. Dämonen wurden durch die Luft geworfen, als sich der Boden wellte. An einem anderen Punkt erschienen gewaltige schwarze Vögel aus dem Nichts und flogen auf die Luftunterstützung der Legion zu.

An der Front wurde der Feind von einem Zauber nach dem anderen getroffen. Einige konzentrierten sich auf bestimmte Bereiche, während andere überall zuschlugen. Nicht zwei Zauber waren gleich. Einige schienen sich gegenseitig aufzuheben, sorgten aber trotzdem für schwere Verluste in der Horde.

Dämonen wurden von Eislanzen aufgespießt, von Feuerkugeln verbrannt oder in glühende Lava getaucht. Am Himmel wurden sie von unzähligen Klauen zerfetzt oder stürzten in den Tod, nachdem Sturmböen sie gegeneinander getrieben hatten.

Die Eredar versuchten zu kontern, aber Krasus befahl: „Ändert die Richtung.“

Malfurion, Rhonin und – nördlich von ihnen – Illidan und die Mondgarde reagierten sofort. Krasus spürte, dass der drastische Wechsel die Hexenmeister verwirrte. Sie wussten nicht, wen sie zuerst angreifen sollten. Am Boden kämpften die Teufelswächter erfolglos gegen einen Gegner, den ihre Waffen nicht aufspießen oder zerstückeln konnten.

Der Vormarsch der Legion stockte.

„Sie bleiben stehen!“, rief Krasus. „Ändert die Richtung und erhöht den Druck. Wir müssen Boden wettmachen.“

Wieder suchten sie sich neue Ziele aus. An einigen Orten wurde es ruhiger, aber die Legion konnte ihre Chancen nicht nutzen, da stets ein Zauberer bereitstand, um die Lücke zu füllen. Die Dämonen konnten weder vorwärts marschieren, noch ihre Stellung halten.

„Sie weichen zurück!“, erkannte Malfurion.

„Lasst nicht nach!“ Krasus biss die Zähne zusammen. „Rhonin, ich sage dem Captain Bescheid.“

Der Druide sah den Menschen kurz an. „Was meint er damit?“

„Er hat Shadowsong davon überzeugt, zu Lord Ravencrest zu reiten. Er wartet nur auf unser Signal.“

„Und dann?“

Die Antwort waren Hörner, die zum Angriff bliesen. Die Nachtelfen waren plötzlich voller Energie. Die ersterbende Hoffnung und die Lethargie waren verschwunden. Die Soldaten reagierten mit Eifer auf den Ruf der Hörner. Die Streitmacht setzte sich in Bewegung.

Die Zauberer folgten ihnen langsam und zu Fuß. Ihre Katzen waren dicht hinter ihnen, marschierten mit den Soldaten dem Feind entgegen.

Jetzt endlich begann der Rückzug der Brennenden Legion.

Zuerst durchquerten die Nachtelfen die Lücke, die von den Zauberern und der Mondgarde gerissen worden war, um die Entfernung zur Legion zu vergrößern. Dann kletterten sie über die ersten dämonischen Leichen. Sie fanden auch einige der ihren, die Stunden zuvor gefallen waren, aber je weiter sie vorrückten, desto mehr tote Dämonen sahen sie. Die Brennende Legion war durch die unvorhersehbaren Angriffe der Magier so sehr geschwächt worden, dass sie den Nachtelfen kaum Widerstand entgegen brachte.

Erneut bliesen die Hörner. Die Streitmacht begann überraschend laut zu brüllen und verdoppelte ihr Tempo.

„Ravencrest muss sich an den Plan halten!“, bellte Krasus. „Er darf die Legion nicht so weit und nicht zu schnell verfolgen.“

Ein Pfeilregen peitschte den Dämonen entgegen und tötete Dutzende. Pantherreiter jagten durch die Reihen des Feindes und zerrissen ihre Beute.

Malfurions Herz schlug schneller. „Wir schaffen es!“

„Lass nicht nach!“, warnte der Magier.

Das taten sie auch nicht. Der Erfolg, den sie vor sich sahen, spornte sie an. Mit aller Macht unterstützten sie die Truppen. Sie waren zwar erschöpft, wussten aber genau, dass sie an einem wichtigen Punkt angelangt waren. Der Mount Hyjal ragte immer noch hinter ihnen auf, war jedoch weiter entfernt als zu Beginn des Angriffs.

Eine positive Überraschung waren die Gesänge, die plötzlich zwischen den Soldaten erklangen. Die Schwesternschaft der Elune, die in schimmernder Rüstung einen wunderbaren Anblick bot, begann die Kämpfer zu unterstützen. Bei Tageslicht waren die Soldaten zwar nicht in Bestform, aber die rhythmischen Gesänge der Priesterinnen glichen diesen Nachteil aus. Es war, als stiege der Mond über den Truppen auf und erfülle sie mit seinem Licht.

Sie kämpften um jeden Meter. Dämonen fielen bei jedem Schritt. Krasus blickte in den bewölkten Himmel und schrie: „Jetzt! Greift die Eredar an!“

Die Magier konzentrierten sich auf die fliegenden Hexenmeister. Donner grollte über den Himmel. Blitze zuckten in unterschiedlichsten Farben. Der Wind heulte.

Sie sahen das Ergebnis ihrer Angriffe zwar nicht, spürten es jedoch mit ihren magischen Sinnen. Die Eredar versuchten Ordnung in ihre Reihen zu bringen und sich gleichzeitig zu verteidigen. Die Anstrengung und die Gefahr schwächte sie. Jeden Zauber, der einen der Dämonen niederstreckte, spürten die Verteidiger als Schwächung der bösen Macht, der sie gegenüberstanden. Und je häufiger das passierte, desto härter griff Krasus' Gruppe die Überlebenden an.

Schließlich zogen sich die Hexenmeister zurück. Mit ihnen verschwand auch der Schild, der die Dämonen am Boden bisher vor Magiern und Mondgarde halbwegs geschützt hatte.

„Sie flüchten", flüsterte Malfurion. Der Erfolg seiner Gruppe beeindruckte ihn.

„Sie sind zu wertvoll. Archimonde weiß, dass er nicht auf sie verzichten kann", antwortete Krasus ernst. „Und wie er nicht auf sie verzichten kann! Der Krieg ist noch nicht vorüber – aber diese Schlacht ist gewonnen."

„Sollten wir sie nicht weiter verfolgen, bis wir sie durch das Portal zurück in ihre Höllendimension gejagt haben?"

Krasus lachte. Das war ein so seltener Anblick, dass sogar Rhonin überrascht aufsah. „Du klingst wie dein Bruder, nicht wie du selbst, Malfurion. Die Euphorie des Augenblicks sollte dich nicht zu weit tragen. Diese Streitmacht würde die Kämpfe bis nach Zin-Azshari nicht überstehen. Nur noch der eiserne Wille hält die Soldaten aufrecht."

„Aber was war dann der Sinn der Schlacht?"

„Sieh dich doch um, junger Nachtelf. Dein Volk überlebt. Vor einer Stunde noch sah es nicht danach aus."

„Wird sich Ravencrest an deine Anweisungen halten?", fragte Rhonin, während sein Blick nach dem Banner des Adligen Ausschau hielt.

„Ich glaube schon. Sieh nach Norden."

Die Streitmacht rückte nicht mehr vor. Stattdessen begannen die Soldaten, das Land zu sichern, das sie erobert hatten. Berittene Offiziere winkten die Kämpfer zurück, die sich weiter vorwagten. Manche wirkten enttäuscht, die meisten schienen jedoch froh über die Pause zu sein, auch wenn sie sich nur stehend ausruhen konnten.

Innerhalb weniger Minuten kam die gesamte Front zum Stillstand. Die Nachtelfen räumten die Leichen beiseite und begannen ihre Linien zu sichern. Ernste und entschlossene Kämpfer wurden als Wachposten aufgestellt. Sie wirkten, als könnten sie jeden zurückschlagen, der ihnen das Wunder, das sie gerade vollbracht hatten, streitig machen wollte.

Krasus atmete tief durch. „Er hat auf mich gehört. Gepriesen seien die Aspekte. Er hat auf mich gehört."

In einiger Entfernung sahen sie die Umrisse der Horde. Die Brennende Legion hatte sich so weit zurückgezogen, dass die Dämonen weder in Reichweite der Bogenschützen, noch in der der Zauberer und ihrer magischen Künste waren.

„Wir haben es geschafft“, sagte Rhonin heiser. „Sie haben uns nicht bis zum Mount Hyjal zurückgetrieben.“

„Ja“, antwortete Krasus. Sein Blick ruhte nicht auf den Dämonen, sondern auf den erschöpften Verteidigern. „Ja, wir haben es geschafft, aber die schwierigste Aufgabe liegt noch immer vor uns.“

# NEUN

Mannoroth kniete mit gebeugtem Rücken und gefalteten Flügeln vor dem schwarzen Portal. Der Dämon versuchte, sich so klein wie möglich zu machen, denn er sprach mit Sargeras, der in keiner guten Stimmung zu sein schien.

*Der Weg steht mir noch nicht offen ... Ich hatte mehr erwartet ...*

„Wir bemühen uns", antwortete Mannoroth, „aber die Aufgabe ist schwer. Es scheint, als sträube sich die Welt selbst gegen Euer Kommen, Großmächtiger."

*Sie wird mir nicht widerstehen ...*

„N-nein, Großmächtiger."

Eine Weile herrschte Stille, dann sagte die Stimme in Mannoroths Kopf: *Es gibt eine Störung, etwas Seltsames. Es gibt welche, die nicht sein dürften, aber sind, und solche, die das erwecken wollen, was nicht erweckt werden darf.*

Der riesige Dämon wusste nicht, was das bedeuten sollte, dennoch entgegnete er: „Ja, Sargeras."

*Sie sind der Schlüssel. Sie müssen gejagt werden.*

„Archimonde ist im Feld, und der Hundemeister ist schon lange auf ihrer Spur. Die Übeltäter werden uns nicht entkommen."

Der Riss in der Welt pulsierte und wand sich, als sei er lebendig. Mannoroth spürte, wie sehr sich der Herr der Legion danach sehnte, diesen reichen Ort hier zu betreten. Die Frustration, die von Sargeras ausging, ängstigte selbst seinen abgestumpften Diener.

*Einer soll mir unverletzt gebracht werden. Damit ich in den Genuss komme, ihn langsam zu zerreißen.*

Ein Bild tauchte in Mannoroths Geist auf. Es zeigte eine niedere Kreatur, die zum gleichen Volk wie die Hochwohlgeborenen gehörte. Dieses Wesen war jedoch jünger und trug gedeckte grün-braune Kleidung. Die Vision, die Mannoroth hatte, zeigte ihm diesen Nachtelf im Inneren des Palasts. Er hielt sich in dem Raum auf, in dem das ursprüngliche Portal entstanden war und von dem nur noch Ruinen übrig geblieben waren.

*Merke ihn dir gut.*

„Das habe ich bereits, Großmächtiger. Archimonde, Hakkar und ich suchen nach ihm. Einer von uns wird ihn fangen."

*Lebend*, befahl der Herr der Legion aus seiner Dimension. In Mannoroths

Kopf wurde die Stimme leiser. *Lebend, damit ich mich mit seiner Folter vergnügen kann ...*

Sargeras verschwand, und Mannoroth schüttelte sich. Er wusste genau, welches Schicksal Malfurion blühte, wenn er in die Klauen des Großmächtigen geriet.

Die zahlreichen Flüchtlinge, die sich unter die Soldaten gemischt hatten, machten es beinahe unmöglich, die Streitmacht zu sammeln. Aber Lord Ravencrest tat, was er konnte. Er machte eine Aufstellung sämtlicher Vorräte, vor allem Nahrungsmittel und Wasser, und verteilte sie entsprechend. Einige hochrangige Flüchtlinge beschwerten sich, weil sie nicht mehr bekamen als die anderen, aber ein Blick des bärtigen Kommandanten genügte, um sie zum Schweigen zu bringen.

Tyrande und die Schwestern halfen den Soldaten und Zivilisten, wo sie konnten. Die Priesterin von Elune hatte ihren Helm abgelegt und sich einen Nachtsäbler geborgt, mit dem sie von einer Person zur nächsten ritt. Alle, ob jung oder alt, von hohem oder von niedrigem Stand, hießen sie willkommen. Vielleicht lag es an den Umständen, dass jeder von ihnen zufrieden war, wenn sie mit ihm gesprochen hatte. Tyrande hielt das für keine besondere Gabe, vielmehr glaubte sie, dass ihr sanftes Auftreten im krassen Gegensatz zu all den Gräueln standen, die die Nachtelfen in letzter Zeit gesehen hatten.

Eine kleine Gestalt, die allein am Boden kauerte, zog die Aufmerksamkeit der Priesterin auf sich. Es war ein junges Mädchen, vielleicht zwei, drei Jahre jünger als eine Novizin der Elune. Das Mädchen starrte düster und missmutig ins Nichts.

Tyrande ging neben ihm in die Knie und berührte es an der Schulter. Das Mädchen fuhr erschrocken herum und starrte sie an, als wäre sie eine Bestie.

„Ganz ruhig ...“, sagte Tyrande sanft und reichte dem Mädchen einen Wasserschlauch. Nachdem es getrunken hatte, fragte sie: „Ich komme aus dem Tempel. Wie ist dein Name?“

Das Kind zögerte einen Moment, dann sagte es: „Sh-Shandris Feathermoon.“

„Wo ist deine Familie?“

„Ich weiß es nicht.“

„Kommst du aus Suramar?“ Die Priesterin hatte das Kind noch nie gesehen, trotzdem konnten sie aus der gleichen Stadt stammen.

„Nein ... Ara-Hinam.“

Tyrande versuchte ihre Sorge zu verbergen. Shandris gehörte zu den Flüchtlingen, die von den Dämonen verfolgt worden waren, bevor die Falle zuschnappte. Die Priesterin hatte von anderen Überlebenden erfahren, dass viele gestorben waren, bevor die Brennende Legion von ihnen abgelassen hatte. Vielleicht lebte die Familie des Kindes noch ... vielleicht auch nicht.

„Wann hast du sie zuletzt gesehen?"

Shandris' Augen wurden groß. „Ich war bei einer Freundin … als die Monster kamen. Ich wollte nach Hause laufen, aber jemand griff nach mir … sagte, ich müsste in die andere Richtung rennen. Das habe ich gemacht." Sie vergrub ihr Gesicht in den Händen. Tränen rannen zwischen ihren Fingern hervor. „Ich hätte nach Hause gehen sollen. Ich hätte nach Hause gehen sollen."

Diese tragische Geschichte war nicht das, was Tyrande zu hören erhofft hatte. Die Priesterin würde natürlich Nachforschungen über die Familie des Kindes anstellen, aber sie war schon jetzt fast sicher, dass außer dem kleinen Mädchen kein Familienmitglied überlebt hatte. Es war jetzt wohl ganz allein auf der Welt.

„Hat sich jemand seit der Flucht um dich gekümmert?"

„Nein."

Die Bewohner der kleinen Siedlung Ara-Hinam waren bereits zwei Tage auf der Flucht gewesen, bevor sie der Streitmacht begegneten. Es war bemerkenswert, dass Shandris so lange allein überlebt hatte. Viele ältere Nachtelfen hatten das nicht geschafft. Das Volk der Priesterin kannte solche Entbehrungen nicht. Nachtelfen waren zwar nicht schwach, hatten jedoch nie außerhalb ihrer behüteten Welt leben müssen – ein Umstand, der sich jetzt als fatal erwies. Tyrande dankte Elune, dass sie, Malfurion und Illidan anders aufgewachsen waren. Allerdings waren sie in der Minderheit.

Es gab viele, die in der gleichen schlimmen Lage wie Shandris waren, aber ihr Schicksal berührte die Priesterin. Vielleicht lag es daran, dass das Mädchen ihr ein wenig ähnlich sah. Jedenfalls bat sie es, aufzustehen.

„Bitte steig auf den Nachtsäbler da hinten. Du kommst mit mir." Damit widersetzte sie sich zwar den Anordnungen, die sie erhalten hatte, doch das war ihr egal. Sie konnte natürlich nicht jeden retten, aber sie würde zumindest versuchen, Shandris zu retten.

Das Gesicht des Mädchens war angespannt, aber seine Blicke waren zum ersten Mal aufmerksam, als es auf die Katze kletterte. Tyrande ergriff die Zügel des Nachtsäblers und führte ihn durch die Menge.

„Wohin gehen wir?", fragte das Mädchen.

„Ich muss noch etwas erledigen. In der linken Satteltasche sind ein paar getrocknete Früchte."

Shandris öffnete eifrig die Tasche und wühlte darin herum, bis sie die Früchte fand. Tyrande erwähnte nicht, dass es sich um ihre eigene Ration handelte. Die Schwesternschaft bildete ihre Mitglieder so aus, dass sie auch mit geringen Nahrungsmengen lange auskamen. Es gab sogar vier rituelle Fastzeiten in jedem Jahr. So zeigten die Priesterinnen ihre Hingabe zur Mondgöttin. In diesen Kriegszeiten zahlte sich das aus.

Tyrande setzte ihre Gespräche bei den nächsten Flüchtlingen fort. Die meisten waren nur zu Tode erschöpft, aber einige hatten auch Verletzungen davongetragen. Ihnen versuchte sie so gut wie möglich zu helfen. Sie betete zu Mutter Mond, um Rat zu erhalten und Stärke zu finden. Zu ihrer Freude hatte die Göttin an diesem Tag beschlossen, ihr nur Erfolge zu bescheren.

Doch dann stieß sie auf eine infizierte Wunde, die sie schockierte. Es war schwer zu sagen, ob sie durch einen Unfall oder einen Angriff entstanden war. Das Opfer, ein älterer Mann, war bewusstlos und atmete schwer. Tyrande betrachtete den grünlichen Eiter und wunderte sich über die seltsamen Schnittwunden. Die Gefährtin des Opfers hatte ihr Haar mit den Überresten einer Diamantbrosche zusammengebunden. Sein Kopf lag in ihren Schoß gebettet.

„Wie ist das passiert?", fragte Tyrande, die nicht wusste, ob sie noch etwas gegen die Infektion würde bewirken können. Etwas daran verstörte sie.

„Es ist nicht passiert. Es wurde ihm angetan."

„Ich verstehe nicht, was du meinst."

Das Gesicht der älteren Frau verhärtete sich, als sie um ihre Fassung rang. „Dieses Ding … Er sagte, es habe wie ein Wolf oder Hund ausgesehen – aber verändert wie aus einem schrecklichen Alptraum."

Tyrande erschauderte. Sie wusste, dass die Frau von einer Teufelsbestie sprach. Mehr als einmal war Malfurion ihnen nur knapp entkommen. Sie gierten vor allem nach Magie und entzogen sie ihren Opfern. Zurück blieb nur eine ausgetrocknete Hülle.

„Und er hat den ganzen Weg von Ara-Hinam so zurückgelegt?" Die Priesterin fragte sich, wie jemand eine solch schreckliche Wunde so lange überleben konnte.

„Nein, wir entkamen unverletzt." Ihre Worte waren voller Bitterkeit. „Das hat man ihm vor zwei Tagen angetan, als wir abseits der Streitmacht nach Nahrung suchten."

Zwei Tage? Da war der Flüchtlingsstrom noch auf dem Weg zum Mount Hyjal gewesen. Aber keiner der Dämonen hatte sich so weit vorne befunden, dessen war Tyrande überzeugt.

„Bist du sicher, dass es nur zwei Tage her ist? Und dass es hier in der Nähe geschah?"

„In dem Wald, der nun südlich von uns liegt. Ich schwöre es."

Die Priesterin biss sich auf die Lippe. Die Wälder lagen hinter den Linien der Nachtelfen. Sie beugte sich über den Verletzten und sagte: „Ich will sehen, was ich tun kann."

Sie zwang sich dazu, die Wunde zu berühren, um wenigstens zu verhindern, dass die Infektion sich ausbreitete. Hinter ihr atmete Shandris scharf ein. Das Mädchen machte sich berechtigte Sorgen um sie. Man wusste nie, was wirklich hinter einer Wunde steckte, die von einem Dämon verursacht worden war. Die Brennende Legion war auch in der Lage, Seuchen zu verbreiten.

Der Mond war nicht am Himmel zu sehen, doch das störte Tyrande nicht.

Die Priesterinnen waren zwar stärker, wenn der Mond sichtbar schien, doch für sie war er niemals weit entfernt. Ihre Verbindung zu Elune war so stark, dass Zeitpunkt oder Zyklus keine Rolle spielten.

„Mutter Mond, erhöre mein Flehen“, flüsterte sie. „Erweise deiner Dienerin das Geschenk deiner kühlenden und heilenden Kräfte. Führe meine Hände zur Wurzel dieser Wunde und lass mich die Last aufnehmen, auf dass dieser Unschuldige gerettet werden kann.“

Tyrande begann leise zu summen. So konnte sie sich besser auf ihre Aufgabe konzentrieren. Die Wunden Broxigars, die sie geheilt hatte, waren eine Kleinigkeit gegen das, was sie jetzt zu heilen versuchte. Mit ganzer Macht kämpfte sie darum, die Kontrolle zu behalten. Trotzdem fühlte sie sich, als würde sie fallen.

Ohne jede Vorankündigung tauchte ein silbernes Licht an ihren Fingerspitzen auf. Die Gefährtin des Verletzten starrte mit geweiteten Augen darauf, während Shandris erneut einatmete. Tyrandes Hoffnungen stiegen. Elune ging auch dieses Mal auf ihre Gebete ein. Die Göttin war an diesem Tag wahrhaft mit ihr.

Die Heilerin führte ihre Finger über die Wunde und achtete vor allem auf die Bereiche, wo die Infektion am schlimmsten war. Tyrande verzog das Gesicht, als sie die vereiterten Stellen berührte. Wie bösartig mussten die Dämonen sein, wenn ein einzelner Biss oder Kratzer schon solch schreckliche Konsequenzen hatte?

Dort, wo Tyrandes Finger die Wunde berührte, ging die Infektion zurück. Die Pusteln trockneten aus und verschwanden. Der blutige Riss wurde schmaler, als würde er sich selbst langsam heilen.

Ermutigt durch diesen Erfolg betete Tyrande weiter zu Elune. Die Infektion schrumpfte, bis nur noch eine kleine ovale Stelle geblieben war. Daraus wurde eine frische Narbe, die weiter verheilte und beinahe verschwand.

Der Nachtelf stöhnte plötzlich, als erwache er aus einem tiefen Schlaf, aber Tyrande hörte noch nicht auf. Sie war sich nicht sicher, ob das Verschwinden der äußeren Symptome bedeutete, dass die Wunde auch im Inneren geheilt war. Die Infektion musste auch Gifte im Blut des Opfers hinterlassen haben.

Einige angespannte Sekunden später beruhigte sich der Herzschlag des Nachtelfen. Seine Augen öffneten sich, und die Priesterin wusste, dass sie den Fluch des Dämons besiegt hatte. Sie lehnte sich zufrieden zurück und dankte Elune. Die Göttin hatte ihr ein Wunder gewährt.

Die ältere Nachtelfe beugte sich vor und ergriff Tyrandes Hand. „Ich danke dir, Schwester. Danke!“

„Ich bin nur ein Werkzeug von Mutter Mond. Ihr schuldet ihr Dank, nicht mir.“

Trotz dieser Worte bedankten sich der geheilte Nachtelf – sein Name war Karius – und seine Gefährtin überschwänglich für die heldenhafte Leistung der Priesterin. Tyrande wusste kaum, wie sie sich dem Dank entziehen sollte.

„Ihr könnt mir einen Gefallen erweisen, indem ihr mir genauer schildert, was geschehen ist“, sagte sie schließlich.

Karius nickte und begann alles zu erzählen, woran er sich noch erinnerte. Er und seine Gefährtin hatten während der Flucht begriffen, dass sie Nahrung benötigten. Doch in dem Chaos, das zu diesem Zeitpunkt herrschte, hatten sie niemanden gefunden, der genügend Vorräte dabei hatte, um mit ihnen teilen zu können. Die meisten hatten nur das dabei, was sie hektisch hatten zusammenraffen können.

Karius hatte einen Wald entdeckt, in dem er sich frisches Wasser und Beeren erhoffte. Er ließ seine Gefährtin zurück und versprach ihr, dass er bald wieder da sein würde. Es war eine Verzweiflungstat, denn er ahnte, dass die anderen Nachtelfen den Wald schon längst geplündert hatten.

Karius ging tiefer in den Wald, als er es ursprünglich vorgehabt hatte. Er begann sich Sorgen darüber zu machen, wie er seine Gefährtin wiederfinden sollte, obwohl sie ihm versprochen hatte, auch auszuharren, wenn seine Suche länger dauern sollte. Schließlich entdeckte Karius einen Busch voller reifer roter Beeren. Rasch füllte er seine Gürteltasche damit und aß zwischendurch ein paar, um sich zu stärken.

Er hatte gerade die Tasche geschlossen, als er im Wald etwas Großes hörte. Zuerst dachte er an einen Tauren oder einen Bären. Hastig machte er sich auf den Rückweg. Immer wieder blickte er über die Schulter, um nicht überrascht zu werden.

Und deshalb blickte er in die falsche Richtung, als die Bestie ihn frontal angriff.

Karius hatte einst in der Festung Black Rook gedient, deshalb reagierte er trotz der Strapazen seiner langen Reise sehr schnell. Er warf sich zur Seite, als das Monster – eine Art Dämonenhund, aus dessen Rücken Tentakel wuchsen – über ihn herfiel. Die Bestie traf nicht wie geplant seine Kehle, sondern krallte sich in sein Bein.

Irgendwie gelang es Karius, nicht zu schreien, obwohl jede Faser seines Körpers danach verlangte. Stattdessen tastete der Nachtelf nach etwas, womit er sich verteidigen konnte. Seine Hand fand einen schweren, spitzen Stein. Er riss ihn aus dem Boden und schlug ihn mit aller Macht gegen die Nase des Ungetüms.

Er hörte etwas bersten. Die Kreatur jaulte heiser und ließ sein Bein los. Karius glaubte nicht, dass er ihr noch entkommen würde, doch im gleichen Moment hörte er von weiter entfernt ein scharfes Geräusch.

Der schreckliche Hund reagierte sofort und überraschend. Er winselte einen Moment lang, dann lief er der Quelle des Klangs entgegen. Karius folgte seinem Überlebensinstinkt und kroch in die entgegengesetzte Richtung. Er stoppte noch nicht einmal, um seine blutende Wunde zu verbinden. Der verletzte Nachtelf schleppte sich zurück zu seiner wartenden Gefährtin. Bei jedem Schritt erwartete er die Rückkehr der Kreatur …

Tyrande lauschte der Geschichte mit wachsender Besorgnis. Karius hatte großes Glück gehabt, die Begegnung mit der Teufelsbestie zu überleben. Sie fragte sich jedoch, was diese Kreatur vor den feindlichen Linien gesucht hatte. Eine solche Bestie stellte kein Problem für Malfurion und die Zauberer dar … aber was war, wenn sie nicht allein war?

Dieser Gedanke führte sie zu ihrer nächsten Frage. „Du hast von einem Geräusch gesprochen, das die Bestie weglockte? Was war das für ein Ton?"

Karius dachte einen Moment nach. „Es war ein scharfes, krachendes Geräusch."

„Wie Donner?"

„Nein, es erinnerte mich an den Knall einer Peitsche."

Die Priesterin erhob sich. „Ich danke dir für deine Geduld. Bitte entschuldigt mich. Ich muss weiter."

„Nein", entgegnete die Nachtelfe, „wir sind es, die dir zu danken haben. Ich dachte bereits, er sei verloren."

Tyrande hatte keine Zeit, sich mit ihnen zu streiten, wem sie Dank schuldeten. Sie gab beiden den Segen des Tempels, dann kehrte sie zu dem Nachtsäbler zurück, auf dem Shandris sie aus geweiteten Augen ansah.

„Du hast ihn vollständig geheilt. Ich – ich dachte, er würde sterben, bevor du anfingst."

„Das dachte ich auch", antwortete Tyrande und stieg hinter ihr auf das Reittier. „Mutter Mond war sehr großzügig zu mir."

„Ich habe noch nie gesehen, dass eine Priesterin eine so schreckliche Wunde heilte … und das Monster, das sie gerissen hat –"

„Leise, Shandris, ich muss nachdenken." Die Priesterin lenkte den Nachtsäbler in die Richtung, wo sie die Zauberer zuletzt gesehen hatte. Durch ihre Position erfuhr sie häufig Dinge, die selbst Lord Ravencrests Strategen verborgen blieben. Auch jetzt hatte sie wieder etwas gehört, das Malfurion und Krasus erfahren mussten.

Die Meuchelmörder der Legion waren näher als gehofft.

Die schwarzen Drachen kehrten im Schutz der Nacht in ihr gewaltiges Nest zurück. Neltharion hatte auf eine rasche Rückkehr bestanden, denn es gab viel zu tun. Sein Plan war fast vollendet. Er konnte den baldigen Triumph förmlich spüren.

Ein kleinerer Drache, der auf einer Bergspitze saß, neigte respektvoll den Kopf, aber der Erdwächter ignorierte ihn. Seine Gedanken beschäftigten sich

WARCRAFT®
KRIEG DER AHNEN
TRILOGIE

mit anderen Dingen. Er landete vor der Haupthöhle seines Clans und wandte sich an seine Gefährtinnen, die hinter ihm aufsetzten. Tief aus dem Inneren der Höhle hörte man das Brüllen anderer Drachen.

„Ich gehe nach unten und will nicht gestört werden."

Die Gefährtinnen nickten. Einen solchen Befehl hatten sie schon oft erhalten. Sie fragten nicht, was der Aspekt dort unten beabsichtigte. Der gesamte schwarze Clan existierte einzig, um zu gehorchen. Jedes Wesen, das in dem Berg lebte, teilte den Wahnsinn, der Neltharion aber am stärksten ergriffen hatte.

Der große Schwarze ging durch Gänge, die fast zu schmal für ihn waren. Als er tiefer in den Berg vordrang, verebbte der Lärm der anderen Drachen. An seine Stelle trat ein neues, seltsames Geräusch. Es klang, als würde ein Schmied mit einem Hammer Metall bearbeiten. Das Hämmern endete jedoch nicht irgendwann, sondern wurde im Gegenteil immer schneller. Neltharion grinste bösartig und zufrieden. Ja, alles verlief nach Plan.

Doch der Drache näherte sich nicht der Quelle des Klopfgeräuschs. Stattdessen trat er in einen Seitengang und ging noch tiefer in den Berg hinein. Nach einiger Zeit war das Hämmern nicht mehr zu hören. Nur Neltharions schwerer Atem hallte noch durch die Gänge. Niemand außer ihm durfte diese Bereiche betreten.

Schließlich erreichte der Erdwächter die gewaltige Kammer, in der er seinen Zauber über die Eredar geworfen hatte. Als er eintrat, hob er überrascht den Kopf, denn er spürte, dass er nicht allein war.

Die Stimmen in seinem Kopf hatten während seiner Begegnung mit den anderen Drachen nur gemurmelt, jetzt wurden sie lauter, erregter.

*Bald …*

*Bald …*

*Die Welt wird zurecht gerückt …*

*Alle, die dich betrogen haben, werden auf ihren Platz verwiesen …*

*Die Ordnung wird wieder hergestellt …*

*Du wirst deine rechtmäßige Herrschaft antreten …*

Immer und immer wieder lauschte der Erdwächter den Stimmen. Seine Brust schwoll vor Stolz, und seine Augen leuchteten erwartungsvoll. Schon bald würde die Welt so sein, wie er sie sich wünschte.

„Sie haben alle etwas von sich gegeben", sagte er in den leeren Raum hinein. „Sogar der abwesende Nozdormu."

Die Stimmen antworteten nicht, aber der Drache schien zu wissen, dass sie zufrieden waren. Er nickte, schloss die Augen und konzentrierte sich.

Auf seinen Befehl erschien die Drachenseele.

„Seht ihre Schönheit", donnerte er, als sie vor seinen Augen schwebte. „Seht ihre Vollkommenheit und ihre Macht!"

Die goldene Aura, die seine Schöpfung umgab, leuchtete so hell wie nie zuvor. Neltharion griff mit seinem Willen nach ihr, und die Drachenseele begann leicht zu vibrieren. Die Stalaktiten und Stalagmiten in der Kammer erzitterten, als seien sie lebendig geworden.

Die Vibrationen der Scheibe wurden mit jedem Atemzug des Erdwächters stärker. Jetzt erbebte bereits die ganze Kammer. Felsstücke brachen aus der Decke. Einige große Stalaktiten knirschten.

„Ja …", zischte der Drache erwartungsvoll. Neltharions Augen brannten voller Sehnsucht. „Ja …"

Der gewaltige Berg erzitterte wie ein ausbrechender Vulkan. Die Decke begann auseinander zu brechen. Felsstücke regneten herab und zerplatzten mit lautem Knall auf dem Steinboden. Einige prallten von der Haut des Drachen ab, doch das bemerkte er nicht.

Dann stiegen rauchartige Schemen aus der Scheibe auf. Es waren *Schatten*, die aus *Licht* zu bestehen schienen und ruhelos durch die Kammer wehten. Die meisten hatten Flügel. Ihre Umrisse erinnerten an Neltharion. Einige waren schwarz, einige bräunlich, andere blau oder rot. Sie schwärmten um die Scheibe herum. Es wurden immer mehr.

Es gab auch andere Schemen, kleiner und grotesker. Sie leuchteten in einem kränklichen Grün, und viele trugen Hörner und hatten tiefe Löcher anstelle von Augen. Nur wenige sahen so aus, aber sie hatten eine solch bösartige Ausstrahlung, dass sie sofort zwischen den anderen Geistern auffielen.

Sie stellten die Essenz all deren dar, die sich freiwillig oder unfreiwillig an der Schöpfung der Drachenseele beteiligt hatten. Sie waren an die Scheibe gebunden. Gemeinsam bildeten sie eine Macht, die selbst ein Aspekt wie Neltharion nicht brechen konnte. Ihre Anwesenheit allein reichte aus, um den Berg wie bei einem Erdbeben zu erschüttern.

Einer der gewaltigen Stalaktiten löste sich plötzlich. Der Erdwächter bemerkte die Gefahr erst, als es bereits zu spät war.

Ein Stalaktit von dieser Größe konnte sogar den schwarzen Drachen verletzen. Er traf Neltharion an der linken Seite des Kiefers und riss das harte Fleisch auf. Eine Drachenschuppe zerbrach. Ein Splitter davon traf die Drachenseele in der Mitte.

Neltharion schrie entsetzt auf, nicht wegen seiner Verletzung, sondern aus Sorge um seine Schöpfung.

Die Schuppe riss die Scheibe auf und beschädigte ihre Vollkommenheit. Die Schemen über und unter ihr gerieten außer Kontrolle.

Der Drache handelte sofort und unterbrach seinen Zauber. Die geisterhaften Schemen sanken zurück in die Scheibe, allerdings langsamer und zögerlicher, als es ihm gefiel. Als sie verschwunden waren, endeten die Erdstöße. Nur der langsam niedersinkende Staub blieb als Zeuge des Ereignisses zurück.

Neltharion griff nach der Drachenseele und betrachtete sie eindringlich. Der

Riss war nicht so tief wie befürchtet. Trotzdem zitterte der Aspekt vor Wut und Trauer. Er hätte niemals geglaubt, dass ausgerechnet er zu einer Gefahr für die Scheibe werden würde.

„Du wirst geheilt werden", flüsterte er und wiegte die Scheibe in seiner Tatze wie eine Mutter das Kind. „Du wirst wieder vollkommen sein …"

Er umklammerte die Scheibe und verließ hastig die Kammer. Dabei strahlte er eine Trübsinnigkeit aus, die selbst seine Gefährtinnen erschüttert hätte. Der Atem des Erdwächters ging schwer. Er befürchtete, dass all seine Mühen umsonst gewesen waren.

Der Drache kehrte jedoch nicht in die Höhlen des Clans zurück, sondern bog in einige andere Tunnel ein. Das Hämmern wurde lauter. Neltharion schob seinen massigen Körper durch enge Korridore, bis das ständige Hämmern als das Geräusch schwerer Arbeit erkennbar wurde. Seltsam helle Stimmen unterhielten sich zwitschernd, aber ihre Worte blieben durch den Lärm unverständlich.

Neltharion betrat die neue Kammer. Der Feuerschein zwang ihn, seine Augen abzuwenden, bis sie sich an das Licht gewöhnt hatten. Als es soweit war, sah er Dutzende kleiner, gelenkiger Goblins, die unermüdlich Metall formten. Überall standen riesige Öfen, die mit der Lava, die hier aus dem Berg aufstieg, beheizt wurden. Ein halbes Dutzend grünhäutige Goblins mühten sich mit der Fassung eines Rundschildes ab, der für einen Riesen gemacht zu sein schien. Das Metall darin leuchtete gelblich. Die Goblins drehten die Fassung rasch um und ließen den Inhalt in ein Wasserbad gleiten. Dampf stieg laut zischend auf und verbrühte beinahe einen der langsameren Arbeiter.

Andere Goblins hämmerten auf Metallstücke ein. Einige, die Kittel trugen, gingen zwischen ihnen umher und achteten darauf, dass jeder seine Aufgabe sorgfältig verrichtete.

Neltharion sah sich in der Kammer um, fand jedoch nicht die Person, nach der er suchte. „Meklo! Meklo!", brüllte er. „Zu mir!"

Der Ruf des Leviathans übertönte alle anderen Geräusche. Überrascht unterbrachen die Goblins ihre Arbeit. Zwei hätten vor Schreck beinahe Lava auf einen dritten geschüttet.

„An die Arbeit!", schimpfte eine hohe Stimme. „Wollt ihr denn alles ruinieren?"

Die Arbeiter gehorchten sofort. Ein älterer dürrer Goblin, auf dessen kahlem Schädel nur ein Flecken grauen Fells wuchs, kletterte von einem Gerüst herab und ging auf den ungeduldigen Drachen zu. Den ganzen Weg über sprach der Goblin-Häuptling leise mit sich selbst, aber in seinen Worten lag kein Ärger gegenüber seinem Herrn. Er schien nur Berechnungen anzustellen.

„Dichte von acht Zoll bei einer Oberfläche von hundertzwanzig Quadratfuß, also noch rund zweiundvierzig Pfund für die Mischung und –"

Sein Fuß stieß gegen einen Zeh der Drachentatze. Der Goblin sah auf und schien überrascht zu sein, den Drachen hier zu sehen. „Mylord Neltharion?“

„Meklo, sieh dir das an!“

Der Erdwächter streckte seine Tatze aus, sodass der Goblin die Scheibe betrachten konnte. Meklo kniff die Augen zusammen und neigte den Kopf.

„Was für eine kunstvolle Arbeit hier beschädigt wurde. Sie war vollkommen!“

„Eine meiner Schuppen ist darauf gefallen, Goblin. Erklär mir, wieso dies etwas eigentlich Unzerstörbarem schaden konnte.“

„Da ist auch Blut, wie ich sehe.“ Meklo sah auf und betrachtete einen Moment lang Neltharions Verletzung. Dann neigte er erneut das Haupt. „So ergibt das natürlich Sinn. Mylord Neltharion, Ihr wart unmittelbar an der Schöpfung dieser Scheibe beteiligt, nicht wahr?“

„Du warst dabei, Goblin. Du weißt, dass es so ist!“

„Ja. Ihr habt die Matrix für ihre Konstruktion erschaffen.“ Der Goblin-Häuptling dachte einen Moment länger nach, dann fragte er: „Haben die anderen ihre Essenz geopfert? Sind sie mit der Matrix der Scheibe verbunden?“

„Natürlich.“

„Aha, aber Ihr seid es nicht. Ihr habt die Matrix der Drachenseele erschaffen, sie aus Eurem Blut und Eurer Macht entstehen lassen ... aber Ihr seid der einzige Drache, der nicht unmittelbar mit ihr verbunden ist.“

Der Goblin grinste und zeigte spitze gelbe Zähne. „Daher seid Ihr ihre einzige Schwäche, Mylord. Die Schuppe, Euer Blut ... jeder Teil von Euch hat die Fähigkeit, die Drachenseele zu zerstören. Ihr könntet sie problemlos zerquetschen.“

Meklo machte eine entsprechende Geste mit Daumen und Zeigefinger.

Der Blick des Erdwächters ängstigte selbst den Goblin. „So etwas würde ich nie tun.“

„Natürlich nicht, natürlich nicht“, bestätigte Meklo hastig. „Und das heißt, dass nichts die Scheibe zerstören kann, richtig?“

Die Wut, die in dem Drachen aufgestiegen war, verrauchte. Neltharion bleckte seine Zähne, die größer als der Goblin waren. „Ja, nichts vermag das. Meine Drachenseele ist unverwundbar.“

„Solange *Ihr* nicht der Grund für ihre Zerstörung seid“, wagte der Goblin einzuwerfen.

„Was niemals geschehen wird!“ Neltharion betrachtete den Riss in der Drachenseele. „Aber dies muss bereinigt werden. Die Scheibe muss wieder vollkommen werden.“

„Dazu benötige ich das Gleiche wie letztes Mal.“

Der Drache schnaufte. „Du wirst so viel Blut von mir bekommen, wie du benötigst. Sie muss wieder vollkommen werden!“

„Natürlich, natürlich." Meklo blickte zu den anderen Goblins. „Dadurch wird sich die Vollendung Eurer anderen Pläne verzögern. Denn auch dafür brauchen wir Eure Magie und Euer Blut."

„Alles andere kann warten, nur die Scheibe nicht."

„Dann werden wir sofort beginnen, Mylord. Erlaubt mir nur einen Moment, um die anderen Arbeiten zu unterbrechen. Dann können meine Assistenten und ich anfangen."

Als sich der Goblin zurückzog, atmete Neltharion leichter. Seine Schöpfung würde geheilt werden. Wie er würde auch sie vollkommen sein.

Und gemeinsam würden sie über alle anderen herrschen …

# ZEHN

„Das ist unerträglich“, sagte Lord Stareye, während er ein wenig Schnupfpulver aus einem Beutel nahm und es durch ein Nasenloch schniefte. „Wir haben uns die Gelegenheit durch die Lappen gehen lassen, Kur'talus.“

„Vielleicht, Destel. Vielleicht auch nicht. Aber wir müssen uns damit abfinden, dass es nun einmal geschehen ist.“

Die beiden Adligen standen mit einigen anderen aristokratischen Offizieren in Lord Ravencrests Zelt und sprachen über die nächste Vorgehensweise. Desdel Stareye war der Meinung, Krasus habe die Streitmacht voreilig gestoppt; schließlich war der Feind ja vor den Nachtelfen geflohen. Stareye war überzeugt, dass die Soldaten den Feind bis Suramar hätten treiben können – eine Ansicht, die er mehrfach dargelegt hatte, vor allem, seit Krasus und die anderen der Gruppe beigetreten waren.

„Die Soldaten haben mutig gekämpft“, antwortete der Magier höflich, „aber sie sind aus Fleisch und Blut und daher erschöpft. Sie brauchen diese Pause.“

„Und was zu essen“, grunzte Brox, der die Zauberer begleitete. Bei den Nachtelfen war der Ork zwar nicht gern gesehen, aber da Ravencrest ihn nicht aus seinem Zeit geworfen hatte, schwiegen sie. Sogar Stareye äußerte sich nicht abfällig über seine Gegenwart.

„Ja, das stimmt“, sagte der Herr von Black Rook Hold. „Die Soldaten und die Flüchtlinge müssen essen und schlafen. Damit ist das Thema erledigt. Wenden wir uns also der Zukunft zu.“

„Zin-Azshari ist die Zukunft“, meldete sich Stareye prompt zu Wort. „Wir müssen Königin Azshara retten.“

Die anderen Adligen stimmten zu. Krasus verzog das Gesicht, schwieg jedoch. Er und seine Begleiter hatten vor ihrem Besuch im Zelt über das Problem gesprochen. Sie waren zu der Überzeugung gelangt, dass die Nachtelfen sich an dem Glauben, die Königin sei eine Gefangene der Dämonen, regelrecht aufrecht hielten. Da aber Zin-Azshari auch der Ort war, an dem die Brennende Legion nach Kalimdor einfiel, schien nichts gegen dieses Ziel zu sprechen. Die Hauptstadt musste eingenommen werden, ganz gleich, aus welchem Grund.

Krasus bezweifelte jedoch, dass Malfurions Volk dazu allein in der Lage sein würde.

Er ignorierte die Höflichkeitsregeln, stand auf und sagte: „Mylord Ravencrest, ich muss mich noch einmal zu einem Thema äußern, das Ihr nicht besprechen wollt, das aber doch besprochen werden muss."

Ravencrest nahm einen Weinkelch entgegen, den Lord Stareye gefüllt hatte Selbst inmitten einer solch großen Krise achteten die Nachtelfen noch auf ihre Hierarchie. „Du redest von einem Gespräch mit Zwergen und ähnlichem."

Neben ihm verdrehte Stareye die Augen. Auch die anderen Adligen schnitten ähnliche Grimassen.

Der Magier ahnte, dass seine Bitte auch dieses Mal kein Gehör finden würde, blieb aber hartnäckig. „Die Zwerge, die Tauren und die anderen Völker kämpfen in diesem Moment selbst gegen die Brennende Legion. Solange wir ein jeder für sich kämpfen, haben wir keine großen Siegeschancen, aber *gemeinsam* könnten wir Zin-Azshari ohne große Verluste einnehmen."

„Tauren in Zin-Azshari?", stieß ein Adliger hervor. „Wie barbarisch!"

„Gefallen ihnen Dämonen dort besser?", murmelte Rhonin an Malfurion gewandt.

„Du verstehst das nicht", antwortete der Druide resignierend.

„Stimmt."

Der bärtige Kommandant trank seinen Wein und reichte Lord Stareye den leeren Kelch. Dann sah er den Magier an, als gelte sein Blick einem respektierten, aber fehlgeleiteten Alten. „Meister Krasus, dein Rat hat uns während dieses Unternehmens sehr geholfen. Dein magisches Wissen ist größer als das unserer Zauberer, und wenn es um dieses Wissen geht, werde ich mich gerne wieder an dich wenden." Sein Gesichtsausdruck wurde düsterer. „Allerdings geht es hier um andere Dinge, daher muss ich dich daran erinnern, dass du keiner der unsrigen bist. Du verstehst die grundlegenden Tatsachen nicht. Selbst wenn ich so verrückt wäre, die Zwerge und die Tauren zu Hilfe zu rufen, würden sie nicht kommen. Sie misstrauen uns so sehr, wie sie einander misstrauen. Und selbst wenn sie es täten, würden unsere Soldaten nicht an ihrer Seite kämpfen."

„Die Zwerge würden uns wahrscheinlich in den Rücken fallen", mischte sich Stareye ein. „Sie sind für ihre Hinterlist bekannt. Sie würden uns ausrauben und zurück in ihre Löcher kriechen."

Ein anderer Offizier fügte hinzu: „Und die Tauren würden sich die ganze Zeit gegenseitig bekämpfen. Sie sind Tiere, keine zivilisierten Wesen. Ihr Chaos würde unsere Soldaten so sehr beeinträchtigen, dass die Dämonen leichtes Spiel hätten."

Lord Ravencrest nickte zustimmend. „Verstehst du, Meister Krasus? Wir würden unsere Streitmacht in ein Tollhaus verwandeln. Der Krieg könnte nur in einer Katastrophe enden."

„In der wird er auch enden, wenn wir allein vorrücken."

„Dieses Thema ist hiermit erledigt, mein guter Zauberer. Ich möchte dich respektvoll darum ersuchen, es nicht wieder anzusprechen.“

Die beiden starrten sich mehrere Sekunden lang an, dann sah Ravencrest als erster zur Seite. Trotz des kleinen Siegs entschuldigte sich Krasus.

„Vergebt mir meine Aufdringlichkeit“, sagte er.

„Wir werden jetzt über Vorräte und Logistik sprechen, Meister Krasus. Außer Illidan, der mir direkt unterstellt ist, muss eigentlich kein Zauberer anwesend sein. Ich schlage vor, dass ihr euch die Ruhe gönnt, die ihr verdient habt. Wir werden eure Kräfte brauchen, wenn wir weiterziehen.“

Krasus verbeugte sich höflich und schwieg. Dann verließ er zusammen mit den anderen ruhig das Zelt.

Doch kaum war er außer Hörweite, sagte er bitter: „Ihre Kurzsichtigkeit wird eine Tragödie auslösen. Ohne eine Allianz mit den anderen Völkern kann es keinen Sieg geben.“

„Sie werden sie nicht akzeptieren“, beharrte Malfurion. „Mein Volk wird nie Seite an Seite mit ihnen kämpfen.“

„Sie haben Korialstrasz sofort akzeptiert“, konterte Rhonin.

„Nur wenige würden es wagen, sich gegen einen Drachen zu stellen, Meister Rhonin.“

„Wie wahr“, murmelte Krasus nachdenklich. „Rhonin, ich muss sie suchen.“

„Wen?“

„Meine … die Drachen natürlich.“

Brox schnaufte, und Malfurion wirkte überrascht. Der Druide wusste, dass es eine Verbindung zwischen Krasus und Korialstrasz gab, aber die ganze Wahrheit kannte er nicht.

„Die Drachen, Meister Krasus? Aber sie halten sich verborgen. Wie wollt Ihr sie finden?“

„Ich habe meine Methoden … doch dazu brauche ich ein schnelles Transportmittel. Die Nachtsäbler sind zu langsam. Ich brauche etwas, das fliegen kann.“

„Wie ein Drache?“, fragte Rhonin trocken.

„Etwas Kleineres würde es auch tun, mein Freund.“

„Ganz in der Nähe liegt ein Wald“, sagte Malfurion überraschend. „Vielleicht kann ich Kontakt zu Cenarius aufnehmen. Er könnte eine Lösung wissen.“

Es war Krasus anzusehen, dass er die Idee für nicht sehr erfolgversprechend hielt, aber niemand sonst schien einen besseren Vorschlag zu haben. Also nickte er schließlich und sagte: „Wir müssen so bald wie möglich abreisen. Captain Shadowsong wird ansonsten versuchen, uns aufzuhalten, oder schlimmer noch, uns mit seinen Truppen zu begleiten. Ich fürchte, dadurch würden wir die Aufmerksamkeit der Brennenden Legion und der Nachtelfen auf uns ziehen.“

Jarod und der restlichen Leibwache hatte man eine Erholungspause zugestanden. Inmitten der Streitmacht glaubte niemand, dass die Zauberer körperlich gefährdet waren, und gegen magische Angriffe waren die Soldaten ohnehin nicht gerüstet. Während des Marschs würde die Leibwache ihre Pflichten natürlich wieder aufnehmen.

Aber bis dahin wollte Krasus längst unterwegs sein.

„Hältst du das wirklich für nötig?“, fragte der rothaarige Magier.

„Ich gehe aus zwei Gründen, Rhonin. Über den ersten haben wir gerade gesprochen. Die Drachen könnten die Schlacht entscheiden. Der zweite Grund ist persönlicher. Ich möchte wissen, warum ich nur Schweigen von ihnen wahrnehme. Wie du weißt, dürfte das nicht der Fall sein. Ich muss die Wahrheit herausfinden.“

Niemand widersprach ihm. Lord Ravencrest wollte den Marschbefehl bei Einbruch der Dunkelheit geben. Dann würde Krasus' Abwesenheit auffallen, also musste er bis dahin weit weg sein.

Rhonin nickte. „Was ist mit mir und Brox?“

„Wenn es unserem Druidenfreund gelingt, mir ein Transportmittel zu besorgen, sollte er lange vor Nachteinbruch zurück sein. In der Zwischenzeit solltet du und Brox versuchen, Ravencrest aus dem Weg zu gehen. Er könnte Fragen über uns stellen. Und er wird schon wütend genug werden, wenn er entdeckt, dass ich weg bin.“

„Vielleicht, vielleicht auch nicht. Dann stellt wenigstens niemand mehr öffentlich seine Entscheidungen in Frage.“

Krasus ignorierte den Scherz des Menschen und wandte sich an Malfurion. „Wir müssen aufbrechen. Wenn wir auf Nachtsäblern in die Zone der Flüchtlinge reiten, werden uns die Soldaten nicht aufhalten. Dann können wir umdrehen und uns auf den Weg in den Wald machen.“ Er zischte leise. „Und dann können wir nur noch hoffen, dass dein Lehrer uns wirklich seine Hilfe anbietet.“

Sie ließen die anderen zurück und hielten sich an den Plan des Magiers. Die Soldaten beobachteten sie mit leichtem Misstrauen und auch Neugierde, aber da sie sich nicht in Frontrichtung bewegten, schwand ihre Aufmerksamkeit bald.

Malfurion gefiel die Idee des Zauberers nicht, aber er schwieg. Er respektierte Krasus' Weisheit. Längst hatte er verstanden, dass der ältere Magier mehr über Drachen wusste als jeder andere, den er je getroffen hatte. Er wirkte sogar häufig selbst wie ein Drache. Wahrscheinlich hatte er irgendwann einmal die Gelegenheit gehabt, bei diesen einzigartigen Wesen zu leben. Eine andere Erklärung für seine Verbindung zu den Leviathanen gab es wohl kaum.

Nach fast drei Stunden erreichten sie endlich den Wald. Malfurion fühlte nicht den Frieden, den er bei seinem letzten Aufenthalt zwischen Bäumen gespürt hatte. Dieser Wald war von der Legion beschmutzt worden, und dieser Makel war haften geblieben. Hätte sich das Schlachtenglück nicht gewendet, wären die Pflanzen längst zerstört worden.

Trotz der Drohung, die in der Luft lag, gab es noch reichlich Leben hier. Vögel sangen, und Malfurion spürte, wie die Bäume sich gegenseitig über die neuen Eindringlinge informierten. Das Rauschen der Blätter wurde lauter, wenn Krasus sich ihnen näherte, so als wüssten auch die Bäume, dass er etwas Besonderes war. Den Nachtelf hießen sie willkommen, denn sie erkannten seine Aura und spürten, dass Cenarius ihn gesegnet hatte.

Doch den Halbgott selbst erspürte Malfurion nicht. Cenarius hatte viele Aufgaben. In erster Linie musste er die anderen Halbgötter davon überzeugen, für die Rettung ihrer Welt zu kämpfen. Durfte Malfurion überhaupt hoffen, dass der Waldgott die Zeit fand, auf seine Anrufung zu reagieren?

„Dieses Land hat schon viel gelitten“, sagte sein Begleiter. „Ich kann das Böse spüren, das hier wütete.“

„Ich ebenfalls. Krasus, ich weiß nicht, ob Cenarius mich erhören wird.“

„Ich kann dich nur bitten, es zu versuchen, Malfurion. Wenn es fehlschlägt, werde ich dir keinen Vorwurf machen. Dann werde ich meine Reise auf einem Nachtsäbler unternehmen müssen, auch wenn sie dadurch viel Zeit erfordern wird.“

Sie drangen tiefer in den Wald ein, bis Malfurion einen Platz fand, der friedlicher wirkte. Beide stiegen von ihren Reittieren ab.

„Soll ich dich allein lassen?“, fragte der Magier.

„Wenn Cenarius auf meinen Ruf reagieren sollte, wird er kommen. Es spielt keine Rolle, ob Ihr dabei seid oder nicht, Meister Krasus.“

Malfurion setzte sich in das weiche wilde Gras. Krasus trat respektvoll zur Seite, um den Druiden nicht zu stören.

Mit geschlossenen Augen konzentrierte sich Malfurion. Zuerst tastete er nach den Bäumen und den anderen Lebensformen und suchte unter ihnen nach einem Hinweis auf den Halbgott. Wenn Cenarius hier gewesen war, würde er es bald erfahren.

Doch der Wald wusste nichts über den Halbgott. Frustriert dachte der Druide seine anderen Möglichkeiten durch. Er erkannte, dass er seinen Shan'do nur durch den smaragdgrünen Traum mit Sicherheit kontaktieren konnte.

Das hatte er befürchtet. Malfurion atmete tief durch und konzentrierte sich auf die fremde Welt. Er musste den Traum nicht wirklich betreten, nur seine Enden berühren. Das reichte, um seine Gedanken an Cenarius zu übertragen. Schon diese kleine Berührung beunruhigte Malfurion, doch er wusste, dass es sein musste.

Er spürte, wie er sich von seiner sterblichen Hülle zu lösen begann. Der Druide wagte es jedoch nicht, die Trennung zu vollenden, sondern verharrte auf halbem Weg. Das war schwieriger, als er gedacht hatte, doch diesen Zustand würde er ja nicht lange halten müssen. Er stellte sich Cenarius vor und benutzte dieses Bild, um eine Verbindung zu ihm aufzubauen.

Plötzlich wurde er von einer Stimme aus seiner Konzentration gerissen.

„Malfurion! Wir sind nicht allein.“

Der Rücksturz in seinen Körper erschütterte den Druiden. Benommen öffnete er die Augen … und sah eine Teufelsbestie auf sich zuschießen.

Jemand murmelte Worte der Macht, und der schreckliche Hund begann auszutrocknen. Die Bestie zog sich zusammen und wand sich, bis nur ein Haufen aus Knochen und Sehnen übrig blieb.

Krasus ergriff Malfurion und zog ihn mit überraschender Stärke hoch.

„Kannst du dich wehren?“, fragte der ältere Magier.

Dem Druiden blieb keine Zeit für eine Antwort, denn der Wald war plötzlich voller Dämonenhunde und gehörnter Teufelswächter. Die beiden Magier waren mindestens zehn zu eins unterlegen. Ihre Reittiere, die sie an einen Baum gebunden hatten, fauchten und zerrten an ihren Zügeln, aber sie konnten sich nicht befreien. Die Dämonen ignorierten die Panther. Ihr Ziel waren der Magier und der Druide.

Krasus malte einen unsichtbaren Kreis um sich und seinen Begleiter, dann murmelte er einen weiteren kurzen Zauber. Kristallspeere schossen aus dem Boden und wurden so groß wie ein Nachtelf.

Drei Teufelswächter wurden von den Speeren aufgespießt. Eine Bestie jaulte, als eine Spitze ihr die Schnauze abriss.

Durch Krasus' schnelle Reaktion hatte Malfurion Bedenkzeit. Er betrachtete die Bäume, die den heranstürmenden Dämonen am nächsten standen, und bat sie um Hilfe.

Kräftige Äste beugten sich nach unten und schleuderten dann vier monströse Krieger empor. Die Dämonen verschwanden aus Malfurions Sicht und tauchten nicht wieder auf.

Andere Bäume streckten einfach nur ihre Äste aus, als die Legion heranstürmte. Eine Teufelsbestie fiel über einen Ast, eine andere brach sich mit lautem Knacken das Genick, als sie gegen das unerwartete Hindernis prallte.

Doch die Dämonen kamen immer noch näher, vor allem die Hunde. Die zwei gefangenen Magier schienen ihren Appetit anzuregen.

Malfurions Angriff war zwar erfolgreich gewesen, trotzdem schienen die Dämonen Krasus mehr zu fürchten – und das aus gutem Grund. Der Magier beherrschte seine Kunst weit besser als es der Nachtelf bisher gelernt hatte. Deshalb waren seine Zauber schnell und gnadenlos. Er wirkte bei weitem nicht mehr so krank wie bei ihrer ersten Begegnung. Man sah ihm zwar die Anstrengung an, aber er brach nicht darunter zusammen.

Ein Knall wie von einem Peitschenhieb hallte durch den Wald. Krasus griff nach seiner Kehle. Ein dünner, brennender Tentakel hatte sich darum gewickelt und zog sich wie eine Schlinge zusammen. Der Magier wurde von den Beinen gerissen und auf die Speere zugezogen, die er selbst erschaffen hatte.

Der Nachtelf wagte einen Blick über seine Schulter und sah ein Wesen, das beinahe so furchtbar wie Archimonde war – einen riesigen Skelettkrieger, in dessen gehörntem Schädel Flammenaugen steckten. Mit seiner brennenden Peitsche zog er Krasus ins Verderben. Er war größer als die anderen Dämonen. Sie wichen respektvoll vor ihm zurück, deshalb nahm Malfurion an, dass er ihr Anführer war.

Der Druide riss einige Grashalme aus und warf sie auf die Peitsche. Die Halme begannen sich rasch zu drehen. Wie Messerklingen schnitten sie tief in den Strang, bis er zerriss.

Krasus krächzte, als der Druck auf seinen Hals schwand, und fiel auf die Knie. Der Dämon stolperte einige Schritte zurück, wahrte jedoch sein Gleichgewicht. Er holte mit der immer noch sehr langen Peitsche aus. Sein Ziel war der Druide.

Malfurion sah keine großen Überlebenschancen. Sein Begleiter war verletzt, und sie waren von Dämonen umzingelt. Er und Krasus hatten den Fehler begangen, nicht sorgfältig genug auf die Meuchelmörder zu achten, die sie verfolgten. Der Anführer der Bestien war selbst erschienen, um diesen Fehler auszunutzen. Jarod konnte ihnen nicht helfen. Nur Rhonin und Brox wussten, wo sie waren, und beide ahnten nichts von der Gefahr, in der sie sich befanden. Wieso waren sie nur so leichtsinnig gewesen?

Zu seiner Überraschung schlug der Dämon aber nicht sofort zu. Stattdessen zischte er: „Ergib dich, Kreatur, und ich werde dich verschonen. Dasss verspreche ich im Namen meinesss Herrn Sssargerasss. Nur sssso kannsssst du überleben …“

Krasus räusperte sich. „Das Schicksal, das uns als Gefangene der Brennenden Legion erwartet, ist weitaus schlimmer als der Tod. Wir müssen kämpfen, auch wenn wir verlieren, Malfurion.“

Der Nachtelf dachte an seine Begegnung mit Archimonde und stimmte Krasus innerlich zu. Er konnte sich vorstellen, was die Dämonen mit Gefangenen anstellten, vor allem mit solchen, die ihre Pläne durchkreuzt hatten.

„Wir werden uns niemals ergeben!“

Die Feueraugen des Dämons flackerten wütend, dann ließ er die Peitsche vier Mal knallen. Blitze zuckten, als der Riemen den Boden berührte. Unförmige Gestalten erschienen plötzlich vor dem Dämon. Mit jedem Peitschenknall kam eine neue Teufelsbestie hinzu.

„Dann werden meine Tiere ihren Appetit an euch sssstillen, Zauberer!“

Krasus richtete sich auf und sah den Dämonenführer an. Seine Augen verengten sich.

Der Skelettkrieger erahnte den bevorstehenden Angriff. Er schwang die Peitsche herum und erschuf einen Nebel, der Funken sprühte.

Der Nachtelf schluckte einen Fluch herunter. Ihr Gegner hatte einen starken Zauber mit Leichtigkeit abgewehrt.

„Das hatte ich befürchtet", murmelte Krasus. „Sein Name ist Hakkar. Er ist der Hundemeister."

Malfurion hätte ihn gern gefragt, was er über den Dämon wusste, aber in diesem Moment griffen die anderen Ungeheuer wieder an. Die Speere halfen zwar bei der Verteidigung, aber die Dämonen versuchten sie jetzt mit Klauen und Zähnen zu zerstören. Hinter ihnen lachte ihr Anführer. Es klang wie das Zischen von tausend wütenden Schlangen.

Die ersten Teufelsbestien hatten die Barriere gerade überwunden, als von allen Seiten Krieger auf Nachtsäblern auftauchten. Ihre Panther töteten die ersten Dämonen, bevor sie überhaupt realisiert hatten, dass sie angegriffen wurden. Die Reiter sangen, während sie zustachen.

Malfurion erkannte erst jetzt, dass dies nicht Jarod Shadowsongs Soldaten waren. Die Rüstung der Reiter war silberner und für einen weiblichen Körper gedacht. Der Gesang, den er hörte, richtete sich an die Nachtkriegerin, die kämpferische Inkarnation von Mutter Mond.

Sie wurden von den Schwestern der Elune gerettet.

Zum ersten Mal sah Malfurion die ruhigen, sanften Priesterinnen in ihrer Kriegerinnenrolle. Die meisten trugen lange, gebogene Schwerter, während andere kurze Speere schwangen, die an beiden Enden zugespitzt waren. Ein paar benutzten Kurzbögen, die nicht länger als ihr Unterarm waren, aber mit denen man Pfeile in hoher Geschwindigkeit abschießen konnte.

Die Dämonen fielen unter dem Ansturm. Eine Priesterin schwang ihre Klinge mit der Leichtigkeit eines ausgebildeten Soldaten und enthauptete einen gehörnten Krieger. Zwei Nachtsäbler nahmen sich einen anderen Hund vor und schlugen so lange nach ihm, bis nur noch ein blutiger Kadaver übrig war.

Zwischen den beeindruckenden Kriegerinnen entdeckte Malfurion Tyrande.

Er wollte sie rufen, doch in diesem Augenblick sprang ihm ein Dämon entgegen. Der riesige Teufelswächter schlitzte ihn beinahe auf, doch dank seiner guten Reflexe konnte sich der Druide gerade noch zur Seite werfen. Er schlug auf und murmelte einen Zauber.

Das Erdreich unter den Füßen seines Gegners nahm eine feuchte, sandartige Konsistenz an. Der Teufelswächter sank bis zur Hüfte ein, konnte sich dann jedoch oben halten. Mit seiner freien Hand krallte er sich in den Boden und versuchte, sich aus dem Treibsand zu stemmen.

Malfurion ließ ihm diese Chance nicht. Er trat nach der Klinge in der Hand des Dämons. Der monströse Krieger wand sich und versuchte, nach seinen Beinen zu greifen. Malfurion stolperte, als sein Gegner seinen Fuß zu packen bekam. Er spürte, wie er in Richtung des Treibsandlochs gezogen wurde und legte seine Hand um den Griff des Schwertes.

Er holte aus und spaltete mit einem Schlag den Schädel des Teufelswächters.

Der Dämon versank. Malfurion richtete sich auf und sah, dass die Schlacht nicht gut für ihn und die seinen verlief. Die Schwestern hatten zwar die Oberhand gewonnen, aber einige befanden sich in akuter Gefahr.

Er hatte den Gedanken noch nicht vollendet, da wurde eine Priesterin auch schon von einer Teufelsbestie aus dem Sattel gerissen. Die Bestie durchbiss ihren Nacken, als bestünden die Knochen nur aus Stoff. Eine andere Schwester stürzte zu Boden, als ein Dämon seine Waffe durch die geöffneten Kiefer ihres Nachtsäblers stieß. Die Spitze der Klinge trat zwischen den Schulterblättern heraus. Ein zweiter Dämonenhund tötete die Priesterin nur wenige Sekunden später.

Malfurion war entsetzt, als sein Blick zu Tyrande zurückschweifte. Sie konzentrierte sich auf den Kampf gegen einen Teufelswächter und bemerkte nicht, dass der Hundemeister mit seiner Peitsche ausholte.

Er hatte wohl auf ihre Kehle gezielt, doch eine zufällige Bewegung ihres Reittiers verhinderte das. Stattdessen wickelte sich der Riemen um ihre Arme und presste sie an ihren Körper. Der Skelettkrieger zog Tyrande von ihrem Panther. Trotz ihrer Rüstung schien sie für ihn nicht schwerer als eine Puppe zu sein.

„Nein!“, schrie Malfurion und sprang vor.

Krasus, der gerade einen Zauber begonnen hatte, versuchte ihn zurückzuhalten. „Druide, du bist hier sicherer –“

Doch der Nachtelf interessierte sich nur für Tyrande. Er dachte nicht mehr an seine Fähigkeiten, sondern lief ihr durch den tobenden Kampf entgegen. Als er nahe genug herangekommen war, warf er sich nach vorne – allerdings nicht in die Richtung, in der sich Tyrande befand.

Er prallte gegen den gewichtigen Hundemeister, konnte ihn zwar nicht umwerfen, aber doch seine Konzentration stören. Die Peitsche löste sich von der Priesterin, die sanft im Gras landete.

„Narr!“, bellte der Hundemeister und ergriff den Druiden bei den Schultern. „Ich bin Hakkar … und du bist niemand!“

Er sah die Waffe nicht, die Malfurion aus dem Gürtel zog. Die schmale Klinge bohrte sich in den Ellenbogen des Dämons.

Hakkar heulte auf und ließ seine Beute los. Er zog den Dolch aus seinem Arm. Dickflüssiges Dämonenblut troff von der Klinge. Der Hundemeister setzte sie jedoch nicht gegen Malfurion ein, sondern warf sie achtlos zur Seite und griff nach seiner Peitsche. Mit erhobenem Arm ging er auf den Druiden zu.

„Sssseine Befehle lauten, dich wenn möglich lebend gefangen zu nehmen … ich glaube aber, dasss wird *nicht* möglich ssssein.“

Hakkar schlug zu. Malfurion krümmte sich zusammen, als Blitze über seinen Körper zuckten. Es fühlte sich an, als würde er bei lebendigem Leib verbrannt.

Doch ein Teil von ihm blieb trotz der Schmerzen ruhig. Dieser Teil konzentrierte sich auf Cenarius' Lehren und hielt sich von der Pein fern. Das Feuer der Peitsche verging. Der Hundemeister traf ihn ein zweites und ein drittes Mal aber er spürte nichts davon.

Malfurion wusste, dass die Angriffe früher oder später seinen Körper zerstören würden, auch wenn er den Schmerz nicht spürte. Die Lehren seines Shan'do verhinderten das nicht, sie gaben ihm nur die Möglichkeit, sich zu verteidigen – falls er sich überhaupt verteidigen konnte.

„Vielleicht lassse ich dich doch ein wenig leben", zischte Hakkar und schlug ein weiteres Mal zu. „Ein bissschen Leben genügt für die Folter … nur ein bissschen."

Der riesige Dämon hob erneut die Peitsche.

Malfurions Blick richtete sich auf den Himmel. Die Wolkendecke unterstützte seine Bemühungen. Zuerst benötigte er jedoch die Hilfe des Windes, der die Wolken in Bewegung setzte. Ihnen gefiel die Störung nicht, und aus lauter Wut färbten sie sich rasch schwarz. Obwohl es Malfurion widerstrebte, schürte er ihren Zorn. Insgeheim zählte er auf ihre Eitelkeit. Schließlich gab es hier jemanden, der es wagte, seine eigenen Blitze zu schleudern.

Hakkar hielt seine Ruhe für das Eingeständnis seiner Niederlage. Seine Augen flackerten, als er weit ausholte. „Ein Schlag noch. Nur ein Schlag …"

Die Wolken grollten und erbebten.

Zwei gewaltige Blitze schossen aus dem Himmel und trafen den Dämon.

Hakkars Aufschrei erschütterte Malfurion bis ins Mark. Der Hundemeister wurde in helles Licht getaucht. Er riss die Arme empor, als wolle er umarmen, was ihn zerstörte. Seine schwarz verbrannte Peitsche entfiel seinen zitternden Fingern.

Die Teufelsbestien auf dem Schlachtfeld sahen auf und begannen zu jaulen.

Schließlich verging das himmlische Licht … und die aschgraue Leiche des Dämonenlords sackte haltlos zu Boden.

Die monströsen Hunde heulten noch ein letztes Mal, dann leuchteten ihre Körper auf, so wie sie es getan hatten, als Hakkar sie beschwor. Schließlich verschwanden sie. Nur ihr Klagen hallte noch für einen Moment über die Lichtung.

Ohne Hakkar und seine Teufelsbestien verloren auch die anderen Dämonen ihren Kampfeswillen. Als der letzte erschlagen worden war, eilte Krasus zu Tyrande.

Sie saß halb benommen im Gras. Als sie Malfurion sah, begann sie jedoch zu lächeln. Der Anblick ließ ihn seine eigenen Schmerzen vergessen.

„Tyrande, es ist ein Wunder, dass du hier bist …"

„Kein Wunder. Ich habe jemanden geheilt, der mir von einer Teufelsbestie hinter den Linien erzählte. Er beschrieb auch den Dämon, der sie anführte.“ Sie blickte kurz zu Hakkars Überresten. „Ich wollte dich und die anderen warnen, doch ihr wart bereits auf dem Weg hierher. Vielleicht hat Elune mein Denken gelenkt, denn ich ahnte, dass ihr in Gefahr wart.“

„Also hast du dich an die Schwestern gewandt. Nur wenige Soldaten könnten es mit ihnen aufnehmen.“

Sie lächelte müde, aber zufrieden. „Viele Aspekte des Tempels bleiben Außenstehenden verborgen.“ Ihr Gesichtsausdruck wurde ernster. „Ist dir etwas passiert?“

„Mir geht es gut, allerdings befürchte ich, dass Krasus und ich umsonst hierher gekommen sind. Ich habe vergeblich versucht, Cenarius zu kontaktieren. Mit seiner Hilfe wollte ich ein Flugtier finden, das den Magier ins Land der Drachen bringt.“

„Rhonin und Brox haben so etwas angedeutet. Glaubt er wirklich, er könne sich mit Drachen treffen?“

Der Druide sah zu Krasus, dem zwei Schwestern dabei halfen, sich aufzurichten. Sie behandelten ihn mit dem gleichen Respekt, den ihm viele andere entgegenbrachten, ohne so genau zu wissen, warum sie es taten. Der Magier ging zu den Überresten des Hundemeisters. Seine Miene spiegelte Überraschung wider.

„Du siehst ihn doch selbst und spürst das Besondere in ihm, Tyrande. Ich glaube, er könnte es schaffen, sollte er in ihr Reich gelangen.“

„Aber wenn ihn kein Drache dorthin bringt, wird ihm die Reise wohl kaum rechtzeitig gelingen.“

„Ich weiß nicht. Ich –“ Ein Schatten glitt über ihn hinweg. Malfurion sah auf. Seine Hoffnungslosigkeit verflog.

Sie kreisten drei Mal um die Gruppe, dann landeten sie in der Nähe eines Nachtsäblers. Die große Katze zischte, versuchte sie aber nicht anzugreifen, so als wäre sie selbst nicht sicher, was eigentlich vor ihr hockte.

Ihre Flügel waren groß und gefiedert, ihre Köpfe erinnerten an Raben. Mit ihren geschuppten und klauenbewehrten Vorderläufen sahen sie aus wie pechschwarze Greifen. Der Rest ihres Körpers war jedoch nicht der eines Löwen, sondern wirkte amphibienhaft, inklusive eines kräftigen, haarlosen Schwanzes.

„Hippogriffs“, erklärte der scheinbar allwissende Krasus. Er wirkte zufrieden. „Sichere und schnelle Flieger. Cenarius hat eine hervorragende Wahl getroffen.“

Tyrande wirkte nicht so begeistert. „Wieso sind sie zu zweit?“

Der Magier und der Druide sahen einander an. Beiden war klar, weshalb Cenarius nicht nur ein Flugtier geschickt hatte.

„Anscheinend soll ich Krasus begleiten", sagte Malfurion.

Tyrande nahm seinen Arm. „Nein, nicht dorthin!"

„Der Waldgott hat eine gute Entscheidung getroffen", unterbrach Krasus sie. „Der Druide kann die Hippogriffs besser anleiten, und durch seine Verbindung zu Cenarius wird auch die Königin der Roten ihn willkommen heißen … Alexstrasza, sie, die das Leben ist …"

Die Priesterin sah Malfurion flehentlich an, doch er musste dem Magier beipflichten. „Er hat Recht. Ich muss ihn begleiten. Vergib mir, Tyrande." Impulsiv umarmte der Druide die Priesterin. Tyrande zögerte, dann erwiderte sie die Umarmung. Malfurion sah sie an und fügte hinzu: „Ich befürchte, dass du Rhonin und Brox helfen musst, unsere Abwesenheit zu erklären. Wirst du das für mich tun?"

Sie ergab sich in das Unvermeidliche. „Natürlich werde ich das. So gut solltest du mich kennen."

Die Hippogriffs krächzten, als könnten sie kaum noch den Beginn ihrer Reise erwarten. Krasus ließ sich davon anspornen. Als Malfurion auf sein Flugtier gestiegen war, blickte er noch einmal zurück zu Tyrande.

Sie ergriff sein Handgelenk und flüsterte etwas. Erst nach einem Moment erkannten die beiden Reiter, dass die Priesterin Elunes Segen über Malfurion aussprach.

„Gute Reise", sagte sie schließlich leise. „Und komm gesund zurück … für mich."

Der Druide schluckte. Seine Stimme versagte. Krasus unterbrach die angespannte Situation, indem er sein Tier sanft nach vorne trieb. Das Hippogriff krächzte und setzte zum Start an. Malfurions Flugtier folgte ihm instinktiv.

„Leb wohl und danke, Tyrande", sagte er. „Ich werde bald zurück sein."

„Darauf verlasse ich mich, *Mal*."

Er lächelte, als sie seinen alten Spitznamen benutzte. Dann musste er sich hastig an dem Hippogriff festhalten, denn es stieg steil in die Lüfte empor, um seinem Gefährten zu folgen.

„Das wird eine lange Reise", rief Krasus. „Doch dank des Waldgottes nicht so lang, wie befürchtet."

Malfurion nickte, ohne wirklich zuzuhören. Sein Blick kehrte zu der Gestalt zurück, die rasch kleiner wurde. Sie sah ebenfalls zu ihm hinauf, und so betrachteten sie einander, bis sie sich nicht mehr sehen konnten.

Und selbst dann wandte er seinen Blick nicht ab. In seinem Herzen wusste er, dass Tyrande nichts anderes tat.

# ELF

Die Dämonen sammelten sich nicht zu einem weiteren Angriff. Die Nachtelfen hielten das für ein vielversprechendes Zeichen, aber Rhonin und Brox waren sich nicht so sicher. Ravencrest schenkte seinen Soldaten noch einen zweiten Abend Ruhe, und obwohl die beiden Fremden die Notwendigkeit dafür einsahen, wussten sie auch, dass die Brennende Legion in dieser Zeit nicht untätig bleiben würde. Archimonde würde jede verstreichende Sekunde nutzen, um seine Pläne voranzutreiben.

Die Nachtelfen waren nicht gerade erfreut, als sie entdeckten, dass Krasus und Malfurion verschwunden waren. Jarod zog ein Gesicht, als erwarte er seine Hinrichtung. Die so dringend benötigten Zauberer hatten seiner Verantwortung unterstanden … und waren praktisch vor seinen Augen verschwunden.

„Lord Ravencrest wird mich deswegen häuten lassen“, murmelte der ehemalige Wachoffizier immer wieder, während er und die anderen auf das Zelt des Adligen zugingen. Tyrande, die Malfurion vor kurzem begegnet war, hatte darauf bestanden, mitzukommen, um die Angelegenheit zu erklären. Doch das beruhigte Jarod keineswegs. Er war sich sicher, dass seine Nachlässigkeit eine schreckliche Strafe nach sich ziehen würde. Schließlich hatte er zugelassen, dass zwei der wertvollsten Kämpfer nun der Streitmacht fehlten.

Und tatsächlich schien zu Beginn alles darauf hinzudeuten, dass der bärtige Kommandant genau wie erwartet reagieren würde. Als Lord Ravencrest die Nachricht hörte, stieß er einen furchtbaren Schrei aus und warf voller Wut einen kleinen Tisch um, auf dem sich Karten und Papiere stapelten.

„Ich habe ihnen eine solche Dummheit nicht erlaubt!“, schrie der Herrscher von Black Rook. „Sie gefährden die Einsatzkraft meiner Streitmacht mit diesem Irrsinn! Wenn der Feind erfährt, dass zwei unserer wichtigsten Zauberer uns verraten –“

„Sie haben niemanden verraten“, protestierte Rhonin. „Sie holen Hilfe.“

„Von den Drachen? Diese Kreaturen würden sie eher umbringen, als ihnen helfen. Das Haustier des Zauberers war zwar unter seiner strengen Führung zu gebrauchen, aber wilde Drachen …“

„Die Drachen sind das älteste und intelligenteste Volk unserer Welt. Sie wissen mehr, als wir jemals erfahren werden.“

„Klar, weil sie uns fressen werden, bevor das passiert", konterte Ravencrest. Er sah Tyrande an. Sein Tonfall wurde respektvoller. „Und welche Rolle spielt eine Schwester der Elune bei dieser Geschichte?"

„Wir haben uns schon einmal getroffen, Mylord."

Er kniff die Augen zusammen. „Ah, ja. Du bist Illidans Freundin."

Der Zauberer, der ruhig neben dem Adligen stand, nickte. Sein Gesichtsausdruck zeigte keine Regung.

Ravencrest verschränkte die Arme vor der Brust. „Ich hatte gehofft, dass wenigstens einer von euch Einfluss auf Malfurion haben würde. Ich weiß, dass niemand Meister Krasus Befehle erteilen kann."

„Malfurion wollte zurückkommen", sagte die Priesterin, „aber sein Lehrer machte deutlich, dass er den Zauberer begleiten solle."

„Sein Lehrer? Glaubst du etwa auch an diesen Blödsinn über den Halbgott Cenarius?"

Tyrande spitzte die Lippen. „Illidan weiß, dass der Herr des Waldes wirklich existiert."

Illidans emotionslose Fassade bröckelte. „Das ist wahr. Cenarius existiert. Ich habe ihn gesehen."

„Hmpf, zuerst Drachen und jetzt ein Halbgott … All diese Macht und Magie um uns sollte die Streitmacht stärken, nicht schwächen! Aus welchem Grund schließt sich dieser Cenarius uns nicht an?"

„Er und sein Volk bekämpfen die Dämonen auf ihre Weise", antwortete sie.

„Apropos Dämonen, haben die beiden Narren nicht darüber nachgedacht, dass sie auf ihrer Reise Meuchelmördern ungeschützt ausgesetzt sein werden? Wenn sie angegriffen werden, bevor –" Ravencrest unterbrach sich, als er in die betretenen Gesichter der kleinen Gruppe blickte. „*Wurden* sie angegriffen?"

Die Priesterin senkte den Kopf. „Ja, Mylord. Meine Schwestern und ich kamen zu Hilfe. Gemeinsam haben wir die Dämonen besiegt. Beide blieben unverletzt."

Neben ihr verzog Jarod das Gesicht, während Illidan stumm den Kopf schüttelte. Ravencrest atmete tief durch und setzte sich auf eine kleine Holzbank. Er nahm einen großen Schluck Wein direkt aus der Flasche, dann fragte er rau: „Was ist passiert?"

Tyrande berichtete knapp von ihren Erlebnissen. Sie erzählte, wie sie von den Ungeheuern im Wald erfahren hatte und von ihrem Entsetzen, als sie hörte, dass Malfurion und Krasus dorthin aufgebrochen waren. Sie und ihre Schwester waren den beiden so schnell wie der sprichwörtliche Wind gefolgt und waren mitten in einen Kampf hineingeplatzt. Die Priesterinnen, die wussten, dass sie ihr eigenes Leben aufs Spiel setzten, griffen trotzdem an. Einige waren tatsächlich umgekommen, aber sie alle wussten, dass Krasus und der Druide von essentieller Wichtigkeit für den Sieg über die Dämonen waren. Jedes Opfer war gerechtfertigt, solange die beiden überlebten.

An diesem Punkt ihres Berichts schnaufte Illidan, aber Ravencrest achtete nicht darauf. Er lauschte den Einzelheiten der Schlacht, und als Tyrande von dem Dämon mit der Peitsche erzählte, leuchteten seine Augen auf.

„Einer ihrer Kommandanten, der Anführer der Meuchelmörder“, bemerkte er.

„Das schien zumindest so. Er war mächtig, aber Malfurion beschwor Blitze aus dem Himmel und tötete ihn.“

„Sehr gut!“ Der Adlige schien nicht genau zu wissen, ob er beeindruckt oder wütend sein sollte. „Und das ist genau der Grund, aus dem wenigstens der Druide hätte zurückkehren sollen. Wir brauchen seine Kräfte!“

„Die Mondgarde und ich werden seine unerlaubte Abwesenheit wettmachen“, versprach Illidan.

„Das müsst ihr auch, Zauberer, das müsst ihr.“ Er stellte die Flasche zur Seite und sah Rhonin an. „Gibst du mir dein Wort, dass du nicht deinen Freunden folgen wirst?“

„Ich will, dass die Brennende Legion besiegt wird, Mylord.“

„Hm, keine zufrieden stellende Antwort, aber eine, die ich erwartet habe. Captain Shadowsong …“

Der junge Nachtelf schluckte und trat vor. „Ja, Mylord?“

„Zuerst wollte ich dich schwer bestrafen, weil du nicht in der Lage zu sein scheinst, diese Gruppe unter Kontrolle zu halten. Doch je mehr ich über sie erfahre, desto klarer komme ich zu dem Schluss, dass *niemand* sie unter Kontrolle halten könnte. Dass sie bereits so lange überlebt haben, spricht für deine Fähigkeiten. Setze deine Arbeit fort – so lange es noch jemanden gibt, den du bewachen kannst.“

Jarod brauchte einige Sekunden, bis er die Antwort begriffen hatte. Als er erkannte, dass der Adlige ihm ein Kompliment gemacht hatte, salutierte er rasch. „Ja, Mylord. Ich danke Euch, Mylord!“

„Nein … ich bedaure dich …“ Ravencrest griff nach einer Karte. „Ihr könnt gehen. Du auch, Illidan.“ Er schüttelte den Kopf, während sein Blick über das Papier glitt. „Möge Mutter Mond mich von Zauberern verschonen“, murmelte er.

Malfurions Bruder sah aus, als habe ihn sein Vorgesetzter ins Gesicht geschlagen, so persönlich schien er den Rauswurf zu nehmen. Er neigte knapp den Kopf, dann verließ er das Zelt des Kommandanten mit den anderen.

Brox und Rhonin schritten schweigend nebeneinander her. Tyrande hatte sich dem Captain angeschlossen, der nicht fassen konnte, dass sein Kopf noch auf seinen Schultern saß.

Eine Hand berührte den Arm der Priesterin. „Tyrande …“

Die anderen gingen weiter, während sie sich zu Illidan umdrehte. Sein Ärger über den Rausschmiss war verflogen. Jetzt wirkte er genauso angespannt wie bei ihrer letzten Unterhaltung.

„Illidan, was –“

„Ich kann nicht mehr länger schweigen. Malfurions furchtbare Naivität ist daran schuld. Jetzt reicht es mir endgültig. Er hat dich nicht verdient!“

Sie versuchte, höflich zu bleiben. „Illidan, es war ein langer Tag und –“

„Lass mich ausreden! Ich habe seinen Wunsch, dieses Druidentum zu erlernen, hingenommen, weil ich verstehen konnte, dass er anders sein wollte. Ich habe den Ehrgeiz meines Bruders besser verstanden als jeder andere.“

„Malfurion ist nicht –“

Doch erneut unterbrach er sie. Seine Bernsteinaugen funkelten, als er fortfuhr. „Er folgt einem gefährlichen und sinnlosen Weg. Das kann nicht gut gehen, das weiß ich. Er hätte meinem Weg folgen sollen. Der Brunnen ist die Antwort. Sieh doch, was ich in dieser kurzen Zeit erreicht habe. Ich befehlige die Mondgarde und habe durch sie viele Dämonen in den Tod geschickt. Malfurions Weg führt nur in seine eigene Zerstörung – und vielleicht sogar in deine.“

„Was willst du damit sagen?“

„Ich weiß, dass du uns beide magst, Tyrande, und du bedeutest uns auch sehr viel. Einer von uns wird dein Gefährte werden, das wissen wir alle. Früher hätte ich dir die Wahl gelassen, ohne mich einzumischen, doch das geht nicht mehr.“ Er packte ihren Arm fester. „Ich muss dich vor Malfurions Wahnsinn beschützen. Ich sage es noch einmal: Der Brunnen der Ewigkeit ist die einzige Quelle der Macht, die uns zu retten vermag. Sogar die Priesterinnen der Elune weben keine Zauber, die sich mit meinen messen könnten. Erwähle mich, und ich kann dich beschützen. Ich kann dir sogar Dinge beibringen, die du im Tempel niemals erfahren würdest. Du würdest die Macht des Brunnens kennen lernen. Gemeinsam wären wir stärker als die gesamte Mondgarde. Wir wären eins in Geist und Körper. Wir –“

„Illidan!“, unterbrach sie ihn scharf. „Beherrsche dich.“

Er ließ sie so rasch los, als habe sie ihm einen Dolch ins Herz getrieben. „Tyrande …“

„Du beschämst dich selbst mit den Worten, die du über deinen Bruder sprichst. Du stellst Behauptungen auf, für die es keine Grundlage gibt. Malfurion hat getan, was er konnte, um uns zu retten, und der Weg, den er eingeschlagen hat, ist ehrenhaft. Vielleicht ist er die Zukunft unseres Volkes, Illidan. Der Brunnen ist längst beschmutzt. Die Dämonen ziehen ihre Macht ebenso daraus wie du. Was sagt dir das?“

„Das ist doch lächerlich. Du vergleichst die Dämonen mit meiner Arbeit?“

„Malfurion würde –“

„Malfurion!“, schrie er mit verzerrter Miene. „Was für ein Narr muss ich in deinen Augen sein!“ Er ballte die Hand zur Faust. Magische Energie knisterte ungezähmt zwischen seinen Knöcheln. „Du hast deine Wahl längst getroffen, Tyrande, auch wenn du es noch nicht gesagt hast.“

„Das habe ich nicht.“

„Malfurion …“, wiederholte Illidan und biss die Zähne zusammen. „Ich hoffe, ihr beiden werdet glücklich miteinander … sollten wir überleben.“

Er drehte sich um und stapfte auf die Quartiere der Mondgarde zu. Tyrande schaute ihm hinterher. Eine Träne lief über ihre Wange.

„Schamanin?“, fragte eine Stimme hinter ihr.

Die Priesterin zuckte zusammen. „Broxigar.“

Der Ork nickte ernst. „Hat er dir weh getan, Schamanin?“

„N-nein … es war nur ein Missverständnis.“

Brox sah zu, wie Illidan langsam zwischen den Zelten verschwand. Er knurrte tief. „Er missversteht viel … und noch mehr unterschätzt er.“

„Es ist alles in Ordnung. Wünschst du etwas?“

Der Ork hob die Schultern. „Nichts.“

„Du bist zurückgekommen, weil ich hier mit Illidan stand, nicht wahr?“

„Dieser Unwürdige schuldet dir viel, Schamanin … und schuldet diesem hier mehr.“

Die Priesterin runzelte die Stirn. „Was willst du damit sagen?“

Brox bewegte die Finger der Hand, die Illidan einst verbrannt hatte. „Nichts, Schamanin. Gar nichts.“

„Ich danke dir für deine Hilfe, Broxigar. Mir ist nichts passiert … und auch Malfurion wird nichts passieren. Das weiß ich.“

Der Ork grunzte. „Das hoffe ich auch.“

Aber seine Blicke waren weiter auf Illidans Rücken gerichtet.

Rhonin beobachtete die Unterhaltung zwischen dem Ork und der Priesterin. Er wusste, weshalb Brox zu Tyrande gegangen war. Illidans Zuneigung zu ihr grenzte an Besessenheit. Der Zauberer schien sich keine großen Sorgen um das Leben seines Bruders zu machen. Stattdessen – zumindest wirkte es auf Rhonin so – benutzte er dessen Abwesenheit, um Tyrande für sich zu gewinnen.

Doch diese Dreiecksgeschichte unter Nachtelfen interessierte ihn nicht sonderlich. Seine Gedanken kreisten um die Ereignisse im Wald. Rhonin war natürlich erleichtert, dass Krasus und der Druide überlebt hatten. Doch ihr Sieg verstörte ihn auch mehr als alles andere, was er seit seiner Ankunft in dieser Welt erlebt hatte.

Sie hatten gegen Hakkar, den Hundemeister, gekämpft. Der Name allein jagte einen Schauer über Rhonins Rücken, denn mit seiner Peitsche konnte der Dämon zahllose Teufelsbestien zu sich rufen. Sie waren der Schrecken eines jeden Zauberers. Niemand wusste, wie viele Dalaran-Magier während der zweiten Invasion der Brennenden Legion gestorben waren.

Rhonin fürchtete den Hundemeister also aus gutem Grund, aber etwas anderes fürchtete er noch mehr.

Hier, in der Vergangenheit, fürchtete er den Tod des Hundemeisters.

Hakkar war *in der Zukunft* gestorben. Der Dämon hatte den Krieg gegen die Nachtelfen überlebt.

Aber nicht dieses Mal. Dieses Mal war er getötet worden … und das bedeutete, dass die Zukunft sich geändert hatte.

Und es bedeutete auch, dass dieser erste Krieg, trotz des Siegs über einen mächtigen Dämon, verloren werden konnte.

Die Hippogriffs glitten unter den kraftvollen Schlägen ihrer gewaltigen Flügel hoch über das Land. Sie waren zwar nicht so schnell wie Drachen, doch nur wenige andere Wesen konnten sich mit ihrer Schnelligkeit messen. Diese Tiere lebten für den Flug, und Krasus spürte ihre Begeisterung, als sie sich gegenseitig über Hügel, Flüsse und Wälder jagten.

Der Drachenmagier, der den Himmel ebenso sehr liebte, hob den Kopf und genoss den Wind, der durch sein Haar wehte. Seit seiner Verwandlung hatte er dieses Gefühl nicht mehr gehabt. Er lächelte, als er an seinen ersten gemeinsamen Flug mit Alexstrasza dachte. An diesem Tag war er zu ihrem Gefährten geworden, und sie hatten das Ritual der ersten Paarung begonnen.

Während des Rituals hatte Krasus – oder Korialstrasz in seiner wahren Gestalt – die wesentlich größere Königin unzählige Male umkreist, um ihr seine Stärke und Wendigkeit zu demonstrieren. Währenddessen war sie einen großen Kreis um das gesamte Drachenreich geflogen. Dabei hatte sie ihre Geschwindigkeit konstant gehalten, nicht zu schnell und nicht zu langsam. Ihr neuer Gefährte sollte ihr zwar seine Stärke beweisen, aber er musste mit seinen Kräften haushalten, um sich später noch mit ihr paaren zu können.

Korialstrasz hatte alle möglichen Manöver vorgeführt, um sie zu beeindrucken. Er flog auf dem Rücken. Er schoss zwischen engen Bergspitzen hindurch. Er hatte sich sogar einer Felsspitze entgegen fallen lassen und war dem Tod nur um Schuppenbreite entgangen. Er war sicherlich draufgängerisch gewesen, aber das gehörte zum Spiel, war Teil des Rituals.

„Meine Alexstrasza …“, flüsterte Krasus dem Wind zu, als die Erinnerung verschwand. Vielleicht war es eine einzelne Träne oder vielleicht auch nur ein Regentropfen, der über sein Gesicht rollte. Was es auch war, der Wind riss es davon, und Krasus konnte sich wieder auf die Reise konzentrieren, die vor ihm lag.

Die Landschaft wurde felsiger und hügeliger. Sie hatten fast die Hälfte der Strecke zurückgelegt. Krasus war zufrieden, aber auch ungeduldig. Etwas stimmte nicht, und er ahnte, wer daran schuld war.

Neltharion.

Der Erdwächter.

In Krasus' angestammter Zeit hatte man dieses Ungeheuer *Deathwing* genannt.

Er hatte zwar einige Erinnerungen während des Sturzes durch die Geschichte verloren, aber die schwarze Bestie hatte Krasus nicht vergessen.

In der Zukunft war Deathwing das Böse. Er wollte die Welt vernichten und sich zum Herrscher über die Ruinen aufschwingen. Neltharion hatte die Schwelle zum Wahnsinn bereits übertreten, und Krasus hatte darunter gelitten. Als er von seinem jüngeren Ich das letzte Mal nach Hause gebracht worden war, hatte es einen Zusammenstoß zwischen ihm und dem paranoiden Drachen gegeben. Der Erdwächter hatte Krasus aus Angst, er könne anderen von seinem bevorstehenden Verrat berichten – was er wohl auch tatsächlich getan hätte – mit einem Zauber belegt, der ihn daran hinderte, über den schwarzen Leviathan zu sprechen. Die meisten Drachen hielten Krasus wegen dieses Zaubers jetzt für verrückt.

Die Stille, die zuerst Krasus und dann auch sein älteres Ich wahrgenommen hatten, ließ darauf schließen, dass Neltharion seine Pläne vorangetrieben hatte. Krasus wusste nicht mehr, woraus diese Pläne bestanden, und es schmerzte ihn, dass gerade diese Erinnerung verloren gegangen war. Es gab nur eine Sache, die der Drachenmagier in der Vergangenheit geändert hätte, auch ohne die Konsequenzen für die Zukunft zu kennen, und das war der Verrat des Erdwächters. Dieser Verrat hatte den Niedergang des Drachenvolkes besiegelt.

Krasus bemerkte plötzlich, dass Malfurion seinen Namen rief. Er schüttelte die Gedanken ab und sah den Druiden an.

„Krasus, bist du krank?"

„In einer Weise, die nie geheilt werden kann", antwortete der ältere Magier. Er runzelte die Stirn über seine eigene Gedankenlosigkeit. Über die Jahrhunderte hinweg hatte er gelernt, seine Gefühle zu verbergen. Doch seine Rückkehr in diese turbulente Zeit schien ihm diese Gabe geraubt zu haben. Jetzt hatte er nur wenig mehr Kontrolle über sich als Rhonin oder der Ork.

Der Druide nickte, obwohl er die Antwort nicht verstehen konnte und wandte sich ab. Krasus fluchte innerlich. Er durfte nicht die Kontrolle verlieren, sonst würde alles unaufhaltsam ins Chaos stürzen.

Malfurion verstand nicht, was Hakkars Tod bedeutete. Wie konnte er auch? Er wusste nicht, dass der Hundemeister zu den Dämonen gehört hatte, die in der Zukunft getötet worden waren. Rhonin würde begreifen, was das bedeutete, wenn er davon erfuhr. Die Auswirkungen waren weitreichend. Krasus konnte nicht mehr sagen, was die Zukunft bringen würde.

Nicht einmal, ob es noch eine Zukunft gab.

Ihre Reise ging ereignislos weiter. Einmal landeten die Hippogriffs, um ihren Durst in einem Fluss zu stillen, und die beiden Reiter nutzten die Gelegenheit, um das Gleiche zu tun. Sie teilten sich eine Mahlzeit und stiegen dann wieder auf ihre Tiere. Krasus hoffte, dass die nächste Landung bereits auf dem Gebiet seines Volkes stattfinden würde.

Die Landschaft wurde bergig. Gewaltige Gipfel streckten sich dem Himmel entgegen. In einiger Entfernung sah Krasus zwei große schwarze Vögel, die ihnen entgegen flogen. Der Drachenmagier wurde nervös. Bald schon würde er zuhause sein.

Krasus hoffte nur, dass dort alles in Ordnung war.

Malfurions Hippogriff krächzte. Dem Magier fiel erst jetzt auf, dass die beiden Vögel immer noch auf sie zuflogen … und dass sie viel größer waren, als er anfangs angenommen hatte.

Zu groß, um Vögel zu sein.

Er beugte sich vor und kniff die Augen zusammen.

Drachen … *schwarze* Drachen!

Krasus stieß seinem Reittier die Ferse in die Seite und rief Malfurion zu: „Wir müssen zur Südspitze der Bergkette! Beeilung!"

Der Druide erkannte die Bedrohung ebenfalls und gehorchte. Die beiden Hippogriffs kippten zur Seite, aber die Drachen passten ihren Kurs nicht an. Trotz ihrer guten Augen hatten sie die kleineren Wesen noch nicht bemerkt.

Krasus ahnte, dass sich das jeden Moment ändern konnte. Deshalb trieb er sein Reittier stärker an. Vielleicht war es nur ein Zufall, dass sich die beiden Drachen hier draußen aufhielten, aber das bezweifelte er. Krasus kannte Neltharions wachsende Paranoia. Wahrscheinlich hatte er die beiden Drachen ausgesandt, um nach Eindringlingen zu suchen. Trotz seines Wahnsinns hatte der Erdwächter in diesem Fall Recht behalten.

Die Hippogriffs gingen in atemberaubender Geschwindigkeit in den Sinkflug. Sie rasten den niedrigeren Bergen entgegen. Wenn sie dort angekommen waren, konnte Krasus sich entspannen. Die Schwarzen würden dann sicherlich an ihnen vorbeifliegen.

Doch einer der Drachen blickte in ihre Richtung, gerade als es den Anschein hatte, als würden sie den Wächtern entkommen. Der Leviathan brüllte auf, und sein Begleiter wandte seinen sehnigen Hals, um nachzusehen, worauf sich diese Warnung bezog. Als er die beiden Reiter entdeckte, brüllte auch er voller Wut.

Mit der Vollkommenheit von Wesen, die für den Flug geboren sind, machten sich die Drachen an die Verfolgung ihrer Beute.

„Was sollen wir tun?", rief Malfurion.

„Tiefer fliegen. Wir können engere Haken um die Berge schlagen als sie. Sie müssen uns folgen, denn wenn sie uns verlieren, riskieren sie den Groll ihres Herrn."

Mehr konnte er über Neltharion nicht sagen, denn dessen Zauber blockierte ihn immer noch. Er dankte den Aspekten dafür, dass der Druide ihm keine weiteren Fragen stellte. Er musste es merkwürdig finden, dass sie vor den Drachen flohen, wo sie doch nach Drachen gesucht hatten. Offenbar hatte Malfurion inzwischen verstanden, dass Krasus unter diesen Umständen weit mehr wusste als er selbst. Und wenn Krasus fliehen wollte, war es wohl besser, ihm ohne weitere Fragen zu folgen.

Der größere – und damit auch der ältere – Drache flog schneller als sein Begleiter. Er brüllte erneut. Etwas, das im ersten Moment wie eine Flamme aussah, schoss aus seinem Maul und explodierte unweit von dem Zauberer entfernt. Sein Reittier krächzte erschrocken, als sich die Luft plötzlich aufheizte. Dann fielen die „Flammen" der Erde entgegen, und Krasus bemerkte, dass es sich in Wirklichkeit um Lava gehandelt hatte. Kein anderes Drachenvolk außer den Schwarzen beherrschte diesen Zauber.

Bevor der Drache weitere Lava abfeuern konnte, tauchten die Hippogriffs in die Bergkette ein. Ihre Verfolger waren jetzt unmittelbar hinter ihnen und mussten seitwärts fliegen, um nicht mit den Bergspitzen zu kollidieren.

Krasus verzog das Gesicht. Er wusste, wie gut sich sein Volk in den Bergen bewegen konnte. Dort spielten Drachen, sobald sie fliegen gelernt hatten. Er bezweifelte, dass er und der Druide ihnen hier entkommen konnten, aber sie mussten es zumindest versuchen.

Dann dachte der Magier noch einmal an die Spiele … und begann zu hoffen.

Er zog Malfurions Aufmerksamkeit auf sich und erklärte mit einigen kurzen Gesten, was er vorhatte. Dann zeigte er auf einen Gipfel in nordöstlicher Richtung. Zum Glück verstand der Druide rasch, worauf es ankommen würde. Malfurions Gesichtsausdruck wirkte zwar alles andere als überzeugt, aber wie Krasus erkannte auch er, dass sie keine andere Chance hatten. Selbst einem herausragenden Magier wie ihm wäre es schwer gefallen, einen Zauber zu weben, der ausreichte, gleich *zwei* Drachen zu vertreiben.

Sie flogen auf einen Berggipfel zu. Unmittelbar davor lenkte Malfurion sein Reittier nach rechts. Krasus tat das Gegenteil. Der Magier blickte rasch über seine Schulter und sah, dass die Drachen ihrem Beispiel folgten. Der Größere hatte sich hinter ihn gesetzt.

„Alexstrasza, hilf mir", murmelte er. „Es muss klappen …"

Er konnte weder Malfurion, noch den Drachen sehen, der ihn verfolgte, doch damit hatte er gerechnet. Krasus machte sich keine Gedanken über den Druiden. Es gab zwei Möglichkeiten, um diesen Plan erfolgreich zu beenden, und beide hingen davon ab, dass er *vor* seinem Verfolger blieb.

Doch das war gar nicht so einfach. Der große Schwarze war ein geübter Flieger, der sich geschickt durch die engen Täler bewegte. Das Hippogriff war ebenfalls ein exzellenter Flieger, aber es musste seine Flügel wesentlich häufiger bewegen als der Drache, um die Entfernung zu ihm zu halten. Trotz dieser Bemühungen holte der Leviathan Stück für Stück auf.

Ein Brüllen warnte Krasus Sekunden bevor eine Lavakugel knapp hinter ihm einschlug. Nur sein Wissen über die Taktiken der schwarzen Drachen hatte ihn dieses Mal gerettet. Einige Funken glommen in seiner Robe, und sein Reittier schüttelte Asche von seinem Hinterlauf.

Krasus flog unter gewaltigen schnabelförmigen Felsen hindurch, dann glitt sein Reittier durch eine Lücke, die einen Berggipfel spaltete. Beide Male konnte der Drache trotz der hohen Geschwindigkeit, mit der sie flogen, einem Zusammenstoß entgehen.

Der Berg, den der Drachenmagier dem Druiden gezeigt hatte, näherte sich rasch. Ungeachtet der Gefahr nahm sich Krasus einen Moment Zeit, um nach Süden zu blicken. Dort hätte sich der Druide befinden sollen. Er hörte oder sah zwar nichts, hoffte aber, dass alles nach Plan verlaufen würde.

Erneut brüllte der Drache. Eine Lavakugel schoss an Krasus vorbei. Er runzelte die Stirn. So schlecht zielten Drachen normalerweise nicht.

Erst als die Bergseite zu seiner Rechten auseinander barst und ihm die Splitter entgegenflogen, erkannte Krasus, dass man ihn ausgetrickst hatte.

Er zog das Hippogriff hoch und zur Seite. Trotzdem regnete es Steine und Dreck auf ihn und das Tier. Ein Felsen, so groß wie Krasus' Kopf, traf das Hippogriff an der Flanke. Es jaulte auf und hätte seinen Reiter beinahe abgeworfen. Krasus konnte sich gerade noch festhalten, sonst wäre er in den Tod gestürzt.

Ein plötzlicher Gestank hüllte Tier und Reiter ein. Der Schwarze war unmittelbar hinter ihnen. Krasus hob die Hand und murmelte den schnellsten Zauber, der ihm einfiel.

Mehrere Blitze explodierten vor dem Leviathan. Sie waren relativ harmlos, erschreckten aber den Drachen, blendeten ihn sogar für einen Moment. Er wand sich und brüllte wütend. Eine seiner Schwingen traf den Berg und riss tonnenweise Gestein heraus.

Krasus hatte ein paar Sekunden gewonnen. Er hoffte, dass der Druide schneller war als der Drache, der ihn verfolgte. Dabei kannte er die Hartnäckigkeit seines Volkes. Wenn Malfurion noch lebte, war er wahrscheinlich nicht weiter von dem Drachen entfernt als Krasus von seinem Verfolger.

Dann, gerade als der Berg, den er ausgesucht hatte, vor ihm aufragte, erhaschte er einen Blick auf den anderen Reiter. Das Hippogriff wirkte panisch, und Malfurion hatte seinen Kopf auf dessen Nacken gelegt. Direkt hinter ihnen tauchte der zweite Leviathan auf.

Krasus lenkte sein eigenes Tier auf Malfurion zu und versuchte, ein Stück vor den Druiden zu gelangen. Sein Hippogriff krächzte und erregte damit nicht nur die Aufmerksamkeit seines Artgenossen, sondern auch die Malfurions. Der nickte jedoch nur knapp, als er seinen Gefährten entdeckte.

Sie trafen sich an der Südseite des Berges. Krasus ließ sein Hippogriff um die eine Seite fliegen, Malfurion um die andere. Einen Moment später folgte der große Schwarze. Er ignorierte die anderen Wesen und konzentrierte sich nur auf Krasus. Sein Begleiter setzte die Verfolgung des Druiden fort.

Krasus hatte nur einen Vorteil gegenüber den schwarzen Drachen. Sie wussten nicht, dass er ihrem Volk angehörte. Und sie wussten nicht, dass er sich schon so oft in dieser Gegend aufgehalten hatte, dass er sich besser auskannte als die meisten anderen.

Wieder brüllte der Schwarze hinter ihm. Dieses Mal schlug die Lava so dicht neben Krasus in den Berg, dass der Drachenmagier husten musste. Das Hippogriff flog weiter. Es vertraute auf seine Schnelligkeit und die Führung seines Reiters. Krasus ließ es tiefer gehen und zwang es, etwas langsamer zu fliegen. Das Tier wehrte sich gegen den zweiten Befehl, aber der Magier zwang ihm seinen Willen auf.

Das Hippogriff gehorchte. Im gleichen Moment tauchte Malfurion am Rand des Berges auf.

Krasus ließ sein Tier leicht aufsteigen, um sich dem Druiden anzupassen. Er und Malfurion flogen jetzt so dicht nebeneinander, dass die Flügel der Tiere einander fast berührten.

Der Magier sah eine Lederschwinge hinter seinem Begleiter auftauchen.

Er zwang das Hippogriff wieder nach unten.

Malfurion ließ sein Tier im gleichen Moment so steil in den Himmel aufsteigen, dass er beinahe vom Rücken gerutscht wäre. Weder Krasus' noch Malfurions Verfolger konnten dem überraschenden Richtungswechsel folgen. Sie waren so sehr in ihre Jagd vertieft, dass sie ihren Schwung nicht mehr bremsen konnten.

Mit einem gewaltigen Knall prallten die Drachen zusammen.

Sie schrien in einer Mischung aus Schmerz und Schock. Ineinander verkeilt rollten sie zur Seite und krachten gegen den Berggipfel, den Krasus ausgesucht hatte.

Die ganze Region erbebte. Krasus glaubte, das Bersten von Knochen zu hören, aber er kümmerte sich nicht weiter darum. Als die beiden Drachen hinter ihm verschwanden, winkte er Malfurion zu. Der Druide und er würden bereits weit weg sein, bis sich die Leviathane erholt hatten.

Krasus betrachtete die Berge, die sich vor ihnen auftürmten. Er stand kurz vor seinem Ziel … und mehr als je zuvor fragte er sich, was im Reich der Drachen eigentlich vorging.

# ZWÖLF

Illidan hätte eigentlich seine Strategie mit der Mondgarde absprechen sollen, aber im Augenblick interessierte ihn der Krieg nicht. Er konnte an nichts anderes denken, als daran, dass er sich vor Tyrande zum Narren gemacht hatte. Er hatte ihr sein Innerstes offenbart und herausfinden müssen, dass sein Bruder bereits sein Territorium abgesteckt hatte. Tyrande hatte sich für Malfurion entschieden.

Das Schlimmste daran war, dass sein Bruder wahrscheinlich so sehr in seine Magie vertieft war, dass er dies nicht einmal bemerkt hatte.

Lord Ravencrests Leibzauberer ging an einem Wachposten vorbei. Der Elf, der dort stand, hob seine Waffe und sagte mit leicht schwankender Stimme: „Alle müssen im Lager bleiben, Meister Illidan. Das ist ein Befehl von –"

„Ich weiß, wer das befohlen hat."

„Aber –"

Illidan sah ihn drohend an. Der Soldat schluckte und trat zur Seite.

Die Landschaft war noch spärlich bewaldet, ein Zeichen dafür, dass die Brennende Legion keine Zeit gefunden hatte, bei ihrem Rückzug alles zu zerstören. Viele waren darüber erleichtert, aber Illidan hätte es nicht gestört, wenn alles zu Asche zerfallen wäre. Er hob seine Hand und dachte darüber nach, selbst einen Waldbrand auszulösen, verwarf die Idee dann jedoch.

Malfurion war im Süden von Dämonen angegriffen worden, aber Illidan glaubte nicht, dass er ebenfalls in Gefahr war. Zum einen hielt er sich noch in Sichtweite des Lagers auf. Zum anderen war er so wütend, dass er jeden Dämon, der es gewagt hätte, ihn anzugreifen, mit einem Augenblinzeln vernichtet hätte. Er sehnte sich danach, gegen irgendwen, irgendetwas zu kämpfen, um die Eifersucht loszuwerden, die er gegenüber Malfurion verspürte.

Aber keine Teufelsbestie stürzte sich auf ihn, keine Höllenbestie griff ihn an. Kein Eredar, keine Verdammniswache, noch nicht einmal die lächerlichen Teufelswachen wagten sich an ihn heran. Niemand von der Brennenden Legion suchte den Kampf gegen Illidan, denn sie wussten, dass er unbesiegbar war.

Außer wenn es um die Liebe einer bestimmten Person ging.

Illidan setzte sich auf einen großen Felsen und dachte über seine Pläne nach. Lord Ravencrest hatte ihn zu einem seiner Vertrauten erwählt und ihm damit ermöglicht, zum ersten Mal über etwas nachzudenken, was bereits seit längerem vor seinem geistigen Auge stand. Er sah in Tyrande seit geraumer Zeit nicht mehr die Kindheitsfreundin, sondern die anmutige Frau. Während Malfurion mit den Vögeln sprach, hatte er darüber nachgedacht, wie er Tyrande bitten sollte, seine Gefährtin zu werden.

In seiner Phantasie passte alles zusammen. Er befand sich in einer beneidenswerten Position, und er wusste, dass viele andere Frauen an ihm interessiert waren. In kürzester Zeit war Illidan zum Anführer der Mondgarde aufgestiegen und hatte mit seinen Zaubern unzählige Nachtelfen vor dem Tod bewahrt. Er war ein mächtiger, gut aussehender Held. Tyrande hätte sich Hals über Kopf in ihn verlieben müssen …

Und das hätte sie auch getan, wenn es Malfurion nicht gegeben hätte.

Der Zauberer knurrte und zeigte auf einen Felsen, der augenblicklich die Gesichtszüge seines Bruders annahm.

Illidan ballte die Faust.

Das Gesicht zerplatzte. Der Felsen fiel in sich zusammen.

„Sie hätte mir gehören sollen!"

Seine Worte hallten durch den Wald. Illidan knurrte seine eigene Stimme an, die nur wiederholte, was er verloren hatte.

„Sie hätte mir gehört", seufzte er dann voller Selbstmitleid. „Ohne dich, Bruder Malfurion, hätte sie mir gehört."

*Er nimmt dir alles weg*, sagte eine Stimme in seinem Kopf. *Alles, was eigentlich dein sein sollte.*

„Mir? Weil ich diese Augen habe?" Illidan lachte in sich hinein. „Meine wundervollen Bernsteinaugen?"

*Ein Zeichen der Größe … das Omen einer Legende …*

„Ein Scherz, den sich die Götter mit mir erlauben." Der Zauberer erhob sich und ging tiefer in den Wald hinein. Doch die Stimme, diese Gedanken, blieben bei ihm … und ein Teil von ihm wollte das auch.

*Malfurion weiß noch nicht einmal, dass sie ihn begehrt. Was wäre, wenn er es niemals erfahren würde?*

„Was soll ich tun, sie voneinander trennen? Ebenso könnte ich versuchen, den Mondaufgang zu verhindern."

*Aber wenn Malfurion in diesem Krieg ums Leben kommt, bevor er die Wahrheit erfährt? Wäre das nicht so, als hätte sie ihre Wahl niemals getroffen? Sie würde sich dir zuwenden, wenn es Malfurion nicht mehr gäbe …*

Der Zauberer blieb stehen. Er legte die Handflächen aneinander und erschuf darauf das Bild einer tanzenden Tyrande. Sie war ein wenig jünger und trug einen geblümten Rock. Das Bild stammte aus Illidans Erinnerungen an ein Fest vor einigen Jahren. An diesem Abend hatte er zum ersten Mal mehr als eine Kindheitsfreundin in ihr gesehen.

*Wenn es Malfurion nicht gäbe …*

Illidan holte aus und schlug die Hände zusammen. Das Bild löste sich auf. „Nein! Das wäre barbarisch!"

Doch der Gedanke übte eine kranke Faszination auf ihn aus.

*In der Schlacht kann vieles geschehen. Nicht nur der Tod könnte ihn ereilen. Sicherlich haben die Dämonen ein Interesse an Malfurion. Er hat das erste Portal zerstört, den Berater der Königin ermordet und einen der Legionskommandanten … sie möchten ihn bestimmt sehr gerne lebend fassen …*

„Ihn ausliefern? An sie? Ich –"

*Schlachten sind chaotisch. Manche werden zurückgelassen. Niemand trüge daran Schuld …*

„Niemand trüge daran Schuld", murmelte Illidan. Er öffnete die Hände wieder und ließ Tyrandes Bild für sich tanzen. Nachdenklich betrachtete er es.

Doch auch dieses Mal schlug er nach einer Weile die Hände zusammen. Angewidert von seinen eigenen dunklen Gedanken wischte er sich die Handflächen an der Kleidung ab und eilte zurück ins Lager. „Niemals", murmelte er leise. „Nicht meinen Bruder. Niemals."

Der Zauberer sprach den ganzen Weg über leise vor sich hin. Deshalb entging ihm die Gestalt, die zwischen den Bäumen hervortat und ihn aus der Entfernung musterte.

„Das Fundament ist gelegt", flüsterte sie amüsiert. „Und du selbst wirst darauf aufbauen, Zwilling des Druiden."

Mit diesen Worten wandte sich die Gestalt in die andere Richtung … und trabte auf zwei Hufen davon.

Lord Ravencrest konnte nicht mehr länger auf den Druiden und den Magier warten, deshalb befahl er den Nachtelfen am nächsten Morgen den Abmarsch. Die meisten Angehörigen der Streitmacht wären lieber nachts marschiert, aber der Adlige wollte nicht so vorhersehbar agieren. Seine Kämpfer gewöhnten sich langsam an die Sonne, auch wenn sie während des Tages nicht auf dem Höhepunkt ihrer Kräfte waren. Ravencrest verließ sich stattdessen auf ihre Entschlossenheit und die Erkenntnis, dass ihre Welt enden würde, sollten sie diesen Krieg verlieren.

Die Brennende Legion erwartete sie in nicht allzu großer Entfernung. Die Nachtelfen wussten, dass sie einem gewaltigen Blutvergießen entgegenmarschierten, aber sie marschierten dennoch.

Und so ging der Kampf um Kalimdor weiter.

Während die Nachtelfen um ihr Leben kämpften und Illidan mit seinen dunklen Gedanken rang, beschäftigte sich Krasus mit einer ganz anderen Angelegenheit, eine, die er nicht erwartet hatte – zumindest glaubte Malfurion das.

„Es erstreckt sich so weit, wie meine Wahrnehmung reicht“, zischte der Magier frustriert.

*Es* ließ sich nicht sehen, nur fühlen. *Es* war ein riesiger, unsichtbarer Schild, der sie nur eine Tagesreise von ihrem Ziel entfernt am Weitermarsch hinderte.

Sie waren buchstäblich darauf gestoßen. Krasus' Hippogriff war so heftig gegen das „Nichts“ geprallt, dass der Magier vom Rücken des verletzten Tiers geschleudert worden war. Malfurion, dessen eigenes Tier noch weit von Krasus entfernt war, hatte den Wind um Hilfe gebeten. Eine kräftige Böe trug den Magier so hoch, dass der Druide seinen Arm ergreifen konnte. Dann waren sie gelandet, um das Objekt zu untersuchen.

Doch auch nach mehreren Stunden schien Krasus einer Lösung nicht näher zu sein … und sein irritierter Gesichtsausdruck verstörte den Druiden mehr, als er es sich anmerken lassen wollte.

Schließlich gab Krasus das Unvorstellbare zu: „Ich gebe mich geschlagen.“

„Ihr wisst nicht, wie sich der Schild durchdringen lässt?“

„Es ist schlimmer, Druide. Ich weiß noch nicht einmal, wie ich jemanden dahinter kontaktieren kann. Sogar meine Gedanken werden abgeschmettert.“

Malfurion respektierte Krasus sehr. Der geheimnisvolle Magier hatte bei seiner Rettung aus den Fängen von Lord Xavius geholfen. Krasus hatte den Nachtelfen auch bei der Vernichtung des königlichen Beraters unterstützt und mit ihm zusammen das erste Portal vernichtet. Ihn jetzt geschlagen zu sehen …

„So nahe“, fuhr der Magier fort. „So nahe. Das muss er getan haben.“

„Wer ist er?“

Krasus' Augen verengten sich. Er erinnerte an einen blassen Nachtelf, als er seinen Begleiter musterte. Malfurion hoffte, dass er jemanden sah, dem er sich anvertrauen konnte.

„Ja … du solltest es erfahren. Das hast du verdient.“

Der Druide hielt den Atem an. Er ahnte, dass Krasus' Enthüllung von großer Wichtigkeit sein würde.

„Sieh mir in die Augen, Malfurion.“ Als der Nachtelf seinem Befehl nachkam, sagte Krasus: „Es gibt drei, die von deinem Volk als Fremde bezeichnet werden. Da ist zum einen Rhonin, der sich selbst Mensch nennt, und da ist zum anderen Brox, der Ork. Du kennst ihre Völker nicht, aber sie stellen sich als das dar, was sie sind – ein Mensch und ein Ork.“

Der ältere Mann machte eine Pause. Malfurion, der irgendetwas sagen wollte, nickte. „Ein Mensch und ein Ork.“

„Habe ich jemals erwähnt, was ich bin? Haben die anderen das je erklärt?“

Der Nachtelf durchsuchte seine Erinnerung, aber er fand keinen Hinweis darauf, dass jemand je das Volk benannt hatte, dem Krasus angehörte. „Ihr tragt das Blut von Nachtelfen in Euch. Ihr seht aus, als wäret Ihr mit uns verwandt.“

„Ich sehe aus wie ein Nachtelf, der seit einer Woche tot ist, wenn du das sagen willst. Eine größere Ähnlichkeit wirst du nicht finden, denn du siehst nur eine Verkleidung. Es gibt keine Blutsverwandtschaft zwischen deinem Volk und meinem … und auch keine zwischen mir und den Menschen, Orks, Zwergen oder Tauren.“

Malfurion war verwirrt. „Aber … was bist du dann?“

Krasus' Blick ließ ihn nicht los. Er sah nichts außer diesen fremden Augen. „Blicke hinein, Druide. Blicke hinein und denke an das, was du über mich bereits weißt.“

Malfurion folgte der Aufforderung und versuchte sich an all das zu erinnern, was er über Krasus wusste. Es war nicht viel. Er war ein Zauberer mit bemerkenswert großem Wissen und ebenso großem Talent. Selbst während seiner schweren Krankheit hatte ihn eine Aura umgeben, die auf enorme Weisheit und Können schließen ließ. Die Schwestern und die Mondgarde hatten es ebenfalls gespürt, auch wenn beide nicht verstanden, was es bedeutete. Sogar die Nachtsäbler behandelten ihn besser als die Reiter, von denen sie aufgezogen worden waren.

Und dieser Magier war sogar mit einem Drachen befreundet …

… einem Drachen …

Ohne den Leviathan hatte Krasus gelitten, als läge er auf seinem Sterbebett. Der Drache hatte ebenfalls deutliche Anzeichen von Schwäche gezeigt. Zusammen waren sie jedoch eins gewesen. Sogar ihre Stärke hatte sich potenziert.

Es musste noch mehr damit zusammenhängen. Korialstrasz hatte vertrauter mit Krasus gesprochen als mit allen anderen – als wären sie gleichgestellt, beinahe Brüder.

Krasus bemerkte den wechselnden Gesichtsausdruck des Druiden. „Du stehst an der Schwelle zur Erkenntnis“, flüsterte er. „Überschreite sie.“

Er öffnete sich für Malfurion. Vor seinem geistigen Auge sah der Nachtelf, wie sich Krasus zu verwandeln begann. Sein Gewand zerriss, als sein Körper sich ausdehnte. Seine Beine bogen sich nach hinten und seine Füße und Hände wurden zu Tatzen. Schwingen wuchsen aus seinem Rücken, bis sie so groß waren, dass sie den Mond verhüllten.

Krasus' Gesicht wurde länger. Seine Nase und sein Mund schoben sich vor, wurden zu einem Maul. Seine Haut verwandelte sich in Schuppen, die sich über seinen ganzen Körper bis an die Spitze seines neu geschaffenen Schwanzes erstreckten.

Als Malfurion die roten Schuppen sah, stieß er den einzigen Namen hervor, der zu diesem Anblick passte.

*„Drache!"*

Das beeindruckende geistige Bild verschwand so schnell, wie es erschienen war. Malfurion schüttelte den Kopf und betrachtete die Gestalt, die jetzt wieder vor ihm stand.

„Ja, Malfurion, ich bin ein Drache. Ein roter Drache, um genau zu sein. Allerdings habe ich schon lange die unterschiedlichsten sterblichen Gestalten angenommen, denn ich möchte unter euch wandeln, lehren und lernen und den Frieden zwischen allen Völkern erreichen."

„Ein Drache …" Malfurion schüttelte den Kopf. Rückblickend erklärte das so viel … warf aber zugleich auch neue Fragen auf.

„Nur Rhonin weiß, wer ich wirklich bin. Der Ork versteht es möglicherweise – und die Schwestern ahnen vermutlich etwas."

„Sind Menschen und Drachen Verbündete?"

„Nein. Aber in dieser Gestalt, die du jetzt siehst, habe ich Rhonin unterrichtet. Er ist ein außergewöhnlicher Magier, selbst für einen Menschen. Ich vertraue ihm mehr als vielen aus meinem eigenen Volk."

Krasus schlug mit einer Hand gegen die Barriere, als wolle er damit seiner Aussage Gewicht verleihen. „Und das bestätigt mich nur in meiner Ansicht. Diesen Schild dürfte es eigentlich nicht geben."

„Ein Drache … aber wieso habt Ihr Eure Gestalt nicht verändert und seid selbst hierher geflogen? Warum musste ich die Hippogriffs beschwören?" Dem Nachtelf fielen weitere merkwürdige Situationen ein. „Ihr hättet getötet werden können in dieser Gestalt, zum Beispiel bei unserem letzten Kampf gegen die Dämonen."

„Einige Dinge müssen verborgen bleiben, Malfurion, aber so viel kann ich dir verraten: Ich verwandele mich schlicht deshalb nicht, weil ich es *nicht kann*. Diese Fähigkeit wurde mir bis auf weiteres genommen."

„Ich … verstehe."

Krasus wandte sich wieder der unsichtbaren Wand zu. „Jetzt verstehst du hoffentlich auch, weshalb ich so sicher war, dass die Drachen auf mich hören würden. Schließlich gehöre ich zu ihnen. Sie würden mir auch verraten, weshalb sie sich so seltsam benehmen." Er zischte so laut, dass der Nachtelf zusammenzuckte. „Wenn ich mit ihnen reden könnte."

„Wer würde so etwas wie den Schild errichten?"

Einen Moment lang sah es so aus, als wolle Krasus antworten, doch dann schloss er stumm den Mund. Nach einem inneren Kampf, der mehrere Sekunden währte, antwortete er schließlich düster: „Das spielt keine Rolle. Wichtig ist nur, dass ich versagt habe. Ich hatte geglaubt, den Ausgang dieses Krieges bestimmen zu können, doch diese Hoffnung scheint vergebens."

Der Nachtelf wusste, dass Krasus ihm einiges verheimlichte. Allerdings respektierte der Druide ihn so sehr, dass er der Angelegenheit nicht weiter nachging. Malfurion wollte ihm nur helfen, erst recht nachdem er wusste, worum es ging. Wenn Krasus sein Volk überzeugen konnte, sich mit der Streitmacht zu verbünden, war die Brennende Legion am Ende.

Doch ihre Zauber vermochten die Barriere nicht zu öffnen, und sie konnten sie auch nicht durchschreiten wie ein Geist oder –

Der Druide schluckte und sagte: „Ich weiß, wie ich auf die andere Seite gelangen kann."

„Wovon redest du?"

„Ich … ich könnte in den smaragdfarbenen Traum gehen."

Das Gesicht des Magiers verfinsterte sich zunächst, dann wurde es nachdenklich. Malfurion hoffte, dass er die Idee ablehnen würde, doch stattdessen nickte Krasus. „Ja, das ist vielleicht der einzige Weg."

„Aber würde es funktionieren? Ich weiß nicht, ob sie in der Lage wären, mich zu hören oder zu sehen … und selbst wenn, würden sie mir zuhören?"

„Eine könnte zu all dem in der Lage sein. Sie musst du suchen. Ihr Name ist Ysera."

*Ysera*. Cenarius hatte diesen Namen erwähnt, als er mit seinem Schüler über das Traumreich sprach. Ysera war einer der fünf großen Aspekte. Sie herrschte über den smaragdfarbenen Traum. Ysera würde den Druiden selbst in seiner Geistform wahrnehmen … aber würde sie ihn auch anhören?

Krasus bemerkte die zögerliche Reaktion des Nachtelfen und fügte hinzu: „Du musst sie davon überzeugen, dich zu Alexstrasza zu bringen. Sie soll mit Korialstrasz sprechen, der uns beide kennt. Ihm wird Alexstrasza Gehör schenken."

Malfurion bemerkte, wie sich seine Stimme veränderte, wenn er ihren Namen aussprach. Offensichtlich war sie für Krasus sehr wichtig. Er wusste, dass Alexstrasza ebenfalls ein Aspekt war und fragte sich, wie Krasus so selbstverständlich über sie sprechen konnte. Sein Begleiter war offensichtlich nicht nur ein einfacher Drache, der die jüngeren Völker ausspionierte. Vielmehr schien er einen hohen Rang bei seinem Volk einzunehmen.

Diese Erkenntnis verlieh Malfurion Stärke. „Ich werde tun, was ich kann."

„Sollte Ysera zögern", riet Krasus, „wäre es gut, Cenarius zu erwähnen. Mehr als einmal, wenn nötig."

Der Nachtelf nickte. Er vertraute auf Krasus' Weisheit, auch wenn er nicht verstand, warum er das tun sollte. Dann setzte er sich hin. Krasus sah ruhig zu, während er seinen Körper in die richtige Stellung brachte. Als er mit seiner Haltung zufrieden war, schloss er die Augen und konzentrierte sich.

Zuerst meditierte er, um seinen Körper zu beruhigen. Während sich der Nachtelf entspannte, spürte er die ersten Anzeichen von Müdigkeit. Er hieß sie willkommen und ermunterte sie sogar. Mehr und mehr zog sich der Druide aus der Welt der Sterblichen zurück. Friede senkte sich wie eine Decke über Malfurion. Er wusste, dass Krasus über ihn wachte, deshalb hatte er keine Angst loszulassen. Der Magier würde seinen hilflosen Körper beschützen.

Rasch schlief Malfurion ein. Gleichzeitig war er jedoch wacher denn je. Der Nachtelf konzentrierte sich nun auf seinen Abschied von der Welt der Sterblichen. Er setzte um, was Cenarius ihn gelehrt hatte und trennte seinen Geist von seinem Körper.

Das und die Suche nach dem Eingang zum smaragdfarbenen Traum erwiesen sich als so einfach, dass Malfurion sich wegen seines Zögerns schämte. Solange er sich auf seine Aufgabe konzentrierte, würde er das andere Reich wohl ohne Angst bereisen können.

Ein grüner Schleier schien über allem zu liegen. Krasus verschwand, und Malfurions Umgebung änderte sich. Die Berglandschaft sah in beiden Reichen erstaunlich ähnlich aus, aber im smaragdfarbenen Traum waren die Berggipfel spitzer und nicht vom Wetter geglättet. Hier sahen sie so aus, wie an dem Tag, als die Schöpfer sie aus dem Boden gehoben hatten. Trotz seiner Aufgabe von äußerster Dringlichkeit verharrte Malfurion einen Moment, um die Schöpfung der Himmlischen zu betrachten. Die Majestät seiner Umgebung beeindruckte ihn.

Doch nichts davon würde in der wahren Welt überleben, wenn niemand die Brennende Legion aufhielt, und so riss sich der Druide schließlich los. Er streckte seine Hand nach der Barriere aus und konnte sie mühelos hindurchschieben. Im smaragdfarbenen Traum schien der Zauber wahrhaftig nicht zu existieren. Die Drachen erwarteten Eindringlinge, die aus der Welt der Sterblichen stammten und daher an ihre Gesetze gebunden waren.

Malfurion durchschritt die Barriere und schwebte auf die höchsten Gipfel in einiger Entfernung zu. Vor seiner Kollision mit dem Schild hatte Krasus ihm verraten, wo man sein Volk finden konnte. Da der Magier nichts anderes hinzugefügt hatte, ging Malfurion davon aus, dass er sich weiter in diese Richtung bewegen sollte.

Er flog über das schweigende Land. Zwischen den hohen Bergen fühlte er sich verschwindend klein. Der grüne Nebel und das fehlende Tierleben verliehen der Landschaft etwas Unwirkliches.

Als sich Malfurion seinem Ziel näherte, begann er sich zu konzentrieren. Die grüne Färbung nahm ab, und er bemerkte die ersten Wetterschäden. Der Geist des Druiden bewegte sich immer noch durch den smaragdfarbenen Traum, doch jetzt blickte er auch in die gegenwärtige Welt.

Und als erstes blickte er auf einen gewaltigen, Furcht einflößenden roten Drachen.

Erschrocken wich Malfurion zurück. Halb erwartete er, dass das Maul des Leviathans ihn verschlingen würde, aber der Wachposten sah einfach durch ihn hindurch. Der Druide brauchte ein paar Sekunden, bevor er bemerkte, dass der Drache ihn nicht sehen konnte.

Die Anwesenheit des Wächters, der hoch auf einem Berggipfel saß, bestätigte den Nachtelf in dem Glauben, dass er in der Nähe der Drachenhöhlen war. Allerdings hatte Malfurion nicht die Zeit, die Berge nach den Drachen zu durchsuchen. Stattdessen dachte er darüber nach, was er wusste. Ysera herrschte über den smaragdfarbenen Traum. So nahe, wie er ihr jetzt war, musste sie seinen geistigen Ruf hören.

Doch ob sie antworten würde, stand auf einem anderen Blatt.

Versuchen musste er es dennoch. Also verschmolz der Druide mit dem smaragdfarbenen Traum und stellte sich den grünen Drachen vor. Er wusste, dass seine Vorstellung von ihm nicht den Tatsachen entsprach, aber sie half seiner Konzentration.

*Ysera, Herrscherin des smaragdfarbenen Traums, großer Aspekt, bescheiden bitte ich um Eure Aufmerksamkeit … Ich bringe Euch Nachricht von einem, der Sie, Die Das Leben Ist kennt, Eure Schwester, Alexstrasza …*

Malfurion wartete. Als klar wurde, dass er keine Antwort erhalten würde, versuchte er es noch einmal.

*Ysera, Herrscherin des Traums, im Namen von Cenarius, Gott des Waldes, bitte ich um dein Gehör. Ich rufe dich an –*

Er unterbrach sich, als er ein anderes Wesen wahrnahm. Der Druide wandte den Kopf nach rechts und entdeckte eine Nachtelfe, die neben ihm schwebte. Sie trug ein durchscheinendes Gewand, das im Wind flatterte, obwohl keine Brise wehte. Die Kapuze des Gewands bedeckte ihren Kopf und ließ nur das Gesicht frei – ein wunderschönes ruhiges Gesicht, dessen einzig verstörender Aspekt die Augen waren … oder besser gesagt, die geschlossenen Lider, von denen die Augen bedeckt wurden.

Die Gestalt hätte tatsächlich eine Nachtelfe sein können, wäre ihr Haar nicht ebenso smaragdfarben wie ihre Haut und ihr Gewand gewesen.

Er zweifelte nicht daran, dass Ysera vor ihm schwebte.

„Ich bin hier", antwortete sie ruhig, aber bestimmt. Ihre Augen blieben geschlossen. „Ich will deinen Rufen Einhalt gebieten. Deine Gedanken hallen durch meinen Geist wie nicht enden wollender Trommelschlag."

Malfurion kniete nieder. „Mylady –"

Sie verwarf seine Geste mit einer Handbewegung. „Du musst mir keine Komplimente machen. Du hast mich gerufen. Ich bin da. Sage, was du sagen willst und verschwinde."

Der Nachtelf war überrascht über seinen Erfolg. Vor ihm stand tatsächlich einer der großen Aspekte. Er konnte nicht glauben, dass er seinem Ruf gefolgt war. „Vergebt mir, ich würde es nie wagen, Euch zu stören …"

„Aber doch bist du hier."

„Ich bin hier mit einem Drachen, der Euch gut kennt, einem Drachen namens Krasus."

„Sein Name ist bekannt, auch wenn sein Geisteszustand Zweifel aufwirft. Was ist mit ihm?“

„Er erbittet eine Audienz bei Alexstrasza. Er kann die Barriere, die diese Berge umgibt, nicht durchbrechen.“

Während Malfurion sprach, musste er sich stark auf den Aspekt konzentrieren. Ysera drohte immer wieder zu verschwinden, als sei sie nicht mehr als eine Ausgeburt seiner Phantasie. Ihr Gesichtsausdruck änderte sich nicht, nur die Augen unter ihren Lidern bewegten sich ständig. Malfurion war sich sicher, dass sie ihn sehen konnte, aber es hätte ihn interessiert, wie ihre Wahrnehmung funktionierte.

„Die Barriere wurde errichtet, da unsere Pläne von höchst delikater Natur sind“, sagte der Aspekt. „Nichts davon darf nach draußen dringen, bis die Zeit reif ist … das sagt der Erdwächter.“

„Aber er muss Zugang –“

„Aber den bekommt er nicht. Auf diese Angelegenheit habe ich keinen Einfluss. Ist das alles?“

Malfurion dachte an Krasus’ Worte. „Wenn er durch Euch mit Alexstrasza sprechen könnte …“

Ysera lachte. Die Veränderung war so überraschend, dass der Nachtelf erstarrte. „Du unverschämte, sterbliche Kreatur! Ich stelle deine Verbindung dar, da meine Schwester nicht unterbrochen werden darf. Gibt es sonst noch etwas, das du begehrst, wo du schon einmal dabei bist?“

„Bei meinem Shan’do, Cenarius, allein um dies bitte ich Euch, und das tue ich nur, weil es nicht anders geht.“

Etwas Merkwürdiges geschah, als er den Namen des Halbgottes erwähnte. Ysera wurde durchsichtiger als zuvor, und die Augen unter ihren Lidern schienen nach unten zu blicken. Die Reaktion war zwar kurz, aber deutlich zu erkennen.

„Ich sehe keinen Grund, diese irritierende Unterhaltung fortzusetzen. Geh zu deinem Begleiter, Nachtelf, und –“

„Bitte, Herrscherin des smaragdfarbenen Traums! Cenarius kann für mich bürgen. Er –“

„Es gibt keinen Grund, ihn zu erwähnen“, stieß sie hervor. Einen Moment lang sah es so aus, als würde sie tatsächlich die Augen öffnen. Ihr Gesichtsausdruck war Malfurion aus seiner Kindheit vertraut. Anfangs hatte er geglaubt, Ysera sei einmal Cenarius’ Geliebte gewesen. Doch das stimmte nicht, das las er in ihrem Gesicht.

Ysera – die Herrscherin der Träume und einer der großen Aspekte – hatte auf den Namen des Halbgottes wie eine liebende *Mutter* reagiert.

Etwas beschämt zog sich der Druide von ihr zurück. Ysera schien in einer alten Erinnerung gefangen zu sein, denn sie ignorierte ihn. Zum ersten Mal ärgerte sich Malfurion über Krasus. Er hätte ihm sagen müssen, was hinter seinem Ratschlag steckte.

Er wollte das Traumreich verlassen, aber Ysera sah ihn aus geschlossenen Augen an und sagte. „Ich werde die Brücke sein, über die du Alexstrasza erreichen kannst."

„Mylady ..."

„Du wirst kein Wort mehr über diese Situation verlieren, Nachtelf, oder ich werde dich auf ewig aus meinem Reich verbannen."

Malfurion schloss den Mund und gehorchte. Ihre Beziehung zu dem Herrn des Waldes war offensichtlich lang und tiefgehend gewesen.

„Ich werde deinen Geist zu unserem Treffpunkt führen, und ich werde dir sagen, wenn du mit meiner Schwester sprechen darfst. Erst dann werde ich deine Worte an sie überbringen – deine und *seine*."

Der eisige Tonfall, mit dem sie das letzte Wort aussprach, verriet, wie wütend sie über Krasus war. Der Druide hoffte, dass der Ratschlag seines Gefährten nicht für sie beide den Tod bedeuten würde und nickte wortlos.

Sie streckte ihre Hand aus. „Ergreife sie."

Respektvoll folgte Malfurion ihrer Aufforderung. Er hatte noch nie einen anderen Geist in der Traumwelt berührt und wusste nicht, was ihn erwartete. Zu seiner Überraschung fühlte sich Yseras Hand wie die einer Sterblichen an. Sie wirkte nicht geisterhaft. Er hätte auch die Hand seiner Mutter halten können.

„Denke an meine Warnung", sagte der Aspekt.

Bevor der Nachtelf antworten konnte, zog sie ihn bereits in die Welt der Sterblichen. Der Übergang erfolgte abrupt und gleichzeitig so sanft, dass er einen Moment brauchte, um seine Umgebung zu erkennen. Erst dann sah er, dass Ysera verschwunden war.

Nein, sie war nicht verschwunden. Sie stand nur einige Schritte entfernt, hatte aber jetzt ihre wahre Gestalt angenommen. Vor Malfurion erhob sich ein gewaltiger Drache mit glitzernden grünen Schuppen. Korialstrasz, der einzige andere Drache, den der Druide je gesehen hatte, war weitaus kleiner als sie.

Doch sie war nicht allein. Das entdeckte der Nachtelf, als er sich umsah. Drei weitere riesenhafte Drachen standen neben ihm in der großen Kammer. Der Rote musste Alexstrasza sein, die Königin, nach der Krasus suchte. Sie wirkte ebenso schön und würdevoll wie Ysera, gleichzeitig aber auch lebendiger. Neben ihr stand ein männlicher Drache, dessen Schuppen offenbar je nach Laune silbrig oder bläulich schimmerten. Er wirkte beinahe schon amüsiert.

Der gewaltige schwarze Drache, den Malfurion als nächstes betrachtete, jagte ihm einen Schauer über den Rücken. Er strahlte eine geballte Macht aus, die Stärke der Erde ... und mehr. Malfurion musste sich von dem schwarzen Riesen abwenden, weil sein Anblick Unwohlsein in ihm auslöste. Das lag nicht daran, dass zwei Drachen aus seinem Clan den Druiden und seinen Begleiter verfolgt hatten. Es lag an dem, was er ausstrahlte.

Malfurion hatte sich abgewandt, um ein wenig Ruhe zu finden, doch dafür hatte er die falsche Richtung gewählt, denn nun sah er, worauf die Drachen sich konzentrierten.

Sie war so klein, dass sie in seine Handfläche gepasst hätte. In der Tatze des Schwarzen wirkte sie wie ein Staubkorn.

„Seht ihr?", brummte der Schwarze. „Sie ist bereit. Wir warten nur noch auf den richtigen Moment."

„Und wann wird dieser Moment kommen?", fragte Alexstrasza. „Jeden Tag zerstören die Dämonen das Land. Wenn die Kommandanten der Legion sich nicht auf die Nachtelfen konzentrieren würden, wären die anderen Reiche bereits verloren."

„Ich verstehe deine Sorge … aber die Drachenseele sollte erst eingesetzt werden, wenn die Himmel miteinander übereinstimmen. So muss es sein."

Der rote Aspekt betrachtete die goldene Scheibe. „Dann wollen wir beten, dass sie all deine Erwartungen erfüllt, Neltharion. Lasst uns dafür beten, dass sie unsere Welt errettet."

Der Schwarze nickte. Malfurion wartete auf Yseras Zeichen und betrachtete währenddessen neugierig die Scheibe. Seine Hoffnung nahm zu. Die Drachen handelten. Sie hatten eine Lösung gefunden, einen Talisman, der Kalimdor vor der Brennenden Legion retten würde.

Seine Neugier gewann die Oberhand. Er schwächte seine Verbindung zu Ysera und hoffte, dass sie zu abgelenkt war, um zu bemerken, was er tat. Mit seinem Geist griff er nach der goldenen Scheibe, die so unscheinbar wirkte, aber doch mit solcher Kraft gefüllt war, dass selbst die Drachen beeindruckt wirkten. Dagegen mussten auch die Dämonen hilflos sein …

Ein Schutzzauber umgab die Drachenseele. Als der Druide sie untersuchte, fiel ihm etwas Merkwürdiges auf. Jeder große Drache hatte seine eigene Aura – so wie jedes Wesen –, und jetzt spürte Malfurion einige dieser Auren. Er spürte zuerst die von Ysera, dann Alexstraszas und die des Blauen. Die Aura des schwarzen Drachen war ebenfalls vorhanden, aber nicht auf die gleiche Weise. Seine schien mit denen der anderen verbunden zu sein, als kontrolliere er sie. Es wirkte auf den Druiden, als solle der Zauber die anderen davon abhalten, etwas im Inneren der Scheibe wahrzunehmen.

Malfurions Neugier stieg. Er benutzte Cenarius' Lehren, um in den Zauber einzudringen. Es fiel ihm leichter, als er erwartet hätte. Wahrscheinlich hatte der Schöpfer der Scheibe nie damit gerechnet, dass ein Druide versuchen würde, ihn zu überlisten. Malfurion drang tiefer ein und berührte schließlich die Kräfte im Kern der Scheibe.

Was er entdeckte, jagte einen Schock durch seinen Geist. Erschrocken zog er sich zurück. Trotz seiner Geistgestalt begann er zu zittern, konnte kaum verkraften, was er gespürt hatte. Malfurion blickte zurück zu dem schwarzen Drachen. Er war entsetzt über das, was der Leviathan erschaffen hatte.

Die Drachenseele, die Kalimdor retten sollte, war ebenso bösartig … wie die Brennende Legion.

# DREIZEHN

Die Dämonen neigten dazu, alles abzuschlachten, was ihren Weg kreuzte. Captain Varo'then war jedoch der Ansicht, dass man Gefangene für Verhöre benötigte, und es war ihm nach langen Diskussionen gelungen, Archimonde ebenfalls davon zu überzeugen. Doch die Gefangenen, die der Dämonenkommandant ihm schickte, waren es kaum mehr wert, als Lebewesen bezeichnet zu werden.

Der vernarbte Nachtelf brachte einige Minuten mit dem letzten Gefangenen zu, dann erwies er ihm die Gnade, seine Kehle zu durchtrennen. Das Verhör war eine einzige Katastrophe gewesen, was allerdings nicht dem Inhaftierten anzulasten war. Die Kommandanten der Legion begriffen einfach nicht, wie notwendig Befragungen waren.

Varo'then wäre lieber an der Front gewesen, aber er wagte es nicht, den Palast zu verlassen, vor allem nicht nach den jüngsten Entwicklungen. Das Geschöpf, das einmal Lord Xavius gewesen war, hatte er seit Tagen nicht gesehen. Aber im gleichen Zeitraum waren mehrere Hochwohlgeborene einfach verschwunden. Mannoroth schien das nicht zu interessieren, deshalb vermutete der Captain, dass er den Grund dafür kannte. Dem Offizier gefiel es nicht, dass sich Dinge ohne sein Wissen abspielten.

„Schafft diesen Müll weg", befahl er zwei Wachen, dann säuberte er seinen Dolch. Sein Blick glitt durch den Verhörraum, eine quadratische, düstere Kammer, die nur von einem einzelnen, bläulich leuchtenden Kristall erhellt wurde. Schatten lagen über den Ecken. Eine fast zehn Zentimeter dicke Eisentür bildete den einzigen Zugang. Jahrhunderte altes Blut befleckte den Boden. Die Königin besuchte die Tiefen ihrer Residenz nie, und Varo'then ermutigte sie auch nicht dazu. Diese Umgebung war nichts für ihren feinfühligen Geist.

Die Soldaten schleiften die Leiche nach draußen und ließen den Captain mit seinen Gedanken allein. Es war noch keine Nachricht vom Hundemeister gekommen. Mannoroth ließ sich keine Besorgnis anmerken, aber der Nachtelf fragte sich, ob dem mächtigen Dämon vielleicht etwas zugestoßen war. Dann würde man einen neuen Anführer für die Jagd auf die Zauberer benötigen. Die Dämonen waren bisher gescheitert, und Varo'then sehnte sich nach der Gelegenheit, seine eigene Schlappe wettzumachen. Schließlich hatte er zwei der Magier in einem verzauberten und feindseligen Wald verloren.

Doch dazu hätte er den Palast verlassen müssen.

Mit beiden Händen rückte er das Schwert an seiner Seite zurecht – und riss die Klinge plötzlich heraus, stach mit ihr in die Schatten zu seiner Linken.

Die Schwertspitze stoppte nur Zentimeter von der Gestalt entfernt, die sich in den Schatten verborgen hatte. Doch sie zeigte keine Überraschung, sondern grinste ihn nur höhnisch an.

„Ein scharfes Schwert für einen scharfen Verstand, Captain Varo'then."

Im ersten Moment dachte der Soldat, Xavius stünde vor ihm, doch dann sah er die Unterschiede im Gesicht seines Gegenübers. Varo'then verglich es im Geiste mit den Gesichtern der Hochwohlgeborenen, die er kannte und fand schließlich eines, das zu der behuften Kreatur vor ihm passte.

„Meister Pero'tharn, wir hatten uns schon gefragt, wo Ihr sein könntet."

Der ehemalige Zauberer trat aus den Schatten hervor. Varo'then steckte sein Schwert zurück.

„Ich habe … gelernt."

Mit kaum verhohlenem Ekel betrachtete der Nachtelf die verwandelte Gestalt. Der Satyr widerte ihn an. „Und die anderen haben ebenfalls ‚gelernt'?"

„Ein paar Auserwählte."

Endlich wusste der Captain, was aus den verschwundenen Hochwohlgeborenen geworden war. Sie waren immer noch hier, hatten sich nur in diese grotesken Parodien verwandelt. Xavius' neue Gestalt gehörte zu den wenigen Entscheidungen Sargeras', die Varo'then in Frage stellte. Der ehemalige Berater hatte jetzt vielleicht mehr Macht, aber die Verwandlung hatte seinen Geist verändert. In ihm schien etwas zutiefst Animalisches und Boshaftes zu stecken.

Und diese kurze Unterhaltung mit Pero'tharn hatte ihn bereits zu der Überzeugung gebracht, dass die verschwundenen Hochwohlgeborenen vermutlich ebenso labil wie ihr Anführer waren.

„Wo ist Xavius?", fragte er den Satyr.

„Wo immer er sein muss", entgegnete der Gehörnte. „Er sorgt dafür, dass der Wunsch unseres ruhmreichen Gottes in Erfüllung geht."

„Er ist nicht mehr im Palast?"

Pero'tharn lachte in sich hinein. „Ein scharfes Schwert, ein scharfer Verstand …"

Captain Varo'then hätte am liebsten besagtes Schwert gezogen und die Kreatur aufgespießt. Ausgestopft hätte sich ihr Haupt sicherlich gut über seinem Kamin gemacht. Der Satyr grinste ihn an, als wolle er den Soldaten herausfordern.

Der vernarbte Nachtelf beruhigte sich und fragte: „Und was wollt Ihr hier unten? Interessiert Ihr Euch für die Verhöre?"

„Pure Unterhaltung, könnte man sagen.“

„Ich habe keine Zeit für Eure lächerlichen Wortspiele.“ Varo'then schob sich an Pero'tharn vorbei und griff nach dem Türriegel. „Und auch nicht für die Eures Anführers.“

„Du hast ihm einst gedient. Du wirst ihm wieder dienen.“

„Ich diene dem großen Sargeras und meiner Königin, niemandem sonst“, entgegnete der Offizier. „Und wenn er glaubt –“

Der Captain drehte sich zu dem Satyr um, sah jedoch nur Schatten.

Mit einem lauten und wütenden Knurren verließ der Nachtelf die Kammer. Die Königin musste von diesen Verwandelten erfahren. Er traute ihnen nicht. Vor allem Lord Xavius traute er nicht mehr.

Wenn er nur wüsste, wo sich der ehemalige Berater aufhielt …

Malfurion konnte kaum glauben, welche Boshaftigkeit er in der Drachenseele gespürt hatte. Wie konnte etwas, das die Welt retten sollte, derart böse sein? Was hatte der Drache Neltharion bloß erschaffen?

Der Druide wappnete sich innerlich, dann tastete sein Geist erneut nach der Scheibe. Sie war so schlicht, so unschuldig in ihrem Aussehen. Erst wenn man ihr Inneres betrachtete, erkannte man die furchtbare Wahrheit.

Es wunderte ihn, dass Ysera nichts davon spürte. Gerade die Herrscherin des smaragdgrünen Traumes hätte die Wahrheit erkennen müssen. Wahrscheinlich wurde das Innere so subtil vor ihr und den anderen Aspekten verborgen, dass sie die Scheibe in die Hand hätte nehmen können, ohne etwas zu bemerken.

Vielleicht … vielleicht würden die Drachen die Wahrheit begreifen, wenn es Malfurion gelang, den Schutzzauber aufzuheben. Noch war es nicht zu spät.

Er unterdrückte seinen Ekel und tastete sich tiefer in die Scheibe vor. Dank seiner hoch entwickelten Sinne fand er das Zentrum des Zaubers schnell. Er begann es aufzulösen.

Ein Schlag wie aus tausend Blitzen durchfuhr seinen Geistkörper und drohte, ihn auseinander zu reißen. Malfurion schrie lautlos. Er sah zu Ysera hinüber, erkannte aber entsetzt, dass sie nichts von seinen Schmerzen bemerkte.

Ein anderer schon.

Er schaute den Nachtelfen nicht an, aber dessen Gedanken schossen dem sich windenden Druiden entgegen. Der Wahnsinn, der darin wohnte, war offensichtlich.

*So!*, brüllte Neltharion, während er in der Welt der Sterblichen weiter höflich und freundlich mit den anderen sprach. *Du versuchst also, meine ruhmreiche Drachenseele zu stehlen!*

Eine monströse, unsichtbare Macht presste Malfurion zusammen. Entsetzt starrte er auf seinen Körper. Doch dann erkannte er, dass das Bild, das er von sich hatte, tatsächlich nur ein Bild war. Neltharion hätte ihn zerfetzen können, ohne der Gesundheit des Druiden zu schaden. Doch das versuchte der Erdwächter nicht einmal. Er wollte Malfurion vielmehr in ein magisches Gefängnis sperren, um zu verhindern, dass er die Scheibe noch einmal anfasste oder jemanden warnte.

Die schreckliche Erinnerung an den geistigen Kerker, in den Lord Xavius ihn verbannt hatte, beflügelte Malfurion. Er befreite sich von dem Zauber, bevor er besiegelt werden konnte. Dann wandte er sich in der Hoffnung an Ysera, dass sie die Gefahr bemerkt hatte …

*Nein, sie werden sich nicht einmischen*! Neltharions mentale Präsenz war überwältigend. *Du wirst nicht vernichten, was ich begonnen habe. Das wird niemand!*

Da Ysera nicht eingreifen konnte, tat der Druide das Einzige, was ihm noch übrig blieb. Er verließ die Kammer und die Welt der Sterblichen und zog sich in die Einsamkeit des smaragdgrünen Traumes zurück.

Sofort wurde es ruhig. Er schwebte über den Bergen, dort, wo er die Herrin der Träume getroffen hatte. Erleichtert versuchte er, seine Gedanken zu sammeln.

Mit lautem Gebrüll sprang ihm eine schattenhafte Gestalt entgegen.

Der Druide wich im letzten Moment zurück. Er traute seinen Augen nicht. Neltharion war ihm tatsächlich ins Traumreich gefolgt. Hier wirkte der Drache noch schrecklicher als in der wirklichen Welt. Sein Gesicht war eine verzerrte diabolische Karikatur. Das Böse, das er in die Drachenseele eingebettet hatte, zog sich wie eine Spur der Vernichtung durch sein Gesicht. Neltharion war doppelt so groß wie in der realen Welt. Seine Klauen umspannten Meilen, und seine Flügel waren so gewaltig, dass sie die Bergkette verdeckten.

*Ich werde nicht aufgeben, was mir zusteht! Nur ich habe das Recht zu herrschen! Du wirst nichts verraten!*

Neltharion atmete aus. Grünes Feuer schoss durch den smaragdgrünen Traum.

Malfurion schrie auf, als ihn das Feuer erreichte. Der Drache vollbrachte das Unmögliche. Er war ohne Yseras Wissen in ihren Herrschaftsbereich eingedrungen und versuchte jetzt sogar, die Essenz des Druiden zu vernichten.

Malfurion dachte plötzlich an etwas, das Cenarius einmal gesagt hatte: *Die Wahrnehmung ist trügerisch. Was du für real hältst, muss nicht real sein. In der Welt, in der du dich als Druide bewegst, bestimmst du deine Wahrnehmung.*

Malfurion wusste zwar nicht, ob er die Lehre richtig verstanden hatte, aber er setzte sie trotzdem ein und leugnete die Flammen einfach. Sie konnten hier nicht existieren. Wie sein eigener Körper und Neltharions Gestalt wirkten sie zwar greifbar echt, waren es aber nicht. Es waren nur Bilder, Illusionen.

Deshalb konnte das Feuer auch kein Haar auf seinem imaginären Kopf versengen.

Die Schmerzen und die Flammen verpufften gleichzeitig. Nur Neltharion blieb zurück. Sein Gesicht wirkte noch verzerrter als zuvor. Er betrachtete die kleine Gestalt angewidert, als könne er nicht glauben, dass der Druide es gewagt hatte, am Leben zu bleiben.

Malfurion wusste nicht, ob er bei einem zweiten Angriff des Drachen ebenso viel Glück haben würde. Deshalb entschied er sich für die Flucht. Er konzentrierte sich auf seinen Körper, wollte in ihn zurückkehren.

Die grünlichen Berge entfernten sich plötzlich von ihm. Auch Neltharion wurde zusehends kleiner. Der Druide spürte die Nähe seines Körpers.

*Nein!*, brüllte Neltharion wütend. *Das lasse ich nicht zu!*

In dem Moment, in dem der Druide die wirkliche Welt betrat, wurde er von einem harten Schlag getroffen. Im Halbschlaf stöhnte Malfurion, fiel nach hinten und prallte mit dem Kopf auf den Boden. Die letzten Eindrücke des smaragdfarbenen Traumes verschwanden ebenso wie das wütende Gebrüll des schwarzen Drachen.

„Druide!“, rief eine andere Stimme. „Malfurion Stormrage! Kannst du mich hören? Bist du zurückgekehrt?“

Er versuchte, sich auf die Person zu konzentrieren. „K-Krasus?“

Malfurion warf einen Blick auf das Gesicht des Magiers und wich angsterfüllt zurück. Die monströsen Züge eines Drachen starrten ihm entgegen. Das Maul war aufgerissen und wollte ihn verschlingen.

„Malfurion!“

Krasus’ schneidende Stimme riss ihn aus seiner Angststarre. Der Nachtelf blinzelte und blickte in das entschlossene blasse Gesicht des Magiers.

Krasus wirkte besorgt. Er half Malfurion auf und reichte ihm einen Wasserschlauch. Erst als der Druide seinen Durst gestillt hatte, fragte der andere ihn, was geschehen war.

„Hast du die Herrin der Träume gefunden?“

„Ja, und ich habe Cenarius mehr als einmal erwähnt, so wie Ihr es wolltet.“

Der Drachenmagier lächelte knapp. „Ich habe mich nur an etwas erinnert, das mir Alexstrasza einmal erzählte. Ich dachte mir, dass Yseras Gefühle so weit in der Vergangenheit noch stärker sein müssten.“

„Also hatte ich Recht. Sie und mein Shan’do –“

„Überrascht dich das? Ihre Herrschaftsbereiche überlappen einander sehr stark. Seelenverwandte fühlen sich oft zueinander hingezogen, egal, wie unterschiedlich ihre Abstammung ist.“

Malfurion hakte nicht nach. „Sie hat mich zu ihrem Treffpunkt begleitet.“

Krasus’ Augen weiteten sich. „Die fünf Aspekte haben sich getroffen?“

„Ich habe nur vier gesehen. Ysera, Alexstrasza, ein silberblauer Drache mit heiterem Gesichtsausdruck …“

„Malygos … er wird sich sehr verändern.“

„Und … und …“ Plötzlich konnte der Nachtelf nicht weitersprechen. Die Worte klebten an seiner Zungenspitze, wollten sich nicht lösen. Er versuchte, den Namen auszusprechen, doch aus seinem Mund quollen nur sinnlose Laute.

Krasus legte eine Hand auf Malfurions Schulter und nickte. „Ich verstehe. Es war noch einer anwesend.“

„Ja … noch einer.“

Mehr konnte Malfurion nicht sagen, aber Krasus verstand ihn auch so. Der Nachtelf sah seinen Begleiter schockiert an, als ihm klar wurde, dass der Magier Neltharions Namen ebenso wenig über die Lippen brachte wie er selbst. Offenbar hatte auch Krasus eine unangenehme Begegnung mit dem schwarzen Drachen hinter sich.

Wahrscheinlich wusste Krasus auch von der Drachenseele.

Sie starrten einander an, und ihr Schweigen verriet viel von dem, was ihre Münder nicht zu sagen vermochten. Kein Wunder, dass der Drachenmagier so besessen davon war, sein Volk zu erreichen. Die Leviathane waren von einem der ihren verraten worden, und die einzigen, die davon wussten, konnten nicht darüber reden – noch nicht einmal miteinander.

„Wir müssen weg“, murmelte Krasus. „Du kannst dir wohl denken, warum.“

Das konnte Malfurion. Neltharion wollte seinen Tod. Der Druide hatte den smaragdgrünen Traum so schnell verlassen, dass der Drache ihn nur noch mit diesem Fluch hatte belegen können, doch das würde ihm nicht genügen. Malfurion war Neltharions Ziel zu nahe gekommen. Krasus hatte bei seiner Begegnung wahrscheinlich Glück gehabt, aber der Wahnsinn des Schwarzen war mittlerweile so umfassend, dass sie nicht mehr lange sicher sein würden. Neltharion würde es zwar nicht wagen, selbst zu handeln, aber …

„Die Wachen!“, stieß er hervor.

„Ja. Wir werden sie wahrscheinlich wiedersehen. Wir sollten zu den Hippogriffs zurückkehren und verschwinden.“

Zumindest diese indirekte Kommunikation blockierte der Zauber nicht. Das war ein kleiner, aber leider auch nutzloser Vorteil. Sie konnten Andeutungen über ihr Verderben machen, mehr auch nicht.

Er war noch immer so schwach, dass Krasus ihn stützen musste. Langsam gingen sie zurück zu ihren bereits ungeduldig wartenden Reittieren. Eines der Hippogriffs krächzte, als es die beiden entdeckte. Das andere schlug erschrocken mit den Schwingen.

„Werden sie uns den ganzen Weg zurücktragen?“, fragte der Magier.

„Ja. Cenarius würde –“

Der Boden erbebte heftig. Krasus und der Nachtelf stolperten. Die Hippogriffs hoben ab und flatterten aufgeregt. Unter ihnen bohrte sich ein gewaltiger augenloser Wurm aus dem Erdboden. Ein Riss in seinem Kopf öffnete sich und enthüllte ein rundes zahnbesetztes Maul. Der Wurm grunzte tief und verschlang das Langsamere der beiden Hippogriffs.

„Lauf!“, rief Krasus.

Die beiden rannten durch die karge Landschaft. Der Wurm schien trotz der Mahlzeit nicht gesättigt zu sein, denn er drehte sich nach ihnen um. Er grunzte noch einmal und tauchte wieder in die Erde ein.

„Wir müssen uns trennen, Malfurion!“

Sie rannten in unterschiedliche Richtungen. Hinter ihnen explodierte der Boden, als der Wurm nach oben schoss. Er schnappte nach seiner Beute, traf jedoch nur Luft.

Obwohl der Wurm keine erkennbaren Augen hatte, spürte er, wohin Malfurion lief. Sein gewaltiger Körper drehte sich ihm zu. Der runde Schlund öffnete und schloss sich erwartungsvoll.

Das konnte kein Zufall sein. Wahrscheinlich hatte Neltharion diese Monstrosität auf sie gehetzt. Der Verfolgungswahn des Drachen ließ sich durch nichts mehr bremsen.

Der Wurm hatte Malfurion fast erreicht, als etwas seinen Weg kreuzte. Wild krächzend grub das überlebende Hippogriff seine Klauen in den Kopf der Bestie. Sein Schnabel bohrte sich durch die Haut. Das Hippogriff wollte Rache für seinen getöteten Artgenossen.

Der Wurm grunzte und schnappte nach seinem fliegenden Gegner. Das Hippogriff wich ihm aus und griff erneut an. Sein Ziel war der Kopf.

*„Kylis Fortua!“,* schrie Krasus.

Steine und Erdklumpen, die der Wurm aus dem Boden gerissen hatte, erhoben sich in die Luft und attackierten die Kreatur. Der Wurm schwang vor und zurück, versuchte, den Kollisionen auszuweichen. Die Felsen konnten den Riesen nur leicht verletzen, aber sie irritierten ihn.

Der Druide atmete tief ein und überlegte, wie er seine Magie einsetzen konnte. Es gab nur wenige Pflanzen in dieser Bergregion, doch eine davon erweckte seine Aufmerksamkeit. Malfurion entschuldigte sich bei dem Strauch, dann riss er einige Stacheln von den dünnen Zweigen. Er holte aus und schleuderte sie dem Wurm entgegen.

Der Wind trug die Dornen auf ihn zu, schleuderte sie mit wachsender Geschwindigkeit ihrem Ziel entgegen. Malfurion konzentrierte sich.

Kurz vor ihrem Ziel wuchsen die Dornen plötzlich unter dem Einwirken des Druiden. Sie verdreifachten sich zuerst einmal, dann ein zweites Mal. Als sie den Wurm erreichten, waren sie fast so groß wie der Druide.

Und sie waren härter als die Haut des Wurms. Die Dornen bohrten sich wie stählerne Lanzen in das Fleisch des Monsters. Einige waren jetzt mehr als zwei Meter lang.

Die Kreatur schrie ihre Wut und ihren Schmerz hinaus. Eine grüne dampfende Flüssigkeit floss aus den Wunden und brachte den Boden zum Kochen. Die Stacheln hatten sich tief in den Körper gebohrt. Der Wurm schüttelte sich wild, dennoch blieben sie stecken.

„Gut gemacht!", rief Krasus und ergriff Malfurions Arm. „Versuche das Hippogriff zu rufen."

Malfurion berührte den Geist des Tiers, doch dessen Wut war so groß, dass es den Willen des Druiden ignorierte. Der Wurm hatte seinen Gefährten getötet. Dieser Tod musste gerächt werden.

„Es hört nicht zu!", rief der Druide. Panik schlich sich in seine Stimme.

„Dann müssen wir weiterlaufen."

Der Wurm, der immer noch versuchte, die Dornen abzuschütteln, folgte ihnen. Er bewegte sich langsamer als vor dem Angriff, war aber immer noch so schnell, dass er die beiden an den Rand der Erschöpfung trieb.

Der Riese bohrte sich tief in die Erde. Der Boden bebte so heftig, dass Malfurion stolperte. Krasus hielt sich auf den Beinen, kam aber kaum vorwärts.

„Ich werde etwas ausprobieren!", rief er. „Seit ich in dieses Land gekommen bin, habe ich mich davor gefürchtet, aber ohne das Hippogriff habe ich keine andere Wahl, als es zu versuchen."

„Was?"

Krasus antwortete nicht. Er war bereits in seinen Zauber vertieft. Malfurion spürte die seltsamen Kräfte, die sich um den Magier sammelten, als der den rechten Arm hob und Worte in einer Sprache murmelte, die der Nachtelf noch niemals zuvor gehört hatte. Krasus machte eine schneidende Geste mit seiner Hand, und die Luft teilte sich und enthüllte einen Riss in der Welt.

*Nein, keinen Riss*, korrigierte sich Malfurion. *Ein Portal.*

Der Drachenmagier hatte den Zauber gerade vollendet, als die Erde neuerlich bebte. Er wandte sich an den Druiden und rief: „Durch das Tor, Malfurion! Durch das –"

Der Wurm durchbrach die Oberfläche. Krasus taumelte zurück. Malfurion, der bereits den ersten Schritt auf das Tor zugegangen war, wandte sich ab, um seinem Begleiter zu helfen.

„Du hättest hindurchgehen sollen!", zischte Krasus.

Mit weit aufgerissenem Maul schoss der Wurm den beiden entgegen. Malfurion zog den Magier auf das Portal zu. Er spürte den Wurm hinter sich, roch dessen erdigen Geruch. Ihre Rettung schien weit entfernt zu sein.

Sie betraten das Tor, und der Wurm schnappte zu …

# VIERZEHN

Westlich von Suramar endete die Verfolgung der Brennenden Legion. Die Nachtelfen konnten sie nicht mehr weiter zurückdrängen, aber ihre Feinde vermochten auch keinen Boden gutzumachen.

Die Krieger der Brennenden Legion kämpften ohne Unterlass, aber die Nachtelfen hatten einen großen Vorteil: Sie kannten die Gegend weit besser als die Dämonen. Die Landschaft rund um Suramar bestand aus sanften Hügeln und breiten Flüssen. Bis vor kurzem hatte es dort auch Wälder gegeben, doch sie waren von der Brennenden Legion niedergebrannt worden. Jetzt sah man nur noch geschwärzte Stämme und zerfallene Hütten. Sie dienten nicht nur als Orientierungspunkte, sondern boten auch Schutz.

Späher wurden ausgesandt, um die genaue Aufstellung der Dämonen zu erkunden. In einer dieser Gruppen befanden sich Brox, Rhonin, Captain Shadowsong und einige seiner Soldaten. Der Ork und der Mensch hatten sich freiwillig für diese Mission gemeldet, da sie besser mit der Vorgehensweise der Brennenden Legion vertraut waren als die Nachtelfen. Ravencrest hatte jedoch darauf bestanden, dass sie und der Rest der kleinen Truppe zu einer festgesetzten Zeit ins Lager zurückkehren mussten. Nur so konnte er ihre Sicherheit garantieren, und abhängig von den Informationen, die ihm seine Kundschafter überbrachten, würde er vielleicht schon kurz darauf angreifen lassen.

Es war Nacht geworden, doch daran lag es nicht, dass die Gruppe so langsam vorankam. Die Dunkelheit hätte ihnen nicht geschadet, im Gegenteil, sie hätte bei der Suche geholfen. Der dichte grüne Nebel, der alles bedeckte, behinderte sie hingegen. Er schien sich überall dort auszubreiten, wo sich die Dämonen aufhielten. In seinem Schutz konnten sie den ahnungslosen Spähern auflauern.

Langsam bewegte sich der zwölfköpfige Spähtrupp über das zerstörte Land. Schwarze, verdorrte Stämme warfen unheimliche Schatten in den Nebel. Der grüne Schleier hüllte alles ein.

Das hatte jedoch auch Vorteile. Der Spähtrupp war nicht weit von Suramar entfernt und bewegte sich gerade durch eine Gegend, in der eine Siedlung gestanden hatte. Hier und da konnte man noch die Ruinen eines umgefallenen oder zertrümmerten Baumhauses erkennen, mehr jedoch nicht. Die Reiter wussten, dass die Einwohner vermutlich irgendwo zwischen ihren zerstörten Behausungen lagen.

„Barbarisch …“, murmelte Jarod.

Brox grunzte. Die Nachtelfen hatten schnell gelernt, wie man sich innerlich gegen Grausamkeiten wappnete, aber sie konnten sie nicht so hinnehmen wie ein Ork. Brox war mit Gewalt aufgewachsen. Zuerst das Ende des Krieges gegen die Allianz, dann der opferreiche Marsch ins Reservat … und schließlich der Kampf gegen die Brennende Legion und die Untoten-Geißel. Er trauerte zwar um die Toten, aber es gab nur wenig, was ihm noch hätte den Magen umdrehen können. Letzten Endes war jeder Tod gleich.

Rechts neben dem Ork fluchte Rhonin leise. Der Zauberer steckte den Sichtstein, den er hatte benutzen wollen, wieder in seine Gürteltasche. Auch diese Magie konnte den Nebel offenbar nicht durchdringen.

Brox vertraute bei der Suche nach dem Feind auf seine eigenen Methoden. Alle paar Schritte hob er die Nase in die Luft und schnüffelte. Die meisten Gerüche, die er wahrnahm, rührten von Tod und Verwesung. Die einzigen Dämonen, die er bemerkt hatte, waren längst tot. Ihre Körper lagen am Boden und verrotteten.

Natürlich gab es viele andere Leichen. Überall lagen verstümmelte Nachtelfen. Einige waren Soldaten, die beim Rückzug ums Leben gekommen waren, andere hilflose Zivilisten, die zu langsam gewesen waren. Kein Opfer war unversehrt: Arme, Beine, sogar Köpfe hatte man abgetrennt. Einige Leichen schienen nach ihrem Tod verstümmelt worden zu sein. Wenn die Soldaten solche Toten sahen, verhärteten sich ihre Gesichter noch mehr.

„Verteilt euch, aber bleibt in Sichtweite“, befahl Jarod, der die Zügel seines Nachtsäblers kurz hielt. „Und achtet auf eure Tiere.“

Den letzten Befehl sprach er zum wiederholten Mal aus. Die großen Panther waren angespannt, so als bemerkten sie etwas, das ihre Reiter nicht wahrnehmen konnten. Das erhöhte die Nervosität des Spähtrupps.

Schatten wie aus einem Alptraum erhoben sich vor ihnen … die äußeren Bezirke Suramars. Die Brennende Legion hatte nicht genug Zeit gehabt, um die ganze Stadt zu schleifen, deshalb ragte ein Teil von ihr noch immer wie ein Skelett in die Höhe. Es war ein Mahnmal für all das, was die Brennende Legion angerichtet hatte … und vielleicht noch anrichten würde.

„Mutter Mond …“, flüsterte ein Soldat.

Brox sah Jarod an. Der Captain starrte ohne zu blinzeln auf seine Heimat. Seine Hände krampften sich um die Zügel. Eine Ader in seinem Hals pochte.

„Es ist schwer, kein Zuhause mehr zu haben“, sagte der Ork, der an sein eigenes Leben dachte.

„Ich habe ein Zuhause“, widersprach Jarod. „Suramar ist immer noch meine Heimat.“

Der Ork schwieg. Er verstand den Schmerz des Nachtelfen.

Durch zertrümmerte Tore rückten sie in die Stadt vor. Es war vollkommen still. Ihr eigener Atem erschien ihnen zu laut an diesem Ort der Ruhe.

Nach einer Weile zügelten sie ihre Reittiere. Jarod sah den Magier Rat suchend an. Vor ihnen teilte sich die Straße in drei Wege. Aus Sicherheitsgründen hätte die Gruppe eigentlich zusammenbleiben sollen, aber dann blieb ihnen nicht genügend Zeit, um die ganze Stadt zu durchkämmen.

Rhonin runzelte die Stirn und sagte: „Niemand zieht hier allein los. Dieser Nebel ist magisch. Dann können wir eben nicht alles absuchen, Captain."

„Ich bin deiner Meinung", stimmte der Captain erleichtert zu. „Ich hätte nie gedacht, dass ich den Ort, an dem ich aufgewachsen bin, einmal mit solchem Misstrauen betreten würde."

„Das ist nicht mehr dein Suramar, Shadowsong. Das darfst du nie vergessen. Die Brennende Legion beschmutzt alles, was sie berührt. Die Stadt kann auch ohne Dämonen sehr gefährlich sein."

Brox nickte. Er erinnerte sich noch gut an die Dinge, die aus dem Nebel gekrochen waren, als sein Volk gegen die Höllischen kämpfte. Dagegen verblasste alles, was die Nachtelfen bisher gesehen hatten.

Es waren genügend Ruinen übrig geblieben, um sich in der Stadt orientieren zu können. Hier und da tauchte ein unbeschädigtes Gebäude aus dem Nebel auf. Jarods Soldaten untersuchten diese Häuser in der Hoffnung, auf Überlebende zu stoßen.

Sie fanden jedoch keine.

Die Gruppe hatte sich zwar nicht trennen wollen, aber die Zerstörungen zwangen sie schließlich dazu. Der Weg, den sie gewählt hatten, war so verschlungen und voller Trümmer, dass es zu viel Zeit gekostet hätte, weiter zusammenzubleiben. Also entschied sich Jarod schweren Herzens, jeweils drei Soldaten in Seitenstraßen zu entsenden.

„Macht einen Bogen um die Trümmer und kehrt zu uns zurück, sobald es möglich ist", befahl er den sechs Nachtelfen. Die beiden Gruppen wendeten ihre Nachtsäbler. „Und bleibt zusammen!", rief Jarod ihnen nach.

Shadowsong und seine übrig gebliebenen drei Soldaten bildeten die Eskorte für Rhonin – und damit auch für Brox. Langsam zogen sie weiter. Die Nachtsäbler bewegten sich vorsichtig durch die Ruinen. Drei große Baumhäuser waren hier zerstört worden und hatten sich über die Straße verteilt. Eines lag quer über den anderen beiden und über dem Weg.

Brox' Nachtsäbler trat auf etwas und fauchte erschrocken. Rhonin warf einen Blick nach unten und sagte: „Der Besitzer ist noch hier."

Auf dem Hügelkamm fanden sie weitere Leichen. Es waren Stadtbewohner, die offenbar versucht hatten zu fliehen, aber von der Brennenden Legion eingeholt worden waren. Abgesehen von ihren schrecklichen Wunden waren die Opfer merkwürdigerweise unversehrt. Die Verwesung hatte nicht eingesetzt, und auch Aasfresser waren nicht über sie hergefallen.

„Sie sind beim ersten Angriff umgekommen", bemerkte der Magier. „Seltsam, dass sie noch so gut aussehen."

„Ihr Anblick reicht mir völlig", sagte Jarod Shadowsong.

Die Panther bewegten sich vorsichtig auf den ursprünglichen Weg zu, der nicht immer leicht erkennbar war. Brox hob seine Nase in die Luft und atmete tief ein.

Einen Moment lang glaubte er etwas wahrzunehmen, doch der Geruch war alt und schwach. Er sah sich um und entdeckte den Kadaver einer Teufelsbestie, die irgendein Soldat aufgespießt hatte. Brox grunzte zufrieden.

Schließlich erreichten sie ebenen Boden. Jarod zeigte nach vorne und sagte: „Da hinten ist eine größere Straße, Meister Rhonin. Dort werden wir die anderen treffen."

„Das würde mich freuen."

Kurze Zeit später tauchte die Straße aus dem Nebel auf. Die Gruppe hielt auf einer Kreuzung an und sah sich um.

„Wir sind vermutlich vor ihnen da", sagte Jarod.

Brox streckte sich. Rhonin setzte sich nervös in seinem Sattel auf. Seine Finger krümmten sich. Der Ork wusste, dass so die Vorbereitungen auf einen Zauber aussahen.

„Ah." Jarod wirkte erleichtert. „Da kommen die ersten."

Von links ritten drei Soldaten heran. Sie wirkten erfreut, als sie ihre Kameraden entdeckten. Sogar die Panther liefen ihnen freudig entgegen.

„Was habt ihr gesehen?", fragte Shadowsong die Ankömmlinge.

„Nichts, Captain", antwortete der Ranghöchste. „Nur Ruinen und Leichen. Ungefähr gleich viele von unseren Leuten wie von diesen Ungeheuern."

„Verdammt …"

„Gibt es Vermisste, die du kennst, die sich aber nicht bei unserer Streitmacht befinden?", fragte Rhonin.

„Leider sehr viele. Und je mehr Leichen wir hier finden, desto geringer ist die Wahrscheinlichkeit, dass ich sie in der Menge einfach übersehen habe."

Brox hatte solche Geschichten schon oft gehört. Viele, mit denen er aufgewachsen war, hatten in den unzähligen Schlachten den Tod gefunden. Kein Wunder, dass er sein Überleben bedauert hatte, schließlich hatte der Ork die meisten seiner Blutsbrüder überlebt. Er begriff, dass seine Sehnsucht nach dem Tod auch aus seiner Einsamkeit entsprungen war.

Jarod blickte in die entgegengesetzte Richtung. „Die anderen sollten jeden Moment hier sein."

Doch dieser Moment und einige hundert weitere kamen und gingen, ohne dass die erwarteten Soldaten auftauchten. Die Reiter wurden nervös. Ihre schlechte Laune übertrug sich auf die Nachtsäbler, die mit jeder verstreichenden Minute lauter fauchten und knurrten.

Schließlich hielt es Brox nicht mehr aus. Captain Shadowsong, der ebenfalls nach den verschwundenen Soldaten suchen wollte, hatte den Befehl noch nicht ausgesprochen, da ritt Brox bereits los.

Er lenkte sein Reittier die Straße entlang und forschte angespannt nach irgendwelchen Hinweisen. Rhonin und die Nachtelfen folgten ihm.

Trümmer bedeckten die Straße. Zerrissene Kleidung und alte Blutflecke bildeten die einzigen Farbkleckse im düsteren Nebel. Der Ork nahm seine Axt heraus und zwang sein Reittier weiter.

Brox entdeckte etwas Merkwürdiges. Er richtete sich im Sattel auf und sah sich aufmerksam um. Sein Verdacht bestätigte sich.

Es lagen keine Leichen am Boden, keine Nachtelfen, keine Dämonen. Auch die zu befürchtenden Leichen der Soldaten oder ihrer Reittiere waren nicht zu sehen.

Was war mit ihnen geschehen?, fragte sich Brox. Wieso war diese Straße nicht mit Opfern der Invasion bedeckt?

Ein Geräusch ließ den grünhäutigen Krieger zusammenzucken. Er drehte den Kopf nach rechts und sah eine Gestalt, die sich langsam aus dem Nebel schälte. Es war ein Soldat, aber er ging zu Fuß und hatte seine Waffe gezogen.

„Wo ist dein Reittier?“, fragte der Ork.

Der Soldat trottete steif auf ihn zu. Seine Rüstung war blutverschmiert, und sein Mund stand offen.

Als er näher kam, bemerkte Brox, dass sein Kiefer fehlte, ebenso ein Auge. Die Wunde zog sich bis zu seiner Kehle … oder was davon noch übrig war.

Die unheimliche Gestalt hob ihre Waffe, als sie Brox’ Stimme hörte. Hinter ihr schoben sich weitere Schatten aus dem Nebel.

Der grünhäutige Krieger war kein Feigling, doch jetzt riss er sein Reittier hart herum. Die große Katze schlug mit einer Tatze nach dem Soldaten und schleuderte ihn zur Seite wie ein Spielzeug.

Die anderen erreichten ihn im gleichen Moment. Jarod sah an ihm vorbei zu dem am Boden liegenden Soldaten. „Warum hast du das getan? Dein Panther hat ihn umgebracht!“

„Er war schon vorher tot. Wir müssen uns beeilen. Da hinten sind noch mehr!“

Der Nachtelf wollte widersprechen, aber Rhonin hielt ihn mit einer Hand zurück. „Sieh in den Nebel, Shadowsong! Sieh hin!“

Jarod folgte der Aufforderung. Sein Gesicht verzerrte sich entsetzt. Der tödlich verletzte Soldat kam taumelnd auf die Beine, bot einen noch groteskeren Anblick als zuvor. Er hob sein Schwert und stolperte auf die kleine Gruppe zu. Hinter ihm konnte man jetzt die anderen Gestalten deutlicher erkennen. Es waren Nachtelfen, die weitaus monströser wirkten als der tote Soldat. Ihre Wunden waren schrecklich. Einigen fehlten Gliedmaßen. Sie alle hatten den gleichen leeren Gesichtsaudruck und bewegten sich mit der gleichen tödlichen Entschlossenheit.

„Weg hier!“, rief der Captain. „Zurück durch das Stadttor! Folgt mir!“

Jarod und der Zauberer übernahmen die Führung. Gemeinsam floh die Gruppe vor den herantaumelnden Untoten. Sie ritten den gleichen Weg zurück, den sie gekommen waren, doch als sie die Kreuzung erreichten, lenkte Jarod sein Reittier in die entgegen gesetzte Richtung.

„Warum hier lang?“, rief Rhonin.

„Dieser Weg wird uns schneller an unser Ziel bringen ... hoffe ich.“

Doch als sie weiterritten, schälten sich noch mehr Gestalten aus dem Nebel. Brox knurrte, als eine ältere Frau in blutverschmiertem, ehemals silbernem Gewand beinahe hungrig nach seinem Bein griff. Er trat nach ihr und schlug ihr zur Sicherheit mit einem gewaltigen Axtstreich den Kopf ab. Ihr Körper taumelte, doch ihre Arme griffen und schlugen weiter nach dem Ork ... der aber längst weg war.

Rhonin zügelte plötzlich seine Katze. „Vorsicht!“

Seine Warnung kam zu spät für den Soldaten neben ihm. Unzählige Klauen, die einst Hände gewesen waren, rissen ihn von seinem Reittier. Er stach mit seinem Schwert nach ihnen, konnte aber nichts ausrichten.

Jarod wollte ihm zu Hilfe eilen, aber im gleichen Moment verschwand sein Kamerad bereits zwischen den lebenden Leichen. Seine Schreie endeten abrupt.

„Du kannst ihm nicht mehr helfen!“, rief der Zauberer, als er sah, dass Jarod zögerte. „Reitet alle weiter. Ich weiß, was ich tun muss.“

„Wir werden dich nicht zurücklassen“, widersprach der Captain.

Brox zügelte seine Katze neben Rhonin. „Ich bleibe bei ihm.“

„Wir bleiben direkt hinter dir, Shadowsong. Da hinten sieht der Weg frei aus. Ihr solltet die Stadt problemlos verlassen können.“

Der Nachtelf wollte seine Freunde nicht zurücklassen, wollte aber auch keine weiteren Leben riskieren. Er wusste, dass Rhonin die besten Überlebenschancen der Gruppe hatte.

„Hier lang!“, rief der Captain dem Rest seines Trupps zu.

Der reiterlose Nachtsäbler folgte den Soldaten. Rhonin wandte sich zu den herantaumelnden Leichen um. „Brox, ich brauche ein paar Sekunden.“

Der Ork nickte und preschte vor. Er stieß einen Schlachtruf aus und begann mit seiner Axt um sich zu schlagen. Er durchtrennte Hände, die nach ihm griffen, riss Brustkörbe auf und schlug Köpfe mit tödlicher Präzision und enormer Wucht ab.

Als Brox’ Kraft nachzulassen begann, rief Rhonin ihn zurück. „Das reicht! Komm zu mir!“

Der Zauberer wartete, bis der Ork seine Katze neben ihm zügelte, dann warf er der herantaumelnden Horde eine kleine Phiole entgegen. Sie flog über die erste Reihe der wandelnden Leichen hinweg und bespritzte sie mit einer Flüssigkeit, die bei Berührung in Flammen aufging.

Das Feuer weitete sich rasch zum Inferno aus. Die Leichen, die hinter der ersten Reihe gingen, stolperten in die Flammen hinein und fingen ebenfalls Feuer. Diejenigen, die bereits brannten, kollidierten mit anderen und setzten sie in Brand.

„Das Gleiche habe ich mal gegen die Untoten-Geißel eingesetzt", sagte der Mensch grimmig, aber zufrieden. „Komm, wir müssen –"

Eine der brennenden Gestalten prallte gegen Brox' Reittier. Der Nachtsäbler fing sofort Feuer. Der Ork versuchte sich auf dessen Rücken zu halten, als das Tier in Panik flüchtete – tiefer in die Stadt hinein.

Rhonin rief hinter ihm her, aber Brox konnte den Nachtsäbler nicht beruhigen. Die Schmerzen des glimmenden Feuers trieben den Panther in den Wahnsinn. Unkontrolliert stürmte er durch die Straßen.

Der Ork versuchte das Feuer auszuschlagen, doch das half nicht. Der Nachtsäbler stoppte abrupt und warf sich auf seine schmerzende Seite. Brox konnte gerade noch abspringen, sonst wäre sein Bein unter dem Tier zerquetscht worden.

Der Panther rollte sich über den Boden, geriet wieder in Panik und stürmte davor. Brox konnte ihn nicht aufhalten. Der Ork warf sich herum und begann, mit seiner Axt um sich zu schlagen, erkannte jedoch nach einem Moment, dass er sich in keiner unmittelbaren Gefahr befand.

Allerdings war er auch allein und ohne Reittier.

Vorsichtig machte sich Brox auf den Rückweg – zumindest hoffte er, dass es der Rückweg war. Der verletzte Panther schien ihn weiter mit sich geschleppt zu haben, als der Ork anfangs gedacht hatte.

Er blähte die Nüstern, roch jedoch weder den Menschen, noch die Nachtelfen. Auch sein sonst unfehlbarer Orientierungssinn ließ ihn im Stich. Der Nebel narrte seine Sinne.

Unsicher bog der Ork in eine Straße ein, die ihm vertraut erschien. Geschwärzte Bäume und zerstörte Gebäude schälten sich aus dem Nebel, aber er erkannte nichts davon wieder.

Plötzlich roch er etwas. Brox zögerte und blähte erneut die Nüstern. Er biss die gelben Zähne zusammen.

Mit neuer Entschlossenheit wandte er sich nach rechts. Bei jedem Schritt hob er die Nase in die Luft. Er kletterte über eine entwurzelte Eiche und über die Ruinen eines zertrümmerten Hauses. Brox ließ sich von diesen Hindernissen nicht beirren. Er bewegte sich vorsichtig und möglichst lautlos – eine schwierige Aufgabe, da er nur eine Hand benutzen konnte, um sich abzustützen. In der anderen hielt er weiterhin seine Axt fest umklammert.

Als er das Dach der ehemaligen Nachtelfen-Behausung erreichte, nahm Brox einen neuen Geruch wahr. Seine Nüstern kräuselten sich angewidert, doch auch davon ließ er sich nicht zurückhalten. Und dann blickte er über den Dachfirst und sah die Dämonen bei ihrem schauerlichen Werk.

Vier Teufelswächter und eine Verdammniswache befanden sich unter ihm. Brox hielt sie allerdings für eine geringere Bedrohung als die beiden Gestalten, die vor ihnen standen. Der Ork knurrte, als er die geflügelten Monstrositäten in ihrer mitternachtsblauen Rüstung wieder erkannte – aus seiner eigenen Zeit. Sie gestikulierten mit Fingern, die in klingenartigen Nägeln endeten. Eine grüne Aura umgab ihre Hände.

*Nathrezim*. Man nannte sie auch *Schreckenslords*.

Sie waren größer als die anderen Dämonen und wirkten gefährlicher. Aus ihren Köpfen ragten geschwungene dunkle Hörner empor. Ihre Haut war grau wie die einer Leiche und vollkommen haarlos. Zwei Fangzähne ragten aus ihrem Maul. Brox musste unwillkürlich an die Vampirgeschichten denken, die man sich über die Schreckenslords erzählte. Die Nathrezim waren tatsächlich Vampire, allerdings saugten sie den Verstand der geistig Schwachen aus und versklavten ihre Opfer manchmal sogar.

Die beiden bewegten sich auf kräftigen behuften Ziegenbeinen. Sie galten als listige und äußerst talentierte Magier – noch talentierter als die Eredar –, waren aber außerdem fähige Kämpfer. In dieser speziellen Situation musste der Ork jedoch hauptsächlich ihr magisches Können fürchten, denn er hatte die Totenbeschwörer gefunden.

Den beiden Nathrezim war es tatsächlich gelungen, die Toten zu erwecken, die von ihren Dämonenkriegern so brutal ermordet worden waren. Der Ork dachte an die Untoten-Geißel und deren dunkle Zauber. Was diese Kreaturen hier taten, war schlimmer als alles, was die Teufelswächter und Verdammniswachen anrichten konnten.

Brox stellte sich vor, wie er sich gefühlt hätte, wären seine ermordeten Kameraden plötzlich in den Reihen der Feinde aufgetaucht. Das war ein Sakrileg, eine Beleidigung der Geister. Eine unbezähmbare Wut stieg in ihm auf. Brox dachte an Rhonin und die Nachtelfen. Möglicherweise waren sie entkommen, doch es trieben sich so viele wandelnde Tote in der Stadt herum, dass sie vielleicht gerade um ihr Leben kämpften … oder es bereits verloren hatten. Und wenn sie es verloren hatten, würden sie sich wahrscheinlich bald den Reihen der Untoten anschließen. Brox konnte sich nicht länger zurückhalten. Er erhob sich aus seinem Versteck, stieß seinen Schlachtruf aus und stürmte seinen Feinden entgegen.

Sein Schrei hallte durch die Stille. Es bereitete ihm Freude, als er sah, dass die Dämonen erschrocken zusammenzuckten. Ihre Verblüffung verlangsamte ihre Reflexe. Darauf hatte der Ork gezählt.

Die Axt, die Malfurion und der Halbgott für ihn erschaffen hatten, schnitt widerstandslos in die gepanzerte Brust des ersten Teufelswächters. Dessen Eingeweide quollen hervor. Noch während er zusammenbrach, trennte Brox bereits den Unterarm seines zweiten Feindes ab.

Die Schreckenslords unterbrachen ihre Zauber nicht. Sie verließen sich auf die anderen Dämonen. Allerdings hatten sie noch nie gegen Orks gekämpft – zumindest nicht in dieser Zeit –, und ihr fehlendes Wissen war ein Vorteil für Brox. Er prallte gegen eine Verdammniswache und warf sie mit seinem beträchtlichen Gewicht um. Elegant wich er deren Schwertstoß aus.

Brox schlug nach seinem geflügelten Gegner und parierte den Hieb eines zweiten Feindes. Er halbierte den Dämon. Mit dem nächsten Schlag zertrümmerte er den Schädel des ersten Gegners.

Jetzt endlich schaute einer der beiden Zauberer auf. Er unterbrach sein Tun und zeigte mit einer Hand auf Brox.

Verzweifelt warf sich der Ork zur Seite. So sorgte er dafür, dass der Zauber die hinter ihm befindliche Verdammniswache traf. Die geflügelte Gestalt schrie und krümmte sich zusammen. Ihre Brust blähte sich auf und zerplatzte.

Ein Hieb traf den Ork von hinten. Brox schüttelte sich benommen. Der letzte noch lebende Teufelswächter stand über ihm. Der Nathrezim lief auf ihn zu. Schadenfreude leuchtete in seinem dämonischen Gesicht.

„Du wirst gut für uns kämpfen“, zischte er. „Viele deiner Freunde töten …“

Der Gedanke, dass er als Toter Tyrande und den anderen entgegenstolpern würde, entsetzte Brox. Er war bereit, den Tod zu akzeptieren – aber nicht diese Parodie des Sterbens.

„Nein!“ Brox richtete sich auf, wohl wissend, dass er keine Chance gegen die Waffen des Teufelswächters oder die Zauber des Nathrezim hatte.

Im gleichen Moment heulte der zweite Totenbeschwörer plötzlich auf. Seine Laute brachen jedoch ebenso plötzlich wieder ab, als er in blauen Flammen aufging.

Die beiden Dämonen fuhren herum und verschafften so Brox seine Chance. Er stürzte sich auf den zweiten Totenbeschwörer und riss die Axt hoch. Die scharfe Klinge trennte dessen Haupt vom Körper.

Eine Klinge stach in seine Seite. Brox grunzte schmerzerfüllt und wandte sich dem Angreifer zu. Seine Axt zertrümmerte dessen Schwert. Der Teufelswächter wollte sich zurückziehen, doch der Ork tötete ihn mit einem Schlag.

Schwer atmend sah er sich um. Aus den Trümmern eines umgestürzten Baumes trabte Rhonin auf seinem Nachtsäbler vor.

„Ich dachte, du könntest ein wenig Ablenkung gut gebrauchen.“ Der Zauberer betrachtete die Leichen. „Wenn ich mich unerwünscht eingemischt haben sollte, kannst du mir das ruhig sagen.“

Brox schnaufte. „Ein guter Krieger schätzt jeden Verbündeten, Mensch. Dieser Krieger dankt dir."

„Ich sollte dir danken. Schließlich hast du die Totenbeschwörer gefunden. Der Anblick der lebenden Leichen hat mich zu sehr an die Schrecken der Untoten-Geißel erinnert."

Brox suchte mit Blicken nach den Untoten, fand jedoch keinen.

„Keine Sorge, Brox", beruhigte ihn Rhonin. „Als die Nathrezim fielen, verging auch ihr Zauber. Die Toten haben ihre Ruhe wieder gefunden."

„Gut."

„Du bist verwundet."

Der Ork grunzte nur. „Ich war schon oft verwundet."

Rhonin grinste. „Na ja, dann wirst du reiten. Jarod und die anderen warten bestimmt hinter dem Tor auf uns. Ich kann mir nicht vorstellen, dass der ehrenwerte Captain sich weit von uns entfernen würde. Er hat schon Krasus und Malfurion verloren. Er wird Ravencrest nicht noch einmal mit leeren Händen gegenübertreten."

Unter anderen Umständen hätte Brox das Angebot nicht angenommen. Bei seinem Volk galt es als beschämend, Anzeichen von Schwäche zu zeigen.

Doch er spürte, dass er mit seiner Stärke am Ende war. Ein guter Krieger brachte nicht diejenigen in Gefahr, die ihm geholfen hatten. Der Ork stieg auf den Nachtsäbler und überließ Rhonin die Zügel.

„Es beginnt …", murmelte der Zauberer. „Sie experimentieren mit einer Armee aus Untoten. Wahrscheinlich arbeiten sie auch an anderen Orten damit."

Im dichten Nebel war der Weg beschwerlich. Brox bemerkte einen toten Nachtelf. Seine Kleidung ließ darauf schließen, dass er in der Stadt gelebt hatte. Er regte sich nicht. Der Anblick erleichterte und bedrückte den Ork gleichermaßen.

„Du verstehst, was ich damit sagen will, nicht wahr, Brox?"

Der Ork verstand es. Jeder, der den letzten Krieg gegen die Brennende Legion und das schreckliche Nachspiel überlebt hatte, hätte es verstanden. In ihrer Zeit hatten alle die Horrorgeschichten über die Pestländer und die untoten Horden, die sie durchstreiften, gehört. Viele hatten miterleben müssen, wie Freunde und Familienangehörige von den Toten auferstanden und von ihnen angegriffen worden waren.

Die Untoten-Geißel hielt die Welt in ihren Klauen, wollte sie in ein riesiges Pestland verwandeln. Quel'Thalas war beinahe verloren, viele Gegenden Lordaerons ebenfalls. Die Untoten durchstreiften fast alle Länder.

Hier, in tiefster Vergangenheit, waren Rhonin und Brox gerade den ersten Anzeichen der Geburt dieser Geißel begegnet … und trotz ihres kleinen Sieges wussten sie, dass sie diesen Teil der Zukunft nicht mehr würden ändern können.

# FÜNFZEHN

Die Stimme in Illidans Kopf flüsterte Dinge, die er anfangs für undenkbar hielt. Ja, er war eifersüchtig auf seinen Bruder, aber er würde ihm trotzdem niemals ein Leid zufügen. Eher hätte er sich den eigenen Arm abgeschlagen.

Und doch … der Gedanke hatte auch etwas Tröstliches, bot er ihm doch eine Möglichkeit, den Verlust von Tyrande in gewisser Weise wettzumachen. Im tiefsten Inneren glaubte Illidan nämlich immer noch, dass die Priesterin erkennen würde, wie weit er seinem Bruder überlegen war.

Der dichte Nebel, der sich von Zin-Azshari ausdehnte, hob nicht gerade seine Laune. Lord Ravencrest, auf den er in diesem Moment zuging, wirkte ebenfalls unzufrieden. Dazu hatte er auch allen Grund, denn trotz der Fortschritte, die sie errungen hatten, waren Malfurion und Krasus immer noch verschwunden. Und auch Rhonin war noch nicht von der Mission zurückgekehrt, an der er unbedingt hatte teilnehmen wollen. Illidan war davon überzeugt, dass die Nachtelfen ohne die anderen Zauberer überleben konnten. Aber wenigstens den Mensch wünschte er sich zurück. Rhonin war der Einzige, der ihm noch etwas beibringen konnte.

Illidan verbeugte sich tief vor seinem Herrn. „Mylord."

„Erhebe dich, Zauberer. Du musst für deine Männer und dich selbst die Vorbereitungen zum Aufbruch treffen."

„Aber Meister Rhonin …"

„Ist vor wenigen Minuten zurückgekehrt und hat mir Bericht erstattet. Seine Schilderungen haben mich davon überzeugt, dass wir sofort aufbrechen sollten. Wir müssen endlich die Dämonen vernichten und die Hauptstadt wieder einnehmen."

Illidan hatte die Rückkehr des Magiers nicht gespürt. Das überraschte ihn. Er richtete sich auf und sagte: „Wir werden bereit sein."

Er wollte sich abwenden, aber Ravencrest schüttelte den Kopf. „Ich habe dich noch aus einem anderen Grund zu mir befohlen. Du sollst erfahren, was der Magier entdeckt hat, doch das ist nur für deine Ohren bestimmt."

Stolz stieg in Illidan auf. „Ich werde niemandem davon erzählen, Mylord, auch nicht der Mondgarde."

„Zumindest, bis ich dir einen entsprechenden Befehl erteile. Nun höre, was

Meister Rhonin zu berichten hatte … und denke gut darüber nach, wenn du das vermagst."

Der Herr von Black Rook Hold erzählte von den schrecklichen Dingen, die Rhonin und seinem Trupp widerfahren waren. Der Zauberer hörte zuerst ungläubig, dann mit wachsendem Staunen zu. Allerdings reagierte er nicht mit dem Entsetzen, das Lord Ravencrest erwartet hatte. Stattdessen bewunderte Illidan zum ersten Mal die Verwegenheit der Dämonen.

„Das hätte ich nie für möglich gehalten", sagte er, als der Adlige seinen Bericht beendet hatte. „Wie gut müssen sie die magischen Künste beherrschen."

„Ja", antwortete Lord Ravencrest. Er bemerkte Illidans morbide Faszination nicht. „Ihre dunklen und tödlichen Künste. Die dämonische Bedrohung ist damit noch einmal gestiegen. Selbst ihnen hätte ich eine so schreckliche Tat nicht zugetraut."

Illidan sah das etwas anders. Die Hexenmeister der Dämonen waren so gut, dass ihre Phantasie keine Grenzen kannte. Sie schöpften ihre Fähigkeiten zur Gänze aus und taten alles, um ihr Ziel zu erreichen. Das Ziel an sich war nicht bewundernswert, die Leistungen der Zauberkundigen waren es durchaus.

„Ich wünschte, wir könnten einen Eredar gefangen nehmen", murmelte er. Der Zauberer hoffte, er könne sich mit einem der Dämonen unterhalten, um herauszufinden, wie sich ihre Magie von der seinen unterschied.

„Einen gefangen nehmen? Sei kein Narr, Junge! Wir müssen sie sofort töten, wenn wir sie sehen – erst recht nach diesen Neuigkeiten. Mit jedem toten Hexenmeister sinkt die Wahrscheinlichkeit, dass wir uns dem gleichen Grauen wie Meister Rhonin und seine Begleiter stellen müssen."

Illidan unterdrückte die Hochachtung, die er für die Magier fühlte und fügte rasch hinzu: „Natürlich, Mylord. Das ist von größter Wichtigkeit!"

„Fürwahr, das ist es! Das war alles, Zauberer."

Illidan verbeugte sich und zog sich unverzüglich zurück. Seine Gedanken kreisten aufgeregt um die Dinge, die er gerade erfahren hatte. Die Toten erwecken! Welche phantastischen Fähigkeiten beherrschten die Eredar wohl noch? Die beiden Magier schienen diese Kunst nicht zu beherrschen, sonst hätten sie doch sicherlich die Toten beider Seiten erweckt und gegen die Brennende Legion ins Feld geschickt.

Lord Ravencrest beging einen schrecklichen Fehler. Einen Feind besiegte man am leichtesten, indem man dessen Stärken auskundschaftete und sie den eigenen hinzufügte. Ausgestattet mit dem Wissen der Eredar und seinen eigenen, erprobten Fähigkeiten würde Illidan die Dämonen fast allein hinwegfegen können.

Dann würde Tyrande wohl endlich begreifen, dass er seinem Bruder überlegen war.

„Wenn ich nur von ihnen lernen könnte …", flüsterte er. Kaum hatte er den

Satz ausgesprochen, sah er sich auch schon nervös um. Solche Worte durfte niemand hören. Doch er war allein, der nächste Soldat stand viele Schritte von ihm entfernt.

Mit frischem Selbstbewusstsein machte sich Illidan auf den Weg zur Mondgarde. Er hatte nachzudenken. Sehr viel nachzudenken.

Der Schatten zog sich von Illidan zurück und machte einen Bogen um Lord Stareyes Zelt. Trotz seiner Hufe bewegte sich der Schatten lautlos über den felsigen Untergrund. Die Wachen, die ihre Runden drehten, bemerkten ihn nicht, auch wenn er dicht an ihnen vorbeiging. Nur wenn er es wünschte, konnten andere ihn wahrnehmen.

Xavius grinste zufrieden. Er hatte nicht nur seinem ruhmreichen Herrn gedient, sondern auch seine eigene Rache eingeleitet. Der Bruder des Druiden war gezeichnet, sein Verfall hatte bereits begonnen. Die Fragen, Zweifel und Sehnsüchte schwelten in ihm. Illidan Stormrage würde sie zu einem Feuer entfachen. Es war nur eine Frage der Zeit.

Der Satyr schlich sich aus dem Lager zum Versteck der anderen. Selbst Archimonde kannte nicht den ganzen Plan, denn der ehemalige Nachtelf hatte nur Sargeras gegenüber Rechenschaft abzulegen. Archimonde und Mannoroth hatten keine Macht über ihn.

Xavius sehnte sich nach dem Tag, an dem Sargeras die Welt betreten würde, denn wenn alles nach Wunsch verlief, würde er es sein, der an der rechten Seite des Dämonenherrschers stand, während Archimonde und Mannoroth vor ihm niederknieten.

Der Schmerz weckte Krasus. Es war ein Schmerz, der durch seinen ganzen Körper loderte. Selbst das Atmen fiel beinahe unerträglich schwer.

„Ruhig, ruhig“, sang eine weibliche Stimme. „Du darfst noch nicht aufstehen.“

Er versuchte seine Augen zu öffnen, doch die Anstrengung war zu groß.

„Wer …?“

„Schlafe, schlafe …“ Ihre Stimme war reinste Musik. Etwas darin ließ den Zauberer vermuten, dass mehr als ein Mensch oder ein Nachtelf dahintersteckte.

Krasus wehrte sich gegen ihren Vorschlag, doch seine Stärke verließ ihn, und er schlief ein. Flugträume mischten sich in seine Gedanken. Er war wieder ein Drache, doch statt der Schuppen war er bunt gefiedert wie ein Vogel. Das interessierte den Magier nicht. Er genoss nur das Gefühl, durch die Lüfte zu gleiten.

Der Traum wollte nicht enden und lockte ihn mit seinen Versprechungen. Doch dann schüttelte jemand Krasus und riss ihn in die Wirklichkeit zurück. Der Magier wollte den Störenfried verfluchen.

„Krasus! Ich bin es, Malfurion. Wacht auf!“

Der Drachenmagier kam mürrisch zu sich. „Ich bin ja schon hier, Druide.“

„Elune sei Dank. Ich hatte befürchtet, Ihr würdet auf ewig schlummern.“

Jetzt, da er wach war, erkannte Krasus, dass der Nachtelf ihm wahrscheinlich einen großen Gefallen erwiesen hatte. „Ich sollte wohl auch schlafen … zumindest bis unser Gastgeber zurückkehrt.“ Der hagere Magier sah sich um. „Vielleicht schlafe ich ja immer noch.“

Der Raum, in dem sie sich befanden, war groß und sah so merkwürdig aus, dass Krasus ihn näher in Augenschein nehmen wollte. Man hatte ihn aus unzähligen Ästen, Zweigen und anderen Materialien gebildet und mit Lehm abgedichtet. Die Decke war gewölbt. Der einzig sichtbare Eingang war ein Loch in der rechten Wand. Er blickte nach unten und bemerkte, dass seine Schlafstatt ebenfalls aus Ästen bestand. Darauf lag eine weiche Decke aus frischen, miteinander verflochtenen Blättern. Auf einem kleinen Tisch, der aus einem Baumstumpf bestand, lag eine außergewöhnlich große, mit Wasser gefüllte Nussschale. Krasus nahm an, dass das Wasser für ihn gedacht war und trank einen Schluck.

Dann setzte er seine Untersuchung fort. Seine Augen verengten sich, als sich ein Hindernis, das er für eine Innenwand gehalten hatte, als Beginn eines Ganges entpuppte. Durch die Krümmung des Raumes war der Gang beinahe unsichtbar, wenn man nicht direkt davor stand.

„Er ist sehr lang“, sagte Malfurion. „Ich habe einen zweiten, noch größeren Raum gefunden. Dahinter liegen noch zwei Kammern und einige Gänge. An dem Punkt habe ich umgedreht, um zu Euch zurückzukehren.“

„Eine weise Entscheidung.“ Krasus runzelte die Stirn. Sein feines Gehör nahm ein Geräusch von draußen wahr, das er nach einem Moment als Vogelzwitschern identifizierte. Er unterschied die Rufe mehrerer Arten, einige davon waren nahezu einzigartig.

„Was ist da draußen?“

„Das möchte ich nicht sagen, Meister Krasus. Ihr solltet es selbst sehen.“

Seine Neugier war geweckt. Krasus erhob sich und ging zu der Öffnung. Als er sich ihr näherte, wurde das Zwitschern lauter. Es schien, als niste dort draußen jede Vogelart der Welt …

Krasus zögerte und warf einen neuerlichen Blick durch den Raum. Endlich erkannte er, dass ihn seine Umgebung an ein riesiges Vogelnest erinnerte.

Der Drachenmagier ahnte bereits, was er sehen würde, als er den Kopf durch die Öffnung streckte.

Anscheinend nistete tatsächlich jede Vogelart dort im Freien. Wo Krasus auch hinblickte, sah er gewaltige Laub bedeckte Äste, in denen sich Vögel ein Zuhause gebaut hatten. Auf den ersten Blick entdeckte er Tauben, Rotkehlchen, Meisen, Nachtigallen und andere. Es gab Vögel aus kalten und aus tropischen Regionen. Sie waren bunt gemischt und zwitscherten gemeinsam. Es gab Vögel, die Beeren fraßen, solche, die Fische fingen und sogar welche, die andere Vögel töteten. Letztere schienen jedoch zufrieden zu sein mit den Kaninchen und Eidechsen, die sie jetzt an ihre Jungen verfütterten.

Krasus sah nach oben und fand weitere Nester. Die Zweige dieses gewaltigen Baums waren voller Vögel aus allen Teilen der Welt.

Zwischen ihnen sah Krasus Spuren des seltsamen Konstrukts. Der Raum, in dem er und Malfurion sich befanden, war nur einer von Hunderten.

Das „Nest" dehnte sich wie ein riesiger Ameisenhügel über die Äste aus. Der Magier schätzte, dass man die gesamte Streitmacht der Nachtelfen dort hätte unterbringen können – inklusive der Flüchtlinge. Die Räume wirkten filigran, mussten aber wesentlich robuster sein als sie aussahen. Der Wind, der durch die Äste strich, drückte sie zwar zur Seite, aber sie schwangen nur geschmeidig wieder zurück. Der Drachenmagier berührte den Rand des Eingangs und bemerkte, dass das Material einen stärkeren Zusammenhalt besaß als die Steine einer mächtigen Burg.

Dann blickte er endlich nach unten.

Konnte ein Drache unter Höhenangst leiden? Einen Moment zuvor hätte Krasus noch über diese Vorstellung gelacht. Doch jetzt hielt er sich krampfhaft an den Rändern der Öffnung fest und versuchte zu verarbeiten, was er sah.

„Meister Krasus!" Malfurion zog ihn vom Eingang zurück. „Ihr wärt beinahe gestürzt. Verzeiht mir, ich hätte Euch vorwarnen sollen."

Krasus atmete aus und gewann die Kontrolle über seine Sinne zurück. „Alles in Ordnung, mein Freund. Du kannst mich los lassen. Ich weiß jetzt, was mir bevorsteht."

Krasus kehrte zur Öffnung zurück. Er umklammerte die Ränder und spähte erneut nach unten.

Der Baum und seine Äste erstreckten sich so weit er blicken konnte. Überall saßen oder nisteten Vögel. Krasus kniff die Augen zusammen und konzentrierte sich, aber er konnte den Erdboden nicht erkennen. Große Wolken zogen vorbei, ein Beweis für die große Höhe, in der sie sich befanden.

Der Nachtelf tauchte neben ihm auf. „Ihr könnt den Boden ebenfalls nicht sehen, oder?"

„Nein, das kann ich nicht."

„Ich habe noch nie von einem Baum gehört, der so hoch wächst, dass sich der Grund nicht mehr erkennen lässt."

„Ich schon", antwortete Krasus, während er in seinen verschütteten Erinnerungen bohrte. „Das ist … das ist G'hanir, der Mutterbaum. Dies ist die Heimstatt aller geflügelten Wesen. Sie befindet sich jenseits der Welt der Sterblichen, ist aber doch ein Teil von ihr, so wie der smaragdfarbene Traum. G'hanir ist der höchste Baum auf dem höchsten Gipfel. Seine Früchte tragen die Samen aller irdischen Bäume."

Er dachte angestrengt nach. „Dies ist die Heimat unserer Gastgeberin … der Halbgöttin Aviana."

„Aviana?"

„Ja." Eine flüchtige weiße Gestalt, die in ihre Richtung flog, erregte seine Aufmerksamkeit. „Und offenbar ist sie gerade auf dem Weg zu uns."

Die geflügelte Gestalt wurde rasch größer und entpuppte sich schließlich als gewaltiger Falke, der den Nachtelf und den Drachenmagier überragte. Krasus zog den Nachtelf zurück und gab den Eingang frei.

Der riesige Falke flatterte ins Innere und begann sich zu verwandeln. Seine Beine wurden länger und kräftiger. Die Flügel schrumpften, bis sie zu schlanken, gefiederten Händen wurden. Der Körper veränderte seine Form, wurde weiblicher und humanoider. Der Schwanz verwandelte sich in die Schärpe eines Seidengewands.

Eine schlanke Frau, die dank ihrer runden Augen beinahe menschlich wirkte, betrachtete sie. Ihre Nase war spitz und schmal. Sie hatte ein elfenbeinfarbenes anmutiges Gesicht, und anstelle von Haaren war ihr Kopf von einem dichten Federkleid bedeckt. Ihr Gewand flatterte bei jedem Schritt und enthüllte zwei schlanke, aber mit scharfen Klauen versehene Füße.

„Wach, wach bist du", sagte sie mit leichtem Stirnrunzeln. „Du solltest ausruhen, ausruhen."

Krasus verneigte sich vor ihr. „Ich danke Euch für Eure Gastfreundschaft, Mylady, aber mir geht es gut. Ich kann meine Reise fortsetzen."

Sie legte den Kopf schräg, so wie es Vögel taten, und sah den Magier strafend an. „Nein, nein … zu früh, zu früh. Bitte setz dich."

Die beiden sahen sich um und entdeckten zwei Stühle, die aus dem gleichen Material bestanden wie der Rest des Nestes. Malfurion wartete Krasus' Reaktion ab. Als er sich setzte, folgte er seinem Beispiel.

„Ihr seid die Mutter des Flugs, die Herrin der Vögel, richtig?", fragte der Drachenmagier.

„Ich bin Aviana, wenn du das meinst." Aus großen Augen betrachtete sie Krasus. „Und du bist einer der meinen, einer der meinen, wenn ich Recht habe."

„Ja, Mylady, ich kenne den Rausch der Lüfte. Meine Seele gehört Alexstrasza …"

„Aaah …" Die Halbgöttin lächelte mütterlich. „Liebe, liebe Alexstrasza … unser letztes Gespräch liegt lange zurück. Das sollten wir ändern."

„Ja." Krasus wies sie nicht darauf hin, dass dies eine schlechte Zeit für Besuche sei. Er zweifelte nicht daran, dass Aviana genau wusste, was in der Welt geschah und dass sie trotz ihrer scheinbaren Abgehobenheit mit den anderen Halbgöttern und Geistern über ein gemeinsames Vorgehen gegen die Brennende Legion diskutierte.

Die Luftgottheit sah den Nachtelfen an. „Du, du gehörst zu Cenarius …"

„Mein Name ist Malfurion."

Aviana zwitscherte und klang dabei wie eine Nachtigall. „Natürlich, natürlich ist das dein Name. Cenarius spricht wohlwollend über dich, Junge."

Der Druide errötete.

Eine Frage brannte auf Krasus' Zunge, also stieß er hervor: „Mylady, wieso sind wir hier?"

Zum ersten Mal wirkte sie überrascht. „Natürlich, weil du hierher kommen wolltest, wolltest."

Krasus konnte sich nur noch an den Wurm erinnern, der knapp hinter ihnen auf das Tor zugeschossen war. Er sah den Nachtelf an und bat mit Blicken um eine Erklärung, doch dieser schien noch weniger zu wissen als er. „Ihr sagt, ich hätte uns hierher geschickt?"

Aviana hob eine feingliedrige Hand. Ein bunter Singvogel flatterte durch den Eingang hinein, ließ sich auf ihrem Handrücken nieder und rieb seinen Kopf an ihrem Hals.

„Nur die, die es wirklich wünschen, können hierher gelangen. Dieser Vogel hier hat euch auf den Ästen liegend gefunden, gefunden. Um euch herum lagen die Fleischbrocken eines sehr großen und wohlschmeckenden Wurms. Die Kinder werden sich lange Zeit daran erfreuen."

Malfurion sah aus, als würde ihm übel. Der Magier nickte. Als er das Bewusstsein verlor, hatte sich das Portal geschlossen und den Wurm in zwei Hälften gespalten.

Krasus ignorierte seinen Ekel und sagte: „Ich bedauere, Mylady, aber wir sind tatsächlich wegen eines Fehlers hierher gelangt. Der Zauber, den ich aussprach, verlief nicht wie gewünscht."

Ihr kleiner Mund lächelte erneut. „Also möchtest du nicht wieder fliegen, fliegen?"

Krasus verzog das Gesicht. „Es gibt nichts, das ich lieber täte."

„Dann ist dies, ist dies der Grund eurer Anwesenheit."

Der Drachenmagier dachte über ihre Worte nach. Seine Sehnsucht nach seiner früheren Existenz hatte anscheinend seinen Zauber beeinflusst. Das hatte Aviana gespürt. „Aber du kannst nichts für mich tun."

„So traurig, so traurig." Die Halbgöttin ließ den Singvogel fliegen. „Aber vielleicht, vielleicht kann ich … wenn du wirklich abreisen möchtest."

„Das möchte ich."

„Nun gut, nun gut." Aviana zog eine Feder unter ihrem linken Flügel hervor, die von einer silbernen Aura umgeben war. Dann reichte die Himmelsgöttin Krasus diesen Teil ihres Gefieders. Er nahm das Geschenk entgegen und betrachtete es voller Ehrerbietung. Avianas Feder war offensichtlich magisch – aber konnte diese Magie ihm wirklich helfen?

„Lege sie auf deine Brust."

Krasus zögerte, bevor er die Robe anhob und seine Brust enthüllte. Neben ihm zog Malfurion scharf die Luft ein. Avianas Augen weiteten sich.

„Also, also gehörst du tatsächlich zu den meinen."

Er hatte die Drachenschuppe völlig vergessen. Sie hatte sich so perfekt in seine Haut eingefügt, dass er sie gar nicht mehr bemerkt hatte. Er fragte sich, ob er mit ihrer Hilfe vielleicht in der Lage gewesen wäre, die Drachenbarriere zu durchbrechen. Aber dann erkannte er, dass Neltharion sie zu diesem Zeitpunkt bereits lückenlos geschlossen hatte. Nur seine eigenen Wachen hatten sie noch überwinden können. Der Erdwächter hatte jede Störung seines Zaubers ausschließen wollen.

„Aber natürlich, natürlich. Umso besser."

Krasus drückte die Feder gegen einen Teil seiner Brust, den die Schuppe nicht bedeckte und wartete.

Die Feder verschmolz mit ihm, wie es die Drachenschuppe getan hatte. Ihre feinen Daunen lagen flach auf seiner Haut und begannen zu wachsen, sich über seinen Oberkörper auszudehnen.

Malfurion wirkte besorgt, aber Krasus schüttelte den Kopf. Er wusste, was Aviana versuchte. Sein Herz schlug doppelt so schnell wie sonst. Ein Teil von ihm wollte aus dem Nest springen.

„Nein, noch nicht, noch nicht", warnte die Halbgöttin. „Du wirst spüren, wenn ihr Werk vollendet ist."

Etwas in seinem Rücken begann zu ziehen. Krasus hörte, wie seine Robe zerriss.

„Da kommt etwas aus Eurem Rücken!", stieß der Druide hervor.

Krasus wusste bereits, was da aus ihm herauswuchs, bevor sich die großen weißen Flügel auszubreiten begannen. Sie sahen aus wie jene, die Aviana als Vogel getragen hatte. Krasus schlug instinktiv damit und stellte fest, dass sie ihm so vertraut waren wie seine eigenen Schwingen.

„Sie gehören dir für diese Reise, diese Reise."

Der Drachenmagier betrachtete seinen Begleiter. „Was ist mit ihm?"

„Er wurde nicht für den Himmel geboren, geboren. Er könnte es lernen, ja, lernen. Zu langwierig, langwierig. Du musst ihn tragen, tragen."

Krasus bezweifelte, dass er in seiner gegenwärtigen Gestalt die Kraft für die lange Reise aufbringen würde. Diese Sorge sprach er aus. Ihre Gastgeberin ging jedoch nicht darauf ein.

Stattdessen zog sie eine einzelne Strähne aus einer Feder. Sie legte sie an die Lippen und blies sie Malfurion sanft entgegen. Der Druide wirkte unsicher, blieb jedoch stehen, während ihm die winzige Feder entgegenschwebte.

Sie berührte seine Schulter und blieb dort hängen. Malfurion schüttelte sich, dann bewegte er neugierig Arme und Beine.

„Ich fühle mich –" Er sprang hoch und wäre beinahe gegen die Decke geprallt. Ein kindisches Grinsen erschien auf seinem Gesicht, als er wieder den Boden berührte.

Die Vogelgottheit lächelte, dann kehrte ihr Blick zu Krasus zurück. „Er wird keine Last für dich sein, keine Last."

„Ich …" Krasus fehlten die Worte. Erst jetzt begriff er, wie sehr er das Fliegen vermisst hatte. Eine Träne löste sich aus seinem Auge. Er ging vor Aviana auf die Knie und sagte: „Danke …"

„Kein Grund zur Dankbarkeit, kein Grund." Mit einer Handbewegung bat sie ihn, sich zu erheben, dann führte sie beide zum Ausgang. „Du wirst fliegen, fliegen. Zu diesem hohen Ast, dann nach rechts, rechts. Durch die Wolken und dann hinab. Mach dich auf den Weg, auf den Weg."

„Was ist mit der Feder? Wie –"

Sie legte einen Finger auf die Lippen des Magiers. „Still, still. Sie wird es spüren, spüren."

Malfurion trat neben Krasus. Aviana wurde ernster und sagte zu dem Druiden: „Dein Shan'do lässt dir ausrichten, dass er bei dir ist, bei dir ist. Wir ignorieren die Gefahr nicht, nicht. Unser Wille, unser Wille ist stark …"

„Danke. Das gibt mir Hoffnung."

„Das gibt uns allen Hoffnung", fügte Krasus hinzu. „Wenn wir nur etwas wegen der Drachen unternehmen könnten."

Sie stimmte zu. „Ja. Auch wir verstehen nicht, was dort geschieht, geschieht."

Ihre beiden Besucher sahen sich an. Dann sagte Krasus. „Sie haben einen Plan, aber es existiert eine Bedrohung, die –"

Sein Mund fühlte sich plötzlich an, als sei er voller Watte. Seine Zunge zuckte. Aviana wartete, aber Krasus konnte nicht weitersprechen.

Die Halbgöttin hielt seine Stille für Verschwiegenheit und nickte respektvoll. Dann bat sie den Drachenmagier, durch die Öffnung zu treten.

Krasus folgte der Aufforderung und sprang förmlich in den Himmel. Die Flügel reagierten sofort und hoben ihn hoch. Vögel begannen zu zwitschern und zu singen, hießen ein neues geflügeltes Wesen willkommen.

Seine Freude ließ Krasus für einen Moment Malfurion und seine Mission vergessen. Das Gefühl, endlich wieder eigene Flügel zu besitzen, war so spektakulär, dass er zuerst eine Runde durch die Äste drehen musste, bis sein Verstand sich meldete.

Ein wenig reumütig kehrte der Magier schließlich zu Aviana und dem Druiden zurück. Der Nachtelf sah ihn ehrfürchtig an, während die Halbgöttin ihn wie eine stolze Mutter anlächelte. Sie bedeutete dem Druiden, das Nest ebenfalls zu verlassen, und nach kurzem Zögern folgte er ihrer Aufforderung.

Krasus schwebte hinter ihn und hob ihn an den Schultern empor. Malfurion war fast schwerelos.

„Ist es angenehm so?", fragte der Magier.

„Erst wenn meine Füße wieder den Boden berühren, wird irgendetwas angenehm sein“, murmelte Malfurion. „Doch bis dahin muss es wohl gehen, Meister Krasus.“

„Dann geht, geht“, sagte Aviana. An Krasus gewandt fügte sie hinzu: „Und wenn das Ende deiner Tage gekommen ist, mein Junge, wird dein Nest bereit sein, bereit sein.“

Krasus erbleichte. Er betrachtete die endlosen Reihen der Vögel, die vielen Arten, die zusammenlebten, obwohl das eigentlich undenkbar schien.

Und er erkannte, dass sie nur deshalb zusammenlebten, weil sie nicht mehr lebten. Die Halbgöttin hatte ihre Seelen hierher gebracht. Irgendwo gab es wohl größere Flugwesen, so wie das Hippogriff, das getötet worden war … und natürlich auch Drachen, die das Ende ihrer Tage erreicht hatten.

„Geht nun, geht“, sagte die weiße Gestalt. „Du wirst zeitig genug zurückkehren, zurückkehren …“

Krasus war noch nie zuvor so überrascht worden. Er schluckte. „Ja, Mylady … ich danke Euch.“

Ihr Lächeln beruhigte ihn nicht.

Krasus stieg einige Meter empor und blickte in die Richtung, die Aviana ihm genannt hatte. Dann verlieh er dem nervösen Malfurion einen festeren Halt und flog los.

Als sie an Geschwindigkeit gewannen, fragte der Nachtelf: „Was hat sie damit gemeint, dass du zurückkehren würdest?“

„Wir sterben alle eines Tages, Malfurion.“

„Wir …“ Der Druide schüttelte sich, als er die Wahrheit begriff. „Du meinst … all das …?“

„All das.“ Krasus wollte nicht mehr dazu sagen, sondern blickte stattdessen neugierig zurück zum Nest. Seine Augen weiteten sich, als ihm klar wurde, wie wenig er davon gesehen hatte. Zum ersten Mal konnte er die gewaltige Struktur in ihrer Gesamtheit überblicken. Sie breitete sich nach allen Richtungen aus. An jeder Kreuzung befand sich eine riesige gewölbte Höhle, von der weitere Gänge abzweigten. Der Drachenmagier betrachtete die ganze Konstruktion, dann den Baum, neben dem sie winzig wirkte. Hoch oben bemerkte er geflügelte, nicht genauer zu erkennende Wesen.

Und dann, noch während er in den Anblick vertieft war, tauchten sie in die Wolken ein.

# SECHZEHN

Kurz hinter Suramar traf die Streitmacht der Nachtelfen wieder auf die Dämonen. Die Brennende Legion widersetzte sich ihnen kurz und fiel dann zurück in Richtung Zin-Azshari. Am nächsten Abend verschärfte sich die Schlacht, aber keine Seite konnte an Boden gewinnen. Nachtelfen wie Dämonen starben entsetzliche Tode durch feindliche Klingen oder Magie.

Ravencrest ertrug diese Pattsituation nicht. Deshalb rief er Rhonin und Illidan zu sich. „Magie wird diese Schlacht entscheiden", sagte er und wandte sich dabei in erster Linie an den Menschen. „Kannst du etwas ausrichten?"

Rhonin dachte nach. „Es gibt eine mögliche Lösung, doch dafür benötige ich die volle Unterstützung der Mondgarde. Der Zauber könnte aber auch dann noch schief gehen."

„Viel schlimmer kann es ja nicht mehr werden. Was meinst du, Illidan?"

„Ich werde Meister Rhonin bei allem unterstützen, was er zu tun wünscht", sagte Malfurions Zwillingsbruder und verneigte sich vor dem Magier.

Rhonin zeigte keine Gefühle. Er hoffte, dass Illidan die Kontrolle über sich behielt und nicht versuchte, den Zauber zu verbessern. Das hätte nur im Chaos geendet.

Und Chaos war gleichbedeutend mit einer Niederlage.

„Wir werden so tief wie möglich aus dem Brunnen schöpfen", erklärte Rhonin Illidan, als sie auf dem Weg zur Mondwache waren. „Ich möchte etwas versuchen, das sich die Zauberer von Dal …, das sich die Zauberer meiner Heimat ausgedacht hatten. Sie kamen leider nicht mehr dazu, es anzuwenden."

„Wird es kompliziert werden, Meister Rhonin?"

„Nein. Sie haben den Zauber wochenlang vorbereitet, aber ich habe mir alle Ergebnisse gemerkt. Wir werden möglicherweise ein paar Stunden brauchen. Das sollte reichen."

Illidan grinste. „Ich habe volles Vertrauen in Euch, Meister Rhonin."

Erneut fragte sich der Mensch, ob der Nachtelf seinen Befehlen tatsächlich folgen oder einen eigenen überstürzten Zauber zum Einsatz bringen würde. Illidan schien es immer schwerer zu fallen, nicht im Mittelpunkt eines magischen Aktes zu stehen. Er lebte für seine Kunst und kümmerte sich kaum darum, dass er einen Großteil seiner Kraft von der Mondgarde abzog.

*Bei den Göttern*, dachte Rhonin plötzlich. *Er erinnert fast schon an einen Dämon.*

Auch sonst stellte der Nachtelf mit den Bernsteinaugen eine große Bedrohung dar. Sollte Illidan versuchen, den Zauber an sich zu reißen, öffnete er damit dem Untergang Tür und Tor.

*Ich werde die Kontrolle über ihn behalten. Außer Krasus und mir vermag das niemand.* Er hoffte, dass es seinem ehemaligen Mentor gelungen war, die Drachen aufzusuchen. Wenn nicht, stand das Schicksal der Welt auf dem Spiel. Rhonin hatte einen so gefährlichen Zauber eigentlich nicht einsetzen wollen, aber jetzt, da der Ausgang des Krieges ungewiss war, sah er keine andere Möglichkeit mehr.

Er wollte die Soldaten nicht schutzlos der dunklen Macht der Hexenmeister preisgeben, deshalb bat Rhonin Illidan, die zwölf fähigsten Angehörigen der Mondgarde auszuwählen und dem Rest den Schutz der Soldaten anzuvertrauen. Er würde sie erst brauchen, wenn der Zauber bereit war. Die Mondgarde sollte ihn verstärken und ihn dorthin lenken, wo er benötigt wurde.

Aber nur wenn Rhonins Part gelang.

„Illidan … du musst mich lenken", sagte der Zauberer, als alles vorbereitet war. „Du musst mich zum Brunnen führen."

„Ja, Meister Rhonin", sagte der Nachtelf eifrig. Er stand neben Rhonin und bereitete sich mit ihm auf die geistige Reise zur Quelle der Nachtelfenmagie vor. Bis jetzt hatte Rhonin nur den Rand des Brunnens berührt. Im Gegensatz zu Illidans Volk hing er nicht von der direkten Verbindung ab, was ihm einen immensen Vorteil verschaffte. Illidan und einige andere hatten diese Fähigkeit zwar von dem Menschen erlernt, beherrschten sie jedoch nicht so umfassend. Nun allerdings benötigte Rhonin so viel Kraft wie irgend möglich, um sein Vorhaben umzusetzen.

Weit entfernt ertönte ein Horn. Lord Ravencrest bereitete alles für Rhonins großen Zauber vor … oder für die Katastrophe.

Die beiden Zauberer verbanden ihre Gedanken miteinander. Rhonin spürte Illidans Verwegenheit und versuchte, ihn unter Kontrolle zu halten. Der Ehrgeiz des Nachtelfen bedrohte die Stabilität des Zaubers.

Illidans Gedanken lenkten den Magier. Mit seinem inneren Auge sah Rhonin, wie die Landschaft an ihm vorbeiflog, als er und sein Begleiter sich dem Brunnen näherten. Auf endlose Dämonenreihen folgten zerstörte Landschaften in nur wenigen Sekunden. Dann stieg die zerstörte Stadt Zin-Azshari vor ihnen auf und füllte sein Blickfeld aus. Er sah den großen Palast von Königin Azshara und dann die schwarzen Wasser des Brunnens der Ewigkeit.

Dessen Macht überwältigte ihn. Rhonin hatte geglaubt, den Brunnen durch die Magie spüren zu können, von der Kalimdor durchdrungen war, doch nun erkannte er, dass dies ein Irrtum gewesen war. Der Brunnen bestand aus einer Energie, die so rein war, dass sie ihn zu einem Gott hätte machen können.

*Einem Gott …*

All das, wovon Rhonin geträumt hatte, als er die Roben des Zauberers annahm, erschien ihm nun plötzlich banal. Er konnte ganze Städte mit einem Augenzwinkern erschaffen und wieder vernichten. Er konnte die Macht der Erde selbst auf jeden Feind herabregnen lassen, der sich ihm entgegen stellte. Er konnte –

Mit einer gewaltigen Willensanstrengung befreite sich Rhonin von seinen dunklen Wünschen, und danach betrachtete er den Brunnen voller jäh erwachter Nervosität. Er hatte die ganze Zeit über geahnt, woraus die Quelle wirklich bestand, aber er hatte das Schlechte nicht wahrhaben wollen.

Die Magie hier trug den gleichen Makel wie die Dämonen. Sie war zwar rein, aber sie erschuf ebenso viel Finsternis wie Sargeras.

Es war jedoch zu spät, um sich jetzt noch abzuwenden. Dieses eine Mal musste Rhonin in den Brunnen eintauchen, dann niemals wieder. Zwar widerte es ihn jetzt an, sich von der hier ruhenden Macht bedienen zu müssen, aber ohne sie würde er niemals wieder Magie zum Einsatz bringen können … und Rhonin wusste, dass er das nicht ertragen hätte.

Der Magier spürte Illidans Ungeduld und Neugier, also entnahm er rasch die Energie, die er aus dem Brunnen benötigte. Die Verlockung, seinen Geist darin zu tränken, war groß, aber er widerstand ihr mühsam und zog sich aus den dunklen Wassern zurück.

Innerhalb weniger Augenblicke kehrten seine Seele und die des Nachtelfen in den Körper zurück. Die Verbindung zum Brunnen war so stark wie zuvor. Rhonin bereitete sich auf den Zauber vor. Er wollte ihn so schnell wie möglich weben, um das verdorbene Gefühl aus seiner Seele zu tilgen.

*Es geht los*, sagte er zu Illidan.

Malfurions Zwillingsbruder bereitete die Mondgarde sofort auf ihre Aufgabe vor. Sie sollte den Zauber des Magiers hundertfach verstärken und zu den Feinden schicken.

Mit Leichtigkeit erschuf Rhonin die Formel, für die seine Lehrer in Dalaran gestorben waren. Er dankte ihren verwehten Seelen, obwohl die Magier erst in Jahrhunderten geboren würden. Dann, als Rhonin sicher sein konnte, dass der innere Zusammenhalt des Zaubers stabil bleiben würde, löste er ihn aus.

Illidan und die anderen erzitterten auf geistiger Ebene, als die Energien sie durchströmten. Der junge Zauberer bewies Umsicht, als er die deutlich erfahreneren Magier der Mondgarde an einem Rückzug hinderte. Der Ehrgeiz, den Rhonin fürchtete, half jetzt seinem Plan.

Gleichzeitig schlugen sie zu.

Ein ohrenbetäubender Klang traf die Brennende Legion, verschonte jedoch die Soldaten, die so verzweifelt auf die Reihen des monströsen Gegners einhieben. Gewaltige Dämonen kreischten auf und ließen ihre Waffen fallen. Die Vibrationen zerfetzten ihre Organe und raubten ihnen den Verstand. Die Welle raste über sie hinweg, und die Dämonen fielen, als würden sie von einem unsichtbaren Besen hinfort gekehrt.

An der gesamten Front starben sie. Und die Soldaten standen erstarrt vor ihnen, konnten nicht fassen, was geschah.

„Jetzt, Ravencrest", flüsterte Rhonin. „Jetzt!"

Die Hörner erschallten und riefen zum Angriff. Pantherreiter führten den Vorstoß an. Sie galoppierten über das Schlachtfeld und suchten nach dem Feind aber vor ihnen lagen nur Tote. Die Schallwelle raste weiter und erschuf eine Ebene des Todes. Kein Dämon, den sie traf, überlebte. Hunderte starben.

Rhonin spürte, wie seine Beine unter ihm nachgaben. Er taumelte, glaubte sein Kopf würde explodieren wie der eines Dämons.

Der Zauberer brach zusammen.

„Ich habe Euch, Meister Rhonin …"

Illidan ließ ihn sanft zu Boden gleiten. Die zum Einsatz gebrachte Magie schien ihn nicht geschwächt zu haben. Die Mitglieder der Mondgarde sahen hingegen so aus, wie sich Rhonin fühlte. Die meisten saßen oder lagen am Boden und kümmerten sich nicht darum, dass die Soldaten vorwärts zogen.

„Hast du es gesehen? Hast du gesehen, was wir getan haben?" Er blickte zu jemandem, den Rhonin nicht sehen konnte. „Der Brunnen ist der einzige Weg, Bruder. Verstehst du? Nichts reicht an ihn heran!"

Er brüllte den abwesenden Malfurion weiter an. Rhonin, den seine Stärke verlassen hatte, hörte ihm reglos zu. Illidans Habgier und Eifersucht uferten so sehr aus, dass sie an Hass gegenüber dem Druiden grenzten.

Rhonin hatte die Dämonen dank seines Zaubers in die Flucht geschlagen und damit das Kriegsglück vielleicht endgültig gewendet … doch als er Illidans verzerrtes Gesicht betrachtete und daran dachte, wie er sich selbst beinahe vom Brunnen hätte verführen lassen, fragte er sich, ob er nicht eine noch schlimmere Gefahr über das Volk der Nachtelfen gebracht hatte.

Korialstrasz war tief in Gedanken versunken. Seine Geduld neigte sich ihrem Ende entgegen. Man hatte den Drachen befohlen, den Befehl der Aspekte abzuwarten. Sobald er erfolgte, würden sich alle Clans in die Lüfte erheben, geleitet von einem einzigen Willen. Sie sollten sich auf die Dämonen stürzen, die die Drachenseele bereits zerreißen würde, noch bevor die Leviathane selbst zuschlugen.

Ein einfacher sorgsam durchdachter Plan. Fehlerlos.

Aber dennoch ein Plan, dem Korialstrasz – aus Gründen, die er selbst nicht erklären konnte – misstraute.

Doch er war seiner Königin und Gefährtin treu ergeben, deshalb unternahm er nichts. Alexstrasza vertraute auf Neltharions Schöpfung, sie vertraute auch dem Erdwächter selbst. Die Zweifel, die Korialstrasz empfand, musste er für sich behalten.

„Immer in Gedanken, mein Geliebter, immer voller Sorge."

Er hob den Kopf, als der weibliche Drache seine Kammer betrat. „Alexstrasza", sagte er. „Solltet Ihr nicht bei den anderen Aspekten sein?"

„Ich habe mich für meine Abwesenheit entschuldigt. Neltharion ist unzufrieden, aber er wird sich damit abfinden müssen."

Korialstrasz neigte respektvoll den Kopf. „Wie kann ich Euch dienen, meine Königin?"

Einen Moment lang wirkte sie unentschlossen. Dann sagte sie mit ungewöhnlich leiser Stimme: „Ich möchte, dass du mir nicht gehorchst."

Ihr Gefährte war überrascht. „Meine Geliebte, was meint Ihr?"

„Abgesehen von den Wachen, die wir postiert haben, sollen alle Drachen in diesem großen Höhlensystem bleiben, bis der Befehl zum Aufbruch gegeben wird. Ich möchte, dass du diese Weisung missachtest und die Höhlen verlässt."

Er war wie betäubt. Sicherlich sollten die anderen Aspekte nichts von seiner Abreise erfahren. „Aber wohin soll ich gehen?"

„Ich weiß es nicht genau, aber ich hoffe, dass du es erkennen wirst, wenn die Barriere hinter dir liegt. Ich möchte, dass du Krasus findest."

Krasus. Auch mit dem mysteriösen Magier hatten sich Korialstrasz' Gedanken beschäftigt. Krasus wusste wahrscheinlich vieles über die Dinge, über die er selbst nur spekulieren konnte. „Er wird vermutlich noch bei den Nachtelfen sein ..."

„Nein. Noch vor kurzem war er in unserer Nähe. Ysera hat mir erzählt, dass ein Nachtelf namens Malfurion durch sie versucht hat, mit mir in Kontakt zu treten. Allerdings misstraute sie ihm und ließ ihn warten, bis der richtige Zeitpunkt gekommen war."

„Und?"

„Ysera suchte nach Malfurion, aber er war verschwunden. Sie erzählte mir davon, während Neltharion und Malygos über die Verzauberung der Seele sprachen."

„Aber was wollte Krasus hier?" Die Sorge des roten Drachen nahm zu. Die Reise aus dem Land der Nachtelfen war beschwerlich für jemanden, der nicht mit einem Flügelschlag mehrere Meilen überbrücken konnte.

„Genau das will ich wissen."

„Ich werde tun, was ich kann, um ihn zu finden, aber das könnte sehr schwierig werden."

Die Königin schnaufte. Sie schloss einen Moment lang nachdenklich die Augen, dann nickte sie. „Ja, du musst es jetzt erfahren."

„Was erfahren?“

„Geliebter, du hast die Nähe zwischen dir und Krasus gespürt. Du würdest ihn fast schon als einen Bruder bezeichnen, nicht wahr?“

Er hatte noch nie darüber nachgedacht, begriff jetzt jedoch, dass Alexstrasza Recht hatte. Krasus nahm diesen Platz in seinem Herzen ein. Es hatte nichts mit den Schuppen zu tun, die sie getauscht hatten, um ihre Schwäche zu überwinden. Korialstrasz vertraute ihm einfach, so wie er seiner Gefährtin vertraute.

Und manchmal sogar noch mehr.

Alexstrasza las die Antwort in seinem Gesicht. „Dann höre mich an, Geliebter. Der Grund für deine Nähe zu Krasus ist, dass ihr … eins seid.“

Der rote Drache blinzelte verwirrt. Er glaubte, sich verhört zu haben.

Aber Alexstrasza schüttelte ihren massigen Kopf und sagte: „Krasus ist *du*, Korialstrasz. Er ist nur viel älter, viel erfahrener und viel weiser. Er ist so wie du in unzähligen Jahrhunderten sein wirst.“

„Das ist unmöglich!“ Ihm kam plötzlich ein Gedanke. „Ist das ein Trick von Nozdormu. Seine Abwesenheit ist sehr verwunderlich …“

„Nozdormu spielt eine Rolle in dieser Angelegenheit, aber Genaueres kann ich dir nicht sagen. Du musst nur wissen, dass Krasus hier ist, weil es nicht anders geht.“

„Dann steht der Ausgang des Krieges fest. Durch die Drachenseele werden wir über die Dämonen triumphieren. Meine Sorge war unbegründet.“

„Deine Sorge ist begründet. Wir kennen den Ausgang nicht. Krasus befürchtet, dass Nozdormu ihn hierher geschickt hat, weil sich die Zeitlinie verschob … verschieben *wird*. Es gab einen Zeitpunkt, an dem ich darüber nachdachte, ob ich ihn und seine Begleiter vielleicht töten müsste, um sie zu erhalten, aber schon bald wurde deutlich, dass es damit nicht getan gewesen wäre.“

Korialstrasz starrte sie aus großen Augen an. „Ihr hättet … mich getötet?“

„Wenn er darauf beharrt hätte, mein Geliebter.“

Er dachte darüber nach und verstand, dass sie richtig gehandelt hätte. „Vergebt mir. Ja, meine Königin, ich werde ihn suchen.“

„Ich danke dir. Die Reise durch die Zeit hat seine Erinnerung stark getrübt. Vielleicht liegt es daran, dass er hier bereits in deiner Gestalt existiert. Trotzdem ist sein Verstand scharf, und wenn er so dringend um eine Unterredung ersucht, sollten wir ihn finden.“

„Ich breche sofort auf.“

Alextrasza neigte dankbar den Kopf. „Ich muss so tun, als wäre dies allein deine Idee gewesen, Korialstrasz.“

„Natürlich. Ich werde Euch nicht enttäuschen, meine Königin.“

Sie sah ihn liebevoll an, dann verließ sie seine Kammer. Der rote Drache wartete, bis sie sich weit genug entfernt hatte, dann ging auch er.

Zu seiner Erleichterung konnte er den Berg ohne Zwischenfälle verlassen, da die meisten Drachen in den Höhlen saßen und den Angriffsbefehl erwarteten. Bei dem Rest handelte es sich um Gefährten wie ihn oder Tyran, die sich in der Nähe der Aspekte aufhalten mussten für den Fall, dass sie gebraucht wurden.

Den Wachen aus dem Weg zu gehen, erwies sich als schwieriger. Dem ersten Wächter, der aus seinem eigenen Clan stammte, entging er, weil er dessen Persönlichkeit einschätzen konnte. Horakastrasz war ein junger Drache mit scharfen Augen, aber er ließ sich leicht ablenken. Korialstrasz traf auf ihn, als er gerade gelangweilt Felsen mit seinem Schwanz aus dem Berg riss und zusah, wie sie zu Tal stürzten. Dem nächsten Wachposten entging er, indem er so hoch flog, dass der andere die Veränderung des Luftwiderstands nicht wahrnahm.

Auch vom Rest blieb er dank unterschiedlicher Tricks unbemerkt. Dann stellte er sich auf den Kontakt mit der Barriere ein. Mit dem Kopf voran prallte er gegen die unsichtbare Mauer. Es fühlte sich an, als wate er durch Molasse. So kräftig es ging schlug er mit den Flügeln und katapultierte sich schließlich aus dem Hemmnis hinaus. Meilenweit flog er taumelnd, bis er die volle Kontrolle über seinen Flügelschlag endlich zurückerlangte.

Korialstrasz hockte sich auf einen Berggipfel und konzentrierte sich auf Krasus. Zur Sicherheit legte er eine Klaue auf die Schuppe, die sein älteres Ich ihm geschenkt hatte. So vieles ergab jetzt mehr Sinn. Er hatte vorher nicht verstanden, warum der Schuppentausch ihnen beiden geholfen hatte. Jetzt wusste er, dass beide Hälften dadurch vollständiger geworden waren. Korialstrasz war zwar immer noch etwas erschöpft, aber es ging ihm seit dem Tausch schon wesentlich besser.

Mit aller Kraft suchte er nach Krasus und konzentrierte sich auf die Verbindung die nur zwei haben konnten, die eins waren. Der Drache bezweifelte, dass seine andere Hälfte sich noch in der Nähe aufhielt. Korialstrasz – der ja Krasus war – hätte an seiner Stelle versucht, die Barriere auf andere Weise zu durchbrechen. Da er das offenbar nicht getan hatte, musste er geflohen sein.

Der Rote versuchte nicht daran zu denken, was sein älteres Ich gezwungen hatte, die Gegend vor der Barriere zu verlassen. Stattdessen sandte er seinen Geist nach ihm aus. Nur der Wille eines Drachen vermochte es, sich so weit über das Land auszustrecken, wie Korialstrasz es gerade tat. Sein Geist überbrückte auf der Suche nach sich selbst endlose Landschaften.

Doch er stieß auf keine Spur, und seine Geduld begann nachzulassen. Die Aufgabe war nicht schwer, trotzdem konnte er sie nicht bewältigen. War Krasus vielleicht einem Feind zum Opfer gefallen? Der Gedanke ließ Korialstrasz erschaudern. Kein Wesen sollte sein eigenes Ende miterleben müssen …

Doch dann spürte der Drache plötzlich eine vertraute Präsenz, die wie neu erschaffen wirkte. Den genauen Aufenthaltsort konnte er nicht ermitteln, aber er wusste zumindest, in welche Richtung er fliegen musste.

Korialstrasz stieg sofort in die Lüfte auf. All seine Kraft legte er in die Flügelschläge. Je schneller er sein anderes Ich fand, desto eher würde er sich wieder sicher fühlen.

Er blendete alles außer Krasus in seinem Denken aus. Seine Umgebung verschwamm. Seine gewaltigen Flügel fraßen die Meilen, aber trotzdem zog sich die Reise dahin.

Korialstrasz war so besessen von seiner Suche, dass er den Angreifer erst bemerkte, als sich Klauen in seinen Rücken gruben.

Erschrocken schrie er auf, warf sich jedoch gleichzeitig in der Luft herum und überraschte damit seinen Gegner. Das monströse Gesicht eines schwarzen Drachen starrte ihm entgegen.

„Aufhören!“, rief der Rote. „Beim Ruhm der Aspekte verlange ich, dass du –‘

Der andere Drache öffnete das Maul.

Korialstrasz stoppte seinen Flügelschlag abrupt. Sein massiger Körper fiel dem Erdboden wie ein Stein entgegen. Diese schnelle Reaktion rettete ihn vor einem Strahl aus brennender Lava. Die Hitze, die über seinen Kopf strich, war so groß, dass ihm Tränen in die Augen stiegen.

Die Schmerzen aus den Klauenwunden brannten in Korialstrasz’ Körper. Er war zwar etwas größer als der Schwarze, aber seine Schwäche hob diesen vermeintlichen Vorteil wieder auf.

„Lass mich in Ruhe“, sagte er ruhig, um den anderen nicht zu provozieren. „Es gibt keinen Streit zwischen uns.“

„Du darfst dich nicht einmischen!“, gab der Schwarze zurück. Sein Blick flackerte wahnsinnig.

Alexstraszas Gefährte wusste nicht, was sein Gegner damit meinte, aber seine Sorge um Krasus wuchs.

Der schwarze Leviathan ließ sich auf Korialstrasz fallen und zwang ihn so, noch tiefer zu sinken. Korialstrasz ließ es zu, wollte zuerst warten und sich dann im letzten Moment unter seinem Gegner zur Seite drehen.

Doch als sich ihm der Berggipfel näherte, erkannte er, dass man ihn genarrt hatte.

Korialstrasz’ Gegner ließ ihn plötzlich los. Im gleichen Moment tauchte ein zweiter schwarzer Drache neben dem Gipfel auf und warf sich dem Roten entgegen. Die Drachen prallten zusammen und stürzten unkontrolliert den spitzen Felsen entgegen.

„Du bringst uns beide um!“, rief Korialstrasz.

„Zum Ruhme meines Herrn!“

Der tosende Wind zwang die Flügel des Schwarzen nach hinten. Erst jetzt sah der Rote, dass eine der beiden Schwingen gebrochen und zerfetzt war. Dieser Drache konnte nicht mehr richtig fliegen, und jetzt wollte er sich opfern und seinen Gegner mit in den Tod reißen.

Korialstrasz hatte jedoch nicht vor, dies geschehen zu lassen. Er schlug hart mit den Flügeln und tat, was sein verletzter Feind nicht mehr vermochte: Er steuerte seinen Fall mit ihnen. Plötzlich war er über dem Schwarzen, nicht mehr unter ihm.

Der verwundete Riese brüllte wütend und versuchte, sich herumzuwerfen. Korialstrasz hörte den Schrei des anderen Drachen, der begriff, was geschah.

Der Rote zog alle vier Beine an, lockerte seinen Griff jedoch nicht. Leise zählte er die Sekunden, die ihm noch blieben. Die raue Landschaft schoss ihm entgegen. Seine Aufmerksamkeit konzentrierte sich auf die spitzen Felsen, die unter ihm aufragten.

Als er und der Schwarze sie erreichten, streckte Korialstrasz seine Beine aus und stieß sich von seinem Feind ab. Mit kräftigen Flügelschlägen kämpfte er sich nach oben.

Mit einem schmerzerfüllten Brüllen, das durch die Berge hallte, schlug der verletzte Schwarze auf. Seine Knochen barsten, und für einen kurzen Augenblick strauchelte er wie ein Blatt im Wind. Blut besudelte die Landschaft.

Dem sterbenden Leviathan entwich ein letztes Stöhnen … dann fiel sein Kopf zur Seite. Seine Zunge rollte aus dem Maul.

Die zweite Attacke traf Korialstrasz während seines mühsamen Wiederaufstiegs. Erneut gruben sich Klauen in den Rücken des Roten und ließen ihn aufschreien. Die Schlacht begann ihren Tribut von Korialstrasz zu fordern. Sein Atem ging stoßweise, und das Fliegen fiel ihm schwer. Weder er noch Alexstrasza hatten damit gerechnet, so von Neltharions Clan hintergangen zu werden.

„Du musst sterben!“, brüllte der Schwarze wütend, als könne sein Wunsch bereits dadurch zur Realität werden.

Der rote Drache entging den tödlichen Klauen, aber sein Gegner griff unablässig an. Er war nicht nur schnell, sondern wurde von dem brennenden Wunsch getrieben, seinem Herrn zu gefallen. Wie der erste Schwarze schien auch er bereit zu sein, sich selbst zu opfern, nur um seinen Auftrag zu erfüllen.

Aber welcher Auftrag mochte das sein? Wieso war er so wütend, weil ein Drache sich von den anderen getrennt hatte? Wieso hatte Neltharion solche Angst davor, dass er seinen Wachen gebot, dies notfalls mit ihrem eigenen Leben zu verhindern?

Korialstrasz kannte den Grund nicht, konnte jedoch auch nicht mehr länger darüber nachsinnen. Feuerodem traf ihn mitten in die Brust. Er drehte sich unkontrolliert und vermochte sich nicht mehr zu konzentrieren.

Klauen bohrten sich in sein Fleisch. Der faulige Atem des Schwarzen ließ ihn würgen.

„Ich habe dich!“, brüllte der wahnsinnige Drache und atmete tief ein. Sein nächster Feuerstoß sollte seinen Gegner aus nächster Nähe treffen und töten.

Verzweifelt stieß Korialstrasz seinen Kopf vor. Seine mächtigen Kiefer schlossen sich um den Hals des schwarzen Drachen und drückten so hart zu, dass sie ihm den Atem raubten.

Sein Feind wand sich in Krämpfen, als die Kräfte, die er schon fast freigesetzt hatte, kein Ventil fanden. Seine Klauen kratzten über Korialstrasz' Gesicht und seinen Körper, hinterließen tiefe Narben.

Dann explodierte der Schwarze.

Korialstrasz ließ den Hals des Gegners los und schrie schmerzerfüllt, als die brennende Lava, die aus dem Leichnam quoll, seinen Körper streifte. Das war zu viel. Er konnte sich nicht mehr halten. Gemeinsam mit seinem besiegten Gegner stürzte er in die Tiefe.

Und kurz bevor er das Bewusstsein verlor, fragte sich der rote Drache, welchen Einfluss sein Tod auf sein zukünftiges Ich haben mochte.

# SIEBZEHN

Archimonde beobachtete, wie sich seine Legionen vor den Zauberattacken und den anstürmenden Nachtelfen zurückzogen. Er beobachtete, wie sich die Landschaft vor ihm mit den waldgrünen Uniformen des Feindes füllte. Der Dämonenkommandant spürte ihren Triumph und hörte ihre Siegesrufe.

*Wie leicht sich diese Kreaturen täuschen lassen*, dachte er. *Sie glauben wirklich, dass sie den Sieg errungen haben.*

Der riesige Dämon wandte sich ab und folgte seinen fliehenden Dienern langsam und voller Selbstbewusstsein.

„Ahhh …"

Malfurion zuckte zusammen, als er diesen Laut aus Krasus' Mund vernahm. Einen Moment später spürte er, dass es dem Magier schwerfiel, ihn festzuhalten. Der Druide sah nach unten. Sie flogen in so großer Höhe, dass er trotz des Beistands der magischen Feder schwer gestürzt wäre.

Er hielt sich so gut es ging an Krasus' Armen fest und rief: „Was ist los?"

„Es … es fühlt sich an, als habe mir jemand mein schlagendes Herz aus der Brust gerissen! Ich … muss sofort landen."

Der Nachtelf warf einen Blick auf die Landschaft. Er sah Bäume und anderes Grün. Ein Gebiet fiel ihm besonders auf, da es ebenerdiger als der Rest war. „Schafft Ihr es bis zu diesem Punkt?" Er zeigte in die entsprechende Richtung.

„Ich … werde es versuchen."

Aber Krasus flog taumelnd und unsicher, und das Gebiet, das Malfurion ausgesucht hatte, verschwand schon bald zu seiner Rechten. Stattdessen flogen sie jetzt auf ein Waldstück zu, dessen Bäume vermutlich ihren Fall bremsen würden, ihnen aber auch die Knochen brechen konnten.

Krasus grunzte schmerzerfüllt und stieg ein wenig höher. Die Bäume glitten unter ihnen hinweg. Eine Ebene lag vor ihnen. Sie sanken ihr entgegen, zuerst langsam, dann viel zu schnell.

„Du … du musst dich selbst retten, Malf…"

Plötzlich ließ der Magier ihn los.

Wertvolle Sekunden verstrichen, bevor Malfurion erkannte, was er versuchen konnte. Er streckte seine Gedanken nach dem Gras aus.

Das Grün unter ihm wurde rasch größer und dichter. Die Grashalme pressten sich so eng aneinander, das sie wie eine Matratze wirkten. Als der Nachtelf darauf stürzte, fingen sie ihn auf und nahmen dann wieder ihre natürliche Form an. Jeder Knochen in Malfurions Körper knirschte, aber er überstand den Sturz unverletzt.

Er tastete nach seiner Schulter. Avianas Geschenk war verschwunden. Er atmete tief durch und dankte seiner Reaktionsschnelligkeit, die eine Katastrophe verhindert hatte.

Wie ein Falke, den der Pfeil eines Jägers getroffen hat, flog Krasus strauchelnd weiter. Malfurion konnte ihn nicht mehr unterstützen, sondern musste hilflos mit ansehen, wie der Drachenmagier abstürzte und hart im hohen Gras niederging.

Im Moment des Aufschlags zerfielen Krasus' Flügel zu Staub. Haltlos stürzte er ins Gras und verschwand aus dem Blickfeld des Druiden.

„Meister Krasus! Krasus!" Der Nachtelf kam auf die Beine und lief zu dem Punkt, an dem er seinen Gefährten vermutete.

Doch als er dort eintraf, fand er niemanden. Malfurion blieb ratlos stehen. Er war sich sicher, dass er am richtigen Ort suchte.

Dann hörte er ein kurzes Stöhnen aus südlicher Richtung. Malfurion lief durch das hohe Gras und bog es auseinander, um nach dem Ursprung des Geräuschs zu fahnden.

Wenig später erblickte er Krasus' reglose Gestalt.

Er kniete neben dem Magier nieder und begann, nach äußeren Verletzungen zu suchen. Als er nichts fand, drehte er ihn auf die Seite. Etwas rutschte unter der Kleidung des Gefährten hervor.

Es war Krasus' Feder. Sie wirkte braun und verdorrt. Der Druide berührte sie vorsichtig mit dem Zeigefinger und zuckte überrascht zurück, als sie zerfiel. Ihre Überreste verschwanden zwischen den Grashalmen.

Krasus stöhnte erneut. Malfurion legte ihn vorsichtig auf den Rücken und untersuchte ihn auf eventuelle Brüche. Doch trotz seines schweren Sturzes, schien er unverletzt zu sein. Seine einzige Wunde war wohl die, die ihn bereits während des Fluges gequält hatte.

Der blasse Magier öffnete die Augen. „Ich bin es Leid … in einem solchen Zustand aufzuwachen …"

„Vorsichtig, Krasus. Ihr solltet Euch noch nicht bewegen."

„Bald schon werde ich mich gar nicht mehr bewegen … Malfurion, ich glaube, ich sterbe."

„Was meint Ihr damit? Wieso? Was ist mit Euch geschehen?"

„Nicht mit mir … mit einem anderen. Ich bin mit Korialstrasz verbunden … und er mit mir. Ich glaube, dass er angegriffen wurde. Er ist dem Tode nahe … und wenn er stirbt, gibt es auch für mich keine Hoffnung mehr."

Malfurion sah Krasus an und dachte verzweifelt darüber nach, wie er ihn retten konnte. „Kann ich irgendetwas tun?“

„Vielleicht … wenn du ihn … wenn du ihn heilen könntest … Aber er ist weit weg von hier … und er ist ein Drache. Das wäre sehr schwierig. Ich –“

Er brach ab. Malfurion fand keine Lösung. All die Fähigkeiten, die Cenarius ihn gelehrt hatte, halfen nichts, wenn sich das Ziel meilenweit entfernt befand.

Doch dann entdeckte er, halb verborgen unter den zerrissenen Gewändern des Zauberers, die Drachenschuppe. „Krasus … was ist damit?“

„Sie hat … uns eine Weile geholfen. Ein wenig von ihm … und ein wenig von mir. Das hat gereicht.“

„Das ist also seine Schuppe“, sagte Malfurion zu sich selbst. „*Seine* Schuppe.“

Es war ein waghalsiges, beinahe unmögliches Vorhaben, aber es war auch das einzige, was ihm einfiel. Er berührte die Schuppe und ließ seine Finger darüber gleiten. Er spürte die Macht, die darin lag. In Gedanken setzte er die verschiedenen Elemente der Druidenlehre zusammen und verband Dinge miteinander, die Cenarius nie verbunden hatte. Aber bestimmte Grundsätze galten überall … hoffte er.

„Ich glaube, ich habe eine Idee, Krasus.“

Doch der Magier antwortete nicht. Seine Augen waren geschlossen. Im ersten Moment befürchtete der Nachtelf, er sei bereits gestorben. Er beugte sich vor und lauschte nervös auf Krasus’ Atem, der flach, aber regelmäßig ging. Malfurion entspannte sich ein wenig.

Er durfte nicht länger warten. Krasus hatte vielleicht nur noch Minuten zu leben.

Der Druide legte beide Hände auf die Schuppe und öffnete seinen Geist. Das Gras kannte ihn bereits und reagierte auf seinen Ruf. Der Wind fuhr durch seine Haare, und die Erde erwachte und erwartete neugierig sein Ansinnen.

Bevor er sie jedoch um etwas bat, musste er zuerst feststellen, ob er sich überhaupt mit dem Drachen Korialstrasz verbinden konnte. Mit geschlossenen Augen versetzte sich der Druide in die Schuppe und suchte nach einer Verbindung zu ihrem ursprünglichen Besitzer.

Was er fand, verwirrte ihn. Krasus und Korialstrasz waren so eng miteinander verwoben, dass er sie für einen Augenblick verwechselte. Doch dann erkannte er seinen Fehler und lenkte seine Gedanken auf den roten Drachen. Er hoffte, dass noch immer eine Verbindung zwischen Korialstrasz und der Schuppe existierte.

Zu seiner Überraschung gelang es ihm mit Leichtigkeit, dieses Band zu finden. Sein Geist wurde über Meilen hinweggerissen, bis er eine karge Berglandschaft erreichte. Die Landschaft und die Art der Fortbewegung erinnerten Malfurion an seinen Versuch, die Drachen jenseits der Barriere zu erreichen. Dieses Mal musste er jedoch nicht so weit reisen und zum Glück auch nicht den smaragdfarbenen Traum beschreiten.

Plötzlich wurde Malfurion von einem entsetzlichen Gefühl der Verlustangst getroffen. Beinahe hätte er das Bewusstsein verloren. Er fürchtete, mitten in Krasus' und Korialstrasz' Todeskampf zu geraten und wappnete seinen Geist. Dann tastete sich der Nachtelf erneut vor und berührte die ersterbenden Gefühle des Drachen.

Es hatte einen Kampf gegeben, einen furchtbaren Kampf. Im ersten Moment dachte Malfurion, die Brennende Legion habe angegriffen. Doch dann erkannte er aus den fragmentarischen Gedanken des Roten, dass andere – schwarze – Drachen seine Gegner gewesen waren.

Malfurion erinnerte sich an die bösartigen Leviathane, die ihn und Krasus verfolgt hatten und ahnte, welchen Bestien sich der Rote gestellt hatte. Er nahm an, dass Korialstrasz es tatsächlich geschafft hatte, sie zu töten. In diesem Fall grenzte es an ein Wunder, dass er so lange überlebt hatte. Was für ein mächtiger und mutiger Drache musste er gewesen sein …

Nein! Er durfte nicht an Korialstrasz denken, als wäre er bereits tot! Damit verriet er nicht nur den Drachen, sondern auch Krasus. Malfurion musste damit aufhören, sonst waren sie verloren.

Eine der ersten Lektionen, die der Druide von Cenarius erhalten hatte, war gewesen, wie man Waldtiere heilte. Dank dieser Fähigkeit hatte er Füchse, Kaninchen, Vögel und anderes Getier gerettet. Dieses Wissen konnte er jetzt einsetzen. Er musste den Effekt nur verstärken.

Zumindest hoffte der Druide dies.

Malfurion wandte sich an seine Umgebung. Er brauchte ihr Opfer. Nur Leben konnte Leben hervorbringen. Die Erde und die Pflanzen konnten sich in einer Weise regenerieren, die den Tieren fremd war. Trotzdem war es eine große Bitte, die der Nachtelf an sie richtete, schließlich ging es um einen Drachen. Er würde es ihnen nicht verübeln, wenn sie seinen Wunsch ablehnten.

Malfurion versuchte seiner Umgebung zu vermitteln, wie wichtig es war, Korialstrasz und Krasus zu retten. Dann wandte er sich an die Bäume und das Gras, an alles, was ihm etwas geben konnte. In seinem Geist spürte er, wie die Lebenskraft des Drachen nachließ. Die Zeit lief ihm davon.

Da endlich spürte er zu seiner Erleichterung, wie das Land etwas von sich aufgab. Seine Lebensenergie floss in den Körper des Nachtelfen und durchströmte ihn mit solcher Kraft, dass er beinahe vergessen hatte, wofür er sie benötigte. Er riss sich zusammen, legte seine Fingerspitzen auf die Schuppe und ließ die Kraft hineinströmen.

Krasus' Körper zuckte einmal kurz, dann lag er wieder still. Durch die Verbindung spürte Malfurion, wie die Lebenskraft in den Drachen floss. Das Herz des Nachtelfen raste. Schweiß lief über seine Stirn. Es fiel ihm schwer, die Verbindung aufrecht zu erhalten.

Trotz des beständigen Stroms aus Lebensenergie spürte Malfurion keine

Veränderung bei Korialstrasz. Das Leben des Drachen hing weiter am seidenen Faden. Der Druide biss die Zähne zusammen und leitete mehr und mehr Energie in den sterbenden Riesen.

Dann endlich bemerkte er eine leichte Veränderung. Korialstrasz' Seele zog sich vom Abgrund zurück. Seine Verbindung zum Leben erstarkte.

„Bitte …", stieß der erschöpfte Nachtelf hervor. „Mehr …"

Und es kam mehr. Das Land schenkte ihm, was er benötigte. Es verstand, dass es nicht nur um die Heilung zweier Verletzter ging, sondern um sehr viel mehr.

Langsam neigte sich die Waagschale zugunsten des Lebens. Korialstrasz wurde stärker. Der Druide spürte, wie das Bewusstsein des Drachen zurückkehrte und wusste, dass der sich über diese Wandlung wunderte.

Krasus' Körper zuckte erneut. Der ältere Magier stöhnte. Seine Augen öffneten sich.

Jetzt endlich wusste Malfurion, dass er genug getan hatte. Er löste seine Finger von der Schuppe, lehnte sich zurück und atmete tief durch.

Erst jetzt bemerkte er, dass sich das Gras sich meterweit um ihn herum schwarz gefärbt hatte.

Alles Leben war aus der Erde verschwunden. So weit das Auge reichte, war die Ebene schwarz und verdorrt. Am Horizont sah er zwei blattlose Bäume.

Im ersten Moment erschütterte das Entsetzen über seine Tat den Druiden, doch dann spürte er, wie sich das Leben unter ihm zu regen begann. Die Wurzeln der Gräser hatten überlebt, und mit Hilfe der Erde würden sie schon bald neue Triebe hervorbringen. Auch die Bäume lebten noch und würden frische Blätter austreiben.

Der Nachtelf atmete erleichtert auf. Einen schrecklichen Augenblick lang hatte er befürchtet, nicht besser als die Brennende Legion zu sein.

„Was … was hast du getan?", stieß Krasus hervor.

„Ich musste Euch retten. Etwas anderes ist mir nicht eingefallen."

Der Magier schüttelte den Kopf und setzte sich auf. „Das habe ich nicht gemeint, Malfurion … Weißt du überhaupt, was du hier gerade geleistet hast? Verstehst du das Ausmaß deiner Tat?"

„Ich habe getan, was getan werden musste", erklärte Malfurion. „Es tut mir Leid, dass ich dem Land so viel abverlangt habe, aber es hat alles freiwillig gegeben."

Krasus bemerkte erst jetzt das geschwärzte Gras. Er kniff die Augen zusammen, während er den Beweis dessen betrachtete, was sich hier abgespielt hatte. „Malfurion, das ist unmöglich."

„Das alles fußte auf den Lehren meines Shan'do. Ich habe den Zauber nur der Situation angepasst."

„Dabei ist dir etwas gelungen, das weit jenseits deiner Fähigkeiten hätte sein sollen – weit jenseits der Fähigkeiten fast aller Zauberer.“ Schwerfällig erhob sich der Drachenmagier. Er runzelte die Stirn, als er das wahre Ausmaß der Schäden erkannte. „Unglaublich.“

Malfurion verstand immer noch nicht, weshalb Krasus so verstört auf seine Tat reagierte, deshalb fragte er: „Könnt Ihr Korialstrasz spüren? Geht es ihm gut?“

Krasus konzentrierte sich. „Die Verbindung wird langsam wieder so schwach wie sie vor deinem Zauber war … aber ja, ich spüre ihn noch. Er ist … gesund … wenngleich verwirrt. Er erinnert sich an einen Teil des Kampfes und weiß, dass er mich finden soll, aber er hat Erinnerungslücken.“

Aus irgendeinem Grund rief das Erheiterung bei Krasus hervor. „Jetzt sind er und ich uns noch ähnlicher. Das Schicksal verhöhnt mich wahrlich.“

„Warten wir auf ihn?“

„Ja, aber nicht aus dem Grund, aus dem er mich wahrscheinlich sucht. Ich kenne ihn ja, deshalb gehe ich davon aus, dass er mich zu Alexstrasza zurückbringen will. Dazu aber reicht die Zeit nicht mehr. Ich glaube, dass wir so schnell wie möglich zur Streitmacht zurückkehren sollten. Vielleicht ist es pure Ahnung, vielleicht auch das Ergebnis meiner reichen Erfahrung. Wie dem auch sei, wir werden aufbrechen, sobald Korialstrasz hier eintrifft.“

Malfurion dachte sofort an Tyrande … und dann etwas verspätet auch an seinen Bruder. „Wie lange wird er brauchen?“

„Er ist ein Drache … und zwar ein sehr gesunder“, sagte Krasus zufrieden lächelnd. „Also wohl nicht sehr lange …“

Tyrande war einzigartig unter den Schwestern, denn sie war die einzige, die *zwei* Schatten besaß. Der zweite hatte sogar einen Namen.

Er lautete Shandris Feathermoon.

Egal, wohin die Priesterin auch ging, das Waisenkind folgte ihr. Shandris beobachtete alles, was ihre Retterin tat, mit Blicken, die ihren verzweifelten Wunsch nach Wissen widerspiegelten. Wenn Tyrande über einem verletzten Nachtelf betete, wiederholte das Mädchen ihre Worte und ahmte ihre Gesten nach.

Tyrande betrachtete Shandris mit gemischten Gefühlen. Das Mädchen hatte keine Eltern mehr und niemanden, der sich um es kümmerte. Natürlich gab es viele, die in einer ähnlichen Notlage waren, aber die Priesterin nahm etwas Besonderes in Shandris wahr. Sie beobachtete Tyrandes Arbeit so hingebungsvoll, dass sie sich vielleicht als Novizin eignen würde. Der Tempel hieß neue Schwestern stets willkommen. Wie hätte sie das Mädchen also zurück zu den Flüchtlingen schicken und es vergessen sollen? Die Priesterin vermochte dies nicht und hatte stattdessen beschlossen, Shandris in ihrer Nähe zu behalten.

Leider gab es Situationen, in denen ein Kind nicht sicher war. Die Schwestern wechselten sich im Kampf an der Front ab. Die Hohepriesterin bestimmte den Rhythmus. Tyrande hatte Sorge, dass Shandris in die Nähe der Dämonen gelangen könnte. Diese Bestien hätten sie ohne Skrupel getötet. Das Mädchen hatte Tyrande schon einmal fast zu Tode erschreckt, denn als die Schwestern zu Malfurions und Krasus' Rettung ausgezogen waren, hatte es sich ihnen heimlich angeschlossen. Die Priesterin hatte davon erst später erfahren, als die Waise eine unvorsichtige Bemerkung gemacht hatte.

„Mach das nicht noch einmal!", befahl Tyrande ihr. „Du musst zurückbleiben, wenn wir in den Kampf ziehen. Ich kann nicht gleichzeitig kämpfen und mich um dich kümmern."

Shandris wirkte niedergeschlagen und nickte, aber Tyrande bezweifelte, dass dies das Ende der Diskussion war. Sie betete zu Elune, dass das junge Mädchen weise handeln würde.

Während Tyrande über ihre schwierige Situation nachdachte, bemerkte sie, dass sich eine Schwester aus einer anderen Gruppe löste und ihr entgegenkam. Die Priesterin war groß und einige Jahre älter als Tyrande. Ihr Gesichtsausdruck wirkte sehr ernst.

„Meinen Gruß, Schwester Marinda. Was führt dich zu dieser Unwürdigen?"

„Meinen Gruß, Schwester Tyrande", antwortete Marinda ernst. „Ich komme von der Hohepriesterin."

„Ja? Hat sie neue Anweisungen für uns?"

„Sie … ist tot, Schwester."

Tyrande fühlte sich, als habe jemand ihre Welt auf den Kopf gestellt. Die ehrwürdige Mutter des Tempels sollte tot sein? Sie war ebenso wie die anderen Gläubigen mit den Worten und Taten dieser Frau aufgewachsen. Wegen ihr hatte sich Tyrande entschlossen, das Novizengewand anzulegen.

„W-wie kann das sein?"

Tränen liefen über Marindas Gesicht. „Sie hat ihre Wunden vor uns geheim gehalten, nur ihre Dienerinnen wussten davon. Während des Marsches zurück nach Suramar wurde sie von einem Dämon am Bauch verletzt. Das hätte sie dank ihrer großen Heilkunst wahrscheinlich überlebt, doch dann stürzte sich eine Teufelsbestie auf sie. Offenbar lag sie bereits im Sterben, bis andere die Bestie töteten. Sie haben sie zurück in ihr Zelt getragen, wo sie sich aufgehalten hat, bis sie vor einer Stunde von uns ging."

„Wie schrecklich!" Tyrande fiel auf die Knie und begann zu Mutter Mond zu beten. Marinda kniete sich neben sie, ebenso wie Shandris, die sie ohne Aufforderung nachahmte.

Die beiden Priesterinnen verabschiedeten sich in Gebeten von ihrer Lehrerin, dann erhoben sie sich.

Marinda sagte: „Da ist noch mehr, Schwester."

„Mehr? Was denn?"

„Vor ihrem Tod hat sie ihre Nachfolge geregelt.“

Tyrande nickte. Das hatte sie erwartet. Die neue Hohepriesterin hatte sicherlich Boten wie Marinda ausgesandt, um die Nachricht von ihrem Aufstieg zu verbreiten.

„Wer ist es?“ Es gab mehrere würdige Kandidatinnen.

„Sie hat dich ernannt, Tyrande.“

Tyrande traute ihren Ohren nicht. „Sie – Mutter Mond! Du scherzt doch wohl!“

Shandris quietschte und applaudierte. Tyrande drehte sich um und sah sie tadelnd an. Die Waise wurde ruhig, aber ihre Augen leuchteten stolz.

Marinda schien nicht zu scherzen, und das ängstigte Tyrande. Wie sollte sie, die gerade mal eine Priesterin geworden war, die gesamte Schwesternschaft leiten – und das in Kriegszeiten?

„Vergib mir meine Worte, Schwester Marinda, aber könnte es sein, dass ihre Verletzungen ihren Geist getrübt hatten? Wieso sonst sollte sie gerade mich erwählen?“

„Sie war bei klarem Verstand, Schwester. Und sie hatte von dir schon häufiger gesprochen. Die leitenden Schwestern wussten, dass du ihre Nachfolge antreten solltest. Niemand hat sich gegen ihre Entscheidung ausgesprochen.“

„Aber … das ist unmöglich. Ich kann doch niemanden anführen! Wie könnte ich mit sowenig Erfahrung solche Verantwortung übernehmen? Es gibt so viele, die den Tempel besser kennen.“

„Aber keine, die enger mit Elune verbunden ist. Wir alle sehen und spüren das. Die Soldaten und die Flüchtlinge erzählen sich bereits Geschichten über dich. Du hast Wunder vollbracht, Kranke geheilt, bei denen andere aufgegeben hatten …“

Davon hatte Tyrande nichts gehört. „Was meinst du damit?“

Schwester Miranda erklärte es ihr. Alle Priesterinnen opferten einen Teil ihrer Ruheperiode, um zu versuchen anderen zu helfen. Doch Wunsch und Befähigung lagen oft weit auseinander. Trotzdem gelang es ihnen, viele zu heilen … aber bei unzähligen anderen versagte ihr Können.

Tyrande hatte nur Erfolge vorzuweisen. Jeder, den sie zu heilen versucht hatte, war gesund geworden. Ohne es zu ahnen, hatte Tyrande auch diejenigen geheilt, bei denen andere Schwestern aufgegeben hatten. Das allein hatte die Priesterinnen bereits überrascht, noch erstaunter waren sie jedoch darüber, dass Tyrande sich nie ausruhte.

„Eigentlich solltest du nicht mehr in der Lage sein zu stehen, aber du kämpfst ja sogar, Schwester Tyrande.“

Die junge Priesterin war noch nicht einmal auf die Idee gekommen, dass sie etwas Außergewöhnliches tat. Sie betete zu Elune, und Elune antwortete ihr.

Tyrande war dafür dankbar, ging dann jedoch direkt weiter zum nächsten Bedürftigen.

Und nun glaubten die anderen, sie habe weit über das Normale hinaus gewirkt.

„Das … das kann nicht sein."

„Doch, es ist so. Du musst es akzeptieren." Marinda holte tief Luft. „Du weißt, dass es normalerweise eine Zeremonie geben würde, um dich so vielen Gläubigen wie möglich vorzustellen."

„Ja …", antwortete Tyrande gedankenverloren.

„Wir werden natürlich unser Bestes tun. Mit deiner Erlaubnis werde ich die anderen Schwestern vom Kampf abziehen und –"

„Was?" Wollten sich die Schwestern etwa nur wegen ihr eine neue Bürde aufladen? Tyrande riss sich zusammen und erklärte: „Nein, das erlaube ich nicht."

„Schwester –"

Sie setzte ihre neue, wenn auch unerwünschte Autorität ein und sah Marinda scharf an. „Ich muss diese Position wohl annehmen, aber ich werde nicht zulassen, dass uns eine Zeremonie von den Gefahren um uns herum ablenkt. Ich werde das Amt der Hohepriesterin annehmen, zumindest bis dieser Krieg vorüber ist, aber ich werde meine Kleidung behalten."

„Aber die Robe deines Amtes …"

„Ich werde meine Kleidung behalten, und es wird keine Zeremonie geben. Ein solches Risiko können wir nicht eingehen. Wir werden im Namen von Mutter Mond weiterhin heilen und kämpfen. Verstanden?"

„Ich …" Marinda kniete nieder und senkte den Kopf. „Ich gehorche, Mylady."

„Erhebe dich. Diesen Gehorsam wünsche ich nicht. Wir sind alle Schwestern und im Herzen gleich. Wir alle beten zu Elune. Niemand soll mich anbeten."

„Wie du es wünschst." Aber die ältere Priesterin erhob sich nicht. Sie schien etwas von Tyrande zu erwarten. Nach einem kurzen Moment der Verwirrung erkannte sie, worum es ging.

Tyrande hoffte, dass ihre Hand nicht zittern würde, als sie sie auf Marindas Kopf legte. „Im Namen von Mutter Mond, der großen Elune, die über uns alle wacht, segne ich dich."

Sie hörte, wie die andere Priesterin erleichtert durchatmete. Marinda erhob sich. Ihr Gesichtsausdruck erinnerte Tyrande an jenen, den sie selbst und die anderen Priesterinnen in Gegenwart ihrer ehrenwerten Lehrerin getragen hatten. „Wenn es dir recht ist, werde ich den anderen deinen Willen übermitteln."

„Ja … danke."

Als sich Marinda abwandte, brach Tyrande beinahe zusammen. Das war doch nicht möglich! In gewisser Weise war dies beinahe so schrecklich, wie der Brennenden Legion gegenüberzutreten. Sie als Leiterin des Ordens! Das war wahrlich das Ende von Kalimdor!

„Wie wundervoll!“, rief Shandria und klatschte in die Hände. Sie lief zu Tyrande und schien sie umarmen zu wollen, blieb dann jedoch stehen und versuchte, ernst zu wirken. Wie auch schon Marinda kniete die Waise vor ihr nieder und erwartete ihren Segen.

Resignierend segnete Tyrande sie. Shandria sah sie voller Ehrerbietung an. „Ich folge dir für den Rest meines Lebens, Mylady.“

„Nenn mich nicht so. Ich bin immer noch Tyrande.“

„Ja, Mylady.“

Die neue Leiterin des Tempels seufzte und dachte darüber nach, was als nächstes zu tun war. Wahrscheinlich gab es endlose Rituale, die sie als Hohepriesterin durchführen musste. Tyrande erinnerte sich daran, dass ihre Vorgängerin zahllose Gebete geleitet hatte. Der Tempel hielt auch jeden Abend Zeremonien ab, um den Mondaufgang zu gewährleisten und das Wohlwollen der Götter zu erbitten. Abgesehen davon gab es auch Zusammenkünfte und Feiern zu bestimmten weltlichen Anlässen.

Sie blickte missmutig in die Zukunft, fühlte sich mehr gefangen denn geehrt

Ein plötzliches Stöhnen aus dem Flüchtlingslager unterbrach ihre Gedanken. Tyrande erkannte, was das Stöhnen bedeutete. Sie hatte ähnliche Laute schon zu oft gehört. Jemand litt unter furchtbaren Schmerzen.

Die Zeremonie musste warten. Die Rituale mussten warten. Tyrande war dem Orden vor allem aus einem Grund beigetreten – um anderen durch die Geschenke Elunes zu helfen.

Die neue Hohepriesterin ging auf die Quelle des Stöhnens zu, um ihrer eigentlichen Berufung zu folgen.

# ACHTZEHN

Die Königin hatte beschlossen auszureiten, und wenn Azshara etwas beschloss, konnten auch alle Dämonen der Welt sie nicht umstimmen … was bedeutete, dass Captain Varo'then erst recht keine Chance hatte, sie daran zu hindern.

Sie hatte den Palast vor langer Zeit zum letzten Mal verlassen. Jetzt waren sie und ihre Zofen von riesigen Leibwächtern und einem zusätzlichen Trupp Soldaten umgeben, als sie die Palasttore hinter sich ließen und in die Stadt ritten.

In die *Ruinen* der einstigen Stadt.

Seit ihrer Zerstörung hatte die Herrin der Nachtelfen Zin-Azshari nicht mehr betreten. Ihre Blicke glitten über die vernichteten Häuser, die schuttbedeckten Straßen und die Leichen, die gelegentlich noch fast unversehrt zwischen den Trümmern lagen, weil es keine Aasfresser mehr gab. Azshara schürzte die Lippen und zog die Nase kraus. Offenbar gab es hier einen Geruch, der ihr missfiel.

Varo'then starrte ungehalten auf die Ruinen. Nichts durfte seine Königin verstören. Wenn er die Zerstörungen mit seinem Schwert hätte beseitigen können, so wie man sich eines Feindes entledigte, hätte er es getan.

Eine Teufelsbestie tauchte hinter einem zusammengestürzten Turm auf. Ihre mächtigen Kiefer zermahlten etwas. Sie schmatzte laut, als die Königin und ihre Eskorte vorbeiritten, dann verschwand sie wieder in ihrem Versteck.

Schweigend ritten sie durch die Stadt. Azshara sagte nichts, also wagte auch kein anderer zu sprechen. Die Teufelswächter blieben dicht neben ihr, obwohl keine Bedrohung auszumachen war. Die Dämonen waren der Königin ebenso ergeben wie ihre Soldaten. Hätte sie von ihnen verlangt, ihre eigenen Artgenossen anzugreifen, hätten sie ihr vermutlich gehorcht. Natürlich würde Azshara das nie von ihnen verlangen, denn es gab nur einen, den sie niemals – unter keinen Umständen – erzürnen wollte, und das war Sargeras, der Herr der Brennenden Legion.

„Glaubst du, dass es bald soweit ist, mein lieber Captain?“, fragte sie.

Der Offizier war verwirrt. „Licht der Lichter?“

„Dass er zu uns kommt, Captain. Zu uns.“

Varo'then nickte sofort. „Oh ja, meine Königin, sehr bald. Mannoroth sagt, dass das Portal mit jeder Nacht stärker wird.“

„Er muss wahrlich der Gott unter den Göttern sein, wenn er ein so starkes Tor benötigt.“

„Wenn Ihr das sagt, meine Königin.“

„Er muss … glorreich sein“, murmelte Azshara in einer Weise, die sie sonst für sich selbst beanspruchte.

Der vernarbte Nachtelf nickte und versuchte, seinen Neid zu verbergen. Niemand konnte sich mit einem Gott messen.

Über der Stadt lag der gleiche grüne Nebel, der fast ganz Kalimdor bedeckte. Azshara genoss den Anblick, denn er ließ ihre Stadt mysteriöser wirken, während er gleichzeitig Dinge vor ihr verbarg, die ihr vielleicht missfallen hätten. Wenn die Welt neu erschaffen war, würde sie Sargeras bitten, den Nebel zu lüften. Bis dahin gefiel er ihr.

Azshara sah sich um, als sie einen offenen Platz erreichten. Sie zog die Zügel ihres Nachtsäblers an und brachte ihn zum Stehen. Dann streichelte sie seinen Nacken, um ihn zu beruhigen. Alles im Palast hatte sich durch Sargeras verändert, und die Tiere bildeten keine Ausnahme. Die großen Katzen hatten jetzt rote wilde Augen. Sie hätten jeden Artgenossen, der nicht dem königlichen Stall entstammte, mit großer Freude angegriffen und zerrissen.

„Der Captain und ich werden ein paar Minuten allein weiterreiten.“

Weder die Nachtelfen noch die Dämonen wirkten erfreut über diesen Befehl … abgesehen von Varo'then natürlich. Er sah seine Männer an und knurrte: „Befolgt den Befehl der Königin!“

Die Eskorte gehorchte und blieb zurück, während er und die Königin weiterritten.

Azshara schwieg, bis sie außer Hörweite waren. Dann lächelte sie Varo'then an. „Verläuft alles zufrieden stellend?“

„Was meint Ihr damit?“

Die Königin blickte zum Horizont. „Die Säuberung meines Reiches. Müsste sie nicht längst vollzogen sein?“

„Archimonde wird dafür sorgen, meine Königin.“

„Aber ich hätte das gerne erledigt, *bevor* Sargeras eintrifft. Wäre das nicht ein wundervolles Geschenk für meinen … Zukünftigen?“

Varo'then unterdrückte seine Gefühle mühsam. Er schluckte seine Eifersucht herunter und sagte: „Ein wahrhaft wundervolles Geschenk. Er wird es erhalten.“

„Und warum verzögert es sich noch?“

„Dafür gibt es viele Gründe. Logistik –“

Sie beugte sich vor und gewährte ihm einen Blick auf ihren Körper. „Mein lieber, lieber Varo'then. Sehe ich denn tatsächlich aus wie du? Wie ein harter, muskulöser Soldat?“

Seine Wangen erröteten. „Nein, Vision der Vollkommenheit.“

„Dann gebrauche bitte nicht diese militärischen Begriffe. Zeige mir einfach, was du meinst.“

Azshara hob ihre Handfläche, auf der ein kleiner Kristall erschien. Er war anfangs kaum größer als eine Erbse, wuchs jedoch bis zur Größe einer Melone. Er leuchtete so hell wie der volle Mond.

„Wirst du mir diesen Gefallen erweisen?“

Der Soldat nahm den Kristall aus ihrer Hand und konzentrierte sich. Zwar war er kein mächtiger Zauberer wie die Hochwohlgeborenen, aber er beherrschte die Grundlagen der magischen Künste. Der Kristall reagierte auf seine Gedanken und verwandelte sie in Bilder.

„Ihr fragt mich, warum sich die Angelegenheit verzögert, meine Königin. Nun, hier sind einige Gründe dafür.“

In seiner Erinnerung entstand das Bild eines rothaarigen Wesens, das Azshara fremd vorkam. Sie betrachtete es mit leuchtenden Augen.

„Er sieht gut aus … für einen Fremden. Definitiv männlich.“

„Ein mächtiger Zauberer.“ Das Gesicht verschwand und wurde durch das eines älteren Mannes ersetzt.

„Warum zeigst du mir diesen Geist?“

„Das ist kein Geist. Trotz seiner blassen Hautfärbung lebt dieses Wesen. Als wir ihm begegneten, stellte er keine Gefahr dar, aber ich glaube, dass er zu diesem Zeitpunkt an einer Krankheit litt. Vor kurzem haben meine Spione ihn jedoch in Begleitung eines Drachen gesehen.“

Das beeindruckte die Königin. „Eines Drachen?“

„Ja, und die beiden haben Archimondes Kriegern große Probleme bereitet. Mittlerweile sind sie verschwunden, aber ich befürchte, dass sie zurückkehren.“

„Dann ist er wohl doch kein Geist“, entgegnete Azshara, während sie die blasse Erscheinung betrachtete, die an einen Nachtelf erinnerte. „Und nur sie verhindern die Vollkommenheit meiner Welt?“

Captain Varo'then schnaufte. „Auch einige aus unserem Volke sorgen dafür. Sie sind fehlgeleitet. Ihre Abbilder sind unscharf, weil sie mir nur über andere zugetragen worden sind.“

Azshara betrachtete die neuen Gesichter. Einer der beiden Nachtelfen hatte seine Haare zu einem Zopf zusammengebunden und trug schwarze Kleidung. Der andere hatte das Haare offen und schien erdfarbene Kleider zu bevorzugen. Beide Gesichter ähnelten sich so sehr, dass die Königin im ersten Moment glaubte, sie stellten ein und dieselbe Person dar.

„Es sind Zwillinge“, stellte Varo'then klar. „Brüder.“

„Zwillinge … wie interessant.“ Sie strich mit dem Finger über die Bilder. „Aber sie sind so jung … sicherlich sind sie keine Anführer.“

„Sie sind mächtige Zauberer, aber sie führen die Rebellion nicht an. Diese Aufgabe hat der ehrenwerte Lord Ravencrest übernommen.“

„Mein lieber Kur'talos … ich habe ihn stets bevorzugt behandelt, und so dankt er es mir nun."

Captain Varo'then ließ den Kristall sinken. Finster sagte er: „Black Rook hat den Palast stets beneidet, Licht der Lichter."

Sie schmollte einen Augenblick lang. „Ich habe entschieden, dass Lord Ravencrest mir missfallen hat", erklärte sie schließlich. „Kannst du dieses Problem lösen?"

Er zeigte seine Überraschung nicht. „Das wird uns einiges kosten … aber es kann uns gelingen, sollte das Euer Wunsch sein."

„Mein größter Wunsch, lieber Captain."

Azshara streichelte leicht über seine Wange, dann wendete sie ihr Reittier abrupt und ritt zurück zu der wartenden Eskorte. Ihre lange schimmernde Schärpe flatterte im Wind. Der Offizier nahm sich zusammen und dachte über die Wünsche seiner Herrin nach. Kur'talos Ravencrest missfiel ihr also. Eines größeren Verbrechens konnte man sich in ganz Kalimdor nicht schuldig machen.

„Wir werden das Problem beseitigen, meine Königin", murmelte er. „Wir werden es beseitigen."

Sie ließen Suramar hinter sich und trieben die Dämonen in Richtung Zin-Azshari. Rhonins Meisterzauber hatte den Vorstoß ausgelöst, aber jetzt übernahmen Illidans Mondgarde und die Soldaten an vorderster Front. Sie vernichteten jeden Dämon, der es wagte, sich ihnen entgegenzustellen.

Rhonin ruhte sich nicht auf seinem Erfolg aus. Er legte zwar eine kurze Pause ein, nutzte die Situation jedoch dann, um die Brennende Legion weiter zu schwächen. Jeder Dämon, der fiel, war einer, der seiner Familie kein Leid mehr zufügen konnte. Rhonin interessierte es nicht mehr, welche Konsequenzen seine Anwesenheit in diesem Krieg haben würde. Wenn es ihnen gelang, die Brennende Legion hier zu vernichten, würde die Welt der Zukunft weder unter ihr, noch unter der Untoten-Geißel zu leiden haben.

Brox hatte ebenfalls alle Zweifel abgelegt. Er war ein Orkkrieger, und Orkkrieger kämpften. Über die Konsequenzen konnten sich andere Sorgen machen. Er wusste nur, dass seine Axt das Blut von Dämonen schmecken wollte.

Die Streitmacht der Nachtelfen schlug einen Keil mitten in die Dämonen. An den Flanken kämpfte die Mondgarde gegen den Feind. Die Eredar und die Schreckenslords wagten zwar hin und wieder Gegenangriffe, aber sie hatten Illidans Zaubern nichts entgegenzusetzen.

„Wir treiben sie zu den Hügeln von Urae!", rief Jarod Rhonin zu. „Dahinter liegt nur noch Zin-Azshari."

„Zum Glück haben wir sie in Panik versetzt", antwortete der Magier grimmig. „Wenn sie Verstärkung hätten oder organisierter vorgingen, sähe es für uns nicht gut aus. Wir müssten uns den Berg hinaufkämpfen."

„Auf der anderen Seite werden wir die Hügel zu unserem Vorteil nutzen."

„Dann sollten wir sie so schnell wie möglich erreichen."

Die Dämonen zogen sich weiter in die Hügel zurück. Es war ein chaotischer, unstrukturierter Vorgang. Archimonde konnte Rhonin nicht ausmachen. Wäre der Dämonenlord anwesend gewesen, hätte die Brennende Legion sicherlich besser gekämpft, außer …

*Ist das möglich?,* fragte er sich. Der Gedanke war furchteinflößend.

„Jarod! Brox! Ich muss Ravencrest finden!"

„Geh ruhig", knurrte der Ork, während seine Axt zuerst durch die Rüstung eines Dämons und dann in dessen Brust schnitt.

Rhonin hatte Schuldgefühle, weil er seine Freunde mitten im Kampf verließ, aber gleichzeitig spürte er, dass er den Kommandanten so schnell wie möglich finden musste. Die Theorie, die unerwünscht in seinem Verstand erschienen war, konnte nur der Adlige bestätigen oder verwerfen.

Doch Lord Ravencrest zu finden, war keine einfache Aufgabe. Der Nachtsäbler schob sich langsam durch die vorrückenden Soldaten, während der Zauberer die Gegend absuchte – ohne Erfolg jedoch. Er wusste nicht, wo sich sein Ziel aufhielt. Es gab tausend Möglichkeiten.

Rhonin wurde nervös, doch dann sah er endlich jemanden, der möglicherweise Ravencrests Aufenthaltsort kannte. Lord Desdel Stareyes Rüstung war fleckenlos, und seine Katze wirkte, als habe man sie eben erst gebürstet. Rhonin fragte sich, ob er überhaupt in die Nähe der Schlacht geraten war, geschweige denn darin gekämpft hatte. Allerdings war Stareye Ravencrests Vertrauter; etwas anderes zählte in dieser Situation nicht.

„Mylord! Mylord!", rief der rothaarige Magier.

Der Nachtelf sah ihn mit deutlichem Widerwillen an. Dann griff er in seine Gürteltasche und nahm ein Pulver heraus, das er schniefte. Sein Schwert ließ er jedoch stecken.

„Das ist ein sehr ungünstiger Zeitpunkt, Zauberer", beschwerte er sich. „Was willst du?"

„Wo ist Lord Ravencrest? Ich muss ihn sprechen."

„Kur'talos ist gerade sehr beschäftigt. Was machst du überhaupt hier? Solltest du nicht deine Zauber an der Front wirken oder so etwas?"

Rhonin kannte Leute wie diesen Nachtelf aus seiner eigenen Zeit. Solche hochgestellten Persönlichkeiten waren nicht nur unnütz, als Kommandanten waren sie sogar gefährlich. Sie interessierte nichts außer dem eigenen Vergnügen, und sie sahen im Krieg nur ein weiteres Spiel.

„Es ist überaus wichtig, Mylord."

„Worum geht es?"

Der Magier hatte keine Zeit für diese Verzögerungstaktik, erkannte jedoch, dass er Stareye von der Dringlichkeit seiner Bitte überzeugen musste, um zu Ravencrest vorgelassen zu werden.

Also sagte er: „Ich muss wissen, ob Ravencrest in der letzten Zeit Kundschafter ausgesandt hat und ob sie irgendwas auf der anderen Seite der Hügel gefunden haben."

Der Nachtelf schnaubte. „In ein paar Stunden wirst du selbst sehen können, was sich jenseits der Hügel befindet."

Rhonin bedauerte, dass er keine magische Verbindung zum Kommandanten aufgebaut hatte, aber Ravencrest lehnte diese Art der Kommunikation ab. Er glaubte, dass die magischen Kräfte der Zauberer es dem Feind erleichterten, ihre Gedanken zu lesen. Und er wollte verhindern, dass seine Pläne durch seine Verbindung zu ihnen in Gefahr gerieten.

Rhonin hielt diese Behauptung für lächerlich, hatte es aber längst aufgegeben, mit Ravencrest darüber zu streiten. Diese Verfehlung rächte sich jetzt vielleicht.

„Lord Stareye, wo ist er?"

Der hagere Adlige wirkte einen Moment lang nachdenklich, dann sagte er: „Folge mir, Zauberer. Ich bringe dich an die Stelle, wo ich ihn zuletzt sah."

Rhonin atmete erleichtert auf und folgte Stareye. Zu seiner Überraschung wandte sich der Nachtelf von der Schlacht ab. Im ersten Moment wollte er dagegen protestieren, doch dann erkannte er, dass sie auf diese Weise ungehinderter und schneller vorankamen.

Trotz dieses Manövers verstrich kostbare Zeit, während sie sich von einer Seite der Streitmacht zur anderen bewegten. Gleichzeitig kämpften sich die Nachtelfen weiter vorwärts, folgten den Dämonen auf immer schmaler werdenden Wegen die Hügel hinauf.

*Vielleicht hat Stareye sogar Recht*, dachte er Magier pessimistisch. *Bis wir Ravencrest gefunden haben, steht die Streitmacht längst auf der anderen Seite der Hügel.*

„Da!", rief sein Begleiter schließlich. „Siehst du sein Banner?"

Rhonin suchte vergeblich danach. „Wo?"

„Da, du Narr! Es –" Stareye schüttelte den Kopf. „Jetzt sehe ich es auch nicht mehr. Komm, ich bringe dich hin."

Stareye hatte wohl gehofft, den Magier schnell loswerden zu können, doch das erwies sich als falsch. Rhonin hielt zwar nach dem Banner des Adligen Ausschau, entdeckte es jedoch nirgends. Hinzu kam, dass sich die Streitmacht so schnell bewegte, dass der Kommandant wahrscheinlich ständig die Position wechselte, um den Überblick zu behalten.

„Verdammt", murmelte der Nachtelf nach einer Weile und wischte sich Lehm von seiner glänzenden Rüstung. „Er war hier. Ich habe ihn doch gesehen."

Sie zogen weiter durch die vorrückenden Linien. Rhonin warf einen Blick zu den Hügeln, die bedrohlich näher gekommen waren und ihn an die spitzen Reißzähne einer Bestie erinnerten. Zwischen ihnen sah er die Dämonen, deren Rückzug durch den Aufstieg verlangsamt wurde. An manchen Punkten war er sogar ganz zum Erliegen gekommen.

Oder?

Stareye wies mit der Hand nach vorne, um die Richtung zu zeigen, doch im gleichen Moment geriet ein wenig Staub in Rhonins Auge. Der Magier wandte sich ab und blinzelte. Überrascht bemerkte er Ravencrests Banner, das hinter ihm im Wind flatterte.

„Da ist er!“, rief Rhonin.

„Nein, ich glaube …“ Stareye unterbrach sich, als er dem Blick des Magiers folgte. Rhonin trieb indessen bereits sein Reittier an, lenkte es Ravencrests Position entgegen. Er bewegte sich gegen den Strom der Soldaten und ließ sich nicht davon mitreißen. Noch war nicht alles verloren. Wenn er Ravencrest erst einmal …

Gebrüll kam an der Front auf. Hörnerschall erklang, Trommeln wurden geschlagen. Die Gesichter rund um Rhonin erblassten.

„Was ist los?“, rief er einem Soldaten zu, der aber nicht antwortete.

Rhonin blickte wieder zur Front. „Nein …!“, stieß er entsetzt hervor.

Die Hügel waren voller Dämonen, die den Nachtelfen entgegenstürmten. Das allein hätte Rhonin nicht geängstigt, aber er sah andere Dämonen, brennende, monströse Kreaturen, die sich wie eine Flut über die Felsen ergossen. Aus dem diesigen Himmel regneten Geschosse auf die Streitmacht herab. Sie sahen aus wie Felsbrocken, in Wirklichkeit jedoch handelte es sich um Höllenbestien.

Eine solch große Streitmacht konnte nicht in so kurzer Zeit durch das Portal gekommen sein, das wurde Rhonin klar, während er voller Entsetzen das endlos erscheinende Heer betrachtete. Es gab nur eine Erklärung: Archimonde hatte die Heere aus ganz Kalimdor hier zusammengezogen, weil er wusste, dass ihm nur die Nachtelfen ernsthaft gefährlich werden konnten.

Sein geschickter Schachzug war erfolgreich gewesen. Jetzt war sein Gegner genau dort, wo er ihn haben wollte.

Die Stimmen in Neltharions Kopf flüsterten aufgeregt. Der schwarze Drache hörte ihnen angespannt zu, obwohl sie immer wieder das Gleiche verkündeten:

*Die Zeit ist gekommen …*

*Die Zeit ist gekommen …*

*Die Zeit ist gekommen …*

Er hob die Drachenseele empor und blickte über ihren Rand hinweg auf die anderen Aspekte.

„Es ist soweit“, donnerte er.

Die anderen nickten verstehend und verließen nacheinander die große Höhle.

Erst als Neltharion mit den Stimmen allein war, wagte er es, die Wahrheit auszusprechen:

„*Meine* Zeit ist gekommen."

Nur Minuten später strömten die Leviathane aus allen Klüften und Höhlen. Einige kletterten aus dem Erdboden hervor, andere sprangen vom Berggipfel. Aus jedem erdenklichen Ausgang quollen Drachen.

Es war Zeit zu handeln.

Nie zuvor in der Geschichte der Welt hatten sich so viele Drachen an einem Ort befunden. Als sie sich in die Lüfte erhoben, gab es etliche, die beinahe ehrerbietig auf den Anblick reagierten, den sie zusammen mit den anderen boten. Rote Drachen flogen neben Bronzefarbenen und Grünen. Blaue und Schwarze tauchten als dunkle Tupfer zwischen ihnen auf. Die fünf großen Clans waren zu einem einzigen geworden.

Es gab Drachen, deren Flügel den Himmel zu umspannen schienen und gegen die andere wie Motten wirkten. Doch jeder, egal ob alt oder jung, musste mitfliegen. So hatten es die Aspekte beschlossen.

Die ersten Drachen, die aufstiegen, flogen jedoch nicht direkt auf das Land der Nachtelfen zu. Stattdessen kreisten sie hoch über den Bergen und warteten auf die anderen. Der Himmel war voll von ihnen. Sie flogen übereinander und untereinander, um Kollisionen zu vermeiden.

Immer mehr Drachen kamen aus den Bergen. Wer sie sah, musste glauben, das Ende der Welt stehe vor der Tür, und vielleicht war es ja auch so. Die Leviathane realisierten das Böse, das von den Dämonen ausging. Im Angesicht einer solchen Bedrohung durfte sich niemand dem Kampf verweigern. Einer nach dem anderen brüllte leidenschaftlich in Erwartung der kommenden Schlacht.

Dann erschienen auch die Aspekte: Alexstrasza, die Rote, die Mutter des Lebens; Malygos, der Blaue, der Hexenmeister; die grüne Ysera, Herrin der Träume; und da Nozdormu, der Zeitlose abwesend war, hatte seine älteste Gefährtin seinen Platz eingenommen.

Erst, als alle versammelt waren, zeigte sich Neltharion, der schwarze Drache und Erdwächter.

Die winzige Scheibe leuchtete hell und zog trotz ihrer schmucklosen Erscheinung die Aufmerksamkeit der Drachen auf sich. Neltharion brüllte, als er sich in die Luft erhob. Sein Ruf hallte über die Bergkette.

Die anderen Drachen folgten Neltharion. Die Zeit der Abrechnung war gekommen. Sie alle hatten einen Teil ihrer selbst gegeben, um die gewaltigste Waffe aller Zeiten zu erschaffen. Und sollte sie nicht ausreichen, um den Gegner zu bezwingen, blieben ihnen immer noch ihre Klauen und Zähne.

Würde aber auch das nicht ausreichen, gab es keine Hoffnung mehr.

Tyrande hörte die Rufe und den Hörnerklang. Sofort begriff sie, was geschehen war. Die Schlacht hatte eine neue, unvorhergesehene Wendung genommen. Die Dämonen schlugen mit aller Härte zurück.

Sie entschuldigte sich hastig bei dem Verwundeten, den sie geheilt hatte und sprang auf ihren Nachtsäbler. Shandris, die bereits im Sattel saß, machte rasch Platz für sie. Dann ritten sie los, um nach den anderen Schwestern zu suchen.

Die meisten warteten bereits auf ihr neues Oberhaupt. Dazu zählten nicht nur die Priesterinnen, die man Tyrande ursprünglich zugeteilt hatte, sondern auch viele ältere. Alle knieten nieder oder verbeugten sich, als sie sich ihnen näherte.

„Bitte lasst das", sagte Tyrande, die sich bei dem Anblick unwohl fühlte. „Das ist überflüssig."

„Wir erwarten deine Weisungen", antwortete Marinda respektvoll.

Vor diesem Moment hatte sich Tyrande gefürchtet. Sie wusste, wie man Hilfe für Flüchtlinge und verletzte Soldaten organisierte, aber die Schwestern in den Kampf zu schicken, war etwas völlig anderes.

„Wir müssen …" Sie unterbrach sich und bat Mutter Mond stumm um ihren Beistand. „Wir müssen uns aufteilen, um die schwächsten Bereiche der Front zu unterstützen … aber nicht alle. Ein Drittel von uns bleibt in den hinteren Reihen und kümmert sich um die Verwundeten."

Einigen Schwestern schien das nicht zu gefallen. Sie wollten vorne mitkämpfen. Tyrande verstand das, aber sie wusste auch, dass die Schwesternschaft trotz der verzweifelten Schlacht nicht die anderen Gaben ihres Tempels vergessen durfte.

„Wir benötigen Heilerinnen für die Soldaten. Jeder Streiter, der an die Frontlinie zurückkehren kann, ist ein Gewinn. Bedenkt auch dies: Die Schwesternschaft der Elune darf nicht aussterben. Wenn wir alle kämpfen und vielleicht dabei umkommen, wer wird dann noch da sein, um ihre Lehren und ihre Liebe zu verbreiten?" Tyrande versuchte nicht daran zu denken, dass es vielleicht schon bald niemanden mehr geben würde, dem man die Lehren der Elune vermitteln konnte. Die Dämonen würden daran wohl kein Interesse finden.

„Wir hören und gehorchen", sagte eine ältere Priesterin. Die anderen nickten.

„Marinda, du wirst die Gruppe der Heilerinnen leiten."

„Ja, Mylady."

Tyrande fuhr fort: „Sollte ich sterben, wirst du meine Position einnehmen."

Die Nachtelfe sah sie entsetzt an. „Tyrande …"

„Die Kette darf nicht unterbrochen werden. Das habe ich begriffen. Ich hoffe, du begreifst es auch."

„Ich …" Marinda unterbrach sich. „Ja, das tue ich." Ihr Blick glitt über die anderen Priesterinnen. Ebenso wie Tyrande vor ihr dachte nun sie darüber nach, wer ihre Stelle einnehmen würde, wenn sie fiel.

Die neue Hohepriesterin atmete tief durch. Vielleicht hatte sie ihre Entscheidungen übereilt getroffen, doch mit diesen Zweifeln konnte sie sich jetzt nicht beschäftigen. Die Schwestern wurden gebraucht. Elune wurde gebraucht.

„Das ist alles … Möge das weise Licht von Mutter Mond eure Pfade erhellen."

Es war eine uralte Abschiedsfloskel. Tyrande blieb zurück, während die meisten Schwestern sich abwandten und zu ihren Posten gingen. Die Gruppe, die ihr zugeteilt war, stieg auf die Nachtsäbler.

Eine Schwester sah Tyrande an. „Mylady, was ist mit ihr?"

„Ihr?" Sie blinzelte. Sie hatte sich so an Shandris gewöhnt, dass sie erst jetzt erkannte, dass das Mädchen sie nicht begleiten konnte.

Shandris schien zu wissen, was sie sagen wollte, denn sie hielt die Zügel mit beiden Händen fest. „Ich komme mit dir!"

„Das geht nicht."

„Ich kann mit einem Bogen umgehen. Mein Vater hat mir das beigebracht. Ich bin bestimmt so gut wie die da!"

Trotz des bevorstehenden Kampfes mussten die Schwestern über so viel Trotz schmunzeln.

„Wirklich *so* gut?", scherzte eine.

Tyrande nahm Shandris' Hand. „Nein, du bleibst hier."

„Aber –"

„Steig ab, Shandris."

Die Waise stieg ab. Tränen liefen über ihr Gesicht. Sie sah Tyrande aus großen Augen an und löste damit Schuldgefühle bei der Priesterin aus.

„Ich bin bald zurück, Shandris. Du weißt, wo du warten musst."

„Ja … Mylady."

„Kommt", sagte Tyrande zu den anderen. Elune hatte sie für ihre Rolle auserkoren, also musste sie damit leben und ihre Pflichten so gut wie möglich erfüllen. Dazu gehörte auch, dass sie so viele Schwestern am Leben erhielt, wie Mutter Mond ihr erlaubte.

Selbst wenn sie sich selbst dafür opfern musste.

Shandris sah ihnen nach. Ihr Gesicht war tränennass, und sie hatte die Hände zu Fäusten geballt. Ihr Herz schlug im Rhythmus der Kriegstrommeln.

Als sie es nicht mehr aushielt, lief sie den Priesterinnen hinterher.

# NEUNZEHN

Obwohl Krasus behauptet hatte, Korialstrasz würde schon bald zu ihnen stoßen, bestand er darauf, in Richtung der Schlacht zu ziehen. Dies tat er nicht, weil er glaubte, die Reise damit verkürzen zu können. Selbst ein alter kranker Drache hätte diese Strecke in wenigen Minuten zurückgelegt. Der junge – und dank des Druiden gesunde – Korialstrasz würde nur eine brauchen.

Nein, sie gingen in diese Richtung, weil der Drachenmagier nur so seine Ungeduld unter Kontrolle halten konnte. Er wollte die Reise unbedingt beschleunigen. Aber nach der letzten Katastrophe wagte er nicht, ein neues Portal zu öffnen. Also konnte er nur auf sein jüngeres Ich warten. Doch das fiel ihm schwer, denn die Ereignisse spitzten sich zu. Korialstrasz musste sie so schnell wie möglich zum Schlachtfeld bringen, dann hatten sie vielleicht noch eine Chance.

„Meister Krasus!“, unterbrach der Nachtelf seine Gedanken. „Hinter uns ist etwas.“

Er drehte sich um und betete, dass es kein weiterer Wächter Neltharions war. Eine gewaltige Gestalt flog ihnen in gerader Linie entgegen, hatte sie offensichtlich entdeckt. Krasus spürte, wie etwas seinen Geist berührte. Er lächelte. „Es ist Korialstrasz.“

„Welch ein Glück!“

Die Schwingen des roten Riesen schlugen kraftvoll. Mit jeder Bewegung schien er Meilen zu überbrücken. Korialstrasz wurde rasch größer. Bald schon konnte man sein Gesicht erkennen. Er wirkte sehr erleichtert.

„Da seid ihr ja!“, rief der Drache, als er hinter ihnen landete. „Mein Flug schien ewig zu dauern, obwohl ich mich beeilt habe.“

„Ich freue mich, dich zu sehen“, sagte der Magier.

Korialstrasz neigte den Kopf und betrachtete Krasus eingehend, so als sähe er ihn zum ersten Mal. „Ist es wirklich wahr?“

Krasus begriff sofort, was die Frage bedeutete. Korialstrasz wusste nun offenbar, wen und was er wirklich darstellte.

„Ja“, antwortete er. „Es ist wahr.“

„Und du …“ Der Drache wandte sich an Malfurion. „Ich stehe für immer in deiner Schuld, Nachtelf.“

„Das tust du nicht.“

Der Leviathan schnaufte. „Das behauptest du. Du bist ja nicht beinahe gestorben.“

Krasus’ Augen wurden schmal. „Du wurdest angegriffen, nicht wahr?“

„Ja, von zwei Schergen des Erdwächters. Sie waren vom Wahnsinn befallen. Ich konnte einen töten, aber der andere hat mich erwischt. Er ist aber jetzt auch tot.“

„Das hatte ich befürchtet.“ Der Magier konnte nicht mehr sagen. Der Zauber hinderte ihn daran. Frustriert wandte er sich einem Thema zu, über das er sprechen konnte. „Wir müssen zu Rhonin und den anderen zurückkehren. Kannst du uns zu ihnen bringen?“

„Steigt auf, dann machen wir uns auf den Weg.“

Die beiden folgten der Aufforderung. Sie ließen sich auf seinen Schultern nieder, dann spreizte Korialstrasz die Flügel und hob vorsichtig ab. Zweimal kreiste er über die Ebene, dann flog er der Schlacht entgegen.

Während des Fluges sah sich Krasus ständig um. Er befürchtete, jeden Moment würden die Drachen hinter ihm auftauchen. Doch noch waren sie nicht zu sehen. Das gab ihm Hoffnung. Vielleicht gelang es ihm ja, Neltharions Verrat abzuwenden, bevor es zu spät war. Wenn man die Scheibe aufhielt – oder besser noch, wenn jemand sie benutzte, der den Makel des Bösen noch nicht in sich trug –, konnten die Dämonen besiegt und sein Volk vor seinem langen Abstieg bewahrt werden.

„Wir müssen gleich da sein“, rief Malfurion. „Der Himmel zieht sich zu.“

Kurz darauf drangen sie in den dichten grünen Nebel ein, der die Dämonen stets umgab. Korialstrasz flog so tief, dass sein Körper beinahe über den Boden schrammte. Eine Weile hielt er das durch, dann wurde der Flug zu anstrengend. „Ich muss höher steigen. Vielleicht endet der Nebel dort oben irgendwo.“

Die drei stiegen durch den Nebel aufwärts. Krasus kniff die Augen zusammen, konnte aber trotz aller Bemühungen nicht weiter als bis zum Kopf seines jüngeren Ichs sehen. Bei dieser schlechten Sicht musste sich Korialstrasz auf seinen Geruch und andere Sinne verlassen.

„Das muss doch irgendwann aufhören“, fluchte der Drache. „Ich werde das Schlachtfeld finden, und wenn ich –“

Eine geflügelte Gestalt erschien plötzlich vor ihnen. Es war eine Verdammniswache, die im Nebel verschwand, als sie den Drachen sah.

Korialstrasz setzte sofort zur Verfolgung an. Krasus und Malfurion mussten sich festhalten.

„Lass sie in Ruhe!“, rief der Magier. „Die Schlacht ist wichtiger!“

Doch der starke Wind, den Korialstrasz’ Flügel auslösten, riss ihm die Worte vom Mund. Krasus schlug seine Faust in den Nacken des Drachen, aber die Schuppen waren so dick, dass Korialstrasz nichts davon bemerkte.

„Soll ich einen Zauber versuchen?", rief Malfurion. „Damit wir seine Aufmerksamkeit erregen?"

Krasus hatte die gleiche Idee gehabt, sich aber dagegen entschieden. „Wenn wir ihn erschrecken, zuckt er vielleicht und wirft einen von uns ab. In diesem dichten Nebel würde er uns bei einem Sturz nicht auffangen können."

Die beiden überließen Korialstrasz schweren Herzens seiner Verfolgung. Sie hofften, dass der Drache den Dämon entweder rasch fand oder aufgab. Doch Krasus wusste, wie hartnäckig er in jungen Jahren gewesen war. Daher befürchtete er, dass Korialstrasz nicht so schnell aufgeben würde. Seine Sturheit war ein Problem.

Der Magier runzelte die Stirn. Die Verdammniswachen waren sehr listig und konnten sich im Nebel besser orientieren als ihre Feinde. Der Dämon hätte Korialstrasz, dem die Suche sichtlich schwer fiel, längst abschütteln können. Warum flog er nur einen so geraden Kurs?

Krasus erkannte plötzlich die Ursache für diese Taktik. „Malfurion, pass auf! Wir werden gleich angegriffen!"

Der Druide sah sich um und suchte im Nebel nach einem Feind.

Eine Sekunde später sah er mehr als ihm Recht war.

Die geflügelten Krieger stürzten sich von allen Seiten auf die drei. Ein halbes Dutzend stieg unter Krasus auf und griff die Brust und den Bauch des Drachen an. Andere stießen von oben herab und versuchten die beiden Reiter entweder zu töten oder vom Rücken des Drachen zu werfen. Weitere Verdammniswachen tauchten vor und hinter ihnen auf.

Korialstrasz brüllte und sandte seinen Angreifern einen Feuerstoß entgegen. Die meisten Dämonen flatterten rechtzeitig zur Seite. Nur einen erwischte er und verbrannte ihn sekundenschnell zu Asche.

Der Rote schwang seinen Schwanz wie einen riesigen Kriegshammer. Drei Verdammniswachen wurden von ihm hinweggefegt. Die anderen griffen mit ihren furchtbaren Klingen an und fügten den Schuppen sogar kleine Schnitte zu.

Auf dem Drachen begannen auch Krasus und Malfurion, sich zur Wehr zu setzen. Der Drachenmagier ließ einen leuchtend orangefarbenen Schild um sie herum entstehen, aber die Dämonen stürzten sich voller Wut darauf und schwächten, was er erschaffen hatte.

Der Nachtelf griff in seine Gürteltasche und nahm kleine Samen heraus, die er den Dämonen entgegenwarf. Dort, wo sie ihre Ziele berührten, platzten sie auseinander und wurden zu Efeu, der sich rasch nach allen Richtungen ausbreitete.

Die Dämonen zogen an den Pflanzen und hackten darauf ein, aber der Efeu wuchs schneller als sie ihn bekämpfen konnten.

Die Pflanzen legten sich um die Kehle eines Dämons und zogen zu. Es gab ein knackendes Geräusch, dann sackte die Verdammniswache zusammen und stürzte in die Tiefe.

Andere Dämonen konnten ihre Gliedmaßen und ihre Flügel nicht mehr bewegen. Zwei fielen schreiend dem Tod entgegen.

Krasus schrie auf, als ein Dämon, der den Schild überwunden hatte, auf seine Schulter einstach. Wütend zischte der Magier ein einzelnes, mächtiges Wort. Der Dämon begann zu jaulen, als sein Fleisch flüssig wie Wachs wurde und durch seine Flammenrüstung tropfte. Seine Knochen fielen in sich zusammen und verschwanden in der Tiefe.

Doch noch immer war die Luft voller Dämonen. Krasus hatte den Eindruck, dass sie absichtlich abgestellt worden waren, um entweder Korialstrasz' Rückkehr abzuwarten oder die Ankunft eines anderen Drachen. Wären sie Neltharion begegnet, hätten sie ihn vielleicht so lange aufgehalten, dass Krasus ihn hätte besiegen können. Aber das war nicht geschehen.

Korialstrasz konnte sich wegen der Reiter auf seinem Rücken nicht so frei bewegen, wie er es gerne gewollt hätte, aber er setzte seine Fähigkeiten trotzdem mit großem Geschick ein. Ein Dämon kam ihm zu nahe und landete zwischen Korialstrasz' Gebiss. Der Drache spuckte seine Überreste aus und schüttelte den Kopf.

„Die schmecken ja fürchterlich!"

Krasus sah sich misstrauisch um. Die Brennende Legion griff immer in mehreren Wellen an.

Er entdeckte vier Verdammniswachen, die nebeneinander flogen. Sie trugen etwas zwischen sich, das er im ersten Moment für ein langes und dickes Seil hielt. Als sie näher kamen, erkannte er jedoch, dass es kein Seil, sondern ein dehnbarer Metalldraht war.

Er blickte in die andere Richtung. Auch von dort näherten sich vier Verdammniswachen. Sie schienen sich auf Korialstrasz' Flügel stürzen zu wollen.

„Malfurion, sieh mal!"

Der Druide folgte der Aufforderung und runzelte die Stirn. „Was haben die damit vor?"

„Wahrscheinlich wollen sie die Drähte um seine Flügel wickeln. Korialstrasz ist abgelenkt. Wir müssen uns etwas einfallen lassen."

Der Magier bemerkte zwei weitere Gruppen, die sich ebenfalls mit den Drähten bewaffnet hatten. Die Dämonen hatten sich gut vorbereitet.

Die neuen Angreifer kamen immer näher. Die anderen Verdammniswachen kämpften umso heftiger, lenkten von der Bedrohung ab. Krasus und der Nachtelf versuchten sich zwar darauf zu konzentrieren, doch das ließ die Brennende Legion nicht zu.

Eine plötzliche Windböe trieb die höllischen Krieger auseinander. Malfurion atmete tief durch. Der Zauber hatte ihn angestrengt. Aber er hatte Krasus damit genügend Zeit verschafft.

Der Drachenmagier dachte an den Angriff, mit dem der Druide Hakkar getötet hatte. Dann betrachtete er die erste Dämonengruppe. Der Draht, den sie zwischen sich trugen, schwebte bereits über Korialstrasz' linkem Flügel. Es durfte ihnen nicht gelingen, ihn einzuwickeln, denn mit nur einem Flügel konnte sich der Drache nicht in der Luft halten.

Der Blitz, den Krasus auslöste, traf zwar nur einen der Dämonen, doch der Draht, den sie alle festhielten, übertrug die tödliche Energie auf alle. Die monströsen Angreifer schrien und wanden sich in Krämpfen, dann ließen sie das Metall los und taumelten haltlos in den Nebel hinein.

Eine Gruppe hatte Krasus zwar aufgehalten, aber es gab mindestens fünf weitere, die den gleichen Plan hegten.

„Ich muss euch um einen Gefallen bitten", rief der rote Drache. „Haltet euch fest, als hinge euer Leben davon ab, denn das tut es."

Die beiden Reiter gehorchten. Krasus sagte: „Klemm deine Füße unter eine Schuppe, Malfurion! Beeil dich!"

Der Nachtelf befolgte die Anweisung. Im gleichen Moment drehte sich Korialstrasz auf den Rücken.

Die Taktik überraschte die Brennende Legion. Korialstrasz' gewaltige Lederschwingen fegten einen Dämon nach dem anderen hinweg. Zwei der Gruppen, die Metalldrähte zwischen sich trugen, fielen den Flügeln zum Opfer.

Noch während der Drehung stieß der rote Drache drei rasche Feuerstöße hervor. Zwei Verdammniswachen verbrannten, die anderen konnten ausweichen.

„Vorsicht!"

Ein Geschoss schlug in die Brust des Drachen. Krasus' Füße rutschten unter der Schuppe weg. Verzweifelt hielt er sich mit den Händen fest. Der Druide konnte ihm nicht helfen. Er benötigte all seine Kräfte, um sich selbst auf dem Drachen zu halten.

Die brennende Höllenbestie löste sich von ihrem Opfer und ließ sich in den Nebel fallen. Die Entfernung zum Boden interessierte sie nicht. Sie wusste, dass sie den Sturz unverletzt überstehen würde.

Die anderen Angreifer nutzten ihren Vorteil und kamen näher. Krasus trat nach einer Klinge, während er sich hoch zog und neuen Halt auf dem Drachen fand. Malfurion warf ein paar Samenkörner, aber die Dämonen hatten die Bedrohung erkannt und wichen ihnen aus. Nur eine Verdammniswache fiel dem Efeu zum Opfer – kein nennenswerter Verlust.

Krasus sah, dass eine Gruppe begonnen hatte, ihren Draht um seinen rechten Flügel zu wickeln. Er richtete seine Finger auf die vier und sprach einen knappen Befehl.

Seine Fingernägel lösten sich und flogen den Dämonen entgegen. Sie wuchsen, bis sie fast einen halben Meter lang waren und durchbohrten die vier Dämonen. Krasus rieb sich die Finger, an denen bereits neue Nägel zu wachsen begannen, und sah zu, wie die Verdammniswachen in den Tod stürzten.

„Korialstrasz!“, rief Krasus. „Wir müssen uns befreien! Auf diesen Kampf dürfen wir uns nicht mehr einlassen!“

Dieses Mal verstand ihn sein jüngeres Ich. Man sah ihm an, dass er den Kampf nicht abbrechen wollte, doch er ordnete sich Krasus unter.

„Das wird vielleicht schwieriger als du denkst“, antwortete er.

Krasus wusste genau, wie schwierig es sein würde. Die Verdammniswachen waren überall, und der Drache durfte sich wegen seiner Reiter nicht zu hektisch bewegen. Das wusste die Brennende Legion.

Aber sie mussten sich befreien. Sie hatten schon zu viel Zeit verschwendet.

Der Leviathan verbrannte eine unvorsichtige Verdammniswache, dann sagte er: „Ich habe eine Idee. Das hat schon einmal geklappt. Haltet euch fest!“

Weder Krasus noch der Nachtelf hatten ihren Griff gelockert. Trotzdem hielten sie sich jetzt noch krampfhafter an den Schuppen fest.

In diesem Moment hörten Korialstrasz’ Schwingen auf zu schlagen.

Der Drache fiel wie ein Stein und ließ die überrumpelten Dämonen über sich zurück. Als sie sich von ihrer Überraschung erholt hatten, war er bereits weit weg.

Immer tiefer fiel der Drache. Er benutzte seine Schwingen nur, um sich zu stabilisieren und nicht ins Trudeln zu geraten. Seine Passagiere klammerten sich mühsam fest.

Krasus befürchtete, dass sein jüngeres Ich den Boden in dem dichten Nebel nicht rechtzeitig sehen würde. Doch dann geschah etwas Seltsames. Der Nebel verschwand einfach. Es sah aus, als habe ein höheres Wesen einen Keil hineingetrieben. Der Himmel war immer noch ein wenig diesig, aber die Sicht war nun so gut, dass Krasus in weiter Ferne die Hügel erkennen konnte.

„Ha!“, brüllte Korialstrasz triumphierend. Er schlug mit den Flügeln und verwandelte seinen Fall in einen sanften, geraden Flug. Von der Brennenden Legion war nichts zu sehen

Korialstrasz wartete auch nicht auf sie. Er flog wieder dem ursprünglichen Ziel entgegen. Seine Geschwindigkeit war so gewaltig, dass kein Dämon ihm folgen konnte.

Hinter Krasus atmete Malfurion tief durch. „Hoffentlich muss ich so etwas nie wieder erleben. Nachtelfen sind nicht zum Fliegen geboren.“

„Nach dieser Reise kann ich deine Gefühle gut verstehen.“ Krasus betrachtete den vor ihnen liegenden Weg. „Das kommt mir sehr vertraut vor … und bereitet mir Sorge.“

„Was ist denn jetzt los? Noch mehr Dämonen?“

„Das wäre ein simples Problem, Druide. Dieses hier ist, fürchte ich, wesentlich komplexer.“

„Was meinst du damit?“

„Beachte diesen Keil aus klarer Luft, der sich in den fauligen Nebel der Brennenden Legion schiebt."

„Vielleicht steht mein Volk kurz vor dem Sieg, und das ist ein erstes Omen …"

Krasus hätte Malfurions Optimismus gern geteilt. Er hob den Kopf und atmete ein, so wie der Ork es manchmal tat. Doch was der Magier in der Luft wahrnahm, überwältigte ihn beinahe und bestätigte seine Befürchtung.

„Korialstrasz, benutze deine Nase und sag mir, was du riechst."

Der Drache gehorchte. Sein Gesicht spiegelte Fassungslosigkeit wider. „Ich rieche … ich rieche unser Volk …"

„Einen aus unserem Volk?"

„Nein … viele … so viele, dass ihre Gerüche sich vermengen …"

„Was bedeutet das?", fragte Malfurion.

Der Drachenmagier zischte. „Das bedeutet, dass die Dämonen, gegen die wir kämpften, mehr Schaden angerichtet haben, als ich angenommen hatte."

„Aber … wir sind fast unverletzt entkommen …"

Krasus hätte ein paar Wunden liebend gern gegen das eingetauscht, was ihnen nun bevorstand. Die wenigen Minuten, die sie gebraucht hatten, um sich aus der Falle zu befreien, hatten gereicht. Die anderen Drachen waren an ihnen vorbeigezogen.

Er wollte einiges darüber erzählen, doch der Zauber hielt ihn davon ab. Krasus konnte nur eines zu Malfurion sagen, doch das reichte bereits völlig aus. „Die Drachen sind vor uns, Druide … und ich bin sicher, dass *er* sie anführt."

Malfurion verstand sofort, was er meinte. Die Drachen flogen der Schlacht entgegen. Sie glaubten, dass sie die Dämonen mit ihrer Wunderwaffe vernichten würden.

Sie ahnten nicht, dass Neltharion, der sie in die Schlacht führte, sie bereits verraten hatte …

Meilen entfernt eilten die Drachen rasch ihrem Ziel entgegen. Neltharion hatte sie in Bodennähe fliegen lassen und mit der Drachenseele den Nebel vertrieben. Das hatte sogar Alexstrasza und die anderen Aspekte beeindruckt. Niemand bezweifelte mehr die Fähigkeiten seiner Schöpfung.

Als er sich seinem bevorstehenden Triumph näherte, begannen die Stimmen wieder in seinem Kopf zu flüstern. *Bald ist es soweit*, sagten sie. *Bald, bald!*

In Kürze würden sich alle vor seiner Macht verneigen, und die Welt würde sich ihm unterwerfen.

„Was sollen wir tun?", fragte Alexstrasza.

*Du sollst mir deine Kehle darbieten*, dachte der Erdwächter, sagte jedoch: „Ich habe die Anordnung erklärt. Alle sollen sich an der entsprechenden Stelle in der Luft befinden. Den Rest wird die Drachenseele erledigen."

„Das ist alles?“

*Du solltest vor mir niederknien …* „Ja, das ist alles.“

Neltharion war froh, dass sie keine weiteren Fragen stellte. Sein Verstand tobte, und ihre Neugier hatte ihn fast dazu getrieben, sich zu verraten.

Die Drachenseele – *seine* Drachenseele – vertrieb den Nebel vor ihnen. Neltharion blickte über das Land und sah Bewegungen am Boden, so als würden dort Tausende Ameisen entlangkriechen.

Die Schlacht lag vor ihnen. Er konnte seinen Triumph kaum noch verbergen.

*Geduld …*, murmelten die Stimmen. *Geduld …*

Der schwarze Drache konnte sich ein wenig Geduld leisten. Er konnte warten. Seine Belohnung würde so groß sein, dass ein paar Minuten keine Rolle spielten.

Nur noch ein paar Minuten.

Brox sah sie als erster. Er wischte sich den Schweiß von der Stirn, zog seine Axt aus einer Teufelsbestie und blickte zufällig nach oben. Da sah er die ersten Drachen über dem Schlachtfeld auftauchen. Überrascht blieb er stehen und hätte wegen dieser Unvorsichtigkeit beinahe seinen Kopf verloren. Brox schlug den angreifenden Teufelswächter in drei Teile, dann trat er zurück und sah sich um. Rhonin war nirgends zu sehen.

Der Ork schnaufte. Der Zauberer würde schon bald erfahren, dass die Drachen eingetroffen waren – so wie jeder andere auf dem Schlachtfeld.

Der Kampf, dachte Brox, war gerade um einiges interessanter geworden.

Rhonin war nicht zu Lord Ravencrest vorgedrungen. Der Adlige war in Sichtweite, doch der plötzliche Dämonenangriff verlangte Rhonins volle Konzentration. Er musste die Frontreihen schützen. Mit einigen kurzen Zaubern stabilisierte er die Linien erst einmal, aber allein konnte er den Kampf nicht herumreißen. Die Mondgarde hatte sich zwischen den Soldaten verteilt, abgesehen von den Magiern, die Illidan an sich gebunden hatte. Schließlich brauchte er Kraft für seine spektakulären Zauber.

Malfurions Bruder wurde immer leichtsinniger und rücksichtsloser, und das lag nicht nur an den Umständen. Er warf Zauber, als wären es Kiesel, und es schien ihm egal zu sein, dass er manchmal nur knapp die eigenen Leute verfehlte.

Ein Teil der Front drohte einzubrechen. Drei Höllenbestien, die von Verdammniswachen unterstützt wurden, waren zwischen den Soldaten eingeschlagen und hatten deren Linien aufgerissen. Teufelswächter schoben sich in die Lücke, schlugen und stachen nach allem, das noch Leben in sich trug.

Der rothaarige Zauberer gestikulierte mit einer Hand, aber bevor er den Zauber aussprechen konnte, erschütterte eine Explosion das betreffende Gebiet. Die

Höllenbestien zerplatzten. Die Teufelswächter brachen mit zerfetzter Rüstung und zerfetzten Körpern zusammen.

Wäre dies das einzige Ergebnis der Explosion gewesen, hätte Rhonin wahrscheinlich gejubelt. Allerdings bemerkte er, dass zwischen den Dämonen zahlreiche tote Nachtelfen lagen, die das gleiche Schicksal ereilt hatte. Überlebende bettelten um Hilfe. Überall spritzte Blut.

Rhonin fluchte, aber nicht, weil es seine Schuld war. Seinen Zauber hatte er nicht einmal ausgesprochen.

Wütend sah er zu Illidan. Der Zauberer hatte es wirklich getan. Er hatte seine eigenen Leute getötet. Entweder bemerkte er es nicht, oder – es interessierte ihn nicht.

Rhonin vergaß die Brennende Legion. Er schob sich zwischen den Soldaten hindurch auf Malfurions Zwillingsbruder zu. Illidan musste Rechenschaft für diesen Zauber ablegen. So etwas durfte nicht noch einmal passieren.

Das Objekt seines Zorns drehte sich um und grinste ihn triumphierend an. Rhonins Wut stieg.

Doch dann blickte Illidan an ihm vorbei. Seine Augen weiteten sich. Sein Grinsen wurde breiter.

Rhonin wollte sich zwar nicht ablenken lassen, sah dann aber doch hin.

Auch seine Augen weiteten sich. Er fluchte.

Drachen tauchten in dem plötzlich klaren Himmel auf. Hunderte von Drachen.

„Nein …" Rhonin starrte die fliegenden Gestalten an. An ihrer Spitze entdeckte er einen schwarzen, gewaltigen Drachen. Es war klar, wer das sein musste. Und damit war auch klar, an welchem Punkt der Geschichte sie sich befanden. In ein schlimmeres Ereignis hätten die Nachtelfen nicht geraten können.

„Nein", flüsterte Rhonin. „Nicht jetzt … nicht jetzt …"

# ZWANZIG

Es gab nur wenige Dinge, die Archimonde erschüttern konnten. Normalerweise betrachtete er jede Situation mit dem ihm eigenen nüchternen und analytischen Verstand – egal, ob sie Nachtelfen, Magie oder Drachen betraf.

Doch jetzt war er erschüttert, denn er hatte nicht damit gerechnet, dass die Drachen in so großer Zahl erscheinen würden. Alles, was er über sie gelesen hatte, wies darauf hin, dass sie sich aus weltlichen Angelegenheiten heraushielten und sich von allem abkapselten. Er hatte wohl damit gerechnet, dass *einige* sich einmischen würden. Deshalb hatte er Verdammniswachen an strategisch günstigen Stellen im Nebel positioniert. Aber diese waren überfordert, denn es waren nicht nur ein paar Drachen erschienen, sondern … alle.

Der Dämonenkommandant riss sich zusammen. Sargeras ließ kein Versagen zu. Archimonde sandte seine Gedanken aus und befahl jeder Verdammniswache und jedem Eredar, sich auf die herannahenden Clans zu konzentrieren. Er war sicher, dass selbst Drachen nicht der Macht seiner Zauberer widerstehen konnten. Also wandte er seine Aufmerksamkeit wieder der Schlacht zu. Die Drachen überließ er den Nathrezim und den Hexenmeistern. Schließlich waren die Leviathane Geschöpfe dieser Welt und daher an ihre Gesetzmäßigkeiten gebunden. Auf die Legion traf das nicht zu. Sie bestand nicht aus weltlichen Wesen. Schon deshalb waren sie in diesem Krieg den Drachen überlegen. Und nichts würde ihren glorreichen Sieg mehr verhindern können.

Tyrandes Schwestern waren bis zu einigen Hügeln zurückgedrängt worden, auf denen ein paar tote Eichen standen. Der unerwartete Gegenangriff der Dämonen hatte die Nachtelfen völlig aus der Bahn geworfen. Die Schwestern versuchten zwar, die Kämpfer zu motivieren, aber ihnen fehlte es selbst an Hoffnung.

Die neue Hohepriesterin musste zu Fuß kämpfen, nachdem sich ihr Nachtsäbler todesmutig den Klingen entgegengeworfen hatte, die für seine Herrin bestimmt gewesen waren. Tyrande hatte die Dämonen getötet und widmete sich jetzt einer Schwester, die bei dem Angriff schwer verletzt worden war. Sie zog die blutüberströmte Frau auf die Äste eines Baumes und hoffte, dass sie dort kein Angreifer bemerken würde.

Aus dieser Höhe wirkte der Kampf hoffnungslos. Tyrande sah eine wahre

Dämonenflut, die ihr Volk von allen Seiten bedrängte. Überall wurden Nachtelfen bestialisch ermordet.

„Elune, Mutter Mond“, murmelte sie. „Gibt es denn nichts, das du für deine Kinder tun kannst? Die Welt wird hier enden, wenn wir verlieren.“

Aber anscheinend hatte die Göttin alles gegeben, was sie zu geben bereit war, denn der Tod ließ nicht von den Nachtelfen ab. Tyrande kümmerte sich um ihre Schwester, fragte sich aber gleichzeitig, ob das überhaupt noch wichtig war.

Plötzlich überkam sie das seltsame Gefühl, beobachtet zu werden. Die Hohepriesterin unterbrach ihren Heilzauber. Sie blickte über ihre Schulter, war sicher, dass sie einen Schatten aus den Augenwinkeln gesehen hatte. Doch als sie genauer hinschaute, fand sie nur ein paar tote Bäume.

Sie wollte schon wieder zu ihrer Arbeit zurückkehren, als etwas ihre Aufmerksamkeit erregte. Tyrande blickte zum Himmel. Ihre Hoffnung kehrte zurück.

Drachen flogen über sie hinweg. Drachen aller Clans.

„Gepriesen sei Elune!“, stieß sie hervor.

Entschlossen und hoffnungsvoll wandte sie sich wieder ihrem Heilzauber zu. Mutter Mond hatte ihre Gebete also doch noch einmal erhört. Sie hatte den Nachtelfen eine Unterstützung geschickt, gegen die selbst die Brennende Legion machtlos war.

Was musste man jetzt noch fürchten?

Die Drachen verteilten sich am Himmel, wie es Neltharion befohlen hatte. Unterschiedliche Farben fanden sich zusammen, um die Eigenheiten und Fähigkeiten der einzelnen Clans möglichst gleichmäßig aufzuteilen. Neben dem Erdwächter hielten sich Alexstrasza, Ysera, Malygos und die bronzefarbene Gefährtin des Zeitlosen auf. Hätte Neltharion die rote Königin angesehen, wäre ihm aufgefallen, dass ihre Blicke die Umgebung absuchten, als hoffe sie, dort jemanden zu finden. In seinem Wahnsinn war dem Schwarzen aber noch nicht einmal aufgefallen, dass ihr jüngster Gefährte fehlte.

Die Nachtelfen und Dämonen am Boden hatten die Drachen bemerkt. Neltharion grinste. Sein Publikum war bereit.

„Jetzt werden unsere Feinde die Drachenseele zu spüren bekommen!“, donnerte er.

Die kleine Scheibe leuchtete so hell, dass jeder Drache außer Neltharion sich abwenden musste. Der Erdwächter ignorierte das Brennen in seinen Augen, so hingerissen war er von dem Anblick.

Die Drachenseele schlug zu.

Ein Blitz wie aus purem Gold schoss aus ihr hervor. Es war ein Blitz, der reiner als die Sonne und die Sterne war, reiner als das Licht des Mondes. Er fegte über die Dämonenhorden hinweg und vernichtete die Brennende Legion, wo auch immer er sie traf.

Die Dämonen heulten. Die Dämonen kreischten. Sie flohen vor dem tödlichen Licht, liefen schneller davon, als sie je zuvor gelaufen waren. Die Furcht, die ihnen noch vor kurzem fremd gewesen war, holte sie jetzt mit aller Macht ein.

Die Nachtelfen standen so still, dass sie wie aus Stein gemeißelt wirkten. Selbst die arrogantesten Adligen starrten ungläubig auf das Schauspiel vor ihren Augen. Die Macht, die sie dort erblickten, verdeutlichte ihnen, wie lächerlich die Magie des Brunnens war.

Nur Rhonin stand kopfschüttelnd zwischen ihnen. „Nein … nein … nein."

Illidan beobachtete den unvorstellbaren Vernichtungszug voller Neid. Er begriff, dass all das, was er erlernt hatte, nichts war im Vergleich zur Magie der Drachen.

Auf der anderen Seite der Schlacht erzitterte Archimonde, als seine mächtige Armee hinweggefegt wurde. Er spürte bereits Sargeras' Wut und wusste, dass sein Herr ihn, nicht etwa Mannoroth oder die Hochwohlgeborenen, dafür zur Verantwortung ziehen würde.

Die Brennende Legion wehrte sich, auch wenn es sinnlos war. Die Eredar und Nathrezim schleuderten der Scheibe und dem Erdwächter ihre dunkle Magie entgegen. Sie warfen Sprüche, um die Drachenseele einzuschmelzen und Neltharion das Fleisch von den Knochen zu reißen. Dann griffen sie die restlichen Drachen an und versuchten, sie zu vernichten.

„Es ist soweit!", brüllte der Erdwächter. Es fiel ihm schwer, seinen Wahnsinn zu verbergen. „Verbindet euch!"

Die anderen Leviathane vereinten sich im Geiste. Da sie bereits einen Teil ihrer selbst in die Drachenseele gepflanzt hatten, fiel es ihnen leicht, noch mehr Energie hineinzuleiten.

Spöttisch lächelnd warf Neltharion den Hexenmeistern die Kräfte der Scheibe entgegen.

Die Eredar zerfielen zu Staub. Ihre Schreie waren kurz, aber voller Entsetzen. Schreckenslords fielen aus dem Himmel, als das Licht sie bis auf die Knochen verbrannte. Die Hexenmeister starben auf hundert verschiedene Arten, die Scheibe warf ihre eigenen Zauber auf sie zurück.

Schließlich flohen selbst die Furchtlosesten voller Panik. Dieser Macht hatten sie nichts entgegenzusetzen. Auch ihre Furcht vor Sargeras hielt sie jetzt nicht mehr zurück.

Als die Teufelswächter, die Verdammnisgarde und die anderen sahen, wie ihre Brüder den Drachen zum Opfer fielen, schwand auch ihr Mut. Archimondes Armee löste sich auf. Seine Drohungen verhallten ungehört. Selbst, als er einige Dämonen erschlug, liefen die anderen einfach weiter.

Lord Ravencrest stellte sich im Sattel seines Nachtsäblers auf. „Der Sieg ist unser!“, brüllte er. „Für Kalimdor und Azshara!“

Die Soldaten nahmen seinen Ruf auf. Die Streitmacht warf sich dem Feind entgegen. Der Sieg schien zum Greifen nah.

Nur Rhonin zögerte. Nur er kannte die Wahrheit. Aber wie sollte er anderen davon erzählen? Hatte die Drachenseele nicht genau das getan, wofür man sie angeblich erschaffen hatte?

Er sah sich nach Krasus um, dem Einzigen, der außer ihm die Bedrohung verstand und vielleicht sogar wusste, was zu tun war.

Aber von seinem ehemaligen Lehrer fehlte jede Spur.

Neltharion brüllte triumphierend, als die winzigen Dämonen unter ihm flohen. Er hatte die Macht der Drachenseele und damit auch seine eigene Überlegenheit bewiesen.

Doch dann störte eine Gestalt, deren Verrat er bereits spürte, seinen Augenblick des Triumphs.

„Neltharion“, sagte Alexstrasza angespannt. „Die Dämonen fliehen. Die Seele hat ihre glorreiche Aufgabe erfüllt. Jetzt sollten wir die Verbindung lösen und sie von allen Seiten angreifen.“

„Nein!“ Er sah sie drohend an, gab sich keine Mühe mehr, seinen lodernden Wahnsinn zu verbergen. „Nein! Ab jetzt bestimme ich, was getan wird. Ich, nicht du, Alexstrasza!“

Die anderen Aspekte starrten den Erdwächter an, als hätten sie ihn noch nie zuvor gesehen. Malygos begann, auf den schwarzen Drachen einzureden. „Mein guter Freund Neltharion. Sie wollte dich doch nicht beleidigen. Sie hat nur darauf hingewiesen, dass wir effizienter vorgehen, wenn –“

„Sei still!“

Die Scheibe leuchtete auf.

Die Clans versteiften sich. Ihre Flügel erstarrten. Trotzdem stürzten sie nicht in die Tiefe, denn die monströse Macht der Drachenseele sorgte dafür, dass sie getragen wurden. Nur ihre Augen bewegten sich noch. In ihnen spiegelte sich das Entsetzen über den Verrat des Schwarzen wider. Nur dessen eigener Clan teilte diese Reaktion nicht.

„Ihr werdet mich nicht verraten! Ich werde mein Recht durchsetzen! Mein Schicksal wird sich erfüllen. Dieses Land … *alle* Länder werden sich vor mir verbeugen. Ich werde die Welt so erschaffen, wie sie sein sollte.“

Sein Blick fiel auf die Schlacht, allerdings nicht auf die Brennende Legion. Der schwarze Leviathan richtete die Scheibe auf die vorrückenden Nachtelfen und zischte: „Alle sollen wissen, dass ihr Leben von mir abhängt!“

Die Macht der Drachenseele traf die Streitmacht.

Die Nachtelfen waren so siegessicher, dass sie im ersten Moment nicht begriffen, was geschah. Sie hätten ohnehin nichts daran ändern können. Das gleißend helle Licht traf die ersten Reihen. Die Soldaten schrien kurz auf und verschwanden. Die Reiter auf ihren Nachtsäblern starben ebenso wie die Fußsoldaten, von denen Dutzende in einem Sekundenbruchteil fielen.

Der Vormarsch geriet ins Stocken. Die Nachtelfen flohen. Zurück blieb nur die verbrannte Landschaft und die Überreste einiger Leichen.

Chaos herrschte. Weder die Nachtelfen, noch die Dämonen verstanden, was vor sich ging. Alle Augen richteten sich auf den gewaltigen schwarzen Schatten, der den Tod brachte.

Die Stimme des Erdwächters übertönte jedes andere Geräusch. „Hört zu, wertloses Getier! Richtet eure Gebete an mich, denn ich bin Neltharion, euer Gott!"

Die Stimmen in seinem Kopf schrien wild durcheinander, drängten ihn zu weiteren Gewalttaten. Doch ausnahmsweise ignorierte er sie. Er wollte seinen Triumph auskosten. Die winzigen Gestalten sollten vor ihm auf die Knie fallen und seine Überlegenheit anerkennen. Schließlich konnte er sie töten, wann immer es ihm beliebte.

Und das würde er auch tun, wenn sie ihn zu langweilen begannen.

„Kniet vor mir nieder! Jetzt!"

Die meisten folgten seinem Befehl. Nur einige blieben verwirrt und unsicher stehen.

Die Drachenseele traf die Entscheidung für sie. Ihr tödliches Licht strich einmal kurz über die Nachtelfen, dann über die Dämonen. Das war eine deutliche Lektion. Wer bis dahin noch gestanden hatte, sank jetzt rasch auf die Knie.

Der wahnsinnige Drache knurrte. „Ich habe mit angesehen, wie ihr bemitleidenswerten Kreaturen meine Welt ruiniert habt! Es muss wieder Ordnung herrschen. Meine Welt soll wieder vollkommen sein. Wer nicht bereit ist, mir zu dienen, wird sterben!"

Ein Zischen ließ Neltharion herumfahren. Alexstrasza konnte sich zwar nicht bewegen, aber es war ihr gelungen, ihrer Wut und ihrer Abscheu Ausdruck zu verleihen.

„Und du …", stieß der Schwarze hervor. Seine neuen Untertanen waren vergessen. „Du und meine anderen verräterischen und intriganten *Freunde* … euer Leben wird von mir bestimmt werden. Etwas Besseres habt ihr nicht verdient."

Alexstrasza rang um Worte. Neltharion gab sich großzügig und erlaubte ihr diese Fähigkeit.

„Was hast du getan, Neltharion? Welchen Schrecken hast du erschaffen? Du nennst uns verräterisch, aber ich sehe hier nur einen Verräter!"

„Ich habe dir erlaubt zu sprechen, aber du solltest dieses Geschenk nutzen, um dich für deine Verbrechen zu entschuldigen und meine Gnade zu erflehen. Stattdessen wagst du es, mich zu verurteilen?"

Sie schnaufte abfällig. „Niemand hier hat je ein so schreckliches Verbrechen begangen.“ Alexstrasza zögerte, dann sprach sie in einem sanfteren Tonfall weiter. „Neltharion, das passt doch nicht zu dir … Du wolltest, dass die Welt friedlich und harmonisch ist …“

„Und das wird sie sein! Wenn alle meinen Befehlen gehorchen, wird es kein Chaos und keine Kriege mehr geben.“

„Und keinen Tod? Wie viele sollen sterben, um deinen Frieden zu erschaffen, alter Freund?“

„Ich –“ Die Stimmen drängten ihn, sie zu töten. Der schwarze Drache schüttelte den Kopf, um seine Gedanken zu ordnen. „Alexstrasza … ich …“

„Kämpfe gegen den Wahnsinn an, der dich beherrscht, Neltharion! Du bist stark. Denke daran, wer du einmal warst … und vernichte dieses Ding, bevor es für uns alle zu spät ist!“

Sie hatte das Falsche gesagt. Der Blick des Erdwächters verhärtete sich. Er legte eine schützende Tatze auf die Scheibe. „Nein! Dein Verrat wird immer schlimmer. Du willst meine Schöpfung für dich selbst beanspruchen! Ich habe es gewusst. Ich habe gewusst, dass man euch allen nicht trauen kann!“

„Neltharion –“

„Schweig!“

Alexstraszas Kiefer erstarrten. Sie versuchte zu sprechen, aber die Macht der Drachenseele überwältigte sie.

Der dunkle Gigant wandte seine Aufmerksamkeit wieder den Wesen am Boden zu, die ihn reglos und voller Entsetzen anstarrten.

„Ich habe eine Entscheidung getroffen!“, rief er. „Ich habe entschieden, dass ich kein Getier wie euch in meiner neuen Welt sehen möchte!“

Er hob die Drachenseele. Die Scheibe begann zu leuchten.

Und ein roter Drache stieß heftig mit Neltharion zusammen.

Ihnen bot sich ein schrecklicher Anblick. Am Boden herrschten Tod und Verwüstung, in der Luft wurden die Drachen in der Falle eines Verräters gefangen gehalten.

Krasus fluchte. „Wir kommen zu spät! Neltharion hat sein Volk bereits verraten.“

Im gleichen Moment erkannte er überrascht, dass der Zauber des Erdwächters ihn nicht mehr behinderte. Wieso auch? Neltharion hatte seinen Verrat selbt offenbart. Der Zauber erfüllte keinen Zweck mehr.

„Das ist schrecklich!“, brüllte Korialstrasz. „Alexstrasza ist seine Gefangene! Wie kann er das wagen? Dafür töte ich ihn.“

„Beruhige dich!“, unterbrach ihn Krasus. „Neltharion und die Dämonenseele sind zusammen zu mächtig.“

„Dämonenseele? Das ist wahrlich ein besserer Name dafür! Diese Scheibe ist eine Höllenschöpfung, die besser zu den Kreaturen der Brennenden Legion als zu einem Drachen passen würde."

Krasus hatte den Namen, den man der Scheibe in späteren Zeiten geben würde, nicht nennen wollen, aber dazu war es jetzt zu spät. Vielleicht würde der Name ja sogar aus dieser Unterhaltung weitergetragen werden. Der Magier konnte längst nicht mehr sagen, welche Ereignisse zur ursprünglichen Geschichte gehörten und welche durch seine Einmischung entstanden waren. In der gegenwärtigen Situation war das vielleicht auch egal. Nicht egal war jedoch die Bedrohung, der Kalimdor jetzt gegenüberstand und gegen die selbst Dämonen harmlos wirkten.

„Was sollen wir tun?", fragte Malfurion.

„Die Dra … die Dämonenseele ist nicht unverletzlich. Neltharion ist der Schlüssel. Er hat sie erschaffen, und er ist ihre Schwäche."

„Willst du sie zerstören? Wir könnten damit mein Volk retten."

Krasus sah ihn grimmig an. „Druide, jeder andere Weg, der zum Überleben führt, ist besser als diese Ausgeburt des Schreckens. Spürst du denn nicht das Böse, das darin liegt?"

Der Nachtelf spürte es. Außer Neltharion nahm wahrscheinlich jeder das Grauen wahr, das die Dämonenseele ausstrahlte, wenn sie benutzt wurde.

Korialstrasz schüttelte den Kopf. „Ich halte das nicht aus!"

Der rote Drache sank wortlos herab und landete zwischen einigen Hügeln hinter den Linien der Nachtelfen. Hier war er auch vor dem Blick des wahnsinnigen Schwarzen geschützt.

Seine beiden Reiter stiegen ab. Krasus sah ihn an. „Was hast du vor?"

„Das weißt du doch genau."

Das stimmte. Er konnte sich undeutlich an seine Entscheidung erinnern. Doch auch sie war längst nicht mehr in Stein gemeißelt. Korialstrasz war schon einmal beinahe gestorben. Ein zweites Mal hatte er vielleicht nicht so viel Glück.

Doch trotz dieses Wissens konnte er dem Drachen nicht widersprechen. Sie beide waren von der Liebe zu ihrer Königin erfüllt.

„Versuche, seinen Rücken anzugreifen", sagte er seinem jüngeren Ich. „Du musst dafür sorgen, dass er die Scheibe fallen lässt."

Der Leviathan neigte dankbar den Kopf. „Ich werde mir deinen Rat zu Herzen nehmen."

Dann erhob sich Korialstrasz wieder in die Luft. Seine Schwingen schlugen schneller. Er wollte vor dem Angriff Geschwindigkeit aufnehmen. Seine Begleiter sahen ihm nach. Vor allem Krasus ließ ihn nicht aus den Augen, bis er jenseits der Hügel verschwand.

Die Würfel waren gefallen. Der Magier drehte sich um und sagte: „Komm, Malfurion, wir müssen deinem Volk helfen."

Krasus lief hastig über die Hügel, wirkte längst nicht mehr so würdevoll wie sonst. Würde konnten sich nur diejenigen leisten, die über Zeit und Geduld verfügten. Ihm und seinem Begleiter mangelte es im Moment an beidem. Sie mussten so schnell wie möglich Rhonin und die anderen finden.

Die Frage war nur, was sie dann tun würden.

Sie liefen immer weiter, doch die Nachtelfen schienen nicht näher zu kommen. „Das dauert viel zu lange“, sagte Krasus mürrisch. „Bis wir dort sind, ist es längst zu spät.“

„Vielleicht kann ich etwas beschwören. Vielleicht schickt mir Cenarius noch einmal Hippogriffs.“

„Ich bezweifle, dass wir noch einmal so viel Glück haben werden. Aber wenn ich Rhonin kontaktieren könnte …“

Er unterbrach sich. Dann atmete er tief ein und streckte seinen Geist nach seinem ehemaligen Schüler aus. Er spürte den Menschen zwar, aber dieser wurde zu sehr durch seine Umgebung abgelenkt und nahm Krasus' Berührung wahrscheinlich noch nicht einmal wahr.

„Ich habe versagt“, meinte er schließlich. „Wir müssen wohl doch weitergehen.“

„Lasst mich es versuchen. Das kann ja nicht schaden.“

Krasus sah den Druiden an. „Wen willst du erreichen?“

„Meinen Bruder natürlich.“

Der Zauberer dachte einen Moment lang über diese Wahl nach, dann sagte er: „Ich würde dir lieber jemand anderen vorschlagen. Tyrande zum Beispiel.“

„Tyrande?“ Malfurion errötete.

Krasus wollte dem Nachtelfen nicht zu nahe treten, deshalb fügte er hinzu: „Als wir dich im Palast gesucht haben, konnten wir die Verbindung dank ihrer Hilfe rasch erstellen. Mit meiner Unterstützung könnte es dir auch gelingen. Außerdem kann sie vielleicht Reittiere für uns organisieren.“

Malfurion nickte. Das ergab Sinn. „Nun gut.“

Krasus und der Nachtelf setzten sich einander gegenüber ins Gras. Der Drachenmagier blickte seinem Begleiter in die Augen. Beide konzentrierten sich.

„Tyrande …“, flüsterte Malfurion.

Krasus spürte, wie sein Geist nach ihr tastete. Die Verbindung zu der Priesterin kam fast augenblicklich zustande und bestätigte den Verdacht des Magiers. Auch wenn beide die tiefen Gefühle, die sie füreinander empfanden, noch nicht erkannt hatten, waren sie für ihn doch deutlich spürbar.

*Tyrande …,* sagte Malfurion in seinem Geist.

*Malfurion?* Sie klang ebenso überrascht, wie erleichtert. *Wo –*

*Hör mir gut zu. Ich kann nicht viel erklären,* antwortete er und versuchte die Dringlichkeit seiner Bitte zu betonen. *Krasus und ich benötigen Reittiere. Kann eine der Schwestern sie zu den südlichen Hügeln bringen?*

Er versuchte das Bild der Landschaft an sie zu übermitteln. Sie verstand ihn.

*Ich werde selbst kommen*, sagte die Priesterin.

Krasus mischte sich ein, bevor Malfurion protestieren konnte. *Sie wird der Verbindung zu uns folgen können. Eine andere Person würde uns vielleicht nicht sofort finden.*

Der Drachenmagier spürte Malfurions Zögern und schließlich seine Zustimmung.

*Ich muss zuerst Reittiere finden, aber dann komme ich sofort.* Mit diesen Worten zog sich Tyrande aus der Unterhaltung zurück. Sie war immer noch mit Malfurion verbunden, hatte den Kontakt aber soweit reduziert, dass seine Gedanken sie nicht ablenken konnten.

„Gepriesen seien die Aspekte!", verkündete Krasus, als er sich aus der Vereinigung zurückzog. Er zog Malfurion auf die Beine und fügte hinzu: „Jetzt haben wir wieder eine Chance."

„Aber wie groß ist diese Chance? Zuerst die Dämonen und nun die Drachen. Kalimdor ist dem Untergang geweiht."

„Vielleicht – aber vielleicht auch nicht. Wir werden tun, was wir können." Der Magier blickte in die Richtung, in die Korialstrasz geflogen war. Die Hügel verbargen den Kampf vor seinen Augen.

„Wie die anderen auch", sagte Krasus ernst. „Wie die anderen auch …"

# EINUNDZWANZIG

Korialstrasz prallte so hart wie er nur konnte mit Neltharion zusammen. Er zielte dabei auf die Körperteile, die am wenigsten gepanzert waren. Gleichzeitig richtete er einen Feuerstoß auf die Augen des wahnsinnigen Aspekts.

Es gelang ihm zwar, den Erdwächter zu überraschen, doch die Scheibe hielt Neltharion weiterhin fest. Der schwarze Drache umklammerte sie förmlich. Sogar als er durch die Luft geschleudert wurde, achtete er darauf, seine geliebte Schöpfung nicht zu verlieren.

Korialstrasz zischte frustriert. Allein hatte er keine Chance gegen den wesentlich größeren Drachen. Außerdem spürte er, wie die Scheibe, die Krasus so treffend als Dämonenseele bezeichnet hatte, an ihm zerrte. Er wusste, dass ihn der Erdwächter ebenso versklaven konnte wie die anderen Drachen.

Trotzdem zog sich Alexstraszas Gefährte nicht zurück. Er hatte seine Entscheidung getroffen und würde bis zum Tode kämpfen. Vielleicht gelang es ihm, wenigstens seine Gefährtin zu retten.

Neltharion hatte sich noch nicht wieder gefangen, als Korialstrasz ihn erneut rammte, mit dem Kopf nach dem Bauch des Drachen schlug. Der Aspekt schnappte nach Luft. Seine Tatze öffnete sich … und die Scheibe stürzte in die Tiefe.

„Nein!“, schrie Neltharion. Kraftvoll stieß er den anderen Leviathan zur Seite und folgte der Scheibe. Neltharion legte die Schwingen an, tauchte hinter ihr her und fing sie nach kurzer Zeit wieder ein.

Er richtete sich auf und schrie den kleineren Drachen wutentbrannt an: „Wie kannst du es wagen!“

Korialstrasz wollte sich drehen, war jedoch zu langsam. Entsetzt sah er, wie Neltharion die Scheibe gegen ihn richtete.

„Du wirst mir deine Kehle darbieten!“

Der Lichtblitz überwältigte Korialstrasz. Er glaubte zu verbrennen, fürchtete, seine Schuppen würden schmelzen und seine Knochen zu Asche zerfallen. Er schrie seine Qual hinaus.

Dennoch warf er sich nach vorne, nicht etwa zurück. Er kämpfte gegen den Schmerz und flog auf Neltharion zu. Der Erdwächter brüllte frustriert. In seinem Wahnsinn hatte er sich dafür entschieden, seinen Gegner zu zerstören, nicht zu versklaven. Das rächte sich nun.

Sie prallten zusammen. Auf diese kurze Entfernung ließ sich die Scheibe nicht so gut einsetzen, wie Neltharion geglaubt hatte. Beide Drachen kämpften mit Klauen und Zähnen. Korialstrasz behauptete sich, so gut es ging.

Neltharion schnappte nach seiner Kehle. Der Rote atmete ein und spie dem Erdwächter einen Feuerstoß mitten ins Gesicht. Dieses Mal zeitigte der Angriff Erfolg. Der schwarze Drache wich zurück. Sein Kopf rauchte.

Doch Korialstrasz' Sieg war nicht von langer Dauer. Neltharion flog aus seiner Reichweite, presste die Dämonenseele gegen seine Brust und grinste seinen Gegner an.

„Du amüsierst mich nicht mehr, junger Korialstrasz. Du bist nur eine Motte für mich, ein Insekt, das ich zerquetsche. Die Sklaverei ist zu gut für dich …"

Die Scheibe begann hell zu leuchten. Ihre goldene Aura hüllte Neltharion ein. Sein irres Gelächter zeugte von seinem Wahnsinn. Die Augen des Erdwächters glitzerten. Er schien größer zu werden.

„Ein Insekt!", wiederholte er beinahe fröhlich. „Ihr alle seid für mich nur Insekten."

Der schwarze Drache bebte, als stünde er kurz vor einer Explosion. Mit seiner freien Tatze zeigte er auf den Boden weit unter sich.

Die Erde erzitterte. Dämonen und Nachtelfen flohen vor den Vulkanen, die plötzlich ausbrachen. Lava schoss hoch in den Himmel und regnete auf jene herab, die nicht schnell genug gerannt waren. Neltharion hatte einst geschworen, die Kräfte der Erde weise zu nutzen. Jetzt setzte er sie ein, um sinnlos zu morden. Vor Korialstrasz' Augen pervertierte der Erdwächter die Aufgabe, für die er gelebt hatte. Er verwandelte sich in das Gegenteil eines Aspekts.

Seine Gräueltaten schienen ihn auch äußerlich zu verändern. Ein Spalt erschien in seiner Brust. Schuppen zerrissen, als seien sie aus Papier. Es floss kein Blut aus den Wunden, nur reines Feuer. Ein zweiter Riss öffnete sich in der Brust, ein dritter auf dem Rücken.

Die Wunden breiteten sich wie eine schreckliche Seuche über seinen ganzen Körper aus. Korialstrasz glaubte, die Schmerzen zu spüren, die der Schwarze erleiden musste, aber Neltharion selbst schien nichts davon zu bemerken. Er schien die Veränderungen sogar zu genießen. Seine Augen brannten mit der Macht der Scheibe. Er lachte, während er das Land unter sich verheerte.

Korialstrasz sammelte sich und konzentrierte sich auf seinen wahrscheinlich letzten Angriff. Er flog auf Neltharion zu und bereitete sich auf seinen Tod vor. In Gedanken entschuldigte er sich bei Krasus, der im gleichen Moment sterben würde.

Neltharion war zwar mit seiner mörderischen Aufgabe beschäftigt, bemerkte aber dennoch die Rückkehr seines Gegners. Er lächelte herablassend und richtete die Dämonenseele gegen Korialstrasz.

Die Kraft der Scheibe schleuderte den roten Drachen dem Erdboden entgegen. Er versuchte, seinen Sturz zu bremsen, aber die Dämonenseele ließ es nicht zu.

Mit ohrenbetäubendem Krachen schlug er auf. Doch Neltharion ließ ihn immer noch nicht los. Er schien Korialstrasz zermalmen zu wollen.

Plötzlich erschien eine Aura aus knisternder blauer Energie rund um den Erdwächter. Er zischte und presste die Dämonenseele gegen seine Brust. Wütend drehte er sich um, suchte die Ursache seiner unerwarteten Gefangenschaft.

Korialstrasz blinzelte seine Tränen weg. Über ihm bewegten sich Gestalten auf Neltharion zu.

Die anderen Drachen waren frei. Durch den Kampf gegen Alexstraszas Gefährten und die Attacken, die er gegen die Nachtelfen und Dämonen geführt hatte, musste Neltharion den Überblick verloren haben. Der Zauber, der seine Sklaven an ihn band, war geschwächt worden. Dieser Fehler war Kalimdors letzte Hoffnung.

Eine Gruppe löste sich von den anderen. Wütende blaue Drachen umflatterten den gefangenen Aspekt. An ihrer Spitze flog einer, der den Erdwächter bis zu dem Moment von dessen Verrat mehr als jeder andere unterstützt hatte.

„Neltharion!“, brüllte Malygos. „Mein Freund Neltharion. Was ist nur aus dir geworden? Das Ding, das du erschaffen hast, wird dich vernichten. Gib es mir, damit ich seinen Fluch brechen kann.“

„Nein!“, schrie Neltharion zurück. „Du willst die Scheibe haben! Ihr alle wollt sie haben! Ihr wisst, welche Macht ihr durch sie erlangen könnt. Sie könnte euch alle in Götter verwandeln!“

„Neltharion –“

Weiter kam Malygos nicht. Der schwarze Drache zischte. Flammen schlugen aus seinem Körper. Die goldene Aura, die ihn und die Scheibe umgab, sprengte das Gefängnis der blauen Drachen auf.

„Du lässt uns keine Wahl, alter Freund“, seufzte Malygos und flog dem anderen Aspekt entgegen. Die sie umgebenden Blauen bereiteten sich auf ihren Angriff vor. Kein anderer Clan war mit den Besonderheiten der Magie so vertraut wie sie. Hier endlich, glaubte ein geschwächter Korialstrasz zu erkennen, würde Neltharions Verrat sein Ende finden.

Wie ein Wolfsrudel umkreisten die blauen Drachen ihren Gegner. Eine tiefblaue Aura umgab Malygos.

„Diese Obszönität hätte niemals entstehen dürfen“, sagte der Zauberer zu Neltharion. „Leider war ich maßgeblich an der Schöpfung beteiligt – daher ist es nur fair, wenn ich sie auch wieder tilge.“

Ein Pfeil aus weißem Licht schoss der Scheibe entgegen. Malygos hatte nicht gelogen: Er wollte die Dämonenseele im wahrsten Sinne des Wortes auslöschen. Alles, was der Pfeil berührte, hörte auf zu existieren. Es gab keinen Nebel mehr und keinen Himmel, nur ein weißes Nichts. Der Himmel kehrte nach nur wenigen Sekunden zurück, doch die Scheibe würde auf ewig verschwinden.

Zumindest hätte sie das tun sollen, aber weder Korialstrasz, noch einer der anderen Drachen würde je erfahren, ob Malygos' Zauber dies auch tatsächlich vollbracht hätte. Der Pfeil war noch Sekundenbruchteile von der Dämonenseele entfernt, als Neltharion ausspuckte. Sein Speichel wurde zu einer schwarz leuchtenden Kugel, die auf den Pfeil traf. Funken sprühten … und dann verschwand beides.

Malygos schrie wütend und forderte seinen Clan mit einer Geste zum Kampf auf.

Doch Neltharion war schneller. Der weiße Pfeil hatte sich noch nicht vollständig aufgelöst, da richtete der Aspekt bereits die Dämonenseele auf seine Gegner. Dieses Mal schoss kein goldenes Licht aus ihr hervor, sondern ein diffuses Grau.

Malygos erschuf einen Schild aus Rauch, der ihm aber wenig nützte. Das graue Licht schleuderte ihn so hart zurück, dass er schreiend über die Hügel und bis hinter den Horizont geworfen wurde.

Für seine Gefährtinnen und Anhänger hatte sich Neltharion ein schlimmeres Schicksal ersonnen. Gleichzeitig begannen sie auszutrocknen wie Wasserschläuche in der Sonne. Ihre Schreie waren entsetzlich. Sie wehrten sich gegen den Angriff, aber keiner von ihnen konnte dem grauen Licht entrinnen.

Die anderen Drachen versuchten ihnen zu helfen, doch sie kamen zu spät. Die sterbenden blauen Drachen waren nur noch vertrocknete Hüllen. Die Dämonenseele hatte ihnen die Lebenskraft und die Magie entzogen. Sie zerfielen zu Staub und wurden vom Wind davongetragen.

„Nein …!", stieß Korialstrasz hervor. Er versuchte aufzustehen. Die Welt begann sich zu drehen, und er brach wieder zusammen. Unter ihm zerpulverte der Fels. „Nein …"

„Narren!", knurrte der Erdwächter ohne einen Hauch von Reue. „Ich habe euch oft genug gewarnt. Ich bin euch überlegen! Alles gehört mir! Es gibt nur Leben, weil ich es erlaube!"

Er warf einen kurzen Blick in die Richtung seiner Gegner, dann schickte er ihnen einen Wirbelsturm, der sie so haltlos durcheinander warf, als seien sie Spielzeug. Selbst Alexstrasza und Ysera konnten sich nicht dagegen wehren und wurden mit den anderen davon gerissen. Hilflos und taumelnd legten sie die Meilen zurück. Kein einziger Drache entkam Neltharions Zauber.

Der monströse Leviathan, dessen Körper aufgedunsen und voller brennender Wunden war, wandte sich wieder den Nachtelfen und deren Gegnern zu. „Und ihr! Nichts habt ihr begriffen! Aber das werdet ihr! Das werdet ihr!"

Er lachte. Mit seiner freien Tatze griff er nach einem Riss in seiner Haut. Erst jetzt schien er die schrecklichen Veränderungen zu bemerken. Ehrfürchtig stanend betrachtete er seinen Körper. Dann sah er sein Publikum an. „Wir werden bald sehen, wer es wert ist, in meiner Welt zu leben. Ich überlasse euch eurem kleinen Krieg … ihr werdet darum kämpfen, wer überleben und mir huldigen darf."

Nach einem letzten wahnsinnigen Gelächter wandte sich der schwarze Riese ab und flog davon.

Korialstrasz war froh, dass der Erdwächter seinen irrsinnigen Vernichtungsfeldzug nicht fortgesetzt hatte. Zugleich wusste er aber auch, dass das Schicksal ihnen nur eine Atempause gönnte. Neltharion schien die Veränderungen seines Körpers zwar einerseits zu erstaunen, andererseits hatte er aber wohl auch begriffen, dass er etwas gegen die Kräfte unternehmen musste, die ihn auseinander rissen. Der geschwächte Korialstrasz ahnte, dass der Schwarze schon bald eine Lösung finden und die Erschaffung *seiner* Welt fortsetzen würde.

Er versuchte erneut aufzustehen, aber sein Körper gehorchte ihm noch immer nicht. Hoffnungsvoll blickte er in den nebligen Himmel, fand aber keinen Hinweis auf Alexstrasza und die anderen Drachen. Besorgt fragte er sich, ob sie wohl ein ähnliches Schicksal wie Malygos' Clan erlitten haben mochten. In Gedanken sah er seine Königin leblos in einer kargen Berglandschaft liegen. Eine Träne löste sich aus seinem Auge. Doch selbst diese furchtbare Vorstellung mobilisierte nicht die verschütteten Kräfte seines Körpers.

*Ausruhen… muss mich ausruhen … dann Krasus finden … er wird wissen, was zu tun ist …*

Der rote Gigant ließ seinen Kopf zur Seite fallen. Er brauchte nur einige Minuten Ruhe. Dann konnte er sich wieder in die Lüfte erheben.

Doch wenig später nahm sein feines Gehör neue Geräusche wahr. Er erkannte sofort, worum es sich handelte.

Es war Schlachtenlärm.

Die Dämonen griffen wieder an.

Ein Alptraum. Krasus steckte inmitten eines furchtbaren Alptraums. Er und Malfurion waren an einem Punkt angelangt, von dem aus sie zwar nicht die Schlacht, aber wenigstens die Ereignisse am Himmel verfolgen konnten.

Krasus musste mit ansehen, wie sein Volk einer einzigen, wahnsinnigen Kreatur zum Opfer fiel.

Er hatte beobachtet, wie sein jüngeres Ich mutig, aber leider auch sinnlos, dem Aspekt entgegengetreten war. Der Kampf war so ausgegangen, wie er es erwartet hatte, obwohl er auf seine eigenen Erinnerungen so gut wie nicht zugreifen konnte. Sein Herz hatte einen Schlag ausgesetzt, als er Korialstrasz' Sturz beobachtete. Zwar hatte er den Schmerz gespürt, wusste aber auch, dass der Rote überlebt hatte. Das war zumindest ein kleiner Erfolg.

Es war schlimm, dass so viele Nachtelfen durch Neltharions Hand gestorben waren, aber für Krasus war es kein Vergleich zum Schicksal der Drachen. Er wusste, dass Malygos den Verlust seines Clans nicht verkraften und in seinem eigenen Wahnsinn versinken würde. Der fröhliche Riese gehörte der Vergangenheit an. An seine Stelle würde eine gefährliche, in sich selbst gekehrte Bestie treten.

Dass der letzte Angriff die anderen Drachen bis hinter den Horizont geschleudert hatte, traf Krasus schwer. Immer wieder sagte er sich, dass es Alexstrasza gut ging, dass die meisten Drachen diese Reise um die halbe Welt überstehen würden. Die Geschichte gab ihm Recht, doch sein Herz behauptete das Gegenteil.

Er drängte sich an Malfurion vorbei und versuchte verzweifelt, sich zu verwandeln. Er war jetzt älter und weiser, erfahrener. Er würde eine größere Chance im Kampf gegen Neltharion haben. Der Drachenmagier wollte die Transformation erzwingen, wollte endlich wieder er selbst werden …

Doch stattdessen stolperte er nur und fiel mit dem Gesicht nach vorne in den Dreck. Dort blieb er liegen. Das Gefühl, versagt zu haben, überwältigte ihn.

„Meister Krasus!“ Malfurion hob ihn hoch.

Der Drachenmagier war beschämt über sein Scheitern und verbarg seine Gefühle hinter einer emotionslosen Maske. „Es geht mir gut, Druide.“

Der junge Nachtelf nickte. „Ich verstehe ein wenig von dem, was Ihr durchmacht.“

Krasus wollte ihm wütend entgegnen, dass er das unmöglich verstehen *konnte*, erkannte jedoch rechtzeitig, wie dumm eine solche Bemerkung gewesen wäre. Natürlich verstand Malfurion es. In diesem Moment starben schließlich unweit entfernt die Angehörigen seines Volkes, vielleicht sogar Freunde.

Plötzlich sah sein Begleiter auf. „Gelobt sei Cenarius! Wir haben Glück.“

Glück? Krasus folgte seinem Blick und entdeckte Tyrande, die ihnen mit zwei weiteren Schwestern und zwei gesattelten reiterlosen Nachtsäblern entgegenritt.

Sie zügelte ihr Reittier vor ihnen, sprang ab und umarmte Malfurion, ohne zu zögern. Die anderen Schwestern sahen höflich zur Seite. Krasus bemerkte, wie respektvoll sie sich gegenüber Tyrande verhielten, obwohl sie deutlich älter wirkten.

„Dank sei Mutter Mond!“, stieß sie hervor. „Nach allem, was heute passiert ist und nach Korialstrasz’ Niederlage fürchtete ich schon, du seiest –“

„Ähnliches fürchtete auch ich umgekehrt“, antwortete der Druide.

Krasus’ Herz zog sich zusammen. In seinem Geiste sah er nicht die beiden Nachtelfen, sondern sich selbst und Alexstrasza. Doch zu dieser Begegnung würde es nur kommen, wenn sie die Brennende Legion und Neltharion aufhielten.

„Wir müssen weiter“, sagte er. „Wir müssen die Dämonen stoppen. Erst dann können wir uns um den Erdwächter kümmern.“

Malfurion und Tyrande trennten sich zögernd. Dann stiegen sie und Krasus auf ihre Nachtsäbler und ritten mit den anderen in Richtung der Schlacht. Sie hörten die Schreie und das Waffenklirren lange bevor sie auf das erste Blutvergießen stießen. Die Schlacht hatte sich so schnell gewendet, dass sogar Tyrande und die Schwestern überrascht waren.

„Die Front sollte nicht so nahe sein", merkte eine von ihnen an. „Die Linien brechen in sich zusammen."

Die andere nickte und wandte sich an Tyrande. „Herrin, wir müssen einen anderen Weg finden. Der, auf dem wir gekommen sind, ist in Feindeshand."

Krasus und Malfurion bemerkten die ungewöhnliche Anrede, konnten jedoch über ihre Bedeutung nur spekulieren. Tyrande trug zu dem Rätsel bei, als sie dem Vorschlag wie eine Kommandantin zustimmte. „Wähle den Weg, der dir am besten erscheint."

Sie ritten weiter und versuchten die Streitmacht auf anderen Pfaden zu erreichen. Der Weg, auf den sie schließlich stießen, brachte sie jedoch gefährlich nahe an die Front. Eine Alternative schien es nicht zu geben. Sie hätten die Armee zwar an der Rückseite umgehen können, doch das hätte Stunden gedauert.

Während des Ritts beobachtete Krasus den Verlauf der Schlacht. Die Dämonen glaubten wohl immer noch, sie könnten die Welt für ihren Herrn erobern. Dabei würde Neltharion sie wahrscheinlich ebenso auslöschen wie die Nachtelfen. Archimonde wollte die Schlacht vermutlich so schnell wie möglich beenden und sich dann dem schwarzen Drachen stellen. Krasus wusste nicht, wie er sich diesen Kampf vorstellte, aber der Dämonenlenker war ein guter Taktiker. Und da die Zukunft längst nicht mehr in Stein gemeißelt war, konnte alles passieren.

„Hier lang", sagte die Priesterin, die die Führung übernommen hatte. Sie leitete ihr Reittier über einen Pfad, der an einer Hügelseite hinablief und hinter einer Kurve verschwand.

Die anderen folgten ihr rasch. Sie wussten, dass jede Sekunde zählte. Doch als sie den Hügel umrunden wollten, rief Malfurion: „Vorsicht!"

Die Schlacht schien aus dem Nichts vor ihnen aufzutauchen. Verzweifelte Soldaten wichen vor grinsenden Dämonen zurück. Die Reiter wären beinahe mit ihnen zusammengestoßen. Und dann standen sie plötzlich vor dem Feind.

Die Schwester, die an der Spitze ritt, versuchte einer brennenden Dämonenklinge auszuweichen, doch sie war nicht schnell genug. Das gewaltige Schwert schnitt tief in ihre Schulter und in ihren Hals. Lautlos brach sie zusammen. Ihr Nachtsäbler tötete zwar den Dämon, doch für seine Reiterin kam jede Hilfe zu spät.

„Herrin!", rief eine andere Schwester. „Zurück!" Sie schlug auf eine Teufelswache ein und versuchte, sie von Tyrande abzulenken.

Doch die scheute nicht den Kampf. Mit einer Leidenschaft, die Krasus an sein eigenes Volk erinnerte, kam sie der Priesterin zu Hilfe und bohrte ihre Klinge in einen Dämonenkörper. Die Teufelswache brach zusammen. Die Front der Verteidiger verdichtete sich wieder.

„Wir müssen Rhonin und Lord Ravencrest finden!", drängte Krasus.

Sie versuchten weiterzukommen, wurden jedoch von Freund und Feind zugleich zurückgedrängt. Krasus sprach einen Zauber, der die am Boden liegenden Waffen belebte und der Brennenden Legion entgegenschickte. Zahlreiche Dämonen kamen durch die Angriffe der Nachtelfen und die verzauberten Klingen ums Leben.

Der Einsatz der Magie schwächte Krasus unerwartet schnell. Die Verletzungen seines jüngeren Ichs wirkten sich auch auf seine Kraft aus. Über die Verbindung, die zwischen ihnen bestand, zog er Lebensenergie von dem Drachenmagier ab.

Malfurion hatte dieses Problem nicht. Er erschuf einen Sandsturm, der die Brennende Legion blendete. Die Soldaten töteten die verwirrten, wild um sich schlagenden Dämonen mit Leichtigkeit.

Krasus richtete seine Aufmerksamkeit auf den Kampf, der sich vor ihm abspielte, nicht auf den Himmel. Nach Neltharions Auftritt nahm er nicht an, dass dort oben noch Gefahren lauerten.

Doch als er ein hohes Kreischen hörte und einen rasch größer werdenden Schatten bemerkte, blickte er dann doch in die Höhe – und hatte gerade noch Zeit, seinen Leichtsinn zu verfluchen.

Dann schlugen die beiden Höllenbestien in der Nähe ein.

Chaos brach aus.

Der Einschlag der Dämonen hatte schreckliche Konsequenzen. Das Erdbeben riss alle von den Beinen. Soldaten schrien, als sie von Felsen getroffen und von Drecklawinen verschüttet wurden. Tyrandes Reittier wurde von einem großen Stein getroffen und stürzte. Die Priesterin brachte sich mit einem Sprung in Sicherheit, landete jedoch inmitten der Dämonen. Die zweite Schwester wollte nach ihr greifen, aber eine Flammenklinge durchbohrte ihr Herz. Malfurion streckte ebenfalls die Hand aus. Im gleichen Moment stürmte einer der Dämonen aus dem Krater, den er selbst erschaffen hatte, und warf sich gegen den Nachtsäbler des Druiden.

Krasus konnte ihm nicht helfen. Der Drachenmagier hing halb bewusstlos im Sattel. Er war von einem Stein am Kopf getroffen worden. Sein Nachtsäbler war durch das Erdbeben in Panik geraten und galoppierte davon.

Malfurion sprang von seinem Tier. Die Höllenbestie lief an ihm vorbei. Ein Opfer reichte ihr nicht. Sie strebte ein größeres Blutvergießen an.

Der Druide kämpfte sich durch die desillusionierten Soldaten, bis er Tyrande entdeckte. Sie kniete am Boden, hatte eine Hand auf ihren Kopf gelegt. Ihr Helm lag neben ihr, eine Seite war stark eingedrückt. Wie durch ein Wunder hatte die Priesterin überlebt.

„Tyrande!", rief er und streckte ihr seine Hand entgegen. Einen Moment starrte sie verwirrt darauf, dann legte sie ihre Hand in seine. Malfurion zog sie hoch und fort aus dem schlimmsten Schlachtgetümmel.

Tyrande stützte sich schwer auf ihn, während er nach einem Platz suchte, an dem sie wenigstens vorübergehend in Sicherheit waren. Malfurion fühlte sich schuldig, weil sie verletzt worden war, auch wenn er wusste, dass dies zu jedem anderen Zeitpunkt der Schlacht hätte passieren können.

Er lenkte sie den Hügel hinauf. Auch hier war es nicht sicher, denn am Fuß der Erhebung kämpften Nachtelfen und Dämonen bereits gegeneinander. Im Moment gab es jedoch keinen besseren Ort.

Einige Grünpflanzen klammerten sich in den Hügeln noch an ihr Leben. Der Druide berührte eine und bat sie um ihre Feuchtigkeit. Er legte die grünen Blätter an Tyrandes Lippen und flößte ihr ein wenig Wasser ein.

Sie stöhnte. Er bettete sie sanft auf den Boden und stützte ihren Kopf mit seiner Armbeuge. „Ganz ruhig, Tyrande."

„Malfurion … was ist mit den anderen?"

„Alles in Ordnung", log er. „Ruhe dich ein wenig aus. Du hast dir den Kopf gestoßen."

„Hel'jara! Sie … die Klinge hat sie durchbohrt!"

Malfurion fluchte leise. Wenn sie sich jetzt schon an den Tod der Schwester erinnern konnte, würde ihr der Rest auch bald wieder einfallen. „Versuche dich zu entspannen."

Er selbst spannte sich jedoch an. Er spürte, dass ihn jemand beobachtete.

Der Druide drehte sich um. Er glaubte, einen Schatten zu erkennen und ballte die Hand zur Faust. War ihnen ein Angreifer gefolgt?

„Tyrande", flüsterte er. „Ich muss mit Krasus reden. Er ist nicht weit entfernt. Ruhe du dich noch aus."

Sie schien zu merken, dass etwas nicht stimmte, konnte es aber nicht einordnen. Er hoffte, dass sie nicht allzu bald wieder zu sich fand und sich daran erinnerte, dass der Magier von ihnen getrennt worden war. Malfurion legte ihren Kopf sanft auf einige Blätter, dann schlich er sich davon.

Vorsichtig ging er auf die Stelle zu, wo er den Schatten wahrgenommen hatte. Er konzentrierte sich auf die Zauber, die er in seiner Umwelt fand. Das Land half ihm sicherlich gern gegen eine Teufelswache oder einen anderen Dämon.

Irgendjemand oder irgendetwas war hier gewesen. Er sah einen Abdruck im Gras, der jedoch kleiner als erwartet war. Der Abdruck gehörte entweder einem sehr zierlichen Dämon oder einem unbekannten Tier. Es schien sich um mehr als ein Wesen zu handeln.

Hinter einem Baum hielt er inne. Vor sich hörte er, wie etwas über den Fels schabte. Malfurion ging auf das Geräusch zu und bereitete sich auf den Angriff vor.

Doch als er hinter einen anderen Baum blickte, fand er keinen Dämon, sondern eine Nachtelfe.

Sie wich ihm aus und lief so schnell davon, dass er ihr nicht folgte. Er wollte sich nicht zu weit von Tyrande entfernen. Das junge Mädchen hatte weder Rüstung noch ein Tempelgewand getragen, sondern die schlichten Straßenkleider, die man bei vielen Flüchtlingen sah. In einer Hand hatte die junge Frau etwas Langes aus Holz getragen, aber er hatte nicht genau erkennen können, worum es sich bei dem Gegenstand handelte.

Es überraschte ihn nicht, dass er auf einen Flüchtling getroffen war. Die einfachen Leute rannten vermutlich gerade voller Panik um ihr Leben. Die Streitmacht, der sie gefolgt waren, wurde zurückgeschlagen. Eine Rettung lag in weiter Ferne.

Malfurion wandte sich ab und ging zurück zu Tyrande. Nur sie interessierte ihn jetzt noch. Er konnte dem jungen Mädchen, das sich so weit von allen anderen entfernt hatte, nicht helfen.

Der Druide ging an einigen Bäumen vorbei. Er hatte bereits zu viel Zeit verschwendet. Sie mussten fliehen, bevor sich die Schlacht auf die Hügel ausdehnte.

Malfurion ließ den letzten Baum hinter sich und atmete erleichtert auf. Der Schlachtenlärm drang aus einiger Entfernung zu ihnen herauf. Tyrande war also noch in Sicherheit.

Er blieb abrupt stehen, als er die reglose Priesterin sah … und die dunkle Gestalt, die sich über sie beugte.

Die Kreatur hätte Malfurion eigentlich nicht hören dürfen, aber sie drehte sich trotzdem zu ihm um. Ihre Hufe wühlten den Boden auf. Der Oberkörper war der eines Nachtelfen, wenn man einmal von den geschwungenen Hörnern absah. Das elfische Gesicht lächelte den Druiden triumphierend an. Seine Klauen streckten sich erwartungsvoll nach ihm aus. Malfurion blickte sprachlos und entsetzt in dieses Gesicht.

Er kannte es. Niemand wusste, dass es ihn in seinen Alpträumen verfolgte. Es hatte sich zwar verändert, aber diese Augen würde er niemals vergessen … diese schwarzroten Augen aus Kristall.

Lord Xavius war von den Toten auferstanden.

# ZWEIUNDZWANZIG

Die Linien der Nachtelfen verliefen so fließend, dass sich die Positionen aller Einheiten ständig änderten. Trotzdem versuchte Lord Ravencrest, so viel Ordnung wie irgend möglich aufrecht zu erhalten. Rhonin hatte sich zwar oft mit dem Adligen gestritten, doch jetzt war er froh, dass der Herr von Black Rook seine Soldaten so gut unter Kontrolle hatte. Jemandem wie Desdel Stareye wäre das nicht gelungen.

Ravencrest entdeckte den Menschen und ritt auf ihn zu. „Zauberer, ich brauche dich da vorne, nicht hier hinten."

„Einer von uns sollte in Eurer Nähe bleiben, Mylord." Hauptsächlich ging es Rhonin zwar darum, die Berichte der Kundschafter und Läufer zu hören, aber der Schutz des Kommandanten war ebenfalls wichtig.

„Mir wäre es lieber, wenn du die Mondgarde und Illidan unterstützen würdest." Zum ersten Mal gab Ravencrest ein Geheimnis preis. „Du solltest die Leitung übernehmen. Der Junge ist gut, aber wir brauchen Ordnung, nicht noch mehr Chaos. Würdest du das übernehmen?"

Rhonin konnte seinen Argumenten nicht widersprechen. Er spürte, dass Illidan immer unkontrollierter auf die Zauberer und den Brunnen zugriff. Rhonin hatte den Wahnsinn des schwarzen Drachen erlebt. Jetzt fragte er sich, ob Illidan den gleichen Weg beschreiten würde, wenn er sich vollständig in seiner Magie verlor.

„Wie Ihr es wünscht, Mylord." Der Zauberer bewegte sein Reittier und begann nach Illidan zu suchen. Das war nicht sonderlich schwer. Er stach aus den Reihen heraus wie ein Leuchtturm. Seine silberne Aura war so blendend hell, dass sie die Kämpfer in seiner Umgebung blendete. Aber Illidan war so auf seinen eigenen Ruhm fixiert, dass er sich nicht um andere kümmerte.

Rhonin sah, wie der schwarz gekleidete Zauberer der heranstürmenden Horde einige Explosivgeschosse entgegenschleuderte. Dämonen flogen durch die Luft, abgetrennte Körperteile regneten rund um den Zauberer nieder. Allerdings gerieten auch ein paar Soldaten in den Zauber geraten und starben auf die gleiche Weise. Ein Mitglied der Mondgarde brach zusammen, und Illidan beschimpfte die anderen. Die weitaus erfahreneren Zauberer bauten ihre Verbindung zueinander neu auf.

*Was tut er da?,* dachte Rhonin. *Wenn er so weitermacht, bringt er sie um.*

Illidan begann einen neuen Zauber, dann fiel ihm der Magier ins Auge. Er grinste und war so zufrieden mit der eigenen Leistung, dass er gar nicht bemerkte, wie schlecht es dem Rest der Armee ging.

„Meister Rhonin, habt Ihr gesehen –"

„Ich habe alles gesehen, Illidan! Ravencrest will, dass ich die Führung übernehme. Wir müssen unsere Angriffe koordinieren und so etwas wie Ordnung in unsere Reihen bringen."

„Ihr sollt übernehmen?" Ein gefährlicher Ausdruck prägte sich in das Gesicht des Elfen. „Für mich?"

„Ja." Rhonin erklärte ihm die Gründe nicht. Das Schicksal eines ganzen Volkes – einer ganzen Welt – lag in ihren Händen.

Illidan nickte bitter, dann fragte er: „Was werden wir tun?"

Der Magier hatte bereits darüber nachgedacht. Zunächst musste Illidan seine Verbindung zur Mondgarde aufgeben. Die Zauberer mussten sich ein wenig erholen, und das konnten sie am besten, während Rhonin sie anleitete.

„Ich habe vergeblich versucht, Krasus zu erreichen. Die ganze Magie, die hier in der Luft schwingt, verhindert es wahrscheinlich. Deine Verbindung zu deinem Zwilling sollte wegen der engen Verwandtschaft stärker sein. Finde die beiden. Wir brauchen ihre Hilfe."

Die Augen des Zauberers verengten sich. Er wusste, weshalb Rhonin ihn wegschickte. Trotzdem nickte er. „Ich werde meinen Bruder finden. Was würden wir nur ohne seine Kräfte machen?"

Illidan wandte sich ab, bevor Rhonin darauf antworten konnte. Der Magier runzelte die Stirn, wusste jedoch, dass er von dem aufbrausenden jungen Nachtelf nichts anderes zu erwarten hatte.

Einige Mondgardisten wirkten erleichtert, als Rhonin ihre Koordination übernahm. Es interessierte sie längst nicht mehr, dass er ein Fremder war; sie wussten, dass er sie gut anleiten würde.

„Wir müssen ihre vorderen Reihen zerstören, so ähnlich wie beim letzten Mal", sagte er. „Verbindet euch mit mir, dann können wir beginnen."

Rhonin bereitete sich auf den Zauber vor und warf einen letzten Blick auf Illidan. Der Magier wirkte immer noch verärgert, befolgte jedoch die erhaltenen Anweisungen. Irgendwann, dachte Rhonin, würde Malfurions Bruder die Gründe verstehen, warum es so und nicht anders geschehen musste.

Zumindest hoffte er das.

Illidan verstand die Gründe für Rhonins Zurückweisung nicht einmal ansatzweise. Sein ganzes Leben lang hatte man ihm eine große Zukunft prophezeit. Er hatte geglaubt, seine Zeit wäre gekommen. Sein Volk lebte in Angst und Schrecken, war dem Untergang nahe. War dies nicht der Moment, um den Platz in der Geschichte einzunehmen, der einem gebührte?

Vielleicht hätte er es getan, wenn sich nicht zwei Personen, denen er eigentlich vertraute, gegen ihn gestellt hätten. Lord Ravencrest hatte Illidan aus dem Nichts heraus zu seinem Leibzauberer ernannt. Er hatte ihm das Kommando über die Mondgarde übergeben, und der Zauberer war überzeugt, dass er diese Aufgabe ohne Fehl und Tadel bewältigt hatte.

Doch jetzt hatte Ravencrest ihn aus dieser ehrenvollen Position entfernen lassen und ihn durch jemanden ersetzt, der noch nicht einmal ein Nachtelf war. Illidan respektierte Rhonin zwar, aber das war einfach zuviel. Der Magier hätte dies ebenfalls begreifen müssen. Rhonin vertraute ihm wohl doch nicht, sonst hätte er diesen Führungswechsel von sich aus abgelehnt.

Man hatte Illidan seinen Ruhm gestohlen … und ihn zu einem Botenjungen degradiert, der nach dem so hoch gelobten Malfurion suchen sollte.

Die dunklen Gedanken, die in seinem Verstand auf ihre Gelegenheit gewartet hatten, kehrten mit aller Macht zurück. Illidan versuchte zwar, geistigen Kontakt zu seinem Bruder herzustellen, ein Teil von ihm hoffte jedoch, dass Malfurion ein Opfer der Brennenden Legion geworden und deshalb nicht zurückgekehrt war. Der Zauberer wünschte ihm natürlich einen möglichst heldenhaften Tod, aber abgesehen davon störte ihn die Vorstellung, den Rest seines Lebens ohne seinen Bruder verbringen zu müssen, nicht sonderlich. Natürlich würde Tyrande um ihn trauern, aber er würde sie trösten …

Der Gedanke an Tyrande vertrieb die Düsternis. Illidan bekam Schuldgefühle, als ihm klar wurde, wie schrecklich die Priesterin leiden würde. Tyrande sollte dies nicht durchstehen müssen. Sie hatte Malfurion gewählt. Damit musste er sich abfinden.

Illidan konzentrierte sich auf seinen Zwillingsbruder. Erst wenn er seine Aufgaben erledigt hatte, konnte er über die Zukunft nachdenken. Bis vor kurzem hatte er geglaubt, Ravencrest und Tyrande würden eine große Rolle darin spielen – doch in beiden Personen hatte er sich geirrt.

Jetzt musste Illidan herausfinden, wohin er gehörte …

Brox schwang seine Axt und köpfte die Teufelsbestie, die ihm entgegengestürmt war. Neben ihm kämpften Jarod und die wenigen überlebenden Soldaten seiner Truppe gegen den nicht enden wollenden Strom der Dämonen. Die meisten hatten längst ihre Reittiere an den Feind verloren und fochten jetzt gemeinsam mit den Fußsoldaten.

Ein Reiter mit einem halb zerrissenen Banner tauchte in der Nähe des Orks auf. Brox grunzte überrascht. Diese Einheit hielt sich normalerweise in Lord Ravencrests Nähe auf. Waren die Streitkräfte bereits so weit zurückgedrängt worden, dass die Linien völlig zusammengebrochen waren?

Er drehte den Kopf nach links. Sein Verdacht bestätigte sich. Der schwarze Rabenbanner der Festung flatterte unweit entfernt. Brox hatte nicht gemerkt, dass er sich so stark rückwärts bewegt hatte, doch das war der Beweis.

Ravencrest tauchte neben dem Banner auf. Er schonte sich nicht, sondern warf sich in den Kampf. Zuerst schlitzte er eine Teufelsbestie mit seinem Schwert auf, dann trat er ihr gegen den Kopf. Inmitten seiner persönlichen Leibwache wirkte der Herr über Black Rook selbst auf einen erfahrenen Kämpfer beeindruckend. Anfangs hatte Brox keinen Respekt vor den Nachtelfen gehabt, doch Ravencrest hatte sich als ein Krieger erwiesen, der es verdient gehabt hätte, ein Ork genannt zu werden.

Nachtelfen umschwärmten den Adligen, als könnte seine Stärke auf sie abfärben. Ravencrest hatte eine Fähigkeit, die kein Zauberer beherrschte – seine Soldaten wurden nur durch seine Anwesenheit stärker und entschlossener. Die Gesichter, in die Brox jetzt blickte, zeigten Härte und Stolz. Sie blickten dem Tod entgegen, aber sie würden alles geben, um den Sieg der Dämonen zu verhindern.

So viele Nachtelfen hatten sich rund um ihren Kommandanten versammelt, dass es beinahe schon gefährlich für ihn wurde. Mehr als einmal kam ihm eine Klinge seiner eigenen Soldaten bedrohlich nahe, aber er ignorierte sie, konzentrierte sich nur auf die Waffen der Feinde.

Ein berittener Soldat tauchte plötzlich dicht neben Ravencrest auf, dichter als es nötig gewesen wäre. Der Nachtelf wirkte voller Grimm, aber nicht auf die gleiche Weise wie die anderen Soldaten. Sein Blick war auf Ravencrest gerichtet, nicht auf die Dämonen.

Der Ork begann auf den Kommandanten zuzulaufen.

„Brox?", rief Jarod. „Wohin willst du?"

„Eile", knurrte der grünhäutige Krieger. „Muss warnen."

Der Captain blickte in die gleiche Richtung wie der Ork, sah aber offensichtlich nicht das, was ihm aufgefallen war. Trotzdem folgte er ihm.

„Weg!", brüllte Brox die Nachtelfen an, die ihm im Weg standen. Er sah, wie der Reiter bereits in Position ging. In einer Hand hielt der Soldat sein Schwert und die Zügel seines Reittiers. Die andere schwebte über seinem Gürtel, in dem ein Dolch steckte. Im Kampf gegen die Legion war eine solche Waffe nutzlos. Er zog den Dolch und beugte sich zum Kommandanten vor.

„Achtung!", schrie Brox, aber Ravencrest konnte ihn nicht hören. Der Lärm der Schlacht übertönte alle anderen Geräusche.

Das Reittier des Attentäters scheute und zwang ihn einige Schritte zur Seite. Brox stieß Soldaten aus seinem Weg und winkte mit seiner riesigen Axt in der Hoffnung, Ravencrests Aufmerksamkeit zu erregen.

Die des Adligen erregte er nicht … aber die des verräterischen Soldaten.

Dessen Augen wurden schmal. Verzweiflung verzerrte sein Gesicht, dann warf er sich dem Kommandanten entgegen.

„Vorsicht!“, schrie Brox.

Ravencrest begann sich zu dem Ork zu drehen. Er runzelte die Stirn, als wolle er nicht – von niemandem! – in seinem Tun unterbrochen werden.

Der Attentäter stieß ihm die Klinge in den Nacken.

Der Adlige versteifte sich im Sattel. Er ließ sein Schwert fallen und tastete nach der kleinen Klinge, aber der Soldat hatte sie bereits aus der Wunde gezogen. Blut lief über Ravencrests dünnen Umhang.

Niemand in seiner Nähe bemerkte, was geschehen war. Der Attentäter warf den Dolch weg und wollte davonreiten, doch die vielen Soldaten behinderten ihn.

Unter lautem Gebrüll bahnte sich Brox seinen Weg. Nachtelfen wichen ihm erschrocken aus, befürchteten wohl, er habe den Verstand verloren. Der Ork erklärte ihnen nicht, worum es ging. Ihn interessierte nur noch der Verräter.

Zitternd sackte Lord Ravencrest zusammen. Seine Soldaten drehten sich zu ihm um. Einige stützten ihn, um zu verhindern, dass er von seinem Reittier kippte.

Brox erreichte Ravencrest. „Da! Da!“

Einige Nachtelfen sahen ihn verwirrt an. Zwei schlossen sich dem Ork an.

Dem Attentäter fiel es schwer, sich mit seinem Tier einen Weg durch die Menge zu bahnen. Er schaute über seine Schulter und entdeckte die Verfolger. Fatalistisch nickte er, dann rief er seinem Nachtsäbler einen Befehl zu. Die Katze reagierte sofort und schlug einen Soldaten zur Seite, der den Weg verstellt hatte. Gleichzeitig biss sie einen zweiten. Andere Soldaten sprangen hastig zur Seite. Sie mussten denken, das Tier sei durchgegangen.

Brox schätzte die Entfernung ab und sprang. Er landete unmittelbar hinter dem Nachtsäbler, holte mit seiner Axt aus und schlug nach der Flanke der Katze.

Der Schlag streifte sie nur, dennoch fuhr sie, fauchend vor Wut, herum. Sie ignorierte die hastigen Befehle ihres Reiters und stürzte sich auf ihren Angreifer.

Brox parierte die Schläge der mächtigen Tatzen mühsam. Der Nachtsäbler knurrte und sprang.

Der Ork hob die Axt und grub die Klinge tief ins Fleisch der Katze, direkt unter ihrem Kiefer. Blut spritzte Brox entgegen. Er wich der Bestie aus, die, von ihrem eigenen Schwung getrieben, vorwärts stolperte.

Ein heißer Schmerz strich plötzlich über den linken Arm des Orks. Er blickte darauf und sah eine klaffende blutende Wunde.

Der Attentäter riss das Schwert zurück und holte ein zweites Mal aus, aber eine andere Schwertklinge kreuzte die seine.

Jarod grunzte. Der Schwung des gegnerischen Schwerts zwang ihn beinahe in die Knie. Der verräterische Soldat trat nach dem Captain, aber Jarod wich ihm aus.

Der Captain achtete zu wenig auf den sterbenden Nachtsäbler. Die Katze rang mit dem Tod und schlug nach allem, was in ihre Nähe kam. Sie erwischte Jarod mit einer Tatze und schleuderte ihn zu Boden.

Brox zog seine Axt aus der Wunde. Mit einem gurgelnden Geräusch brach die Bestie endgültig zusammen und blieb reglos liegen.

Der Nachtelf sprang von seinem toten Reittier und stürmte Brox mit gezogenem Schwert entgegen. Er prallte gegen den erfahrenen Krieger und trieb ihn zurück. Der Ork kämpfte um sein Gleichgewicht.

„Stinkendes Monster!“, fauchte der Nachtelf. Er stieß mit der Schwertklinge nach Brox und trennte ihm fast das Ohr ab. Der Ork trat nach den Beinen seines Gegners, aber der Soldat sprang geschmeidig hoch …

… wo ihn Brox' Axt traf, noch bevor seine Füße wieder den Boden berührten.

Ein Ausdruck völliger Überraschung trat auf das Gesicht des Verräters, als die Klinge zuerst durch seine Rüstung und dann in seine Brust schnitt. Seine Hand umklammerte immer noch sein Schwert, als er zurücktaumelte. Brox ging auf ihn zu.

Sein Gegner blieb schwer atmend stehen. Er hob sein Schwert und sah den Ork herausfordernd an.

Brox holte aus.

Doch zu seiner Überraschung ließ der Attentäter die Waffe fallen und rief: „Für Azshara!“

Die Axt durchschlug seine Rüstung mit aller Macht und grub sich tief in seine Brust. Der Nachtelf brach zusammen. Er war tot, bevor sein Körper auf dem blutgetränkten Erdreich aufschlug.

Brox trat neben die Leiche. Er stieß sie mit dem Fuß an, aber sie bewegte sich nicht.

Jarod tauchte neben ihm auf. Er rieb sich seinen linken Arm, schien ansonsten jedoch unverletzt zu sein. „Du hast ihn erwischt!“, sagte er. „Gut gemacht!“

Der Ork kümmerte sich nicht um das Lob. Sein Blick glitt zurück zu Lord Ravencrest. Einige Soldaten hatten ihn hoch gehoben und trugen ihn weg von der Front. Ravencrests Augen waren geschlossen. Es sah beinahe so aus, als würde er schlafen, aber Brox wusste, dass der Eindruck täuschte. Der Mund des Nachtelfen war leicht geöffnet, und ein Arm baumelte herab. Der Krieger wusste, was das bedeutete.

Brox hatte versagt. Der Herr von Black Rook war tot.

Die Streitmacht hatte ihren Anführer verloren.

Die behufte Gestalt legte amüsiert den Kopf schief. „Magst du etwa keine Überraschungen, Malfurion Stormrage? Oder habe ich mich so zu meinem Vorteil verändert, dass dein beschränkter Geist mich nicht mehr erkennt?“ Er verbeugte sich übertrieben. „Dann erlaube mir, mich erneut vorzustellen: Lord Xavius aus Zin-Azshari, wieder im Dienste der Königin … und wieder höchst lebendig.“

„Du bist … gestorben!“, stieß der Druide hervor. „Wurdest zerrissen …“

„Du hast mich ja schließlich umgebracht, nicht wahr?“ Der Sarkasmus war aus Xavius’ Stimme verschwunden. „Mich zerfetzt.“

Er machte einen weiteren Schritt auf den Druiden zu, genau wie Malfurion gehofft hatte. Je weiter dieses Ungeheuer sich von Tyrande entfernte, desto besser. Malfurion erinnerte sich an Legenden, in denen Wesen aufgetaucht waren, die wie Xavius aussahen. Man hatte diese listigen Dämonen als Satyrn bezeichnet.

„Du hast mich getötet“, fuhr der ehemalige Berater der Königin fort. Sein Grinsen war boshaft. „Und du hast mich zu einem noch schlimmeren Schicksal verdammt. Ich hatte den großen und ruhmreichen Sargeras enttäuscht … und wie es einem Gott zusteht, bestrafte er mich dafür mit aller Härte.“

Malfurion hatte die Gräuel gesehen, zu denen die Brennende Legion fähig war und konnte sich vorstellen, was Xavius mit „Härte“ meinte. Gnade war etwas, das den Dämonen völlig fremd sein musste.

Die monströsen künstlichen Augen leuchteten auf, als Xavius fortfuhr. „Ich hatte keinen Mund, und doch schrie ich. Ich hatte keinen Körper, und doch spürte ich Schmerzen jenseits deiner Vorstellungskraft. Aber meinem Herrn und Meister gab ich daran nicht die Schuld. Er tat nur, was getan werden musste.“

Trotz dieser Worte erschauderte der Satyr einen Moment lang. „Während meiner Strafe beschäftigte sich mein Verstand nur mit dem Gedanken an den, der mich in diese Lage gebracht hatte.

„Wegen dir sind Hunderte gestorben“, entgegnete der Druide und bemühte sich, den Satyr weiter in seine Richtung zu locken. Er wollte einen Zauber versuchen, doch das ging nur, wenn sich Tyrande in sicherer Entfernung befand. „Du hast Unschuldige abgeschlachtet!“

„Nicht die Unschuldigen, sondern die Unvollkommenen. Die Welt muss für Sargeras und seine Anhänger gereinigt werden.“

„Sargeras wird Kalimdor zerstören! Die Brennende Legion wird alles zerstören!“

Xavius grinste. „Ja, das wird sie.“

Seine Antwort überraschte Malfurion. „Aber du hast doch gerade gesagt –“

„Was die Narren hören wollen – was der gute Captain Varo’then oder die Hochwohlgeborenen glauben … was ich selbst einst glaubte. Sargeras wird die Welt für seine Anhänger reinigen … und dann wird er sie vernichten, weil er das Leben in jeglicher Form hasst. So einfach ist das.“

„Meinst du nicht eher, *so blutrünstig und irrsinnig* ist das?“

Der Satyr hob die Schultern. „Alles eine Sache der Perspektive …“

Malfurion hatte genug gehört. Seine Hand tastete nach einer Gürteltasche.

Plötzlich griffen kräftige Arme nach ihm und hielten ihn fest. Der Druide versuchte sich zu wehren, aber seine Angreifer waren zu stark.

Es waren Satyrn, die ihn jetzt zu Xavius brachten, der breit grinste. Seine schrecklichen Augen schienen den Nachtelfen zu verhöhnen.

„Als mich der ruhmreiche Lord Sargeras auf diese Welt zurückschickte, verlangte er von mir vor allem anderen, ihm den zu bringen, der das erste Portal zerstört und damit seine Ankunft verhindert hat."

Malfurion antwortete nicht, rang nur stumm mit seinen Gegnern.

Xavius beugte sich vor. Sein fauliger Atem strich über das Gesicht des Nachtelfen. „Aber er hat nicht gesagt, in welchem Zustand ich dich zu ihm bringen soll. Also fragte ich mich, ob ich dich ihm einfach so überlassen soll?" Er kicherte. „Nein, sagte ich mir. Mein Herr wünscht, dass Malfurion Stormrage so sehr leidet, wie es nur möglich ist, und meine Pflicht ist es, diesen Wunsch zu erfüllen."

Zu Malfurions Entsetzen ging der Gehörnte zurück zu Tyrande, deren Schlaf seltsam tief zu sein schien. Er beugte sich zu ihr hinab, bis sein Mund fast den ihren berührte.

„Lass sie in Ruhe!", schrie der Druide.

Xavius drehte den Kopf und sah Malfurion an. „Ja, dachte ich, er muss leiden … aber wie? Er ist ein entschlossener junger Mann, der sich selbst opfern würde … aber was ist mit anderen? Was ist mit denen, die er liebt?"

Seine Klauenhand streichelte das Haar der Priesterin. Malfurion wand sich im Griff der Satyrn. Am liebsten hätte er seine Hände um Xavius' Hals gelegt. Er hatte noch nie ein anderes Wesen gehasst – abgesehen von den Dämonen –, doch in diesem Moment hätte er dem ehemaligen Berater ohne Reue die Kehle zerquetscht.

Seine Wut amüsierte Xavius. Er sagte: „Ich habe schon bald bemerkt, dass es zwei Personen gibt, die Malfurion besonders mag. Die eine ist wie ein Bruder für ihn … um genau zu sein, es ist sein Bruder, sogar sein Zwilling. Als Kinder waren sie unzertrennlich, mittlerweile haben ihre Interessen und Sehnsüchte sie in verschiedene Richtungen getrieben, aber natürlich liebt Malfurion seinen Bruder noch – auch wenn Illidan Neid für den empfindet, dem *sie* den Vorzug gegeben hat …"

„Du hast mich. Lass die beiden in Ruhe."

„Was wäre das denn für eine Strafe?", fragte Xavius und erhob sich. Sein Gesicht nahm einen grausamen Zug an. „Was wäre das denn für eine Rache? Wie groß wird dein Schmerz sein, wenn du nicht nur einen von beiden verlierst, sondern beide." Er lachte. „Dein Bruder ist bereits verloren, auch wenn er das selbst noch nicht erkannt hat. Diese Person hier hätte ich beinahe übersehen … deshalb danke, dass du unsere Aufmerksamkeit auf sie gerichtet hast."

Die anderen Satyrn stimmten in das Lachen ihres Anführers ein. Malfurion verfluchte sich, weil er Tyrande gebeten hatte, ihm und Krasus zu helfen. Er trug Schuld, dass sie in die Gewalt dieser Ungeheuer geraten war.

„Nein, bei Elune! Das werde ich nicht zulassen!“

„Elune …“ Xavius sprach den Namen angewidert aus. „Es gibt nur einen Gott … und sein Name ist Sargeras.“

Er schnippte mit den Fingern, und die Satyrn zwangen den Druiden in die Knie. Xavius ging auf ihn zu. Seine Hufe schlugen laut gegen den Fels. Jeder Schritt hallte in Malfurions Kopf wider.

Doch plötzlich hörte er eine Stimme, die ihm so vertraut wie seine eigene war.

*Bruder?*

„Illidan?“, stieß er hervor.

„Ja“, antwortete Xavius, der glaubte, die Frage sei an ihn gerichtet. Er nahm wohl an, sein Gefangener wolle erfahren, was er dem Zauberer angetan hatte. „Er war erstaunlich zugänglich. Er liebt sie so sehr wie du, Malfurion … und er kommt nicht darüber hinweg, dass sie dich erwählt hat.“

*Illidan liebt Tyrande?* Der Druide wusste, dass sein Bruder sie mochte, aber nicht in diesem Ausmaß. *Und sie liebt … mich?*

Erst jetzt fiel ihm wieder ein, dass sein Bruder in seinen Gedanken war. Dessen Wut und Scham über die Enthüllung brandeten über Malfurion hinweg. Die Intensität der Gefühle erschreckte den Druiden.

Xavius missverstand seine Reaktion. „Ist das eine Überraschung? Ist es nicht wundervoll zu wissen, dass dich jemand liebt? Und ist es nicht furchtbar zu wissen, dass sie deshalb ebenso furchtbar gequält werden wird wie du?“

*Illidan!* Malfurion wandte sich an seinen Bruder. *Illidan, Tyrande ist in Gefahr!*

Nicht etwa Sorge, sondern Verachtung schlug ihm von seinem Bruder entgegen. *Wieso wendet sie sich dann nicht an dich, den mächtigen ruhmreichen Herrscher über die Natur? Welche Hilfe kann sie schon von einem albernen Amateur erwarten, den seine Augenfarbe zu falschen Hoffnungen und Träumen verführte?*

*Illidan, man wird sie foltern! Sie wird zu Tode gefoltert werden!*

Sein Zwilling antwortete nicht. Er schien sich zurückgezogen zu haben. Die Verbindung war noch vorhanden, aber sehr schwach.

*Illidan!*

Der Anblick des Satyrs riss Malfurion aus seinen Gedanken. Die Blicke aus den unnatürlichen Augen bohrten sich in seinen Geist, als wollten sie unbedingt herausfinden, was dort vor sich ging.

„Ich kann kaum glauben, dass du für mein Schicksal verantwortlich bist“, zischte Xavius. „Wenn du mein Todfeind bist, dann habe ich Sargeras’ Bestrafung mehr als verdient.“

Er schnippte abermals mit den Fingern. Ein halbes Dutzend Satyrn tauchte zwischen den Bäumen auf. Xavius zeigte auf Tyrandes leblosen Körper, während sein Blick in Richtung des Schlachtenlärms wanderte. „Sie werden bald hier sein. Lasst uns verschwinden, bevor es hier … unangenehm wird."

Xavius kehrte zu Tyrande zurück. Drei Satyrn, die einmal Hochwohlgeborene gewesen waren, hoben ihre Hände und begannen einen Zauber. Malfurion erkannte sofort, dass sie ein Portal erschaffen wollten. Auf diese Weise konnten sie Zin-Azshari schnell und gefahrlos erreichen.

Dort würde es keine Hoffnung mehr für Malfurion und Tyrande geben.

*Illidan!* Ein letztes Mal schrie er den Namen seines Bruders, erhielt aber keine Antwort. Er war allein.

Die Schlacht kam näher. Ein schwarzer Riss entstand zwischen den drei Satyrn.

Xavius griff nach Tyrande. Sein Grinsen war breiter und boshafter als je zuvor. „Ihr wird es in der Gesellschaft des großen Sargeras gefallen", sagte er sarkastisch. „Bevor sie stirbt …"

Das Portal erreichte seine volle Größe. Xavius hob die Priesterin mühelos hoch. Doch dann … bohrte sich warnungslos ein gefiederter Pfeil in seine Schulter!

# DREIUNDZWANZIG

Die dunklen Gedanken überwältigten Illidan. Er hatte Rhonins Befehl befolgt und seinen Bruder gefunden, doch dieser hatte ihn nur an seine Fehlschläge und Schwächen erinnert. Was machte es da schon, dass sein Bruder und die Frau, die er liebte, in irgendeiner schrecklichen Gefahr schwebten? Wichtig war nur, dass Malfurion Tyrande für sich gewonnen hatte, ohne überhaupt zu verstehen, dass er Teil eines Wettbewerbs gewesen war. Sein naiver Bruder war über den größten aller Preise gestolpert, während Illidan, der so hart dafür gekämpft hatte, nur ein gebrochenes Herz bekommen hatte.

Ein kleiner Teil von ihm bettelte darum, den beiden trotzdem helfen zu dürfen. Zumindest Tyrande musste gerettet werden. Immerhin war sie in die Fänge der Brennenden Legion geraten.

Die Brennende Legion … Manchmal fragte sich Illidan, ob er nicht besser bei Königin Azshara und den Hochwohlgeborenen aufgehoben gewesen wäre. So wie es im Moment aussah, würden sie die Früchte aus ihrer Allianz mit den Dämonen ernten. Krasus und Rhonin behaupteten zwar, die Dämonen würden alles Leben einschließlich der Königin und ihrer Anhänger vernichten, aber er glaubte nicht daran. Wenn das stimmte, weshalb stand Azshara dann auf ihrer Seite? Die Hochwohlgeborenen mussten doch nur das Portal schließen, um die Gefahr zu bannen. Aber das taten sie nicht, also wussten sie wohl etwas, das Illidan verborgen blieb.

Er knurrte. In seinem Kopf prallten unterschiedliche Gedanken und Ideen, die er vor wenigen Tagen noch als unmöglich abgetan hätte, aufeinander. Er blickte zu Rhonin, der die Mondgarde anführte. Der Zauberer würde diese Position sicher nicht freiwillig wieder aufgeben. Illidan fluchte. Nicht nur sein Bruder hatte ihn verraten, sondern auch Rhonin und Lord Ravencrest waren ihm in den Rücken gefallen.

*Illidan!*, rief Malfurion in seinen Gedanken.

Der Zauberer verschloss seinen Geist vor ihm.

Tyrande rutschte aus dem Griff des Satyrs und fiel zu Boden. Sie regte sich kaum, was Malfurion in seinem Verdacht bestätigte, dass Xavius sie mit einem Zauber belegt hatte.

Der ehemalige Berater hielt seine Schulter umklammert, die von einem Pfeil getroffen worden war. Blut floss aus der Verletzung, aber Xavius wirkte eher wütend als davon ernstlich beeinträchtigt. Er zog an dem Pfeil, und als dieser sich nicht sofort aus der Wunde lösen wollte, brach er ihn einfach ab.

Die anderen Satyrn sahen sich nach dem Angreifer um. Einer von denen, die Malfurion festhielten, zuckte plötzlich und brach zusammen. Ein Pfeil ragte zwischen seinen Schulterblättern hervor.

Ein Arm des Druiden war jetzt frei. Er griff in eine seiner Gürteltaschen und warf seiner zweiten Wache den Inhalt entgegen. Der Satyr schrie auf und rieb sich die Augen. Die Kräuter, die Malfurion mit Cenarius' Hilfe gesammelt hatte, brannten sich in das Fleisch. Der Satyr taumelte zur Seite, beachtete seinen Gefangenen nicht mehr. Malfurion zog seinen Dolch und schlitzte der blinden Kreatur die Kehle auf. Der Satyr sackte zusammen. Der Druide rief den Wind zu Hilfe und bat ihn, seine Klinge zu führen, als er sie Xavius entgegen schleuderte.

Der ehemalige Hochwohlgeborene war zwar verwundet, wich dem Dolch aber dennoch geschmeidig aus. Er warf einen kurzen Blick auf das Portal, das die drei Satyrn immer noch kontrollierten, dann griff er erneut nach Tyrande.

Ein Pfeil bohrte sich unmittelbar vor seinem Huf in den Boden. Xavius' Augen blitzten. Mit einer Geste erteilte er den Satyrn, die nicht durch den Portalzauber gebunden waren, seine Befehle.

Zwei liefen auf Malfurion zu, der dritte suchte nach dem unbekannten Schützen. Der Druide nahm ein kleines rundes Samenkorn aus seiner Gürteltasche und warf es auf die heranstürmenden Dämonen.

Der erste Satyr wich zurück, und das Samenkorn landete vor ihm im Dreck. Das triumphierende Grinsen gefror jedoch auf seinem Gesicht, als sich das Korn öffnete und ihn mit weißem Staub besprühte. Der Satyr begann heftig zu niesen und zu husten. Schließlich fiel er atemlos auf die Knie, aber auch jetzt ließ der quälende Reiz nicht nach.

Malfurion warf ein zweites Samenkorn, doch es verfehlte den anderen Satyr. Der Dämon sprang ihm entgegen. Klauen griffen nach der Kehle des Druiden. Malfurion sah, wie Xavius weiter hinten Tyrande hochheben wollte, doch die Wunde machte sich langsam bemerkbar. Einhändig zog er sie auf das Portal zu.

Der Nachtelf befürchtete, dass Xavius mit seiner Gefangenen entkommen würde und suchte rasch nach einem Zauber, um mit seinem Gegner fertig zu werden. Der Satyr lachte schadenfroh. Seine Nägel rissen die Haut unter Malfurions Kinn auf. Er stieß einige Worte hervor, und der Druide spürte, wie eine schreckliche Hitze um seine Kehle herum aufstieg. Er drohte zu ersticken.

Im gleichen Moment erreichte die Schlacht den Hügel.

Nachtelfen und Dämonen stolperten kämpfend heran. Soldaten, die vor ihren Gegnern zurückwichen, prallten mit Xavius und seiner Gefangenen zusammen. Der Satyr knurrte und enthauptete einen Krieger mit seinen Klauen.

Doch selbst Xavius konnte sich gegen die Massen nicht durchsetzen. Es herrschte Chaos. Die Satyrn, die das Portal geöffnet hatten, kämpften um ihre Konzentration.

Malfurion rang um Atem. Der grinsende Satyr, der auf ihm hockte, hob eine Klauenhand, um ihm die Brust zu zerfetzen. Malfurion griff nach dem erstbesten Korn, das er in seiner Gürteltasche fand und warf es seinem Gegner in das aufgerissene Maul.

Die Augen des Gehörnten weiteten sich. Er wich zurück. Der Druide bekam endlich wieder ausreichend Luft. Die Augen des Satyrs schwollen immer weiter an. Eine große Hitze ging plötzlich von ihm aus, dann schlugen Flammen aus seinem Körper. Er kreischte, während sich sein Körper schwarz zu färben begann und das Feuer ihn verzehrte.

Der Druide musste würgen und bedeckte Mund und Nase. Cenarius hatte ihm bei ihrer letzten Begegnung gezeigt, wie man die Hitze, die in manchen Samen und Pflanzen steckte, um ein Tausendfaches verstärkte. Malfurion hatte zufällig eines dieser Samenkörner in das Maul des Dämons geworfen.

Nur wenige Sekunden später brach der Satyr zusammen. Nur einige verkohlte Knochen blieben von ihm übrig. Malfurion hatte einige Lehren seines Shan'do nicht ernst genommen, aber jetzt begriff er, welche Macht ihnen innewohnte. Es gab wirklich keine größere Kraft als die Natur.

Sein Blick fiel wieder auf Xavius. Einer der anderen Satyrn half ihm jetzt. Gemeinsam schleppten sie Tyrande zu dem Portal. Doch dann sah Xavius, dass der Druide ihm entgegen lief und ließ seine Gefangene los.

Der Satyr stampfte mit einem Fuß auf. Die Erde erzitterte und brachte Malfurion und einige Krieger zu Fall. Ein Spalt entstand und raste auf Malfurion zu, der sich mit einem Sprung in Sicherheit brachte.

Xavius ging auf ihn zu. Sein lautes monströses Gelächter erschütterte den Druiden bis ins Mark.

„Als Held solltest du ab und zu Gutes tun“, sagte der Satyr ironisch, „nicht nur im Dreck herumkriechen und auf den Tod warten.“

Malfurion griff nach seiner Gürteltasche, aber Xavius kam ihm zuvor. Er holte mit seinen Klauen aus, und der Gürtel des Druiden flog davon.

„Lass das bitte.“ Xavius schien mit jedem Schritt größer und animalischer zu werden. „Der große Sargeras will dich zwar lebend haben, aber dieses eine Mal werde ich seinen Befehl wohl missachten. Dein Bruder und das Mädchen müssen reichen …“

Cenarius hatte Malfurion gelehrt, allen Lebensformen mit Respekt zu begegnen, doch in diesem Moment empfand der Druide nur Hass und Ekel. Er warf sich auf Xavius und versuchte, ihn zu Boden zu werfen.

Xavius packte ihn mit seiner unverletzten Hand an der Kehle. Malfurion hing nach Luft schnappend in seinem Griff. Der Satyr genoss die Situation sichtlich.

„Vielleicht lasse ich doch ein wenig Leben in dir, Malfurion Stormrage“, sagte er grinsend. „Wenn ich mich bei meiner Rache zurückhalten kann …“

Vor seinem geistigen Auge sah Malfurion Tyrande und Illidan in den Fängen der Brennenden Legion. Der Anblick verlieh ihm neue Kraft. Er holte aus und trat so kräftig er konnte zu.

Mit der Ferse erwischte er Xavius' verletzte Schulter und trieb den abgebrochenen Pfeil tiefer ins Fleisch.

Der Satyr heulte auf. Seine Hand öffnete sich, und der Druide fiel zu Boden Malfurion rollte sich ab und kam auf die Beine.

„Du hast zu viele verraten“, sagte er zu Xavius. „Du hast zu viele verletzt Lordberater. Ich werde nicht zulassen, dass du noch einmal jemandem Leid zufügst.“

Er wusste, was er zu tun hatte. „Du wirst ab jetzt nur noch Leben hervorbringen, nicht mehr den Tod.“

Xavius' rote Augen glitzerten. In seinem Lächeln lag absolute Bösartigkeit Dunkle Kräfte bildeten sich um ihn herum.

Aber der Druide schlug zuerst zu. Der hölzerne Pfeil hatte ihn auf eine Idee gebracht.

An dem Pfeil bildeten sich auf einmal Wurzeln. Der Satyr bemerkte die Gefahr, brach seinen eigenen Zauber ab und versuchte, den Pfeil aus seiner Schulter zu ziehen. Doch das war unmöglich, denn die Wurzeln bildeten sich auch im Inneren der Wunde. Das Holz ernährte sich von der Lebenskraft des Satyrs.

Xavius' Körper blähte sich auf wie der eines toten Fischs. Er schrie wutentbrannt auf. Flammen bildeten sich an seiner Hand. Er berührte den Pfeil damit und wollte ihn so in Brand setzen. Erneut schrie er auf, dieses Mal schmerzerfüllt, denn die Wurzeln waren bereits so sehr mit seinem Körper verschmolzen, dass er auch *ihren* Schmerz spürte.

Seine Klauen verkrampften sich und wurden zu kleinen Zweigen, aus denen grüne Blätter sprossen. Die Hörner des Satyrs begannen zu wachsen und verwandelten sich in große Laub besetzte Äste. Xavius wurde nicht zu einem Baum. Sein Körper versorgte das Holz nur mit Lebenskraft und den notwendigen Vitalstoffen.

„Das ist nicht das Ende, Malfurion Stormrage!“, schrie Xavius. „Das ist nicht das Ende!“

Der Druide ließ sich nicht davon beeindrucken. Er musste sich konzentrieren, um den Zauber trotz der starken Gegenwehr des Satyrs und dem ablenkenden Schlachtenlärm zu vollenden.

„Doch, das ist das Ende“, flüsterte er mehr zu sich selbst als zu Xavius. „Es muss das Ende sein.“

Der Satyr brüllte ihm ein letztes Mal seinen Hass entgegen, dann verschwand sein Körper in dem aufblühenden Baum. Aus Xavius' Haut wurde Rinde. Sein schreiender Mund verwandelte sich in ein Astloch. Krieger sprangen zur Seite, um den Wurzeln auszuweichen, die sich tief ins Erdreich gruben.

Zwischen all dem Tod und der Zerstörung erblühte jetzt ein Baum, ein Symbol für den Sieg des Lebens über die Verdammnis.

Malfurion brach erschöpft in die Knie. Er wollte sich aufrichten, aber seine Beine gaben unter ihm nach. Er hatte seine ganze Kraft für den Zauber gegen Xavius geopfert. Zwar tobte die Schlacht noch immer um ihn herum, aber er wollte sich nur noch unter den Baum legen und schlafen.

Dann dachte er an Tyrande.

„Tyrande!" Es erschien dem Nachtelf, als müsse er sich gegen Eisenketten stemmen, um auf die Beine zu kommen. Im ersten Moment sah er nur Soldaten und Dämonen, doch dann entdeckte er die drei Satyrn, die immer noch das Portal geöffnet hielten. Und nur wenige Meter entfernt trug ein vierter Satyr Tyrande darauf zu.

„Nein!" Er bat den Wind um Hilfe, der aufheulte und sich gegen den Dämon warf. Malfurion stolperte ihm erschöpft entgegen.

Ein Pfeil traf den Satyr in die Brust. Er blieb einen Moment reglos stehen, dann brach er zusammen. Tyrande rutschte aus seinen Armen. Aber der Wind, der wusste, was der Druide wünschte, sorgte dafür, dass sie auf einer Brise sanft zu Boden glitt.

Malfurion bedankte sich bei dem Wind und seinem unbekannten Retter. Dann ging er schwerfällig auf Tyrande zu. Er musste um jeden Schritt ringen, aber die Belohnung, die am Ende des Weges auf ihn wartete, hielt ihn aufrecht.

Im gleichen Moment löste sich ein Satyr aus der Dreiergruppe. Das Portal schimmerte und wurde instabil.

Die gehörnte Gestalt hob Tyrande auf.

Der Nachtelf schrie und warf sich dem Satyr entgegen. Doch sein Sprung war zu kurz, er schlug auf den Boden. Ein Pfeil schoss an ihm vorbei und riss das Ohr des Dämons auf. Blut tropfte auf seine Schulter, aber der Satyr ließ seine Beute nicht los, sondern sprang durch das Portal.

Er und Tyrande verschwanden.

Die beiden letzten Satyrn folgten ihm durch das Tor, das sich bereits aufzulösen begann. Als der letzte Dämon es passiert hatte, löste es sich auf. Nur die karge Landschaft blieb zurück.

Mit dem Portal endete auch Malfurions Hoffnung.

Das war zu viel für ihn. Der Nachtelf brach zusammen. Er ignorierte die Kämpfe, die um ihn herum tobten. Er hatte Xavius ein zweites Mal besiegt und dafür gesorgt, dass der Hochwohlgeborene, der die Brennende Legion nach Ka

limdor geholt hatte, nie wieder Böses tun würde … doch all das hatte keine Bedeutung mehr. Tyrande war eine Gefangene der Dämonen.

Tränen liefen über sein Gesicht. Der Himmel verfinsterte sich, aber der Druide bemerkte es nicht. Er hatte versagt. Etwas anderes interessierte ihn nicht mehr.

Versagt.

Die Tropfen, die auf ihn herabfielen, vermischten sich mit seinen Tränen. Ein Sturm brach los, wütete um den Druiden herum und verschonte nur ihn. Die zuckenden Blitze und der laute Donner spiegelten Malfurions düstere Gedanken wider. Ohne Tyrande war nichts mehr von Bedeutung. Das wusste er jetzt.

Der Wind trauerte heulend um die Priesterin. Der neue Baum, der auf dem Hügel entstanden war, bog sich unter den Sturmböen, die über das Land fegten.

Schließlich drang trotz seiner Verzweiflung eine Stimme bis zu ihm durch. Zuerst nahm er sie als störendes Flüstern wahr, dann als Laute, das in seinen Ohren widerhallten. Malfurion presste die Hände auf die Ohren, um das Geräusch auszublenden und in die Schwärze seiner Gedanken zurückzukehren. Aber die Stimme begann seinen Namen zu sagen und wurde mit jedem Mal lauter.

„Malfurion! Malfurion! Du musst dich aus diesem Zustand befreien, bevor du alles und jeden ertränkst!“

Er erkannte die Stimme. Ein Teil von ihm wollte sie ignorieren, aber ein anderer wehrte sich dagegen. Er tauchte aus der Dunkelheit empor, richtete den Blick nach außen, nicht mehr nach innen – und sah die Naturkatastrophe, die sich um ihn herum abspielte.

Der Regen fiel mit solcher Macht, dass ihm nichts widerstehen konnte. Außer dem Druiden blieb nur der neue Baum davon verschont.

„Was –“, stieß Malfurion hervor. Er hatte das Wort noch nicht vollendet, da brach der Sturm auch über ihn herein. Er fiel zu Boden. Regentropfen prasselten gegen seinen Körper.

Eine gewaltige Gestalt schälte sich plötzlich aus dem Regen und dem heulenden Wind hervor. Der Nachtelf sah auf und erblickte einen geflügelten Riesen, der auf ihn zu flog. Er dachte an die Halbgöttin Aviana und fragte sich, ob das die Gestalt war, die sie als Todesbotin annahm. Doch er gehörte nicht zu den Wesen der Lüfte, und der Druide bezweifelte, dass sie ihn holen würde.

Mit donnernder Stimme gab sich der Gigant zu erkennen. „Nachtelf! Bleib wo du bist. Ich kann mich in diesem Chaos nur schwer orientieren und will dich nicht versehentlich zerquetschen.“

Korialstrasz griff mit einer Klaue nach Malfurion und hob ihn empor. Der Drache hatte gewaltig mit dem Sturm zu ringen. Der Nachtelf spürte, dass er nicht völlig bei Kräften wahr. Es war fast schon ein Wunder, dass er den Kampf gegen Neltharion überlebt hatte.

Sie stiegen höher. Malfurion warf einen Blick auf die unter ihm befindliche

Landschaft. Beide Armeen flohen. Die Dämonen liefen durch das Gebiet, das Neltharion verwüstet hatte, die Nachtelfen in die entgegen gesetzte Richtung. Beide Seiten kämpften jetzt gegen einen neuen Feind, gegen den Regen, der Erdrutsche auslöste und Wege unterspülte. Ein Teil eines Hügels löste sich vom Rest und begrub einige Teufelswachen. An anderer Stelle rutschte ein Nachtsäbler auf einer Hügelkuppe aus und stürzte mitsamt seinem Reiter in die Tiefe.

Inmitten des tosenden Sturms entdeckte Malfurion eine kleine Gestalt, die sich auf dem Hügel, von dem Korialstrasz ihn emporgetragen hatte, durch den Regen kämpfte. Sie war fast bis zur Hüfte im Schlamm eingesunken. Der Hügel über ihr sah aus, als würde er jeden Moment in Bewegung geraten und sie unter sich begraben.

Die Gestalt hielt einen Bogen in einer Hand.

„Warte!“, rief Malfurion an Korialstrasz gerichtet. „Hilf ihr!“

Der rote Drache ging sofort in den Sinkflug. Das junge Mädchen war so mit dem Kampf gegen die Elemente beschäftigt, dass sie den Drachen erst bemerkte, als dessen Klauen sich um ihren Körper legten. Sie schrie verängstigt auf. Korialstrasz zog sie aus dem Schlick und trug sie empor.

„Ich werde dir nichts tun!“, brüllte er. Das junge Mädchen glaubte ihm nicht, beruhigte sich jedoch etwas. Dann entdeckte sie Malfurion und fragte: „Wo ist die Herrin Tyrande?“

Der Druide schüttelte den Kopf. Sie sah ihn voller Verzweiflung an und begann zu schluchzen. Ihre Hände krampften sich um den Bogen.

Malfurion wandte seine Aufmerksamkeit wieder dem Sturm zu. Er war nicht natürlich entstanden, denn so abrupt manifestierte sich kein Unwetter. Doch er schien weder das Werk der Brennenden Legion noch seiner eigenen Leute zu sein. Selbst Illidan hätte nichts erschaffen, das sich seiner Kontrolle so umfassend entzog.

Er sah auf, befürchtete bereits, der schwarze Drache sei zurückgekehrt. Doch weder Neltharion noch seine verfluchte Scheibe war irgendwo auszumachen. Wer hatte aber dann diesen katastrophalen Sturm erschaffen?

Er stellte dem Drachen diese Frage, doch Korialstrasz antwortete nicht. Stattdessen sprach eine kleine Gestalt, die im Nacken des Drachen saß und von einer goldenen Aura vor den Elementen geschützt wurde. „Du bist es, Malfurion. Du bringst all das über uns!“

Er starrte Krasus an, den er zuletzt auf einem durchgehenden Nachtsäbler gesehen hatte. Der Magier wirkte mehr als mitgenommen. Seine Schläfe war rot und geschwollen. Trotzdem machte er den gewohnt entschlossenen Eindruck.

Nur seine Worte ergaben für den Druiden keinen Sinn. „Was soll das heißen?“

„Der Sturm entstand aus deinem Leiden, Druide. Er ist Ausdruck deiner Verzweiflung. Du musst deine Hoffnungslosigkeit bezwingen und den Sturm beenden, sonst werden wir alle sterben!“

„Du bist wahnsinnig!“

Der Druide wehrte sich gegen Krasus’ Worte, aber in seinem tiefsten Kern spürte er, wie vertraut der Sturm ihm war. Er tastete mit seinem Geist danach so wie Cenarius es ihn gelehrt hatte, doch was er entdeckte, erschreckte ihn. Es war nicht der Sturm, der dieses Gefühl auslöste, sondern der Teil von ihm, den er darin spürte. Er hatte diese Monstrosität mit seiner Verzweiflung und Trauer erschaffen. Und jetzt suchte sie nicht nur seine Feinde, sondern auch seine Freunde und Kameraden heim.

*Ich bin nicht besser als die Dämonen und der schwarze Drache!*, dachte er.

Krasus schien seine Gedanken zu erahnen, denn er sagte: „Malfurion, lasse dich nicht von deinen Gefühlen überwältigen. Dieser Sturm war ein Unfall. Du musst deine Gefühle einsetzen, um zu helfen, nicht um zu zerstören.“

*Und warum?,* fragte sich der Druide. Er dachte wieder an Tyrande, die ein Opfer der Brennenden Legion werden würde. Ohne sie hatte sein Leben keinen Sinn mehr.

Trotzdem war es Tyrande, die schließlich die Düsternis aus seinen Gedanken vertrieb. Sie hätte diese Zerstörung nicht gewollt. Schließlich hatte sie ihr Leben in den Dienst ihres Volkes gestellt. Malfurion beleidigte ihr Erbe, wenn er diesen Sturm gewähren ließ.

Er blickte zu dem jungen Mädchen, das sein Leben riskiert hatte, um der Priesterin zu helfen. Sie war zu jung, um eine Novizin zu sein. Dennoch hatte sie sich, nur mit einem Bogen bewaffnet, den Satyrn und Dämonen gestellt.

Als Malfurion daran dachte und ihre Tränen bemerkte, spürte er, wie seine Liebe zu Tyrande neu aufflammte. Ohne weiteres Zögern schaute er in den Sturm, zwang seinen Willen den Winden, den Wolken und allen Teilen der Natur auf, die an der Katastrophe beteiligt waren.

Der Wind drehte sich. Der Regen fiel zwar immer noch herab, schien jedoch an Heftigkeit auf der Seite der Nachtelfen nachzulassen und auf der Seite der Dämonen zuzunehmen. Malfurion unterwarf die Wildheit des Windes und zwang ihn mit aller Macht, die Brennende Legion anzugreifen.

Der Regen hörte auf. Der Sturm bewegte sich auf Zin-Azshari zu.

Malfurion atmete erleichtert aus. Er hatte es geschafft.

Der Nachtelf sackte erschöpft im Griff des Drachen zusammen. Über ihm rief Krasus: „Gut gemacht, sehr gut!“

Der Druide hätte über seine eigene Leistung erstaunt sein sollen. Selbst Cenarius wäre das gewesen. Doch Malfurion konnte nur an Tyrande und an sein Versagen denken.

Nichts anderes zählte.

Der Sturm dauerte drei Tage und drei Nächte. Er jagte die Dämonen über das Land und Zin-Azshari entgegen. Als er sich auflöste, befand sich die Brennende Legion noch zwei Tage von der Hauptstadt entfernt.

Die Nachtelfen waren zu erschöpft, um ihrem Feind zu folgen. Jenseits der Vulkanlandschaft, die Neltharion erschaffen hatte, ruhten sie sich aus und leckten ihre Wunden. Vielen erschienen die Zerstörungen des Sturms, die Dämonenseele und die Brennende Legion weniger katastrophal als Lord Ravencrests Tod.

Die Nachtelfen konnten ihm kein angemessenes Begräbnis geben, aber sie taten, was sie konnten. Lord Stareye besorgte einen Wagen, der von sechs Nachtsäblern gezogen wurde. Den toten Adligen ließ er dort aufbahren. Ravencrests Arme lagen gekreuzt auf seiner Brust, in den Händen hielt er das Banner von Black Rook. Nachtlilien bildeten einen Kreis um seinen Körper. Eine Einheit seiner Soldaten räumte den Weg vor dem Wagen frei, eine zweite sorgte dafür, dass niemand aus der weinenden und schluchzenden Menge versuchte, den Leichnam zu berühren. Der Wagen fuhr an der gesamten Streitmacht vorbei, begleitet von Hörnern, die einen Trauermarsch bliesen.

Am Ende des Weges legte man Ravencrests Leiche zu all den anderen, die im Kampf gefallen waren. Malfurion bat dann Korialstrasz, ihm und den Nachtelfen einen traurigen Gefallen zu erweisen. Der Drache stimmte zu.

Hunderte sahen zu, als Korialstrasz einen gewaltigen Feuerstoß ausspie. Die Leichen von Lord Ravencrest und den Soldaten fingen sofort Feuer. Malfurion wandte sich ab, um allein um all die Gefallenen zu trauern. Aber das junge Mädchen, das so hart für Tyrandes Rettung gekämpft hatte, blieb bei ihm. Shandris fragte ihn immer wieder, wann er losziehen würde, um die Priesterin zu retten. Malfurion konnte ihr keine Antwort darauf geben. Schließlich brachte er sie zu den Schwestern, die sich besser um sie kümmern würden.

Lord Stareye war von den anderen Adligen zum Kommandanten ernannt worden. Seine erste Aufgabe bestand darin, die Armee nach weiteren Verrätern zu durchleuchten. Die Suche verlief ergebnislos. Trotzdem wurden zwei Soldaten hingerichtet, die man mit dem Verräter in Verbindung gebracht hatte. Stareye schloss die Untersuchung damit ab und widmete sich der nächsten Herausforderung.

Krasus und Rhonin, die von Brox und Jarod begleitet wurden, versuchten den neuen Kommandanten davon zu überzeugen, endlich die anderen Völkern um Hilfe zu bitten. Doch ihre Vorschläge stießen nach wie vor auf taube Ohren.

„Kur'talos hat in dieser Angelegenheit entschieden, und ich werde seine Ansichten ehren", sagte der schlanke Adlige und schnupfte etwas weißes Pulver.

Damit endete zwar die Diskussion, nicht aber die Sorge. Die Brennende Legion würde sich rasch erholen, und Archimonde würde sie dann wieder auf die Nachtelfen hetzen. Niemand zweifelte daran, dass die Armee vor einer härteren Schlacht stand als je zuvor.

Selbst wenn es den Nachtelfen gelingen sollte, die Invasoren bis zu den Toren Zin-Azsharis zurückzutreiben, war ihnen damit nicht geholfen. Solange das Portal geöffnet war, strömten immer neue Dämonen nach Kalimdor, und die Bedrohung durch Sargeras wuchs. Hunderttausende Dämonen konnten sterben, der Palast konnte fallen, doch all das würde bedeutungslos werden, sollte es Sargeras gelingen, die Welt zu *betreten*. Er würde die Streitmacht mit einem einzigen Blick hinwegfegen.

Diese Befürchtung festigte Krasus' Entscheidung. Er rief die anderen zusammen und erklärte ihnen, was sie zu tun hatten, um das scheinbar Unvermeidliche doch noch abzuwenden.

„Ravencrest hatte Unrecht“, begann er, „und Stareye ist blind. Ohne eine Allianz aller Völker wird Kalimdor – und damit die ganze Welt – verloren sein.“

„Aber Lord Stareye wird sich nicht an sie wenden“, warf Jarod ein.

„Dann müssen wir das an seiner Stelle tun …“ Der Magier sah sie der Reihe nach an. „Auf die Drachen können wir uns nicht verlassen …vielleicht nie wieder. Korialstrasz versucht herauszufinden, was mit ihnen geschehen ist. Ich befürchte allerdings, dass wir nichts unternehmen können, solange Neltharion die Scheibe besitzt. Deshalb müssen wir uns an die Zwerge, die Tauren und die Furbolgs wenden … und sie davon überzeugen, denen zu helfen, die sie eigentlich verachten.“

Rhonin schüttelte den Kopf. „Die anderen Völker werden nicht verstehen, weshalb sie jene unterstützen sollten, die sie fast ebenso gerne vernichten würden wie die Brennende Legion. Wir reden hier über Konflikte, die seit Jahrhunderten schwelen.“

Der Drachenmagier nickte grimmig. Sein Blick richtete sich auf die weit entfernte Hauptstadt. „Dann werden wir alle sterben, entweder durch die Klingen der Brennenden Legion oder durch die bösartige Macht der Dämonenseele. Wir werden sterben.“

Niemand widersprach ihm.

Malfurion war der einzige, der nicht an dem Treffen teilnahm. In den letzten Tagen hatte er sich auf eine Jagd begeben, die mit einem Plan begonnen hatte – einem verzweifelten Plan, dem nur jemand zustimmen konnte, der ebenso wahnsinnig wie er selbst war.

Der Druide wollte versuchen, Tyrande aus der Hand der Dämonen zu befreien.

Nur ein Nachtelf in der gesamten Streitmacht würde über diese Idee nicht lachen, und nach ihm suchte Malfurion, denn er konnte sein selbstmörderisches Vorhaben nicht allein durchführen.

Doch Illidan war verschwunden.

Schließlich wandte er sich an die Mondgarde. Er behauptete, er wolle seinen

Bruder um Rat wegen des bevorstehenden Marsches fragen und bat um eine Audienz bei dem höchsten Zauberer der Garde.

Der glatzköpfige Nachtelf blickte auf, als Malfurion zu ihm trat. Die Mondgarde traute dem Weg zwar nicht, den er eingeschlagen hatte, respektierte aber die beeindruckenden Zauber, die er zu weben verstand.

„Ich grüße dich, Malfurion Stormrage", sagte der Gardist und erhob sich von dem Felsen, auf dem er gesessen und eine Schriftrolle gelesen hatte.

„Vergebt mir, Galar'thus Rivertree. Ich suche nach meinem Bruder, doch ich kann ihn nirgends finden."

Galar'thun sah ihn nervös an. „Hat man dir nichts gesagt?"

Malfurion spannte sich an. „Was gesagt?"

„Dein Bruder ist … verschwunden. Er wollte die Vulkanlandschaft, die der Drache geschaffen hat, näher untersuchen, ist jedoch nicht zurückgekehrt."

Der Druide traute seinen Ohren nicht. „Illidan ist allein dorthin geritten? Ohne Begleitung?"

Der Zauberer senkte den Kopf. „Wer hätte ihn denn aufhalten sollen, Druide?"

Das wusste Malfurion auch nicht. „Wisst Ihr sonst noch etwas?"

„Wenig. Er ist in der Nacht nach dem Ende des Sturms losgeritten und wollte beim ersten Tageslicht zurück sein. Doch zwei Stunden nach Tagesbeginn kehrte sein Reittier ohne ihn zurück."

„War das Tier verletzt?"

Galar'thus schaute ihm nicht in die Augen. „Der Nachtsäbler sah mitgenommen aus. An seinem Fell klebte Blut. Wir wissen nicht, ob es von deinem Bruder stammte. Die Gegend ist so von Magie durchtränkt, dass solche Unterscheidungen unmöglich sind. Lord Stareye sagte –"

„Lord Stareye?" Malfurion wurde wütend. „Er weiß davon und ich nicht?"

„Lord Stareye sagte, wir sollten unsere Zeit nicht mit jemandem verschwenden, der höchstwahrscheinlich tot sei. Unsere Anstrengungen sollten sich auf die Lebenden konzentrieren. Es tut mir Leid, Malfurion, aber so lautet der Befehl des Kommandanten."

Der Druide hörte ihm nicht länger zu, sondern wandte sich ab und ging davon. Der Verlust traf ihn hart. War Illidan wirklich tot? Trotz all der Probleme, die sie in der letzten Zeit gehabt hatten, liebte er seinen Bruder. Und wenn er tot war …

Der Gedanke schwebte noch unvollendet in seinem Verstand, als ein Schauer über seinen Rücken rann. Malfurion hielt an und richtete seinen Blick nach innen.

Er hätte den Tod seines Zwillingsbruders fühlen müssen. So sicher, wie er seinen eigenen Herzschlag spürte, hätte er auch Illidans Ende gespürt. Die Fakten sprachen vielleicht dagegen, aber Malfurion wusste, dass Illidan noch lebte.

Lebte … Der Druide betrachtete das aufgerissene und verbrannte Land, versuchte seine Gedanken über es hinaus auszudehnen. Illidan war irgendwo da draußen, aber wo?

Tief in seinem Inneren fürchtete Malfurion, dass er die Antwort bereits kannte …

# VIERUNDZWANZIG

Den Gestank der zerstörten Stadt beachtete der Fremde kaum, der verborgen unter Umhang und Kapuze durch ihre Straßen ritt. Er betrachtete die umgestürzten Baumhäuser und zertrümmerten Gebäude mit wissenschaftlich kühlem Interesse. Die langsam verwesenden Leichen sah er beinahe geringschätzig an.

Sein Reittier knurrte und fauchte plötzlich. Der Reiter griff nach den Tentakeln und zwang die Teufelsbestie kraft seines Willens weiter. Der riesenhafte dämonische Hund bewegte sich jedoch nicht mit zufrieden stellender Geschwindigkeit, also sandte der Reiter schwarze Energien in seinen Körper, die ihn schmerzerfüllt aufjaulen ließen. Danach bewegte er sich schneller.

Der Reiter zog immer weiter durch die tote Stadt. Er spürte, dass er von allen Seiten beobachtet wurde, unternahm jedoch nichts dagegen. Die Wächter interessierten ihn nicht. Er würde sie in Ruhe lassen, solange sie ihn unbehelligt ließen.

Vor zwei Tagen hatte er sein unfreiwilliges Reittier entdeckt. Seitdem benutzte er es. Jetzt näherte es sich einer Kreuzung und wurde wieder langsamer. Der Reiter wusste jedoch, dass es nicht aus Sturheit so reagierte, sondern weil es spürte, dass andere seiner Art in der Nähe waren.

Die Wächter ließen ihn also doch nicht in Ruhe. Sie wollten ihn in eine Falle locken.

Sie waren Narren.

Drei Teufelswächter stürmten ihm aus den Trümmern frontal entgegen. Mit ihren gehörnten Schädeln und blitzenden Klingen sahen die großen Dämonen zwar beeindruckend aus, stellten jedoch für den Reiter keine echte Bedrohung dar.

Seitlich tauchten zwei Teufelsbestien auf. Sie wollten sich auf ihre Beute stürzen. Ihre Tentakel zuckten dem Zauberer entgegen, den sie für unvorsichtig hielten.

Er hob die Augenbrauen. Dieser Angriff war enttäuschend. Mit einer Hand riss er seinem Reittier einen Tentakel aus, um es daran zu erinnern, wer sein Herr war. Die Teufelsbestie heulte auf. Er warf den Tentakel den Angreifern entgegen. Im Flug wurde er länger und bildete eine Schlinge, die alle drei Dämonen fesselte und zu Fall brachte.

Der Reiter kümmerte sich nicht mehr um sie, sondern wandte sich der Teufelsbestie zu, die ihm von der rechten Seite entgegen stürmte. Der Dämon kreischte plötzlich und ging in Flammen auf. Einige Meter vor seinem Ziel brach er zusammen. Sein brennender Kadaver erfüllte die Luft mit einem neuen strengen Geruch.

Das zweite Monster prallte mit seinem Reittier zusammen. Die Tentakel der Teufelsbestie gruben sich in Brust und Seite des Reiters und begannen seine Energie auszusaugen.

*Wollten* beginnen.

Doch die Bestie zuckte zusammen, als ihre Beute stattdessen anfing, *sie* auszusaugen. Verzweifelt versuchte sie, ihre Tentakel zu befreien, aber das ließ der Reiter nicht zu. Die Teufelsbestie trocknete bis auf die Knochen aus. Als magisches Wesen bestand sie fast vollständig aus Energie, die der Reiter an sich reißen konnte.

Nur wenige Sekunden vergingen, dann war die Tat vollendet. Mit einem letzten Wimmern brach die Teufelsbestie zusammen. Der Reiter pflückte die Tentakel von seinem Körper, dann führte er sein verängstigtes Reittier weiter. Die Teufelswächter ignorierte er.

Er spürte, dass andere in den Ruinen lauerten, aber sie wagten keinen weiteren Angriff mehr. Ohne weitere Unterbrechungen dauerte es nicht lange, bis sein Ziel vor ihm lag. Es war ein großes Tor in einer steinernen Mauer, auf der Nachtelfensoldaten standen und ihm misstrauisch entgegen blickten.

Der Reiter zog die Kapuze von seinem Kopf.

„Ich bin hier, um der Königin meine Dienste anzubieten", rief Illidan laut. Dabei wandte er sich nicht an die Soldaten auf der Mauer, sondern an die Nachtelfen im Inneren des Palastes. „Ich biete meiner Königin meine Dienste an … und dem Lord der Legion."

Ruhig wartete er. Fast eine Minute verging, dann öffnete sich das Tor. Das Knirschen und Knarren hallte durch Zin-Azshari wie das geisterhafte Stöhnen von Toten.

Als der Durchgang offen lag, ritt Illidan ruhig ins Innere.

Hinter ihm schloss sich das Tor wieder.

BUCH 3

# Das Erwachen

# PROLOG

Wütende Raserei umgab ihn, zerrte von allen Seiten an ihm. Feuer, Wasser, Erde und Luft waren mit wilder, unkontrollierter Magie angereichert und umkreisten ihn wie wahnsinnige Furien. Der Versuch, an einer Stelle auszuharren, riss ihn beinahe auseinander, aber er trotzte den Gewalten. Nichts anderes konnte er tun.

Am Rand seines Blickfelds stiegen unzählige Momente und unzählige Objekte auf. Ein endloses chaotisches Panorama der Zeit drosch auf seine Sinne ein. Er sah Landschaften, Schlachten und Kreaturen, die selbst er nicht kannte. Er hörte die Stimmen eines jeden Wesens, das einst gelebt hatte, gerade lebte oder irgendwann leben würde. Jedes Geräusch, das es jemals gegeben hatte, brandete wie Donnerhall an sein Gehör. Unglaubliche Farben blendeten seine Augen.

Doch noch verstörender war, dass er sich selbst zu jedem Zeitpunkt seiner Existenz sehen konnte, von der Geburt bis zu einer Zeit *nach* seinem Tod. Das hätte ihm Mut machen können, wäre nicht jedes einzelne Bild ebenso verzerrt gewesen, wie er es gerade war. Alle seine Existenzen versuchten nicht nur, seine Welt zu erhalten, sondern die gesamte Realität vor dem Sturz ins Chaos zu bewahren.

Nozdormu schüttelte den Kopf, brüllte seinen Schmerz und seine Wut hinaus.

Er hatte die Gestalt eines Drachen angenommen, eines gewaltigen, goldfarbenen Riesen, der nicht nur aus schuppigem Fleisch zu bestehen schien, sondern auch aus dem fließenden Sand der Zeit. Seine Augen waren leuchtende Diamanten von der Farbe der Sonne. Seine Klauen waren glitzernde Diamanten.

Er war der Aspekt der Zeit, einer der fünf Wesenheiten, die über Azeroth wachten, die Welt im Gleichgewicht hielten und vor den inneren und äußeren Gefahren schützten. Jene, die einst die Welt erschaffen hatten, waren auch die Schöpfer von Nozdormu und seinesgleichen, doch ihm hatten sie besondere Kräfte gewährt. Er konnte die unendlich vielfältigen Wege der Zukunft ebenso erkennen wie die verwobenen Pfade der Vergangenheit. Er schwamm durch den Fluss der Zeit wie andere durch klares Wasser.

Doch obwohl dem mächtigen Nozdormu seine anderen Existenzen zur Verfügung standen, vermochte er es kaum, die Katastrophe aufzuhalten.

*Woher kommt sie?*, fragte er sich zum wiederholten Mal. *Wo liegt ihre Ursache?* Er hatte eine ungefähre Vorstellung, doch ihm fehlten die Einzelheiten. Nozdormu hatte gespürt, dass die Realität sich aufzulösen begann und war zu diesem Ort gereist, um Informationen zu sammeln. Doch dann hatte er entdeckt, dass er gerade noch rechtzeitig gekommen war, um die Zerstörung der Wirklichkeit aufzuhalten. Er begann seine Aufgabe, stellte dann jedoch fest, dass er allein sie nicht würde bewältigen können.

Aus diesem Grund hatte sich Nozdormu an einen Drachen gewandt, dessen Kraft im Vergleich zu seiner eigenen zwar verschwindend gering war, der den großen Fünf jedoch schon oft mit seinem Listenreichtum und seiner Hingabe geholfen hatte. Also kontaktierte Nozdormu durch eine Vision Korialstrasz, den roten Drachen und Gefährten Alexstraszas, dem Aspekt des Lebens. Er bat den anderen Leviathan, der sich in der Gestalt des Zauberers Krasus in der Welt bewegte, eines der Symptome der drohenden Katastrophe zu untersuchen und einen Weg zu finden, um sie vielleicht doch noch abzuwenden.

Doch die Anomalie, nach der Korialstrasz und sein menschlicher Schützling Rhonin in den östlichen Bergen gesucht hatten, verschlang beide. Nozdormu spürte ihre plötzliche Nähe und entsandte sie in die Zeitperiode, in der er die Ursache der Katastrophe vermutete. Er wusste, dass sie die Reise überlebt hatten, aber ihre Erfolge waren noch nicht messbar.

Der Aspekt hoffte also weiter auf ihren Erfolg, forschte jedoch auch selbst weiter. Der riesige Drache schöpfte all seine Macht aus und folgte den Manifestationen des Chaos. Er kämpfte sich durch Visionen plündernder Orks, durch aufsteigende und zerfallende Königreiche und durch gewaltige Vulkanausbrüche … fand aber keinen Hinweis.

Oder doch? Er entdeckte etwas, das sich anders *anfühlte* … etwas, das den Irrsinn zu *beeinflussen* schien. Es war eine Macht, die von einem Punkt ausging, der weit von ihm entfernt lag. Nozdormu folgte der kaum wahrnehmbaren Spur wie ein Hai der ahnungslosen Beute. Seine Sinne tauchten ein in den monströsen Mahlstrom der Zeit. Mehr als einmal befürchtete er, die Spur verloren zu haben, doch irgendwie fand er sie stets wieder.

Nach einer Weile tauchte vor ihm eine undefinierbare Machtquelle auf. Er näherte sich langsam und vorsichtig. Etwas daran kam ihm bekannt vor, so vertraut, dass Nozdormu die Wahrheit beinahe leugnete, als er sie schließlich erkannte. Er zögerte, war überzeugt, sich geirrt zu haben. Dies konnte nicht der Ursprung des Irrsinns sein, unmöglich!

Vor Nozdormu schwebte eine Vision des Brunnens der Ewigkeit.

Der schwarze See war vom gleichen Aufruhr ergriffen, der auch die Umgebung des Aspekts erschütterte. Gewaltige Blitze aus reiner Magie schossen über seine dunklen Wasser.

Und dann hörte Nozdormu das Flüstern.

Zuerst hielt er es für dämonische Stimmen, für die Stimmen der Brennenden Legion. Doch dann erkannte er, dass er falsch lag. Nein, das Böse, das jedes geraunte Wort durchsetzte, war älter, schrecklicher …

Die Energien zerrten weiter an ihm, aber Nozdormu ignorierte den Schmerz konzentrierte sich stattdessen auf seine Entdeckung. Er nahm an, dass er die Ursache der Katastrophe gefunden hatte. Auch wenn er sich nicht sicher war, ob er noch die Kraft hatte, die Dinge zu beeinflussen, hatte er doch zumindest die Wahrheit herausgefunden. Vielleicht konnte Korialstrasz etwas damit anfangen

Nozdormu untersuchte den See genauer. Im Gegensatz zu den meisten anderen verstand er, dass sich in dem, was wie Wasser *erschien*, sehr viel mehr verbarg. Sterbliche Wesen konnten nicht begreifen, was sich dort befand. Nicht einmal die anderen Aspekte verstanden es so gut wie er, und selbst ihm blieben manche Geheimnisse verborgen.

Für seine Augen wirkte es, als gleite er über dunkle Wasser hinweg. In Wirklichkeit hatte Nozdormus Geist jedoch eine andere Realität betreten. Mit aller Macht kämpfte er gegen die Kräfte, die den Kern des Brunnens vor neugierigen Blicken schützte. Es erschien ihm, als wäre das Wasser selbst lebendig, oder als habe sich etwas so stark daran gebunden, dass es nun Teil davon geworden war.

Erneut dachte Nozdormu an die Dämonen – die Brennende Legion – und deren Versuche, mit Hilfe des Brunnens ein Portal zu öffnen, um das Leben auf Azeroth auszulöschen. Doch die Macht, die er spürte, war zu subtil für Dämonen, sogar zu subtil für Sargeras, ihren Herrn.

Mit wachsendem Unwohlsein drang er tiefer in den Brunnen ein. Einige Male entging er nur knapp den Fallen, falschen Wegen und verführerischen Pfaden, die nur einem Zweck dienten: Sie wollten ihn für immer an den Brunnen binden und seine Essenz verschlingen.

Nozdormu bewegte sich mit größter Vorsicht. Wenn er versagte, beendete er nicht nur seine eigene Existenz, sondern vielleicht die Existenz aller Dinge.

Immer tiefer tauchte er ein. Die Macht der Kräfte, aus denen der Brunnen bestand, überraschte ihn. Was der Drache spürte, erinnerte ihn an die Schöpfer, gegen die er nicht mehr war als eine Schnecke, die durch den Schlamm kriecht. Gab es etwa eine Verbindung zwischen ihnen und den Geheimnissen des Brunnens?

Für das bloße Auge wirkte es immer noch so, als hinge er über der dunklen Oberfläche. Nur er und der Brunnen verfügten an diesem Ort jenseits der sterblichen Welt über Stabilität. Das Wasser schwebte im Raum, ein endlos tiefer See, der Welten umspannte.

Er bewegte sich näher zur Oberfläche hinab. In der sterblichen Welt hätte er sein Spiegelbild sehen müssen, doch hier erblickte Nozdormu nur Schwärze. Sein Geist stieß weiter vor, grub sich dem Kern entgegen … und der Wahrheit.

Doch dann lösten sich Tentakel aus dem schwarzen Wasser des Sees und griffen nach seinen Schwingen, seinem Körper, seinem Hals.

Der Aspekt konnte gerade noch verhindern, dass er unter Wasser gezogen wurde. Er wehrte sich gegen die wässrigen Arme, doch die ließen ihn nicht los. Seine Gliedmaßen waren gefangen, und der Tentakel, der sich um seinen Hals geschlungen hatte, raubte ihm den Atem. Nozdormu wusste, dass es sich nur um Illusionen handelte. Aber sie waren so mächtig, dass sie real geworden waren. Sein Geist war in eine der Fallen geraten, die im Brunnen lauerten. Wenn er sich nicht rasch befreite, würde er darin umkommen.

Nozdormu atmete aus – und eine Sanddecke legte sich über den Brunnen. Die Tentakel zuckten und verloren ihre Kraft. Sie zerfielen, als die Magie, die sie erschaffen hatte, alt und schwach wurde.

Doch noch während sie in sich zusammensanken, erhoben sich neue aus dem Wasser. Nozdormu hatte damit gerechnet und brachte sich mit einem Schlag seiner Schwingen in Sicherheit. Die schwarzen Tentakel griffen ins Nichts und fielen zurück in den See.

Der Drache wurde nach hinten gerissen, als sich sein Schwanz in einem Tentakel verfing. Er drehte sich um und sah, dass ihm weitere entgegen schossen. Sie tauchten von allen Seiten auf. Es waren so viele, dass der Aspekt nicht allen ausweichen konnte.

Er schlug einige zur Seite, doch mehr als ein Dutzend legten sich um seinen Körper und zogen ihn mit unglaublicher Kraft auf den sprudelnden Brunnen zu.

Ein Strudel erschien unter ihm. Nozdormu spürte selbst in den Lüften, wie stark er an ihm zerrte. Die Entfernung zwischen dem Aspekt und dem Wasser wurde immer geringer.

Der Strudel veränderte sich. Die Wellen, die an seinen Rändern aufpeitschten, wurden hart und schroff. Die Mitte sackte nach unten, während sich etwas daraus hervor schob, das auf den ersten Blick wie ein Tentakel wirkte. Es war lang und sehnig. Seine breite Spitze öffnete sich wie eine Blüte.

Ein Maul.

Nozdormus goldene Augen weiteten sich. Er wehrte sich noch heftiger als zuvor.

Der dämonische Schlund öffnete sich weiter, die Tentakel führten den Drachen darauf zu. Eine Zunge schoss heraus und berührte Nozdormus Gesicht. Die Berührung reichte aus, um sein Fleisch zu verbrennen.

Die flüsternden Stimmen aus dem Brunnen klangen nun zusehends aufgeregter, lauter. Sie jagten dem Aspekt einen Schauer über den Rücken. Nein, das waren nicht nur Dämonen …

Ein zweites Mal blies er den Tentakeln den Sand der Zeit entgegen, doch dieses Mal prasselte er nutzlos wie Staub gegen die schwarzen Formen. Nozdormu drehte sich, um wenigstens einen der Fangarme abzuschütteln, doch sie hielten ihn gnadenlos fest.

Das irritierte den Aspekt. Er war die Essenz der Zeit, und seine Schöpfer hatten ihm das Wissen um den eigenen Tod geschenkt. Das war eine Lektion gewesen, die verhindern sollte, dass er sich jemals übermächtig fühlte. Nozdormu wusste also genau, wie seine Existenz einmal enden würde und wann – und hier und jetzt war dieser Moment nicht gekommen.

Dennoch konnte er sich nicht befreien.

Die Zunge legte sich um seine Schnauze und drückte so kräftig zu, dass Nozdormu glaubte, sie würde ihm den Kiefer brechen. Er erinnerte sich daran, dass es sich nur um eine Illusion handelte, aber der Schmerz nahm nicht ab – und auch nicht die Furcht, die ihn in einer nie gekannten Stärke heimsuchte.

Er hatte die Zähne des Mauls fast erreicht. Sie schnappten zu, wollten ihn wohl verunsichern, was ihnen auch gelang. Die ganze Zeit über musste ein Teil von ihm die Realität zusammenhalten, und diese Anstrengung lastete zusätzlich auf seinen Gedanken. Wie einfach wäre es gewesen, zu kapitulieren und sich dem Brunnen zu ergeben …

*Nein!* Plötzlich kam Nozdormu eine verzweifelte Idee. Er wusste nicht, ob er noch über die Kraft verfügte, sie umzusetzen, aber er hatte keine andere Wahl als es zu versuchen.

Der Körper des Aspekts wirkte durchscheinend, als er sich in sich selbst zurückzuziehen versuchte.

Die Ereignisse liefen rückwärts, jede Bewegung wurde zurückgenommen. Die Zunge löste sich von seiner Schnauze. Er inhalierte den Sand, die Tentakel rollten sich auf, zogen sich in die schwarzen Wasser zurück …

Im gleichen Moment stoppte Nozdormu den Rückwärtslauf der Zeit und floh mit seinem Geist aus dem Brunnen.

Erneut schwebte er im Fluss der Zeit und versuchte die Realität zu bewahren. Nach der beinahe katastrophal geendeten Suche war er in einem schlechteren Zustand als zuvor und konnte kaum noch genügend Kraft aufbringen. Doch er schaffte es. Er hatte das Böse berührt, das den Brunnen vergiftete, und war sich klarer als zuvor bewusst, dass sein Scheitern Konsequenzen haben würde, die schlimmer als der Tod waren.

Nozdormu wusste nun, wer dahinter steckte. Selbst die schreckliche Wut der Brennenden Legion verblasste gegen diese Übeltäter.

Und es gab nichts, was der Aspekt gegen ihre Pläne unternehmen konnte. Seine Kraft reichte nur aus, um das Chaos einzugrenzen, das sie auslösten. Die anderen Aspekte konnte er nicht mehr kontaktieren, dazu war es zu spät.

Eine Hoffnung gab es jedoch noch. Es war die gleiche Hoffnung, die es von Anfang an gegeben hatte, aber sie war so schwach, dass Nozdormu kaum an einen Erfolg zu glauben wagte.

*Jetzt hängt alles von ihnen ab*, dachte er, während wilde Kräfte an ihm zerrten. *Alles hängt von Korialstrasz und dem Menschen ab.*

# EINS

Sie rochen den Gestank, der von fern kam. Es war schwer zu sagen, welcher Geruch stärker war – der beißende Rauch, der aus der brennenden Landschaft aufstieg oder der süßliche Verwesungsgeruch der Leichen, die zu Hunderten herumlagen.

Den Nachtelfen war es gelungen, den letzten Angriff der Brennenden Legion abzuwehren, aber sie hatten erneut an Boden verloren. Lord Desdel Stareye bezeichnete es als Sammelmanöver, mit dem die Armee sich auf die Schwächen der Legion vorbereiten sollte, aber Malfurion Stormrage und seine Freunde kannten die Wahrheit. Stareye war ein Adliger, der keine Ahnung von Strategie hatte und sich nur mit gleich gesinnten Freunden umgab.

Nach Lord Ravencrests Ermordung gab es niemanden mehr, der es wagte, sich dem dünnen einflussreichen Aristokraten zu widersetzen. Neben Ravencrest gab es nur wenige Adlige, die sich in der Kriegskunst auskannten. Hinzu kam, dass der tote Kommandant der Letzte seiner Linie gewesen war und niemand aus seinem Hause die Nachfolge antreten konnte. Stareye besaß zwar den nötigen Ehrgeiz, aber seine Unfähigkeit würde dafür sorgen, dass er und sein Volk untergingen, wenn niemand etwas unternahm.

Doch Malfurions Gedanken drehten sich nicht um die stark gefährdete Zukunft der Armee. Eine dringendere Angelegenheit ließ seinen Blick immer wieder in Richtung der entfernten Stadt Zin-Azshari gleiten, die einst die Hauptstadt des Reiches der Nachtelfen gewesen war. Noch im Morgengrauen, als das erste Licht des Tages den Horizont rot färbte, dachte er nur an sein Versagen.

Die ganze Zeit über beschäftigte er sich nur damit, dass er die beiden Menschen verloren hatte, die ihm am meisten bedeuteten: die wunderschöne Tyrande und seinen Zwillingsbruder Illidan.

Nachtelfen alterten sehr langsam, aber der junge Malfurion wirkte bedeutend älter, als seine wenigen Dekaden es hätten vermuten lassen. Er war immer noch so groß wie die meisten Angehörigen seines Volkes – etwas über zwei Meter – und ebenso schlank und dunkel wie sie. Seine geschlitzten silbernen Augen – Augen ohne Pupillen – offenbarten jedoch einen Grad an Reife und Verbitterung, die man bei den meisten Nachtelfen vergeblich suchte. Malfurions Gesichtszüge hatten etwas Wölfisches, das man sonst nur bei seinem Bruder fand.

Bemerkenswert war auch sein schulterlanges dunkelgrünes Haar, das sich stark von dem mitternachtsblauen seines Zwillings unterschied. Die Blicke der Leute richteten sich häufig auf seinen Schopf, wenn sie nicht gerade die schlichte Kleidung betrachteten, die er bevorzugte. Malfurion studierte die druidischen Künste und hatte nichts übrig für die farbenprächtigen, glitzernden Gewänder, die bei seinem Volk als normal galten. Stattdessen kleidete er sich mit einem einfachen Stoffhemd, einer Lederweste und Lederhose sowie kniehohen Stiefeln, die ebenfalls aus Leder bestanden. Die extravagante Kleidung seines Volkes war ein Hinweis auf dessen ausufernden Lebensstil gewesen und auf seine angeborene Arroganz. Beides widerstrebte Malfurions Charakter.

Und nun waren die meisten Nachtelfen, abgesehen von Lord Stareye und seinem Tross, zu heimatlosen Flüchtlingen geworden, ihre Kleidung schmutzig und blutbefleckt. Und sie blickten auch nicht mehr auf den ungewöhnlichen Druidenschüler herab, sondern betrachteten ihn mit verzweifelter Hoffnung. Die meisten wussten, dass sie ihr Leben seinen Taten verdankten.

Doch wohin würden ihn diese Taten führen? Bisher zumindest nicht zum Erfolg. Schlimmer und verstörender war jedoch, dass der Einsatz natürlicher Mächte begonnen hatte, Malfurion körperlich zu verändern.

Er strich sich über die Stirn. Zwei kleine Erhebungen verbargen sich unter seinem Haaransatz. Einige Tage zuvor hatte er sie bemerkt, und mittlerweile waren sie doppelt so groß geworden. Diese beiden winzigen Hörner ängstigten Malfurion, denn sie erinnerten ihn an einen Satyr. Und das wiederum gemahnte ihn an den königlichen Berater Xavius, der von den Toten zurückgekehrt war. Malfurion hatte ihn zwar endgültig besiegt, doch Xavius war es zuvor gelungen, Tyrande der Brennenden Legion auszuliefern.

„Du musst aufhören, an sie zu denken“, drängte jemand hinter ihm.

Malfurion sah seinen Begleiter ohne jede Überraschung an. Die meisten Nachtelfen hätten ihn allerdings angestarrt, denn es gab in ganz Kalimdor kein Wesen wie Rhonin.

Er trug eine dunkelblaue Robe und darunter ein Hemd und eine Hose in der gleichen Farbe. Trotz seiner Stiefel war er einen Kopf kleiner als Malfurion. Doch weder seine Größe noch seine Kleidung lösten erhobene Augenbrauen und geflüsterte Bemerkungen aus. Dafür sorgte sein schulterlanges, feuerrotes Haar, das man unter der Kapuze seiner Robe sehen konnte, das rundliche, bleiche Gesicht – vor allem die leicht gekrümmte Nase – und seine grünen Augen mit den vollkommen schwarzen Pupillen. Dieser Anblick verunsicherte die Nachtelfen.

Rhonin war zwar kleiner als Malfurion, wirkte jedoch kräftiger. Er sah aus wie ein Mann, der sich gut im Kampf behaupten konnte, was er auch schon gezeigt hatte. Das war eine ungewöhnliche Fähigkeit für jemanden, der in den magischen Künsten geschult war. Rhonin bezeichnete sich selbst als „Mensch“, ein Volk, von dem niemand je gehört hatte. Doch wenn Rhonin beispielhaft für einen Menschen war, hätte sich Malfurion tausend andere in der Armee gewünscht. Die Magie seines eigenen Volkes war direkt an den Brunnen der Ewigkeit gekoppelt und daher kaum noch einsetzbar. Rhonin hingegen verließ sich auf sein eigenes Vermögen und beherrschte Kräfte, die ihn wie einen Halbgott erscheinen ließen.

„Wie sollte ich denn aufhören? Und mit welchem Recht?“, fragte Malfurion. Er lud seine Wut auf Rhonin ab, obwohl der sie nicht verdient hatte. „Tyrande ist schon zu lange ihre Gefangene, und mir gelingt es noch nicht einmal, in den Palast zu blicken!“

Früher hatte sich Malfurion dank der Ausbildung, die er von dem Halbgott Cenarius erhalten hatte, durch eine Dimension bewegen können, die man den Smaragdgrünen Traum nannte. Der Smaragdtraum war eine Welt, die aussah, als habe es niemals Zivilisationen oder tierisches Leben darin gegeben. In einer Traumgestalt konnte man ihn durchqueren und auf diese Weise mühelos weit entfernte Orte erreichen. Durch den Smaragdtraum war Malfurion in Königin Azsharas Zitadelle eingedrungen und hatte die Hochgeborenen und den Kommandanten der Brennenden Legion ausspioniert. So hatte er die Pläne von Xavius, dem Berater der Königin, vereiteln können. Nach einer kurzen, aber schlimmen Gefangenschaft war es ihm schließlich gelungen, das Portal kurzzeitig zu schließen und den Turm, in dem es sich befunden hatte, zu zerstören.

Jetzt hatte der mächtige Dämon Archimonde die geistigen Mauern jedoch verstärkt und sogar den Smaragdtraum verbannt. Malfurion hatte lange versucht, die geistigen Mauern zu durchbrechen, aber sie waren so stark, dass sie real hätten sein können.

Der Druide wusste, dass sich Tyrande im Inneren der Festung aufhielt, und er nahm an, dass auch Illidan dort angekommen war.

„Elune wird sie beschützen“, antwortete Rhonin ruhig. „Sie scheint ein Liebling von Mutter Mond zu sein.“

Malfurion konnte nichts gegen diese Logik sagen. Noch vor kurzer Zeit war Tyrande eine junge Novizin im Tempel der Mondgöttin gewesen. Doch die Ankunft der Brennenden Legion hatte eine Veränderung in ihr ausgelöst, die vielleicht sogar größer war als die in Malfurion. Ihre Macht war gewachsen, und zu ihrer großen Überraschung hatte die Hohepriesterin Tyrande zu ihrer Nachfolgerin bestimmt, nachdem sie selbst in einer Schlacht tödlich verletzt worden war. Leider hatte der zu einem Satyr gewordene Xavius sie kurz darauf entführt. Xavius hatte zwar den Preis für seine Untaten bezahlen müssen, doch das hatte Tyrande nicht gerettet.

„Hat denn Elune Sargeras’ Finsternis etwas entgegenzusetzen?“

Rhonin hob seine dichten Brauen. „Mit solchen Gedanken hilfst du niemandem, Malfurion.“ Er blickte hinter sich. „Und es würde mich freuen, wenn du so etwas nicht in Gegenwart unserer neuen Freunde äußern würdest.“

Einen Moment lang vergaß der Druide seine Trauer, als sich schattenhafte Gestalten hinter dem Zauberer erhoben. Es war sofort klar, dass sie aus mehr als nur einem Volk bestanden. Gegenüber einigen wirkte der Nachtelf wie ein Zwerg, während andere noch kleiner als Rhonin waren. Doch alle, die sich auf ihn und den Zauberer zu bewegten, trugen eine Entschlossenheit und Stärke zur Schau, die Malfurions Volk gerade erst für sich entdeckte.

Ein scharfer Geruch stieg in die Nase des Nachtelfs. Instinktiv versteifte er sich. Eine Gestalt mit kurzem Fell, die einen Lendenschurz trug und einen riesigen Speer in der Faust hielt, blieb stehen und blickte auf den Nachtelf hinab. Der Riese stieß seinen Atem schnaubend durch gewaltige Nasenlöcher aus. Der Ring, den er darin trug, bewegte sich bei jedem Atemzug. Seine Schnauze war mehr als unterarmlang, seine schwarzen Augen lagen tief in den Höhlen und leuchteten entschlossen. Über der faltigen Stirn lagen zwei gebogene Hörner, deren Spitzen über die Schnauze hinweg nach vorne zeigten.

Ein Taure.

„Das ist –“, begann Rhonin.

„Wisse, dass Huln Highmountain vor dir steht, Nachtelf“, knurrte das stierköpfige Wesen. „Huln vom Speer des Adlers.“ Er hob seine Waffe, dessen Ende wie der Schnabel eines Greifvogels geformt war. Von der Metallspitze bis zum stumpfen Ende war der Speer eng mit Leder ummantelt worden, auf dem man die Zeichen von Hulns Volk sah. Malfurion wusste ein paar Dinge über die Tauren und erkannte daher, dass die Zeichen die Geschichte der Waffe beschrieben, von ihrer Herstellung bis hin zu den epischen Heldentaten ihrer Besitzer.

„Huln, der für alle versammelten Stämme spricht“, sagte der Stier. Sein knappes Nicken unterstrich seine Worte. In dem Fell unter seinem Kinn hingen mehr als zwei Dutzend Perlen. Jede stand für einen in der Schlacht getöteten Feind.

Die breite muskulöse Gestalt, die bis zum Unterarm des Tauren reichte, schnaubte. Seine Gesichtszüge ließen ihn wie einen Verwandten Rhonins wirken. Damit endeten die Ähnlichkeiten jedoch. Sein Körper wirkte eher, als habe jemand einen Kriegshammer genommen und die bärtige Gestalt zurecht gestutzt.

Bemerkenswert war vor allem, dass das Wesen aus Stein bestand, nicht aus Fleisch.

Seine raue Haut schien aus grauem Granit geformt zu sein, seine kleinen Augen waren blitzende Diamanten. Der Bart bestand aus feinen Mineralienfäden, die aussahen, als sei das Wesen bereits ergraut.

Der Zwerg – denn um einen solchen handelte es sich – griff in eine seiner zahlreichen Gürteltaschen und zog eine Tonpfeife samt Zubehör heraus. Während er die Pfeife entzündete, wurde sein faltiges Gesicht, vor allem die große runde Nase, von der Flamme erhellt. Ob die grauen Strähnen in seinem Bart wirklich etwas mit seinem Alter zu tun hatten, ließ sich nicht erkennen. Der Zwerg bestand zwar aus Stein, trug jedoch eine Robe mit Kapuze, flache Stiefel, Hemd und Hose. Er wirkte wie ein Bergmann. Auf seinem Rücken hing eine scharf geschliffene Axt, fast so groß wie er selbst.

„Dungard Ironcutter, ich spreche für die Clans der Irdenen", sagte er. Zwerge machten nicht viele Worte.

Die Irdenen. Malfurion merkte sich den Begriff. „Zwerg" war ein abfälliger Nachtelfenbegriff.

Ein bärenartiges Wesen, das hinter Dungard stand, knurrte. Weder der Zwerg, noch der Taure achteten darauf. Nur Malfurion tat instinktiv einen Schritt zurück.

Das Wesen trat vor. Es sah aus wie ein Bär, bewegte sich jedoch wie ein Mann. Es erinnerte Malfurion ein wenig an die Zwillingsgötter Ursoc und Ursol, doch es handelte sich eindeutig um ein primitives Geschöpf. Es trug einen verblichenen braunen Lendenschurz und eine Halskette, die aus Klauen bestand. Der dreizehige Bär hob einen Arm und zeigte die Keule, die er in einer Pranke hielt. Die andere Klaue war zur Faust geballt.

Das Wesen knurrte erneut. Sein Tonfall war ein wenig anders als beim ersten Mal.

„Der Furbolg Unng Ak sagt, dass er für die Rudel spricht", übersetzte Rhonin bereitwillig.

Hinter Unng Ak standen noch weitere Wesen, doch sie blieben in den Schatten. Malfurion betrachtete die ungewöhnliche Versammlung, dann sah er Rhonin beeindruckt an. „Hast du alle überzeugt, hierher zu kommen?"

„Brox und ich haben geholfen, doch hauptsächlich ist es Krasus' Werk."

Malfurion ließ den Blick über die Anwesenden gleiten, konnte Rhonins Mentor jedoch nicht entdecken. Allerdings sah der große Zauberer in seinen grauen Roben fast wie ein Nachtelf aus, jedenfalls weitaus mehr als Brox, der gedrungene, grünhäutige Krieger, der sich als Ork bezeichnete. Krasus wirkte zwar wie ein Nachtelf, aber wie einer, der schon längst gestorben war, denn seine Haut war sehr blass und sein Haar silbrig weiß. Seine Gesichtszüge hatten etwas von einem Falken. Seine Augen wirkten ein wenig wie die von Rhonin, waren jedoch schmaler. In ihren dunklen Pupillen leuchtete uralte Weisheit.

Die Weisheit eines Wesens, das in Wirklichkeit ein Drache war.

Eine Gestalt marschierte auf sie zu. Es war nicht Krasus, sondern Brox. Der Ork wirkte erschöpft, aber gleichzeitig so entschlossen wie immer. Brox war ein Krieger, der ein Leben voller Schlachten überstanden hatte. Der Körper des Stoßzahn bewehrten Orks war voller Narben. Er war ebenso muskulös wie der Taure. Lord Stareye hielt Brox für ein Tier, das nicht besser als Huln oder ein Furbolg war. Doch respektierten alle die Stärke des Orks, vor allem, wenn er die hölzerne Axt trug, die Cenarius und Malfurion für ihn verzaubert hatten.

Der Druide suchte weiter nach Krasus, fand ihn aber nicht. Das gefiel Malfurion nicht. „Wo ist er?"

Rhonin spitzte die Lippen und antwortete missmutig: „Er sagte, er müsse schnell etwas erledigen, was sich nicht aufschieben lasse."

„Und das bedeutet?"

„Ich habe keine Ahnung, Malfurion. Bei manchen Angelegenheiten vertraut Krasus nur sich selbst."

„Wir brauchen ihn … ich brauche ihn …"

Rhonin legte eine Hand auf die Schulter des Nachtelfs. „Ich verspreche dir, dass wir sie retten werden."

Malfurion war nicht davon überzeugt. Ebenso wenig war er überzeugt, dass Lord Stareye seine neuen Verbündeten akzeptieren würde. Die Mission, auf die sich Rhonin und seine Begleiter begeben hatten, war vom Kommandanten der Armee nicht genehmigt worden. Krasus war jedoch davon ausgegangen, dass der Adlige die Hilfe nicht ausschlagen würde, wenn sie sich ihm bot. Doch Desdel Stareye zu überzeugen würde vielleicht noch schwieriger werden, als eine vernünftige Unterhaltung mit einem Furbolg zu führen.

Der Druide fügte sich in sein Schicksal. Er wusste, dass es so schnell keine Rettung für Tyrande geben würde. Sie hatten schließlich schon alles Mögliche versucht, zumindest für den Augenblick. Doch sogar während er sich den Neuankömmlingen zuwandte, kreisten seine Gedanken um seine Kindheitsfreundin und ihre Rettung … und um Illidans Schicksal.

Der Zwerg zog stoisch an seiner Pfeife, während Huln mit einer Geduld, die nicht zu seiner Gestalt zu passen schien, wartete. Unng Ak hielt die Schnauze in die Nachtluft und nahm ihre Gerüche auf. Seine Hand ließ die Keule nicht los.

Rhonin warf einen Blick auf die potenziellen Verbündeten und murmelte besorgt: „Wenn Krasus doch hier wäre. Ich will nicht wissen, wie Stareye reagiert, wenn er diese Versammlung sieht …"

Die Kinnlade des Adligen sank nach unten. Seine Augen traten so weit wie nur möglich aus seinem Kopf hervor. Der Schnupftabak, den er fast bis an die Nase gebracht hatte, rieselte wie Asche zu Boden, als seine Finger zu zucken begannen.

„Was hast du hier eingeschleppt?"

Rhonin blieb ruhig. „Die einzige Chance, die uns noch bleibt, um unsere Verluste auszugleichen und vielleicht sogar zu gewinnen."

Lord Stareye warf seinen reich verzierten Umhang wütend zur Seite. Der Stoff fiel grün, orange und purpurn leuchtend zu Boden. Die Rüstung, die sich darunter befand, war weniger farbenfroh. Sie war graugrün eingefärbt, wie bei den Nachtelfen üblich. Auf seiner Brustplatte befand sich allerdings das Symbol seines Hauses, eine Reihe goldener, von winzigen Diamanten eingerahmter Sterne. Auf einem Kartentisch lag ein in gleicher Weise verzierter Helm.

Der hagere Nachtelf blickte über seine spitze lange Nase hinweg. „Du hast dich einem direkten Befehl widersetzt! Ich werde dich in Ketten legen und –“

„Und ich werde sie verschwinden lassen, bevor Ihr sie schließen könnt. Dann werde ich die Armee verlassen, und vermutlich werden mich einige meiner Freunde begleiten.“

Er sagte dies beinahe nebensächlich, aber jeder verstand die Drohung. Stareye starrte die drei anderen Adligen an, die sich mit ihm im Raum befanden. Sie blickten zurück, ohne zu reagieren. Niemand wollte den Kommandanten dazu drängen, sich seiner fähigsten Kämpfer zu entledigen.

Der ältere Nachtelf lächelte plötzlich. Malfurion unterdrückte ein Schaudern.

„Vergebt mir, Meister Rhonin. Ich habe zu hastig gesprochen, ja, zu hastig.“ Er griff in eine Gürteltasche, zog den weißen Schnupftabak heraus und zog ihn tief durch die Nase ein. „Wir sind doch alle vernünftig. Wir werden mit der Situation vernünftig umgehen, auch wenn sie einigen von uns aufgedrängt wurde.“

Er gestikulierte in Richtung des Zelteingangs. „Nun gut, dann bringt die … *sie* herein.“

Rhonin ging zum Eingang und rief hinaus. Zwei Soldaten traten vor. Ihnen folgte ein Offizier, der Malfurion gut bekannt war. Jarod Shadowsong war der Captain der Suramar-Wache, dem das Missgeschick widerfahren war, Krasus gefangen zu nehmen. Im Verlauf der Ereignisse war er zu einem zögerlichen Mitglied ihrer Gruppe geworden. Der verstorbene Lord Ravencrest hatte ihn sogar zum Bewacher der Zauberer ernannt. Stareye hatte nichts daran geändert, obwohl jedem längst klar geworden war, dass die Gruppe sich an keine Regeln hielt – vor allem nicht der ältere Magier.

Huln, der Furbolg, und Dungard folgten Jarod. Unmittelbar hinter ihnen eilte ein Dutzend Soldaten ins Zelt. Sie nahmen Aufstellung, um ihren Kommandanten falls nötig zu beschützen. Stareyes Nase kräuselte sich. Er bemühte sich nicht darum, seine Abneigung zu verbergen. Huln stand still wie ein Stein. Unng Ak grinste und zeigte scharfe Zähne. Dungard rauchte seine Pfeife.

„Ich möchte dich bitten, dieses Ding auszumachen“, sagte der Adlige.

Der Zwerg nahm einen weiteren Zug.

„Unverschämtheit! Wie könnt ihr glauben, dass wir uns mit solchen Tieren vereinen?“, knurrte Stareye, der seine an Rhonin gerichteten Worte bereits vergessen hatte. „Unser Volk wird sich nie darauf einlassen.“

„Als Kommandant müsst Ihr sie dazu bringen“, antwortete der Magier ruhig. „So wie die drei und die Repräsentanten der anderen ihre Völker dazu gebracht haben.“

„Ihr eingebildeten Nachtelfen braucht Leute, die zu kämpfen verstehen“, murmelte Dungard. Die Pfeife hing in seinem Mundwinkel. „Leute, die euch das echte Leben zeigen …“

Unng Ak bellte laut. Nach einem Augenblick erkannte Rhonin, dass er gelacht hatte.

„Wenigstens verstehen wir, was Zivilisation bedeutet“, gab einer der Adligen zurück. „Oder baden und Hygiene.“

„Vielleicht lassen euch die Dämonen ja als ihre Zimmermädchen am Leben.“

Der Adlige zog sein Schwert, die anderen Nachtelfen folgten seinem Beispiel. Dungard hob seine Axt mit solcher Geschwindigkeit, dass die Bewegung kaum zu sehen war. Huln reckte seinen Speer und schnaubte. Unng Ak schwang herausfordernd seine Keule.

Plötzlich erstrahlte ein bläulicher Blitz in der Mitte des Zeltes. Beide Seiten vergaßen ihren Streit, versuchten stattdessen, ihre Augen vor dem grellen Licht zu schützen. Malfurion wandte sich ab, um nicht geblendet zu werden und bemerkte, dass Rhonin nicht von der Helligkeit beeinträchtigt wurde.

Der Mensch trat zwischen die Parteien. „Das reicht! Das Schicksal von Kalindar, das Schicksal aller, die ihr liebt …“ Er zögerte einen Moment. Sein Blick wirkte, als sei er in weite Ferne gerichtet. „… aller, die ihr liebt, hängt davon ab, dass ihr eure lächerlichen Vorurteile vergesst!“

Rhonin sah zuerst Huln und seine Begleiter an, dann Stareye und die anderen Adligen. Beide Seiten erweckten nicht den Anschein, als wollten sie einen zweiten Blitz riskieren.

Rhonin nickte zufrieden. „Gut. Da das jetzt alle verstanden haben, sollten wir anfangen, miteinander zu reden …“

Krasus stürzte schmerzhaft auf den Boden der Eishöhle.

Schwer atmend blieb er liegen. Der Zauberspruch, der ihn hierher gebracht hatte, war riskant gewesen, vor allem in seinem augenblicklichen Zustand. Die Höhle lag weit entfernt vom Lager der Elfenarmee – fast eine halbe Welt entfernt. Trotzdem hatte er den Zauber riskiert, auch wenn er nicht wusste, was dieser ihm antun würde und – schlimmer noch –, ob es nicht schon längst zu spät war.

Selbst Rhonin hatte er nichts von seinen Absichten erzählt. Der Zauberer hätte ihn wahrscheinlich begleiten wollen, doch einer von ihnen musste sich den potenziellen Verbündeten der Nachtelfen widmen. Krasus hatte vollstes Vertrauen in den Menschen, denn der hatte sich als flexibler und vertrauenswürdiger erwiesen als die meisten, die er in seinem langen Leben kennen gelernt hatte.

Als sich sein Atem beruhigt hatte, stand Krasus auf. In der eiskalten Höhle atmete er graue Wolken aus, die langsam zur Decke aufstiegen. Stalaktiten bildeten bizarre Eisformationen, der Felsboden war frostbedeckt.

Der Magier überprüfte seine Umgebung mit seinen überragenden Sinnen, fand jedoch keinen Hinweis auf eine andere Präsenz. Diese Erkenntnis beflügelte Krasus nicht gerade, überraschte ihn aber auch nicht. Er hatte die Katastrophe miterlebt, hatte gesehen, wie sich Neltharion, der Erdwächter – der große schwarze Drache – in seinem Wahnsinn gegen sein eigenes Volk stellte. Alle vier Clans hatten für ihren Widerstand bezahlen müssen, doch die Bewohner dieser Höhle hatten die größten Verluste erlitten.

Die Kinder von Malygos waren abgeschlachtet worden, ihren Herrn hatte Neltharion in weite Ferne geschleudert. Das war nur möglich gewesen, weil der Erdwächter die anderen Drachen dazu gebracht hatte, seine furchtbare Schöpfung mit Macht zu erfüllen.

Die Drachenseele … die man jetzt die *Dämonenseele* nannte.

„Malygos…“, rief Krasus. Der Name hallte durch die glitzernde Höhle. Früher war dies trotz der Kälte ein fröhlicher Ort gewesen, denn der blaue Clan bestand aus Wesen reinster Magie, die voller Freude waren. Wie hohl erschien die Höhle jetzt, wie leer.

Als die Antwort des Aspekts ausblieb, begann Krasus sich in der Höhle umzusehen. Vorsichtig bewegte er sich über den unebenen, glatten Boden. Er war ebenfalls ein Drache, gehörte jedoch dem roten Clan von Alexstrasza, der Mutter des Lebens, an. Zwischen den Blauen und den Roten hatte es nie Feindseligkeiten gegeben, trotzdem ging er kein Risiko ein. Malygos hatte sich vielleicht tiefer in das Höhlensystem zurückgezogen, und Krasus wusste nicht, wie der uralte Wächter reagieren würde. Die Trauer über das Massaker an seinem Volk hatte ihn in Wahnsinn treiben. Es würden Jahrhunderte vergehen, bis er sich davon erholte.

Krasus wusste das, weil er diese zukünftigen Jahrhunderte durchlebt hatte. Er hatte gegen Neltharions Verrat gekämpft. Neltharion, den man später einmal *Deathwing* nennen würde. Krasus war dabei gewesen, als die Drachen untergingen, als sie immer weniger wurden und die Angehörigen seines eigenen Clans mitsamt ihrer Königin zu Sklaven der Orks wurden.

Der Drachenmagier sandte seine Sinne tiefer in die Höhle aus, doch egal, wo er auch suchte, Krasus fand nur Leere. Er schien in einem riesigen Grabmal zu stehen. Seine Suche förderte keine Lebensaura zutage, und er begann zu befürchten, dass seine Reise umsonst gewesen war.

Dann … sehr, sehr tief in den Höhlen … spürte er doch ein leichtes Flackern. Es war so schwach, dass Krasus es beinahe für eine Wunschvorstellung hielt, doch dann spürte er eine zweite, ähnliche Präsenz direkt daneben.

Er machte sich auf den Weg durch die glitschigen dunklen Gänge. Mehrmals rutschte Krasus aus und musste sich an den Wänden abstützen. Diese Gänge wurden normalerweise von Wesen benutzt, die hundertmal größer waren als er in seiner jetzigen Gestalt, und ihre riesigen Klauen überbrückten mühelos die Risse und Schluchten, durch die er klettern musste.

Krasus hätte sich am liebsten in einen Drachen verwandelt, doch in dieser Zeitperiode ging das nicht. Er und eine jüngere Version seiner selbst existierten hier gleichzeitig. Zusammen hatten sie Großartiges im Kampf gegen die Brennende Legion geleistet, aber es gab auch Einschränkungen. Keiner von beiden konnte die Gestalt verändern, die er angenommen hatte, und bis vor kurzem hatte jede Entfernung, die zwischen ihnen lag, sie stark geschwächt. Das zweite Problem hatte man zwar größtenteils lösen können, doch Krasus war immer noch in seinem sterblichen Körper gefangen.

Er hörte über sich einen Schrei und presste sich gegen die Wand. Ein großer ledriger Schemen flatterte an ihm vorbei. Es war eine wolfsgroße Fledermaus mit einem Katzengesicht, dichtem Fell und fingerlangen Krallen. Das Wesen wendete, um einen zweiten Angriff zu fliegen, aber Krasus hatte bereits die Hand erhoben.

Eine Feuerkugel raste der Fledermaus entgegen. Sie traf, schluckte das Wesen förmlich, bevor sie in sich zusammenfiel.

Die Asche, die auf Krasus herab regnete, waren die einzigen Überreste des Angreifers. Ein paar Flocken fing er auf. Neugierig untersuchte er sie mit seinen Sinnen und fand heraus, dass die Kreatur eine magische Schöpfung gewesen war, kein lebendes Wesen – ein Wächter des Meisters der Magie.

Krasus wischte sich die Reste der Fledermaus von den Fingern und setzte seinen Weg fort. Es ging ihm schlecht nach seiner Reise an diesen weit entfernten Ort, aber für sein Ziel war keine Anstrengung zu groß.

Zu seiner Überraschung spürte er vor sich eine Erwärmung. Sie nahm zu, als er weiterging, aber nicht so sehr, wie er angenommen hatte. Er runzelte besorgt die Stirn, als er die zweite große Höhle vor sich auftauchen sah. Seinen Berechnungen zufolge hätte es weitaus wärmer sein müssen.

Ein schwaches bläuliches Licht leuchtete ihm aus der Höhle entgegen. Krasus blinzelte kurz, um seine Augen daran zu gewöhnen, dann trat er ein.

Der Boden war voller blau leuchtender Eier. Es waren Hunderte. Manche waren nicht größer als eine Menschenfaust, andere reichten ihm fast bis zum Kinn. Unwillkürlich stieß er den Atem aus. Eine solch reiche Beute hatte er nicht erwartet.

Doch seine Hoffnungen sanken so schnell, wie sie gestiegen waren, denn eine genauere Untersuchung enthüllte die schreckliche Wahrheit. In den Eiern gab es große Risse, doch es waren nicht Anzeichen einer Geburt, sondern die des Verfalls. Krasus legte seine Hand auf eines der größeren Eier, spürte jedoch keine Bewegung.

Er ging von einem Nest zum nächsten, spürte, wie seine Verbitterung mit jedem Schritt wuchs. Die Geschichte schien sich zu wiederholen, obwohl er alles tat, um das zu verhindern. Die Zukunft des blauen Drachenclans lag vor ihm, aber es war eine Zukunft ohne Hoffnung, wie schon beim ersten Mal. In der Zeitlinie, die Krasus kannte, war es Malygos nicht gelungen, sich rechtzeitig von der Lähmung zu befreien, mit der Neltharion ihn verflucht hatte. Als er zurückkehrte, war die Magie der Eikammer – Magie, die an den Aspekt gebunden war – längst erloschen. Ohne Schutz vor der Kälte waren die Eier zerstört worden und mit ihnen jegliche Hoffnung. In einer weit entfernten Zukunft hatte Alexstrasza Malygos angeboten, ihm beim Wiederaufbau seines Clans zu helfen, doch zum Zeitpunkt von Krasus' Abreise hatte man den Plan noch nicht in die Tat umgesetzt.

Krasus hatte trotz allem, was er Rhonin gepredigt hatte, versucht, die Zukunft seiner Welt zu verändern. Er hatte gehofft, er könne die Nester retten und an einen sicheren Ort bringen. Doch der ständige Kampf gegen die Dämonen und die lästigen Auseinandersetzungen mit uneinsichtigen Nachtelfen hatten ihn zu lange aufgehalten.

Oder? Hoffnungsvoll betrachtete Krasus ein halb entwickeltes Ei. Er spürte das Leben darin. Es war keine starke Aura, aber mit ein wenig Wärme würde es sich erholen.

Er überprüfte ein weiteres und kam zu dem gleichen Ergebnis. Die Eier, die er danach untersuchte, enthielten jedoch kein Leben mehr. Er biss die Zähne zusammen und eilte zum nächsten Nest.

Er entdeckte vier weitere gesunde Eier, legte den Finger auf jedes einzelne und markierte sie mit einem leichten goldenen Leuchten, dann setzte er seine Suche fort.

Am Ende hatte er weit weniger lebende Eier gefunden, als er gehofft, aber mehr, als er befürchtet hatte. Der Drachenmagier betrachtete jene, die er markiert hatte. Ihr Leuchten ließ sie aus den anderen in der gewaltigen Höhle herausragen. Er wusste mit absoluter Sicherheit, dass es keine weiteren gab. Jetzt musste er dafür sorgen, dass sie nicht ebenso starben wie der Rest.

Die anderen Drachen, sogar seine geliebte Alexstrasza, waren für seine Sinne unsichtbar. Er nahm an, dass sie sich irgendwo verbargen, um sich von der schrecklichen Macht der Dämonenseele zu erholen. Seine Erinnerungen an diese Zeitperiode waren lückenhaft. Das war das Ergebnis seiner Reise und seiner Verletzungen. Die anderen Clans würden schließlich den Kampf wieder aufnehmen, aber für Malygos' Volk kam jede Hilfe zu spät. Sogar sein jüngeres Ich war unauffindbar. Korialstrasz, der bei seinem heldenhaften Kampf gegen Neltharion schwer verletzt worden war, hatte sich aufgemacht, um nach den anderen Drachen zu suchen.

Also musste Krasus seine Entscheidung allein treffen. Bevor er zu Malygos'

Nest aufgebrochen war, hatte er über einen sicheren Ort für die Dracheneier nachgedacht. Doch keiner stellte ihn zufrieden. Sogar die Lichtung des Halbgottes Cenarius hatte seinem prüfenden Blick nicht genügt. Die gehörnte Gottheit war zwar der Mentor von Malfurion Stormrage und wahrscheinlich ein Kind des Drachen Ysera, aber Krasus wusste, dass Cenarius sich um zu viele Dinge gleichzeitig kümmern musste.

„So soll es sein", murmelte der Zauberer.

Mit dem Finger malte er einen Kreis in die Luft. Goldene Funken markierten die Spur, die sein Finger hinterließ. Der Kreis war perfekt und sah aus, als habe man ihn aus der Luft herausgeschnitten.

Der Magier berührte ihn in der Mitte mit den Fingerspitzen und *entfernte* den Kreis. Eine weiße Lücke erschien vor ihm, bot einen Weg aus der Welt der Sterblichen.

Krasus flüsterte Worte. Der Rand des Kreises leuchtete rot auf. Etwas stöhnte im Inneren. Kleine Steine rollten auf die Lücke zu. Krasus murmelte andere Worte. Die Lücke begann stärker zu saugen, doch die Steine blieben liegen. Stattdessen begannen die Eier zu zittern. Sogar in denen, die kalt und tot war, schien sich etwas zu regen.

Doch das stimmte nicht. Eines der lebendigen Eier, das sich neben Krasus' Schöpfung befand, wurde angehoben. Langsam flog es auf die Lücke zu. Ein zweites, ebenfalls markiertes Ei folgte ihm, dann verließ auch der Rest die Nester. Die toten Eier zitterten weiter, schwebten aber nicht auf die Lücke zu.

Krasus beobachtete, wie die Zukunft von Malygos' Clan langsam in das Loch eindrang.

Jedes Ei, das sich der Lücke näherte, schrumpfte, bis es hinein passte. Nach und nach verschwanden Krasus' wichtige Fundstücke in der weißen Öffnung.

Als auch das letzte hinein geflogen war, versiegelte der Magier die Öffnung. Eine Sekunde lang glomm noch ein goldener Funke, dann verschwand die Lücke spurlos.

„Genug zum Überleben, aber nicht mehr", murmelte Krasus. Es würde Jahrhunderte dauern, bis die Blauen die Verluste überwunden hatten. Selbst wenn jedes Ei ausgebrütet wurde, würde es auch in der Zeitperiode, aus der er stammte, nicht viele blaue Drachen geben.

Aber wenige waren besser als keine.

Krasus taumelte, als Schwindel und Erschöpfung ihn überkamen. Beinahe wäre er gestürzt. Er hatte die Ursachen der Krankheit, die ihn seit seiner Ankunft in der Vergangenheit quälte, zwar fast ergründet – er und sein jüngeres Ich teilten sich die gemeinsame Lebenskraft –, aber es gab immer noch Überraschungen.

Doch ausruhen konnte er sich nicht. Die Eier waren in Sicherheit, befanden sich in einem winzigen Universum, in dem die Zeit so langsam lief, dass sie keine Rolle spielte. Sie würden so lange dort bleiben, bis er sie jemandem übergeben konnte, dem er vertraute … vorausgesetzt, er überlebte den Krieg.

Der Gedanke an den Krieg brachte Krasus' Stärke zurück. Er setzte zwar große Hoffnungen in Rhonin und Malfurion, doch der Ausgang des Kampfes war alles andere als klar. Die Zeitlinie hatte sich verändert. Es war möglich, dass die Brennende Legion, die den Krieg einst verloren hatte, ihn dieses Mal gewann. Nun, da Krasus seine eigene Veränderung der Zeitlinie abgeschlossen hatte, musste er die Nachtelfen und die anderen mit aller Kraft unterstützen. Es musste eine Zukunft geben.

Krasus wob langsam den Zauber, der ihn zurückbringen würde und betrachtete währenddessen die toten Eier.

So würde die Zukunft aussehen, wenn die Dämonen siegten: kalt, dunkel, leblos. Eine Ewigkeit vollkommener Leere.

Der Drachenmagier stieß ein lautes Zischen aus und verschwand.

# ZWEI

Zin-Azshari. Einst hatte die Stadt am Rand des Brunnens als Höhepunkt nachtelfischer Baukunst gegolten. Sie war die Heimat von Azshara, ihrer geliebten Königin. Ihr zu Ehren hatten die Nachtelfen ihre Hauptstadt sogar umbenannt.

Doch heute bestand Zin-Azshara nur noch aus Ruinen. Hier hatte die Brennende Legion ihre Invasion begonnen.

Wölfische Teufelsbestien trotteten durch die Trümmerberge und suchten nach den unverwechselbaren Spuren von Leben und Magie. Die beiden Tentakel, die sich oberhalb ihrer Schultern befanden, zuckten umher, als seien sie von einem eigenen Willen beseelt. Die zahnbewehrten Saugnäpfe an ihren Enden öffneten und schlossen sich hungrig. Teufelsbestien liebten es, einem Magier die Lebensenergie und Magie auszusaugen, doch die spitzen Zahnreihen in den Mäulern verrieten, dass sie auch Fleisch nicht verachteten.

Zwei der Dämonenhunde, die in den Ruinen eines fünfstöckigen Baumhauses umherschnüffelten, hoben den Kopf, als sie das Geräusch marschierender Soldaten und das Klappern von Metall hörten. Reihe um Reihe zogen die Krieger an ihnen vorbei. Ihr Ziel war die Nachtelfen-Armee, einige Tagesmärsche entfernt. Die Teufelswachen bildeten das Rückgrat der Invasoren. Von ihrer Art gab es mehr als von allen anderen zusammengenommen. Sie waren mehr als drei Meter groß, hatten breite Schultern, aber seltsam schlanke, fast schon dürre Hüften. Geschwungene Hörner ragten aus ihren fleischlosen Schädeln. Aus blutroten Augen beobachteten sie misstrauisch die zerstörte Landschaft. Sie marschierten zwar diszipliniert, aber ihre Ungeduld war deutlich spürbar, denn die Teufelswachen lebten für den Kampf. Ab und zu pöbelte ein Krieger einen anderen an, doch Schlägereien blieben aus. Dafür sorgten die Peitschen der geflügelten Verdammniswachen, die über den Regimentern schwebten. Sie waren etwas größer als ihre Brüder am Boden, unterschieden sich sonst von ihnen aber nur durch ihre höhere Intelligenz und geringere Zahl.

Obwohl Zin-Azshari von dichtem Nebel durchzogen war, konnten sich die monströsen Armeen mühelos orientieren. Der Nebel gehörte zu ihnen wie die Schwerter, Äxte und Lanzen, die sie schwangen. Die grünlichen Schwaden harmonierten mit den Flammen, die jeden Dämon umgaben.

Die Schädel gemeuchelter Nachtelfen verfolgten den Marsch der Brennenden Legion aus leeren Augenhöhlen. Sie waren zu Beginn der Invasion von der Königin, die sie so verehrt hatten, getötet worden. Nur die Hochgeborenen, die Diener der Königin, waren dem Massaker entgangen. Ihre Quartiere lagen hinter hohen Mauern, die verhinderten, dass ihre feinen Sinne von dem Blutvergießen gestört wurden. In ihren farbenfrohen Roben warteten sie auf Azsharas Befehle.

Die Krieger des Palastes hielten immer noch Wache auf den Türmen. In ihren Blicken loderte der gleiche Fanatismus wie er den Dämonen zu eigen war. Kommandiert wurden sie von Captain Varo'then, der trotz seines Ranges die Macht eines Generals hatte. Er vertrat den Willen der Königin, wenn Azshara nicht der Sinn nach Staatsgeschäften stand. Die Soldaten waren ihm treu ergeben. Sie waren bereit, sich zusammen mit den Dämonen gegen ihr eigenes Volk zu stellen. Das Massaker an der Stadtbevölkerung hatten sie ohne eine Reaktion hingenommen. Wie fast alle Bewohner des Palastes waren sie Azhara hörig und dienten dem Herrn der Brennenden Legion.

Sargeras.

Eine Person, die weder der Königin noch dem Dämon diente, hing in einer Zelle tief unter dem Palast und versuchte sich durch Gebete zu ihrer Göttin von ihrer Furcht abzulenken.

Tyrande Whisperwind war in einem Alptraum erwacht. Sie erinnerte sich vage an eine furchtbare Schlacht, in der die Priesterinnen der Elune – Mutter Mond – gekämpft hatten. Tyrande hatte sich am Kopf verletzt, als sie von ihrem tödlich getroffenen Reittier stürzte. Malfurion hatte sie in Sicherheit gebracht. Danach verschwammen die Erinnerungen in ihrem Geist. Sie nahm furchtbare Bilder und Geräusche wahr, sah ziegenähnliche Kreaturen, die mit langen Klauen nach ihr griffen, hörte Malfurions verzweifelte Rufe und dann –

Und dann war die Priesterin hier erwacht.

Aus silbernen Augen sah sie sich zum vielleicht tausendsten Mal in ihrem Kerker um. Sie presste die Lippen zusammen und suchte nach innerer Ruhe. Dann schüttelte sie den Kopf. Ihrer langes bläuliches, von silbrigen Strähnen durchsetztes Haar wurde nicht mehr von einem Helm gehalten und fiel locker über ihre Schultern. Nichts hatte sich seit Tyrandes letzter Untersuchung der Zelle verändert. Wieso hatte sie überhaupt darauf gehofft?

Ihre Handgelenke und Knöchel waren nicht gefesselt, doch das spielte keine Rolle. Eine leuchtende grüne Aura, die ein Stück über dem Steinboden schwebte, hüllte sie von Kopf bis zu den Füßen ein. Darin stand Tyrande, die Arme über den Kopf gestreckt, die Beine fest aneinander gepresst. Die Hohepriesterin hatte alles versucht, aber sie konnte ihre Gliedmaßen nicht bewegen. Die Magie des großen Dämons Archimonde war der ihren in diesem Punkt weit überlegen.

Und doch hatte Archimonde sein höchstes Ziel nicht erreicht. Es war von Anfang an klar gewesen, dass er sie foltern und ihren Willen brechen wollte, damit sie sich ihm und seinem Herrn unterwarf. Dazu standen ihm Mittel wie seine eigene furchtbare Fantasie zur Verfügung sowie die dunklen Künste der Hochgeborenen und der teuflischen Satyrn.

Aber als der Dämon zu seiner Folter ansetzte, bildete sich eine feine Aura aus Mondlicht um den Körper der Priesterin. Weder Archimonde noch seinen Sklaven gelang es, sie zu durchstoßen. Tyrandes Rüstung hätte sie vor seinen Angriffen ebenso wenig schützen können wie der dünne silbrige Umhang, den man ihr vom Leib gerissen hatte – doch die Aura wirkte wie eine meterdicke Mauer. Immer wieder warf sich Archimonde dagegen, immer wieder scheiterte er. Wütend griff der tätowierte Riese schließlich nach einer ahnungslosen Teufelswache und zerfetzte ihr mit einer nachlässigen Bewegung die Kehle.

Von diesem Tag an ließ man Tyrande in Ruhe. Die Dämonen hielten den Sieg über die Armee der Nachtelfen wohl für wichtiger als den über eine einsame Priesterin. Natürlich würde sich das irgendwann ändern, denn die Satyrn, von denen sie durch das magische Portal getragen worden war, hatten ihrem Herrn berichtet, dass sie jenem nahe stand, den Archimonde jagte – Malfurion. Die Dämonen würden Tyrande gegen ihn einsetzen, das war die größte Furcht der Priesterin. Sie wollte nicht die Schuld an Malfurions Untergang tragen.

Sie hörte Schritte in den Gängen des Kerkers. Besorgt hob sie den Kopf, als jemand die Zellentür aufschloss. Ein Nachtelf, den sie fast so sehr fürchtete wie Archimonde, trat ein. Der vernarbte Offizier trug eine grün schimmernde Rüstung, auf deren Brust goldene Sonnenstrahlen leuchteten. Seine eng zusammenstehenden Augen schienen nie zu blinzeln, und wenn er Tyrande ansah, bohrte sich ihr Blick so tief in ihre Seele, dass sie zur Seite schauen musste.

„Sie ist bei Bewusstsein“, sagte Captain Varo’then zu einer Person, die hinter ihm stand.

„Dann lasst mich eintreten“, antwortete eine verführerisch klingende, weibliche Stimme. „Ich will wissen, was Lord Archimonde an dieser Beute findet.“

Varo’then trat mit einer eleganten Verbeugung zur Seite. Tyrande hielt die Luft an, obwohl sie bereits geahnt hatte, wer hinter ihm stand.

Königin Azshara war genau so schön und perfekt, wie es die Geschichtenerzähler behaupteten. Glänzendes silbernes Haar fiel über ihren Rücken. Ihre Augen waren golden, ihre Lider halb geschlossen, ihre Lippen voll und verführerisch. Sie trug eine Seidenrobe, die zu ihrem Haar passte und so durchscheinend war, dass man ihren schlanken Körper darunter mehr als nur erahnen konnte. Juwelenarmbänder umschmiegten ihre Handgelenke, dazu passende Ohrringe hingen von den Ohrläppchen fast bis zu den Schultern herab. In die Tiara, die ihr Haar zurückhielt, hatte man einen Rubin eingearbeitet, der das flackernde Fackellicht blendend hell reflektierte.

Eine zweite Frau befand sich hinter der Königin. Unter normalen Umständen hätte sie als schön gegolten, doch neben Azshara verblasste sie. Die Zofe trug fast die gleiche Kleidung wie ihre Herrin, nur die Qualität war deutlich schlechter. Sie trug die gleiche Frisur, aber ihre silbernen Haare waren gefärbt und wirkten stumpf. Nur ihre Augen hoben sich ab. Sie waren zwar ebenso silbrig wie die der meisten Nachtelfen, aber katzenhaft geschwungen.

„Das ist sie?“, fragte die Königin sichtlich enttäuscht, nachdem sie den ersten Blick auf ihre Gefangene geworfen hatte.

In Azsharas Gegenwart fühlte sich Tyrande noch unbedeutender als die Zofe. Sie hätte sich am liebsten das Blut und den Schmutz vom Gesicht gewischt, doch das ging nicht. Die Priesterin wusste zwar, dass die Königin ihr Volk verraten hatte, spürte aber trotzdem den Wunsch, vor ihr niederzuknien – so gewaltig war das Charisma der Monarchin.

„Ihr solltet sie nicht unterschätzen, Licht der Lichter“, antwortete der Captain. Der Blick, mit dem er Azshara betrachtete, war voll brennender Sehnsucht. „Sie scheint unter dem Schutz der Elune zu stehen.“

Das schien die Königin nicht zu beeindrucken. Sie kräuselte ihre perfekte Nase, dann fragte sie: „Wer ist schon Elune, verglichen mit dem großen Sargeras?“

„Weise gesprochen, Euer Majestät.“

Azshara trat näher heran. Jede auch noch so kleine Bewegung wirkte berechnet, so als wäre sie eine Schauspielerin vor ihrem Publikum. Tyrande hätte am liebsten vor ihr gekniet.

„Auf eine derbe Art ganz hübsch“, sagte die silberhaarige Königin beiläufig. „Sie wäre vielleicht eine brauchbare Zofe. Was hältst du davon … wie heißt sie noch, Captain?“

„Tyrande“, erklärte Varo’then mit einer knappen Verbeugung.

„Tyrande … wärest du gern meine Zofe? Du könntest im Palast leben und vielleicht einmal eine Vertraute von mir und meinem Herrn werden. Was meinst du?“

Die andere Nachtelfe starrte ihre Königin entsetzt an. Sie versuchte noch nicht einmal, ihre Eifersucht zu verbergen.

Tyrande biss die Zähne zusammen. Dann sagte sie: „Ich habe mein Leben Mutter Mond gewidmet, mein Herz gehört ihr.“

Eine Boshaftigkeit, die fast schon der Captain Varo’thens gleichkam, verzerrte die Gesichtszüge der Königin. „Undankbare kleine Schlampe! Und auch noch eine Lügnerin! Du verschenkst dein Herz doch sehr leichtfertig, zuerst an den einen Bruder, dann an den anderen. Habe ich noch welche vergessen?“ Als Tyrande nicht antwortete, fuhr Azshara fort: „Kann man mit Männern nicht wundervoll spielen? Macht es nicht Spaß, wenn sich deine Geliebten wegen dir streiten? Der Anblick des Blutes, das nur wegen dir fließt … Ich muss dich loben!

Brüder, Zwillinge auch noch, das zeugt von Stil. Du siehst zu, wie sie ihre Familienbande abstreifen, bis sie sich gegenseitig die Kehle zerfetzen wollen … nur um dir zu gefallen.“

Varo’then kicherte. Die Zofe lächelte boshaft. Tyrande spürte, wie eine Träne über ihre Wange rollte und verfluchte ihre Gefühle.

„Oh, verzeih mir. Habe ich ein unangenehmes Thema angesprochen? Ich entschuldige mich. Der arme Malfurion, der arme Illidan … das sind doch ihre Namen, oder? Vor allem um Illidan tut es mir Leid. Es ist eine Tragödie, was mit ihm geschehen ist. Kein Wunder, dass er das getan hat.“

„Was getan hat?“, stieß Tyrande hervor. „Was ist mit Illidan?“

Aber Azshara hatte sich bereits zu Varo’then und ihrer Zofe umgedreht. „Sie braucht Ruhe, findest du nicht, Captain? Komm, Lady Vashj. Ich möchte wissen, welche Fortschritte es bei dem Portal gibt. Ich muss schließlich bereit sein, wenn Sargeras kommt.“

Die Königin sprach den Dämonennamen voller Leidenschaft aus. „Ich will gut für ihn aussehen …“

Die Wachen traten zur Seite, als Captain Varo’then Azshara und Lady Vashj zur Tür brachte. Die Herrscherin der Nachtelfen drehte sich im Gang noch einmal kurz zu der gefangenen Priesterin um. „Du solltest wirklich darüber nachdenken, meine Zofe zu werden. Dann könntest du beide gegeneinander ausspielen … natürlich erst, wenn ich mit ihnen fertig bin.“

Die eiserne Tür fiel ins Schloss, und Tyrandes Hoffnungen erstarben. In ihren Gedanken sah sie Malfurion und Illidan. Malfurion war dabei gewesen, als sie entführt wurde, und Tyrande wusste, dass er sich schuldig fühlte. Sie befürchtete, dass er durch diese Gefühle draufgängerisch und ein leichtes Ziel für die Dämonen werden würde.

Und dann gab es da auch noch Illidan. Kurz vor der letzten Schlacht hatte er herausgefunden, in welche Richtung Tyrandes Gefühle gingen. Er hatte es nicht gut aufgenommen. Mit ihren Bemerkungen hatte Azshara die Priesterin zwar gewiss gezielt verletzen wollen, doch ein gewisser Wahrheitsgehalt war nicht auszuschließen. Sie kannte Illidan gut genug, um zu wissen, wie sehr er außer Kontrolle geraten konnte. War das vielleicht geschehen? Hatte er sich wegen ihrer Ablehnung zu etwas Schrecklichem hinreißen lassen?

„Elune, Mutter Mond, beschütze sie beide“, flüsterte sie. Tyrande machte sich zwar die größten Sorgen um Malfurion, aber auch seinen Zwilling mochte sie immer noch. Zudem wusste die Priesterin, wie schlecht es Malfurion ergehen würde, sollte seinem Bruder etwas zustoßen.

Daran dachte Tyrande, als sie hinzufügte: „Mutter Mond, was auch immer mir widerfahren sollte, bitte rette Illidan für Malfurion. Trenne sie nicht. Lass Illidan nicht –“

Im gleichen Moment spürte sie eine Präsenz in ihrer unmittelbaren Nähe.

Sie musste innerhalb der Palastmauern sein, so nahe erschien sie Tyrande. Die Begegnung dauerte nur einen Augenblick, doch die Priesterin wusste genau, wen sie gespürt hatte.

Illidan! Illidan war in Zin-Azshari – im Palast!

Die Entdeckung erschütterte sie. Er war gewiss ein Gefangener und wurde furchtbar gefoltert, da Elune ihn nicht im selben Maße schützen würde wie Tyrande. Die Priesterin glaubte ihn schreien zu hören, während Dämonen ihn auspeitschten und mit ihrer Magie dafür sorgten, dass er jeden schrecklichen Hieb bei vollem Bewusstsein miterlebte. Sie würden ihn nicht nur wegen seiner eigenen Taten foltern, sondern auch wegen denen, die Malfurion begangen hatte.

Sie versuchte ihn mit ihren Gedanken zu berühren, scheiterte jedoch. Doch noch während sie diesen Versuch wagte, kamen ihr Zweifel an ihrer Einschätzung. Tyrande dachte an den kurzen Kontakt und prüfte ihn aus allen Blickwinkeln. Sie hatte Illidans Gefühle wahrgenommen und etwas darin gespürt, das ihr nicht gefiel, etwas Falsches …

Als Tyrande erkannte, was es war, lief ihr ein Schauer über den Rücken. Das konnte nicht sein! Nicht Illidan, nicht ausgerechnet er!

„Er würde niemals so …“, versuchte sie sich zu beruhigen. „Niemals, aus keinem Grund …“

Jetzt verstand sie die Worte der Königin. Illidan – auch wenn dies unmöglich erschien – war freiwillig nach Zin-Azshari gekommen.

Er wollte dem Lord der Brennenden Legion dienen.

Die südlichste Turm von Azsharas Palast war erfüllt von magischer Energie. Tag und Nacht arbeiteten hier ohne Unterlass die Hochgeborenen. Wachen, die in der Nähe des Turms postiert waren, wagten es nicht, dorthin zu sehen, fürchteten, die mächtigen magischen Ströme könnten sie mit sich fortreißen.

Im Inneren standen die Hochgeborenen, deren reich verzierte Gewänder an ausgemergelten Körpern hingen, neben bösartigen gehörnten Wesen, deren untere Körperregionen an Ziegen erinnerten. Einst waren auch sie Nachtelfen gewesen, doch darauf wiesen nur noch ihre oberen Körperhälften hin. Durch List und Zauberei waren die Elfen in etwas anderes verwandelt worden. Etwas, das jetzt in die Brennende Legion gehörte, nicht mehr nach Azeroth.

Satyrn.

Doch selbst die Satyrn wirkten erschöpft, während sie gemeinsam mit ihren ehemaligen Brüdern mit dem Zauber rangen, der sich in dem mehreckigen Muster vor ihnen manifestierte. Die brennende Masse schwebte auf Augenhöhe. In ihrer Mitte herrschte eine Dunkelheit, die sich bis in die Unendlichkeit zu erstrecken schien und Zeugnis davon ablegte, wie weit sich die Zaubernden schon von der sterblichen Welt entfernt hatten. Sie hielten sich jenseits der Vernunft auf, jenseits der Ordnung … im Chaos, aus dem die Dämonen gekommen waren.

Im Herrschaftsbereich von Sargeras, dem Herrn der Brennenden Legion.

Ein gewaltiger Schatten schwebte über den schwitzenden Zauberern. Diese geflügelte Monstrosität bewegte sich auf vier baumstammdicken Beinen. Aus ihrem froschartigen Gesicht ragten lange Stoßzähne. Ihre tief in den Höhlen liegenden, feurigen Augen starrten die kleineren Gestalten finster an. Der geschuppte Schädel berührte fast die Decke.

Mannoroths breiter Schwanz peitschte über den Boden. „Achtet darauf, dass es stabil bleibt. Ich reiße euch den Kopf ab und trinke das Blut aus eurem Hals, wenn ihr scheitert!"

Trotz seiner Worte schwitzte er ebenso stark wie die anderen. Sie hatten einen neuen Zauber gewoben, um das Portal zu erweitern und zu stärken – so groß zu machen, dass Sargeras es endlich passieren konnte –, aber hatten stattdessen beinahe die Kontrolle verloren. Ein solcher Fehlschlag würde die sofortige Hinrichtung einiger Zauberer nach sich ziehen, führte möglicherweise aber auch zu Mannoroths jähem Ende. Archimonde mochte keine Fehler.

„Wenn ich es jetzt versuchen dürfte?", fragte eine Stimme in der Nähe der Tür.

Knurrend fuhr Mannoroth herum und starrte den kleinen Nachtelfen an. Abgesehen von seinen verstörend bernsteinfarbenen Augen sah er nichts Bemerkenswertes in dem Neuankömmling, der sich Illidan Stormrage nannte. Archimonde ließ ihn am Leben, weil er irgendein Potenzial in ihm spürte. Aber Mannoroth hätte diesem arroganten Insekt am liebsten die Augen ausgestochen und die Gliedmaßen ausgerissen. Damit hätte er sich an Illidans Bruder, dem Druiden, der ihm so viel Ärger bereitete, rächen können.

Doch dieser Genuss musste warten. Mannoroth winkte Illidan heran und ließ ihn zwischen einem überraschten Hochgeborenen und einem Satyr in den Kreis treten. Er hoffte, dass Illidans Versuch dramatisch fehlschlagen würde.

Das Portal knisterte. Mannoroth bleckte seine gelben Reißzähne. Wenn der Nachtelf dafür sorgte, dass das Portal zusammenbrach, würde Archimonde seinem Stellvertreter bestimmt nachsehen, dass er den Schuldigen zur Strafe an der Wand zerquetschte.

Illidan deutete auf das dunkle Loch – und sofort wurde es stabil. Das Flackern, das der Dämon gespürt hatte, verschwand. Das Portal war sogar noch gewaltiger als zuvor.

Mannoroth zog die grünen Brauen zusammen. Könnte diese lächerliche Kreatur wirklich über genügend Macht verfügen, um –

Bevor er den Gedanken weiterspinnen konnte, schob sich eine fremde Präsenz in den Raum. Es war eine Präsenz, deren Ursprung tief im Inneren des Portals lag.

„Auf die Knie!“, brüllte der vierbeinige Dämon rasch.

Alle – Zauberer wie Wachen – fielen sofort auf die Knie.

Alle … außer Illidan.

Obwohl auch er die übermächtige Präsenz fühlen musste, blieb er ruhig vor dem Portal stehen. Beinahe neugierig blickte er in die Schwärze.

*Du bist es …,* sagte die Stimme Sargeras’.

Die Fackeln flackerten wild. Schatten begannen in ihrem Licht zu tanzen. Einer der brennenden Stäbe wurde aus seiner Halterung gezogen und flog auf die Dunkelheit zu, blieb direkt über ihr hängen.

Illidan betrachtete die schwebende Fackel mit scheinbarer Gleichgültigkeit. Mannoroth hielt ihn für den größten Narren, der ihm je begegnet war.

*Dir ist gelungen, was andere nicht vermochten …*

Endlich bewies der Nachtelf Vernunft und neigte den Kopf vor der Stimme. „Mein Handeln erschien mir notwendig.“

*Du bist stark …,* sagte Sargeras aus dem Nichts. Er schwieg einen Moment, dann fügte er hinzu: *Aber nicht stark genug.*

Was bedeutete, dass es auch Illidan, trotz seiner Macht, nicht gelingen würde, dem Herrn der Brennenden Legion den Weg in die sterbliche Welt zu ebnen. Widersprüchliche Gefühle wallten in Mannoroth auf. Es ärgerte ihn, dass das Portal immer noch nicht für Sargeras geöffnet war. Gleichzeitig war er froh, dass der Nachtelf versagt hatte.

„Ich kenne eine Methode“, sagte Illidan unerwartet.

Es wurde still. Mannoroth begann nervös zu werden. Er hatte Sargeras noch nie so ruhig erlebt.

Schließlich: *Sprich.*

Illidan hob seine Linke. Auf seiner ausgestreckten Handfläche entstand das Abbild eines Gegenstands. Mannoroth streckte sich, um einen besseren Blick darauf werfen zu können. Er spürte Enttäuschung. Er hatte einen leuchtenden Kristall oder ein verziertes Amulett erwartet, keine einfache goldene Scheibe, die knapp auf die Handfläche des Elfs passte. Wenn er die Scheibe im Staub hätte liegen sehen, wäre er einfach darüber hinweg gestampft.

Er wartete darauf, dass Sargeras Illidan für diese Zeitverschwendung bestrafte, doch der Herr der Legion ließ Interesse erkennen. *Erkläre es …*

Der rebellische Zauberer kam direkt zur Sache. „Dies ist der Schlüssel. Dies hat die Macht. Dies ist die *Drachenseele*.“

Jetzt zeigten auch Mannoroth und die anderen Interesse. Sie hatten die überwältigende Macht der Drachenseele selbst zu spüren bekommen. Mit ihrer Hilfe hatte der schwarze Drache Dämonen und Nachtelfen zu Hunderten abgeschlachtet. Er hatte die Erde meilenweit verbrannt und sogar die Drachen angegriffen, die sich ihm widersetzten.

Und all diese Macht ging von einer unscheinbaren Scheibe aus.

„Ihr habt sie gesehen, von dort aus, wo Ihr wartet", fuhr Illidan fort. „Ihr habt ihre immense Macht gespürt und wollt, dass sie Euch gehört."

*Ja …*

„Tausende könntet Ihr allein durch Euren Willen vernichten. Ihr könntet ein Land von allem säubern, was sich Euch widersetzt … oder das gesamte Leben vernichten."

*Ja …*

„Aber Euch ist nie der Gedanke gekommen, dass man die Scheibe einsetzen könnte, um Euch in diese Welt zu bringen?"

Sargeras' Schweigen war Antwort genug. Mannoroth grunzte. Der Nachtelf war schlauer, als für ihn gut sein konnte. Die Brennende Legion begehrte die Scheibe, aber noch befand sie sich im Besitz des schwarzen Drachen. Irgendwann würden die Dämonen über die Kraft und die Ressourcen verfügen, um die Bestie zu jagen. Aber zuerst mussten sie Illidans Volk abschlachten.

*Ihre Macht ist ausreichend*, erklärte der Lord der Brennenden Legion schließlich. *Sie könnte den Weg ebnen … wenn wir sie denn besäßen …*

„Ich weiß, wie ich den Ort finde, wo der Drache sie versteckt hat."

Es gab eine zweite Pause, dann antwortete Sargeras: *Die schwarze Bestie hat sich gut abgeschirmt, sogar vor mir …*

Illidan lächelte selbstgefällig. Mannoroth wusste, dass der Herr der Brennenden Legion jedem anderen ein solches Lächeln aus dem Gesicht gerissen hätte – mitsamt des Fleisches und der Sehnen.

„Aber vor mir verbirgt er sich nicht … Ich weiß, wie ich ihn finden kann … *damit*."

Der Nachtelf gestikulierte knapp. In seiner Linken erschien eine fast dreieckige schwarze Platte, so groß wie sein Kopf. Mannoroth beugte sich vor. Im ersten Moment hielt er die Platte für ein Stück aus einer Rüstung, doch dann bemerkte er, dass sie nicht aus Metall bestand.

Es war eine Drachenschuppe.

Die Schuppe des schwarzen Drachens.

„Die Schuppe ist so klein, dass ein so großes Wesen sie leicht übersehen kann", bemerkte Illidan, während er sie in den Händen drehte. „Er wurde beim Kampf gegen den roten einige Male getroffen. Ich wusste, dass es mindestens eine schwarze Schuppe geben musste, also ritt ich aus dem Lager und suchte nach ihr. Als ich sie gefunden hatte, setzte ich meinen Weg hierher fort."

Mannoroth schnaubte. Kannte die Unverschämtheit des Zauberers denn gar keine Grenzen? Er brachte es nicht über sich, länger ruhig zu bleiben. „Warum?", knurrte er. „Warum hast du sie nicht deinen Freunden und deinem Bruder gebracht?"

Der Nachtelf blickte über seine Schulter. „Weil mir Macht und eine Belohnung zustehen."

Der Dämon erwartete eine weitergehende Antwort, aber Illidan wandte sich wieder dem Portal zu.

„Ich brauche einen uneingeschränkten Zugang zu den Energien des Brunnens. Der Drache ist dank dieses Artefakts sehr mächtig. Aber mit den Energien des Brunnens kann ich ihn finden, egal, wo er sich auch aufhalten mag."

„Willst du ihm die Scheibe dann einfach wegnehmen, Sterblicher?", fragte der vierbeinige Dämon sarkastisch. „Oder glaubst du, er wird sie dir so einfach geben?"

„Ich werde sie ihm auf die eine oder andere Weise abnehmen", entgegnete Illidan ruhig. „Und dann werde ich sie hierher bringen."

Mannoroth begann zu lachen, brach jedoch ab, als er einen Druck um seinen Hals spürte. Das Gefühl verschwand fast sofort wieder, aber die Botschaft war deutlich. Auch wenn der geflügelte Dämon nichts von den Worten dieses Angebers hielt, der Herr der Legion wollte sie hören.

*Du wirst mir die Schöpfung des Drachens bringen*, sagte Sargeras zu Illidan.

„Ja."

*Sollte dir das gelingen, werde ich dich reich für deine Mühen belohnen.*

Der Nachtelf neigte den Kopf. „Ich freue mich darauf, mit der Drachenseele in der Hand vor Euch zu treten.

Sargeras schien zu kichern. *So viel Loyalität muss mit einem Zeichen meines Wohlwollens belohnt werden, einem Zeichen, das dir bei der Erfüllung deiner Aufgabe helfen wird …*

Illidan sah auf. Zum ersten Mal glitt ein Hauch von Unsicherheit über sein hageres Gesicht. „Mein Lord Sargeras, Euch in Azeroth zu sehen, wird mir Belohnung genug sein. Ich brauche keinen Ansporn, um –"

*Aber ich bestehe darauf.*

Aus dem Portal schoben sich zwei Tentakel aus grünem Feuer.

Mannoroth wandte den Blick ab. Illidan, der im Zentrum von Sargeras' Zauber stand, hatte diese Chance nicht. Genützt hätte es ihm ohnehin nichts.

Die Flammen bohrten sich in seine Augen.

Das weiche Gewebe verbrannte sofort. Illidans Schreie hallten durch die Raum und weit darüber hinaus. Die Arroganz war aus seinem Gesicht verschwunden. Jetzt gab es da nur noch Schmerz.

Die Flammen wurden stärker. Illidan wurde vom Boden empor gerissen. Er lehnte sich zurück, schien fast zu zerbrechen. Übernatürliches Feuer floss in die leeren Augenhöhlen, obwohl die Augen selbst schon längst verbrannt waren.

Die Hochgeborenen und die Satyrn wagten es nicht, ihren Zauber zu unterbrechen. Aber sie entfernten sich so weit wie möglich von dem zitternden Nachtelf. Sogar die Wachen traten einen Schritt zurück.

Die Flammen verschwanden so plötzlich, wie sie gekommen waren.

Illidan fiel auf den Steinboden und schaffte es irgendwie, auf Händen und

Knien zu landen. Sein Atem ging stoßweise. Sein Kopf hing fast bis auf den Boden. Äußerlich gab es keinen Hinweis mehr auf seine gerade noch demonstrierte Arroganz.

Sargeras' Stimme hallte durch den Geist von allen Anwesenden.

*Blicke auf, mein loyaler Diener!*

Illidan gehorchte.

Von seinen Augen war nichts mehr zu sehen. Nur die schwarzen, fleischlosen Höhlen waren ihm geblieben. An ihren Rändern schimmerte ein Teil des Schädels durch, so tief hatte sich Sargeras hinein gebrannt.

Doch die Augen, die der Herr der Brennenden Legion ihm genommen hatte, waren durch etwas anderes ersetzt worden. In den Höhlen flackerten zwei Flammen in der gleichen Farbe wie die, die den Zauberer angegriffen hatten. Die Flammen zuckten mehrere Sekunden lang, dann verloschen sie, bis nur noch Rauch übrig war. Der Rauch blieb jedoch in den Höhlen hängen, ohne sich aufzulösen oder zu verflüchtigen.

*Deine Augen sind jetzt meine Augen, Nachtelf. Sie werden mir ebenso dienen wie dir ...*

Illidan erwiderte nichts. Der Schmerz hatte ihn zum Schweigen gebracht.

Sargeras wandte sich plötzlich nur noch an Mannoroth. *Er soll sich ausruhen. Wenn er sich erholt hat, wird er mir seine Hingabe beweisen und das Artefakt an sich nehmen.*

Mannoroth nickte kurz den Teufelswachen zu. Die beiden Dämonen ergriffen den zitternden Illidan und schleiften ihn aus dem Raum.

Kaum war der Nachtelf im Gang verschwunden, sagte Sargeras' Diener: „Selbst in diesem Zustand solltet Ihr den Sterblichen nicht allein lassen."

*Er wird seine Reise nicht allein antreten ... ein anderer wird mitkommen. Ich habe den Nachtelf Varo'then für diese Aufgabe ausgewählt.*

Der Dämon spreizte seine Flügel und grinste. Es war ein unschöner Anblick. „Varo'then?"

*Azsharas Schoßhund wird den Zauberer zuverlässig bewachen. Sollte Illidan Stormrage sein Versprechen erfüllen, wird er seinen Platz in unserer Mitte einnehmen.*

Dieser Aufstieg missfiel Mannoroth. „Und wenn er sich als Verräter erweist?"

*Dann wird Varo'then die Belohnung erhalten, die ich dem Zauberer versprochen habe ... sobald der Captain mir die Schöpfung des Drachen überreicht ... zusammen mit Illidan Stormrages schlagendem Herzen.*

Mannoroths Grinsen wurde breiter.

# DREI

Die Brennende Legion stürzte sich mit ungebremster Wut in ihren neuen Angriff. Die Verteidiger mussten gelegentlich schlafen und essen, Schwächen, die den Dämonen völlig fremd
waren. Sie kämpften Tag und Nacht, bis zum Tod und zogen sich nur zurück, wenn die Gegenwehr zu heftig wurde. Selbst dann aber sorgten sie dafür, dass jeder zurück erkämpfte Landstrich mit einem hohen Blutzoll bezahlt wurde.

Doch bei diesem Angriff stießen sie auf ausgeruhte Gegner. Sie standen nicht mehr nur der Elfenarmee gegenüber, sondern auch anderen Kämpfern. Die Tauren, die Zwerge und die anderen Völker verdoppelten die Gesamtstärke der Armee und brachten die dringend benötigte Unterstützung. Zum ersten Mal seit Tagen scheiterte ein Angriff der Legion. Die Dämonen wurden so weit zurückgeworfen, dass das zerstörte Suramar nur noch einen Nachtritt entfernt lag.

Trotz dieses Erfolges hatte Malfurion nur wenig Hoffnung. Das lag nicht allein daran, dass der Anblick seiner zerstörten Heimat ihn an all das erinnerte, was die Nachtelfen verloren hatten. Nein, er sorgte sich vor allem um diejenigen, die der Armee zu neuer Stärke verholfen hatten. Rhonin hatte Lord Stareye zwar die neuen Verbündeten aufgezwungen, aber der mit Vorurteilen behaftete Adlige hatte sich nur zögerlich darauf eingelassen.

Die Nachtelfen kämpften nicht gemeinsam mit den anderen. Stareye hielt seine Leute an der linken Flanke und in der Mitte, während die Krieger der anderen Völker auf der rechten Seite kämpften. Es gab nur wenig Kommunikation und so gut wie keinen Kontakt zwischen den verschiedenen Gruppen. Nachtelfen beschäftigten sich nur mit Nachtelfen, Zwerge nur mit Zwergen … und so weiter.

Eine solche Allianz, wenn man sie denn so nennen wollte, musste früher oder später scheitern. Die Dämonen würden sich auf die neu hinzugekommenen Streiter einstellen und ihre eigenen Angriffe verstärken.

Dem armen Jarod Shadowsong hatte man die Aufgabe erteilt, die verschiedenen Gruppen wenigstens ansatzweise zu koordinieren. Der Druide fragte sich, wieso der Captain die Fremden nicht hasste, denn sie hatten ihm nur Ärger eingehandelt. Trotzdem widmete sich Jarod seiner neuen Aufgabe mit der ernsten Hingabe, die er stets für etwas aufbrachte, was ihm wichtig war. Dafür bewunderte Malfurion ihn. Auf seine Weise war Jarod ein ebenso unverzichtbarer Teil der Armee wie Rhonin, Brox oder Malfurion. Er koordinierte die Gruppen, regelte deren Angelegenheiten, vermittelte bei Streitigkeiten oder Missverständnissen und erschuf so eine funktionierende Einheit. Wenn man es genau nahm hatte der Captain auf die Strategie einen ebenso großen Einfluss wie der überhebliche Stareye.

Malfurion hoffte, dass der Adlige das nie erkennen würde. Captain Shadowsong zumindest hatte das noch nicht erkannt. Er war der schlichten Überzeugung, er führe nur seine Befehle aus.

Rhonin, der sich auf einen Felsen gesetzt hatte, von dem aus er das Schlachtfeld überblicken konnte, erhob sich plötzlich. „Sie kommen zurück!"

Brox sprang mit einer Eleganz auf, die nicht zu seinem schweren Körper zu passen schien. Der ergraute Ork schwang seine Axt und stapfte der heranrückenden Front entgegen. Malfurion stieg auf seinen Nachtsäbler, einen der riesigen Säbelzahnpanther, die sein Volk als Reit- und Kriegstiere nutzte.

Hörner erschallten. Die erschöpfte Armee spannte sie an, war kampfbereit. Unterschiedliche Klänge forderten die verschiedenen Einheiten auf, sich zu sammeln.

Nur Sekunden später entbrannte die Schlacht aufs Neue.

Verteidiger und Dämonen trafen mit großem Getöse aufeinander. Schreie und Grunzlaute hallten durch die Luft. Brox stieß seinen Kriegsschrei aus, köpfte eine Teufelswache und stieß den zuckenden Körper gegen den dahinter stehenden Dämon. Der Ork schlug eine blutige Schneise. Schon nach kurzer Zeit lag fast ein Dutzend Dämonen tot oder sterbend am Boden.

Rhonin kämpfte vom Rücken seines Nachtsäblers aus. Allerdings warf er nicht ständig Zauber, sondern konzentrierte sich, wie Malfurion, auf die Suche nach den Eredar, den Hexenmeistern der Legion. Die Eredar hatten in den letzten Schlachten große Verluste hinnehmen müssen, stellten aber immer noch eine Gefahr dar. Sie neigten dazu, völlig überraschend aufzutauchen.

Doch vor allem nutzte Rhonin seine Magie zur Unterstützung seiner anderen Kampfkünste. Auf seinem Nachtsäbler sitzend ließ der Mensch zwei Klingen kreisen, die vollständig aus Magie bestanden. Die beiden blauen Energiebahnen waren mehr als einen Meter lang, und wenn der Zauberer sie gegen seine Feinde schwang, richtete er damit fast so viel Schaden an wie der Ork. Die Rüstungen der Dämonen wurden von den Klingen mühelos gesprengt. Die Waffen der Teufelswachen zerbrachen wie Glas, wenn sie darauf trafen.

Rhonin kämpfte mit einer Leidenschaft, die Malfurion bestens nachvollziehen konnte, denn der Magier hatte ihm von seiner Gefährtin und den kurz vor der Geburt stehenden Zwillingen erzählt, deren Schicksal vom Ausgang des Krieges abhing. Für ihn bedeutete seine weit entfernte Familie so viel wie für Malfurion Tyrande und Illidan.

Der Druide kämpfte mit der gleichen Entschlossenheit und Stärke, zog seine magischen Kräfte jedoch aus seiner Verbindung zur Natur. Aus einem der zahlreichen Beutel, die an seinem Gürtel hingen, holte er einige längliche, mit kleinen Widerhaken besetzte Körner hervor. Er hob die Hand und blies leicht gegen den Samen.

Er flog durch die Luft, als sei sie in einen starken Wind geraten. Die Anzahl der Körner vervielfältigte sich tausendfach. Wie die Teilchen eines Sandsturms prasselten sie auf die Dämonen herab.

Die schrecklichen Kämpfer brüllten wütend und kämpften sich furchtlos durch die Wolke. Sie interessierte allein das Blut ihrer Gegner. Nur wenige Schritte später stolperte einer der Dämonen jedoch und presste sich die Hände gegen den Bauch. Ein zweiter folgte, ein dritter … Andere ließen ihre Waffen fallen und wurden augenblicklich von Nachtelfen niedergestreckt.

Die Überlebenden begannen sich aufzublähen. Brust und Bauch dehnten sich immer weiter aus. Einige Dämonen stürzten und wanden sich am Boden.

Aus einem, der noch stand, schossen scharfe, dolchartige Triebe durch Haut und Rüstung. Dämonisches Blut lief über den Körper des sterbenden Kriegers. Er drehte sich einmal um sich selbst, dann brach er tot zusammen. Sein Körper sah aus wie ein Nadelkissen, wofür die in seinem Inneren sprießenden Saatkörner gesorgt hatten.

Ringsum brachen Dutzende gleichzeitig zusammen. Alle erlitten das gleiche dunkle Schicksal. Malfurion spürte leichte Übelkeit, als er das Ergebnis seines Zaubers betrachtete. Doch dann dachte er an die gnadenlose Brutalität des Feindes. Er konnte sich kein Mitleid mit denen leisten, die nur für die Verbreitung von Angst und Chaos lebten. Entweder man tötete – oder man wurde getötet.

Obwohl viele Dämonen ihr Leben verloren, wurden die Reihen nicht dünner. Die Linie der Nachtelfen drohte aufzureißen, so heftig waren die Angriffe, die gegen sie brandeten. Sie kämpften bereits am längsten gegen die Brennende Legion und waren dementsprechend erschöpft.

Archimonde war nicht dumm. Er nutzte diese Schwäche zu seinem Vorteil. Immer mehr Krieger warf er den Nachtelfen entgegen. Teufelsbestien stürmten auf die Reihen zu, Verdammniswachen stürzten auf die abgelenkten Krieger herab. Sie zertrümmerten Schädel oder jagten Speere in Brust und Rücken. Manchmal griffen sie sich ein oder zwei Nachtelfen, trugen sie hoch in die Lüfte und ließen sie dann auf ihre Kameraden herabfallen. Die hilflosen Soldaten wurden zu Geschossen, deren Verhängnis auch zu dem der Gefährten wurde.

Eine Explosion schleuderte mehrere Nachtelfen meterweit durch die Luft. Aus dem neu entstandenen Krater schob sich eine brennende Höllenkreatur. Diese Dämonenart war nicht sehr klug, aber ungeheuer stark. Sie existierte nur, um alles, was sich ihr in den Weg stellte, niederzuwalzen. Sie donnerte durch die Reihen der Soldaten und wirbelte sie durcheinander wie fallende Blätter.

Malfurion setzte zu einer Reaktion an, doch Brox warf sich der Höllenkreatur bereits entgegen. Niemand hätte geglaubt, dass es dem Ork gelingen würde den riesigen Dämon aufzuhalten. Aber es gelang ihm tatsächlich.

Die Höllenkreatur stoppte abrupt und stieß einen frustrierten Schrei aus. Sie holte mit einer brennenden Faust aus und wollte den Kopf des Orks wohl in dessen Brust hineinrammen, aber Brox hielt ihm den Stiel seiner Axt entgegen. Das scheinbar so dünne Holz wehrte den Schlag mühelos ab. Mit einer blitzschnellen Bewegung stieß Brox den Arm des Dämons zur Seite und hieb ihm die Axt in die Brust.

Die Höllenkreatur hatte der magischen Waffe ebenso wenig entgegenzusetzen wie die anderen Dämonen. Die Klinge grub sich mehrere Zentimeter tief in ihren Körper. Grüne Flammen schossen aus der Wunde. Brox duckte sich vor den Flammen, dann zog er die Axt heraus und holte zu einem zweiten Hieb aus.

Die Höllenkreatur wankte zwar, doch geschlagen gab sie sich noch nicht. Brüllend brachte sie ihre Fäuste zusammen, dann stieß er sie in den Boden, der sofort erbebte. Brox verlor das Gleichgewicht.

Der Dämon stürzte sich auf ihn und versuchte, den Ork niederzutrampeln. Doch als er sich näherte, pflanzte Brox den Stiel seiner Waffe auf den Boden und hielt ihm die Klinge wie eine Lanze entgegen.

Die Höllenkreatur spießte sich selbst auf. Sie schlug nach Brox, aber der erfahrene Krieger ließ sich nicht aus dem Konzept bringen. Die Wut des Dämons machte alles nur noch schlimmer. Die Axt fraß sich noch tiefer in ihn hinein. Feuerstöße verließen seinen Körper. Einige berührten fast den Ork.

Mit einem letzten Zittern sackte der riesige Dämon in sich zusammen.

Doch trotz solch beeindruckender Siege schob sich die Brennende Legion weiter voran. Malfurion versuchte sich auf die Gefühle zu konzentrieren, die ihm schon einmal den Sieg gegen die Dämonen ermöglicht hatten, doch er schaffte es nicht. Tyrandes Entführung hatte diesen Teil seiner Seele entrissen.

An der linken Flanke sah er Lord Stareye, der die zurückweichenden Soldaten anbrüllte. Stareye trat völlig anders als sein Vorgänger auf. Ravencrest wäre ebenso dreck- und blutverschmiert gewesen wie seine Truppen, Stareye hingegen wirkte auch jetzt noch makellos. Seine Leibwache umgab ihn und sorgte dafür, dass unangenehme Situationen gar nicht erst bis zu ihm durchdrangen.

Überrascht bemerkte der Druide die gewaltigen Tauren, die plötzlich an ihm vorbei stürmten. Sie liefen auf die zurückweichenden Reihen zu und warfen sich mit erstaunlicher Vehemenz in den Kampf. Mit einer Leidenschaft, die eher zu Brox gepasst hätte, griffen sie die Dämonen an und schlugen auf sie ein. An der Spitze entdeckte Malfurion Huln, dessen Adlerspeer eine Teufelswache mit solcher Wucht durchbohrte, dass die Spitze aus dem Rücken hervortrat. Mit Leichtigkeit schüttelte Huln den toten Dämon ab, dann wandte er sich breit grinsend dem nächsten zu.

Hinter den Tauren stand Jarod Shadowsong, von dessen Klinge Blut tropfte. Er rief den riesigen Kriegern etwas zu, und zu Malfurions Überraschung reagierte die Truppe, als befolge sie einen Befehl. Sie verteilten sich, was es den Nachtelfen ermöglichte, die Reihen zu schließen und ihre Retter zu unterstützen.

Die Priesterinnen der Elune tauchten ebenfalls auf. Die kriegerisch auftretenden Frauen waren ein ungewohnter Anblick für Nachtelfen, die deren vormals so friedliches Leben – vor dem Wüten der Legion – kennen gelernt hatten. Ihr Anblick versetzte Malfurion einen Stich, erinnerte er ihn doch daran, dass es ihm nicht gelungen war, Tyrande vor den Dämonen zu retten.

Die Dienerinnen der Elune saßen auf ihren Tieren und schossen mit Pfeil und Bogen. Doch die beste Schützin unter ihnen war keine Priesterin, sondern die junge Shandris Feathermoon, die erst in ein oder zwei Sommern alt genug sein würde, um Novizin zu werden. Doch drastische Situationen erforderten drastische Maßnahmen. Marinda, die als Tyrandes Stellvertreterin fungierte, hatte Shandris einen Platz in ihren Reihen zugewiesen. Die jüngste Tochter von Mutter Mond saß jetzt in einer ihr zu großen Rüstung auf ihrem Pferd, die sie von einer gefallenen Priesterin übernommenen hatte, und schoss drei Pfeile ab, die prompt drei Dämonenkehlen durchbohrten.

Der Vormarsch der Legion geriet ins Stocken. Die Verteidiger begannen sie zurückzudrängen. Malfurion und Rhonin halfen ihnen nach Kräften. Die Nachtelfen eroberten ein Stück Boden zurück.

Schreie wurden inmitten der Schwestern laut. Zwei der Priesterinnen stürzten zu Boden. Ihre Leiber wurden von ihren eigenen Rüstungen zerquetscht. Selbst im Tod verrieten ihre verzerrten Gesichter, welche Qualen sie hatten erleiden müssen, als sich das Metall blitzartig zusammenzog.

Malfurions Augen verengten sich; er stieß die Luft aus. Eine der beiden war Marinda.

„Eredar!“, zischte Rhonin. Er zeigte in nordwestliche Richtung.

Doch noch bevor der Zauberer zu einem Schlag ausholen konnte, entflammte es dort bereits. Malfurion vermochte die Schmerzen der Hexenmeister zu erspüren, als das Feuer sie verzehrte.

„Ich entschuldige mich für meine verspätete Rückkehr“, sagte Krasus, von dem das Feuer stammte. Der Drachenmagier stand einige Schritte hinter den beiden Zauberern. „Leider musste ich die Rückreise in Etappen absolvieren“, fügte er verbittert hinzu.

Niemand klagte ihn an, nicht nach allem, was er getan hatte. Doch Krasus schien sich selbst nicht vergeben zu können.

„Wir haben sie wieder zurückgeworfen“, erklärte Rhonin. Aber in seinen Worten schwang keinerlei Optimismus. „Wie schon beim letzten und vorletzten Mal …“

Die Schlacht entfernte sich von ihnen. Jetzt oblag die Initiative wieder den Verteidigern. Die Schwestern der Elune nutzten die Pause, um sich ihrer wahren Berufung – dem Heilen – zu widmen. Sie gingen zu den verwundeten Soldaten. Ein paar widmeten sich sogar den Tauren, wenn auch zögerlich.

Die Klänge der Schlachthörner kamen aus Lord Stareyes Richtung. Der Adlige wedelte mit seinem Schwert und zeigte auf die Brennende Legion. Offenbar wollte er sich den einstweiligen Sieg seiner Armee auf sein Konto schreiben.

Krasus schüttelte den Kopf. „Wenn doch nur Brox Ravencrest rechtzeitig erreicht hätte."

„Er hat getan, was er konnte", antwortete Malfurion. „Das weiß ich sicher."

„Ich zweifele nicht am dem Ork oder seiner Hingabe, mein Junge. Es ist das *Schicksal*, mit dem ich hadere. Komm, wir sollten die Atempause nutzen, um die Schwestern zu unterstützen. Es gibt sehr viele Verwundete."

Das stimmte. Malfurion setzte einen weiteren Aspekt seiner Ausbildung ein Cenarius hatte ihm beigebracht, welche Pflanzen Schmerzen linderten oder Wunden heilten. Sein Können reichte zwar nicht an das der Priesterinnen heran, aber den Verwundeten ging es nach seiner Hilfe trotzdem besser.

Zwischen den Soldaten entdeckten sie Jarod. Der Offizier hockte neben seinem Nachtsäbler. Eine Schwester kümmerte sich um eine tiefe Schnittwunde in seinem Arm.

„Ich habe ihr gesagt, dass das unnötig ist", bemerkte er säuerlich, als sie auf ihn zu gingen. „Meine Rüstung hat mich recht gut geschützt."

„Die Waffen der Brennenden Legion sind häufig vergiftet", erklärte Krasus. „Selbst eine kleine Wunde kann gefährlich werden." Er neigte den Kopf vor dem Offizier. „Du hast da draußen sehr gut agiert und die Situation für uns entschieden."

„Ich bat den Tauren Huln lediglich, mir einige seiner Krieger zur Verfügung zu stellen, um meine Soldaten zu retten. Dann fragte ich die Zwerge, ob sie die Linien der Tauren decken könnten."

„Wie ich bereits sagte, eine gute Aktion. Die Nachtelfen und die Stiermenschen kämpften gut zusammen, als es darauf ankam. Wenn das unser geschätzter Kommandant nur auch erkennen würde. Bei meiner Ankunft bemerkte ich bereits, dass es keine Zusammenarbeit zwischen den Verbündeten gibt."

Rhonin hob die Augenbrauen. „Hast du von Stareye wirklich etwas anderes erwartet?"

„Nein, wohl kaum."

Sie wurden unterbrochen, als eine hochrangige Priesterin auf sie zu kam. Sie war hochgewachsen und bewegte sich so elegant wie ein Nachtsäbler. Ihr Gesicht war nicht unattraktiv, aber der Ausdruck darin war streng. Die Haut der Schwester war ein wenig blasser als die der meisten Nachtelfen. Sie erinnerte Malfurion an jemanden, aber er konnte nicht sagen, an wen.

„Sie sagten, sie hätten sich gesehen“, sagte sie ruhig zu Jarod.

Er sah sie ratlos an, als sei er sich nicht sicher, dass sie wirklich dort stand. „Maiev …“

„Seit unserer letzten Begegnung ist viel Zeit vergangen, kleiner Bruder.“

Die Ähnlichkeit wurde jetzt deutlicher. Die andere Priesterin beendete ihre Behandlung, als der Captain aufstand und seine Schwester ansah. Er war zwar größer als sie, schien aber trotzdem zu ihr aufzusehen.

„Wir haben uns nicht mehr gesehen, seit du in den Dienst der Mondgöttin getreten bist und dich im Tempel von Hajiri deinen Studien widmen wolltest.“

„Dort ist Kalo'thera zu den Sternen aufgestiegen“, erklärte Maiev und bezog sich dabei auf eine berühmte Hohepriesterin, die vor einigen Jahrhunderten gelebt hatte. In der Schwesternschaft wurde Kalo'thera von vielen fast wie eine Halbgöttin verehrt.

„Das war weit weg von Zuhause.“ Jarod schien sich erst jetzt wieder der anderen bewusst zu werden. Er sah sie an und sagte: „Das ist meine ältere Schwester Maiev. Maiev, dies sind –“

Die Priesterin ignorierte Malfurion und Rhonin, konzentrierte sich nur auf Krasus. Wie alle Schwestern schien sie sofort zu bemerken, dass er etwas Besonderes war, auch wenn sie den Grund nicht kannte. Maiev kniete nieder, bevor Jarod fortfahren konnte, und sagte: „Deine Anwesenheit hier ehrt mich, Älterer.“

Krasus zeigte keine Regung. „Du musst nicht vor mir knien. Erhebe dich, Schwester und sei willkommen. Die Priesterinnen kamen heute genau zur rechten Zeit.“

Die Miene von Jarods Schwester verriet Stolz. „Mutter Mond hat unsere Hand geführt, auch wenn wir dafür Marinda und einige andere opfern mussten. Wir sahen, dass die Legion durchzubrechen drohte. Wir wären vor den Stiermenschen da gewesen, wenn die Entfernung nicht so groß gewesen wäre.“ Sie blickte in die Richtung der Tauren. „Sie haben erstaunlich gut reagiert.“

„Dein Bruder hat sie angeleitet“, erklärte der Magier. „Jarod war es, dem die Armee wahrscheinlich ihre Rettung verdankt.“

„Jarod?“ Maievs Tonfall spiegelte ihren Unglauben wider. Als Krasus jedoch nickte, vergaß sie ihre Zweifel und neigte den Kopf vor dem Captain. „Ein einfacher Offizier der Stadtwache spielt also den Kommandanten? Das Glück muss mit dir gewesen sein, Bruder.“

Er nickte wortlos und wandte den Blick ab.

Rhonin ließ die Bemerkung jedoch nicht stehen. „Glück? Er hat seinen Verstand benutzt!“

Die Priesterin hob die Schultern und ignorierte seinen Einwand. „Kleiner Bruder, du wolltest uns vorstellen.“

„Vergib mir, Maiev, der ältere Magier heißt Krasus. Neben ihm steht der Zauberer Rhonin …“

„Solch hilfsbereite Besucher sind zu dieser Zeit willkommen", unterbrach sie ihn. „Möge Elune euch segnen."

„Und das", fuhr der Captain fort, „ist Malfurion Stormrage, der –"

Maievs Blicke brannten sich fast in den Druiden. „Ja … du warst mit einer unserer Schwestern vertraut, Tyrande Whisperwind."

Tyrande war zwar vor ihrer Entführung nicht lange Hohepriesterin der Schwesternschaft gewesen, trotzdem hielt Malfurion diese Bemerkung für respektlos. „Ja, wir sind zusammen aufgewachsen."

„Wir bedauern deinen Verlust. Sie ist wohl Opfer ihrer Unerfahrenheit geworden. Es wäre besser für sie gewesen, wenn ihre Vorgängerin eine ältere und erfahrenere Person erwählt hätte." Maiev ließ durchblicken, dass sie sich selbst meinte.

Malfurion schluckte seinen Ärger hinunter. „Es war nicht ihr Fehler. Die Schlacht tobte überall. Sie versuchte mir zu helfen, wurde aber verwundet. War bewusstlos. In dem Chaos, das folgte, wurde sie von Dienern der Dämonen entführt." Er richtete seinen Blick auf die kalten Augen der Priesterin. „Aber wir werden sie zurückholen."

Jarods Schwester nickte. „Ich werde zu Elune beten, dass dies geschieht." Sie sah den Captain an. „Ich bin froh, dass deine Verletzungen nicht allzu schlimm sind, kleiner Bruder. Bitte entschuldige mich jetzt. Ich muss den anderen Schwestern helfen. Jetzt, da Marinda tot ist, müssen wir eine neue Anführerin wählen. Sie selbst hatte keine Nachfolgerin bestimmt."

Mit einer Verbeugung, die sich hauptsächlich an Krasus richtete, fügte Maiev hinzu: „Möge der Segen Elunes auf dir ruhen."

Als sie weit genug weg war, grunzte Rhonin und sagte ironisch: „Eine nette und freundliche Schwester hast du da."

„Sie widmet sich hingebungsvoll den traditionellen Lehren der Elune", verteidigte Jarod sie. „Sie war schon immer sehr streng."

„Ihr Hingabe ist kein Fehler", erklärte Krasus, „so lange es sie nicht blind macht für die Pfade, die andere vor ihr beschritten."

Jarod wurde einer weiteren Verteidigung seiner Schwester durch Brox' Ankunft enthoben. Der Ork grinste zufrieden.

„Gute Schlacht! Viele Tote, über die man singen wird. Viele Krieger, die das Blut unserer Feinde vergossen haben."

„Reizend", murmelte Rhonin.

„Tauren sind gute Kämpfer und willkommene Mitstreiter in jeder Schlacht." Der riesige grüne Krieger blieb stehen und stellte seine Axt auf dem Boden ab. „Nicht so gut wie Orks … aber fast."

Krasus blickte in Richtung der Schlacht. „Es ist nur eine kurze Verschnaufpause, mehr nicht, auch wenn wir durch die anderen an Stärke gewonnen haben. So kann das nicht weitergehen. Wir müssen den Spieß endlich umdrehen!"

„Aber das ginge nur mit den Drachen", warf sein ehemaliger Schüler ein. „Und die werden nichts unternehmen, so lange Deathwing die Dämonenseele besitzt." Rhonin vermied es bewusst, den schwarzen Drachen bei seinem alten Namen Neltharion zu nennen.

„Nein, ich befürchte, sie werden sich nicht einmischen. Wir haben ja gesehen, was geschah, als die blauen Drachen es versuchten."

Malfurion furchte die Stirn. Er dachte an Tyrande. Niemand konnte ihr helfen, ehe nicht die Brennende Legion geschlagen war, und dafür benötigte man jeden potenziellen Verbündeten, vor allem die Drachen. Doch die Drachen hatten der Dämonenseele nichts entgegenzusetzen, und das bedeutete ...

„Wir müssen sie dem Schwarzen abnehmen!", erklärte er plötzlich.

Selbst Brox, der sonst freudig in jede Schlacht stürmte, sah ihn mit großen Augen an. Jarod schüttelte ablehnend den Kopf, und Rhonin sah ihn an, als zweifele er an seinem Verstand.

Nur Krasus sah den Nachtelfen nach der ersten überraschten Reaktion nachdenklich an. „Ich befürchte, Malfurion hat Recht. Wir müssen es tun."

„Krasus, das kann nicht dein Ernst sein ..."

Der Drachenmagier ließ den Zauberer nicht ausreden. „Das ist es. Ich hatte es mir selbst schon überlegt."

„Aber wir wissen nicht, wo sich Deathwing aufhält. Er hat sich besser abgeschirmt als die anderen Drachen."

„Das ist wahr. Es gibt einige uralte Zauber, aber ich bezweifele, dass sie uns helfen würden. Trotzdem werde ich sie weben, und wenn sie fehlschlagen, werde ich –"

„Ich glaube, ich kann helfen", unterbrach ihn Malfurion. „Ich glaube, ich kann ihn durch den Smaragdtraum aufspüren. Ich kann mir nicht vorstellen, dass er sich so wie der Palast geschützt hat."

Der junge Druide schien Krasus zu beeindrucken. „Du könntest Recht haben, mein Junge." Er dachte nach. „Aber wenn er tatsächlich diesen Fehler begangen hat, besteht natürlich die Gefahr, dass er dich wahrnimmt. Er hat ja schon einmal versucht, dir durch den Traum zu folgen."

„Ich habe seitdem gelernt, vorsichtiger zu sein. Ich werde es versuchen. Nur so können wir sie ... können wir uns retten."

Der Drachenmagier legte eine Hand auf Malfurions Schulter. „Wir werden alle versuchen, ihr zu helfen."

„Ich fange sofort an."

„Nein, du musst dich zuerst ausruhen. Ihr und dein Schicksal hängen davon ab, dass du dein Bestes geben kannst. Wenn dir nur ein einziger Fehler unterläuft oder du dich von ihm entdecken lässt, ist alles verloren."

Malfurion nickte enttäuscht, aber in seinem Blick flackerte neue Hoffnung. Neltharion hatte sich zwar gut vorbereitet, aber der Drache war besessen und nur auf sein Ziel konzentriert. Das konnte ihm unter Umständen zum Nachteil werden.

„Ich werde tun, was du sagst“, erklärte der Druide. „Aber es gibt noch etwas, das ich vorher erledigen muss. Ich will mit jemandem sprechen, der unsere Chancen erhöhen könnte.“

Krasus nickte verstehend. „Du redest von Cenarius. Du willst mit dem Herrn des Waldes sprechen?“

# VIER

Man hatte Tyrande noch nichts zu essen gegeben, trotzdem war sie nicht hungrig. Elune erfüllte sie immer noch mit der goldenen Liebe der Mondgöttin. Das war Nahrung genug. Die Frage war jedoch, wie lange das reichen würde. Die bösartigen Kräfte, die von den Dämonen und Hochgeborenen beschworen wurden, gewannen mit jeder Minute an Stärke. Hinzu kam, dass die Priesterin eine zweite, dunklere Präsenz wahrnahm. Sie war nicht Teil der Brennenden Legion, hielt sich aber in ihrer Nähe auf.

Vielleicht waren solche Gedanken nur Anzeichen eines beginnenden Irrsinns. Trotzdem fragte sich Tyrande, ob die Dämonen möglicherweise ebenso benutzt wurden, wie sie die Königin benutzten.

Jemand machte sich an der Zellentür zu schaffen. Tyrande zog die Augenbrauen zusammen. Sie hatte keine Schritte gehört. Die Person im Gang musste sich lautlos bewegt haben. Erst jetzt fiel ihr auf, dass auch die Wachen in den letzten Minuten auffallend still gewesen waren.

Die Tür öffnete sich. Tyrande fragte sich, wer wohl zu ihr geschlichen kam.

Illidan?

Aber es war nicht Malfurions Bruder, der ins Innere schlüpfte, sondern die Adlige, die als Azharas oberste Zofe fungierte. Die Nachtelfe betrachtete die Gefangene abschätzig, dann schloss sie lautlos die Tür hinter sich. Durch den Spalt sah Tyrande, dass draußen keine Wachen standen. Waren sie nur außer Sichtweite oder ganz verschwunden?

Die Zofe sah sie an und lächelte. Vielleicht wollte sie Tyrande beruhigen, doch das gelang ihr nicht.

„Ich bin Lady Vashj“, sagte die Besucherin. „Du bist eine Priesterin der Elune.“

„Ich bin Tyrande Whisperwind.“

Vashj nickte geistesabwesend. „Ich bin hier, um dir bei der Flucht zu helfen.“

Tyrande dankte Mutter Mond. Sie hatte Vashj falsch eingeschätzt. Sie war wohl doch keine eifersüchtige Anhängerin der Königin.

Vashj trat so nah wie möglich an sie heran. „Ich habe diesen Talisman gestohlen. Damit kann man die dämonische Aura, die dich festhält, zerstören. Außerdem vermagst du damit der Aufmerksamkeit der Dämonen zu entgehen, so wie ich es getan habe."

„Ich … bin dankbar. Aber wieso gehst du dieses Risiko ein?"

„Du bist eine Priesterin der Elune", antwortete die Nachtelfe. „Wie könnte ich anders handeln?"

Vashj zog den Talisman hervor. Er bestand aus einem schwarzen Kreis, in den winzig kleine, groteske Schädel eingearbeitet waren. Aus der Mitte ragte eine zwanzig Zentimeter lange juwelenbesetzte Spitze.

Tyrande spürte die Magie und Bosheit des Gegenstands.

„Sei wachsam", befahl die Zofe. „Gehorche all meinen Anweisungen, sonst wirst du eine Gefangene der Dämonen bleiben."

Sie berührte die grüne Aura mit der Spitze des Talismans. Die Juwelen leuchteten auf. Die kleinen Schädel öffneten ihre Kiefer und zischten.

Die Sphäre wurde in die winzigen Münder gesogen.

Tyrande spürte, wie sich der Zauber, der sie festhielt, auflöste. Sie musste sich noch in der Luft drehen, sonst wäre sie mit dem Gesicht auf die Steine gestürzt. Zusammengekauert landete die Priesterin auf dem Boden. Zu ihrer Überraschung spürte sie trotz der harten Landung keine Schmerzen. Elunes Berührung schützte sie noch immer.

Vashj sah sie frustriert an. Ohne die bindende Aura war das Mondlicht, das Tyrandes Körper umgab, deutlich zu sehen. Die Zofe schüttelte den Kopf.

„Du musst das ändern. Es wird dich verraten, sobald wir die Zelle verlassen."

Tyrande schloss die Augen und dankte ihrer Göttin für die Hilfe, bat sie aber, diesen Schutz von ihr zu nehmen. Im ersten Moment schien Elune sie jedoch nicht zu erhören, denn der Schutzzauber blieb bestehen.

„Beeil dich", drängte Lady Vashj.

Tyrande hielt die Augen weiterhin geschlossen. Mutter Mond verstand doch sicherlich, dass das Geschenk, das sie ihrer Dienerin gemacht hatte, diese jetzt gefährdete.

Schließlich löste sich das Mondlicht langsam auf …

… und ein Gefühl akuter Bedrohung hüllte Tyrande ein.

Sie öffnete die Augen und sah, wie Vashj mit dem Talisman auf ihre Kehle zielte, als wäre es ein Dolch. Die Spitze hätte eine tödliche Wunde gerissen, wäre nicht Tyrandes Kampfausbildung, die alle Priesterinnen genossen, gewesen. Sie hob eine Hand und schlug den Talisman zur Seite. Sie fühlte, wie etwas in ihre Haut stach, aber Vashj gelang es nicht, ihr Blut zu vergießen.

Mit ihrer freien Hand versuchte Azsharas Dienerin – deren Gesichtsausdruck so monströs geworden war wie der der Schädel – Tyrande die Augen auszukratzen. Die Priesterin hob ihr Knie und traf Vashj in den Unterleib. Aufstöhnend brach die Nachtelfe zusammen. Der Talisman entglitt ihren Fingern.

Tyrande setzte nach, aber Vashj war ebenfalls schnell. Sie warf sich zur Seite und griff nach dem Talisman. Tyrande versuchte sie zurückzureißen, aber die verräterische Zofe hatte das Objekt ihrer Begierde bereits erreicht.

Sie stieß kehlige, unverständliche Worte hervor und riss den Talisman empor.

Im gleichen Moment hüllte die dämonische Aura Tyrande wieder ein, doch sie spürte, wie Elunes Schutz zurückkehrte.

Bei der Flucht aus der Blase half ihr das natürlich nicht.

Lady Vashj erhob sich und sah ihre Widersacherin verbittert an. „Es wäre besser für dich gewesen, wenn du gestorben wärst. Du wirst niemals ihre Vertraute werden. Das bin ich – und ich werde es auch immer sein!"

„Ich will nicht die Vertraute der Königin werden."

Doch das schien Vashj nicht zu verstehen. Sie blickte auf den Talisman und fauchte: „Ich dachte, das würde funktionieren, aber ich muss mir etwas anderes überlegen. Vielleicht einige geflüsterte Worte ins Ohr des Lichtes der Lichter, Worte darüber, dass man dir nicht vertrauen kann. Ja, das könnte funktionieren …"

Tyrande versuchte nicht mehr, die Zofe davon zu überzeugen, dass sie keine Dienerin Azsharas werden wollte. Vashj war offensichtlich nicht ganz bei Verstand und würde auf Vernunftsargumente nicht reagieren.

Vashj blickte hektisch zur Tür, als sie draußen Geräusche hörte. „Die Wachen! Sie werden gleich zurück sein. Ich habe sie abgelenkt." Sie sah wieder zu ihrer Gefangenen und richtete den Talisman auf sie. „Alles muss so sein wie vorher."

Erneut hoben sich Tyrandes Arme über ihren Kopf. Unsichtbare Fesseln legten sich um ihre Handgelenke und pressten ihre Beine zusammen.

„Ich wünschte, ich wüsste mehr über diesen Gegenstand", stieß Vashj hervor. „Dann könnte ich dich bestimmt damit töten, aber ohne den richtigen Befehl …"

Die Geräusche kamen näher. Azsharas Dienerin verbarg den Talisman in ihren Gewändern und ging zur Tür. Dann warf sie einen letzten Blick zurück.

„Nie wirst du zu ihr gehören", zischte sie. Dann verschwand sie im Gang.

Die Wachen kehrten nur Momente später zurück. Einer trat an das vergitterte Loch in der Tür und musterte Tyrande weitaus länger, als nötig gewesen wäre. Sein Gesichtsausdruck wirkte verstört, als habe er sie nicht dort erwartet. Vashj hatte ihren Plan wohl nicht allein ausgeführt.

Tyrande bedauerte die vergebene Chance. Sie hätte wissen müssen, dass man Vashj nicht trauen durfte. Elune hatte sie gelehrt, immer nach dem Guten in anderen zu suchen, aber wenn Tyrande vorsichtiger gewesen wäre, hätte sie die Zofe vielleicht zu überrumpeln vermocht. Dann wäre sie wenigstens keine Gefangene mehr gewesen, sondern hätte versuchen können, sich aus dem Palast zu schleichen.

„Mutter Mond, was soll ich tun?“ Sie wusste, dass sich die Göttin nur in sehr begrenztem Maße einmischen konnte. Es war ein Wunder, dass Elune sie überhaupt beschützte.

Tyrande dachte an Malfurion. Der Gedanke an ihn tröstete sie, jagte ihr aber zugleich auch Angst ein. Er würde alles versuchen, um sie zu retten. Über die Gefahr, in die er sich selbst brachte, würde er nicht nachdenken. Sie wusste, dass Malfurion sich notfalls opfern würde, um ihr die Freiheit zu ermöglichen.

Tyrande Whisperwind erkannte mit wachsender Verzweiflung, dass sie nichts dagegen unternehmen konnte.

Malfurion suchte lange nach einem friedlichen Ort, um mit Cenarius zu sprechen, fand aber nur ein kleines Waldstück. Mit übereinander geschlagenen Beinen setzte sich der Druide auf den Boden und betrachtete die bemitleidenswerten Pflanzen ringsum. Die Brennende Legion hatte diesen Ort zwar noch nicht erreicht, aber ihr Gestank dehnte sich schon so weit aus, dass er auch hier das Leben vergiftete. Die Bäume spürten bereits das Unheil, das sich auf sie zu bewegte und bereiteten sich langsam darauf vor. Die meisten Tiere waren schon geflohen. Jetzt regierte die Stille.

Malfurion versuchte all das zu ignorieren und konzentrierte sich mit geschlossenen Augen auf den Halbgott. Er streckte seinen Geist nach Cenarius aus, rief ihn und stellte sich die Gottheit in seinem Geist vor.

Zu seiner Überraschung antwortete der Halbgott sofort. Ein Bild des Waldgotts erschien. Er war gewaltig, viel größer als Nachtelfen, Tauren, Furbolgs oder Dämonen. Auf den ersten Blick sah er Malfurion ein wenig ähnlich, denn sein Gesicht und sein Oberkörper erinnerten an einen Nachtelf, auch wenn er sehniger und gebräunter war. Doch damit endete die Übereinstimmung auch schon. Von der Hüfte abwärts hatte er den Körper eines mächtigen Hirsches. Vier kräftige Beine stützten seinen mehr als drei Meter hohen Leib. Sie verliehen ihm die Schnelligkeit des Windes und eine Wendigkeit, die jedes Tier übertraf.

Cenarius hatte goldfarbene Augen. Moosgrünes Haar fiel bis auf seine Schultern. Darin und in seinem Vollbart wuchsen Zweige und Blätter. Auf seinem Kopf – genau dort, wo auch Malfurions Wülste entstanden waren – trug der Herr des Waldes ein gewaltiges Geweih.

*Ich weiß, weshalb du mich gerufen hast*, sagte der Halbgott.

*Kann ich irgendetwas gegen die Magie des schwarzen Drachen unternehmen?*

*Er ist listig, trotz seines Wahnsinns*, antwortete Cenarius, ohne den Mund zu bewegen. Er war nur eine Vision, die dem Druiden die Konzentration erleichtern sollte, mehr nicht. Der wahre Herr des Waldes war meilenweit entfernt. *Doch es gibt einige Dinge, die ich über Drachen weiß. Das vermutet er wahrscheinlich nicht.*

Malfurion fragte Cenarius nicht, woher sein Wissen stammte. Er hatte gehört, dass der Halbgott wahrscheinlich ein Kind des grünen Drachens Ysera war, der Herrin der Träume. Ihr Clan bewohnte hauptsächlich den Smaragdtraum.

Es hätte den Nachtelf nicht überrascht, wenn Ysera ihrem Sohn einige streng gehütete Geheimnisse anvertraut hätte.

*Es gibt unterschiedliche Wege im Smaragdgrünen Traum, Malfurion, viele, viele Ebenen. Die Herrin der Träume entdeckte sie durch ihre Erfahrung. Der Erdwächter weiß wahrscheinlich nichts davon. Wenn du seine Verteidigung umgehen und seiner Aufmerksamkeit entgehen willst, solltest du einen dieser Pfade benutzen.*

Das war eine unerwartete Wendung. Malfurion spürte neue Hoffnung. Wenn ihm das gelang, konnte er vielleicht auf diese Weise in den Palast eindringen.

Doch er musste sich zuerst auf seine aktuelle Aufgabe konzentrieren. Sein Herz sehnte sich zwar danach, Tyrande zu retten, aber das Schicksal seines Volkes – und der Tauren, Irdenen und der anderen – war weitaus wichtiger. Auch sie hätte das so empfunden und gesagt.

Doch das minderte seine Schuldgefühle nicht.

*Kann ich rasch lernen, wie das funktioniert?*, fragte er den Halbgott.

*Ja, natürlich, es ist nur eine Frage der Perspektive … sieh mal …*

Er machte eine Geste und rund um die beiden entstand eine idyllische Landschaft. Sie war ohne Makel. Malfurion erkannte Hügel und Täler, die in der Welt der Sterblichen von der Brennenden Legion verwüstet worden war. Im Smaragdtraum war die Welt noch so wie zu Beginn der Schöpfung.

Der Druide sah sich um, aber er bemerkte nur Dinge, die ihm bereits vertraut waren.

*Du siehst nur den Höhepunkt, aber selbst Perfektion kennt Unterschiede, enthält Verborgenes. Sieh …*

Cenarius beugte sich nach unten. Seine riesige Hand berührte die jungfräuliche Welt. Der Herr der Waldes griff nach dem Boden … und drehte die gesamte Welt einfach um.

Sie verschwand, als er sie losließ. An ihrer Stelle erschien ein primitives Kalimdor, beinahe so wie zuvor, doch mit leichten, erkennbaren Veränderungen. Die Hügel waren an einigen Stellen nicht ganz so hoch, und ein Fluss, den Malfurion kannte, floss nicht durch die gleiche Gegend wie früher. Eine kleine Bergkette erhob sich dort, wo sich früher eine Ebene befunden hatte.

*Vor der Schöpfung gab es das Stadium des Wachstums und des Ausprobierens, so wie hier.*

Einerseits war dies der Smaragdtraum, andererseits aber auch wieder nicht. Der Druide erkannte sofort, dass dies ein eingeschränkter Ort war, ein Kalimdor, durch das er nicht zu jedem Ort in der sterblichen Welt reisen konnte.

Und doch glaubte Cenarius, dieser Traum könne ihm gegen den schwarzen Drachen helfen.

Der Waldgott zeigte in die Ferne. *Durchquere den Traum so wie den anderen, Malfurion, aber bleibe den Rändern fern. Dies ist ein unvollendeter Ort, und wer aus ihm heraus fällt, landet im Nichts. Ich spreche aus schrecklicher Erfahrung.*

Cenarius verriet nicht mehr, aber die Bedeutung seiner Worte war klar genug. Wenn Malfurion vom Weg abkommen sollte, würde keine Rettung möglich sein.

Trotz dieses erschütternden Wissens war der Druide entschlossen, es zu wagen. *Wie kann ich zurückkehren?*

*So wie immer. Suche den Weg zurück zu deinem Körper. Du wirst den richtigen Pfad erkennen.*

Es war alles so einfach – wenn man über Malfurions Ausbildung verfügte. Cenarius' Abbild begann zu verblassen, aber der Druide hielt ihn auf.

*Die anderen*, sagte er und bezog sich dabei auf die restlichen Halbgötter. *Konntest du sie überzeugen?*

*Aviana hat mich unterstützt. Die Würfel sind gefallen. Wir müssen nur noch über den richtigen Weg entscheiden.*

Malfurion gelang es nur schwer, seine Enttäuschung zu verbergen. Er hatte die Halbgötter ersucht, auf Seiten der Nachtelfen in den schrecklichen Krieg einzugreifen. Cenarius schien es zwar gelungen zu sein, die anderen davon zu überzeugen, aber jetzt mussten sie erst einmal über die Angelegenheit diskutieren. Bei solchen Wesen konnte sich eine Diskussion jedoch über eine lange Zeit erstrecken. Bis dahin war Kalimdor vielleicht schon längst vernichtet.

*Sorge dich nicht, Malfurion*, sagte der Herr des Waldes mit wissendem Lächeln. *Ich werde dafür sorgen, dass sie sich beeilen.*

Der Druide hatte seine innersten Gedanken enthüllt, ein Anfängerfehler. *Vergebt mir, ich wollte nicht respektlos erscheinen. Ich –*

Cenarius löste sich bereits auf, schüttelte aber noch einmal den Kopf. Er zeigte mit einem Finger aus verkrümmtem Holz auf den Druiden. *Es ist keine Respektlosigkeit, wenn man die zur Eile mahnt, die ihre Pflichten vernachlässigen.*

Mit diesen Worten verschwand der Hirschgott.

Der Druide hatte eigentlich sofort zu seinem Körper zurückkehren wollen, um den anderen von seiner Begegnung zu erzählen. Aber die unvollendete Landschaft lag einladend vor ihm. Malfurion fragte sich, ob es ihm nicht schwerfallen würde, die urzeitliche Landschaft Kalimdors wiederzufinden, wenn er sie jetzt verließ, um in die Welt der Sterblichen zurückzukehren.

Er konnte sich nicht mehr länger zurückhalten und sprang. Das diesige grünliche Licht durchdrang die gesamte Landschaft, genau wie auf dem Pfad, den er normalerweise beschritt. Offen gesagt bemerkte Malfurion, abgesehen von einigen landschaftlichen Abweichungen, keine Veränderungen zwischen den beiden Ebenen.

Malfurion flog über Hügel, Täler und Ebenen. Krasus hatte ihm die Richtung verraten, in der er die Drachen wahrscheinlich finden würde. Sicherlich würde der Erdwächter sich nicht in unmittelbarer Nähe der anderen verbergen, aber Krasus hatte ihm versichert, dass das uralte Volk Angewohnheiten nur schwer ablegte. Wenn der Druide seine Jagd in der Nähe der Drachenwohnstätten begann, würde er früher oder später wahrscheinlich fündig werden.

Unter ihm wurde das Land bergiger, doch die Gipfel waren nicht so perfekt geformt wie bei seinen anderen Reisen im Smaragdtraum. Aber auch nicht so verwittert wie in der Welt der Sterblichen. Stattdessen waren sie, wie Cenarius angedeutet hatte, *unfertig*. Bei einem fehlte sogar die Nordseite; der Boden und der Fels wirkten, als seien sie von einem gewaltigen Messer abgetrennt worden. Malfurion sah Erzschichten und Höhlen im Inneren. Ein anderer Gipfel wies eine seltsame Krone auf, die wirkte, als habe jemand angefangen, sie aus Ton zu formen, dann aber das Interesse verloren.

Der Druide nahm den Blick von diesen faszinierenden Einzelheiten und konzentrierte sich auf die gesamte Gegend. Er hatte das Land der Drachen erreicht. Jetzt musste er nur noch Neltharions Spur finden.

Malfurion setzte dieselben Kräfte ein wie auf der anderen Ebene, um nach dem Drachen zu suchen. Er entdeckte andere Spuren, die er als Yseras und möglicherweise Alexstraszas identifizierte. Es gab schwächere Fährten, die Malfurion von den weniger großen Drachen verursacht glaubte und die ihn daher nicht interessierten.

Der Druide bewegte sich langsam und suchte alle Richtungen ab. Nach jedem Fehlschlag fragte er sich, ob Neltharion vielleicht doch nicht so naiv gewesen war, wie Cenarius es vermutet hatte. In diesem Fall würde Malfurion auch nach einer Ewigkeit keine Spur von ihm finden.

Er hielt abrupt an. Eine Fährte, die er im ersten Moment einem niederen Drachen zugeordnet hatte, erregte plötzlich seine Aufmerksamkeit. Sie kam ihm vertraut vor, was eigentlich unmöglich war. Malfurion konzentrierte sich darauf …

Die schützende Fassade brach beinahe augenblicklich in sich zusammen. Neltharions Spur leuchtete dem Druiden entgegen. Die Zauber, die den Erdwächter in der sterblichen Welt und im Smaragdtraum vor allen verborgen hätten, waren hier lächerlich schwach. Malfurion achtete sorgfältig darauf, sich nicht zu sicher zu fühlen. Den schwarzen Drachen zu finden, war eine Sache, sich seiner Aufmerksamkeit auf allen Ebenen zu entziehen, eine ganz andere. Der wahnsinnige Neltharion litt unter extremem Verfolgungswahn, der sogar seine höheren Sinne durchsetzte. Der Druide durfte sich keinen auch noch so winzigen Fehler erlauben.

Malfurion folgte der Spur mit der allergrößten Vorsicht. Sie führte ihn in eine Gegend, in der die Landschaft vager und verschwommener wurde. Der Druide dachte an Cenarius' Warnung und wurde langsamer.

Der schwarze Drache war nahe. Malfurion spürte ihn dort, wo die Berge verschwammen. Er fühlte aber auch etwas anderes, einen schwachen Gestank, der die Gegend erfüllte und weitaus älter als alles andere zu sein schien. Er erinnerte den Druiden an das, was er im Inneren der Dämonenseele empfunden hatte Doch darin hatte er den Gestank dank der anderen Eindrücke kaum wahrgenommen.

Was war das nur?

Malfurion schob den Gedanken beiseite. Er hatte keine Zeit, sich darum zu kümmern. Die Landschaft erbebte – und plötzlich betrat seine Traumgestalt die Welt der Sterblichen.

Die gewaltige Höhle, in der er stand, schien aus einem Alptraum entsprungen zu sein. Giftig aussehende Wolken aus grün-grauem Gas hingen über den Lavagruben im Felsboden. Die Lava blubberte und zischte. Ab und zu kochte sie über und schwappte gegen den geschwärzten Stein. Die vulkanische Aktivität sorgte für ein rötliches Licht, das lange tanzende Schatten über die Wände warf. Die Höhle war das passende Versteck für jemanden, der so viele mitleidlos ermordet hatte.

Malfurion bemerkte neben dem Blubbern und Zischen noch ein anderes Geräusch im Hintergrund. Je stärker er sich darauf konzentrierte, desto deutlicher hörte der Druide Hammerschläge und andere Arbeitsgeräusche. Hohe nörgelnde Stimmen mischten sich dazwischen.

Malfurion wurde neugierig. In seiner Traumgestalt flog er durch den meterdicken Fels. Die Geräusche hallten durch den Berg. Sie wurden immer lauter, schienen zu einer gewaltigen Schmiede im Berginneren zu gehören.

Die Felsen verschwanden und offenbarten Malfurion eine Höhle, gegen die die Lavagruben fast anheimelnd wirkten.

Goblins. Die kleinen Gestalten liefen überall umher. Einige arbeiteten an großen Becken und Öfen. Sie schütteten dampfendes flüssiges Metall in gewaltige rechteckige Formen. Andere schlugen mit Hämmern auf heiße Platten ein, die wie Teile der Rüstung eines Riesen wirkten. Weitere Goblins glätteten Metall. Während der Arbeit redeten sie aufgeregt miteinander. Egal, wohin Malfurion auch blickte, überall arbeiteten Goblins an den unterschiedlichsten Projekten. Ein paar hasteten in schmutzigen Lederschürzen durch die Höhle und koordinierten die Arbeiten. Gelegentlich trieben sie einen besonders faulen Goblins durch einen Schlag auf dessen grünen, mit spitzen Ohren versehenen Kopf an.

Malfurion war klar, dass diese Goblins nichts Gutes im Schilde führten. Neugierig schwebte er näher, konnte aber trotzdem nicht erkennen, was die kleinen Wesen hier trieben.

„Meklo!“, donnerte plötzlich eine Stimme durch die Höhle. „Komm her!“

Der Druide erstarrte. Für einen Moment überkam ihn Panik. Er kannte diese Stimme wie jeder, der den ersten Angriff der Dämonenseele überlebt hatte.

Nur einen Augenblick später trat der schwarze Drache aus einem Gang.

Malfurion versteckte sich rasch hinter einem Ofen. Er hätte zwar eigentlich auch für Neltharion unsichtbar sein sollen, aber frühere Begegnungen hatten gezeigt, dass die wahnsinnige Bestie ihn manchmal doch wahrnehmen konnte. Durch den Pfad, den Cenarius dem Druiden gezeigt hatte, war Malfurion zwar an den Verteidigungszaubern Neltharions vorbei gekommen. Doch um das Artefakt zu finden, musste er unglücklicherweise in der Nähe der sterblichen Welt weilen.

Die Goblins arbeiteten nach kurzem Zögern weiter, redeten jetzt jedoch kaum noch miteinander. Neltharion sah sich um, suchte offenbar diesen „Meklo“, nach dem er gebrüllt hatte.

Der Drache sah hier noch furchtbarer aus als während des Kampfes. Sein Körper hatte sich verformt und aufgebläht, und in seinen Augen lag mehr Wahnsinn als je zuvor. Die Risse in seinem Fleisch waren noch größer geworden. Feuer und Lava drangen aus den riesigen Wunden. Neltharions Körper schien auseinander gerissen zu werden.

Doch die furchtbare Verwandlung des schwarzen Drachens geriet zur Nebensache, als Malfurion sah, was der Riese in einer seiner Klauen hielt.

Die Dämonenseele!

Malfurion wäre am liebsten zu dem Drachen geflogen und hätte ihm die goldene Scheibe entrissen – aber das wäre ebenso unmöglich wie selbstmörderisch gewesen. Momentan konnte er nur beobachten und abwarten.

„Meklo!“, brüllte Neltharion. Sein Schwanz schlug heftig auf den Felsboden. Einige Goblins sprangen erschrocken zur Seite.

Nur einen schien das nicht zu beeindrucken, einen älteren, spindeldürren Goblin mit grauem Haar und einem abwesenden Gesichtsausdruck. Er ging an Malfurions Versteck vorbei. Der Druide hörte ihn irgendwelche Maße und Berechnungen murmeln. Der Goblin wäre beinahe mit Neltharions gesenktem Haupt zusammengestoßen, sah dann aber doch zu seinem Herrn auf.

„Was ist denn, Mylord Neltharion?“

„Meklo! Mein Körper schreit! Er kann meinen Glanz nicht mehr länger allein zurückhalten. Wann wirst du fertig sein?“

„Ich muss jeden Aspekt Eurer Bedürfnisse berechnen, kalibrieren und konstruieren. Dabei muss man sehr vorsichtig sein, sonst werden wir noch mehr Unglück über Euch bringen.“

Die Schnauze des Drachen stieß Meklo so heftig an, dass der Gnom beinahe umgefallen wäre. „Ich will, dass du damit fertig bist! Und zwar jetzt!“

„Wenn es denn sein muss.“ Meklo verließ Neltharions Beißreichweite. „Ich sehe mir die neueste Platte an und –“ Der Goblin starrte die Klaue des Drachen an. „Aber Mylord! Ich hatte Euch doch gewarnt, dass die Scheibe Euren Zustand verschlechtert, wenn Ihr sie festhaltet. Ihr müsst sie irgendwohin bringen, bis wir Euch geholfen haben."

„Niemals! Ich werde sie niemals zurücklassen!"

Meklo ließ sich nicht einschüchtern. „Mylord, wenn Ihr sie nicht beiseite legt, werdet Ihr verbrennen. Dann kann sich jeder die Scheibe aus eurer Asche graben."

Seine Worte fanden endlich Gehör. Neltharion knurrte, dann nickte er zögerlich „Also gut … aber ich hoffe für dich, dass die Platten fertig sind, sonst gönne ich mir einen kleinen Imbiss."

Meklos Kopf wackelte hin und her. „Natürlich, Mylord", stieß er hastig hervor, dann riskierte er einen weiteren Wutanfall. „Vergesst nicht, dass die Scheibe in der sterblichen Welt bleiben muss. Ihr Einsatz hat unsere Zauber stärker beeinträchtigt, als wir es gedacht hätten. Die neuen Zauber werden noch einige Tage brauchen, bis sie sich mit der körperlichen Hülle verbunden haben und wir sicher sein können, dass so etwas nicht noch einmal passiert."

„Ich verstehe … ich verstehe." Der schwarze Drache zischte wütend, dann ging er zurück in den Gang.

Malfurion spannte sich an. Der Leviathan wollte die Dämonenseele irgendwo verstecken. Das war die Gelegenheit, auf die der Druide gewartet hatte.

Malfurion beachtete die Goblins nicht, während er dem Erdwächter langsam folgte. Dessen gewaltiger Körper füllte den Stollen so vollständig aus, dass der Druide nicht erkennen konnte, was vor ihm lag. Um mehr zu sehen, hätte er durch den Drachen hindurch fliegen müssen, doch dieses Risiko war viel zu groß. Er musste sich in Geduld üben.

Im langen Labyrinth der Gänge wurde diese Geduld jedoch auf eine harte Probe gestellt. Der Geruch nach etwas uraltem Bösen wurde stärker, je länger sie in den Berg hinein gingen. Neltharion bewegte sich in Regionen, vor denen andere zurückgeschreckt würden. Nur einmal begegnete der Erdwächter einem Drachen aus seinem Clan, der allerdings wesentlich kleiner war und sich ängstlich vor seinem Herrn verneigte. Abgesehen von dieser Begegnung sah Malfurion keine Lebensform, nicht einmal einen Wurm. Der Erdwächter ging kein Risiko ein. Er war von der Dämonenseele so besessen, dass er selbst seinem eigenen Clan nicht mehr vertraute. Wenn man die Macht bedachte, die sie ihrem Träger verlieh, war das nicht überraschend.

Malfurion schwebte näher heran, bis er über dem Schwanz des Drachen hing. Er wünschte, der Leviathan hätte sich beeilt.

Der Riese stoppte plötzlich und sah über seine Schulter. Malfurion flog instinktiv in die nächstbeste Wand und verbarg sich im Fels. Er wartete einige Sekunden, dann streckte er vorsichtig den Kopf heraus.

Neltharion setzte seinen Weg bereits wieder fort. Der Druide verfluchte seine Überreaktion und folgte ihm.

Er hatte den Erdwächter gerade erreicht, als der in eine schmale Höhle abbog. Neltharion passte nur knapp hinein. Seine Schultern kratzten über die Wände.

„Hier …“, murmelte er. Offenbar sprach er mit seiner Schöpfung. „Hier wirst du sicher sein.“

Das Gefühl einer Bedrohung nahm stetig zu, aber Malfurion widersetzte sich seinem Fluchtinstinkt. Er musste herausfinden, wo und wie der Drache die Dämonenseele versteckte.

Vorsichtig griff Neltharion nach einem kleinen vorstehenden Sims und zog daran. Im nächsten Moment blitzte es auf – und hinter dem Stein, den er herausgenommen hatte, gähnte ein gewaltiges Loch. Ein Wesen, das so groß wie der Drache sein musste, hatte sich hier einst in den Fels gegraben.

Neltharion betrachtete die Dämonenseele, dann legte er sie zögernd, fast zärtlich in das Loch. Danach schob er den Fels wieder davor.

Es blitzte ein zweites Mal, und das Loch war verschwunden. Malfurion hätte es nicht einmal bemerkt, wenn er unmittelbar vor dem magischen Fels geschwebt hätte, so perfekt war die Tarnung.

Noch bemerkenswerter war jedoch, dass Malfurion die Scheibe und ihre dunklen Energien auch nicht mehr spürte. Der Drache konnte die Scheibe zwar nicht außerhalb der sterblichen Welt verbergen, aber sein Versteck war fast ebenso perfekt.

Neltharion zögerte. Sein Blick richtete sich auf den Fels, hinter dem die Dämonenseele ruhte. Er hob eine Klaue und schien die Tarnung berühren zu wollen.

Frustriert zischend wandte er sich dann aber um, ließ den Arm sinken und stampfte aus der Höhle.

Der Druide verbarg sich im Stein, bis er sicher war, dass Neltharion weit genug weg war. Sekunden vergingen so langsam wie Stunden. Schließlich entschied der Nachtelf, dass es jetzt sicher war und schob den Kopf aus dem Stein. Die Höhle war leer. Malfurion schwebte auf das Versteck der Dämonenseele zu.

Sogar unmittelbar vor der Abdeckung spürte er nichts. Obwohl er diesen verfluchten Ort am liebsten sofort verlassen hätte, beschloss Malfurion, einen Blick auf die Scheibe zu werfen. Er wollte sichergehen, dass er alles über das Versteck wusste. Krasus würde ihm einige Fragen stellen.

Er beugte sich vor. Seine Traumgestalt glitt in Neltharions getarntes Versteck.

Ein furchtbarer Schrei hallte durch die Höhle.

Malfurion vergaß jeden Gedanken an die Dämonenseele. Er warf sich tief in die Wände hinein und flog einige Meter, bevor er es wagte, innezuhalten.

Er fühlte eine gewaltige, eine intensive Macht. Sie durchsuchte die Umgebung nach etwas, das nicht dorthin gehörte. Malfurion spürte, dass sie vom schwarzen Drachen ausging.

Naltharion musste gemerkt haben, dass etwas nicht stimmte. Allerdings war seine Suche unkoordiniert und breit gefächert, so als wisse er nicht, wonach er Ausschau hielt. Der Druide blieb erstarrt stehen, unschlüssig, ob er fliehen oder besser im Fels bleiben sollte.

Die magische Suche kam näher, verfehlte den Nachtelf jedoch. Malfurion entspannte sich, doch da tastete der Drache auch schon nach ihm.

Der Druide zog sich augenblicklich weiter zurück. Neltharion griff ins Leere Der Drache hatte ihn erneut verfehlt.

Doch der Nachelf wollte kein weiteres Risiko eingehen. Er wusste nun, wo sich die Scheibe befand. Der Erdwächter war zwar misstrauisch, ahnte aber wahrscheinlich nicht, dass ihm jemand gefolgt war.

Malfurion zog sich aus der Höhle und den Bergen zurück. Er suchte nach der unvollendeten Welt im Smaragdtraum. Erst als er sie betreten hatte, fühlte er sich einigermaßen sicher.

Dieses Gefühl verschwand jedoch, als er die übermächtige Präsenz Neltharions spürte.

Der Drache kannte die Ebenen des Traumreichs.

Der Nachtelf konzentrierte sich verzweifelt und zwang sich, an seinen sterblichen Körper zu denken. Er stellte sich vor, wie er in ihn zurückkehrte, während der Erdwächter bereits nach ihm griff …

Er glaubte schon, in die Klauen des wahnsinnigen Drachen geraten zu sein, als er endlich erwachte.

„Er zittert“, stieß Rhonin zur Linken des Nachtelfs hervor. „Und er ist schweißnass.“

„Malfurion!“ Krasus’ Gesicht tauchte vor dem Druiden auf. „Was fehlt dir? Rede.“

„Ich … mir geht es gut.“ Er machte eine Pause, um zu Atem zu kommen. „Neltharion … er hätte mich beinahe bemerkt, aber ich konnte ihm entkommen.“

„Du hast bereits nach ihm gesucht? Das solltest du nicht!“

„Die Gelegenheit … ergab sich …“

„Jetzt ist er gewarnt“, murmelte Rhonin.

„Vielleicht auch nicht“, antwortete der ehemalige Lehrer des Zauberers. „Wahrscheinlich wird er die Störung den vielen Schatten zuschreiben, die er um sich herum sieht.“ An Malfurion gewandt fragte der Magier: „Hast du die Dämonenseele gefunden?“

„Ja, ich weiß, wo … sie ist“, erklärte der Druide mühsam. Er sah Neltharion noch vor sich. Das verzerrte Drachengesicht jagte ihm einen Schauer über den Rücken. „Aber ich glaube nicht, dass wir sie ihm abnehmen können.“

„Aber das müssen wir“, sagte Krasus ruhig. „Das müssen wir … ganz gleich, welchen Preis wir dafür zahlen.“

# FÜNF

Sanfte Hände berührten und wuschen sein verbranntes Fleisch. Um ihn her roch es nach Lilien und anderen Blumen. Illidan regte sich. Er stieg aus dem Koma auf, in das er sich selbst versetzt hatte, um seinen Qualen zu entkommen. Der Schmerz war nicht mehr so stark wie am Anfang, aber Malfurions Bruder bezweifelte, dass er je ganz vergehen würde.

Als sein Bewusstsein zurückkehrte, begann seine Welt plötzlich in wilden Farben aufzuleuchten. Der Zauberer stöhnte auf und versuchte seine fehlenden Augen zu bedecken. Doch über den leeren Höhlen gab es noch nicht einmal mehr Lider. Die pulsierenden Energien und ständig wechselnden Farben drohten, ihn in den Wahnsinn zu treiben.

Das also war Sargeras' Geschenk: eine dämonische, magische Ansicht der Welt.

Illidan Stormrage erinnerte sich an die Worte Rhonins, des menschlichen Magiers. *Konzentriere dich*, hatte der mächtige Zauberer immer wieder betont. *Konzentriere dich, und alles wird Sinn ergeben. Das ist der Schlüssel …*

Illidan wehrte sich gegen den Schock, der auf ihm lastete und versuchte dem Rat seines Mentors zu folgen. Anfangs erschien es ihm unmöglich, denn das Chaos war so groß, dass ein Sterblicher es nicht zu kontrollieren vermochte.

Doch mit der gleichen Beharrlichkeit, die ihm schon den rasanten Aufstieg innerhalb der Mondgarde beschert hatte, erzwang Illidan Ordnung. Die Farben flossen zusammen, die Energien pulsierten rhythmisch und zielgerichtet. Schemen begannen sich aus den natürlichen Kräften zu bilden, die alle Dinge, ob lebendig oder nicht, durchflossen.

Er bemerkte jetzt, dass er auf einem Diwan lag, dessen Stoff so glatt und fein war, dass er auf ihn beinahe sinnlich wirkte. Neben ihm standen zwei Frauen, auch das erkannte Illidan erst jetzt. Er musste sich konzentrieren, um weitere Einzelheiten wahrzunehmen. Es waren Nachtelfen, junge, hübsche Nachtelfen, in prächtige Gewänder gehüllt.

Er konzentrierte sich auf die Elfe, die ihn gewaschen hatte. Er spürte die silberne Farbe ihres Haars – Silber, das nicht natürlich war – und die katzenhafte Form ihrer Augen. Seine Wahrnehmung war schärfer als jemals zuvor. Er bemerkte sogar die winzigen Farbunterschiede in den einzelnen Haarsträhnen. Er spürte die Macht, die von jeder der drei Hochgeborenen ausging – und wusste auch, dass diejenige von ihnen, die seine Wunden säuberte, bei weitem die Mächtigste war. Doch verglichen mit seinen eigenen, waren ihre Fähigkeiten geradezu lächerlich gering.

Die oberste Zofe erholte sich als Erste von ihrer Überraschung. Sie legte das feuchte Tuch beiseite und griff nach etwas, das Illidan durch die wirbelnden Energien als bernsteinfarbenen Seidenschal identifizierte.

Bernstein – die Farbe seiner nun fehlenden Augen.

„Dies ist für dich, Lord Zauberer."

Er verstand sofort, wofür der Schal sein sollte. Seine verbesserte Wahrnehmung hatte ihn für einen Moment vergessen lassen, wie er auf andere wirken musste. Er verneigte sich ansatzweise, so wie er sich früher vor Lord Ravencrest verbeugt hatte, und nahm den Schal entgegen. Dann wickelte er ihn sich um den Kopf, sodass er die Augenhöhlen bedeckte. Es überraschte ihn nicht dass der Stoff seine Fähigkeiten nicht beeinflusste.

„Schon viel besser", murmelte die Frau. „Du musst gut aussehen für unsere Königin –"

„Danke, Vashj", sagte Azsharas Stimme plötzlich. „Du und die anderen dürft euch jetzt zurückziehen."

Vashj schloss den Mund, dann verbeugte sie sich und verließ mit den übrigen Zofen den Raum.

Illidan hielt den Atem an, als er seine Sinne auf die Königin richtete. Eine helle Aura umgab sie, ein silbernes Licht, das die Macht widerspiegelte, die sie besaß. Illidan hätte geblinzelt, wenn es ihm noch möglich gewesen wäre. Sein Volk hatte Azshara zwar verehrt, doch manche – unter anderem auch er – waren davon ausgegangen, dass ihre Kenntnisse der magischen Künste gering seien. Er hatte stets geglaubt, dass ihre Zauber nur durch die Macht der Hochgeborenen ermöglicht wurden. Illidan fragte sich, ob der verstorbene Lord Xavius oder der noch lebende Captain Varo'then ahnten oder geahnt hatten, wie mächtig ihre Herrin in Wahrheit war.

„Euer Majestät." Der Zauberer erhob sich von der Liege und kniete nieder.

„Bitte … erhebe dich. Bei einem privaten Gespräch sind solche Förmlichkeiten unnötig." Sie bewegte sich auf ihn zu, ohne dass Illidan erkennen konnte, wie sie das tat. Dann führte sie ihn zum Diwan zurück. „Hier werden wir es bequemer haben, mein lieber Zauberer."

Sie setzten sich. Azshara schmiegte sich an Malfurions Zwilling. Ihre Berührung entflammte seine Seele. Ihre Gegenwart hypnotisierte ihn beinahe.

Hypnotisierte? Illidan betrachtete sie genauer.

Die Aura, die Azshara umgab, leuchtete so hell, dass sie sogar seine eigene berührte. Dass Illidan dies erst jetzt bemerkte, verriet, wie sehr die Königin auf ihn einwirkte.

Trotz der Erkenntnis konnte er sich ihrem Einfluss kaum entziehen.

„Du hast mich sehr beeindruckt, Illidan Stormrage. Du bist so klug und mächtig. Sogar Lord Sargeras hat das erkannt, sonst hätte er dir wohl nicht ein so wertvolles Geschenk gemacht.“ Ihr langen, schlanken Finger glitten über den Schal. „Und doch ist es eine Schande, dass du diese schönen bernsteinfarbenen Augen aufgeben musstest. Ich kann mir vorstellen, wie schmerzvoll es war …“

Ihr Gesicht war dem seinen ganz nahe, aber er wünschte sich, es zu berühren. „Ich … ich konnte es ertragen, Majestät.“

„Bitte nenn mich Azshara.“ Ihre Finger liebkosten sein Gesicht. „Was für schöne Züge.“ Sie berührte seine Schulter und schob sein Hemd zur Seite. „Und wie stark du bist … Du trägst sogar das Mal des Großen Herrn.“

Illidan runzelte die Stirn und blickte dorthin, wo ihre Hand lag.

Ein kompliziertes Muster aus dunklen Tätowierungen bedeckte seine Schulter. Darunter spürte der Nachtelf sorgfältig abgeschirmte, starke Magie – Sargeras' Magie –, die sein Fleisch durchdrang. Sargeras hatte Illidan ganz und gar in eine Kreatur der Legion verwandelt.

Malfurions Bruder ignorierte die Königin für einen Moment und berührte eine der Tätowierungen. Neue Kraft durchströmte ihn. Sein Körper erzitterte unter der ungezügelten Energie. Illidan spürte, dass dieselbe Quelle dafür verantwortlich war, die auch den Brunnen versorgte. Er begriff, dass der Dämonenlord seine Kräfte durch das Mal vervielfacht hatte.

„Er hält dich für etwas Besonderes … und deshalb halte auch ich dich für etwas Besonderes“, flüsterte Königin Azshara und kam noch näher. „Und ich kann dir viele Vorteile verschaffen, die selbst er dir nicht –“

„Vergebt mir die Störung, Licht der Lichter“, sagte eine Gestalt im Türrahmen beinahe knurrend.

Illidan spannte sich an, aber die Königin richtete sich nur lässig auf und strich sich die langen, glänzenden Haare aus dem Gesicht. Sie sah dem Eindringling unter halb geschlossenen Lidern scheinbar verführerisch entgegen. „Was gibt es, mein lieber Captain?“

Captain Varo'then war im Gegensatz zu seiner Königin von keiner hellen Aura umgeben. Er strahlte eine Dunkelheit aus, die Illidan an einen Dämon erinnerte. Sein Wissen um die magischen Künste war höchst beschränkt, aber auf seine Weise war der Captain ebenso gefährlich wie Mannoroth.

Vielleicht sogar tödlich, wenn man seine Eifersucht auf reale und eingebildete Rivalen um die Gunst seiner Königin bedachte. Varo'then kochte beinahe vor Wut, als er Azshara und Illidan auf dem Diwan sah. Sie steigerte seine Rage noch, als sie begann, über Illidans Wange zu streicheln.

„Ich bin wegen ihm hier, Majestät. Er hat Versprechungen gemacht, die unser Herr erfüllt sehen will.“

„Und das werde ich", antwortete Illidan. Durch seinen Schal starrte er den Offizier an. Varo'thens Augen verengten sich, aber dann nickte er.

„Nun, wenn es sein muss", sagte Azshara. Sie trat zwischen die beiden und sah einen jeden verführerisch an. „Ich bin sicher, dass gegen euch *beide* kein Drache den Hauch einer Chance hat. Ich freue mich schon darauf, von euren Abenteuern zu hören." Sie ließ ihre Hand über die Brustplatte des Captains gleiten. Seine Augen blitzten lustvoll. „Von euch beiden", fügte die Königin hinzu, während sie mit ihrer anderen Hand über Illidans nackte Brust strich.

Der Zauberer wusste, dass sie mit ihnen spielte, aber er konnte sich ihrem Charme kaum widersetzen. Mühsam stemmte er sich gegen ihren Einfluss und antwortete: „Ich werde Euch nicht enttäuschen … Azshara."

Dem Soldaten gefiel es nicht, dass er ihren Namen ohne jeglichen Titel benutzte – was seine Vertrautheit mit der Königin betonte. Varo'thens Hand legte sich auf den Griff seines Schwertes, aber er zu klug, um die Klinge tatsächlich zu ziehen.

„Wir müssen die Bestie finden", sagte er. „Du behauptest ja, das sei dir möglich."

Illidan drehte die Drachenschuppe zwischen seinen Fingern. „Ich behaupte es nicht nur, ich sage die Wahrheit."

„Dann sollten wir nicht länger warten. Es wird bald Nacht."

Illidan sah die Königin an und verneigte sich elegant. „Mit Eurer Erlaubnis …"

Sie lächelte majestätisch. „Und du kannst auch gehen, mein lieber Captain."

„Danke, Licht der Lichter, Blume des Mondes …" Varo'then verbeugte sich militärisch knapp. Dann zeigte er auf die Tür. „Nach dir, Meisterzauberer."

Illidan antwortete nicht, als er nach draußen ging. Er spürte, dass Varo'then ihm folgte. Es hätte Malfurions Zwilling nicht überrascht, wenn der Captain ihm ein Messer in den Rücken gerammt hätte.

Aber Varo'then hatte sich gut unter Kontrolle. „Wohin gehen wir?", fragte er.

„Du kannst deine Zauber weben, sobald wir Zin-Aszhari verlassen haben. Lord Sargeras wünscht, dass die Mission so schnell wie möglich erfüllt wird. Er will endlich seinen Fuß auf die Erde Azeroths setzen und unserer Welt seinen Segen geben."

„Glückliches Azeroth."

Varo'then sah ihn misstrauisch an und suchte nach der Ironie in diesen Worten. Als er keine fand, nickte er. „Ja, glückliches Azeroth."

Der Captain führte ihn durch den Palast. Als sie sich den Ställen näherten, fragte Illidan: „Wirst du mich auf der ganzen Reise begleiten?"

„Jemand sollte auf dich achten."

„Das freut mich."

„Unser Herr erwartet, dass die Scheibe all seine Bedürfnisse erfüllen wird. Er muss sie bekommen."

„Ich bin froh über deine Gesellschaft", antwortete der Zauberer. Doch als sie den Stall betraten, hielt Illidan abrupt an. „Und was soll *das*?"

Ein Dutzend Teufelswachen stand neben den Nachtsäblern. Ihre Gesichter waren voller Blutgier. Zwei Verdammniswachen flankierten sie und sorgten für Ordnung. Zwei weitere Verdammniswachen hielten eine sabbernde Teufelsbestie fest.

„Wie ich bereits sagte", antwortete Captain Varo'then leicht sarkastisch. „Jemand muss auf dich aufpassen. Sie …" Er zeigte auf die teuflischen Krieger. „… werden das *sehr gut* erledigen. Das verspreche ich dir, Zauberer."

Illidan nickte und schwieg.

„Wir werden uns beeilen, das verspreche ich, Rhonin."

„Versprich mir nichts, Krasus", antwortete der Mensch. „Aber sei vorsichtig. Und mache dir keine Sorgen wegen Stareye. Ich kümmere mich um ihn."

„Wegen ihm sorge ich mich nicht. Ich bin sicher, dass es dir und Captain Shadowsong gelingen wird, die Armee zusammenzuhalten."

„Mir?" Jarod schüttelte den Kopf. „Meister Krasus, du traust mir zu viel zu. Ich bin nur ein einfacher Wachoffizier. Maiev hat Recht. Das Glück war mir hold. Ich bin ebenso wenig ein Kommandant wie … wie …"

„Stareye?", fragte Rhonin grinsend.

„Wir müssen uns auf dich verlassen, Jarod Shadowsong. Die Tauren und die anderen spüren den Respekt, mit dem du sie behandelst und respektieren dich daher auch. Vielleicht wirst du wieder in eine Situation kommen, in der du eine Entscheidung fällen musst … zum Wohle deines Volkes, muss ich hinzufügen."

Die Schultern des Nachtelfs sackten nach unten. „Ich tue, was ich kann, Meister Krasus. Mehr mag ich dazu nicht sagen."

Der Magier nickte. „Und mehr erbitten wir von dir auch nicht, Captain."

„Nun, da wir diese Angelegenheit also geklärt hätten", sagte der Mensch, „fragte ich mich, wie du das Nest erreichen willst?"

„Die Greifen stehen uns nicht mehr länger zur Verfügung. Wir müssen die Nachtsäbler nehmen und hoffen, dass sie sich mit größter Schnelligkeit bewegen."

„Aber das würde zu lange dauern! Und ihr hättet keinen Schutz vor den Attentätern der Brennenden Legion."

Archimonde ließ die Armee von Dämonen verfolgen, die nur auf ihre Chance warteten, Krasus und seine Gruppe zu ermorden. Besonders auf Malfurion hatte Archimonde es abgesehen. Schließlich hatte der Druide die Legion schon einmal den Sieg gekostet. Der Drachenmagier bezweifelte jedoch nicht, dass auch er ganz oben auf der Liste stand.

„Es wäre aber auch zu riskant, mit einem Zauber zu Deathwings Versteck zu reisen“, antwortete Krasus. „Auf einen solchen Versuch hat er sich sicherlich vorbereitet. Wir müssen auf konventionellem Wege zu ihm gelangen.“

„Das gefällt mir nicht.“

„Mir auch nicht, aber es geht nicht anders.“ Er drehte sich zu seinen Begleitern um. „Seid ihr bereit für diese Reise?“

Malfurion nickte. Brox grunzte ungeduldig. Der Druide und der Magier verfügten zwar über außergewöhnliches magisches Können, doch einen erfahrenen Krieger wie den Ork konnten auch diese Künste nicht ersetzen. Zauberer ließen sich leicht außer Gefecht setzen, das wusste Krasus, und Brox hatte sich immer wieder als vertrauenswürdiger Verbündeter erwiesen.

„Gebt uns eine Stunde Vorsprung, bevor ihr Lord Stareye Bescheid sagt“, bat Krasus, als er sich auf seinen Nachtsäbler schwang.

„Ich gebe euch zwei.“

Der Druide und der Ork stiegen ebenfalls auf. Krasus ließ sein Reittier antraben. Die elegante Katze wurde rasch schneller, die anderen beiden Tiere folgten ihr. Schon bald hatten sie die Armee der Nachtelfen hinter sich gelassen.

Schweigend ritten sie dahin. Dabei achteten sie nicht nur auf ihren Weg, sondern auch auf mögliche Bedrohungen. Die Nacht verstrich jedoch ohne Zwischenfall. Als die Sonne aufging, ließ Krasus die Tiere anhalten.

„Wir werden hier rasten“, verkündete er mit einem Blick auf die leicht bewaldeten Hügel, die vor ihnen lagen. „Wir sollten ausgeruht sein, wenn wir dort hindurch reiten.“

„Glaubst du, dass uns dort Gefahr droht?“, fragte Malfurion.

„Vielleicht. Die Wälder sind nicht groß und auch nicht dicht, aber die Hügel sind voller Senken, in denen sich Feinde verbergen könnten.“

Brox nickte zustimmend. „Würde den Hügel im Norden dafür wählen. Bietet guten Blick auf den Weg. Wir sollten ihn auf unserem Weg umgehen.“

„Dieser Expertenmeinung schließe ich mich an.“ Der Magier sah sich um. „Dieses Gebiet dort zwischen den beiden großen Felsen eignet sich für ein Lager. Wir können die Umgebung beobachten, sind aber gleichzeitig vor Blicken geschützt.“

Sie banden die Nachtsäbler an einem krummen Baum fest. Die Katzen, die bereits seit Generationen gezüchtet wurden, hörten auf jeden Befehl und widersetzten sich nie. Brox fütterte die Tiere aus den Vorräten, die sie bei sich trugen. Sie hatten genügend Nahrung für drei Tage. Danach würden die Katzen auf die Jagd gehen müssen. Krasus hoffte, dass sie bis dahin eine Gegend erreicht hatten, in der es mehr Wild gab als hier.

Die drei Reisenden nahmen etwas von ihrem eigenen Proviant zu sich. Für einen Drachen wie Krasus war gepökeltes Fleisch nicht gerade eine Delikatesse, aber er hatte sich längst an solche Umstände gewöhnt. Malfurion aß einige getrocknete Früchte und Nüsse, während Brox herzhaft in sein Pökelfleisch biss. Orks stellten keine großen Ansprüche, wenn es um Nahrung ging.

„Die Katzen schlafen bereits“, sagte Krasus nach ihrer Mahlzeit. „Wir sollten das Gleiche tun.“

„Ich übernehme die erste Wache“, bot Brox an.

Malfurion meldete sich für die zweite Wache, dann suchten er und Krasus sich Schlafplätze in der Nähe eines der beiden Felsen. Brox, der wesentlich gelenkiger war, als man seinem stämmigen Körper zutraute, kletterte katzengleich auf den anderen Felsen und setzte sich. Die Axt lag auf seinem Schoß, während er die Landschaft wie ein hungriger Raubvogel betrachtete.

Der Drachenmagier wollte eigentlich nur ein wenig dösen, schlief aber bald ein. Er hatte sich völlig überanstrengt, und die wenigen Ruhestunden hatten die Schwächung nicht wettmachen können.

Drachen träumten, und auch Krasus war keine Ausnahme. Er wünschte sich nichts sehnlicher, als endlich wieder zu fliegen, die Schwingen, die er in dieser Gestalt nicht besaß, zu spreizen und sich in die Lüfte zu erheben. In seinen Träumen war er wieder Korialstrasz. Als Wesen der Lüfte fühlte er sich am Boden mehr als eingeschränkt. Der Drache hatte sich in seiner sterblichen Gestalt stets wohl gefühlt, doch damals hatte ein einzelner Gedanke gereicht, um ihn zurückzuverwandeln. Das konnte er nun nicht mehr, und so spürte er oft Ärger über die Zerbrechlichkeit seines jetzigen Körpers.

Dieser Fluch hielt sogar Einzug in seinen Traum. Das schwächliche, sterbliche Fleisch hing an seinem Körper und presste ihn in eine ständig kleiner werdende Form. Seine Flügel zerbrachen, sein Schwanz verschwand. Seine lange Schnauze wurde in seinen Schädel geschoben und durch eine winzige Nase ersetzt. Aus Korialstrasz wurde Krasus, der Magier. Er stürzte der Erde entgegen …

Und erwachte schweißgebadet.

Es hätte Krasus nicht überrascht, wenn er inmitten eines Angriffs aufgewacht wäre, doch alles war ruhig. Nur Malfurions rhythmischer Atem war zu hören. Krasus erhob sich und sah, dass Brox immer noch Wache hielt. Der Magier blickte zur Sonne, um die Uhrzeit zu schätzen. Die Wache des Orks dauerte schon viel zu lange. Malfurion hätte seine schon antreten müssen.

Der Zauberer ließ den Druiden schlafen und kletterte wie eine Eidechse den Felsen hinauf. Als er die Spitze erreichte, sprang Brox auf und hob seine Axt.

„Du!“, knurrte der Ork und half Krasus über die letzte Hürde. Dann setzten sich beide. „Ich dachte, du schläfst, Meister Krasus.“

„Das solltest du auch. Du brauchst diese Pause ebenso wie wir.“

Der grünhäutige Krieger hob die Schultern. „Ein Ork-Krieger kann mit offenen Augen und erhobener Axt schlafen. Kein Grund, den Nachtelf zu wecken. Er muss schlafen. Gegen den Drachen wird er wichtiger sein als dieser alte Kämpfer.“

Krasus sah den Ork an. „Ein alter Kämpfer, der zwanzig junge wert ist."

Der Krieger wirkte erfreut über das Kompliment, sagte jedoch: „Die Tage des Ruhmes sind vorbei für diesen Krieger. Es wird keine weiteren Geschichten über Broxigar, die rote Axt, geben."

„Ich lebe bereits länger als du, Brox. Ich weiß deshalb, wovon ich spreche. Es stecken noch viele ruhmreiche Taten und glorreiche Schlachten in dir. Es wird neue Geschichten über Broxigar, die rote Axt, geben, und wenn ich sie selbst erzählen muss."

Die Wangen des Orks verdunkelten sich, und er neigte seinen Kopf. „Deine Worte ehren mich, weiser Meister."

Brox und Malfurion wussten beide, wer Krasus in Wirklichkeit war. Es hatte den Drachen überrascht, dass der Krieger die Wahrheit schon lange vorher erkannt hatte. Er war in den schamanischen Traditionen der Orks ausgebildet worden und hatte die große Macht und das hohe Alter seines Begleiters gespürt. Dann hatte er gesehen, wie Krasus mit Drachen umging und daraus die richtige Schlussfolgerung gezogen. Er verstand zwar nicht, wieso Krasus und Korialstrasz ein und dieselbe Person waren, doch diese Tatsache nahm er einfach hin.

„Und der weise Meister", antwortete Krasus, „besteht darauf, dass du dich ausruhst. Ich werde Malfurions Restwache und meine eigene übernehmen."

„Es wäre besser, wenn du –"

Krasus starrte den Ork an. „Ich versichere dir, dass meine Ausdauer weit größer als die deine ist. Ich benötige nicht mehr Schlaf."

Brox erkannte, dass er diese Diskussion nicht gewinnen würde und erhob sich grunzend. Doch Krasus, der an ihm vorbei blickte, versteifte sich plötzlich.

„Verdammniswachen", flüsterte er.

Brox ließ sich fallen. Drei geflügelte Dämonen flogen langsam auf die Hügel zu. Sie trugen lange, unangenehm aussehende Klingen. Die Verdammniswachen beobachteten die Umgebung zwar misstrauisch, hatten die Gruppe aber noch nicht entdeckt.

„Sie fliegen genau auf unseren Weg zu", erkannte Krasus.

„Wir sollten sie aufhalten."

Der Magier nickte zustimmend, fügte jedoch hinzu: „Wir müssen zuerst herausfinden, ob sie allein sind. Wir dürfen die drei nicht angreifen, wenn wir damit andere warnen. Lass mich versuchen, es herauszufinden."

Krasus schloss die Augen und tastete mit seinen Sinnen nach den Dämonen. Er spürte die Dunkelheit, die von ihnen ausging. Krasus war angewidert, ließ sich aber nicht abschrecken. Tiefer tauchte er in die Kreaturen ein. Er musste die Wahrheit herausfinden.

In ihnen entdeckte er das gleiche Chaos und die gleiche Wildheit, die er schon früher bemerkt hatte. Der Magier konnte immer noch kaum glauben, dass so viel Bosheit in einem Wesen existieren konnte. Es erinnerte ihn an den Wahnsinn, der Neltharion ergriffen und ihn in den schrecklichen Deathwing verwandelt hatte.

Schließlich fand er, was er gesucht hatte, in den monströsen Gedanken der Kreaturen. Sie waren allein und als Kundschafter unterwegs. Man hatte ihnen den Auftrag erteilt, nach Schwachstellen zu suchen, die sich für die Legion als nützlich erweisen konnten. Sie wollten ihren Kampf nicht auf das Schlachtfeld beschränken, sondern sich hinter die Linien der Verteidiger schleichen.

Solche Taktiken überraschten Krasus nicht. Er war sich sicher, dass Archimonde noch mehr Heimtücken in Gang gebracht hatte. Gerade deshalb war die Eroberung der Dämonenseele so wichtig.

Er suchte das Gebiet nach weiteren Kriegern ab, fand jedoch keine. Zufrieden beendete er seine Suche.

„Sie sind allein", erklärte er Brox. „Wir werden uns mit ihnen befassen, aber dieses Mal sollten wir uns auf die Magie verlassen."

Der Ork grunzte zustimmend. Krasus kletterte von dem Felsen und weckte Malfurion.

„Was –", begann der Nachtelf, aber Krasus brachte ihn mit einer Geste zum Schweigen.

„Drei Verdammniswachen", flüsterte der ältere Magier. „Sie sind allein. Ich will sie mir mit deiner Hilfe schnappen."

Malfurion nickte. Er folgte Krasus auf die andere Seite der Felsen und betrachtete die über den Hügeln schwebenden Dämonen.

„Was sollen wir tun?", fragte der Druide.

„Es wäre am besten, wenn ich alle drei gleichzeitig überwältigen könnte. Doch ihre ständigen Bewegungen erschweren meine Berechnungen. Ich überlasse dir mögliche Flüchtlinge."

„Ich verstehe." Malfurion holte tief Luft und bereitete sich vor. Krasus beobachtete die Verdammniswachen und wartete auf den Moment, da sie einander am nächsten waren.

Zwei der Dämonen tauschten Informationen aus, aber der dritte hatte sich von ihnen entfernt und setzte seine Erkundung fort. Der Magier fluchte, denn es war ihm klar, dass ihm dies zwar eine günstige Gelegenheit bot, zwei der Dämonen gleichzeitig zu treffen. Doch der dritte war zu weit entfernt. Krasus fürchtete, er würde entkommen.

Malfurion spürte offenbar seine Zweifel. „Ich werde ihn nicht entwischen lassen, Meister Krasus."

Der Magier war erleichtert über diese Worte. Er nickte und konzentrierte sich.

Im Gegensatz zu Illidan – und gelegentlich auch Rhonin – lebte er schon zu lange, um noch Energie darauf zu verschwenden, seine Zauber zu einem Spektakel zu machen. Die Verdammniswachen waren eine Bedrohung, die gestoppt werden musste. Das war alles. Und so explodierten beide Drachen nacheinander. Ihre Überreste regneten auf die hügelige Landschaft herab.

Was er befürchtet hatte, geschah. Der dritte Dämon entkam der Falle. Allerdings erwies sich die Flucht der Verdammniswache als kurz. Noch während die Überreste der anderen Kreaturen zu Boden fielen, hob Malfurion ein einzelnes Blatt auf und blies dagegen. Eine starke Brise entstand neben dem Druiden. Sie ergriff das Blatt und trug es auf die letzte Verdammniswache zu.

Aus einem wurden Hunderte. Sie wirbelten im Wind durcheinander und begannen sich immer schneller zu drehen. Der Dämon kam näher an sie heran.

Die Blätter berührten die Verdammniswache und klebten an ihr fest. Eine dicke Schicht bedeckte den Dämon bereits, aber die Menge der Blätter schien nicht geringer zu werden. Der gehörnte Krieger kämpfte gegen den Wind, aber sein ständig größer werdendes Gewicht behinderte ihn zu stark.

Innerhalb von Sekunden verwandelte sich der Dämon in eine grüne Mumie Die Flügel schlugen langsamer, kämpften gegen das Gewicht der Blätter.

Schließlich fiel der Dämon wie ein Stein nach unten.

Malfurion sah nicht mehr zu, wie die Verdammniswache auf dem harten Fels aufschlug. Er hatte seine Aufgabe erfüllt. Den Todeskampf genoss er nicht.

„Der Weg ist frei", verkündete Krasus. „Aber wir müssen uns beeilen, denn der Weg durch die Hügel ist lang."

„Da ist noch was am Himmel! Über uns!", schrie Brox plötzlich von seinem Posten auf dem Felsen.

Nur Sekunden später glitt ein gewaltiger Schatten über die Gruppe hinweg. Das geflügelte Wesen verschwand so schnell wieder in den Wolken, dass niemand es hatte erkennen können. Der Ork hob seine Axt, Malfurion und Krasus bereiteten ihre Zauber vor.

Dann schoss die gewaltige Gestalt aus den Wolken hervor. Sie flog direkt auf die Gruppe zu. Ihre lederartigen Schwingen peitschten langsamer, als das Wesen zur Landung ansetzte.

Krasus atmete erleichtert auf. Sein sonst so ernst wirkendes Gesicht grinste breit. „Ich hätte es wissen und fühlen müssen!"

Korialstrasz war zurückgekehrt.

Das jüngere Ich des Magiers landete vor den drei Reisenden. Der rote Drache bot einen bemerkenswerten Anblick. Er war so groß, dass er die drei mit einem einzigen Biss seiner scharfen Reißzähne hätte verschlingen können, aber in seinen Augen leuchteten Mitgefühl und Intelligenz.

Es war vielleicht etwas narzisstisch von Krasus, sein früheres Ich so bewundernd anzustarren, aber er konnte nicht anders. Korialstrasz hatte sich als weitaus fähiger entpuppt, als es sich seine ältere Version vorgestellt hatte. Obwohl sie ein und dasselbe Wesen waren, verfügten sich über eigenständige Persönlichkeiten.

Der Staub senkte sich, dann grüßte Korialstrasz die drei kleineren Gestalten mit einem Kopfnicken. Sein Blick konzentrierte sich auf Krasus.

„Zum Glück habe ich die Zauber gespürt, als ich in der Nähe vorbei flog", donnerte er. „Ich war so sehr in Gedanken vertieft, dass ich euch sonst nicht wahrgenommen hätte." Er wandte sich an den Magier. „Selbst dich nicht."

Das klang nicht gut. „Redest du von deiner Suche nach den anderen?"

„Ja … und ich habe sie gefunden. Sie forschen nach einem Weg, um der furchtbaren Scheibe des Erdwächters zu entgehen oder sie zu bezwingen. Doch bis jetzt haben sie noch keine Lösung gefunden. Sogar meine Königin wagt es nicht, sich Neltharion ohne Unterstützung entgegen zu stellen. Du hast ja gesehen, was mit den Blauen geschehen ist. Er hat sie praktisch ausgerottet!"

Krasus dachte an die Eier, die er gerettet hatte, beschloss jedoch, dass hier und jetzt nicht der richtige Zeitpunkt für diese Angelegenheit war. „Alexstrasza sorgt sich zu Recht. Es ist weder ehrenhaft noch sinnvoll, in den sicheren Tod zu fliegen."

„Aber wenn wir Drachen die sterblichen Völker nicht unterstützen, wird es für uns alle keine Hoffnung mehr geben."

„Vielleicht gibt es noch Hoffnung. Du weißt noch nicht, weshalb wir hier sind." Krasus nickte dem Druiden zu. „Der junge Malfurion hat das verborgene Nest des Erdwächters entdeckt und die Dämonenscheibe gefunden."

Die Augen des roten Riesen weiteten sich. „Ist das wahr? Wenn wir ihn alle angreifen, während er schläft –"

„Nein, wir müssen listig sein. Wir wollen uns in das Nest schleichen und die Scheibe stehlen. Aber wenn Neltharion sie als Erster in die Hände bekommt, werden wir alle sterben."

Korialstrasz erkannte die Weisheit dieses Plans, obwohl er auch voller Risiken war. „Wohin müsst ihr gehen?"

Malfurion beschrieb, was er im Smaragdtraum gesehen hatte. Krasus hatte die Landschaft erkannt, daher war es nicht überraschend, dass sie auch Korialstrasz vertraut war.

„Ich kenne diesen schrecklichen Ort! Das Böse, das dort existiert, ist älter als die Drachen, aber ich weiß nicht, woraus es besteht."

„Das ist im Moment egal. Nur die Dämonenseele ist wichtig." Der bleiche Magier betrachtete die Hügel. „Wir müssen unsere Reise fortsetzen, sonst werden wir sie nie finden. Die Nachtsäbler werden eine Weile brauchen, um die Hügel zu durchqueren."

„Die Nachtsäbler?", fragte Korialstrasz irritiert. „Was wollt ihr mit denen? Ihr habt doch mich."

„Du gehst ein sehr großes Risiko ein", erklärte Krasus. „Du kannst deine Gestalt nicht verändern, daher stellst du ein leicht zu findendes Ziel dar. Außerdem kann die Dämonenseele dich ohne Mühe beeinflussen. Der Schwarze könnte dich mit einem Gedanken zu seinem Sklaven machen."

„Trotzdem werde ich tun, was ich kann. Ihr müsst sein Versteck schnell erreichen. Die Katzen sind zu langsam, und ein Zauber würde euch verraten."

Es war sinnlos, dagegen zu argumentieren, das erkannte Krasus. Mit Korialstrasz' Hilfe würden sie ihr Ziel weitaus schneller erreichen. Doch wenn sie dort angekommen waren, würde Krasus darauf beharren, dass sein jüngeres Ich sich so bald wie möglich von ihnen trennte.

„Nun gut. Brox, lass die Nachtsäbler frei. Ich werde meinem einen kleinen Bericht über unsere Absichten mitgeben. Sie werden von sich aus zur Armee zurückkehren. Hoffentlich entdeckt Rhonin die Botschaft. Nehmt, was ihr tragen könnt, nicht mehr."

Rasch luden sie ihre Habseligkeiten auf den großen Roten. Der Magier steckte seine Botschaft in das Sattelzeug einer Katze, dann ließen sie die Tiere frei Krasus und seine Begleiter kletterten auf die Schultern des Drachen. Korialstrasz überzeugte sich davon, dass seine Passagiere sicher untergebracht waren dann streckte er die Flügel aus.

„Ich werde mich beeilen … und vorsichtig sein", versprach er.

Sie erhoben sich in die Lüfte. Krasus betrachtete die Landschaft, die unter ihnen vorbeizog. Korialstrasz war eine große Hilfe, aber der Erfolg der Mission war alles andere als gewiss. Neltharion – Deathwing – erwartete seine Feinde, die echten und die eingebildeten. Sie mussten äußerst vorsichtig sein, sobald sie sein Territorium erreichten.

Aber wenigstens mussten sie sich in der Nähe von Deathwings Nest keine Sorgen mehr um Dämonen machen.

# SECHS

Lord Desdel Stareye hatte einen wundervollen Plan.

Zumindest sagte er das allen, denen er davon erzählte. Er war selbst darauf gekommen, also war der Plan narrensicher. Die meisten anderen Adligen stimmten ihm enthusiastisch zu und feierten ihn mit erhobenen Weinkelchen. Die anderen hielten sich zurück. Die Soldaten an der Front waren zu müde, um sich Sorgen zu machen, und die Flüchtlinge kümmerten sich ausschließlich um das eigene Überleben. Nur eine Hand voll äußerte sich kritisch gegenüber Stareye – vor allem Rhonin. Allerdings hatte Krasus' ständige Abwesenheit den Kommandanten zu der Überzeugung geführt, die Fremden seien vielleicht doch nicht so nützlich wie angenommen. Als der Mensch anfangen wollte, Stareye auf die Fehler seines wundervollen Plans aufmerksam zu machen, hatte der Kommandant ihm höflich erklärt, der Rat wäre schon in der Lage, seine eigenen Angelegenheiten zu klären, und der Zauberer solle sich doch bitte um seine Pflichten kümmern. Er hatte sogar die Wachen in seinem Zelt verdoppelt – ein weiteres klares Signal. Hätte Rhonin sich geweigert, den Vorschlag anzunehmen, wären sie sicherlich aktiv geworden.

Rhonin scheute eine Auseinandersetzung, die den Zusammenhalt der Armee gefährdet hätte, also verließ er das Zelt. Jarod traf ihn in der Nähe des Taurenlagers. Huln begleitete den Offizier.

Der Nachtelf bemerkte seinen Gesichtsausdruck. „Ist etwas Schlimmes –"

„Vielleicht … oder vielleicht bin ich einfach zu zynisch, wenn es um diesen verweichlichten Adligen geht. Sein Plan ist so simpel, dass er nicht funktionieren *kann*."

„Simpel mag durchaus gut sein", erklärte Huln, „wenn man auf seinen Verstand hört."

„Irgendwie bezweifle ich, dass Stareye einen Verstand hat. Ich verstehe nicht, wie Ravencrest so gut mit ihm auskommen konnte."

Jarod hob die Schultern. „Sie gehören zur gleichen Kaste."

„Na, dann passt ja alles zusammen." Dem Nachtelf entging Rhonins Sarkasmus. Der Zauberer schüttelte den Kopf. „Vergiss es. Wir können nur abwarten und das Beste hoffen."

Sie mussten nicht lange warten. Stareye begann noch vor Sonnenuntergang mit der Durchführung seines Vorhabens. Die Nachtelfen verteilten sich und bildeten drei Keile. Die Tauren und die anderen Völker folgten ihrem Beispiel. Der Adlige zog einen Großteil seiner Kavallerie zurück und schickte sie an die linke Flanke. Dort warteten sie ein wenig entfernt vom Rest der Armee.

Die Spitze eines jeden Keils bestand aus Speeren. Auf sie folgten Schwerter und andere Handwaffen. Dahinter und von allen Seiten beschützt standen die Bogenschützen. Zu jedem Keil gehörten außerdem Mitglieder der Mondgarde. Die Zauberer sollten die Soldaten vor den Eredar und anderen Magiern schützen.

Die Keile sollten so weit wie möglich vorrücken und sich wie hungrige Mäuler durch die Reihen der Legion fressen. Die Dämonen, die zwischen die Keile gerieten, würden von den Bogenschützen und Schwertkämpfern vernichtet werden. Gleichzeitig hatten sich die Nachtelfen in Marsch zu setzen. Kein Keil durfte allein vorstoßen oder zurückbleiben. Die Kavallerie diente als Reserve, die an Schwachstellen eingreifen sollte.

Es gab einige Skepsis unter den Tauren und Irdenen, aber da sie keine Erfahrung in militärischen Operationen großen Stils hatten, verließen sie sich auf das scheinbar überlegene taktische Wissen der Nachtelfen.

Jarod ritt neben Rhonin, als die Armee sich nach vorne wälzte. Die Dämonen reagierten überraschend zögerlich, was Stareye für ein gutes Omen hielt. Die anderen beiden hielten es für besorgniserregend.

„Ich habe mit der Mondgarde gesprochen", sagte der Zauberer zu seinem Begleiter. „Wir haben uns ein paar Tricks überlegt, damit Stareyes Plan auch wirklich funktioniert. Ich werde sie koordinieren."

„Huln verspricht, dass die Tauren mit aller Stärke kämpfen werden, und ich glaube, die Furbolg haben so etwas ähnliches gesagt", antwortete der Captain. „Ich weiß allerdings nicht, ob Dungard Ironcutter genügend Leute hat, um seinen Teil des Keils zu halten."

„Wenn diese Zwerge nur halb so tapfer kämpfen wie der, den ich einst kannte, musst du dir um sie keine Sorgen machen", antwortete Rhonin.

Im gleichen Moment ertönten die Schlachthörner. Die Soldaten spannten sich an und gingen schneller.

„Seid bereit!", rief der Magier. Seine Katze trabte los.

„Ich wünschte, ich wäre in Suramar, und all das wäre nie geschehen ..."

Die Landschaft war abschüssig und erlaubte ihnen einen Blick auf das, was vor ihnen lag.

Ein unendliches Meer aus Dämonen erstreckte sich bis zum Horizont.

„Mutter Mond!", stieß Jarod hervor.

„Reiß dich zusammen!"

Ein Trompeter blies zum Angriff. Die Nachtelfen stießen lautes Kriegsgeheul aus und liefen los. Dunkles Brüllen antwortete ihnen aus den Reihen der Tauren und Furbolgs. Die Irdenen eilten ihren Gegnern mit einem seltsam klagenden Laut entgegen.

Die Schlacht begann.

Die Frontlinie der Legion brach unter dem ungestümen Angriff zusammen. Der Keil schob sich tief in die Dämonen hinein. Die gehörnten Krieger wurden von Lanzen aufgespießt.

„Wir schaffen es!“, rief Jarod aufgeregt.

„Noch haben wir den nötigen Schwung, aber nicht mehr lange.“

Nach einigen Metern überwand die Legion tatsächlich ihre Überraschung. Sie konnten den Angriff zwar nicht komplett aufhalten, aber jeder neue Meter musste teuer erkauft werden.

Trotzdem bewegten sich die Nachtelfen weiter vor.

Aber auch zu Beginn des Angriffs gab es Gefahren und Verluste. Einige Verdammniswachen flatterten über der Armee, versuchten über die Lanzen hinwegzukommen und die Bogenschützen anzugreifen. Manche von ihnen wurden Opfer der Pfeile, aber anderen gelang es, den Verteidigern zu entgehen. Sie trugen Streitkolben und andere Waffen, mit denen sie sich auf die Nachtelfen stürzten, ihnen die Schädel einschlugen oder sie erstachen. Allerdings zogen sie sich unter dem Ansturm der Bogenschützen und der Mondgarde schnell wieder zurück.

An anderer Stelle öffneten die Dämonen ihre Reihen, um zwei Höllenkreaturen hindurch zu lassen. Die Soldaten, die sich ihnen entgegen stellten, wurden zerquetscht, und der Keil wurde stumpf, bog sich fast schon nach innen. Eine Höllenkreatur wurde von der Mondgarde vernichtet, jedoch erst nach dem Tod mehrerer Bogenschützen. Die andere schlug sich wütend durch die Nachtelfen, denen es immerhin gelang, die Reihen hinter ihr zu schließen.

Rhonin versuchte sich auf den einzelnen Dämon zu konzentrieren, aber es hielten sich zu viele Soldaten in der Nähe der Kreatur auf. Der Magier setzte zu mehreren Zaubern an, doch die Gefahr war zu groß, die Nachtelfen mit in den Tod zu reißen.

Aus dem Nichts tauchten drei Irdene auf. Die Zwerge kämpften sich durch die Reihen, bis sie die Höllenkreatur erreichten. Jede der untersetzten, aber muskulösen Gestalten trug einen Kriegshammer mit einem gewaltigen Stahlkopf.

Die Höllenkreatur warf sich ihnen entgegen, traf jedoch nicht. Einer der Zwerge duckte sich und hieb gegen die Beine des Steinungeheuers. Der zweite griff den Dämon von der Seite an. Die Höllenkreatur schlug mit solcher Macht nach diesem Irdenen, dass ein Nachtelf mit gebrochenen Knochen am Boden gelegen hätte. Der Zwerg schüttelte sich nur kurz. Die Höllenkreatur war endlich auf Gegner getroffen, deren Haut ebenso hart war wie ihre eigene.

Alle drei Zwerge holten jetzt mit ihren Hämmern aus. Bei jedem Treffer hinterließen sie Risse und Löcher in der Haut des Dämons. Sein linkes Bein knickte unter ihm ein. Die Höllenkreatur brach in die Knie.

Das Letzte, was Rhonin von dem Dämon sah, waren drei Zwerge, die mit aller Macht auf seinen Kopf eindroschen.

Der Zauberer sah, dass ihm Jarod Shadowsong entgegen ritt. Rhonin war nicht aufgefallen, dass der Captain sich vorher von ihm entfernt hatte. „Hast du sie gerufen?"

„Ich dachte, sie hätten vielleicht eine bessere Chance."

Rhonin nickte zustimmend, dann kehrte sein Blick zur Schlacht zurück. Die Armee hatte den kurzen Rückschlag überstanden und trieb die Legion erneut zurück. Die Dämonen wirkten trotz des erzwungenen Rückzugs entschlossen, aber sie konnten den Vormarsch der Nachtelfen nicht aufhalten.

„Der verdammte Plan funktioniert tatsächlich", murmelte der Zauberer. „Ich habe seine Lordschaft wohl unterschätzt."

„Zum Glück, Meister Rhonin. Nicht auszudenken, was ein Fehlschlag für Folgen gehabt hätte."

„Das stimmt natürlich –" Rhonin stieß einen Schrei aus, als rohe Kräfte plötzlich sein Gehirn zusammendrückten. Er fiel von seinem Reittier und schlug so hart auf, dass seine Knochen schmerzten. Jarod sprang von seinem Nachtsäbler und versuchte dem Magier aufzuhelfen.

Ein furchtbares Pochen erfüllte Rhonins Kopf. Der Schlachtenlärm ging darin unter. Verschwommen sah er, dass Jarod mit ihm sprach, doch er konnte seine Stimme nicht hören.

Das Pochen wurde immer lauter. Trotz seiner Schmerzen erkannte Rhonin, dass er von einem Zauber angegriffen wurde. Noch nie zuvor hatte ihn ein Spruch so überraschend getroffen. Kurz fragte sich der Magier, ob vielleicht die Nathrezim dahinter steckten, die immerhin über die Macht verfügten, Tote zu erwecken. Aber der Zauber passte nicht zu ihnen.

Die Schmerzen wurden unerträglich. Rhonin kämpfte dagegen an, wusste jedoch, dass er auf verlorenem Posten stand. Er war kurz davor, das Bewusstsein zu verlieren, und wenn das geschah, würde er vielleicht nie wieder aufwachen.

Inmitten des Angriffs hallte eine emotionslose Stimme durch seinen Kopf. *Du kannst dich mir nicht widersetzen, Sterblicher.*

Der Zauberer wusste, wem diese Stimme gehörte. Als seine letzten Kräfte aufgezehrt waren und die Schwärze ihn übermannte, hallte der Name des Dämons durch sein vergehendes Bewusstsein.

*Archimonde …*

Jarod Shadowsong zog den reglosen Körper rasch in die hinteren Reihen. Er suchte Rhonin nach Wunden ab, fand jedoch nichts. Der Mensch wirkte zumindest äußerlich unversehrt.

„Magie", murmelte Jarod und verzog das Gesicht. Er hatte kein Talent in den magischen Künsten und empfand deshalb Hochachtung vor denen, die sich darin auskannten. Ein Zauber, der Rhonin umgeworfen hatte, musste einer mächtigen Quelle entstammen. Wahrscheinlich hatte nur der Höchste der Dämonen, denen Jarod bisher begegnet war, die Macht dazu. Archimonde.

Die Tatsache, dass Archimonde trotz des Rückzugsgefechts die Zeit fand, Rhonin anzugreifen, verstörte den Captain. Wieso versuchte der Dämon nicht, Ordnung in seine fliehenden Streitkräfte zu bringen? Überall, wo Jarod hinsah, brachen die Reihen der Brennenden Legion zusammen. Lord Stareyes Plan ging auf.

Die Augen des Nachtelfen weiteten sich.

*Oder?*

Brox hielt sich sorgfältig fest, während Korialstrasz ihn und die anderen ihrem Ziel entgegen trug. Der Ork stammte aus einer Zeit, in der sein Volk die roten Drachen beherrschte, aber er hatte nie zuvor auf einem gesessen. Jetzt genoss er das Gefühl, während er gleichzeitig zum ersten Mal verstand, wie sehr die versklavten Leviathane gelitten haben mussten. Einst waren sie frei gewesen und hatten den Himmel beherrscht. Dann hatte man sie wie Vieh eingepfercht und gezwungen, sich einem fremden Willen zu unterwerfen – ein Schicksal, das den Ork erschaudern ließ. Brox fühlte sich den Drachen sogar auf gewisse Weise verbunden, denn auch sein Volk hatte die Sklaverei kennen gelernt. Ein Dämon der Brennenden Legion hatte die Instinkte der Orks manipuliert und sie so in groteske Parodien ihrer selbst verwandelt.

Einst hatte Brox den Tod gesucht. Auch jetzt fürchtete er ihn nicht, aber er wollte nicht grundlos sterben. Er kämpfte nicht nur, um sein Volk in der fernen Zukunft zu schützen, sondern für alle, die sich gegen die Dämonen stellten. Die Geister würden entscheiden, ob er sein Leben in diesem Kampf opfern musste. Aber Brox hoffte, dass sie ihm noch einige tödliche Schläge gönnen würden … und dass er die Erfüllung ihrer Mission erleben durfte.

Aus Hügeln wurden Berge, die ihn ein wenig an seine Heimat erinnerten. Doch schon bald veränderten sich die Gebirge und mit ihnen auch die Luft. Die Landschaft wurde öde, so als sträube sich das Leben gegen diesen Ort. Korialstrasz hatte von etwas uraltem Bösen gesprochen, und der Ork, der stärker als viele andere mit der Natur verbunden war, spürte, dass dieses Böse hier alles durchdrang. Es strahlte eine Fäule aus, die schlimmer war als der Gestank der Dämonen. Brox war froh, dass er seine Axt bei sich trug.

Der Drache ging zwischen zwei zerklüfteten Bergen tiefer. Mühelos glitt er durch die engen Täler, während er nach einem geeigneten Landeplatz suchte.

Er fand ihn schließlich am Fuße eines besonders düster wirkenden Berges, der Brox an einem monströsen Krieger mit erhobenem Streitkolben erinnerte.

Die spitzen Kanten und tiefen Schatten schienen voller dunkler Kräfte zu sein die die Gruppe beobachteten.

„Näher wage ich mich nicht heran", sagte der Drache, als seine Passagiere abstiegen. „Aber ich werde euch noch eine Weile folgen."

„Wir sind in der Nähe", erklärte Malfurion. „Ich erinnere mich an diese Landschaft."

Krasus betrachtete den gleichen Gipfel, der auch Brox' Aufmerksamkeit erregt hatte. „Wie könnte man sie auch vergessen? Dies ist ein passender Ort für Deathwing."

„Du hast den Namen schon einmal verwendet", sagte der Druide. „Und Rhonin ebenfalls."

„So nennt man den Erdwächter in unserer Heimat. Sein Wahnsinn ist allen wohl bekannt, nicht wahr, Brox?"

Der erfahrene Krieger grunzte zustimmend. „Mein Volk nennt ihn auch den Schatten des Blutes, aber ja, jeder kennt Deathwing … leider."

Malfurion schüttelte sich. „Wie sollen wir seiner Aufmerksamkeit entgehen? Ich bin ihm beim letzten Mal nur durch Cenarius' Lehren entkommen, aber wir können ja nicht alle durch den Smaragdtraum reisen."

„Das wäre auch sinnlos", antwortete Krasus. „Auf dieser Ebene könnten wir die Scheibe nicht berühren. Wir müssen hier bleiben. Ich kenne ihn gut. Ich werde versuchen, seine Warnzauber zu umgehen. Allerdings müssen dann du und Brox den Rest erledigen."

„Dazu bin ich bereit."

„Und ich ebenfalls." Der Ork hob seine magische Axt. „Ich werde den Kopf des schwarzen Drachen von seinen Schultern schlagen, wenn es sein muss."

Der Magier lächelte knapp. „Das wäre wohl ein Lied wert, nicht wahr?"

Korialstrasz führte sie anfangs an. Er war ihr bester Kämpfer, sogar in Brox' Augen. Doch schließlich wurde der Pfad zwischen den Bergen so eng, dass der Drache sich hindurch quetschen musste.

„Du musst hier bleiben", beschloss Krasus.

„Ich kann auf die Berge klettern …"

„Wir sind zu nah. Selbst wenn wir den Zaubern entgehen, entdecken dich vielleicht die Wachen, die er wahrscheinlich irgendwo postiert hat."

Der Drache wusste, dass das stimmte. „Dann warte ich hier auf euch. Ruft mich, wenn ihr meine Hilfe benötigt." Seine Reptilienaugen verengten sich. „Auch wenn ich mich *ihm* stellen muss."

Korialstrasz' Abwesenheit senkte die Stimmung der Gruppe. Die drei Reisenden bewegten sich vorsichtiger, beobachteten jede Kluft und jeden Schatten misstrauisch. Malfurion erkannte immer mehr Aspekte der Landschaft wieder, deshalb wussten sie, dass sie sich ihrem Ziel näherten. Brox, der die Gruppe inzwischen anführte, starrte jeden Felsen an, als vermute er einen Hinterhalt.

Aus Tag wurde Nacht, und obwohl Malfurion jetzt besser sehen konnte, legten sie eine Rast ein. Der Druide wusste, dass das Nest ganz in der Nähe war, daher fiel ihm und den anderen der Schlaf schwer.

Der Ork übernahm die erste Wache. „Wir werden uns dieses Mal abwechseln“, erklärte Krasus ernst, „damit wir morgen alle ausgeruht sind.“

Der ergraute Ork stimmte zögernd zu, dann setzte er sich auf den Felsen. Sein scharfes Gehör nahm sogar den Atem seiner Begleiter wahr. Sie atmeten gleichmäßig, ein Zeichen, dass sie eingeschlafen waren. Er hörte auch andere Laute, doch sie waren seltener als an den meisten Orten, die er in seinem entbehrungsreichen Leben besucht hatte. Dies war wirklich ein *leeres* Land. Der Wind heulte, und hier und da rutschten kleine Steine von den Gebirgen herab. Aber abgesehen davon war alles still.

In dieser Stille erinnerte sich Brox an die letzten Tage seines ersten Kampfes gegen die Dämonen. Er dachte an seine Kameraden, die damals freudig der Schlacht entgegen blickten – und den Feinden, die sie erschlagen würden. Viele hatten den Tod erwartet, aber sie wollten ihm ehrenhaft und stolz begegnen.

Keiner von ihnen hatte geahnt, was tatsächlich geschehen würde.

Noch lange Zeit danach hatte Brox geglaubt, seine toten Kameraden würden ihn verfolgen. Jetzt wusste der Krieger jedoch, dass sie ihn nicht verdammten, sondern im Gegenteil ihm zur Seite standen und seinen Arm führten. Durch ihn hatten sie weiterleben können. Jeder tote Feind hatte zu ihrer Ehre beigetragen. Irgendwann würde auch Brox fallen, doch bis dahin kämpfte er an ihrer Stelle.

Dieses Wissen erfüllte ihn mit Stolz.

Brox hatte schon so oft Wache gehalten, dass er ein gutes Gespür für die verstreichende Zeit hatte. Ungefähr die Hälfte seiner Schicht war bereits vergangen. Kurz dachte er darüber nach, die anderen schlafen zu lassen, doch er hatte Krasus' Warnung nicht vergessen.

Der Ork war zwar ein erfahrener Krieger, doch verglichen mit dem Magier war er nur ein Kind. Brox würde ihm gehorchen … zumindest dieses Mal.

Ein Geräusch, das nicht vom Wind stammte, erregte seine Aufmerksamkeit. Er konzentrierte sich darauf, und sein Gesichtsausdruck wurde hart, als er es erkannte. Es waren hohe, schnell sprechende Stimmen. Sie befanden sich weit entfernt, waren nur durch eine zufällige Brise zu ihm getragen worden. Der Ork erhob sich und versuchte herauszufinden, von wo genau die Stimmen kamen.

Schließlich entdeckte Brox einen schmalen Pfad, der rund hundert Schritte nördlich verlief. Die Stimmen kamen aus dieser Richtung. Mit der Lautlosigkeit eines geübten Jägers verließ der Ork seinen Posten. Noch gab es keinen Grund, die anderen zu wecken. Es war durchaus möglich, dass er gar keine Stimmen hörte, sondern nur den Wind, der durch die uralten Berge pfiff.

Als er sich dem Pfad näherte, verstummten die Laute. Der Ork hielt an und wartete. Für einen Moment wurde die Unterhaltung fortgesetzt. Brox begann zu ahnen, wem er zuhörte. Diese Vermutung erhöhte seine Vorsicht.

Der Ork versuchte die Sprecher zu zählen. Drei, maximal vier. Mehr konnte er nicht unterscheiden.

Er hörte andere Laute. Es wurde gegraben, doch es gab hier keine Zwerge.

Brox kroch der unsichtbaren Gruppe langsam und lautlos entgegen. Anscheinend erwarteten sie nicht, in diesem Gebiet auf Fremde zu treffen, das verschaffte ihm einen deutlichen Vorteil.

Ein schwaches Licht erhellte den Bereich vor ihm. Brox blickte um eine Biegung … und entdeckte die Goblins.

Verglichen mit einem Ork waren es winzige, dürre Wesen mit zu großen Köpfen. Abgesehen von ihren spitzen Zähnen und kurzen scharfen Klauen wirkten sie nicht sonderlich bedrohlich. Brox wusste jedoch, wie gefährlich Goblins sein konnten, vor allem, wenn sie in Gruppen auftraten. Sie waren verschlagen und schnell. Mit Leichtigkeit tricksten sie auch viele größere Gegner aus. Einem Goblin konnte man nur vertrauen, wenn er bereits tot am Boden lag.

Malfurion hatte von einer großen Anzahl Goblins gesprochen, die irgendetwas für den schwarzen Drachen herstellten. Sie waren offenbar maßgeblich an der Erschaffung der Dämonenseele beteiligt gewesen. Brox nahm an, dass diese Goblins hier zur gleichen Schmiede gehörten, aber was taten sie so weit draußen?

„Mehr, mehr“, murmelte einer. „Noch nicht genug für eine neue Platte.“

„Die Ader ist versiegt!“, warf ein anderer wütend ein. Man konnte die beiden kaum voneinander unterscheiden. Einem dritten sagte er: „Wir müssen eine neue finden.“

Das Grabgeräusch stammte aus einem kleinen Stollen, den man in eine Bergwand geschlagen hatte. Die Goblins betrieben auf diese Weise Bergbau. Brox beobachtete, wie ein viertes Wesen zur Gruppe trat. In einer Hand hielt der Goblin eine Öllampe. Er zog einen Sack hinter sich her, der fast so groß wie er selbst war. Goblins waren zwar klein, aber ungewöhnlich kräftig.

Im Gegensatz zu den anderen wirkte der Neuankömmling gut gelaunt. „Hab eine neue Ader gefunden. Mehr Eisen.“

Die anderen Goblins wirkten erleichtert. „Gut“, sagte der Erste. „Keine Zeit zum Jagen. Das müssen die anderen tun.“

Brox wäre am liebsten seinen Instinkten gefolgt und hätte sie angegriffen. Aber er wusste, dass Krasus das nicht gewollt hätte. Der Ork betrachtete die Goblins. Sie wirkten so, als seien sie noch eine Zeitlang beschäftigt. Er würde zu dem Magier zurückkehren und von seiner Entdeckung berichten. Krasus wusste bestimmt, was richtig war, ob sie die Goblins gefangen nehmen oder ihnen besser aus dem Weg gehen sollten.

Ein Schlag traf ihn schwer am Hinterkopf. Er ging in die Knie. Etwas landete auf seinem Rücken und drückte seine Kehle zu. Ein zweiter Schlag traf seinen Kopf.

„Eindringling! Hilfe, Eindringling!“

Die hohe Stimme schnitt durch die Watte in seinem Schädel. Ein Goblin hatte sich hinter ihm angeschlichen. Die Fäuste dieses Volkes waren klein, also war er vermutlich mit einem Hammer oder Stein bewaffnet.

Der Ork wollte sich aufrichten, aber der Goblin schlug weiter auf ihn ein. Blut lief über seine Stirn und tropfte auf seine Lippe. Der Geschmack seines eigenen Lebenssafts weckte den Krieger in ihm. Er rollte sich auf den Rücken.

Etwas quakte unter ihm, dann landete der Ork auf etwas Weichem. Die Schläge hörten endlich auf. Brox wälzte sich weiter herum, bis sich der Goblin unter ihm nicht mehr regte.

Dann stand der Krieger auf. Die Stimmen der anderen Goblins waren nahe heran gekommen. Ein Stein schlug heftig gegen seine Schulter. Brox hörte, wie Metall über Metall schabte und wusste, dass die Goblins Messer bei sich trugen.

Blind griff er nach seiner Axt, konnte sie jedoch nicht finden. Der Ork wollte sich das Blut aus den Augen wischen, aber eine kreischende Gestalt sprang gegen seine Brust. Der Goblin hielt sich mit einer Hand an ihm fest und versuchte ihm mit der anderen eine Messerklinge ins Auge zu jagen.

Brox war noch damit beschäftigt, ihn abzuwehren, als bereits ein zweiter Angreifer auf seiner Schulter landete. Eine Klinge schnitt schmerzhaft in sein Ohr. Brox riss die Kreatur von seiner Schulter und schleuderte sie so weit wie möglich von sich. Er hörte ihre Schreie, während er mit beiden Händen nach dem Goblin auf seiner Brust griff.

Im gleichen Moment schnappte jemand nach seinen Beinen. Brox hob den Fuß und trat kräftig zu. Zufrieden hörte er, wie Knochen unter seinem Tritt brachen. Der Druck auf sein linkes Bein verschwand. Er wiederholte seine Taktik, doch dieses Mal gelang es dem Goblin, der sein anderes Bein festhielt, sich rechtzeitig zur Seite zu drehen. Selbst dabei ließ er nicht los.

Dem Goblin, der auf seiner Brust hockte, gelang es, sein Messer in Brox' Schulter zu stoßen. Die Kreatur kicherte, als sie erneut mit der Klinge ausholte.

Der Ork schwang seine Faust und traf den Goblin am Kopf. Das Kichern endete in einem Gurgeln, dann fiel die Kreatur zu Boden.

Doch Brox erhielt keine Atempause. Ein neuer Angreifer krachte gegen seinen Bauch und ließ ihn nach Luft schnappen. Brox kippte nach hinten. Zumindest einen Vorteil hatte sein Sturz, denn der Goblin, der sein Bein festgehalten hatte, wurde halb davon erschlagen und ließ kreischend los.

Ein zweiter Goblin sprang auf den am Boden liegenden Ork und begann mit einem Stein auf ihn einzuschlagen. Das war nicht gerade der ehrenhafte Tod, den Brox sich vorgestellt hatte. In den epischen Heldengesängen kam kein einziger Ork vor, den Goblins umgebracht hatten.

Die beiden Wesen auf seiner Brust schrien auf, als ein rotes Licht sie einhüllte und zur Seite schleuderte. Der eine kollidierte mit einem weiteren Goblin, der zweite mit einer Felswand.

„Wir müssen alle erwischen!“, rief Krasus.

Brox schüttelte sich und sah, wie die beiden am Boden liegenden Goblins plötzlich vom Fels verschluckt wurden. Ihre Schreie brachen abrupt ab, als ihre Köpfe verschwanden.

Eine weitere Kreatur, die entweder klüger oder wagemutiger als die anderen war, warf einen Stein und traf den Magier am Kopf. Brox öffnete noch den Mund, um Krasus zu warnen, aber es war bereits zu spät. Der Stein traf den hageren Magier mit solcher Wucht, dass er von ihm abprallte und den Schädel des Goblins zertrümmerte.

Die Nackenhaare des Orks stellten sich auf. Instinktiv keilte er nach hinten aus. Der Goblin, der ihm gerade ein Messer in den Rücken rammen wollte, brach zusammen.

Krasus stand reglos und mit geschlossenen Augen da. Brox kam vorsichtig auf die Beine. Er wollte den Magier nicht aus seiner Konzentration reißen.

„Keiner ist entkommen“, murmelte Krasus nach einem Moment. Dann öffnete er den Mund und betrachtete die Leichen. „Wir haben alle erwischt.“

Der Ork hob seine Axt auf und senkte beschämt den Kopf. „Vergib mir, weiser Mann. Ich handelte mit der Dummheit eines Kindes.“

„Es ist vorbei, Brox … und dank dir haben wir vielleicht eine Abkürzung zu unserem Ziel gefunden.“

Krasus’ Hand begann zu leuchten, dann berührte er den Krieger an der Schulter und heilte seine Wunden.

Brox war erleichtert, dass er sich nicht entehrt hatte. Neugierig sah er den Magier an. Malfurion blickte ebenfalls auf den Magier, schien jedoch zu verstehen, worum es ging.

„Sie wissen am besten, wie man das Nest des Drachen erreicht“, sagte Krasus. Seine Hand glühte immer noch. „Sie werden uns den Weg zeigen.“

Brox runzelte die Stirn. Alle Goblins, die am Boden lagen, waren tot. Nein, einer erhob sich schwankend zwischen den Felsen. Im ersten Moment fragte sich der Ork, wie er diesen Aufprall überlebt hatte, doch dann erkannte er, dass der Goblin tot war.

„Wir sind die Diener des Lebens“, flüsterte Krasus deutlich angewidert. „Daher kennen wir auch den Tod sehr gut.“

„Bei Mutter Mond …“, stieß Malfurion hervor.

Brox schickte den Geistern ein kurzes Gebet, dann betrachtete er den lebenden Toten. Er erinnerte ihn an die Geißel. Instinktiv umklammerte er seine Axt fester, fragte sich, ob der Goblin angreifen würde.

„Beruhigt euch, meine Freunde. Ich habe nur die Erinnerungen an diesen Weg erweckt. Er wird ihn gehen, dann ist die Angelegenheit erledigt. Ich bin kein Nathrezim. Es macht mir keine Freude, Leichen meinen Willen aufzuzwingen." Er zeigte auf den toten Goblin, der sich schwerfällig umdrehte und in nördliche Richtung bewegte. „Kommt, lasst uns diese unerfreuliche Sache möglichst schnell beenden, damit wir uns auf das Nest des dunklen Drachen vorbereiten können."

Ruhig folgte Krasus dem makabren Wesen. Nach einem Moment tat es ihm Malfurion gleich. Brox zögerte, dann dachte er an all das Böse, dem sie gegenüber gestanden hatten und erkannte, dass der Magier richtig handelte. Also ging auch er ihm nach.

# SIEBEN

Archimonde sah zu, wie seine Krieger an allen Fronten zurückgedrängt wurden. Er sah zu, wie sie von den Angreifern zu Dutzenden aufgespießt oder von deren Nachtsäblern zerrissen wurden. Er bemerkte auch, wie viele Verbündete der Armee getötet wurden.

Archimonde sah all das … und lächelte.

Der Armee fehlten der Zauberer, der Druide, der ältere Magier und der grünhäutige Krieger, dessen Wut der Dämon bewundernswert fand.

„Es ist soweit“, zischte er.

Jarod versuchte Rhonin aufzuwecken, aber der Zauberer reagierte nicht. Nur die Augen hatte der Mensch geöffnet, aber ihr Blick war leer, als wäre das Bewusstsein dahinter verschwunden.

Trotzdem versuchte er es weiter. „Meister Rhonin! Du musst aufwachen. Etwas stimmt hier nicht, das weiß ich sicher!“ Der Captain spritzte dem Magier Wasser ins Gesicht. Es tropfte zu Boden, ohne eine Reaktion auszulösen. „Der Dämonenlord plant etwas!“

Ein merkwürdiges Geräusch erregte seine Aufmerksamkeit. Es erinnerte Jarod an einen in den Bäumen landenden Vogelschwarm – der Klang unendlich vieler Flügelschläge.

Er sah auf.

Der Himmel war voller Verdammniswachen.

„Mutter Mond …“

Jeder der fliegenden Dämonen trug einen großen Krug bei sich, aus dem Rauch aufstieg. Die Gefäße waren so schwer, dass kein Nachtelf sie hätte tragen können und selbst die Verdammniswachen sich anstrengen mussten.

Jarod Shadowsong beobachtete, wie der Scharm sich den Linien der Verteidiger näherte und darüber hinweg flog. Der Kampf, der unter ihnen tobte, war so wild, dass kaum jemand die Dämonen beachtete. Selbst Lord Stareye sah nur die sterbenden Feinde vor sich.

Der Adlige musste gewarnt werden, das erkannte Jarod sofort. Nur er konnte noch etwas ausrichten, nun, da Krasus nicht hier war.

Der Captain schleifte Rhonins Körper zu einem großen Felsen. Er legte den Zauberer dahinter ab, sodass man ihn vom Schlachtfeld aus nicht sehen konnte.

„Bitte … bitte vergib mir“, sagte er zu dem schlaffen Körper.

Jarod sprang auf sein Reittier und ritt der Stelle entgegen, wo er zuletzt das Banner des Kommandanten gesehen hatte. Doch bevor er näher herankommen konnte, verharrte die erste Verdammniswache flügelschlagend über den Nachtelfen. Der Captain sah, wie sie den Krug umdrehte.

Eine kochende rote Flüssigkeit ergoss sich über die ahnungslosen Soldaten.

Ihre Schreie waren furchtbar. Wer von dem tödlichen Regen getroffen wurde, fiel verkrampft zu Boden. Ein einziges Gefäß verbrannte, verstümmelte und tötete Dutzende Nachtelfen.

Jetzt drehten auch die anderen Dämonen ihre Krüge um.

„Nein …“, flüsterte Jarod. „Nein …“

Der Tod regnete auf die Soldaten herab. Reihe um Reihe versank im Chaos. Soldaten versuchten verzweifelt, sich vor dem kochenden Regen zu schützen. Klauen und Klingen hatten sie widerstanden, denn diesen Gefahren konnte man mit einer Waffe begegnen. Gegenüber dem Grauen, das die Verdammniswache über sie brachten, waren sie hilflos.

Die Schreie hallten in Jarods Gehör wider. Er drängte seinen Nachtsäbler zur Eile. Er entdeckte das Banner des Adligen, dann, nach einigem nervösen Suchen, Stareye selbst.

Doch sein Anblick schenkte Jarod keine neue Hoffnung. Der schlanke Nachtelf saß mit entsetztem Gesichtsausdruck auf seinem Nachtsäbler. Er war so reglos, dass er wie tot wirkte. Er beobachtete das Ende seines wundervollen Plans und schien nichts dagegen unternehmen zu wollen oder zu können. Sein Stab und seine Wachen starrten ihn hilflos an. In ihren Gesichtern sah Jarod keine Spur von Hoffnung.

Der Captain trieb seinen Nachtsäbler an reglosen Wachen und einem Adligen mit zitternden Händen vorbei, bis er vor dem Kommandanten stand. „Mylord! Ihr müsst etwas unternehmen! Wir müssen die Dämonen vom Himmel holen.“

„Es ist zu spät … zu spät“, stieß Stareye hervor. Er sah Jarod nicht an. „Wir werden untergehen. Das ist unser Ende.“

„Mylord –“ Ein Instinkt ließ Jarod zum Himmel blicken.

Zwei Dämonen schwebten über ihnen. Ihre Krüge waren voll.

Jarod ergriff den Arm des Adligen und rief: „Lord Stareye! Weg hier! Schnell!“

Der Gesichtsausdruck des Kommandanten verhärtete sich. Er zog seinen Arm angewidert aus Jarods Griff. „Lass mich los! Du vergisst deine Stellung, Captain!“

Jarod sah Stareye fassungslos an. „Mylord –“

„Verschwinde, bevor ich dich in Eisen legen lasse.“

Jarod wusste, dass sich der Adlige nicht überzeugen lassen würde, also zog er an den Zügeln seines Reittiers, wendete es und preschte los.

Das rettete sein Leben.

Die Welle, die sich über Stareye und die anderen ergoss, verbrühte Fleisch und schmolz Metall. Im Todeskampf warf der Nachtsäbler des Adligen dessen dampfenden Körper ab. Stareye landete mit verdrehten Gliedmaßen und entsetzlich verzerrtem Gesicht im Staub. Seinen Begleitern und Wachen erging es nicht viel besser. Wer nicht sofort starb, lag zuckend und mit verkrüppeltem Leib am Boden. Ihre Schreie ließen die Seele frieren.

Jarod konnte nichts für sie tun.

Die Verdammniswachen wurden von den Verteidigern kaum angegriffen. Hin und wieder schickten einige Bogenschützen ihre Pfeile in den Himmel, und auch die Mondgarde tötete einige, aber ihre Anstrengungen waren unkoordiniert. Das Chaos überraschte Jarod im ersten Moment, doch dann fiel ihm ein, dass Stareye die meisten Offiziere durch seine eigenen Freunde ersetzt hatte.

Andere Einheiten der Nachtelfen-Armee hatten noch gar nicht in den Kampf eingegriffen. Sie warteten nervös auf einen Befehl, der niemals kommen würde. Jarod erkannte, dass sie nichts von Stareyes Tod wussten und jeden Moment seine Anweisungen erwarteten.

Er ritt zu einer der Einheiten. Der befehlshabende Offizier salutierte vor ihm.

„Wie viele Bögen habt ihr?"

„Sechzig, Captain!"

Das würde nicht ausreichen, war aber zumindest ein Anfang. „Macht alle Bögen bereit und richtet sie auf die Verdammniswachen! Alle anderen decken die Bogenschützen!"

Der Offizier gab seine Befehle weiter. Jarod sah sich verzweifelt nach anderen nützlichen Truppenteilen um. Doch im gleichen Moment stoppte ein Reiter vor ihm und salutierte mit einer Erleichterung, die verriet, dass er schon seit längerem keinen Offizier mehr gesehen hatte.

„Der Keil ist stumpf, die Linie kann kaum noch gehalten werden." Er drehte sich um und zeigte auf einen Punkt nahe der Mitte. „Lord Del'theon ist tot, und wir haben nur noch einen Unteroffizier. Er hat mich ausgesandt, um Verstärkung zu holen."

Die Truppen, die Jarod übernommen hatte, waren bereits in Formation gegangen. Während er noch darüber nachdachte, wie er dieses neue Problem lösen konnte, fielen zehn Verdammniswachen vom Himmel. Das gab ihm ein wenig Hoffnung.

Dem Reiter sagte er schließlich: „Reite zu den Tauren. Sage ihnen, dass Captain Shadowsong das Volk von Huln um einige Krieger bittet, die den Keil stärken sollen." Nachträglich fügte er hinzu: „Bitte sie auch um ihre besten Bogenschützen."

Der andere Nachtelf, der jetzt nicht mehr ganz so verzweifelt wirkte, nickte und ritt davon. Jarod hatte kaum Zeit, um seine Gedanken zu ordnen, dann kamen auch schon die nächsten beiden auf ihn zu. Der Captain nahm an, dass man seine Versuche, die Reihen zu ordnen, bemerkt hatte. Wahrscheinlich glaubten die Soldaten jetzt, er spräche im Namen des toten Stareye.

Und obwohl er sich seiner Unzulänglichkeit bewusst war, konnte er sich den Problemen nicht verschließen. Er hörte sich an, was die Soldaten zu sagen hatten und versuchte eine Lösung zu finden.

Zu seiner Überraschung tauchte kurze Zeit später ein Mitglied der Mondgarde auf. Er war einer der höchsten Zauberer, wirkte aber erleichtert, als er Shadowsong sah.

„Die Bogenschützen behindern die geflügelten Dämonen. Wir ordnen gerade unsere Reihen, allerdings sind drei tot und zwei schwer verletzt. Wir versuchen uns um die Verdammniswache und die Hexenmeister zu kümmern, aber wir brauchen mehr Schutz."

Jarod versuchte nicht zu schlucken. Er wollte seine Unsicherheit vor dem Zauberer verbergen. Er blickte die linke Flanke entlang und entdeckte einige Einheiten, die sich den Dämonen entgegen werfen wollten, doch durch die Soldaten vor ihnen daran gehindert wurden. Sie halfen niemandem, stellten sogar eine Gefahr dar, da sie die vorderen in die Klingen der Dämonen schoben.

Er winkte einen Soldaten zu sich heran. „Du reitest mit ihm zu den Reihen da hinten und lässt dir eine Schwadron mitgeben. Der Rest soll sich zurückhalten und die Reihen auffüllen, wo es nötig wird."

Immer mehr Probleme tauchten auf. Jarod kam kaum dazu, Luft zu holen. Sogar die Irdenen und die anderen Verbündeten kamen zu ihm, wenn sie Hilfe benötigten. Jarod, der niemanden fand, der größere Autorität als er selbst besaß, beantwortete ihre Fragen und hoffte, dass er niemanden in den Tod schickte.

Der Captain rechnete ständig damit, dass die Dämonenhorde seine Leute überrennen würde, aber irgendwie hielten die Nachtelfen ihnen stand. Die Beharrlichkeit der Mondgarde und der Bogenschützen zeigte schließlich Erfolg, denn die Verdammniswachen flohen, obwohl viele Krüge noch nicht geleert worden waren. Die Verluste der Armee waren hoch, aber als sich der Kampf etwas beruhigte, begann Jarod zu ahnen, dass seine Entscheidungen noch mehr Tote verhindert hatten.

Schließlich fand der Captain endlich die Zeit, zu Rhonin zurückzukehren. Ein halbes Dutzend Soldaten schloss sich ihm an. Er hatte sie nicht darum gebeten, aber mehrere Offiziere hatten die Soldaten abgestellt, damit Jarod sie über seine aktuellen Befehle auf dem Laufenden halten konnte. Der ehemalige Wachoffizier fühlte sich in ihrer Gegenwart unwohl, denn sie behandelten ihn, als wäre er ebenso wichtig wie Stareye oder Ravencrest. Jarod Shadowsong war kein Adliger und auch kein Kommandant. Die Armee hatte sich zwar von ihrem Rückschlag erholt, doch das lag an den Soldaten, nicht an ihm.

Er war erleichtert, als er den Zauberer unverletzt vorfand. Allerdings reagierte er immer noch nicht, schien weder etwas zu sehen, noch zu hören.

Jarod versuchte vergeblich, ihm etwas Wasser einzuflößen. Frustriert wandte er sich an einen der Soldaten. „Bring einen Zauberer der Mondgarde zu mir. Beeil dich!"

Doch der Soldat kam nicht mit einem Magier zurück, sondern mit zwei Personen, die die Rüstung der Schwesternschaft trugen. Schlimmer noch, die ältere der beiden Priesterinnen war Maiev.

„Als man mir sagte, der befehlshabende Offizier suche nach einem Zauberer, hätte ich nicht gedacht, dass du gemeint sein könntest, kleiner Bruder."

Captain Shadowsong hatte keine Zeit für die Sticheleien seiner Schwester. „Erspar mir deine Ironie, Maiev. Dieser Zauberer steht unter einem Fluch, den einer der obersten Dämonen ausgesprochen hat. Kann Elune ihn davon befreien?"

Sie sah ihn merkwürdig an, dann ging sie neben Rhonin in die Knie. „Ich habe nie jemanden von seiner Art getroffen, aber ich nehme an, dass er uns ähnlich genug ist, um vor Mutter Mond Beachtung zu finden. Jia, hilf mir. Mal sehen, was wir tun können."

Die zweite Priesterin trat an Rhonins andere Seite. Die beiden hoben ihre Hände und drehten die Handflächen nach oben. Dann legten sie ihre Fingerspitzen aneinander. Ein silbernes Licht floss aus ihren Fingern die Arme hinauf und legte sich um ihre Körper.

Maiev und ihre Begleiterin begannen zu singen. Ihre Worte ergaben für Jarod keinen Sinn, aber er wusste, dass die Schwesternschaft in ihrer eigenen Sprache zu Elune betete.

Die Aura, von der die Schwestern umgeben waren, dehnte sich auf Rhonin aus. Sein Körper verkrampfte kurz, dann entspannte er sich.

Ein Reiter blieb neben der Gruppe stehen. „Wo ist der Kommandant?"

Einige der berittenen Boten nannten Jarod so, obwohl er sie immer wieder zurechtwies, es zu unterlassen. Die Störung ärgerte ihn so sehr, dass er auf dem Absatz herumfuhr und knurrte: „Halt den Mund, bis ich dir zu sprechen erlaube –"

Die Augen des Reiters weiteten sich. Der Captain bemerkte erst jetzt die goldenen Klappen auf dessen Schultern und das Emblem auf der Brustplatte.

Er hatte einen Adligen beleidigt.

Doch der Reiter schien es ihm nicht übel zu nehmen, denn er nickte nur entschuldigend und schloss den Mund. Jarod versuchte seine Überraschung zu verbergen, indem er sich wieder den Schwestern zuwandte.

Maiev schwitzte. Die zweite Priesterin zitterte. Rhonins Körper hatte sich noch mehr verkrampft, und seine ohnehin helle Haut war so weiß wie der Mond.

Der Zauberer richtete sich plötzlich auf. Sein Mund öffnete sich zu einem stummen Schrei, dann blinzelte Rhonin zum ersten Mal seit seiner Bewusstlosigkeit.

Der Mensch stöhnte. Er wäre gegen den Felsen gerutscht und hätte sich vielleicht verletzt, wenn der Captain ihn nicht gestützt hätte.

Seufzend schloss der Magier die Augen. Sein Atem ging gleichmäßig.

„Ist er –"

„Der Dämon hat seine Macht über ihn verloren, Bruder", antwortete Maiev mit zitternder Stimme. „Er wird sich jetzt ausruhen, so lange es sein muss." Sie stand auf. „Es war ein harter Kampf, aber Elune hat Großmut bewiesen."

„Danke."

Seine Schwester sah ihn erneut seltsam an. „Gerade du schuldest mir keinen Dank. Komm, Jia. Wir müssen noch vielen anderen helfen."

Jarod sah Maiev einen Moment lang nach, dann wandte er sich an den Adligen. „Vergebt mir, Mylord, aber –"

Der Reiter wischte seine Worte mit einer Geste beiseite. „Meine Sorgen können warten. Ich habe nicht bemerkt, dass es um den fremden Magier ging. Ich bin Lord Blackforest. Ich kenne dich, oder?"

„Jarod Shadowsong, Mylord."

„Nun, Commander Shadowsong, ich bin sehr froh, dass du nicht mit Lord Stareye und den anderen gefallen bist. Man sagt, du hättest bis zum Schluss versucht, ihn zu retten."

„Mylord –"

Blackforest ignorierte den Einwurf. „Ich sammle die Offiziere. Stareyes Strategien waren unzureichend, möge Mutter Mond mir meine Respektlosigkeit gegenüber einem Verstorbenen vergeben. Uns muss etwas Besseres einfallen – wenn wir überleben wollen. Du wirst natürlich da sein, um uns anzuleiten, nehme ich an."

Jarod fehlten die Worte. Er nickte instinktiv und ohne nachzudenken. Der Adlige las aus der Geste offenbar Zustimmung, denn er nickte dankbar zurück.

„Mit deiner Erlaubnis werde ich das Treffen in meinem Zelt ausrichten und meine Suche fortsetzen." Blackforest nickte ein weiteres Mal, dann wendete er sein Tier und ritt davon.

„Du hast es wohl inzwischen zu was gebracht", sagte eine raue Stimme.

Er drehte sich um. Rhonin hatte das Bewusstsein wiedererlangt. Der Zauberer wirkte immer noch blass, aber deutlich gesünder. Jarod nahm eine Wasserflasche aus einem Sack und reichte sie ihm. Rhonin trank gierig.

„Ich hatte Angst, der Zauber könne deinen Geist in Mitleidenschaft gezogen haben. Wie geht es dir, Meister Rhonin?"

„Als würde sich ein Regiment von Höllenkreaturen von innen gegen meinen Schädel werfen … und das heißt, dass es mir besser geht." Der Mensch richtete sich auf. „Ich nehme an, es gab ein paar Probleme während meiner Abwesenheit."

Der Captain berichtete alles, fasste sich aber kurz und spielte seine eigene Rolle herunter. Trotzdem sah der Zauberer ihn bewundernd an.

„Krasus hat dich also richtig eingeschätzt. Du hast nicht nur uns gerettet, sondern wahrscheinlich die ganze Welt … zumindest für den Augenblick."

Die Wangen des Nachtelfen färbten sich dunkel. Er schüttelte vehement den Kopf. „Ich bin kein Anführer, Meister Rhonin. Ich wollte nur überleben."

„Na ja, nett, dass du allen anderen auch beim Überleben geholfen hast. Stareye ist also tot. Das tut mir Leid für ihn, aber nicht für die Armee. Freut mich, dass einige Adlige ihren Verstand wiedergefunden haben. Vielleicht gibt es doch noch Hoffnung."

„Du glaubst doch nicht etwa, dass ich mich mit ihnen treffen werde?" Jarod stellte sich vor, wie Blackforest und die anderen ihn umringten und anstarrten. „Ich bin nur ein Wachoffizier aus Suramar."

„Jetzt nicht mehr …" Der Zauberer wollte aufstehen, benötigte aber Jarods Hilfe. Er streckte sich und sah dem Nachtelf in die Augen. „Nein, jetzt nicht mehr."

Korialstrasz war noch nicht so geduldig wie sein älteres Ich, und so begann er nach einer Weile nervös zu werden. Der rote Drache wusste, dass einige Zeit bis zur Rückkehr der Gruppe vergehen würde – wenn sie überhaupt zurückkehrte –, und obwohl er versuchte, währenddessen seinen Frieden zu finden, gelang ihm das nicht. So viele Gedanken spukten durch seinen Kopf. Alexstrasza, die Brennende Legion, Krasus' Anwesenheit … und so weiter. Er erinnerte sich auch nur zu gut an seine Niederlage gegen Neltharion. Jetzt näherte sich sein anderes Ich dem Nest des wahnsinnigen Drachen. Er befürchtete, dass auch Krasus der Dämonenseele zum Opfer fallen würde.

Frustriert begann der rote Riese, mit einer Klaue am Berg zu kratzen. Felsen, die für den Drachen so groß wie Kieselsteine waren, donnerten ins Tal. Doch nach einer Stunde lenkte auch das Korialstrasz nicht mehr ab. Nervös betrachtete er den dunklen Himmel. Er begann sich zu fragen, ob er es nicht doch wagen sollte, sich nur für ein paar Minuten in die Lüfte zu erheben.

Ein dumpfes Brüllen hallte durch das Gebirge.

Korialstrasz kletterte von dem Stein, auf dem er gehockt hatte und presste seinen gewaltigen Körper gegen eine Felswand. Er blickte nach oben und suchte nach dem Ursprung des Lautes.

Eine dunkle Gestalt flog über ihn hinweg. Es war ein kleiner schwarzer Drache. Er flog so langsam, dass es sich um einen Wächter handeln musste.

Korialstrasz zischte leise. Wäre der andere nur auf seinem Weg zu einem bestimmten Ziel gewesen, hätte es keinen Anlass zur Sorge gegeben. Doch der Schwarze patrouillierte ausgerechnet über diesem Gebiet. Das hieß, er stellte eine Gefahr dar.

Trotzdem wusste er nicht, ob er am Boden bleiben oder sich dem Wächter stellen sollte. Wenn die anderen noch nicht entdeckt worden waren, brachte ein Angriff sie nur unnötig in Gefahr. Vielleicht entkam der Wächter und warnte seinen Herrn. Andererseits fand er Krasus und seine Begleiter vielleicht, wenn Korialstrasz nichts unternahm.

Der rote Drache presste sich so fest er konnte gegen den Berg, während er über seiner Entscheidung grübelte. Er musste sich beeilen. Der Schwarze würde bald verschwunden sein.

Der Fels unter seinen Klauen gab nach, dann stürzte die gesamte Felswand ein. Korialstrasz verlor das Gleichgewicht und rutschte dem Tal entgegen. Instinktiv breitete er die Flügel aus und richtete sich auf. So entging er der gewaltigen Lawine, die er ausgelöst hatte. Er schüttelte den Kopf und versuchte Ordnung in seine Gedanken zu bringen.

Ein ohrenbetäubendes Brüllen war die einzige Warnung, die er erhielt. Dann griff ihn der schwarze Drache auch schon von hinten an.

Korialstrasz' Gegner war zwar etwas kleiner, doch die Wut seines Angriffs machte den Größenunterschied wett. Der Rote wurde ins Tal geschleudert. Sein linker Flügel strich schmerzhaft über den Fels.

Korialstrasz streckte seinen Vorderlauf aus und krallte sich in einen der Gipfel. Sein Schwung riss tonnenschwere Felsen aus dem Berg, bremste seinen Sturz jedoch leicht ab. Er ließ sich zur Seite fallen. Der schwarze Drache wurde von der Bewegung überrascht.

Der Drache taumelte an Korialstrasz vorbei, der sich im gleichen Moment aufrichtete. Er versuchte sich in die Luft zu erheben, aber sein Angreifer grub eine Klaue in seinen Rücken. Das zusätzliche Gewicht riss ihn dem Tal entgegen, aber Korialstrasz gab nicht auf.

Er flatterte so schnell er konnte und drehte sich in der Luft. Mit dem Schwanz schmetterte er den Schwarzen gegen einen Gipfel.

Der Drache schlug ein wie ein Geschoss. Felsen donnerten nach unten. Seine Klauen ließen den roten Drachen los, rissen ihm aber ein paar Schuppen aus dem Fleisch. Korialstrasz brüllte vor Schmerz. Blut lief über sein Bein.

Einen Moment lang vergaßen beide Drachen den Kampf, in den sie verwickelt waren und konzentrierten sich auf ihre Verletzungen. Plötzlich schlug der Schwarze nach Korialstrasz' Hals. Der aber hob einen Flügel und wehrte den Angriff ab. Dann drosch er selbst los.

Der Flügelschlag trieb Neltharions Diener die Luft aus den Lungen. Mit einem letzten lauten Brüllen erhob er sich in die Luft und versuchte zu fliehen.

„Nein!" Korialstrasz konnte dem anderen Drachen die Flucht nicht gestatten. Der Wächter würde seinen Herrn alarmieren, der wohl kaum glauben würde, dass ein *einzelner* roter Drache in sein Territorium eingedrungen war.

Der Schwarze war klein und wendig, aber Korialstrasz war schlank und listig. Während sein Gegner ein schmales Tal umflog, entschied er sich für einen anderen Weg. Er hatte die Landschaft so lange angestarrt, dass er wusste, welche Täler sich mit anderen vereinten.

Er flog zwischen den Bergen hindurch. Auf der linken Seite lockte eine breit aussehende Schlucht, aber Korialstrasz wusste, dass das rechte Tal ihn seiner Beute näher bringen würde.

In einiger Entfernung hörte er den Flügelschlag seines Gegners. Der rote Drache begann sich Sorgen zu machen. Er hätte den anderen schon längst überholt haben sollen, stattdessen schien die Distanz größer zu werden.

Korialstrasz verstärkte seine Anstrengungen. Vor sich sah er den Punkt, den er gesucht hatte. Nur noch ein kurzes Stück … Er hörte den Schwingenschlag nicht mehr, war sich aber sicher, dass er endlich an seinem Gegner vorbei gezogen war.

Er wechselte hinüber in das andere Tal –

Ihre Flügel berührten einander. Beide Drachen brüllten, jedoch mehr überrascht als wütend. Korialstrasz fuhr herum und stieß den schwarzen Drachen auf einen kleinen Berg zu.

Doch der Kleinere hatte den größeren Schwung. Er zog an dem Roten vorbei.

Korialstrasz verfluchte sein Pech und folgte ihm. Er musste den anderen Drachen erwischen, egal, um welchen Preis. Zu viel war in diesem Kampf bereits schief gegangen …

Korialstrasz brüllte entschlossen und setzte seine Verfolgungsjagd fort.

Doch dem roten Riesen war etwas entgangen, das sich unter ihm befand. Augen beobachteten ihn – zumindest jene Beobachter, die über Augen verfügten – und den anderen Drachen, als sie in der Ferne verschwanden.

„Ein bemerkenswerter Luftkampf, nicht wahr, Captain Varo'then?"

Der vernarbte Nachtelf schnaufte. „Ein guter Kampf, aber zu kurz."

„Und zu wenig Blut für deinen Geschmack, nehme ich an?"

„Es gibt nie zu viel Blut", entgegnete Azsharas Diener. „Aber genug der Worte, Meister Illidan. Ist das ein Hinweis darauf, dass wir endlich nah am Ziel sind?"

Illidan rückte den Schal sorgfältig vor seinen zerstörten Augen zurecht. Der Kampf hatte ihm einen sehr interessanten Anblick beschert, denn die Drachen waren magische Wesen, und so war der Himmel erfüllt gewesen von leuchtenden Energien und wilden Farben. Malfurions Bruder schätzte seine neuen Sinne. Sie zeigten ihm eine Welt, die er nie zuvor wahrgenommen hatte.

„Das ist ja wohl offensichtlich, Captain, aber ist es nicht interessant, dass wir sowohl einen schwarzen, wie auch einen roten Drachen entdeckt haben? Wieso war wohl der zweite in diesem Gebiet?“

„Das hast du selbst gesagt. Diese Bestien leben hier.“

Der Zauberer schüttelte den Kopf. „Ich sagte, hier würden wir das Nest des großen Schwarzen finden. Der Rote war aus einem ganz bestimmten Grund hier.“

Varo’thens Gesicht zeigte einen besonders hässlichen Zug, als er begriff, worauf sein Begleiter hinaus wollte. „Die anderen Drachen sind hinter der Scheibe her! Das ergibt Sinn.“

„Ja.“ Illidan ließ seinen Nachtsäbler antraben, der Captain folgte ihm. Die Dämonenkrieger marschierten hinter ihnen her. „Aber man würde sie leicht entdecken. Du hast gesehen, wie sie geschlagen wurden.“

Er dachte eine Weile darüber nach. „Ich glaube, ich habe die Zeichnung des Roten erkannt.“

„Na und? Diese Bestien sind alle gleich.“

„Gesprochen wie ein Hochgeborener.“ Illidan strich sich über das Kinn, während er nachdachte. „Nein, ich habe ihn schon einmal getroffen … und ich glaube, wir werden bald einige bekannte Gesichter wiedersehen.“

# ACHT

Malfurion folgte dem Goblin, der sich schwerfällig durch die schmalen Schluchten bewegte. Er wusste, weshalb Krasus den Leichnam wiederbelebt hatte, aber der Anblick verstörte ihn trotzdem. Der Magier hatte ihm zwar versichert, dass der Zauber bei seinem Volk nur selten und unter großen Vorbehalten eingesetzt wurde, doch auch das beruhigte den Nachtelfen nicht wirklich.

Diese Zweifel ließ er sich jedoch nicht anmerken. Er achtete nur darauf, der toten Kreatur nicht allzu nahe zu kommen. Die Bewegungen des Goblins wurden mit der Zeit sicherer und geschickter, sodass er nach einer Weile beinahe lebendig wirkte.

Es überraschte den Druiden, dass Krasus aussprach, was er und Brox dachten. „Wie lange brauchen wir denn noch?“, murmelte der blasse Magier. „Diese Parodie des Lebens widert mich mehr und mehr an.“

Der Goblin schien ihn gehört zu haben, denn er beugte sich plötzlich vor. Malfurion sah Krasus an, glaubte im ersten Moment, der Magier habe den Anblick nicht mehr ertragen und den Goblin dem Tod zurückgegeben. Doch der nachdenkliche Gesichtsausdruck seines Gegenübers wies auf etwas anderes hin.

„Sieh hin …“, murmelte Krasus.

Der tote Goblin berührte einen Stein, der am Fuß des Berges lag. Der Stein wies keine Besonderheiten auf, wirkte wie einer von vielen, die irgendwann einmal den Berg herabgerutscht waren.

Doch als die Kreatur ihn ein wenig nach rechts zog, wurde die gesamte Felswand durchsichtig, und mehr als die Hälfte verschwand.

Brox grunzte. Krasus nickte.

„Sehr listig“, sagte er. „Seht, wo einst Stein war, liegt jetzt ein schmaler Stollen, der in den Berg führt.“

Sie folgten ihrem makabren Weggefährten einige Minuten lang, dann ließ ihn Krasus anhalten.

„Hört ihr das?“

Weit entfernt hallten hohe Goblin-Stimmen und metallisches Hämmern durch die Gänge.

Der Druide versteifte sich. „Wir sind da.“

„Dann können wir diese Obszönität endlich beenden.“ Krasus machte eine Handbewegung, und der Goblin drehte sich um. Die Kreatur kroch über einen Felsen hinweg und verschwand. Einen Moment später machte der Drachenmagier eine schneidende Geste. „Man wird ihn finden … aber erst, wenn wir weg sind.“

Krasus wollte losgehen, aber Malfurion ergriff seinen Arm. „Warte“, flüsterte der Druide. „Du kannst dort nicht hinein.“

Die Überraschung, die er auf dem Gesicht des Magiers sah, war ein seltener Anblick. Krasus schaute ihn forschend an. „Aus welchem Grund sagst du das so spät?“

„Weil es mir eben erst eingefallen ist. Krasus, dich wird er doch am einfachsten erkennen. Du gehörst zu seiner Art. Er wartet doch nur darauf, dass die Drachen versuchen, ihm die Dämonenseele zu stehlen.“

„Ja, aber meine Art lässt sich am meisten durch die Scheibe beeinflussen, also würden wir uns wahrscheinlich von ihr fernhalten. Außerdem habe ich mich gut abgeschirmt.“

Malfurion nickte und fuhr fort. „Und dein Volk hat am meisten zu verlieren, wenn die Scheibe in seinem Besitz verbleibt. Es würde zu den Drachen passen, wenn sie es wenigstens versuchen würden … und davon geht sicherlich auch der Erdwächter aus. Er wird sich auf Drachenmagie vorbereitet haben, vor allem auf solche Schilde.“

„Und er ist ein Aspekt …“ Der hagere Magier presste die Lippen zusammen. Malfurion rechnete damit, dass Krasus ihm zweifelsfrei darlegen würde, wo die Fehler in dieser Argumentation lagen, aber nach langem Schweigen antwortete er: „Du hast Recht. Wir würden es versuchen, und damit rechnet er auch. Ich kenne ihn gut. Darüber hätte ich schon früher nachdenken sollen, aber ich habe diesen Gedanken wohl verdrängt. Ich habe das Glück gehabt, mich ihm bis hierher nähern zu können, doch sein Nest wird sicherlich gegen Drachen gesichert sein.“

„Das denke ich auch.“

„Was aber nicht bedeutet, dass es für dich und Brox einfach werden wird“, mahnte Krasus. „Euer Vorteil ist, dass er nicht glaubt, dass zwei Angehörige der niederen Völker es wagen würden, in sein Reich einzudringen. Vielleicht könnt ihr euch deshalb an ihm vorbei schleichen. Vielleicht.“

„Brox sollte bei dir bleiben.“

„Nein, die Fähigkeiten des Orks werden dir gelegener kommen. Euch stehen viele körperliche Gefahren bevor, unter anderem auch die zahlreichen Goblins, die in diesen Höhlen hausen. Du musst dich auf die Suche nach der Dämonenseele konzentrieren. Ich werde dir mit aller Kraft beistehen, aber du brauchst jemanden, der dir den Rücken freihält.“

„Niemand wird ihm ein Haar krümmen“, brummte Brox. Er hob die Axt und grinste. „Schreibst du ein gutes Lied über mich, weiser Mann?“

Krasus lächelte. „Ich werde mit der Komposition beginnen, sobald wir diesen Ort verlassen haben."

Malfurion fiel kein weiteres Argument für einen Alleingang ein, deshalb akzeptierte er die Begleitung des Orks. Der Nachtelf war sogar froh darüber. Brox war ein so erfahrener und guter Kämpfer, dass seine Angst vor dem Weg ins Drachennest ein wenig schwand.

Ein wenig.

Malfurion wusste, dass es keine andere Möglichkeit gab, und er glaubte auch, dass er diese Chance am ehesten nutzen würde. Das war keine Arroganz, sondern lediglich die Erkenntnis, dass seine lange Ausbildung ihn am besten auf diesen Tag vorbereitet hatte.

Sie beschlossen, dass Brox so lange vorausgehen würde, bis Malfurion die Umgebung wiedererkannte. Brox band seine Axt auf dem Rücken fest, denn der Gang war zu schmal für eine so große Waffe. Stattdessen zog er einen langen Dolch hervor, den er mit der gleichen Sicherheit einzusetzen wusste.

„Ich werde hier Wache halten", versprach Krasus, als sie aufbrachen. „Zumindest das kann ich tun, ohne von dem Schwarzen entdeckt zu werden."

Glücklicherweise benutzten die Goblins diesen Gang für den Transport von Rohstoffen, sonst hätte sogar Malfurion kaum hineingepasst. Aber auch so musste Brox die Arme eng am Körper halten. Er streckte den Dolch vor sich und beobachtete seine Umgebung voller Konzentration.

Die weit entfernten Geräusche wurden lauter, donnernder. Malfurion hoffte, dass die Goblins durch den Lärm, den sie auslösten, abgelenkt sein würden. Vielleicht bemerkten sie die Eindringlinge ja nicht.

Ein schwaches Licht erhellte schließlich den kurvenreichen Stollen. Brox spannte sich an. Malfurion legte ihm eine Hand auf die Schulter.

„Wenn wir die Höhle betreten", flüsterte der Druide, „sollte der Gang, den der Drache benutzte, zu unserer Linken liegen."

Brox grunzte verstehend und ging weiter. Der Weg wurde heller, der Lärm ohrenbetäubend.

Der Anblick, der sich ihnen bot, war chaotischer als bei Malfurions erstem Besuch. Doppelt so viele Goblins waren anwesend, und alle rannten umher, als ginge es um ihr Leben … was wahrscheinlich auch stimmte. Einige zerschlugen Erzbrocken, während andere Brennholz in die glühend heißen Öfen schaufelten. Geschmolzenes Metall floss durch ein kompliziertes Rohrsystem in gewaltige Formen. Riesige Wasserbottiche dienten zur Abkühlung. Schwitzende, in Dampf gehüllte Goblins zerrten an einer Form, die bereits fertig in einem Bottich lag.

Auf der rechten Seite der Höhle waren zwei große Platten zu sehen, die aus vorangegangenen, fehlgeschlagenen Versuchen stammten. Das Metall war von

Haarrissen durchzogen und daher offenbar nutzlos für die Aufgabe geworden, die der Drache den Teilen zugedacht hatte.

„Ich verstehe nicht, was sie hier vorhaben“, murmelte Malfurion. „Will der Drache sich eine Rüstung schmieden lassen?“

Der Ork zog seine Augenbrauen zusammen. „Ich traue ihm alles zu.“

Der Nachtelf riss sich von dem Rätsel los und blickte nach links. Ein Weg verlief am Rand der Höhle entlang und endete in dem gewaltigen Tunnel, in dem Neltharion beim letzten Mal verschwunden war.

„Da! Wir können dem Weg folgen.“

Brox nickte, hielt Malfurion jedoch zurück, als dieser den Stollen verlassen wollte. „Vorsicht, da sind Goblins. Wir müssen warten.“

Die Kreaturen, die er entdeckt hatte, beseitigten Trümmer, die von der Erzlieferung übrig geblieben waren. Der Druide beobachtete den Fortschritt ihrer Arbeit und kam schon bald zu dem Schluss, dass sie viel zu lange brauchen würden.

„Wir müssen sie loswerden oder wenigstens irgendwie ablenken, Brox …“

„Vielleicht ein Zauber.“

Malfurion dachte an die Dinge, die er in seinen Gürteltaschen trug und betrachtete die Höhle. Es gab ein paar Sprüche, die man verwenden konnte.

Doch als er in einen Beutel griff, donnerte Neltharions Stimme durch die riesige Höhle. „Meklo! Ich bin zurück! Wenn die nächste nicht funktioniert, werde ich mich an deinem ganzen Volk laben … und du wirst die Vorspeise!“

Der ältere Goblin, den Malfurion schon einmal gesehen hatte, tauchte auf der anderen Seite der Höhle auf. Er trat einige Arbeiter, um sie zu größerer Eile anzutreiben, dann ging er auf den großen Gang zu. Er murmelte unentwegt in seinen Bart. Malfurion nahm mit seinem scharfen Gehör wahr, dass es sich um Berechnungen handelte.

Bevor Meklo den Tunnel jedoch erreichen konnte, schob sich Neltharion daraus hervor.

Brox fluchte überrascht, denn er hatte den Erdwächter ja noch nicht in diesem Stadium seiner Verwandlung gesehen. Doch seine Worte gingen im Gebrüll der Drachenstimme unter.

„Meklo! Du nichtsnutziger Sohn eines Wurms! Meine Geduld ist am Ende. Hast du die neuen Platten oder nicht?“

„Zwei! Zwei, Mylord, seht Ihr?“ Er zeigte auf mehrere Arbeiter, die versuchten, die Platten von ihren Formen zu befreien. Trotz der Wasserbottiche strahlten sie eine so große Hitze aus, dass sich jemand schwer an ihnen verbrennen konnte.

„Ich hoffe, sie sind robuster als die letzten. Die haben mich enttäuscht!“

Der ältere Goblin nickte aufgeregt. „Sie bestehen aus den feinsten Metallen, sind fester als Stahl! Dank der Energien, die Ihr in sie hineingelegt habt, werden sie jedem Druck standhalten und doch so leicht wie eine Feder sein.“

Die Goblins, die jetzt die erste Platte aus der Form gehoben hatten, schienen diese letzte Aussage zu bekräftigen, denn sie trugen das Metall mit Leichtigkeit durch die Höhle. Malfurion hatte gedacht, sie würden die zehnfache Anzahl Goblins dafür benötigen.

Neltharion betrachtete die Platte aufgeregt. Sein Atem wurde schneller, als das heiße, rot schimmernde Metall an ihm vorbei getragen wurde.

„Die Platten müssen jetzt noch in einem Wassertank auskühlen, dann –"

„Nein!", schrie der Erdwächter.

Der Goblin begann zu zittern. „Wie meint Ihr, Mylord?"

Aus wahnsinnigen Augen starrte der Drache auf die Platte. „Ich will, dass sie *jetzt* versiegelt wird!"

„Aber die Resthitze wird Euren Körper noch mehr schädigen. Die Nägel müssen heiß sein, das geht nicht anders, aber die Platte … Ihr solltet wirklich besser warten, bis –"

Der schwarze Riese stampfte mit dem Fuß auf – nur Zentimeter von Meklo entfernt. „Jetzt!"

„Ja, Mylord Neltharion! Sofort, Mylord Neltharion! Bewegt euch, ihr Nichtsnutze!" Meklo brüllte mit diesem letzten Satz die Goblins an, die die Platte zwischen sich trugen.

Während sie sich noch umdrehten, ging der Drache bereits zur anderen Seite der Höhle, wo es bedeutend leerer war. Malfurion und der Ork sahen neugierig zu, als sich der Leviathan setzte und dabei seine rechte Flanke zeigte. Die gewaltigen Risse, die darin entstanden waren, brannten immer noch.

„Versiegelt sie!", brüllte Neltharion. „Versiegelt sie!"

„Was soll das heißen?", fragte der Nachtelf leise.

Brox schüttelte nur den Kopf. Er wusste es ebenfalls nicht.

„Bereitet die Nägel vor!", befahl Meklo. „Sie müssen so heiß wie möglich sein."

Zwei Gruppen, die aus je zwölf Goblins bestanden, schoben riesige Zange in einen der Öfen. Heraus zogen sie einen Nagel, der fast so groß wie der Ork war.

„Hammergruppe! Bereitet die Maschine vor."

Angestrengtes Keuchen antwortete ihm von der rechten Seite. Zwanzig Goblins zogen einen Gegenstand in die Höhle, der auf den ersten Blick wie ein seltsam geformtes Katapult aussah. Doch der hölzerne Arm der Maschine endete nicht in einem Teller, sondern in einem riesigen Hammerkopf. Ketten und Flaschenzüge hingen daran, deren Sinn Malfurion nicht durchschauen konnte.

„Die Platte!" Neltharion wurde immer ungeduldiger. „Bringt sie an!"

Hektisch gehorchten die Goblins. Mehrere Male taumelten sie auf ihrem Weg, doch daran war nicht das Gewicht der Platte Schuld, sondern der Atem des Drachen, der die kleinen Wesen und ihre Last immer wieder zurückwarf.

Schließlich erreichten sie seine Flanke jedoch und stemmten die Platte auf Meklos Signal gegen die Schuppenhaut.

Die beiden Beobachter traten entsetzt einen Schritt zurück, als Metall und Fleisch aufeinander prallten. Ein brutzelndes Geräusch hallte durch die Höhle. Der offene Riss rieb gegen die Platte, doch sie blieb hängen.

„Noch hält sie“, verkündete Meklo. „Beeilt euch! Holt die Nägel.“

Malfurion traute kaum seinen Augen. „Sie … sie wollen sein Fleisch versiegeln. Das ist doch Wahnsinn!“

Brox sagte nichts. Seine Augen hatten sich verengt, seine Hand schloss sich so fest um den Dolch, dass die Knöchel weiß hervortraten.

Der Erdwächter schien in Ekstase zu geraten. Sein gewaltiges Maul verzog sich zu einem reptilienhaften Lächeln. Seine roten Augen waren halb geschlossen. Seine Brust hob und senkte sich immer schneller.

Die Goblins, die die Zange bedient hatten, trugen den riesigen Nagel zu einem von mehreren Löchern, die sich an den Rändern der Platte befanden. Der Nachtelf zählte mindestens ein Dutzend Löcher.

War jedes davon für einen Nagel gedacht, der durch die Schuppen getrieben werden sollte?

Die ständigen Bewegungen des Drachenkörpers stellten die Goblins vor Probleme. Erst beim dritten Anlauf trafen sie eines der oberen Löcher. Der Nagel glitt ein Stück weit hinein. Die Kreaturen stützten ihn mit ihren langen Zangen.

Meklo winkte die andere Gruppe ungeduldig heran. „Bringt den Hammer in Position! Macht ihn bereit!“

Grunzend und keuchend schoben die Goblins die Maschine vor Neltharion. Die halb geschlossenen Augen des Giganten beobachteten interessiert, wie seine Diener die Maschine in die richtige Position brachten.

Meklo sprang überraschend geschickt und schnell auf den Hammer. Dann blickte er in das Loch. Auf seinen Befehl hin verschob die Gruppe die Maschine noch ein wenig, dann sprang er wieder herunter.

„Zieht!“, rief er.

Die Gruppe ließ die Maschine stehen und wandte sich den Ketten zu. In alle möglichen Richtungen zerrten sie daran. Der Druide verstand nicht, wie die Erfindung der Goblins funktionierte, doch was sie leisten sollte, erschloss sich ihm schnell.

Das flache Ende des Metallhammers schlug hart gegen den Nagel.

Das Geräusch des Zusammenpralls klang wie das Brechen eines gewaltigen Knochens. Der Nagel schob sich tief in die Schuppen, versank fast bis zum Kopf.

Neltharion brüllte, aber es war nicht zu erkennen, ob vor Schmerz oder Zufriedenheit.

„Noch einmal!“, schrie er. „Noch einmal!“

Meklo kletterte nach oben und ließ seine Helfer die Maschine erneut zurechtrücken. Dann landete er wieder auf dem Boden. „Zieht!“

Die Goblins rissen an den Ketten. Flaschenzüge hoben und senkten sich, dann fiel der Hammer erneut noch unten.

Neltharions Schrei übertönte den Zusammenprall. Der Nagel rutschte tiefer.

„Er ist drin!“, rief der Anführer der Goblins.

Die einzige Antwort des schwarzen Drachen bestand in einem lauten, wahnsinnigen Lachen.

„Beeilt euch mit dem nächsten Nagel“, befahl Melko. „Macht schon!“

Malfurion ließ sich zitternd gegen die Stollenwand sinken. „Er will alle diese Platten an seinem Körper befestigen. Warum nur?“

„Zur Verteidigung“, antwortete der Ork. „Sie sind fest, aber leicht. Das hast du gesehen.“ Brox hob die Schultern. „Und vielleicht auch, damit er nicht auseinander gerissen wird.“

„Aber die Schmerzen! Hast du gesehen, wie tief der Nagel eingeschlagen wurde? Und die Platte ist immer noch heiß.“

„Er ist wahnsinnig, aber vielleicht hilft uns dieser Wahnsinn, Druide.“

Malfurion sah ihn interessiert an. „Wie meinst du das?“

Brox zeigte in die Höhle. „Die Augen der Goblins …“

Im ersten Moment verstand Malfurion nicht, worauf der Ork hinaus wollte, dann bemerkte er, dass sämtliche Kreaturen ihre Arbeit eingestellt hatten, um das Schauspiel zu beobachten. An ihrer Stelle hätte das wohl jeder getan, aber ihre Unaufmerksamkeit bot den Eindringlingen die Chance, auf die sie gewartet hatten.

„Wir müssen handeln, sobald der nächste Nagel bereit ist“, sagte Malfurion.

„Das wird nicht lange dauern, Druide.“

Die Goblins mit den Zangen waren bereits zu dem Höhlenbereich zurückgekehrt, wo die Nägel hergestellt wurden. Sie nahmen einen heraus und trugen ihn zu einem brüllend heißen Ofen. Nur wenige Sekunden später zogen sie einen rot glühenden Nagel heraus.

„Mach dich bereit“, drängte Brox.

Sie sahen zu, als die Goblins den Nagel zu Neltharion trugen. Der Drache hatte nur Augen für die Arbeiten, die man an ihm durchführte. Er sah den Nagel an, als wäre das Metall eine Geliebte.

„Beeilt euch …“, murmelte der Erdwächter.

Der Nagel wurde über die Platte gehoben. Malfurion und Brox spannten sich an. Langsam näherte sich die Metallspitze dem für sie vorgesehenen Loch.

Als sie hineinzurutschen begann, bewegten die beiden sich vorwärts. Brox zog seine Axt und lief auf den gewaltigen Gang zu. Er war auf alles vorbereitet, auch auf Goblins, die sich möglicherweise noch in dem Stollen aufhielten. In einiger Entfernung brüllte Meklo die Arbeiter an der Maschine an. Das Knirschen und Quietschen der Flaschenzüge übertönte die Schrittgeräusche der Eindringlinge.

Sie hatten die Halle fast zur Hälfte durchquert, als die Goblin-Maschine anhielt. Urplötzlich wurde es still. Malfurion und sein Begleiter wagten es nicht, sich zu bewegen.

Die Hand des Druiden schwebte über der Gürteltasche, für die er sich gerade entschieden hatte. Sollten die Goblins sie bemerken, konnte er mit dem Inhalt einen Zauber wirken, der die Kreaturen und ihren Herrn hoffentlich ablenkte.

Doch Meklo brüllte erneut einige Befehle, und der Lärm setzte wieder ein. Der Hammer wurde in Position gebracht, aber da hatten der Elf und sein Begleiter den Rand der Höhle auch schon erreicht.

Hinter ihnen rief die hohe Stimme des Goblins: „Zieht!"

Das Krachen des Hammerschlags hallte in Malfurions Kopf wider, während er und Brox den Gang betraten. Die Erschütterungen, hervorgerufen von den furchtbaren Verstümmelungen, die sich der Drache selbst zufügte, riefen sogar ein noch stärkeres Echo hervor. Neltharion hatte sich vom Wahnsinn verschlingen lassen. Jetzt passte der Name endlich, den Krasus und Rhonin dem Erdwächter schon längst gegeben hatten.

Deathwing.

Brox wartete, bis Malfurion ihn eingeholt hatte. „Druide … nun musst du uns anführen."

Der Nachtelf erkannte einige Abschnitte des Gangs wieder und war sich sogar sicher, dass er das Versteck der Scheibe wiederfinden würde. Doch auf einen Erfolg wagte er immer noch nicht zu hoffen, denn im Nest des Erdwächters warteten sicherlich noch mehr Gefahren.

Hinter ihnen krachte es, dann lachte der schwarze Drache irre. Malfurion beschleunigte seine Schritte.

Es dauerte länger als erwartet, bis er die erste Biegung vor sich sah. Malfurion hatte bei seinen Berechnungen vergessen, dass die Schrittlänge des Drachen erheblich größer als seine eigene war und dass er nur in seiner Traumgestalt mühelos mit dessen Geschwindigkeit mithalten konnte. Diese zweite Reise würde wohl wesentlich länger als die erste dauern.

Er erklärte dem Ork das Problem, doch der hob nur die Schultern und antwortete. „Dann müssen wir eben schneller laufen."

Und das taten sie auch. Trotzdem schien zwischen der ersten und der zweiten Kurve eine Ewigkeit zu liegen. Doch Malfurion zog Hoffnung aus der Tatsache, dass er immer mehr Einzelheiten erkannte. Über die Hälfte des Weges lag bereits hinter ihnen.

Brox griff plötzlich nach den Schultern des Nachtelfs und drückte ihn gegen die andere Seite des Tunnels. Malfurion öffnete den Mund, aber der Krieger schüttelte warnend den Kopf.

Der Druide hörte donnernde Schritte, der Grund für die Besorgnis des Orks. Er presste sich gemeinsam mit Brox gegen die gekrümmte Wand, als er sah, wie eine dunkle Gestalt aus einem der anderen Gänge in den ihren trat.

Sie bewegte sich auf zwei Beinen und hatte ähnliche Körperumrisse wie die beiden Eindringlinge. Dornen ragten aus ihrem Körper, und sie bewegte sich merkwürdig. Der Kopf wirkte verzerrt; Malfurion sah im ersten Moment keine Augen. Als die Gestalt näher kam, hielt der Druide unwillkürlich den Atem an.

Sie bestand aus Stein, hatte jedoch keine Ähnlichkeit mit den Irdenen oder den Höllenkreaturen. Stattdessen wirkte die Gestalt, als habe jemand Steine aufeinander gestapelt und eine menschenähnliche Statue aus ihnen gebildet. Sie bewegte sich jedoch so schnell, dass Malfurion sich fragte, wer bei einer Verfolgungsjagd wohl gewinnen würde … falls die Gestalt die Eindringlinge entdeckte.

Das Steinwesen stoppte und sah sich im Gang um. Es hatte tatsächlich Augen, beziehungsweise zwei schwarze Lücken, die sich in seinem Kopf befanden. Sie blickten auf die Wand, an der sich die Eindringlinge verborgen hatten, wandten sich dann jedoch einem anderen Bereich des Stollens zu.

Der Wächter – um nichts anderes konnte es sich bei dem Wesen handeln – ging zwei Schritte vorwärts, bis er direkt neben dem Krieger und dem Druiden stand. Er war so gewaltig wie ein Drache. Mit seinen steinernen Füßen hätte er den Nachtelf leicht zerquetschen können.

Das Wesen sah sich um. Malfurion nahm an, dass es ihre Anwesenheit irgendwie spürte, doch dann drehte es sich plötzlich um und ging in die Richtung, aus der er und der Ork gekommen waren.

Als es sich entfernt hatte, krochen der Druide und sein Begleiter aus ihrem Versteck.

„Glaubst du, es wird wiederkommen?“, fragte Malfurion.

„Ja … wir müssen uns beeilen.“

Sie gingen weiter den gewundenen Gang entlang. Der Druide musste ab und zu anhalten, um nach Orientierungspunkten zu suchen. Einmal gingen sie sogar mehrere Meter in einen Gang hinein, bis Malfurion erkannte, dass sie sich in die falsche Richtung bewegten.

Schließlich fanden sie jedoch die schmale Höhle, die Malfurion niemals vergessen würde. Er hielt an ihrem Eingang an, war überrascht, dass sie ihr Ziel doch noch erreicht hatten.

„Da vorne.“ Der Nachtelf zeigte auf den falschen Vorsprung. „Dort, wo der Fels vorsteht. Direkt neben dem Riss.“

Brox sah zwar nichts, steckte aber seine Axt weg und antwortete: „Wenn du es sagst, Druide.“

Das Problem war allerdings, wie man den Vorsprung erreichen sollte. In seiner Traumgestalt war Malfurion der Weg nach oben leicht gefallen. Nun jedoch blickte er zweifelnd in die Höhe. Um das Versteck der Dämonenseele zu erreichen, mussten sie an einer steilen und gefährlich aussehenden Wand empor klettern.

Im Hintergrund hörten sie immer noch das Hämmern und die gelegentlichen Schreie des Drachens. Der Lärm trieb sie voran, und sie begannen den Aufstieg. Malfurion, der kleiner und drahtiger war, übernahm anfangs die Führung, doch der starke, ausdauernde Brox holte ihn rasch ein.

„Da oben … ziemlich genau unter dem Versteck … liegt eine kleine Höhle“, keuchte der Druide. „Dort können wir uns ausruhen.“

„Gut“, knurrte der grünhäutige Krieger.

Beide sahen nicht nach unten. Sie wussten, dass ein Blick in die Tiefe sie aus dem Gleichgewicht bringen konnte. Die kleine Höhle, in die sie beide knapp hineinpassen würden, war ihr nächstes Ziel.

Eine vertraute Stimme meldete sich plötzlich in Malfurions Geist. *Achtet auf die Trolle!*

Es dauerte einen Moment, bis Krasus' geistige Warnung zu dem Nachtelf durchsickerte. Es überraschte Malfurion nicht, dass der ältere Zauber eine Verbindung zu ihm aufrecht erhalten hatte, aber seine Warnung ergab keinen Sinn. Trolle? Was sollte das heißen?

Staub rieselte auf ihn herab. Malfurion wandte das Gesicht ab, um seine Augen zu schützen.

Er blinzelte den restlichen Staub weg und blickte im Höhleneingang auf einen lang gezogenen Kopf, dessen Ohren so spitz wie die eines Nachtelfs waren und dessen Haar wild vom Haupt abstand. Zwei gelbe Stoßzähne ragten aus dem Unterkiefer. Ein schwarzer, leuchtender Edelstein saß in der Mitte der Stirn. Wahrscheinlich kontrollierte Deathwing seine Wächterkreaturen auf diesem Weg. Die Kreatur war ein wenig größer als Malfurion. Ihre dunkelgraue Haut verschmolz mit der Felswand.

„Hallo, Abendessen …“, zischte der Troll. Er beugte sich nach unten, um Malfurion nach hinten zu stoßen.

Der Druide lehnte sich so weit wie möglich zurück. Die scharfen Klauen des Trolls wischten an seinem Gesicht vorbei. Malfurion versuchte die Höhle zu umgehen, aber der Troll schob sich heraus und kletterte seiner Beute wie eine Spinne entgegen.

Er hörte Brox' wütendes Knurren und sah aus dem Augenwinkel, dass sich ein zweiter Troll von unten auf den Ork zu bewegte. Aus anderen Löchern krochen ein dritter, dann ein vierter Troll. Alle eilten den Eindringlingen entgegen.

„Ihr kommt genau richtig zum Essen“, sagte der erste Troll grinsend. „Eure Gehirne werden wir roh verspeisen und eure Leber kochen.“

Er griff erneut nach Malfurion und schloss seine Klaue um dessen Handgelenk. Mit bemerkenswerter Kraft versuchte er, den Druiden von der Felswand zu pflücken.

Es schien keinen Zauber zu geben, der Malfurion in dieser Situation beistehen konnte. Er hielt sich mit aller Macht an der Felswand fest und krallte seine Finger so tief in den Stein, dass die Haut aufriss.

Ein Schrei, der von unten ertönte, lenkte den Troll ab. Brox hatte seinen Dolch eingesetzt und die Klinge in die Schulter seines Angreifers gerammt. Der Troll löste sich von der Wand und stürzte in den Tod. Dabei nahm er jedoch die Klinge des Orks mit.

Der Troll, der das Handgelenk des Druiden gepackt hielt, zischte und zog noch stärker daran. Malfurion kämpfte gegen den Druck an. Erschreckt sah er, dass sich ein zweiter Angreifer von unten auf ihn zu bewegte. Wahrscheinlich wollte der Troll nach den Füßen des Druiden greifen. In diesem Fall hätte er sich nicht länger halten können.

Malfurion fiel ein kleiner Käfer auf, der über dem Troll an der Wand entlang kroch. Er konzentrierte sich, hoffte, dass er sich noch lange genug festhalten konnte.

Der Käfer wandte sich dem Gegner des Druiden zu. Andere krochen ebenfalls aus dem Fels hinaus und sammelten sich unter dem Troll.

Im ersten Moment bemerkte Malfurions Feind nichts von dem Angriff, doch dann begann er sich zu winden. Er versuchte die Käfer zu ignorieren, die über seinen Körper liefen, aber die Ablenkung war zu nachhaltig. Der Troll zischte wütend, ließ Malfurions Hand los und begann nach den Insekten zu schlagen, die über seine Brust krochen.

Malfurion holte mit der Faust aus. Er traf seinen Gegner nur am Arm, aber das reichte. Die Insekten hatten den Troll so sehr abgelenkt, dass er abrutschte und sich nicht mehr halten konnte.

Mit einem Aufschrei stürzte der Troll in die Tiefe. Der Druide hatte Glück, denn sein Gegner riss auch den zweiten Gegner mit sich.

Malfurion wandte den Blick ab, bevor sie auf dem Felsboden aufschlugen. Dann sah er zu dem Ork hinüber.

„Rasch!", brüllte Brox, der sich gerade gegen den letzten Troll zur Wehr setzte. „Die Scheibe! Hol sie dir."

Malfurion zögerte einen Moment, dann gehorchte er. Brox hatte sich schon gegen ganz andere Wesen zur Wehr gesetzt. Er würde auch einen einzelnen Troll besiegen.

*Sei vorsichtig …*, meldete sich Krasus' Stimme. *Ich konnte einige Schutzzauber entfernen, aber es gibt andere, um die du dich kümmern musst.*

Der Druide spürte sie bereits. Einige waren leicht zu erkennen, andere geschickt versteckt. Er untersuchte den Ursprung eines jeden Zaubers und entfernte oder umging ihn. Es überraschte ihn, dass sich dieser Teil seiner Aufgabe so mühelos erledigen ließ. Malfurion hatte von Deathwing mehr erwartet.

Er hörte einen weiteren Schrei, den Schrei eines Trolls. Der Nachtelf sah nicht einmal mehr zu Brox hinüber, denn er hörte bereits, dass der Ork weiter nach oben kletterte.

Malfurion stoppte vor dem falschen Vorsprung. Er untersuchte ihn mit seinem Geist. Es gab einige neue Zauber, die sich jedoch recht leicht überwinden ließen.

Er sah nach unten. Brox hatte inzwischen die Höhle erreicht und blickte hinein.

„Wind … vielleicht ein Weg nach draußen, Druide."

Alles, was ihre Aufenthaltsdauer in den Höhlen verkürzte, freute Malfurion. Er nickte und wandte sich wieder dem falschen Vorsprung zu. Bisher hatten sie Glück gehabt, denn der Lärm der Arbeiten, die in der Haupthöhle stattfanden, hatte die Todesschreie der Trolle übertönt. Doch dieses Glück würde nicht ewig halten …

Er umging die letzten beiden Schutzzauber und zog an dem falschen Fels. Er war sehr schwer, aber Malfurion gelang es, ihn so weit zur Seite zu schieben, dass er durch die entstandene Lücke ins Innere des Verstecks klettern konnte.

„Ich beeile mich!", rief er.

Brox nickte.

Malfurion hatte im Inneren mit Dunkelheit gerechnet, stattdessen strahlte ihm ein helles Licht entgegen, das seine Augen im ersten Moment reizte, sie dann aber zu erfrischen schien.

Der Nachtelf blinzelte. Die Dämonenscheibe lag unweit entfernt auf einem königlich wirkenden, roten Tuch, das so groß war wie ein Schiffssegel. Die Scheibe war so klein, dass sogar Malfurion sie in eine Hand nehmen konnte. Trotz des Leuchtens, das von ihr ausging, wirkte sie unspektakulär. Doch der Nachtelf, der wusste, welche Macht in der Schöpfung des schwarzen Drachen steckte, behandelte sie mit größtmöglichem Respekt und Vorsicht.

Malfurion beugte sich über die Scheibe. Wie viel Kraft in etwas so Kleinem stecken konnte … In der Klaue des Drachen hatte sie größer gewirkt, dabei wusste er, dass sich ihre Größe nicht verändert hatte.

„Druide!", hörte er Brox rufen. „Etwas nähert sich. Ich glaube, es ist der Steinerne."

Malfurion dachte an den monströsen Golem und ermahnte sich zur Eile. Mit einer geschmeidigen Bewegung nahm er die Scheibe von ihrer Ruhestätte.

Erst dann erkannte er seinen furchtbaren Fehler.

Ein Schrei wie von Hunderten sterbenden Drachen erfüllte die Kammer. Malfurion brach zusammen, als die Schreie durch seine Seele hallten. Die Essenz eines jeden Drachens, die in der Dämonenseele steckte, schien nach Freiheit zu rufen, doch in Wirklichkeit handelte es sich bei den Lauten nur um einen letzten Schutzzauber. Er war so subtil angelegt, dass er selbst den feinen Sinnen des Druiden entgangen war.

Die Schreie verebbten, doch ein neuer, schrecklicherer Laut hallte durch die Höhlen.

Der wütende, wahnsinnige Schrei von Deathwing.

# NEUN

Der Schmerz bereitete Neltharion Vergnügen, denn jeder Nagel, der in sein geschupptes Fleisch geschlagen wurde, brachte ihn der Unverwundbarkeit einen Schritt näher. Mit dieser Rüstung *und* der Scheibe konnte er jeder vorstellbaren Bedrohung trotzen …

„Beeilt euch!", drängte der Drache. „Beeilung!"

Die Goblins hatten die Hammermaschine fast wieder in Position gebracht. Meklo hielt sich daran fest und bereitete die Arbeiter auf den nächsten Schlag vor.

Und dann hallte ein Laut durch die Höhlen, mit dem der Erdwächter niemals gerechnet hätte. Es war ein so entsetzlicher Ton, dass der Drache erschrocken aufsprang und die Maschine mitsamt Meklo und den anderen Goblins umwarf.

„Meine Scheibe! Meine Drachenseele! Jemand versucht sie zu stehlen!" Er brüllte wutentbrannt. Die restlichen Goblins zogen sich hektisch aus der Höhle zurück.

Neltharion wandte sich dem Gang zu. Da die meisten Metallplatten erst unzureichend an seinem Körper befestigt waren, hingen sie von den Nägeln herab und baumelten hin und her. Füße und Schwanz des schwarzen Riesen zertrümmerten Tische und Stühle und schleuderten Formen und Ambosse durch die Höhle. Feuer brachen aus, ein Ofen explodierte. Glühendes Metall spritzte durch die Luft.

Neltharion interessierten Chaos und Zerstörung nicht. Jemand wagte es, etwas zu stehlen, was ihm am Herzen lag. Das würde er nicht zulassen. Er würde sie fangen und töten … langsam und qualvoll dafür büßen lassen. Das war das Mindeste, was sie ihm für eine solche Dreistigkeit schuldeten.

Dass es Eindringlingen gelungen war, seine Fallen und Zauber zu umgehen, versetzte den Erdwächter in unglaubliche Wut. Es musste sich um eine lang geplante Aktion handeln. Das hieß, dass nur ein Drachenclan dahinter stecken konnte. Er würde alle dafür bestrafen, so wie er die Blauen bestraft hatte!

Der Drache brüllte erneut und eilte in den Stollen hinein.

*Er kommt!*

Krasus' Warnung war eigentlich überflüssig.

*Er kommt!*

Die Verbindung brach plötzlich ab. Malfurion befürchtete, dass Krasus etwas zugestoßen war, aber er wusste, dass er sich jetzt nicht um das Schicksal seines Freundes kümmern konnte. Nur die Flucht mit der Dämonenscheibe zählte.

„Druide, komm, beeil dich!“

Er steckte die Scheibe in eine seiner Gürteltaschen. Ihr Licht verschwand, als er die Tasche schloss. Brox wartete bereits ungeduldig am Rand der ersten Trollhöhle auf ihn. Der Nachtelf kletterte ihm schnell, aber vorsichtig entgegen. Brox zog ihn ins Innere der Höhle. Malfurion konnte noch nicht einmal zu Atem kommen, so schnell lenkte der Ork ihn tiefer in den Gang hinein.

„Ist vielleicht ein Weg nach draußen. Die Zugluft könnte dafür sprechen.“

Die Behausung der Trolle war voller Knochen und anderer Überreste. Malfurion wandte seinen Blick davon ab, obwohl er annahm, dass die meisten Teile von Goblins stammten.

Ihre Hoffnungen auf einen schnellen Weg nach draußen zerschlugen sich schon bald. Die beiden anderen Höhlen, die sie entdeckten, führten nirgendwo hin, und der Luftzug, den Brox gespürt hatte, stammte aus schmalen Rissen.

„Es wäre ja auch zu schön gewesen, wenn der Drache einen solchen Ausgang übersehen hätte“, murmelte der Nachtelf. „Wir sitzen in der Falle …“

Draußen hörten sie schwere Schritte, jedoch zu leicht für einen Drachen. Malfurion blickte vorsichtig aus dem Höhleneingang und sah den Steingolem, der durch den Gang an ihnen vorbei ging.

„Deathwing ist bestimmt in der Nähe.“ Kein anderer Name passte mehr auf den Drachen, nicht nach dem, was der Druide beobachtet hatte.

„Dann stellen wir uns ihm zum Kampf“, antwortete Brox stoisch. „Er soll wissen, dass wir keine Angst vor ihm haben.“

*Die Scheibe … benutze die Scheibe …*

Malfurion zuckte zusammen. Die Stimme erstarb so schnell, dass er sie noch nicht einmal zuordnen konnte, aber sie konnte keinem anderen als Krasus gehören. Der Nachtelf zögerte trotzdem, dachte an die dunkle Macht der Dämonenseele. Er hatte gesehen, was sie dem Drachen angetan hatte. Würde sie ihn auf die gleiche Weise verändern?

Donnerndes Gebrüll erschütterte die Höhle. Steine fielen von der Decke; einige waren so groß, dass sie den Schädel des Elfs hätten zertrümmern können. Die Zeit des Planens war vorüber.

„Druide, was hast du vor?“, fragte Brox nervös, als Malfurion die Dämonenseele aus der Tasche zog. Ihr Licht erhellte die Höhle und die Gänge, die dahinter lagen. Wenn der Golem die Eindringlinge bisher nicht bemerkt hatte, so hatten sie sich jetzt verraten. Und auch Deathwing würde sie bald entdecken.

„Das ist unsere einzige Hoffnung.“ Malfurion hielt die Scheibe dem größten Riss im Fels entgegen. Er wusste nicht, wie die Dämonenseele funktionierte, also stellte er sich einfach einen Spalt vor, der groß genug war, um ihm und dem Ork die Flucht zu ermöglichen.

Nichts geschah.

*Du musst mit ihr verschmelzen … sie muss du werden und du sie …*

Die Verbindung brach ab, aber nun wusste der Nachtelf zumindest, was er zu tun hatte. Er konzentrierte sich auf die Scheibe und ließ seine Gedanken in sie eintauchen.

Sofort spürte er ihre unangenehme Aura. Dieses Objekt gehörte nicht in die Welt der Sterblichen. Die Kräfte, die Deathwing in ihr gesammelt hatte, entstammten größtenteils einem anderen, fremden Ort. Der Druide wäre beinahe zurückgewichen, zwang sich dann aber auszuharren.

*Verschmelze mit ihr.* Das hatte Krasus gesagt. Malfurion öffnete sich langsam. Die Macht der Dämonenseele berührte seine eigenen Kräfte.

Es war einfacher, als er gedacht hätte. Stärke durchströmte den Druiden und erfüllte ihn mit solcher Selbstsicherheit, dass er glaubte, er könne sich Deathwing, dem Steingolem und jedem anderen Drachen des Nests entgegenstellen – und siegen. Malfurion wusste jedoch in seinem innersten Kern, dass sein Tod und das Ende aller Hoffnung daraus resultieren würden, deshalb hielt er sich zurück.

Der Ork sah ihn misstrauisch an. „Geht es dir gut, Druide?"

„Alles in Ordnung", zischte er ungeduldig. Dann atmete Malfurion tief durch, warf dem Ork einen entschuldigenden Blick zu und richtete die Dämonenseele auf den Spalt.

„Mach den Weg frei …", flüsterte der Nachtelf.

Die Scheibe begann heller zu leuchten, dann verschwand der Fels über ihnen einfach. Er hinterließ keine Trümmer, keinen Staub, keine Spur. Die Dämonenseele verbrannte Stein und Erde und ließ nichts zurück. Den beiden Eindringlingen blieben die magischen Kräfte verborgen, die dafür verantwortlich waren, sie staunten nur über das Ergebnis. Ein neuer Schacht entstand über ihnen. Er lief so tief in den Fels, dass man sein Ende schon bald nicht mehr sehen konnte.

„Die Scheibe wird erst aufhören, wenn der Weg vollständig frei ist", sagte Malfurion, obwohl er nicht erklären konnte, woher er das wusste. „Wir können losgehen."

Ein lautes Krachen erfüllte die kleine Höhle. Brox sah um die Ecke. „Der Steinerne versucht, sich zu uns durchzugraben!"

Sie verschwendeten keine weitere Zeit. Malfurion sprang in den magisch erschaffenen Gang, Brox folgte ihm. Das wütende Graben des Steingolems erschütterte den Berg.

Die beiden waren erst wenige Schritte weit gekommen, als sie die donnernde Stimme des Drachen hörten. „Wo sind sie? Ich werde ihnen das Fleisch von den Knochen reißen und ihnen die Haut abziehen! Weg da!"

Ein gewaltiges Getöse folgte auf die letzten Worte. Malfurion nahm an, dass der Golem gerade von seinem Herrn zur Seite gestoßen worden war.

„Dieser Berg wird zu eurem Sarg werden!“, schrie Deathwing in die Höhle.

Malfurion hörte etwas, das wie ein Geysir klang, dann stieg die Temperatur plötzlich an, wurde blitzschnell unerträglich.

„Stell dich vor mich!“, rief der Druide. Als Brox an ihm vorbei sprang, richtete Malfurion die Dämonenseele hinter sich und konzentrierte seinen Geist auf die Scheibe.

Eisiger Wind wehte durch den Tunnel und stieß nur ein kleines Stück entfernt auf den Lavafluss, der sich in den Gang ergoss. Die rotglühende Flut wurde langsamer … und stoppte weniger als einen Meter vor Malfurion.

Der Nachtelf atmete tief durch und wich zurück. Brox starrte ihn aus geweiteten Augen an, half ihm dann aber weiter den Pfad hinauf. Der Ork schien nicht fassen zu können, welche Kräfte sein Begleiter beherrschte. Und er machte sich Sorgen.

„Sei vorsichtig, Druide. Ich traue einer solch großen Macht in einem so kleinen Gegenstand nicht.“

„Ich … stimme dir voll und ganz zu.“ Doch Malfurion verschwieg, wie aufregend diese Macht sich angefühlt hatte. Vielleicht hatte er sich geirrt, vielleicht hätte er dem schwarzen Drachen doch entgegentreten sollen. Wenn er Deathwing besiegt hätte, wäre Kalimdor eine große Bedrohung erspart geblieben. Danach hätte auch die Brennende Legion nicht mehr so Furcht einflößend gewirkt. Schließlich hatte Deathwing sie dank der Dämonenseele problemlos besiegt.

Die Magie der Scheibe überraschte sie während des Aufstiegs immer wieder. Sogar Treppenstufen waren an den steileren Stellen des Ganges vorhanden. So kamen sie schneller voran als gedacht.

„Ich spüre Wind“, stieß Brox schließlich hervor. „Stärkeren Wind.“

Mit neu erwachter Hoffnung kletterten sie weiter. Malfurion hörte einen Laut, den er zuerst für ein Zischen hielt, dann jedoch erkannte er, dass es sich um die Brise handelte, die der Ork gespürt hatte.

„Da!“, sagte der Nachtelf. „Ein Ausgang.“

Die Dämonenseele hatte seinen Befehl tatsächlich befolgt. Sie verließen den Berg und standen auf einem schneebedeckten, steilen Abhang. Ein kühler Wind begrüßte sie.

Doch noch waren sie nicht in Sicherheit. Früher oder später würde Deathwing erkennen, dass sie nach draußen gelangt waren. Er würde sie mit seinem ganzen Clan verfolgen.

„Steck sie lieber wieder ein“, schlug der ältere Krieger vor. „Sonst sieht man das Licht.“

Malfurion ließ unerwähnt, dass Deathwing die Scheibe auch in seiner Tasche spüren würde. Trotzdem standen ihre Chancen vielleicht etwas besser, wenn nicht jeder ihr Licht sah. Seine Finger ließen die Dämonenseele zögernd los, dann schloss er die Tasche sorgfältig.

Brox übernahm erneut die Führung. Vorsichtig tastete er sich über die schneebedeckte Bergwand nach unten. Mehrfach bemerkte er eine Schlucht, die förmlich zum Absturz einlud, erst im letzten Moment. Seine Waffe hatte der Ork auf den Rücken geschnallt. Er wollte sie nicht unter keinen Umständen verlieren.

Es erwies sich als glückliche Fügung, dass der Drache so viele Metalle benötigt hatte. Deshalb waren die Wege zu den Höhlen am Berghang von den Goblins frei geräumt worden. Malfurion hoffte, dass sie das Tal noch vor Tagesanbruch erreichen würden.

Doch ihr Glück schien nicht zu halten, denn plötzlich tauchte hoch über ihnen ein gewaltiger Schatten auf. Malfurion und Brox ließen sich sofort in den Schnee fallen und versuchten sich vor dem Drachen zu verstecken.

Es handelte sich bei dem Leviathan tatsächlich um Deathwing, und wahrscheinlich war es dessen Wahnsinn, der die Flüchtenden rettete. Deathwing suchte die Gegend unkontrolliert und voller Wut ab. Gelegentlich zerstörte er ganze Gipfel mit ungezielten Feuerstößen und ließ Bergflanken als Trümmer zu Tale regnen. Seine magischen Sinne schien er nicht einzusetzen, sonst hätte er seine Feinde schnell bemerkt.

Malfurion hob den Kopf. „Ich glaube, er fliegt zu –"

Deathwing drehte sich abrupt um und jagte erneut in ihre Richtung.

„Weg hier", knurrte Brox.

Sie sprangen auf und liefen auf eine große Felsnase zu. Der Nachtelf blickte über seine Schulter und sah, dass der Schatten des Drachen immer größer wurde. Es ließ sich nicht erkennen, ob er sie entdeckt hatte, jedenfalls kam er viel näher heran, als es Malfurion lieb war.

Als sie hinter der Felsnase in Deckung gehen wollten, hörte der Druide den schrecklichen Laut, der allen Feuerstößen voranging.

„Hier!" Der Ork zeigte auf einen Vorsprung. Ein Felswulst schützte eine Seite, aber würde das reichen?

Der Berg explodierte.

Die Felsnase verschwand in einem Nebel aus Staub und Steinfragmenten. Die Temperatur stieg so stark an, dass der Schnee zu dampfen begann. Uraltes Eis löste sich und rutschte dem Tal entgegen. Pfützen kochten blubbernd.

Deathwing flatterte über dem Hang und betrachtete sein Werk der Zerstörung. Die gewaltige Bestie kam näher und stieß angewidert die Luft aus. Mit wildem Gebrüll wandte sie sich ab und stieg hoch in die Luft. Sie schien auf dem Weg zu ihrem Nest zu sein.

Der Felswulst war zwar abgetragen worden, aber Malfurion und Brox wühlten sich unverletzt unter Schnee und Erde hervor. Der Nachtelf hustete mehrmals, dann griff er nach seiner Tasche. Erleichtert atmete er auf, als er die Umrisse der Dämonenseele fühlte.

Brox wirkte besorgt. „Deathwing wird bald zurückkommen, Druide. Dann müssen wir weg sein."

Sie klopften sich den Staub vom Körper und machten sich wieder an den Abstieg. Ab und zu hörten sie das wütende Gebrüll des Drachen, aber sie sahen ihn kein weiteres Mal. Trotzdem beeilten sie sich.

Der Nachtelf blickte in das Tal, dem sie sich näherten. „Ich kenne diese Gegend nicht, aber ich glaube, dass Krasus weit entfernt ist." Er schloss die Augen. „Ich spüre ihn nicht."

„Der Weise schirmt sich vielleicht ab, weil der Schwarze unterwegs ist."

„Aber wir müssen ihn irgendwie finden."

Sie beschlossen, sich diesem Problem zu widmen, sobald sie das Tal erreicht hatten. Krasus schwebte wahrscheinlich in geringerer Gefahr als sie.

Das Tal war ein Ort steter Dämmerung, denn die Berggipfel warfen ihre Schatten darauf. Der Nachtelf übernahm die Führung, aber Brox wich ihm nicht von der Seite. Deathwings Reich war nahe. Man musste mit Goblins rechnen.

Sie mussten sich nach links wenden, um die Gegend zu erreichen, in der sie sich von Krasus getrennt hatten. Aber nach wenigen Schritten stießen sie auf einen weiteren Berghang. Malfurion fragte sich, ob er die Dämonenseele einsetzen sollte, aber die Gefahr, dabei von Deathwing entdeckt zu werden, war zu groß. Außerdem fiel es dem Druiden mit jedem Mal schwerer, die Scheibe wieder in die Tasche zu stecken.

„Wenn wir uns in die andere Richtung wenden, können wir den Berg vielleicht umgehen", schlug Malfurion vor.

„Einverstanden."

Sie mussten über die Trümmer hinwegsteigen, die Deathwings Wutausbrüche hinterlassen hatten, aber zum Glück blockierten sie nie den ganzen Weg.

Ein weiterer Schrei wies sie auf Deathwings Rückkehr hin. Malfurion und der Ork pressten sich gegen eine Steilwand und beobachteten, wie der Drache über sie hinweg glitt. Deathwing untersuchte die Gegend sorgfältig, bemerkte seine Beute jedoch nicht. Atemlos warteten sie, bis er verschwunden war.

„Seltsam, dass wir nur ihn sehen. Wo sind die anderen Drachen?"

Brox kannte die Antwort. „Wenn sie die Scheibe finden, wollen sie vielleicht selber Anführer werden."

Der Verfolgungswahn des schwarzen Drachen kam ihnen also zugute. Deathwing konnte nicht riskieren, dass ein anderer Drache die Dämonenseele vor ihm entdeckte. Malfurion wusste zwar nur wenig über die Macht der Scheibe, aber selbst ein niederer Drache hatte mit ihr eine Chance, gegen den Herrn der Schwarzen zu bestehen.

Sie eilten weiter, und der Pfad überraschte sie erneut. Er schien sie weiter von ihrem Ziel wegzubringen, nicht etwa näher heran.

Der Druide seufzte frustriert. „Ich sollte uns einfach mit der verdammten Scheibe zu Krasus bringen.“

„Und den Schwarzen bringen wir direkt mit.“

„Ich weiß, aber –“

Eine gewaltige, gepanzerte Gestalt kollidierte mit dem Ork.

Im gleichen Moment sprang dem Druiden ein Wolfswesen so groß wie ein Nachtsäbler entgegen. Aus seinem Rücken ragten zuckende Saugnäpfe, die sich auf die Brust des Nachtelfs richteten.

Eine Teufelsbestie.

Waffen klirrten und machten Malfurion klar, dass er erst einmal auf sich allein gestellt sein würde. Mit aller Macht wehrte er sich gegen den schrecklichen Dämon, der versuchte, ihm den Kopf abzureißen. Malfurion musste würgen, so widerwärtig war der Gestank der Teufelsbestie.

Der Nachtelf sah Reihen von scharfen gelben Zähnen. Das Monster sabberte. Jeder Speicheltropfen brannte wie Säure. Malfurion stemmte sich mit einer Hand gegen die Kreatur, während er mit der zweiten die Saugnäpfe zur Seite schlug.

Doch schließlich durchbrach einer der Tentakel seine Verteidigung. Die scharfen Zähne an der Innenseite des Saugnapfes bohrten sich in sein Fleisch.

Malfurion schrie auf. Er spürte, wie seine magische Kraft ausgesaugt wurde. Jeder, der Magie anwandte, ob Magier, Druide oder Zauberer, konnte zum Opfer dieser Tentakel werden. Die Tentakel saugten die magische Kraft ebenso aus wie die Lebenskraft. Zurück blieb nur eine verdorrte Hülle.

Dem Nachtelf fehlte die Zeit, um sich über passende Zauber Gedanken zu machen. Die Schmerzen wurden immer schlimmer, und seine Finger begannen nach einer der Gürteltaschen zu tasten … egal, nach welcher.

Der Dämon nutzte seine Unaufmerksamkeit und bohrte auch den zweiten Tentakel in seinen Körper. Malfurion hätte beinahe das Bewusstsein verloren, kämpfte aber dagegen an. Er wusste, dass eine Ohnmacht sein Ende bedeutet hätte.

Seine Finger berührten etwas – die Tasche mit der Scheibe –, und Stimmen begannen in seinem Kopf zu flüstern.

*Nimm sie, benutze sie, verwende sie …*, sagten sie. *Deine einzige Hoffnung … nimm die Scheibe, die Scheibe …*

Eine dieser Stimmen erinnerte ihn an die, die er Krasus zugeordnet hatte. Verzweifelt griff Malfurion in die Tasche und nahm die Dämonenseele heraus.

Er spürte, wie seine Selbstsicherheit zunahm. Der Nachtelf starrte in das hässliche Dämonengesicht, das sich über ihm befand.

„Du willst Magie? Dann sollst du Magie bekommen!“

Er berührte einen der Tentakel mit der Dämonenseele.

Die Augen der Teufelsbestie traten aus den Höhlen. Ihr Körper schwoll zum Bersten an. Entsetzt zog sie die Tentakel aus Malfurions Brust.

Eine Sekunde später explodierte sie.

Dämonenfleisch regnete auf Malfurion herab, doch das bemerkte er kaum. Er stand auf und benutzte die Scheibe, um sich zu säubern. Dann sah er zu Brox, der gegen nicht nur einen, sondern gleich zwei Teufelswächter kämpfte. Einer war bereits verletzt, trotzdem sah es nicht gut aus für den Ork.

Malfurion richtete die Dämonenseele lässig auf den Dämon, der ihm am nächsten stand.

Ein goldener Lichtstrahl schoss aus der Scheibe und hüllte den Dämonenkrieger ein. Er brüllte auf … und zerfiel zu Staub.

Der zweite Teufelswächter zögerte. Diese Unsicherheit nutzte Brox aus. Seine verzauberte Axt grub sich tief in die Brust des Dämons, spaltete dessen Rüstung mühelos.

Der zweite Angreifer fiel. Brox fuhr herum. Malfurion grinste zufrieden und ging auf seinen Begleiter zu.

„Das war leicht“, sagte er.

Aber Brox wirkte nicht zufrieden. Seine Augen richteten sich auf die Scheibe.

Dieser Blick erfüllte Malfurion mit plötzlichem Misstrauen. Die Stimmen kehrten zurück, waren stärker denn je.

*Er will die Scheibe … er will sie für sich … doch sie gehört dir … nur du kannst die Welt in Ordnung bringen.*

„Druide“, sagte der Ork. „Du solltest sie nicht mehr verwenden. Sie ist böse.“

„Sie hat uns gerade das Leben gerettet!“

„Druide –“

Malfurion machte einen Schritt zurück und hob die Dämonenseele. „Du willst ihre Macht! Du willst sie mir wegnehmen!“

„Ich?“ Brox schüttelte den Kopf. „Ich will nichts damit zu tun haben.“

„Du lügst!“ Die Stimmen stachelten ihn an, flüsterten ihm ihre Worte zu. „Du willst die Brennende Legion von Archimonde und seinem Herrn übernehmen. Du willst, dass sie Kalimdor für dich erobern. Das werde ich nicht zulassen! Eher lasse ich die Welt in Flammen aufgehen!“

„Druide, hörst du, was du da sagst? Deine Worte ergeben doch keinen Sinn …“

„Du wirst sie nicht bekommen.“ Er richtete die Scheibe auf den Ork.

*Er muss vernichtet werden … sie alle müssen vernichtet werden … alle, die die Scheibe begehren … die sie dir wegnehmen wollen …*

Brox blieb reglos stehen. Er griff den Nachtelf nicht an, hob nicht einmal die Axt, um sich zu verteidigen. Er blieb einfach nur stehen und legte sein Schicksal in Malfurions Hände.

Schließlich begriff der Druide, was er beinahe getan hätte. Fast hätte er Brox ermordet, um die Dämonenseele behalten zu können.

Entsetzt ließ Malfurion die Scheibe fallen und wich vor ihr zurück. Er sah seinen Begleiter an, suchte hilflos nach den richtigen Worten, um sich für das zu entschuldigen, was beinahe geschehen wäre.

Der ergraute Krieger schüttelte den Kopf. Er gab dem Nachtelf keine Schuld.

„Die Scheibe“, knurrte er. „Es ist die Scheibe.“

Malfurion hätte sie am liebsten nicht wieder angefasst, aber sie mussten sie mitnehmen. Krasus würde sicherlich wissen, wie man am besten mit der monströsen Erfindung des schwarzen Drachen verfuhr. Ihn mussten sie finden.

Malfurion riss ein wenig Stoff aus seiner Kutte und griff damit nach der Dämonenseele. Er wusste zwar, dass der Stoff ihn nicht vor deren Boshaftigkeit schützen konnte, doch er musste es zumindest versuchen. Er stemmte sich gegen die Macht der Scheibe und die Stimmen in ihrem Inneren, indem er sich auf die konzentrierte, die ihm nahe standen. Sollte er der Dämonenseele unterliegen, würden sie alle mit ihrem Leben dafür bezahlen. Vor allem Tyrande, die längst ein Opfer geworden war, tauchte vor seinem geistigen Auge auf. Malfurion bezweifelte, dass er sie mit der Dämonenseele retten würde. Wahrscheinlich würde er sie irgendwann umbringen, so wie er Brox beinahe umgebracht hätte.

Er dankte Cenarius, durch dessen Lehren er die Stärke erlangt hatte, um sich von den Stimmen abzuwenden. Die Dämonenseele war ein Schandfleck in der natürlichen Welt und daher ein Schandfleck auf dem Weg des Druiden.

„Wir müssen diesen Ort verlassen, Brox“, sagte er. „Wer weiß, wie viele Dämonen sich noch hier verbergen.“

Seine Augen weiteten sich, als groteske Hände aus dem Boden schossen und sich überraschend schnell um seine Knöchel legten. Er konnte sich nicht mehr bewegen.

Brox knurrte wütend und kam auf ihn zu. Doch er wurde gestoppt, auch seine Beine wurden umschlungen und gehalten. Er schlug mit der Axt nach einer Hand und zertrümmerte sie. Doch schon einen Schritt später hielten ihn zwei neue Hände fest.

Malfurion war hin und her gerissen. Ein Teil von ihm wollte die Dämonenseele einsetzen, die immer noch auf seiner Handfläche lag, ein anderer die Naturmächte beschwören, so wie Cenarius es ihn gelehrt hatte. Dieser Moment des Zögerns erwies sich als verhängnisvoll, denn ein Schleier aus Dunkelheit legte sich plötzlich über seine Augen. Eine eiserne Klammer schloss sich um seinen Mund. Die Dämonenseele entglitt seinen Fingern und landete klimpernd auf dem Boden.

Brox schrie wütend. Seine Axt hämmerte gegen Stein. Irgendwo kam es zu einem Knall, dann wurde der Ork besorgniserregend still.

Malfurion hörte schwere Atemstöße, die er sofort mit Nachtsäblern in Verbindung brachte. Die Angreifer näherten sich offenbar. Jedoch wusste Malfurion, dass die Brennende Legion keine Panther zum Einsatz brachte. Das tat nur sein eigenes Volk.

War etwa jemand vom Palast hier?

„Du hast sie am Leben gelassen. Warum?", fragte eine Stimme, die zu einem Nachtelf gehörte, der aber die Emotionskälte eines Dämons anhaftete.

„Unser Herrscher wird großes Interesse an diesen beiden Gefangenen haben."

Malfurion zuckte überrascht zusammen, als er die zweite Stimme vernahm. *Ist das möglich?*

Etwas landete auf dem Boden, dann näherten sich ihm Schritte. Metall schabte über Stein, als jemand die Dämonenseele vom Boden aufhob.

„Sieht nach nichts aus", sagte die Gestalt neben Malfurion, und dann folgten die Worte, die die schlimmsten Ahnungen des Druiden bestätigten. „Hallo, Bruder …"

# ZEHN

Krasus fluchte, als er die Katastrophe spürte, die sich im Nest des schwarzen Drachen zutrug. Er hatte versucht, all die geheimen Zauber zu finden, die Deathwing rund um das Versteck der Dämonenseele errichtet hatte und wusste, dass auch Malfurion sein Bestes getan hatte. Trotzdem hatte man sie überlistet.

Noch schlimmer war jedoch, dass die Verbindung zu dem Druiden und dem Ork abgerissen war – und zwar nicht durch die Magie des schwarzen Drachen. Eine Macht, die auf ihre Weise ebenso furchtbar wie Deathwings war, hatte sich zwischen den Magier und seine Begleiter gestellt. Krasus ahnte, worum es sich dabei handelte.

Die Alten Götter waren selbst für die meisten Drachen, die zu Beginn der Welt geboren worden waren, nur Legenden. Krasus, der stets wissbegierig – oder wie Rhonin gerne sagte, unglaublich neugierig – war, wusste, dass sie weit mehr als das waren.

Man sagte, einst hätten drei dunkle Existenzen über ein so gewalttätiges Chaos geherrscht, dass es selbst die Dämonen der Brennenden Legion erschüttert hätte. Sie regierten über diese primitive Ebene, bis die Erschaffer der Welt eintrafen. Es kam zu einem Krieg kosmischen Ausmaßes, und am Ende waren die Alten Götter gefallen. Die Drei waren mit ewiger Gefangenschaft bestraft worden, ihre Kräfte wurden ihnen genommen. Niemand wusste, wo sich ihr Gefängnis befand.

Das hätte das Ende der Geschichte sein sollen, aber Krasus befürchtete, dass es den Alten Göttern irgendwie gelungen war, Kontakt zur Welt der Sterblichen aufzunehmen. Offenbar suchten sie nach einer Möglichkeit, ihrer Gefangenschaft zu entfliehen.

*So langsam ergibt alles einen Sinn*, dachte der Magier, während er auf der Suche nach seinen Freunden durch die felsige Landschaft schritt. *Nozdormu ... der Riss in der Zeit, unsere Reise in die Epoche der Nachtelfen und der Brennenden Legion ... der Brunnen der Ewigkeit ... sogar das Schmieden der Dämonenseele ...*

Die Alten Götter waren dabei, einen Schlüssel zu erschaffen, der die Tür ihres Kerkers öffnen würde – und falls das geschah, würde selbst Sargeras um die Gnade eines schnellen Todes winseln.

Wenn sie das Gefüge der Zeit auseinander rissen, konnten sie ihre Gefangenschaft ungeschehen machen. Vielleicht planten sie sogar, ihre Niederlage in einen Sieg zu verwandeln. Es fiel ihm schwer, über die Pläne der Alten Götter nachzudenken, denn sie standen so weit über ihm wie er über einem Wurm. Zumindest ihr oberstes Ziel konnte er jedoch nachvollziehen.

*Ich muss Alexstrasza warnen,* dachte Krasus instinktiv. Die Aspekte waren die mächtigsten Wesen auf sterblicher Ebene. Nur sie hatten eine Chance gegen die Alten Götter. Er verfluchte den Wahnsinn, der Neltharion, den Erdwächter in Deathwing, den Zerstörer verwandelt hatte. Zusammen wären die fünf Aspekte gewiss mächtig genug gewesen, um den Kampf gegen die uralten Wesen zu wagen. Ohne Neltharion jedoch …

Krasus rutschte aus und wäre um ein Haar in die Schlucht gestürzt, an der er gerade vorbei kletterte. Wie komplex waren doch die Pläne der Alten Götter! Sie hatten den Erdwächter verwandelt. Sie hatten Neltharions Geist verwirrt – und zwar aus mehr als nur einem Grund. Die Alten Götter hatten ihn zu einem Sklaven gemacht, der ihnen bei der Flucht helfen würde. Aber sie hatten gleichzeitig ihre einzigen ernstzunehmenden Feinde auseinander gebracht und damit geschwächt. Die übrigen vier Aspekte waren ohne Neltharion weit weniger bedrohlich. Darüber hinaus hatten sie Nozdormu abgelenkt, was wohl auch Teil ihres Plans war.

Krasus hielt inne und lehnte sich gegen einen Felsen. Die Erkenntnis war niederschmetternd. Die dunklen Götter hatten sehr viel Geduld und Willenskraft in ihr Vorgehen gesteckt. Zu viele Figuren standen bereits an der für sie vorgesehenen Position, zu viele Pläne waren bisher unentdeckt geblieben. Wie sollte man sie jetzt noch aufhalten?

Wie?

Krasus war so tief in seine Gedanken versunken, dass er den gewaltigen schwarzen Schatten erst bemerkte, als er direkt über ihn fiel.

Deathwing füllte den Himmel aus.

„Du!" Der monströse Drache stieß seinen Atem aus.

Hätte ein anderer dort gestanden, wäre dies das Ende der Jagd gewesen und von seinem Körper wäre nichts geblieben außer ein wenig Asche inmitten kochender Lava. Aber hier hieß das Ziel Krasus, der Deathwing seit langer Zeit kannte und deshalb richtig reagierte – wenn auch im letzten Moment.

Als ihm Deathwings Feuerstrahl entgegen schoss, konterte er mit einer Mauer aus goldenem Licht. Der Strahl schmetterte gnadenlos gegen diesen zerbrechlich wirkenden Schutzschild, verpuffte jedoch. Krasus legte alle Kraft in seine Abwehr. Er taumelte und schwitzte. Sein Körper wünschte sich nichts sehnlicher als aufzugeben, doch das ließ er nicht zu.

Schließlich brach das geflügelte Monstrum über ihm den Angriff ab – jedoch nur, um Kraft für einen zweiten Stoß seines Feueratems zu sammeln.

Auf diese Pause hatte Krasus gewartet. Er hob seine Arme – und verschwand.

Allein hatte er gegen den schwarzen Giganten keine Chance. Der Ausgang eines solchen Kampfes hätte von vornherein festgestanden. Krasus war selbst zu seinen besten Zeiten nur der Gefährte eines Aspekts gewesen. Er hatte nie zum Kreis der fünf mächtigsten Drachen gezählt. Mut war zwar eine Tugend, aber nicht, wenn es keine Aussicht auf Erfolg gab.

Der Magier tauchte in der Nähe eines Berges auf, der südlich von jenem lag, den er gerade verlassen hatte. Er lehnte sich an einen Felsen und rang nach Atem. Die Verteidigung gegen den schweren Angriff seines Gegners und die magische Flucht hatten ihn stark mitgenommen. Er hatte eigentlich sogar gehofft, sich weiter entfernt von seinem Feind zu materialisieren.

„Ich kriege dich!“, brüllte der schwarze Drache. Seine Stimme hallte über die Berge. „Du entkommst mir nicht!“

Krasus hatte einen großen Vorteil, denn in seiner Wut dachte Deathwing nicht daran, seine magischen Kräfte optimal einzusetzen. Er durchkämmte zwar seine Umgebung, aber seine Sinne glitten so rasch über die Landschaft hinweg, dass der Magier sich problemlos abschirmen konnte.

Krasus stand mühsam auf und machte sich auf den Weg nach unten. Im Tal war es sicherer als in den Bergen.

Der Magier wusste nicht, was mit seinen Begleitern geschehen war. Er war sich allerdings sicher, dass sie Deathwing hatten entkommen können, sonst hätte der schwarze Drache sich nicht so wütend auf ihn gestürzt. Offenbar suchte er immer noch nach der Scheibe und glaubte nun, dass Krasus sie gestohlen hatte.

Das war gut. Er war bereit, sein Leben zu opfern, wenn er damit den Erfolg der Mission sichern konnte. Rhonin würde schon wissen, was zu tun war.

Er kletterte den Berg hinab. Trotz seiner Erschöpfung bewegte er sich schneller und geschickter als jeder Nachtelf oder Mensch. Die ganze Zeit über suchte Krasus nach Deathwing. Sein exzellentes Gehör achtete auf den Schwingenschlag des wütenden Titanen.

Einmal flog Deathwing direkt über ihn hinweg, aber der Magier verbarg sich unter einer Felsnase und wartete, bis die Gefahr vorbei war. Deathwing blies immer wieder Feuer über die Landschaft und ahnte wohl nicht, dass seine Wut gegen ihn arbeitete.

Dann tat der Drache das, was Krasus die ganze Zeit über befürchtet hatte. Deathwing kam wohl zu dem Schluss, dass er diesen Teil seiner Umgebung umfassend genug abgesucht hatte, denn er wandte sich ab und flog seinem Nest entgegen. Krasus wusste, dass der Schwarze noch nicht aufgegeben hatte. Er wollte seine Jagd nach der Dämonenseele nur an einem anderen Ort fortsetzen.

Krasus machte sich Sorgen um Malfurion und Brox. Er blickte auf den Drachen und konzentrierte sich.

Von allen Seiten schossen Deathwing plötzlich Felsen entgegen. Riesige Steinbrocken trafen seinen Kopf. Deathwing brüllte erschrocken auf, verlor das Gleichgewicht und wäre beinahe gegen einen Berg geprallt, wenn er sich nicht im letzten Moment gefangen hätte.

Krasus drehte sich um und lief los.

Der Schrei, der hinter ihm durch die Berge hallte, bewies ihm, dass Deathwing den Köder geschluckt hatte. Krasus blickte nicht hinter sich, seine Sinne verrieten ihm bereits, dass der Drache die Verfolgung aufgenommen hatte.

Krasus hatte einen Plan, doch dieser konnte nur funktionieren, wenn er den Drachen so nahe an sich heran ließ, dass er dessen fauligen Atem fast schon im Nacken spürte.

„Ich werde dich zu Asche verbrennen!“, brüllte sein monströser Gegner. „Zu Asche!“

Deathwing musste sich keine Gedanken um die Dämonenseele machen, denn sie würde allen Angriffen trotzen. Ironischerweise würde sich eine Schuppe des schwarzen Drachen als die einzige Schwachstelle der Scheibe erweisen … denn nur ein Teil seines eigenen Körpers konnte sie zerstören.

Krasus hatte lange über die Möglichkeit nachgedacht, die Dämonenseele bereits hier in der Vergangenheit zu zerstören. Aber er befürchtete, dass diese gewaltige Veränderung die Zeitlinie endgültig zerrissen hätte. Es war besser, wenn die Drachen sie auf jene Weise bekamen, wie er es vorhatte. Vielleicht würde dann die Geschichte ihren geplanten Lauf nehmen – sollte das überhaupt noch möglich sein.

Deathwing kam näher und näher. Der Schwarze wollte wohl sichergehen, dass sein vernichtender Stoß auch traf.

*Gleich*, dachte der Magier. Er spannte sich an.

Hinter sich hörte er, wie sein Verfolger einatmete, sich auf den Feuerstrahl vorbereitete.

Krasus biss die Zähne zusammen.

Es zischte – und der Boden, auf dem der Magier gerade noch gestanden hatte, wurde von dampfender, flüssiger Lava verschlungen.

Der Erdwächter erhob sich mit einem irren Lachen in die Lüfte. Er kreiste über einer Landschaft voller rot glühender Felsen. Die magischen Kräfte, die jedem Feuerstoß innewohnten, überlagerten die Aura der Scheibe, aber Neltharion hatte es nicht eilig, sie zu finden.

Er genoss den Tod des mysteriösen Drachenmagiers, dieses Schoßhundes von Alexstrasza, der seine Pläne beinahe vereitelt hätte. Es war schade, dass nichts von ihm übrig geblieben war. Der schwarze Drache hätte Alexstrasza gern ein Andenken an ihn überreicht, bevor er sie zu seiner Geliebten machte. Neltharion hatte gespürt, wie nahe sie einander standen, beinahe so, als wäre Krasus auf einer Stufe zu sehen mit dem unverschämten und aufmüpfigen Korialstrasz.

Doch wirklich wichtig war, dass er endlich tot war und die Scheibe bald wieder in seine Hände fallen würde. Er brauchte nur noch ein wenig Geduld zu zeigen. Die Seele musste ganz in der Nähe sein, war vermutlich irgendwo unter der Lava begraben und wartete darauf, wieder mit ihm vereint zu werden.

Ein kleiner, nagender Zweifel störte seine Freude. Neltharion dachte an die List, die sein Opfer bewiesen hatte und an die Tücke, mit der sie die Scheibe an sich gebracht hatten.

Langsam glitt er über die zerstörte Landschaft und suchte im Chaos der tobenden Energien nach seiner Schöpfung. Er spürte die Scheibe immer noch nicht, aber sie musste hier irgendwo sein.

*Sie musste doch hier irgendwo sein ...*

Krasus materialisierte sich in einiger Entfernung. Die Hitze von Deathwings Angriff konnte er selbst bis hierher spüren. Er ließ sich zu Boden sinken. Ihm war klar, dass er auch dieses Mal nicht so weit geflohen war, wie er es beabsichtigt hatte.

Er hoffte, dass der schwarze Drache ihn für tot hielt und die Dämonenseele unter der Lava vermutete. Krasus war selbst ein Drache und kannte die Energien, die bei jedem Angriff ausgespien wurden. Der Aspekt würde eine Weile brauchen, bis er erkannte, dass seine Suche vergeblich war. Das war gut so, denn mit jeder Minute stiegen die Chancen von Malfurion und Brox.

Aber auch Krasus zog einen Vorteil aus der Pause, denn nun konnte er genügend Kräfte sammeln, um sich magisch zu seinen Gefährten zu versetzen. Es war Glück gewesen, dass sein Plan funktioniert hatte, denn er hätte zu wenig Stärke besessen, um sich auf anderem Wege gegen Deathwing zu wehren. Momentan wäre er schon froh gewesen, wenn seine Magie zum Entzünden einer Kerze ausgereicht hätte. Dem wahnsinnigen Aspekt wäre er hilflos ausgeliefert gewesen.

Ausgelaugt lag der Drachenmagier auf dem felsigen Boden. Das erste Sonnenlicht erhellte den kleinen Ausschnitt des Horizonts, den er sehen konnte. In dieser öden Landschaft, in der die Schatten der Berge die Täler verdunkelten, wurde es selbst bei Tag kaum richtig hell. Trotzdem freute sich Krasus über das Licht, denn er war ein Drache des roten Clans und damit ein Geschöpf des Lebens. Und das Leben gedieh am besten im Licht.

Seine Augen gewöhnten sich rasch an die Helligkeit. Krasus entspannte sich für einen Moment.

Doch eine tiefe Stimme über ihm zerstörte seine Ruhe triumphierend.

„Ah! Habe ich dich also doch gefunden!“

Hunger begann an Tyrandes Magen zu nagen. Das war ein schlechtes Zeichen. Mutter Mond hatte ihre Hilfe lange aufrecht erhalten, aber es gab so viel für sie in ganz Kalimdor zu tun, dass sie sich nicht ewig um eine einzelne Priesterin kümmern konnte. Priesterinnen waren stets bereit, sich als Erste zu opfern, sollte die Notwendigkeit dafür entstehen.

Tyrande fühlte sich nicht verraten. Sie dankte Elune für ihre Hilfe. Jetzt stand nur noch die genossene Ausbildung der Schwesternschaft zwischen den Peinigern und ihrem viel zu zerbrechlichen, sterblichen Körper.

Jeden Abend brachte ein Hochgeborener bei Sonnenuntergang einen Napf mit Nahrung in ihre Zelle. Der Napf und sein Inhalt – irgendein Eintopf, der vermutlich aus den Resten eines Abendessens bestand – wurden auf dem Zellenboden neben ihrer Sphäre abgesetzt. Tyrande musste nichts weiter tun, als ihren Wächtern sagen, dass sie hungrig sei, dann würde sich die Sphäre auf magische Weise senken. Der Elfenbeinlöffel, der stets im Brei steckte, war schmal genug, um durch die Lücke zu passen.

Tyrande hatte bisher jede Nahrung verweigert, schließlich wusste sie, dass Lady Vashj ihren Tod wollte. Doch langsam wirkte sogar die kalte, undefinierbare Masse, die in dem Napf lag, appetitlich. Ein einziger Bissen hätte der Priesterin gereicht, um ihre Stärke für einen weiteren Tag aufrecht zu erhalten, ein ganzer Napf hätte ihr eine Woche, vielleicht sogar länger genügt.

Aber sie konnte nicht ohne fremde Hilfe essen, und fragen wollte sie nicht. Das wäre ein Anzeichen von Schwäche gewesen, das die Dämonen sicherlich ausgenutzt hätten.

Jemand schloss die Tür auf. Tyrande wandte den Blick rasch vom Napf ab, um sich nichts von ihrem zunehmenden Hunger anmerken zu lassen.

Ein grimmig aussehender Wächter zog die Tür auf. Hindurch trat ein Hochgeborener, den die Gefangene noch nie gesehen hatte. Seine bunte Robe wirkte kostbar, und es war ihm offensichtlich klar, dass er gut aussah. Im Gegensatz zu den meisten seiner Kaste war er athletisch gebaut. Noch auffälliger war jedoch seine blass-violette Haut und sein Haar – braun mit goldenen Strähnen. So etwas hatte Tyrande noch nie gesehen. Doch wie alle Hochgeborenen blickte auch er die Wache herablassend an.

„Lass uns allein."

Der Soldat befolgte den Befehl ohne Zögern. Er schloss die Tür ab und verließ den Trakt.

„Heilige Priesterin", sagte der Hochgeborene. Von seiner herablassenden Art war plötzlich kaum noch etwas zu spüren. „Du könntest diese Situation für dich erleichtern."

„Mutter Mond gibt mir all die Erleichterung, die ich benötige. Ich wünsche und brauche nicht mehr."

Sein Gesichtsausdruck veränderte sich kaum merklich, doch Tyrande glaubte

Bedauern darin zu erkennen. Sie ließ sich ihre Überraschung nicht anmerken. Sie hatte geglaubt, die Hochgeborenen seien Sklaven des Dämonenlords und ihrer Königin, doch dieser Nachtelf widersprach diesem Verdacht.

„Priesterin…“, begann er.

„Du kannst mich Tyrande nennen“, unterbrach sie ihn, in der Hoffnung, er würde sich vielleicht öffnen. „Tyrande Whisperwind.“

„Mistress Tyrande, ich bin Dath'Remar Sunstrider“, entgegnete der Hochgeborene mit gewissem Stolz. „Wir dienen dem Thron seit zwanzig Generationen.“

„Eine noble Ahnenreihe. Das ist ein Grund, stolz zu sein.“

„Und das bin ich.“ Doch als Dath'Remar diese Worte aussprach, zog ein Schatten über sein Gesicht. „So wie ich es sein sollte“, fügte er dann hinzu.

Tyrande spürte, dass Dath'Remar etwas von ihr wollte. „Die Hochgeborenen haben dem Reich stets gedient und über das Volk und den Brunnen gewacht. Ich bin sicher, dass deine Ahnen keinen Fehler in deinem Handeln sehen würden.“

Der Schatten strich erneut über sein Gesicht. Dath'Remar sah sich um. „Ich bin hier, um dich zu bitten, etwas zu essen.“ Er hob den Napf vom Boden auf. „Ich würde dir gern mehr anbieten, aber das erlauben sie nicht.“

„Danke, Dath'Remar, aber ich bin nicht hungrig.“

„Die Nahrung enthält keine Drogen und auch kein Gift, Mistress Tyrande, auch wenn *einige* dies gerne sähen. Das kann ich dir versichern.“ Der gut aussehende Hochgeborene nahm den Löffel und aß ein wenig von der braunen Masse. Dann verzog er das Gesicht. „Was ich dir nicht versichern kann, ist, dass es schmecken wird … und dafür entschuldige ich mich. Du verdienst etwas Besseres.“

Sie dachte einen Moment lang darüber nach, dann ließ sie sich auf das Risiko ein. „Nun gut, ich werde etwas essen.“

Die Sphäre reagierte auf ihre Worte und senkte sich. Dath'Remar nahm seinen Blick nicht von der Priesterin. Hätte ihr Herz nicht schon einem anderen gehört, hätte Tyrande den Hochgeborenen für höchst attraktiv gehalten. Er wirkte nicht so selbstgefällig wie die meisten seiner Kaste.

Dath'Remar führte den vollen Löffel zu Tyrande. Das Elfenbein und die Nahrung, die sich darauf befand, leuchteten leicht auf, als sie den grünen Schleier passierten, der die Priesterin umgab.

„Du musst dich ein wenig vorbeugen“, sagte er. „Die Sphäre lässt meine Hand nicht durch.“

Die Priesterin folgte der Anweisung. Dath'Remar hatte nicht untertrieben, als er sich über den Geschmack des Eintopfes beschwerte, aber Tyrande freute sich innerlich trotzdem über die Nahrung. Ihr Hunger schien auf einmal um das Zehnfache zuzunehmen, doch das verbarg sie vor dem Hochgeborenen. Er hatte vielleicht Mitleid mit ihr, doch er diente dem Dämonenlord und Azshara. Nach dem zweiten Löffel sprach er erneut. „Du musst nur aufhören, dich zu widersetzen, dann wird alles einfacher für dich. Wenn nicht, werden sie irgendwann genug von dir haben. Sollte dies geschehen, müsstest du um dein Leben bangen."

„Ich muss dem Weg folgen, den Mutter Mond für mich vorgesehen hat, aber ich danke dir für deine ehrliche Sorge, Dath'Remar. Das ist ein Quell der Wärme in diesem Palast."

Er legte den Kopf schräg. „Es gibt andere, die so denken, aber wir halten uns ruhig und schweigen."

Tyrande betrachtete ihn nachdenklich und beschloss nachzuhaken. „Aber deine Loyalität zur Königin steht außer Frage."

Der hoch gewachsene Nachtelf wirkte beleidigt. „Selbstverständlich!" Leiser fügte er hinzu: „Wir fürchten jedoch, dass sie nicht mehr sie selbst ist. Sie hört nicht mehr auf uns, die den Brunnen so gut wie niemand sonst kennen, sondern nur noch auf Fremde. Wir mussten all unser Wirken einstellen, damit der Herr der Legion in diese Welt geholt werden kann. Und wir wollten doch so viel erreichen! Ich –"

Er unterbrach sich, als er seinen eigenen Tonfall bemerkte. Grimmig und schweigsam fütterte Dath'Remar Tyrande. Sie sagte nichts über seinen Ausbruch, aber sie hatte genug gesehen. Der Hochgeborene war nicht nur wegen ihr hierher gekommen. Dath'Remar hatte eine Beichte ablegen wollen, um seine Seele zu erleichtern.

Der Napf war schnell geleert. Dath'Remar wollte ihn zur Seite stellen, aber die Priesterin, die ihn noch nicht gehen lassen wollte, fragte: „Könnte ich auch etwas Wasser bekommen?"

Der Wasserschlauch lag unangetastet direkt neben dem Napf. Tyrande hatte ihn nie benutzt. Dath'Remar griff sofort nach ihm, wollte die Begegnung offenbar ebenso wenig beenden wie sie. Er öffnete das eine Ende und hielt es Tyrande entgegen. Doch die Barriere ließ nicht zu, dass ihre Lippen den Schlauch berührten.

„Vergib mir", murmelte er. „Ich vergaß."

Der Hochgeborene schüttete Wasser in den Napf und fütterte die Priesterin mit dem Löffel, so wie er es bei dem Eintopf getan hatte. Tyrande wartete einen Moment, dann wagte sie einen erneuten Vorstoß.

„Es muss seltsam sein, neben den Satyrn zu arbeiten, die einst waren wie wir. Ich muss gestehen, dass ihr Anblick mich ein wenig verstört."

„Sie sind die Glücklichen, die von Sargeras erwählt wurden, um ihm noch besser dienen zu können." Die Antwort kam schnell und emotionslos. Die Priesterin hatte den Eindruck, dass er sie schon oft wiederholt hatte … vielleicht sogar vor sich selbst.

„Und du wurdest nicht erwählt?“

Sein Blick wurde hart. „Ich lehnte ab, obwohl das Angebot … verlockend war. Ich diene in erster Linie dem Thron und meiner Königin. Ich wünsche nicht zu einem dieser … zu einem von ihnen zu werden.“

Er legte Napf und Löffel zur Seite. Tyrande biss sich auf die Lippe. Sie befürchtete, dass sie ihn falsch eingeschätzt hatte. Aber eine andere Hoffnung blieb ihr nicht. Dath'Remar war ihre einzige Chance.

„Ich muss jetzt gehen“, sagte der Hochgeborene. „Ich bin schon zu lang geblieben.“

„Ich freue mich auf deinen nächsten Besuch.“

Er schüttelte heftig den Kopf. „Es wird keinen weiteren geben. Ich werde nicht zurückkehren.“

Dath'Remar drehte sich auf dem Absatz um, doch bevor er zur Tür gehen konnte, flüsterte die Priesterin: „Ich bin das Ohr von Elune, Dath'Remar. Wenn du jemals etwas sagen möchtest, werde ich dir zuhören. Alles bleibt bei mir. Kein anderer wird davon erfahren.“

Der Zauberer blickte zu ihr zurück. Er schwieg, aber Tyrande merkte ihm an, dass ihn ihre Worte berührt hatten. Schließlich antwortete Dath'Remar nach langem Zögern: „Ich werde versuchen, dir beim nächsten Mal etwas Wohlschmeckenderes mitzubringen, Mistress Tyrande.“

„Möge dich Mutter Mond segnen, Dath'Remar Sunstrider.“

Der Nachtelf neigte den Kopf, dann verließ er die Zelle. Tyrande wartete, bis seine Schritte verklungen waren. Sie nahm an, dass die Wachen sie in Augenschein nehmen würden, aber die Männer nahmen nur wieder ihre Positionen vor der Tür ein.

Zum ersten Mal seit ihrer Gefangennahme erlaubte sich Tyrande Whisperwind ein Lächeln.

# ELF

Für einen Ork gab es nichts Heiligeres als Blut. Sie schworen damit Eide, schmiedeten Allianzen, ein Krieger in der Schlacht wurde davon gestählt. Blutsbande zu beschmutzen galt als eines der verachtenswertesten Verbrechen.

Doch der Bruder des Druiden hatte genau das getan.

Brox betrachtete Illidan Stormrage mit einer Abscheu, die er nur wenigen Wesen entgegenbrachte. Sogar die Dämonen respektierte er in gewisser Weise, denn sie folgten nur ihrer Natur, egal, wie pervers und böse sie auch sein mochte. Aber hier stand jemand, der Seite an Seite mit Brox gekämpft hatte und der als Malfurions Zwillingsbruder dessen Zuneigung und Sorge für seine Kameraden hätte teilen sollen. Doch Illidan lebte nur für die *Macht*. Sogar seine engste Verwandtschaft konnte daran nichts ändern.

Wären seine Arme nicht gefesselt gewesen, der Ork hätte sein eigenes Leben geopfert, wenn es ihm auf diese Weise gelungen wäre, den Zauberer zu töten. Der Ork wusste, dass er selbst manchen Fehler hatte, doch verraten … verraten hatte er noch niemanden.

Malfurion stolperte neben dem ergrauten Krieger her. Man hatte ihnen die Arme hinter dem Rücken gefesselt und Seile um ihre Hüften geschlungen, an denen sie hinter den Nachtsäblern hergezogen wurden. Sie konnten kaum mithalten. Illidans Bruder hatte es noch schlimmer getroffen, denn sein verräterischer Zwilling hatte den Blindheitszauber nicht zurückgenommen. Malfurions Augen wurden von schwarzen Schatten bedeckt, die kein Licht hindurch ließen. Er stolperte und stürzte, hatte Schürf- und Schnittwunden. Einmal hätte er sich sogar beinahe den Kopf an einem Felsen aufgeschlagen.

Der Zauberer, der einen Schal vor den Augen trug, zeigte kein Mitleid. Wenn Malfurion strauchelte, zog Illidan nur an seinem Seil, bis sich der Druide wieder aufrichtete. Die Wachen, die hinter den Gefangenen hergingen, stießen sie daraufhin an, und alles begann wieder von vorne.

Brox betrachtete seine Axt, die am Sattel von Captain Varo'thens Katze hing. Der Ork hatte den vernarbten Offizier als das zweite wichtige Ziel ausgemacht, sollte es ihm und Malfurion gelingen, sich zu befreien. Die Dämonenkrieger waren zwar gefährlich, aber ihnen fehlte die teuflische Verschlagenheit, die Brox bei dem anderen Nachtelf bemerkte. In dieser Hinsicht konnte sogar Illidan nicht mithalten. Brox war das egal. Wenn die Geister ihm mit ihrem Segen beistanden, würde er beide töten.

Danach musste man sich um die Dämonenseele kümmern.

Überraschenderweise trug nicht Illidan die Scheibe. Er hatte sie zwar aufgenommen, aber nur wenige Minuten später hatte der Captain seine Hand ausgestreckt und sie eingefordert. Zur großen Verwunderung des Orks hatte Malfurions Bruder nicht protestiert, sondern die Scheibe ohne Zögern losgelassen.

Doch solche Überraschungen interessierten den grünhäutigen Krieger nicht. Ihm war nur klar, dass er die beiden töten und die Dämonenseele an sich nehmen musste. Um dahin zu kommen, musste sich der Ork jedoch erst einmal befreien und die Dämonen niederstrecken, die ihn und Malfurion bewachten.

Brox schnaufte enttäuscht. Den Helden in den Epen gelangen solche Dinge immer, aber er bezweifelte, dass sie ihm gelingen würden. Captain Varo'then wusste, wie man eine Fessel anlegte. Er hatte seine Gefangenen gut gesichert.

Wortlos zogen sie weiter. Das Nest des schwarzen Drachens lag bereits weit hinter ihnen. Allerdings fühlte sich Brox nicht so sicher, wie es Illidan und der Captain taten. Er war überzeugt, dass Deathwing sie finden würde. Es grenzte an ein Wunder, dass der schwarze Gigant noch nicht aufgetaucht war. War er von etwas abgelenkt worden?

Seine Augen weiteten sich, und er verfluchte seine Dummheit. Natürlich war er nicht von etwas abgelenkt worden, sondern von jemandem – von Krasus.

Brox verstand, welches Opfer der Magier möglicherweise brachte. *Weiser Mann, ich wünsche dir alles Gute. Ich werde von dir singen … bis zu meinem nicht allzu fernen Tod.*

„Umpf."

Neben Brox stürzte Malfurion erneut. Dieses Mal gelang es dem Druiden jedoch, sich zu drehen. Er fiel nicht auf sein Gesicht, sondern auf die Seite. So entging er zwar einer blutigen Nase, aber der Sturz schüttelte trotzdem jeden Knochen in seinem Körper durch.

Der Ork hätte dem Nachtelf gern geholfen, doch das ging nicht. Durch zusammengebissene Zähne sagte er zu Illidan: „Gib ihm sein Augenlicht zurück. Dann wird er auch schneller gehen."

„Sein Augenlicht? Wieso sollte ich?"

„Die Bestie hat Recht", unterbrach Captain Varo'then. „Dein Bruder hält uns nur auf. Entweder schneide ich ihm hier und jetzt die Kehle durch oder du gibst ihm seine Augen zurück, damit er den Pfad sehen kann."

Illidan lächelte ironisch. „Was für eine interessante Alternative. Na gut, bringt ihn her."

Zwei Dämonen stießen Malfurion mit ihren Waffen vorwärts. Der Druide hielt sich so aufrecht wie möglich und trat seinem Zwilling ruhig entgegen.

„Von meinen Augen zu deinen“, murmelte Illidan. „Ich gebe dir, was ich nicht mehr benötige.“

Er schob den Schal nach oben.

Die Haare im Nacken des Orks stellten sich auf, als er sah, was sich darunter befand. Brox schickte ein Stoßgebet zu den Geistern. Sogar der monströse Wächter neben ihm wirkte nervös.

Die Schatten verschwanden von Malfurions Augen. Er blinzelte, dann sah er Illidan an. Das Entsetzen, das er bei diesem Anblick verspürte, zeichnete sich auf seinem Gesicht ab.

„Oh, Illidan …“, stieß Malfurion hervor. „Es tut mir so Leid.“

„Weshalb?“ der Zauberer legte den Schal wieder über seine Augenhöhlen. „Ich habe jetzt etwas viel Besseres. Ein Augenlicht, von dem du nur träumen kannst. Ich habe nichts verloren, verstehst du mich? Nichts!“ An den Offizier gewandt fuhr Illidan fort. „Jetzt kann er mithalten. Wahrscheinlich können wir das Tempo sogar erhöhen.“

Varo’then lächelte und gab den Befehl zum Aufbruch.

Malfurion stolperte auf den Ork zu. Brox half dem Nachtelf, seinen Rhythmus zu finden, dann murmelte er: „Es tut mir Leid wegen deines Bruders …“

„Illidan hat seinen Weg gewählt“, antwortete der Druide sanfter, als Brox es an seiner Stelle getan hätte.

„Er hintergeht uns!“

„Tut er das?“ Malfurion starrte auf den Rücken seines Bruders. „Tut er das?“

Der Ork schüttelte den Kopf über das Wunschdenken seines Begleiters und trottete schweigend weiter. Durch den alternden Tag zogen sie dahin. Ihre Wächter schienen sich keine Sorgen zu machen, aber Brox blickte immer wieder zurück zu den Bergen, erwartete jeden Moment, Deathwing zu sehen.

„Zauberer“, sagte der vernarbte Offizier nach mehr als einstündigem Schweigen. „Diese Scheibe kann all das, was du uns versprochen hast?“

„All das und noch mehr. Du weißt, was sie der Legion und den Nachtelfen angetan hat … und sogar den Drachen.“

„Ja.“ Der Ork hörte die Bewunderung in Varo’thens Stimme. Erst jetzt fiel ihm auf, dass die Hand des Captains ständig über die Gürteltasche strich, in der sich die Scheibe befand. „Das stimmt also alles?“

„Frag Archimonde, wenn du möchtest.“

Varo’then zog seine Hand zurück. Der Verstand des Soldaten war noch klar genug, dass er den großen Dämon fürchtete.

„Ihre Macht sollte ausreichen, um das Portal nach Sargeras’ Wünschen zu gestalten“, fuhr Illidan fort. „Dann kann der Rest der Legion nach Kalimdor gebracht werden … und Sargeras wird sie anführen.“

Malfurion zog scharf die Luft ein, und Brox grunzte angewidert. Entsetzt sahen sie einander an, denn sie wussten, dass keine Streitmacht in der Lage sein würde, den Dämonenlord und die gesamte Legion zu besiegen.

„Müssen was tun …“, flüsterte Brox. Er spannte die Armmuskeln an, aber die Stricke gaben nicht nach.

„Ich tue schon etwas“, flüsterte Malfurion zurück. „Seit Illidan mir mein Augenlicht zurückgegeben hat. Vorher ging es nicht, weil ich ständig gestolpert bin und mich nicht konzentrieren konnte. Aber das ist jetzt kein Problem mehr.“

Brox achtete darauf, ob die Dämonen sie weiterhin ignorierten. „Was machst du?“, fragte er leise.

„Die Katzen. Ich rede mit ihnen, versuche sie zu überzeugen …“

Der Ork hob die Augenbrauen. Malfurion hatte schon früher gedanklich mit Tieren gesprochen. „Ich bin bereit, Druide. Wird es bald soweit sein?“

„Das ist schwerer als ich dachte. Die Anwesenheit der Legion hat sie … verwirrt, aber ich denke … ja, halte dich bereit. Sie werden bald handeln.“

Zuerst gab es keinen Hinweis darauf, doch nach einer Weile stoppte Captain Varo'thens Reittier. Der Offizier trat nach der Katze, aber sie bewegte sich nicht.

„Was ist nur los mit dieser verdammten –“

Varo'then brachte den Satz nicht zu Ende, denn im gleichen Moment stellte sich sein Nachtsäbler auf die Hinterläufe. Der Offizier konnte sich nicht mehr halten und rutschte zu Boden.

Illidan blickte über seine Schulter, doch da folgte sein eigenes Reittier bereits dem Beispiel des anderen. Der Zauberer war jedoch darauf vorbereitet. Er glitt zwar aus dem Sattel, stürzte aber nicht.

„Du Narr!“, schrie er, auch wenn unklar war, wen er damit meinte. „Du dummer –“

Brox reagierte in dem Moment, als die Katzen sich aufrichteten. Er lief zu Varo'thens Reittier und suchte nach seiner Axt. Der Nachtsäbler kam ihm entgegen, indem er seine Flanke in die richtige Richtung drehte … ein Kommando, das er sicherlich von Malfurion erhalten hatte.

Brox drehte sich und rieb seine Fesseln über die Klinge der Axt. Die Stricke fielen sofort. Nur ein wenig Blut floss über den Arm des Orks.

Brox griff nach seiner Waffe. „Druide, zu mir! Wir reiten auf diesem –“

Doch der Nachtsäbler lief an ihm vorbei und prallte mit einer Teufelswache zusammen, die Malfurion hatte angreifen wollen. Die anderen Dämonen wichen zurück, wussten für einen Moment nicht, wie sie auf die verwirrende Situation reagieren sollten.

Die Katze begann in der Zwischenzeit an Malfurions Fesseln zu nagen. Der Nachtelf sah zu Brox hinüber und rief: „Achte nicht auf mich! Die Tasche, Brox, die Tasche!“

Der Ork drehte sich zu Varo'then um. Der Palastoffizier saß auf dem Boden und rieb sich den Schädel. Die Tasche, in der sich die Dämonenseele befand, baumelte an seinem Gürtel. Er schien nicht zu bemerken, dass der Ork neben ihm stand.

Mit erhobener Axt lief Brox dem Captain entgegen, doch der vernarbte Nachtelf erholte sich schneller, als er gehofft hatte. Der hagere Kämpfer sah die große, grüne Gestalt, die ihm entgegen stürmte und rollte sich zur Seite. Dann kam er auf die Beine.

„Komm schon her, du primitiver Mistkerl", lockte er. „Ich schneid dich auseinander und verfüttere dich an die Katzen … wenn sie dich vertragen."

Brox schlug zu. Der Hieb hätte Varo'then gespalten, wenn er getroffen hätte. Doch der Captain war schnell wie ein Blitz. Die Waffe des Orks riss den Boden auf und hinterließ eine mehr als einen Meter lange Furche.

Varo'then sprang vor und stach nach seinem Gegner. Das Schwert hinterließ einen blutigen Schnitt in der linken Schulter des Orks. Brox ignorierte den Schmerz und setzte zu einem neuen Angriff an.

Aus den Augenwinkeln sah er, wie Malfurion den reiterlosen Nachtsäbler auf die Teufelswache hetzte. Der erste Dämon wich zurück, da er nicht wusste, ob er Varo'thens Reittier angreifen sollte. Dieser Zweifel kostete ihn das Leben, denn der Panther warf ihn um und zerfetzte seine Kehle.

Brox wollte nach Illidan suchen, aber er musste sich auf seinen eigenen Gegner konzentrieren. Er hoffte, dass Malfurion seinen Bruder im Auge behielt. Wenn der Magier auch nur einen Zauber sprach, waren sie verloren.

Er schrie auf, als Varo'then ein zweites Mal seine Schulter traf.

Der Nachtelf grinste. „Erste Regel im Nahkampf: Lass dich nie ablenken."

Die Antwort des Orks bestand aus einem gewaltigen Schwung seiner Axt. Beinahe hätte er den Soldaten geköpft. Varo'then hörte auf zu grinsen und wich zurück.

„Zweite Regel", knurrte Brox. „Nur Narren reden so viel auf dem Schlachtfeld."

Sein Körper knisterte plötzlich. Seine Bewegungen wurden langsam und schwerfällig. Die Luft schien sich um ihn herum zu verhärten.

Zauberei.

Malfurion hatte sich nicht um Illidan gekümmert, so wie es der Krieger befürchtet hatte. Die Familienbande hatten ihn zögern lassen, und das rächte sich jetzt.

Das Grinsen kehrte auf Captain Varo'thens Gesicht zurück. Selbstsicher schritt er seinem langsamen Gegner entgegen. „Ich mag es eigentlich nicht, wenn ein Kampf zu leicht ist, aber in diesem Fall mache ich eine Ausnahme." Er richtete sein Schwert auf Brox' Brust. „Mal sehen, ob dein Herz am gleichen Fleck ist wie das unsere."

Doch im gleichen Moment hüllte ein dunkler Schatten beide Gegner ein.

Brox wollte nach oben sehen, doch er war mittlerweile so langsam geworden, dass der Nachtelf ihn getötet hätte, ohne dass er den Kopf wieder hätte senken können. Wenn er schon sterben sollte, dann wollte der Ork seinem Mörder wenigstens in die Augen blicken, so wie es eines Kriegers geziemte.

Aber Königin Azsharas Diener sah den Ork nicht mehr an. Er blickte zum Himmel. Sein Mund zuckte ärgerlich.

„Weg von ihm, Schurke!“, brüllte eine dunkle Stimme.

Varo’then wich mit einem Satz zurück. Brox konnte nur hilflos zusehen. Keine Sekunde später traf ein Feuerstoß die Stelle, an der der Nachtelf eben noch gestanden hatte.

Die Flammen wurden so präzise gesteuert, dass Brox die Hitze kaum spürte. Das überraschte ihn, denn er war davon ausgegangen, dass ein Drache über ihnen schwebte, und zwar nicht irgendeiner, sondern …

Deathwing.

Doch wenn es sich tatsächlich um den schwarzen Giganten handelte, wieso verschonte er Brox dann? Abgesehen von Deathwing gab es nur einen Drachen, der wusste, welche Gruppe sich in den Bergen aufhielt: Korialstrasz. So viel war seit der Flucht aus dem Drachennest geschehen, dass er den großen roten Leviathan ganz vergessen hatte. Doch der hatte anscheinend ihn und Malfurion nicht vergessen.

„Haltet euch bereit!“, rief Korialstrasz. „Ich komme.“

Brox konnte nichts tun, nur auf das Können des Drachen vertrauen.

Einen Moment später legten sich Klauen um seinen Körper, und er wurde hoch in die Luft gerissen.

Wind stach in sein Gesicht. Brox spürte, wie die Gewichte von seinen Gliedmaßen abfielen. Entweder hatte der Rote etwas damit zu tun, oder Illidans Zauber hatte sich zufällig im gleichen Moment gelöst.

Malfurion hing in der anderen Klaue des Drachen. Der Druide wirkte erschöpft und verzweifelt. Er zeigte auf den Boden weit unter sich und rief dem Drachen und dem Ork etwas zu.

Brox verstand nach einem Moment seine Worte. „Die Scheibe!“, schrie Malfurion. „Sie haben noch immer die Scheibe!“

Der Ork wollte antworten, aber in der gleichen Sekunde ließ sich Korialstrasz wieder dem Kampf entgegen fallen. Der Drache näherte sich der Gruppe und taxierte seine Feinde nacheinander.

„Welcher ist es?“, brüllte der Riese. „Welcher?“

Die Frage war überflüssig, denn Captain Varo’then zog bereits die Dämonenseele aus der Tasche. Brox dachte an die Probleme, die Malfurion beim ersten Versuch gehabt hatte und hoffte, dass es dem Offizier ähnlich ergehen würde.

Das Glück schien auf ihre Seite zurückgekehrt zu sein, denn Varo’then hob böse grinsend die Dämonenseele – doch nichts geschah.

Korialstrasz stürzte sich brüllend auf den Captain. Dessen Gesicht verriet Verzweiflung.

Doch entgegen aller Logik leuchtete die Scheibe auf. Eine zweite Stimme meldete sich über dem Drachen. „Weg! Schnell, oder wir werden alle –“

Der Rote wurde nur von einem Ausläufer der Kräfte aus der Dämonenseele getroffen, aber das reichte bereits. Brox spürte die Schockwelle, in die Korialstrasz hinein flog. Der Drache zitterte, stöhnte … und hörte auf, mit den Flügeln zu schlagen.

Der Leviathan stürzte den Berggipfeln entgegen. Der Boden kam auf ihn zu. Brox begann die Namen seiner Ahnen aufzuzählen und bereitete sich auf seinen Aufprall vor.

Die graue Granitwand eines Berges füllte sein Blickfeld völlig aus.

„Was hast du getan?“, zischte Illidan.

„Ich habe die Scheibe benutzt“, antwortete Captain Varo’then staunend und beeindruckt. Dann riss er sich zusammen und betrachtete zuerst die Scheibe, dann seinen Begleiter. „Du hattest Recht. Sie erfüllt alle Versprechen, die du gemacht hast und bietet noch weit mehr. Mit ihr könnte man herrschen wie ein König …“

„Oder von Sargeras bei lebendigem Leibe gehäutet werden, nur weil man diesen Gedanken hatte.“

Die Versuchung verschwand von Varo’thens Gesicht. „Und das wäre auch richtig so, Zauberer. Ich hoffe, dir ist kein so dummer Gedanke gekommen.“

Malfurions Zwilling lächelte knapp. „Genauso wenig wie dir, Captain.“

„Die Königin wird über den Erfolg unserer Mission erfreut sein. Wir haben die Scheibe und konnten ihre Macht an einem ausgewachsenen roten Drachen testen. Und wir haben die zur Strecke gebracht, die uns bisher behindert haben.“

„Wenn du die Scheibe anders eingesetzt hättest“, sagte der Magier, „könnten wir die beiden jetzt noch befragen.“

Varo’then schnaubte. „Was sollten sie uns noch verraten? Das hier …“ Er hielt Illidan die Scheibe entgegen. „… ist alles, was wir für den Sieg brauchen.“ Sein Mund verzog sich zu einem grausamen Lächeln. „Oder bedauerst du vielleicht das Schicksal deines Bruders? Hast du etwa ein schlechtes Gewissen?“

Illidan rückte seinen Schal zurecht und stieß die Luft aus. „Du hast gesehen, wie ich mit ihm umgegangen bin. Sah das für dich nach Bruderliebe aus?“

„Da hast du Recht“, stimmte der Captain nach einem Moment zu. Dann steckte er die Scheibe wieder in seine Tasche. Irritiert hob er die Augenbrauen.

„Stimmt etwas nicht, Captain?“

„Nein … da waren nur … es klang wie Stimmen … nein … es war nichts.“ Er bemerkte nicht den interessierten Ausdruck auf dem Gesicht des Nachtelfs, der in dem Moment verschwand, als er ihn ansah. „Vergiss es. Komm jetzt. Die

Katzen stehen wieder unter unserer Kontrolle. Die Scheibe muss so schnell wie möglich nach Zin-Azshari zurückgebracht werden."

„Natürlich."

Varo'then stieg auf sein Reittier. Illidan tat das Gleiche, schaute jedoch noch einmal zurück zu den Bergen.

Sein Blick war verbittert.

Sie hätten längst zurück sein müssen. Daran dachte Rhonin, wenn er in die Richtung blickte, in die Krasus und die anderen geritten waren. Sie hätten zurück sein müssen. Er spürte, dass etwas schief gelaufen war. Als die Nachtsäbler mit Krasus' Notiz ins Lager getrabt waren, hatte Rhonin neue Hoffnung geschöpft. Mit Korialstrasz' Hilfe hätte die Gruppe weitaus schneller vorankommen müssen. Sie hätten ihr Ziel schon vor langer Zeit erreicht gehabt, und Krasus hätte sicherlich keine Zeit verschwendet, sondern sich sofort auf die Suche nach der Scheibe gemacht.

Aber etwas war furchtbar schief gegangen.

Gegenüber Jarod erwähnte er seine Sorge nicht, denn der Nachtelf hatte andere Probleme. Das Treffen in Blackforests Zelt war ein Erfolg gewesen. Jarod hatte seine Position gefestigt, indem er einfach nur er selbst gewesen war. Der ehemalige Wachsoldat hatte während der letzten Schlacht einen Punkt erreicht, an dem er törichte Befehle, egal, von welcher Kaste sie stammten, nicht mehr hinnehmen konnte.

Als ein anderer Adliger ein Flankenmanöver vorschlug, das die Streitmacht zerrissen hätte, war Jarod aufgestanden und hatte erklärt, dass dies in einem Debakel und der Vernichtung der Nachtelfen enden würde. Dass er dies überhaupt Personen erklären musste, die als gebildet und weise galten, überraschte den Menschen. Schließlich war es Jarod gelungen, jeden einzelnen Adligen auf seine Seite zu ziehen. Es erleichterte sie, dass sie jemanden gefunden hatten, der Militärtaktiken instinktiv verstand.

Rhonin hatte anfangs geglaubt, er müsse Jarod unterstützen, doch dann bemerkte er, dass der junge Nachtelf tatsächlich wusste, was er tat. Der Zauberer kannte Leute wie Jarod. Sie verfügten über ein natürliches Talent, das kein Studium verleihen konnte. Er dankte Elune oder welche Gottheit auch immer dafür gesorgt hatte, dass jemand wie Jarod Ravencrests Platz eingenommen hatte.

Doch würde das Talent des Captains ohne die Scheibe ausreichen?

Jarod trat neben den Magier. Der Anführer der Streitmacht wider Willen trug eine neue polierte Rüstung, die ihm Blackforest geschenkt hatte. Es befand sich kein Wappen auf der Brust, nur rote und orangefarbene Streifen, die an den Hüften endeten. Der Umhang zeigte die gleichen Farben und umschmiegte seinen Körper wie eine Geliebte. Er trug einen Helm, dessen feuerroter Fellschwanz aus gefärbtem Nachtsäblerfell bestand und fast bis auf die Schultern reichte.

Ihm folgte ein Tross aus Unter- und Verbindungsoffizieren. Jarod schickte sie weg, bevor er sich an Rhonin wandte.

„Früher einmal habe ich von einem hohen Rang und feiner Kleidung geträumt", sagte er säuerlich, „aber jetzt sehe ich aus wie ein aufgeblasener Narr."

„Da widerspreche ich dir nicht", gab Rhonin zu. „Aber es beeindruckt deine Offiziere, also musst du mitspielen, zumindest fürs erste. Wenn du größere Autorität erlangt hast, kannst du die Sachen immer noch ablegen."

„Ich kann es kaum erwarten."

Der Zauberer führte ihn weiter von den anderen weg. „Du solltest bessere Laune ausstrahlen, Jarod. Du bist die große Hoffnung deiner Leute, aber du wirkst niedergeschlagen. Das könnte sie auf die Idee bringen, dass die Chancen schlecht stehen."

„*Ich* fürchte, dass unsere Chancen schlecht stehen, vor allem, wenn ich die Armee anführen soll."

Der Mensch ließ diesen Satz nicht auf sich beruhen. Er beugte sich vor und knurrte: „Nur wegen dir haben wir überlebt! Ohne dich wäre auch ich tot. Das musst du endlich akzeptieren! Wir haben noch nichts von den anderen gehört. Das könnte bedeuten, dass du, ich und die Soldaten, die in der Schlacht sterben werden, vielleicht die einzige Hoffnung sind, die Kalimdor noch bleibt … und der Zukunft!"

Er ging nicht weiter darauf ein, denn der Offizier hätte die Wahrheit nicht verstanden. Jarod wusste nicht, dass Rhonin aus einer zehntausend Jahre entfernten Zukunft stammte. Wie sollte ihm der Zauberer erklären, dass er nicht nur für die Lebenden kämpfte, sondern auch für die, die erst noch geboren werden sollten und die er mehr als alle anderen liebte.

„Ich wollte das nie –", protestierte Jarod.

„Keiner von uns wollte es."

Der Nachtelf seufzte. Er zog den hässlichen Helm ab und wischte sich über die Stirn. „Du hast Recht, Rhonin. Vergib mir. Ich werde tun, was ich kann, auch wenn ich nicht versprechen kann, dass es etwas nützen wird."

„Mach einfach so weiter wie bisher … du machst alles richtig. Wenn du dich in Lord Desdel Stareye verwandeln würdest, wären wir alle verloren."

Der frisch gebackene Kommandant blickte auf seine makellose Rüstung und schnaubte abwertend. „Dass das nicht passieren wird, kann ich versprechen."

Der Zauberer lächelte über diese Antwort. „Das freut –"

Ein Horn wurde geblasen. Ein Schlachthorn.

Rhonin sah über seine Schulter. „Das kommt vom Rand der rechten Flanke. Da können sich keine Legionskrieger aufhalten. Wir hätten einen solchen Vorstoß doch bemerkt."

Jarod setzte seinen Helm auf. „Und doch ist es geschehen." Er winkte die

Soldaten zu sich. „Steigt auf und bringt mir meine Katze. Auch die des Magiers. Wir müssen herausfinden, was da hinten passiert."

Die Tiere wurden augenblicklich gebracht. Eine solche Effizienz hatte Rhonin unter Stareyes Kommando nicht festgestellt. Diese Soldaten respektierten Jarod, und das lag nicht daran, dass die Adligen ihn unterstützten. Seine Taten hatten sich herumgesprochen. Die Kämpfer wussten, dass er die Zügel in die Hand genommen hatte, als bereits alles verloren schien.

Während der Captain – nein, der ehemalige Captain, korrigierte sich Rhonin – aufsaß, schien eine Veränderung in ihm vorzugehen. Sein ehemals unschuldiges Gesicht zeigte mit einem Mal grimmige Entschlossenheit. Er trieb seinen Nachtsäbler zur Eile an und übernahm die Führung.

Erneut erklang das Horn. Der Zauberer bemerkte, dass es sich um ein Nachtelfenhorn handelte. Jarod hatte unmittelbar nach Übernahme seines Kommandos angeordnet, die Reihen der Nachtelfen und ihrer Verbündeten stärker zu mischen. Huln und Dungards Krieger standen nicht mehr an einer Seite, sondern waren den Nachtelfen-Einheiten zugeteilt worden. Sogar die Furbolgs hatten eine Aufgabe erhalten. Sie verstärkten die Keilformationen und sorgten mit ihren Keulen dafür, dass keine Teufelswache bis zu den wertvollen Zauberern und Bogenschützen vorzudringen vermochte.

Viele Kleinigkeiten waren verändert worden, Dinge, die Rhonin vorher kaum bemerkt hatte. Doch jetzt musste sich zeigen, ob die neu gestaltete Streitmacht dem Druck eines unerwarteten Angriffs gewachsen war. Niemand hatte geglaubt, dass Archimonde so schnell reagieren würde.

Aber als sie sich dem Schlachtfeld näherten, stießen sie nicht etwa auf das Erwartete, sondern fanden hauptsächlich Verwirrung. Nachtelfen versuchten nach vorne zu stürmen, doch die Tauren und Irdenen, die Rhonin sah, nahmen am Kampf nicht teil. Sie standen reglos zwischen Kämpfern, die verzweifelt versuchten, die Lücken in den Reihen zu füllen, die durch ihre Teilnahmslosigkeit entstanden.

„Bei Mutter Mond, was tun sie da?", stieß Jarod hervor. „Sie ruinieren alles. Ausgerechnet jetzt, wo ich die Adligen von ihrem Nutzen überzeugt habe!"

Rhonin wollte antworten, bemerkte jedoch im gleichen Moment eine Bewegung hinter der Linie. Der Feind war näher als erwartet. Der Zauberer sah gewaltige Gestalten, geflügelte Kreaturen und einige seltsame Wesen, denen er trotz zahlreicher Kämpfe gegen die Legion noch nie begegnet war.

Sie bewegten sich beinahe gemütlich und stießen kein Kriegsgeschrei aus. Riesen, gegen die jeder Dämon, den Rhonin je gesehen hatte, wie ein Zwerg wirkte, marschierten zwischen ihnen. Die geflügelten Wesen, die über ihnen schwebten, gehörten nicht zur Verdammniswache. Solche Kreaturen waren ihm unbekannt.

Jarod hielt seinen Nachtsäbler neben einem Tauren an, der sich als Hun herausstellte. „Was soll das? Wieso kämpft ihr nicht?"

Der Taure blinzelte und sah Jarod an, als habe dieser den Verstand verloren. „Wir werden nicht gegen sie kämpfen! Das geht nicht."

Zwei Irdene, die neben ihm standen, stimmten seinen Worten nickend zu. Jarod wirkte einen Moment lang verzweifelt, doch schließlich kehrte seine Entschlossenheit zurück.

„Dann werden wir allein gegen sie kämpfen", knurrte er und lenkte sein Reittier an dem Tauren vorbei.

Aber Rhonin hatte einen Verdacht, weshalb die Verbündeten zögerten. „Warte, Jarod!"

„Bist du jetzt auch gegen uns?"

Die Gestalten waren in der Zwischenzeit so nahe herangekommen, dass Rhonin ihre Gesichter erkennen konnte. Erleichtert bemerkte er, dass es richtig gewesen war, Jarod aufzuhalten.

„Sie gehören nicht zur Legion. Sie wollen sich uns *anschließen*. Dessen bin ich mir sicher."

Erst jetzt sah er das gewaltige Wesen, das die anderen anführte. Es bewegte sich auf vier Beinen und trug ein mächtiges Geweih auf dem Kopf. Ihm folgten Gestalten, die an Satyrn erinnerten. Sie hatten den Oberkörper einer Nachtelfe, aber die Beine eines Rehs. Alle waren weiblich, jung und schön. Sie schienen Mischwesen aus Tieren und Pflanzen zu sein, denn ihre Haut bestand aus grünen Blättern. Sie wirkten zwar zerbrechlich, aber in ihrem Blick lag eine Härte, die jeden Feind davor warnte, sie zu unterschätzen.

Die Soldaten waren mit ihren Kampfvorbereitungen beschäftigt und achteten nicht auf die einzelnen Wesen. Rhonin erkannte, dass eine Katastrophe drohte.

„Jarod, komm mit. Schnell!"

Der Zauberer lenkte seinen Nachtsäbler an den verwirrten Soldaten vorbei, den Wesen entgegen. Jarod folgte ihm, rief jedoch: „Bist du wahnsinnig? Was soll das?"

„Vertrau mir, das sind Verbündete!"

Der Anführer der Wesen stand so plötzlich vor Rhonin, dass der Magier beinahe mit ihm zusammengeprallt wäre.

„Ich grüße dich, Rhonin Redhair", donnerte die Stimme des gehörnten Wesens. Die weiblichen Gestalten sahen den Zauberer neugierig an. „Wir wollen gemeinsam mit euch um unsere Welt kämpfen." Er blickte zu Jarod Shadowsong. „Sollen wir unsere Handlungen mit ihm absprechen?"

Der Mensch sah seinen Begleiter an, der mit offenem Mund auf seinem Reittier saß. „Ja. Vergebt ihm. Ich bin selbst überrascht, dass Ihr gekommen seid, Cenarius."

„Cenarius …“, murmelte Jarod. „Der Herr des Waldes?“

„Ja, und ich glaube, er hat ein wenig Unterstützung mitgebracht“, fügte Rhonin hinzu und sah an dem mystischen Wächter vorbei.

Es kam ihm vor, als seien die Legenden aus seiner Kindheit zum Leben erwacht … und vielleicht stimmte das auch. Rhonin und der Nachtelf blickten empor zu Giganten, die es nur in den Träumen der Sterblichen gab. Der Herr des Waldes war zwar groß, aber gegen einige seiner Begleiter erschien er geradezu zwergenhaft. Zwei Bärenwesen, so groß wie Berge, rahmten ihn ein. Eines der beiden Geschöpfe betrachtete Rhonin interessiert. Hinter ihnen ragte eine Gestalt auf, die nur wenig kleiner war und an einen Vielfrass erinnerte. Sie hatte sechs Beine, und ihr Schlangenschwanz peitschte aufgeregt in Erwartung des bevorstehenden Kampfes. Ihre Klauen rissen den Boden auf und hinterließen tiefe Furchen.

Über allen erhob sich ein gewaltiger Eber, dessen Mähne aus scharfen, vielleicht sogar tödlichen Dornen bestand. Rhonin war über den Namen einst bei seinen Studien gestolpert. *Agamaggan* … ein Halbgott voller Urwut.

Andere Wesen waren kleiner, aber ebenso beeindruckend. Rhonin sah eine gefährlich wirkende Vogelfrau, die von Vogelschwärmen umkreist wurde. Ein kleiner roter Fuchs mit gnomenhaften Gesichtszügen lief zwischen den Beinen der Riesen umher. Männer mit Schmetterlingsflügeln, die Schwerter trugen, schwebten neben ihnen.

Ein strahlend weißer Schemen blitzte am Rand von Rhonins Gesichtsfeld auf. Er drehte sich danach um, sah jedoch nichts. Doch in seinen Gedanken tauchte das Bild eines gewaltigen Hirschs auf, dessen Geweih bis in den Himmel reichte.

Die Prozession der Gestalten riss nicht ab. Rhonin sah Männer, die ihre Gesichter unter Kapuzen verbargen und deren Haut aus der Rinde einer Eiche zu bestehen schien. Hippogriffs und Greife flatterten über ihnen, während große Käfer mit menschlichen Gesichtern geduldig in der leichten Brise flogen. Weiter hinten standen Wesen, so fremdartig, dass der Zauberer sie kaum beschreiben konnte, aber jedes einzelne erinnerte ihn an einen bestimmten Aspekt der Natur.

Rhonin spürte die gewaltigen Energien, die ein jedes dieser Beschützer-Wesen umgab. In ihnen vereinten sich die natürlichen Kräfte der Welt.

„Jarod Shadowsong“, brachte der Zauberer schließlich hervor, „darf ich dir die Halbgötter Kalimdors vorstellen? *Alle* Halbgötter Kalimdors?“

„Wir stehen dir zur Verfügung“, fügte Cenarius hinzu und kniete mit seinen Vorderläufen nieder. Die anderen Halbgötter folgten seinem Beispiel.

Der neue Kommandant der Armee schluckte und rang um Worte.

Rhonin sah sich um. Hinter ihm zeigten die Soldaten, die Tauren, Irdenen und Furbolgs den gleichen staunenden Gesichtsausdruck. Die meisten wussten, dass die Wesen, die vor ihnen standen, uralt und mächtig waren … und nun wussten sie außerdem, dass sie Jarod als ihren Kommandanten anerkannten.

Cenarius erhob sich. Er sah den Nachtelf wie ein gleichberechtigtes Wesen an. „Wir erwarten deine Befehle."

Der ehemalige Captain straffte sich und antwortete: „Ich danke euch. Eure Stärke ist uns willkommen. Mit etwas Glück wird es uns jetzt gelingen, diesen Kampf zu überleben."

Der Herr des Waldes nickte. Sein Blick glitt über die sterblichen Kämpfer. Sein bärtiges Gesicht verriet Entschlossenheit. „Ja, du hast Recht, Lord Shadowsong … mit etwas Glück …"

# ZWÖLF

Als Malfurion aus der Bewusstlosigkeit erwachte, tobten starke Schmerzen durch seinen Körper. Beinahe wäre sein Geist zurück in die Dunkelheit gerutscht, doch ein Gefühl von Dringlichkeit hielt ihn davon ab. Langsam begann der Druide, Geräusche wahrzunehmen, beziehungsweise das Fehlen von solchen.

Er öffnete die Augen und blickte in die weichen Schatten der Nacht. Malfurion war froh, dass ihn das Tageslicht nicht blendete. Vorsichtig setzte er sich auf und sah sich um.

Erschrocken stieß er die Luft aus.

Einige Schritte entfernt lag Korialstrasz reglos in einem Krater, den er wahrscheinlich durch den Aufprall selbst geschaffen hatte.

„Er … lebt", sagte eine verschmutzte Gestalt, die sich aus den Schatten erhob. „Das … das kann ich dir versichern."

„Krasus?"

Der Magier taumelte ihm entgegen. Er wirkte blasser und hagerer als jemals zuvor. „Nicht gerade die Um…Umstände, die ich mir für unser Wiedersehen … gewünscht hätte."

Malfurion ergriff den Arm des Drachenmagiers und führte ihn zu einem abgeflachten Stein, auf den er sich setzen konnte.

„Was ist passiert? Wieso bist du hier?"

Krasus holte tief Luft, dann berichtete er von der Verfolgungsjagd des schwarzen Drachens und wie er versucht hatte, Zeit für den Nachtelf und den Ork zu gewinnen. Während er redete, schien ein Großteil seiner Stärke zurückzukehren. Der Nachtelf nahm an, dass dies mit den Gaben seines Volkes zusammenhing.

Doch dann erinnerte sich Malfurion an einen weiteren Gefährten. „Brox", stieß er hervor und sah sich um. „Ist er –"

„Der Ork lebt. Ich glaube, seine Haut und sein Schädel sind härter als die eines Drachen. Er kam zu mir, als ich das Bewusstsein wiedererlangte. Ich glaube, er sucht gerade nach Nahrung und Wasser. Unsere Vorräte wurden bei dem Absturz ja vernichtet." Krasus schüttelte den Kopf, bevor er fortfuhr: „Wir können uns auch bei Korialstrasz für unsere relativ gute Gesundheit bedanken. Er hat getan, was er konnte, um uns zu schützen, inklusive eines hastig gewobenen Zaubers. An sich selbst hat er nicht gedacht.“ Der Magier sagte dies voller Stolz.

„Soll ich versuchen, ihn zu heilen, so wie damals?“

„Nein … damals konntest du deine Stärke aus einem gesunden Land ziehen. Hier würdest du zu viel von deiner eigenen Kraft verlieren. Er würde das nicht wollen. Außerdem gibt es einen anderen Weg.“

Krasus ging jedoch nicht näher darauf ein, sondern sagte stattdessen: „Korialstrasz und ich fanden einander – beziehungsweise, er fand mich, als ich mich nach einer sehr knappen Flucht vor dem Schwarzen ausruhte. Er hatte einen von Deathwings Wächtern getötet und zu Recht befürchtet, dass unser Plan, die Scheibe zu stehlen, schief gegangen ist.“

Krasus war auf Korialstrasz’ Rücken gestiegen. Gemeinsam hatten sie einen Umweg gewählt, um Deathwing und seinen anderen Wächtern zu entgehen. Dann waren sie den magischen Spuren gefolgt, die die Dämonenseele hinterließ. Leider hatten sie ihre Gefährten erst gefunden, nachdem sie gefangen genommen worden waren und die Scheibe verloren hatten.

„Das war dein Bruder, nicht wahr, Malfurion?“

Der Druide ließ den Kopf hängen. „Ja. Er … ich weiß nicht, was ich sagen soll, Krasus.“

„Illidan wurde von ihnen korrumpiert“, sagte der Magier deutlich. „Das solltest du niemals vergessen.“ Etwas in seinem Tonfall deutete darauf hin, dass er mehr über Malfurions Zwilling wusste. Doch er ließ sich nicht mehr entlocken.

„Was machen wir jetzt? Holen wir uns die Dämonenseele?“

„Ich sehe keine andere Möglichkeit. Aber zuerst musst du mir erzählen, was vor meiner Ankunft geschehen ist.“

Malfurion nickte und berichtete alles über ihre Gefangennahme, über die Entwendung der Scheibe und die anstrengende Reise. Jedes Mal, wenn er Illidans Namen erwähnen musste, erstickte er beinahe daran.

Krasus hörte mit steinerner Miene zu, als der Nachtelf darlegte, zu welchem Zweck der Palast die Dämonenseele einsetzen wollte. Erst als er seine Geschichte beendet hatte, antwortete der Magier.

„Ihre Pläne sind noch finsterer, als ich befürchtet hatte“, murmelte er halb an sich selbst gewandt. „Und doch liegt darin auch ein wenig Hoffnung …“

„Hoffnung?“ Malfurion sah nichts Hoffnungsvolles in den Dingen, die er seinem Gegenüber erzählt hatte.

„Ja.“ Krasus erhob sich und verschränkte nachdenklich die Arme vor der Brust. „Wenn wir sie nur dazu bringen könnten, *zuzuhören*.“

„Wen?“

„Die Aspekte.“

Der Nachtelf schüttelte energisch den Kopf. „Aber das können wir nicht. Sie haben sich ja sogar von dir zurückgezogen. Wenn Korialstrasz bei Bewusstsein wäre, könnten wir –"

„Ja", unterbrach ihn der Drachenmagier. „Und Korialstrasz wird uns vielleicht eine Hilfe bei diesem Unterfangen sein … vorausgesetzt ich kenne die Herrin des Lebens wirklich so gut, wie ich glaube."

Seine Worte ergaben keinen Sinn, aber daran hatte sich Malfurion bereits gewöhnt. Wenn Krasus etwas plante, würde ihn der Nachtelf mit all seiner Kraft dabei unterstützen.

Das Knirschen loser Steine kündigte Brox' Rückkehr an. Leider brachte der Ork nichts mit.

„Kein Bach, keine Pfütze, keine Nahrung, noch nicht mal Insekten", meldete der Krieger. „Ich habe versagt, Weiser."

„Du hast getan, was du konntest, Brox. Auch weit entfernt von Deathwings Nest ist dies noch ein ödes Land."

Malfurion spannte sich an, als er den Namen des schwarzen Drachen hörte. „Glaubst du, dass er uns weiter verfolgen wird?"

„Es würde mich überraschen, wenn er es nicht täte. Wir müssen etwas versuchen, bevor das geschieht." Krasus blickte über seine Schulter auf den reglosen Korialstrasz. „Zum Glück hat dieser Captain Varo'then die Scheibe allzu hastig eingesetzt, sonst wäre von uns nur Asche geblieben. Korialstrasz kann sich erholen, das weiß ich, aber wir müssen den ersten Kontakt aufnehmen. Und wenn ich wir sage, meine ich *dich*, Nachtelf."

„Mich?"

Krasus' Augen verengten sich. Malfurion war noch nie aufgefallen, wie reptilienhaft sie waren. „Ja, du musst den Smaragdgrünen Traum betreten und Ysera, seine Herrscherin, finden."

„Aber das haben wir doch schon versucht, als die Drachen von der Dämonenseele vertrieben wurden. Sie hat eine Antwort verweigert."

„Dann wirst du ihr dieses Mal sagen, dass Alexstrasza erfahren muss, dass Korialstrasz im Sterben liegt."

Entsetzt betrachtete Malfurion den gewaltigen Körper, aber Krasus schüttelte nur den Kopf. „Nein. Vertraue mir. Ich hätte größere Angst davor als alle anderen. Bring diese Nachricht Ysera. Sie wird die Herrin des Lebens in jedem Fall davon unterrichten."

„Du verlangst, dass ich die Herrscherin der Traumwelt *belüge*?"

„Es gibt keine andere Möglichkeit."

Der Druide dachte darüber nach und begriff, dass sein Begleiter Recht hatte. Eine solche Schreckensmeldung würde die Aufmerksamkeit der Aspekte erregen. Sie würden Malfurion glauben, denn niemand wäre ein solcher Narr, ihren Zorn wegen eines Lügenmärchens auf sich zu ziehen.

Es blieb nur die Frage, was die Drachen mit ihm tun würden, wenn sie herausfanden, dass er eben doch so närrisch war.

Doch darüber durfte Malfurion nicht nachdenken. Er vertraute Krasus. „Ich werde es tun."

„Ich werde versuchen, auf dich aufzupassen. Brox, du wirst uns beide beschützen, sollte es nötig sein."

Der Ork verneigte sich. „Ich fühle mich geehrt."

Malfurion setzte sich mit übereinander geschlagenen Beinen auf den Boden und vertrieb alle störenden Gedanken aus seinem Geist. Dann verdrängte er die Schmerzen seines Körpers. Als sie nachließen, begann er sich auf das mystische Reich zu konzentrieren.

Trotz seiner Erschöpfung fiel es dem Nachtelf so leicht wie nie zuvor, den Smaragdgrünen Traum zu betreten. Ein wenig verstörend war nur die Wärme, die er in den beiden kleinen Beulen auf seiner Stirn spürte. Malfurion hätte sie am liebsten berührt, weil er wissen wollte, ob sie größer geworden waren, aber er hielt sich zurück. Die Suche nach Ysera war wichtiger.

Im ersten Moment wollte er die Landschaft nach ihr durchsuchen, doch dann dachte er daran, wer sie war. Theoretisch musste er sie einfach nur rufen. Ob sie darauf reagierte, war eine ganz andere Frage.

*Herrscherin des Smaragdtraums*, rief Malfurion in seinem Geist. *Herrin der Träume … Ysera …*

Der Druide spürte keine andere Präsenz, wusste jedoch, dass er es weiter versuchen musste. Sie war irgendwo in diesem Traum … oder überall. Ysera würde ihn hören.

*Ysera, ich habe schlimme Neuigkeiten für die Herrin des Lebens … ihr Gefährte Korialstrasz liegt im Sterben …* Malfurion stellte sich die Szene in seinem Geist vor, wollte vermitteln, wo genau sich der Drache befand. *Korialstrasz wird sterben …*

Er wartete. Die Herrin der Träume musste einfach darauf reagieren. Sie würde eine solche Tragödie doch wohl nicht ignorieren.

Die Zeit verging auf seltsame Weise im Smaragdgrünen Traum, doch auch hier verging sie. Malfurion wartete lange, aber er spürte die grüne Drachenherrscherin nicht.

Schließlich begann er zu ahnen, dass es hoffnungslos war. Frustriert über diesen Fehlschlag kehrte er in seinen Körper zurück.

Krasus sah ihn nervös an. „Hat sie reagiert?"

„Nein … nichts."

Der Magier blickte mit gerunzelter Stirn zur Seite. „Aber sie hätte reagieren müssen", murmelte er. „Sie weiß, was das für Alexstrasza bedeuten würde."

„Ich habe getan, was du verlangtest", erklärte der Druide. Er wollte nicht, dass Krasus glaubte, es sei sein Fehler. „Ich habe alles so gesagt, wie du es vorgeschlagen hast."

Der Magier legte ihm die Hand auf die Schulter. „Das weiß ich, Malfurion. Ich habe vollstes Vertrauen in dich. Es ist –"

„Drache!"

Brox' Warnschrei kam nur Sekundenbruchteile, bevor der riesige Körper durch die Wolkendecke brach. Malfurion konzentrierte sich auf diese Wolken, hoffte, dass er auf ihre Hilfe im Kampf gegen den Angreifer bauen konnte.

Aber es war nicht der schwarze Drache, der sich ihnen näherte, sondern ein Drache, der Krasus in herzhaftes Lachen ausbrechen ließ. Der Nachtelf und der Ork sahen ihren älteren Begleiter besorgt an.

„Sie ist es! Ich hätte wissen müssen, dass sie solch schrecklichen Gerüchten selbst nachgehen würde."

Ein roter Drache, so groß wie Deathwing, schwebte über der Landschaft. Malfurion betrachtete ihn und bemerkte einige Besonderheiten, die ihm bekannt vorkamen. Er hatte diesen Drachen schon einmal gesehen.

Alexstrasza, der Aspekt des Lebens, landete elegant neben Korialstrasz' Körper. Trotz ihrer reptilienhaften Mimik erkannte Malfurion, wie besorgt und ängstlich sie war.

„Er darf nicht tot sein", stieß sie hervor. „Das lasse ich nicht zu!"

Krasus ging auf den reglosen Drachen zu und zeigte sich seiner Herrin. „Das braucht Ihr auch nicht, meine Königin, denn wie Ihr seht, lebt er."

Ihre Trauer verwandelte sich in Verwirrung, dann in Wut. Alexstrasza neigte ihren Kopf dem winzigen Magier entgegen, bis ihre Schnauze keine Armlänge von ihm entfernt war.

„Gerade du solltest wissen, wie furchtbar diese List war. Ich dachte, du … er –"

„Die Dämonenseele hat sich große Mühe gegeben, das zu erreichen", antwortete der Magier. „Wäre ihr augenblicklicher Besitzer in ihrer Handhabung geübt, lägen jetzt vier Tote vor Euch."

„Du kannst das später erklären", zischte die Drachenkönigin. „Zuerst muss ich mich um ihn kümmern."

Sie beugte sich über Korialstrasz und breitete ihre Flügel aus, als wolle sie ihn umarmen. Ein goldenes Leuchten umgab sie und dehnte sich wenig später auf Korialstrasz aus. Malfurion spürte eine angenehme Wärme, die seine Gedanken beruhigte. Ihm fiel auf, dass Alexstrasza ein wichtigerer Teil des Ganzen war als Ysera. Druiden arbeiteten mit den Kräften der Natur, und niemand repräsentierte diese besser als die Herrin des Lebens.

„Er hat so sehr gelitten", sagte sie sanft. „Die Dämonenseele hat ihm großes Leid zugefügt, aber er wird sich vollständig davon erholen … wenn er dazu die Gelegenheit bekommt."

Die goldene Aura wurde schwächer. Alexstrasza hob ihren riesigen Kopf dem Himmel entgegen und stieß einen lauten Schrei aus.

Wie aus dem Nichts brachen zwei weitere rote Drachen durch die Wolken. Sie kreisten einmal um Korialstrasz, dann landeten sie neben ihm. Sie waren so groß wie er, aber deutlich kleiner als ihre Königin.

„Was befehlt Ihr, meine Königin?“

„Bringt ihn zurück ins Nest und legt ihn in die Grotte der Schattenrose. Dort werden sein Geist und sein Körper schneller genesen. Seid sanft zu ihm, Tyran.“

Der Größere der beiden Drachen neigte respektvoll den Kopf. „Natürlich, meine Königin.“

„Er wird unter einigen Erinnerungslücken leiden“, unterbrach Krasus das Gespräch. Er schien sich in der Gesellschaft der Drachen wohlzufühlen. Malfurion musste sich ins Gedächtnis rufen, dass das nicht verwunderlich war, da er ja selbst zu den Drachen gehörte. „Diese Erinnerungen wird er nie zurück bekommen“, fügte der Magier hinzu.

„Das ist vielleicht gut so“, antwortete Alexstrasza und sah die winzige Gestalt voller Zuneigung an.

„Das denke ich auch.“

Krasus trat zurück, als die beiden Drachen – wahrscheinlich Alexstraszas andere Gefährten – Korialstrasz vorsichtig hochhoben. Der Aspekt wandte sich währenddessen dem Magier zu. Außer Zuneigung las Malfurion jetzt auch Ärger im Gesicht der Königin.

„Das war keine sonderlich nette Lüge, die du mir aufgetischt hast! Ysera hat mir sofort Bescheid gesagt, und obwohl ich es eigentlich nicht wollte, musste ich der Sache natürlich nachgehen … genau wie du es vorausgesehen hast.“

„Wenn ich Euch verärgert haben sollte“, antwortete Krasus mit einer tiefen Verbeugung, „akzeptiere ich Eure Verärgerung und Eure Strafe.“

Der große Drache zischte. „Du hast mich hierher gebracht, um mir davon zu berichten, in welche Hände die Dämonenseele gefallen ist. Also sag mir, was sich hier abgespielt hat.“

Der Magier erzählte seine Geschichte. Alexstraszas Gesichtsausdruck wechselte mehrmals, und ein Teil ihres Ärgers schwand. Als Krasus seinen Bericht beendete, wirkte sie vor allem ungläubig.

„Ihr wart in Neltharions innerster Kammer? Es ist ein Wunder, dass ihr noch lebt.“ Sie legte den Kopf schräg und betrachtete Krasus. „Doch langsam gewöhne ich mich an deine Überraschungen. Schade nur, dass nach all diesen Anstrengungen die Scheibe in den Fängen von Kreaturen gelandet ist, die auf ihre Weise ebenso monströs sind wie der Erdwächter.“

„Ja, aber diese scheinbare Katastrophe verschafft uns die Möglichkeit, zumindest einen Teil Kalimdors zu retten, meine Königin. Ihr Ziel ist es, ihren Herrscher Sargeras in unsere Welt zu holen.“

„Und damit das gelingt, benötigen sie die Dämonenseele."

„Genau … das bedeutet, dass sie die Scheibe für nichts anderes verwenden können, nur für diesen Versuch." Krasus hielt ihren Blick fest. „Die Drachen müssen sie nicht mehr fürchten. Dies ist die Stunde, in der die Legion am schwächsten ist."

„Aber die Scheibe –"

„Dies ist auch unsere einzige Chance, die Dämonenseele zurückzuholen", erklärte er. „Selbst wenn du sie nicht zerstören kannst, lassen sich ihre Kräfte in einer Weise binden, die es Deathwing unmöglich machen wird, sie je wieder einzusetzen."

„Deathwing", knurrte sie. „Wie passend ist dieser Name. Es gibt Neltharion nicht mehr, der Erdwächter ist von uns gegangen. Nun ist er wahrlich Deathwing … und du hast Recht. Wir müssen die Gelegenheit nutzen, uns für immer von seiner schrecklichen Schöpfung zu befreien."

Alexstrasza bemerkte nicht, dass sich Krasus' Gesichtsausdruck einen Augenblick lang verdunkelte, aber Malfurion fiel es sofort auf. Offenbar verschwieg der Magier seiner Königin etwas. Der Nachtelf sagte nichts. Er war sich sicher, dass Krasus sein Geheimnis aus gutem Grund wahrte.

„Malygos nützt uns im Moment leider nichts", sagte die rote Königin nachdenklich. „Und der Zeitlose ist weiterhin verschwunden, auch wenn sein Clan sich uns angeschlossen hat. Yseras Drachen und meine eigenen stehen ebenfalls bereit …" Sie nickte. „Ja, es ist machbar. Du hast Recht. Ich werde mit ihr und den Gefährtinnen von Nozdormu sprechen. Wahrscheinlich werde ich sie überzeugen können."

„Hoffentlich schnell."

„Ich kann nur versprechen, dass ich es versuchen werde." Sie breitete ihre Flügel aus, aber Krasus hielt sie zurück.

„Hast du noch mehr zu sagen?", fragte Alexstrasza.

„Nur eines. Die Drei sind ebenfalls hinter der Scheibe her und versuchen die Legion zu manipulieren."

Ihre Augen weiteten sich so stark, dass Malfurion erschrocken zurückwich. Alexstrasza rang um ihre Fassung, dann fragte sie: „Dessen bist du dir sicher?"

„Es gibt noch Unklarheiten, aber ja, das bin ich."

„Dann ist es umso wichtiger, dass es mir gelingt, die anderen zu überzeugen. Ist das alles – oder gibt es noch mehr Überraschungen?"

Krasus schüttelte den Kopf. „Wir müssen jetzt dringend zur Streitmacht zurückkehren. Ihr Kommandant muss sich unbedingt mit den Drachenclans abstimmen. Alles hängt davon ab, das dies gelingt. Könntest du uns bei dieser Reise helfen? Ich befürchte, dass meine Kräfte im Moment unzureichend sind."

Die Königin dachte darüber nach. „Ja, es gibt eine Möglichkeit, euch schnell zu helfen. Tretet alle zurück."

Krasus und die anderen gehorchten. Alexstrasza breitete ein zweites Mal ihre Flügel aus. Die goldene Aura, die sie schon eben umgeben hatte, begann zu strahlen, viel heller als beim ersten Mal. Doch jetzt konzentrierte sich die Aura hauptsächlich auf einen Punkt hinter dem Drachen. Sie war so hell, dass sich Alexstraszas Schatten scharf von der grauen Landschaft abhob.

Die Drachenkönigin murmelte Worte, die Malfurion nicht verstand. Er spürte jedoch die Macht, die in jeder einzelnen Silbe lag. Alexstraszas Zauber war ungeheuer mächtig … aber welchem Zweck diente er?

Vor dem Nachtelf begann der Boden zu beben. Brox grunzte und starrte ihn an, als wäre er ein Feind. Die harte Oberfläche hob sich …

Laut krachend löste sich ein großer Teil daraus. Die Form kam dem Druiden bekannt vor, aber erst, als sich ein zweiter, ebenso riesiger Teil löste, erkannte er, dass es sich um Flügel handelte.

Der Boden, der sich aus der Landschaft hob, passte genau in Alexstraszas Schatten. Die Flügel flatterten, ein Körper schob sich zwischen sie. Ein Hals dehnte sich aus, ein Maul öffnete sich und stieß den gleichen Ruf aus, den Malfurion auch schon von Alexstrasza gehört hatte.

Vor den Augen des Druiden entstand ein steinernes Abbild der Drachenkönigin.

Abgesehen von der Farbe war die Ähnlichkeit überwältigend. Die Augen zeigten sogar ebenso viel Weisheit und Mitgefühl wie die der echten Drachenkönigin.

Die beiden Giganten standen nebeneinander. Das Abbild betrachtete das Original. Die Aura fiel in sich zusammen, dann sah Alexstrasza Krasus an.

„Sie wird alles für dich tun, was auch ich tun würde."

Der Magier neigte überwältigt den Kopf. „Ich bin deiner nicht würdig, meine Königin."

Alexstrasza schnaubte. „Wenn das stimmen würde, wäre ich jetzt nicht hier."

Das steinerne Abbild hob zustimmend den Kopf, dann blickte es ebenfalls auf Krasus herab.

„Ich werde nun aufbrechen, um mit den anderen zu sprechen", fügte die rote Königin hinzu. „Ich bin mir sicher, dass die Gespräche zu unserer Zufriedenheit verlaufen werden."

„Sei vorsichtig. Deathwing gibt so schnell nicht auf."

Sie sah ihn wissend an. „Ich kenne ihn seit langer Zeit. Wir werden nicht zulassen, dass er sich einmischt."

Mit diesen Worten erhob sich Alexstrasza in die Luft. Sie kreiste einmal über der Gruppe, den Blick auf Krasus gerichtet. Dann verschwand sie zwischen den Wolken.

„Wenn ich ihr nur sagen könnte …", flüsterte der Magier.

„Was sagen könnte?"

Krasus sah den Druiden nachdenklich an. „Nichts … nichts, was ich zu ändern wage.“ Die Entschlossenheit kehrte in seinen Blick zurück. „Wir haben jetzt die Gelegenheit, rasch zur Streitmacht zurückzukehren. Wir sollten sie nutzen.“

Aber Malfurion war noch nicht fertig. „Krasus, wer sind die Drei, von denen du gesprochen hast?“

„Etwas uraltes Böses. Mehr werde ich dazu nicht sagen. Ihr müsst nur wissen, dass ein Sieg über die Legion auch ein Sieg über die Drei ist.“

Malfurion bezweifelte, dass die Zusammenhänge wirklich so einfach waren, aber er stellte keine weiteren Fragen, fürs erste jedenfalls.

Der steinerne Drache beugte sich tief nach unten, als die Gruppe auf ihn zuging. Malfurion betrachtete beeindruckt die Eleganz und die Geschmeidigkeit, mit der sich das Abbild bewegte. Diese Schöpfung bewies, über wie viel Macht ein Aspekt verfügte.

Krasus kletterte als Erster auf den Drachen, die anderen folgten ihm. Als sie auf dem Rücken saßen, erkannten sie erst den enormen Größenunterschied zwischen Korialstrasz und Alexstrasza.

„Die Schuppen lassen sich ebenso leicht bewegen wie bei einem richtigen Drachen“, erklärte Krasus. „Hakt eure Füße dahinter ein, damit ihr euch besser festhalten könnt. Sie wird deutlich schneller als Korialstrasz sein.“

Der Drache wartete, bis sich alle niedergelassen hatten, dann stieg er mit einem lauten Schrei in den Himmel auf. Krasus hatte nicht übertrieben. Das steinerne Abbild war ungeheuer schnell.

Die Landschaft raste unter ihnen dahin. Der Nachtelf blickte über die Schulter des Steindrachen. An eine solche Flughöhe war er nicht gewöhnt.

„Warum sind wir nicht Illidan und den anderen gefolgt und haben uns die Scheibe zurückgeholt?“, fragte er den Magier.

„Selbst wenn wir sie eingeholt hätten, wäre der Kampf kaum besser als beim ersten Mal ausgegangen, vielleicht sogar deutlich schlechter. Wahrscheinlich haben sie schon längst das Territorium der Legion erreicht. Es gefällt mir zwar auch nicht, dass wir nichts unternehmen können, aber unsere Chancen werden deutlich steigen, sobald die Scheibe im Palast ist.“

Malfurion antwortete nicht. Er wusste zwar, dass Krasus Recht hatte, aber es störte den Druiden, dass sie die Scheibe – wenn auch nur vorübergehend – den Dämonen überlassen mussten.

Doch selbst das störte ihn nicht so sehr wie die Tatsache, dass sein eigener Bruder die Schuld an dieser düsteren Wendung trug.

*Ihr habt mir Freude bereitet …*, sagte die Stimme jenseits des Portals. *Große Freude.*

Illidan und Captain Varo’then knieten vor dem brennenden Riss. Malfurions

Bruder gab seine eigenen Gedanken nicht preis, während er das Lob des Dämonenlords entgegen nahm. Er und der Captain hatten ihre Wachen zurückgelassen, als sie das tote Land erreichten, über das die Legion regierte. Bis zu diesem Punkt hatte es Illidan nicht gewagt, einen Reisezauber einzusetzen, denn er hatte großen Respekt vor den Fähigkeiten des schwarzen Drachen. Der Erdwächter hätte den Zauber vielleicht umgelenkt und sie in sein Nest gebracht, wo ihr Leben wohl auf wenig beneidenswerte Weise geendet hätte.

Er und der Captain hatten sich genau in diesem Raum unmittelbar vor einem überraschten Mannoroth materialisiert. Der verärgerte Gesichtsausdruck des hochrangigen Dämons hatte nicht nur Illidan gefallen, sondern auch Varo'then. Mannoroth hatte bereits zu einem Wutanfall angesetzt, war jedoch unterbrochen worden, als Sargeras aus dem Portal heraus zu ihm sprach und wissen wollte, ob seine Diener ihre Aufgabe erfüllt hatten

Er hatte eine positive Antwort auf seine Frage erhalten. Seitdem überschüttete er seine Paladine mit Lob. Das steigerte zwar Mannoroths Ärger, aber seine Loyalität zu Sargeras – und seine Furcht vor ihm – sorgten dafür, dass er nichts davon durchblicken ließ. Dennoch versuchte er, sich in den Mittelpunkt zu spielen, denn er knurrte: „Gut gemacht, Sterbliche." Er streckte Varo'then seine Hand entgegen. „Ich nehme die Scheibe an mich, damit ich den Zauber für das Portal vorbereiten kann."

Illidan zeigte keine Regung, aber sein Herz setzte einen Schlag aus. Gerade jetzt durfte die Scheibe nicht in die Hände eines Dämons geraten. Immer noch vor dem Portal kniend hob er den Kopf und sah den Dämon an. „Ich möchte Lord Mannoroth respektvoll darauf hinweisen, dass die komplizierten Kräfte der Scheibe besser von mir kontrolliert werden sollten, da ich sie dank des Geschenks unseres Herrn begreife."

Illidan hob den Schal, um sein Argument zu unterstreichen. Sogar Mannoroth verzog bei dem Anblick das Gesicht.

„Das ist ein gutes Argument", stimmte der Captain zu. „Aber da ich momentan der Träger der Scheibe bin, möchte ich respektvoll darum bitten, dass unser Herr selbst entscheidet, wer sie benutzen soll, um sein Portal zu stärken."

Der Zauberer und der Dämon sahen den Soldaten verärgert an, der aber blickte starr in den feurigen Abgrund und beachtete sie nicht.

„Natürlich muss Sargeras es entscheiden", stimmte Malfurions Zwilling hastig zu.

„Kein anderer", fügte Mannoroth hinzu.

*Nur einer kann die Scheibe benutzen*, erklärte der Dämonenlord. *Und das werde ich sein.*

Seine Entscheidung traf alle unvorbereitet, aber am meisten Illidan. Das konnte – durfte! – doch nicht das Ende sein. Alles hing davon ab, dass er die Scheibe manipulieren konnte.

Er hatte den Gedanken noch nicht beendet, da überprüfte er auch schon erschrocken die mentalen Schilde, mit denen er seinen Geist abschirmte. Erleichtert erkannte er, dass Sargeras seine Gedanken nicht wahrnahm. Dann konzentrierte er sich auf sein gegenwärtiges Problem. Es musste eine Möglichkeit geben …

„Bei allem Respekt, Herr", warf der Zauberer mutig ein. „Das Portal ist eine Schöpfung der Nachtelfen, deshalb wäre es besser, wenn ein Nachtelf mit der Scheibe –"

*Ich habe keine Verwendung mehr für das Portal … nun, da ich das Spielzeug des Drachen besitze.*

Die Worte hallten in den Köpfen der Anwesenden wider. Illidan, Varo'then und Mannoroth starrten verständnislos auf den Flammenriss. Sogar die Hochgeborenen, die sich sonst nur auf ihre Arbeit konzentrierten, blickten überrascht auf.

*Die Scheibe wird mir wie geplant den Weg öffnen, allerdings durch etwas Vertrauenswürdigeres als dieses kleine Loch.* Der Riss pulsierte. *Etwas Gewaltigeres, das auch unter den Kräften der Scheibe nicht zusammenbrechen wird. Ich spreche natürlich vom Brunnen der Ewigkeit …*

# DREIZEHN

Jarod Shadowsong fühlte sich nicht wie eine Legende, aber alle sahen zu ihm auf, als wäre er eine. Sein guter Ruf, der nach seinen geringen Erfolgen auf dem Schlachtfeld schon weit besser gewesen war, als er es verdiente, war nach dem Eintreffen der mystischen Halbgötter praktisch explodiert. Dass Cenarius ihn öffentlich als den Kommandanten all dieser Wesen anerkannt hatte, hatte sich wie ein Lauffeuer in den Reihen verbreitet. Verschiedene Versionen dieser Geschichte kursierten. In einer war Jarod in eine goldene Rüstung gehüllt und hatte den knienden Herrn des Waldes mit einem leuchtenden magischen Schwert zum Ritter geschlagen. Obwohl die Geschichte lächerlich war, wurde sie von niemandem angezweifelt. Sogar die Adligen betrachteten den Offizier aus der niedrigen Kaste voller Bewunderung.

Doch Jarod konnte mit niemandem über seine eigenen Sorgen reden. Rhonin war zwar sein Vertrauter, aber der Mensch riet ihm immer nur, sich mit den Veränderungen in seinem Leben abzufinden.

Er wagte es nicht, zu den Priesterinnen zu gehen und ihnen von seinen Ängsten und Sorgen zu erzählen. Maiev stand kurz davor, zur Hohepriesterin ernannt zu werden. Er war sich sicher, dass seine Schwester von seiner Beichte erfahren hätte – und das war das Letzte, was er wollte.

Zum ersten Mal, seit man ihm das Kommando aufgedrängt hatte, ritt Jarod allein durch das Lager. Er hatte seinen Adjutanten gesagt, er würde nicht lange unterwegs sein, deshalb mussten sie ihm nicht folgen. Außerdem wusste ohnehin jeder, wer er war. Sie brauchten nur nach ihm zu fragen, wenn etwas Dringendes anstand.

Fast alle Soldaten salutierten vor ihm oder sahen ihn dankbar an. Einige Schwestern der Elune schauten von ihrer Versorgung der Verwundeten auf und nickten ihm respektvoll zu. Maiev war zum Glück nicht darunter. Eine Priesterin, die für eine Nachtelfe recht klein war, rückte ihren Helm zurecht und lief auf ihn zu. Jarod hielt sein Reittier an. Er befürchtete, dass sie ihn um ein Treffen mit seiner Schwester bitten würde, aber er konnte sich schlecht von ihr abwenden.

„Commander Shadowsong, ich hatte gehofft, dich noch einmal zu sehen."

Jarod betrachtete ihr Gesicht. Sie war hübsch, wenn auch etwas jünger als er aus der Ferne angenommen hatte. Sie kam ihm bekannt vor, aber woher –

„Shandris … dein Name ist Shandris, richtig?" Sie war die Waise, um die sich Tyrande vor ihrer Entführung gekümmert hatte.

Ihre Augen weiteten sich. Es freute sie, dass er sich an ihren Namen erinnerte. Jarod fühlte sich unter ihrem forschenden Blick unwohl. Shandris trennten noch ein oder zwei Jahre von einem Bräutigam, und obwohl zwischen ihnen nicht allzu viele Jahre lagen, stellte dies eine Kluft von der Größe des Brunnens der Ewigkeit dar.

„Ja. Kommandant, hast du etwas von ihr gehört?"

Jetzt fiel ihm auch wieder die letzte Unterhaltung ein, die sie geführt hatten … und alle anderen davor ebenfalls. In jeder war es um ihre vermisste Retterin gegangen. Jarod war stets höflich zu ihr gewesen, hatte ihr aber nie die Antwort gegeben, die sie hören wollte. Nein, niemand hatte versucht, die Hohepriesterin zu retten. Wie denn auch? Man hatte sie bestimmt zum Palast gebracht und wahrscheinlich kurze Zeit später ermordet.

Aber Shandris glaubte nicht, dass Tyrande fortbleiben würde. Als Malfurion, von dem Shandris eine Rettungsmission am ehesten erwartete, zu seiner Reise aufgebrochen war, hatte sie halb damit gerechnet, dass der Druide mit der Priesterin zurückkehren würde. Jarod hatte versucht, sie vom Gegenteil zu überzeugen, aber das junge Mädchen war so stur wie ein Taure. Wenn Shandris sich etwas in den Kopf setzte, gab sie nicht auf. Aus diesem Grund machte sich Jarod auch Sorgen, seit er bemerkt hatte, dass sie sich für ihn interessierte.

„Nichts, es tut mir Leid."

„Und Malfurion? Ist er zurück?"

Er schüttelte den Kopf. „Auch von ihm gibt es kein Lebenszeichen, aber vergiss nicht, dass seine Reise ihn an einen entfernten Ort geführt hat. Was er und die anderen vorhaben, ist für unser Volk und sogar für dich wichtiger als die Rettung der Hohepriesterin. Das weißt du doch."

„Sie ist nicht tot!"

„Das habe ich auch nicht gesagt", gab er schlecht gelaunt zurück. „Shandris, es würde mich über alle Maßen freuen, wenn wir sie retten könnten. Aber selbst Mistress Tyrande würde verstehen, warum das nicht geht."

Ihr Gesichtsausdruck fror einen Moment lang ein, dann entspannte sie sich. „Es tut mir Leid. Ich weiß, dass du sehr viel zu tun hast und dass ich dich nicht damit belästigen sollte, Jarod."

Dem ehemaligen Wachoffizier fiel nicht auf, dass sie seinen Vornamen benutzte. Er versuchte sie zu beruhigen. „Ich bin stets für dich da, Shandris."

Ihre Augen leuchteten auf, und er erkannte, dass er einen Schritt zu weit gegangen war. Die Novizin musterte ihn mit einem Blick, den Jarod Shadowsong von Frauen nicht gewöhnt war.

„Ich muss gehen, Shan–", begann er, aber der Rest seines Satzes ging im Geräusch eines Schlachthorns unter. Jarod wusste, dass es sich dieses Mal um keine Verwechslung handelte. Nein, diese Hörner wurden an der Front geblasen, und das Gebrüll, das auf ihren klagenden Ton folgte, machte deutlich, dass der Kampf ein weiteres Mal begonnen hatte.

Er wandte sein Reittier ab. Eine schmale Hand legte sich auf sein Knie. Shandris Feathermoon sah zu ihm auf. „Commander Jarod! Möge der Segen Elunes mit dir sein."

Jarod lächelte dankbar, dann trieb er sein Reittier an. Obwohl er nicht zurücksah, wusste er, dass ihre Blicke ihn verfolgten.

Er hatte sein Zelt noch nicht betreten, da erhielt er auch schon von allen Seiten Berichte. Dämonen waren am Südhang aufgetaucht, andere stießen durch den Fluss im Norden vor. Die Hauptstreitkraft hatte einen gewaltigen Keil gebildet, mit dem sie sich gnadenlos durch die Reihen der Verteidiger schlug. Sie schien unaufhaltsam zu sein.

„Die Aufklärer haben eine zweite Welle hinter der ersten ausgemacht", rief ein Reiter, der gerade erst eintraf. „Sie schwören, das sie größer als die Hauptstreitmacht ist."

„Wie viele von diesen verdammten Ungeheuern gibt es eigentlich?", knurrte ein Adliger. „Haben wir ihre Reihen denn noch nicht ausgedünnt?"

Nicht Jarod gab die Antwort, die niemand hören wollte, sondern Rhonin. „Das haben wir … ein ganz klein wenig."

„Aber bei Mutter Mond, wie sollen wir denn siegen, Fremder?"

Der Zauberer hob die Schultern und sagte das Einzige, was zu sagen war: „Wir müssen es einfach."

Alle Blicke richteten sich auf Jarod. Er versuchte nicht nervös zu schlucken, als er zurückblickte und mit möglichst strenger Stimme erklärte: „Ihr alle wisst, was ihr auf euren Positionen zu tun habt. Wir müssen diesen Keil durchbrechen. Also los!"

Seine Entschlossenheit überraschte ihn selbst. Als die Offiziere zu ihren Einheiten eilten, wandte er sich an Rhonin. „Ich glaube, dass die zweite Welle ins Spiel kommen soll, wenn der Keil durchgebrochen ist."

„Schick die Tauren los", schlug der Zauberer vor.

„Ich brauche Hulns Leute da, wo sie momentan stehen." Jarod dachte nach, aber die einzige Idee, die ihm kam, war eigentlich undurchführbar. Außer … „Ich muss Cenarius finden!"

Mit diesen Worten rannte er aus dem Zelt.

Die Zeit war gekommen, um diese Farce zu beenden.

Das dachte Archimonde, als er das Schlachtfeld mit all seinen Sinnen betrachtete. Er hatte erfahren, dass sein Herr einen sehr mächtigen Gegenstand erhalten hatte – die Scheibe, die der wahnsinnige Drache bei seinem beeindruckenden Massaker eingesetzt hatte. Sargeras schien davon überzeugt zu sein, dass die Scheibe ihm den Weg in diese Welt öffnete. Nach allem, was Archimonde gesehen hatte, glaubte er das sogar.

Nun, da Sargeras' Ankunft in Kalimdor unmittelbar bevorstand, musste sein dämonischer Kommandant dafür sorgen, dass die Welt bereit für ihn war ... er musste Sargeras einen Sieg bescheren. Sein Herr sollte sehen, dass Archimonde in der Lage war, ihm wie stets eine eroberte Welt zu präsentieren.

Und so ersann Archimonde mit der gleichen Tücke und Geschwindigkeit, die seit Urzeiten dafür sorgte, dass er an der rechten Seite Sargeras' saß, einen Schlachtplan, mit dem er die lächerlichen Kreaturen auf dieser hinterwäldlerischen Welt endgültig auslöschen würde. Es würde keine Flucht geben, keinen Ausweg in letzter Minute. Er wusste, dass er einem neuen Gegner gegenüberstand, der immerhin ein wenig mehr Verstand besaß, als der aufgeblasene Narr, der die Armee vorher befehligt hatte. Dieser neue Kommandant hatte Archimonde eine Weile lang durch seine Glücksgriffe unterhalten. Aber Glück würde ihm auf lange Sicht nicht reichen.

*Ich werde dir eine neue Trophäe bringen*, dachte er. In seinen Gedanken sah er bereits, wie Hunderte von heulenden und klagenden Überlebenden in Ketten vor den Herrn der Legion gezerrt wurden. *Ich werde dir viel Vergnügen bereiten*, fügte Archimonde hinzu. Er freute sich auf die furchtbaren Foltermethoden, die Sargeras an den Gefangenen ausprobieren würde.

*Ich werde dir diese Welt zu Füßen legen.*

Der Keil der Dämonen stieß weiter vor, obwohl die Nachtelfen mit aller Macht dagegen hielten. Trotz der Unterstützung, die sie durch die Irdenen und die anderen Völker erhielten, konnten sie den Keil noch nicht einmal bremsen.

Eine Reihe von Höllenkreaturen befand sich an der Spitze des Keils. Mit monströser Effizienz warfen sie sich in den Kampf. Sie wurden von Eredar geschützt, die einen Schild um sie gelegt hatte, den keine normale Waffe durchdringen konnte. Selbst die Hämmer der Irdenen zeigten keine Wirkung. Ihre Träger wurden von den Höllenkreaturen einfach zerquetscht.

Die Soldaten in der Mitte der Front taten ihr Möglichstes, um den Keil aufzuhalten, doch die Dämonenhorden verdoppelten gleichzeitig ihre Anstrengungen an den Flanken, die nicht in der Schneise der Höllenkreaturen lagen. Die Soldaten dort waren bereits verängstigt und hatten ihnen nichts entgegenzusetzen.

Langsam aber stetig spaltete die Brennende Legion die Streitmacht in zwei Teile. Alle wussten, dass die Schlacht und mit ihr die Welt verloren waren, wenn ihnen das vollends gelang.

Rhonin und die Mondgarde taten, was sie konnten, doch sie waren nur Sterbliche und schneller erschöpft als die Eredar und anderen Zauberer der Legion.

Außerdem mussten sie auf ihr eigenes Leben achten, denn Archimonde hatte sie zum Hauptziel erklärt.

Ein Nachtelfenzauberer, der neben Rhonin stand, schrie plötzlich auf und mumifizierte, als sauge etwas jegliche Flüssigkeit aus seinem Körper. Ein zweiter starb auf die gleiche entsetzliche Weise. Erst dann begriffen die anderen, was geschah.

Rhonin fühlte eine furchtbare Trockenheit in seinem Körper. Er taumelte, als Flüssigkeitsmangel ihn übermannte, konnte aber gerade noch rechtzeitig einen Schutzzauber sprechen.

Ein Zauberer der Mondgarde fing ihn auf, als er zusammenbrach. Rasch zerrte er ihn in die hinteren Reihen.

„Wasser", krächzte Rhonin. „Ich brauche Wasser."

Sie brachten ihm einen ganzen Schlauch voll, den er bis auf den letzten Tropfen leerte. Aber auch danach fühlte sich Rhonin noch, als habe er einen ganzen Tag lang nichts getrunken.

„Kir'altius ist tot", sagte der Zauberer, der ihm geholfen hatte. „Es geschah so schnell, dass niemand einschreiten konnte."

„Also drei … wie viele wohl an anderer Stelle?" Der menschliche Magier verzog das Gesicht. „Wir haben keine Chance. Wir können den Soldaten nicht helfen, wenn wir wie die Fliegen sterben … und wenn wir uns nur gegenseitig helfen, wird die Legion auch die letzten Linien durchbrechen."

Der Nachtelf hob ratlos die Schultern. Beide wussten, dass sie diese Situation nicht ändern konnten.

„Hilf mir auf. Wir müssen ein gemeinsames Raster bilden. Dann können wir uns gegenseitig besser schützen, und vielleicht können –"

Hinter ihm riefen Hörner die Soldaten zur Schlacht. Rhonin und der Nachtelf sahen verwirrt in diese Richtung, da sie wussten, dass jeder Soldat bereits an der Front kämpfte.

Und dann sahen sie einen Angriff, wie ihn noch niemand in der Geschichte Kalimdors gesehen hatte. Es gab keine Kavallerie, keine Regimenter kampfgestählter Soldaten. Und es gab nur einen Nachtelf unter ihnen, und das war Jarod Shadowsong, der den Angriff auf seinem Nachtsäbler anführte.

Rhonin schüttelte den Kopf, konnte nicht glauben, was er sah. „Er greift den Keil mit den Wächtern Kalimdors an!"

Cenarius folgte dem Nachtelf, dann kamen die beiden Bären, Ursoc und Ursol, wenn Rhonins Erinnerung ihn nicht täuschte. Über ihnen flog Aviana, die Herrin der Vögel. Dahinter sah der Zauberer einen geflügelten Panther mit menschlichen Händen und einen Reptilienkrieger, der einen Schildkrötenpanzer trug. Und das war nur die erste Welle. Ihr folgten viele Wesen, die Rhonin noch nie erblickt hatte. Er kannte weder ihre Namen, noch ihre Titel, aber er spürte klarer als jeder andere die Macht, die sie ausstrahlten.

Der Zauberer lächelte voller Hoffnung.

„Mach die Mondgarde bereit“, befahl er. „Vergiss den Keil. Konzentriere dich nur auf die Zauber der Legion.“ Rhonins Grinsen wurde breiter. „Dieser verdammte Jarod. Niemand außer ihm wäre naiv genug, als Anführer von Halbgöttern in die Schlacht reiten zu wollen und auch noch damit durchzukommen.“

Seine Stimmung wurde düsterer, als er an die Angriffe der Legion dachte. „Ich hoffe nur, ihre Hilfe reicht aus …“

„Vorwärts!“, rief Jarod, obwohl es überflüssig war. Sein Blickfeld war voller Höllenkreaturen und anderer Dämonen. Stumm übergab er seine Seele an Elune und bereitete sich auf den Tod vor. Er hoffte nur, dass dieser Akt des Wahnsinns den Feind so lange aufhalten konnte, bis irgendein Wunder geschah.

Die Höllenkreaturen verkörperten die Urgewalten. Sie existierten nur, um alles, was ihnen im Weg stand – ob Ding oder lebendiges Wesen – niederzutrampeln, zu zerstören, auszulöschen. Die Zauber der Hexenmeister und der anderen dunklen Magier der Legion machten sie zu einem unaufhaltsamen Gegner.

Bis sie auf Jarods Angreifer prallten.

Der Schildzauber der Eredar hatte keine Bedeutung für Cenarius und die anderen seiner Art. Sie kannten die natürliche Magie dieser Welt seit ihrer Entstehung. Sie durchbrachen den Schild, als wäre er Luft und walzten mit der gleichen Leichtigkeit die Höllenkreaturen nieder.

Agamaggan lief an allen anderen vorbei. Er schleuderte Erde mitsamt den Dämonen hoch, spießte Teufelswachen mit seinen Stoßzähnen auf und warf sie achtlos zur Seite. Verdammniswachen, die über ihm flatterten, versuchten ihn mit ihren Lanzen zu treffen, aber die, die sich zu nahe an den Dornenwald auf seinem Rücken wagten, wurden selbst aufgespießt.

Tote Dämonen hingen in seiner Mähne. Der Halbgott fuhr herum und trampelte einige Höllenkreaturen nieder. Die anderen wichen vor ihm zurück, wussten nicht, was sie tun sollten. Ihre Verwirrung übertrug sich auf die Teufelswachen, die noch nie in einer Situation gewesen waren, in der sich das Kriegsglück so schnell gewandelt hatte.

Verdammniswachen trieben sie mit Peitschen nach vorne, doch die Teufelswachen wurden nur unter den Hufen des Halbgottes zermalmt oder von seinen Stoßzähnen zerfetzt. Agamaggan hieß jeden Gegner, der so dumm war, schnaubend willkommen. Seine Augen leuchteten, während er den Weg frei räumte und die Beweise seiner Macht zerschmettert am Boden liegen ließ. Hoch stapelten sich die toten Krieger der Brennenden Legion. Agamaggan unterbrach seinen Kampf erst, als so viele Leichen in seiner Mähne hingen, dass er sie erst einmal entfernen musste. Der Eber schüttelte sich wie ein nasser Hund. Dämonenüberreste flogen durch die Luft, dann stürzte er sich wieder in den Kampf.

Trotz solcher Rückschläge ließ der Angriff der Dämonen nicht nach. Jarods Schwert schlug einem Dämon, der Agamaggans Ansturm überlebt hatte, den Kopf ab. Cenarius griff nach einer Höllenkreatur, hob das Ungeheuer hoch über seinen Kopf und warf es seinen Brüdern entgegen. Zum ersten Mal fanden die Höllenkreaturen heraus, wie es sich anfühlte, von einem der ihren gerammt zu werden. Das Geschoss schlug mit solcher Wucht ein, dass Dämonen wie Dominosteine umfielen.

Die Zwillingsbären gingen direkter vor. Mit ihren gewaltigen Pranken fegten sie die Reihen der Dämonen zur Seite. Höllenkreaturen und Teufelswachen wurden wie Staub weggewischt. Mehrere Teufelsbestien sprangen aus dem einbrechenden Keil heraus und hefteten sich an den vorderen der beiden Bären. Er lachte und riss sie einfach aus seinem Fleisch. Er brach ihnen das Rückgrat und warf sie den anderen Dämonenkriegern entgegen.

Der Keil brach vollends in sich zusammen. Verdammniswachen glitten über die Reihen und versuchten das Chaos zu verhindern. Aber im gleichen Moment fielen gewaltige Vogelschwärme aus dem Himmel. Die Dämonen fuhren panisch herum, als winzige Finken und gewaltige Raubvögel in ihr Fleisch zu picken begannen. Zwischen ihnen schwebte Aviana, die Herrin der Vögel. Ihr anmutiges Gesicht hatte sich in das eines Adlers verwandelt. Die Halbgöttin schlug ihre Krallen in die Flügel der Dämonen und schickte sie in den Tod. Andere hielt sie fest, während Aviana ihnen mit ihrem spitzen Schnabel die Kehle herausriss.

Ein bärtiger, in Leder gehüllter Krieger, der gerade mal halb so groß wie ein Nachtelf war, ritt auf zwei weißen Wölfen in den Kampf. Er lenkte sie mit Zügeln, die er locker in einer Hand hielt. Mit der anderen schwang er lachend etwas, das wie eine Sichel aussah. Die warf er den Dämonen mit tödlicher Präzision entgegen. Sie drehte sich, köpfte einen Dämon, riss die Brust eines anderen auf und kehrte dann in die Hand des Kriegers zurück. Jedes Mal, wenn er seinen Wurf wiederholte, fuhr er eine blutige Ernte ein.

Der Angriff der Dämonen brach in sich zusammen, so wie beim Einsatz der Drachenseele. Solchen Feinden hatten sie noch nie gegenüber gestanden, und die Angst vor ihnen war größer als die vor Archimonde. Teufelswachen begannen das Undenkbare zu tun: Sie kehrten der Schlacht den Rücken.

Aber die, die diesen Fehler begingen, bezahlten ihn mit dem Leben. Archimonde ließ einen Rückzug nur zu, wenn er zu seiner Strategie passte. Die Dämonen, die seinem Zorn zum Opfer fielen, schmolzen. Ihr Fleisch und ihre Rüstungen glitten wie Wachs von ihren Knochen. Aus ihren Schreien wurden gurgelnde Laute, bis nichts von ihnen blieb außer einigen blubbernden Pfützen.

Die Aussage dessen wurde von den anderen Dämonen klar verstanden. Der Tod konnte einen auf vielfältige Weise einholen, aber einige Todesarten waren schlimmer als andere. Die fliehenden Krieger drehten sich um und stellten sich den Halbgöttern. Archimondes Drohgebärde schürte in ihnen die Kraft der Verzweiflung. Die Dämonen wussten, dass der Tod sie in jedem Fall erwartete, also kämpften sie ohne Rücksicht auf das eigene Leben.

Ihr wilder Kampf zeigte erste Wirkung bei Jarods zusammen gewürfelter Truppe. Der Vielfraß-Wächter, den Rhonin anfangs gesehen hatte, fiel unter den Klingen von gleich zwanzig Teufelswachen. Doch selbst am Boden liegend riss er seine Angreifer noch mit Klauen und Zähnen in den Tod. Als er starb, bestand sein Grabhügel aus den Leichen der Legion. Sie stapelten sich höher als sein Kopf.

Andere teilten sein Schicksal, darunter auch die Herrin der Vögel. Archimonde brachte Verdammniswachen durch die Kraft seines Willens dazu, sich mit ihren Lanzen durch die Vogelschwärme zu kämpfen, bis sie jene fanden, nach der sie gesucht hatten. Zwei Dutzend Dämonen starben bei diesem Vorstoß, doch zu viele kamen durch. Sie umzingelten die Herrscherin aller geflügelten Wesen und durchbohrten sie mit ihren Lanzen.

Doch selbst das Blut der Halbgöttin kämpfte. Es rann die Schäfte der Waffen entlang und tropfte auf die Hände der Dämonen. Noch während sie starb, begannen ihre Mörder sich selbst zu zerfetzen, um dem Fluch ihres heiligen Blutes auf ihren dunklen Körpern zu entkommen. Sie alle starben, in Stücke gerissen bei dem Versuch, vor etwas zu fliehen, dem sie nicht entgehen konnten.

Lanzen und Klingen steckten in den Körpern der Bären, zahlreiche Schnitte bedeckten Cenarius' Körper. Alle Halbgötter trugen die Spuren der dämonischen Angriffe, aber sie kämpften weiter.

Ihnen folgten die Nachtelfen, die Tauren, die Furbolgs und die Irdenen ... jedes sterbliche Volk hatte sich der Streitmacht angeschlossen. Alle wussten, dass die Entscheidungsschlacht um Kalimdor begonnen hatte.

Rhonin fürchtete, dass die Legion diese Schlacht für sich entscheiden würde. Trotz der Halbgötter hatte die Streitmacht keine wesentlichen Siege errungen. Und wenn die Verteidiger die Brennende Legion auch mit solchen Verbündeten nicht vernichten konnten, welche Hoffnung gab es dann überhaupt noch?

„Wir brauchen die Drachen", murmelte er, während er den Angriff eines Hexenmeisters abschmetterte. Drei weitere Zauberer waren gefallen, bevor die Mondgarde sich erholt hatte, und selbst jetzt konzentrierten sich deren Angehörige hauptsächlich auf die Magier der Legion.

„Wir brauchen die Drachen", wiederholte Rhonin gebetsmühlenartig. Doch es hatte kein weiteres Lebenszeichen von Krasus gegeben, und der Zauberer begann sich Sorgen zu machen. Vielleicht war sein ehemaliger Mentor trotz seines großen Könnens im Nest des schwarzen Drachen gestorben.

Plötzlich kreiste ein gewaltiger dunkler Schatten über der Schlacht, und Rhonin spürte, wie sein Alptraum Wirklichkeit wurde. Deathwing war hier! Also waren Krasus und die anderen tot, und der schwarze Drache war hierher zurückgekehrt, um sich an all seinen eingebildeten Feinden zu rächen.

Doch als sich die geflügelte Bestie umdrehte, stutzte der Zauberer. Der Drache war nicht schwarz, sondern grau wie Stein. Sein Gesicht sah anders aus als das des Schwarzen, erschien Rhonin aber trotzdem vertraut. Es erinnerte ihn an einen anderen Drachen, den er im Kampf gegen die Orks gesehen hatte …

*Alexstrasza?*

Der große graue Drache landete zwischen den Dämonen und zerquetschte mehrere unter sich. Mit einem Flügelschlag schmetterte er ein Dutzend mehr zur Seite. Der Riese brüllte, nahm ein paar Dämonen ins Maul, zerbiss sie und spuckte sie wieder aus.

Erst dann bemerkte Rhonin, dass der Drache keine Kehle hatte, um sie zu verschlingen. Er bestand tatsächlich aus Stein.

Gnadenlos wühlte sich der Steinriese durch die Legion. Der Zauberer sah, wie viel schon dieser eine Drache auszurichten vermochte und wünschte sich erneut, alle Leviathane wären Teil der Streitmacht.

Dann erst fragte er sich, aus welchem Grund das Abbild Alexstraszas der Armee zu Hilfe gekommen war.

„Krasus?“, stieß er hervor und sah sich um. „Krasus?“

Im gleichen Moment löste sich der große, hagere Magier aus dem Schatten des Drachen. Ihm folgten Malfurion und Brox. Alle drei wirkten erschöpft, aber unverletzt.

Rhonin zog sich vorsichtig aus der Schlacht zurück und lief ihnen entgegen. Beinahe hätte er sie umarmt, so glücklich war er, sie wiederzusehen.

„Den Göttern sei Dank, ihr lebt.“ Er grinste. „Dann habt ihr wohl die Dämonenseele.“

Er hatte den Satz noch nicht ausgesprochen, da wusste er bereits, dass seine Annahme falsch war. Er sah die Freunde an und versuchte die Ereignisse aus ihren Blicken abzulesen.

„Wir hatten sie“, antwortete Krasus, „aber sie wurde uns von Helfern der Legion wieder genommen …“

„Dazu gehörte auch mein Bruder“, fügte Malfurion hinzu. Krasus hatte diesen Punkt nicht erwähnen wollen, aber der Druide widersprach ihm. „Es bringt nichts, das zu verschweigen. Illidan hat sich auf die Seite des Palasts geschlagen.“ Der Druide zitterte vor Wut. „Des Palasts!“

„Aber der Drache? Was hat das zu bedeuten? Wo ist Korialstrasz? Du schriebst in deiner Nachricht, ihr hättet euch getroffen?“

„Dafür haben wir jetzt keine Zeit. Wir müssen uns vorbereiten.“

„Worauf vorbereiten?“

Brox zeigte mit seiner Axt an den anderen vorbei. „Seht doch, der Steinerne."

Sie folgten seinem Blick und sahen, dass Alexstraszas Abbild von Dämonen bedeckt war. Sie schlugen auf es ein, so wie die Irdenen eben noch auf die Höllenkreaturen eingeprügelt hatten. Einige attackierten die Beine, um den steinernen Drachen zu Fall zu bringen.

Der Zauberer begriff nicht, was geschah. „Warum fliegt sie nicht davon?"

„Weil die Zeit ihres Zaubers fast vorbei ist", erklärte Krasus traurig.

„Ich verstehe nicht …"

„Sieh hin. Es geschieht bereits."

Die Bewegungen des Steindrachen wurden fahrig, obwohl man seinem Körper kaum Schaden zugefügt hatte. Er schüttelte einige Dämonen von seinen Flügeln ab und schleuderte sie hoch in die Luft. Doch dies war das Letzte, was sie tat.

„Was passiert hier, Krasus?"

„Es war der Wunsch ihrer Schöpferin, dass sie uns hierher bringen sollte. Doch sie ist nur ein Schatten, und Schatten vergehen. Ihre Aufgabe ist erfüllt, Rhonin. Wir sollten dankbar dafür sein, dass sie überhaupt noch Schaden unter der Legion anrichten konnte."

Seine Worte waren ruhig, aber die Blicke des Magiers verrieten sein Bedauern. Es fiel Krasus schwer, selbst ein Abbild seiner geliebten Königin leiden zu sehen.

„Es ist vorbei", sagte Krasus.

Ohne Vorwarnung neigte sich die falsche Alexstrasza zur Seite. Sie faltete den Flügel auf dieser Seite und hob den anderen hoch in die Luft.

Mitten in dieser Bewegung erstarrte sie. Die Augen des Steindrachen wurden leblos.

Der untere Flügel brach unter dem Gewicht des Körpers ab. Die Dämonen, die auf der Statue gesessen hatten, versuchten sich festzuhalten und wurden von ihr zerquetscht.

Krasus lächelte voller Stolz. „Sie ist meiner Königin würdig, auch wenn sie nur ihr Schatten ist."

Staub wallte rund um die riesige Statue auf. Die Beine und der noch erhobene Flügel brachen ab. Dämonenkrieger wichen zurück und versuchten den herab fallenden Felsbrocken zu entrinnen.

„Und was jetzt?", fragte der Mensch. Seine Hoffnungen waren gestiegen, als er Krasus und die anderen gesehen hatte. Doch ohne die Scheibe und den Steindrachen hatte sich die Reise als sinnlos herausgestellt.

Krasus' nächste Worte ermunterten ihn nicht gerade. „Was jetzt, junger Rhonin? Wir kämpfen weiter wie bisher und warten. Wir warten auf meine Königin und die anderen meiner Art. Die Dämonenseele ist an einem anderen Ort und wird sie für eine Weile nicht bedrohen. Jetzt müssen sie handeln."

„Und wenn sie das nicht tun? Wenn sie wieder so lange zögern wie beim letzten Mal?“

Sein ehemaliger Mentor beugte sich vor, sodass nur Rhonin seine Antwort hören konnte. „Dann wird es Sargeras gelingen, Kalimdor zu betreten. Und wenn ihm das gelingt, wird er eine zehntausendjährige Zeitlinie ungeschehen machen.“

# VIERZEHN

Der Sturm tobte über dem Brunnen der Ewigkeit und die aufgewühlten schwarzen Wasser. Wellen, höher als der Palast, krachten gegen den Strand. Trümmerstücke wirbelten wie Geschosse durch die Luft.

Blitze erhellten den Weg der Gruppe, die dem Brunnen aus dem Palast entgegen schritt. Sogar die Königin, die natürlich von ihren Zofen begleitet wurde, war dabei. Teufelswachen trugen sie auf einer Sänfte.

Mannoroth führte die Gruppe an. Ihm folgten Illidan und Captain Varo'then. Einige Hochgeborene und Satyrn – die beiden Gruppen hielten Abstand zueinander – gingen unmittelbar hinter ihnen, gefolgt von einer Abordnung der Palastwache. Am Ende der großen Prozession befanden sich zwei Reihen von jeweils hundert Dämonenkriegern.

Mannoroth blieb am Rand des Brunnens stehen, streckte seine gewaltigen Arme aus und nahm das Chaos in sich auf. llidan benutzte das „Geschenk", das er von Sargeras erhalten hatte, um die wirbelnden Energien in und über dem Wasser zu bestaunen. Alles, was er bisher gesehen hatte, sogar die Macht des Dämonenlords, verblasste im Vergleich zu dem, was den heiligen Brunnen füllte.

„Wir haben bisher nur an der Oberfläche seiner wahren Macht gekratzt", sagte er leise zu Varo'then.

Der Captain, der solche Dinge nicht wahrnehmen konnte, hob die Schultern. „Es reicht mir, wenn er uns unseren Herrn Sargeras bringt."

„Aber nicht sofort", erklärte der Zauberer. „Nicht sofort."

„Macht das einen Unterschied?"

Sie brachen ihre Unterhaltung ab, als sich der geflügelte Dämon umdrehte. Er streckte dem Offizier seine Hand entgegen und zischte: „Die Scheibe! Sofort!"

Varo'thens Gesicht war maskenhaft starr, als er die Seele aus seiner Gürteltasche zog und dem Dämon reichte. Mannoroth betrachtete die Schöpfung des Drachens einen Moment lang mit deutlich erkennbarer Gier, dann siegte offenbar die Angst über seinen Wunsch, die Scheibe für sich zu behalten, denn er wandte sich an die Hochgeborenen und Satyrn. „Nehmt eure Plätze ein."

Die Zauberer stiegen über die Trümmer zerstörter Häuser und einige Knochen hinweg. Das Massaker, dem große Bereiche von Zin-Azshari zum Opfer gefallen waren, hatte sich sogar bis hierher ausgedehnt. Illidan hatte erfahren, dass einige Nachtelfen sich hier zu einem letzten Gefecht gegen die Dämonen gesammelt hatten. Sie hatten wohl gehofft, dass der Brunnen ihre magischen Kräfte stärken würde. Diese Hoffnung hatte sich jedoch nicht erfüllt. Die Dämonen hatten sie am Strand angegriffen und getötet.

Die Ironie, so sah es zumindest Illidan, lag darin, dass sie mit ihrer Annahme Recht gehabt hatten und nur bei der Ausführung ihres Plans gescheitert waren. Er sah die fantastischen Möglichkeiten, die das unglaubliche Potenzial des Brunnens bot und erkannte besser als je zuvor, was der Herr der Legion plante.

Die Zauberer und Satyrn bildeten die von Sargeras befohlene Formation. Mannoroth schritt ihre Positionen sorgfältig ab und wies jene zurecht, die versehentlich an falscher Stelle standen. Schließlich war jedoch auch der Dämon zufrieden und entfernte sich von der Gruppe.

„Ist es richtig, dass wir Lord Sargeras heute noch nicht willkommen heißen werden?“, fragte Azshara aus ihrer Sänfte.

„Das ist richtig, Licht der Lichter, aber es wird nicht mehr lange dauern. Sobald sich der Weg stabilisiert hat, wird er ihn beschreiten.“

Sie nickte mit halb geschlossenen Augen. „Man wird mich dann wohl über seine Ankunft informieren.“

„Wir werden tun, was wir können“, versprach Varo’then.

Illidan fragte sich, ob Azshara ernsthaft glaubte, dass sie die Geliebte des Dämonenlords werden würde. Er bezweifelte, dass dies ein Teil von Sargeras’ Plänen war.

Er schob den Gedanken an Azshara beiseite, als die Zauberer mit ihrer Arbeit begannen. In dem Kreis, den sie gebildet hatten, entstand eine knisternde blaue Lichtkugel. Ab und zu traf ein Lichtstrahl einen der Zauberer, der dann zwar zusammenzuckte, jedoch nicht seine Arbeit unterbrach.

Murmelnd sprachen die Stimmen die Worte der Macht. Ihre Beschwörungen zogen Kraft aus dem Brunnen. Illidan beobachtete diese Energien, die so unterschiedlich waren wie die Zauberer, die sie beschworen hatten. Sie legten sich um die blaue Kugel und hüllten sie ein. Sie begann heller zu leuchten, wurde stärker …

… bis in der Kugel ein Riss bestand, den Illidan bereits aus der Turmkammer kannte.

Die Zauberer hatten das Portal zur Unterwelt der Legion in der Nähe des Brunnens geöffnet, damit Sargeras auf die Energien zugreifen konnte. Illidan spürte die Nähe des Dämonenlords.

*In den Brunnen!*, forderte die Stimme, die durch alle Köpfe hallte.

„Tut, was er sagt!“, befahl Mannoroth. Bedrohlich blickte er auf die Nachtelfen und Satyrn herab.

Die Zauberer brachen ihre Beschwörungen ab und ballten gleichzeitig die Hände zu Fäusten.

Die Kugel und das Portal, das sich darin befand, schwebten hinaus zu den stürmischen Wassern und verschwanden schon bald in der Entfernung.

*Jetzt … die Scheibe …*

Illidans Herz setzte einen Schlag aus. Er hätte Mannoroth die Dämonenseele am liebsten entrissen, aber sein Verstand bewahrte ihn vor einer solchen Dummheit. Zu diesem Zeitpunkt wäre dies selbstmörderisch gewesen.

Aber vielleicht bei anderer Gelegenheit …

Illidan verdrängte diesen Gedanken sofort, auch wenn er vermutete, dass Sargeras zu sehr mit anderen Dingen beschäftigt war, um sich auf die verräterischen Gedanken seines Magiers zu konzentrieren. Außerdem hatte Illidan seinen Geist abgeschirmt.

Vor ihm hielt Mannoroth die Scheibe hoch. Der geflügelte Dämon murmelte Worte, die ihm der Wind von den Lippen riss.

Grünes Feuer umgab die goldene Scheibe. Die Dämonenseele – Illidan hatte beschlossen, dass seines Bruders Bezeichnung dafür weitaus passender war als ihr ursprünglicher Name – löste sich aus Mannoroths Fingern und flog, wie schon die Kugel vor ihr, hinaus zu den wogenden Wassern des Brunnens.

„War das alles?“, fragte Azshara enttäuscht.

Der Captain begann sie zu vertrösten, doch im gleichen Moment erstarb der Wind. Auch der Sturm ließ nach, obwohl sich die dunklen, Unheil verheißenden Wolken weiter drehten und wanden wie Schlangen in ihrem Nest.

Illidan erkannte als Erster, was passieren würde. „Ich würde Euer Hoheit vorschlagen, die Sänftenträger anzuweisen, auf den Hügel zurückzukehren, von dem wir gekommen sind.“

Der Zauberer kam dem Ratschlag als Erster nach und begann sich zurückzuziehen. Der Captain sah ihn misstrauisch an, befahl dann jedoch seinen Soldaten, den Vorschlag zu befolgen.

Mit einer lässigen Handbewegung befahl die Königin ihren Teufelswachen, sich den anderen anzuschließen.

Aus der Mitte des Brunnens ertönte ein Geräusch wie das Brüllen von tausend Nachtsäblern. Illidan warf einen Blick über die Schulter und begann zu laufen.

Die Zauberer und Satyrn, deren Anwesenheit am Strand nicht länger vonnöten war, flohen ebenfalls auf die Hügel. Nur Mannoroth blieb mit ausgestreckten Armen stehen. Er sah aus, als erwarte er die Umarmung einer Geliebten.

„Es beginnt!“, brüllte er beinahe fröhlich. „Es beginnt!“

Im gleichen Moment schwappte eine gewaltige Welle über den Strand, wo der Dämon stand.

Das Ufer des Brunnens verschwand unter der plötzlichen Flut, die sich nicht etwa landeinwärts ergoss, sondern seitlich. Ganze Häuserruinen wurden hinweggespült, als wären sie Spielzeuge. Immer wieder schwappten die Wellen über das Ufer und rissen alles ins Wasser. Steinobelisken wurden aus ihren Fundamenten gedrückt, gepflasterte Wege verschwanden in der kochenden Gischt. Die Toten, die niemand begraben hatte, trieben zu einem dunklen Ort jenseits von Zin-Azshari. Illidan wusste, dass sie auch dort keine Ruhe finden würden.

Als der Zauberer den Gipfel des Hügels erreichte, konnte er endlich das ganze Ausmaß der Zerstörung überblicken. Selbst er war überrascht von der Kraft der Magie, die der ferne Sargeras mit solcher Leichtigkeit wirkte.

Der Brunnen der Ewigkeit hatte sich in einen gigantischen Mahlstrom verwandelt.

Natürlich konnte er nicht die gesamte Wasserfläche sehen, aber der Mahlstrom erstreckte sich vom Strand bis zum Horizont. Das stützte seine Vermutung. Illidan bemerkte, dass die wilden Energien des Brunnens jetzt auf ein gemeinsames Ziel gerichtet waren, ein Ziel, das im Zentrum des Mahlstroms lag.

Mannoroth lachte, während ihn die Kräfte am Rand des Brunnens umspülten. Die Angst einflößenden Wellen, die Felsstücke größer als der Dämon aus den Hügeln rissen, verletzten ihn nicht. Mannoroth ergötzte sich an der Macht seines Herrn und pries Sargeras mit lauten Rufen.

Von seiner sicheren Position auf den Hügeln tastete Illidan nach dem Zauber. Mit seinen hoch entwickelten Sinnen ließ er seinen Geist über das Wasser ziehen, bis das Ufer hinter ihm verschwand. Er stieg höher, um sich ein genaueres Bild von dem zu machen, was Sargeras angerichtet hatte.

Er hatte Recht gehabt, der Mahlstrom umfasste den kompletten Brunnen der Ewigkeit. Der Nachtelf war sicher, dass kein Teil des Brunnens unangetastet geblieben war.

Ein Leuchten in weiter Ferne erregte seine Aufmerksamkeit. Illidan strengte seine Sinne auf das Äußerste an und sah die Dämonenseele, die hoch über der Wasserfläche schwebte. Die harmlos aussehende Scheibe strahlte ein goldenes Licht aus, das sich auf das Wasser richtete. Illidan verstand genug von der Macht der Dämonenseele, um zu erkennen, dass Sargeras sie ebenso gut zu beherrschen wusste wie der schwarze Drache, vielleicht sogar besser. Obwohl der Herr der Legion so weit entfernt war, verwob er die Macht der Scheibe mühelos mit den Urkräften des Brunnens.

Aber wo war das Portal? Illidan suchte die Umgebung der Scheibe danach ab, fand jedoch nichts. Wo hatte Sargeras es –

Der Zauberer verfluchte seine Dummheit und blickte hinab in das Zentrum des Mahlstroms.

Er blickte nach unten … und starrte auf einen Pfad zwischen den Realitäten, auf einen Weg ins Reich der Brennenden Legion.

Illidan war davon ausgegangen, dass die meisten Dämonen bereits in Kalimdor angekommen waren. Doch jetzt erkannte er, dass nur ein winziger Teil das Reich verlassen hatte. Endlose Reihen der mit Stoßzähnen bewehrten, wilden Krieger warteten auf den Kampf. Bis zum Horizont standen sie, und unter ihnen waren Kreaturen, wie man sie in Kalimdor noch nie gesehen hatte. Einige flogen, andere krochen, aber sie alle strahlten die gleiche Blutlust aus, die Illidan von den Dämonen, denen er gegenüber gestanden hatte, kannte.

Und dann spürte der Zauberer den Dämonenlord. Nur einen Hauch seiner Aura nahm er wahr, aber sie reichte aus, um den Nachtelf zur Flucht aus der Unterwelt zu bewegen. Erst jetzt erkannte er, dass er bisher nur einen Bruchteil von Sargeras' wahrer Macht gespürt hatte. Hier, an dem Ort, wo der Herr der Legion körperlich existierte, hatte Malfurions Bruder keine Möglichkeit, seine Gedanken vor ihm zu verbergen. Sargeras hätte jeden Schild mit Leichtigkeit durchbrochen.

Er durfte nicht herausfinden, was Illidan plante, sonst erwartete den Zauberer ein Schicksal, das schlimmer war als jeder Tod, den Kalimdor bisher erlebt hatte.

„Was ist los, Zauberer?", knarrte Varo'thens Stimme neben ihm.

Illidan kämpfte gegen ein Zittern an, als sein Geist in seinen Körper zurückkehrte. „Es ist … überwältigend", sagte er ehrlich. „Einfach … überwältigend."

Sogar der Captain widersprach ihm nicht.

Mannoroth trabte den Hügel hinauf. Seine baumstammdicken Beine hinterließen Krater in der geschundenen Erde. In seinen riesigen Augen lag ein Fanatismus, wie ihn Illidan noch bei keinem Dämon gesehen hatte. Obwohl der Geflügelte inmitten der Wellen gestanden hatte, war er trocken. Der Brunnen schien zwar aus Flüssigkeit zu bestehen, doch es verbarg sich viel mehr darin.

„Bald …" Mannoroth schnurrte beinahe. „Bald wird unser Herr nach Kalimdor kommen. Schon bald …"

„Und dann wird er Kalimdor in ein Paradies verwandeln", hauchte Azshara von ihrer Sänfte aus. „Ein Paradies."

Erwartungsvoll leuchteten die Augen des Dämons, aber das war nicht das einzige Gefühl, das Illidan darin las. „Ja … Kalimdor wird neu erschaffen werden."

„Wann?", drängte die Königin. Ihr Atem ging schneller, und ihre Lippen öffneten sich. „Wie bald?"

„Sehr bald", antwortete Mannoroth. Er trabte an der Königin vorbei und dem Palast entgegen. „Sehr bald."

„Wir wundervoll!" Azshara klatschte in die Hände. Lady Vashj und die anderen Zofen lächelten zustimmend.

„Dann sind wir also hier fertig", sagte Captain Varo'then, der gleichzeitig auf

Sargeras' Ankunft zu hoffen und sie eifersüchtig zu fürchten schien. „Zurück zum Palast", befahl er den Soldaten und Dämonen. „Zurück zum Palast."

Die Hochgeborenen und Satyrn benötigten keine Befehle. Sie folgten Mannoroth bereits. Nur Illidan blieb zurück. Seine Gedanken pendelten zwischen den Gefühlen, die er im Gesicht des Dämons zu sehen geglaubt hatte und dem Blick, den er in das Reich des Dämonenlords hatte werfen können, hin und her.

Malfurions Bruder sah zurück zu dem schäumenden Mahlstrom, zu dem der Brunnen der Ewigkeit geworden war. Zum ersten Mal fühlte er, wie sein Selbstbewusstsein bröckelte.

Tyrande wusste, dass etwas vorging, etwas, das weitreichende Konsequenzen haben würde. Doch in ihrer Zelle konnte sie nicht erkennen, worum es sich dabei handelte. Elune half ihr noch ein wenig gegen ihre Peiniger, mehr aber tat sie nicht. Die Priesterin wusste nicht, was draußen in der Welt geschah. Vielleicht war ihr Volk längst besiegt worden, vielleicht marschierte die Brennende Legion bereits ungehindert durch Kalimdor und zerstörte die letzten Reste dieses einst schönen Landes.

Die Wachen waren von ihrer Tür abgezogen worden. Der unsympathische Captain Varo'then hatte entschieden, dass es Zeitverschwendung sei, Soldaten für eine Gefangene abzustellen, die keine Fluchtmöglichkeit hatte. Tyrande verstand diese Entscheidung. Sie hatte sich bisher nicht gerade als Gefahr für den Palast erwiesen.

Sie hörte Schritte draußen im Gang. Es war noch zu früh für ihre tägliche Nahrungsration, außerdem hatte sie diese bisher nur von Dath'Remar angenommen. Seitdem hatte Tyrande weder etwas gegessen noch getrunken. Der Hochgeborene hatte sie bei seinen beiden nachfolgenden Besuchen zwar darum gebeten, aber sie hatte nur angenommen, was sie benötigte. Sie wollte sich nicht abhängig machen von denen, die sie gefangen hatten.

Die Tür öffnete sich knarrend. Zu ihrer Überraschung traten Dath'Remar und ein anderer Hochgeborener ein. Der Unbekannte warf einen kurzen Blick auf die Gefangene und schaute dann zurück in den Gang.

„Dath'Remar, was machst du –"

„Pssst, Mistress." Misstrauisch sah er in die Zelle, als erwarte er jeden Moment, Teufelswachen zu sehen. Erst als er sicher war, dass sie allein waren, ging er auf die Aura zu.

Aus seiner Roben zog er das gleiche Artefakt, das auch schon Lady Vashj benutzt hatte. Tyrande überspielte ihre Nervosität, obwohl sie sich innerlich fragte, ob der Zauberer vielleicht ebenfalls ihren Tod im Sinn hatte.

„Halte dich bereit", flüsterte Dath'Remar.

Er führte das gleiche Ritual wie Lady Vashj durch. Die Aura erlosch, die unsichtbaren Fesseln verschwanden.

Tyrandes Körper war so steif, dass sie beinahe gestürzt wäre. Der Hochgeborene fing sie in seinen Armen auf. Das Artefakt war auf ihre Kehle gerichtet.

„Mein Tod wird dir nichts nützen", sagte sie.

Er sah sie überrascht an, dann fiel sein Blick auf den Gegenstand in seiner Hand. Angewidert warf er ihn zur Seite. „Ich bin nicht hier, um eine solch schreckliche Tat zu vollbringen. Und jetzt sei ruhig, sonst ist deine Flucht zum Scheitern verurteilt."

„Flucht?" Tyrandes Puls schlug schneller. War dies vielleicht nur eine grausame List?

Dath'Remar las die Angst in ihren Augen. „Es ist keine List. Wir haben lange untereinander darüber beraten. Wir können diese Obszönität nicht mehr länger ertragen. Die Königin …" Seine Kehle krampfte sich zusammen. Er schwankte zwischen seiner Loyalität für Azshara und dem Entsetzen über all das, was geschehen war. „Die Königin … sie ist wahnsinnig. Eine andere Erklärung kann es nicht geben. Sie hat sich von ihrem Volk abgewandt und verehrt eine furchtbare und mordende Kreatur! Dieser Sargeras verspricht ihr eine perfekte Welt, in der wir Hochgeborene herrschen sollen, aber einige von uns sehen nur Zerstörung und Verderben. Wie soll ein Paradies auf blutgetränktem Stein und verdorrter Erde entstehen? Wir glauben nicht daran."

Seine Beichte überraschte sie nicht. In den anderen Unterhaltungen hatten sich seine Ängste schon angekündigt. Sie hatte anfangs nicht geglaubt, dass jemand in diesem Palast noch einen freien Willen besaß – schließlich verlangte der Dämonenlord absolute Hingabe –, aber vielleicht hatte Sargeras seinen Geist zu sehr ausgedehnt und damit geschwächt.

Trotzdem dankte Tyrande Mutter Mond für diese Gelegenheit. Sie war überzeugt davon, dass sie sich Dath'Remar anvertrauen konnte.

„Das ist unsere einzige Chance", erklärte der Magier. „Die Anhänger des Dämonenlords sind zum Brunnen gegangen, um irgendeinen Zauber zu wirken. Das wird sie lange genug aufhalten. Sie anderen warten bei den Ställen."

„Die *anderen*?"

„Wir können hier nicht länger bleiben. Dein Verschwinden wird ja nicht unentdeckt bleiben. Ich habe dafür gesorgt, dass die Meisten, die fliehen wollen, heute nicht für die Dämonen arbeiten müssen … und die Wenigen, die hier bleiben müssen, werden für ihr Opfer geehrt werden."

„Möge Mutter Mond sie segnen", flüsterte Tyrande. Wenn Mannoroth und sein Herr das doppelte Spiel der Nachtelfen entdeckten, würden diese „Wenigen" einen schrecklichen Tod erleiden. „Aber was ist mit den Wachen?"

„Ein paar gehören zu uns, aber die Meisten sind Captain Varo'then sklavisch ergeben. Wir werden vorsichtig sein müssen. Aber genug jetzt. Wir haben keine Zeit für Fragen."

Er führte sie in den Gang, wo der zweite Hochgeborene wartete. Tyrande zögerte einen Moment lang, so ungewohnt war das Gefühl, ihre Zelle zu verlassen. Dath'Remar warf ihr einen ungeduldigen Blick zu und zog sie mit sich.

Sie eilten eine Treppe hinauf. Dath'Remars Begleiter übernahm die Führung. Die Priesterin sah keine Wachen. Anscheinend hatten die Zauberer dafür gesorgt, dass sie ungehindert passieren konnten.

Die Treppe endete vor einer Eisentür, in deren Mitte sich eine Reliefdarstellung von Azsharas Gesicht befand. Tyrande begann instinktiv zu zittern, eine Reaktion, die ihr mitfühlende Blicke von den beiden Hochgeborenen einbrachte.

„Dahinter liegt ein Gang, der zu den Ställen führt. Die anderen sollten dort bereits mit den Reittieren warten. Wenn sich die Tore öffnen, reiten wir schnell wie der Wind hinaus."

„Was ist … was ist mit den Dämonen?"

Er reckte stolz das Kinn vor. „Wir sind nicht umsonst die Hochgeborenen. Wir sind die besten Zauberer des Reiches. Sie werden vor unserer Macht in den Staub fallen." Mit etwas weniger Pathos fügte Dath'Remar hinzu: „Und wahrscheinlich werden auch viele von uns fallen."

„Ich spüre, dass der Weg frei ist", sagte der zweite Zauberer arrogant lächelnd. „Der Ablenkungszauber täuscht Varo'thens Wachhunde immer noch."

„Aber nicht mehr lange, befürchte ich." Dath'Remar öffnete vorsichtig die Tür. Der Gang, der dahinter lag, war leer.

„Wir sind in der Nähe der Ställe", erklärte der zweite Hochgeborene. Seine Selbstsicherheit schien zuzunehmen. „Siehst du, Dath'Remar? Diese Soldaten sind nur nichtsnutzige –"

Seine Worte endeten in einem Gurgeln, als sein Hals von einem Armbrustbolzen durchbohrt wurde. Blut spritzte auf Tyrande und Dath'Remar.

Der tote Zauberer brach zusammen. Mehrere Soldaten tauchten gleichzeitig im Gang auf.

„Haltet ein!", befahl ein Unteroffizier, der einen pompösen Helm trug.

Dath'Remars Antwort bestand in einer ärgerlichen Handbewegung.

Eine unsichtbare Kraft erfasste die Wachen und schleuderte sie gegen die Wände. Laut scheppernd fielen Waffen und Rüstungsteile zu Boden.

„Sie werden es nicht noch einmal wagen, einen Hochgeborenen des Elitezirkels anzugreifen", zischte Dath'Remar.

„Der Lärm wird nicht unbemerkt bleiben", warnte die Priesterin.

Dath'Remar schien zu erkennen, dass sein Angriff gedankenlos gewesen war. Er verzog das Gesicht und trat mit Tyrande in den Gang hinein.

Nur wenig später erreichten sie die Ställe. Dort bot sich Tyrande ein bemerkenswerter Anblick. Sie hatte damit gerechnet, ein paar Hochgeborene anzutreffen – aber niemals so viele. Sie schätzte, dass sich ein Drittel der gesamten Kaste in den Ställen versammelt hatte. Ganze Familien waren gekommen.

„Wo ist –“, setzte eine Frau an, aber ein Blick von Dath'Remar hielt sie von weiteren Fragen über den toten Zauberer ab.

„Wir haben den Kampf gehört und den Einsatz magischer Kräfte gespürt“, fügte ein Mann hinzu. „Den Dämonen wird das ebenfalls nicht entgangen sein.“

„Daran lässt sich nichts ändern.“ Dath'Remar ging vor Tyrande her. „Hast du ein schnelles Reittier für die Priesterin, Quin'thatano?“

„Das schnellste.“

„Gut.“ Der Zauberer wandte sich an sie. „Mistress Tyrande, wir hoffen, dass du dich für uns einsetzen wirst, wenn wir die Armee erreichen. Wir wissen, dass die anderen nichts Gutes über unsere Kaste denken –“

„Wir werden dafür sorgen, dass sie uns anhören“, unterbrach ihn eine der Frauen. „Wir haben die Macht dazu.“

„Dann werden sie uns wahrscheinlich umbringen“, knurrte Dath'Remar. An Tyrande gewandt, fuhr er fort: „Wirst du das für uns tun?“

„Was für eine Frage! Natürlich werde ich das. Ich schwöre es bei Mutter Mond.“

Ihm schien das zu reichen, auch wenn einige andere noch zweifelten. Doch sie alle schienen sich darauf geeinigt zu haben, dass Dath'Remar Sunstrider die Entscheidungen traf.

„Also gut. Das Wort der Hohepriesterin dürfte allen hier genügen.“ Er zeigte auf die Nachtsäbler. „Steigt auf, wir dürfen keine Zeit verlieren.“

Die fluchtbereiten Hochgeborenen hatten nur wenig Gepäck dabei, was deutlich machte, wie sehr sie sich der Notwendigkeit zur Eile bewusst waren. Tyrande, die wusste, in welch luxuriösen Palästen sie lebten, hatte eigentlich damit gerechnet, dass sie ihren halben Hausstand mitschleppen würden.

Ein Zauberer reichte der Priesterin einen schlanken, weiblichen Panther. An der Seite des Tieres baumelte ein Langschwert, das man vermutlich einem von Captain Varo'thens Soldaten gestohlen hatte. Sie nickte dankbar für dieses nützliche Geschenk, dann stieg sie auf und wartete.

Dath'Remar überzeugte sich davon, dass alle bereit waren, dann zeigte er auf ein großes Holztor. „Wir bleiben zusammen! Niemand verlässt die Gruppe. Wer sich nicht daran hält, wird seine Nachlässigkeit bereuen. Die Dämonen sind überall. Wir müssen zusammen reiten und zusammen kämpfen, wahrscheinlich tagelang.“ Er richtete sich auf. „Aber wir sind die Hochgeborenen, die Streiter des Brunnens. Dank seiner Macht werden wir uns den Weg frei kämpfen und den Boden mit den Leichen derer bedecken, die uns daran zu hindern versuchen!“

Tyrandes Gesichtsausdruck verriet nichts von ihren Gefühlen. Den Hochgeborenen musste klar sein, dass viele von ihnen sterben würden – grausam sterben. Sie betete lautlos zu Elune und bat sie um Hilfe für ihre Begleiter.

Die Hochgeborenen suchten nach Vergebung dafür, dass sie geholfen hatten, die Brennende Legion nach Kalimdor zu bringen. Tyrande würde alles tun, damit sie sie auch erhielten.

Dath'Remar wies erneut auf das Tor. „Öffne dich!"

Krachend flog das Tor gegen eine Mauer.

„Los!"

Tyrande lenkte ihren Nachtsäbler hinter dem seinen her.

Die Hochgeborenen passierten das zertrümmerte Tor. Ihre Reittiere sprangen elegant über die Reste hinweg. Einige tote Dämonen lagen dahinter, waren offenbar dem Zauber zum Opfer gefallen.

„Mannoroth und die anderen sollten noch immer am Brunnen sein", rief Dath'Remar. „Das ist unsere einzige Chance."

Die Erwähnung des Brunnens rief Tyrande Illidan in Erinnerung. Sie wünschte sich, er wäre bei den Flüchtenden gewesen und hätte sich nicht dem Bösen verschrieben.

Der düstere Nebel, der immer noch über Zin-Azshari hing, konnte die Reiter nicht aufhalten, denn die Hochgeborenen kannten den Weg. Die Priesterin konzentrierte sich darauf, ihren Rettern zu folgen und wartete auf das Unvermeidliche: den ersten Angriff.

Er erfolgte schließlich in Gestalt einiger Teufelsbestien, die mitten in die Reiter hineinsprangen, zwei zu Fall brachten und einen dritten beinahe von seinem Nachtsäbler rissen. Die Tentakel der Dämonen hefteten sich an die Körper ihrer Opfer und saugten sie gierig aus.

Eine weibliche Hochgeborene warf etwas, das wie ein kleiner Stock aussah. Als er sein Ziel erreichte, wurde daraus jedoch eine Lanze, die die Teufelsbestie durchbohrte.

Die anderen Dämonenhunde starben auf ähnliche Weise. Die letzten flohen mit lautem Angstgeheul. Dath'Remar schickte ihnen einen Blitz hinterher. Zwei Teufelsbestien wurden zerrissen, die dritte entkam.

„Jetzt ist unsere Flucht wohl aufgeflogen", knurrte der Zauberer. „Schneller!"

Ein Horn wurde mit tiefem, traurigen Ton geblasen. Nur Sekunden später antworteten andere weit vor der Gruppe. Tyrande betete inständig zu Mutter Mond. Sie wusste, dass die Nachtelfen schon bald um ihr Leben kämpfen würden.

„Sarath'Najak! Yol'Tithian, zu mir!" Die Gerufenen ritten zu Dath'Remar, streckten eine Faust aus und begannen einen Zauber zu sprechen.

Ein Schild aus roter Energie baute sich vor den Reitern auf. Sogar Tyrande spürte die Kraft, die aus dem Brunnen in den Schutz floss.

Eine Wand aus riesigen Dämonenkriegern, die von grünen Flammen umgeben waren, schälte sich aus dem Nebel. Die Teufelswachen stürzten sich mit Waffen, so groß wie Tyrande, auf die Reiter.

Doch die ersten, die gegen den roten Schild prallten, verbrannten einfach. Ihre grünen Flammen nahmen die rote Färbung des Schilds an und verschlangen die Dämonen. Die monströsen Krieger kreischten und brachen zusammen. Innerhalb weniger Herzschläge zerfielen sie zu Asche. Nur ein paar schwarz verkohlte Rüstungsteile blieben übrig.

Aber die Dämonen stürzten sich weiter auf die Reiter und hatten sie schon bald umzingelt. Einzelne Zauberer versuchten ihre eigenen Sprüche anzuwenden, allerdings mit unterschiedlichem Ergebnis. Sie konnten sich nicht auf jeden Dämon konzentrieren, und die, denen es gelang, ihre Verteidigung zu durchbrechen, richteten große Verwüstungen unter den Reitern an. Eine Frau fiel zu Boden, als ihr Nachtsäbler mit aufgeschlitzter Kehle unter ihr zusammenbrach. Sie wollte sich erheben, aber der Teufelswächter, der die Katze getötet hatte, schlug ihr den Kopf ab. Ein anderer Hochgeborener wurde auf eine Lanze gespießt, aus dem Sattel gehoben und durch die Luft geschleudert. Die nachfolgenden Nachtsäbler trampelten ihn nieder.

Ein gewaltiger Krieger tauchte plötzlich hinter Dath'Remar auf. Tyrande zog ihr Schwert und betete zu Elune, sie möge ihre Hand leiten.

Die Klinge nahm die silbrig helle Farbe des Mondes an und stach durch die Rüstung des Kriegers, als bestünde sie aus Luft.

Grunzend drehte sich die Teufelswache zu Tyrande um, doch im gleichen Moment rutschte ihr Oberkörper von den Hüften. Der Schlag der Priesterin war so elegant geführt worden, dass ihr Opfer nicht bemerkt hatte, dass es bereits tot war.

Dath'Remar hatte von dem Gefecht in seinem Rücken nichts mitbekommen. Er rief seinen Begleitern etwas zu. Tyrande konnte nicht erkennen, was sie taten, nur dass das Schild vor ihnen sich plötzlich ausbreitete und eine blaue Färbung annahm.

Es knisterte, und der erste Dämon, der in den neuen Zauber hineinlief, wurde wie durch ein Katapult zurückgeschleudert. Er schlug zwischen seinen Kameraden auf und zerfiel zu Staub.

Der neue Zauber war effizienter als der erste. Die Hochgeborenen, die durch den Angriff der Dämonen aufgehalten worden waren, ritten jetzt wieder schneller. Doch sie ließen mehr als ein Dutzend Tote, Opfer der mörderischen Dämonenklingen, zurück. Reiterlose Nachtsäbler, deren Rücken blutbefleckt waren, folgten der Gruppe.

Eine junge Frau, die neben Tyrande ritt, schrie plötzlich auf, als sie in die Höhe gerissen wurde und im Nebel verschwand. Eine Sekunde später brach ihr Schrei plötzlich ab. Ihr zerfetzter Körper fiel vor den Reitern zu Boden.

Die Nachtelfen sahen sich verwirrt um. Tyrande blickte über ihre Schulter und sah plötzlich Klauenhände, die einen älteren Mann ergriffen und in die Luft zerrten.

„Verdammniswachen!“, schrie sie. „Verdammniswachen verstecken sich im Nebel!“

Klauen schossen auch neben ihr nach unten. Tyrande stach zu. Die Verdammniswache zog sich zurück … mit nur noch einer Hand.

Zwei Zauberer hoben die Arme. Ein Schild entstand über ihnen und dehnte sich rasch über einen Großteil der Gruppe aus.

Doch sie konnten den Zauber nicht zu Ende sprechen, denn im gleichen Moment erschütterte eine Explosion die Hochgeborenen. Ihre Nachtsäbler bäumten sich auf und warfen die Reiter ab.

Eine Höllenkreatur erhob sich aus dem Zentrum der Entladung. Tyrande wusste nicht, wie es dem Wesen gelungen war, unbemerkt so nahe zu kommen, doch das spielte im Moment auch keine Rolle. Die Höllenkreatur begann durch die Reiter zu toben und riss Nachtsäbler mühelos zu Boden.

Gleichzeitig fielen zwei weitere Hochgeborene den Verdammiswachen zum Opfer. Die Priesterin blickte zu Dath'Remar, doch von ihm war keine Hilfe zu erwarten. Der Anführer der Zauberer hatte alle Hände voll zu tun, um die heranstürmenden Teufelswachen aufzuhalten. Die Dämonen versuchten weiter, den Schild zu durchbrechen. Mit jedem Schritt sank die Geschwindigkeit der Flüchtenden. Nicht mehr lange, und sie würde ganz zum Erliegen kommen.

Tyrande hielt die Klinge vor ihr Gesicht und konzentrierte sich auf die Kräfte, die ihr Mutter Mond gewährt hatte. Ihr eigenes Überleben war unwichtig. Sie konnte nicht untätig zusehen, wie andere starben.

„Bitte, Mutter Mond, höre mich an“, murmelte die Priesterin.

Das Leuchten, das ihre Klinge umgab, dehnte sich auf sie aus und wurde gleichzeitig heller. Tyrande erinnerte sich daran, dass unter dem reinigenden Licht der Mondgöttin jedes Ding sein wahres Ich enthüllte.

Die silberne Aura flammte auf.

Unter Elunes Licht löste sich der Nebel auf. Die Dämonen, die am Himmel hingen und am Boden standen, waren plötzlich nicht mehr verborgen. Sie verzogen das Gesicht und versuchten ihre Augen zu schützen. Das göttliche Licht konnten sie nicht ertragen.

Damit gaben sie den Weg für die Reiter frei.

„Da lang, Dath'Remar!“, rief Tyrande. „Reite da lang.“

Sie musste ihn nicht noch einmal auffordern. Dath'Remar und seine beiden Begleiter ritten auf den Pfad zu, den die Gebete der Priesterin enthüllt hatten. Die wenigen Dämonen, denen sie begegneten, waren geblendet und konnten einfach nieder geritten werden.

„Weiter! Reitet weiter!“, schrie der Anführer der Hochgeborenen. Die Angreifer fielen wie Fliegen. Sie hatten dem Licht nichts entgegenzusetzen.

Tyrandes Herz war voller Hoffnung, als sie der Gruppe folgte. Das Leuchten dehnte sich über alle Reiter aus. Sie dankte Elune immer und immer wieder für dieses Wunder.

Doch als Tyrande die Reihen der Legion passierte, griffen Klauenhände nach ihr und zerrten sie von ihrem Nachtsäbler. Sie schrie erschrocken auf, als sie in den Himmel gezogen wurde.

Das verzerrte Gesicht einer Verdammniswache starrte Tyrande entgegen. Der Dämon hatte die Augen fast vollständig geschlossen, und sein rasselnder Atem verriet, wie sehr ihn das Licht schmerzte.

Sie stach sofort mit ihrer Klinge zu. Zwar traf sie nur ungezielt, aber es erschreckte ihren Gegner. Eine Klaue ließ los. Tyrande wusste nicht, wie hoch sie bereits war, doch sie hatte auch keine Zeit, nach unten zu blicken. Sie konnte nur hoffen, dass Elune ihren Fall bremsen würde.

Entschlossen jagte die Priesterin ihre Klinge in die Brust der Verdammniswache.

Die Kreatur bäumte sich auf und prellte ihr das Schwert aus den Fingern. Tyrande entglitt den erschlaffenden Klauen.

Sie hielt sich an dem Sterbenden fest und versuchte ihn vor dem Aufprall unter sich zu bringen. Doch im Todeskampf entzog sich die Verdammniswache ihrem Griff.

Sie schloss die Augen. Ihre Gebete richteten sich an ihre Gottheit, doch in Gedanken war sie bei Malfurion. Er würde sich die Schuld an ihrem Tod geben, wenn sie hier und jetzt starb. Aber sie wollte ihm diese Bürde nicht auflasten. Die Götter entschieden über ihr Schicksal, nicht er. Tyrande wusste, dass Malfurion getan hatte, was er konnte, aber das Schicksal ihres Volkes war wichtiger als das Überleben einer einzigen Person.

Wenn sie nur noch mal sein Gesicht hätte sehen können.

Tyrande schlug auf dem Boden auf … aber der Aufprall war viel weicher als erwartet. Sie spürte ihn kaum, dabei hätte er jeden Knochen in ihrem Körper zertrümmern müssen.

Ihre Finger glitten über Staub. Sie war also tatsächlich gelandet, aber wieso war sie unverletzt?

Tyrande setzte sich auf und warf einen Blick auf ihre Umgebung. Die Aura war vergangen, der Nebel zurückgekehrt. Abgesehen von den Leichen der Dämonen und Nachtelfen, die überall am Boden lagen, war sie allein.

Nein, nicht allein. Eine große, ungemein vertraut wirkende Gestalt schälte sich aus dem Nebel. Bei ihrem Anblick röteten sich ihre Wangen.

„Malfurion!"

Doch Tyrande erkannte im gleichen Moment, dass dies der falsche Name war.

Illidan beugte sich mit verkniffenem Mund über die Priesterin. „Du kleine Närrin." Er streckte ihr seine Hand entgegen. „Komm mit mir … wenn du noch lange genug atmen willst, um zu erleben, wie ich die Welt rette."

# FÜNFZEHN

Die Dämonenseele strahlte hell über dem Brunnen der Ewigkeit. In dem Weltenriss, den Sargeras durch einen Zauber erschaffen hatte, brannten die Kräfte der Dämonenseele und der Quelle. Gemeinsam begannen sie ein stabiles Portal zu errichten. In seinem monströsen Reich wartete der Herr der Legion auf den Zeitpunkt, da er seine jüngste Eroberung endlich betreten würde. Bald, sehr bald schon würde er alles Leben darauf auslöschen … und dann zur nächsten Welt weiterziehen.

Doch es gab noch andere, die warteten, und ihre düsteren Träume waren weit älter als die des Dämonenlords. Schon endlos lange warteten sie auf eine Gelegenheit zur Flucht, auf eine Gelegenheit, wieder das an sich zu reißen, was ihnen einst gehört hatte. Jeder Schritt, der Sargeras dem Portal näher brachte, brachte auch sie ihrem Erfolg näher. Dank des Brunnens, dank der Dämonenseele und der Macht der Legion würde es ihnen gelingen, das Tor ihres ewigen Gefängnisses aufzustoßen.

Und war es einmal geöffnet, würde es niemand mehr verschließen können.

Die Drei warteten. Das hatten sie schon so lange getan, dass ein klein wenig länger sie nicht störte.

Ein klein wenig länger…

Archimonde, der wusste, dass Sargeras' Ankunft unmittelbar bevorstand, warf all seine Kräfte in die Schlacht. Er zog Dämonen von allen anderen Positionen ab und verstärkte mit ihnen seine Horde. Der Kampf auf diesem Schlachtfeld würde über das Schicksal der Welt entscheiden.

Die Armee der Verteidiger kämpfte, weil sie keine andere Wahl hatte. Nachtelfen, Tauren und die anderen Völker wussten, dass eine Niederlage den Tod bedeutete. Vielleicht würden sie fallen, aber nicht, ohne nicht alles gegeben zu haben, um zu siegen.

Malfurion kämpfte darum, seinen Beitrag zu leisten. Seine Zauber beschworen Wirbelstürme, die Krieger und Bestien in tödliche Höhen trugen und von dort herabfallen ließen. Samenkörner, die er in diese Winde warf, gelangten in Dämonenbäuche, wuchsen blitzschnell heran und rissen ihre Opfer auseinander.

Die Leichen regneten auf die Überlebenden herab und verursachten nur noch mehr Chaos.

Tief im Boden entdeckte Malfurion jene – Würmer und ähnliches Getier –, die sich bisher vor dem Bösen versteckt hatten. Unter seiner Anleitung fraßen sie sich ins Erdreich hinein und verwandelten es in Treibsand. Krieger versanken darin, andere saßen darin fest, bis sie von den Klingen und Pfeilen der Verteidiger durchbohrt wurden.

Den Himmel hielten die Dämonen noch, doch dafür bezahlten sie einen hohen Preis. Jarods Bogenschützen konzentrierten sich fast ausschließlich auf die Verdammniswachen. Pfeile bohrten sich in die Körper der Dämonen, während diese von oben auf die Soldaten einstachen.

Die Mondgarde kämpfte tapfer gegen die Eredar, die Höllenkreaturen und die furchtbaren Schreckenslords. Dabei wurden die Nachtelfen nicht nur von Rhonin und Krasus unterstützt, sondern auch von den Schamanen der Tauren und Furbolgs. Die Zauber der Schamanen sahen zwar nicht spektakulär aus, aber die Resultate sprachen für sich, denn Hexenmeister fielen um, wenn sie von ihnen getroffen wurden … oder verschwanden einfach.

Doch für jeden gefallenen Dämon tauchte ein neuer auf.

Brox stand zusammen mit Jarod und Kalimdors legendären Wächtern in vorderster Reihe. Er lachte, wie er es seit dem Tag nicht mehr getan hatte, an dem er und seine Kameraden mit einem glorreichen Tod in der Schlacht gerechnet hatten. Der ergraute Krieger ging fest davon aus, bald zu sterben. Seine magische Axt indes fraß sich durch die Reihen der Dämonen, als giere sie nach ihrem Fleisch. Doch es war nicht nur die Magie, die für einen Sieg nach dem anderen sorgte, sondern auch das Können, mit dem der Ork sie einsetzte. Brox war ein Meister seiner Kunst. Deshalb hatte ihn sein Kriegshäuptling Thrall ja ausgewählt.

Ein Rudel Teufelsbestien überraschte einen der Bären. Sie sprangen ihn an und warfen den Riesen zu Boden. Der Halbgott hatte den Boden noch nicht erreicht, da kam auch schon ein zweites Rudel hinzu. Ihre Tentakel sogen sich sofort an seinem Körper fest und tranken gierig seine Magie. Und damit auch seine Lebenskraft.

Der Zwillingsbruder des Gestürzten schrie wütend auf, als er bemerkte, was geschah. Er stieß eine Teufelswache zur Seite und warf sich auf die Dämonenhunde. Einen nach dem anderen riss er vom reglosen Körper seines Bruders. Er zerschmetterte ihre Schädel und ihr Rückgrat.

Doch als er seinen Zwillingsbruder schließlich frei gelegt hatte, musste er erkennen, dass er zu spät gekommen war.

Der Waldgott hob den Kopf und schrie seinen Schmerz hinaus. Dann wandte er sich den Dämonen zu und zerfetzte ihre Reihen, als bestünden sie aus Papier. Lanzen und andere Waffen stachen nach ihm, aber er ignorierte den Schmerz und drang tiefer in die Reihen der Brennenden Legion vor. Seine Kameraden blieben zurück, konnten ihn nach einer Weile noch nicht einmal mehr sehen. Brox und Jarod hörten sein letztes, wütendes Gebrüll … und die Stille, die darauf folgte.

Leichen bedeckten den Boden so weit das Auge reichte. Ab und zu bekämpften sich Gegner sogar, während sie auf den Körpern von Gefallenen standen. Halbgötter fochten neben Nachtelfen, Nachtelfen neben Tauren und die wiederum neben Furbolgs, Irdenen und anderen. Sie alle zeigten den gleichen grimmigen Gesichtsausdruck.

Cenarius führte die epischen Wächter Kalimdors immer noch an. Er warf sich den Dämonen mit einer Brutalität entgegen, die sogar Rhonin und Krasus schockierte. Seine Gliedmaßen rissen Dämonenbäuche auf und verteilten Eingeweide über das Schlachtfeld. Der Herr des Waldes kämpfte wie ein Besessener, und mit jedem besiegten Wächter wurde er gewalttätiger und wilder. Er schien jeden Gefallenen rächen zu wollen, ganz gleich um welchen Preis.

Und sie fielen weiter. Teufelswächter hingen wie Hunde an ihrer Beute, dem großen Eber Agamaggan, der ihnen schließlich unterlag. Zwar rammte er die Dämonen, schleuderte sie in die Lüfte oder zermalmte sie unter seinen Hufen. Aber nach einer Weile wurde das Gewicht zu groß, und er brach in die Knie. Sofort stürzten sich seine Widersacher auf den ungeschützten Bauch. Der gewaltige Halbgott konnte einige der Dämonen, die an ihm zerrten, abschütteln, doch das war seine letzte Tat. Blut quoll aus Hunderten tiefer Schnittwunden. Er grunzte noch einmal und sackte leblos dann zusammen.

Doch auch jetzt ließen seine Feinde nicht von ihm ab. Die Dämonen waren so besessen in ihrer Blutgier, dass sie den Tod ihres Opfers nicht bemerkten.

Das Ende des Ebers spornte Cenarius nur noch mehr an. Er fiel über die Dämonen her, die immer noch auf den Toten einschlugen, zerquetschte sie oder spießte sie in seiner dornigen Mähne auf. Seine Wut war so groß, dass sich die Angriffe der Brennenden Legion auf ihn zu konzentrieren begannen. Archimondes unsichtbare Hand führte die mächtigsten seiner Dämonen dem Waldgott entgegen.

Krasus und die anderen kämpften um ihr eigenes Leben und konnten ihm nicht helfen. Die schrecklichen Krieger umrundeten Malfurions Mentor, bis kaum noch sein Geweih zu sehen waren.

Dann, als sein Ende nahe schien, kehrte der weiße Blitz zurück, den Rhonin schon zuvor bemerkt hatte. Eine gewaltige vierbeinige Gestalt prallte mit den Dämonen zusammen. Ein Geweih, das um einiges größer als das des Waldgottes war, fegte die Dämonen beiseite, die den taumelnden Cenarius belagerten. Riesige Hufe zerschmetterten Schädel und Brustkörbe. Zähne bissen Gliedmaßen ab oder zerfetzten Kehlen.

Jetzt erst konnte man das gewaltige Wesen erkennen. Über dem geschwächten Cenarius stand ein weißer Hirsch, der die Dämonen von ihm fern hielt. Sein Fell glänzte so stark, dass die Diener der Brennenden Legion geblendet wurden und sich kaum noch wehrten.

Immer wieder benutzte der Hirsch sein Geweih, um Dämonen zur Seite zu schaufeln. Selbst Höllenkreaturen konnten ihn nicht aufhalten. Er vertrieb die Brennende Legion nicht nur aus dem Gebiet rund um den Waldgott, sondern in einem sehr viel größeren Umkreis.

Dann starrte der Hirsch Brox und Jarod an. Es fiel kein Wort zwischen ihnen, aber die beiden wussten plötzlich, dass sie Cenarius vom Schlachtfeld schaffen sollten. Das taten sie, während die Dämonen sich zu einem neuen Angriff formierten. Doch gegen den Hirsch waren sie chancenlos. Reihenweise stürzten sie sich ihm mit erhobenen Waffen entgegen, reihenweise wurden sie in Stücke gerissen.

Doch der Legion standen nicht nur Klingen zur Verfügung, sondern auch andere, schrecklichere Werkzeuge. Ein schwarzer Blitz schoss plötzlich aus dem Himmel und verbrannte den Boden rund um den Hirsch. Dunkelgrüne Feuer brachen aus und verbrannten das Fell des Halbgotts. Die verkohlte Erde hob sich und bildete Klauenhände, die alle vier Beine des Hirsches umklammerten.

Dann teilten sich die Reihen der Dämonen und ließen den Verursacher der Zauber durch.

Archimonde.

Mit jedem Schritt, den Archimonde auf den Hirsch zuging, schien er größer zu werden, bis er fast die Größe seines Gegners erreicht hatte. Im Gegensatz zu seinen wilden Kriegern verhielt er sich ruhig, beinahe schon wissenschaftlich kalt. Er trug keine Waffen, aber um seine geballten Fäuste tanzte das gleiche Feuer, das rund um den Hirsch loderte.

Der Halbgott schüttelte den Griff der Erdklauen ab. Dann schnaubte er angriffslustig, neigte das Geweih und stürzte sich auf den Erzdämon.

Mit einem Donnerschlag und einem Erdbeben, das ringsum Krieger zu Boden warf, prallten die Gegner aufeinander. Dämonen und Nachtelfen flohen vor der furchtbaren Kraft, die in diesem Duell entfesselt wurde. Die Hufe des Hirsches trafen den Boden und versprühten Funken bis in den Himmel. Archimonde stemmte sich mit seinen Füßen dagegen. Er hinterließ Furchen und neu erschaffene Hügel, die größer als seine Krieger waren.

Die Klauen des Dämons fügten dem Fell des Hirsches blutige Narben bei. Wunden, aus denen grünes Feuer tropfte, entstanden dort, wo das Geweih des Halbgottes die unverletzlich wirkende Haut des Erzdämons aufriss. Kein lebendes Wesen wagte es, sich diesen Gegnern zu nähern.

Weiter hinten brachten Jarod und Brox mit Dungards Hilfe den verletzten Cenarius zu Krasus. Der Magier brach seinen Angriff gegen die Eredar ab und untersuchte den Waldgott.

„Er hat einige tiefe Wunden“, murmelte Dungard und zog seine Pfeife hervor.

„Er ist schwer verletzt“, stimmte der Magier zu, als er seine Hand über Cenarius’ Brust gleiten ließ. „Das Gift der Dämonen beeinträchtigt ihn stärker als andere, wahrscheinlich, weil er und Kalimdor so eng miteinander verbunden sind.“ Krasus verzog das Gesicht. „Aber ich glaube, dass er überleben wird.“

Im gleichen Moment murmelte der Halbgott etwas. Nur Krasus war ihm nahe genug, um seine Worte zu verstehen. Auf seinem Gesicht zeichnete sich Trauer ab, als er wieder aufsah.

„Was hat er gesagt?“, fragte Jarod.

Krasus wollte antworten, aber ein furchtbarer Schrei unterbrach ihn. Gleichzeitig drehten sich alle zu seinem Ursprung um. Entsetzt sahen sie, dass Archimonde einen Arm um den Hals des Hirsches gelegt hatte. Mit der freien Hand drehte er dessen Kopf zur Seite. Der Winkel konnte kaum noch zu ertragen sein, deshalb hatte der Hirsch wohl auch geschrien.

Krasus kam auf die Beine. „Nein, das darf nicht sein!“

Aber es war bereits zu spät. Mit versteinerter Miene presste der Dämon seine Hand stärker gegen den Kopf des Halbgotts.

Ein furchtbares Krachen hallte über die Landschaft. Für einen Augenblick verstummte jeder andere Laut.

Cenarius’ mutiger Retter rutschte leblos aus Archimondes Griff.

Beinahe gleichgültig warf der Erzdämon seinen Gegner zur Seite. Dann wischte er sich die Hände ab und betrachtete die entsetzten Kämpfer.

Plötzlich wuchsen Ranken aus der leblosen Erde, legten sich um Archimondes Gliedmaßen und drückten zu. Unbeeindruckt riss der Dämon einige aus dem Boden, aber als er sie zur Seite werfen wollte, legten sie sich um sein Handgelenk. Gleichzeitig wuchsen andere aus der Erde und ersetzten die abgerissenen.

Malfurion Stormrage trat vor. Die Augen, mit denen er den entfernt stehenden Dämon betrachtete, waren so tot wie an dem Tag, als Tyrande entführt worden war. Eine knisternde Aura umgab ihn, und er drehte ständig ein Blatt zwischen den Fingern, das zu den Ranken gepasst hätte.

Archimondes Miene blieb maskenhaft starr, aber seine Bewegungen wurden nervöser. Die Ranken hüllten bereits drei Viertel seines gewaltigen Körpers ein, und der Rest würde ihnen schon bald zum Opfer fallen.

Der Erzdämon schien das zu erkennen, denn er gab seine Versuche, die Pflanzen zu entfernen, auf. Stattdessen verengten sich seine Augen. Er befreite seine Arme weit genug, um in die Hände klatschen zu können.

Als seine Handflächen einander berührten, verschwand der entsetzliche Kommandant der Brennenden Legion in einem grünen Flammenstoß.

Malfurion stieß die Luft aus. Er sank auf die Knie und schüttelte den Kopf.

„Ich habe versagt“, sagte er, während Brox und der Magier neben ihm standen. „Ich habe meinen Shan’do in seiner schwersten Stunde enttäuscht.“

Der Ork und der Mensch sahen Krasus an, hofften wohl auf eine Antwort von ihm. Der Magier presste die Lippen zusammen, dann sagte er ruhig: „Der große grüne Drache, der Aspekt, der sich Ysera nennt, ist die Mutter von Cenarius, dem Herrn des Waldes.“

Dungard, der an seiner Pfeife gezogen hatte, runzelte die Stirn und sagte: „Mein Volk glaubte immer, es sei Elune gewesen, die ihm das Leben schenkte.“

„Die wahre Geschichte ist sehr kompliziert“, entgegnete Krasus.

Brox schwieg. Er spürte, dass das noch nicht das Ende der Erklärung war.

„Sein Vater …“, fuhr der Magier fort, „sein Vater ist der uralte Waldgeist Malorne.“

Nach einem Moment fragte der Ork. „Und das bedeutet?“

„Malorne … den man auch den Weißen Hirsch nennt.“

Dungard ließ beinahe seine Pfeife fallen. Brox zog scharf die Luft ein. Er blickte zu der gewaltigen Leiche des Hirsches, die zwischen all den anderen Toten lag. Der Vater hatte sein Leben gegeben, um den Sohn zu retten. Jeder Ork konnte das verstehen.

„Ich habe versagt …“, wiederholte Malfurion. Er stand auf und sah Krasus an. „Von dir habe ich erfahren, dass Ysera die Mutter meines Shan’do ist. Das war eine Überraschung, aber von Malorne wusste ich bereits. Cenarius ließ mich während meiner Studien wissen, dass er ein Sohn des Weißen Hirsches sei.“ Der Nachtelf ballte die Hände zu Fäusten. „Und als ich sah, was Archimonde dem Vater von Cenarius antat, der wie ein Vater für mich ist, wollte ich ihm das Leben nehmen.“

Krasus legte dem Druiden die Hand auf die Schulter. „Hab Zuversicht, junger Freund. Du hast Archimonde erst einmal in die Flucht geschlagen, das ist keine Kleinigkeit.“ Die Augen des Magiers verengten sich, als er über das Schlachtfeld blickte. „Dadurch gewinnen wir Zeit.“

Malfurion schüttelte seine Trauer ab. „Wir werden verlieren, nicht wahr?“

„Das befürchte ich. Wir haben den Dämonen alles entgegen geworfen, was wir haben, aber sie sind einfach zu stark. Ich war mir sicher … hatte geglaubt …“ Er spie seine Worte förmlich aus. „Ich habe die Zeit manipuliert, trotz meiner eigenen Warnungen alles getan, um zu helfen … aber heraus gekommen sind nur Fehlschläge.“

„Ich verstehe nicht …“

„Du musst auch nur Folgendes verstehen: Wenn die Drachen nicht bald kommen, werden wir sterben, entweder durch die Klingen der Brennenden Legion oder durch etwas Uraltes, das selbst den furchtbaren Sargeras täuscht. Du weißt, wovon ich rede. Du hast die schreckliche Präsenz der Drei gespürt. Du weißt, was sie dieser Welt antun wollen. Sie –“

Krasus schrie.

„Was –", begann der Druide.

Krasus krümmte sich zusammen. Seine Gliedmaßen begannen sich in Stein zu verwandeln.

„Eredar!", rief Malfurion. Er spürte, wie sich seine eigenen Gliedmaßen zusammenkrampften. Ihm drohte das gleiche Schicksal wie dem Magier. „Brox, du musst Rhonin suchen."

Aber dem Ork ging es nicht besser als dem Nachtelf. Archimonde war vielleicht geflohen, aber allen war klar, dass er hinter diesem Zauber steckte, der sich nur gegen sie drei richtete. Der Kommandant wusste, dass Krasus und seine Gruppe die letzte Hürde waren, die zwischen der Brennenden Legion und deren Sieg stand. Sogar Jarod war Opfer des Zaubers geworden.

Sie alle spürten, wie der Stein begann, auf ihre Lungen zu drücken und den letzten Rest Luft herauspresste. Plötzlich hörten sie eine weibliche Stimme in ihren Köpfen. *Habt keine Angst*, sagte sie. *Atmet.*

Erleichtert zogen Krasus, Malfurion, Brox und Jarod frische Luft in ihre Lungen. Sie spürten, wie Wind aufkam und sahen einen gewaltigen Schatten über die Landschaft streichen.

„Sie ist gekommen!", rief Krasus. Er hob die Hände zum Himmel. „Sie *sind* gekommen!"

Der Himmel war voller Drachen.

Rote, grüne und bronzefarbene waren zu sehen. Sie repräsentierten die Clans von Alexstrasza, Ysera und dem abwesenden Nozdormu. Die beiden Aspekte standen in ihrem Mittelpunkt. Allein ihre Schwingen waren schon größer als die meisten anderen Drachen.

Gleichzeitig schossen die fliegenden Riesen den Dämonen entgegen, die sich noch auf ihre Gegner am Boden konzentrierten.

„Jarod!", rief Krasus und wandte sich dem Kommandanten zu. „Die Hörner sollen erklingen, damit jeder weiß, auf welcher Seite die Drachen stehen. Wir können den Sieg doch noch davontragen!"

Jarod stieg auf den erstbesten Nachtsäbler und ritt davon. Er war noch nicht ganz in der Entfernung verschwunden, als die Drachen bereits mit ihrem Angriff begannen.

Die Roten öffneten die Mäuler und entfesselten ein Inferno. Feuer hüllte die ersten Reihen der Krieger ein. Hunderte Dämonen verbrannten in einem einzigen Sekundenbruchteil zu Asche.

Die Bronzedrachen flogen über die Dämonenreihen hinweg und zwangen die monströsen Krieger, sich rückwärts zu bewegen. Für sie hatte sich die Zeit umgedreht, jedoch nicht für jene, die hinter ihnen standen. Der gewaltige Zusammenstoß der Kriegsführenden brachte Chaos und Vernichtung über Archimondes Streitkräfte.

Einer der bronzenen Drachen fiel – sein Körper war so verdreht, dass er kaum noch zu erkennen war. Er war ein Opfer der Eredar und Nathrezim geworden, die versuchten, diesen unerwarteten Angriff aufzuhalten. Aber ihre Zauber wandten sich gegen sie selbst, als Yseras Clan über ihnen auftauchte. Mit geschlossenen Augen pflanzten die Grünen Alpträume in die Köpfe der Zauberer. Hexenmeister blickten einander an und sahen doch nur den Feind.

Dementsprechend reagierten sie auch. Eredar brachte Eredar um, und die Nathrezim schlossen sich dem Gemetzel an. Die Dämonen waren in den düsteren Tagträumen der grünen Drachen gefangen. Selbst Archimonde konnte sie daraus nicht befreien.

Weiter hinter dem Chaos stieg Alexstrasza aus dem Himmel herab und gesellte sich zu Krasus und den anderen. Ysera schien das Gleiche tun zu wollen, aber plötzlich und zur Überraschung aller, die sie kannten, öffneten sich ihre Augen und betrachteten das furchtbare Bild, das sich auf dem Schlachtfeld bot. Dunkle Jadeaugen richteten sich auf den Leichnam des weißen Hirsches.

Auf Malornes Leichnam.

Der Drache stieß einen Klagelaut aus – keinen Schrei, sondern ein herzzerreißendes Jammern – und flog zu der Stelle, wo der weiße Hirsch lag. Die Dämonen, die sich noch in der Nähe aufhielten, wurden von ihrer Wut hinweg gefegt. Ysera warf einige durch die Luft, zerquetschte andere und wehte den Rest mit einem Flügelschlag von dannen.

Als es niemanden mehr gab, an dem sie ihre Wut hätte auslassen können, landete die Herrin der Träume neben dem Hirsch und legte ihr Kinn auf seinen Kopf. Ihr Körper zitterte, so heftig schluchzte sie.

„Wir wussten, dass wir spät kommen würden“, sagte Alexstrasza, während sie den anderen Aspekt mitfühlend betrachtete. „Aber nicht, dass es so spät sein sollte.“

„Cenarius lebt“, erklärte Krasus. „Das sollte ihr jemand sagen.“

Die Königin des Lebens nickte und schloss einen Moment lang die Augen. Nur Sekunden später hob Ysera den Kopf und sah zu ihr herüber. Die stumme Unterhaltung dauerte nicht lange, dann verließ Ysera Malornes Leichnam.

Die anderen wichen zurück, als sie neben dem bewusstlosen Cenarius landete. Mit bemerkenswerter Sanftheit nahm sie den reglosen Waldgott in die Arme.

„Ich werde ihnen solche Alpträume schicken, dass ihre Herzen – sollten sie welche besitzen – explodieren“, zischte sie. „Ich werde ihnen Dämonen schicken, die sie in den Wahnsinn treiben, bis sie sich den Tod wünschen … aber ich werde sie nicht aufwachen lassen und ihnen diese Gnade nicht gewähren.“

Sie wollte weiter sprechen, aber Krasus wagte es, sie zu unterbrechen. „Die Legion hat jede Strafe verdient, die du ihren Kriegern angedeihen lassen willst, aber vergiss nicht, dass das Schicksal Kalimdors, für das Malorne und Cenarius gekämpft haben, immer noch unentschieden ist. Sargeras versucht, in die Welt der Sterblichen zu gelangen … und die Drei wollen den Dämonenlord manipulieren, um ihre eigene Flucht zu ermöglichen."

„Dessen sind wir uns bewusst", antwortete Alexstrasza, bevor die trauernde Ysera ihrer Wut erneut Luft machen konnte. „Was sollen wir tun?"

„Der Kampf muss hier weitergehen … aber wir müssen ihn gleichzeitig nach Zin-Azshari und zum Brunnen tragen. Dazu werden wir Drachen und Sterbliche benötigen, denn dort warten viele Gefahren."

„Was hast du vor?" Ysera wollte etwas einwerfen, aber Alexstrasza verstand die Dringlichkeit der Aufgabe und schmetterte die Unterbrechung ab. „Du kennst ihn!", fuhr sie ihre Schwester an. „Du musst doch nur in ihn blicken, dann weißt du, dass wir ihm zuhören müssen."

Der grüne Drache neigte den Kopf. „So lange die Dämonen leiden …"

„Wir werden alle leiden", fuhr der Magier fort, „wenn wir nicht verhindern, dass das Portal stabilisiert wird." Er blickte in die Richtung des weit entfernten Zin-Azshari. „Und wenn ich Recht habe, ist dieser Moment nicht mehr fern."

Sargeras spürte Archimondes versteckte Verzweiflung. Der Dämonenlord war unzufrieden mit der Leistung seines Dieners, der ihm schon so lange treu diente und ihn noch nie zuvor enttäuscht hatte. Aber er würde ihn später bestrafen. Das Portal war beinahe vollendet. Sargeras fragte sich, warum er erst so spät auf diesen Plan gekommen war. Dabei war alles so simpel.

Letztendlich war es jedoch egal. Wichtig war nur, dass er Kalimdor schon sehr bald betreten würde, und wenn dies geschah, würden selbst alle Drachen dieser Welt seinen Sieg nicht mehr gefährden können …

Die Drei spürten, dass sie der Freiheit immer näher kamen. Welche Ironie, dass einer, der einst zu den verhassten Titanen gehört hatte, maßgeblich für ihre Befreiung verantwortlich sein würde. Viele Titanen waren damals nötig gewesen, um die Drei in ihr Gefängnis zu bannen. Einen einzigen würden sie nach ihrer triumphalen Rückkehr mit Leichtigkeit vernichten. Danach würden seine Dämonen ihnen dienen.

Das Portal wurde stärker. Der Zeitpunkt, da sie es übernehmen mussten, rückte näher. Wie amüsant, dass die winzigen Wesen, die gegen die Krieger des gefallenen Titanen kämpften, tatsächlich glaubten, die Scheibe zurückerobern zu können.

Die Drei spürten, dass sich die Drachen – die Hunde der Titanen – dem Brunnen näherten.

Ihnen stand eine tödliche Überraschung bevor.

# SECHZEHN

Ein Orkan tobte über dem Brunnen. Er war so gewaltig, dass Malfurion ihn selbst aus der Entfernung spürte. Kein normaler Sturm, noch nicht einmal, wenn man ihn mit denen verglich, die gelegentlich über die mystischen Wasser zogen. Dieser Sturm hier rührte an Kräften, die nicht zur Welt der Sterblichen gehörten, Kräfte, die denen ähnelten, die auch die Brennende Legion hervorbrachte.

Die Brennende Legion … und etwas anderes.

Der Druide verstand nicht, wer oder was die Drei waren, obwohl er das uralte Böse gespürt hatte, das von ihnen ausging. Eigentlich wollte Malfurion auch nicht mehr über sie erfahren. Das, was seinen Geist in Deathwings Nest vergiftet hatte, war so böse gewesen, dass er eines sicher wusste: Diese Wesen durften Kalimdor niemals betreten – falls es überhaupt noch eine Möglichkeit gab, es zu verhindern.

Er sah sich um und betrachtete die letzte Hoffnung seiner Welt. Es handelte sich um ein Dutzend Drachen, an deren Spitze Alexstrasza und Ysera flogen. Ein weiblicher Leviathan, der den Bronzeclan repräsentierte, flog hinter ihnen. Es folgten drei Abgesandte eines jeden Clans. Sie alle waren Gefährten eines Aspekts, unter anderem auch von diesem Nozdormu, über den Krasus gesprochen hatte.

Der Magier ritt auf den Schultern der roten Königin. Er schien den Wind zu genießen, der ihm ins Gesicht wehte. Malfurion, der wusste, wer Krasus wirklich war, nahm an, dass der Magier sich vorstellte, wie es wohl wäre, gemeinsam mit den anderen Drachen durch die Lüfte zu eilen.

Brox saß auf der Anführerin des Bronzeclans und Rhonin auf einem Gefährten Alexstraszas. Der treueste Gefährte des roten Aspekts – Tyranastrasz – leitete den Kampf der Drachen gegen Archimonde. Abgesehen von dem verletzten Korialstrasz waren alle anderen Gefährten bei ihrer Königin. Malfurion hatte die Ehre, auf Ysera zu sitzen. Sie hatte sogar darauf bestanden, ihn zu tragen.

„Du bist Cenarius' ganzer Stolz", hatte sie dem Druiden gesagt. „Ich schulde dir diesen Flug für das, was du für ihn und Malorne tun wolltest."

Malfurion, dem keine passende Antwort eingefallen war, hatte sich vor ihr verbeugt und war auf ihre Schultern geklettert.

Und dann waren sie losgeflogen, um sich der furchtbaren Macht des Dämonenlords und derer, die ihn manipulierten, zu stellen.

Doch für Malfurion war die Lage noch komplizierter. Er hatte keine Angst vor dem eigenen Tod – er würde bereitwillig jedes Opfer bringen, um diese Bedrohung aufzuhalten –, aber noch andere spielten in seinen Gedanken eine Rolle. Irgendwo in der Nähe ihres Ziels, irgendwo in der großen Stadt Zin-Azshari, hoffte er Tyrande und Illidan zu finden.

Er konnte sich immer noch nicht für Tyrandes Entführung vergeben, und er befürchtete, dass auch sie ihm nicht verziehen hatte. Schließlich hatte er zugelassen, dass sie der Brennenden Legion in die Hände fiel – ein entsetzliches Schicksal. Nein, Malfurion erwartete nur Hass und Ablehnung von Tyrande, so sie überhaupt noch lebte.

Was er bei einer Begegnung mit seinem Bruder von sich selbst erwartete, wusste der Druide nicht. Aber es war klar, dass jemand etwas gegen Illidan unternehmen musste.

Irgendetwas …

„Illidan, warte! Hör mir doch zu!“, stieß Tyrande hervor, während er sie hinter sich herzog. Es war nicht ihr erster Ausbruch, aber sie hatte gehofft, dass er dieses Mal vielleicht auf ihre Worte achten würde. „Dies ist nicht dein Weg. Denk doch mal nach! Wenn du die Macht der Legion nutzt, wirst du doch selbst böse.“

„Red keinen Unsinn. Ich werde Kalimdor retten. Ich werde ein Held sein!“ Er drehte sich zu ihr um. „Verstehst du das denn nicht? Nichts anderes hat funktioniert. Wir haben mit aller Gewalt gekämpft, aber die Legion ist immer noch stärker. Ich habe schließlich erkannt, dass man die Dämonen nur bekämpfen kann, wenn man sie so sieht, wie sie sich selbst sehen. Deshalb bin ich hierher gekommen und habe so getan, als wolle ich überlaufen. Ich habe ihren Herrn sogar dazu gebracht, mir eines seiner größten Geschenke –“

„Geschenke? Du hältst das, was er mit deinen Augen gemacht hat, für ein Geschenk?“

Malfurions Bruder beugte sich über sie. Er wirkte nicht wie ein Nachtelf, sondern wie ein Dämon. „Wenn du sehen könntest, was ich sehe … dann würdest du verstehen, welche Fähigkeiten er mir verliehen hat.“ Mit einem unheimlichen Lächeln hob Illidan den Schal, damit Tyrande die Höhlen sehen konnte, in denen sich einst seine Augen befunden hatten. Es schien ihn nicht zu stören, dass Tyrande jedes Mal, wenn er das tat, vor ihm zurückwich. Er zog den Schal wieder über die Augenhöhlen und fuhr fort: „Ja, dies ist ein großes Geschenk, und es wird sich als eine der mächtigsten Waffen im Kampf gegen die Brennende Legion erweisen.“

Der Zauberer zog sie mit sich. Tyrande hätte zwar versuchen können, sich gegen seinen Griff zu wehren, aber eigentlich wollte sie Illidan gar nicht verlassen. Sie machte sich Sorgen um ihn, Sorgen um sein Herz und um seinen Verstand. Sie musste wenigstens versuchen, den fehlgeleiteten Zauberer zu retten. Elunes Lehren waren nur teilweise die Ursache dafür, denn Tyrande Whisperwind hatte den jungen Illidan, der voller Träume, Hoffnungen und Güte gewesen war, noch nicht aufgegeben.

Sie hoffte nur, dass es einen Teil jenes jungen Illidan noch in dem ehrgeizigen, zynischen Magier gab, der sie durch das dämonenverseuchte Land zerrte.

Sie dachte an die Schreckensgestalten, gegen die sie an diesem Tag gekämpft hatte und sah sich nervös zwischen den Ruinen der Stadt um. Sie erwartete jeden Moment einen Angriff. Mannoroth musste doch längst erkannt haben, dass Illidan ein doppeltes Spiel trieb.

Der schwarz gekleidete Zauberer schien zu erraten, was sie dachte. Vielleicht las er aber auch ihre Gedanken. „Mannoroth kümmert sich nur um die Magie am Brunnen", sagte er. „Von mir hält er ohnehin nicht viel. Ich habe einen Zauber gewoben, der ihm vorgaukelt, ich sei in mein Quartier zurückgegangen, um zu meditieren." Er grinste breit. „Abgesehen davon hält die Flucht einer Priesterin der Elune zusammen mit zahlreichen Hochgeborenen den Rest in Atem."

In einiger Entfernung bliesen die Hörner der Legion erneut zur Jagd. Tyrande hoffte, dass Elune Dath'Remar und die anderen schützen würde. Der Weg, der vor ihnen lag, war lang und voller Gefahren.

Illidan bemerkte nicht, dass sie sich um die Hochgeborenen sorgte. „Ja, die Zeit sollte für meinen Plan reichen."

„Was ist das für ein Plan?" Tyrande hatte die Frage noch nicht ganz ausgesprochen, da sah sie in einiger Entfernung dunkles Wasser. „Warum gehen wir zum Brunnen?"

„Weil ich vorhabe, Sargeras' Portal in einen Mahlstrom zu verwandeln, der die Dämonen aus Kalimdor hinaus und zurück in die Unterwelt saugen wird. Ich kehre den Effekt der Dämonenseele einfach um. Denk mal darüber nach. Mit einem solchen Zauber kann ich nicht nur unser Volk, sondern die ganze Welt retten."

Sein Gesichtsausdruck änderte sich. Er schien auf ihre Zustimmung zu hoffen. Doch als Tyrande dies nicht sofort zeigte, verhärtete sich seine Miene wieder.

„Du glaubst nicht, dass ich es schaffen werde. Wenn ich dein toller Malfurion wäre, würdest du auf und ab hüpfen, applaudieren und meine Klugheit preisen."

„Darum geht es nicht, Illidan. Ich –"

„Ist ja auch egal." Suchend blickte er auf die stürmische Landschaft, dann entdeckte er ein herab gefallenes Baumhaus. Die tote Eiche war in einem Winkel zu Boden gestürzt, der ihnen aus dem Inneren des Hauses heraus den Blick auf den Brunnen der Ewigkeit gewähren würde. „Das ist perfekt. Geh da hinein."

Die Priesterin wurde förmlich in das Haus gestoßen. Vorsichtig bahnte sie sich einen Weg durch die Trümmer. Der Zauberer folgte ihr und trieb sie ungeduldig an.

Tyrande kletterte durch das Gebäude. Ihr Fuß stieß etwas zur Seite.

Einen Schädel.

Sie stand plötzlich inmitten von Gerippen, die einmal fünf oder sechs Nachtelfen gehört hatten. Keines der Skelette war vollständig, und die meisten Knochen wiesen tiefe Krater und Risse auf. Tyrande erschauerte. Sie hoffte, dass die Teufelsbestien nur Tote angenagt hatten, keine hilflosen lebenden Opfer. Doch das konnte ihr niemand mehr sagen.

„Du kannst für sie beten, wenn ich die Welt gerettet habe", meinte Illidan zynisch. „Das da vorne sieht wie ein guter –"

Eine monströse Gestalt sprang aus den Schatten. Sie warf Malfurions Bruder zu Boden, noch bevor er reagieren konnte. Tyrande schrie und konzentrierte sich auf die Macht der Elune.

Doch sie musste nicht mehr handeln, denn die Teufelsbestie, die auf Illidans Brust kauerte, heulte schmerzerfüllt auf. Der Dämonenhund wand sich, während der Zauberer ruhig aufstand. Mit der rechten Hand hielt er beide Tentakel fest.

„Ich könnte die Magie gebrauchen, die du aufgesogen hast", sagte er beinahe lässig zu der Kreatur.

Der Nachtelf presste seine linke Handfläche gegen die Saugnäpfe. Die Höllenbestie versuchte jedoch nicht, von diesem Opfer zu trinken. Stattdessen tat sie alles, um sich aus der Umklammerung zu lösen.

Illidans linke Hand begann grün zu leuchten. Tyrande bemerkte, dass es sich um das gleiche Grün handelte, das auch die Dämonen umgab. Malfurions Zwilling atmete ein, und der Dämon zerfiel von hinten nach vorne zu Staub. Er winselte bis zum Letzten, derweil seine Essenz in die Handfläche des Zauberers gesogen wurde.

Während dieses schrecklichen Schauspiels begann sich Illidan zu verändern. Er hatte den Schal zwar wieder über die Augenhöhlen gelegt, aber Tyrande sah trotzdem die wilden Feuer, die darin brannten. Der Zauberer grinste wie betrunken. Grüne Flammen wallten um seinen Körper herum auf, so als wäre er ein Dämon. Sein Körper schwoll an …

Die Flammen fielen so schnell in sich zusammen, wie sie entstanden waren. Der Zauberer nahm wieder sein normales Aussehen an. Er wischte seine Hand ab und trat nach der Asche, die von der Teufelsbestie übrig geblieben war. Dann glättete er sein Haar, lächelte selbstsicher und wandte sich an Tyrande: „Wollen wir weitergehen?"

Die Priesterin verbarg ihr Entsetzen so gut es ihr möglich war. Dies war nicht mehr der Illidan, mit dem sie aufgewachsen war. Er genoss das Blutvergießen ebenso sehr wie die Dämonen. Und dass er das Gift der Legion so begierig in seinen Körper pumpte, widerte Tyrande in einem Maße an, das sie noch nie erlebt hatte.

*Mutter Mond, hilf mir bitte. Sag mir, was ich tun soll. Kann ich ihn überhaupt noch retten?*

„Hier oben“, befahl Illidan „Vom Dach aus kann ich mich auf die Mitte des Brunnens konzentrieren.“

Sie ließen die Knochen hinter sich und kletterten auf eine ehemals elegante Dachterrasse. Ein zerbrochenes Geländer, das einmal aus lebendem Holz bestanden hatte, lag am Boden. Eine Statue von Azshara, die erstaunlicherweise heil geblieben war, lag in den toten braunen Blättern des Baums, der früher einmal das ganze Haus gestützt hatte.

Illidan lehnte sich gegen den Mosaikboden. Einige Motive darauf waren noch immer zu erkennen. Tyrande sah Teile von edlen Tieren, eine Flusslandschaft und dichten Wald.

Im Zentrum des Mosaiks befand sich Königin Azsharas wunderschönes Gesicht. Malfurions Bruder legte sein Gesicht gegen ihre vollen, wenn auch in Mitleidenschaft gezogenen Lippen.

„Es ist fast soweit“, sagte er mehr zu sich selbst als zu Tyrande. Aus einer Gürteltasche zog Illidan eine lange, schmale Phiole. Durch das gefärbte Glas konnte man zwar nicht sehen, was sich darin befand, aber Tyrandes Sinne schlugen Alarm.

„Illidan, was ist in der Flasche?“

Sein verschleierter Blick ruhte weiter auf der Phiole. „Nur ein winziger Teil des Brunnens.“

„Was?“ Die Worte, die er so leichtfertig dahin gesagt hatte, erschütterten sie zutiefst. Illidan hatte es gewagt, aus der Machtquelle der Nachtelfen zu stehlen? „Aber … niemand darf … es ist verboten … sogar die Hochgeborenen würden niemals –“

Der Zauberer nickte. „Nein, das würden sie wohl nicht. Ist das nicht eine interessante Tatsache? Ich meine, diese Idee muss doch schon jemandem vor mir gekommen sein … vielleicht stammen daher die Legenden über unsere größten Zauberer. Vielleicht haben sie sich für besonders schwere Sprüche heimlich ein wenig Kraft aus dem Brunnen geborgt. Wahrscheinlich taten sie das sogar.“ Illidan hob die Schultern. Seine Mimik verhärtete sich erneut. „Aber selbst wenn ich der Erste bin, sehe ich keinen Grund, weshalb ich mich zurückhalten sollte. Die Idee kam mir einfach so. Wenn ich etwas Kraft aus dem Brunnen entlehne, kann ich doch alles erreichen!“

„Aber der Brunnen … selbst ein einziger Tropfen …“ Tyrande musste es ihm ausreden. Ein solcher Missbrauch des Brunnens musste in einer Katastrophe enden, genauso wie Illidans Akzeptanz der Dämonenmagie.

„Ja, kannst du dir vorstellen, welche Macht diese Phiole enthält?“ Wären Illidans Augen noch in seinen Höhlen gewesen, hätten sie jetzt gierig aufgeleuchtet. „Das sollte reichen, um die Welt zu retten.“

Doch die Priesterin war davon nicht überzeugt. Durch die Lehren der Elune wusste Tyrande weit mehr als Illidan über die Legenden und die Geschichte des Brunnens. „Illidan, wenn du den Brunnen auf diese Weise missbrauchst, könntest du völliges Chaos auslösen. Denk an die Geschichte von Aru-Talis.“

„Aru-Talis ist nur eine Legende.“

„Und ist der gewaltige Krater, der in Generationen wieder zugewachsen ist, auch nur eine Legende?“

Er wischte ihre Warnung beiseite. „Niemand weiß, was mit dieser Stadt geschehen ist, falls sie überhaupt jemals existierte. Erspare mir deine Geschichten über Weisheit und Furcht.“

„Illidan …“

Der Zauberer wurde ärgerlich. „Sei still und zwar *sofort*.“

Tyrande versuchte etwas zu sagen, aber kein Laut verließ ihren Mund. Sie hustete, aber selbst das geschah lautlos.

Illidan stand auf und betrachtete die Mitte des Brunnens. Der Sturm war stärker geworden und riss an dem toten Baum. Auf den Wassern blitzten unheimliche geisterhafte Lichter.

Die Priesterin schüttelte den Kopf. Illidan hatte zwar großes Vertrauen in seine eigenen Fähigkeiten, trotzdem verstand sie nicht, warum die Dämonen sie noch nicht entdeckt hatten. Mannoroth war doch nicht wirklich so blind, wie Malfurions Zwilling glaubte. Aber außer dem Dämonenhund waren sie nur zwei Teufelswachen begegnet, die Illidan mit einer einzigen Handbewegung abgelenkt hatte.

Illidan berührte den Verschluss der Phiole mit einem Finger. Tyrande bemerkte erst jetzt, dass der Pfropfen aus einer Kristallstatue der Königin bestand. Azshara drehte sich dreimal, so als würde sie für den Zauberer tanzen, dann löste sich der Verschluss. Illidan legte ihn zur Seite.

„Pass auf, Tyrande, pass auf, während ich etwas tue, das dein ach so geliebter Malfurion niemals vollbringen könnte.“

Er schüttete den Inhalt der Phiole über sich.

Aber die Wasser des Brunnens verhielten sich nicht wie normales Wasser, zumindest nicht in diesem Fall. Sie durchnässten ihn nicht, und da, wo sie ihn berührten, leuchtete Malfurions Zwilling für einen Moment tiefschwarz auf. Dann sickerte die dunkle Aura in seinen Körper hinein, erfüllte ihn, wie zuvor schon die gestohlene Energie der Teufelsbestie.

„Bei den Göttern …“, flüsterte er. „Ich hatte geahnt, dass ich irgendetwas fühlen würde, aber das … das ist *wundervoll*.“

Die Priesterin schüttelte den Kopf, aber Illidan ignorierte ihren stummen

Protest. Sie wollte auf ihn zugehen, doch sein Zauber sorgte auch dafür, dass sie sich nicht mehr rühren konnte.

*Mutter Mond*, dachte sie. *Kannst du mir denn nicht helfen?*

Aber Elune schien nicht antworten zu wollen, und Tyrande war dazu verdammt, Illidan hilflos zuzusehen. Er streckte seine Arme dem Brunnen entgegen und begann leise Worte zu murmeln. Die schwarze Aura kehrte zurück und legte sich um seine Hände. Mit jeder Sekunde wurde sie intensiver.

Seine Augenhöhlen glühten wie Feuer unter dem Schal. Der Stoff wirkte angesengt. Als Illidan seinen Zauber begann, spürte Tyrande mit ihren hoch entwickelten Sinnen, wie sich etwas anderes regte. Die Priesterin wollte Illidan warnen, aber er hatte sich von ihr weggedreht.

Die unsichtbare Präsenz hüllte den nichts ahnenden Zauberer ein. Tyrande erkannte, dass es sich nicht um ein einzelnes Wesen handelte, sondern um gleich drei verschiedene.

Mit diesem Wissen kam auch das Gefühl, dass die drei so dunkel waren – nein, sogar noch dunkler – wie Sargeras. Dessen faulige Gedanken hatte die Priesterin einmal gespürt.

Es überraschte sie, dass Illidan diese Präsenz nicht wahrnahm. Tyrande glaubte, dass es sich dabei um ein bisher unbekanntes Element der Brennenden Legion handelte. Mit angehaltenem Atem wartete sie auf den furchtbaren Angriff, der sich jeden Moment ereignen musste.

Doch stattdessen begannen die drei mysteriösen Wesen Illidans Zauber zu unterstützen und in etwas noch Mächtigeres zu verwandeln. Der Magier lachte, als sich seine Arbeit der Vollendung näherte. Er ahnte nichts von der fremden Unterstützung.

Die Priesterin begriff, dass die fehlenden Angriffe auf dem Weg zum Brunnen nicht allein Illidans Können zu verdanken gewesen waren.

Verzweifelt bat sie Elune um Hilfe. Jemand musste Illidan sagen, dass er getäuscht wurde. Sie ahnte, dass sein großer Zauber in einer Katastrophe enden würde.

*Mutter Mond, bitte hilf mir!*

Eine wohlige Wärme erfüllte Tyrande. Sie spürte, wie der Bann, den Illidan über sie gelegt hatte, schwand. Sie spürte neue Hoffnung in sich aufsteigen.

„Illidan!“, schrie die Priesterin. „Illidan, pass auf –“

Er drehte sich in ihre Richtung, presste aber im gleichen Moment die Handflächen zusammen. Ein Strahl aus tiefschwarzem Licht schoss daraus hervor und raste dem stürmischen Himmel über dem Brunnen der Ewigkeit entgegen.

Tyrande spürte, wie die drei Wesen verschwanden. Schlimmer noch, sie spürte, wie *zufrieden* sie waren.

Ihre Warnung kam zu spät.

Sargeras spürte, wie der letzte Widerstand schwand. Das Portal, das er sich ersehnt hatte, bildete sich endlich. Schon bald würde er diese vom Leben verseuchte Welt betreten …

Krasus zuckte zusammen.

„Was ist los?", fragte Alexstrasza.

Der Magier warf einen Blick auf die weit entfernten Ruinen von Zin-Azshari … und auf den gewaltigen Sturm, der über dem Brunnen der Ewigkeit tobte. Er erschauderte. „Ich befürchte, dass wir weniger Zeit haben als angenommen …"

„Dann müssen wir uns noch mehr beeilen!" Die große rote Drachenkönigin beschleunigte ihren Flügelschlag. Ihre Muskeln verhärteten sich vor Anstrengung.

Krasus blickte über seine Schulter und sah, dass die anderen Drachen ihrem Beispiel folgten. Sie alle spürten, dass die Zeit gegen sie arbeitete. Das hätte nie passieren dürfen. Sein eigenes Volk hatte viel zu lange über etwas diskutiert, das eigentlich offensichtlich hätte sein sollen. Wenn die Drachen doch nur zugehört hätten …

Aber Krasus gab sich auch selbst einen Teil der Schuld, sollte sein Plan fehlschlagen und die Welt – und mit ihr die kommenden Generationen – untergehen. Er war zu lange untätig gewesen, hatte zu lange eine Veränderung der Zeitlinie befürchtet. Und dann hatte er Illidan auch noch mit der Scheibe ziehen lassen.

Krasus begriff die furchtbare Macht der Dämonenseele besser als jeder andere. Er hätte diejenigen verfolgen müssen, die sie Malfurion abgenommen hatten. Vielleicht hätten sie die Scheibe sogar zurück erobert.

Doch es war müßig, darüber nachzudenken. Wichtig war nur, dass die Zeitlinie hier nicht endete.

„Wir müssen aufpassen", sagte er zu Alexstrasza. „Wir werden den Palast zwar umfliegen, aber die Hochgeborenen und Mannoroth dürfen wir trotzdem nicht auf die leichte Schulter nehmen. Sie werden uns aus Azsharas Festung angreifen. Und wir müssen auf jene achten, die ebenfalls von dem Portal und der Scheibe profitieren wollen. Die Drei werden alles versuchen, um die Dämonenseele von uns fernzuhalten."

„Wenn wir uns opfern müssen, damit Kalimdor gerettet werden kann, werden wir auch diese heilige Pflicht erfüllen", antwortete sie.

Krasus biss die Zähne zusammen. Die Zukunft, die er kannte, war immer noch möglich, aber ebenso wahrscheinlich war es, dass sie alle hier sterben würden.

Seinen eigenen Tod konnte er akzeptieren, aber seine Königin elend sterben zu sehen …

*Nein, das wird sie nicht!* Der Magier machte sich bereit. Er würde alles geben, um Alexstrasza vor dem Tod zu bewahren … sogar das eigene Leben.

Die Drachen erreichten die Vororte von Zin-Azshari. Selbst Krasus, der die Massaker der Brennenden Legion bei ihrem ersten Überfall auf die Welt der Sterblichen erlebt hatte, war entsetzt über den Anblick, der sich ihm bot. Die Erinnerungen an den zweiten Krieg, in dem Dalaran und andere Nationen gefallen waren, lebten immer noch in seinem Geist.

Unter den Drachen hoben endlos anmutende Dämonenhorden die Köpfe und brüllten angriffslustig. Die Drachen ignorierten die meisten, denn es handelte sich um Teufelswachen, die nicht fliegen konnten. Die Verdammniswachen erregten jedoch ihre Aufmerksamkeit, denn sie flogen den Drachen in großer Zahl und mit feurigen Lanzen und Schwertern bewaffnet entgegen.

Alexstrasza wartete, bis sich eine große Dämonengruppe zusammengefunden hatte, dann legte sie den Kopf in den Nacken und jagte den Gegnern einen Feuerstoß entgegen.

Die brennenden Verdammniswachen stürzten schreiend in die Tiefe. Mit einem einzigen Atemstoß hatte die rote Drachenkönigin fast hundert Dämonen getötet.

„Mücken …“, murmelte sie wie zu sich selbst. „Etwas anderes sind sie nicht …“

Hinter ihr brüllte ein grüner Drache erschrocken, als er plötzlich von mehreren runden Geschossen getroffen wurde. Krasus wusste, dass es sich nur um Höllenkreaturen handeln konnte. Auch die Schuppen der Drachen waren nicht undurchdringlich. Die Wunden des Grünen waren zwar nur oberflächlich, aber wenn sich die Angriffe wiederholten, würde sich das ändern.

„Wir werden diese widerwärtigen Kreaturen für unsere Zwecke verwenden“, zischte Ysera. Mit geschlossenen Augen konzentrierte sie sich auf die nächste Angriffswelle.

Die Höllenkreaturen wurden plötzlich langsamer. Sie fielen zwar immer noch aus dem Himmel, kamen jedoch weit von ihrem Kurs ab. Krasus berechnete ihre Flugbahn und lächelte grimmig. Im Palast würde man die Zerstörungen, die man über Kalimdor gebracht hatte, nun am eigenen Leib erleben.

Doch die Warnungen, die Krasus wegen den Hochgeborenen und Mannoroth ausgesprochen hatte, sollten sich in den nächsten Momenten als prophetisch erweisen. Denn plötzlich schossen gewaltige schwarze Blitze aus dem stürmischen Himmel. Die Drachen und ihre Reiter stoben auseinander, versuchten der Gefahr zu entgehen.

Nicht allen gelang es. Der Grüne, der die Höllenkreaturen aufgehalten hatte, zögerte einen Moment zu lange. Etliche Blitze trafen ihn. Einer durchschlug seinen linken Flügel, ein anderer verbrannte seinen Schwanz und seine Brust.

Doch die Blitze waren nicht das Schlimmste, denn kaum hatten sie aufgehört, begannen die Wunden des Leviathans zu brennen. Die Feuer breiteten sich über seinen ganzen Körper aus. Der geschwächte grüne Drache war ein leichtes Opfer für die Blitze der Hochgeborenen. Sechs weitere trafen ihn, während er darum kämpfte, in der Luft zu bleiben. Der Drache schrie vor Todesangst.

Dann fiel er vom Himmel.

Sein Körper schlug hart in den Brunnen ein, aber trotz seiner Größe wirkte er in dem gewaltigen Mahlstrom wie ein winziger Kieselstein. Das Wasser kräuselte sich nur ein ganz klein wenig, als er darin versank.

Unheil verheißendes Grollen rollte über das Land.

„Festhalten!", befahl Alexstrasza und wandte sich ab.

Ein neuer Angriff erreichte die Drachen. Schwarze Blitze schossen aus allen Richtungen auf sie zu, und dieses Mal blieb kein Leviathan verschont. Sogar Alexstrasza zuckte zusammen, als ein Blitz sie an der rechten Hüfte traf.

„Er brennt nicht!", rief sie. „Er ist furchtbar kalt. Man spürt ihn bis in die Knochen."

„Ich kümmere mich darum."

„Nein!" Sie sah ihn an. „Wir müssen unsere Kräfte auf den Angriff konzentrieren."

Der Aspekt des Lebens wich plötzlich zur Seite und entging haarscharf zwei Blitzen, die sonst nicht nur die Königin, sondern auch Krasus getroffen hätten. Überall in der Luft tanzten Drachen ein makaberes Ballett. Krasus sah sich um und bemerkte erleichtert, dass seine Begleiter sich immer noch festhielten. Er hatte befürchtet, dass die Drachen bei ihren Ausweichmanövern ihre Reiter vergessen würden, aber sie achteten sorgfältig auf jene, die ihnen anvertraut worden waren.

Aber dieser Kampf musste ein Ende finden. Krasus sah zur Mitte des Brunnens. Ja, dort spürte er die Dämonenseele … und er spürte auch, dass das Portal kurz vor seiner Vollendung stand.

„Zum Zentrum!", rief der Magier. „Uns läuft die Zeit davon."

Alexstrasza flog sofort in die angegebene Richtung. Krasus beugte sich vor. Der Brunnen der Ewigkeit war zwar sehr groß, aber der Drachenkönigin genügten wenige Flügelschläge, um ans Ziel zu gelangen.

Die Dämonenseele schwebte beinahe friedlich über dem aufgerissenen Maul des Mahlstroms. Eine schwarze Aura umgab sie, schützte sie vor dem entfesselten magischen Sturm.

„Sie wird gesichert sein", warnte Krasus.

„Ysera und ich werden uns mit Nozdormus erster Gefährtin zusammenschließen."

Er nickte. „Rhonin und ich werden auf Reaktionen von Sargeras und den Drei achten."

Die reiterlosen Drachen zogen sich zurück, um sich auf die Angriffe aus Zin-Azshari zu konzentrieren. Die drei weiblichen Drachen umkreisten die Scheibe misstrauisch. Nach den Schrecken, die sie über ihre Clans gebracht hatte, waren sie vorsichtig. Alexstrasza sah ihre Begleiterinnen nacheinander an und nickte dann.

Aus jedem Drachenmaul stach ein goldenes Leuchten.

Die Zauber erfassten die Dämonenseele gleichzeitig und hüllten sie ein. Die dunkle Aura hellte sich durch ihre Macht auf. Die Scheibe begann zu erzittern …

Doch plötzlich wurde die Magie zurückgeworfen. Der Rückstoß war so heftig, dass die Drachen durch die Luft gewirbelt wurden. Verzweifelt hielten sich ihre Reiter fest.

Krasus krallte seine Hände in die Schuppen der Königin. „Was ist los? Was ist passiert?"

Alexstrasza gewann die Kontrolle über ihren Flug zurück. Ihre Augen richteten sich auf die Dämonenseele. „Die Drei! Ich habe sie gefühlt. Sie sind in der Scheibe. Die Dämonenseele enthält nicht nur unsere Essenz, sondern auch die ihre!"

Diese Nachricht überraschte Krasus kaum. Es wunderte ihn nur, dass die Alten Götter durch die Scheibe nicht ebenso eingeschränkt wurden wie die Drachen. Sie glaubten offensichtlich, sie benutzen zu können, etwas, was die anderen Drachen nicht vermochten. Deathwing musste ihre Essenz auf andere Weise eingebracht haben … falls er überhaupt etwas davon wusste.

„Kannst du ihre Zauber neutralisieren?"

„Ich weiß es nicht … ich weiß es wirklich nicht."

Krasus fluchte. Er hatte die Drei ein weiteres Mal unterschätzt.

Rhonin winkte ihm zu und wies hektisch in Richtung der Stadt. Krasus blickte über seine Schulter auf Zin-Azshari … und sah entsetzt, dass sich ihnen von dort zwanzig Ungeheuer – ein jedes größer als ein Drache – näherten.

# SIEBZEHN

Azshara machte sich hübsch. Natürlich war sie eigentlich perfekt – so viel war ihr klar –, aber für diese einzigartige Gelegenheit reichte selbst das nicht aus

*Mein Herr Sargeras trifft ein! Endlich jemand, der es wert ist, mein Gemahl zu werden.*

Keine Sekunde lang stellte Azshara ihren Glauben an den Dämonenlord in Frage. Sie, die von ihren Untertanen verehrt wurde, hatte im Anführer der Legion selbst ein Objekt der Verehrung gefunden.

Plötzlich erbebte der Palast … und das nicht zum ersten Mal. Die Königin wandte sich verärgert von ihrem Spiegelbild ab. „Vashj! Vashj! Wer ist verantwortlich für diesen furchtbaren Lärm?"

Ihre Zofe kam in den Raum. „Captain Varo'then meldet, dass es sich nur um den hoffnungslosen Versuch einiger Nichtsnutze handelt, die das Unvermeidliche aufhalten wollen, Licht der Lichter."

„Und was unternimmt der gute Captain gegen diese Beleidigung meiner Ohren?"

„Lord Mannoroth hat ihm und seinen Mannen angemessene Reittiere zugewiesen. Der Captain ist bereits unterwegs, um mit den Missetätern abzurechnen."

„Dann entwickelt sich also alles wie erwartet? Unser Herr wird pünktlich eintreffen?"

Lady Vashj verbeugte sich elegant. „Davon geht Lord Mannoroth aus. Die Nichtsnutze haben keine Waffen gegen den Zauber."

„Sehr gut …" Die Königin bewunderte aufs Neue ihr Spiegelbild. Sie konnte ihre Schönheit nicht weiter steigern. Ihr Seidengewand floss bis auf den Marmorfußboden. Der durchscheinende Stoff zeigte mehr, als er verhüllte. Ihr glänzendes Haar war hoch gesteckt. Funkelnde Sternendiamanten – die von ihrem inneren Licht erhellt wurden – saßen darin.

Ein erneuter Schlag erschütterte den Palast; seine Ursache lag deutlich näher als zuletzt. Azshara hörte Schreie aus den Quartieren ihrer Zofen und bemerkte Risse in einer der Wände.

„Sieh nach, ob jemand verletzt wurde, Vashj", befahl sie. Ihre Zofe wandte sich ab, um den Befehl zu erfüllen, aber die Königin hielt sie zurück. „Wenn das geschehen ist, enthebe die Verletzten ihrer Dienste und schicke sie zu ihren Familien zurück. Ich dulde nur Perfektion in meiner Nähe."

„Ja, Licht der Lichter."

Als Azshara erneut in den großen Wandspiegel blickte, hatten sich ihre Mundwinkel nach unten verzogen. Sie dachte an die Ankunft des Dämonenlords, und das Lächeln kehrte auf ihr Gesicht zurück.

„Na also … das Warten hat bald ein Ende." Sie betrachtete verträumt ihr Spiegelbild und versuchte sich die Welt vorzustellen, die sie und ihr Gemahl erschaffen würden. Eine Welt, so perfekt wie sie selbst.

Eine Welt, die ihrer würdig war.

Malfurion schüttelte den Kopf. Das Schwindelgefühl, das sich während Yseras unkontrolliertem Flug eingestellt hatte, verging. Es überraschte ihn, dass er überhaupt noch einen Kopf hatte, den er schütteln konnte. Denn mehr als einmal hatte sich der Druide nur noch mit den Händen an Ysera festgehalten, während unter ihm der Schlund des dunklen Mahlstroms gähnte.

„Was ist passiert?", fragte er, ohne zu ahnen, dass Krasus bereits die gleiche Frage gestellt hatte.

Ysera gab ihm die gleiche Antwort, die schon Alexstrasza dem Magier gegeben hatte. Der Nachtelf lauschte ihr mit sinkender Hoffnung. Sie waren so weit gekommen und doch gescheitert.

Dann sah auch er die schrecklichen Ungeheuer, die sich aus der Stadt näherten. Malfurion bemerkte, dass Soldaten auf den Wesen saßen, die an schattenhafte Fledermäuse erinnerten. Zweifellos führte Captain Varo'then die Krieger an.

Nur einen Moment später entdeckte der Druide das vernarbte Gesicht des Offiziers. Varo'then hatte sein Schwert gezogen und rief den Soldaten etwas zu. Sofort spaltete sich die Gruppe in drei Teile, einer für jeden Drachenclan. Erst jetzt erkannte Malfurion, dass er die Anzahl der Bestien unterschätzt hatte. Auf jeden Drachen kamen mindestens drei Fledermäuse.

Alexstrasza verschwendete keine Zeit. Die rote Drachenkönigin blies einer der Bestien einen Feuersturm entgegen, doch er ging durch sie hindurch und verlor sich in der Ferne. Sogar der Soldat, der auf der Fledermaus saß, blieb unverletzt.

„Das ist unmöglich!", stieß Malfurion hervor.

„Unmöglich … ja…" Yseras Augen bewegten sich unter den geschlossenen Lidern. „Wir nehmen diese Feinde … falsch wahr."

„Was heißt das?"

„Sie sind nicht das, was sie zu sein scheinen, noch sind sie da, *wo* wir sie glauben."

Doch konnten Illusionen wirklich einen solchen Schaden anrichten? Zwei der Schattenkreaturen warfen sich Brox' Drachen entgegen und zerrten an dessen Schwingen. Sie hinterließen blutige Risse in den harten Schuppen. Doch als der Bronzedrache versuchte, sich zu wehren, schlug er ins Nichts.

Ysera fiel ihnen ebenfalls zum Opfer. Mit den langen Krallen, die sich an den Flügeln befanden, riss eine der Bestien ihr den Hals auf. Ysera schnappte nach dem Flügel, traf aber nur Luft.

„Ich weiß, wo sie sein *müssten*", knurrte Ysera ungeduldig. „Aber wenn ich sie angreifen will, sind sie nicht mehr länger dort."

Eine Bestie konzentrierte sich jetzt voll und ganz auf den Aspekt und auf Malfurion. Es war jene, auf der Captain Varo'then saß.

„Du schon wieder!", zischte der vernarbte Nachtelf. „Du bist so tückisch wie dein Bruder. Ich habe sie vor ihm gewarnt! Ich wusste, dass man ihm nicht trauen kann."

Malfurion hätte gerne gewusst, was er damit meinte, aber im gleichen Moment griffen der Captain und seine unselige Bestie an. Ein furchtbarer Gestank hüllte Malfurion ein. Sogar Ysera kräuselte die Nase. Der Gestank war so durchdringend, dass der Druide glaubte, eine Faust habe ihn getroffen.

Der Captain lachte schadenfroh, dann griff er an. Seine Klinge wurde rasend schnell länger und schoss auf die ungeschützte Brust des Nachtelfen zu.

Malfurion wich zur rechten Seite aus. Er entging der Klinge, verlor jedoch beinahe den Halt. Mühsam hielt er sich fest, während Varo'then ein zweites Mal ausholte.

Ysera konnte nichts tun, denn die tintenschwarze Kreatur hüllte sie fast vollständig ein. Eine zweite Fledermaus schnappte nach ihren Hinterbeinen.

Malfurion dachte plötzlich an eine der Lektionen, die er von Cenarius gelernt hatte. Der Druide griff in eine seiner Gürteltaschen und zog ein kleines Samenkorn heraus. Im Gegensatz zu denen, die er schon öfter gegen die Brennende Legion verwendet hatte, waren die Dornen dieses Samenkorns zu klein, um Schaden anzurichten. Allerdings hefteten sie sich an alles, womit sie in Berührung kamen.

Er warf zwei Samenkörner nach oben und setzte einen Zauber ein, mit dem er sie zuerst verdoppelte, dann vervierfachte, verzehnfachte … bis Tausende über ihm schwebten. Sie hefteten sich jedoch nicht an die Drachen oder deren Reiter, denn das war nicht Malfurions Wunsch. Er wollte sie benutzen, um die Wahrheit über seine Gegner herauszufinden.

Die ersten flogen durch die Fledermäuse hindurch, aber andere hingen plötzlich in der Luft fest. Andere folgten ihnen. Schemen entstanden daraus, Schemen, die manches enthüllten.

Das war also das Geheimnis der Schattenfledermäuse. Die monströsen Reittiere konnten sich unsichtbar machen und beinahe ohne Zeitverlust an anderer Stelle auftauchen. Ein Kampf gegen sie war dank dieses Wissens zwar immer noch schwer, aber nicht mehr unmöglich.

Der bronzefarbene Drache, der zum Aspekt der Zeit gehörte, reagierte am schnellsten. Mit großer Genugtuung stürzte er sich auf eine Fledermaus, die unmittelbar vor ihm auftauchte. Seine Schnelligkeit und Brutalität überraschten Malfurion. Der Drache biss den Hals der Kreatur durch. Sie stürzte mitsamt ihres Reiters in die Tiefe.

„Verdammt!"

Malfurion hörte den Fluch und blickte über seine Schulter. Captain Varo'then hatte Yseras Rücken fast erreicht. Der vernarbte Nachtelfenoffizier stieß zu und verletzte den Druiden am Bein. Malfurion warf ihm das erstbeste Samenkorn aus seiner Tasche entgegen.

Sein Gegner nieste – ebenso wie sein fruchtbares Reittier. Ysera nutzte die kurze Ablenkung und warf sich gegen das Ungeheuer. Wie ein wildes Tier riss sie an ihm und biss in sein Fleisch. Sie kämpfte mit der gleichen Urgewalt wie ihr Gegner.

Aber die Schattenkreatur war nicht hilflos. Ihre Klauen waren so scharf wie die des Drachen, und ihre langen Fänge sahen aus, als könnten sie Schuppen durchdringen. Mit einem merkwürdig hohen Schrei griff die Fledermaus Ysera an.

Beide Reiter hielten sich verzweifelt fest. Malfurion versuchte sich auf einen Zauber zu konzentrieren, aber die heftigen Bewegungen des Drachen machten es unmöglich.

Ysera schlug mit dem Schwanz nach der zweiten Kreatur, die sich in der Nähe ihrer Hinterbeine befand. Ein Glückstreffer schleuderte das Wesen weit weg und verschaffte der Drachenkönigin eine Atempause. Einen Moment lang konnte sie sich ganz und gar auf den Kampf gegen Varo'thens Reittier konzentrieren.

Der Captain hatte sein Schwert weggesteckt und einen Dolch gezogen. Malfurion befürchtete, dass Varo'then wusste, wie man eine solche Klinge warf, deshalb duckte er sich. Der Offizier grinste düster. Trotz der Gefahr zeigte er sich geduldig.

Yseras Körper zuckte. Der Druide blickte nach unten und sah, dass die zweite Bestie zurückgekehrt war … und mit ihr eine dritte. Er rief dem Drachen eine Warnung zu.

Die Herrin der Träume brüllte wütend und brachte sich mit einem Flügelschlag außer Reichweite ihres Gegners. Diese unerwartete Reaktion überraschte Varo'then und sein Ungeheuer. Ysera nutzte die Gelegenheit, um sich auf ihren zweiten Angreifer zu stürzen. Sie zog die Schwingen zusammen und ließ sich auf die Fledermaus fallen, drückte sie und ihren Reiter nieder. Ihre Klauen zerfetzten samenbedeckte Flügel, ihre Zähne verbissen sich in einem breiten Nacken.

Das Ungeheuer krächzte einmal und starb. Ysera ließ den Kadaver fallen.

Malfurion sah den Soldaten, der darauf gesessen hatte, nicht mehr. Wahrscheinlich war er bereits bei Yseras erstem Angriff zerquetscht worden.

Die Drachenkönigin flog höher, um sich einen besseren Überblick zu verschaffen. Der Nachtelf blickte zu seinen Gefährten. Drei Fledermauskreaturen bedrängten Brox und den bronzefarbenen Drachen. Malfurion sah, wie der Ork seine Axt in die Schulter einer Kreatur schlug. Die verzauberte Waffe durchtrennte Knochen und Sehnen und trat auf der anderen Seite wieder aus.

Schwerfällig drehte das Ungeheuer ab. Es konnte sich kaum noch in der Luft halten. Der Drache ließ es jedoch nicht entkommen. Er atmete einmal aus ... und der Reiter und sein Reittier verwandelten sich in Staub, der vom Wind über die dunklen Wasser geblasen wurde.

Aber nicht nur Fledermäuse waren im Kampf gefallen, auch die Drachen waren nicht verschont geblieben. Von den grünen Drachen hatten nur zwei überlebt, von den bronzenen fehlte einer. Einige der Überlebenden bluteten aus schweren Wunden, die sie entweder durch die Blitze oder durch die Fledermäuse erlitten hatten.

Doch das wahre Problem lag woanders, denn so lange sie gegen diese Feinde kämpften, konnten sie nichts gegen die Dämonenseele und das Portal tun. Die Ränder des riesigen Mahlstroms hatten bereits eine seltsam grüne Färbung angenommen, die an die Flammen der Brennenden Legion erinnerte.

„Die Dämonenseele!“, rief er. „Wir müssen etwas gegen sie unternehmen. Das Portal ist fast vollendet.“

„Ich bin für jeden Vorschlag dankbar, Sterblicher. Aber vergiss nicht, dass ich auch diese Ungeheuer los werden muss.“

Ein Feuerstoß erhellte einen Moment lang ihre Umgebung. Malfurion sah, wie eine brennende Fledermaus in den Brunnen stürzte. Direkt darüber flogen Alexstrasza und Krasus. Der Druide las die Handschrift des Magiers aus dieser Attacke. Früher oder später würden die Drachen ihre Feinde besiegen, aber es würde zu lange dauern. Außerdem wussten sie bereits, dass Yseras und Alexstraszas Macht nicht ausreichte, um die Schutzzauber der Scheibe zu durchbrechen. Sie mussten eine andere Möglichkeit finden. Aber welche?

Drachen und Fledermäuse zogen vorbei. Die Chancen standen besser als zuvor, aber sie konnten sich noch nicht ganz auf die Dämonenseele konzentrieren. Die Schattenkreaturen griffen die Drachen weiterhin an. Ein roter Drache, der bereits aus einigen Wunden blutete, starb bei dem Angriff der Kreaturen. Ein bronzefarbener Leviathan biss in den Flügel seines Angreifers, aber das Ungeheuer grub seine Fänge in seine Schulter. Rhonin und Krasus warfen weiterhin Zauber, während Brox seine Axt schwang.

Ein dunkler Schatten glitt durch die Luft. Malfurion dachte im ersten Moment, es handele sich um eine Fledermaus. Doch dann erkannte er, dass es ein Drache war. Er blickte zur Seite, sah dann aber wieder erschrocken hin.

Es war tatsächlich ein Drache ... aber ein Drache, so schwarz wie die dämonischen Kreaturen, gegen die sie kämpften. Eisenplatten bedeckten seine Schuppen ...

Deathwing!

Sie hatten geglaubt, sie könnten seine geliebte Schöpfung vor ihm verbergen. Sie hatten geglaubt, dass er sie nicht finden würde. Ihre Unverschämtheit ärgerte ihn. Sobald Neltharion seine Scheibe zurück erobert hatte, würde er sie alle strafen. Er würde eine wundervolle Welt erschaffen, in der nur Drachen lebten ... nur Drachen, die seine Meinung vertraten.

Die Seele rief nach Neltharion, und er flog ihr über den Brunnen entgegen, ohne darauf zu achten, was um ihn herum geschah. Außer der Scheibe existierte nichts für den schwarzen Drachen.

Er flog an Ysera und Alexstrasza vorbei, sah aber nur kurz zu ihnen hinüber. Mit der Scheibe würde er sie besiegen und zu seinen Gefährtinnen machen. Ihre Macht würde die seine unterstützen, ganz wie es sein sollte.

Die Seele schwebte gelassen am Himmel, so als erwarte sie geduldig ihre Rettung. Neltharion verzog sein Gesicht zu einem breiten Grinsen. Schon bald würden sie wieder vereint sein.

Dann schlug etwas mit solcher Wucht gegen den schwarzen Drachen, dass er mitten in den Kampf geschleudert wurde. Er prallte gegen eine Fledermaus und schickte ihren Reiter in den Tod. Neltharion brüllte seine Wut über den unerwarteten Angriff hinaus. Um seinem Ärger Luft zu machen, zerriss er eine Fledermaus. Doch es beruhigte ihn nicht, also richtete er seinen Blick wieder auf die Scheibe. Mit seinen feinen Sinnen suchte er nach den Schutzmechanismen, die ihn von seiner Schöpfung trennten.

Die Zauber, die er entdeckte, waren kompliziert, sehr kompliziert ... und kamen ihm in manchen Aspekten bekannt vor. Doch Neltharion sah keine Verbindung zwischen den Stimmen in seinem Kopf und den Zaubern, vor denen er stand. Sogar als die Stimmen begannen, ihn von seiner Schöpfung wegzulocken, erkannte er nicht, dass man ihn manipuliert hatte.

Neltharion schüttelte den Kopf, um die Stimmen zu vertreiben. Wenn sie ihn davon abhalten wollten, die Scheibe an sich zu bringen, durfte er ihnen ebenso wenig vertrauen wie Alexstrasza und den anderen. Nichts außer der Scheibe war wichtig.

Der schwarze Drache jagte ihr erneut entgegen. Doch auch dieses Mal wurde er zurückgeworfen wie ein lästiges Insekt. Der Drache kämpfte nicht nur gegen die Macht der Stimmen, sondern auch gegen die des Dämonenlords. Mit einem Schrei, in dem sich Wut und Schmerz vermischten, flog Neltharion an der Schlacht vorbei und konnte erst am Nordufer des Brunnens anhalten. Er litt große Schmerzen, während er das stürmische Zentrum betrachtete.

Er würde sich nicht noch einmal abweisen lassen. Er würde die Zauber, die seine Feinde gewoben hatten, durchstoßen. Die Scheibe würde wieder ihm gehören.

Und dann würde er mit allen abrechnen …

Die Brennende Legion stemmte sich gegen die überwältigende Macht der Drachen und der Armee. Verdammniswachen umschwärmten die Riesen und versuchten, sie mit ihren Lanzen zu treffen. Nathrezim und Eredar woben mächtige Zauber, mussten sich jedoch gleichzeitig der Drachen und der Mondgarde erwehren. Das bereitete ihnen so große Probleme, dass sie häufiger starben als mordeten. Die meisten fielen dem Feueratem der Drachen zum Opfer.

Doch Archimonde zeigte trotz allem keine Unsicherheit. Er wusste, dass das, was hier geschah, keine Bedeutung haben würde, wenn Lord Sargeras diese Welt betrat. Die Schlacht lenkte die Sterblichen und ihre Verbündeten nur ab. Archimonde wusste, dass er und Mannoroth bestraft würden, weil es ihnen nicht gelungen war, Kalimdor so auf ihren Herrn vorzubereiten, wie es sich gehörte. Doch das akzeptierte er. Wichtig war nur, dass die Schlacht noch eine Weile andauerte. Dass dabei noch mehr Teufelswachen und Eredar sterben würden, interessierte ihn nicht. Es gab so viele von ihnen. Die meisten warteten erst noch darauf, in Sargeras' Gefolge die Welt zu betreten.

Doch das bedeutete nicht, dass Archimonde einfach nur zusah und abwartete. Bevor er seine Strafe erhielt, wollte er seine Wut an denen auslassen, die dafür gesorgt hatten. Der riesige Dämon hob die Hände und zeigte auf einen bronzefarbenen Drachen, der über der rechten Flanke der Legion schwebte. Der Drache war dabei, die Krieger unter sich systematisch abzuschlachten. Er grub sich durch ihre Reihen wie ein Maulwurf durch weiche Erde.

Archimonde machte eine kurze Handbewegung. Der entfernte Drache zitterte plötzlich … und dann wurde jede Schuppe aus seinem Körper gerissen. Blut spritzte durch die Luft, der gehäutete Gigant brüllte entsetzt und fiel zwischen seine Opfer. Dämonenkrieger stürzten sich auf den ungeschützten Leib und stachen auf ihn ein, bis er reglos liegen blieb.

Unzufrieden suchte Archimonde nach einem neuen Opfer. Er wünschte sich, der Nachtelf Malfurion Stormrage wäre bei der Armee. Der Druide hatte ihm bei ihrer letzten Begegnung einige Probleme bereitet, doch Archimonde spürte, dass er zum Brunnen geflogen war. Wenn Sargeras dort eintraf, stand dem Druiden ein Schicksal bevor, das weit schlimmer als der Tod war.

Aber es gab andere, an denen Archimonde sich austoben konnte. Mit reglosem Gesicht wandte er sich einer Gruppe Bullenmänner zu, die man wohl Tauren nannte. Er konnte sie sich gut als Teil der Brennenden Legion vorstellen, doch das war etwas, was diese Gruppe nicht mehr erleben würde … so wie sie auch das Ende ihrer Welt versäumen würde …

Sie gewannen … sie gewannen …

Die Drachen hatten dafür gesorgt, das wusste Jarod. Ohne sie wäre die Armee gefallen. Die Dämonen standen jetzt der einzigen Macht gegenüber, die sie nicht besiegen konnten. Einige Drachen waren zwar gefallen – der letzte auf wahrlich entsetzliche Weise –, aber die Armee gewann an Boden, und unter den Dämonen brach immer größere Panik aus.

Trotzdem machte er sich Sorgen. Das Chaos in den Dämonenreihen war zwar dieses Mal kein Trick, aber irgendwie hatte er mehr von Archimonde erwartet. Irgendeinen klugen Schachzug. Doch Archimonde schien die Armee nur hinhalten zu wollen, so als erwarte er etwas –

Der Nachtelf schalt sich einen Narren. Natürlich erwartete Archimonde etwas … beziehungsweise *jemanden*.

Seinen Herrn Sargeras!

Aber wenn der Erzdämon davon ausging, dass der Dämonenlord bald eintreffen würde, was sagte das dann über die Mission derjenigen aus, die das Portal hatten verschließen wollen?

Für einen Moment verlor Jarod die Nerven, aber dann verhärtete sich sein Gesicht, und er kämpfte mit größerem Eifer als je zuvor. Sollten sie doch noch verlieren, dann nicht durch seine Schuld. Sein Volk – seine Welt – war verloren, wenn die Armee jetzt aufgab. Jarod hoffte nur, dass es Krasus, Malfurion und den anderen doch noch gelang, ihre Aufgabe zu erfüllen.

Über ihm kreisten die Drachen. Sie suchten nach Feinden und unterstützten die Armee dort, wo es am nötigsten war. Rechts neben dem Kommandanten kämpften sich Irdene durch die demoralisierten Teufelswachen. Ein Furbolg schlug einer Teufelsbestie den Schädel ein.

*Es sieht hoffnungsvoll aus*, dachte Jarod, obwohl er wusste, dass diese Hoffnung trügerisch war. Eine Gruppe Tauren kreuzte in einiger Entfernung Klingen mit dem Feind. Sie wurden von Priesterinnen der Elune begleitet. Jarod sah, dass seine Schwester sie anführte. Es überraschte ihn nicht, dass sie sich an der Front aufhielt. Er machte sich zwar insgeheim Sorgen um sie, aber sie würde sich nicht zurückziehen. Er hatte den Eindruck, dass sich Maiev vor den anderen Priesterinnen beweisen wollte, wahrscheinlich um die nächste Hohepriesterin zu werden. Ob ein solcher Ehrgeiz in der Schwesternschaft angebracht war, konnte auch Jarod nicht sagen, aber Maiev war nun einmal Maiev.

Der Kommandant, der an diesem Tag bereits auf dem dritten Nachtsäbler saß, erstach einen Dämonenkrieger. Seine Rüstung hing zerfetzt an seinem Körper, so viele Schläge der Gegner hatte sie bereits abgewehrt. Ein halbes Dutzend Wunden bedeckte seinen Körper, aber wie durch ein Wunder war keine lebensbedrohlich oder auch nur behindernd. Jarod würde sich nach der Schlacht ausruhen … oder im Tod.

Plötzlich hörte er die Tauren schreien. Entsetzt beobachtete der Nachtelf, wie einige von ihnen zu brennen begannen, als habe sie jemand mit Säure überschüttet. Ihre Haare verkohlten, und ihr Fleisch fiel vom Körper.

Die Priesterinnen versuchten ihnen zu helfen, aber die Teufelswachen warfen sich auf die ersten Reiterinnen. Es interessierte die Dämonen nicht, ob sie einem Mann oder einer Frau gegenüber standen. Sie töteten Tauren und Priesterinnen mit der gleichen dunklen Lust.

Jarod wusste, dass er auf seiner Position bleiben sollte, aber Maiev war seine einzige Verwandte. Er stand ihr näher, als er es zeigte. Er überzeugte sich kurz davon, dass seine Soldaten auch ohne ihn zurecht kommen würden, dann wendete er sein Reittier und ritt dem furchtbaren Spektakel entgegen.

Einige Tauren standen noch aufrecht. Sie waren schwer verletzt, kämpften aber weiter. Sie und die überlebenden Priesterinnen waren von Dämonen umzingelt. Jarod hatte noch nicht einmal die Hälfte der Strecke überwunden, da fielen auch schon zwei weitere Tauren.

Dann rutschte Maiev aus. Eine Teufelswache schlug nach ihr. Sie wehrte den Angriff knapp ab.

Mit einem wütenden Schrei ritt Jarod mitten in den Kampf hinein. Seine Katze tötete den Dämon, der seine Schwester angegriffen hatte. Ein zweiter Dämon schlug nach ihm, traf jedoch das Tier an der Schulter. Jarod durchbohrte die Kehle seines Gegners mit dem Schwert.

Die Dämonen konzentrierten sich plötzlich auf Jarod. Zu seiner Verwunderung schienen sie zu wissen, wer er war, denn sie zeigten eine unerwartete Entschlossenheit. Sie ignorierten alle anderen Ziele, um ihn zu attackieren.

Sein Nachtsäbler tötete zwei weitere Angreifer, wurde aber von ihren Lanzen schwer getroffen. Zu Fuß war Jarod gegenüber den großen Dämonen im Nachteil, aber er hatte keine andere Wahl. Drei Lanzenstöße töteten den Nachtsäbler, und Jarod konnte gerade noch rechtzeitig abspringen. Sonst wäre er unter dem Kadaver begraben worden.

Er landete geduckt neben seiner Schwester, die jetzt erst erkannte, wer ihr Retter war.

„Jarod! Du hättest nicht herkommen sollen. Sie brauchen dich doch!"

„Hör endlich auf, mich herumzukommandieren! Los, stell dich hinter mich!" Er riss seine Schwester zurück und stellte sich zwei gehörnten Kriegern, die auf ihn zukamen. Jarod Shadowsong hatte bisher zwar Glück gehabt, aber er wusste, dass er mit seinem kleinen Schwert keine Chance gegen deren riesige Klingen hatte.

Er bereitete sich auf seine letzte Schlacht vor, doch dann ertönten Kriegshörner. Soldaten und Tauren rannten ihm entgegen. Huln warf sich auf die beiden Krieger, köpfte den einen und durchbohrte die Brust des anderen, bevor sie begriffen, wie ihnen geschah. Eine Gestalt, die eine Kapuze trug, ritt an ihm vorbei. Erst spät erkannte Jarod, dass es sich um Lord Blackforest handelte.

Es gab nur eine Erklärung für ihr plötzliches Auftauchen. Sie hatten gesehen, dass Jarod um sein Leben kämpfte … und sie glaubten so sehr an ihn, dass sie bereit waren, ihm zu helfen.

Die Verstärkung warf die Dämonen zurück und verschaffte Jarod und Maiev ein wenig Zeit. Er zog sie weiter von dem tobenden Kampf weg. Die anderen Priesterinnen folgten ihnen.

Jarod führte seine Schwester zu einem Fels. Sie setzte sich und sah ihn nachdenklich an.

„Jarod …“, begann sie.

„Du kannst mich später zurechtweisen“, unterbrach er sie. „Ich werde nicht einfach zusehen, während die, die mir geholfen haben, den Feind in meinem Namen bekämpfen.“

„Ich wollte dich nicht zurechtweisen –“ Weiter kam die Priesterin nicht, denn er war bereits außer Hörweite. Seine Schwester war fürs erste in Sicherheit, jetzt musste Jarod sich um seine Kameraden kümmern. Sogar Blackforest, einer der höchsten Adligen, kämpfte mit aller Kraft. Er und seine Leute hatten aus Lord Stareyes Fehlern gelernt. Dies war eine Schlacht um Leben und Tod, kein Spiel zur Unterhaltung der höchsten Kasten.

Jarod trat neben Huln und tötete einen Dämon, der den Tauren von der Seite angreifen wollte. Huln bemerkte sein Einschreiten und schnaubte dankbar.

„Ich werde deinen Namen in meinen Speer ritzen“, knurrte er. „Die Generationen, die mir nachfolgen, werden dich ehren.“

„Wenn ich das hier überlebe, ist es mir Ehre genug.“

„Ha! Welche Weisheit in einem so jungen Kopf.“

Ein weiblicher Drache aus Alexstraszas Clan flog über die Menge und löschte mit seinem roten Feuerstoß zahlreiche grüne Dämonenflammen. Das half Jarod und seinen Kameraden erst einmal. Der Kommandant atmete erleichtert auf.

Doch nur eine Sekunde später wurde der Drache über die Linien der Nachtelfen geschleudert. Seine Brust war voller dampfender, aufgerissener Schuppen und heraushängender Organe. Die Erde dröhnte, als er aufschlug. Jarod genügte ein Blick, um zu wissen, dass dieser Drache nie wieder fliegen würde.

Unmittelbar hinter dem Roten wurde auch ein Dutzend brennender Soldaten zurückgeschleudert. Dämonen fielen, als interessiere es den Angreifer nicht, wer ihm auf seinem Vorwärtsstreben zum Opfer fiel.

Huln stellte sich schützend vor Jarod. „Das ist keine Höllenkreatur und auch kein Eredar. Ich glaube, du –“

Eine starke Sturmböe warf die Krieger beider Seiten zu Boden. Sogar Blackthorn und sein Nachtsäbler fielen. Huln blieb einen Moment länger aufrecht, aber nicht einmal die Sturheit des Tauren konnte sich gegen den Sturm behaupten. Er wurde hoch in die Luft gerissen, während er wütend nach dem Wind schlug. Er verschwand in der Ferne.

Aber Jarod Shadowsong spürte nichts von diesem Sturm, nicht einmal eine leichte Brise.

Und so stand er allein da, als ein Gigant aus dem Staub hervortrat, den der Wind aufgewirbelt hatte. Auf seiner dunklen Haut befanden sich komplizierte Tätowierungen. Sogar der ungeübte Jarod spürte die dunkle Macht, die von ihnen ausging.

„Ja …“, sagte der Dämon, während er den Nachtelf betrachtete. „Wenn ich schon den Druiden nicht haben kann, werde ich mich eben mit dem vergnügen, den man lächerlicherweise als die große Hoffnung dieser Armee bezeichnet.“

Jarod hob seine Klinge, obwohl er wusste, dass er keine Chance gegen diesen Gegner hatte. Trotzdem wollte er sich nicht in das Unvermeidliche ergeben. „Ich erwarte dich, Archimonde.“

Der Erzdämon lachte.

# ACHTZEHN

Brox war nur ein einfacher Krieger, aber er erkannte, wenn es um eine Schlacht schlecht stand. Zwar konnten er und die anderen die Nachtelfen und deren Ungeheuer besiegen, aber das war Zeitverschwendung, denn währenddessen näherte sich das Portal seiner Vollendung. Der Mahlstrom war bereits von einer düsteren grünen Aura umgeben. Der Ork wusste, dass es nicht mehr lange dauern würde, bis das Böse durch das Portal trat – unklar war nur noch, ob es sich dabei um Sargeras handelte oder jene Drei, von denen Krasus gesprochen hatte.

Eine Lanze verfehlte seinen Kopf nur knapp, ritzte sogar ein wenig seine Haut auf. Der Soldat, der sie gestoßen hatte, lenkte seine Fledermaus näher an den Bronzedrachen heran und holte zu einem erneuten Stoß aus.

Der Drache packte die Schattenkreatur. Die beiden Wesen kämpften. Dabei rutschte der Soldat zur Seite, sodass seine Lanze nicht die Brust des Orks, sondern dessen Schulter traf. Brox stöhnte auf, als die Widerhaken an der Spitze Fleisch aus seinem Körper rissen. Trotz der Schmerzen beugte er sich vor und hieb die Lanze entzwei.

Fluchend zog der Soldat sein Schwert. Brox schlug alle Vorsicht in den Wind und sprang auf seinen Gegner zu.

Der Ork landete geduckt. Er hielt sich an einem Ohr der Fledermaus fest. Der Nachtelf war von dieser unerwarteten Reaktion so überrascht, dass er seinen Gegner mit offenem Mund anstarrte. Brox wuchtete ihm die Axt in die Brust. Der Soldat brach zusammen und rutschte vom Rücken der Fledermaus.

Brox mutige Aktion kostete ihn dennoch beinahe das Leben. Er hatte geglaubt, er könne einfach wieder auf den Drachen zurückspringen, aber der Rücken der Fledermaus war seltsam glitschig, sodass der Ork jeden Halt verlor, als er ihr Ohr losließ. Trotzdem, und obwohl er auf dem Schwanz des Ungeheuers hin und her rutschte, hielt er seine Axt fest.

Das Rauschen des Mahlstroms dröhnte in seinen Ohren. Er spürte, wie das Böse dort größer wurde, immer mehr anschwoll.

Im gleichen Moment pflückte ihn eine Klauenhand vom Rücken des Ungeheuers. Rhonin rief: „Wir haben dich, Brox!“

Der rote Drache, auf dem der Zauberer ritt, drehte sich, damit der Ork auf seinen Rücken klettern konnte. Rhonin half Brox hoch. Der ergraute Krieger setzte sich hinter ihn.

„Das war selbst für einen Ork ein wenig riskant, oder?“

„Vielleicht“, gab Brox zurück, während er an das Portal dachte. Er hielt sich für mutig, war aber trotzdem froh, nicht hinein gefallen zu sein. Je weiter sie sich vom Portal entfernten, desto besser fühlte er sich.

Der Zauberer spannte sich plötzlich an. „Pass auf, hier sind noch zwei!“

Die Schattenkreaturen flogen dem Drachen entgegen. Rhonins Hand leuchtete rot auf, als er begann einen Zauber zu weben. Brox hob seine Axt, um ihn zu unterstützen. Er freute sich auf die neuen Gegner. Sie lenkten seine Gedanken vom Portal ab.

Und von dem Bösen darin, das sogar einem Ork Angst einflößte.

Malfurions Hoffnungen sanken, als er sah, dass selbst Deathwing nicht gegen den Zauber ankam, der der Scheibe innewohnte. Wenn es nicht einmal dem schwarzen Drachen gelang, ihre Macht zu brechen, was konnten dann ein Druide und seine Begleiter tun?

Aber Malfurion blieb keine Zeit, sich länger um die Zukunft zu sorgen. Denn im gleichen Moment stürzte sich eines der Ungeheuer auf Ysera. Die Fänge der Fledermaus gruben sich in die Schulter des Drachen. Malfurion wandte sich zur Seite, um nicht unter ihr begraben zu werden.

Ein Schwert schlug nach seinem Kopf und glitt haarscharf an seinem Ohr vorbei.

„Tückischer kleiner Narr!“, zischte Varo’then und hob seine Waffe erneut. Azsharas Offizier stieß zu und streifte leicht Malfurions Wange. Noch einmal holte er aus. „Der Nächste trifft deinen Kopf.“

Der Druide schob seine Hand in eine Gürteltasche. Er wusste, wonach er suchte und betete, dass er es auch finden würde. Er spürte eine vertraute Form unter seinen Fingerspitzen und zog die Samenkörner heraus.

Captain Varo’then veränderte seine Haltung. Er begann breit zu grinsen. Der sadistische Soldat war wahrlich ein perfekter Diener des Dämonenlords.

Die Klinge raste Malfurion entgegen. Im gleichen Moment schleuderte er die Samenkörner ins Maul der Fledermaus.

Das Ungeheuer krümmte sich zusammen. Die Schwertspitze, die eigentlich auf Malfurions Kehle gezielt hatte, schrammte stattdessen über sein Schlüsselbein, wo sie eine schmerzhafte, aber harmlose Wunde hinterließ. Malfurion stöhnte auf, ließ aber nicht los.

Varo’thens Reittier begann von innen zu leuchten. Der Captain versuchte, die Kontrolle über die Fledermaus zu behalten, scheiterte jedoch. Das Ungeheuer schlug kreischend um sich.

Eine Sekunde später ging es in Flammen auf.

Malfurion hatte die Hitze, die in den Samen steckte, schon in anderen Schlachten zu nutzen gewusst. Er besaß jedoch nur noch wenige, deshalb hatte er sie hier oben, wo sie nur wenig Erfolg versprachen, nicht einsetzen wollen. Doch die Schattenkreatur war direkt über ihm gewesen, deshalb nur war es ihm gelungen, allen Samen in ihr Maul zu befördern.

Das grausige Schauspiel strahlte so hell, dass Malfurion zur Seite blicken musste. Er hörte, wie Varo'then etwas rief, verstand seine Worte aber nicht.

Mit einem letzten schrillen Schrei stürzte die Bestie brennend in die Tiefe.

Malfurion hielt sich an Ysera fest und rang nach Atem. Die Herrin der Träume konnte nichts für ihn tun, denn ihre Aufmerksamkeit war auf eine der Fledermäuse gerichtet. Der Druide hielt sich so gut es ging fest, rang dabei um seine Fassung. Seine Wunden schmerzten, und das Wissen, dass die Scheibe nicht angetastet werden konnte, zehrte zusätzlich an seinen Kräften.

Ein scharfer Schmerz schoss durch seine Wade.

Malfurion schrie auf und hätte beinahe den Halt verloren. Blut tropfte in seinen Stiefel, während er wie wild nach der Ursache der Pein trat. Er blinzelte Tränen aus seinen Augen und blickte hinunter auf sein Bein.

Captain Varo'then hing an Yseras Bauch. Der vernarbte Soldat kämpfte sich Schuppe um Schuppe und vor Anstrengung keuchend nach oben.

Den Grund für Malfurions schmerzendes Bein – den gebogenen Dolch – hielt er zwischen den Zähnen. Malfurions Blut rann über das spitze Kinn des Nachtelfen, ohne dass dieser es zu merken schien.

Malfurion wusste nicht, wie es Varo'then gelungen war, sich von seinem brennenden Reittier zu lösen und an Ysera festzuhalten. Aber ihm war klar, dass er den Offizier schon wieder unterschätzt hatte. So hart er nur konnte trat er nach ihm, doch der Captain wich seinem Stiefel lässig aus. Malfurion konzentrierte sich darauf, nicht den Halt zu verlieren, während der kampfgestählte Varo'then sich seinem Gegner mit routiniertem Geschick näherte. Seine schmalen Augen taxierten Malfurion, als wäre er ein Tier, das geschlachtet werden sollte.

Der Druide griff nach seiner Gürteltasche, doch im gleichen Moment hob Varo'then seine linke Hand.

„Aaahh!"

Ein roter Blitz blendete Malfurion. Erst jetzt fiel ihm ein, dass Varo'then ein halbwegs talentierter Zauberer war, zwar nicht gut genug, um wirklich gefährlich zu sein, aber sein Können reichte aus, um Feinde abzulenken.

Malfurion hob seine freie Hand über den Kopf, was ihn vermutlich vor dem Tod bewahrte. Varo'thens gepanzerter Körper hing plötzlich über ihm. Der Nachtelf spürte heißen Atem im Gesicht.

„Das Licht der Lichter wird mich reich dafür belohnen!", stieß der Captain aufgeregt hervor. „Mannoroth hast du überlistet! Archimonde hast du überlistet! Diese großen Dämonen konnten dir nichts anhaben. Lord Sargeras' respektierte Kommandanten … ha! Das wird mich nicht nur bei ihr wieder ganz nach vorne bringen, sondern auch bei *ihm*. Mich! *Lord* Varo'then!"

„Sargeras will Kalimdor zerstören, nicht neu erschaffen", erwiderte Malfurion seinem verblendeten Feind.

„Natürlich! Das weiß ich schon lange. Aber dieser armselige Flecken interessiert mich ohnehin nicht. Ich will nur der Königin dienen und ihre Armeen befehligen. Wo ich das tue, ist mir egal. Wer weiß, vielleicht macht mich Sargeras nach dieser Tat zu seinem höchsten Kommandanten. Dafür und für Azsharas Bewunderung sehe ich Kalimdor gerne brennen."

Varo'then war wahnsinnig, trotzdem spürte Malfurion Wut in sich aufsteigen, als der Offizier so abwertend über das Ende aller Dinge und über die Welt sprach, die sein Volk hervorgebracht hatte. Das widersprach allem, woran Malfurion glaubte und allem, was Cenarius ihn gelehrt hatte.

„Kalimdor ist unser Blut, unser Atem und unser Leben!", schrie der Druide wütend. „Wir gehören hierher wie die Bäume, die Flüsse und die Felsen. Wir sind Kalimdors Kinder. Willst du die Mutter erschlagen, die uns das Leben geschenkt hat?" Seine Stirn wurde heiß.

„Mach dich nicht lächerlich. Wir leben auf einem winzigen Stein, der nur einer unter vielen ist. Kalimdor ist ein Nichts! Dank der Legion und meiner Königin werde ich Tausende Welten sehen. Sie alle werden uns zu Füßen liegen. Macht, Druide! Macht ist mein Blut und mein Atem, verstehst du das?"

Captain Varo'then zog die Hand, in der er den Dolch hielt, aus Malfurions Griff. „Aber wenn dir das Ende Kalimdors solche Sorgen bereitet, sollte ich dich wohl ins Jenseits schicken, damit dich die Welt dort willkommen heißen kann."

Doch Malfurions Wut hatte ihren Höhepunkt erreicht. Aus brennenden Augen starrte er Varo'then an. „Du willst Macht? Dann fühle die Macht der Welt, die du verraten willst, Captain!"

Diese Kraft floss wie Blut durch seine Adern. Er spürte, aus welcher Quelle sie stammte: Kalimdor. Die Welt war kein intelligentes Wesen, aber sie lebte – und durch Malfurion konnte sie sich endlich rächen.

Ein hellblaues Licht löste sich aus dem Druiden und traf Varo'then in die Brust.

Malfurions Angreifer schrie auf, als er vom Drachen geworfen wurde. Der Dolch entglitt seiner Hand. Hilflos hing der Captain über dem Brunnen der Ewigkeit. Das Licht beleuchtete Varo'then nicht nur, es brannte sich in ihn hinein. Sein Fleisch, seine Sehnen, seine Organe und seine Knochen schimmerten durch die Rüstung hindurch. Der schreiende Kopf des Offiziers sah aus wie ein Totenkopf unter gläserner Haut.

Varo'then hatte Kalimdor abgelehnt … und nun lehnte Kalimdor – durch

Malfurion – ihn ab. Das Licht hüllte den Captain immer noch ein, begann jetzt aber einen Bogen über der Mitte des Brunnens zu spannen. Dann verschwand es plötzlich.

Captain Varo'then stürzte wie eine Kreatur der Hölle in das Portal.

Die Macht, die Malfurion erfüllt hatte, verging. Er fühlte sich ein wenig verloren, tröstete sich jedoch mit dem Gedanken, dass die Welt noch nicht völlig wehrlos geworden war. Von Yseras Rücken herab warf er einen Blick auf Varo'thens letztes Ziel.

„Mal sehen, ob dich der Herr der Legion jetzt auch noch belohnt, Captain …"

Ein Ruck kostete ihn fast den Halt. Zwei Schattenkreaturen kämpften gegen Ysera. Die Herrin der Träume hatte eine bereits getötet, aber die zweite hatte ihren Flügel zerfetzt.

Malfurion klammerte sich mit einer Hand fest, dann griff er in eine seiner Gürteltaschen und holte eine Salbe heraus, die er gemischt hatte. Sie bestand aus verschiedenen Kräutern. Auf dem Schlachtfeld hatte sie ihm gute Dienste erwiesen, aber er wusste nicht, ob sie stark genug für ein so gewaltiges Wesen war.

Doch als er sie an der Unterseite des Flügels aufzutragen begann, spürte er bereits, dass sie ihren Zweck erfüllen würde. Die Salbe dehnte sich blitzschnell über den gesamten Flügel aus. Die Rippen darin wuchsen zusammen und heilten. Es blieben noch nicht einmal Narben zurück.

„Ich fühle mich gut!", entfuhr es der Herrin der Träume – bevor sie die zweite Kreatur zerfetzte. Ysera wandte sich Malfurion zu. Er spürte die Intensität ihres Blickes durch die geschlossenen Augen. „Cenarius hat dir viel beigebracht …" Sie verstummte. Für einen Sekundenbruchteil öffnete sie die Augen. Dann fuhr sie fort: „Aber in erster Linie gründet dein Können auf deine natürliche Verbindung zu den Kräften, die du einsetzt. Ja, so ist es …"

Der Druide erkannte, dass sich ihr Blick auf seine Stirn gerichtet hatte. Er tastete danach und bemerkte, dass seine Hörner fast zehn Zentimeter länger geworden waren.

Ihm wuchs ein Geweih wie seinem Shan'do!

Doch bevor er über die Bedeutung dieser Tatsache nachdenken konnte, erhob sich ein Furcht einflößendes Brüllen über den Sturm hinweg.

Deathwing fiel aus den Wolken herab.

Der schwarze Drache warf sich ein weiteres Mal den undurchdringlichen Zaubern entgegen. Dort, wo keine Eisenplatten die Schuppen wappneten, strömte Lava aus seinem Körper. Seine Augen waren voller Wut. Er flog mit solcher Geschwindigkeit auf die Dämonenseele zu, dass Malfurion den Atem anhielt.

In der Nähe der Scheibe begann die Luft zu knistern. Gelbe und rote Lichtblitze zuckten über den Himmel und verrieten die Macht der Schutzzauber. Malfurion spürte neue Kräfte, die ihnen hinzugefügt worden waren, um sie zu stärken.

Deathwing prallte gegen den magischen Schild. Der Himmel um ihn herum explodierte in einem Energiegewitter. Es hätte den Aspekt verbrennen müssen, aber obwohl sein Fleisch und seine Schuppen brannten, kämpfte sich Deathwing weiter voran. Er brüllte den gewaltigen Kräften seinen Zorn entgegen. Sein Maul verzerrte sich zu einem wahnsinnigen, reptilienhaften Grinsen, das mit jedem Flügelschlag breiter wurde.

„Seine Besessenheit kennt keine Grenzen", sagte Ysera beinahe bewundernd. „Glaubt Ihr, dass er es schaffen wird?"

„Die wahre Frage ist … *wollen* wir, dass er es schafft?"

Schuppen lösten sich von dem verunstalteten Körper des Schwarzen. Die Blitze, die sich auf ihn richteten, brannten sich in ihn. Deathwing zuckte zwar gelegentlich zusammen, wurde jedoch nicht langsamer.

Ein roter Drache flog an Malfurion vorbei. Rhonin und Brox saßen darauf. „Krasus sagt, wir sollen uns bereit halten", rief der Magier. Ein Zauberspruch verstärkte seine Stimme. „Er glaubt, dass es Deathwing gelingen könnte, die Scheibe zu erreichen. Dann müssen wir zuschlagen."

„Deathwing", murmelte Ysera. „Wie gut dieser Name nun auf ihn passt." Sie richtete ihre Antwort an Rhonin: „Wir werden bereit sein."

Wenn es soweit war, mussten sie sofort und koordiniert angreifen. Dieser Moment würde ihre einzige Chance sein … wenn sie auch nur wenig erfolgversprechender war als der Versuch, den Zauber zu überwinden. Dem Nachtelf gefiel das nicht, aber er würde alle Macht einsetzen, die Kalimdor ihm gewährte.

Er wusste, dass hier vielleicht alles enden würde. Unwillkürlich dachte er an Tyrande. Nicht an Illidan, sondern an Tyrande. Wie gerne hätte er ein letztes Mal mit ihr gesprochen und wie sehr hoffte er, dass sie überlebte, selbst wenn er an diesem Tag sterben sollte.

*Malfurion?*

Der Druide rutschte beinahe von Yseras Rücken. Einen Moment lang hielt er die Stimme in seinem Kopf für eine Illusion oder einen Trick der dunklen Mächte, gegen die sie kämpften. Doch dann erkannte er, dass es tatsächlich Tyrande war, die Kontakt zu ihm aufgenommen hatte.

Ihm fiel ein, dass sie das schon einmal getan hatte, damals, als es ihm nicht gelungen war, in seinen Körper zurückzukehren. Ihre Verbindung zu ihm musste stärker sein, als er für möglich gehalten hatte.

Er hatte den Gedanken noch nicht beendet, da spürte er, dass sie ihn gefunden hatte.

*Malfurion!*, wiederholte sie hoffnungsvoll. *O Malfurion, du bist es wirklich.*

*Tyrande! Du lebst! Bist du … haben sie …*

Die Priesterin beruhigte ihn. *Mutter Mond hat mich beschützt, und die Hochgeborenen, die zu unserem Volk zurückkehren wollen, haben mir geholfen. Ich weiß, dass du getan hast, was du tun musstest, aber hör mir zu. Dein Bruder –*

*Mein Bruder …* Im dem Moment, da sie Illidan erwähnte, spürte der Druide eine Präsenz neben Tyrande, die fast seiner eigenen glich. Sie waren sich so nah, dass sie einander berühren mussten.

*Bruder …*, begann Illidan.

*Du!* Etwas wallte in Malfurion auf. Er wusste, dass er es unterdrücken musste, trotzdem gelang es ihm nicht völlig.

*Malfurion!*, rief Tyrande warnend. *Hör auf! Du bringst ihn ja um.*

Er wusste nicht genau, was er Illidan gerade antat, aber er versuchte das, was er herausgelassen hatte, wieder einzusperren. Zu seiner Erleichterung erholte sich Illidan rasch wieder.

*Hätte nicht … nicht gedacht, dass so etwas … in dir steckt, Bruder.* Illidan klang so herablassend wie immer, aber in seinen Worten schwang Überraschung mit. Der Bruder, den er für schwach gehalten hatte, war in Wirklichkeit stark.

*Du hast dich für einiges zu verantworten, Illidan!*

*Wenn wir überleben, werde ich mich meinen Anklägern stellen.*

Er hatte Recht. Weshalb sollte man Illidan verdammen, wenn der Tod so nah war? Außerdem erkannte Malfurion, dass er dringend benötigte Kräfte an seinen Bruder verschwendete.

Er drängte die Gedanken an Illidan beiseite und berührte Tyrandes Geist. *Geht es dir gut? Hat er dir etwas angetan?*

*Nichts, Malfurion. Das schwöre ich bei Elune. Aber wir halten uns in den Ruinen nahe des Brunnens versteckt und wagen es noch nicht einmal, einen Zauber zu sprechen. Die Krieger des Dämons Mannoroth sind überall. Ich glaube, sie ahnen, wo wir uns aufhalten … trotz Illidans Zaubern und meiner Gebete.*

Er wollte zu ihr gehen, aber das war nicht möglich. Malfurion fluchte. *Wenn es uns gelingt –*

In diesem Moment stieß Deathwing einen furchtbaren Schrei aus. Die wilden Emotionen, die darin schwangen, unterbrachen die Verbindung zu Tyrande und Illidan und sorgten dafür, dass sich Malfurion wieder ganz auf den Drachen konzentrierte.

Er sah empor zu Deathwing, dessen Körper jenseits aller Vorstellungskraft entstellt war, der jedoch so besessen von seiner Mission war, dass keine Qual ihn aufhalten konnte. Einige der Platten, die an seinem Körper hingen, glühten, und viele seiner Schuppen fehlten. Darunter war rohes, aufgerissenes und brennendes Fleisch zum Vorschein gekommen. Die Schwingen des Drachen waren eingerissen, und es wunderte Malfurion, dass der Erdwächter überhaupt noch fliegen konnte. Deathwings Klauen waren abgebrochen, so als habe er an einer unzerstörbaren Mauer gekratzt.

Dann erst bemerkte Malfurion, wie nah der Schwarze seiner Scheibe gekommen war.

„Bei den Schöpfern!", rief Ysera. „Nichts vermag ihn aufzuhalten!"

Der Druide nickte langsam und erkannte, welch schlechtes Omen diese Worte waren. Es sah so aus, als würde Deathwing jeden Moment das Unmögliche vollbringen … und deshalb mussten diejenigen, die ihm die Scheibe stehlen wollten, das Gleiche vollbringen.

*Weg … weg …,* drängten die Stimmen, die den Drachen einst in all seinem Tun bestärkt hatten. Jetzt hatten sie sich – wie alle anderen – als Verräter erwiesen. Es stimmte tatsächlich: Neltharion konnte nur noch sich selbst trauen.

„Ich werde sie bekommen. Die Seele gehört mir, niemandem sonst!"

Er spürte, wie wütend die Stimmen über seine Weigerung waren. Sie attackierten seinen Geist, während sie gleichzeitig und auf anderem Weg die Zauber der Brennenden Legion stärkten. Der schwarze Drache hatte noch nie so gelitten, aber das war ihm die Scheibe wert. Zentimeterweise kroch er ihr entgegen, gab nicht auf. Die Seele war so nah.

*Weg …,* wurden die Stimmen nicht müde zu wispern. *Weg …*

Abgesehen von ihrer Wut fiel Neltharion auch ihre wachsende Sorge … ja, sogar Angst auf. Die Stimmen sahen ebenfalls, wie nah er seiner Schöpfung war. Vielleicht wussten sie, dass sie zusammen mit allen anderen bestraft werden würden, wenn sie ihm in die Hände fiel.

Eine weitere Macht mischte sich in den Kampf ein. Der Dämonenlord verstärkte aus seinem Reich die Kräfte, die den Schutzzauber aufrecht erhielten. Neltharion schrie auf, als die Schmerzen, die bereits in seinem Körper wüteten, noch um ein Vielfaches anschwollen.

Doch letztlich bestärkte es ihn nur in seiner Entscheidung. Der Drache verzerrte das Maul zu einem Grinsen und begann, all die auszulachen, die ihm sein Recht streitig machen wollten. Er lachte und überwand die letzte Kluft, die ihn noch von der Scheibe getrennt hatte.

„Sie gehört mir!", brüllte er. „Mir!"

Seine Klaue schloss sich um die Dämonenseele.

„Wir müssen handeln!", warnte Krasus Alexstrasza. „*Jetzt*, oder wir –"

Die Welt explodierte.

So wirkte es zumindest auf den Magier. Ein Wirbel aus wahnsinnigen Farben übermannte Krasus. Unter ihm schrie Alexstrasza erschrocken und schmerzerfüllt auf. Eine Titanenfaust traf den Drachen. Krasus versuchte sich an der Königin festzuhalten, doch seinem sterblichen Körper fehlte die Kraft dazu.

Er wurde abgeworfen.

Etwas flog an ihm vorbei – eine schreiende, brennende Schattenbestie.

Eine zweite, kleinere Gestalt stürzte neben ihr nach unten, vermutlich ihr Reiter. Einige Drachenschuppen folgten. Die Farbe war weg gebrannt und ließ sich nicht mehr erkennen.

Krasus versuchte, seinen Sturz zu bremsen, doch alle Zauber schlugen fehl.

*Wir haben verloren,* dachte er. *Das ist das Ende.*

Im gleichen Moment pflückte ihn eine riesige Klaue aus der Luft. Alexstrasza rief: „Er hat es geschafft! Er hat es geschafft!"

Der Magier blinzelte die Tränen aus seinen Augen und blickte zu Deathwing und der Dämonenseele.

Der schwarze Drache brüllte mit Urgewalt, als er die Scheibe den Zaubern entriss. Sein Körper flammte auf. Krasus hielt es für ein Wunder, dass der Aspekt noch lebte. Der Drache hielt die Scheibe empor und lachte triumphierend, trotz aller Pein, die er empfinden musste.

Im gleichen Moment schoss ein schwarzer Strahl aus den Tiefen des Brunnens herauf und traf Deathwing am Kopf.

Der schwarze Drache wurde mit solcher Kraft zurück geschleudert, dass er den Brunnen und das Ufer hinter sich ließ und zwischen den Wolken verschwand.

Die Dämonenseele, die seinen Fingern entglitten war, fiel dem Mahlstrom entgegen.

„Wir müssen sie bekommen, bevor Sargeras oder die Drei sie wieder mit dem Portal verbinden. Ich glaube, dass ich sie trotz Deathwings Zauber lange genug festhalten kann, damit unser Plan funktioniert. Aber wir müssen sie bekommen!"

„Ich werde es versuchen …", keuchte Alexstrasza.

Erst jetzt bemerkte Krasus, wie schwer seine Königin durch die Kräfte, die Deathwing beschworen hatte, verheert worden war. Sie konnte sich kaum noch in der Luft halten.

Doch in diesem Moment flog ein grüner Drache an ihnen vorbei. Auf seinem Rücken saß ein einzigartig aussehender Nachtelf.

„Malfurion", murmelte Krasus und betrachtete den Druiden, der nun ein Geweih auf dem Kopf trug, das an das seines Lehrers erinnerte. „Ja, er ist es, der es versucht …"

Doch das entband die anderen nicht von ihrer Pflicht. Trotz ihrer Wunden beeilte sich Alexstrasza. Auf Krasus' rechter Seite näherten sich Rhonin und Brox auf einem zweiten roten Drachen. Der bronzefarbene Drache folgte ihnen ebenfalls, aber da er reiterlos war, konnte er den anderen nur zusehen.

Malfurions Drache näherte sich der herabfallenden Scheibe. Sie hinterließ eine goldene Spur in der Luft. Krasus hielt den Atem an, als der Druide die Hand danach ausstreckte … und sie auffing. Der Nachtelf presste sie gegen seine Brust.

Ein Schrei wie Donnergrollen kam aus dem Portal und erschütterte den Drachenmagier bis ins Mark. Er blickte hinab auf den schrecklichen grünen Sturm, der in der Mitte des Mahlstroms entstand.

Sargeras bahnte sich seinen Weg durch das fast vollendete Portal!

Brox war ein Krieger, der seine Grenzen kannte. Dies war die Stunde der Zauberer und Magier. Hier oben gab es keine Feinde mehr, die Schwerter oder Äxte schwangen.

Malfurion starrte auf die verfluchte Scheibe. Seine Augen waren weit aufgerissen und blinzelten nicht. Brox erkannte die verführerische Macht der Dämonenseele und rief dem Nachtelf zu: „Druide, du darfst ihr nicht vertrauen! Sie ist das Böse!“

Der Nachtelf sah auf und nickte dann entschlossen. Brox atmete erleichtert aus, doch der Atem stockte in seiner Brust, als er den Schrei aus dem Mahlstrom hörte. Es war der eines wütenden Gottes.

Der Schrei von Sargeras, dem Herrn der Brennenden Legion.

„Der Dämonenlord versucht, Kalimdor zu betreten!“, rief der rote Drache. „Das Portal ist fast fertig. Es könnte ihm gelingen … und dann sind wir alle verloren!“

Brox blickte auf den grünen Sturm. Er wurde kleiner und begann ein achteckiges Tor zu formen.

„Was geht da vor? Das Portal schrumpft, anstatt zu wachsen.“

„Sargeras erhöht seine Chancen, wenn er den Zauber konzentriert. Sobald er hindurch ist, kann er ihn problemlos wieder erweitern.“

Entsetzt löste Brox seinen Blick von dem monströsen Toben … und bemerkte, dass sich ihre Lage immer mehr verschlechterte. Aus Zin-Azshari erhoben sich Hunderte, vielleicht sogar Tausende geflügelter Kreaturen. „Seht nur! Da!“

Captain Varo’then und seine Soldaten hatten die Drachen angreifen dürfen, weil Mannoroth geglaubt hatte, man müsse sie nur aufhalten. Aber nach den Taten des schwarzen Drachen hatte er diesen Plan verworfen. Mannoroth wusste jetzt, welche Gefahr der Legion drohte. Deshalb hatte er jede Verdammniswache und all die anderen geflügelten Dämonen zusammengezogen, um das Problem aus der Welt zu schaffen.

Brox hätte seine Axt nur zu gern in den angreifenden Schwarm geschlagen, aber er wusste, dass sein Beitrag lächerlich gewesen wäre verglichen mit Rhonins und Krasus’ Magie. Natürlich konnte er auf dem roten Drachen sitzen bleiben, während der Magier kämpfte, aber was würde das schon bringen?

Alexstrasza und Krasus, die weiter zurückgeblieben waren, hatten sich bereits umgedreht und erwarteten den Schwarm. Der zweite rote Drache begann sich vom Zentrum des Brunnens zu entfernen. Einzig Malfurion hatte noch die

Möglichkeit, das Portal mit der Dämonenseele zu verschließen … wenn man ihm die nötige Zeit dazu verschaffte. Sogar Brox spürte die dunklen Energien, die sich im Portal zusammenbrauten. Sargeras hatte es fast geschafft.

Dem Ork fiel nur eine Lösung ein. Ein Teil von ihm hielt das für Wahnsinn, ein anderer drängte ihn zur Tat.

„Leb wohl, Zauberer!“, rief er. „Es war eine Ehre, mit dir und den anderen zu kämpfen!“

Rhonin starrte ihn an. „Was hast du vor?“

Brox sprang.

Der rote Drache versuchte nach ihm zu greifen, aber der Ork hatte ihn so überrascht, dass er zu spät reagierte. Brox stürzte an seinen Klauen vorbei auf die Mitte des Brunnens zu … wo der grüne Feuersturm seinen Höhepunkt erreichte.

Der Wind zerrte an ihm. Der Ork stieß seinen Kriegsschrei aus. Er umklammerte seine Axt so fest, dass die Knöchel weiß hervortraten. Er grinste so, wie er es an dem Tag getan hatte, an dem er und seine Kameraden den Pass mit ihrem Leben verteidigen wollten.

Als sich Brox dem Portal näherte, änderte sich seine Perspektive. Er sah Bewegung im Inneren. Unzählige Dämonenreihen bereiteten sich auf den Übergang in die Welt der Sterblichen vor. Zwar entdeckte Brox Sargeras nicht, aber er wusste, dass der Dämonenlord sehr, sehr nahe war.

Und dann erreichte der Ork das Portal.

# NEUNZEHN

Malfurion sah Brox nicht springen, denn er konzentrierte sich bereits auf die Aufgabe, die vor ihm lag. Jetzt, da er die Scheibe in Händen hielt, erkannte er erst, wie unwahrscheinlich es war, dass sein Vorhaben gelingen würde. Malfurion hatte gehofft, einer der anderen, in erster Linie Krasus, würde die Scheibe fangen. Aber die Dinge waren durch die Zauber, die sie alle unterschätzt hatten, und durch die schockierenden Taten des schwarzen Drachen auf den Kopf gestellt worden. Jetzt hing alles von ihm ab, aber er wusste nicht genau, was er eigentlich tun sollte.

Im gleichen Moment spürte er Tyrande in seinen Gedanken. Malfurion streckte seine Geistfühler nach ihr aus und bemerkte entsetzt, dass sie in Gefahr schwebte.

*Tyrande! Was –*

*Malfurion, hier sind überall Dämonen. Illidan und ich glauben, dass Mannoroth dich durch uns angreifen will.*

Er suchte nach einer Verbindung zu seinem Zwillingsbruder. Als er sie fand, schreckte er vor der Blutgier zurück, die er in Illidans Gedanken spürte. Der Druide spürte, wie sein Bruder gegen die Brennende Legion kämpfte, sah die Körper der Dämonenkrieger, die sich vor dem schwarz gekleideten Zauberer häuften.

Illidan bemerkte seine Anwesenheit. *Bruder?*

*Illidan! Könnt ihr fliehen?*

*Wir sind umzingelt, und Mannoroth wartet bestimmt nur darauf, dass ich versuche, uns durch einen Zauber in Sicherheit zu bringen. Den würde er umleiten, damit wir stattdessen in seinen zärtlichen Armen landen …*

Malfurion erschauderte. *Ich komme. Ich werde euch helfen.*

Doch noch während er den Gedanken formulierte, erkannte er, dass er den Brunnen nicht verlassen konnte. Das Portal musste zerstört werden, auch wenn das die Opferung von Tyrande und seinem Bruder bedeutete. Wie gerne wäre Malfurion in die alte Zeit zurückgekehrt, in der es noch keine Brennende Legion gegeben hatte. Die Zeit, in der er und sein Bruder Seite an Seite kämpften. Damals, als Kinder, waren er und Illidan unzertrennlich und unbesiegbar gewesen.

*Wenn es doch noch einmal so sein könnte,* dachte der Druide verzweifelt. *Wenn ich doch noch einmal neben Illidan stünde. Gemeinsam mit ihm würde ich das Böse bekämpfen.*

Zu spät bemerkte Malfurion das Aufleuchten der Dämonenseele.

Ein kurzer Schwindel überkam ihn. Die Welt verschwamm vor seinen Augen. Stöhnend schüttelte Malfurion den Kopf … und erkannte, dass er plötzlich neben Illidan in den Ruinen von Zin-Azshari stand.

„Malfurion?“, keuchte Tyrande. Sie streckte ihre Hand nach dem Druiden aus, glitt aber durch seinen Körper hindurch.

Malfurion hingegen, der mit seiner Hand Illidan berührte, spürte dessen Haut. Sein Bruder wich überrascht zurück.

Malfurion blinzelte … und hockte wieder auf dem Drachen hoch über dem Brunnen der Ewigkeit.

Nur dass jetzt Illidan neben ihm saß.

Der Zauberer starrte Malfurion hinter seinem Schal misstrauisch und bewundernd an. „Was hast du getan, Bruder?“

Der Druide betrachtete die Dämonenseele und dachte an seinen Wunsch. Die Scheibe hatte ihn erfüllt.

Er und Illidan hielten sich gleichzeitig an zwei verschiedenen Orten auf.

Malfurion akzeptierte es. Die Dämonenseele war zweifellos das Böse, aber sie hatte ihm die Chance gegeben, die er benötigte. „Hilf mir, Illidan“, rief er. „Hilf mir hier …“ Er brachte ihn zurück nach Zin-Azshari. „… und hier.“

Sein Zwilling grinste, so wie er es früher getan hatte, und nickte.

Seite an Seite standen die Brüder in der nebligen Stadt, während die Dämonen ihnen über die Trümmer entgegen kletterten. Dutzende starben, wurden aufgespießt von meterlangen Schwertern, die Illidan aus schwarzer Energie erschuf. Gleichzeitig bündelte Malfurion die Kräfte der Natur zu einem Sturm, dessen Regentropfen Rüstungen und Fleisch der Dämonen auflöste. Tyrande stand neben ihnen und beschwor Elune. Das Licht der Mondgöttin blendete und verbrannte die monströsen Krieger.

Zur gleichen Zeit saßen Illidan und Malfurion aber auch auf Ysera und kämpften gegen den Zauber, der das Portal zusammenhielt. Es wunderte beide, dass Sargeras noch nicht hindurch getreten war, aber sie stellten ihr Glück nicht in Frage.

Trotz der Dämonenseele erreichten sie nichts. Der Himmel war voller Verdammniswachen, die nach denen suchten, die ihren Herrn aufhalten wollten. Krasus, Rhonin und die Drachen töteten sie gleich dutzendweise, aber sie schienen nicht weniger zu werden. Brox war nicht zu sehen, aber der Druide hatte keine Zeit, darüber nachzudenken.

Ysera wehrte einen Angriff nach dem anderen ab, doch Malfurion wusste, dass sie das nicht ewig durchhalten konnte. Er und Illidan gaben zwar ihr

Bestes, doch selbst die Dämonenscheibe vermochte das Portal nicht zu schließen.

Dann endlich erkannte er das Problem. Malfurion sah seinen Bruder an. „Wir machen alles falsch. Wir benutzen die Scheibe, um unsere Zauber zu verstärken."

„Natürlich", entgegnete Illidan. Die Umgebung veränderte sich. In Zin-Azshari erschlug der Zauberer gerade eine Teufelswache. „Wie sollten wir sie auch sonst einsetzen?"

Sie kehrten zum Brunnen zurück und zu dem Himmel voller Dämonen. Der Druide betrachtete Deathwings unselige Schöpfung. Sein eigener Plan widerte ihn an. „Die Dämonenseele ist ein Teil des Portalzaubers. Wir dürfen nichts aus ihr herausziehen, sondern müssen etwas in sie hineinlegen. Wir müssen unsere Zauber *durch* die Scheibe weben und sie nicht wie eine Axt oder ein Schwert behandeln."

Illidan schien widersprechen zu wollen, schloss den Mund aber, als er erkannte, dass sein Bruder Recht hatte.

Malfurion stand wieder in Zin-Azshari. Sofort bemerkte er, dass sich eine neue Kraft zu den Dämonen der Stadt gesellt hatte, eine Kraft, die sich gezielt auf die Ruinen zu bewegte, in denen sich Tyrande und die Brüder aufhielten. Ihr Gestank war ihm nur allzu vertraut.

„Satyrn!"

Die Ziegenwesen sprangen über die Dämonen hinweg, während die Nachtelfen bereits die ersten Zauber sprachen. Sie lachten irre, einige meckerten sogar.

Doch als sich die Ungeheuer den Brüdern näherten, saß Malfurion plötzlich wieder auf Ysera. Die ständigen Ortswechsel lenkten ihn ab, und er befürchtete, dass die Fähigkeit, an zwei Kämpfen gleichzeitig teilzunehmen, schon bald nachlassen würde.

„Verbinde dich mit mir, Illidan! Jetzt!"

Der Zauberer zögerte nicht. Sein Geist verband sich mit dem Malfurions, verschmolz mit ihm, bis sie beinahe eins waren. Der Druide las in den Gedanken seines Bruders, wie er versucht hatte, sich zum Helden von Kalimdor aufzuspielen. Und er erkannte, wie die dunklen Kräfte der Scheibe, die auch ihn hatten manipulieren wollen, Illidans Arroganz für ihre eigenen Zwecke ausgenutzt hatten.

Er hatte die Drei, wie Krasus sie nannte, völlig vergessen. Sie versuchten also noch immer zu fliehen, und Sargeras Portal stellte ihr Tor zur Freiheit dar. Der Druide wusste, dass es keine andere Möglichkeit gab: Er musste die Dämonenseele einsetzen, um das Portal zu zerstören.

*Halte dich bereit!*, befahl er Illidan

Malfurion beschwor die Urenergien Kalimdors, die gleichen Kräfte, die ihm auch schon im Kampf gegen Captain Varo'then gedient hatten. Doch dieses Mal verlangte er ein weit größeres Opfer von ihnen. Die Kraft, um die er seine Welt bat, war um ein Vielfaches stärker als die, mit der er einst Krasus und später Korialstrasz gerettet hatte. Vielleicht würde er die Welt damit sogar ausdörren und zu dem gleichen Schicksal verdammen, das auch die Brennende Legion ihr zugedacht hatte.

Noch während er Kalimdor darum bat, ihm diese Kräfte zu gewähren, spürte er, wie sein Bruder damit begann, seine eigene Macht aus dem Brunnen der Ewigkeit zu ziehen. Als beide ihr Ziel erreicht hatten, verbanden die Brüder ihre Energien miteinander und schickten sie in die Dämonenseele.

Malfurion und Illidan zuckten zusammen, als ihre Magie mit der Macht der Scheibe verschmolz. Der Druide kehrte einen Moment lang nach Zin-Azshari zurück, wo ein Satyr sich gerade auf Tyrande stürzen wollte. Der Druide schlug mit einem Schwert, das er aus einem gezackten Blatt gebildet hatte, nach dem Dämon. Dessen Kopf rollte von den Schultern.

Malfurion kehrte zum Brunnen zurück. Er biss die Zähne zusammen und konzentrierte sich wieder auf die Dämonenseele.

Er und Illidan wurden zu einem Teil der Scheibe. Sie wurden … zur Dämonenseele…

Eine endlose Welle des Bösen, die auf seinen Tod aus war, rollte ihm entgegen.

„Kommt schon!“, schrie Brox und trat nach dem abgetrennten Bein eines Dämons, der sich in die Reichweite seiner Axt gewagt hatte. Er stand auf einem Leichenberg, den er selbst geschaffen hatte. Sein Blut lief über seinen Körper, dennoch war der Ork von einer Stärke erfüllt, die er schon seit Jahren nicht mehr gespürt hatte

Wütendes Chaos umgab den einsamen Kämpfer. Dies war der Wahnsinn, der im Reich der Brennenden Legion herrschte. Es gab keinen Boden, keinen Himmel, nur ein Wirbeln feuriger Farben und unkontrollierter Energien. Wenn sich Brox nicht völlig auf seine Gegner konzentriert hätte, wäre er wahrscheinlich schon wahnsinnig geworden.

Hinter ihm pulsierte das Portal bedrohlich. Grüne Flammen tanzten um es her wie irre Dämonen. Die Brennende Legion wurde von ihnen angezogen wie die sprichwörtliche Motte vom Licht. Brox hatte mit seinem sofortigen Tod gerechnet, aber noch lebte er. Und bisher war es ihm sogar gelungen, den Dämonen den Weg durch das Portal zu versperren.

Der ergraute Krieger wusste jedoch nicht, wie lange er noch durchhalten würde. Er hoffte, die Zerstörung des Portals zu erleben, bevor sein Leben endete. Die magische Axt verschaffte ihm zwar einen enormen Vorteil, aber die Waffe nützte ihm nur etwas, so lange er die Kraft hatte, sie zu heben.

Ein schwarzer Schatten zu seiner Rechten erregte seine Aufmerksamkeit. Instinktiv wandte er sich ihm zu …

… und wurde von einer Kraft getroffen, gegen die all die anderen Dämonenangriffe verblassten. Brox' Schulter knirschte, und er spürte, wie sich einige Rippen in seine Organe bohrten. Schmerz wütete in seinem Körper.

Er versuchte sich zu erheben, aber die Schläge prasselten auf ihn nieder. Seine Beine wurden zerquetscht, sein Kiefer gebrochen. Brox schmeckte sein Blut, ein Geschmack, der ihm nur allzu vertraut war. Ein Auge war angeschwollen und hatte sich bereits geschlossen. Nur atmen konnte der Ork noch.

Die Hand, die ihm noch geblieben war, umklammerte die Axt. Brox mobilisierte seine letzten Kräfte und holte aus.

Die Klinge traf auf Widerstand, und für einen Moment spürte der Ork neue Hoffnung. Doch das Winseln, das er unmittelbar darauf hörte, verriet ihm, dass er nur eine Teufelsbestie getroffen hatte, die sich zu nahe an ihn heran gewagt hatte.

*Wie bedauerlich …*

Trotz dieser Worte gab es kein Mitleid in der dunklen Stimme, die durch seinen Kopf dröhnte. Ein gewaltiger Schatten fiel über den Ork.

*Wie bedauerlich, dass jemand mit solcher Blutgier der anderen Seite dient …*

Brox stieß seinen Kriegsschrei aus und richtete sich stöhnend auf. Er holte mit der Axt aus.

Dieses Mal stand ihm kein Dämonenhund gegenüber.

Ein wütender Schrei raubte dem verletzten Ork beinahe das Gehör. Mit seinem gesunden Auge sah Brox eine gewaltige gehörnte Gestalt in tiefschwarzer Rüstung, deren dichtes Haar und Bart aus wild tanzenden Flammen zu bestehen schien. Der Ork konnte das Gesicht dahinter nicht erkennen, wusste jedoch, dass es gleichzeitig perfekt und entsetzlich sein würde.

Der Titan hob seine Hand. Er hielt ein riesiges Schwert, dessen Klinge in der Mitte abgebrochen war. Der Rest war jedoch noch scharf genug, um zu töten.

Der Ork sprach sein Todesgebet.

Das Schwert traf ihn und durchbohrte seine Wirbelsäule. Brox begann zu zittern. Das Licht in seinen Augen schwand. Die Axt entfiel seinen reglosen Fingern.

Mit einem letzten Seufzen gesellte sich Brox zu seinen toten Kameraden.

„Es sind zu viele!“, rief Rhonin.

„Wir müssen durchhalten. Malfurion braucht Zeit!“, antwortete Krasus von Alexstraszas Rücken aus.

„Kann er es schaffen?“

„Er ist ein Teil Kalimdors. Es muss ihm einfach gelingen. Niemand außer ihm ist dazu in der Lage.“

Rhonin nickte stumm und schickte ein weiteres Dutzend Dämonen in ein hoffentlich höllisches Jenseits.

Der Lärm, der draußen vor dem Palast und sogar im Inneren erklang, raubte Königin Azshara auch die letzte Ruhe. Sie trug ihr schönstes Kleid, um den großen Sargeras angemessen zu begrüßen, rauschte damit jedoch durch die Gänge, während ihre Dämonenwachen ihr hinterhereilten. Nachtelfensoldaten salutierten nervös, wenn sie an ihnen vorbeikam.

„Vashj! Lady Vashj!"

Azsharas Zofe lief ihr aus einem Zimmer entgegen und kniete nieder. „Ja, Herrin? Ich bin hier, um zu gehorchen."

„Du bist hier, um Fragen zu beantworten! Man sagte mir, alles sei in Ordnung, aber jetzt scheint Chaos zu herrschen. Das beleidigt meine Sinne. Die Ordnung muss wiederhergestellt werden, ist das klar? Was soll denn Lord Sargeras sonst denken?"

Vashj hielt den Kopf weiter nach unten geneigt. Jede Fliese des Marmorfußbodens enthielt ein Relief von Azsharas perfektem Gesicht. „Ich bin nur eine einfache Dienerin, Licht der Lichter. Ich habe Lord Mannoroth um Neuigkeiten gebeten, aber er hat mich weggeschickt und gedroht, mich zu häuten."

„Unverschämtheit!" Azshara blickte in den Gang, der zu dem Turm führte, in dem Dämonen und Hochgeborene ihrer Arbeit nachgingen. „Das werden wir ja sehen. Komm, Vashj!"

Die Königin und ihre nervöse Dienerin stiegen die Steintreppe hinauf. Normalerweise hätte sich Azshara von ihren Dienern einen pompösen Auftritt vorbereiten lassen, aber sie war zu wütend, um sich dafür die Zeit zu nehmen. Dieses eine Mal mussten Vashj und ihre Leibwache ausreichen.

Zwei Teufelswachen und zwei Teufelsbestien versuchten, ihr den Weg zu versperren. „Geht zur Seite. Das ist ein Befehl!"

Die Hunde winselten, wollten ihr offensichtlich gehorchen, doch die beiden Krieger schüttelten den Kopf.

Azshara warf ihrer eigenen Leibwache einen kurzen Blick zu, lächelte und sagte: „Entfernt sie."

Ihre Wachen stellten sich ohne zu zögern gegen ihre Kameraden. Sie waren schon so lange bei der Königin, dass sie ihrem Charme erlegen waren. Die zahlenmäßig unterlegenen Dämonen starben schnell, ebenso wie die Hunde. Ein Leibwächter verlor ebenfalls sein Leben, aber welche Bedeutung hatte das schon verglichen mit den Wünschen einer Königin?

Die Leichen wurden beiseite geräumt, dann ging Azshara weiter. Vashj öffnete die Tür und versteckte sich hinter ihrer Königin.

In dem Raum hinter der Tür herrschte geschäftiges Treiben. Hagere schwitzende Zauberer arbeiteten angestrengt und duckten sich unter Mannoroths wachsamen Blicken. Satyrn, Eredar und Schreckenslords woben ebenfalls Zauber, die sich offenbar auf einen Ort jenseits der Palastmauern konzentrierten.

Azshara interessierte der Stress nicht, unter dem die Magier standen. Hoch erhobenen Hauptes ging sie auf den riesigen Dämon Mannoroth zu, der ebenfalls vor Anstrengung schwitzte. Er bemerkte ihre Anwesenheit im ersten Moment nicht einmal, eine Beleidigung, über die die Königin nur mühsam hinweg sah.

„Lord Mannoroth“, sagte sie kühl. „Ich bin sehr enttäuscht, über die fehlende Ordnung in diesem Palast, so kurz vor Lord Sargeras' Ankunft.“

Er fuhr herum. Sein Krötengesicht verriet, wie überrascht er über eine solche Unverschämtheit war. „Kleine Kreatur, du solltest besser gehen. Meine Geduld neigt sich ihrem Ende zu. Für diese Störung sollte ich dir den Kopf abreißen und dein Blut trinken!“

Azshara antwortete nicht, sondern sah ihn nur verärgert an.

Zischend holte Mannoroth aus. Seine Absicht war klar: Er hatte keine weitere Verwendung für die Nachtelfe.

Aber obwohl Mannoroth kurz davor stand, ihr den Kopf abzuschlagen, kam es nicht dazu. Das lag nicht etwa daran, dass er glaubte, Sargeras habe noch etwas mit der silberhaarigen Kreatur vor, sondern daran, dass er einfach nicht zuschlagen *konnte*. Die Macht der Königin war so groß, dass nur Sargeras sich gegen sie zu stellen vermocht hätte. Mannoroth wäre es leichter gefallen, sich selbst zu köpfen als sie.

Er wich zurück. Er fühlte sich unwohl in der Gegenwart einer Kreatur, die er so sehr unterschätzt hatte. Gleichzeitig musste er sich der Gefahr widmen, die dem Portal drohte.

„Da du Lord Sargeras' Diener bist“, erklärte Azshara königlich, „vergebe ich dir deinen Ausbruch … dieses Mal.“

Mannoroth wandte sich von ihr ab, damit sie nicht sehen konnte, wie verstört er war. „Ich habe keine Zeit. Das Portal muss geschützt –“

Ihre Augenbrauen hoben sich. „Das Portal ist gefährdet? Wodurch?“

Der Dämon biss seine gelben Fänge zusammen. „Wegen der Verzweiflungstat einiger Nichtsnutze. Alles wird gut … wenn ich nicht mehr unterbrochen werde.“

Azshara schürzte die Lippen, als sie seinen beleidigenden Tonfall hörte, verstand jedoch den Grund dafür. „Nun gut, Lord Mannoroth. Ich werde in meine Räumlichkeiten zurückkehren … aber ich erwarte, dass dieser Zwischenfall ein baldiges Ende findet und Lord Sargeras zu mir geleitet wird. Wir sind hier fertig, Vashj.“

Die Königin der Nachtelfen verließ den Raum mit königlicher Würde. Mannoroth sah ihr nach. Er konnte immer noch nicht fassen, wie mächtig sie war. Dann riss er sich zusammen und widmete sich wieder seiner Aufgabe. Die Rebellen mussten besiegt werden. Das Tor, das den Herrn der Brennenden Legion in diese Welt bringen würde, durfte nicht geschlossen werden. Er fühlte, wie sich Sargeras dem Portal näherte, das trotz des Diebstahls der Drachenseele immer noch offen stand.

Bald … es würde nicht mehr lange dauern …

Malfurion und Illidan kämpften weiter gegen die Dämonen in den Ruinen. Gleichzeitig versetzten sie sich selbst in die Scheibe. Illidan wollte sich mit aller Kraft hineinstürzen, aber Malfurion hielt seinen Zwilling zurück. Sie mussten vorsichtig handeln, auch wenn jede Sekunde so wertvoll wie ein letzter Atemzug war.

Dann endlich waren sie bereit.

Doch als sie ihren abschließenden Zauber beginnen wollten, spürte Malfurion, wie etwas entsetzlich Böses seinen Geist berührte, etwas, das nicht identisch mit Sargeras war. Stimmen flüsterten in seinem Kopf und versprachen ihm die Erfüllung aller Wünsche. Er würde über Kalimdor herrschen, mit Tyrande an seiner Seite und der Brennenden Legion als seiner Armee. Alle würden sich vor ihm verneigen. All das würde geschehen, wenn er seinen Zauber nur ein wenig veränderte.

Der Druide kämpfte gegen die Stimmen an. Er wusste, was sie tatsächlich wollten. Mühsam setzte er seinen Zauber fort.

Aber im gleichen Moment versuchte Illidan, das zu tun, was die Stimmen von Malfurion verlangt hatten. Dem Druiden war es gelungen, der Versuchung zu widerstehen, Illidan hingegen war ihr Opfer geworden.

*Illidan!* Malfurions Gedanken waren wie ein Schlag ins Gesicht des Bruders. Er spürte, wie sich die Dunkelheit, die seinen Zwilling festgehalten hatte, löste.

*Ich bin wieder ich selbst*, versicherte Illidan ihm einen Moment später.

Malfurion traute ihm zwar nicht völlig, setzte seine Arbeit jedoch fort. Sie hatten nur noch wenig Zeit. Die Drei waren zwar zurückgeschlagen worden, aber wenn niemand das Portal schloss, würden sie Sargeras früher oder später nach Kalimdor folgen.

Malfurion wusste, welches Leid sie über die Welt bringen würden. Selbst sein gefährlicher Zauber war im Vergleich dazu nur ein laues Lüftchen.

Stille hing über der Landschaft. Es war, als existiere kein Geräusch in der Welt. Der Wind war so lautlos wie die aufgepeitschten Wellen und der unhörbare Donner.

Dann erschütterte ein gewaltiges Heulen Zin-Azshari und den Rest von Kalimdor. Ein furchtbarer Sturm erfasste Malfurion, aber Ysera stemmte sich rasch dagegen. Der neue Wind tobte wütender als jeder Sturm, den Malfurion jemals erlebt hatte. Die anderen Drachen wurden im ersten Moment taumelnd mitgerissen, gewannen die Kontrolle über ihren Flug aber schon bald zurück, so als existiere der Sturm für sie nicht länger.

Die Verdammniswachen und die anderen fliegenden Dämonen hatten nicht so viel Glück. Sie wurden hinweg gerissen, konnten weder gegen den Sturm, noch gegen ihre anderen Feinde ankämpfen. Einige stießen zusammen und brachen sich die Knochen. Viele starben, stürzten aber nicht in die Tiefe, da der Wind ihre Leichen durch die Luft wirbelte. Sie sahen aus wie makabre Tänzer.

Der Sturm steigerte sich um das Zehnfache, das Hundertfache, aber die Drachen und ihre Reiter blieben davon verschont. Nur die Dämonen wurden von ihm umhergewirbelt …

… und Stück für Stück zu dem Portal gezogen.

Wer noch atmen konnte, heulte, schrie und biss um sich, doch es half alles nichts. Aus allen Richtungen flogen die Dämonen dem Tor entgegen, hinter dem ihre Brüder kampfeslustig warteten.

„Es funktioniert!", rief Illidan und lachte triumphierend. „Es funktioniert!"

Malfurion jubelte nicht, denn er spürte den Widerstand, der sich gegen den Zauber aufbaute. Er wusste nicht, ob Sargeras oder die Drei dafür verantwortlich waren. Der Druide wusste nur, dass er nicht aufgeben durfte, sonst war die Welt verloren.

Der Wind wurde immer noch stärker. Er riss die Dämonen in das Portal im Zentrum des Brunnens. Innerhalb weniger Sekunden flog kein Dämon mehr am Himmel, doch der Sturm flaute nicht ab.

Malfurion, der sich immer noch an zwei Orten gleichzeitig aufhielt, sah zu, wie die Dämonen, die sich ihm, Illidan und Tyrande genähert hatten, plötzlich in Panik gerieten. Riesige Teufelswächter und monströse Dämonenhunde klammerten sich am Boden fest. Eine Höllenkreatur kämpfte sich ein paar Schritte auf die Nachtelfen zu, kam dann aber auch nicht mehr weiter.

Dann flog die erste Teufelsbestie aus der Ruine heraus. Ihr Jaulen hallte durch Zin-Azshari. Sie verschwand im Brunnen.

Eine weitere Teufelsbestie folgte, dann die Teufelswachen. Als sei nun ein Damm gebrochen worden, flogen Dämonen gleich dutzendweise zum Himmel auf. Es war, als sähe man einem bizarren, umgedrehten Regen zu. Sie wurden über die dunklen Wasser gerissen, und Malfurion beobachtete, wie ihre Körper flüssiger, fast schon durchscheinend wurden.

Schwindel erfasste ihn. Beinahe hätte der Nachtelf die Kontrolle über den Zauber verloren. Die Ruinen Zin-Azsharis verschwanden. Malfurion drehte sich zur Seite und entdeckte, dass sein Bruder nicht mehr neben ihm saß. Die Verbindung zwischen ihm und Illidan existierte zwar noch, aber sie war wesentlich schwächer geworden.

Der Druide konzentrierte sich weiter. Die natürliche Kraft der Welt floss wie

Blut durch seine Adern. Die Bäume, das Gras, die Felsen, die Fauna … alle opferten einen Teil ihrer selbst, um ihm die Stärke zu geben, die er benötigte. Malfurion ahnte, dass das, was er hier tat, weit über die Lehren des Cenarius hinausging und weit über alles, das er jemals versucht hatte. Illidans Magie war noch immer mit der seinen verschmolzen und verstärkte sie.

Er schrie auf, als tausend Nadeln seinen Geist zu treffen schienen. Sargeras griff ihn an. Die Aura des Dämonenlords erfüllte ihn, versuchte ihn von innen heraus zu verzehren.

Malfurion kämpfte gegen den Schmerz. Kalimdor gab ihm auch weiterhin alle Kraft, die es aufbringen konnte. Er war jetzt sein Wächter, mehr noch als Cenarius, Malorne oder sogar die Drachen. Von ihm allein hing alles ab.

Er bot der Brennenden Legion und den Dreien ganz allein die Stirn.

„Schuftet, ihr Hunde!“ Mannoroth trieb die Zauberer und Dämonen an. „Härter! Härter!“

Einer der Hochgeborenen ging in die Knie. Wie die anderen auch war er bis auf die Knochen abgemagert. Die einst extravaganten Gewänder schlotterten nur noch um ihre Körper. Der Gefallene hustete, bemerkte dann erst den riesigen Schatten, der auf ihn fiel.

„Bitte, Lord Mannoroth! Ich brauche doch nur –“

Mit einer Hand ergriff der Dämon seinen Kopf und zerquetschte ihn. Mannoroth schüttelte den leblosen Körper als Warnung für die entsetzten Nachtelfen und Hexenmeister. „Arbeitet!“

Trotz ihres schlechten Zustands gehorchten die Zauberer und verdoppelten ihre Anstrengungen. Aber Mannoroth war immer noch nicht zufrieden. Er warf die Leiche zur Seite und betrat den magischen Kreis. Die Zauber benötigten seine Unterstützung.

Doch als er jene beiseite stieß, die ihm im Weg standen, erfasste ihn ein seltsamer Schwindel. Seine Bewegungen wurden langsamer, und als er zu einem der Eredar blickte, bemerkte er, dass auch der Hexenmeister davon betroffen war. Sogar die Nachtelfen wurden langsamer.

„Was-geht-hier-vor?“, fragte er niemanden und alle.

Sein Schwanz schlug schwer auf den Steinboden. Mannoroth versuchte einen Zauber zu weben, doch als er die Hand hob, weiteten sich seine Augen. Seine Schuppenhaut wirkte durchsichtig. Der Dämon konnte seine Sehnen und Knochen erkennen, die ebenfalls an Substanz verloren hatten.

„Unmöglich!“, schrie der geflügelte Dämon. „Unmöglich!“

Die Turmmauer, die dem Brunnen der Ewigkeit am nächsten lag, brach heraus.

Eine gewaltige Kraft zog an den Dämonen. Die, die dem Loch in der Mauer am nächsten standen, wurden auf das schwarze Wasser hinausgerissen und verschwanden in großer Entfernung. Schwer gepanzerte Krieger wurden vom Boden emporgehoben wie Federn.

Der Zirkel löste sich auf. Die Furcht der Nachtelfen vor dem, was als nächstes geschehen würde, überstieg sogar die Angst, die sie vor Mannoroth hatten. Die Eredar, die ebenfalls an ihre Grenzen gestoßen waren, versuchten ihnen zu folgen, fielen aber dem gleichen furchtbaren Wind zum Opfer, der auch schon die Teufelswachen erfasst hatte. Laut aufheulend verschwanden sie durch das Loch.

Schließlich blieb nur Mannoroth zurück. Seine unglaubliche Stärke und die Masse seines Körpers arbeiteten für ihn. Der geflügelte Dämon stemmte sich gegen den Wind. Seine Augen richteten sich auf den vergehenden Zauber. Er bewegte sich auf den Zirkel zu. Es befand sich noch Magie darin, genug, um seine eigene Kraft zu verstärken und einen Schutzzauber zu errichten, hinter dem er das Ende des Angriffs abwarten konnte.

Jeder Schritt fiel ihm schwer, aber er kämpfte sich vorwärts. Sein linker Fuß trat in den Zirkel, dann sein rechter. Seine Flügel schlugen wie wild, trieben ihn nach vorne. Der Dämon grinste breit und triumphierend, als auch seine Hinterbeine den Zirkel betraten.

Er hob seine Klauenhände und beschwor die Magie des Zirkels. Es fiel ihm unendlich schwer, seine Arme zu bewegen, aber es gelang ihm schließlich.

Eine grün leuchtende, brennende Kuppel bildete sich um ihn her. Der Wind ließ nach. Mannoroth wandte sich der zerstörten Wand zu und begann laut zu lachen. Gegen niedere Dämonen hatte der Wind zwar gesiegt, aber nicht gegen ihn, nicht gegen Mannoroth, den Häuter! Mannoroth, den Zerstörer! Einen von Sargeras' Auserwählten –

Die Flammen der Kuppel wurden zum Loch in der Wand gezogen. Entsetzt sah der Dämon, wie sein Schutzzauber hinweg gerissen wurde.

Er wollte zurückweichen, aber der Wind ergriff auch ihn. Mannoroth keuchte, als er vom Boden gehoben wurde. Wütend schrie er auf. Er prallte gegen ein Mauerstück, das ebenfalls vom Wind mitgerissen wurde.

Er hielt sich am Rest der Mauer fest. Einen Moment lang keimte Hoffnung, doch dann rutschten die Klauen ab, und er wurde endgültig aus dem Turm gerissen.

Brüllend raste Mannoroth dem Brunnen der Ewigkeit entgegen.

# ZWANZIG

Blut lief über Jarod Shadowsongs Gesicht. Er war sich sicher, dass sein linker Arm gebrochen war. Nicht so sicher war er sich, ob durch die hämmernden Schläge, die seine Rüstung eingedrückt hatten, wichtige Organe verletzt worden waren. Das Atmen fiel ihm schwer, aber wenigstens konnte er noch stehen … gerade so.

Jarod hob mühsam sein Schwert und sah seinen Gegner an.

Archimonde war unverwundet. Jarod hatte den dunklen Dämon kein einziges Mal verletzt, hatte ihn noch nicht einmal berührt, außer als Opfer der brutalen Schläge, die ihn immer wieder trafen.

Jarod wusste sehr wohl, dass der riesige Dämon nur mit ihm spielte. Archimonde hätte seinen winzigen Gegner schon ein Dutzend Mal töten können. Stattdessen zögerte er den Kampf mit sadistischer Freude hinaus. Jarod ahnte jedoch, dass der tödliche Schlag nicht mehr lange auf sich warten lassen würde. Der Dämon würde gewiss bald die Lust an diesem Spiel verlieren.

Trotzdem stand Jarod nach jedem Schlag wieder auf.

Außer ihnen befand sich niemand in diesem Bereich des Schlachtfelds. Aus sicherer Entfernung wohnten Dämonen und Soldaten der blutigen Darbietung bei. Die Dämonen genossen den Kampf mit sichtlicher Schadenfreude und feuerten ihren Kommandanten immer wieder an. Jarods Anhänger erkannten hingegen wohl endlich, wie lächerlich der ehemalige Wachsoldat wirklich war. Wahrscheinlich fragten sie sich, wieso sie ihn jemals als ihre Hoffnung angesehen hatten.

Ein heftiger Wind kam auf und wirbelte Staub empor. Jarod blinzelte und versuchte, nicht von den Staubkörnern geblendet zu werden. Der ausdruckslos wirkende Archimonde bewegte sich langsam auf seinen Gegner zu. Jarod vermutete, dass er nach einer geeigneten Stelle für den nächsten seiner mörderischen Hiebe suchte.

Aber wenn der Nachtelf schon sterben musste, wollte er wenigstens den Hauch einer Gegenwehr leisten. Er nahm sein Schwert in die gesunde Hand, stieß einen Schrei aus und stürmte Archimonde entgegen.

Durch den Staub sah er, wie Archimonde seinen an Wahnwitz grenzenden Angriff belächelte. Doch als Jarod näher kam, schwand dieses Lächeln.

Ungläubig staunend sah der verzweifelte Offizier, wie Archimonde sich versteifte.

Der heftige Wind stieß Jarod förmlich nach vorne. Mit zusammengebissenen Zähnen schlug der Nachtelf nach dem Bauch seines Gegners. Das war die einzig erreichbare Stelle, an der seine winzige Klinge vielleicht ein geringfügigen Schaden anrichten würde. Nur eine einzige Verletzung wollte er dem Dämon zufügen, bevor der ihn zerschmetterte.

Staub und Tränen ließen Jarods Umgebung verschwimmen und verliehen Archimonde ein geisterhaftes Aussehen. Archimonde streckte seine Hand aus, und Jarod biss sich in Erwartung eines furchtbaren, tödlichen Zaubers auf die Lippen.

Doch der Zauber blieb aus. Stattdessen wich Archimonde einen Schritt zurück. Sein Oberkörper war völlig ungeschützt.

Jarod stieß zu. Er zweifelte nicht daran, dass seine Klinge abbrechen oder sein Stoß daneben gehen würde.

Aber er ging nicht fehl, und zu seiner Überraschung schob sich sein Schwert tief in die Eingeweide des Dämons. Doch es traf auf keinerlei Widerstand, so als wäre der Dämon tatsächlich nur ein Geist. Jarod stieß weiter zu und erwartete den Tod.

Stattdessen wurde Archimonde wie von einem heftigen Schlag nach hinten geworfen. Er fiel jedoch nicht zu Boden, sondern flog immer weiter. Mit rudernden Armen und Beinen wurde der Dämonenkommandant in die Luft gerissen, und erst jetzt erkannte Jarod, dass der Wind Archimonde erfasst hatte.

Die Ausdruckslosigkeit verschwand von dem Gesicht des Dämons, während er höher und höher in den Himmel gerissen wurde. Sein Gesicht verzerrte sich zu einer Fratze, die seine wahre Boshaftigkeit widerspiegelte. Er stieß einen zornigen Schrei aus … und verschwand am Horizont.

Der erschöpfte Offizier, der immer noch nicht fassen konnte, dass er den Kampf überlebt hatte, erkannte jetzt, dass der Wind die gesamte Legion ergriffen hatte. Die Dämonen kämpften dagegen an, aber sie wurden wie Staub davon gewirbelt. Die monströsen Hunde rollten zunächst ein Stück weit über die Landschaft und wurden erst dann nach oben gerissen. Ganze Einheiten von Teufelswachen verloren den Boden unter den Füßen, aber Nachtelfen, Tauren und die anderen Wesen Kalimdors, die ihnen entgegen getreten waren, teilten dieses Schicksal nicht.

Höllenkreaturen, die aus dem Himmel fallen wollten, wurden plötzlich zur Seite gerissen und folgten ihren Kameraden. Eine gelangte bis auf wenige Zentimeter an den Boden heran, bevor auch sie empor gehoben und davon geweht wurde.

Selbst die Drachen spürten den Wind kaum. Sie kämpften einen Moment lang um ihr Gleichgewicht, bevor sie vorsichtshalber landeten.

Der Himmel war erfüllt von heulenden, knurrenden Dämonen, die alle vergeblich versuchten, zur Erde zurückzukehren. Und unter ihnen sahen die Kämpfer mit offenem Mund zu, wie die Gefahr, die sie und ihre Welt bedroht hatte, einfach hinfort gefegt wurde. Sogar die Leichen der gefallenen Dämonen trug der Wind empor.

„Ein Wunder!", rief jemand hinter Jarod. Er blickte über seine Schulter und sah, dass einige von denen, die Archimonde zur Seite geschleudert hatte, zurückgekehrt waren. Aus großen Augen betrachteten sie den Himmel. Einige andere richteten den Blick jedoch auf Jarod, als habe er etwas mit dieser wundersamen Fügung zu tun.

Nach und nach verschwanden die Dämonen vom Boden Kalimdors, bis nichts außer verlassenem Ödland vor der Armee lag. Kein Dämon war zurück geblieben … nicht einmal der *Körperteil* eines solchen.

Einige Nachtelfen sanken erleichtert zu Boden. Doch Jarod hatte ein merkwürdiges Gefühl im Bauch. Er glaubte nicht, dass dieser Kampf bereits zu Ende war. So leicht konnte es doch nicht sein …

„Auf die Beine!", rief er. Mit seiner gesunden Hand packte er den verwirrten Herold und befahl: „Lass die Hörner erschallen! Ich will Ordnung in den Reihen sehen. Wir müssen aufbrechen!"

Eine Priesterin der Elune trat neben ihn und begann seinen Arm zu untersuchen. Währenddessen ordnete Jarod seine Gedanken.

„Werden wir sie verfolgen?", fragte ein Adliger, der auf Jarod viel zu euphorisch wirkte.

„Nein!", entgegnete der Kommandant scharf, ohne auf den Standesunterschied zu achten. „Wir warten auf Nachricht von Krasus oder einem der anderen Magier. Erst dann entscheiden wir, ob wir gegen Zin-Azshari marschieren oder um unser Leben laufen. In jedem Fall müssen wir so schnell bereit sein wie dieser Wind."

Die Soldaten gehorchten. Jarod gönnte sich einen Moment, damit die Priesterin ihn versorgen konnte. Dann blickte er in die Richtung, in die die Dämonen verschwunden waren – wo Hauptstadt und Brunnen lagen.

Er glaubte immer weniger, dass der Kampf so enden sollte …

Doch in ganz Kalimdor wurde die Brennende Legion in die Lüfte gehoben und zum Brunnen der Ewigkeit getragen. Gegen den Wind konnten sich auch die Dämonen nicht zur Wehr setzen. Krasus und die anderen sahen zu, wie sie sich als gewaltige Horde über dem Brunnen sammelten und hinein gesogen wurden.

„War es das? Ist es vorbei?", rief Rhonin.

„Vielleicht … aber vielleicht auch nicht." Krasus wandte sich an Alexstrasza. „Zu Malfurion!"

Sie nickte und drehte sich in Richtung des Druiden. Rhonin und der rote Drache folgten ihr.

Malfurion und Ysera schwebten über dem Brunnen. Den Nachtelf umgab die goldene Aura der Dämonenseele. Seine sonst dunkle Haut wirkte beinahe so blass wie die von Krasus. Nervös sah er den Magier an. „Er versucht immer noch, hierher zu kommen.“ Die Züge des Druiden wirkten gealtert, reifer. Falten hatten sich gebildet, und die Augen lagen tiefer in den Höhlen als zuvor. „Ich weiß nicht, ob mein Zauber ihn aufhalten kann.“

Krasus blickte mit seinen geschärften Sinnen tief in den Brunnen hinein.

Tief in das Portal …

… und entdeckte Sargeras, den Herrn der Legion.

Der Titan trug eine schwarze Lavarüstung, deren dunkle Gewalt so unerhört war, dass ein Blick fast schon ausreichte, um die Augen des Magiers zu verbrennen. Krasus kämpfte gegen den Schmerz an und starrte in das Gesicht des Bösen, eine monströse Verzerrung perfekter Schönheit.

Einst war Sargeras ein wunderschönes Wesen, das – wie Krasus wusste – zu den Schöpfern seiner Welt zählte. Doch diese Schönheit war schon vor langer Zeit verfault. Nun war sein Fleisch das des Todes und seine Augen ein wütendes Nichts, in dem nur Chaos tobte. Sargeras’ Zähne waren raubtierartig. Sein langer, breiter Schwanz, der hinter ihm auf und wippte, war gespickt mit gefährlichen, abstehenden Schuppen. Seine Hände endeten in messerscharfen Klauen, und in einer dieser Klauen trug er ein riesiges Schwert. Die Klinge war zwar abgebrochen, aber immer noch scharf genug für tödliche Stöße.

Krasus zuckte entsetzt zusammen, als er den vergleichsweise winzigen grünen Körper sah, den die Klinge aufgespießt hatte.

Brox.

In der ganzen Aufregung hatte der Magier den Ork vergessen gehabt. Nun erst begriff er, warum er und die anderen wertvolle Sekunden geschenkt bekommen hatten.

Der Ork hatte sich geopfert, um die Legion aufzuhalten.

Sargeras bewegte sich auf das Portal zu. Obwohl gewaltige Kräfte die Legion wieder in ihr Reich zurücktrieben, drängte er immer noch vorwärts. Langsam, aber stetig näherte er sich dem Tor nach Kalimdor.

Doch im gleichen Moment erkannte Krasus etwas Überraschendes: Der Dämonenlord war verletzt, wenn auch kaum sichtbar. Ein winziger Schnitt zierte sein rechtes Bein. Krasus wusste sofort, dass eine Axt diese Wunde geschlagen hatte.

Brox’ Axt. Die verzauberte Waffe hatte Sargeras wahrhaftig verletzt. Natürlich handelte es sich nur um eine winzige Wunde, doch durch sie eröffnete sich eine einzigartige Gelegenheit …

„Rhonin! Alexstrasza! Wir müssen gemeinsam handeln. Malfurion, halte dich bereit. Du wirst die Chance bekommen, die du brauchst, um das Portal zu zerstören – auch wenn es sehr knapp werden wird."

Die anderen unterwarfen sich seiner Führung. Krasus spürte, wie seine Königin und sein ehemaliger Schüler ihm ihre Kraft zur Verfügung stellten. Ysera und der rote Drache überließen ihm ebenfalls ihre Magie. Den Angriff musste Malfurion übernehmen. Aber wenn er fehlschlug, würden es keiner von ihnen überleben.

Die magischen Energien leuchteten in Krasus' Augen. Er bündelte die vereinte Kraft der Gruppe und richtete sie auf das Tor. Der Magier verließ sich darauf, dass der Zauber die Konzentration des Dämonenlords unterbrechen würde.

Verglichen mit Sargeras waren Archimonde und Mannoroth Gewürm. Die Macht von hundert Drachen kam der seinen nicht gleich. Hätte Krasus versuch, den Dämonenlord mit einem Hieb gegen die Brust oder den Kopf anzugreifen, wäre das Resultat nicht mehr als lachhaft gewesen. Dass es Brox gelungen war, ihn zu verletzen, sagte viel über die Kraft aus, mit der Cenarius und Malfurion seine Waffe ausgestattet hatten.

Aber Krasus wählte einen anderen Weg. Er lenkte all die Macht, die ihm die anderen zur Verfügung gestellt hatten, auf den winzigen Schnitt, den Brox' Axt – versehen mit Kalimdors Magie – Sargeras zugefügt hatte.

Und dann geschah es. Krasus spürte, wie Sargeras' Konzentration nachließ. Nicht etwa wegen eines Schmerzes – darauf wagte er nicht zu hoffen –, sondern wegen der Überraschung, die ihn ereilte.

Darauf hatte Krasus gehofft. „Jetzt, Malfurion!"

Malfurion schloss seine Finger um die Dämonenseele und griff das Portal an.

Krasus hatte ihr aller Leben darauf verpfändet, dass die magisch zugefügte Wunde anfällig genug sein würde, um dem Dämonenlord bei einem zweiten Hieb bewusst zu werden – und Probleme zu bereiten. Die gebündelte Macht von Zauberern und Drachen hatte ausgereicht, eine leichte Irritation in ihm aufkommen zu lassen, auf die sich Sargeras instinktiv konzentriert hatte, sodass er das Tor kurz aus den Augen verlor.

Das Zentrum des Mahlstroms erbebte. Eine Energieentladung donnerte durch die Tiefen des Brunnens.

Das Portal begann in sich zusammenzubrechen. Der brennende Rand, der es umgab, brach weg. Sargeras versuchte noch, das Tor zu stabilisieren, doch es war bereits zu spät.

Nur ein einziger Moment der Unkonzentriertheit hatte den Dämonenlord den Sieg gekostet!

Und dann geschah etwas, was Krasus nicht für möglich gehalten hätte. Sargeras, der seine Niederlage nicht einsehen wollte, trat in das Portal. Er wollte es offenbar stabilisieren *und* gleichzeitig durchqueren. Das erwies sich als fatal.

Das Portal implodierte. Der Dämonenlord war gefangen. Er konnte weder nach vorne durchbrechen, noch sich wieder zurückziehen. Der Titan ließ sein Schwert fallen und schlug mit bloßen Fäusten gegen das Tor – doch es half nichts. Der winzige Spalt zwischen den Realitäten schrumpfte rapide und begann den Dämonenlord zu zermalmen.

Sargeras brüllte wütend. Seine Stimme hallte durch die Köpfe aller, die über dem Brunnen schwebten.

*Ich werde siegen! Ich werde siegreich sein!*

Doch das Tor schrumpfte weiter … und Sargeras mit ihm. Er kämpfte dagegen an. Das Portal begann unter seiner titanischen Macht zu brennen.

Und dann, während der Dämonenlord immer noch mit den Fäusten dagegen drosch und seine Wut hinausschrie, *verschwand* es.

Und nahm ihn mit.

„Wir haben es geschafft!“, keuchte Malfurion, halb fassungslos. „Wir –“

Er brach ab, denn der Mahlstrom in der Mitte des Brunnens rotierte weiterhin wild, obwohl das Tor bereits nicht mehr existierte. Der Wirbel nahm sogar an Größe und Gewalt zu. Seine Ausläufer erreichten bereits den Strand von Zin-Azshari.

Der Nachtelf sah Krasus an. „Was geht hier vor?“

Krasus verweigerte jede Erklärung, drängte nur: „Wir müssen uns zurückziehen. *Alle* müssen sich aus der Nähe des Brunnens zurückziehen!“

Alexstrasza und die anderen drehten rasch ab und flogen dem Ufer entgegen. Unkontrollierte Energie knisterte in den dunklen Wassern. Ganz Zin-Azshari erbebte, und als die Drachen über die Stadt zogen, entdeckte der Magier gewaltige Risse im Fels.

„Es hat begonnen“, flüsterte er zu sich selbst. „Mögen die Schöpfer uns beschützen … es hat begonnen, und wir können nichts dagegen tun.“

Ein neuer Sturm fegte über die Gruppe hinweg und machte den Drachen zu schaffen. Die geflügelten Riesen sammelten sich, um dem Wind gemeinsam zu trotzen … außer Ysera.

Die Herrin der Träume – und mit ihr Malfurion und die Scheibe – war verschwunden.

Krasus warf einen Blick in den Himmel, konnte den Aspekt jedoch nirgends sehen. Erst als sein Blick zum Boden zurückkehrte, fand er sie.

Sie flog zurück zum Brunnen der Ewigkeit.

„Nein!“ Selbst Ysera ahnte offenbar nicht, welches Schicksal diesem Ort blühte. Außerdem wusste niemand, was mit der Zeitlinie geschehen würde, wenn die Dämonenseele nicht gerettet, sondern im Brunnen versenkt würde. „Wir müssen zurück! Wir müssen sie holen!“

Alexstrasza drehte sofort um. Rhonins roter Drache und der reiterlose Bronzefarbene wollten ihr folgen, aber Krasus winkte ab. Trotz der entfesselten magischen Energien, die allenthalben tobten, gelang es Krasus, Rhonins Geist zu berühren.

*Du musst zur Armee fliegen. Sag Jarod, dass er und seine Soldaten sich so weit wie möglich vom Brunnen entfernen müssen. Sie sollen zu Mount Hyjal fliehen.*

Mehr musste er nicht sagen, denn der Mensch wusste ebenso gut wie Krasus, was passieren würde. Schließlich war auch er ein Kind der Zukunft.

Der Zauberer beugte sich vor und sprach kurz mit seinem Drachen, dann drehte der Rote auch schon ab. Der Bronzefarbene zögerte zwar, schloss sich ihm dann jedoch an.

Krasus betrachtete die Landschaft, während Alexstrasza der Spur Yseras folgte. Dort, wo sich einst die Stadttore befunden hatten, gähnte nun eine Schlucht, so breit wie ein Palastflügel. Erdbeben erschütterten die Stadt und brachten die Gebäude zum Einsturz, die den Dämonenangriffen bislang widerstanden hatten.

*Es steht unmittelbar bevor …* Der Drachenmagier blickte nach vorne, suchte nach Ysera und dem Druiden. *Die Teilung Kalimdors steht kurz bevor …*

Ein Kronleuchter zerschellte klirrend auf dem Marmorfußboden. Tausende Kristallsplitter stoben durch den Raum. Eine Zofe Azsharas sackte lautlos zusammen. In ihrer Stirn steckte ein langer funkelnder Splitter.

Die Königin hielt sich an einer Säule fest und betrachtete die blutige Leiche missmutig. Sie dachte über wichtige Probleme nach und konnte einen solch unappetitlichen Anblick nicht gebrauchen. Aber ihre anderen Dienerin dachten nicht daran, die Leiche aus dem Weg zu räumen. Sie rannten nur panisch durch den Palast, während Wände, Böden und Decken erbebten.

Vashj schien vergessen zu haben, dass man die Königin niemals unerlaubt berühren durfte, denn sie griff nach Azsharas Arm. „Licht der Lichter, wir müssen den Palast verlassen. Etwas Furchtbares ist geschehen! Die Krieger des Herrn sind verschwunden und die Zauberer aus dem Turm geflohen. Einer von ihnen sagte, ein gewaltiger Wind habe Mannoroth in den Brunnen gerissen!“

Azshara war nicht entgangen, dass die Krieger der Brennenden Legion verschwunden waren. Ihre eigene Leibwache war durch die Wand eines Palastzimmers gerissen worden. Trotz dieses aufregenden Spektakels ging die Königin immer noch davon aus, dass Sargeras zu ihr kommen würde. Und auf diesen ruhmreichen Moment musste sie sich vorbereiten.

Vashj zog immer noch an ihrem Arm. Azsharas langer Geduldsfaden erreichte sein Ende. Sie ohrfeigte ihre Zofe.

Die anderen Dienerinnen blieben erschrocken stehen. Für einen Moment vergaßen sie die Gefahren, die in dem durchgeschüttelten Gebäude drohten. Sie alle glaubten, Vashj würde ihre Zurechtweisung nicht überleben.

Doch Azshara tötete sie nicht, sondern sagte königlich: „Vergesst nie, wo euer Platz ist. Ich erwarte, dass ihr meine Befehle befolgt. Wir werden uns wie geplant auf Lord Sargeras' Ankunft vorbereiten."

Elegant schritt sie auf einen Stuhl zu, der während des ersten Bebens umgeworfen worden war. Vashj stellte ihn rasch für sie auf und wischte den Staub, der auf dem Polster lag, mit dem Saum ihres Kleides ab.

Azshara nickte lobend und setzte sich. Ihre Zofen nahmen sofort ihre angestammten Positionen ein. Vashj schüttete für die Königin Wein in einen Kelch. Trotz des zitternden Bodens gelang es ihr, nichts davon zu verschütten.

„Danke, Lady Vashj", sagte die Königin der Nachtelfen großmütig. Sie nahm einen kleinen Schluck, dann setzte sie sich zurecht. Sie war bereit für das Eintreffen des Dämonenlords, ganz gleich, wie lange es noch dauern mochte. Irgendwann würde er vor sie treten und ihrer Schönheit erliegen, genau wie alle anderen vor ihm.

Schließlich war sie Azshara.

Als Ysera das Ufer erreichte, blickte Malfurion, der die Dämonenscheibe an die Brust gepresst hatte, entsetzt zurück zur Hauptstadt der Nachtelfen. Er stand mit den Naturgewalten Kalimdors in so enger Verbindung, dass er das Ausmaß der bevorstehenden Katastrophe ahnte … und wusste, dass er nicht zögern durfte.

„Mein Bruder und Tyrande sind noch in Zin-Azshari. Bitte, ich kann sie nicht zurück lassen!"

„Weißt du, wo sie sind?"

„Das weiß ich."

Die Herrin der Träume nickte. „Führe mich dorthin, aber beeile dich."

Sie drehten ab, ohne den anderen Bescheid zu sagen. Malfurion blickte zum Ufer. Ysera bewegte sich so schnell, dass sie einen Bogen fliegen mussten, aber der Druide spürte, dass sie sich den anderen Nachtelfen näherten.

Da! Tyrande winkte ihm zu. Ihr Anblick erfreute Malfurion über die Maßen, und für einen Augenblick vergaß er sogar, dass er auch wegen seines Bruders hier war. Erst dann bemerkte er, dass Illidan nicht zu sehen war.

Ysera landete. Ihre Augen waren wie stets geschlossen, aber Malfurion wusste seit langem, dass sie weitaus besser zu sehen vermochte als die meisten anderen Geschöpfe.

Er sprang von ihrem Rücken. Tyrande umarmte ihn mit einer solchen Intensität, dass er sie einfach nur festhalten wollte. Erst als Ysera sich räusperte, gab er sie zögernd frei.

„Malfurion …“, begann die Priesterin.

Er legte einen Finger auf ihre Lippen. „Später, Tyrande. Wo ist Illidan?“

Ihre Augen weiteten sich für einen Moment. Sie sah über ihre Schulter. „Direkt am Rand.“

Fluchend lief der Druide an ihr vorbei. Illidan wusste doch sicherlich, dass das Land unter ihm zusammenbrach. Wieso verhielt er sich so aberwitzig?

Malfurion lief an der Ruine eines Turms vorbei und wäre beinahe mit seinem Zwilling zusammengeprallt. Illidan gelang es irgendwie, ihn aus seinen bedeckten Augenhöhlen anzustarren.

„Bruder … du kehrst zur rechten Zeit zurück …“

„Illidan, der Brunnen ist außer Kontrolle –“

Der Zauberer nickte. „Ja. Zu viel Magie hat an ihm gezerrt. Die Macht, die wir – hauptsächlich du – mit der Dämonenseele ausgeübt haben, war einfach zu viel. Der Zauber, der die Brennende Legion zurück in ihr Reich gebannt hat, greift jetzt auch nach dem Brunnen. Er verschlingt sich selbst und reißt alles mit, was sich in seiner Nähe befindet.“ Er wandte sich dem aufgewühlten schwarzen Wasser zu. „Ist das nicht faszinierend?“

„Nicht, wenn wir hinein geraten. Wieso fliehst du nicht?“

Illidan wischte sich die Hand ab. Erst jetzt erkannte Malfurion die Machtaura, die sie umgab. Und er bemerkte die Feuchtigkeit.

„Wieso hast du deine Hand in den Brunnen getaucht?“

Im gleichen Moment warf ein heftiger Erdstoß beide Nachtelfen um. „Wenn du weißt, wie wir entkommen können, dann sollten wir das tun. Ich wollte Tyrande und mich magisch an einen anderen Ort versetzen, aber der Brunnen ist unkontrollierbar geworden.“

„Hier entlang!“ Malfurion ergriff den Arm seines Bruders und führte ihn zurück zu den anderen. Tyrande saß bereits wartend auf Ysera. Sie half zuerst Illidan, dann Malfurion aufzusteigen.

Im gleichen Moment zog ein gewaltiger Schatten über sie hinweg. Malfurion rechnete mit einem schrecklichen Dämon. Als er aufsah, entdeckte zu seiner Erleichterung jedoch Krasus und Alexstrasza.

„Die Dämonenseele!“, rief Krasus. „Hast du sie noch?“

Der Nachtelf zeigte auf eine seiner Gürteltaschen. Schon zu Beginn des Flugs hatte er sie dort verstaut.

Krasus nickte erleichtert. „Dann beeilt euch. Wir müssen schnell fort von hier. Sogar in der Luft wird es nicht sicher sein.“

Malfurion ahnte, dass der Magier weitaus mehr wusste, als er preisgab. Er hielt sich fest, als Ysera sich in den Himmel erhob und am Boden unter ihren Krallen ein weiterer Riss entstand.

„Zin-Azshari ist verloren“, rief der Magier. „Und das ist nur der Anfang.“

Die beiden Drachen schlugen mit ihren Schwingen so schnell sie konnten, aber sie schienen langsamer als sonst zu fliegen. Malfurion blickte zurück. Der Himmel über dem Brunnen existierte nicht mehr. Es gab nur noch eine riesige Wolke, die wie ein Trichter geformt war und alles verschlang. Illidan hatte offenbar die Wahrheit gesprochen. Die Zauber der Dämonen, der Alten Götter und der Verteidiger hatten den Brunnen der Ewigkeit zerrissen.

Hatten er und seine Freunde die Welt gerettet … nur um sie zugleich auch in den Untergang zu führen?

Ohrenbetäubender Donner erreichte den Druiden. Er presste die Hände auf die Ohren und wartete, dass der Lärm aufhörte.

„Seht doch!“, schrie Tyrande. Ihre Lippen waren so dicht bei ihm, dass er ihre Stimme hören konnte. „Die Stadt!“

Der Fels unter der Stadt brach auseinander. Eine gewaltige, meilentiefe Schlucht öffnete sich. Die gesamte Hauptstadt rutschte dem Brunnen entgegen.

„Etwas zieht uns zurück!“, stieß Ysera hervor.

Der Brunnen riss die umliegenden Regionen in den Mahlstrom, verschlang Kalimdor buchstäblich. Zin-Azshari schwamm auf den schwarzen Wassern wie eine Insel aus Seetang. Der Palast schien größtenteils unzerstört zu sein, nur der Turm, in dem die Hochgeborenen gearbeitet hatten, neigte sich gefährlich.

Unheimliche Energieblitze schossen durch die Stadt, während sie sich dem Zentrum des Mahlstroms näherte. Im Gegensatz zu den meisten anderen Trümmern, die im Brunnen trieben, wurde die Hauptstadt direkt auf die Mitte zugezogen. Malfurion spürte, wie Tyrande seinen Arm beinahe schmerzhaft fest umklammerte.

„Sie verschwindet …“, flüsterte sie. „Sie – verschwindet wahrhaftig …“

Azsharas Zofen schrien. Vashj hing am Bein der Königin, die dennoch ihren leeren Weinkelch festhielt. Sie weigerte sich, die Zerstörung ihres Palastes hinzunehmen. Sie war Azshara, Licht der Lichter, Herrscherin ihres Volkes. Sie hatte das nicht erlaubt!

Sargeras würde nicht kommen, das wusste Azshara jetzt, obwohl sie es den Dienerinnen verschwieg. Die Zofen durften nicht erfahren, dass sie sich geirrt hatte. Den Missetätern war es irgendwie gelungen, Sargeras an seiner Reise nach Kalimdor – an seiner Reise zu ihr – zu hindern.

Das Donnern wurde lauter. Eine Dunkelheit, die selbst die Blicke einer Nachtelfe nicht durchdringen konnte, hüllte den Palast ein. Nur die wilden Kräfte des Brunnens sorgten jetzt noch für Licht. Schwarzes Wasser ergoss sich in den Palast und spülte zwei ihrer Dienerinnen hinaus. Ihre Schreie verstummten rasch.

*Ich bin Azshara!,* dachte sie unnachgiebig und mit stoischem Gesichtsausdruck. Ein Gedankenbefehl erschuf einen Schild, der sie und ihre Zofen umgab. *Meinen Wünschen darf sich nichts entgegen stellen.*

Ihre Macht schützte sie vor dem Wasser, aber die Aufrechterhaltung des Schildes erwies sich als kräftezehrend. Azshara furchte die Stirn, als kleine Schweißperlen – der erste Schweiß ihres Lebens – auf ihrer Haut erschienen.

Dann flüsterten plötzlich Stimmen in der Dunkelheit, Stimmen, die ihr einen Fluchtweg versprachen.

*Es gibt einen Weg … es gibt einen Weg … du wirst mehr sein als je zuvor … als je zuvor … wir können dir helfen … dir helfen …*

Die Königin war keine Närrin. Sie wusste, dass der Schild nicht mehr lange halten würde. Dann würden sie und ihre Zofen Opfer des Brunnens werden, und die ruhmreiche Azshara würde für die Welt verloren sein.

Die silber gekleidete Nachtelfe nickte.

„Aaahhh!" Der Kelch entfiel ihrer Hand. Schmerzen durchtobten ihren Körper. Sie spürte, wie sich ihre Gliedmaßen wanden und drehten. Ihr Rückgrat fühlte sich flüssig an, so als wäre ein Teil davon geschmolzen.

*Du wirst mehr sein als jemals zuvor,* versprachen die Stimmen – die drei Stimmen. *Und wenn die Zeit kommt für das, was wir dir schenken … wirst du uns eine gute Dienerin sein.*

Der Schildzauber brach endgültig zusammen. Azshara schrie auf, als die Wasser über sie hinweg brandeten. Hinter ihr schrien auch die anderen – ihre Dienerinnen, die Wachen und die Hochgeborenen, die geblieben waren.

Der Brunnen füllte ihre Lunge.

Aber sie ertrank nicht.

Krasus sah ebenfalls zu, wie die riesige Stadt – das Sinnbild für die hohe Kultur der Nachtelfen – in den Mahlstrom gesogen wurde. Er zitterte nicht nur wegen der Zerstörungen, die sich vor ihm abspielten, sondern auch ob des Wissens, das er über die Zukunft hatte. Der Drachenmagier hatte gehofft, Zin-Azshari würde zerrissen werden, bevor es versank, aber dieser Teil der Geschichte war unverändert geblieben. Die Stadt würde in der Tiefe verschwinden – aber in einigen Jahrhunderten zur Brutstätte neuer Schrecken werden.

Daran ließ sich nichts ändern. Krasus wandte den Blick vom Brunnen und den Zerstörungen ab, die immer weitere Kreise zogen. Gewaltige Teile Kalimdors stürzten in das dunkle Wasser, dessen Wut nicht nachzulassen schien. Bereits jetzt waren jenseits von Zin-Azshari ganze Landstriche verschwunden. Das einzig Gute war, dass es sich um Territorium der Brennenden Legion gehandelt hatte, in dem es ohnehin kein Leben mehr gegeben hatte. Dem Brunnen fielen nur verbrannte Erde und zermalmte Knochen zum Opfer … aber wenn sich das Wasser tiefer in das Land fraß, würde vielleicht gar nichts mehr übrig bleiben.

*Nein, das stimmt nicht*, dachte Krasus. *Das hat die Geschichte gezeigt.*

Aber er wusste, dass die Zeitlinie längst instabil geworden war … und dass er dafür einen Großteil der Verantwortung trug.

Jetzt konnte Krasus nur noch beten.

# EINUNDZWANZIG

Rhonin dankte den Sternen, dass er während seines Fluges zur Nachtelfenarmee nur wenige Spuren von Leben entdeckte. Den beiden Drachen und ihrem erschöpften Reiter wäre es nicht möglich gewesen, jemanden zu evakuieren, der von der Wut des Brunnens bedroht wurde. Die einzigen Nachtelfen, die er entdeckte, waren Hochgeborene, die der Streitmacht entgegen ritten. Zum Glück waren sie schon so weit gekommen, dass er sich keine Sorgen um sie machen musste.

Trotzdem ließ Rhonin den Drachen landen, um sich die Geschichte der Nachtelfen anzuhören. Was er hörte, überraschte ihn. Ihr Anführer, Dath'Remar, erzählte, dass Tyrande versucht hatte, mit ihnen zu fliehen. Der Hochgeborene bedauerte ihren Verlust sichtlich und war erleichtert, als Rhonin, der die Priesterin in Malfurions Gedanken gespürt hatte, ihm erklären konnte, dass sie die Flucht überlebt hatte. Ob sie immer noch lebte, wusste Rhonin natürlich nicht, aber er zweifelte nicht daran, dass Malfurion alles in seiner Macht Stehende tun würde, um dafür zu sorgen.

Rhonin und die Drachen führten die Hochgeborenen zur Streitmacht. Immer wieder mussten sie Handgreiflichkeiten zwischen den beiden Gruppen verhindern. Schließlich stellte Rhonin den bronzefarbenen Drachen zum Schutz der Hochgeborenen ab, während er und der Rote Jarod aufsuchten.

Der Kommandant saß bereits auf seinem Nachtsäbler und wartete nervös auf Neuigkeiten. Rhonin lächelte erleichtert, als er sah, dass die Nachtelfen und ihre Verbündeten bereit zum Aufbruch waren.

Vom Rücken des Roten aus grüßte er Jarod. Dann sagte er: „Die Streitmacht muss sofort abrücken. Wir fliehen nach Mount Hyjal. Das Portal ist zerstört worden, aber die Zauber haben den Brunnen ins Chaos gestürzt. Er verschlingt sich selbst und reißt alles in seiner Nähe mit sich ins Verderben."

„Bei den Göttern …" Jarod schüttelte den Schock ab und konzentrierte sich auf sein Verantwortungsgefühl. Er rief einen Herold herbei, der sich, wie Rhonin bemerkte, bereits in der Nähe aufgehalten hatte. „Gib das Signal zum Richtungswechsel!" Jarod winkte zwei weitere Reiter heran. „Informiert die Offiziere und die Adligen. Wir ziehen so schnell wie möglich dem Mount Hyjal entgegen. Alle, die unsere Hilfe brauchen, werden sie bekommen. Aber wir lassen uns nicht aufhalten und auch niemanden zurück."

„Wir achten von oben darauf“, sagte der Zauberer.

„Was ist mit denen, die sich vielleicht in den anderen Richtungen aufhalten?“

Rhonin sah ihn grimmig an. „Die Brennende Legion hat dort nicht viel übrig gelassen. Die meisten Überlebenden dürften weiter vom Brunnen entfernt sein als wir. Wir waren schließlich die letzte Verteidigungslinie.“

„Dann können wir wohl nur das Beste hoffen.“

„Auch für uns selbst.“

Ein entferntes Donnern zog die Aufmerksamkeit der beiden auf sich. Der Zauberer und der Soldat blickten in die Richtung, aus der es kam … und sahen völlige Schwärze am Horizont.

„Beeil dich, Jarod.“

Nur Minuten später brach die Streitmacht in Richtung des Mount Hyjal auf, aber für Rhonin war dies immer noch nicht schnell genug. Jedes Mal, wenn er zurück blickte, schien die Dunkelheit an Intensität und Umfang gewonnen zu haben. Der Mensch schluckte. Er wusste, was sich dort abspielte und fragte sich gleichzeitig, ob Krasus und die anderen vielleicht schon der Katastrophe zum Opfer gefallen waren.

Nach kurzer Zeit begannen auch die Nachtelfen die Gefahr zu erkennen. Selbst wenn Rhonin und Jarod es gewollt hätten, wäre es unmöglich gewesen, ihnen das herannahende Chaos zu verheimlichen. Jetzt ging es nur darum, Ruhe zu bewahren, eine Aufgabe, der Jarod Shadowsong gewachsen war. Auch die Drachen halfen, indem sie diejenigen zurückbrachten, die voller Panik aus dem Tross flüchten wollten.

Rhonin sah immer wieder zurück. Er hoffte, Krasus und die anderen zu entdecken, wurde aber immer wieder enttäuscht. Die Dunkelheit näherte sich mit beängstigender Geschwindigkeit, und der Donner wurde zusehends lauter.

*Sie wird immer schneller.* Der Zauberer sah nach vorne. Der Mount Hyjal erhob sich majestätisch in einiger Entfernung. Der Berg wirkte so nahe, auch wenn er noch fern war.

Konnte der Berg sie überhaupt retten? Krasus schien das zu glauben, und die Geschichte, so wie Rhonin sie kannte, stimmte ihm zu. Aber so vieles hatte sich verändert …

*Vereesa, ich habe getan, was ich konnte!*

Die Dunkelheit rückte näher. Das Brüllen, mit dem das Land meilenweit entfernt in den Mahlstrom gesogen wurde, hämmerte in Rhonins Kopf. Unten begannen die Soldaten zu rennen und zu schreien.

Und von Krasus und den anderen gab es immer noch keine Spur.

Hügelketten wurden hinweg gerissen. Ganze Landschaften stürzten in den wirbelnden, gierigen Mahlstrom. Krasus beobachtete, wie Siedlungen und Dörfer – zum Glück längst verlassen – innerhalb eines Herzschlags verschwanden. In seinem Todeskampf verschlang der Brunnen alles. Nichts konnte sich ihm entgegen stellen. Die Zerstörungen der Brennenden Legion waren kein Vergleich zu dem, was sich gegenwärtig abspielte.

Schemenhaft erschien der Mount Hyjal am Horizont. Der Magier sah verzweifelte Nachtelfen, die dem Berg in Massen entgegen strömten. Wenn er alles richtig einschätzte, würden sie es knapp bis zu ihrem Ziel schaffen … falls dort wirklich Sicherheit auf sie wartete.

Krasus wusste nicht, ob es noch Überlebende an anderen Orten gab, aber er hätte ohnehin nichts für sie tun können. Er konnte nur noch einmal den Sternen danken, dass sowenig Leben in den gefährdeten Gebieten existierte.

Er hoffte immer noch darauf, dass die Zerstörung enden würde und dass sich die Dinge so abspielen würden, wie es die Geschichte berichtete. Sie besaßen die Dämonenseele, was ein wichtiger Faktor war und –

Er spürte plötzlich eine düstere Vorahnung. Krasus blickte zurück.

Ein riesiger schwarzer Tentakel schoss aus dem brodelnden Wasser … ein Tentakel, der einer nichts ahnenden Ysera und ihren drei Reitern entgegen schoss.

*Die Drei! Ich hätte es wissen müssen.*

„Umdrehen! Die Drei versuchen die Dämonenseele in ihren Besitz zu bekommen! Das ist ihre letzte Chance, bevor sich ihr Gefängnis erneut schließt."

Alexstrasza fuhr herum. Ysera bemerkte, was geschah, aber im gleichen Moment erreichte der Tentakel sie bereits und pflückte den Druiden von ihrem Rücken.

„Malfurion!", schrie Tyrande. Die Priesterin streckte ihre Hand nach ihm aus, aber er befand sich bereits außer Reichweite.

Stirnrunzelnd streckte Illidan seine eigene Hand nach Malfurion aus. Ein rotes magisches Gespinst löste sich aus seinen Fingerkuppen, erlosch jedoch zwischen ihm und seinem Zwilling. Die Energien des Brunnens störten die Entfaltung seiner Zauberkraft zu sehr.

Malfurion keuchte erschrocken, als der Tentakel ihn zurückriss. Alexstrasza beschleunigte ihren Flügelschlag. Krasus konzentrierte sich auf Malfurion und die Scheibe. Der Drachenmagier wusste, dass er wenigstens die Scheibe retten musste. Es war eine kaltherzige Entscheidung. Der Verlust des Druiden würde schmerzvoll sein, doch der Verlust der Scheibe wäre katastrophal.

Die magischen Kräfte brandeten wild gegen Krasus und seine Königin. Die Zauber, die er zu weben versuchte, lösten sich sofort auf. Der Tentakel riss Malfurion dem Zentrum des Brunnens entgegen.

Dann geschah etwas, worauf der Magier nicht mehr zu hoffen gewagt hatte. Der Brunnen der Ewigkeit hatte endlich das Ende seiner Ausdehnung erreicht. Jetzt verschlang er nicht mehr Kalimdor, sondern nur noch sich selbst. Mit einer Geschwindigkeit, gegen die selbst die Drei machtlos waren, machten sich die schwarzen Wasser über sich selbst her. Sogar der Sturm, der sie umgab, wurde mitgerissen. Alexstrasza schlug heftig mit den Flügeln, um sich gegen den Sog zu stemmen.

Die schwarzen Wasser wichen zurück und strömten in den Brunnen. Der Tentakel, den die Drei erschaffen hatten, floss mit ihnen, bis der letzte Rest des Brunnens in seinem eigenen Schlund verschwand.

Der Tentakel löste sich auf wie Rauch in einer Windbrise. Krasus spürte die bösartige Ausstrahlung der Drei mit ihm verschwinden.

Der Druide stürzte plötzlich einer neuen Bedrohung entgegen. Die plötzliche Leere, die der Brunnen hinterlassen hatte, wurde von den Meeren Kalimdors ausgefüllt. Gigantische Wellen krachten gegeneinander. Innerhalb von Sekunden ergossen sich Tausende Tonnen Wasser in das Becken, das einst den Mittelpunkt des Kontinents gebildet hatte.

Krasus beobachtete fasziniert, wie die Teilung endete und sich das Große Meer bildete.

Doch bei aller Faszination vergaß er nicht Malfurion und die Dämonenscheibe. Mit dem Ende des Brunnens waren auch die chaotischen Energien verschwunden. Jetzt verfügte Krasus wieder über all seine Kräfte.

Doch bevor er sie einsetzen konnte, tauchte aus dem Nichts ein gewaltiger bronzefarbener Drache auf. Er glitzerte, auch wenn am Himmel immer noch der Schatten der Apokalypse hing.

„Nozdormu!", stieß der Magier hervor.

Der Aspekt der Zeit stieß dem tosenden Meer entgegen und fing Malfurion und die Scheibe auf. Rasch stieg er zu Alexstrasza und Ysera empor, aber sein goldener Blick richtete sich auf Krasus.

„Gerade noch rechtzeitig …" Mehr sagte der Drache nicht. Mit Malfurion auf dem Rücken und der Scheibe in einer seiner gewaltigen Klauen flog er dem Mount Hyjal entgegen.

Die anderen Aspekte folgten ihm. Krasus betrachtete Nozdormu. Der Drache flog so ruhig, als sei nichts Besonderes an diesem Tag geschehen.

Der Magier schüttelte den Kopf. Zum ersten Mal seit seiner Ankunft in der Vergangenheit fühlte er sich ein klein wenig erleichtert.

Die Überlebenden der Streitmacht waren nicht erleichtert, denn obwohl sie fühlten, dass die Gefahr vorüber war, wussten sie auch, dass sich ihre Welt unwiederbringlich verändert hatte. Viele blickten nur mit leerem Blick auf das neue Meer. Das Wasser beruhigte sich langsam, und die Wellen glitten sanft über das verheerte Land.

So viele hatten Angehörige verloren. Die Konsequenzen würden sich erst in den nächsten Wochen und Monaten, vielleicht erst in Jahren zeigen. Einer, der die Situation realistisch einschätzen konnte, war Jarod Shadowsong. Er zeigte nicht, wie sehr ihn das alles erschüttert hatte, wirkte immer noch wie ein Fels in der Brandung. Selbst Adlige kamen zu ihm, weil sie Halt und Trost suchten. Diejenigen, die sich besser im Griff hatten, so wie Blackforest, wurden von Jarod zu Unterkommandanten ernannt, die sich um die Belange der Streitmacht kümmern sollten.

Der Mount Hyjal wurde zu einem Sammelpunkt, denn der Berg hatte den Krieg und die Katastrophe unversehrt überstanden. Jarod ließ Banner anfertigen, die den Gipfel in ihrer Mitte zeigten; eine neue Flagge für einen neuen Anfang.

Die Tauren und anderen Völker, die von der Zerstörung Kalimdors weniger betroffen waren, schickten Hilfe. Sie alle hatten gelitten, aber kein Volk so sehr wie die Nachtelfen. Jarod nahm Hulns Hilfe dankbar an. Erleichtert bemerkte er, dass seine Leute nur in Ausnahmefällen Arroganz und Vorurteile walten ließen. Wie lange diese Eintracht und Solidarität mit den Flüchtlingen währen würde, vermochte niemand zu sagen. Ihre wunderbar eleganten Städte existierten nicht mehr. Die magisch veränderten Landschaften und die lebenden Baumhäuser waren verschwunden. Die meisten hatten nicht einmal mehr ein Dach über dem Kopf. Es gab keine Zelte mehr. Jarod hatte sogar sein eigenes an einige junge Kinder verschenkt, die im Krieg zu Waisen geworden waren.

Leider dauerte es nicht lange, bis der Zusammenhalt der Streitmacht auf eine erste Probe gestellt wurde. Da es den Brunnen nicht mehr gab, fürchteten die einfachen Nachtelfen die Hochgeborenen nicht mehr in dem Maße, wie sie es früher getan hatten. Die Flüchtlinge begannen, die Hochgeborenen, die sich zwischen ihnen bewegten, hasserfüllt anzustarren.

„Dir steht ein neuer Krieg bevor“, warnte Krasus. „Du musst etwas dagegen unternehmen.“

„Einige werden die Schrecken niemals vergessen, die ihre Taten über uns gebracht haben.“ Jarod richtete seinen Blick auf das neue Meer. Irgendwo darunter lagen die Ruinen Suramars. „Niemals.“

Der blasse Magier richtete sich auf. „Wenn ihr überleben wollt, Jarod, müsst ihr eure Differenzen beilegen.“

Jarod atmete tief durch, dann rief er die Adligen und die anderen hochrangigen Mitglieder der Streitmacht zu sich. Er bat auch Dath'Remar Sunstrider und die obersten Hochgeborenen, zu ihm zu kommen. Die beiden Gruppen trafen sich unter Lord Ravencrests altem Banner, das Jarod verwenden wollte, bis die neuen Fahnen fertig waren. Krasus hatte ein Treffen unter dem Banner vorgeschlagen, denn Ravencrest war bei den Adligen und im Palast gleichermaßen beliebt gewesen.

„Wir kommen unter Protest hierher“, knurrte Blackforest mit schiefem Blick auf die Hochgeborenen in ihren Roben. Seine Hand ruhte auf dem Griff seines

Schwertes. „Und wir werden uns nicht lange in solch übler Gesellschaft aufhalten."

Dath'Remar kräuselte ablehnend die Nase, schwieg jedoch. Seine Meinung über den Adel war offensichtlich, benötigte keine Worte.

„Habt ihr denn nichts aus all dem gelernt?", fuhr Jarod die Versammlung an. Er deutete in Richtung des Meers. „Sollte das nicht reichen, um unsere Streitigkeiten zu beenden? Wollt ihr alle etwa zu Ende führen, was die Dämonen angefangen haben?"

„Und wobei die da ihnen geholfen haben!", mischte sich ein Adliger mit Blick auf die Hochgeborenen ein.

„Wir können nicht entschuldigen, was wir getan haben", entgegnete Dath' Remar, „aber wir haben versucht, es wieder gut zu machen. Habt ihr euch nie gefragt, weshalb es bis zur Erschaffung des Portals so lange dauerte? Wir haben unser Leben riskiert, um seine Vollendung zu verhindern! Wir haben versucht, die Hohepriesterin der Elune zu befreien. Etliche Hochgeborenen sind im Kampf gegen die Brennende Legion gefallen."

„Das reicht nicht!"

„Darf ich etwas sagen?"

Einige Schwestern der Elune betraten die Runde. Tyrande Whisperwind und Jarods Schwester führten sie an. Maiev wirkte ungewohnt ruhig neben der Hohepriesterin, was Jarod verstehen konnte. Die junge Frau hatte etwas an sich, das die Sorgen erleichterte.

Alle gingen in die Knie, aber Tyrande bat sie mit einem peinlich berührten Lächeln, sich wieder zu erheben. Jarod verneigte sich und sagte: „Die Stimme von Mutter Mond mag sprechen, wann immer es ihr beliebt."

Tyrande nickte würdevoll, dann wandte sie sich an die versammelten Nachtelfen. „Unsere Welt wird nie mehr so sein wie früher. Was wir einmal waren, sind wir nicht mehr." Ihr Gesichtsausdruck wurde ernst. „Wir befinden uns in einem Stadium des Übergangs. Auch ich vermag nicht zu sagen, was aus unserem Volk wird, aber wahrscheinlich werden wir uns stark verändern."

Die Adligen und die Hochgeborenen räusperten sich nervös. Die Worte einer Hohepriesterin durfte man nicht auf die leichte Schulter nehmen.

„Wir haben diesen Kampf überlebt, aber wenn wir nicht zusammenhalten, werden wir unseren Umbruch nicht überstehen. Bedenkt das, bevor ihr alte Feindschaften wieder aufleben lasst."

Tyrande wandte sich ab. Maiev warf ihrem Bruder einen Blick zu. Er war überrascht, darin Vertrauen zu ihm zu entdecken.

Als seine Schwester sich umdrehte, sah er, dass Shandris Feathermoon hinter ihr gestanden hatte. Die Novizin lächelte ihn an, bevor sie den anderen folgte, was ihn nervöser machte, als die Anwesenheit aller Adligen und Hochgeborenen zusammen. Gleichzeitig spürte er jedoch, wie sein Herz leichter wurde.

Blackforest räusperte sich. Jarod konzentrierte sich wieder auf die aktuellen Probleme. „Ihr alle habt die Stimme von Mutter Mond gehört. Ich schließe mich ihren Worten voll und ganz an. Was meint ihr?“

Blackforest öffnete den Mund, aber Dath'Remar gelang es, vor dem ersten Ton des Aristokraten zu antworten. „Wir respektieren das Wort der Hohepriesterin sehr und werden tun, was wir können, um unsere früheren Missetaten wieder gut zu machen … wenn unsere geehrten Begleiter so gütig sind, uns dazu Gelegenheit zu geben.“

Der Sprecher der Adligen schnaubte. „Wir schließen uns der Hohepriesterin an. Wenn die Hochgeborenen bereit sind, ihre Fehler einzugestehen, akzeptieren wir ihre Rückkehr in unser Volk. Ihre Hilfe beim Wiederaufbau unserer Heimat ist uns willkommen.“

In beiden Antworten schwang Ablehnung mit, aber zu diesem Zeitpunkt konnte Jarod auch nicht mehr erwarten. Es würde in Zukunft sicherlich einige Konfrontationen geben, aber hoffentlich keine, die die Existenz seines Volkes gefährdete.

„Ich danke euch, dass ihr gekommen seid und Vernunft bewiesen habt. Jetzt sollten wir uns darüber unterhalten, wie wir das Wunder, das uns hat überleben lassen, am besten zu unserem Vorteil nutzen.“

Verschiedene Stimmen aus beiden Gruppen meldeten sich zu Wort. Alle versuchten, die Vorschläge der anderen zu übertrumpfen. Jarod verzog das Gesicht, während er sich bemühte, die besten Ideen herauszufiltern.

Ein Vorschlag erregte seine Aufmerksamkeit besonders. „Wasser!“, unterbrach er. „Wir brauchen Trinkwasser!“

Der Bericht eines Kundschafters fiel ihm ein. Er hatte einen See auf dem Gipfel des Mount Hyjal entdeckt. Den wollte er sich ansehen, auch wenn es ihm vielleicht nur eine Atempause von seinen anderen Pflichten bringen würde. „Lord Blackforest, ich brauche drei freiwillige Adlige für einen kleinen Ausflug.“ Er nickte Dath'Remar zu. „Und drei Hochgeborene.“

Jarod gratulierte sich selbst, während die Gruppen ihre Wahl trafen. Dieser Ausflug zwang beide Seiten zur Zusammenarbeit. Es war keine gefährliche Unternehmung, aber eine wichtige, denn die Wasserversorgung stand an erster Stelle. Wenn die Adligen und Zauberer gemeinsam über ihre Entdeckungen berichteten, würde das Volk vielleicht erkennen, dass eine Zusammenarbeit möglich war. Jarod unterdrückte ein Lächeln. Offenbar erlangte er allmählich doch gewisse Führungsqualitäten.

„Malfurion.“

Der Druide wandte den Blick von dem neuen Meer ab. „Meister Krasus.“

Der Drachenmagier verzog den Mund. „Gleichgestellte benötigen untereinander keine Titel. Bitte, zum letzten Mal, Krasus reicht aus.“

„Ich werde mich bemühen." Instinktiv wich Malfurion vor seinem Freund zurück. „Möchtest du etwas?"

„Nein … aber sie."

Lauter Flügelschlag drang an das Ohr des Nachelfen. Staub wirbelte auf, als drei gewaltige Schemen hinter dem Drachenmagier aufstiegen.

Alexstrasza. Ysera. Nozdormu.

„Du weißt, weshalb wir hier sind", sagte die rote Königin sanft.

Malfurions Hand glitt zur Tasche an seinem Gürtel. „Ihr wollt sie. Ihr wollt die Seele."

„Die Dämonenseele", berichtigte ihn Krasus. „Du hast vergessen, sie nach der Landung den Aspekten zu geben. Zweifellos ein Versehen."

„Ja … ja …" Der Druide schob seine Hand in die Tasche. Seine Fingerspitzen liebkosten die Scheibe. Wieso sollte er sie aufgeben? Hatte er nicht bewiesen, dass er ein Anrecht auf sie hatte? Hatte nicht er allein Kalimdor vor gleich zwei Bedrohungen gerettet?

„Malfurion …"

Wenn sie glaubten, ihr Anrecht auf die Scheibe sei gerechtfertigter als seines, warum versuchten sie dann nicht, ihm die Scheibe abzunehmen? Mit Hilfe der Dämonenseele würde er sie sicherlich alle töten können …

Ekel erfüllte den Druiden, dann zog er die Scheibe rasch aus der Tasche und hielt sie dem Magier entgegen.

Krasus nickte. „Ich wusste, dass du die richtige Entscheidung treffen würdest." Er nahm die Dämonenseele jedoch nicht entgegen, sondern zeigte auf den Boden. „Leg sie bitte dorthin."

Malfurion zog neugierig die Augenbrauen hoch, dann erfüllte er die Bitte des Magiers. Als seine Finger die Scheibe los ließen, fühlte er sich, als habe jemand eine gewaltige Last von seinen Schultern genommen.

„Tritt bitte zurück."

Der Nachtelf gehorchte. Krasus sah die drei Aspekte an. „Wird eure Kraft ausreichen?"

„Das muss sie", erwiderte Nozdormu.

Die drei brachten ihre gewaltigen Köpfe nahe an die Scheibe heran.

„Wir können sie nicht völlig unschädlich machen", murmelte Alexstrasza. „Das liegt jenseits unserer Macht. Aber wir können dafür sorgen, dass Neltharion – Deathwing – nicht besser mit ihr umzugehen vermag als wir."

„Wie ich schon sagte, das ist eine gute Idee", antwortete Krasus, aber Malfurion spürte erneut, dass ihnen dieser Drache in Menschengestalt etwas Wichtiges vorenthielt – sogar der Königin, die er so offensichtlich liebte. Der Nachtelf wusste nicht, worum es sich handelte, aber er bemerkte die Trauer in Krasus' Gesicht, die er jedes Mal verbarg, wenn ihn die Drachen ansahen.

Die drei Giganten betrachteten den winzigen Gegenstand, diese einfache goldene Scheibe, die so viel Leid in sich trug. Sie betrachteten sie, bis plötzlich ein Regenbogen aus Energie die Dämonenseele einhüllte. Rot, grün und bronzefarben waren die vorherrschenden Töne. Die Dämonenseele hob vom Boden ab und begann unmittelbar vor den Drachen in der Luft zu schweben. Magische Kräfte umwirbelten die Scheibe und drehten sie immer wieder.

Dann flossen diese Energien nach und nach in die Schöpfung des schwarzen Drachen. Zuerst als roter Strom, schließlich grün und bronzefarben.

Der Zauber endete. Die Dämonenseele fiel herab und schlug klirrend auf. Sie wirkte unverändert.

„Hat es funktioniert?", fragte Malfurion.

„Ja." Der Zauberer sah den Druiden an. „Malfurion, ich möchte, dass du sie noch einmal aufhebst."

Der Nachtelf gehorchte, obwohl ihn die Scheibe und das Gefühl, das er damit verband, anwiderten. Doch als er sie in die Hand nahm, erkannte er, dass er die Dämonenseele plötzlich nicht mehr haben wollte. Entweder hatten die Drachen dafür gesorgt oder sein Wille war stärker geworden.

Der Magier sah die Aspekte an, die prompt nickten. An Malfurion gewandt, sagte er: „Es gibt einen Platz, den wir kennen, aber der Schwarze nicht. Mit deiner Erlaubnis möchten wir ihn dir in deinem Geist zeigen … und dann möchte ich, dass du dieses Ding hier mit Hilfe deiner Kräfte dorthin versetzt."

Obwohl Malfurion sicher war, dass ihm die Bitte des Magiers nicht schwer fallen würde, zögerte er. „Vermagst du das nicht selbst?"

„Vor unserem Zauber wäre ich vielleicht dazu in der Lage gewesen, auch wenn es mir schwer gefallen wäre. Doch die anderen konnten es nicht, dafür hatte Deathwing gesorgt. Der neue Zauber verhindert, dass *irgendein* Drache die Scheibe anfassen, geschweige denn benutzen kann. Deshalb musst du dies für uns tun."

Der Druide nickte und streckte die Hand aus, in der die Scheibe lag. „Zeig mir den Ort."

Krasus und die Aspekte starrten ihn an. Malfurion zitterte einen Moment lang, als sie in seine Gedanken eindrangen.

Das Bild, das sie vor seinem geistigen Auge erschufen, sah er so deutlich, als wäre er selbst schon einmal dort gewesen. Der Druide wollte die goldene Scheibe möglichst schnell los werden und war erleichtert, als er sie an jenen Ort verbannt hatte.

Krasus atmete aus. „Danke."

Auch die Aspekte nickten dankbar. Dann sah Alexstrasza in den Himmel. „Die Wolken … sie beginnen sich aufzulösen."

Tatsächlich klarte es zum ersten Mal seit der Invasion der Brennenden Legion auf. Zuerst waren es nur kleine Lücken im Grau, dann teilten sich gewaltige, dicke Wolken in kleinere, dünne. Daraus wurden winzige Wölkchen, die sich im Wind auflösten.

Malfurion spürte plötzliche Hoffnung, fühlte, wie das Leben zurückkehrte. Nach einem Moment erkannte er, dass dies nicht nur seine eigenen Empfindungen waren, sondern auch die des Landes. Kalimdor würde überleben, dessen war er sich nun sicher.

Eine angenehme Wärme strich über seine Stirn. Er berührte sein Geweih und erkannte, dass zwei weitere kleine Äste hinzugekommen waren.

Ysera, deren Augen sich hektisch unter den geschlossenen Lidern bewegten, streckte sich und wandte sich den anderen Aspekten zu.

„Die Welt wird sich heilen, aber es gibt noch viel zu tun. Wir sollten zu den anderen zurückkehren."

Nozdormu nickte. „Einverstanden."

Malfurion öffnete den Mund, um den Drachen für all ihre Hilfe zu danken, zögerte jedoch, als ihn ein mulmiges Gefühl überkam. Er sah sich um, als suche er etwas. Erst nach einem Moment erkannte er, dass er in Wirklichkeit verzweifelt nach *jemandem* suchte.

Wo war Illidan?

Rhonin betrachtete das Meer und dachte an all die Opfer der Brennenden Legion, die er in seiner eigenen Zeit wie auch in dieser Periode gesehen hatte. Viele Gefallene hatten ihn zutiefst berührt; auch wenn die meisten von ihnen keine Freunde gewesen waren, so hatten sie doch sein Leben beeinflusst.

Er wusste, dass Krasus ähnlich – vielleicht sogar noch stärker – empfand, denn der Drache lebte bereits so lange, dass er Generationen von Freunden und Weggefährten verloren haben musste. Der Zauberer kannte seinen ehemaligen Mentor gut genug, um zu wissen, dass die Jahrhunderte Krasus nicht gegen Trauer abgehärtet hatten. Der Drachenmagier litt unter jedem Tod, auch wenn er seine Emotionen stets verbarg.

Und jetzt gab es einen weiteren Verlust. Rhonin hätte nie gedacht, dass er einmal um einen Ork trauern würde, aber genau das tat er. Brox war ein Kamerad gewesen, ein treuer Freund. Erst im Nachhinein hatte der Mensch das Opfer des Kriegers würdigen können. Der Ork hatte sich durch das Portal fallen lassen, obwohl er wusste, welch schreckliches Schicksal ihn dort erwartete. Trotzdem hatte Brox nicht gezögert. Ihm war klar gewesen, dass Malfurion Zeit benötigte, und so hatte er ihm diese Zeit erkauft.

Rhonin kniete am Ufer des Meeres, das er als Denkmal für den Ork betrachtete, denn ohne dessen Tat wäre es nie entstanden – wäre Sargeras nicht aufgehalten worden, sondern hätte das Portal durchschritten und alle getötet.

*Hat Brox die Geschichte wieder auf den richtigen Weg gebracht, oder war er von Anfang an Teil von ihr?*, fragte sich Rhonin. Nozdormu kannte die Antwort vielleicht, aber der Aspekt der Zeit würde niemandem etwas darüber verraten. Sogar über seinen eigenen Beitrag sprach er nie, deutete nur an, dass die Drei eine Rolle gespielt hätten. Ohne das Portal ging auch von ihnen keine Gefahr mehr aus.

Der Zauberer stand auf und betrachtete das Treibgut, das dem Strand entgegen schwappte. Es handelte sich hauptsächlich um Pflanzenteile, aber auch um Trümmer aus dem Reich der Nachtelfen. Kleidungsreste, Möbelteile, verrottende Nahrung und gelegentlich sogar Leichen. Zum Glück hatte Rhonin noch nicht viele gesehen und noch keine an dieser Stelle. Jarod ließ Soldaten am Strand patrouillieren. Sie sammelten die Leichen ein und gaben ihnen ein schnelles, aber ordentliches Begräbnis. Das war nicht nur ein Akt des Anstands, sondern diente auch der Sicherheit. Die Toten stellten ein Gesundheitsrisiko dar, eine Sorge, die die Flüchtlinge beschäftigte.

Etwas trieb an dem Zauberer vorbei. Es tanzte auf den seichten Wellen, bevor es in den Sand sank. Rhonin hätte sich kaum darum gekümmert, wenn er nicht etwas Ungewöhnliches wahrgenommen hatte. Der Gegenstand trug Magie in sich.

Er watete ins Wasser und beugte sich vor.

Brox' Axt.

Ein Irrtum war ausgeschlossen. Rhonin hatte die erstaunliche Waffe schon oft genug in Aktion erlebt. Trotz der enormen Größe passte sich die Axt seinem Griff an und war leicht wie eine Feder. Sie fühlte sich noch nicht einmal nass an.

„Das kann nicht sein“, murmelte er und warf einen misstrauischen Blick hinaus aufs Meer.

Aber kein Geist tauchte aus den Fluten auf, um ihm eine Erklärung für diesen erstaunlichen Fund zu geben. Der Zauberer blickte auf die Axt, dann auf das Meer, dann wieder auf die Axt.

Schließlich richtete sich Rhonins Blick in die Richtung, wo das verschwundene Portal gelegen hatte. Vor seinem geistigen Auge sah er Brox, der auf einem Berg getöteter Dämonen stand und die restlichen angriffslustig provozierte.

Der Zauberer hob die Axt so hoch er es vermochte. Aus seiner eigenen Zeit wusste er, dass Orks so ihre gefallenen Helden grüßten. Dreimal hob Rhonin die Axt, bevor er sie langsam wieder sinken ließ.

„Ich werde deine Lieder singen“, flüsterte er. Der Zauberer hatte nicht vergessen, was Brox ihm und Krasus gesagt hatte. „Generationen werden deine Lieder singen. Dafür werden wir sorgen.“

Er schulterte die Axt und ging los, um Krasus zu suchen.

# ZWEIUNDZWANZIG

Illidan stieg ab. Seine verhüllten Augen durchkämmten den dichten Wald nach Bedrohungen. Selbst wenn er dort eine Gefahr entdeckt hätte, wären seine Fähigkeiten zweifellos ausreichend gewesen, um damit zurechtzukommen. Der Brunnen war zwar versiegt, aber das, was Illidan von Rhonin und der Brennenden Legion gelernt hatte, glich diesen Verlust zum größten Teil aus. Abgesehen davon würden Bedenken dieser Art schon in wenigen Minuten keine Rolle mehr spielen.

Der Zauberer band sein Reittier an einem Baum fest. Jarod Shadowsong und die anderen Offiziere der Streitmacht diskutierten über so profane Dinge wie Nahrung und Unterkünfte. Illidan interessierte sich nicht dafür. Er war aus einem wesentlich wichtigeren Grund an diesen Ort gekommen, einem Grund, der alles andere zur Nichtigkeit verblassen ließ.

Er wollte die Essenz der Nachtelfen bergen.

Malfurions Zwilling hielt jeden für naiv, der nicht an eine Rückkehr der Dämonen glaubte. Die Brennende Legion hatte sich bereits einmal an Kalimdor gelabt. Sie würde alles für einen zweiten Bissen tun. Doch das nächste Mal würde sie noch brutaler und grausamer zuschlagen, davon war er überzeugt.

Illidan wollte bereit sein, wenn diese zweite Invasion erfolgte.

Der tiefblaue See, der sich auf dem höchsten Gipfel des Hyjals befand, hatte den Krieg überdauert. Weder die Verteidiger, noch die Dämonen hatten ihn entdeckt. In seiner Mitte lag eine grüne, idyllische Insel. Illidan hielt es für Schicksal, dass er den See als Erster entdeckt hatte. Das Gewässer war perfekt für seine Bedürfnisse geeignet.

Er berührte die Gürteltasche an seiner Hüfte. Ihr wertvoller Inhalt lockte ihn mit einem Sirenenlied, das ihm immer wieder versicherte, er habe die richtige Entscheidung getroffen. Sein Volk würde ihn mit Dankbarkeit und Huldigungen überschütten, und er würde zu einem der größten Helden aller Zeiten aufsteigen, vielleicht sogar Malfurion überragen.

Malfurion … sein Zwilling wurde verehrt, als habe er ganz allein die Welt gerettet. Die Nachtelfen erkannten auch Illidan an, aber die meisten verstanden nicht, was er versucht hatte. Gerüchteweise hieß es, er wäre tatsächlich zu den Dämonen übergelaufen und sei nur durch seinen Bruder vor der ewigen Verdammnis bewahrt worden. Illidans Kampf blieb unbeachtet. Seine Augen – seine fantastischen Augen – waren für die meisten nur ein weiterer Beweis für seinen angeblichen Pakt mit dem Herrn der Legion.

Sein ach so perfekter Bruder sprach öffentlich zwar sehr freundlich über ihn, aber das steigerte Malfurions Beliebtheit nur noch weiter. Selbst das Geweih, das sich auf seiner Stirn gebildet hatte, schreckte die Nachtelfen nicht ab. Sie sahen darin ein göttliches Zeichen, so als wäre Malfurion bereits einer der Halbgötter … einer der Halbgötter, die so schnell in jener Schlacht umgekommen waren, die ein Illidan problemlos überlebt hatte …

*Alles wird sich ändern*, dachte er nicht zum ersten Mal. *Sie werden erkennen, was ich getan habe … und mir tausendfach danken.*

Aufgeregt und voller Erwartung öffnete der Zauberer die Tasche und zog die gleiche Phiole heraus, die er Tyrande gezeigt hatte. Nicht nur die Phiole war die gleiche, auch der Inhalt war identisch.

Der Brunnen der Ewigkeit war verschwunden, aber Illidan Stormrage hatte einen kleinen Teil davon für sich gerettet.

*Es wird funktionieren, das weiß ich.* Er hatte die bemerkenswerten Eigenschaften des Brunnens am eigenen Leib erfahren. Auch diese winzige Menge würde für das, was er plante, ausreichen.

Der Verschluss, wie Königin Azshara geformt, tanzte für ihn. Der Nachtelf zog ihn aus der Phiole und ließ ihn ins Gras fallen. Dann hielt er die Phiole über den See.

Und schüttete den Inhalt hinein.

Der See begann dort, wo ihn die Tropfen berührten, zu glänzen und zu leuchten. Das ruhige Blau verschwand. Die Veränderung dehnte sich aus, erreichte die Insel und glitt darüber hinweg. Innerhalb weniger Sekunden gewann der See eine blaue, magische Aura.

Illidans geschulte Sinne nahmen die Veränderung als wahrhaft atemberaubendes Spektakel wahr. Er hatte eine Neuerschaffung des Brunnens erwartet, doch was er hier sah, war faszinierend.

Und doch erst der Anfang.

Er griff in seine Tasche und zog eine zweite Phiole hervor.

Dieses Mal zog er ohne zu zögern den Verschluss aus der Flasche und schüttete den Inhalt in den See. Die blaue Aura nahm an Intensität zu. Blitze aus reiner Energie zuckten über die Wasseroberfläche. Illidan fühlte eine wunderbare Wärme, wie er sie seit der Zerstörung des Brunnens nicht mehr wahrgenommen hatte.

Seine Lippen öffneten sich. Er wollte sich in den See werfen, riss sich aber zusammen. Seine Hand tastete nach der Tasche.

Was würde wohl eine dritte Phiole ausrichten?

Er zog den Verschluss heraus …

„Was im Namen von Mutter Mond tust du hier?“

Illidan hatte sich so sehr auf seine Aufgabe konzentriert, dass er nicht die Ankunft anderer Nachtelfen bemerkt hatte. Erschrocken fuhr er herum, die Phiole immer noch in der Hand. Vor ihm stand eine Gruppe Berittener. Jarod Shadowsong führte sie an.

„Captain …“, begann der Zauberer.

Einer der Hochgeborenen blickte an Illidan vorbei. „Er hat den See verändert.“ Sein Gesichtsausdruck wurde bewundernd. „Der See fühlt sich wie der Brunnen an …“

„Möge Elune uns beschützen!“, bellte ein Adliger, der neben Jarod ritt. „Er erschafft ihn neu!“

Der Kommandant stieg ab. „Illidan Stormrage, hör sofort damit auf! Wenn dein Bruder nicht –“

„Mein Bruder …“ Eine schreckliche Wut stieg in dem Magier auf. Die Nähe zum See steigerte sie. Kraft durchfloss ihn, so wie früher. Nichts konnte ihn aufhalten. „Mein unfehlbarer Bruder …“

Die anderen folgten Jarod Shadowsongs Beispiel und stiegen ab. Ihre angespannten Gesichter machten Illidan nervös. Sie wollten ihn von der Macht des Sees trennen. Er blickte zu den Hochgeborenen und stellte sich vor, wie sie diese Macht für sich beanspruchen würden …

„Nein …“

Einer der Nachtelfen zögerte. „Bei Elune! Was hat er nur für Augen, die selbst unter einem Schal leuchten?“

Illidan starrte den Hochgeborenen an.

Deren Anführer hob die Hand, um sich zu verteidigen. „Vorsicht –“

Flammen schlugen rund um die Zauberer hoch. Sie schrien.

Jarod und die anderen Adligen griffen ihn an. Jarod quittierte diese lächerliche Attacke mit einem herablassenden Schnauben und einer Geste.

Der Boden unter ihren Füßen explodierte. Jarod wurde zurückgeworfen. Blackforest, der Anführer der Adligen, wirbelte durch die Luft und prallte mit lautem Krachen gegen einen Baum. „Ihr Narren! Ihr –“

Illidans Füße sanken plötzlich im Boden ein. Er sah nach unten. Äste legten sich um seinen Körper, banden seine Arme und Beine zusammen. Illidan versuchte zu sprechen, aber sein Mund war voller Laub. Der Zauberer konnte sich noch nicht einmal konzentrierten, denn in seinen Ohren summte es, als schwärmten tausend Insekten durch seine Gehörgänge.

Illidan brach keuchend in die Knie. Durch das Summen glaubte er zu hören, dass sich jemand näherte. Und er wusste ohne jeden Zweifel, um wen es sich dabei handelte.

„Ach, Illidan…“ Malfurions Stimme klang trotz der Störgeräusche laut und klar. „Illidan … warum?“

Der Druide blickte auf den See hinaus, dessen blaue Aura verriet, dass er verseucht worden war. Niemand konnte jetzt noch daraus trinken. Wie schon der Brunnen der Ewigkeit war er zu einer Quelle der Macht geworden, nicht des Lebens.

„Ach, Illidan…“, wiederholte er mit einem Blick auf seinen gefesselten Zwilling.

„Dath'Remar lebt noch“, erklärte Tyrande, die neben dem Hochgeborenen kniete. „Ein zweiter Zauberer hat ebenfalls überlebt, die anderen sind tot.“ Sie erschauderte. „Sie sind in ihrer eigenen Haut verbrannt.“

Malfurion hatte nur mit den Drachen und Krasus hierher kommen wollen, aber ebenso wie der Druide hatte die Priesterin gespürt, dass Illidan etwas plante. Zusammen mit einigen Priesterinnen war sie den Drachen gefolgt, aber leider zu spät eingetroffen.

Ebenso wie Malfurion.

„Lord Blackforest ist tot. Ich glaube, die anderen werden es schaffen“, verkündete eine andere Priesterin.

„Mein Bruder lebt“, sagte Maiev mühsam. Sie und Shandris kümmerten sich um den bewusstlosen Jarod. Sein Gesicht war verquollen, seine Rüstung noch mitgenommener als vorher. Getrocknetes Blut bedeckte mehrere Wunden, die dank der Gebete der Priesterinnen bereits heilten.

Jarods Schwester erhob sich mit einem schrecklich finster blickenden Gesicht. Sie ging auf Illidan zu und zog ihre Waffe.

„Nein, Maiev!“, befahl Tyrande.

„Er wollte meinen Bruder ermorden!“

Die Hohepriesterin trat neben sie. „Doch das ist ihm nicht gelungen. Du wirst über sein Schicksal nicht bestimmen. Das ist Jarods Aufgabe.“ Sie sah Malfurion an. „So ist es doch?“

Er nickte traurig. „Es ist sein Recht, und ich werde nichts dagegen unternehmen.“ Der Druide schüttelte den Kopf. „Deshalb blieb er also am Rand des Brunnens …“

„Ich wusste nicht, dass er noch mehr geschöpft hatte“, sagte Tyrande entschuldigend.

Malfurion überkam eine plötzliche Ahnung, und er ging neben seinem Bruder in die Knie. Dessen Atem ging regelmäßig, aber er spannte sich an, als er Malfurions Nähe spürte. Der Druide griff in die Gürteltasche.

„Vier weitere Phiolen … Er hätte den See in einen neuen Brunnen verwandelt.“

„Kann man etwas gegen die Veränderung unternehmen?“

Krasus war im Hintergrund geblieben und hatte die Ereignisse beobachtet. Jetzt meldete er sich zu Wort. „Nein … nichts. Was geschehen ist, kann man nicht ungeschehen machen.“

Alexstrasza fügte jedoch hinzu: „Aber wir können dafür sorgen, dass er eine *andere* Kraft enthält. Eine, die sich nicht so manipulieren lässt wie die des Brunnens."

Die Augen des Magiers weiteten sich. „Ja, natürlich!"

Malfurion verließ seinen Bruder. „Und was wäre das?"

Die drei Drachen sahen einander an und nickten zustimmend. Alexstrasza wandte sich wieder an die Nachtelfen. „Wir werden einen Baum pflanzen."

„Einen Baum?" Der Druide sah Krasus an und hoffte auf eine Erklärung.

Doch der Magier sagte nur ruhig. „Nicht irgendeinen, sondern *den* Baum."

Es wurde eine Zeremonie, die auch Illidans schreckliche Taten abmildern sollte. Den Zauberer brachte man weg, um weitere Zwischenfälle zu vermeiden. Jarods Schwester erklärte sich bereit, ihn zu bewachen, bis sein Schicksal beschlossen war. Jarod, den Shandris und Maiev geheilt hatten, bestand darauf, diese Entscheidung gemeinsam mit Malfurion zu fällen, sobald die Zeit reif war.

Abgesehen von Krasus, Rhonin und den Drachen nahmen nur Nachtelfen an der Zeremonie teil. Das Geschenk der Aspekte war nur für ihr Volk gedacht, das so sehr gelitten hatte und mit solcher Sorge in die Zukunft blickte. Adlige, Hochgeborene und die Angehörigen der ehemals niedrigen Kasten hatten sich versammelt. Die anderen Überlebenden waren am Fuß des Berges zurück geblieben. Sie bekamen nichts mit von dem feierlichen Akt, wussten aber, dass er auch ihr weiteres Leben beeinflussen würde.

„Malfurion und die anderen, die man dazu eingeladen hatte, reisten zur Mitte des Sees. Trotz der Höhe des Gipfels war es recht warm, wahrscheinlich eine Nebenwirkung der magischen Aufladung.

„Er ist wunderschön", flüsterte Tyrande.

„Wenn das doch nur alles wäre", antwortete Malfurion düster. Er hatte sich bereits Gedanken über das Schicksal seines Bruders gemacht, und es schmerzte ihn, diese Entscheidung treffen zu müssen. Aber es war klar, dass man Illidan nicht mehr länger vertrauen konnte. In seinem Wahnsinn hatte er andere getötet. Sein Glaube an eine zweite Invasion und die Annahme, dass sich die Nachtelfen nur mit einem neuen Brunnen davor schützen könnten, war keine Rechtfertigung für seine schrecklichen Verbrechen.

Die Nachtelfen waren immer noch Wesen der Dunkelheit, auch wenn sie sich daran gewöhnt hatten, ihre Schlachten bei Tage zu führen. Trotzdem hatten die Drachen und Jarod beschlossen, sich zur Mittagszeit zu treffen. Alexstrasza hatte erklärt, dass die Sonne im Zenit wichtig für ihre Zeremonie sei, und der Nachtelf wollte sich mit den Riesen nicht streiten.

Die Insel war relativ groß, aber auf ihr wuchs nur hohes Gras. In ihrer Mitte stellte sich die Gruppe nach Alexstraszas Anweisungen auf. Die Drachen nahmen eine Position ein, die sich ihren Angaben zufolge genau im Zentrum der Insel befand. Nur eine kleine Lücke blieb zwischen ihnen frei.

Der Aspekt des Lebens eröffnete die Zeremonie. „Kalimdor hat sehr gelitten“, begann Alexstrasza. Die Gruppe nickte. Ernst fuhr sie fort: „Und die Nachtelfen mehr als alle anderen. Euer Volk war an der Katastrophe zwar nicht unbeteiligt, aber der Leidensweg, der hinter euch liegt, gleicht diese Schuld aus.“

Einige warfen den Hochgeborenen unsichere Blicke zu, aber niemand widersprach.

Alexstrasza öffnete ihre Klauen. Auf ihrer Handfläche lag ein Samenkorn, so winzig wie ein Säugling. Malfurion spürte ein Kribbeln, als er es betrachtete.

„Es stammt von G’Hanir, dem Mutterbaum“, erklärte die Drachenkönigin.

Der Druide wusste, dass es sich dabei um die Heimat der toten Halbgöttin Aviana handelte.

„G’Hanir existiert nicht mehr, er starb gemeinsam mit seiner Herrin. Aber dieses Samenkorn hat überlebt. Daraus werden wir einen neuen Baum erschaffen.“

Nozdormu holte mit seiner Klaue aus und grub ein Loch, das perfekt für das Samenkorn geeignet war. Sanft legte es Alexstrasza hinein, dann bedeckte Ysera es mit Erde.

Die drei Aspekte blickten zur Sonne. Dann neigten sie ihre Köpfe dem eingepflanzten Samenkorn entgegen.

„Ich schenke den Nachtelfen Stärke und ein gesundes Leben, so lange dieser Baum steht“, verkündete Alexstrasza.

Eine sanfte rote Aura verließ sie und senkte sich auf die Erde hinab. Gleichzeitig wurde das Sonnenlicht über der Insel heller. Die Strahlen breiteten sich über dem See nach allen Himmelsrichtungen aus. Einige Nachtelfen wichen nervös zurück, aber niemand sagte etwas.

Eine wundervolle Wärme durchströmte Malfurion. Er ergriff Tyrandes Hand. Sie entzog sie ihm nicht, sondern erwiderte seinen Druck.

Bewegung kam in dem kleinen Erdhügel auf. Dreck wurde zur Seite gestoßen, so als versuche eine winzige Kreatur, das Sonnenlicht zu erreichen.

Aus der Saat spross ein kleiner, junger Baum. Er wuchs, bis er eine Höhe von etwa einem Meter erreichte und sich an seinem Stamm Äste gebildet hatten. Dichtes grünes Laub formte seine Krone.

Alexstrasza zog sich zurück. Nozdormu meldete sich leicht zischend zu Wort. „Die Zeit wird wieder auf Seiten der Nachtelfen sssein, denn ich schenke ihnen auch weiterhin die Unsterblichkeit, ssso lange der Baum steht. Mögen sssie die Zeit zum Lernen nutzen …“

Eine goldene Aura verband sich mit dem Sonnenlicht und floss in die Erde.

Der Baum wuchs erneut. Doppelt so groß wie ein Nachtelf war er jetzt. Die Zuschauer starrten mit offenen Mündern auf dieses Schauspiel. Sein Laub wurde immer dichter und grüner. Die Äste wurden dicker und zeugten von der Stärke und der Gesundheit dieses Baums. Die Wurzeln dehnten sich aus und stießen aus der Erde hervor. Unter ihnen entstand ein Hohlraum, der so groß war, dass sich mehrere Nachtelfen hätten hineinsetzen können.

Nozdormu nickte zufrieden und zog sich zurück. Nur Ysera stand jetzt noch dort.

Mit geschlossenen Augen betrachtete der Drache den Baum. Trotz seines rapiden Wachstums überragten ihn die Drachen um Längen.

„Den Nachtelfen, die ihre Hoffnung verloren haben, schenke ich die Fähigkeit des Träumens. Sie sollen träumen und Fantasie haben, denn nur so werden sie sich erholen, wachsen und einen Neuanfang wagen können."

Es sah aus, als wolle auch sie einen Teil ihrer Aura spenden, doch dann wandte sie sich Malfurion zu. „Und denen, die dem Pfad desjenigen folgen, der bei mir und den meinen einen besonderen Platz einnimmt, schenke ich die Gabe des *Smaragdgrünen Traums*. Alle Druiden sollen in der Lage sein, ihn zu erreichen. Selbst in tiefem Schlaf werden sie diese Welt betreten können und von ihr lernen. So werden sie imstande sein, Kalimdors Sicherheit und Wohlergehen auch in Zukunft zu bewahren."

Malfurion schluckte. Zu einer anderen Reaktion war er nicht in der Lage. Die Umstehenden sahen ihn an. Sogar Tyrande drückte stolz seine Hand.

Ysera wandte sich wieder dem Baum zu. Ein grüner Nebel stieg aus ihr auf. Auch ihr Geschenk verband sich mit dem Sonnenlicht und hüllte den Baum ein. Erst dann verschwand der Nebel im Boden.

Die Zuschauer spürten, wie die Erde erbebte. Malfurion trat mit Tyrande ein Stück zurück, und die anderen folgten seinem Beispiel wenig später. Sogar die Drachen wichen zurück, wenn auch nicht so weit wie die kleineren Wesen.

Der Baum wuchs. Höher und höher strebte er dem Himmel entgegen, bis Malfurion glaubte, dass selbst diejenigen, die im Tal geblieben waren, seine ausladende mächtige Krone zu sehen vermochten. Sie war so groß, dass alles in ihrem Schatten hätte liegen müssen, aber irgendwie drang das Sonnenlicht doch bis zum Boden durch und glitzerte auf dem Wasser des Sees.

Die Wurzeln dehnten sich ebenfalls aus, um den riesigen Baum zu stützen. Sie ragten so hoch in die Luft, das man eine ganze Festung unter ihnen hätte erbauen können. Und noch immer wuchs der Baum.

Als er schließlich aufhörte, wirkten selbst die Drachen klein wie Vögel. Sie hätten sich in seiner Krone verstecken können.

„Vor euch steht Nordrassil. Der Weltenbaum ist erschaffen worden", erklärte der Aspekt des Lebens feierlich. „So lange er steht, so lange die Nachtelfen ihn ehren, wird das Glück auf ihrer Seite sein. Ihr werdet euch verändern, ihr werdet unterschiedlichen Pfaden folgen, aber ihr werdet immer ein Teil Kalimdors sein."

Krasus stand auf einmal hinter Malfurion. Flüsternd sagte er zu dem Druiden: „Und der Baum, dessen Wurzeln tief in den Boden ragen, wird dafür sorgen, dass sich der See nicht verändert. Die Sonne wird stets ein Teil dieses Brunnens sein. Die schwarzen Wasser wird es hier nicht geben."

Malfurion hörte es mit großer Erleichterung. Er sah Tyrande an, die seinen Blick mit einem merkwürdigen Gesichtsausdruck erwiderte. Seine Wangen röteten sich. Sie küsste ihn, bevor er verstand, was geschah.

„Was auch immer diese lange Zukunft bringen mag, die man unserem Volk versprochen hat", flüsterte sie, „ich möchte alles mit dir erleben."

Blut schoss in seine Wangen. „Und ich mit dir, Tyrande."

Malfurion erwiderte ihren Kuss, aber in diesem Moment schob sich ein anderes Gesicht in seine Gedanken. Das Volk der Nachtelfen würde das Geschenk der Aspekte feiern und überall davon erzählen, doch ihn interessierten diese Ereignisse plötzlich kaum noch. Er dachte an Illidan und dessen Schicksal.

Tyrande ließ ihn los. Ihr Mund verzog sich. „Ich weiß, was dich plötzlich mit Trauer erfüllt. Was getan werden muss, muss getan werden, Malfurion, aber lass nicht zu, dass seine Verbrechen dein Herz zerstören."

Er zog Stärke aus ihren Worten. „Das wird nicht geschehen. Das verspreche ich dir."

Malfurion bemerkte, dass Krasus und Rhonin sich ruhig aus der Runde zurückzogen. Er betrachtete die Drachen und stellte fest, dass auch Nozdormu verschwunden war. Niemand schien es bemerkt zu haben.

Gewiss gab es einen Zusammenhang.

„Malfurion, was ist?"

„Komm mit, Tyrande, während niemand hinsieht."

Sie fragte nicht, warum. Gemeinsam folgten die beiden Nachtelfen Krasus und dem Zauberer.

Die Stimme hallte durch Krasus' Kopf. *Wir haben esss bereitsss zu lange hinausgezögert. Wir müssen jetzt handeln.*

Nozdormu.

„Rhonin –"

Der Mensch nickte. „Ich habe ihn auch gehört."

Sie zogen sich zurück, während die Nachtelfen über den Baum sprachen. Krasus hätte sich gern noch länger mit Malfurion unterhalten, aber es war wichtig, dass er nach Hause zurückkehrte.

Vor der Zeremonie hatte Nozdormu ihn aufgesucht. Der Aspekt der Zeit hatte allein mit Krasus sprechen wollen. „Wir stehen in deiner Schuld, Korialstrasz."

Mit „wir" meinte er nicht nur die anderen Aspekte, sondern auch seine Existenzen in den unterschiedlichen Zeitebenen. Er war ein einzigartiges Wesen.

„Ich habe getan, was getan werden musste, ebenso wie Rhonin und Brox."

„Ich spreche auch gerade mit dem Magier", sagte der Drache wie beiläufig. Für ihn war es normal, sich gleichzeitig an zwei Orten aufzuhalten. „Ich sssage ihm, wasss ich auch dir sssage. Ich werde dafür sssorgen, dass ihr zurück nach Hause kommt."

Obwohl Krasus dankbar war, nagte es an ihm, das er Alexstrasza nichts von dem Schicksal erzählen konnte, das sie und die anderen Drachen in der Zukunft erwartete. „Ich bin … *danke*."

Der bronzefarbene Riese sah ihn ernst an. „Ich weiß, wasss du vor ihr, vor unsss verbirgst. Esss ist mein Schicksal und mein Fluch, diese Dinge zu wissen, ohne sie ändern zu können. Ich möchte dich um Vergebung bitten für das Leid, dasss ich dir in der Zukunft zufügen werde. Ich muss mein Schicksal erfüllen … ebenso wie Malygos."

„Malygos!" Krasus dachte auf einmal an die Eier, die er in der winzigen Dimension versteckt hatte. „Nozdormu –"

„Ich weiß, was du getan hast. Gib sie mir, dann werde ich sie an Alexstrasza weiterleiten. Wenn esss Malygos wieder besser geht, werden wir ihm seine Jungen überreichen. Verglichen mit allem anderen, das geschehen ist, kann man diese kleine Änderung der Zeitlinie tolerieren. Esss freut mich, dass die Blauen wieder durch die Lüfte fliegen werden, auch wenn ihre Zahl auch nach zehntausend Jahren nicht groß sein wird. Aber ssselbst wenige sind besser als keine."

Krasus hätte seine geliebte Königin gern ein letztes Mal gesehen, aber er befürchtete, dass er dann vielleicht etwas angedeutet hätte, was sie nicht wissen durfte. Doch jetzt, wo er und Rhonin auf die Ankunft des Aspekts der Zeit warteten, bedauerte er seine Entscheidung.

Rhonin sah ihn an. „Ich würde verstehen, wenn du noch kurz zu ihr gehen wolltest."

Der hagere Magier schüttelte den Kopf. „Wir haben die Zukunft schon genug verändert. Was geschehen wird, wird geschehen."

„Hmm, du bist stärker als ich."

„Nein, Rhonin", murmelte Krasus kopfschüttelnd, „das bin ich nicht."

„Seid ihr bereit?", fragte Nozdormu plötzlich.

Sie drehten sich um. Der Aspekt stand geduldig wartend hinter ihnen.

„Wie lange bist du schon hier?", fragte der Magier.

„Ssso lange, wie ich esss für nötig hielt." Nozdormu erklärte nicht, was er damit meinte, sondern breitete die Flügel aus. „Sitzt auf, dann bringe ich euch zurück in eure Zeit."

Rhonin wirkte zweifelnd. „Einfach so?"

„Alsss der Brunnen verschwand, versiegte auch der Kontakt der Drei zu dieser Welt. Sssie können nicht mehr auf den Flussss der Zeit zugreifen. Die Risse in der Realität verschwanden. Der Weg in die Zukunft fällt mir jetzt leicht."

Am Boden hob Rhonin Brox' Axt.

„Was ssssoll das?“, fragte der Aspekt.

Beide Zauberer sahen ihn entschlossen an. „Wir nehmen die Axt mit“, sagte Krasus, „oder wir bleiben hier und mischen uns noch ein wenig ein.“

„Nun gut, dann nehmt sie mit.“

Sie stiegen auf, doch im gleichen Moment bemerkte Krasus zwei Gestalten, die sich im Wald versteckten. Er spürte sofort, um wen es sich dabei handelte.

„Nozdormu …“

„Ja, ja, der Druide und die Priesssterin. Das weiß ich längssst. Verabschiedet euch von ihnen, aber beeilt euch. Wir haben keine Zeit mehr.“

Den Aspekt schien die Anwesenheit der Nachtelfen nicht zu stören, aber Krasus fühlte sich trotzdem nicht wohl dabei. „Ihr habt gehört –“

„Wir haben alles gehört“, unterbrach ihn Malfurion, „aber nicht alles verstanden.“

Der Magier nickte. „Wir konnten nur wenig erklären, und daran hat sich nichts geändert. Nur eines solltet ihr wissen. Wir werden uns wiedersehen.“

„Unser Volk wird überleben?“, fragte Tyrande.

Der Magier dachte über seine Antwort nach, dann sagte er: „Ja, und die Nachtelfen werden sich sehr für die Welt einsetzen. Mit diesen Worten verabschiede ich mich.“

Rhonin hob zum Abschied Brox' Axt.

Nozdormu streckte seine Flügel ein zweites Mal aus. Die Nachtelfen wichen zurück. Sie wollten den Reitern zuwinken, doch dazu kamen sie nicht, denn schon verschwanden Drache und Reiter.

# DREIUNDZWANZIG

Rhonin erwachte auf einer Wiese.

Im ersten Moment glaubte er, etwas sei fehlgeschlagen. Doch als er sich aufrichtete, erwartete ihn ein vertrauter Anblick.

Ein Haus. *Sein* Haus.

Er war wieder daheim.

Dann sah er Jalia, die Frau aus der Stadt, die sich während der Schwangerschaft um Vereesa gekümmert hatte. Es schien ihr gut zu gehen. Sie wirkte freudig erregt. Rhonin versuchte auszurechnen, wie viel Zeit nach seinem Verschwinden vergangen war, kam jedoch zu keinem Ergebnis. Er fragte sich, wie alt die Kinder wohl mittlerweile waren.

Zu seinem Entsetzen hörte er Vereesa plötzlich schreien: „Jalia! Schnell!"

Ohne zu zögern sprang er auf und folgte der Frau. Sie war übergewichtig, bewegte sich dennoch schnell. Sie lief durch die Haustür, als Vereesa gerade ein zweites Mal nach ihr rief.

Der Zauberer stürmte nur Momente später in den Raum, bereit, Braut und Sprösslinge zu verteidigen. Er sah sich um, doch das Chaos und die Brände, die er erwartet hatte, waren nicht zu sehen. Alles war sauber.

„Vereesa! Vereesa?"

„Rhonin! Gepriesen sei der Sonnenbrunnen. Rhonin, ich bin hier!"

Er lief ins Schlafzimmer. Seine Angst steigerte sich, als er Vereesa stöhnen hörte.

„Vereesa!" Er stürmte durch die Tür. „Die Zwillinge … sind sie …?"

„Sie kommen gerade."

Er starrte sie aus geweiteten Augen an. Seine Frau lag im Bett. Sie war immer noch schwanger, aber wohl nicht mehr sehr lange.

„Wie –", begann er, aber Jalia schob ihn zur Seite.

„Wenn du das nicht weißt, Meister Rhonin, dann hältst du dich besser zurück und lässt mich alles regeln."

Der Zauberer widersprach nicht. Er lehnte sich gegen die Wand und wartete darauf, zu Hilfe gerufen zu werden. Aber nach kurzer Zeit erkannte er, dass Jalia und Vereesa die Situation im Griff hatten.

„Das Erste kommt", verkündete Vereesa.

Rhonin sah zu und wartete. Seine Gedanken drehten sich um all die außerordentlichen Ereignisse, die er in letzter Zeit erlebt hatte. Er war durch die Zeit gereist, hatte die erste Invasion der Brennenden Legion überlebt und die Welt mitsamt der Zukunft gerettet.

Doch nichts davon stellte ein solches Wunder dar, wie jenes, das er gerade erlebte. Innerlich dankte er den Sternen, dass er und die anderen erfolgreich gewesen waren.

Und in dieser längst vergangenen Zeit leitete Jarod Shadowsong eine Versammlung, deren Grund ein düsterer war. Die Anführer der Streitmacht – und deren Verbündeter – hatten sich zusammengefunden, um das Urteil zu hören.

Soldaten flankierten denjenigen, über den hier Gericht gehalten wurde. Seinen Mund hatte man mit einem Tuch zugebunden, seine Arme und Hände in Ketten gelegt, in einer Weise, die keine Gesten zuließ. Unsichtbare Zauber, von Malfurion und anderen gesprochen, sorgten dafür, dass sich der furchtbare Zwischenfall am See nicht wiederholen konnte.

Die Ankläger hatten einen Kreis um Illidan gebildet. Er stand in der Mitte und starrte den Kommandanten selbst durch verbundene Augen herablassend an. Einer der Soldaten entfernte vorsichtig den Stoff von seinem Mund.

„Illidan Stormrage“, begann Jarod. Er klang längst nicht mehr wie der einfache Wachoffizier, der er einmal gewesen war. „Oft hast du mutig gegen das Böse gekämpft, das in unsere Welt einfiel, aber leider hast du dich noch öfter als eine Gefahr für dein eigenes Volk erwiesen.“

„Eine Gefahr? Ich bin doch der Einzige, der die Wahrheit erkennt. Ich habe vorausgeplant! Ich habe versucht, unser Volk zu *retten*. Ich –“

„Du hast die angegriffen, die anderer Meinung waren und einige sogar getötet. Du hast etwas wiedererschaffen, was besser vergessen geblieben wäre.“

Illidan spuckte aus. „Wenn die Dämonen zurückkehren, werdet ihr mich anbeten wie einen Gott. Ich weiß, wie sie denken und wie sie handeln. Nächstes Mal werden sie sich nicht vertreiben lassen. Wir werden genauso kämpfen müssen wie sie. Dieses Einsicht habe nur ich.“

„Und uns geht es besser ohne sie.“ Jarod sah sich um, als suche er jemanden. Er fand ihn offenbar nicht, denn er seufzte und fuhr fort: „Illidan Stormrage, die Entscheidung obliegt mir, und ich glaube, man kann nur eines mit dir tun. Es schmerzt mich, aber ich verurteile dich hiermit zum Tode.“

„Wie originell“, kommentierte der Zauberer sarkastisch.

„Du wirst auf eine Art zu Tode gebracht werden, die –“

„Jarod, entschuldige die Verspätung“, sagte jemand hinter Illidan. „Darf ich noch etwas sagen?“

Der Kommandant nickte erleichtert. „Es ist ebenso deine Entscheidung wie meine.“

Malfurion ging um seinen Bruder herum. Illidans Blicke folgten ihm, bis der Druide zwischen ihm und dem Soldaten stand. „Es tut mir Leid, Illidan."

„Ha!"

„Was wolltest du sagen, Meister Malfurion?"

„Mein Bruder spricht in einem Punkt die Wahrheit. Die Brennende Legion wird wahrscheinlich eines Tages wiederkehren."

„Und deshalb sollen wir seine Verbrechen vergeben und die Gefahr, die er darstellt, vergessen?"

Der Druide schüttelte den Kopf. „Nein." Er sah zuerst seinen Bruder und dann Tyrande an, die mit Maiev und Shandris am Rand des Kreises stand. Sie war bei ihm geblieben, während er über seine Entscheidung nachdachte. Sie unterstützte sie – aber auch das machte es nicht leichter.

„Nein, Jarod." Malfurion riss sich zusammen. „Nein, ich möchte, dass du ihn ins Gefängnis wirfst. Dort wird er bleiben … zehntausend Jahre lang, sollte es notwendig sein …"

Die anderen Anwesenden begannen überrascht untereinander zu tuscheln. Malfurion schloss die Augen und versuchte seine Ruhe wiederzufinden. Nach allem, was er über Krasus und Rhonin wusste, ahnte er, was dereinst geschehen würde. Er hoffte inständig, dass er die richtige Entscheidung getroffen hatte.

Doch das konnte nur die Zukunft zeigen …

Thrall hatte nichts von den beiden Kriegern gehört, die er ausgesandt hatte, um die Vision des Schamanen zu überprüfen. Vielleicht suchten sie noch, aber der Anführer der Orks befürchtete das Schlimmste. Keinem guten Herrscher, auch nicht denen, die sein Volk hervorgebracht hatte, gefiel es, loyale Krieger sinnlos in den Tod zu schicken.

Es war Nacht. Die meisten seiner Untertanen schliefen längst. Nur er und die Wachen bewegten sich noch. Auch Thrall hätte schlafen sollen, aber die Sorgen, die er sich seit Brox' und Gaskals Aufbruch machte, wurden mit jedem Tag größer.

Die Fackeln flackerten und warfen lebendig wirkende Schatten an die Wand. Thrall achtete nicht darauf, doch dann bemerkte er, dass ein dunkler Schemen neben der Tür mehr als nur ein Schatten war.

Der Ork sprang von seinem steinernen Thron auf. „Wer wagt es?"

Doch anstatt eines Meuchelmörders – und davon gab es genug in diesen Tagen – schlurfte ein alter Ork aus der Dunkelheit. Er trug Wolfsfelle und ein Totem, das von einem geschnitzten Drachenkopf geziert wurde.

„Meinen Gruß, Thrall", sagte der Ork mit unerwartet lauter Stimme. „Gegrüßet seiest du, Retter der Ork!"

„Wer bist du? Du bist nicht Kalthar." Thrall bezog sich auf den Schamanen.

„Ich bin nur der Überbringer einer Nachricht über den mutigen Krieger Broxigar.“

„Brox? Was ist mit ihm?“

„Der Krieger ist tot … aber er hat viele Feinde in den Untergang geschickt. Er hat noch einmal gegen die Legion gekämpft und so viele erschlagen, dass es einen Tag dauern würde, sie alle zu zählen.“

„Die Legion?“ Die schlimmsten Befürchtungen des Orks bewahrheiteten sich. „Wo? Sag es mir, damit ich meine Krieger entsenden kann!“

Der fast haarlose Alte schüttelte den Kopf und grinste Thrall zahnlos an. „Es gibt keine Dämonen mehr. Broxigar und seine Kameraden haben die Legion besiegt. Dein Krieger stand noch einmal am Pass, selbst als ihr Herr ihm entgegen trat.“

De Ork verbeugte sich respektvoll vor Thrall. „Singe sein Lied, großer Häuptling, denn er gehörte zu denen, die die Welt für dich gerettet haben.“

Der jüngere Ork schwieg einen Moment, dann fragte er: „Ist das alles wirklich wahr?“

„Ja … und ich bringe dir dies, damit ihr einen Helden ehren könnt.“ Trotz seines Alters zog der Schamane mühelos eine große zweischneidige Axt hervor. Thrall fragte sich, weshalb er die Waffe nicht schon vorher bemerkt hatte.

„So eine habe ich noch nie gesehen.“

„Diese Waffe wurde speziell für Brox vom allerersten Druiden mit der Magie eines Waldgeistes erschaffen.“

„Ich werde ihr einen Ehrenplatz geben.“ Thrall nahm die Axt vorsichtig von der gebeugten Gestalt entgegen. Bewundernd betrachtete er die Waffe. Sie war federleicht und schien komplett aus Holz zu bestehen, aber es handelte sich offensichtlich um eine bemerkenswerte Waffe. „Wo hast du sie her?“

Doch der Schamane antwortete nicht. Er war bereits verschwunden.

Knurrend lief Thrall zum Eingang. Er hielt die Axt instinktiv umklammert, denn er befürchtete, Ziel eines Mordkomplotts zu sein.

Er sprach die beiden Wachen vor seinem Zelt an. „Wo ist er? Wo ist der alte Mann?“

„Hier war niemand“, antwortete der ranghöhere Ork, der vor ihm stand.

Thrall schob sich mit einem wütenden Schnauben an ihm vorbei nach draußen. Der Vollmond erhellte die Umgebung, doch der Herrscher der Orks konnte nichts entdecken.

Bis er zum Mond hinauf blickte.

Und ein gewaltiges geflügeltes Wesen an der hellen Scheibe vorbei gleiten sah.

Es war ein roter Drache.

Krasus/Korialstrasz wandte sich dem Nest seines Schwarms zu. Rhonin war wieder mit Vereesa vereint, und der Drache hatte dafür gesorgt, dass Brox' Erbe zu den Orks gelangt war.

Jetzt konnte auch er endlich nach Hause fliegen … und herausfinden, was die Zukunft für ihn bereit hielt.

ENDE

# ÜBER DEN AUTOR

Richard A. Knaak ist ein Bestsellerautor, aus dessen Feder etliche Romane und rund ein Dutzend Kurzgeschichten stammen. Dazu gehören *The Legend of Huma* und *Night of Blood* für *Dragonlance,* die *KRIEG DER AHNEN-Trilogie* für *Warcraft* sowie die *Dragonrealm-Serie* und eigene Geschichten. Seine Werke sind in verschiedene Sprachen übersetzt worden, unter anderem ins Russische, Türkische, Bulgarische, Chinesische, Tschechische, Spanische und Deutsche. Außerdem hat er das koreanische Manga *Ragnarok* adaptiert, das bei Tokyopop erschienen ist. Gegenwärtig arbeitet er an *Empire of Blood*, dem letzten Buch der *Dragonlance*-Trilogie *The Minotaur Wars*.